战争与和平(上)

Война и Мир

全 译 本 · 外 国 名 著 典 藏 书 系

〔俄〕列夫 · 托尔斯泰 著

张捷◎译

天津出版传媒集团

天津人民出版社

作者像

作者简介：

列夫·托尔斯泰（1828—1910），19 世纪末 20 世纪初俄国最伟大的批判现实主义作家。他以有力的笔触和卓越的艺术技巧创作了"世界文学中第一流的作品"，其代表作有长篇小说《战争与和平》《安娜·卡列尼娜》《复活》等。

译者简介：

张捷，浙江诸暨人，毕业于哈尔滨外国语学院研究生院。中国社会科学院外国文学研究所研究员，世界社会主义研究中心特邀研究员，中国解放区文学研究会顾问，中国红色文化研究会学术委员会委员，中国作家协会会员，资深翻译家。长期从事俄罗斯文学研究。著有《苏联文学最后七年》《20 世纪俄罗斯文学史》（合著）《苏联作家的昨天和今天》《热点追踪——20 世纪俄罗斯文学研究》《当代俄罗斯文坛扫描》《从赫鲁晓夫到普京》《苏联解体后的俄罗斯文学》，编有《当代俄罗斯文学纪事》，主编《苏联文学最后十五年纪事》，译有托尔斯泰的《战争与和平》等小说多部，发表论文数百篇。

译序

托尔斯泰的《战争与和平》是世界文学史上的一部不朽的名著。它篇幅很大，洋洋洒洒一百二十万言；结构复杂，几条叙事线索齐头并进，相互交错；人物众多，大批历史人物和虚构人物同时登场；内容丰富，反映了十九世纪初俄国和西欧历史上的一系列重大事件，涉及当时社会生活的各个方面。下面将就这部小说的创作和出版过程、体裁和结构、主要内容和中心思想、人物形象和艺术特点等方面作一简要的说明。

一

《战争与和平》创作于一八六三年至一八六九年。在这之前，托尔斯泰曾打算写一部叫作《十二月党人》的小说。十九世纪六十年代初写成了几章，其中描绘了一八五六年从流放地回来的十二月党人拉巴佐夫的形象，此人历经磨难，仍保持着青年时代的锐气。后来托尔斯泰的创作构思发生了变化。他在《战争与和平》前言的一个草稿里讲了构思变化的过程，他说："一八五六年我开始写一部具有一定倾向的小说，主人公应是一个带着家眷回到俄国内地的十二月党人。不知不觉地我从现代转到了一八二五年，转到了我的主人公迷惘和不幸的时代，放弃了已写好的开头。但是一八二五年我的主人公已是一个有了家室的成年人。为了理解他，我需要转而研究他的青年时代，而他的青年时代正好与一八一二年俄国的一个光荣时代相吻合。于是我又一次抛弃了开了头的东西,决定从一八一二年写起……"接着他又说:"如果只写我们如何战胜波拿巴的法国而不写我们的失败和耻辱,我觉得有点不好意思下笔……于是就从一八五六年回溯到了一八〇五年,打算领着我的主人公(已不是一个,而是许多男女主人公)从这时起经历一八〇五年、一八一二年、一八二五年和一八五六年的历史事件。"①

托尔斯泰于一八六三年动笔,从保存下来的手稿来看,小说有过十五种开头。前四个开头从一八一一年写起,接下来的两个开头改为从一八〇八年写起,到第七个开头才把情节开始发生的时间挪到一八〇五年。而地点时而在童山,时而在彼得堡,时而在莫斯科,时而又转回彼得堡,只有第七个开头情节发生的地点在国外的奥尔米茨营地。最后终于把开头的时间地点定在一八〇五年七月彼得堡一个宫廷女官的客厅里。②经过艰苦的创作探索和反复的加工,托尔斯泰终于写出了小说的第一部,它以《一八〇五年》为题发表在《俄罗斯通报》一八六五年第一、二期上。接着该杂志一八六六年第一一四期发表了第二部,这一部仍以《一八〇五年》为题,不过加上了《战争》这一副标题。这时这部小说的名称和整个构思尚未最后确定下来。

一八六六年五月托尔斯泰给费特写信说:"我希望在一八六七年前结束我的小说,并以《万事大吉》为书名出单行本……"③在他这时为小说后面的部分所拟定的提纲里,情节的发展与后来的定本有明显的不同,基本上是一个否极泰来,有情人终成眷属的结局。这与作者要把小说定名为《万事大吉》的意图是吻合的。但是作者没有按时完成他的计划,这主要是因为他在写

---

① 《托尔斯泰全集(百岁纪念版)》,第十三卷,国家文学出版社,一九四九年,第五十四—五十五页。
② 这部分原稿曾收入《托尔斯泰全集(百岁纪念版)》第十三卷(第五十八——一九八页)。据扎依坚什努尔考证,这些异文并不确切,并且排列顺序也不对。经过重新整理后的各个开头在《文学遗产》第六十九卷第一册(一九六一年出版)里重新发表(第三二五—三九六页)。
③ 《托尔斯泰全集(百岁纪念版)》,第六十一卷,国家文学出版社,一九五三年,第一三九页。

一八一二年卫国战争的过程中对这场战争的性质有了更加深刻的认识,对这个主题作了更深的开掘,原来的构思发生了变化。他重新审订了已写成的部分并做了修改,放弃了原来的结尾,引进了新的人物,加入了许多历史的和哲学的议论,描绘了人民战争的更加宏伟的图景,对主人公的命运作了新的安排,并且决定放弃《万事大吉》的书名,将小说定名为《战争与和平》。从流传下来的文字材料来看,作者本人首次用《战争与和平》作为书名是在一八六七年三月下旬,他在给拉夫罗夫的信中宣布同意以《战争与和平》为书名排印自己的书。① 到一八六七年底出版了小说的前三卷,开始排印第四卷。一八六八年至一八六九年托尔斯泰写完了余下的部分,全书六卷于一八六九年出齐,这就是小说的第一版(一八六七——一八六九)。一八六八年十月出版了前四卷第二版,这次出版前托尔斯泰亲自看了校样并作了修改。这四卷与一八六九年出版的后两卷合在一起,成为整部小说的第二版(一八六八——一八六九)。

上面说过,托尔斯泰在创作《战争与和平》的过程中构思发生了明显变化,许多段落进行多次的改写,文字进行了反复的推敲和锤炼。保存下来的手稿多达五千多页,草稿和异文共有一千六百余页,收入《托尔斯泰全集(百岁纪念版)》时,用了整整三卷。从中可以看出,托尔斯泰在创作这部巨著时付出了多么艰辛的劳动。他不仅在稿子上不断涂抹修改,而且在看校样时也这样做。这种做法有时不为人们所理解。例如曾帮助托尔斯泰工作并负责监印《战争与和平》的巴尔捷涅夫在托尔斯泰要他把小说第一部的全部校样寄去以便进行修改时写信给托尔斯泰说:"天知道您在干什么。这样我们永远修改不完和出版不了……您的大部分涂改是不必要的。"托尔斯泰给他回信说:"我不能不像这样进行涂改,并且清楚地知道,这样涂改有很大好处。"② 反复修改成为托尔斯泰在创作中遵循的原则,他还说

---

① 《托尔斯泰全集(百岁纪念版)》,第六十一卷,国家文学出版社,一九五三年,第一六三页。

② 《托尔斯泰全集(百岁纪念版)》,第六十一卷,国家文学出版社,一九五三年,第一七五、一七六页。

过，"应当永远抛开不进行修改地写作的想法。"① 他又说，"主要的是，应当不急急忙忙地写作，不要对十次、二十次地修正和改写同一个东西感到腻烦。"② 他的包括《战争与和平》在内的一部部杰作就是这样经过反复修改、精雕细刻成的。

一八七三年在出版《托尔斯泰文集(八卷集)》时收入了《战争与和平》。这是这部小说的第三版。以后它的许多版本都是随着文集出版的。作者在把小说收入这个文集前，对它作了较大的改动。首先把小说中的全部法文改为俄文，并去掉了关于战争、历史和哲学的议论(其中关于一八一二年战争的议论以及《尾声》第一部的前四章和整个第二部编成题为《关于一八一二年战争的文章》的附录)，这大概是因为考虑和接受了有人提出的小说中法文和议论过多的意见。当时他曾写信给帮他修改作品的斯特拉霍夫说："去掉法文我有时感到可惜，但是总的来说，我觉得不用法文要好些。我还觉得，把关于战争、历史和哲学的议论从小说中去掉，可使它变得不那么累赘，不过这些议论单独说来还是很有意思的。"③ 对小说的结构也做了改变，把原有的六卷改为四卷，原有的第一卷不变，原有的第二、三卷合为第二卷，原有的第四卷和第五卷第一部合为第三卷，原有的第五卷其余部分和第六卷合为第四卷。从内容来看，这样分卷比较合理，而且各卷的篇幅也比较均匀。这种分卷方法为后来各种版本所沿用。此外，托尔斯泰对文字做了改动。这是作者亲自对小说所做的最后一次修改。一八八○年出版的托尔斯泰文集第三版所收的《战争与和平》是照一八七三年的版本排印的。这是《战争与和平》的第四版。

在这之后，托尔斯泰把作品出版的事务交由妻子索菲娅·安德烈耶夫娜·托尔斯泰娅负责。在她的主持下于一八八六年出版了托尔斯泰文集第

---

① 《托尔斯泰全集(百岁纪念版)》，第四十六卷，国家文学出版社，一九三四年，第一一四页。
② 《托尔斯泰全集(百岁纪念版)》，第六十四卷，国家文学出版社，一九五三年，第四十页。
③ 《托尔斯泰全集(百岁纪念版)》，第六十二卷，国家文学出版社，一九五三年，第三十四页。

五版和第六版。在第五版中,《战争与和平》根据一八六八——一八六九年的第二版恢复了法文和各种议论,不过保留了一八七三年的第三版把全文分为四卷的划分和所做的文字修改。同时出版的第六版(廉价版)大概是为了便于普通读者阅读,没有恢复法文。根据托尔斯泰的家庭教师伊瓦金在他一八八五年八月十三日的笔记里的记载,托尔斯泰曾坐在一旁听他给伯爵夫人读《战争与和平》的校样。[①] 可见,他是知道《战争与和平》要出新版本的事的。但是没有事实证明他参与出版工作。众所周知,这时他的世界观已发生转变,文学观也有很大变化,他把自己过去的作品称为老爷的"消遣",认为一切都要重新写,因此大概不会有兴趣来折腾自己的旧作,很难说这个版本的改动是他自己的主意。

在这之后,《战争与和平》又出了五版,其中第七版(一八八七)、第八版(一八八九)和第十版(一八九七)没有恢复法文,第九版(一八九三)和第十一版(一九〇三)恢复了。就这样,在托尔斯泰生前,《战争与和平》曾有过四种不同的版本:一、一八六六——一八六九年的第二版,分六卷,有法文和议论;二、一八七三年的第三版,分四卷,去掉法文和议论;三、一八八六年的第五版,分四卷,恢复法文和议论;四、一八八六年的第六版,只恢复议论,没有恢复法文。

十月革命后,根据列宁的倡议筹备出版托尔斯泰全集。第一卷在一九二八年作家百岁诞辰时出版,因此这个版本叫作"百岁纪念版"。全书共九十卷,到一九五八年才出齐。其中《战争与和平》收在第九一十二卷,曾印刷过两次。第一次印刷(一九三〇——一九三三)所依据的版本是一八八六年的第五版;第二次印刷(一九三七——一九四〇)则以一八六八——一八六九年的版本为基础,采用了一八七三年版本的所有修改。因此这两次印刷的文本存在一定的差别。关于哪个版本应看作《战争与和平》最后定本的问题,二十世纪六十年代初前苏联学术界有过争论。奥普利斯卡娅提出应把"百岁纪念版"中第二次印刷的版本看作定本。[②] 古德济则认为定本应是

---

① 《文学遗产》,第六十九卷,第二册,科学出版社,一九六一年,第七四二页。
② 《文学问题》,一九六〇年第二期,第九十九页。

一八七三年的版本，理由是：这是托尔斯泰对小说进行最后一次加工的结果①。他的看法遭到托尔斯泰生平和创作的最老的研究者古谢夫的批评，古谢夫认为应把一八八六年的版本看作定本，因为这个版本表达了作者最后的创作意志。②扎依坚什努尔的看法与上述学者的看法都有所不同。她根据托尔斯泰与合作者的来往信件和其他材料，认定一八七三年出第三版前对一八六八—一八六九年版本的修改并不完全是作者做的，有相当大的部分属于斯特拉霍夫所为，因此认可一八七三年版本的全部修改是不合适的。根据这一点，她认为不能把"百岁纪念版"中第二次印刷的版本作为定本。同时她也认为不能把"百岁纪念版"中依据一八八六年版本的第一次印刷的版本作为定本，因为作者并未参与一八八六年版本的出版。此外，她还指出"百岁纪念版"的两个版本都没有根据手稿进行校勘，以致许多抄写、印刷和辨读上的错误未能改正，据她统计这样的错讹多达一千八百五十五处。③

二十世纪六十年代上半期出版了《托尔斯泰文集》的二十卷集。其中《战争与和平》（第四—七卷）主要以一八六八—一八六九年的版本为蓝本，采纳了一八七三年的版本的分卷方法和其中托尔斯泰本人所做的修改，并根据手稿和其他原始材料进行了校勘，改正了各种错误和编辑的不正确的辨读。二十世纪七八十年代之交出版的《托尔斯泰文集（二十二卷集）》中《战争与和平》根据上述二十卷集印刷，不同的是，这个版本除附有作者撰写的《关于〈战争与和平〉一书的几句话》一文外，在每卷后有更为详尽的注释。现在这个版本被认为是比较完备的版本。

二

《战争与和平》，如上所述，共分四卷，外加一个尾声，从一八〇五年七月

---

① 《新世界》，一九六三年第四期，第二四五页。
② 《文学问题》，一九六四年第二期，第一九〇页。
③ 扎依坚什努尔：《列·尼·托尔斯泰的〈战争与和平〉。这部巨著的创作》，书籍出版社，一九六六年，第三八三页。

写到一八二〇年十二月，时间跨度为十五年，居于叙事中心的是一八一二年的卫国战争。第一卷可以说是全书的一个独特的引子。它从写和平生活开始，可是一开头就提到拿破仑，为情节的发展埋下了伏笔。这一卷介绍了全书的各个重要人物，其中的许多人将成为一八一二年各种事件的参加者。同时写了一八〇五年的几次战役和俄军的"失败和耻辱"，照前面说过的作者的构思，这显然是为写一八一二年胜利作铺垫。

第二卷写一八〇六年到一八一二年前发生的事，这是向一八一二年战争的描写的一个过渡。在这一卷里战争的场面退居次要地位，叙事重点放到写和平生活上，通过对人们的日常生活、相互之间的关系、利害冲突、爱情纠葛、某些人的思想道德探索的描写，展示了十九世纪初俄国社会生活的真实画面。这一卷和平生活的景象的描绘可以说是此后的战争描写的烘托和反衬，而其中主人公性格的进一步揭示则为描写他们在战争开始后各自的表现提供了更加充分的依据。

第三卷集中写一八一二年的战争，既写军事行动，又写战时的生活以及在战争环境里各种人物的表现和遭遇。而高潮是八月二十六日的波罗金诺会战。最后写到俄军放弃莫斯科和法国人占领该城的情况。

第四卷写法军在莫斯科停留数周后撤离的情况和俄军的军事行动，最后写到法军的溃灭，同时用一定篇幅专门写了游击战争。《尾声》交代了主要主人公战后的生活情况，最后以一八二〇年十二月几位主要主人公关于彼得堡的秘密组织的谈论和争论作结。

从这个简单介绍来看，作者改变了他从现代（从一八五六年）写起回溯到历史的构思，变成完全写历史。原来作者计划带领主人公经历一八〇五年到一八〇七年和一八一二年的战争以及一八二五年的十二月党人起义等重大历史事件，最后他只写到一八二〇年，对十二月党人的起义只作暗示而集中写一八一二年战争，这就使得整个叙事中心突出，结构紧凑。不过人们仍然可以从小说的描述中看到一个大的浪潮平息后另一个浪潮正在掀起的迹象，并且猜测到不同的主人公在新的浪潮中将会有的不同表现和不同命运。

《战争与和平》把十九世纪初叶俄国和西欧的一系列重要的历史事件纳入表现的范围，诸如俄、法、奥、普几国的政治外交关系，申格拉本战役，被称为"三皇大战"的奥斯特利茨战役，弗里德兰战役，俄法两国皇帝的蒂尔西特会晤和蒂尔西特和约的签订，斯佩兰斯基的改革，拿破仑的入侵俄国和一八一二年战争的爆发，斯摩棱斯克的失守，库图佐夫被任命为俄军总司令，波罗金诺会战，俄军放弃莫斯科，法军进城和莫斯科的大火，俄军的侧进和塔鲁季诺战役，法军撤离莫斯科和俄军的追击，游击战争，法军的溃灭和俄军的胜利等，都在小说中得到不同程度的反映。与此同时，小说中有一系列历史人物出场，其中包括俄国皇帝亚历山大一世和统帅库图佐夫、法国皇帝拿破仑和他的元帅们以及奥地利皇帝弗兰茨一世等。

这部小说对十九世纪初叶俄国社会生活作了全面的反映。作者揭露了宫廷和政界军界各派错综复杂的关系和争权夺利的斗争，描写了上流社会的各种社交活动和领地贵族的日常生活，同时也写了平民百姓的生活状况。小说中对大大小小的晚会、舞会和宴会，对赌博、决斗和打猎的场面都描绘得非常具体和生动，还写了某些民间习俗，例如过节、占卜等。另一方面，小说反映了当时的人情世态和社会心理，尤其是表现了国家危在旦夕时各个阶级思想的动向和情绪的变化。

小说在写贵族阶级的生活时，着重写了四大家族：鲍尔康斯基家族（老公爵及其子女安德烈和玛丽亚）、罗斯托夫家族（伯爵夫妇及其子女尼古拉、彼佳、薇拉和娜塔莎）、别祖霍夫家族（老伯爵和他的儿子皮埃尔）和库拉金家族（瓦西里公爵及其子女伊波利特、阿纳托利和埃莱娜）。这几个家族之间的相互关系、年轻成员之间的爱情纠葛和婚配以及相互之间的冲突和恩恩怨怨的描写，构成了贵族生活的真实写照。

此外，小说中有大量关于战争、历史、哲学的议论。议论多是这部小说的一大特色。

根据以上介绍，《战争与和平》这部作品似乎突破了传统的长篇小说的成规，别具一格。当年托尔斯泰在发表第一部时曾请求《俄罗斯通报》的编辑不要把他的作品称为长篇小说。① 后来在《关于〈战争与和平〉一书的几句话》这篇文章中又说："这不是长篇小说，更不是长诗，也更不是历史纪事。《战争与和平》是作者想要而且能够用表达它的形式所表达的东西。"确实，《战争与和平》在体裁上不落一般的长篇小说的窠臼，有所创新和突破。它具有历史小说、社会心理小说、家庭纪事小说和哲理小说的某些特点，全面地反映了俄国一个特定时期的社会面貌和人民生活，气势雄伟，具有史诗性的规模，因此有人提出把它看作史诗性的历史小说。这个看法为大多数俄罗斯学者所认同。

十九世纪五十年代和六十年代初，在托尔斯泰酝酿写作《战争与和平》的年代，俄国社会矛盾激化，封建农奴制度出现了危机。在这历史的转折时期，托尔斯泰也像他的许多同时代人一样，关心和思考着俄国的命运，力图认清历史发展的动力。在这前后，他通过办学和作为和平调解人进行的活动，与农民群众有了较多的接触，加深了对他们的了解，思想感情上发生了一些变化，开始承认人民群众在历史上的巨大作用。从他在六十年代初写的长篇小说《十二月党人》的前几章来看，虽然其主题仍是探索俄国贵族阶级的历史命运问题，但是主人公拉巴佐夫这样说道："我应当说，无论是现在还是过去，我最感兴趣的始终是人民。我的看法是：俄国的力量不在我们身上，而在人民身上。"② 这段话无疑表达了作者本人的思想，说明他的世界观开始发生转变。

一八一二年卫国战争的胜利，充分显示了人民群众的伟大力量和他们在重大历史事件中所起的重要作用。托尔斯泰在小说写作过程中最后决定不以十二月党人起义为中心而以一八一二年卫国战争为中心，可以说这是他由于重视人民群众的历史作用而做出的选择。

根据托尔斯泰夫人的记录，托尔斯泰曾于一八七七年三月三日说过这样

---

① 《托尔斯泰全集(百岁纪念版)》，第六十一卷，国家文学出版社，一九五三年，第六十七页。
② 《托尔斯泰全集(百岁纪念版)》，第十七卷，国家文学出版社，一九三六年，第三十页。

一段话："要把作品写好，应当喜欢其中主要的、基本的思想。譬如说，在《安娜·卡列尼娜》中我喜欢家庭的思想，在《战争与和平》中我喜欢人民的思想，这是由于一八一二年战争的缘故。"① 这段话清楚地说明了《战争与和平》的中心思想。

这"人民的思想"首先表现在肯定一八一二年战争的人民战争的性质以及人民群众是取得胜利的决定性因素上。托尔斯泰在小说中对人民战争的特点作了生动的说明。他把俄法两国比作进行决斗的击剑者，当俄方感觉到受了伤，有生命危险时，便不顾剑术规则抄起大棒狠击敌手。他在用这个比喻时，首先肯定俄国在生死存亡关头有运用一切手段进行自卫的权利。他说，尽管法国人抱怨不遵守规则，尽管俄国上层觉得用大棒打人有些不好意思，"但是人民战争的大棒仍以一种可怕的和威严的力量举起来，根本不问一问谁的趣味和规则如何，带着几分傻气和纯朴，但是目标明确地、不看一看是什么就举起来，落下去，狠狠地揍法国人，直到把侵略者完全赶出去为止"。

托尔斯泰批驳了官方文献和某些历史学家对一八一二年战争所作的错误解释，肯定了它的正义性，赞扬了俄国人民的爱国热情和自我牺牲精神。小说中写道，自从法国军队进入俄国国土之时起，尤其是在斯摩棱斯克大火之日起，一场全民奋起抗击侵略者的声势浩大的卫国战争开始了。斯摩棱斯克商人费拉蓬托夫宁愿放火把自己的店铺烧掉，也不愿让它落到魔鬼手里，莫斯科近郊的农民为了同样的原因，不把干草卖给敌人，把它付之一炬。人们用坚壁清野的办法对付法国人。各地出现几百支大大小小的游击队，它们在得到政府正式认可前，已消灭了几千敌军。有一支由教会执事率领的队伍在一个月里就抓了几百个俘虏，还有一个村长的老婆瓦西里萨，她打死了几百个法国人。就这样，游击队员们一部分一部分地消灭着拿破仑的军队。

与一八〇五年在国外作战时相比，俄国军队发生了明显的变化，士气空

---

① 《托尔斯泰夫人日记》，第一卷，文学出版社，一九七八年，第五〇二页。

前高涨，照托尔斯泰看来，这是取得战争胜利的主要因素。例如，在波罗金诺会战前夕，士兵和民兵们个个摩拳擦掌。一个士兵说："眼下不仅可以看见士兵，也可以看见许多农民……眼下就不分是谁了……要让全体老百姓一起扑上去，一句话——让莫斯科全都上。想要拼个你死我活。"营长季莫欣在谈到他的营的情况时说："现在谁还爱惜自己！我的营里的士兵，不知您信不信，开始不喝酒了，他们说，这不是喝酒的时候。"这些质朴的语言表达出了普通群众的高度自觉和爱国热忱。库图佐夫在听说民兵们"穿上白衬衣，准备明天决一死战"时，不禁赞叹道："啊，英勇卓绝、无可比拟的人民！"安德烈公爵在波罗金诺会战前夕把它与奥斯特利茨战役作比较时指出，那时是"莫名其妙地"去打仗，而如今打仗则是因为"法国人毁了我的家园，现在又要去毁坏莫斯科，每时每刻都在侮辱我"。这段话指出了前后两次战役的不同性质。

托尔斯泰认为："人类的运动是由无数人的任意行为产生的，是连续不断的"。他从这个观点出发，反对少数英雄人物决定历史进程的说法，认为社会发展的决定性力量是广大人民群众。虽然他的认识还有模糊不清之处，某些说法还带有一定的片面性，但是他的这一思想具有巨大的进步意义。在这个思想的指导下，小说中比较广泛地描绘了作为决定性力量的人民群众的活动，而在写英雄人物时，强调这些人物只有在他们代表人民群众的利益、接近群众、了解群众的意志和愿望时才能起应有的作用。小说中的库图佐夫就被写成人民意志的代表，作者强调说，库图佐夫的"那种洞彻所发生的各种现象的非凡力量，来源于他所怀有的十分纯洁和十分热烈的人民感情"。他笔下的莫斯科总督拉斯托普钦则相反，此人并不了解人民的要求，不理解正在发生的事的意义，一心要完成一些爱国主义的"壮举"，结果陷入了可笑的境地。小说中说他"像一个孩子一样，玩弄着放弃和焚毁莫斯科这一严肃和不可避免的事件，竭力想用他那小手时而推进、时而阻挡把他一起卷走的人民的洪流"。而在说到拿破仑时，作者认为这个自以为不可一世、妄图支配各国人民的命运的人在历史上不起任何积极作用，嘲笑他"在他的整个活动期间如同一个孩子，抓住拴在马车里面的带子,自以为是在赶车"。

与此同时,对待人民群众的态度如何,是否接近普通老百姓,是否与他们的思想感情有相通之处,似乎成为检验各种人物,尤其是贵族阶级人物的一种独特的尺度,有时接近和了解人民群众并和他们达到精神上的一致,成为某些人物精神道德探索的目标。小说中的安德烈公爵由于克服了个人主义思想和厌世情绪,便决心不为自己一个人活着,要与大家生活在一起,当了团长后,关心自己团里的士兵,被他们亲切地称为"我们的公爵"。皮埃尔·别祖霍夫在波罗金诺战场上看到士兵们自始至终都很坚定和镇静,便自愧不如,表示要去掉自己身上的所有赘物,成为一个士兵,"全身心地投入这共同的生活"。娜塔莎·罗斯托娃的突出特点之一在于她在思想感情上是与普通群众相通的。这位伯爵小姐有接受俄罗斯民间艺术的惊人能力,她在学跳俄罗斯民间舞时动作非常准确,使在场的人惊叹不已。她同情受伤的士兵,违背母亲的意志,腾出马车运送他们。玛丽亚公爵小姐在关键时刻和广大人民群众一样,表现出强烈的爱国主义情感,这给她的形象增添了光彩。另一方面,小说根据这一尺度揭露和批判朝廷权贵和上层贵族们,指出这些人的一个共同特点是远离人民群众,他们根本不关心国家和人民的命运,国难当头时仍过着平静奢侈的生活。"皇帝还是照样上朝,舞会照样举行,法国剧院照样演出,宫廷关心的还是那些事,追求功名利禄和要阴谋诡计依然如故。"尤其具有讽刺意味的是,就在波罗金诺会战的那一天,安娜·舍列尔家里照常举行晚会,一派歌舞升平的景象。

在《战争与和平》中,"人民的思想"还表现在作者重视塑造出身于下层的人物的形象上。小说中除了描绘士兵群众、民兵、农民、游击队员的集体形象外,还着力塑造了一些具体人物的鲜明形象,这在后面还要讲到。

应当指出,托尔斯泰在肯定人民群众的历史作用的同时,否定英雄人物的作用,强调人民群众活动的自发性,甚至表现出某种历史宿命论的倾向,这自然会对历史事件和历史人物的描写产生一定的影响。

《战争与和平》发表后,当年激进的批评家曾指责托尔斯泰没有很好表现当时的社会矛盾，甚至说他"为贵族地主辩护"。这种指责是缺乏根据的。小说对上流社会的显贵和某些贵族地主的讽刺是很辛辣的，揭露和批判是很严厉的。对农奴制的压迫以及农民的无权地位和痛苦生活的描写，在小说中时有所见，例如第二卷第二部描写了皮埃尔巡视基辅省庄园的情况。在狡猾的总管的精心安排下，他所到之处都看到农民们过着平安幸福的生活，实际上有的村庄十分之九的农民处于极端贫困之中，他们干着极其繁重的工作，减轻劳役负担只是一纸空文，各种苛捐杂税却增加了。小说中也用一定篇幅写了农民和工人的不满和反抗，例如鲍古恰罗沃农民的闹事和法国人进入莫斯科前工人的骚动，造成这些事件的原因是复杂的，但是长期以来由于阶级矛盾而形成的对立情绪起着很大作用。

还应该考虑到一点，《战争与和平》写的是一八一二年的卫国战争时期，当时民族矛盾上升到了第一位，抗击侵略者和挽救民族危亡成为全国人民的迫切任务和共同愿望，托尔斯泰把这一点作为他的小说表现的重点，是符合历史真实的。

三

上面说过，《战争与和平》里人物众多，根据统计，总共有五百多人，其中作者对其性格作了比较具体刻画的约有七十人。这些人物可分为历史人物和虚构人物两大类，历史人物有两百多。

托尔斯泰在《关于〈战争与和平〉一书的几句话》里谈到历史学家和艺术家有不同的对象和任务，他说历史学家如果在写历史人物时试图写出他的完整性以及他与生活的各个方面的关系的全部复杂性，那是不对的；同样，艺术家如果总是表现人物的历史作用的话，那么他就完成不了自己的任务。库图佐夫并不总是骑着白马，手里拿着望远镜，指着敌人。拉斯托普钦并不总是举着火把去烧沃罗诺沃村的房子（他甚至从来没有这样做过）；玛丽亚·费多罗夫娜皇太后并不总是身披银鼠皮斗篷站着，一只手按在法典上……"他认为艺术家应竭尽全力理解和表现的，"不是著名活动家，而是一般的人"。因此,对艺术家托尔斯泰来说,似乎不存在历史人物与一般人、普通人的划分问题,如同赫拉普钦科所说的那样,他把历史人物放在与虚构人物"平等"的地位,一视同仁地表现他们。① 在小说中,作者无论是在描写历史人物还是在描写虚构人物时,都把他们当作一般的人看待,既写他们在重大历史事件和社会政治斗争中的表现,也写他们的个人生活和思想行为。这种把历史人物"普通人化",让他们与虚构人物"平等"相处和相互交往的安排,有助于通过对这两类人物的性格的刻画和对他们的活动的描写,把重大历史事件的描述与一般社会生活的描写结合成一个有机的整体。

在历史人物当中,首先要讲一下拿破仑。小说一开头就提到他,对他的描述和评论几乎贯穿全书。应该说,小说中对他的描写前后是有变化的。在小说开头关于他的争论中,皮埃尔和安德烈公爵曾为他辩护。他首次在奥斯特利茨战役前出场时,被写成一个受士兵热烈崇拜的英雄。有时作者的语气虽然带有明显的讽刺,但是仍肯定他有高人一头之处,例如在霍拉布伦,缪拉误认为巴格拉季翁的部队是库图佐夫的全军,向俄国人提出停火,拿破仑发现缪拉的判断是错误的,要求他撕毁停火协定,立即发起进攻。但是随着一八一二年战争的临近,尤其是在法军渡过涅曼河进入俄国国土后,作者对他的批判愈来愈严厉,讽刺愈来愈辛辣。他把拿破仑写成一个自命不凡、狂妄自大的暴君,说此人"感兴趣的只是他自己心里出现的想法……因为世上的一切都取决于他的愿望";说他的理智和良心早已变得模糊起来,"直到生命的结束,他永远不会理解真善美,也不会理解自己的行为的意义"。作者得出结论说:"他注定要身不由己地扮演屠杀各国人民的刽子手的可悲角色,可是他却要自己相信他的行为的目的是造福人民,他能支配千百万人的命运,利用权力广施恩惠!"作者除了在他的议论中猛烈抨击拿破仑外,还通过他在波罗金诺会战和此后其他战役中的表现的描写,否定他的军事指挥才能。此外还描绘了一幕幕生活场景对他进行讽

① 拉普钦科:《艺术家托尔斯泰》,中译本,上海译文出版社,一九八七年,第九十一—九十二页。

刺和揭露。例如小说中所描写的拿破仑与被俘的拉夫鲁什卡谈话的场面、他在波罗金诺会战前早晨梳洗着装的场面、他看儿子画像的场面以及在俯首山上眺望莫斯科和等待大贵族代表团的场面等，把他的虚伪做作、假仁假义刻画得淋漓尽致。可以说，作者在塑造拿破仑的形象时，表现出了对这个人物的蔑视和厌恶。

小说中库图佐夫的形象是与拿破仑明显对立的。作者指出，库图佐夫从来没有像拿破仑那样说过四千年历史从这些金字塔上面看着你们这样的话，"没有说过他为祖国做出的牺牲，没有说过他想要做或已经做了的事，他根本不谈自己的事，不装模作样，任何时候都使人觉得是一个最普通的和最平常的人，说的是一些最普通最平常的事"。小说突出写他的平凡和质朴，写他对下属的关心，强调他从来不从个人出发，不以个人的好恶来评判人和事，因此安德烈公爵经过观察，觉得"他不会有任何自己的东西"。

另一方面，小说通过具体事例写他的军事才能和洞察事变进程的能力，写他在一八〇五年如何设法拯救俄国军队，如何在奥斯特利茨战役前就预见到俄奥联军必遭失败，如何断定波罗金诺会战是一大胜利和丧失莫斯科并不等于丧失俄国，如何预见到法国军队必遭覆灭。作者强调他之所以能做到这样，不仅是由于他的智慧和经验，而更重要的，是由于他与人民群众有血肉的联系以及对他们的意志和愿望有深刻的了解。

作者在写库图佐夫时，一方面说他主张一切任其自然，把"耐心和时间"作为信条，表现了他的某种消极无为的特点，但是另一方面又写他积极干预事变进程，写他的坚强的决心和勇敢无畏的精神。他在波罗金诺会战正酣时怒斥错误估计形势、惊慌失措的沃尔佐根，下达明天发起进攻的命令；他在菲利军事会议上力排众议，敢于承担责任，决定放弃莫斯科；他在拿破仑派洛里斯东前来求和时坚决予以回绝，斩钉截铁地说，"如果把我看作任何和谈的发起人，我将受到诅咒。我国人民的意志就是如此"。此外，他在法军败退期间，反对多数人的意见，甚至拂逆皇帝的意志，主张"不进行徒劳无益的战斗，不发动新的战争，不越过俄国的边界"。总的来说，作者力图把库图佐夫描绘成一个"朴实、谦逊、因而真正伟大的人物"。

沙皇亚历山大一世出场的次数要比拿破仑和库图佐夫少些。小说先写了他参加奥斯特利茨战役以及后来与拿破仑在蒂尔西特会晤的情况，接着写他在卫国战争爆发后在维尔纳和德里萨营地的活动，然后又写他被"恭请"离开军队到莫斯科去"鼓舞民众斗志"，最后写他在俄军追击法国人时又到了维尔纳的军队里。一八一二年的重大事件他几乎都没有参与。作者直截了当地说："在人民战争期间，这个人物无所作为，因为不需要他。"小说中的亚历山大一世是一个虽具有吸引人的外表，但是没有主见、爱好虚荣和软弱无能的人，喜欢扮演自由主义者和祖国救星的角色。作者通过智力有限和思想守旧、然而非常热情的尼古拉·罗斯托夫和他那尚不谙世事的十五岁的弟弟彼佳的感受来写对皇帝的热烈崇拜之情，这种写法的高明之处，在于它既表达了当时一般人的感情，又对这位最高统治者进行了巧妙的讽刺。

　　此外，小说还写了当时的一些文臣武将，作者用肯定和赞扬的笔调写巴格拉季翁、多赫图罗夫、科诺夫尼岑等人，而对多尔戈鲁科夫、阿拉克切耶夫、本尼格森、叶尔莫洛夫、拉斯托普钦等人则进行了揭露和讽刺。

　　有人对某些历史人物的艺术形象不完全符合他们的本来面目这一点提出批评。其实这在艺术作品里是常见现象。艺术形象的塑造是一个再创作的过程，必然会受作者的思想感情的影响。例如小说中拿破仑的历史作用的被否定和库图佐夫的某种消极无为的表现，就是这样造成的。但是艺术真实非即历史真实，艺术形象与历史人物本身是有所区别的。一个历史人物的艺术形象只要有实际生活的依据，生动逼真而富有感染力，具有认识意义和艺术价值，就应该肯定。

　　在虚构人物当中，属于贵族阶级者居多。根据俄罗斯学者的研究和考证，许多比较重要的人物都是有原型的。例如，老鲍尔康斯基公爵的原型是作者的外祖父尼古拉·谢尔盖耶维奇·沃尔康斯基公爵，玛丽亚公爵小姐的原型则是作者的母亲玛丽亚·尼古拉耶夫娜；老罗斯托夫伯爵的性格与作者的祖父伊里亚·安德烈耶维奇·托尔斯泰伯爵有相似之处，而老伯爵夫人的原型则是他的祖母。在尼古拉·罗斯托夫身上有作者的父亲的特点，而娜塔莎·罗斯托娃的形象则主要是根据作者的小姨子塔季雅娜·安德烈耶夫娜·贝尔斯塑造的。杰尼索夫的原型是著名诗人和游击队员达维多夫，阿赫罗西莫娃的原型则为奥夫罗西莫娃。此外，就连多洛霍夫、布里安娜小姐等人物也都各有其原型。在重要人物当中似乎只有安德烈公爵和皮埃尔没有比较明显的原型，据英国小说家和剧作家毛姆推测，托尔斯泰在这两个人身上把自己写了进去，因为他意识到自己身上的种种矛盾，便利用自己这一个模特儿创造了两个相反的人物。[①] 这种推测似乎有一定的道理。

托尔斯泰在《关于〈战争与和平〉一书的几句话》里曾这样说："如果虚构的名字与真人的名字的相似之处使某些人产生这样的想法，认为我要描写某一个真实的人，那么我将感到非常遗憾；这尤其是因为那种描写现在或过去的真人真事的文学活动与我从事的文学活动毫无共同之处。"接着他又说："玛·德·阿夫罗西莫娃和杰尼索夫是仅有的两个人物，我不由自主地和轻率地给他们取了接近于当时上流社会的两个特别有代表性的和可爱的真实人物的名字。这是我的错误，这错误是这两个人物的特殊的代表性造成的，但是在这方面我的错误只限于安排了这两个人物；读者大概会同意，这两个人物与现实毫无相似之处。所有其余的人物都是虚构的，我在写他们时甚至没有传说中的或现实中的原型。"

这里托尔斯泰否认它在《战争与和平》里除历史人物外所写的人物都是真人，他这样说无疑是对的，这些都是虚构人物，是他塑造的艺术形象。可是他不知何故除了承认杰尼索夫和阿赫罗西莫娃这两个人物有原型外，否认其他人物有原型，这就不符合事实了。根据有关他的家族的传说和同时代人的回忆，他笔下的某些人物无论就生活经历和性格特点来说，与他的一些前辈和亲戚朋友有许多相似之处，他自己也曾说过某个人物是照某某人写的这样的话。例如，他在谈到娜塔莎的形象的塑造时曾说过："我取了塔尼娅（即塔季雅娜·安德烈耶夫娜·贝尔斯。——引者），把她捣碎与索尼娅（即索菲

---

① 《欧美作家论列夫·托尔斯泰》，中国社会科学出版社，一九八三年，第二六一页。

娅·安德烈耶夫娜·托尔斯泰娅。——引者）搅和在一起，写出了娜塔莎。"① 不过就性格特点来说，娜塔莎更接近于前者。根据莫中的回忆，托尔斯泰在许多年后说过："我经常照着真人写。以前就连草稿上的人物的姓名也是真的，为的是把那个我照着写的人记得更加清楚……我认为如果直接照某一个人写，结果将会很不典型，会得出某种个别的、特殊的和毫无意思的东西。而需要从某个人那里取其主要的性格特点，而以观察到的另外一些人的性格特点加以补充。这样就会是典型的。为了创造一个特定的典型，需要观察许许多多同类的人。"② 这里托尔斯泰把某些人物形象的塑造过程说得比较全面，承认有原型，同时指出必须用另一些人的性格特点加以补充。同时应当指出，《战争与和平》里相当多的人物似乎没有明显的原型，例如瓦西里·库拉金公爵一家人就是如此，这些人物形象大概是作者博采他在上流社会观察到形形色色的人的特点加以提炼和综合而塑造出来的。由此可见，托尔斯泰塑造人物的方法是多种多样的。

托尔斯泰塑造的许多贵族的形象，一个个色彩鲜明，个性突出。其中的多数人属于上面提到过的鲍尔康斯基公爵、罗斯托夫伯爵、别祖霍夫伯爵、库拉金公爵等四大家族。老鲍尔康斯基公爵是叶卡捷琳娜时代的老臣，性情固执，甚至有些怪癖，独断专行，是一位严厉的老爷。但是他热爱故乡的土地，有一颗爱国之心。老罗斯托夫伯爵的性格则有所不同。他心肠很软，善良而又轻信，慷慨大方，是一个十足的老好人。他因管理不善和挥霍无度而使家业衰败，常常为此而进行自责。瓦西里·库拉金又是一种人。这是一个佩戴着几枚星章的大官，为人虚伪，假仁假义，见风使舵，毫无原则，反复无常，是一个典型的政客。他贪婪自私，为获取名利不择手段，例如为获取老别祖霍夫伯爵的遗产参与窃取遗嘱的勾当，后又使用手腕迫使皮埃尔娶自己的女儿。老别祖霍夫伯爵是女皇叶卡捷琳娜二世的宠臣，小说里只写他的死，对他的性格未作充分的揭示。

---

① 转引自扎依坚什努尔的《列尼·托尔斯泰的〈战争与和平〉。这部巨著的创作》，第一五四页。
② 《俄罗斯作家论文学劳动》第三卷，作家出版社，一九五五年，第五〇七页。

在年轻一代的人当中,最值得注意的是安德烈·鲍尔康斯基公爵和皮埃尔·别祖霍夫伯爵。这两个人就外表、经历、性格、气质和对生活的看法来说,都有很大的不同。安德烈公爵身材不高,面貌英俊,表情严肃冷淡,有头脑,博学多识,有精神需求,对上流社会的生活感到厌倦,在这一点上似乎与普希金笔下的奥涅金有些相似。他有功名心,曾一心想建功立业。幻想遭到破灭后陷入过失望和厌世。后来重新振作起来,参加了斯佩兰斯基的改革。一八一二年投入了保卫祖国的战斗,在波罗金诺会战中受重伤,不久死去。皮埃尔是老别祖霍夫伯爵的私生子,在巴黎受的教育,他高大肥胖,经常带着一副漫不经心的神情。他为人正直、善良,喜欢进行思考,可是意志薄弱,缺乏办事能力。他不满足于过上流社会的生活,可是又经不起它的诱惑。他不断地探索着生活的真谛,如他自己所说的那样,曾在慈善事业中,在共济会中,在上流社会的消遣中,在酒杯中,在自我牺牲的英雄业绩和爱情中寻求安宁和内心的和谐,结果都是失望。卫国战争中,他亲临波罗金诺战场,与普通士兵有了接触,产生了做一个士兵的愿望。在敌人占领后的莫斯科为卫护一个亚美尼亚女人而被捕后,历经磨难,最后被游击队救出。在《尾声》里皮埃尔和娜塔莎结了婚,建立了幸福的家庭,但是他看到社会政治情况很糟,觉得有义务尽自己的力量阻止局势这样发展下去,于是参加早期十二月党人的活动。尽管安德烈公爵和皮埃尔的性格有很大的差别,但是两人有一个共同点,即他们都不愿遵循现行的生活准则,有精神和道德上的追求,都有接近和了解人民群众的愿望。根据小说《尾声》中所写,皮埃尔可能成为十二月党人,安德烈公爵如果不死,也可能像他一样。这可由这样的一段话来证明。安德烈公爵的儿子尼科连卡问皮埃尔:"要是爸爸在世,他会同意您的看法吗?"皮埃尔回答说:"我想他会同意的。"而尼科连卡表示一定要做出连他的父亲也满意的事,这说明他将继承父志,也许五年后会成为一个年轻的十二月党人。根据鲁萨诺夫回忆,他曾问托尔斯泰,尼科连卡是否会在十二月党人时代出现,托尔斯泰表示肯定。[①]

---

① 康季耶夫的《托尔斯泰的史诗性长篇小说〈战争与和平〉》一书,教育出版社,一九六七年,第三四八页。

在安德烈公爵和皮埃尔希望脱离上流社会的环境和改变自己生活时,鲍里斯·德鲁别茨科依和贝格却一心一意地想挤到那个社会中去。鲍里斯出身于破落贵族家庭,他的生活目的就是安排好自己,争取好的前程。为了达到这个目的,他便去接近和迎合那些地位比他高而可能会对他有用的人。为了得到陪嫁,向他并不爱的朱丽求婚。著名批评家皮萨列夫把他称为"上流社会的莫尔恰林"。①利夫兰的无名小贵族的儿子贝格具有德国人的精明,服役时斤斤计较职位的高低和饷银的多少。他追求的目标是"一切完全和别人那里一样",他说的"别人"指的就是当时的达官贵人。关于他家举行晚会的描写令人发噱,而他在莫斯科即将放弃的兵荒马乱之际买便宜货,请求伯爵派人替他运送的做法使人厌恶。这里要顺便提一下瓦西里·库拉金公爵的两个宝贝儿子:冥顽不灵、几乎达到白痴程度的伊波利特和卑劣胆小、腐化堕落的阿纳托利,他们完全是社会的寄生虫。

尼古拉·罗斯托夫与上述两类人都不一样。一方面,他正直侠义,珍惜名誉,热情而爱冲动,另一方面他思想简单,目光短浅,不善于思考,"凡是没有被所有人认可的事,他怎么也不会同意"。像他这样的人最后只能成为旧的生活秩序和旧传统的维护者。在小说《尾声》里他在听皮埃尔讲秘密组织的活动时激动地说:"如果你成立秘密团体反对政府,不管这政府怎么样,我知道我的天职是服从这个政府。如果现在阿拉克切耶夫要我率领一个骑兵连弹压你们——我一秒钟也不会犹豫,立即去执行命令。"他像他自己说的那样为了让儿女们不去要饭,整顿好了家业,博得了"好东家"的名声。可见,他走的是一般贵族的老路。在整个贵族阶级正在走向腐朽没落时,这种重振家业的描写也许只是作者的一种希望而已。

小说中居于年轻的女主人公的一端的是娜塔莎和玛丽亚公爵小姐,在另一端的是埃莱娜·库拉金娜。娜塔莎和玛丽亚公爵小姐的性格也截然不同。娜塔莎天真烂漫,自然率直,感情外露,容易冲动。父亲说她是"急性子",阿赫罗西莫娃称她"哥萨克",而杰尼索夫又叫她"女魔法师"。在她的

① 《俄国作家批评论托尔斯泰》,国家文学出版社,一九五二年,第二一二页。莫尔恰林是格里鲍耶陀夫的《智慧的痛苦》中的人物,是一个名利小人。

爱情生活中出现的波折,在一定程度上正是她的这种性格的表现。如上所说,她在思想感情上是与平民百姓相通的,有俄罗斯人的民族感情。在小说的《尾声》中娜塔莎变成一个只顾生儿育女和照顾丈夫的贤妻良母型的女人。有的评论者认为作者这样写反映了他对妇女解放运动的怀疑态度,违背了女主人公性格发展的逻辑。其实娜塔莎的这种变化并不奇怪,这是符合她的性格和有生活依据的。像她这样的人还有可能再次发生变化。可以作这样的设想,如果皮埃尔在十二月党人起义失败后被流放到西伯利亚,那么娜塔莎有可能像历史上的某些十二月党人的家属一样,抛弃家庭,跟随丈夫去西伯利亚。

玛丽亚公爵小姐与娜塔莎相反,性格内向,思想感情隐而不露,有时只能从她的那双闪闪发光的眼睛里窥见她内心的秘密。她信仰上帝,对一般穷人有特殊的仁爱之情。她默默地忍受着家庭生活环境的折磨,表现出了很强的道德责任感以及体谅别人和自我牺牲的精神。她有丰富的内心生活,有得到爱情和享受生活乐趣的热切愿望,但是常常克制着自己。她在碰到罗斯托夫后,才逐步把自己的丰富精神世界在他面前展现出来,使得观察能力不强的罗斯托夫,也对她的特殊的、精神的美感到惊讶。

埃莱娜徒有漂亮的外貌,但是空虚、愚蠢、放荡。皮埃尔曾对她说:"只要您到哪里,哪里就出现道德败坏和罪恶的行为。"这句话非常概括地说明了埃莱娜的为人。在娜塔莎和玛丽亚公爵小姐与埃莱娜之间还有像小公爵夫人、薇拉·罗斯托娃、朱丽·卡拉金娜这样一些人。她们既无高尚的志趣,也无深刻的思想,更无精神上的追求,习惯于上流社会的那种空虚无聊的生活。

上面提到过,小说中塑造了一批下层人物的形象。首先这里要指出的是,托尔斯泰塑造两个下级军官的生动形象,一个是季莫欣,另一个是图申。他们两人都貌不惊人,外表似乎不招人喜欢,在上司面前羞怯腼腆,可是作战勇敢,在关键时刻表现出了大无畏的英雄气概。其次,小说塑造了一些农民的形象,例如罗斯托夫伯爵家的那个并不唯命是从而且感到自己比老爷们强的驯犬师达尼洛、老鲍尔康斯基公爵的仆人吉洪、杰尼索夫的仆人拉夫鲁什卡、游击队员吉洪·谢尔巴特等,其中吉洪·谢尔巴特的形象给人留下深刻的印象,可以说他是劳动人民的聪明机智和勇敢的化身。小说还写了一个名叫普拉东·卡拉塔耶夫的农民,他的特点是逆来顺受,宽恕一切,相信事物发展的进程都是预先安排好的。这个人物反映了俄国宗法制农民的某些特点,与吉洪·谢尔巴特形成鲜明的对照。从卡拉塔耶夫身上可以看到作者后来的那种勿以暴力抗恶的思想的萌芽。但是总的说来,小说中行动积极的农民形象占有多数。在《战争与和平》最初的构思中并没有卡拉塔耶夫这个人物,后来作者把他加进去并在他身上花了相当多的笔墨,让他给正处于紧张的精神探索中的皮埃尔以启示,想必是有深刻用意的。这个形象的塑造表明作者的世界观正在酝酿着新的变化,预示着他后来将站到宗法制农民的立场上。

在《战争与和平》的由几百个历史人物和虚构人物构成的形象体系中,占有重要地位的是历史人物拿破仑、库图佐夫和虚构人物安德烈公爵、皮埃尔·别祖霍夫、尼古拉·罗斯托夫、娜塔莎和玛丽亚公爵小姐。这些人物贯穿于整个叙事的始终,承担着作品的思想重荷,支撑着各条情节线索。他们相互之间以及他们与周围的其他人物之间形成错综复杂的关系,以他们为主角演出了一幕幕悲剧、喜剧和悲喜剧,他们和他们周围的其他人物的活动编织成了一个个生动逼真的历史画面。他们是这部史诗性作品的主要主人公。

四

《战争与和平》是一部现实主义的杰作。它的一个突出的特点在于它的真实性。为了真实地描写重大历史事件和各个历史人物,传达出那个特定的时代的"气味和声音",托尔斯泰在创作前做了大量的调查研究工作。他亲自动手和发动亲戚朋友收集材料,查阅档案,与有关事件的参加者和目击者交谈,进行实地考察。他曾在《关于〈战争与和平〉一书的几句话》一文里说过:"在我的小说里,在历史人物说话和行动的地方,我都没有进行虚构,而利用了各种材料,我在写作时积累了一大批书籍,我认为没有必要在这里列举这些书的书名,但是我随时可以援引这些书里的话。"这段话绝非虚夸。在他的藏书中,有关的书刊就有七十四种,此外还有一些书刊他使用过而没有保存下来。在这些书刊中,有一类是史书,其中包括军事史家米哈依洛夫斯基·丹尼列夫斯基描述一八〇五年到一八一二年的历次战争和一八一四年远征法国的史书、波格丹诺维奇的《根据可靠史料奉旨撰写的一八一二年卫国战争史》、梯也尔的《执政府和帝国时代的历史》和《帝国的历史》以及达维多夫、叶尔莫洛夫、格林卡、希什科夫、日哈列夫、梅斯特尔、拉普、拉斯卡斯等人的笔记和回忆录等等。托尔斯泰对官方文献和钦定史书抱怀疑态度,认为其中有"不可避免的谎言",因此非常看重事件的参加者和目击者的笔记和回忆录。

托尔斯泰根据所掌握的史料,把大量历史事件和历史事实写进了小说。它强调在对待历史事实上艺术家的做法应与历史学家有所区别。他曾在一八五三年的日记中说过:"每一个历史事实都必须从人的角度进行解释,避免历史的陈词滥调。"[1] 也就是说,他认为艺术家应从表现人的目的出发对历史事实进行审美的掌握,然后通过生动的艺术形象把这些事实表现出来。在他笔下的各种历史事件一方面有史料作为依据,叙事上具有编年史的精确性,另一方面他又在深切感受的基础上发挥想象,对史料进行艺术的加工和处理,因此描绘出来的画面既真实可信,又鲜明生动,同时揭示出了事件的某些本质方面。例如,小说在写奥斯特利茨战役和波罗金诺会战时,主要事实、战事发生的时间和地点、双方军队的数量、参战部队的番号、指挥官的姓名、作战部署和总司令的命令等等,均取自史书的记载和其他材料,完全符合实际情况。但是作者经过对史料的深入研究,形成了对事件和历史人物的独特看法和评价,并根据这种看法和评价运用艺术手段进行了描述。这就从历史的真实提高到了艺术的真实。我们可以从两次战役的艺术描写中体察到它们之间的某种本质上的区别。对其他重

---

[1] 《托尔斯泰全集(百岁纪念版)》,第四十六卷,国家文学出版社,一九三四年,第二一二页。

大事件(例如俄法两国皇帝的蒂尔西特会晤、斯佩兰斯基的改革、斯摩棱斯克的失守、莫斯科的大火、游击战争等)的描写也都参照了各种史料,或者有各种史料作为佐证,因而也都是符合历史真实的,同时这又是作者所创造的艺术真实的体现。

托尔斯泰不仅重视广阔的历史画面的真实性,而且重视细节的真实性。有时每一件具体的事,每一个不大的场景,甚至人物的某个行为或某一句话都有史料记载的事实作为依据。例如,亚历山大一世在奥斯特利茨战役时责问库图佐夫为何不开始进攻和库图佐夫的回答以及这次战役后拿破仑与俘虏的谈话是根据米哈依洛夫斯基·丹尼洛夫斯基书中的记载写的;莫斯科贵族在英国俱乐部设宴欢迎巴格拉季翁的场面有日哈列夫的笔记作为依据;上面提到过的拿破仑与拉夫鲁什卡的谈话是按照梯也尔书中的记载改写的;拿破仑在波罗金诺会战前早晨梳洗着装和看儿子画像的场面分别取自拉斯卡斯的《圣赫勒拿回忆录》和博塞的回忆录。又如,托尔斯泰在写到亚历山大一世在莫斯科克里姆林宫进餐时,有一个他向群众扔饼干的细节。他这样写曾遭到维亚泽姆斯基的指责,被说成是对皇帝的诽谤。托尔斯泰在给巴尔捷涅夫的信中为自己辩护,指出这个细节并不是他的虚构,而取自格林卡献给皇帝的书。① 大概托尔斯泰记忆有误,这个细节不取自格林卡的《一八一二年的笔记》一书,而取自梁赞采夫的《一八一二年法国人在莫斯科的情况的目击者的回忆》。不过在梁赞采夫的书中亚历山大一世向人群扔的是水果,托尔斯泰改为扔饼干。类似的根据实际材料进行细节描写的例子还可举出不少。

总之,托尔斯泰在写一八一二年战争时,坚持按照事物的本来面目来表现这段历史的原则,反对任意的编造,力求达到所写事实的准确性,同时根据自己的观点对历史事实进行艺术阐释和艺术表现,第一次通过艺术形象和艺术画面把这场战争描绘成保卫祖国的人民战争,这样写是完全符合历史真实的。这是托尔斯泰的一大发现,也是他的一个功绩。

---

① 《托尔斯泰全集(百岁纪念版)》,第六十一卷,第二一二页。

托尔斯泰在《战争与和平》里,在描绘广阔的历史画面和日常生活场景的同时,十分重视人物的内心世界的揭示。翻开这部小说,随处可以看到大量的心理描写。作者在展示各种人物在日常生活中的心理活动的同时,着重写他们在特殊的环境里,在生活发生变故的情况下,在人生的某个关键时刻和紧要关头,在面临重大抉择时内心的矛盾和斗争。他不孤立地进行心理描写,而把它与客观环境的变化和各种事态的发展的描写紧密结合在一起。

托尔斯泰在他的早期作品中就显示出心理分析的才能。车尔尼雪夫斯基在评论他的《童年》《少年》和《战争小说集》时曾经指出他的心理分析的特点,说他"最感兴趣的是心理过程本身,它的形式,它的规律,用特定的术语来说,就是心灵的辩证法"。[1] 也就是说,托尔斯泰特别注意揭示不同人物内心的矛盾和斗争的不同表现,善于描述从一种心理状态到另一种心理状态的过渡,说明心理变化的原因和规律。在《战争与和平》里托尔斯泰的心理分析技巧更加圆熟并且已最后定型。他运用这种方法,成功地画出了某些正面人物在道德精神探索过程中的思想感情变化的曲线。例如书中对安德烈公爵在奥斯特利茨战役前后的心理变化,对他随后出现的消极情绪和后来精神的复苏,对他在爱情出现波折后的痛苦心情以及在卫国战争爆发后的精神状态,最后对他在受伤后直到临死前的各种思绪,都做了细致的描述。其中关于他受伤后躺在奥斯特利茨战场上仰望无限高远的天空觉得万事皆空的心情的描写,还有关于他在从奥特拉德诺耶回程的路上看到长出新叶的老橡树而产生的喜悦和万象更新的春天感觉的描写,被公认为心理描写的出色篇章。小说对经历了各种艰难困苦、体验了死亡的恐惧的皮埃尔的思想和心理变化过程也写得非常详尽。

托尔斯泰的心理描写还具有非常细腻的特点。他用十多页的篇幅写尼古拉·罗斯托夫在与多洛霍夫玩牌的过程中和输了钱后的心理变化,把他内心的每一个细微的活动都展示在读者面前。

---

[1] 《俄国作家批评家论列夫·托尔斯泰》,第九十三页。

托尔斯泰在揭示各种人物的心理活动时,很少采用从一旁进行介绍的方法,更多地让人物进行自我表白,也就是说,经常采用内心独白的形式。与此同时,他还调动其他艺术手段来展示人物的内心世界。例如它通过人物面部表情、言谈举止、生活细节的描写来暗示人物此时此刻的心理。有时主人公的脸色和眼神,他们的一颦一笑,一抬手一投足,常常是无言的心理描写。例如瓦西里公爵在和卡蒂什公爵小姐谈论如何销毁老别祖霍夫伯爵的遗嘱时,一脸不愉快,腮帮子神经质地抽动着,把身边的小桌子生气地推来推去,所有这些表现反映出了他这时的焦灼不安的心情。

上面说过,托尔斯泰常常把心理描写与外部世界的变化的描写紧密结合起来,这样他所揭示的心理活动发生、发展和变化的外部原因就显得比较清楚;同时他在进行心理描写时充分考虑人物的性格特点,所写的心理变化过程符合人物性格发展的内在逻辑,因此他的心理描写总的说来合情合理,真实可信。

在《战争与和平》中托尔斯泰的批判现实主义已初露锋芒。他从爱国主义的感情出发,对外国侵略者进行了愤怒的批判和谴责。上面已经说过,他对拿破仑的批判是很严厉的。在国内,托尔斯泰首先把批判的矛头对准上层贵族、沙皇的近臣们和某些高级将领。在创作《战争与和平》时,他还没有同整个贵族阶级决裂,对宗法制的领地贵族(例如小说中所写的鲍尔康斯基家族、罗斯托夫家族以及阿赫罗西莫娃等)还抱有希望,在写他们时用的是同情的笔触。他所批判的是以库拉金家族为代表的京城贵族,几乎把他们写成罪恶的渊薮。小说中除了揭露他们的虚伪自私的本性和骄奢淫逸的生活外,在一八一二年前后的特定条件下还批判他们不关心国家和民族的前途和命运的种种表现,对他们之中某些人的假装出来的爱国热情进行了辛辣的讽刺。

托尔斯泰对沙皇的近臣们和上层的官僚(尤其是其中的外籍人)在国难当头时明争暗斗和争权夺利的行为进行了谴责。小说特别写了德里萨营地亚历山大一世周围的各种人物之间的斗争,他们分为八九派,其中的第八派人数最多,占全体人员的百分之九十九,这一派人既不愿意议和,也不愿意打仗,只希望一点,即为自己获取最大的利益和欢乐。这些人在捞取卢布、勋章和官衔的过程中,只关注皇帝好恶的风向标的方向,一发现风向标指向一个方面,就往这个方面吹风,把整个局面搅得极其混乱。作者轻蔑地称他们"雄蜂"。

小说中的揭露和批判有时也触及正面人物。作者不把这些人物理想化,毫不客气地指出他们的缺点和弱点,或者让他们进行自我剖析和自我嘲笑。例如小说中用讥讽的语气写安德烈公爵追求个人功名,幻想自己的"土伦";在写皮埃尔的宽厚善良的同时,批评他的轻信、意志薄弱和缺少实际办事能力。作者对心爱的女主人公娜塔莎也不讲情面和不加"保护",写了她生活道路上的失误和爱情生活中的波折。但是这种揭露和责备是善意的,是与对上层贵族的批判不同的。总的说来,《战争与和平》中揭露和批判的主题尚未占主要地位,但是已显示出巨大的力量,可以看出,这种倾向有不断加强的趋势。托尔斯泰后来在世界观发生转折后对现行制度的全面否定和对恶的"撕下一切假面具"的彻底揭露,显然是这种倾向进一步发展的结果。

《战争与和平》的叙事很有特点。叙述者不仅叙述事件和介绍人物,而且表达自己的观点和信念,对所叙述的人和事做出评价,他一身兼有叙述者、阐释者和评判者的功能。他夹叙夹议,在叙事的同时进行褒扬贬斥和抒发自己的思想感情,既显示出高超的叙事技巧,同时又表现出思想家的深沉和政论家的激情。叙述的语调有时平静,有时激动,或充满同情和赞许,或带有愤怒和尖刻的讽刺,一切都以叙述者对所叙述的内容的评价为转移。

作者在小说中比较广泛地采用了所谓的"通过人物的感受的中介"的叙事方法。使用这种方法使得他有可能通过不同人的视角描写客观世界,说明不同人对客观世界的不同的主观认识,从而增强对客观世界的描写的多面性和准确性。在进行这样的描写时,作者往往"借重"他的主要主人公。例如,作者在克雷姆斯战役后安排安德烈公爵到奥地利宫廷送捷报,通过他的视角描写了当时奥地利宫廷的情况;在申格拉本战役前他与值班军官巡视阵地,通过他的视角描写了俄法两军对垒的情况;小说中斯佩兰斯基、阿拉克切耶夫、马格尼茨基等政界人士是通过他的感受描写的;德里萨营地各派的明争暗斗也是通过他的感受揭示的。由于安德烈公爵目光敏锐,常常能看到事物的本质,因此这些描写都比较深刻。

托尔斯泰在运用这种叙述方法时,除了叙事外,常用来完成别的艺术任务。上面提到过通过尼古拉·罗斯托夫和他的弟弟彼佳的感受来写对亚历山大一世的崇拜,实际上这种写法包含着对皇帝的讽刺。在召开菲利军事会议的木屋里专门安排六岁的玛拉莎留在火炕上,通过这个天真烂漫的孩子的视角来写库图佐夫与本尼格森的争论,写她心里"赞成爷爷(库图佐夫)",这一小小的细节在说明库图佐夫受到人民拥护上胜过长篇大论。小说作者安排皮埃尔这样一个不懂军事的人去波罗金诺战场并通过他的感受来写这次战役,这样使得战况的描写更直接,写出了一般军人不易觉察和不注意的某些方面。同时把通过他的感受的描写与通过两军统帅库图佐夫和拿破仑的视角的描写放在一起,使得这次会战的描写更加全面和更加具体。

总之,《战争与和平》结构宏伟,把十九世纪初十余年的错综复杂的事件、各方面的社会生活和众多人物的活动组织成一个完整的整体,浑然天成。叙事有条不紊,各条情节线索相互照应,一些事件的叙述与另一些事件的叙述的衔接和它们之间的过渡极为自然,无斧凿痕迹,有时甚至使人觉察不到多条线索的存在。在所有这些方面表现出了作者高超的艺术技巧。

上面说过,在《战争与和平》里有许多议论。其中包含着对哲学问题的思考以及对历史发展的规律的探寻,对历史事件和历史人物的评价,与历史学家和哲学家的争论等。当年批评家和读者曾对议论过多颇有微词。确实,议论所占比重是比较大的,它们有时似乎与叙事本身结合得不够紧密,显得与艺术描写不够协调,而且某些议论前后重复,使人读起来不免觉得比较累赘。这些直露的议论无助于加强小说的艺术感染力,有时甚至起相反的作用。同时,作者的世界观的矛盾以及他的一些片面的、甚至是错误的看法常常更多地表现在他的议论里,这是因为虽然小说的艺术描写也受到影响,但是有时作者的清醒的现实主义的力量能在一定程度上使他避免和克服艺术表现上的偏颇。上面提到过,托尔斯泰在一八七三年出版小说第三版里作过去掉和简化这些议论的尝试。如果这个工作做得比较适当,在去掉多余的议论的同时能保持叙事的连贯性,那么就能使小说避免上述缺点,变得更加精粹。可惜我们未能看到这个版本,无法对他的改变作出判断和评价。

《战争与和平》自从问世以后,经历了风风雨雨。当年激进的批评家(例如米纳耶夫、别尔维、舍尔古诺夫等)曾对它提出过批评,保守的批评家(例如维亚泽姆斯基、诺罗夫等)也对它进行过指责。但是多数著名的作家和批评家对它进行了赞扬。屠格涅夫称《战争与和平》为"伟大作家的伟大作品",说从中可以"更加直接和更加准确地了解到俄罗斯人民的性格和气质以及整个俄国生活,这胜过读几百部有关民族学和历史的著作"。① 高尔基在《俄国文学史》里称《战争与和平》为"十九世纪世界文学的最伟大的作品"。② 托尔斯泰的这部史诗性小说受到许多外国著名作家的推崇。例如,法国作家罗曼·罗兰在《托尔斯泰传》里说:"《战争与和平》是我们时代最浩瀚的史诗,是现代的《伊利亚特》。"他还说:"《战争与和平》的光荣在于复活了一整个历史时代,再现了民族的迁徙和各国的战争。小说的真正的主人公是各国人民……"③

列宁高度重视托尔斯泰的文学活动,连续发表了七篇评论文章,对他的思想和创作进行了全面的分析和评价。根据高尔基的回忆,列宁喜欢托尔斯泰的《战争与和平》,"想读一读打猎的场面"。他曾说过,在托尔斯泰之前"文学里就没有一个真正的农民"。他称托尔斯泰为伟大人物,是欧洲无人能同他并列的艺术家。④

---

① 屠格涅夫:《文论·回忆录》,河北教育出版社,一九九四年,第二二九页。
② 高尔基:《俄国文学史》,国家文学出版社,一九三九年,第二九二页。
③ 《欧美作家论列夫·托尔斯泰》,第四十八、五十四页。
④ 《列宁论文学与艺术》,人民文学出版社,一九八三年,第四一六—四一七页。

一八七八年,研究俄罗斯文学的英国学者威廉·罗尔斯顿打算写一篇关于《战争与和平》的大文章,写信给托尔斯泰,希望他提供一些传记材料。托尔斯泰没有提供材料,在回信里说我对自己是这样一个重要作家深表怀疑,不相信我的生平不仅会使俄国读者,而且会使欧洲读者感兴趣。"他还补充说:"我真的一点也不知道,一百年后是否还会有人读我的作品,或者过一百天这些作品就会被忘掉,因此我不想处于可笑的地位。"①

自从《战争与和平》问世以来,一百三十多年过去了。现在完全可以告慰它的作者,他的这部作品不仅没有被忘记,而且得到愈来愈多的人的喜爱。可以相信,它像世界文学中其他不朽的名著一样,将会永远流传下去。

---

① 《托尔斯泰全集(百岁纪念版)》,第六十二卷,国家文学出版社,一九五三年,第四四八页。

目录

距今一百多年前，俄罗斯这个伟大的心灵的光焰照亮了大地；这个心灵对于我们这一代人，曾经是照亮了我们青年时期的最纯洁的光芒。在十九世纪行将结束时阴霾重重的暮色中，它是颗安慰之星，它的闪光吸引着、抚慰着我们青年的心灵。

——罗曼·罗兰

第一卷

Война и мир

第一部

一

"怎么,我的公爵,热那亚和卢卡已是波拿巴家族的采邑①,也就是我们所说的领地。我可要事先告诉您,如果您不对我说我们已在打仗了,如果您胆敢为这个敌基督②(说实话,我相信他就是)的无耻行径和暴行辩护,那么我再也不认您这个人,您已不是我的朋友,您已不是您所说的我的忠实的奴仆了。③哦,您好,您好。看来我把您吓着了,请您坐下来谈吧。"

一八○五年七月,宫廷女官和太后玛丽亚·费多罗夫娜的亲信,赫赫有名的安娜·帕夫洛夫娜·舍列尔在迎接第一个来参加她家晚会的达官贵人瓦西里·库拉金公爵时,说了上面的这一段话。安娜·帕夫洛夫娜已咳嗽了好几天,她像她说的那样得的是**流感**(**流感**当时还是一个很少有人使用的新名词)。请柬是在上午由红衣听差分送出去

---

① 拿破仑·波拿巴(一七六九—一八二一),法国皇帝。一七九九年任第一执政,一八○四年称帝。一八○五年把热那亚并入法国,同年把卢卡赐给他的妹妹和妹夫,作为他们的采邑。

② 敌基督,《圣经》所称世上传布罪恶终将在救主复临之前被救主灭绝的基督大敌。

③ 这段话的原文为法文,中间夹杂着俄文词。以下凡是原文为法文者,一律用仿宋体排印,不再一一注明;凡是原文为其他外国文字者,也用仿宋体排印,并注明原文为何种文字。

的，在所有请柬上都写着同样的话：

假如您，伯爵（或公爵），没有更好的安排，假如在一个可怜的病人家里度过一个夜晚不使您感到可怕，那么今晚七时至十时将非常高兴地在寒舍恭候光临。安妮特[①]·舍列尔

"我的上帝，好厉害的攻击！"进了门的公爵丝毫也没有因受到这样的迎接而觉得不好意思，就这样回答道。他身着近臣穿的绣花官服，脚穿长筒袜和半高靿皮鞋，佩戴着几枚星章，扁平的脸上带着愉快的表情。

他说的是我们的祖先不仅用来说话而且用来思维的文雅的法语，说话的语气温和，自信而又宽厚，只有长期置身于上流社会和宫廷之中的要人才用这种语气。他走到安娜·帕夫洛夫娜跟前，朝她俯下他那洒了香水和油光发亮的秃头，吻了吻她的手，就在沙发上坦然自若地坐下了。

"首先，亲爱的朋友，请您告诉我，您的身体如何？快说，好让我放心。"他声音和语气也不改变地说，从他彬彬有礼和表示关心的话里透露出一种冷漠甚至嘲弄的意味。

"当精神上感到难受时……身体怎么会好呢？难道现在有感情的人能安心吗？"安娜·帕夫洛夫娜说，"我想，您整个晚上都将待在我这儿吧？"

"可是英国公使的庆祝会怎么办呢？今天是星期三。我需要在那里露露面。"公爵说，"小女会来接我，送我去。"

"我原来以为今天的庆祝会取消了。我承认，我觉得所有这些庆祝会和放焰火都开始变得乏味极了。"

"要是人们知道您的这个想法，那么招待会就会取消。"公爵说道，他像上了弦的钟表一样，按照习惯说着连他自己也不想让别人相信的话。

"别折磨我了。您说说，关于诺沃西尔采夫的紧急报告作了什么

---

① 安妮特是安娜的法文名字。

决定。① 您是什么都知道的。"

"怎么对您说呢?"公爵用冷淡的、闷闷不乐的语气说,"作了什么决定? 他们决定,既然波拿巴已破釜沉舟,我们似乎也准备这样做了。"

瓦西里公爵说话总是慢吞吞的,好像一个演员背旧剧本的台词似的。安娜·帕夫洛夫娜·舍列尔则相反,尽管她已四十岁了,但是仍然充满活力,容易冲动。

热心人的名声使她获得了社会地位,有时,当她甚至不愿意这样的时候,为了不辜负认识她的人的期望,也只好继续做一个热心人。安娜·帕夫洛夫娜脸上总是挂着矜持的微笑,虽然这微笑与她姿色已衰的面容不相称,但是却说明她像宠坏了的孩子一样,经常意识到自己的这个可爱的缺点,不过她不想、不能而且也不认为有必要去克服它。

谈论政治事件谈到一半,安娜·帕夫洛夫娜激动起来。

"咳,不要对我讲奥地利! 我也许什么也不懂,但是我知道奥地利从来不愿意打仗,而且现在也不愿意打。它正在背叛我们。只有俄罗斯一个国家应成为欧洲的救星。我们的这位善人知道自己的崇高使命,并且将忠实地完成它。这就是我相信的一点。我们仁慈和完美的皇帝将要在世界上担负起最伟大的任务,他是那么的善良和高尚,相信上帝会保佑他,他一定会完成杀死革命这条多头毒蛇的使命,而现在革命就以那个杀人凶手和恶棍为代表②,变得更加可怕了。能够设法让那个正直的人③的血不至于白流的,只有我们了。请问,我们能指靠谁呢? ……只知道经商的英国不理解而且也无法理解亚历山大皇帝④的整个高尚的心灵。它拒绝撤出马耳他。它想看一看,想知道我

---

① 诺沃西尔采夫(一七六一—一八三六),俄国大臣。一八〇五年六月曾受沙皇亚历山大一世派遣到巴黎谈判,行至柏林,得知热那亚并人法国的消息,便用紧急报告向亚历山大一世报告了此事,不久被召回。
② 这种说法并不符合实际。拿破仑于一七九九年发动雾月政变后,建立了军事独裁制度,剥夺了法国革命的成果。
③ 这正直的人指的是当甘公爵(一七七二—一八〇四)。拿破仑根据警务机关的报告,认为这位公爵参加了反对他的阴谋,便把公爵从巴登公国绑架到万森,经过几小时的审讯,把他枪决了。亚历山大一世曾提出抗议。
④ 亚历山大一世(一七七七—一八二五),俄国皇帝,一八〇一至一八二五年在位。

们的行动的用意。他们对诺沃西尔采夫说了些什么？什么也没有说。他们不理解，而且也无法理解我们皇帝所做的自我牺牲，皇帝一无所求，只希望天下太平。他们答应了什么？什么也没有答应。而且答应的东西也不会兑现！普鲁士已经宣称，波拿巴不可战胜，整个欧洲对他无能为力……我对哈登贝格①和豪格维茨②所说的话，一句也不相信。普鲁士的这种臭名昭著的中立是一个圈套。我只相信上帝和我们亲爱的皇帝的洪福。他一定能拯救欧洲！"她突然停住，因太激动而露出了嘲讽自己的微笑。

"我想，"公爵微笑着说，"要是不派我们亲爱的温岑格罗德③而派您去，您一定能一下子取得普鲁士国王的同意。您的口才太好了。您能给我一杯茶吗？"

"马上就来。对啦，"她又平静下来说，"今天有两位很有意思的人物要到我这里来，一位是莫特马尔子爵④，他通过罗昂家的关系同蒙莫朗西家是亲戚，是法国的名门世家之一。这是一个很好的侨民，真正的侨民。另一位是莫里奥神父⑤；您认识这个有卓越才智的人吗？他曾朝见过皇帝。您知道吗？"

"啊！能见到他们，我将感到非常高兴。"公爵说，"请告诉我，"他好像是刚刚想起来似的，特别漫不经心地接着说，其实他今天来参加晚会的主要目的就是打听这件事，"太后想要派丰克男爵到维也纳使馆去当一等秘书，是真的吗？这位男爵似乎是一个毫无用处的可怜虫。"瓦西里公爵想要替儿子谋得这个职位，可是有人通过玛丽亚·费多罗夫娜太后竭力帮丰克男爵争这个差使。

安娜·帕夫洛夫娜几乎闭上了眼睛，表示无论是她还是别的人，

---

① 哈登贝格(一七五〇—一八二二)，普鲁士政治家。一八〇四—一八〇六年任外交部长。

② 豪格维茨(一七五二—一八三二)，普鲁士政治家。一七九二—一八〇六年间为普鲁士对外政策的主要负责人。

③ 温岑格罗德(一七六一—一八一八)，出生于黑森，后到俄军服役。曾被派往奥地利和普鲁士商讨对法采取共同行动的计划。

④ 莫特马尔子爵这个人物的原型梅斯特尔伯爵(一七五三—一八二一)是法国政治活动家，一八〇三—一八一七年间任撒丁王国派驻俄国的全权代表。

⑤ 莫里奥神父这个人物的原型为意大利神父皮阿托利，此人于十九世纪初年流亡俄国，曾对亚历山大一世的政治观点产生过一定影响。

都不能议论太后乐意或喜欢的事。

"丰克男爵先生是太后的姐妹推荐给太后的。"她只用忧伤的语气干巴巴地说了一句。安娜·帕夫洛夫娜一说起太后,她的脸上突然出现一种忠心耿耿和出自内心的崇敬的表情,这表情也与忧伤结合在一起,当她在谈话中提起自己的这位尊贵的庇护人时,每次都是这样。她说,太后陛下非常器重丰克男爵,这时她目光又流露出了忧伤。

公爵若无其事地沉默了。安娜·帕夫洛夫娜凭她作为宫廷女官所特有的机敏和灵活,想敲打公爵一下,因为他胆敢对推荐给太后的人说三道四,同时又想安慰他。

"让我们谈一谈您的一家人吧,"她说,"您知道吗,令爱进入社交界后,给大家带来了巨大欢乐。人们都认为她非常美丽。"

公爵鞠了一躬,表示尊敬和感谢。

"我常常想,"安娜·帕夫洛夫娜在沉默片刻后接着说,她挨近公爵,对他亲切地微笑着,似乎想要以此表示关于政治和上流社会的谈话结束了,现在要开始谈心了,"我常常想,生活中的幸福有时分配得很不公平。为什么命运赐给您两个好孩子(您的小儿子阿纳托利除外,我不喜欢他——她扬起眉毛,不容反驳地插了一句),赐给您两个这样可爱的孩子?而您,说实话,最不看重他们,因此您不配做他们的父亲。"

说到这里她热情洋溢地笑了笑。

"有什么办法呢?拉法特①会说,我没有父亲的骨相。"公爵说。

"别开玩笑了。我曾想和您严肃地谈一谈。您知道,我对您的小儿子很不满意。这话只在我们中间说(她脸上露出了忧伤的表情),有人在太后面前说到他,并且对您表示惋惜……"

公爵没有说话,但是她默默地、神情深沉地瞧着他,等待着回答。瓦西里公爵皱了皱眉头。

"我该怎么办呢?"他终于开口了,"您知道,我在教育子女方面做了一个父亲所能做的一切,可是结果两个都是蠢货。伊波利特至少还是一个安分守己的傻瓜,而阿纳托利却不守本分。这就是他们不同

---

① 拉法特(一七四一——一八二一),牧师,瑞士作家,《相面术》一书的作者。

的地方。"他说道,脸上的笑容变得比平时更不自然。显得更激动了,同时从他嘴边出现的皱纹中露出某种出乎意外的粗鲁和令人讨厌的表情。

"像您这样的人干吗要生儿育女呢?假如您不是父亲,我就不会对您提出任何指责。"安娜·帕夫洛夫娜说,若有所思地抬起了眼睛。

"我是您的忠实的奴仆,我可以对您一个人说实话。我的孩子们是我这辈子戴在身上的镣铐。这是我背上的十字架。我对自己这样说。该怎么办呢?"他沉默了一会儿,用手势表示他听从残酷的命运的安排。

安娜·帕夫洛夫娜陷入了沉思。

"您从来没有想过给您的浪子阿纳托利娶亲吗?"她开口说道,"人们都说,老姑娘都有喜欢做媒的癖性。我还不觉得自己有这个爱好,但是我心目中倒有一个姑娘,她跟父亲住在一起,生活很不愉快,这是我们的一个亲戚,她就是鲍尔康斯卡娅公爵小姐。"瓦西里公爵没有回答,但是他有上流社会人士所特具的那种思维敏捷和记性好的特点,便点点头表示已在考虑她说的话。

"您知道吗,这个阿纳托利一年要花掉我四万卢布。"他说,看来他无力控制充满忧愁的内心的思想活动。他不说话了。

"如果这样下去,那么五年后将会怎么样?这就是做父亲的好处。您的那位公爵小姐家里有钱吗?"

"她的父亲很有钱,但是很吝啬。他住在乡下。您知道这就是著名的鲍尔康斯基公爵,在先帝①在位时就退役,外号叫'普鲁士王'。他非常聪明,但是有些古怪,难以相处。那可怜的姑娘生活过得很不顺遂。她有一个哥哥,是库图佐夫②的副官,不久前娶了丽莎·梅南。今天晚上他要到我这里来。"

"听我说,亲爱的安妮特,"公爵突然抓住对方的手,不知为什么把它往下压,"请您张罗一下这件事,我永远是您的最忠实的奴仆(我的大老粗村长在给我写的报告里把忠顺的奴仆写成忠顺的**奴仆**)。她

---

① 先帝指保罗一世(一七五四——一八〇一),亚历山大一世之父。
② 库图佐夫(一七四五——一八一三),俄国著名统帅。一八〇五年和一八一二年曾两度担任俄军总司令。

名门出身，又有钱。这一切都是我需要的。"

于是他用他特有的潇洒自如和亲昵的优美动作抓起宫廷女官的一只手吻了吻，吻完后，摇了摇女官的手，身子懒洋洋地靠在圈椅上，眼睛望着别的地方。

"等一等，"安娜·帕夫洛夫娜斟酌着说我今天就对丽莎（年轻的鲍尔康斯基的妻子）说。也许这事能办成。瞧，我在您的家庭事务中开始干老姑娘的行当了。"

二

安娜·帕夫洛夫娜的客厅里，人逐渐多起来。来的是彼得堡最有名望的显贵，他们年龄和性格不同，但都属于他们大家生活的上流社会；来了瓦西里公爵的女儿美丽的埃莱娜，她是来接父亲的，父女俩将一起去参加英国公使的庆祝会。她佩戴着由自己的名字第一个字母组成的花字，身穿舞会服装。来的还有著名的、彼得堡最富有魅力的女人，年轻的、娇小玲珑的鲍尔康斯基公爵夫人，她于去年冬天结婚。现在由于怀有身孕已不在大的交际场所露面，但仍参加小型的晚会。瓦西里公爵的儿子伊波利特也来了，他带来了莫特马尔并作了介绍；来的还有莫里奥神父和其他许多人。

"你们还没有见过，或者是你们还不认识我的姑妈吧？"安娜·帕夫洛夫娜对来客说，郑重其事地把他们带到一个扎着高高的花结、在客人开始到来时从容地从另一个房间里出来的小老太婆跟前，告诉她客人的名字，同时把目光从客人慢慢地移向我的姑妈身上，然后走开了。

所有客人都举行了向谁也不认识、不感兴趣和不需要的姑妈问候的仪式。安娜·帕夫洛夫娜带着忧伤和得意的神情注视着客人们问候的场面，默默地对他们表示赞许。我的姑妈对每个客人说的是同样的话，问客人们身体可好，谈到自己的身体和太后陛下的身体，说谢天谢地，陛下的身体今天好些了。所有走到她跟前去的人，出于礼貌，不露出匆忙的样子，不过他们都是带着一种完成了繁重任务后的轻松感离开这个老太婆的，后来整个晚上一次也没有再到她的跟前去。

年轻的鲍尔康斯卡娅公爵夫人是带着一个丝绒绣金手提包来的，

年轻的鲍尔康斯卡娅公爵夫人是带着一个丝绒绣金手提包来的，里面放着针线活儿。

里面放着针线活儿。她那长着有点发黑的绒毛的好看的上嘴唇稍稍短些,有点遮不住牙齿,然而它张开时显得很可爱,而当它有时向前伸出以及与下嘴唇合在一起时,就显得更加可爱。正如在很招人喜欢的女人身上常见的那样,她的缺点——上嘴唇稍短和嘴半张半闭——使人觉得似乎是她的独特的美。这个年轻漂亮、身体健康、充满活力的未来的母亲,在妊娠期显得如此轻松,大家看着她都感到很高兴。老年人和忧郁苦闷的年轻人觉得,他们同她一起待一会儿和说几句话后,自己也变得像她一样了。同她说过话并在说每句话时看到她愉快的微笑和她不断露出的洁白闪亮的牙齿的人,都认为自己今天特别可爱。每个人都是这样想的。

娇小的公爵夫人拿着装针线活儿的手提包,一摇一摆地迈着细碎的快步,绕过桌子,快活地整了整衣服,在银茶炊旁的沙发上坐下了,不管她做什么,对她和对她周围的所有人来说,仿佛都是一种娱乐。

“我带来了我的针线活儿。”她打开她的手提包,对所有的人说。

“请注意,安妮特,不要跟我开这么大的玩笑。”她对女主人说。“您信中说是一个小小的晚会。您瞧,我穿得多么滑稽可笑。”

于是她张开双臂,让大家看她的装束,她穿的是一身镶着花边的雅致的灰衣裳,胸口下面系着一条宽带子。

“请放心,丽莎,您仍然比所有的人都漂亮。”安娜·帕夫洛夫娜回答道。

“您知道我的丈夫要扔下我了,”她用同样的语气接着对一位将军说,“他这是去送死。您说,干吗要这可恶的战争?”她问瓦西里公爵,不等他回答,又转身跟瓦西里公爵的女儿漂亮的埃莱娜说起话来。

“这娇小的公爵夫人是多么可爱啊!”瓦西里公爵低声对安娜·帕夫洛夫娜说。

在娇小的公爵夫人到后不久,进来了一个高大肥胖的年轻人,他头发剪得很短,戴着眼镜,穿着时髦的浅色长裤和褐色燕尾服,露出高高的硬领。这肥胖的年轻人是叶卡捷琳娜女皇[1]时代的重臣别祖霍

---

[1] 叶卡捷琳娜二世(一七二九——一七九六),俄国女皇,一七六二年至一七九六年在位。

夫伯爵的私生子，此刻他的父亲在莫斯科生命垂危。他尚未在任何地方任职，一直在国外受教育，刚从那里回来，这是他第一次在社交界露面。安娜·帕夫洛夫娜只朝他点点头，这是她对待客厅里最低等的客人所用的礼节。不过尽管用的是最低的礼节，安娜·帕夫洛夫娜看见皮埃尔进来后，脸上仍然表现出不安和惊恐，就像看见不该在这地方出现的庞然大物一样。虽然皮埃尔确实要比房间里的其他男人魁梧些，但是安娜·帕夫洛夫娜的这种惊恐只是由他的聪明而又腼腆、敏锐而又自然的目光引起的，这目光使他显得与这个客厅里的所有人都不相同。

"皮埃尔先生，您前来看望一个可怜的病人，真是太好了！"安娜·帕夫洛夫娜在把他领到姑妈跟前时，惊恐地与姑妈使了个眼色，对皮埃尔说。皮埃尔含糊不清地嘟囔了一句，继续在用眼睛寻找着什么。他高兴和快活地笑了笑，像看见一个老熟人一样，向娇小的公爵夫人问好，走到了姑妈跟前。安娜·帕夫洛夫娜的惊恐并不是没有根据的，因为皮埃尔没有听完姑妈关于太后陛下的健康的话，就走开了。惊慌失措的安娜·帕夫洛夫娜急忙用话把他拦住。

"您是否认识莫里奥神父？他是一个很有趣的人……"她说。

"是的，我听说他有一个永久和平的计划，这很有意思，但是未必能够实现……"

"您这样认为吗？"安娜·帕夫洛夫娜本来是为了找句话说，应付一下，好重新去做女主人应做的事，才这样问道，不料皮埃尔做出了相反的不礼貌的举动。刚才他没有听完姑妈的话就走了；而现在他却说起话来，缠住要走的安娜·帕夫洛夫娜不放。他低下头，叉开两条粗腿，开始向安娜·帕夫洛夫娜证明，为什么他认为神父的计划是空想。

"我们以后再谈。"安娜·帕夫洛夫娜笑着说。

她在摆脱这个还不懂世故的年轻人后，回头做女主人应做的事，继续留心地倾听着和观察着，发现哪里客人谈得不大起劲了，就去帮他们一下。通常一个小纺纱厂的老板，在让工人各就各位后，便在厂里踱来踱去，发现纱锭停转或发出不正常的声音、咯吱咯吱作响、声音太大时，便急忙走过去把它停住，或设法使其正常转动。现在安娜·帕夫洛夫娜就是这样，她在自己的客厅里来回走着，不时走到停止说话或说得太多的人堆跟前，插上一句话或调换一下客人的位置，使得谈话机器又速度均匀地和合乎礼节地运转起来。但是她在忙于做这些事时，仍然可以看出，她特别害怕皮埃尔有出格行为。当皮埃尔走过去听莫特马尔身旁的人说话，后来又到神父说话的地方去时，她不时关切地瞧瞧他。对国外受教育的皮埃尔来说，安娜·帕夫洛夫娜家的这个晚会是他在俄国看到的第一个晚会。他知道，这里聚集了彼得堡的知识界人士，因此他像进了玩具店的孩子一样，感到眼花缭乱。他一直担心放过他可能听到的高见。他瞧着聚集在这里的人脸上自信优雅的表情，一直盼望听到某种特别有道理的议论。最后他走到莫里奥跟前。他觉得那里的谈话很有意思，便站住了，像一般年轻人都喜欢做的那样，等待着发表自己的想法的机会。

三

安娜·帕夫洛夫娜家的晚会像机器一样开动了。四处的纱锭不停地发出均匀的喧闹声。坐在我的姑妈身旁的只有一位上了年纪的太太，她哭肿了眼睛，面容消瘦，她在这豪华的集会上显得是一个外人，除了她俩之外，所有的人分成三个组。在一个男人较多的组里，中心是神父；在另一个年轻人的组里，居于中心的是瓦西里公爵的女儿美丽的埃莱娜公爵小姐和那位漂亮娇小、脸色红润、就年龄来说显得太胖的鲍尔康斯卡娅公爵夫人。第三组的中心是莫特马尔和安娜·帕夫洛夫娜。

莫特马尔子爵是一个温文尔雅、招人喜欢的年轻人，显然他自认为是名流，但是由于受过良好教育，便谦逊地听命于他交往的人，甘心为他们所利用。安娜·帕夫洛夫娜显然想用他来款待自己的客人。正如餐厅的一个好的服务员领班会把一盘假如有人在肮脏的厨房里看见就不想吃的牛肉作为特别可口的美味端上来一样，在今天的晚会上，安娜·帕夫洛夫娜也先把子爵、然后把神父作为特别精致的菜肴来招待自己的客人。在莫特马尔的那个组里，人们马上就谈起当甘公爵被杀的事。子爵说，当甘公爵被杀是由于他的宽宏大量，而波拿巴之所以那么凶狠,是有特殊原因的。

"啊,是真的! 子爵,请把这件事给我们讲一讲。"安娜·帕夫洛夫娜说道,她高兴地感到,"子爵,请把这件事给我们讲一讲"这句话听起来有点像路易十五①的腔调。

子爵鞠了一躬表示遵命,谦恭地笑了笑。安娜·帕夫洛夫娜让客人在他身边围成一圈,叫大家听他讲。

"子爵本人就认识那位公爵。"安娜·帕夫洛夫娜低声对一个人说,"子爵是一个地道的讲故事的能手。"她对另一个人说。"一眼就可以看出他是一个上流社会的人。"她又对第三个人说。子爵像一盘配有生菜的热气腾腾的烤牛肉,以优雅的和对他最有利的方式端出来献给了在场的人们。

子爵已准备开始讲他的故事了,他含蓄地笑了笑。

"到这里来,亲爱的埃莱娜。"安娜·帕夫洛夫娜对另一组的中心人物、坐得稍远的美丽的公爵小姐说。

埃莱娜公爵小姐微笑着;她站起身来,脸上带着一个艳丽的女人的不变的笑容,她就是带着这笑容跨进客厅的。她从给她让路的男人们中间走过,身上缀有常青藤和青苔花边的舞会服发出窸窣声,白净的肩膀、有光泽的头发和钻石闪闪发亮,她谁也不瞧,但是对所有人微笑着,好像要盛情地赋予大家欣赏她的身材、丰满的肩膀以及按照当时流行的做法大大袒露的胸脯和脊背的美的权利,同时她仿佛是在给舞会增添光彩,最后径直走到了安娜·帕夫洛夫娜跟前。埃莱娜实在太美了,她身上不仅看不出任何卖弄风情的影子,而是相反,她似乎为她自己的那种无可怀疑的、使人大为倾倒的美而感到不好意思。她似乎想减少自己的美的魅力,可是又做不到。

"多么漂亮的女人!"每一个见到她的人都这样说。当她在子爵面前坐下,也带着不变的微笑看着他时,子爵仿佛被不寻常的事所惊倒一样,耸耸肩膀,垂下了眼睛。

"在这样的听众面前,我担心讲不好。"他微笑着低下头说。

公爵小姐把她的一只裸露的丰满的手搭在小桌子上,认为没有说

① 路易十五(一七一〇—一七七四),法国国王,一七一五年至一七七四年在位。

话的必要。她带着微笑等待着。在子爵讲述的整个时间里，她都挺直身子坐着，不时看看自己的那只轻轻放在桌子上的丰满美丽的手，或者看看更加美丽的胸脯，整一整上面的钻石项链；她理了几次衣服的褶子，而当故事讲到动听处时，她回头看一看安娜·帕夫洛夫娜，立刻露出与宫廷女官一样的表情，然后又容光焕发地微笑着安静下来。娇小的公爵夫人也跟着埃莱娜离开茶桌过来了。

"等一下，我要拿上我的针线活儿。"她说道。"怎么啦？您在想什么？"她对伊波利特公爵说，"把我的手提包拿过来。"

公爵夫人微笑着，和大家说着话，突然换了个姿势，坐好后，快活地整理一下衣裳。

"现在我坐得舒服了。"她说了一句，便请求开始讲故事，自己做起针线活儿来。

伊波利特公爵把手提包拿过来给她，自己也跟着她过来，把圈椅挪到离她很近的地方，在她身旁坐下了。

这个非常可爱的伊波利特的惊人之处，是他很像他那美丽的妹妹，而更加惊人的是，他虽然很像妹妹，但惊人地愚蠢。他的面容与他的妹妹相同，但是妹妹的那种乐天的、洋洋自得的、充满青春活力的和始终不变的微笑，她的身材的不同寻常的古典美，使得她身上的一切熠熠生辉；而伊波利特则相反，同样的面容由于他生性愚钝而变得模糊不清，总是表现出一副自以为是和愤愤不平的神气，而身体则瘦削和羸弱。眼睛、鼻子和嘴这一切似乎挤在一起，形成一个毫无表情的、枯燥无味的鬼脸，而双臂和双腿总是采取不自然的姿势。

"这不是一个讲鬼魂的故事吧？"他在公爵夫人身旁坐下后问道，急忙把带柄眼镜举到眼上，仿佛没有它就不能开口讲话似的。

"完全不是，亲爱的。"讲故事的人耸耸肩，惊奇地回答道。

"这是因为我讨厌关于鬼魂的故事。"伊波利特公爵说，从他的语气可以看出，他在说了这句话后才明白它的意思。

由于他说话自以为是，谁也弄不清他说的话非常聪明还是非常愚蠢。他身上穿着深绿色的燕尾服和他自己所说的颜色像受惊的山林水泽仙女的大腿一样的长裤，脚上穿着长筒袜和半高靿皮鞋。

子爵很动听地讲了当时流传的一个传说，说当甘公爵秘密来到巴黎会见乔治小姐①，在那里碰到也受到女演员喜爱的波拿巴，拿破仑在那里碰到公爵后，他的昏厥病突然发作，处于公爵的支配之下，而公爵没有利用这个机会，后来波拿巴反而处死公爵来报答他的宽宏大量。

这故事很动听也很有意思，特别是讲到这两个情敌突然相互认出了对方的地方，女士们听了似乎都很激动。

"讲得好极了。"安娜·帕夫洛夫娜用疑问的目光回头看了看娇小的公爵夫人说。

"好极了。"娇小的公爵夫人也低声说了一句，顺手把针插进活计，似乎想以此说明，这故事太有趣和太迷人了，使得她无法继续干活儿了。

子爵很看重这无言的赞许，感激地笑了笑，开始继续往下讲；然而这时安娜·帕夫洛夫娜发现，她一直注意的那个可怕的年轻人正在非常热烈和非常大声地和神父说话，便赶到发生危险的地方去帮忙。果然，皮埃尔已经和神父谈起了政治均势问题，而神父看来对这个热情纯朴的年轻人产生了兴趣，便对他阐述起自己心爱的思想来。两人交谈得过于热烈和无拘无束，这使得安娜·帕夫洛夫娜很不高兴。

"手段是欧洲的均势和民权。"神父说道，"只要一个像俄罗斯那样的以野蛮闻名的强大国家出来领导旨在建立欧洲的均势的联盟，这就能拯救世界！"

"您如何得到这种均势呢？"皮埃尔刚要开始说话，这时安娜·帕夫洛夫娜走了过来，用严厉的目光看了皮埃尔一眼，问那位意大利神父对这里的气候是否习惯。意大利人的脸突然变了，显出一种令人觉得难受的假装的愉快表情，看来他在同妇女谈话时习惯于这样做。

"我有幸应邀参加府上的晚会，对诸位先生，尤其是诸位女士卓越的智慧和教养深感钦佩，尚未想到气候如何的问题呢。"他说。

安娜·帕夫洛夫娜没有放开神父和皮埃尔，为了便于观察，便让他们参加大家的谈话。

这时客厅里又进来了一位客人。这位新来的客人就是娇小的公爵

---

① 乔治小姐即马格丽特·若斯菲娜·韦默(一七八七——一八六七)，法国著名演员，拿破仑的情妇。

夫人的丈夫、年轻的安德烈·鲍尔康斯基公爵。鲍尔康斯基公爵身材不高，是一个英俊的青年，面部线条清晰，表情冷漠。他身上的一切，从疲倦苦闷的目光到缓慢匀整的步伐，都与他那娇小的、活跃的妻子形成最鲜明的对照。看来他不仅认识客厅里所有的人，而且已对他们感到腻烦，连看他们一眼和听他们说话都觉得无聊。在所有他厌烦的人当中，他最讨厌的似乎是他的漂亮的妻子。他做了一个损害他的俊秀容貌的怪脸，背过身去不理她。他吻了吻安娜·帕夫洛夫娜的手，眯缝着眼睛朝大家看了看。

"您要去打仗吗，公爵？"安娜·帕夫洛夫娜问道。

"库图佐夫将军愿意让我当他的副官……"鲍尔康斯基说，他像法国人一样，在说到库图佐夫时，把重音放在最后的音节上。

"那么您的妻子丽莎怎么办呢？"

"她将到乡下去住。"

"您怎么能让我们见不到您那可爱的妻子呢？"

"安德烈，"他的妻子用她跟别人说话时的那种娇滴滴的语气对他说，"子爵给我们讲了一个关于波拿巴和乔治小姐的故事，讲得好极了！"

安德烈公爵眯起了眼睛，转过头去。从安德烈公爵跨进客厅之时起，皮埃尔一直用快乐和友好的眼睛目不转睛地看着他，这时走到他的跟前，拉住他的一只手。安德烈公爵没有回头，皱起了眉头，对有人碰他的手表示不快，但是看到皮埃尔的笑容可掬的脸后，也突然善意地和愉快地笑了笑。

"瞧！……连您也到社交场所来了！"他对皮埃尔说。

"我知道您要来。"皮埃尔回答道。"我将到您那里吃晚饭。"他为了不妨碍子爵继续讲他的故事，压低声音加了一句："可以吗？"

"不，不行。"安德烈公爵笑着说，同时握一握皮埃尔的手向他表示，这事用不着问。他还想说些什么，但是瓦西里公爵和女儿站起身来，男人们也都站起来给他让路。

"请您原谅，亲爱的子爵。"瓦西里公爵对那位法国人说，亲热地拉住他的一只袖子向下往椅子上揿，叫他不要站起来。"英国公使的这个倒霉的庆祝会使我失去了这样的快乐并打断了您的故事。"他又对安娜·帕夫洛夫娜说:"离开您的令人陶醉的晚会,我感到十分难过。"

他的女儿埃莱娜公爵小姐轻轻地撩起衣裙在椅子中间走,她美丽的脸上的笑容变得更加开朗。当她从皮埃尔身旁经过时,皮埃尔用几乎是恐惧的和充满热情的目光看着这个美人。

"真漂亮。"安德烈公爵说。

"真美。"皮埃尔也说。

瓦西里公爵从身边经过时抓住皮埃尔的一只手,对安娜·帕夫洛夫娜说:

"请您管教管教这头熊吧!"他说。"他已在我家住了一个月了,这是我第一次看见他参加社交活动。对一个年轻人来说,没有比跟聪明的女人交往更重要的事了。"

四

安娜·帕夫洛夫娜笑了笑,答应照顾皮埃尔,她知道皮埃尔的父亲和瓦西里公爵是亲戚。原先与我的姑妈坐在一起的那位上了年纪的太太急忙站起来,在前厅里追上了瓦西里公爵。她脸上原有的那种假装的兴致消失了。她的善良的、哭肿了的脸上只有不安和恐惧的表情。

"公爵,您说,关于鲍里斯的事怎么样了?"她在前厅里追着公爵说,(她在说出鲍里斯的名字时把重音放在"鲍"上。)"我不能再在彼得堡待下去了。告诉我,我能把什么样的消息带给我那可怜的孩子?"

尽管瓦西里公爵很不乐意听这位上年纪的太太的话,对她几乎不大礼貌,甚至表现出不耐烦的样子,但是她还是脸上堆起亲切感人的微笑,拉住他的一只手,不让他离开。

"您只要在皇帝面前说一句话,他就可以直接调到近卫军里去了。"她恳求说。

"请您相信,公爵夫人,我一定尽力而为,"瓦西里公爵回答道,"但是我去求皇帝有困难;我劝您通过戈利岑公爵去找鲁缅采夫[①],这样做

---

① 戈利岑和鲁缅采夫实有其人。戈利岑(一七七三——一八四四),从一八〇三年起任正教院总检察官;鲁缅采夫(一七五四——一八二六),外交家,当时任商业大臣。

比较合适。"

这位上年纪的太太名叫德鲁别茨卡娅公爵夫人，她的家族是俄国的望族之一，但是她很穷，早已不参加上流社会的活动，失去了昔日的各种关系。现在她到这里来，是为了求人把自己的独生儿子调进近卫军。只是为了见到瓦西里公爵，她自报姓名来参加安娜·帕夫洛夫娜的晚会，也只是为了这个目的，她耐心地听了子爵讲的故事。瓦西里公爵的话使她非常吃惊；她的那张曾经很漂亮的脸露出了怨恨的表情，但是这只延续了一分钟。她又微微一笑，紧紧地抓住瓦西里公爵的一只手。

"听我说，公爵，"她说，"我从来没有求过您，往后也永远不会求您，从来也没有提起过家父对您的情谊。现在我求您看在上帝的分上替我的儿子办这件事，我将把您看作大恩人。"她急急忙忙地添了一句，"请您不要生气，您就答应我吧。我求过戈利岑，他拒绝了。希望您还像从前那样善良。"她说，竭力想苦笑一下，可是她的眼睛却饱含着泪水。

"爸爸，我们要迟到了。"等在门口的埃莱娜公爵小姐转过她那长在具有古典美的肩膀上的漂亮的脑袋说。

在上流社会中，权势是一种资本，需要爱惜它，使它不至于消失。瓦西里公爵知道这一点，他考虑到，如果他为有求于他的所有人去求情，那么很快他就不能为自己的事去求人，因此他很少使用自己的权势。然而在德鲁别茨卡娅公爵夫人的事情上，在她再一次提出请求后，瓦西里公爵有一种类似受良心责备的感觉。她对他说的是实情：他走上仕途有赖于她的父亲的扶植。除此之外，他从她做人处世的态度上看出，她属于这样的一种女人，尤其是那些做母亲的，她们一旦拿定主意，不达目的决不罢休，不然她们每时每刻地缠住你，甚至前来吵闹。这最后的一个想法使他犹豫起来。

"亲爱的安娜·米哈依洛夫娜，"他用通常的亲昵和苦阿的语气说，"我几乎无法做到您想要我做的事；但是为了向您证明我如何敬爱您和怀念您已故的父亲，我要做这件无法做到的事：设法把您的儿子调到近卫军去，我向您保证。您满意了吧？"

"亲爱的，您是我的恩人！我想您一定会这样做的；我知道您是多么的善良。"

他想要走了。

"请您稍等,还有两句话。什么时候把他调到近卫军去……"她有点犹豫起来,"您同米哈依尔·伊拉里翁诺维奇·库图佐夫很要好,请把鲍里斯介绍给他当副官。那样我就放心了,那样……"

瓦西里公爵微微一笑。

"这一点我可不能答应。您知道,自从库图佐夫被任命为总司令后,人们都把他包围起来了。他本人对我说过,所有莫斯科的贵夫人好像商量好了一样,都要把自己的儿子送给他当副官。"

"不,您就答应吧,我亲爱的恩人,不然我不放您走。"

"爸爸,"那位美人又用同样的语气说,"我们要迟到了。"

"好吧,再见,再见了,您瞧……"

"那么您明天就奏明皇帝?"

"一定,而向库图佐夫求情的事我不答应。"

"不,您就答应吧,答应吧,巴齐尔①。"安娜·米哈依洛夫娜在他背后说道,脸上露出卖弄风情的年轻女子的微笑,过去她想必常带着这样的笑容,而现在它与她的那张憔悴的脸很不相称。

看来她忘记了自己的年龄,按照习惯使用起自古以来妇女拥有的所有手段来。但是等瓦西里公爵一出门,她的脸又露出了原先的那种冷漠的、假装的表情。她回到了那些继续听子爵讲故事的人那里,又装出听故事的样子,等着离开的时机,因为她的事情已经办完了。

"您认为最近上演的在米兰加冕②的喜剧如何?"安娜·帕夫洛夫娜问道。"是一出新的喜剧:热那亚和卢卡的人民向波拿巴先生表达了自己的愿望。于是波拿巴先生坐在宝座上,实现了人民的愿望!这太妙了!不,这简直能使人发疯!好像全世界的人都失去了理智。"

安德烈公爵直视着安娜·帕夫洛夫娜的脸,冷冷一笑。

"'上帝赐给我王冠,谁要碰它,谁就倒霉'。"他重复了波拿巴在戴上王冠时说的话,"听说,他在说这些话时,仪表很美。"他补充了一句,

---

① 巴齐尔是瓦西里的法文名字。

② 拿破仑于一八〇四年称帝当上法国皇帝后,又于一八〇五年三月成为意大利国王,并于同年五月在米兰加冕。

并且用意大利语把拿破仑的话又说了一遍。

"我希望，"安娜·帕夫洛夫娜接着说，"这件事将使得人们忍无可忍了。各国君主再也不能容忍这个给一切造成威胁的人了。"

"君主们吗？我不说俄罗斯，"子爵有礼貌地和不抱希望地说，"这些君主们可不是这样！他们为路易十六，为王后，为伊丽莎白①做了些什么？什么也没有做。请相信我的话，他们将为背叛波旁王朝的事业而受到惩罚。这些君主们！他们居然派使节去祝贺那个王位篡夺者。"

他轻蔑地叹了一口气，又变了变身体的姿势。长时间地用带柄眼镜看着子爵的伊波利特公爵听到这句话时，突然全身转向娇小的公爵夫人，向她要了一枚针，用针在桌子上画孔代家族②的纹章给她看。他一本正经地给她讲这个纹章，好像是公爵夫人求他这样做似的。

"镶圆天蓝色兽嘴齿形边的兽嘴形权杖——这就是孔代家族。"他说。

公爵夫人脸上挂着微笑听着。

"如果波拿巴在法国王位上再待上一年，"子爵接着已开始的话头说，从他的样子看，他没有听别人说话，在这件他最了解的事情上只注意保持自己的思路，"那么就可能弄到无法收拾的地步。阴谋、暴力、放逐、死刑，法国社会，我说的是上流社会，就将永远被消灭，到那时……"

他耸了耸肩，两手一摊。皮埃尔想要说什么，因为他对谈话很感兴趣，但是看管着他的安娜·帕夫洛夫娜打断了他的话。

"亚历山大皇帝宣布，"她带着谈到皇族时常有的忧伤说，"他要让法国人自己选择政体。我想，毫无疑问，整个民族一旦摆脱了篡位者的统治，就会归顺合法的国王。"安娜·帕夫洛夫娜说，她竭力想讨好这个流亡者和保王派。

"这很难说。"安德烈公爵说，"子爵先生完全正确地认为，事情已到了无法收拾的地步。我想很难回到老路上去。"

"我听人说，"皮埃尔红着脸又加入到谈话中来，"几乎所有贵族已

---

① 在法国大革命期间，波旁王朝的国王路易十六（一七五四—一七九三）和他的妻子于一七九三年被处死；他的姐妹伊丽莎白则于翌年被处死。
② 孔代家族是法国最大的贵族世家之一，与波旁王族是亲戚。

经站到了波拿巴一边。"

"说这话的是波拿巴分子。"子爵说没有朝皮埃尔转过头来,"现在很难弄清法国的社会舆论。"

"这是波拿巴说的。"安德烈公爵带着冷笑说。(可以看得出,他不喜欢子爵,虽然他的眼睛没有看着子爵,但他的话是针对子爵的。)

"'我向他们指出了光荣的道路,他们不愿意走,'"他在沉默了一会儿后说,又引用了拿破仑的话,"'我向他们敞开了我的候见室,他们却成群结队地拥进来……,我不知道,他在多大程度上有权这样说。"

"没有任何权利,"子爵说,"在杀害当甘公爵后,甚至最偏心的人也不再把他看作英雄。即使他对某些人来说曾经是英雄,"他转身对安娜·帕夫洛夫娜说,"那么当甘公爵被杀害后,天上就多了一个殉难者,而地上则少了一个英雄。"

安娜·帕夫洛夫娜和其余的人还没有来得及用微笑对子爵的这些话表示赞许,皮埃尔又插了进来,安娜·帕夫洛夫娜虽然预感到他将说出不成体统的话,但是已经拦不住了。

"处死当甘公爵,"皮埃尔说,"从国家考虑有其必要性;我正好认为拿破仑敢于一个人承担这样做的责任,是他精神的伟大之处。"

"我的上帝!"安娜·帕夫洛夫娜惊恐地低声说。

"怎么,皮埃尔先生,您认为无故杀人是精神的伟大?"娇小的公爵夫人说道,她一面微笑着,一面把针线活儿朝自己身边挪。

"啊!哦!"不同的声音一起说道。

"妙极了!"伊波利特公爵用英语说,用手掌拍起膝盖来。子爵只耸了耸肩。

皮埃尔从眼镜上方得意扬扬地看了听众一眼。

"我之所以这样说,"他不顾一切地接着说,"是因为波旁王族逃离革命,使人民处于无政府状态之中;只有拿破仑一人善于理解革命,并且能够战胜它,因此为了共同的利益,他不能对一个人手软,可惜他的生命。"

"您要不要到那一桌去?"安娜·帕夫洛夫娜问道。但是皮埃尔没有回答,继续往下说。

"不,"他说得愈来愈兴奋,"拿破仑很伟大,因为他站得比革命高,去掉了革命的弊病，保留了好的东西——公民的平等权利、言论和出版自由等等，只因为如此，才取得了政权。"

"不错，假如他取得政权后不用它来杀人，而是把它交还给合法的国王，"子爵说，"那么我就称他为一个伟大的人。"

"他不可能这样做。人民把权力交给他，只是为了让他设法让人民不受波旁王朝的统治，这是因为人民认为他是一个伟大的人。革命是伟大的事业。"皮埃尔先生接着说，他不顾一切地插进这一句带有挑战性的话，显示出他年轻气盛和要把一切尽快倾吐出来的愿望。

"革命和弑君都是伟大的事业？……既然如此……您究竟要不要到那一桌去？"安娜·帕夫洛夫娜又问了一句。

"社会契约①。"子爵带着温和的微笑说。

"我说的不是弑君。我说的是思想。"

"不错，是掠夺、杀人和弑君的思想。"又有人用讥讽的语气打断他，"当然，那是一些极端的做法，但是全部意义不在于此，意义在于人权，在于摆脱偏见的束缚，在于公民一律平等；所有这些思想拿破仑都全部原封不动地保留下来了。"

"自由和平等，"子爵轻蔑地说，似乎已最后拿定主意要向这个青年证明他说的都是蠢话，"都是哗众取宠的大话，早就名声扫地。谁不喜欢自由和平等呢？我们的救世主早已宣扬过自由和平等。难道革命后人们变得更幸福了吗？恰恰相反。我们想要自由，而波拿巴消灭了它。"

安德烈公爵面带微笑，时而看看皮埃尔，时而看看子爵，时而看看女主人。在皮埃尔发生越轨的行动时，安娜·帕夫洛夫娜尽管有社交活动的经验，一开头也吓坏了；但是她看到，虽然皮埃尔发表了亵渎神圣的言论，然而子爵并没有发怒，同时她确信要岔开这些话已不可能，于是她便同子爵联合起来，集中力量攻击皮埃尔。

"不过，亲爱的皮埃尔先生，"安娜·帕夫洛夫娜说，"您说的伟大人物可以不经审判无辜地处死公爵和随便什么人，对此您怎么解

---

① 这指的是法国十八世纪思想家卢梭（一七一二—一七七八）在他的著作《社会契约论》（一七六二）中阐述的思想。

释呢？"

"我想问'"子爵说，"皮埃尔先生如何解释雾月十八日①？难道这不是欺骗吗？这是玩弄魔术，完全不像伟大人物的行为。"

"还有他杀死非洲俘虏的事②呢？"娇小的公爵夫人说这真可怕！"说完她耸了耸肩。

"不管怎么说，这是一个大老粗。"伊波利特公爵说。

皮埃尔先生不知道该回答谁才好，他扫视了大家一眼，微微一笑。他的微笑不像别人那种似笑非笑的样子。相反，当他露出笑容时，脸上严肃的、甚至有点忧郁的表情突然一下子消失了，出现了另一种稚气而和善的、甚至有点笨拙的表情，好像是在请求原谅一样。

第一次见到他的子爵这时才明白，这个雅各宾派③完全不像他的言语那么可怕。大家都不说话了。

"你们怎么能要他一下子对所有的人做出回答呢？"安德烈公爵说，"同时在谈到一位国务活动家的活动时，应当区分哪些是私人行为，哪些是统帅或皇帝的行为。我这样觉得。"

"对，对，自然是这样。"皮埃尔接过来说，他为有人帮忙而高兴。

"不能不承认，"安德烈公爵继续说，"阿尔科拉桥上的拿破仑是伟大的④，在雅法的医院里向鼠疫患者伸出手去的拿破仑是伟大的⑤，但是……但是也有很难为之辩护的其他行为。"

看来安德烈公爵这样说是想缓和一下皮埃尔的那些说得过于直率的话，他站起身来准备要走，给妻子做了个暗示。

伊波利特公爵突然站了起来，用手势叫大家不要动，并请大家坐下，说道：

---

① 一七九九年十一月九日（共和八年雾月十八日）拿破仑发动政变，自任第一执政。
② 这大概指的是一七九九年三月法军攻陷雅法后拿破仑下令枪杀四千名投降的土耳其士兵的事。
③ 雅各宾派原为法国大革命期间雅各宾俱乐部（成立于一七八九年）成员，曾于一七九三年至一七九四年执政，实行革命专政，以激进闻名。后雅各宾派一词用来指激进分子。
④ 一七九六年十一月，在意大利北部争夺阿尔科拉桥的战斗中，作为总司令的拿破仑曾举着军旗冲在最前面。
⑤ 拿破仑曾和贝蒂埃和贝西埃一起视察雅法的医院，与鼠疫患者握手。

"啊！今天有人给我讲了一个很有趣的笑话；应该说出来与你们共享。对不起，子爵，我将用俄语讲；不然它就没有味道了。"

于是伊波利特公爵开始用俄语讲，他的口音好像在俄国只待过大约一年的法国人讲俄语一样。大家都停住了，因为伊波利特公爵有声有色地恳求他们注意听他的故事。

"莫斯科有一位贵夫人，一位太太。她很吝啬。她需要找两个跟在车后的仆役。个子要高高的。这符合她的趣味。她已有一个贴身女仆，个子更高。她说……"

这时伊波利特公爵沉思起来，显然是在苦思冥想往下怎么说。

"她说……是的，她说：'丫头（贴身女仆），快穿上号衣，跟着我，在车后头，去拜客。'"

讲到这里时，听众还没有笑，伊波利特公爵自己却扑哧一声笑了起来，这产生了不利于他的效果。然而许多人，其中包括那位上年纪的太太和安娜·帕夫洛夫娜，还是笑了笑。

"她坐上车走了。突然刮起了大风。丫头的帽子刮掉了，长头发散了开来。"

这时他再也忍不住了，便开始上气不接下气地笑起来，一面笑一面说：

"于是整个上流社会都知道了……"

笑话讲到这里就完了。尽管谁也不知道他为什么要讲这个笑话和为什么一定要用俄语讲，但是安娜·帕夫洛夫娜和别的人都称赞伊波利特公爵的好意，是他如此愉快地结束了皮埃尔先生令人不快的和没有礼貌的越轨行为。在听完笑话后，人们开始分散进行闲谈，谈的是下一次和上一次的舞会以及戏剧演出，还有谁将在何时何地见面，等等。

五

客人们对安娜·帕夫洛夫娜举行了一个令人陶醉的晚会表示感谢后，开始散了。

皮埃尔动作笨拙。他很胖，个子比一般人要高，肩膀宽阔，浅红色的手很大。像人们常说的那样，他不知道如何进客厅，更不知道如何出客厅，也就是说，不会在出客厅前说一些特别令人愉快的话。此外，他还常常心不在焉。站起身时，他没有拿自己的帽子，却抓起了一顶缀有将官羽饰的三角帽，在手里拿着，扯着上面的帽缨，直到那位将军请他归还为止。但是他心不在焉以及不知道如何进客厅和如何在客厅里说话的缺点，却由温厚、纯朴和谦恭的表情弥补了。安娜·帕夫洛夫娜向他转过身来，以基督徒的温和表示原谅他的越轨行动，朝他点了点头。

"希望能再见到您，并且希望您能改变自己的看法，亲爱的皮埃尔先生。"她说。

当她说这些话时，皮埃尔什么也没有回答，只鞠了一躬，并再次向大家露出了微笑，这微笑什么也不说明，只说明这样一点："看法归看法，你们可以看到，我是一个多么善良和多么好的年轻人。"所有的人连同安娜·帕夫洛夫娜都不由自主地感觉到了这一点。

安德烈公爵到了前厅，把肩膀伸向给他披斗篷的仆人，淡漠地听着他的妻子同也到了前厅的伊波利特公爵闲扯。伊波利特公爵站在漂亮的、怀孕的公爵夫人旁边，举着带柄的眼镜，直瞪瞪地看着她。

"请回吧，安妮特，您会感冒的。"娇小的公爵夫人在同安娜·帕夫洛夫娜告别时说，"就这样决定了。"她又低声添了一句。

安娜·帕夫洛夫娜已同娇小的公爵夫人谈过有意给阿纳托利和她的小姑子做媒的事。

"我就指望您了，亲爱的朋友，"安娜·帕夫洛夫娜也低声说，"您写信问她并告诉我她的父亲怎样看待这件事。再见。"说完她离开了前厅。

伊波利特公爵走到娇小的公爵夫人跟前，把脸凑近她，开始压低声音对她说一件事。

两个仆人，一个是公爵夫人的，一个是他的，在等他们把话说完。两人拿着披肩和长礼服站着，听着他们不懂的法国话，他们脸部的表情却表示，似乎他们懂得说的是什么，但是不愿意露出这一点。公爵夫人像平常一样，说话时面带微笑，听的时候则笑出声来。

"我很高兴，没有去参加英国公使的庆祝会，"伊波利特公爵说，

行反拿破仑的战争。如果这是为自由而战,那么我能理解,我就会第一个报名去服军役;但是帮助英国和奥地利去反对世界上最伟大的人……这不好。"

安德烈公爵听了皮埃尔这样幼稚的话,只耸了耸肩膀。他做出对这种蠢话无法回答的样子;但是对这个天真的问题确实很难做出与安德烈公爵不同的表示。

"如果所有的人只是根据自己的信念而去打仗,那么就不会有战争了。"他说。

"那就太好了。"皮埃尔说。

安德烈公爵冷笑了一声。

"也许这真的太好了,但是这一点永远不会实现……"

"那么您为了什么去打仗呢?"皮埃尔问。

"为了什么?我不知道。需要这样做。此外,我去……"他停住了,"我去是因为我在这里的这种生活不合我的心意!"

六

在隔壁的房间内,响起了妇女的衣服的窸窣声。安德烈公爵好像醒过来一样,身子猛地一抖,脸上露出了那种在安娜·帕夫洛夫娜客厅里曾经有过的表情。皮埃尔把双腿从沙发上放下来。公爵夫人进来了。她已换上了仍然是雅致的和颜色鲜艳的家常便服。安德烈公爵站起身来,彬彬有礼地把圈椅挪到她跟前。

"我常常想,为什么,"她急忙坐到圈椅上,像平常一样用法语说,"究竟为什么安妮特不嫁人?你们大家,先生们,都很愚蠢,竟然没有人娶她。恕我直说,你们根本不了解女人。您真喜欢争论,皮埃尔先生!"

"我和您的丈夫也一直在争论;我不明白他为什么要去打仗。"皮埃尔毫不拘束地对公爵夫人说,没有年轻男子和年轻女人说话时常有的那种局促不安的表现。

公爵夫人浑身抖动了一下。看来皮埃尔的话触及了她的痛处。

"唉,我也这样说!"她说,"我不明白,完完全全不明白,为什么男人们不打仗就不行?为什么我们女人什么也不想,什么也不需要?就请您来评评理。我一直对他说：在这里他是叔叔的副官，这个位置再好不过了。大家都知道他，都器重他。前些日子我在阿普拉克辛家听到一位太太问道：'这是有名的安德烈公爵吗？'我说的完全是实话！"说着她笑了起来，"他到处都受欢迎。他能很容易地成为侍从武官。您知道，仁慈的皇帝曾同他谈过话。我和安妮特说，这件事很容易办成。您以为如何？"

皮埃尔朝安德烈公爵看了一眼，发现他的朋友不喜欢谈这件事，便什么也没有回答。

"您什么时候走？"他问。

"唉！不要对我讲他走的事，不要对我讲。我不愿意听。"公爵夫人用一种任性顽皮的腔调说，她在客厅里同伊波利特说话时用的就是这种腔调，而在家里，在皮埃尔似乎是家庭成员的情况下，这样说话显然不合适。"今天，当我想到要断绝所有这些可贵的联系时……还有，你知道吗，安德烈？"她意味深长地朝丈夫眨眨眼。"我害怕，我害怕！"她低声说，整个脊背颤动着。

安德烈公爵朝她看了一眼，从他的神情来看，似乎他在发觉房间里除了他和皮埃尔外还有第三个人而感到有些惊讶；然而他还是冷淡而有礼貌地问妻子：

"你怕什么呀，丽莎？我不明白。"他说。

"瞧，所有男人都是自私的；所有的，所有的男人都自私自利！自己为了满足古怪的愿望，天知道为了什么扔下我，把我一个人送到乡下幽禁起来。"

"别忘了，你同父亲和妹妹在一起。"安德烈公爵低声说。

"不管怎么样我还是孤身一人，没有我的朋友们……还想要我不害怕呢。"

公爵夫人已经在埋怨了，她翘起了小嘴唇，脸上出现的已不是快乐的表情，而是一种凶狠的、像松鼠一样的表情。她停住不说了，似乎认为当着皮埃尔的面说自己怀孕有失体面，可是问题的实质正在于此。

"我还是没有明白，你害怕什么。"安德烈公爵凝视着妻子慢吞吞地说。

公爵夫人涨红了脸，无可奈何地挥了挥手。

"不，安德烈，我说，你完全变了，完全变了……"

"大夫叫你早点睡觉。"安德烈公爵说，"你还是去睡吧。"

公爵夫人什么也没有说，突然她的长着绒毛的小嘴唇颤抖起来，安德烈公爵站起身来，耸了耸肩，从房间的一头走到那一头。

皮埃尔透过眼镜，惊讶和天真地时而看看他，时而看看公爵夫人，动了一下，似乎也想站起来，但是又改变了主意。

"对我来说，皮埃尔先生在这里也不碍事。"娇小的公爵夫人突然说道，她那漂亮的脸一下子拉长成为一副哭丧相，"我早就想对你说，安德烈，你为什么对我变得这样？我做了什么对不起你的事了？你要到部队去，你不可怜我。为了什么？"

"丽莎！"安德烈公爵只这样喊了一声；而在这喊声里既有请求，也有威胁，而主要的，是相信她自己会为自己的话后悔的；但是她急急忙忙地往下说：

"你对待我像对待病人或孩子一样。我什么都看见了。难道半年前你是这样的吗？"

"丽莎，我请求你不要说了。"安德烈公爵的语气更严厉了。

皮埃尔在他们说话时愈来愈激动，他站起身来，走到公爵夫人面前。他好像见不得眼泪，自己眼看就要哭出声来。

"公爵夫人，请您放宽心。这是您的感觉，因为，请您相信我的话，我自己有过体验……由于……因为……不，请原谅，外人在这里是多余的……不，请您放宽心……再见……"

安德烈公爵拉住他的手。

"不，等一下，皮埃尔。公爵夫人的心很好，她不会让我失去与你一起消磨一个晚上的快乐的。"

"不，他只想着自己。"公爵夫人说，气愤的眼泪忍不住夺眶而出。

"丽莎。"安德烈公爵提高声调冷冰冰地说，这表明他再也无法忍受了。

突然公爵夫人漂亮的脸上气愤的、像松鼠似的表情为一种有魅力的和令人同情的恐惧表情所代替；她皱眉蹙额，用自己美丽的小眼睛看了丈夫一眼，脸上露出了畏怯的和认错的表情，这种表情通常在一只迅速而无力地摇动着耷拉下来的尾巴的狗脸上可以看到。

"我的上帝，我的上帝！"公爵夫人说，她用一只手撩起衣裙，走到丈夫跟前，吻了吻他的前额。

"再见，丽莎。"安德烈公爵说，他站起身来，像对待外人一样，有礼貌地吻她的手。

朋友俩沉默着。谁都没有开口说话。皮埃尔不时地看看安德烈公爵，安德烈公爵则用他的小手擦擦前额。

"咱们去吃晚饭吧。"他叹口气说，站起身来朝门口走去。

他们走进一个重新装修过的优雅而豪华的餐厅。这里的一切，从餐巾到银器、瓷器和玻璃器皿，都带有年轻夫妇家里的用具特有的光泽。在吃饭中间，安德烈公爵把胳膊肘支在桌子上，显出心里有话早就想说、现在突然决定要说出来的样子，带着皮埃尔从未见过的神经质的激动的表情，开口说道：

"你永远，永远也不要结婚，我的朋友；请听我的忠告：在你还不敢说你已做到了你所能做的一切之前，在你还没有停止爱你选中的女人，没有把她看清楚之前，不要结婚；否则你就会铸成大错，无法挽回。到年老和毫不中用时再结婚吧……不然你身上一切好的和高尚的东西就会丧失掉。一切都将浪费在琐碎的小事上。真的，真的，真的！你不要这样惊奇地看着我。如果你在结婚后希望自己将来有所作为的话，那么每走一步你都会感觉到，对你来说，一切都完了，一切都对你关上了门，只有客厅的门敞着，你在那里将像宫廷的奴仆和白痴一样站在那里……就是这样！"

他用力挥了一下手。

皮埃尔摘下眼镜，他的脸因此变了样，显得更为和善，他惊奇地望着朋友。

"我的妻子是一个很好的女人。"安德烈公爵接着说道，"这是世上少有的女人之一，做她的丈夫可以不必为自己的名誉担心；但是，我的天，要是我现在能重新成为单身汉，我愿意付出一切！这是我对你一个人第一次这样说，因为我喜欢你。"

安德烈公爵说这话时，更不像那个懒洋洋地坐在安娜·帕夫洛夫娜客厅的圈椅里、眯着眼睛含糊不清地说着法国话的鲍尔康斯基了。他的冷冰冰的脸上每块肌肉都在神经质地颤动着；他那双不久前似乎生命之火已经熄灭的眼睛,现在闪现出一道道明亮的光芒。可以看出,他平时愈是显得毫无生气,在这几乎是病态的激动的时刻就愈是精神焕发。

"你不明白我为什么讲这些话。"他继续说道,"因为这是生活中的一大段经历。你说起波拿巴和他的发迹史。"他说,虽然皮埃尔没有说过波拿巴的事。"你谈到波拿巴;但是当波拿巴埋头苦干、一步步走向目标时,他是自由的,除了目标之外,他什么也没有—— 他达到了目标。但是如果把自己与女人拴在一起—— 像一个戴脚镣的囚犯一样,你就会失去任何自由。你的一切希望和精力只会使你感到苦恼,使你遭受悔恨的折磨。客厅、流言蜚语、舞会、虚荣心、微不足道的小事—— 所有这些成了我无法走出的怪圈。我现在就要上战场,去参加从未有过的伟大的战争,而我什么也不懂,什么也不会。我受人爱慕,说话尖刻,"安德烈公爵接着往下说,"在安娜·帕夫洛夫娜的客厅里,大家都很注意地听我讲话。那是一帮愚蠢的人,而我的妻子和这些女人离开他们就无法过日子……要是你能知道所有这些高贵的女人和一般女人是什么货色就好了!我的父亲说得对。自私自利,爱好虚荣,愚昧无知,微不足道—— 女人们露出本来面目时就是这样。你在社交场合看她们一眼,似乎觉得有点什么东西,其实什么都没有,什么都没有,什么都没有!是的,不要结婚,亲爱的,千万不要结婚。"安德烈公爵最后说。

"我觉得可笑,"皮埃尔说,"**您**认为**自己**,**您**认为**自己**没有才干,认为您的一生被生活毁了。其实您前程远大,前途无量。而且您……"

他没有说**您将怎么样**,但是他的语气就已表明他非常看重自己的朋友,对他的前途抱有很大的希望。

"他怎么能这样说!"皮埃尔想道。他认为安德烈公爵是具有所有美德的典范,他这样认为是由于安德烈公爵身上高度地集中了皮埃尔所缺少的品质,这些品质可用"毅力"这一概念最贴切地表达出来。皮埃尔一向对安德烈公爵善于同各种不同的人应酬而感到惊讶,钦佩他的非凡的记忆力和博学多识(他什么都读,什么都知道,什么都了解),而最钦佩的是他工作和学习的能力。如果说皮埃尔对安德烈缺乏幻想和哲理思考(皮埃尔特别喜欢这样做)的能力感到吃惊的话,那么他认为这不是缺点,而是长处。

在朋友之间最好的和最纯朴的关系中，奉承和称赞是必要的，正如车轮需要抹油才能运转一样。

"我是一个已经完蛋的人。"安德烈公爵说道，"我的事有什么可说的？让我们来谈谈你吧。"他沉默了一会儿后说道，因自己出现宽慰的想法而高兴地微微一笑。

他的笑容霎时间在皮埃尔的脸上反映出来。

"关于我的事有什么好讲的？"皮埃尔说，他咧开嘴，露出无忧无虑的快活的微笑，"我算是什么人？我是一个私生子！"他的脸突然涨得通红。可以看出，他是作了很大努力后才说出这句话的。"既无身份，又无财产……有什么办法呢，其实……"但是他没有说出**其实怎么样**。"我目前很自由，感到很舒服。我只是怎么也不知道我该开始做什么。我曾想和您好好商量一下。"

安德烈公爵用和善的目光看着他。但是在他的友好和亲切的目光里仍然露出一种优越感。

"我觉得你非常可贵，尤其是因为你是我们整个上流社会中唯一的活人。你感到很舒服。你想做什么就做什么吧；这反正都是一样的。你到任何地方去都会受欢迎，但是记住一点：你别再去库拉金家，别再过这样的生活。所有这些酗酒和寻欢作乐的事，这一切……对你都不合适。"

"有什么办法呢，我的亲爱的，"皮埃尔耸耸肩膀说，"女人哪，我的亲爱的，这些女人！"

"我弄不明白。"安德烈回答道，"正派女人，这是另一回事；但是库拉金家的女人，女人和酒，我不明白！"

皮埃尔住在瓦西里·库拉金公爵家，和他的儿子阿纳托利一起过着放荡的生活，家里的人为了使阿纳托利改邪归正，打算让他娶安德烈公爵的妹妹。

"您知道吗，"皮埃尔说，他脑子里仿佛突然出现了一个很好的想法，"说真的，我早就这样想了。过这种生活什么事也决定不了，什么事也不能好好考虑。脑袋痛得很，又没有钱。今天他邀请过我，我没有去。"

"你敢向我保证不去吗？"

"保证不去！"

皮埃尔从他的朋友家出来时，已是夜里一点多钟了。彼得堡六月的夜是明亮的夜。皮埃尔雇了一辆马车，打算回家。但是他离家愈近，愈觉得这个更像黄昏和早晨的夜里无法入睡。沿着空荡荡的街道望去，可以看得很远。途中皮埃尔回想起，今天晚上在阿纳托利那里照例有人聚赌，赌完后通常要狂饮一场，最后以皮埃尔喜爱的娱乐结束。

"到阿纳托利那里去倒也不错。"他想。但是立刻想起他对安德烈公爵许下的不到阿纳托利那里去的诺言。

然而他立刻又像所谓意志薄弱的人常有的那样，热切希望再一次体验一下他非常熟悉的放荡生活，于是他便决定前去。这时马上又产生一个想法，认为许下的诺言毫无意义，因为在向安德烈公爵许诺之前，也向阿纳托利公爵下过保证去他那里；最后他想，所有这些诺言都是一些空洞的东西，没有确定的内容，尤其是只要设想一下明天也许他就会死去，或者发生意外事件，到那时也就没有履行诺言和不履行诺言的问题了。皮埃尔常常进行诸如此类的推论，结果打消了所有的决定和意图。他便去找阿纳托利了。

他到了近卫骑兵营房旁阿纳托利居住的一座大房子前，上了灯火未熄的台阶和楼梯，进了一扇敞开着的门。前厅里没有人；这里乱放着空酒瓶、斗篷和套鞋，散发出一股酒气，听得见远处的说话声和叫喊声。

赌博和晚餐已经结束了，但是客人还没有散。皮埃尔脱掉斗篷，进了第一个房间，那里残羹剩饭还没有收拾，一个仆人以为没有人看见他，正在偷偷地喝杯里剩下的酒。从第三个房间里传来熟悉的喧闹声、笑声和叫喊声以及狗熊的吼声。七八个年轻人神情紧张地聚集在敞开的窗户旁。三个人在玩一头小熊，一个人拉着链子，用狗熊来吓唬另一个人。

"我押史蒂文斯一百卢布！"一个人喊道。

"不能用手扶东西！"另一个人喊道。

"我押多洛霍夫！"第三个人喊道，"库拉金，你来当证人。"

"喂，别玩小熊了，这里在打赌呢。"

"要一口气喝下去，不然就算输了。"第四个人喊道。

"雅科夫！拿一瓶酒来，雅科夫！"主人喊道，这是一个身材颀长的美男子，他站在人群中间，身上穿一件薄衬衣，敞着胸。"等一等，先生们。瞧，彼得鲁沙①来了，亲爱的朋友。"他对皮埃尔说。

这时一个身材不高、长着一双明亮的蓝眼睛的人从窗口喊道："到这里来——你来主持打赌！"他的声音在所有这些喝醉酒的人的声音中显得最为清醒。这就是多洛霍夫，他是谢苗诺夫近卫团②的军官，著名的赌徒和爱好决斗的寻衅闹事者，同阿纳托利住在一起。皮埃尔微笑着，快活地看看自己的周围。

"我什么也不明白。怎么回事？"他问。

"等一等，他没有喝醉。把那瓶酒给我。"阿纳托利说，顺手从桌子上拿起一个杯子，走到皮埃尔跟前。

"先喝了再说！"

皮埃尔开始一杯接一杯地喝，皱起眉头看看又聚集在窗户旁的喝醉酒的客人们，注意听他们在说什么。阿纳托利一面给他倒酒，一面对他说，多洛霍夫跟在场的英国海军军官史蒂文斯打赌，说他能坐在三楼的窗台上，两条腿垂到窗外，喝下一瓶罗姆酒③。

"你把这一瓶全喝完，"阿纳托利把最后一杯递给皮埃尔，说道，"不然不放你走！"

"不，我不想喝了。"皮埃尔说，推开阿纳托利，走到窗户跟前。

多洛霍夫握住英国人的手，清楚而明确地说出打赌的条件，他主要是说给阿纳托利和皮埃尔听的。

多洛霍夫中等身材，长着一头鬈发和一双明亮的蓝眼睛。他大约有二十五岁。他像所有步兵军官一样，没有留胡子，因此他的嘴就整个地露了出来，这是他脸上最惹人注意的部分。这张嘴的嘴形很好看。在中间，上唇像一个尖角一样有力地垂到结实的下唇上，在两边嘴角常常形成类似笑窝的东西，一边一个；所有这一切，特别是连同坚定的、放肆无礼的、聪明的目光，给人以深刻的印象，使得人们不能不注意这张脸。多洛霍夫并不富有，也没有各种门路。尽管阿纳托利大手大脚，一年要花掉几万卢布，但是跟他住在一起的多洛霍夫却能使得

---

① 彼得鲁沙是皮埃尔的俄语名字彼得的爱称。

② 谢苗诺夫近卫团是俄国历史最久的团队之一，它是彼得一世在一六八七年在"少年游戏兵团"的基础上建立的。

③ 罗姆酒是一种用甘蔗制的烈性酒。

阿纳托利本人和认识他俩的人都十分尊重他,尊重的程度超过了尊重阿纳托利。多洛霍夫进行各种形式的赌博,几乎总是赢家。不管他喝多少,他从来不失去清醒的头脑。无论是阿纳托利还是多洛霍夫,在当时彼得堡的浪子和酒徒当中都是大名鼎鼎的人物。

一瓶罗姆酒拿来了;窗框使人无法坐在靠外墙有些倾斜的窗台上,于是两个仆人便动手拆它,他们在周围的老爷们七嘴八舌的指挥下和叫喊声中变得手忙脚乱,不知所措。

阿纳托利带着得意扬扬的神气走到了窗前。他想要毁坏点什么。他推开那两个仆人,使劲拉窗框,但是窗框一动也不动。可是却把玻璃打碎了。

"喂,你来,大力士。"他对皮埃尔说。

皮埃尔抓住横档,使劲一拽,咔嚓一声,柞木的窗框有的地方断裂了,有的地方被拽出来了。

"全部拆掉,不然会以为我扶住东西呢。"多洛霍夫说。

"这个英国人吹牛……是吧?……好了吗?"阿纳托利问。

"好了。"皮埃尔说,眼睛看着拿了一瓶罗姆酒走到窗前来的多洛霍夫,从窗口可以看到天空的亮光和天空中正在融成一片的早霞和晚霞。

多洛霍夫手里拿着一瓶罗姆酒,跳到窗台上。

"听着!"他站在窗台上朝房间里的人喊了一声。大家都不说话了。

"我打赌(他为了让那个英国人听得懂,讲的是法语,不过讲得不那么好)。打五十金卢布①的赌,要不要加到一百卢布?"

"不,五十卢布。"英国人说。

"好吧,就赌五十金卢布,我坐在窗台上,就坐在这个地方(他俯下身,指了指窗外墙上有些倾斜的突出部分),不扶住任何东西,瓶不离嘴地一口气把这瓶罗姆酒全喝完……这样行吗?……"

"很好。"英国人说。

阿纳托利朝英国人转过身来,抓住他的燕尾服的一个纽扣,俯视着他(英国人个子很小),开始用英语对他重复打赌的条件。

"等一等。"多洛霍夫喊了起来,用瓶子敲敲窗户,以引起大家的注

① 金卢布是从一七五五年开始铸造的金币,值十个银卢布。

意，"等一等，库拉金；你们听我说。如果有人也敢这样做，那么我给他一百金卢布。明白了吗？"

英国人只点了点头，似乎没有明确表示他是否打算按这个新的条件打赌。虽然这英国人已点头表示都听懂了，但是阿纳托利没有放开他，还是把多洛霍夫的话翻译成英语给他听。一个今天晚上赌输了的年轻瘦削的禁卫骠骑兵军官爬到窗台上，探出身去朝下看了一眼。

"啊——哟！"他望着窗下人行道上的石板说。

"别胡来！"多洛霍夫喊道，把他从窗台上拽下来，那军官被马刺绊住，笨手笨脚地跳进屋里。

为了拿起来方便，多洛霍夫把酒瓶放在窗台上，小心翼翼地和慢慢地爬上窗户。他垂下双腿，用两手撑住窗沿，打量了一下，坐稳了，身子朝左右挪了挪，拿起了酒瓶。虽然天已经大亮了，阿纳托利仍然拿来了两支蜡烛放到窗台上。穿着白衬衫的多洛霍夫的脊背和他长着鬈发的脑袋从两边被照亮。所有的人都聚集在窗户旁。英国人站在前面，皮埃尔只是微笑着，什么也没有说。在场的一个比别人年纪大的人，露出恐惧和气愤的脸色，突然向前挤，想要抓住多洛霍夫的衬衫。

"诸位先生，这是胡闹，他会摔死的。"这个比较有理智的人说。

阿纳托利拦住他。

"别碰他，你会把他吓着的，他就会摔死。怎么样？……那怎么办呢？……啊？……"

多洛霍夫转过身来，让自己坐稳点，又用两手撑住窗沿。

"如果有人再挤到我跟前来，"他从抿紧的薄嘴唇里挤出这句话来，平常他很少这样说话，"我马上就把他扔到下面去。就这么办！……"

他说完"就这么办"，又转过身去，放下了双手，拿起酒瓶把它凑到嘴边，朝后仰起头，为了保持身体平衡举起了空着的手。一个动手收拾碎玻璃的仆人，弯着腰停住不动了，目不转睛地看着窗户和多洛霍夫的脊背。阿纳托利笔直地站着，睁大了眼睛。英国人噘起嘴，从一旁看着。那个试图阻止打赌的人跑到房间的角落里，脸朝墙躺倒在沙发上。皮埃尔捂住脸，微弱的笑容仍遗留在他脸上，虽然现在脸上出现的是恐惧和害怕的表情。大家都没有说话。皮埃尔把手从眼睛上拿开。多洛霍夫还是那样坐着，只是头更往后仰，这样后脑勺上的鬈发碰到了衬衫的领子，那只握住酒瓶的手抖动着，使着劲儿，举得愈来愈高。酒瓶看来逐渐空了，同时它也不断往上举，高过了头顶。"时间怎么这样长？"皮埃尔想道。他觉得已经过了半个多钟头。突然多洛霍夫的背做了一个向后仰的动作，他的手神经质地颤抖起来；这一颤抖足以使得他在斜面上的整个身体坐不住了。他整个人往下滑，他的手和脑袋由于使劲抖得更加厉害了。一只手举起来想要抓住窗台，但是又放下了。皮埃尔又闭上了眼睛，并对自己说，永远也不睁开了。突然他感觉到周围的一切活动起来。他睁眼看看：多洛霍夫站在窗台上，他脸色苍白，然而很高兴。

"空了！"

他把酒瓶扔给英国人，英国人一伸手灵活地把它接住。多洛霍夫从窗台上跳了下来。他散发出一股强烈的罗姆酒气。

"好极了！好样的！这才叫打赌！真了不得！"人们从四面八方喊叫着。

英国人掏出钱包，数出了钱。多洛霍夫皱着眉头，没有说话。皮埃尔跳到窗台上。

"先生们，谁愿意和我打赌？我也要这样做。"他突然喊了一声，"不打赌也行，就这样。叫人给拿瓶酒来。我一定做到……叫人拿酒来。"

"行！让他试试！"多洛霍夫笑着说。

"你怎么，发疯了吗？谁会让你干？你站在楼梯上都头晕。"人们从四面八方说。

"我一定喝下去，给我一瓶罗姆酒！"皮埃尔喊叫起来，醉醺醺的他用力拍了一下桌子，就往窗口爬。

人们抓住了他的手；但是他力气很大，把一个靠近他的人推得远远的。

"不，这样无论如何拦不住他，"阿纳托利说，"等一等，让我来哄他。皮埃尔，听我说，我和你打赌，但是要挪到明天，现在我们大家要到某某家里去。"

"那就走吧，"皮埃尔喊道，"走！……把小熊也带去……"

于是他抓住小熊，抱住它，把它举起来，和它一起在房间转起圈来。

<h1 align="center">七</h1>

瓦西里公爵履行了他在安娜·帕夫洛夫娜家的晚会上向德鲁别茨卡娅公爵夫人许下的诺言，当时公爵夫人求他为她的独生儿子鲍里斯谋个差使。公爵把此事奏明了皇帝，鲍里斯被破例调到谢苗诺夫团当一名准尉。但是尽管安娜·米哈依洛夫娜到处奔走和使尽了手腕，她的儿子却未能当上副官或到库图佐夫身边服役。在安娜·帕夫洛夫娜家的晚会举行后不久，安娜·米哈依洛夫娜回到了莫斯科，直接去有钱的亲戚罗斯托夫家，她在莫斯科时就在他们家落脚，她的那个刚提升为准尉并立即调到近卫军的宝贝儿子鲍里斯从小就在他们家受教育，在他们家生活过好多年。近卫军部队已于八月十日从彼得堡开拔了，留在莫斯科置办军服的儿子应该在去拉济维洛夫 ① 的途中追上部队。

罗斯托夫家正在过两个娜塔莉娅——母亲和小女儿同名——的命名日。从早晨开始，波瓦尔大街上罗斯托娃伯爵夫人的那座全莫斯科闻名的大宅子门前，载着前来祝贺的人们的马车来来往往，络绎不绝。伯爵夫人带着漂亮的大女儿在客厅里陪着一批又一批不断前来的客人。

伯爵夫人的脸型是典型的东方女人的瘦削脸型，她四十五岁上下，由于生了十二个孩子显得有点未老先衰了。身体虚弱使得她行动和说话迟缓，这却给她增添了一种端庄的风度，令人肃然起敬。安娜·米哈依洛夫娜·德鲁别茨卡娅公爵夫人像自家人一样坐在这里，帮助接待客人，陪他们说话。年轻人待在后面的房间里，他们都认为无须参加接待客人的事。伯爵一个人迎送客人，邀请大家留下来进餐。

"非常非常感谢您，亲爱的（他对地位比他高的和比他低的人都毫无区别地一律称为亲爱的），代表我自己和两个亲爱的过命名日的人感谢您。别忘了留下吃饭。不然我会生气的，亲爱的。我代表全家诚恳

---

① 拉济维洛夫是俄国西南边陲的一个小镇，俄军由此进入加里西亚。

地请求您，亲爱的。"他对所有的人毫无例外地说着这些话，不加任何改变，他那胖胖的、快乐的和刮得光光的脸上带着同样的表情，和所有客人同样地紧紧握手，不断重复着点头哈腰的动作。送走一位客人后，伯爵便回到还待在客厅里的男客或女宾身边来；他挪了挪圈椅坐了下来，带着一副喜欢享福和会过生活的人的神气，不拘礼节地分开双腿，把两只手放在膝盖上，意味深长地晃动着身子，和客人一起猜测天气变化，谈谈养生之道，有时说俄语，有时则说蹩脚但自信讲得很好的法语，然后又带着疲惫的、恪尽主人义务的样子去送客，同时整理着秃头上稀疏的白发，再一次请客人留下吃饭。有时，他从前厅回来，经过花房和仆役室到大理石大厅，那里正在摆八十人用餐的餐具，他一面看着正在搬银器和瓷器、摆桌子、铺提花桌布的仆人，一面把贵族出身的总管德米特里·瓦西里耶维奇叫过来，对他说：

"注意，米坚卡①，要把一切安排得好好的。对，对。"他满意地扫视了一下摆开的大餐桌说，"主要的是餐桌要布置得好。这才对……"说完便得意地叹口气，回客厅去了。

"玛丽亚·利沃夫娜·卡拉金娜带女儿到！"伯爵夫人的身材高大的随从到客厅门口用低沉的声音报告道。伯爵夫人想了想，从嵌有丈夫肖像的金鼻烟壶里嗅了嗅鼻烟。

"这些客人真把我折磨得够呛。"她说，"好吧，这是我接待的最后一个人。这个女人很讲究礼节。请进。"她用的是忧伤的声调，好像在说好吧，就请您把我折磨死吧。"

一位身材高大、体形丰满、样子高傲的太太带着圆脸的、满面笑容的女儿进了客厅，走动时衣裙窸窣作响。

"亲爱的伯爵夫人，已经很久了……这可怜的孩子生病来着……在拉祖莫夫斯基家的舞会上……我是那么的高兴……"只听得女人们你一言我一语的说话声，还可听到衣裙的窸窣声和挪椅子的声音。谈话开始了，这样的谈话一般恰好延续到出现第一次停顿，这时客人就站起来，伴随着衣裙窸窣作响的声音说："我非常非常高兴；妈妈的身体……还有阿普拉克辛娜伯爵夫人。"说到这里又再一次把衣裙弄得

---

① 米坚卡是德米特里的昵称。

窸窣作响，到了前厅，穿上皮大衣或披上斗篷，坐车走了。这次谈话涉及当时城里的一条重要新闻：著名的富翁和叶卡捷琳娜时代的美男子老别祖霍夫伯爵生病的事和他的私生子皮埃尔在安娜·帕夫洛夫娜·舍列尔的晚会上的失礼行为。

"我非常同情可怜的伯爵，"女客人说，"他的身体已是那样的不好，而现在又要为儿子而伤心。这会把他气死的！"

"怎么回事？"伯爵夫人问，好像不知道女客人说的是什么，其实关于别祖霍夫伯爵伤心的原因她已听人讲过不下十五六次了。

"瞧，这就是现在的教育！"女客人接着说，"还在国外的时候，这个年轻人就任性胡闹，如今到了彼得堡，听说干了骇人听闻的事，警察把他从那里赶出来了。"

"这事当真？"伯爵夫人问。

"他乱交朋友。"安娜·米哈依洛夫娜插进来说，"瓦西里公爵的儿子和他，还有一个叫多洛霍夫的，听说这三人干了天知道的什么事儿。两个人受到了惩罚。多洛霍夫被降为士兵，别祖霍夫的儿子被送回莫斯科。至于阿纳托利·库拉金，他父亲设法把他的事遮掩过去了。但是仍然被赶出了彼得堡。"

"他们到底干了什么？"伯爵夫人问。

"这些人完全是强盗，特别是多洛霍夫。"女客人说，"他是一位受人尊敬的太太玛丽亚·伊万诺夫娜·多洛霍娃的儿子，这又怎么样呢？您想一想，他们三个人不知从哪里弄来了一头狗熊，把它放到马车上，带到了女戏子那里。警察赶来制止他们。他们抓住了分局长，把他背靠背地捆在狗熊身上，并把狗熊放进莫依卡河中，狗熊在水里游，分局长就在它背上。"

"那分局长的样子，我的亲爱的，一定很好看。"伯爵喊道，笑得几乎要死了。

"啊，多么可怕！这里有什么好笑的，伯爵？"

但是女士们也都情不自禁地笑着。

"好容易才把这个倒霉的人救了上来。"女客人继续往下说，"这是基里尔·弗拉基米罗维奇·别祖霍夫伯爵的儿子想出这个好主意来寻开心的！"她加了一句："而人们都说，他受过良好的教育，而且很聪明。这就是在国外受教育的结果。虽然他很有钱，我希望这里谁也不接待他。曾有人想要把他介绍给我。我坚决拒绝了，因为我家里有女儿。"

"为什么您说这个年轻人很有钱？"伯爵夫人问，弯下身子避开姑娘们，而姑娘们立刻装出没有听的样子，"要知道那老头只有私生子。好像……皮埃尔也是私生子。"

女客人挥了挥手。

"我想，他有二十个私生子。"

这时安娜·米哈依洛夫娜公爵夫人插嘴了，她想要显示自己有很多关系和了解上流社会的所有事情。

"问题在于，"她也压低声音意味深长地说，"基里尔·弗拉基米罗维奇·别祖霍夫伯爵的名声是大家都知道的……他有多少孩子，连他自己也记不清，但是这个皮埃尔是他最喜欢的。"

"去年这老头还是很漂亮的！"伯爵夫人说，"我没有见过更好看的男人。"

"现在变得很厉害。"安娜·米哈依洛夫娜说，"我曾想这样说，"她接着说下去，"瓦西里公爵由于妻子的关系，是全部财产的直接继承人，但是老头非常喜欢皮埃尔，一直过问他的教育，并且给皇帝奏过一本……因此如果他死了（他的病情很重，随时都可能死去，而且洛兰大夫已从彼得堡来了），谁也不知道这巨大的财产会落到谁手里，不知道得到它的是皮埃尔还是瓦西里公爵。总共有四万名农奴和几百万家财。我对这些知道得很清楚，因为瓦西里公爵本人对我说过。而且基里尔·弗拉基米罗维奇是我的堂表舅舅。他还是鲍里亚①的教父呢。"她添了一句，听她的语气，她好像并不看重这件事似的。

"瓦西里公爵昨天已来到了莫斯科。有人对我说，他是来视察的。"女客人说。

"是的，但是与此同时，"公爵夫人说，"这是借口，其实是在得知基里尔·弗拉基米罗维奇伯爵病重后特地来看他的。"

"然而，亲爱的，这是一件很有意思的事，"伯爵说，他发现年纪大

---

① 鲍里亚与下文的鲍连卡均为鲍里斯的爱称。

的女客人没有听他说话，便转身对小姐们说，"我想分局长的样子一定很好看。"

于是他想象分局长如何挥动双手，想到这里又哈哈大笑起来，笑声响亮而低沉，他的整个胖胖的身体也随着笑声晃动起来，平常吃得好、特别是喝得好的人才会发出这样的笑声。"好吧，就请诸位留下来吃饭。"他说。

八

接着出现了一阵沉默。伯爵夫人望着那位女客人，愉快地笑着，不过她并不掩饰自己此时的心情，如果女客人站起身来告辞，她不会感到丝毫的不快。女客人的女儿已经在整理自己的衣服，用疑问的目光看着母亲，这时从隔壁的房间里突然传来了几个男人和女人朝门口走的脚步声以及绊倒椅子的响声，一个十三岁的女孩跑了进来，细纱的短裙里面不知裹着什么，到了房间中央才停住。显而易见，她跑得太快了，无意之中冲出去很远。这时门口出现了一个穿着粉红色领子衣服的大学生、一个近卫军军官、一个十五岁的女孩和一个穿着童装的脸色红润的胖男孩。

伯爵跳了起来，摇摇晃晃地走过去，伸出双臂，做出搂住跑进来的女孩的姿势。

"啊，这就是她！"伯爵笑着喊道，"过命名日的人来了！今天我亲爱的过命名日！"

"亲爱的，什么事都得有个时间。"伯爵夫人假装严厉地说，"你总是惯着她，埃利①。"她又对丈夫说了一句。

"您好，亲爱的，祝贺您。"女客人说，"多么好的孩子！"她又转过去对做母亲的说。

女孩长着一双黑眼睛和一张大嘴，看起来并不漂亮，但是很活泼，她因为跑得太快，连衣裙的上身部分滑了下来，露出了小肩膀，乌黑的鬈发向后倒，细小的手臂裸露着，下身穿着一条镶花边的裤子，脚上穿

---

① 埃利是伊里亚的法文名字。

的则是一双敞口的小皮鞋，她正好到了这样的美好的年龄，说她是黄毛丫头但已不是孩子，可是还不是少女。她从父亲怀抱里挣脱出来后，跑到母亲身边，丝毫不理会母亲的严厉责备，把涨得通红的脸藏到母亲的花边头巾里，笑了起来。她不知在笑什么，上气不接下气地讲着从裙子底下掏出来的布娃娃的事。

"看见了吧？……布娃娃……咪咪……看见了。"

说到这里娜塔莎①说不下去了（她觉得一切都很可笑）。她倒在母亲身上，笑得那么大声和响亮，所有的人，甚至包括那位讲究礼节的女客人，也不由自主地笑了起来。

"好啦，去，去，把你的丑八怪带走！"做母亲的假装生气地推开女儿，"这是我的小女儿。"她对女客人说。

娜塔莎把脸从母亲的花边头巾里抬起来了一会儿，含着笑出来的眼泪从下往上看着她，接着又把脸藏了起来。

女客人无意中碰上这个天伦之乐的场面，认为自己也有参加到里面去的必要。

"告诉我，亲爱的，"她对娜塔莎说，"这个咪咪是您的什么人？大概是女儿吧？"

娜塔莎不喜欢女客人同她说话时用的那种哄孩子的口气。她什么也没有回答，严肃地朝女客人看了一眼。

与此同时，所有的年轻人——安娜·米哈依洛夫娜公爵夫人的儿子、当上了军官的鲍里斯，伯爵的大儿子、大学生尼古拉，伯爵十五岁的表侄女索尼娅，还有伯爵的小儿子彼得鲁沙②——都在客厅里坐下了，他们的每个动作都充满活力和欢乐，不过他们力图把它控制在合乎礼节的范围内。可以看出，在他们从后面的房间里快步跑出来前，那里的谈话要比这里谈论城市的流言蜚语、天气和阿普拉克辛伯爵的谈话有趣得多。他们不时地相互看看，好容易才忍住不笑出声来。

两个年轻人，大学生和军官，从小就是朋友，两人同岁而且都很漂亮，但是长得很不相像。鲍里斯是一个浅发的高个子青年，相貌清

---

① 娜塔莎是娜塔莉娅的爱称。
② 彼得鲁沙和下文的彼佳均为彼得的爱称。

秀文静,五官端正。尼古拉则身材不高,长着一头鬈发,脸上的表情开朗。他的上唇已长出细细的黑色髭须,整个脸带着一种急切和兴奋的表情。尼古拉一进客厅,脸就红了。可以看出,他想找话说,但没有找到要说的话;鲍里斯则相反,立刻找到了话题,平静而风趣地说,他认识布娃娃咪咪时,这布娃娃还是一个小姑娘,鼻子还没有弄破,五年来她老了,她的整个脑壳都裂开了。说完这些话,他朝娜塔莎看了一眼。娜塔莎扭过头去没有理他,看了看眯缝着眼睛、不出声地笑得浑身发抖的弟弟,再也忍不住了,便跳了起来,撒开两条动作敏捷的小腿,冲出了房间。鲍里斯没有笑。

"妈妈,您大概也想走了吧?需要马车吗?"他带着微笑对母亲说。

"是的,去,去吩咐他们备车。"她笑着说。

鲍里斯悄悄地走到门口,去追娜塔莎;胖男孩怒冲冲地跟着他们跑出去,仿佛为他的游戏被打断而气恼似的。

九

在年轻人当中,除了伯爵夫人的大女儿(她比妹妹大四岁,举止已像大人了)和来做客的小姐们外,客厅里只剩下了尼古拉和伯爵的表侄女索尼娅。索尼娅是一个身材苗条、娇小玲珑的黑发姑娘,睫毛很长,目光柔和,一条乌黑的长辫子在头上盘了两圈,脸上,尤其是裸露在外的瘦削而健美的手臂和脖子上,皮肤稍稍有点发黄。她动作轻盈,四肢纤柔而灵活,言谈举止带有几分狡黠和矜持,这使她像一只漂亮的、但尚未长大的猫崽儿,不过到时候是一定会成为美丽可爱的小猫的。显然她认为用微笑来参与大家的谈话是有礼貌的表现;不过她的眼睛从浓密的长睫毛底下不由自主地望着即将到部队去的表兄,流露出了一个少女热烈崇拜的感情,这使得她的微笑丝毫也骗不了任何人,并且可以看出,这只小猫蹲下来只是为了更有力地跳起来,和她的表兄一起,像鲍里斯和娜塔莎一样跑出客厅去玩。

"是的,亲爱的,"老伯爵指着儿子尼古拉对女客人说,"现在他的朋友鲍里斯当上了军官,他出于友谊不愿落后于他;扔下了大学和我这个老头子,也要去服军役,亲爱的。而在档案馆里已给他弄到了一个位置。有这样讲友谊的吗？”伯爵问道。

“说得对，不过听说已经宣战了①。”女客人说。

“人们早就这么说了，”伯爵说，“又是说呀说，最后也就不说了。亲爱的，这就是所谓友谊！”他又重复了一句，“他去当骠骑兵。”

女客人不知说什么才好，摇了摇头。

“完全不是出于友谊。”尼古拉回答道，他涨红了脸，好像要为自己受到可耻的诬告而辩解似的，“完全不是出于友谊，只不过是我感觉到自己适合当军人罢了。”

他看了看表妹和来做客的小姐：她们俩带着赞许的微笑望着他。

“今天保罗格勒骠骑兵团上校舒伯特要到我家吃饭。他在这里休假，将把尼古拉带走。有什么办法呢？”伯爵耸耸肩膀说，他用诙谐的口吻来谈论这件看来使他感到非常苦恼的事。

“我已经对您说过了，爸爸，”尼古拉说，“如果您不愿意放我走，我就留下。但是我知道，除了服军役外，我干什么都不合适；我不是当外交家和做官的材料，不会掩饰自己的感情。”他说，不时用一种英俊青年男子喜欢卖弄的神情看看索尼娅和来做客的小姐。

小猫的眼睛盯住他，她似乎时刻准备玩耍，显示一下她的猫的天性。

“好了，好了！”老伯爵说，“还那么急躁。都是波拿巴把大家弄得昏头昏脑；都忘不了他怎么从一个中尉变成了皇帝。好吧，但愿上帝保佑。”他又加了一句，没有发现女客人脸上讥讽的微笑。

大人们都谈论起拿破仑来。卡拉金娜的女儿朱丽对尼古拉说：

“真遗憾，您星期四没有到阿尔哈罗夫家去。您不在我感到怪无聊的。”她说，亲切地对他笑笑。

尼古拉听到恭维非常得意，带着青春的媚笑坐得离朱丽更近些，和笑容满面的朱丽单独交谈起来，完全没有注意到他的这无意的笑容像一把利刃一样，刺伤了满脸通红假装微笑的索尼娅的嫉妒的心。在谈话中间尼古拉回过头来朝她看了看。索尼娅恶狠狠地瞪了他一眼，

---

① 当时尚未正式宣战。在莫斯科，亚历山大一世关于战争开始和征兵的诏书到一八〇五年九月一日才发表。

强忍住眼睛里的泪水和保持着挂在双唇上的假装的微笑,站起身来走了出去。尼古拉的兴致顿时消失了。他等到谈话一出现停顿,就哭丧着脸出去找索尼娅。

"这些年轻人的心事一眼就可以看出来!"安娜·米哈依洛夫娜指着出去的尼古拉说道,"表兄妹的关系是很危险的。"她加了一句。

"是的。"伯爵夫人说,这时随着年轻人的到来而射入客厅的阳光消失了,她这样说似乎是在回答谁也没有向她提出的问题,而这问题一直挂在她的心上。"为了现在能为他们而高兴,这一辈子受了多少苦,操了多少心啊!可是说实在的,如今还是担惊受怕多于欢乐。总是担心,总是担心个没完!无论是对女孩还是对男孩来说,这正是充满危险的年龄。"

"一切都取决于教育。"女客人说。

"是的,您说得对。"伯爵夫人接着说,"谢天谢地,直到今天我还是自己的孩子的朋友,得到他们的完全信任。"伯爵夫人这样说重犯了许多父母犯过的错误,这些父母总以为自己的子女对他们什么也不隐瞒。"我知道我一直是我的女儿们的第一个知心人,知道尼科连卡①虽然性格急躁,但是即使胡闹起来(男孩毕竟是男孩),也不会像彼得堡的少爷们那样做。"

"是的,孩子们都很好,都是很好的孩子。"伯爵附和道。他在碰到难以解决的问题时,总是说都很好,以为这样就把问题解决了。"说也奇怪!居然想当骠骑兵!您还想怎样呢,亲爱的!"

"您的小女儿多么可爱!"女客人说,"急性子!"

"是的,急性子,"伯爵说,"像我!多好的嗓子:虽然是我的女儿,我也要照实说,她将成为歌唱家,萨洛莫尼②第二。我们聘请了一个意大利人教她。"

"这不是太早了吗?听人家说,在这样的年纪练唱对嗓子有害。"

"不,这不算早!"伯爵说,"我们的母亲们不是十二三岁就出嫁了吗?"

---

① 尼科连卡和下文的尼科卢什卡均为尼古拉的爱称。
② 萨洛莫尼是德国女歌剧演员,曾于一八〇五年冬在莫斯科演出。

"她现在就已爱上了鲍里斯！怎么样？"伯爵夫人微微一笑，望着鲍里斯的母亲说，大概她是想回答一直放不下的问题，便继续说道，"您瞧，如果我把她管得太严了，禁止她做这做那……天知道他们暗地里会干些什么（伯爵夫人想说的是他们会接吻），而现在我知道她说的每一句话。晚上她自己跑来把一切讲给我听。也许我在娇惯她，但是，说实话，这样似乎更好些。我对大女儿就管得很严。"

"是的，我受的完全是另一种教育。"大女儿、美丽的伯爵小姐薇拉微笑着说。

但是像常见的那样，微笑并没有使薇拉的脸显得更加美丽；相反，她脸上的表情变得很不自然，这张脸也就变得有些令人生厌了。薇拉长得很漂亮，生性不笨，学习成绩很好，受过很好的教育，她的嗓子很好听，她说的话都是在理的和得体的；但是奇怪的是，所有的人，包括女客人和伯爵夫人在内，都回头看了她一眼，似乎对她为什么要说这些话感到奇怪，并且听了觉得有些尴尬。

"人们在管教大儿子大女儿上总是别出心裁，想做出一些不寻常的事来。"女客人说。

"没有什么可隐瞒的，亲爱的！伯爵夫人对薇拉就是这样。"伯爵说，"这又有什么关系！毕竟是一个很好的姑娘。"他添了一句，赞许地朝薇拉眨眨眼睛。

客人们站起身告辞了，答应来吃饭。

"这算是什么派头！老坐在这里，赖着不走！"送走客人后，伯爵夫人说。

十

娜塔莎出了客厅后就跑了起来，但是她只跑到花房。她在这个房间里停住了，倾听着客厅的谈话和等着鲍里斯出来。她等得有些不耐烦了，于是跺了跺小脚，见他不来就想要哭，这时传来了一个年轻人的不高不低、不紧不慢的规规矩矩的脚步声。娜塔莎马上跑到养花用的木桶中间躲起来。

鲍里斯在花房中央站住了，环顾了一下周围，抖掉了军服袖子上的尘屑，走到镜子前面，端详着自己漂亮的脸。娜塔莎停止出声，从她躲藏的地方朝外张望，看他要做什么。他在镜子前站了一会儿，笑了笑，便朝门口走去。娜塔莎想要叫住他，但是后来改变了主意。

"让他找吧。"她对自己说。鲍里斯刚一出去，只见索尼娅从另一扇门里出来了，她满脸通红，含着眼泪，嘴里愤恨地低声嘟囔着什么。娜塔莎本想朝她跑过去，然而忍住了，留在躲藏的地方，好像戴着隐身帽观察着世界上发生的事情。她感受到了一种新的特殊的乐趣。索尼娅小声说着什么，回头望着客厅的门。从门里出来了尼古拉。

"索尼娅！你怎么啦？怎么能这样？"尼古拉跑到她身边。

"没有什么，没有什么，别管我！"索尼娅痛哭起来。

"不，我知道为什么。"

"您知道，那很好，您去找她吧。"

"索——尼娅！听我说一句！能这样胡思乱想折磨我和折磨你自己吗？"尼古拉抓住她的一只手说。

索尼娅没有把手从他那里抽回来，停住不哭了。

娜塔莎屏住气，一动也不动，两眼闪闪发光，从她躲藏的地方朝外看着。"往下会怎么样呢？"她想。

"索尼娅！整个世界我都不需要！对我来说你就是一切。"尼古拉说，"我要向你证明这一点。"

"我不喜欢你这样说。"

"好吧，我不说了，请原谅，索尼娅！"他把她拉过来吻了吻。

"啊，多好啊！"娜塔莎想。索尼娅和尼古拉出了花房，她也跟着他们出去，并把鲍里斯叫到了自己身边。

"鲍里斯，到这里来。"她带着意味深长的和狡黠的神情说。"我需要跟您说一件事。过来，过来。"她说，把他带到花房里木桶之间她刚才躲过的地方。鲍里斯面带笑容，跟着她在后面走。

"这一件事是什么？"他问。

她感到难为情起来，朝自己周围看了看，发现扔在木桶上的布娃娃后，把它抱起来。

"您吻一下布娃娃。"她说。

鲍里斯用专注而亲切的目光看着她的兴奋的脸，什么也没有回答。

"您不愿意？那么到这里来。"她说，自己往花丛深处走，扔掉了布娃娃。"靠近点，靠近点！"她小声说。她用两手抓住军官的袖口，在她涨红了的脸上可以看到既得意又恐惧的神情。

"您愿意吻我吗？"她用勉强能听得见的声音小声说，皱着眉头望着他，微笑着，激动得差一点要哭出来。

鲍里斯脸红了。

"您真可笑！"他说，朝她俯下身去，脸更红了，但是没有采取行动，只是等着。

她突然跳到一个木桶上，这样就比他高了，接着用双臂抱住他，用纤细的光手臂勾住他脖子以上的地方，头一仰把头发往后一甩，正好吻在他的嘴唇上。

她从花盆中间钻过去，到了另一边，低下头站住了。

"娜塔莎，"鲍里斯说，"您知道，我爱您，但是……"

"您爱上了我？"娜塔莎打断他的话说。

"是的，爱上了您，但是我们不要做现在做的事……再过四年……到那时我就向您求婚。"

娜塔莎想了想。

"十三，十四，十五，十六……"她扳着纤细的指头数着说。"好！那就说定了？"

欢乐和满足的微笑使得她那兴奋的脸变得更加容光焕发。

"说定了！"鲍里斯说。

"永远不变？"娜塔莎说，"一直到死也不变心？"

她挽起他的胳膊，脸上带着幸福的表情，和他一起慢步朝休息室走去。

十一

伯爵夫人招待客人累坏了，没有吩咐再接待任何人，命令门房，要是再有人来道贺，就请他们务必留下吃饭就行了。她想同自己童年的朋友安娜·米哈依洛夫娜公爵夫人单独聊一聊，因为自从后者从彼得堡回来后，还没有好好地看看她。安娜·米哈依洛夫娜哭肿了的脸强

"您真可笑！"他说，朝她俯下身去，脸更红了，但是没有采取行动，只是等着。

作欢颜，她把自己的椅子挪到伯爵夫人的圈椅旁边。

"对你我将有什么说什么，"安娜·米哈依洛夫娜说，"我们这样的老朋友剩下不多了！因此我非常珍视你的友谊。"

安娜·米哈依洛夫娜朝薇拉看了一眼，住口了。伯爵夫人握了握她的朋友的手。

"薇拉，"伯爵夫人对她显然不大喜欢的大女儿说，"您怎么一点也不懂事？难道你没有感觉到你在这里是多余的？去找姐妹们去，或者……"

漂亮的薇拉轻蔑地笑了笑，看来不觉得受了丝毫的委屈。

"您要是早对我说，妈妈，我马上就会走的。"她说完就回自己的房间去。但是她在经过休息室时，发现里面两扇窗户旁对称地坐着两对情侣。她停住脚步，又轻蔑地笑了笑。索尼娅紧挨着尼古拉坐着，而尼古拉则在给她抄写自己第一次写的诗。娜塔莎和鲍里斯坐在另一扇窗户旁，看见薇拉进来便不说话了。索尼娅和娜塔莎脸上带着不好意思的和幸福的表情朝薇拉看了一眼。

看着这两个堕入情网的姑娘一般都会觉得快乐和受感动，但是她们的样子显然没有使薇拉感到愉快。

"我不知跟您说过多少次，"她说，"不要拿我的东西，您有自己的房间。"她把墨水瓶从尼古拉那里拿过来。

"等一下，等一下。"他说，这时正在拿笔蘸墨水。

"你们干事都不看时候，"薇拉说，"刚才一窝蜂跑到客厅里来，弄得大家都为你们感到难为情。"

虽然她说的话是完全对的，或者是正因为如此，谁也没有回答，四个人只是你看看我，我看看你。薇拉手里拿着墨水瓶待在房间迟迟不走。

"在你们这样的年纪，在娜塔莎和鲍里斯之间，在你俩之间，能有什么秘密可言呢—— 全都是胡闹。"

"这干你什么事，薇拉？"娜塔莎低声地辩护说。

显然，在这一天，她对所有人要比任何时候都和善和亲热。

"全是胡闹，"薇拉说，"我为你们感到羞耻。这算什么秘密？……"

"每个人都有自己的秘密。我们不干预你同贝格的事。"娜塔莎说，她发火了。

"我想，你们没有什么好干预的，"薇拉说，"因为我永远不可能有任何行为不端的表现。我要对妈妈说，你是如何对待鲍里斯的。"

"娜塔莉娅·伊里尼什娜①对我很好。"鲍里斯说，"我没有什么可抱怨的。"他又说。

"别说了，鲍里斯，您是一个**外交家**（外交家一词在孩子中间特别流行，不过他们赋予它以特殊的含义）；这甚至使人感到无聊。"娜塔莎用一种受委屈的、颤抖的声音说："她干吗找我的碴儿？"

"这一点你永远也不会明白，"接着她对薇拉说，"因为你从来都没有爱过谁；你没有心肝，你只是让利斯夫人（这个外号是尼古拉给薇拉起的，被认为是侮辱人的）②。你最大的快乐是惹得别人不愉快。你去对贝格卖弄风情吧，爱怎么卖弄就怎么卖弄。"她话说得很快。

"不过我大概不会当着客人的面跑去追一个年轻的男人……"

"好了，你达到目的了，"尼古拉插嘴说，"对大家说了许多不中听的话，弄得大家都不高兴。我们上儿童室去吧。"

四个人像一群受惊的鸟，站起身来，出了房间。

"是你们对我说了许多不中听的话，而我对谁也没有说什么。"薇拉说。

"让利斯夫人！让利斯夫人！"门外传来了说笑声。

漂亮的薇拉惹得大家生气和不愉快，而她却笑了笑，看来大家对她说的话并没有触动她，她走到镜子前面，整了整披肩和理了理头发：她望着自己漂亮的脸，看起来变得更加冷漠和心安理得了。

客厅里的谈话仍在继续。

"啊！亲爱的，"伯爵夫人说，"在我的生活中并不一切都很美好。难道我没有看见，这样的生活排场我们这点财产是维持不了多久的。一切都是由于俱乐部和他的厚道。我们住在乡下，难道是在安安分分地过日子吗？什么演戏啦，打猎啦，还有天知道的什么。我的事有什么好说的！还不如让你谈一谈，你是怎么把这一切办妥的，想起你，安娜，我常常感到惊讶，你这么大岁数，一个人坐着车到莫斯科来，去彼

---

① 娜塔莉娅·伊里尼什娜是娜塔莎的名字和父名，这样称呼表示尊敬。
② 让利斯夫人（一七四六—一八三○），法国女作家，她的劝谕性小说在俄罗斯贵族家庭里很流行。大概由于她惯于说教，尼古拉就把她的名字作为薇拉的外号。

得堡，去找所有的大臣和达官贵人，你所有的人都能对付，我真感到惊讶！你说，这是怎么办妥的？这样的事我一点也不会。"

"唉，亲爱的！"安娜·米哈依洛夫娜公爵夫人回答道，"但愿你一辈子也不要知道一个寡妇无依无靠，又有一个疼爱的儿子，过日子有多么艰难。什么事都能学会，"她带着某种自豪继续说，"我的那场官司使我受到了锻炼。如果我需要见某个要人，我就写信：'某某公爵夫人希望见某人。'接着亲自坐车去拜访，一次不成，哪怕去两次，三次，四次，直到得到自己所要得到的东西为止。关于人家对我有什么看法，我都无所谓。"

"那么鲍连卡的事你是求谁办的？"伯爵夫人问道，"要知道他已是近卫军军官，而尼科卢什卡只是个士官生。没有人为他奔走。你求的是谁？"

"瓦西里公爵。他非常热心。立即同意想各种办法，奏明了皇帝。"安娜·米哈依洛夫娜公爵夫人异常高兴地说，完全忘记了她为了达到自己的目的所受的屈辱。

"瓦西里公爵见老了吧？"伯爵夫人问，"自从在鲁缅采夫家演戏① 以来，我一直没有见过他。我想他都把我忘了。他曾向我献过殷勤。"伯爵夫人带着微笑想起了往事。

"还是那个样子，"安娜·米哈依洛夫娜回答说，"他很亲热，满口好话。没有因荣华富贵而发生变化。'我为自己能给您做事太少而感到遗憾，亲爱的公爵夫人，'他对我说，'您就吩咐吧。'无论如何他是个很好的人，是个好亲戚。但是你知道，娜塔利②，我爱我的儿子。为了他的幸福，我不知道还有什么事我不会去做。而我的境况非常糟糕，"安娜·米哈依洛夫娜压低声音忧郁地说，"简直糟透了，现在我处于极其困难的状况之中。那场倒霉的官司弄得我倾家荡产，可是却毫无进展。你恐怕想象不到，有时我身无分文，我不知道拿什么来给鲍里斯置办军装。"她掏出手绢，痛哭起来。"我需要五百卢布，而我只有一张二十五卢布的钞票。我就处于这样的状况……现在我只寄希望于

---

① 当时在贵族当中曾流行自搭戏班演戏的做法。
② 娜塔利是娜塔莉娅的法文名字。

基里尔·弗拉基米罗维奇·别祖霍夫伯爵。如果他不愿意帮助自己的教子——要知道他是鲍里亚的教父——不给他留点生活费,那么我就白奔走了一场,因为我没钱给他治装。"

伯爵夫人也落泪了,默默地考虑着什么。

"我常常想,也许这是不应该的,"公爵夫人说,"可是我还常常想:瞧人家基里尔·弗拉基米罗维奇·别祖霍夫伯爵独自一个人生活……这么多的财产……他活着是为了什么呢?生活对他来说成了累赘,而鲍里亚才刚刚开始生活。"

"他大概会给鲍里斯留点什么。"伯爵夫人说。

"天知道,亲爱的朋友!这些大富翁和大官僚一个个都很自私。不过我现在仍然要带着鲍里斯去看他,直截了当地把来意说明白。人们爱怎么看我就怎么看好了,我都无所谓,因为这是关系到儿子的前途命运的大事。"说着公爵夫人站起身来。"现在两点钟,你们四点吃饭。我去一趟还来得及。"

安娜·米哈依洛夫娜像彼得堡能干的太太那样善于利用时间,她派人把儿子叫来,和他一起出了客厅,来到了前厅。

"再见,亲爱的,"她对送到门口的伯爵夫人说,"祝我成功!"她背着儿子又说了一句。

"您上基里尔·弗拉基米罗维奇伯爵家去吗,亲爱的?"从餐厅里出来的伯爵说,他也正好往前厅里走。"如果他好一些了,那么就请皮埃尔到我这里来吃饭。他曾到我家来过,与孩子们跳过舞。一定请他来,亲爱的。好吧,让我们瞧一瞧今天塔拉斯如何显示他的手艺吧。塔拉斯说,奥尔洛夫伯爵①家也未曾有过像我们今天要请客人吃的这样精美的午餐。"

十二

"我的亲爱的鲍里斯,"当他们母子乘坐的罗斯托夫伯爵夫人的马

---

① 指的是奥尔洛夫 - 切斯缅斯基伯爵(一七三七—一八○七),叶卡捷琳娜二世时代重臣。后居住在莫斯科,以生活奢侈和好客著称。

车驶过铺着干草的街道，进入基里尔·弗拉基米罗维奇·别祖霍夫伯爵的宽阔的院子时，安娜·米哈依洛夫娜对儿子说，"我的亲爱的鲍里斯，"母亲从旧斗篷式外衣下伸出一只手，畏葸而亲切地放在儿子的手上，"你要亲热些，有礼貌些。基里尔·弗拉基米罗维奇不管怎么样是你的教父，你未来的前途全靠他了。记住这一点，亲爱的，客气些，我知道你会这样做的……"

"假如我知道这样做除了受辱以外会有什么别的结果的话……"儿子冷漠地回答道，"但是我答应您，为了您这样做。"

门房虽然知道门口停的是谁家的马车，他还是把母子俩打量了一番（他们没有吩咐前去通报，径直进了两边龛里放着雕像的玻璃门廊），意味深长地看了旧斗篷式外衣一眼，问他们要见谁，是见公爵小姐们还是见伯爵本人；听说他们要见伯爵后，便说伯爵大人今天病情加重，不接见任何人。

"我们走吧！"儿子用法语说。

"我的好孩子！"母亲恳求说，又碰了碰儿子的手，仿佛这个动作能使儿子平静下来或给他鼓劲似的。

鲍里斯不说话了，他不脱军大衣，用疑问的目光望着母亲。

"我的好人，"安娜·米哈依洛夫娜柔声细气地对门房说，"我知道基里尔·弗拉基米罗维奇伯爵病重……我就是为此而来的……我是他的亲戚……我的好人，我不会打扰的……我只想见瓦西里·谢尔盖耶维奇公爵：据说他在这里。请去通报。"

门房阴郁地拉了一下通到楼上的铃绳，扭过头去了。

"德鲁别茨卡碰公爵夫人要见瓦西里·谢尔盖耶维奇公爵。"他看见一个穿长筒袜、半高靿皮鞋和燕尾服的男仆从上面跑下来，在楼梯上向下张望，便吆喝道。

母亲把她染过色的绸衣上的褶子弄平，瞧了瞧嵌在墙壁上的威尼斯大镜子，迈动穿着破皮鞋的双脚，踏着楼梯上的地毯往上走。

"亲爱的，你答应我了。"她又对儿子说，用手碰碰他，给他鼓劲。

儿子垂下眼睛，平静地跟着她走。

他们进了大厅，大厅的一扇门通向瓦西里公爵住的房间。

正当母子俩走到大厅中央，想要向一个看见他们进来就很快站起来的老年男仆打听时，一扇门的青铜把手转动了一下，出来了瓦西里公爵，他身穿一件家常的天鹅绒面的短皮大衣，佩着一枚星章，正在送一位漂亮的黑发男子。此人就是彼得堡大名鼎鼎的洛兰大夫。

"确实是这样吗？"公爵说。

"公爵，'人是不会没有错误的'①，不过……"大夫回答道，他说的拉丁文带有法国口音。

"好的，好的……"

看见安娜·米哈依洛夫娜和她的儿子后，瓦西里公爵便躬身送走了大夫，默默地、但带着疑问的神情走到了他们面前。儿子发现，母亲的眼神里突然露出沉痛的表情，便微微一笑。

"公爵，我们又在多么令人悲伤的情况下见面了……您说，我们的那位亲爱的病人怎么样了？"她说，好像没有看见注视着她的冷漠的、轻侮的目光。

瓦西里公爵疑问地、甚至困惑不解地朝她看了一眼，然后看了看鲍里斯。鲍里斯有礼貌地鞠了一躬。瓦西里公爵没有回礼，朝安娜·米哈依洛夫娜转过身来，听了她的问话后只摇了摇头和动了动嘴唇，这些动作表示病人已无多大希望。

"真是这样？"安娜·米哈依洛夫娜大声说道，"唉，这真可怕！想起来就觉得害怕……这是我的儿子。"她指着鲍里斯加了一句："他想亲自向您表示感谢。"

鲍里斯又鞠了一躬。

"请您相信，公爵，我做母亲的心里永远不会忘记您为我们所做的一切。"

"我能为您做一点让您觉得愉快的事感到非常高兴，亲爱的安娜·米哈依洛夫娜。"瓦西里公爵说，整了整高硬领子，他在这里，在莫斯科，在受他庇护的安娜·米哈依洛夫娜面前，手势和声调要比在彼得堡、在安妮特·舍列尔的晚会上傲慢得多了。

"好好服役，做一个名副其实的军人。"他又严厉地对鲍里斯说了一句，"我很高兴……您是在这里休假的吧？"他用冷淡的语气一字一

---

① 原文为拉丁文。

句地说。

"公爵大人，我正在等候命令到新指定的地点去。"鲍里斯回答道，他既不因公爵语气生硬而气恼，也不表示愿意交谈，他镇定自若，态度恭敬，使得公爵不禁非常注意地瞧了他一眼。

"您和母亲住在一起吗？"

"我住在罗斯托娃伯爵夫人家，"鲍里斯回答道，紧接着补了一句，"公爵大人。"

"就是娶娜塔利·申升娜为妻的那个伊里亚·罗斯托夫家。"安娜·米哈依洛夫娜解释道。

"我认识，我认识，"瓦西里公爵用他单调乏味的语气说，"我永远也弄不明白，娜塔利是怎么决定嫁给这头肮脏的熊的！完全是一个愚蠢而滑稽可笑的人。而且听说还是个赌徒。"

"但是他是一个善良的人，公爵。"安娜·米哈依洛夫娜带着动人的微笑说道，仿佛她也知道罗斯托夫伯爵应该得到这个评语，但是请求怜悯这个可怜的老头。

"大夫们怎么说？"公爵夫人沉默了一会儿后问道，在她哭肿了的脸上又露出巨大的悲痛。

"希望不大。"公爵说。

"而我多么想再一次谢谢叔叔对我和鲍里亚的恩情。这是他的教子。"她加了一句，用的是这样的语气，仿佛瓦西里公爵听到这个消息后一定会非常高兴。

瓦西里公爵沉思起来，皱了皱眉头。安娜·米哈依洛夫娜明白了，他担心她成为争夺别祖霍夫伯爵遗产的对手，便急忙安慰他：

"如果不是我对叔叔抱有真正的爱和一片忠心的话，"她说道，在说出"叔叔"二字时语气特别自信而漫不经心，"我了解他的性格，他高尚，直爽，但是只有几位公爵小姐在他身边……她们还年轻……"她俯过身去，低声补充道："他履行最后的义务①没有，公爵？这最后的时刻是多么宝贵啊！情况再坏不过了；既然他已病危，就需要准备后事。我们妇女们，公爵，"她温柔地笑了笑，"任何时候都知道这样的事该怎

---

① 指终傅，为基督教的圣事之一，即病人临终时要敷擦圣油。

么说。需要见到他。不管这对我来说是多么的难受，我还是要见他，好在这样的事我已习惯了。"

公爵看来明白了她的意思，同时也像在安妮特·舍列尔的晚会上一样明白了，要摆脱安娜·米哈依洛夫娜是很困难的。

"最好能让这样的见面不使他感到难受，亲爱的安娜·米哈依洛夫娜，"他说，"让我们等到晚上再说，大夫们说可能会出现危象。"

"但是在这样的时刻不能等了，公爵。请想一想，这是关系到拯救他的灵魂的事……唉！这真可怕，基督教徒的义务……"

内室的一扇门打开了，出来了一位公爵小姐，这是伯爵的表侄女，她面容忧郁而冷淡，腰身很长，与双腿惊人地不成比例。

瓦西里公爵朝她转过身去。

"他怎么样了？"

"还是那样。您还想要怎么样呢，这么吵吵嚷嚷……"公爵小姐说，她打量着安娜·米哈依洛夫娜，好像不认识一样。

"啊，亲爱的，我没有认出是您。"安娜·米哈依洛夫娜带着幸福的微笑说，迈着轻快的小步走到伯爵的表侄女面前。"我是来帮助您照料叔叔的。我想象得出，你已经累得够呛了。"她同情地翻着白眼，补充说。

公爵小姐什么也没有回答，甚至没有笑一笑，一转身就出去了。安娜·米哈依洛夫娜摘下手套，稳稳当当地在圈椅里坐下，并请瓦西里公爵坐在她旁边。

"鲍里斯！"她对儿子说，笑了笑，"我要到伯爵那里，到叔叔那里去，你去找皮埃尔，亲爱的，不要忘了转达罗斯托夫一家对他的邀请。他们请他去吃饭。我想，他是不会去的吧？"她问公爵。

"相反，"公爵说，看来他变得有点心情不佳了，"如果您能让我摆脱这个年轻人，那么我太高兴了……整天坐在这里。伯爵一次也没有问起过他。"

他耸了耸肩膀。男仆带着鲍里斯往下走，又带着他从另一楼梯往上走，去见彼得·基里洛维奇[①]。

---

① 彼得·基里洛维奇是皮埃尔的名字和父名。

十三

皮埃尔到底还是没有在彼得堡给自己选一个职业，并且确实因为闹事被遣送到了莫斯科。人们在罗斯托夫家讲述的那件事是真的。皮埃尔参与了把分局长与狗熊捆在一起的恶作剧。他是几天前到的，像平常一样，住在父亲家里。虽然他估计他的事在莫斯科已经传开，他父亲周围的那些总是对他不怀好意的女人们会利用这件事惹他父亲生气，但是他在到达的当天还是去了他父亲住的那半边屋里。他进了公爵小姐们经常待的客厅后，向坐着刺绣和读书的小姐们打了个招呼，其中一人正在大声读一本书。读书的是年长的那一个，她是一个素性好洁、腰身很长、容貌端庄的姑娘，刚才出来看到安娜·米哈依洛夫娜的就是她；刺绣的则是两个年纪较小的，她们都面色红润，长得很好看，两人相互之间的区别只在于其中一人的嘴唇上方有一颗痣，这颗痣为她增色不少。她们看见皮埃尔，就像看见死人或鼠疫患者似的。年长的公爵小姐停止读书，用惊恐的眼睛看了他一眼；年纪小的当中没有痣的那一位露出完全相同的表情；年纪最小的，也就是长痣的那位，生性快活和爱笑，她朝绣架俯下身，以便藏起即将出现的场面可能引起的笑容，因为她预见到这场面一定滑稽可笑。她把线往下引，弯下腰，做出辨认花样的样子，好容易才忍住笑声。

"您好，表姐，"皮埃尔说，"您不认得我了吗？"

"我太认得您了，太认得了。"

"伯爵身体怎么样？我能见他吗？"皮埃尔像平常一样笨嘴拙舌地问，但是没有感到不好意思。

"伯爵肉体上和精神上都很痛苦，而您却想方设法要给他带来精神上更大的痛苦。"

"我能见他吗？"皮埃尔重复了一句。

"哼！……如果您想气死他，完全气死他，那么您可以见他。奥莉加，你去看一看，给表叔熬的汤好了没有，快到时间了。"她补充了一句，以此向皮埃尔表明她们很忙，她们正忙于照顾他的父亲，而他显然只忙于惹父亲伤心。

奥莉加出去了。皮埃尔站了一会儿,看看表姐妹们,鞠了一躬说:"那么我就回屋去了。什么时候可以见,请你们告诉我。"

他出来了,从背后传来了那个长痣的表妹清脆的、但声音不高的笑声。

第二天瓦西里公爵来了,并在伯爵家里住下。他把皮埃尔叫到跟前,对他说:

"亲爱的,如果您在这里像在彼得堡一样行为再不检点的话,那么结果就会很不妙;我说的是实话。伯爵的病很重,很重:你完全不必去见他。"

从那时起,便没有人来打扰皮埃尔,他一个人整天待在楼上自己的房间里。

在鲍里斯走进他的房间时,他正在房间里来回走着,不时在墙角站住,朝墙壁做出威吓的手势,好像在用长剑刺一个看不见的敌人似的,并且从眼镜上方用严厉的目光望着前面,然后又开始走动起来,嘴里说着含糊不清的话,时而耸耸肩膀和摊开双手。

"英国完了,"他皱皱眉头,用手指指着一个看不见的人说,"皮特[1] 先生因背叛民族和践踏民权应判处……"这时他想象自己是拿破仑本人并已同他一起冒着危险横渡加来海峡[2],占领了伦敦,他还没来得及说出该判处的刑罚,突然看见一个年轻英俊、身材匀称的军官正要走进他的房间。军官停住了脚步。当年皮埃尔出国时,鲍里斯还是一个才十四岁的孩子,因此已完全不记得了;但是虽然如此,他仍按照他的习惯,慌忙亲热地握住鲍里斯的手,友好地笑了笑。

"您记得我吗?"鲍里斯面带愉快的微笑平静地问道,"我陪母亲来看望伯爵,他老人家好像身体不好。"

"是的,好像不大好。总有人来打扰他。"皮埃尔回答道,竭力回想这个年轻人是谁。

鲍里斯感觉到皮埃尔已认不出他了,但是不认为有必要做自我介绍,他一点也没有感到不好意思,就那样直视着皮埃尔的眼睛。

---

① 威廉·皮特(一七五九—一八〇六),英国首相,是反法联盟的主要组织者之一。
② 加来海峡又称多佛尔海峡,是英法之间的狭窄水道。

"罗斯托夫伯爵邀请您今天到他家里吃饭。"他在相当长的,使皮埃尔感到有点尴尬的沉默后说道。

"啊！罗斯托夫伯爵！"皮埃尔高兴地说,"那么您是他的儿子伊里亚。您瞧,我乍一见到您没有认出来。您记得吗,我们曾和雅科太太一起去过麻雀山 ①……这是很久以前的事了。"

"您记错了,"鲍里斯脸上露出有点放肆和带有嘲弄意味的微笑,不慌不忙地说,"我是鲍里斯,安娜·米哈依洛夫娜·德鲁别茨卡娅公爵夫人的儿子。罗斯托夫家的父亲叫伊里亚,儿子叫尼古拉。我不认识什么雅科太太。"

皮埃尔挥起手和摇起头来,仿佛有蚊子或蜜蜂在叮他似的。

"唉,怎么搞的！我把一切都弄混了。在莫斯科有那么多亲戚！您是鲍里斯……对了。现在我们弄清楚了。现在您说,您对从布洛涅出征 ② 的事有什么看法？只要拿破仑一渡过海峡,英国人的处境就不妙了,是吧？我想出征是很可能的。但愿维尔纳夫 ③ 不疏忽大意！"

鲍里斯对从布洛涅出征的事一无所知,他不读报,维尔纳夫的名字也是第一次听说。

"我们在这里,在莫斯科,忙于请客吃饭和传播流言蜚语,而不关心政治,"他用平静的、带有嘲弄意味的语气说,"我对此一无所知,而且也不考虑。在莫斯科,人们最感兴趣的是流言蜚语。"他继续说:"现在大家谈的都是您和令尊的事。"

皮埃尔和善地笑了笑,仿佛为对方担心,生怕他说出他自己感到后悔的话来。但是鲍里斯直视着皮埃尔的眼睛,说话明确、清楚并不带感情。

"在莫斯科,人们除了传播流言蜚语外再没有什么可干了。"他接着说,"关心的是伯爵将把财产留给谁,也许他会活得比我们大家都要长,我衷心希望能这样……"

"对,这一切都令人难以忍受,"皮埃尔接过来说,"确实难以

---

① 麻雀山在当时莫斯科的近郊,苏维埃时代改名为列宁山。

② 一八〇五年初拿破仑曾在布洛涅港口集结大批兵力准备渡海出征英国。

③ 维尔纳夫(一七六三——一八〇六),法国海军上将。在一八〇五年的特拉法尔加战役中指挥法国舰队,战败被俘,不久自杀。

忍受。"他一直担心这个军官会无意之中参与他自己也觉得难堪的谈话。

"您想必觉得,"鲍里斯说,他稍稍有点脸红了,但是没有改变声调和姿势,"您想必觉得,所有的人只关心从富翁那里得到点什么。"

"就是这样。"皮埃尔想。

"为了避免误会,我正好要对您说,如果您把我和我母亲当成这样的人,那么您就错了。我们很穷,但是我,至少代表我自己,要说一下:正因为您的父亲很有钱,我不认为自己是他的亲戚,无论是我还是我的母亲,永远不会乞求任何东西,也不接受他的施舍。"

皮埃尔很久未能弄明白这话的意思,但是明白后立即从沙发上一跃而起,以他特有的慌忙和笨拙托住鲍里斯的一只手,脸涨得比鲍里斯红得多,带着一种又羞又恼的复杂感情开口说道:

"这真奇怪!我难道……谁能这样想……我很了解……"

但是鲍里斯又打断了他的话。

"我很高兴,把话都说了。也许您会感到不愉快,请您原谅,"他说,不等皮埃尔安慰,反而安慰起皮埃尔来,"但是我希望我没有冒犯您。我有说话直截了当的习惯……我该怎样回话?您到罗斯托夫家来吃饭吗?"

鲍里斯看来从自己身上卸下了重担,摆脱了尴尬的处境而把别人放在这个地位上,又变得非常愉快了。

"不,您听我说,"皮埃尔平静下来说,"您是一个很不寻常的人。您现在说的话很好,确实很好。当然您并不了解我。我们这么久没有见面了……分手时还是孩子……您可以做各种推测,以为我……我理解您,非常理解。要是我,就不会这样做,我缺乏这份勇气,然而这样做很好。认识您,我感到很高兴。奇怪的是,"他停了一下微笑着补充说,"您把我看成什么人了!"他笑了起来。"那有什么关系?我们会更好地相互了解的。请吧。"他握了握鲍里斯的手,"您是否知道,我父亲那里我连一次也没有去过。他没有叫我去……我觉得他这个人很可怜……但是这又有什么办法呢?"

"您认为拿破仑能设法让军队渡过海峡去吗?"鲍里斯微笑着问。

皮埃尔知道鲍里斯想改换话题,于是照着他的意思,开始阐述从布洛涅出征的利弊来。

仆人前来请鲍里斯到他的母亲那里去。公爵夫人正准备要走。皮埃尔为了能和鲍里斯更加接近，答应来吃饭，他紧紧握住鲍里斯的手，透过眼镜亲切地凝视着他……鲍里斯走后，皮埃尔还在房间里走了很久，但是已不用长剑去刺看不见的敌人了，他在回想这个可爱的、聪明而坚强的年轻人时，嘴角挂着微笑。

如同在一个人的青春期，尤其是在孤独时常有的那样，他对这个年轻人怀有一种无缘无故的柔情，并对自己许下心愿，一定要和他交朋友。

瓦西里公爵来送公爵夫人。只见公爵夫人用手绢捂住眼角，她满面泪痕。

"这真可怕！可怕！"她说，"但是不管我要付出多大代价，我一定要履行自己的义务。我要来守夜。不能就这样把他撂在那里。每一分钟都很宝贵。我不明白公爵小姐干吗磨磨蹭蹭。也许上帝会帮我找到替他准备后事的办法……再见，公爵，愿上帝帮助您……"

"再见，亲爱的。"瓦西里公爵回答道，说着转过身去。

"唉，他病得非常厉害，"母子俩重新坐上马车时，母亲对儿子说，"他几乎谁也不认识了。"

"我不知道，妈妈，他对皮埃尔的态度究竟如何？"儿子问。

"一切将由遗嘱来说明，我的好孩子；我们的命运也将由它来决定……"

"可是您为什么认为他会留点什么给我们？"

"唉，我的好孩子！他是那样的富有，而我们是那样的贫穷！"

"这还不是充分的理由，妈妈。"

"唉，上帝啊！上帝啊！他的病多么重啊！"母亲大声叹息道。

十四

在安娜·米哈依洛夫娜带着儿子到基里尔·弗拉基米罗维奇·别祖霍夫伯爵家去后，罗斯托娃伯爵夫人用手绢捂着眼睛，一个人坐了很久。最后她拉了拉铃。

"您怎么啦，亲爱的，"她生气地对让她等了几分钟的女仆说，"不想干了，还是怎么的？我可以给您另找一个地方。"

伯爵夫人为自己女友的痛苦和使她失去自尊的穷困而感到难过，因此心情很不好，在这种时候，就常常称女仆"亲爱的"和"您"。

"对不起，太太。"女仆说。

"请伯爵到我这里来。"

伯爵摇晃着身子来到妻子面前，像平常一样，脸上总是带着一种愧疚的神情。

"啊，伯爵夫人！浇上马德拉调味汁的松鸡好极了，亲爱的！我尝了尝；我花一千卢布把塔拉斯买来，这钱没白花。值得！"

他在妻子身旁坐下，把胳膊肘随随便便地支在两膝上，乱挠着灰白的头发。

"有什么吩咐，伯爵夫人？"

"是这么回事，亲爱的——什么东西把你这里弄脏了？"她指着背心问，"这一定是浇汁。"她微笑着加了一句："是这么回事，伯爵：我需要钱用。"说着她脸上出现了愁容。

"啊，夫人！……"伯爵忙乱起来，掏出皮夹子。

"我需要很多钱，伯爵，我需要五百卢布。"她一面说，一面掏出细麻纱手绢，给丈夫擦背心。

"我这就想办法，这就想办法。喂，那里有人吗？"他喊了一声，一般只有相信他所要的人一听见召唤就会飞速跑来时，才会这样喊叫，"把米坚卡给我叫来！"

米坚卡就是那个贵族的儿子，曾在伯爵家受教育，现在是他的总管，这时轻手轻脚地进了房间。

"是这么回事，亲爱的，"伯爵对进来的毕恭毕敬的年轻人说，"你给我拿……"他踌躇起来。"对了，拿七百卢布来，对。注意，不要像上次那样拿又破又脏的票子来，要拿好的，给伯爵夫人。"

"是的，米坚卡，要拿干净的票子来。"伯爵夫人忧愁地叹息着说。

"伯爵夫人，什么时候送来？"米坚卡问，"您知道……不过请放心，"他发现伯爵已开始急促地喘粗气，这通常是要发火的征兆，便加了一句："我差一点忘了……要不要立刻就送来？"

"对，对，这才是，立刻送来。就交给伯爵夫人。"

"我这个米坚卡真是一个能干的人，"年轻人出去后，伯爵微笑着说了一句，"没有办不到的事。我最讨厌说办不到。什么都可以办到。"

"唉，金钱啊金钱，伯爵，它给世界上的人带来了多少痛苦！"伯爵夫人说，"而我很需要这些钱。"

"您，伯爵夫人，用钱大方是出了名的。"伯爵说，他吻了吻妻子的手，又到书房去了。

当安娜·米哈依洛夫娜从别祖霍夫家回来时，伯爵夫人的小桌子上已放着钱，全是新票子，用手绢盖着，这时安娜·米哈依洛夫娜发现伯爵夫人有点忐忑不安。

"情况怎么样，我的朋友？"伯爵夫人问。

"唉，他的情况可怕极了！简直认不出他来了，他病得很厉害，很厉害；我待了一会儿，没有说上一两句话……"

"安妮特，看在上帝分上，千万不要推来推去了。"伯爵夫人突然说，她从手绢底下拿出钱，同时脸红了，这红晕在她那已不年轻的、瘦削而庄重的脸上出现，会使人感到有些奇怪。

安娜·米哈依洛夫娜霎时明白了是怎么回事，立刻俯下身去，以便在需要时非常利落地抱住伯爵夫人。

"这是我给鲍里斯缝制军服用的……"

这时安娜·米哈依洛夫娜已搂着她哭了。伯爵夫人也在哭。她们哭，是因为她们是好朋友，是因为她们都很善良，因为她们这两个青年时代的朋友居然要为像金钱那样可鄙的东西操心；她们哭，还因为她们的青春已一去不复返了……但是两个人的眼泪是很愉快的。

十五

罗斯托夫伯爵夫人和女儿已陪着许多客人一起坐在客厅里。伯爵把男客人带到书房去，请他们欣赏他作为爱好者收藏的土耳其烟斗。他不时出来问：她来了没有？大家都在等玛丽亚·德米特里耶夫娜·阿赫罗西莫娃，在社交界人们都叫她恐龙，她之所以出名，不是由于财富，不是由于荣耀的地位，而是由于心地豪爽，待人坦诚，直言无忌。提起玛丽亚·德米特里耶夫娜，就连皇族的人都知道她，整个莫斯科和彼得堡也都认识她，这两个城市的人在对她感到惊讶的同时，暗地里讥笑她粗鲁，传播有关她的趣闻；尽管如此，大家都毫无例外地尊敬她和害怕她。

在烟雾腾腾的书房里，人们正在谈论战争和征兵的事，因为皇帝在诏书中已宣了战。诏书谁也没有见过，但是大家都知道它已颁布了。伯爵坐在土耳其式沙发上，坐在两个抽烟和谈话的人中间。伯爵自己既没有抽烟，也没有说话，他时而把头低向这边，时而又把头低向那边，带着明显的快感看着抽烟的人，倾听着身边的两个人的谈话，这两人的争论是由他挑起的。

在说话的人当中一个是文官，他的那张布满皱纹的瘦脸刮得光光的，带着易怒的表情，虽然他衣着像最时髦的年轻人一样，但是已经接近老年了；他像在家里一样，坐的时候把腿放在沙发上，嘴角深深地衔着一个琥珀烟嘴，断断续续地吸着烟，眯缝起眼睛。这是老鳏夫申升，伯爵夫人的堂兄弟，在莫斯科的客厅里都叫他刻薄鬼。他对交谈者摆出一副居高临下的姿态。另一个是近卫军军官，他精力充沛，脸色红润，梳洗打扮和穿戴无可挑剔，把琥珀烟嘴衔在嘴的中间，用浅红色的嘴唇轻轻吸着烟，这就是贝格中尉，谢苗诺夫团的军官，是鲍里斯到团里去的同伴，娜塔莎曾拿他取笑大伯爵小姐薇拉，说他是薇拉的未婚夫。伯爵坐在他们中间，注意地听着。除了玩波士顿牌外，对他来说愉快的事莫过于听别人说话了，尤其是在他挑起两个饶舌的人争论时，更是如此。

"怎么，老弟，令人尊敬的阿尔方斯·卡尔雷奇[1]，"申升嘲笑说，他把最普通的俄罗斯民间用语同文雅的法国语句结合起来（这就是他的言语特点），"您想从政府那里得到收益，又从连队捞到好处吗？"

"不，彼得·尼古拉耶维奇[2]，我只是想证明，当骑兵得到的好处远不如当步兵。现在，彼得·尼古拉耶维奇，请您想一下我的情况吧。"

贝格说话总是非常准确，态度平静而有礼貌。他的话总是只涉及

---

[1] 阿尔方斯·卡尔雷奇是贝格的名字和父名。
[2] 彼得·尼古拉耶维奇是申升的名字和父名。

他自己一个人；在别人谈论与他没有直接关系的事情时，他总是平静地保持沉默。他可以这样沉默几个钟头，不感到任何局促不安，也不使别人感到不自然。但是只要谈话一牵涉到他个人，他便长篇大论地讲起来，显然心里感到很高兴。

"请您想一下我的情况，彼得·尼古拉耶维奇：如果我在骑兵部队，即使我是一个中尉，四个月的收入不会超过二百卢布；而现在我收入二百三十卢布。"他带着高兴的和愉快的微笑说，同时瞧瞧申升和伯爵，仿佛他清楚地看到，他的成功永远是所有其余的人想要追求的主要目标。

"除此之外，彼得·尼古拉耶维奇，我转到近卫军后，我处于引人注目的地位，"贝格接着说，"而且近卫军步兵里常有空缺可补。再就是，请您想一想，这二百三十卢布我是如何安排的。我存点钱，还给父亲寄一点。"他继续说，嘴里吐着烟圈。

"确实不错……德国人能从斧头里打出粮食来①，如同俗话说的那样。"申升把烟嘴挪到嘴的另一边说，并朝伯爵眨眨眼睛。

伯爵哈哈大笑起来。别的客人看见申升在说话，便走过来听。贝格对嘲笑和冷漠都没有理会，仍继续讲他调到近卫军后军衔已比中等武备学校的同学们高了一级，讲到在作战时连长可能被打死，他作为连里军衔最高的军官，很容易当上连长；讲到团里大家都喜欢他，他的爸爸对他也很满意等等。贝格在讲所有这些时，显然很得意，看来他没有想到，别人也会有他们感兴趣的事。但是他讲的一切非常动人，令人悦服，这个自私的年轻人显得十分天真，这就使听众消除了戒备心理，听他说下去。

"我说，老弟，您无论是当步兵，还是当骑兵，到处都会受到重用的；我可以向您做这样的预言。"申升说，他拍拍贝格的肩膀，把脚从沙发上拿下来。

贝格高兴地笑了笑。伯爵站起身出了书房，和跟在他后面的客人一起朝客厅走去。

在宴会开始前已来到的客人都在等候邀请去用冷盘，他们没有进

---

① 意为挖空心思地捞取钱财。

行长篇大论的谈话，同时又认为必须活动活动和说点什么，表示他们完全不急于入席。主人们不时地看看大门，有时相互交换眼色。客人力图根据这些目光猜测出他们还在等谁和等什么：是等迟到的重要亲友呢，还是等尚未做好的菜肴。

皮埃尔在宴会快要开始时才到，他笨手笨脚地坐在客厅中央第一把碰到的圈椅里，挡住了大家的路。伯爵夫人想要让他说话，但是他天真地透过眼镜看看自己周围，好像是在找什么人，对伯爵夫人的所有问话回答得极其简短。他使大家感到拘束，而只有他一个人才没有发觉这一点。大部分客人都已知道他玩狗熊的故事，好奇地望着这个又高又胖看起来很温和的人，不明白这个行动迟钝的老实人怎么会对分局长干出这样的事来。

"您是不久前回来的吧？"伯爵夫人问他。

"是的，夫人。"他一面回答，一面朝四周看看。

"您还没有见到我的丈夫吧？"

"没有，夫人。"他非常不合时宜地笑了笑。

"您好像不久前到过巴黎，是吗？我想一定很有意思。"

"很有意思。"

伯爵夫人和安娜·米哈依洛夫娜相互使了个眼色。安娜·米哈依洛夫娜立刻明白，这是要她去招待这个年轻人，于是便在他身旁坐下，谈起他的父亲来；但是他也像对伯爵夫人那样，只对她做三言两语的回答。客人们相互之间都在交谈着。

"拉祖莫夫斯基一家……这真可爱……阿普拉克辛娜伯爵夫人……"从四面八方传来说话的声音。伯爵夫人站起身，朝大厅走去。

"是玛丽亚·德米特里耶夫娜吗？"从大厅里传来她的说话声。

"正是她。"可以听到一个女人粗声粗气的回答，话音刚落，玛丽亚·德米特里耶夫娜就进了房间。

所有的小姐们，甚至夫人们，除了年纪最大的以外，都站了起来。玛丽亚·德米特里耶夫娜在门口站住了，这位五十岁的太太身材高大，身体肥胖，长着一头灰白的鬈发，她高高地抬起头，居高临下地朝客人环视了一下，不慌不忙地理了理衣服的宽大袖子，好像要把它卷起来似的。玛丽亚·德米特里耶夫娜任何时候都讲俄语。

"向过命名日的母亲和孩子们道喜。"她扯开低沉有力的大嗓门说，把所有其他声音都压了下去。"你怎么，老造孽的，"她对吻她的手的伯爵说，"你在莫斯科想必闷得慌吧？整天无所事事，是吗？这有什么办法呢，老头子，这些小鸟儿眼看就要长大了……"她指着姑娘们，"不管你愿意不愿意，该想办法找女婿了。"

"你怎么样，我的哥萨克(玛丽亚·德米特里耶夫娜称娜塔莎为哥萨克)？"她用手亲切地抚摸着毫不畏惧和高高兴兴地走过来的娜塔莎说，"我知道这丫头是个狐狸精，可我喜欢她。"

她从一只很大的手提包里取出一副梨形红宝石耳环，给了因过命名日而容光焕发、满脸通红的娜塔莎，然后立刻扭过头去招呼皮埃尔。

"哎，哎！亲爱的！到这里来。"她假装细声细气地说，"过来，亲爱的……"

说着她威严地把袖子更往上卷了卷。

皮埃尔过来了，他天真地透过眼镜望着她。

"过来，过来，亲爱的！在你的父亲受宠时，只有我一个人对他说实话，上帝也叫我对你这样做。"

她停住不说了。大家都沉默着，等待着下文，觉得这只是个开场白。"真行，没什么可说的！好小子！……父亲躺在病床上，他却在寻开心，把分局长捆在熊背上。不怕害臊，老弟，真不怕害臊！你最好还是去打仗。"她转过身去，朝伯爵伸出一只手，伯爵好容易才忍住，没有笑出声来。"怎么，我想该入席了吧？"玛丽亚·德米特里耶夫娜说。

伯爵和玛丽亚·德米特里耶夫娜走在前面；然后是伯爵夫人，她由一位骠骑兵上校陪着，这是一位贵客，尼古拉将要和他一起去追赶部队。再靠后是安娜·米哈依洛夫娜和申升。贝格伸出手挽住薇拉。满面笑容的朱丽·卡拉金娜与尼古拉一起朝餐桌走去。在他们后面还有一对对其他的宾客，他们在整个大厅里排成长长的一队，在最后面的则是单个走的孩子们和男女家庭教师。仆人忙碌起来，响起了挪椅子的声音，敞廊里奏起了音乐，客人们都落座了。接着伯爵家庭乐队的音乐声被刀叉声、客人的谈话声和仆人轻轻的脚步声代替了。在桌子一端的主位上坐着伯爵夫人。右边是玛丽亚·德米特里耶夫娜，左边是安娜·米哈依洛夫娜和其他女客。在另一端坐着伯爵，左边是骠骑兵上校，右边是申升和其他男性宾客。在长桌子的一边坐着年纪较大的年轻人：薇拉挨着贝格，皮埃尔则与鲍里斯在一起；坐在另一边的是孩子们和男女家庭教师。伯爵隔着水晶酒瓶和装水果的高脚盘不时看看伯爵夫人和她头上那顶高高的、带有蓝色缎带的帽子，殷勤地给身旁的客人斟酒，同时也没有忘记给自己斟。伯爵夫人始终把主妇的职责记在心里，她也隔着凤梨朝丈夫投去意味深长的目光，她觉得丈夫红红的秃头和脸与他的灰白头发之间的反差变得更加明显了。在妇女们坐的那一端，进行着不紧不慢的低声谈话；而在男人们的一端说话的声音愈来愈高，尤其是那位骠骑兵上校，他吃喝得很多，脸愈来愈红，伯爵已把他树为其他客人的榜样了。贝格带着亲切的微笑对薇拉说，爱情不是尘世的感情，而是天上的感情。鲍里斯给自己的新朋友皮埃尔介绍在座的客人的姓名，并不时同坐在对面的娜塔莎互使眼色。皮埃尔很少说话，只是看看一张张新的面孔，吃得很多。他从两种汤中选了甲鱼汤，又要了大馅饼，从这之后一直到上松鸡，他一道菜也没有放过，而当仆人拿着用餐巾裹着的酒瓶，从邻座的背后神不知鬼不觉地冒出来，一面问他要喝马德拉酒还是匈牙利酒或莱茵酒，一面给他斟酒时，他也没有放过任何一种酒。他从每份餐具前摆着的四只刻有伯爵名字的水晶杯中随手拿起一只接酒，津津有味地喝着，带着愈来愈愉快的神情看着客人们。坐在他对面的娜塔莎望着鲍里斯，就像一个十三岁的女孩望着第一次吻过的和爱上了的男孩一样。她的这种目光有时也投向皮埃尔，皮埃尔在这可笑和活泼好动的女孩的目光注视下很想笑，但不知笑什么。

尼古拉坐在朱丽·卡拉金娜旁边，离索尼娅很远，他又带着那种不由自主的微笑和朱丽说着话。索尼娅为了装门面也微笑着，但是看得出，她心里嫉妒得要命：她的脸一阵红一阵白，全神贯注地倾听着尼古拉和朱丽之间的谈话。女家庭教师不安地环顾四周，这样子仿佛是想表明，如果有谁敢欺侮孩子们，她就准备还击。德国男教师力图记住各种菜肴、甜点心和酒水的名称，以便在给德国的家里人写信时进行详细的描述，使他感到非常生气的是，拿着用餐巾裹着酒瓶斟酒的仆人把他漏掉了。德国人皱起眉头，竭力装出他不想喝这种酒的样子，力图说明他生气是因为谁也不想知道，他需要这种酒不是为了解渴，不是因为贪杯，而是出于一种实实在在的求知欲。

十六

在餐桌上男人们坐的一头，谈话愈来愈热烈了。上校说，宣战的诏书已在彼得堡颁布了，而他见过的一个副本今天已由信使送给总司令。

"真见鬼，我们为的是什么要同波拿巴打仗？"申升说，"他已经打掉了奥地利的傲气。我担心，现在恐怕要轮到我们了。"

上校是一个身体结实、个子很高、容易激动的德国人，显然是一个爱国的老军人。他听了申升的话很生气。

"为的是，阁下他带着德国口音说皇帝知道为的是什么。他在诏书里说，他不能对俄罗斯面临的危险视若无睹，事关帝国的安全、帝国的尊严和同盟的神圣。"他说，不知为什么特别强调"同盟"二字，好像问题的实质就在于此。

接着他凭他特有的善于记住公务上的事的可靠记忆力，复述了诏书的引言皇帝的愿望和唯一的和必须达到的目的是：在稳固的基础上建立欧洲的和平，因此决定派部分军队到国外，为实现这个意图做新的努力。"

"就是为了这个，阁下。"他用教诲的口气总结说，喝下一杯酒，同时朝伯爵看看，想得到他的赞许。

"您知道这样一句谚语吗：'叶廖马，叶廖马，别出门，最好待在家里做纺锤。'"申升皱起眉头，微笑着说。"这话用在您身上太合适了。就是苏沃洛夫，也曾被打得落花流水，[①]而现在我们的苏沃洛夫们又在哪里呢？我问您。"他说，不断地从俄语跳到法语。

"我们应当战斗到流尽最后一滴血，"上校拍着桌子说，"应当为皇帝而死，这样一切就都好了。而议论要尽可——能（他特别把'可能'一词拉长），尽可——能少发一些，"他说完后，又转向伯爵："这是老

---

①　苏沃洛夫（一七二九—一八〇〇），俄国著名统帅。一七九九年曾指挥俄奥联军在意大利北部作战，接连获胜。后在奉命越过阿尔卑斯山驰援瑞士境内的俄军时，一度陷人绝境，后胜利突围。申升所说"曾被打得落花流水"，大概指此而言。

骠骑兵的看法,我说完了。那么,年轻人和年轻的骠骑兵,您是怎么看的?"他问尼古拉,尼古拉听见在谈论战争,便撇下朱丽,睁大眼睛看着上校和竖起耳朵听他说话。

"我完全同意您的意见,"尼古拉回答道,他突然变得满脸通红,带着坚决的和不顾一切的神气转动盘子和挪开酒杯,仿佛此刻他遭到了巨大的危险似的,"我坚决认为,俄罗斯人应该要么战死沙场,要么凯旋。"他说,这话说出口后,他自己和别的人都感觉到,在现在这种场合似乎显得太热烈和太夸张,因此有些不大适当。

"您说得好极了。"坐在他身旁的朱丽赞叹道。在尼古拉说话时,索尼娅浑身颤抖起来,脸一直红到耳根,又从耳根一直红到脖子和肩膀。皮埃尔注意地听着上校的话,赞许地点点头。

"这很好。"他说。

"年轻人,你是真正的骠骑兵。"上校大声说,又拍了一下桌子。

"你们在那里嚷嚷什么?"突然从桌子那一端传来了玛丽亚·德米特里耶夫娜低沉的声音。"你干吗拍桌子,"她对骠骑兵上校说,"你对谁发火?你大概以为你面前的都是法国人?"

"我是在说实话。"上校笑着说。

"一直在谈论战争,"伯爵从桌子的这一端喊道,"您可知道,玛丽亚·德米特里耶夫娜,我的儿子要去打仗,他就要走了。"

"我有四个儿子在部队里,可我不发愁。一切都有天意,躺在炕上也会死,上战场上帝却会保佑你。"玛丽亚·德米特里耶夫娜低沉的声音又从桌子的另一端传过来,她说话似乎毫不费劲。

"是这样的。"

随后谈话又重新集中起来——女士们在餐桌的一端谈,男人们则在另一端。

"瞧,你就不敢问,"弟弟彼佳对娜塔莎说,"你就不敢问!"

"我敢。"娜塔莎回答道。

她的脸突然变得火红,快乐地显示出了不顾一切的决心。她欠起身来,用目光向坐在对面的皮埃尔示意,要他注意听,然后对母亲说:

"妈妈!"她那孩子的胸音传遍了整个餐桌。

"你要什么?"伯爵夫人惊恐地问道,但是从女儿的脸上看出这只是淘气,便严厉地朝她挥挥手,晃晃脑袋做出吓唬和不允许的姿势。

谈话暂时停止了。

"妈妈,今天的甜食是什么?"娜塔莎没有改变声调,更为坚决地喊道。伯爵夫人想皱眉头,但是皱不起来。玛丽亚·德米特里耶夫娜伸出一根粗手指吓唬了一下。

"哥萨克!"她用威吓的语气说。

大多数客人望着年长的人,不知道应如何对待这个淘气行为。

"瞧我收拾你!"伯爵夫人说。

"妈妈,甜食将是什么?"娜塔莎大胆任性地和高兴地喊道,她事先知道大家会喜欢她的淘气行为。

索尼娅和胖胖的彼佳笑得不敢抬头。

"瞧,我问了。"娜塔莎对弟弟和皮埃尔说,她又朝皮埃尔看了一眼。

"冰激凌,但是不给你吃。"玛丽亚·德米特里耶夫娜说。

娜塔莎看到没有什么可害怕的,因此也不怕玛丽亚·德米特里耶夫娜。

"玛丽亚·德米特里耶夫娜!什么样的冰激凌?我不喜欢奶油的!"

"胡萝卜的。"

"不对,什么样的?玛丽亚·德米特里耶夫娜,什么样的?"她几乎大声喊道,"我想知道!"

玛丽亚·德米特里耶夫娜和伯爵夫人笑了起来,所有的人也跟着她们笑了。大家笑的不是玛丽亚·德米特里耶夫娜的回答,而是这个小姑娘的不可思议的大胆和机灵,她居然能够和敢于这样和玛丽亚·德米特里耶夫娜说话。

娜塔莎等到人家告诉她是凤梨冰激凌后,这才罢休。在上冰激凌前上了香槟酒。奏起了音乐,伯爵吻了吻伯爵夫人,客人们站起来向伯爵夫人表示祝贺,隔着桌子同伯爵和孩子们碰杯,又互相碰杯。仆人们又跑动起来,响起了挪椅子的声音,客人们按照原来的顺序回到客厅和伯爵的书房,不过他们的脸比刚才更红些。

十七

打波士顿的牌桌摆好了，打牌的人也搭配好了，于是伯爵的客人们便分散到两个客厅、休息室和图书室里。

伯爵把手里的牌展开成扇形，他有饭后小睡的习惯，这时勉强支撑着，看到什么都笑。年轻人在伯爵夫人的鼓动下，聚集在古钢琴和竖琴旁。朱丽应大家的请求，第一个在竖琴上弹了一支带变奏的小曲，随后和其他姑娘一起开始请求有音乐天赋的娜塔莎和尼古拉唱点什么。娜塔莎看见人们把她当大人看待，显然非常得意，但是同时又有点胆怯。

"我们唱什么？"她问。

"唱唱《泉水》吧。"尼古拉回答。

"好吧，快点。鲍里斯，您过来。"娜塔莎说，"索尼娅到哪里去了？"她环视了一下，发现她的朋友不在房间里，便去找她。

娜塔莎跑进索尼娅的房间，没有在那里找到她，便又跑到儿童室，索尼娅也不在那里。娜塔莎明白了，索尼娅一定在走廊里的大木箱那里。走廊里的大木箱旁是罗斯托夫家少女们排遣忧愁的地方。果然，索尼娅身穿粉红的薄纱连衣裙，脸朝下在大木箱上躺着，把衣服都压皱了，木箱上铺着保姆用的肮脏的条纹布面的羽毛褥子，她用双手捂住脸，抖动着裸露的小肩膀，抽抽搭搭地哭着。娜塔莎在她过命名日的一整天里一直都很兴奋，这时她的脸突然变了：她的眼睛发呆，宽厚的脖子颤动了一下，嘴角耷拉下来。"索尼娅！你怎么啦？……出了什么事了？呜——呜——呜！……"

于是娜塔莎咧开大嘴，样子变得很难看，像小孩一样号啕大哭起来，不知道为什么哭，只因为索尼娅在哭，她也就哭起来。索尼娅想抬起头来，想回答她，但是做不到，却把脸埋得更深了。娜塔莎在蓝色羽毛褥子边上坐下，搂着索尼娅不停地哭着。索尼娅使劲撑起身子，坐了起来，开始擦眼泪，讲述是怎么回事。

"尼科连卡过一个星期就要走了，他的……通知书……来了……他自己对我说的……我还是不该哭（她把手里拿的一张纸给娜塔莎看，上面是尼古拉写的诗）……我还是不该哭，但是你不会了解……
任何人也不会了解……他有一颗多么好的心。"

"你很愉快……我不羡慕……我喜欢你，也喜欢鲍里斯，"索尼娅
稍稍振作一些后说，"他很可爱……对你们来说没有障碍。而尼古拉是
我的表兄……需要……都主教本人许可 ①……否则不行。再说，如果
妈妈（索尼娅既把伯爵夫人当作母亲，也这样称呼她）……她说，我在
毁坏尼古拉的前程，我没有良心，我不正派，真的……说实话（她画了
个十字）……我也非常喜欢她，喜欢你们大家，只有薇拉一个人……
为什么要这样？我做了什么对不起她的事？我非常感激你们，很高兴
牺牲一切，可是我什么也没有……"

索尼娅说不下去了，又用手捂住脸，把头埋进羽毛褥子里。娜塔
莎开始平静下来，但是从她的脸上可以看出，她明白了索尼娅的痛苦
非同小可。

"索尼娅！"她突然说道，好像猜到了表姐伤心的真正原因，"薇拉
饭后大概和你说什么了，是吧？"

"是的，这些诗是尼古拉亲笔写的，我还抄了另外的诗；她在我的
桌子上发现了这些诗，对我说，她要拿给妈妈看，还说，我不正派，妈
妈永远不会让他娶我，他将同朱丽结婚。你也看到，他同她整天在一
起……娜塔莎！这是为什么呀？……"

于是她又更加伤心地哭起来。娜塔莎把她扶起来，搂住她，含着
眼泪笑着，开始安慰她。

"索尼娅，你别相信她的话，亲爱的，别相信。记得吗，我们和尼
科连卡三个人晚饭后在休息室是怎么说的？我们已把未来的事全说完
了。我已不记得怎么说的，但是你总记得当时说过，一切都很好，一切
都是可以做到的。申升舅舅有个兄弟娶的就是表妹，而我们又是更远
的表亲。鲍里斯也说过，这是完全可以的。你知道，我什么都对他说
了，而他是那么的聪明，那么的诚恳，"娜塔莎说，"索尼娅你别哭，亲
爱的，我的好索尼娅。"她笑着吻她："薇拉很坏，随她去！一切都会很
好的，她不会告诉妈妈的；尼科连卡自己会说的，他脑子里根本就没有

---

① 俄国东正教教会规定，近亲结婚需得都主教许可。

想过朱丽。"

她吻着索尼娅的头。索尼娅起来了,这小猫活跃起来,一对小眼睛闪闪发亮,它似乎马上就要挥动尾巴,柔软的爪子使劲一蹬往上跳,重新按照它的天性玩起线团来。

"你是这样想的?真的?是实话?"她问,很快地整理了一下衣服和头发。

"真的!是实话!"娜塔莎一面回答,一面替索尼娅整理辫子下面露出来的一绺粗硬的头发。

她俩都笑了起来。

"走,我们去唱《泉水》吧。"

"走。"

"你知道吗,坐在我对面的那个胖胖的皮埃尔非常可笑!"娜塔莎突然停住脚步说,"我很快活!"

于是娜塔莎在走廊里跑起来。

索尼娅抖掉身上的羽毛,把诗稿藏到怀里靠近脖子和鼓出的胸骨的地方,涨红了脸,迈开轻松欢快的步子,跟着娜塔莎沿着走廊朝休息室跑去。年轻人已应客人的请求唱了四重唱《泉水》,这首歌大家都很喜欢;然后尼古拉唱了一首新学的歌,歌词是这样的:

> 在愉快的夜晚,在月光下,
> 幸福地浮想联翩,
> **想到世上还有一个人,**
> **正在把你思念!**
> 她挥动美丽的手指
> 拨弄着金色竖琴的琴弦,
> 用热情和谐的声音
> 召唤你到她的身边!
> 再过一天两天,天堂就要出现……
> 唉,可叹,你的朋友活不到那一天!

他还没有唱完最后一句,大厅里的年轻人已准备要跳舞了,敞廊里响起了乐师们的脚步声和咳嗽声。

皮埃尔坐在客厅里，因为他是从国外回来的，申升便同他谈起了他感到枯燥乏味的政治问题，别的人也参加了进来。音乐奏响后，娜塔莎进了客厅，径直走到皮埃尔跟前，红着脸，眉开眼笑地说：

"妈妈叫我请您跳舞。"

"我担心跳起来舞步乱了，"皮埃尔说，"但是既然您愿意当我的老师……"

于是他向这个身子纤弱的小姑娘伸出了粗大的手，把手垂得低低的。

当一对对跳舞的人重站位置和乐师调音的时候，皮埃尔同他的小舞伴坐了下来。娜塔莎感到很幸福，因为她已同从国外来的大人跳了舞了。她坐在大家都看得见的地方，像大人一样同皮埃尔说着话。她手里有一把扇子，这是一位小姐托她暂时拿着的。她摆出一副十足的社交界妇女的姿态（天知道她是在什么地方和什么时候学会的），一面摇着扇子，隔着扇子微笑着，一面同自己的舞伴攀谈着。

"像什么样子？像什么样子？你们看，你们看。"老伯爵夫人穿过大厅，指着娜塔莎说。

娜塔莎的脸红了，笑了起来。

"您怎么啦，妈妈？您这又何必呢？这里有什么可大惊小怪的！"

苏格兰舞曲演奏到第三节的一半时，客厅里传来挪椅子的声音，在那里玩牌的伯爵和玛丽亚·德米特里耶夫娜以及大部分贵客和老年人，在久坐之后伸伸懒腰，把皮夹子和钱包放进衣兜，来到大厅。走在前头的是伯爵和玛丽亚·德米特里耶夫娜，两人脸上都露出快乐的表情。伯爵摆出诙谐而有礼貌的样子，用跳芭蕾舞的姿势，朝玛丽亚·德米特里耶夫娜伸出圆滚滚的手臂。他一挺直身子，脸上顿时出现特殊、豪放而调皮的笑容，等他们跳完苏格兰舞的最后一段，他便朝乐师们拍拍手掌，向敞廊里的第一提琴手喊道：

"谢苗！你会拉丹尼尔·库珀舞曲[①]吗？"

这是伯爵喜爱的一种舞，他早在青年时代就跳过。（丹尼尔·库珀其实是**英格兰舞**的一段。）

"你们看爸爸。"娜塔莎朝整个大厅喊起来（完全忘记了她是在同大人跳舞），她的长着鬈发的小脑袋朝双膝下垂，她的响亮的笑声传遍了整个大厅。

确实，凡是在大厅的人都带着快乐的微笑看着这个快乐的老头，他同身材比他高的威风凛凛的舞伴玛丽亚·德米特里耶夫娜并排站着，把手臂弯成圆形，合着节拍不时抖动着，接着舒展开双肩，向外伸出双腿，轻轻跺跺地，圆脸笑得愈来愈欢，就这样让观众做好准备继续往下看。等到快乐而带鼓动性的、与欢乐的特列帕克舞曲[②]相像的丹尼尔·库珀舞的乐曲声一响起，大厅的几扇门立刻挤满了来看主人跳舞的仆人们，一眼望去，只见一边是男仆们的笑脸，另一边则是满面笑容的女仆们。

"我们家的老爷真行！像一只雄鹰！"站在一扇门的门口的保姆大声说道。

伯爵跳舞跳得很好，他自己也知道这一点，但是他的舞伴根本不会跳，也不想好好跳。她挺直巨大的身躯站着，垂下强壮的手臂（她把手提包给了伯爵夫人）；只有她的那张表情严肃的漂亮的脸在跳动。伯爵的整个圆圆的身体表现出来的东西，在玛丽亚·德米特里耶夫娜身上只表现在她笑得愈来愈欢的脸和向上翘起的鼻子上。但是如果说跳得愈来愈起劲的伯爵以他出人意料的灵活的旋转和柔软的双腿轻松的跳跃使观看的人倾倒的话，那么玛丽亚·德米特里耶夫娜只在转圈和跺脚时动动肩膀或弯弯手臂，似乎不费多大力气就给人留下同样的印象，这是因为任何人都看重她在身体肥胖和一向态度严肃的情况下做出的努力。舞跳得愈来愈欢了。其余的对子说什么也引不起注意，他们甚至不做这样的努力。大家都受伯爵和玛丽亚·德米特里耶夫娜的吸引。娜塔莎不断地扯在场的人的袖子和衣服，要他们看她的爸爸跳

---

① 这大概是以一个名叫丹尼尔·库珀的英国作曲家的名字命名的曲子。

② 特列帕克舞曲是俄罗斯的一种顿足跳的民间舞的舞曲。

舞，其实他们本来就在目不转睛地看着了。伯爵在跳舞的间隙喘着粗气，朝乐师们挥手和喊叫，要他们演奏得更快些。伯爵围着玛丽亚·德米特里耶夫娜，时而踮起脚，时而脚跟着地，转得愈来愈快，愈来愈快，愈来愈快，愈来愈猛，愈来愈猛，愈来愈猛，最后把舞伴带到她的座位，自己朝后抬起一条柔软的腿，面带微笑低下冒汗的头，在雷鸣般的掌声和笑声（娜塔莎笑得特别开心）中，挥动右手做了一个画圆的动作，就这样跳完了最后一个舞步。两个人停住了，都喘着粗气，用麻纱手绢擦擦汗。

"我们当年就是这样跳的，亲爱的。"伯爵说。

"丹尼尔·库珀舞就得这样跳！"玛丽亚·德米特里耶夫娜费力地喘着长气，卷着袖子说。

十八

正当罗斯托夫家的大厅里人们在疲倦的乐师奏出的走了调的音乐伴奏下跳着第六段**英格兰舞**、厨师们正在准备晚餐时，别祖霍夫伯爵得了第六次中风。大夫们宣布已没有痊愈的希望；病人已进行了默忏①和领了圣餐②；作了行终傅礼的准备，家里一片忙乱，人们都在不安地等待着，在这样的时刻这种现象是很常见的。而在大门外聚集着一群棺材商人，他们躲着驶过来的马车，等待机会揽一笔殡葬伯爵的大买卖。不断派副官来询问伯爵病情的莫斯科总司令③，今天晚上亲自来同叶卡捷琳娜时代的元老别祖霍夫伯爵作最后的告别。

富丽堂皇的接待室坐满了人。当那位同病人单独待了大约半小时的总司令从那里出来时，大家都恭敬地站起来，他微微点头还礼，想尽可能快地在那些注视着他的大夫们、神职人员和亲戚们的身边走过去。

---

① 默忏是一种宗教仪式，神父在临死的人身边历数他的主要罪孽，并宽恕这些罪孽。
② 领圣餐是基督教的主要仪式之一。据《圣经·新约》的记载，耶稣同使徒们进最后晚餐时，对饼和酒进行祝祷，分给他们领食，并称其为自己的身体和血，是为众人免罪而舍弃和流出的，命后世门徒这样做以纪念他。圣餐又称圣体血。
③ 指别克列绍夫（一七四五——一八〇八），一八〇四——一八〇六年间任莫斯科总督。

这些天变得清瘦苍白了的瓦西里公爵出来送总司令,他几次低声地对总司令反复说着什么事。

送走总司令后,瓦西里公爵一个人在大厅里的一把椅子上坐下,高高地跷起二郎腿,一个胳膊肘支在膝盖上,用手捂住眼睛。这样坐了一会儿后,他站起身,用惊恐的眼睛环顾四周,一反常态急匆匆地穿过长长的走廊到后院去找大公爵小姐。

在一个灯光微弱的房间里,有人在低声交谈,声音忽高忽低,每当有人从那扇通向垂死病人的房间的门出来或有人进去时,他们就不说话了,用充满疑问和期待的目光望着这扇门。

"一个人的大限到了,"一个老神职人员对一位坐到他身旁天真地听着他讲话的女士说,"大限到了,是无法迈过去的。"

"我想,给他行终傅礼是否晚了?"女士问道,好像她个人对此毫无主见似的,她在称呼老头时,给他加上了他在教会的头衔。

"夫人,这项圣礼可是大礼。"老神职人员回答道,他用手摸摸秃顶,那里有几绺往后梳的灰白头发。

"这是谁?总司令本人来过了?"有人在房间的另一端问,"还显得那么年轻!……"

"六十多岁了!怎么,听说伯爵已经不认得人了?是否想给他行终傅礼?"

"我认识一个人,他行了七次终傅礼。"

二公爵小姐哭肿了眼睛从病人的房间里出来,在洛兰大夫的身旁坐下,而大夫则把胳膊肘支在桌子上,姿态优美地坐在叶卡捷琳娜的画像下面。

"好极了,"大夫在回答关于天气的问题时说,"好极了,公爵小姐,再说,莫斯科很像乡下。"

"是吗?"公爵小姐叹着气说,"这么说他可以喝水?"

洛兰犹豫起来。

"他吃药了吗?"

"吃了。"

大夫看了看怀表。

"您拿一杯开水来,放一小撮酒石(他用纤细的手指示范说明一小撒是多少）……"

"**没有过这样的病例，**"德国大夫对副官说，"**中了三次风还能活下来。**"

"本来他是一个精力多么充沛的男子啊！"副官说。"这些财产将归谁呢？"他低声加了一句。

"**想要得到财产的人是会有的。**"德国人微笑着回答道。

大家又回头看那扇门：门咯吱响了一声，二公爵小姐照洛兰吩咐调好了饮料，给病人端进去。德国大夫走到了洛兰面前。

"大概还能拖到明天早晨吧？"德国人用蹩脚的法语说。

洛兰把嘴一撒，伸出一根手指在鼻子前严肃地晃了晃，表示否定。

"今天夜里，不会更晚。"他低声说，觉得自己能清楚地了解和说明病情而露出有分寸的得意的微笑，说完就走开了。

这时瓦西里公爵推开了大公爵小姐房间的门。

房间里半明半暗，只在圣像前点着两盏长明灯，神香和鲜花散发出好闻的气味。整个房间摆满了各种小衣柜、小柜橱、小桌子等小家具。在屏风后面可以看到一张铺着羽毛褥子的高高的床，上面盖着白色的罩单。一只小狗吠叫起来。

"啊，原来是您，表叔！"

她站起身来，理了理头发，她的头发任何时候，甚至在现在，都是异常光滑的，仿佛它和整个脑袋由同一块材料做成，不过加了一道油漆而已。

"怎么，发生什么事了吗？"她问，"我已经吓坏了。"

"没有什么，还是那样；卡蒂什①，我只是来和你谈一件事。"公爵疲惫地在她刚才坐的圈椅里坐下说。"然而你把圈椅坐热了，"他说，"坐过来，咱们谈谈。"

"我想，是否出了什么事了？"公爵小姐说，她脸上带着一贯的严肃呆板的表情在公爵对面坐下，准备听他说。

"我想睡，表叔，可是睡不着。"

---

① 大公爵小姐的名字和父名是卡捷琳娜—谢苗诺夫娜，卡蒂什是她的法文小名。

"怎么啦，亲爱的？"瓦西里公爵说，他握住公爵小姐的一只手，习惯地把它往下摁。

显而易见，"怎么啦"这句话问的是他们两人的许多心照不宣的事。

公爵小姐的腰很长，与她的腿很不相称，而且干瘦僵直，她睁大鼓出的灰眼睛，直瞪瞪地和冷淡地望着公爵。然后摇摇头，叹了一口气，朝圣像看了一眼。她的姿势可以解释为悲伤和忠诚的表示，也可解释为她累了，希望很快得到休息。瓦西里公爵把这种姿势看作是疲倦的表现。

"你大概以为我要轻松些吧，"他说，"我累得像一匹驿马；尽管如此，我还得同你谈一谈，卡蒂什，非常严肃地谈一谈。"

瓦西里公爵沉默了，他的腮帮子时而这边时而那边神经质地抽动着，给他的脸增添了一种令人不快的表情，这种表情在他待在客厅里时从来没有在他脸上出现过。他的眼神也不像平常那样：他有时放肆无礼地和讥讽地看着，有时则惊恐地环顾四周。

公爵小姐用她瘦小的手把小狗抱在膝上，用注意的目光看着瓦西里公爵；但是可以看出，哪怕需要她闭口不言直到明天早晨，也不会提一个问题来打破沉默。

"您瞧，卡捷琳娜·谢苗诺夫娜，亲爱的公爵小姐和表侄女，"瓦西里公爵接着说，看来他开口继续说话不是没有经过内心的斗争的，"在现在这样的时刻，什么事都得考虑到。需要考虑未来，考虑你们……我像爱自己的孩子一样爱你们大家，这一点你是知道的……"

公爵小姐仍然深沉地和一动不动地看着他。

"最后应该也考虑我的一家，"瓦西里公爵生气地推开小桌子，眼睛不看着她继续往下说，"你知道，卡蒂什，你们马蒙托夫家的三姐妹再加上我的妻子，只有咱们是伯爵的直接继承人。我知道，我知道，讲这些事和想这些事你是非常痛苦的。我也不见得好受些；但是，亲爱的，我已五十多岁了，对什么事都得有个准备。你知道吗，我已派人去叫皮埃尔了，伯爵直接指着皮埃尔的像，一定要他来见他。"

瓦西里公爵用疑问的目光看着公爵小姐，他未能弄明白，她是在考虑他对她所说的话呢，还是只不过是简单地看着他罢了……

"为了一件事我在不停地祷告上帝，表叔，"公爵小姐回答道，"希望上帝宽恕他，让他美好的灵魂平静地离开这个……"

"对，是这样，"瓦西里公爵不耐烦地接着说，他摸摸秃顶，生气地把推开的小桌子拉回身边来但是最终……最终问题在于，你自己也知道，去年冬天伯爵立了遗嘱，他在遗嘱中把全部财产给了皮埃尔，没有留给作为直接继承人的我们。"

"他立的遗嘱可不少，"公爵小姐平静地说，"但是他不能把财产留给皮埃尔！皮埃尔是私生子。"

"亲爱的，"瓦西里公爵突然说，他紧靠在小桌子上，兴奋起来，开始加快语速，"要是伯爵的那封信是写给皇帝的，要是他请求允许他认皮埃尔为合法的儿子呢？你知道，伯爵是有功之臣，他的要求会得到满足的……"

公爵小姐微微一笑，通常只有那种自以为知道得比对方多的人才这样笑。

"我还要对你说，"瓦西里公爵抓住她的一只手继续说，"信已经写好了，虽然尚未送出，但是皇帝已经知道了。问题只在于这封信销毁了没有。如果没有销毁，那么很快**一切都完了**。"瓦西里公爵叹了口气，以此表明他所说"**一切都完了**"是什么意思，"伯爵的文件将被打开，遗嘱和信将呈交皇帝，他的要求一定会得到满足。皮埃尔将作为合法的儿子得到一切。"

"那么我们的那一份呢？"公爵小姐问，她露出讥讽的微笑，好像一切都可能发生，唯独这件事不可能发生似的。

"但是，亲爱的卡蒂什，这是明明白白的事。到那时他一个人是全部财产的合法继承人，你们就连这一份也得不到。亲爱的，有没有立遗嘱和写信，遗嘱和信销毁了没有，你是应该知道的。如果由于某种原因这些文件被人遗忘了，你也应该知道它们在哪里，你应设法找到它们，因为……"

"竟然会有这样的事！"公爵小姐打断他的话，恶意地微笑着，没有改变眼睛的表情。"我是一个女人；照您看来，我们都很愚蠢；但是我知道私生子是无权继承的……私生子。"她用法语加了一句，认为把"私生子"一词翻译成法语，就完全可以向公爵说明他的话是缺乏根据的。

"你怎么还不明白,卡蒂什! 你很聪明,可是你怎么不明白:如果伯爵写信给皇帝,请求皇帝承认他的儿子是合法的,那么皮埃尔就不是现在的皮埃尔了,而是别祖霍夫伯爵了,到那时他将根据遗嘱得到一切。如果遗嘱和信还没有销毁,那么你除了得到道德高尚的美名和由此产生的一切并借以自慰外,别的什么也得不到。这是确实无疑的。"

"我知道遗嘱已经立了;而且也知道它是无效的,您好像把我看成一个十足的傻瓜,表叔。"公爵小姐说,她的表情同那些认为自己说了俏皮和挖苦的话的女人一模一样。

"我的亲爱的卡捷琳娜·谢苗诺夫娜公爵小姐!"瓦西里公爵不耐烦地说道,"我到你这里来不是为了和你彼此挖苦,而是为了和一个亲戚,一个诚恳善良的真正的亲戚谈一谈你的利益。我第十次对你说,如果在伯爵的文件里有给皇帝的信和对皮埃尔有利的遗嘱,那么你,亲爱的,还有你的妹妹就不是继承人了。如果你不相信我,那么请你相信内行人的话:我刚才同德米特里·奥努夫里依奇(他是家庭法律顾问)谈过此事,他也这样说。"

看来公爵小姐的思想突然发生了某些变化;她薄薄的嘴唇发白(眼睛还是那样),一开口说话声音就像打雷一般,显然她自己也没有想到会这样。

"这样倒好,"她说,"我没有想过要什么,现在也不想要。"

她把小狗从膝盖上推下,理了理衣服上的褶子。

"这就是对那些为他牺牲了一切的人的感谢和报答。"她说,"好极了! 太好了! 公爵,我什么也不需要。"

"是这样,然而你不是一个人,你还有妹妹。"瓦西里公爵说道。

但是公爵小姐没有听他说话。

"是的,我早就知道了这一点,但是忘记了,在这个家里除了卑鄙、欺骗、嫉妒、阴谋、知恩不报、最卑鄙的忘恩负义外,我不能再期望还有别的什么……"

"你到底知道不知道遗嘱放在哪里?"瓦西里公爵问,他的腮帮子比刚才抽动得更厉害了。

"是的,我很愚蠢,我相信过人,爱他们,牺牲自己。而得到好处的都是那些卑鄙下流的小人。我知道这是谁的阴谋。"

公爵小姐想要站起来,但是公爵拉住她的手不让起来。从公爵小姐的样子看,她好像一下子对整个人类都感到失望了;她愤愤地看着对方。

"还有时间,亲爱的。你记住,卡蒂什,这一切都是他在生气时,在病中未经慎重考虑做的,过后也就忘了。我们有责任,亲爱的,纠正他的错误,不让他做这件不公道的事,以减轻他最后时刻的痛苦,不让他带着这样的想法死去,不让他觉得自己造成了那些人的不幸……"

"那些为他牺牲了一切的人,"公爵小姐接过话头说,又想站起来,但是公爵不放开她,"他从来都不看重这一点。不,表叔,"她叹息着加了一句,"我会记住,在这个世界上不能等待报答,在这个世界上既没有正义,也没有公道。在这个世界上就得狡猾、凶狠。"

"好啦,别激动;我知道你心肠好。"

"不,我心肠狠。"

"我知道你心肠好,"公爵重复说,"并且看重你的友谊,我希望你对我也有这样的看法。别激动,咱们好好谈一谈,现在还有时间—— 也许是一昼夜,也许只有一个钟头;你把你所知道的有关遗嘱的情况全部告诉我,主要的是告诉我它在什么地方,你是应该知道的。我们现在就拿去给伯爵看。他大概已把它忘记了,想把它销毁。你知道,我的一个愿望是神圣地执行他的意志;我就是为这件事到这里来的。我待在这里的目的是帮助他和帮助你们。"

"现在我什么都明白了。我知道这是谁的阴谋。我知道。"公爵小姐说。

"问题不在这里,亲爱的。"

"这都是您保护的人,您的那位可爱的德鲁别茨卡娅公爵夫人,安娜·米哈依洛夫娜,这个卑鄙下流的女人,给我当女仆我都不要。"

"我们不要耽误时间了。"

"唉,别说了!去年冬天她钻到这里来,在伯爵面前告我们的状,尤其是说了索菲的许多坏话,话说得很卑鄙很下流—— 我简直无法重复,伯爵气病了,整整两个星期不愿意见我们。我知道,在这个时候他立了这个讨厌的和可恶的遗嘱；但是当时我以为这个文件毫无意义。"

"问题就在这里，以前你为什么对我只字不提呢？"

"放在镶嵌着装饰图案的公文包里，伯爵把这只公文包压在枕头底下。现在我知道了。"公爵小姐说，没有回答他的问话。"是的，如果我有罪孽，有很大的罪孽的话，那么这就是恨这个坏女人。"公爵小姐几乎在大声喊叫，她的样子完全变了。"她干吗要钻到这里来呢？我要对她把所有的话全说出来。这个时候会到来的！"

十九

在接待室和公爵小姐的房间里正在进行这样的谈话的时候，载着皮埃尔（他是派人找回来的）和安娜·米哈依洛夫娜（她认为有必要和他一同来）的马车驶进了别祖霍夫伯爵的院子。当马车驶到窗下铺着的软软的干草上时，安娜·米哈依洛夫娜想对皮埃尔说几句安慰的话，不过深信他已在角落里睡着了，便把他叫醒。皮埃尔醒来后，跟着安娜·米哈依洛夫娜下了马车，这时才想到他将要同病危的父亲见面的事。他发现，他们没有到正门外，而是到了后门。当他走下踏板时，有两个穿着商人服装的人急忙从门口跑开，躲进墙边阴影里。皮埃尔停住脚步，看到房子两边的阴影里还有几个这样的人。无论是安娜·米哈依洛夫娜还是仆人和车夫，一定也看到了这些人，但是没有去注意他们。这么说来，需要这样做，皮埃尔暗自这样断定，便跟着安娜·米哈依洛夫娜走了。安娜·米哈依洛夫娜一面匆匆忙忙地顺着灯光微弱的狭窄石梯向上走，一面招呼着落在她后面的皮埃尔；皮埃尔虽然不明白他为什么非要去见伯爵不可，更不明白他为什么要走后面的楼梯，但是看到安娜·米哈依洛夫娜的那种自信和匆忙劲儿，心里便断定这样做是完全必要的。在楼梯的半中腰，他们差一点被几个穿着皮靴、提着水桶朝他们迎面跑下来的人绊倒。这些人往墙边靠，让皮埃尔和安娜·米哈依洛夫娜过去，在看到他们时，没有表现出丝毫的惊讶。

"这里通几位公爵小姐的住处吗？"安娜·米哈依洛夫娜问他们之中的一个人。

"对，"仆人大胆地高声回答道，好像现在可以放肆一些了，"左边的门，太太。"

"也许伯爵并没有叫我，"皮埃尔在到了楼梯平台时说，"我还是到自己房间去。"

安娜·米哈依洛夫娜停住脚步，等皮埃尔赶上来。

"啊，我的朋友！"她摆出上午同儿子说话时的姿势，碰碰皮埃尔的手，"相信我的话，我并不比您好受，但是您要像一个男子汉的样子。"

"我真的一定要去吗？"皮埃尔问，他透过眼镜亲切地望着安娜·米哈依洛夫娜。

"啊，我的朋友，您要忘掉人们可能有的那些对不起您的地方，想一想，这是您的父亲……他也许快要死了。"她叹了一口气。"我一见您就像爱儿子那样爱您。请相信我，皮埃尔，我不会忘记您的利益的。"

皮埃尔什么也不明白；他又一次更加深切地感觉到，一切都应当如此，便顺从地跟在这时已在推门的安娜·米哈依洛夫娜后面。

这扇门通向后门的过厅。伺候公爵小姐们的一个老年男仆坐在过厅的角落里，他正在织袜子。皮埃尔从来没有到这一边来过，甚至没有想到过还有这些房间。安娜·米哈依洛夫娜向一个用托盘托着水瓶从后面赶过他们的女仆（称她为亲爱的好姑娘）问公爵小姐们身体可好，随后带着皮埃尔沿着石廊往前走。走廊上左边第一扇门通向公爵小姐们住的房间。托着水瓶的女仆在忙乱中（在这时刻在这座房子里一切都变得很忙乱）没有关上门，于是皮埃尔和安娜·米哈依洛夫娜经过时，不由自主地朝房间里面瞧了一眼，看见那里大公爵小姐和瓦西里公爵两人彼此挨得很近地坐着，正在说话。瓦西里公爵看见两人从门口经过，做了一个不耐烦的动作，身体朝后一靠；公爵小姐跳了起来，气冲冲地使出全身力量砰的一声把门关上。

公爵小姐的这个动作与她平常心平气和的样子很不相像，瓦西里公爵脸上露出的惊恐表情也同他平时傲慢的态度很不相称，皮埃尔看到后停住脚步，用疑问的目光透过眼镜看了领他走的安娜·米哈依洛夫娜一眼。安娜·米哈依洛夫娜没有表现出惊讶的样子，她只是微微一笑，叹了口气，仿佛想以此表明这一切都是她意料之中的事。

"您要像一个男子汉的样子，我的朋友，我将照管您的利益。"她对他疑问的目光作了这样的回答，说完加快步伐顺着走廊继续往前走。

皮埃尔不明白是怎么回事，更不明白"照管您的利益"是什么意思，但是他知道，这一切就应该这样。他们顺着走廊到了一个挨着伯爵的接待室的半明半暗的大厅。这是皮埃尔从正门的台阶上见过的那些阴冷豪华的房间之一。但是在这个房间的中央放着一个空澡盆，地毯上，溅了水。一个仆人和一个提着香炉的教堂下级人员蹑手蹑脚地朝他们迎面走来，没有注意他们。他们进了皮埃尔熟悉的一个接待室，这个房间的两扇意大利式窗户朝着冬季花园，里面有叶卡捷琳娜女皇的大型塑像和全身画像。接待室里还是那些人，他们几乎都坐在原来的位置上，正在交头接耳地说话。突然大家都不作声了，回过头来看了看进来的哭肿了脸、脸色苍白的安娜·米哈依洛夫娜和低着头、顺从地跟在她后面的肥胖高大的皮埃尔。

安娜·米哈依洛夫娜脸上的表情表明，她意识到决定性的时刻到了；她摆出一副彼得堡能干女人的派头，比上午更加大胆地进了房间，叫皮埃尔紧跟着她。她感觉到，因为她是带着病危的病人要见的人来的，她一定会受到接见。她迅速地朝房间里所有的人扫了一眼，看见了伯爵的忏悔神父，这时她并不像是弯下腰，可是身体突然变矮了，迈着小碎步朝神父走去，同时恭敬接受这一位神职人员，然后又接受那一位神职人员的祝福。

"谢天谢地，您终于及时来了，"她对一个神职人员说，"我们这些亲属都非常担心。这个年轻人是伯爵的儿子。"她压低声音加了一句："可怕的时刻！"

她说完这些话，走到大夫面前。

"亲爱的大夫，"她对他说，"这个年轻人是伯爵的儿子……还有希望吗？"

大夫默默地用很快的动作抬起眼睛，耸耸肩膀。安娜·米哈依洛夫娜也用同样的动作耸肩和抬眼，几乎闭上了眼睛，她叹一口气，离开大夫，转身到了皮埃尔跟前。她用特别尊重的、亲切而带忧伤的语气和皮埃尔说话。

"您要相信上帝的仁慈！"她对他说，给他指了指一张小沙发，要他坐下等她，自己悄悄地朝那扇大家注视着的门走去，只听得这扇门轻轻响了一声，她就消失在门里了。

皮埃尔决定在所有事情上都听从她的指导，便朝她指的小沙发走过去。安娜·米哈依洛夫娜进了那扇门后，他就立刻发现，房间里所有人的目光都集中到他身上，这目光超过了好奇和同情。他还发现，所有的人都在窃窃私语，不断用眼睛瞟着他，似乎带着惊恐、甚至奉承讨好的神情。他受到以前从未曾受到过的尊重：一位正在同神职人员谈话的不认识的女士站起身来，请他坐下；副官拾起了皮埃尔丢的一只手套递给他；大夫们在他经过时，为了表示尊敬，都停止说话，闪到一旁，给他让路。皮埃尔一开始想坐到另一个地方去，以免挤着那位女士，同时想自己去捡那只手套和绕过那些根本不挡他的路的大夫们；但是他突然觉得这样做不大合适，觉得他自己今天夜晚成了一个负责完成一项可怕的和大家期待着的仪式的人，因此应该接受大家的效劳。他默默地从副官手里接过手套，在那位女士让出的座位上坐下，把一双大手放到两个对称的膝盖上，摆出类似埃及塑像的天真姿势，心里暗自决定，这一切就应当这样，今天晚上为了不张皇失措和不干蠢事，他不应该按照自己的想法行动，而应该完全服从指导他的人的意志。

不到两分钟，瓦西里公爵身穿长衫，佩着三枚星章，昂起头，高视阔步进了房间。他似乎比上午消瘦了些；当他环视整个房间和看到皮埃尔时，他的眼睛显得比平常要大。他走到皮埃尔面前，握住皮埃尔的手（以前他从来没有这样做过），把它往下拉，仿佛想试一试它结实不结实似的。

"勇敢些，勇敢些，我的朋友。他吩咐把您叫来。这很好……"说着就想走开。

但是皮埃尔认为有必要问一下，便说：

"身体怎么样……"他犹豫起来，不知道称呼病危的人伯爵是否合适；而称他父亲又觉得不好意思。

"半个钟头前中风又发作了一次。中风又发作了。勇敢些，我的朋友……"

皮埃尔的思想很混乱，他在听到"中风"二字时，把它想象成受到某种物体的打击①。他困惑莫解地朝瓦西里公爵看了一眼，后来才明白这指的是一种病。瓦西里公爵一边走一边对洛兰说了几句话，踮起脚尖进了门。他不大会踮起脚尖走路，因此整个身子笨拙地蹦跳着。跟着他进去的有大公爵小姐，还有神职人员和教堂的下级人员，伺候的人（仆人）也到了里面。从门里传来了挪动东西的声音，最后安娜·米哈依洛夫娜跑了出来，她的脸还是那样苍白，但是带着坚决履行职责的表情，她碰碰皮埃尔的手，说道：

"上帝无限仁慈。终傅礼马上就要开始了。咱们走吧。"

皮埃尔进了门，踏着软绵绵的地毯，他发现副官和那位不认识的女士还有一些仆人都跟着他过来了，好像现在已不必询问是否允许进这个房间了。

二十

皮埃尔非常熟悉这个用圆柱和拱门分隔开、四面墙上挂着波斯壁毯的大房间。在圆柱后面的那个部分，一边放着一张挂着绸帐的高高的红木床，另一边则是一个大神龛，这里好像做晚祷时的教堂一样，被一片红光照得通亮。神龛里的圣像金属衣饰也被照亮，在它的下方放着一张长长的伏尔泰安乐椅②，上面放着新换的、还没有压皱的雪白的靠枕，这里躺着别祖霍夫伯爵，他那魁梧的身体是皮埃尔非常熟悉的，现在一条浅绿色被子盖到他腰部，宽阔的前额上仍然有一绺像狮鬣似的白发，俊美的橘红色的脸上依旧布满特有的显示高贵气质的深深的皱纹。他躺在神像的正下方，两只粗大的手从被子底下伸出，放在上面。在手掌朝下的右手里，在拇指和食指中间夹着一支蜡烛，一个老仆人从安乐椅的一边弯下腰扶着这支蜡烛。安乐椅旁站着几个神职人员，他们身穿闪闪发亮的法衣，披散着长发，手里拿着点着的蜡烛，在缓慢而庄重地祷告。在他们背后不远的地方站着两位年纪较小的公爵小姐，各自手里拿着手绢捂住眼睛，她们的姐姐卡蒂什站在前面，带着

---

① "中风"的俄语原文为"udar"，它的基本意义为"打击"。
② 伏尔泰安乐椅是一种高背深座的椅子。

愤恨和坚决的神情，一直目不转睛地盯住圣像，仿佛是在对大家说，如果她回头看一下的话，那么就不能对自己的行为负责了。安娜·米哈依洛夫娜脸上带着无可奈何的悲伤和宽恕一切的表情，和那位不认识的女士一起站在门旁。瓦西里公爵站在门的另一边，靠近安乐椅的地方，在一把雕花的丝绒椅子后面，他把这把椅子转过来，让椅背朝自己，把拿着蜡烛的左手支在椅背上，用右手画十字，每当把手指举到前额时，眼睛就往上抬。他的脸露出平静虔诚和完全听从上帝安排的表情。"如果您不理解这些感情，那么对您来说就会更糟。"他的神情似乎在这样说。

他后面站着副官、大夫们和男仆们；好像是在教堂里一样，男女是分开站的。大家都沉默着，画着十字，只能听见读祷文、缓慢低沉地唱诗的声音以及在间隙时换脚和喘气的声音。安娜·米哈依洛夫娜带着意味深长的、知道自己在做什么的神情，穿过整个房间到皮埃尔那里，给了他一支蜡烛。皮埃尔点着了蜡烛，由于只顾观察周围的人，居然用拿蜡烛的那只手画起十字来。

面色红润、长着一颗痣、特别爱笑的小公爵小姐索菲望着他。她笑了笑，用手绢遮住脸，很久没有把它拿开；但是她看了皮埃尔一眼后，又笑起来。显然她觉得自己看见他不能不笑，可是忍不住要看他，为了免受这样的诱惑，便悄悄地到了圆柱后面。在祷告的中途，神职人员突然不作声了；他们低声地彼此说了些什么；扶着伯爵的手的老仆直起腰，朝女士们转过身来。安娜·米哈依洛夫娜走向前去，朝病人俯下身，从背后向洛兰招手，叫他过去。这位法国大夫靠着圆柱站着，他手里没有拿点着的蜡烛，然而摆出一副恭敬的姿态，想要说明他作为一个外国人，虽然信仰不同，但是懂得正在举行的仪式的全部重要性，甚至表示赞许；他迈开一个年轻力壮的人的轻捷步伐走到病人身旁，用他又细又白的手指从浅绿色的被子上抓起病人的一只空着的手，转过身来，开始号脉，并且沉思起来。这时给病人喝了点什么，他身边的人走动起来，然后又回到各自的位置上，祷告重新开始了。在这次暂停的时候，皮埃尔发现，瓦西里公爵离开椅背出来，他的那副神气似乎表示，他知道自己在做什么，别人如果不理解他，那么对他们来说就会更糟，他没有到病人身边去，而是从他那里经过，同大公爵小姐会合后，两人一起朝卧室的深处，朝那张挂着绸帐的高高的床走去。他们从床那里出了后门，消失不见了，但是在祷告结束前又先后回到了原来的地方。皮埃尔对这个情况像对其他所有情况一样，没有多加注意，因为他在自己的脑子里已不可更改地断定，今天晚上在他面前发生的一切都是必然需要发生的。

唱诗停止了，传来了神职人员恭敬地祝贺病人受了圣礼的声音。病人仍旧毫无生气地、一动不动地躺着。他周围的一切都动了起来，可以听到脚步声和很低的说话声，其中安娜·米哈依洛夫娜的声音比谁都刺耳。

皮埃尔听到她这样说：

"一定要把他挪到床上去，在这里无论如何是不行的……"

病人被大夫们、公爵小姐们和仆人们团团围住，皮埃尔已看不到长着灰白头发的橘红色的脑袋，尽管他也看见别人的脸，但是在进行祷告的整个时间里，父亲的脸一刻也没有从他眼前消失过。皮埃尔根据安乐椅周围的人小心的动作猜测到，他们是在把病人抬起来，给他挪地方。

"托住我的胳膊，不然会滑下去的，"他听见一个仆人惊恐地低声说，"从下面……再来一个人。"又有几个声音说道，人们喘粗气和移动脚步的声音变得更加急促了，仿佛他们在抬着一个抬不动的重物。

在抬病人的人当中包括安娜·米哈依洛夫娜，他们到了皮埃尔跟前时，皮埃尔在一瞬间从他们的脊背和后脑勺后面看到了病人袒露的高高隆起的胖胸脯、被人从腋下架起的厚实的肩膀以及长着拳曲银发的狮子般的头。他的前额和颧骨都很宽，嘴长得好看而富有肉感，目光威严而冷漠，整个头并没有因临近死亡而变了样。它还像三个月前皮埃尔奉伯爵之命动身去彼得堡时所看到的那样。但是现在他的头因抬他的人脚步不齐而无力地摇晃着，他那冷漠的、对一切都不感兴趣的目光不知道应落在哪里。

大家在那张高高的床旁边忙乱了几分钟；抬病人的人散开了。安娜·米哈依洛夫娜碰了碰皮埃尔的手臂，对他说道："我们一起去。"皮埃尔和她一起到了床前，看到病人被安置在床上，姿势很庄重，这大概与刚才举行过圣礼有关。他把头高高地靠在枕头上。一双手手心朝下，对称地放在绿绸被上。当皮埃尔走到跟前时，伯爵直瞪瞪地看着他，但是这目光的意思已无法理解。可能这目光什么也不表示，只因为既然长着眼睛，就应该朝什么地方看；也可能它表示的意思很多，很多。皮埃尔停住脚步，不知道该做什么，便回头用询问的目光看了他的指导者安娜·米哈依洛夫娜一眼。安娜·米哈依洛夫娜急忙给他递了个眼色，眼睛指指病人的手，用嘴唇向这只手送去一个飞吻。皮埃尔竭力伸长脖子，以免碰到被子，照她的建议把嘴唇贴到那只骨骼宽大的肉乎乎的手上。伯爵的手和脸上的任何一块肌肉都没有动一下。皮埃尔又用询问的目光看了安娜·米哈依洛夫娜一眼，问她接下去该做什么。安娜·米哈依洛夫娜用眼睛指了指床边的一把圈椅。皮埃尔顺从地往圈椅里坐，继续用目光询问他做得对不对。安娜·米哈依洛夫娜赞许地点了点头。皮埃尔又摆出埃及塑像的那种端正匀称而天真的姿势，显然他为自己笨拙肥大的身体占了这么大的空间而感到遗憾，并且使出全部精神力量，想使自己显得尽可能小一些。他望着伯爵。伯爵则望着皮埃尔站着时他的脸所在的那个地方。安娜·米哈依洛夫娜的表情说明，她意识到父子最后诀别的时刻非常令人感动和重要。这延续了两分钟，而皮埃尔觉得仿佛过了一个小时。突然伯爵脸上大块肌肉和皱纹颤动起来，而且颤动得愈来愈厉害，好看的嘴歪斜了（这时只有皮埃尔知道，他父亲已多么接近死亡），从歪斜的嘴里发出不清楚的、嘶哑的声音。安娜·米哈依洛夫娜使劲地看着病人的眼睛，竭力想猜出他需要什么，时而指指皮埃尔，时而指指饮料，时而用询问的口气低声说瓦西里公爵的名字，时而指指被子。病人的眼睛和脸露出不耐烦的表情。他使了一下劲儿，朝一刻不离地站在床头的仆人看了一眼。

"他老人家想翻一个身。"仆人低声说道，接着站起身来，以便把伯爵沉重的身体翻过去，使他脸冲着墙。

皮埃尔站起来帮助仆人。

当人们给伯爵翻身时，他的一只手无力地垂到后面，他使了一下劲，想把手举过去，但是没有用。也许伯爵注意到了皮埃尔如何用惊恐的目光看着这只无力的手，或者此刻在他临死前的头脑里闪过了另外的想法，他看了看这只不听话的手，看了看皮埃尔脸上惊恐的表情，然后又看了看这只手，他脸上露出了与他的仪容非常不相称的微弱的苦笑，好像在嘲笑自己的软弱无力。皮埃尔看到这个笑容，突然感到胸中颤动了一下，鼻子发酸，泪水模糊了他的视线。病人被翻转过去，脸冲着墙。他叹了一口气。

"他睡着了。"安娜·米哈依洛夫娜看到来换班的公爵小姐，说道。"我们走吧。"

皮埃尔出来了。

<h1 style="text-align:center">二十一</h1>

在接待室里，除了瓦西里公爵和大公爵小姐外，已没有别的人了，他们两人坐在叶卡捷琳娜女皇的肖像下正在热烈地讨论着什么。他们一看见皮埃尔和安娜·米哈依洛夫娜，就停住不说了。皮埃尔觉得公爵小姐好像藏起了什么，并且低声说道：

"我见不得这个女人。"

"卡蒂什已吩咐把茶点送到小客厅里了。"瓦西里公爵对安娜·米哈依洛夫娜说。"去吧，可怜的安娜·米哈依洛夫娜，您得吃喝点什么，不然您就支撑不住了。"

他没有对皮埃尔说什么，只带着感情地捏了捏他的上臂。于是皮埃尔和安娜·米哈依洛夫娜便到小客厅去了。

"在一夜没有合眼后，没有任何东西能比一杯上等的俄国茶更能提神了。"洛兰站在小客厅里的一张摆着茶具和冷餐的桌子前，一面用一只不带把的中国细瓷茶杯喝着茶，一面带着克制的兴奋心情说道。所有在别祖霍夫伯爵家过夜的人都聚集在桌子旁边，以便吃点东西补充体力。皮埃尔清楚记得这个挂着几面镜子和摆着几张小桌子的圆形小客厅。伯爵家举行舞会时，不会跳舞的皮埃尔喜欢坐在这个挂着镜子的小客厅里，观看身穿舞服、裸露的肩膀上装饰着钻石和珍珠的太太小姐们在经过这个房间时，如何在明亮的镜子面前照照自己，而几面镜子里则几次重复出现她们的倩影。现在这个房间里只点着两支蜡烛，显得比较昏暗，时间已是半夜，在一张小桌子上杂乱地放着茶具和各种冷盘，形形色色的人面带愁容坐在那里低声交谈，他们的每个动作和每句话表明，谁也没有忘记现在卧室里正在发生的和将要发生的事。皮埃尔虽然很想吃点东西，但是他没有吃。他用疑问的目光回头朝安娜·米哈依洛夫娜看了一眼，看见她踮着脚出了门，又到只剩下瓦西里公爵和大公爵小姐的接待室去了。皮埃尔认为这也是很必要的，他迟疑一下后，也跟着她去了。他看见安娜·米哈依洛夫娜站在公爵小姐身旁，两人同时低声说着话，情绪都很激动。

"对不起，公爵夫人，请您告诉我，什么是需要的和什么是不需要的。"公爵小姐说，显然她和不久前砰的一声关上自己房间的门时一样，处于非常激动的状态。

"但是，亲爱的公爵小姐，"安娜·米哈依洛夫娜温和而恳切地说，挡住到卧室去的路，不让公爵小姐过去，"在可怜的叔叔需要休息的时候，这样做不是会使他感到太难受吗？在这样的时刻还谈什么尘世的事，因为他的灵魂已准备……"

瓦西里公爵不拘礼节地坐在圈椅里，高高地跷起二郎腿。他的腮帮子剧烈地抽动着，下陷时，看起来好像下面胖一些；但是他装出对两个女人的谈话不大感兴趣的样子。

"得了，我的亲爱的安娜·米哈依洛夫娜，就让卡蒂什看着办吧。您知道伯爵很喜欢她。"

"我也不知道这文件里写着什么。"公爵小姐指着她拿在手里的镶嵌着装饰图案的公文包对瓦西里公爵说，"我只知道真正的遗嘱在他的写字台里，这是一份遗忘的文件……"

她想要绕过安娜·米哈依洛夫娜，但后者跳过去又拦住了她的路。

"我知道，亲爱的、善良的公爵小姐。"安娜·米哈依洛夫娜说，她用一只手紧紧抓住公文包，可以看出，她是不会很快放开的，"亲爱的公爵小姐，我请求您，我恳求您，可怜可怜他吧。我恳求您……"

公爵小姐没有说话。只听见使劲抢夺公文包的声音。可以看出，如果她开口说话，就可能说出绝非奉承安娜·米哈依洛夫娜的话来。安娜·米哈依洛夫娜抓得很紧，但是尽管如此，她的甜甜的嗓音仍然缓慢而又柔和。

"皮埃尔，过来，我的朋友。我想，他在亲属商讨事情时不是一个多余的人，公爵，您说对吗？"

"您干吗不说话，表叔？"公爵小姐突然喊了一声，她的声音很大，客厅里的人都听到了并且吓了一跳。"您干吗不说话,难道没有看见一个鬼才知道的什么人掺和了进来,在病危的人的房门口大吵大闹?女阴谋家!"她凶狠地低声说,使出浑身力气拽公文包,而安娜·米哈依洛夫娜跟着公文包朝前跨了几步,换了一只手。

"哎呀!"瓦西里公爵用责备的语气惊讶地说。他站了起来。"这太可笑了。得了,放开手。我在对您说话呢。"

公爵小姐放开了。

"您也放开!"

安娜·米哈依洛夫娜没有听从他。

"放开,听见没有?这事全交给我。我去问他。我……你们别再争了。"

"但是,"公爵安娜·米哈依洛夫娜说,"在举行了这样大的圣礼后,就让他安静一会儿吧。现在,皮埃尔,您说说您的意见。"她对皮埃尔说,这时皮埃尔已到了他们跟前,正惊奇地看着公爵小姐的那张凶狠的、已不顾任何体面的脸和瓦西里公爵的不断抽动着的腮帮子。

"记住,您将要对全部后果承担责任,"瓦西里公爵严厉地说,"您不知道您干的是什么。"

"可恶的女人!"公爵小姐喊了一声,突然朝安娜·米哈依洛夫娜扑过去夺公文包。

瓦西里公爵低下头,把两手一摊。

这时,皮埃尔久久地看着的那扇平常轻开轻关的可怕的门很快砰的一声打开了,在墙上撞了一下,二公爵小姐从门里跑出来,举起双手拍了一下。

"你们在干什么!"她不顾一切地说,"他快要死了,你们却把我一个人撇在那里。"

大公爵小姐丢下了公文包。安娜·米哈依洛夫娜很快弯下腰,捡起了这个争夺的东西,朝卧室跑去。大公爵小姐和瓦西里公爵清醒过来后,也跟着过去。几分钟后,大公爵小姐第一个从那里出来,脸色苍白,表情冷漠,咬着下嘴唇。她一见皮埃尔,脸上表现出了不可遏止的愤恨。

"好吧,现在您高兴吧,"她说,"这就是您所等待的。"

于是她放声大哭起来,用手绢捂住脸跑出了房间。

瓦西里公爵跟着公爵小姐出来了。他摇摇晃晃地走到皮埃尔坐过的沙发那里，倒在沙发上，用手捂住眼睛。皮埃尔发现，他脸色苍白，他的下巴颏跳动着和哆嗦着，像发疟疾一样。

"唉，我的朋友！"他托住皮埃尔的一个胳膊肘时说；他的声音带着皮埃尔过去从来没有看到过的真诚和软弱，"我们造了多少孽，我们骗了多少人，这一切都是为了什么？我已五十多岁了，我的朋友……要知道，我……一切到头来都将以死亡结束，一切。死亡是可怕的。"他哭了起来。

安娜·米哈依洛夫娜最后一个出来。她慢慢悠悠地缓步走到皮埃尔跟前。

"皮埃尔！……"她喊道。

皮埃尔用疑问的目光看着她。她吻了吻皮埃尔的前额，泪水流到了他的脸上。她沉默了一会儿。

"他不在了……"

皮埃尔透过眼镜看着她。

"走吧，我陪您去。您使劲儿哭吧。没有任何东西能像眼泪那样减轻人的悲痛。"

她把他带到昏暗的客厅里，皮埃尔为那里谁也看不清他的脸而感到高兴。安娜·米哈依洛夫娜离开他走了，而当她回来时，皮埃尔头枕着胳膊，睡得正香。

第二天早晨安娜·米哈依洛夫娜对皮埃尔说：

"是的，我的朋友，这对我们大家来说都是重大的损失，更不用说对您了。但是上帝将会帮助您，您年轻，我希望您现在已是一大笔财产的拥有者。遗嘱尚未拆封。我很了解您，相信这不会冲昏您的头脑；但是这又会使您承担某些责任；要像一个男子汉的样子。"

皮埃尔没有说话。

"以后，亲爱的，我也许会告诉您，要是当时我不在那里，天知道会发生什么事。您知道，叔叔前天答应我说，他是不会忘记鲍里斯的，但是没有来得及具体说。我希望，我的朋友，您将会实现您父亲的遗愿。"

皮埃尔什么也没有听明白，他腼腆地红着脸，默默地看着安娜·米哈依洛夫娜公爵夫人。安娜·米哈依洛夫娜在同皮埃尔谈话后，便坐车回罗斯托夫家睡觉去了。第二天早晨醒来后,她向罗斯托夫一家人和所有熟人讲了别祖霍夫伯爵逝世的详细情况。她说,伯爵死得很安详,她自己也能这样就好了;伯爵的最后时刻不仅令人感动,而且富有教益;父子诀别的场面非常感动人,她一想起来就要掉眼泪;她不知道在这可怕的时刻父子俩谁表现得更好些是伯爵还是皮埃尔?伯爵在弥留之际想起了所有的事和所有的人,对儿子说了非常令人感动的话,而皮埃尔的样子使人看了都觉得可怜,他悲恸欲绝,尽管如此,仍竭力掩饰自己的痛苦,以免使病危的父亲见了伤心。"这是令人难过的,但这又是富有教育意义的;当你看到像老伯爵和他的好儿子这样的人时,灵魂会变得高尚起来。"她说。她也用不赞同的语气讲了大公爵小姐和瓦西里公爵的行为,不过是在私下悄悄地说的。

二十二

在童山尼古拉·安德烈耶维奇·鲍尔康斯基公爵的庄园里,每天都在等待着年轻的安德烈公爵和公爵夫人的到来;但是这种等待并没有破坏老公爵家里有条不紊的生活秩序。步兵上将尼古拉·安德烈耶维奇公爵在社交界有个外号叫普鲁士王,他自从保罗皇帝在位时被流放到乡下以来,一直和女儿玛丽亚公爵小姐以及她的女伴布里安娜小姐蛰居童山。改朝换代后,虽然他已准许到两个京城去,可是仍然继续住在乡下,从不外出,说如果有人需他,那么可以从莫斯科走一百五十俄里[①]到童山来找他,说他不需要什么人,也不需要什么东西。他说,人的罪恶的根源只有两个,即游手好闲和迷信,美德也只有两个,即工作和智慧。他亲自教育女儿,而为了使她养成这两大美德,便给她上代数课和几何课,把她的整个生活安排成不断地学习。他自己通常也很忙,有时写回忆录,有时解高等数学题,有时在车床上旋鼻烟壶,有时则在花园里干活儿和监督他庄园里一直没有停止过的建筑工程。由于干好工作的主要条件是要有秩序,所以在他的生活方式中遵守秩序达到了一丝不苟的程度。他总是在同样的、不可改变的条件下出来吃饭,不仅在同一

---

① 一俄里合一·〇六公里。

钟点,而且分秒不差。公爵对他周围的人,从女儿到仆人,都很厉害,要求总是非常严格,因此虽然他为人并不那么残酷无情,但是却能引起人们的敬畏,这是最残酷无情的人都不易做到的。尽管他已退职,现在在国家事务方面不起任何作用,然而他的庄园所在的省的每一位省长都认为应当来拜见他,像建筑师、花匠或玛丽亚公爵小姐一样,在宽敞的等候室里等候公爵在规定的时间出来。当书房又高又宽的门一打开,出现一个身材不高的老人时,等候室里的每个人都会有一种敬重、甚至畏惧的感觉,这个老人通常戴着敷粉的假发,他长着一双干瘪的小手和两道下垂的灰色眉毛,有时,当他沉下脸来时,眉毛就遮住了他的那双聪明而充满青春活力的炯炯有神的眼睛。

在年轻的公爵夫妇将要到来的那天早晨,玛丽亚公爵小姐在规定时间到等候室里来请早安,她惊恐地画着十字,心里默念着祷词。她每天到这里来,每天都祷告上帝,希望同父亲的会见能够顺顺当当,不横生枝节。

坐在等候室里的一个头发上扑了粉的老仆人轻轻地站起来,低声说:"请进。"

门里传来了车床发出的均匀的声音。公爵小姐畏怯地拉了一下那扇很容易平稳地打开的门,在门口站住了。公爵正在车床上干活,他回头看了一眼,继续做他的事。

大书房里摆满了显然是在经常不断地使用的东西。一张大桌子上放着各种书籍和图表,高高的玻璃书柜的柜门上插着钥匙,另一张用来站着书写的大桌子上放着一本笔记本和装着一台旋床,还有摆开的工具和散落在周围的碎屑——这一切都说明,这里经常进行着各种各样的和有条不紊的工作。从公爵的那只穿着鞑靼式的绣着银线的靴子的脚的动作来看,从他的一只青筋暴露的、干瘦的手的使劲儿的样子来看,公爵这位精神矍铄的老人还有顽强的和非常耐久的体力。在旋了几圈后,他把脚从车床的踏板上拿下来,把刀具擦净,把它扔到挂在车床上的皮口袋里,走到桌子旁,叫女儿过来。他从来不为自己的孩子祝福,只把自己的胡子拉碴的、今天还没有刮过的腮帮子伸给她,用严厉的、同时又是关切而温存的目光打量了她一下,说:

"身体怎么样?……好吧,那就坐下吧!"

他拿出他亲手写的几何笔记本，用脚把圈椅挪过来。

"明天的作业！"他一面说，一面很快寻找那一页，用硬指甲划了从这一节到另一节的记号。

公爵小姐稍微弯下身子看桌上的笔记本。

"等一等，有你的一封信。"老人从桌子上方的信插里拿出一封从信封上的姓名和地址来看是女人写的信，把它扔到桌子上。

公爵小姐看到这封信时，她的脸上布满了红斑。她急忙拿过来，朝它弯下了身子。

"是爱洛伊丝的信吧？"公爵问，他冷冷一笑，露出还很结实的有些发黄的牙齿。

"是的，是朱丽的信①。"公爵小姐说，她怯生生地看着和怯生生地微笑着。

"我再放过两封信，第三封可要拆开看了，"公爵严厉地说，"我担心你们写很多废话。第三封就一定要看了。"

"就是这一封您也可以看，爸爸。"公爵小姐说，她的脸更红了，把信递给父亲。

"第三封，我说过了，第三封。"公爵推开信，简短地大声说，他把胳膊肘支在桌子上，把画着几何图形的笔记本挪到面前。

"听着，小姐。"老人开始讲课了，他朝女儿弯下身子，俯在笔记本上，把一只手搭在公爵小姐坐的圈椅椅背上，这样一来，公爵小姐觉得自己被父亲的烟草味和老年人刺鼻的气味所包围，而这种气味她早就熟悉了。"听着，小姐，这些三角形是相似的；现在来看 abc 角……"

公爵小姐惊恐地看着父亲的那双离她很近的炯炯有神的眼睛；整个脸红一阵儿，白一阵儿，可以看出，她什么也不懂，而且非常害怕，这更妨碍她理解父亲下面的全部讲解，不管他讲得多么清楚。不知这该怪老师呢，还是该怪学生，每天都出现同样的情况：公爵小姐两眼发黑，她什么也看不见，什么也听不见，只感觉到近旁老父亲干瘦的脸，

---

① 老公爵知道这封信是朱丽写的，故意说成是爱洛伊丝的信，他是根据法国思想家和作家卢梭的小说《朱丽或新爱洛伊丝》这样说的。这部小说写了十八世纪法国青年女子朱丽与圣·普乐的爱情悲剧，把它与十二世纪的青年女子爱洛伊丝与阿卜略尔的爱情悲剧相比拟，称朱丽为新爱洛伊丝。

感觉到他的呼吸和气味,只想自己如何更快地离开书房,到自己房里自由自在把习题弄清楚。老人火气大,他把自己坐的圈椅推过去又拉回来,弄得嘎吱嘎吱响,竭力控制自己不要发火,可是几乎每一次都发了火,骂了人,有时还扔笔记本。

公爵小姐回答错了。

"唉,怎么才能聪明点!"公爵大声说道,他推开笔记本,猛然转过身,立刻站了起来,来回走了一趟,用手摸摸公爵小姐的头发,又坐下了。

他更靠近一些,继续讲解。

"不行,公爵小姐,不行,"他在公爵小姐拿起作业本把它合上、准备要走时说,"学数学可是一件大事,我的小姐。我不愿意让你变得像我们那些愚蠢的小姐一样。俗语说:'相忍就能相爱。'"他爱抚地拍拍女儿的面颊:"学好了脑子里就不会再有糊涂想法了。"

她想要走,他用手势拦住她,从高桌子上拿了一本还没有裁开的新书。

"瞧,你的爱洛伊丝还给你寄来了一本**《自然奥秘解答》**[①]。是一本宗教书。我不干预任何人的信仰……我翻了翻,拿着。好了,你去吧,去吧!"

他拍了拍女儿的肩膀,等她一出门就把门插上了。

玛丽亚公爵小姐带着悲伤和恐惧的表情回到了自己的房间,这种表情很少离开她,使得她的那张远非漂亮的和病态的脸变得更不漂亮了,她在摆满了各种小画像、堆满了笔记本和书的写字台旁坐下。公爵小姐的杂乱无章可以说达到了与她父亲的井井有条一样的程度。她放下几何笔记本,急不可耐地拆开信。这封信是公爵小姐童年的好友写的;这朋友就是那个参加罗斯托夫家命名日宴会的朱丽·卡拉金娜。

朱丽写道:

亲爱的和无比珍贵的朋友,离别是一件多么可怕和多么吓人的事

---

① 这是德国作家埃卡茨豪森(一七五二—一八○三)的一本神秘的著作,十九世纪初年被译成俄语,在共济会员中甚为流行。

啊！我常对自己说，我的生命和我的幸福有一半在您身上，尽管我们身处两地，我们的心是不可分割地连在一起的，我的心一直反抗着命运的这种安排；尽管处于娱乐和消遣的愉快气氛中，我仍然无法抑制我们分别以来内心深处的哀愁。为什么我们不能像去年夏天那样在一起，待在你的大书房里，坐在蓝沙发上，坐在那张沙发上说知心话呢？为什么我不能像三个月前那样，从您那温和、平静和聪慧的目光里汲取新的精神力量呢？我是多么喜欢您的这种目光，此时此刻，当我在给您写信时，它仿佛仍然在我眼前。

玛丽亚公爵小姐读到这里，叹了一口气，转身朝她右边的大穿衣镜看了一眼。镜子里照出的是一个不漂亮的、虚弱的身体和一张瘦削的脸。她那双总是忧郁的眼睛此时此刻特别绝望地望着镜子里自己的模样。"朱丽在奉承我。"公爵小姐想道，她转过身继续看信。然而朱丽实际上并没有奉承自己的朋友，因为公爵小姐的眼睛确实很大、很深邃，而且闪闪发光（仿佛有时从这双眼睛里射出一束束温暖的光线），它们非常好看，尽管整张脸并不美，但是这双眼睛常常比美貌还吸引人。不过公爵小姐从来没有看见过自己眼睛的这种好看的表情，因为这种表情只有在她不想到自己时才出现。她像所有人一样，只要一照镜子，脸上马上就露出紧张而不自然的、难看的表情。她继续看信：

全莫斯科的人都在谈论战争。我的两个兄弟，一个已在国外，另一个在向边境开拔的近卫军里。我们亲爱的皇帝离开了彼得堡，根据人们推测，他有意御驾亲征，去冒战争的风险。但愿那个搅得欧洲不得安宁的科西嘉恶魔[1]将被万能的上帝派来当我们的君主的天使所降服。且不说我的兄弟，这场战争还使我失去了一个最亲近的交往者。我说的是年轻的尼古拉·罗斯托夫，他热情高，不能袖手旁观，便离开大学，参加了军队。说实话，亲爱的玛丽[2]，虽然他年纪还很轻，但是他从军走后，我感到非常悲伤。去年我对您谈起过这个年轻人，他是多

---

① 指拿破仑，因为他是科西嘉岛人。
② 玛丽是玛丽亚的法文名字。

么高尚，在他身上有多少如今在我们的那些二十岁的小老头当中很难见到的真正的青春活力啊！他特别坦率和真诚。他非常纯洁，富有诗意，我与他的交往虽然很短暂，但是却使我这颗饱尝痛苦的可怜的心尝到了甜蜜和欢乐。以后有机会我将给您讲我们离别时的情景和当时所说的一切。所有这些至今还历历在目……唉，亲爱的朋友，您很幸福，因为您没有体验过这些激动人心的欢乐和难以忍受的痛苦。您很幸福，因为痛苦通常要比欢乐更强烈。我很清楚，尼古拉伯爵对我来说要成为比朋友更进一步的什么人，还显得太年轻。但是这种甜蜜的友谊，这种富有诗意的和纯洁的关系是我的心灵所需要的。好了，不再说这些了。整个莫斯科关心的主要新闻，是老别祖霍夫伯爵之死和他的遗产问题。请您想想看，三位公爵小姐只得到一点点，巴齐尔公爵则一无所得，而皮埃尔却成为全部财产的继承人，此外，他还被立为合法的嗣子，获得了别祖霍夫伯爵的封号和成为俄国的一份最大的家产的拥有者。听说，巴齐尔公爵在这件事情上扮演了很不光彩的角色，他灰溜溜地回彼得堡去了。

说实话，对这些关于遗产和遗嘱的事我了解得很少；我只知道自从我们认识的那个只简单地叫作皮埃尔的年轻人成为别祖霍夫伯爵和俄国最大的家产的拥有者后，那些家里有待嫁的女儿的母亲们以及小姐们本人对这位先生（顺便说一句，我一直认为此人微不足道）说话的腔调变了，看到这种情况我觉得很有趣。由于两年来大家都拿为我择婿的事寻开心，他们给我找的人我大部分都不认识，而现在莫斯科有关婚姻问题的传闻已把我说成别祖霍娃伯爵夫人了。但是您知道，我一点也不希望这样。对啦，还有一件事。您知道吗，不久前我们**共同的姑奶奶**安娜·米哈依洛夫娜非常秘密地告诉我，有人正在筹划您的婚事。对象不是别人，正好是巴齐尔公爵的儿子阿纳托利，他们打算让他娶一个富有的和门第高贵的姑娘，他的父母选中了您。我不知道您将如何看待这件事，但是我认为自己有责任预先告诉您。听说，阿纳托利长得很漂亮，是一个有名的浪荡公子。关于他的情况我就知道这些。

拉拉杂杂说得够多的了。第二张纸快要写完了，妈妈派人来叫我到阿普拉克辛家吃饭去。我寄给您的那本神秘的书，您可以读一读；这本书在我们这里很流行。虽然书中的某些东西平常人微弱的智力很难理解,但是它毕竟是一本出色的书;读这本书,能使灵魂得到安慰和变得高尚起来。再见。谨向令尊表示敬意,并向布里安娜小姐问好。热烈地拥抱您。

朱丽

　　请告知令兄和他可爱的夫人的情况,又及。

　　公爵小姐想了想,若有所思地微微一笑(这时她的脸为闪闪发光的眼睛所照亮,完全变了样),突然站起身来,迈着沉重的步子,到了桌子旁。她拿出了一张纸,在纸上很快地写了起来。她的回信是这样的:

　　亲爱的和无比珍贵的朋友:您十三日的来信给了我巨大的喜悦。您仍然还爱着我,我的富于诗意的朱丽。被您说得那么坏的别离,显然没有对您产生平常的那种影响。您抱怨别离,可是我失去了所有亲爱的人,如果我敢抱怨的话,那么又该说什么呢?唉,要是我们没有宗教的安慰,生活就会变得非常愁苦。您为什么设想当我听到您说对一个年轻人有好感时,我的目光会变得严厉起来呢?在这方面,我只是对自己严格而已。我理解别人的这种感情,如果由于从未体验过而不能表示赞同,那么我也不加以责备。

　　我只觉得,基督徒对邻人的爱和对敌人的爱,要比青年男子的漂亮眼睛在像您那样的富有诗意和多情的少女心中引起的感情更加可敬,更加可喜和更加美好。

　　关于别祖霍夫伯爵去世的消息,在收到您的信之前已经知道了,家父深感悲痛。他说,这是倒数第二个去世的伟大时代的代表,现在该轮到他了,但是他要尽力而为,使得自己尽可能晚一点轮到。上帝保佑不要让我们遭到这样的不幸!我不能同意您对皮埃尔的看法,因为我从小就认识他。我觉得他永远有一颗美好的心,这是我在人们身上最看重的品德。至于说到他的遗产和巴齐尔公爵在这方面所扮演的角色,那么这对两人来说都是可悲的。唉,亲爱的朋友,我们救世主说,富人进天堂比骆驼穿过针眼还难——这句话是说得对极了!我可怜巴齐尔公爵,更可怜皮埃尔。这么年轻就有这么巨大的财产压在身上,他将会受到多少诱惑啊!如果有人问我,在这世界上我最希望的是什么，我会说：希望比最穷的乞丐都穷。我一千次地感谢您，亲爱的朋友，感谢您给我寄来一本在你们那里引起轰动的书。不过，既然您对我说书中除了一些好的东西外，也有平常人微弱的智力难以理解的东西，那么我觉得去读这些无法理解的东西是多余的，因为不能带来任何益处。我从来都无法理解某些人的癖好，他们热衷于读神秘的书，结果搞乱了自己的思想，因为这样的书在他们的头脑里引起的只是怀疑，只能刺激他们的想象力，使他们具有同基督徒的质朴并完全相反的夸张的特点。我们最好还是读使徒行传和福音书。我们不必试图去弄清这些书里神秘的东西，因为当我们这些可怜的罪人还有一个肉体的躯壳，这个躯壳使我们与永生之间隔着一道无法穿透的帷幕时，怎么能够认识神意的可怕而又神圣的秘密呢？我们最好还是研究救世主留给我们用以指导我们尘世生活的伟大教义；让我们努力遵循这些教义，并且力求相信，我们胡思乱想得愈少，上帝就愈高兴，因为上帝否定不是来自他的任何知识；我们愈少去钻研他不愿让我们知道的事情，他也就会愈快地用他那神的智慧对我们做这样的启示。

　　父亲关于求婚的事对我只字未提，只说收到了一封信，现在正在等候巴齐尔公爵来访；至于说到我对婚姻的打算，那么，亲爱的和无比珍贵的朋友，在我看来结婚是神做出的人人必须服从的规定。如果全能的上帝要我承担起当妻子和母亲的责任，那么不管这对我来说是如何的困难，我也将尽一切力量忠实地履行，决不花心思去分析研究我对上帝赐给我的丈夫的感情如何。

　　我收到了哥哥的来信，他告诉我他将带妻子到童山来。一家团聚的欢乐不会持续很久，因为他要离开我们去参加那场天知道我们是怎么卷进去的和为什么要卷进去的战争。不仅在你们那里，在各种事件和社交活动的中心，而且在这里，在田间劳作中和城里人通常所想象的僻静的农村里，也可听到战争的回声，人们同样有沉重的感觉。父亲一个劲儿地讲那些我一点也不懂的行军和反方向行进，前天我像平常一样在村里散步时，看见了一个令人心碎的场面。一批从我们这里征召服役的新兵要上前线。应当好好地看看那些出征的人的母亲、妻子和儿女们所处的状态，听一听他们双方的啼哭！好像人类忘记了救世主教导我们的要相亲相爱和不记仇的教规，而把善于相互残杀作为美德。

再见，亲爱的好朋友。但愿您能受到救世主和圣母神圣而万能的庇护。

玛丽

"啊，您要发信吧，我已把我的信寄走了。是给我可怜的母亲写的。"满面笑容的布里安娜小姐用她轻快悦耳和清脆的声音说，说话时颤音发得不清，她的心情完全不同，显得轻松愉快和洋洋得意，她的出现，打破了笼罩着玛丽亚公爵小姐的那种心事重重和愁闷忧郁的气氛。

"公爵小姐，我应当预先告诉您，"她压低声音补充说，"公爵把米哈依尔·伊万内奇痛骂了一顿，"她说话时特意用小舌发颤音，并欣赏着自己的声音，"他情绪很不好，脸色阴沉。我提醒您，您知道……"

"唉！亲爱的朋友，"玛丽亚公爵小姐回答道，"我曾请求过您，要您永远不对我说父亲的心情。我不允许自己议论他，并且希望别人也这样做。"

公爵小姐看了看钟，发现练钢琴的时间已过了五分钟，便惊慌地向休息室走去。根据规定的作息时间表，从十二点到两点是公爵休息和公爵小姐弹钢琴的时间。

二十三

一个头发斑白的侍从坐在那里，他一面打盹，一面倾听着大书房里公爵的打鼾声。从房子的深处，从关闭着的门里传出了杜塞克[①]的奏鸣曲的乐曲声，一些难弹的乐句重复了二十来遍。

这时，一辆轿式马车和一辆轻便马车驶到大门口，安德烈公爵从轿式马车上下来，把娇小的妻子扶下车，让她走在前面。戴着假发、胡须灰白的吉洪从等候室里探出身子，低声报告说，老公爵正在休息，说完急忙关上门。吉洪知道，无论是儿子的到来还是任何非常事件，都不应破坏作息制度。安德烈公爵也像吉洪一样清楚地知道这一点；他看了看表，仿佛是为了核查一下他不在家时父亲的习惯改变了没有似

---

① 杜塞克(一七六〇——一八一二)，波希米亚钢琴家，以钢琴作品闻名。

的,在确信没有改变后,便转身对妻子说:

"过二十分钟他才起来。我们到玛丽亚公爵小姐那里去吧。"

娇小的公爵夫人在最近这段时间内长胖了,但是当她开口说话时,仍然愉快和可爱地抬起眼睛,翘起长着绒毛和挂着微笑的短嘴唇。

"这简直是宫殿。"她环顾四周,带着一般人称赞舞会主人的神气对丈夫说。"走吧,快点,快点!……"她一面继续环顾四周,一面对吉洪、对丈夫和陪送他们的仆人微笑着。

"这是玛丽在练琴吗?脚步轻点,别让她发现我们。"

安德烈公爵带着彬彬有礼和忧郁的表情跟着她走。

"你见老了,吉洪。"他在经过时对吻他的手的老仆人说。

在传出弹钢琴的声音的房间前面,从旁门跑出一个漂亮的金发法国女人。布里安娜小姐看起来好像高兴得发了狂了。

"啊!公爵小姐该有多高兴啊!"她说。"终于来了!应当告诉她一声。"

"不,不,千万不要……您是布里安娜小姐吧?您是小姑的朋友,我已经知道您了。"公爵夫人说,与她亲吻。"她没有料到我们今天来吧?"

他们走到休息室门边,从里面传出一次又一次重复弹奏的乐句声。安德烈公爵站住了,皱了皱眉头,好像在等待某种不愉快的事情。

公爵夫人进去了。乐句弹到一半停住了;可以听到叫喊声、玛丽亚公爵小姐沉重的脚步声和接吻的声音。只在安德烈公爵举行婚礼的短时间内匆匆见过一面的公爵小姐和公爵夫人,在安德烈公爵进门时还搂在一起,嘴唇紧紧地贴住一见面时亲吻的地方。布里安娜小姐站在她们身旁,双手按住胸口,虔诚地微笑着,可以看出,她随时都可能哭,同时随时又可能笑出声来。安德烈公爵耸了耸肩,好像音乐爱好者听见一个弹错的音那样皱了皱眉头。两个女人松开了手;然后好像担心错过机会似的,又相互抓起对方的手,开始吻它,放开手后相互吻对方的脸,突然两人完全出乎安德烈公爵意料地放声大哭起来,接着又亲吻起来。布里安娜小姐也哭了。显然,安德烈公爵觉得有些尴尬;但是对两个女人来说,她们哭是很自然的;她们甚至没有想过这次见面可能会是另一种样子。

"啊!亲爱的……啊!玛丽!……"突然两个女人又说又笑起

来。"我梦见……您没有料到我们来吧？……啊！玛丽，您瘦了………
——您可胖了……"

"我一眼就认出公爵夫人了。"布里安娜小姐插进来说。

"我可没有想到！……"玛丽亚公爵小姐高声说道，"啊！安德烈，我还没有看见您呢。"

安德烈公爵与妹妹手拉手地亲吻了一下，对她说，她还像平常一样，爱哭鼻子。玛丽亚公爵小姐朝哥哥转过头来，她的那双闪闪发光的大眼睛这时显得非常美丽，她透过泪水用亲切、温暖和柔和的目光看着安德烈公爵的脸。

公爵夫人不停地说着话。长着绒毛的短短的上嘴唇不时飞快地下落，碰到粉红的下嘴唇上需要碰到的地方，脸上又绽出了微笑，露出雪白的牙齿，眼睛闪闪发亮。公爵夫人讲了他们在救主山遇到的一件差一点伤了她怀孕的身体的意外事，讲完后马上说她把所有衣服都留在彼得堡了，到这里后不知道穿什么才好；说安德烈完全变了；说基蒂·奥登佐娃嫁给了一个老头子；说玛丽亚公爵小姐会有一个真正的求婚人，不过这件事以后再谈。玛丽亚公爵小姐一直默默地看着哥哥，她的美丽的眼睛含着爱和愁。可以看出，她现在在想自己的事，思想没有跟着嫂嫂的话转。在嫂嫂讲最近彼得堡的一次庆祝会刚讲到一半时，她就朝哥哥转过身去。

"你一定要去打仗吗，安德烈？"她叹了口气说。

丽莎也叹了口气。

"而且明天就走。"哥哥回答道。

"他把我扔在这里，天知道是为了什么，可是他本来是有晋升的机会的……"

玛丽亚公爵小姐没有听完，她顺着自己的思路往下想，朝嫂嫂转过身，用亲切的目光望着她的肚子。

"确实有了吗？"她说。

公爵夫人的脸色变了。她叹了口气。

"是的，确实有了。"她说。"唉！这太可怕了……"

丽莎的小嘴唇耷拉了下来。她把自己的脸凑近小姑的脸，又突然哭了起来。

"她需要休息一下,"安德烈公爵皱着眉头说,"是吧,丽莎?你把她带到你的房间里去,我去见爸爸。他怎么,还是那样?"

"还是那样,还是老样子;不知道你看了觉得怎么样。"公爵小姐高兴地回答道。

"还是按时作息?还在林荫道上散步?还在车床上干活儿?"安德烈公爵问道,嘴角上带着勉强能够看出的一丝笑意,这说明他尽管热爱和尊敬父亲,但是也知道父亲的弱点。

"还是按时作息,还在车床上干活儿,此外还学数学和给我上几何课。"玛丽亚公爵小姐高兴地回答道,好像她的几何课是她生活中最快乐的事情似的。

在过了老公爵起床所需的二十分钟后,吉洪来叫小公爵去见父亲。老人为欢迎儿子到来破例改变了一下生活习惯:他吩咐在他饭前穿衣时让儿子进屋去。老公爵平常都是旧式打扮,身穿长衫,头发上扑粉。当安德烈公爵走进父亲的房间时(他的表情和举止不像在参加社交活动时那样落落寡欢,而像在与皮埃尔谈话时那样兴奋),老人坐在更衣室的一把宽大的山羊皮面的圈椅上,身上披着扑粉时用的披肩,把头伸给吉洪扑粉。

"啊,战士来了!你想打败波拿巴吗?"老公爵说,因为辫子还在吉洪手里拿着,只微微地摇了摇扑过粉的头,"你得好好地对付他,不然他很快就要叫我们当他的臣民了。你好!"说着他把腮帮子伸过去。

老人在饭前小睡后心情很好。(他说,饭后睡觉好比是银,饭前睡觉则是金。)他从下垂的浓眉底下高兴地斜视着儿子。安德烈公爵走到父亲跟前,吻了吻老人让他吻的地方。他没有接过话头谈论父亲喜欢谈论的话题:取笑现在的军人,特别是取笑波拿巴。

"我看望您来了,爸爸,把怀孕的媳妇也带来了。"安德烈公爵说,他用兴奋而充满敬意的眼睛注视着父亲面部的每一个动作,"您的身体好吗?"

"孩子,只有傻瓜和浪荡公子才会生病,你是知道我的:我从早忙到晚,生活上有节制,身体也就好了。"

"感谢上帝。"儿子微笑着说。

"这和上帝不相干。现在你说一说,"他回到了他喜欢的话题上,

"德国人是如何教会你们按照你们的那种叫作战略的新科学同波拿巴打仗的?"安德烈公爵笑了笑。

"让我想一想,爸爸,"他带着微笑说,这笑容表明,父亲的弱点并不妨碍他对他的敬爱,"要知道我到家后还没有安置好呢。"

"瞎说,瞎说。"老人喊了起来,他摇摇脑袋,似乎想试一试辫子编得结实不结实,然后抓住儿子的一只手,"你媳妇住的房子已收拾好了。玛丽亚公爵小姐会带她去和指给她看的,有一大堆话要跟她说。这是她们妇女们的事。她来到这里我很高兴。你坐着说吧。米赫尔松①的部队我是知道的,托尔斯泰②的部队也一样……同时登陆……南面的军队做什么呢? 普鲁士,中立……这我知道。奥地利怎么样?"他从圈椅上站起来,一面说,一面在房间里走着,吉洪跟着他跑,把一件件衣服递给他,"瑞典怎么样? 怎样通过波美拉尼亚③呢?"

安德烈公爵看见父亲坚持要他谈,便开始叙述预定的战役的作战计划,他开头有些不大乐意说,但是后来愈来愈兴奋,在叙述中习惯性地把说俄语改成了说法语。他说,一支九万人的军队应当对普鲁士形成威慑,迫使它放弃中立,把它拉进战争;这些军队的一部分应当在施特拉尔松德与瑞典军队会合;二十二万奥地利军队和十万俄国军队会合后,应当在意大利和莱茵河地区活动;五万俄军和五万英军在那不勒斯登陆,总计五十万大军应当从四面八方向法国人发起进攻。老公爵对儿子的叙述没有表现出丝毫的兴趣,好像没有听一样,他继续一边走一边穿衣服,突然三次打断了儿子的话。第一次他叫儿子停住,喊道:

"白的! 白的!"

这是说吉洪递给他的不是他所要的那件背心。第二次他停住脚步,问道:

"她很快就要生产了吧?"他责备地摇摇头说:"不好! 说下去,说

---

① 米赫尔松(一七四〇—一八〇七),俄军将军,西部边境俄军指挥官之一。

② 彼得·亚历山大罗维奇·托尔斯泰(一七六一——一八四四),俄国将军和外交家。

③ 波美拉尼亚是欧洲东北部的历史地区,在波罗的海海滨平原、奥得河和维斯瓦河之间。

下去。"

第三次，在安德烈公爵快要描述完时，老人用走了调的老嗓子唱起来："马尔布鲁克去出征，不知何时回家乡。"①

儿子只笑了笑。

"我没有说我赞成这个计划，"儿子说，"我只是讲了它的内容。拿破仑已制定了一个不比它差的计划。"

"你一点新东西也没有告诉我。"于是老人一面若有所思地像说绕口令一样低声哼着"不知何时回家乡"，一面说"到餐厅去吧"。

二十四

在规定的时间，头上扑了粉和刮过脸的老公爵来到了餐厅，在那里等候他的有儿媳妇、玛丽亚公爵小姐和布里安娜小姐，此外还有公爵的建筑师，这是公爵一时心血来潮允许他与一家人同桌吃饭的，虽然像他这样地位低微的小人物本来是不能指望得到这样的荣幸的。公爵在生活中严格遵循等级观念，甚至很少请省里的重要官员同桌吃饭，可是突然对现在正在角落里用方格手绢擤鼻涕的建筑师米哈依尔·伊万诺维奇另眼相看，用他作为例子说明，所有的人都是平等的，并且不止一次地开导女儿说，米哈依尔·伊万诺维奇一点也不比我们差。吃饭时，公爵同寡言少语的米哈依尔·伊万诺维奇话说得最多。

餐厅像所有房间一样，又高又大，在那里，家里的人和仆人站在每把椅子后面，正在等候公爵出来；管家手臂上搭着餐巾，察看着餐桌上摆的东西，并且朝仆人们眨眨眼，用不安的目光时而看看墙上挂钟，时而看看公爵将要进来的门。安德烈公爵看着他没有见过的装在一个金色大镜框里的鲍尔康斯基公爵的谱系图，看着挂在对面的一个同样大的镜框，里面装的是当年拥有领地的公爵的一幅戴着冠冕的画得很粗劣的画像（显然出于家庭画师之手），这位公爵想必是留里克的后

---

① 马尔布鲁克（一六五〇—一七二二），英国统帅，曾在西班牙王位继承战争中指挥英军与法军作战。一首法国非常流行的讽刺歌曲曾这样唱他。

裔，是鲍尔康斯基家族的始祖。安德烈公爵一面看着这幅谱系图，一面摇着头，不时地笑笑，看他的神气，好像他在看一幅相像到了可笑的程度的画像。

"我在这里认出他整个人来了！"他对走到他跟前的玛丽亚公爵小姐说。

玛丽亚公爵小姐惊奇地看了看哥哥。她不明白他在笑什么。她对父亲所做的一切都满怀敬意，认为不应该妄加评论。

"每个人都有自己的弱点，"安德烈公爵接着说，"**他**有那么大的智慧，竟干这种琐事！"

玛丽亚公爵小姐不能理解哥哥为什么这样大胆地发表意见，她正准备要提出异议，这时从书房里传出了等待已久的脚步声：老公爵像平常一样，进来时走得很快，显得很高兴，好像他故意做出匆忙的样子，要让人看看家里严格秩序的反面是什么样的。在这一瞬间，大钟敲了两下，客厅里另一座钟也做出响应，发出尖细的声音。老公爵站住了；他那双生气勃勃的、炯炯有神的、目光严厉的眼睛从下垂的浓眉下朝大家扫视了一下，停在小公爵夫人身上。小公爵夫人这时的感觉与朝臣们在皇帝驾到时的感觉相似，她和这位老人身边所有的人一样，产生了一种敬畏的心理。老公爵摸了摸小公爵夫人的头，然后笨拙地拍了拍她的后脑勺。

"我很高兴，我很高兴。"他说，又非常注意地看了她一眼，很快走开，在自己的位置上坐下了，"坐下，坐下！米哈依尔·伊万诺维奇，请坐。"

他叫儿媳妇坐在自己旁边。一个仆人给她拉开椅子。

"哎哟！"老人打量着她圆滚滚的肚子说，"太着急了，不好！"

他干巴巴地、冷冰冰地、令人不快地笑了起来，像平常一样，只用嘴笑，眼睛不笑。

"需要走动走动，尽可能多走走，尽可能多走走。"他说。

小公爵夫人没有听到或者是不愿意听到他的话。她没有说话，看起来好像惶恐不安似的。老公爵问起她的父亲，小公爵夫人才开口说话，并且笑了笑。他又问起共同的熟人，小公爵夫人更加活跃起来，打开了话匣子，顺便转达一些人对公爵的问候，讲了城里的传闻。

"可怜的阿普拉克辛娜伯爵夫人失去了丈夫,把眼睛都哭坏了,真可怜。"她说,变得愈来愈活跃了。

老公爵看到她愈来愈活跃,他的目光便变得愈来愈严厉,突然他似乎觉得已对她做了充分的研究,并且有了明确的看法,便把脸背过去,开始同米哈依尔·伊万诺维奇交谈。

"我说,米哈依尔·伊万诺维奇,我们的那位波拿巴可要倒霉了。安德烈公爵(他总是这样称呼儿子)对我说,正在集中很大的兵力对付他! 咱们一直都认为他是一个微不足道的人。"

米哈依尔·伊万诺维奇完全不记得什么时候"咱们"说过关于波拿巴的这些话,但是他知道老公爵需要利用他来引起自己喜欢的话头,便用惊奇的目光看了小公爵一眼,不知道这会有什么结果。

"他是一个大策略家！"老公爵指着建筑师对儿子说。

于是又谈起了战争,谈起了波拿巴以及现在的将军们和高级官员们。老公爵似乎不仅深信现在所有的文武官员都是对军事和国家事务一窍不通的毛孩子,深信波拿巴是一个微不足道的法国人,他之所以取得成功,是因为没有像波将金^①和苏沃洛夫这样的人与他对抗;他甚至深信欧洲没有什么政治纠纷,也没有战争,有的只是现在的一些假装在干事业的人上演的一出木偶戏。安德烈公爵觉得父亲对后起人物的嘲笑很有意思,忍着没有反驳,而且高高兴兴地逗父亲说下去,注意地听着。

"过去的一切似乎都是好的,"他说,"难道您说的苏沃洛夫不曾落入莫罗^②为他设下的圈套,没有能很好地脱身吗？"

"这是谁对你说的? 谁说的?"老公爵大声问道,"苏沃洛夫！"他把盘子往边上一摔,吉洪连忙把它接住。"苏沃洛夫！……好好想想再说,安德烈公爵。只有两个人:腓特烈^③和苏沃洛夫！……莫罗算什么！要是苏沃洛夫能自由行动,那么莫罗就得当俘虏;而苏沃洛夫受

---

① 波将金(一七三九──一七九一),俄国政治家和军事家,陆军元帅,叶卡捷琳娜二世的宠臣。

② 莫罗(一七六三──一八一三),法国名将,曾于一七九九年与苏沃洛夫交过战。安德烈公爵关于苏沃洛夫曾落入莫罗的圈套的说法,不完全符合事实。

③ 腓特烈·威廉二世(一七一二──一七八六),普鲁士国王。著名统帅。老公爵崇拜腓特烈二世,并在外表上模仿他,因而得了"普鲁士王"的外号。

御前军事香肠烧酒会议 ① 的牵制。鬼也不会高兴处在他的地位上。您到了那里，就会知道这御前军事香肠会议是什么了！苏沃洛夫对付不了他们，米哈依尔·库图佐夫就对付得了?！不，老弟，"他接着说："您和您的那些将军们对付不了波拿巴；应当把一些法国人争取过来，让他们分不清敌我，互相残杀。现在偏偏派德国人帕伦到美国纽约去请法国人莫罗 ②，"他说的是这一年派人去请莫罗到俄国服役的事，"真是咄咄怪事！怎么，是国中无人了，难道波将金们，苏沃洛夫们、奥尔洛夫们都是德国人？不，老弟，不是你们大家发了疯，就是我老糊涂了。愿上帝保佑你们，让我们等着瞧。他们居然把波拿巴当成伟大统帅了！哼！……"

"我并没有说所有的举措都是好的，"安德烈公爵说，"只是我不能理解，您怎么能这样议论波拿巴。您要笑就笑吧，而波拿巴仍然是一位伟大的统帅！"

"米哈依尔·伊万诺维奇！"老公爵对建筑师喊道，这时建筑师正在吃烤肉，希望人们把他忘了，"我对您说过波拿巴是一位伟大的策略家，是吧？瞧，他也这样说。"

"那还用说，公爵大人。"建筑师回答道。

老公爵又冷笑起来。

"波拿巴生来有福。他的士兵都很出色。加上他首先进攻德国人。而德国人，只有懒汉才不去打他们。自从开天辟地以来，德国人一直挨打。他们却没有打过别人。只是自相残杀。波拿巴是靠打德国人出了名的。"

于是老公爵开始分析在他看来波拿巴在历次战争中，甚至在国家事务中所犯的错误。儿子没有表示异议，但是可以看出，不管给他摆出什么样的论据，他也像老公爵一样，很少能改变自己的意见。安德烈公爵听着，克制着自己，尽可能不提出反驳，他不由得对这位独自蛰居乡村多年的老人能如此详尽和精细地了解和评论近年来欧洲的整个

---

① 这是老公爵对奥地利最高军事指挥机构的蔑称。

② 莫罗于一八〇〇年大败奥军，引起了拿破仑的嫉妒，一八〇四年因参加反拿破仑的阴谋活动被捕，后被流放美国。一八〇五年亚历山大一世派曾任俄驻华盛顿大使的帕伦伯爵（一七八〇—一八六三）去劝说莫罗到俄国服役。

军事和政治局势感到惊讶。

"你以为我这个老头子不了解当前的形势吧？"他最后说。"而我脑子里一直装着它！我整夜整夜睡不着。你说，你的这个伟大统帅在什么地方大显身手了？"

"这说起来就长了。"儿子回答道。

"你就去找你的波拿巴去吧。布里安娜小姐，这里又有一个您的无赖皇帝的崇拜者！"他用漂亮的法语喊道。

"您知道，公爵，我不是波拿巴的拥护者。"

"'不知何时回家乡……'"老公爵用不自然的腔调唱了一句，更不自然地笑了起来，离开了餐桌。

小公爵夫人在争论和吃饭的整个时间里没有作声，惊恐地时而望望玛丽亚公爵小姐，时而望望公公。当他们离开餐桌后，她抓住小姑的手，叫她到另一个房间去。

"您的爸爸是一个多么聪明的人，"她说，"也许因此我就有些怕他。"

"啊，他是多么的仁慈！"公爵小姐说。

二十五

安德烈公爵要在第二天傍晚动身。老公爵没有改变他的作息制度，饭后回到自己屋里去了。小公爵夫人留在她的小姑那里。安德烈公爵穿上不戴肩章的旅行服，和他的仆从一起在他住的房间里收拾行装。他亲自察看了马车，在他监督下把箱子装上马车后，便吩咐套马。房间里只剩下了安德烈公爵平常随身带的东西：一个小匣子、一个银制食品箱、两把土耳其手枪和一把军刀——这是父亲从奥恰科夫①给他带来的礼物。安德烈公爵的所有这些路上的用品都收拾得整整齐齐：所有东西都是新的，很干净，用呢套子套着，再用带子捆扎得结结实实。

---

① 奥恰科夫位于里海沿岸，原为土耳其要塞，一七九一年，在俄土战争期间为苏沃洛夫指挥的俄军攻克，后归属于俄国。

　　在即将远行和生活将发生改变的时刻,凡是对自己的行动进行深思熟虑的人,都会有一种严肃的思绪。在这些时刻,通常检查过去,制定未来的计划。安德烈公爵的脸上带着非常深沉和温柔的表情。他倒背着手,在房间里从一角到另一角快步地来回走着,眼睛望着前方,不时若有所思地摇摇头。他是害怕去打仗呢,还是为扔下妻子而感到悲伤——也许两者都有,只是他显然不愿意别人看到他的这种心情,因此一听到门廊里的脚步声,便急忙放开手,在桌子旁站住,装出在捆小匣子的样子,脸上又出现平常的那种平静的和深奥莫测的表情。传来的是玛丽亚公爵小姐的沉重的脚步声。

　　"我听说你已吩咐套马了,"她气喘吁吁地说(看样子她是跑来的),"而我非常想和你单独谈一谈。天知道我们又会分别多长时间。我来你不生气吧? 你变多了,安德留沙①。"她好像是为了解释那句问话加了一句。

　　她在称呼"安德留沙"时微微一笑。显然,她想起这个严厉和漂亮的男人就是那个安德留沙,那个瘦瘦的顽皮孩子,她童年的伙伴,心里就觉得奇怪。

　　"丽莎在哪里?"他问,只用微笑回答她刚才的问话。

　　"她累坏了,在我房间里的沙发上睡着了。啊,安德烈! 你的妻子可爱极了。"她说着在哥哥对面的沙发上坐下来。"她完全像一个孩子,一个非常可爱的、快活的孩子。我很喜欢她。"

　　安德烈公爵没有说话,但是公爵小姐看到他脸上出现了讽刺和轻蔑的表情。

　　"但是应当对小小的弱点采取宽容态度;谁没有弱点呢,安德烈! 你不要忘记,她是在上流社会受教育和长大成人的。再说现在她的处境并不很好。应当为每个人设身处地想想。谁要是理解一切,谁就会原谅一切。你想想,这个可怜的人要离开她过惯的生活,和丈夫分别,一个人留在乡下,而且还有身孕,会觉得怎么样? 她会非常难受的。"

　　安德烈公爵眼睛看着妹妹,微笑着,我们在听我们彻底了解的人说话时,常常会露出这样的微笑。

---

　　① 安德留沙是安德烈的爱称。

"你住在乡下,并不认为这种生活可怕。"他说。

"我是另一回事。干吗要说我!我不希望过另一种生活,而且也不可能有这样的希望,因为我不知道任何另一种生活。你想一想,安德烈,一个年轻的上流社会女子,把最好的年华埋没在乡村里,孤零零的一个人,因为爸爸一天忙到晚,而我……你是知道我的……我要做过惯上流社会生活的女人的伴侣还缺乏本领。布里安娜小姐一个人……"

"您的布里安娜我很不喜欢。"安德烈公爵说。

"不!她非常可爱和善良,而主要的,是一个可怜的姑娘。她没有一个亲人,一个也没有。说实话,我不仅不需要她,而且觉得有点碍事。你知道,我从来都怕见生人,现在这毛病更加厉害了!我喜欢独自一个人待着……爸爸很喜欢她。她和米哈依尔·伊万诺维奇——爸爸对这两个人一直非常和蔼慈祥,因为他是他们的恩人;正如斯特恩①所说:'我们爱人,与其说是因为他们对我们做了好事,不如说是因为我们为他们做了好事。'爸爸把她这个流落街头的孤儿收留了下来,她很善良。爸爸喜欢听她读书。她每天晚上朗读给他听。她读得好极了。"

"说实话,玛丽,我想,父亲的脾气有时叫你受不了,是吧?"安德烈公爵突然问道。

玛丽亚公爵小姐听了这句问话,开头很惊讶,后来又感到害怕。

"我? ……我!我受不了!"她反问道。

"他一直很严厉,现在我想,他正在变得难以相处了。"安德烈公爵说,看来他为了使妹妹感到困惑不解或者为了考验她,故意随随便便地发表了对父亲的看法。

"你什么都好,安德烈,但是你有一种傲气,"公爵小姐说,她说话更多的是顺着自己的思路,而不是根据谈话的要求,"这是很大的毛病。难道可以议论父亲吗?即使可以,那么像爸爸这样的人除了令人崇拜以外,还能引起什么别的感情呢?和他生活在一起,我非常满意,非常幸福!我只希望你们大家也像我一样幸福。"

哥哥不相信地摇摇头。

"有一件事使我感到难受——我对你说实话,安德烈,这就是父亲

---

① 斯特恩(一七一三—一七六八),英国作家。

对宗教的想法。我不明白，一个有这样巨大智慧的人竟会看不见明摆着的事，怎么会如此迷惑不解？这就是我感到伤心的一件事。但是最近我看到了好转的迹象。最近他的讥笑不那么刻薄了，他接待了一个修士，和他谈了很久。"

"我的朋友，我担心您和修士在白费力气。"安德烈公爵讥讽地、但又亲切地说。

"啊，我的朋友。我乞求上帝，并且希望上帝能听到我的话。安德烈，"她在沉默了一会儿后畏怯地说，"我对你有一个很大的请求。"

"什么，我的朋友？"

"你得答应我不拒绝我的请求。这对你来说一点也不费事，也不会对你的名誉造成任何损害。只不过这样你能使我放心。答应吧，安德留沙。"她说着把手伸进手提包，握住一件什么东西，但还不拿出来让人看，好像她握着的东西就是请求的内容，好像只有在对方答应和满足请求后，她才能从手提包里拿出这个**什么东西**来。

她畏怯地用恳求的目光看着哥哥。

"即使这要费我很大力气……"安德烈公爵好像猜到了是怎么回事，回答道。

"你爱怎么想就怎么想吧！我知道你和爸爸一样。不管你怎么想，也要为我做这件事。请你一定做！这是父亲的父亲、我们的爷爷在历次战争中戴过的……"她还是不把手里握的东西从手提包里拿出来，"你答应我吗？"

"当然，究竟是什么事？"

"安德烈，我用这圣像为你祝福，你答应我，永远不把它取下来……答应吗？"

"如果它没有两普特重，脖子不会挂弯的话……为了使你高兴……"安德烈公爵说，但是就在这时他发现妹妹听了这句开玩笑的话后脸上露出伤心的表情，便后悔了。"我很高兴，说实话，很高兴，我的朋友。"他补充说。

"不管你愿意不愿意，他会拯救你和宽恕你，使你相信他，因为只有在他的身上才有真理和安宁。"她用激动得发颤的声音说，并用庄重的姿势两手把一个椭圆形的古色古香的救世主像捧到哥哥面前，这圣像脸已发黑,穿着银袍,用一条做工精细的银链子系着。

她画了个十字,吻了吻小圣像,递给了安德烈。

"请你拿着,安德烈,为了我……"

她的大眼睛闪现出善良和羞怯的光芒。这双眼睛的光芒照亮了整张病态的和瘦削的脸,使它变得非常美丽。安德烈想要接过圣像,但是她没有给他。安德烈明白了,画了个十字,吻了吻圣像。他的脸同时显得既温柔(他很受感动),又带有讥讽的表情。

"谢谢,我的朋友。"

她吻了一下他的前额,又在沙发上坐下了。两人都没有说话。

"我对你说过,安德烈,你要像以前那样,和善和宽厚些。对丽莎不要太苛求。"她打破沉默说道,"她非常可爱,非常善良,现在她的处境很困难。"

"玛莎①,我好像没有对你说过任何责备我的妻子和对她表示不满的话。你为什么老是对我讲这些呢?"

玛丽亚公爵小姐脸上起了红斑,不说话了,仿佛她觉得自己做得不对似的。

"我对你什么也没有说过,而**有人**已经对你**说过了**。这使我很难过。"

玛丽亚公爵小姐前额上、脖子上和腮帮子上的红斑变得愈来愈红。她想要说什么,可是又说不出来。安德烈公爵猜到了:小公爵夫人饭后曾经哭过,说她预感到会难产,很害怕,怪自己命不好,抱怨过公公和丈夫。哭完后就睡着了。安德烈公爵可怜起妹妹来。

"玛莎,有一点你要知道,我不能**对我的妻子**进行任何责备,过去没有责备过,将来也永远不会责备,在对待她的态度上,我也没有什么可责备自己的;不管我处于何种环境,将永远如此。但是如果你想知道实情的话……想知道我幸福不幸福的话,那么可以告诉你:不幸福。她幸福吗?也不幸福。为什么这样?我不知道……"

说着他站起身来,走到妹妹跟前,俯下身子,吻了吻她的前额。他的美丽的眼睛闪现出不常见的聪明和善良的光芒,但是他没有看着妹

---

① 玛莎和下文的玛申卡均为玛丽亚的爱称。

妹，而是越过她的头看着黑洞洞的敞开的门。

"咱们去她那里，应当和她告别！或者你一个人先去，把她叫醒，我马上就来。彼得鲁什卡！"他喊仆从，"到这里来，把东西拿走。这个放在座位里，这个放在右边。"

玛丽亚公爵小姐站起身来，朝门口走去。可是她又站住了。

"安德烈，如果你相信，那么你祷告上帝，祈求上帝把你没有感觉到的爱赐予你，上帝会听见你的祷告的。"

"是吗，难道有这回事！"安德烈公爵说，"去吧，玛莎，我马上就来。"在去妹妹房间的途中，在连接一座房子和另一座房子的回廊里，安德烈公爵碰到了媚笑着的布里安娜小姐，这一天他已是第三次在僻静的过道里与这个热情而天真地微笑着的姑娘相遇了。

"啊！我以为您在自己房间里呢。"她说，不知为什么红着脸和垂着眼帘。

安德烈公爵严厉地看了她一眼。他脸上突然露出凶狠的表情。他什么也没有对她说，但是非常轻蔑地看了看她的前额和头发，避开她的目光，弄得这个法国姑娘面红耳赤，什么话也没有说就走了。当他走到妹妹的房前时，小公爵夫人已经醒了，从敞开的门里传出她一句紧接一句的快活的说话声。她说得很欢，似乎她在长时间地克制自己后，要把在失去的时间里未说的话补说出来一样。

"不，您想想，老伯爵夫人祖博娃一头假发，一口假牙，好像不服老似的哈，哈，哈，玛丽！"

妻子在别人面前讲祖博娃伯爵夫人的这同一句话和这同一个笑声，安德烈公爵已经听过不下五六次了。他悄悄地进了房间。胖胖的、面色红润的小公爵夫人手里拿着活计，坐在圈椅里不停地说着，逐一回忆彼得堡的往事，甚至回想当时说过的话。安德烈公爵走到跟前，抚摸了一下她的头，问她经过一路的颠簸后休息过来没有。她回答了一声，继续讲她的话。

一辆六套马车停在大门口。外面还是漆黑的秋夜。车夫连马车的辕杆都看不清。门口有人在打着灯笼忙碌着。巨大房子的大窗户里亮着灯光。在前厅里聚集着想要同小公爵告别的家们们；大厅里站着所有的家里人：米哈依尔·伊万诺维奇、布里安娜小姐、玛丽亚公爵小姐和小公爵夫人。安德烈公爵被叫到书房去见父亲，老人想单独与他告别。大家都在等他们出来。

当安德烈公爵跨进书房时，老公爵戴着老花镜，穿着白长袍——他除了儿子以外，没有穿着这样的衣服见过别人——坐在桌旁写信。他回头看了一眼。

"就要走吗？"他又低头写起来。

"我是来辞行的。"

"吻这儿，"他伸出腮帮子，"谢谢，谢谢！"

"您因为什么谢我呀？"

"因为你没有耽搁时间，因为你没有守在女人的裙边。把服役放在首位。谢谢，谢谢！"他继续写着，只见墨水从沙沙响的笔尖上飞快地落到纸上。"如果你需要说什么，那就说吧。这两件事可以一起做。"他加了一句。

"关于我媳妇的事……我把她留给您照顾，内心深感愧疚……"

"瞎说什么？说需要说的。"

"我媳妇临产时，请您到莫斯科请一位产科医生来……请他在这里照看着。"

老公爵停住笔，好像没有听明白一样，用严厉的目光盯住儿子。

"我知道，如果造化不成全人的话，谁也帮不了忙。"安德烈公爵说，显然他感到有些发窘，"我赞同一百万人里面只有一个人遭到不幸的说法，但是她和我都胡思乱想。别人对她说了很多，她做梦都梦见，她很害怕。"

"嗯……嗯……"老公爵低声答应，继续写信，"我会这样做的。"

他签上名，突然一下子朝儿子转过身，笑了起来。

"事情很不好，啊？"

"什么事不好，爸爸？"

"老婆！"老公爵简短地和意味深长地说了一句。

"我不明白。"安德烈公爵说。

"没有办法的事，孩子，"老公爵说，"她们都是这样的，总不能离婚吧。你别担心；我不会对任何人说的；你自己也知道。"

他用瘦骨嶙峋的小手抓住儿子的手，摇了摇，用那双似乎能把人看透彻的眼睛迅速朝他直瞪瞪地看了一眼,又发出冷冷的笑声。

儿子叹了一口气,这表明他承认父亲理解他。老人继续用他惯常的快速动作叠信和封信,把火漆、封印和信纸抓起来又放下去。

"有什么办法呢? 长得很漂亮! 我会一切照办的。你放心。"他一面封信,一面断断续续地说。

安德烈没有说话:父亲理解他,他既感到高兴,又感到不高兴。老人站起身来,把信交给儿子。

"听我说,"他说,"你媳妇的事不必操心:凡是办得到的事,一定办到。现在听着:这封信交给米哈依尔·伊拉里翁诺维奇[①]。我信中叫他把你放在合适的位置上,不要让你长期当副官,这是个很坏的差使!你对他说,我记得他并且喜爱他。写信告诉我,他对你怎么样。如果不错,那就干下去。尼古拉·安德烈耶维奇·鲍尔康斯基的儿子决不靠博得宠信而在任何人手下工作。好,现在过来。"

他说得很急促,有时话只说半句就完了,但是儿子习惯了,能听明白。他把儿子带到写字台前,打开盖,拉出抽屉,拿出一本上面写满了又粗又长又扁的字的笔记本。

"当然我会死在你的前头。记住,这是我的回忆录,我死后你就交给皇帝。这里还有一张证券和一封信:这是给撰写苏沃洛夫战史的人准备的奖金。把这些交给科学院。这是我的笔记,我死后你留着自己读,可以从中得到一些益处。"

安德烈没有对父亲说,他一定还会活得很久。他知道不需要说这样的话。

"一切照办,爸爸。"他说。

"好了,那就再见吧!"他把手伸给儿子亲吻,拥抱了他。"记住一点,安德烈公爵:假如你被打死了,我这老头子会很悲痛的……"说到这里他出人意料地停住了,接着又突然用刺耳的声音大声说:"要是我知道你的行为不像尼古拉·鲍尔康斯基的儿子,那么我就会感到……羞耻!"他尖声喊叫道。

"爸爸,这话您可以不对我讲。"儿子微笑着说。

---

① 米哈依尔·伊拉里翁诺维奇是库图佐夫的名字和父名。

老人不作声了。

"我还想请求您，"安德烈公爵继续说，"假如我被打死了，假如我生了一个儿子，那么不要让他离开您，像我昨天对您说过的那样，让他在您身边长大……请您这样做。"

"不把孩子交给你媳妇？"老人说着笑了起来。

他们默默地面对面站着。老人灵活的眼睛直视着儿子的眼睛。老公爵脸的下部颤动了一下。

"告别完了……走吧！"他突然说。"走吧！"他打开书房的门，生气地大声喊道。

"怎么回事，什么事？"小公爵夫人和公爵小姐看见安德烈公爵出来，又看见身穿白长袍、不戴假发、戴着老花眼镜、生气地大声喊叫的老人探了一下身子，连忙问道。

安德烈公爵叹了口气，什么也没有回答。

"好吧！"他对妻子说，这一句"好吧"听起来像是冷嘲，仿佛是说："现在您去干您那无聊的事吧。"

"安德烈，就要走了吗？"小公爵夫人说，她脸色发白，惊恐地望着丈夫。

他拥抱了她。她喊叫了一声，晕倒在他的肩上。

他轻轻地挪开她靠着的肩膀，朝她的脸瞥视了一下，小心地把她扶到圈椅上。

"再见，玛丽。"他低声对妹妹说，拉着她的手和她亲吻，然后快步出了房间。

小公爵夫人在圈椅上半躺着，布里安娜小姐给她揉太阳穴。玛丽亚公爵小姐扶着嫂子，她那双哭肿了的美丽的眼睛一直看着安德烈公爵走出去的门，为他画着十字。从书房里反复传出老人像枪声似的生气地擤鼻涕的声音。等安德烈公爵一出去，书房的门很快敞开了，出现了穿着白长袍的严厉的老人的身影。

"走了吗？这就好了！"他说，生气地看了失去知觉的小公爵夫人一眼，带着责备的意思摇了摇头，砰的一声关上了门。

第二部

一

一八〇五年十月,俄国军队进驻了奥地利大公国的一些村庄和城市,还有一些新的部队陆续从俄国开来,驻扎在布劳瑙要塞附近,给当地居民增加了负担。库图佐夫总司令的总部就设在布劳瑙。

一八〇五年十月十一日,在刚刚到达布劳瑙的几个步兵团当中的一个团,驻扎在离城半英里①的地方,等候总司令检阅。这里的地形和环境都不像俄国,到处可见果园、石块砌的围墙、瓦房顶和远方的群山;这里的人不是俄国人,他们都好奇地看着士兵——尽管如此,这个团的状态同在俄国内地准备接受检阅的任何俄国团队完全一样。

在行军的最后一天的傍晚,接到了总司令将检阅行军中的团队的命令。团长觉得命令说得不清楚,产生了对命令中的话的理解问题:是说以一般行军的形式接受检阅,还是有别的意思?后来在营长会议上根据礼多人不怪的道理,决定团队做接受正式检阅的准备。于是经过三十俄里行军的士兵们一夜没有合眼,他们缝缝补补,洗洗刷刷;副官们和连长们不断清点人数,淘汰一些人;到第二天早晨,团队已不像头一天最后一次行军时那样松散和杂乱,而成了一支两千人的整齐的队伍,其中每个人都知道自己的位置和自己应该做的事,每个人身上每个扣子和皮带都符合要求,整洁光亮。不仅只是外面的服装整齐,

---

① 一英里合一·六〇九公里。

126

如果总司令想要检查一下里面的衣服,那么他也会在每个人身上看到同样清洁的衬衣,发现在每个背囊里装着规定的物品,如同士兵们所说的那样"锥子肥皂,样样都有"。只有一样东西谁也不放心。这就是脚上穿的。一半以上的人的靴子已经破了。但是这个缺点不是团长造成的,因为虽经他多次要求,奥地利军需部门始终没有把他所要的东西发下来,而全团的人已经走了一千俄里。

团长是一个上了年纪的容易激动的将军,他的眉毛和鬓发已经斑白,身体结实,胸和背之间的厚度超过双肩之间的宽度。他身穿一套新缝制的还带着褶子的军装,戴着厚厚的金色肩章,这肩章仿佛不是把他肥实的肩膀往下压,而是把它往上抬。看团长的神气,觉得他好像是在幸福地做一件他一生中最隆重的事情。他在队列前来回走着,在走的时候微微弓着背,每走一步身子就抖动一下。可以看出,团长欣赏自己的团队,为它而感到自豪,把自己的全部心血都花在团队上;但是虽然如此,他的一抖一抖的步态似乎说明,在他的心里,除了军事以外,日常社交活动和女人也占有不小的位置。

"我说,米哈依洛·米特里奇老弟他对一个营长说(营长微笑着向前跨了一步;显然他们都很高兴),"昨天晚上吃了苦头。然而看样子还可以,咱们的团可真不坏……啊?"

营长听出这话有打趣的味道,笑了起来。

"就是去女皇草场 ① 参加检阅也不会被轰走的。"

"什么?"团长说。

这时,在布有信号兵的进城的大路上出现了两个骑马的人。这是一个副官和跟在他后面的一个哥萨克。

副官是总部派来向团长说明昨天命令中不清楚的地方的,他说,总司令希望看到团队完全保持行军时的状态—— 穿着军大衣和帽子套着布套,不做任何专门的准备。

昨天,奥地利御前军事会议的一名成员从维也纳来见库图佐夫,

---

① 女皇草场是彼得堡的一个广场。在叶卡捷琳娜二世时代是进行军事检阅的地点。后来改名为战神广场。

团长是一个上了年纪的容易激动的将军，他的眉毛和鬓发已经斑白，身体结实，胸和背之间的厚度超过双肩之间的宽度。

他建议和要求俄军尽快地与费迪南德大公①和马克②的军队会合,库图佐夫认为会合没有好处,为了说明自己的意见有理,在提出了不少其他论据的同时,想让这位奥地利将军看一看俄国军队的悲惨处境。他就是为了这个目的要来检阅团队的,因此团队的情况愈糟,总司令就愈高兴。虽然副官并不知道这些内情,然而他向团长传达了总司令下达的必须坚决执行的命令,要官兵们一律穿军大衣和帽子套着布套,否则总司令就会不满意。

团长听完这些话后低下头,默默地耸了耸肩膀,激动地把两手一摊。"乱弹琴!"他说。"我对您说过,米哈依洛·米特里奇,行军中检阅就得穿军大衣,"他责备营长说,"唉,我的上帝!"他加了一句,坚决地向前跨出一步。"各连连长注意!"他用惯于发号施令的声音喊了一声。"还有全体司务长!……总座很快就到吗?"他毕恭毕敬地问那位从总部来的副官,显然他的这种态度是对他所说的总座的。

"我想,过一个小时。"

"我们来得及换衣服吗?"

"不知道,将军……"

团长亲自走到队伍前,命令重新穿上军大衣。各连连长跑回到自己的连里去,司务长们忙碌起来(军大衣并不都能穿),在同一瞬间刚才整齐肃静的方队骚动起来,分散开来,响起了嗡嗡的说话声。只见各处士兵们跑过去跑过来,他们把一只肩膀往前一耸,从头上卸下背囊,取出军大衣,高高举起双手,伸进军大衣的袖筒里。

半个小时后,一切都恢复原状,只不过方队由黑色变成了灰色。团长又迈着一抖一抖的步子走到了团队前面,从远处打量了一下。

"这又是怎么回事?这是什么?"他停住脚步喊道,"三连连长!……"

"三连连长来见将军!连长来见将军!三连连长来见团长!……"队列里都可听到这样的喊声,副官跑去寻找那个迟迟未见到来的军官。

---

① 费迪南德(一七八二—?),奥地利的王子之一,一八〇五年曾经任乌尔姆的奥军总司令,但主要是挂名的。

② 马克(一七五二—一八二八),奥地利将领。

后来起劲叫喊的声音走了样，已变成"将军去三连"，当这叫喊声终于到达目的地时，被传唤的军官从三连里出来，虽然他已上了年纪并且没有跑的习惯，但也还是跌跌绊绊地小步朝将军跑过来。这位大尉连长像一个被叫起来回答没有复习好的功课的小学生一样，脸上露出不安的表情。在红色的（显然是由于饮酒过度）脸上出现了斑点，嘴不知道是张开好还是闭着好。他气喘吁吁地走过来，快要到团长跟前时放慢了脚步，这时团长正从头到脚打量着他。

"您是否快要给弟兄们穿萨拉凡^①了？这是什么？"团长伸出下巴颏，指着三连队列中一个穿着颜色与众不同的呢大衣的士兵喊道，"您上哪里去了？总司令就要来了，而您却离开了自己的岗位？啊？……我要让您懂得让士兵穿得像娘儿们一样会有什么结果！……啊？"

连长眼睛盯住团长，两个指头愈来愈紧地按在帽檐上，似乎认为只要按得紧了就可以得救。

"喂，您干吗不说话？您的那个穿得像匈牙利人的是什么人？"团长绷着脸取笑道。

"大人……"

"什么'大人''大人'的！大人！您倒成了大人！谁也不知道'大人'是什么意思。"

"大人，这是多洛霍夫，那个降为……"大尉低声说。

"怎么，他降为元帅了，还是降为士兵？而降为士兵，就应该穿和大家一样的制服。"

"大人，您自己准许他在行军时可以这样穿。"

"我准许了？我准许了？瞧你们这些年轻人总是这样。"团长说，他有点冷静下来了。"我准许了？只要对你们说点什么，你们就……"团长沉默了一会儿。"只要对你们说点什么，你们就……什么？"他又发起火来，"您得让士兵穿得像样点……"

团长回头看了副官一眼，迈着一抖一抖的步子朝全团的队伍走去。可以看出，他对自己发火感到很高兴，在全团队伍面前走过时，还想找点发火的碴儿。他粗暴地打断一个军官的话，说奖章没有擦亮，

---

① 萨拉凡是一种女人穿的无袖长衫。

又斥责另一个军官,说他队伍没有排齐,然后到了三连跟前。

"你是怎——么站的?腿该怎么放?腿该怎么放?"团长走到离穿着浅蓝色大衣的多洛霍夫还有五个人的地方,就痛心疾首地喊了起来。

多洛霍夫慢慢地伸直弯曲的腿,用明亮的和傲慢无礼的目光直视着将军的脸。

"干吗穿蓝大衣?脱下来!……司务长!给他换一件……坏……"他没有来得及把"坏蛋"二字全说出来。

"将军,我有义务执行命令,但是没有忍受……"多洛霍夫急忙说。

"在队列里不许说话!……不许说话,不许说话!……"

"没有忍受侮辱的义务。"多洛霍夫大声地和响亮地把话说完。

于是将军和这个士兵的目光相遇了。将军不再说话,他生气地把勒紧的武装带往下拉。

"请您换一下衣服。"他在走开时说。

二

"来了!"这时信号兵喊叫起来。

团长涨红了脸,跑到马旁边,用颤抖的手抓住马镫,翻身上了马,摆正了姿势,拔出佩剑,脸上带着幸福和坚决的表情,歪咧开嘴,准备喊口令。全团像一只扑棱翅膀的鸟一样,猛然一抖颤,接着就屏息不动了。

"立——正!"团长用惊心动魄的声音喊道,他喊这口令自己心里很高兴,他的声音对全团来说是严厉的,而对现在来到的首长则充满着敬意。

在宽阔的没有经过铺砌的林荫道上,一辆驾着纵列马的高大的蓝色维也纳马车疾驰而来,车上的弹簧发出轻轻咯吱声。马车后面是骑马的随从和克罗地亚卫兵[①]。库图佐夫身旁坐着一个奥地利将军,他身穿白色军服,在穿黑军服的俄国人中间显得很特别。马车在团队面前

---

① 当时克罗地亚属于奥地利版图。

停住。库图佐夫和奥地利将军低声说着什么事,库图佐夫微微一笑,当他迈开沉重的步子,一只脚跨下马车的踏板时,好像眼前并不存在两千名屏息注视着他和团长的士兵。

口令声响起了,团队又颤动了一下,唰啦一声举枪致敬。在死一般的沉寂中,可以听到总司令微弱的说话声。全团官兵扯开嗓子喊道:"祝大—— 大—— 大人健康!"接着又静了下来。开头,当团队还在走动时,库图佐夫站在一个地方不动;后来库图佐夫在随从的陪同下,开始和穿白军服的将军并肩在排好队的队伍前面走。

团长在向总司令敬礼时两眼盯住他,腰板挺得笔直,态度庄重;他身体朝前倾,勉强克制着一抖一抖的动作,跟着将军们在队列前面走;总司令每说一句话和每招一次手,他见了就立即跑上前去—— 从所有这些表现可以看出,他在履行下属的职责时要比在履行长官的职责时更加愉快。由于团长的严格要求和努力,这个团同这时正在开到布劳瑙来的其他团队相比,情况算是很好的。掉队的和生病的只有二百十七人。除了靴子外,一切都还是完好的。

库图佐夫在队伍面前走过,偶尔停下来对他在俄土战争中认识的军官说几句亲切的话,有时也对士兵们说。他在察看靴子时,几次伤心地摇摇头,并指给奥地利将军看,他的神情表明,他似乎并不责怪任何人,但是不能不看到这是多么糟糕。团长在这种情况下每次都跑上前去,生怕漏掉总司令关于他的团所说的任何一句话。在库图佐夫后面,在每一句轻声说出的话都能听到的距离内,跟随着二十来名随从。这些随从们相互交谈着,有时发出笑声。最靠近总司令的是一个容貌俊秀的副官。这是安德烈公爵。走在他身旁的是他的同事涅斯维茨基,这是一个高个儿校官,身体特别胖,和善漂亮的脸上带着微笑,长着一双水汪汪的眼睛。涅斯维茨基看见走在他身旁的一个皮肤有点发黑的骠骑兵军官的滑稽动作,勉强忍住才没有笑出声来。这个骠骑兵军官自己不笑,也不改变停住不动的双眼的表情,脸上带着严肃的神情看着团长的后背,模仿他的每个动作。每一次,当团长身体抖动起来和朝前弯的时候,这个骠骑兵军官也这样做,模仿得分毫不差。涅斯维茨基笑着,捅捅别的人,要他们看那个爱逗笑的人。

库图佐夫慢慢地和没精打采地在瞪着几千双眼睛看着他的人面

前走过。他走到三连时,突然站住了。没有预见到他会停步的随从们不由得朝他拥了过来。

"啊,季莫欣!"总司令认出了那个因为部下有人穿蓝大衣而挨过骂的红鼻子大尉。

人们觉得,季莫欣的身体似乎不能再比他在受到团长训斥时那样挺得更直了。但是在总司令同他说话时,他的身体挺得那么直,使人觉得如果总司令再看他几眼,他就要支持不住了;库图佐夫显然理解他的这种状况,没有使他为难,而是希望他一切都好,因此急忙转过身去。在库图佐夫的虚胖的、带着伤疤的脸上掠过了一丝勉强可以觉察到的微笑。

"还是在伊兹梅尔 ① 打仗时的战友。"他说。"是个很勇敢的军官!你对他满意吗?"库图佐夫问团长。

团长的动作像在一面镜子里一样,在那位骠骑兵军官身上反映出来,不过他自己没有觉察到,他照例抖动了一下,走上前去,回答道:

"非常满意,大人。"

"我们大家都免不了有弱点。"库图佐夫在离开他时微笑着说,"他是巴克科斯 ② 的崇拜者。"

团长害怕了,不知道这是否是他的过错,什么也没有回答。骠骑兵军官这时看到了长着红鼻子和收缩着肚子的大尉的脸,便惟妙惟肖地模仿他脸上的表情和姿势,使得涅斯维茨基忍不住笑出声来。库图佐夫回头看了一眼。显然骠骑兵军官想控制就能控制住自己脸上的表情:在库图佐夫回头看的时候,他已做完了鬼脸,装出了最严肃的、毕恭毕敬的和毫无过错的样子。

三连是最后一个连,库图佐夫检阅完后沉思起来,显然他想起了什么事。安德烈公爵从随从的队伍里出来,用法语低声说道:

"您曾吩咐提醒您这个团里降为士兵的多洛霍夫。"

"多洛霍夫在哪里?"库图佐夫问。

已换上灰色大衣的多洛霍夫没有预料到会召唤他。于是这个身

---

① 伊兹梅尔在黑海沿岸,原为土耳其要塞,一七九〇年,在俄土战争期间,为俄军攻占。

② 巴克科斯是希腊神话中酒神狄俄尼索斯的别名。

材匀称、长着一头浅色头发和一双明亮的蓝眼睛的士兵从队列里出来。他走到总司令面前，举枪敬礼。

"有什么要求吗？"库图佐夫微微皱起眉头问道。

"这就是多洛霍夫。"安德烈公爵说。

"啊！"库图佐夫说，"我希望这次教训能使你改过自新，好好干。皇帝是仁慈的。只要你能将功补过，我是不会忘记你的。"

多洛霍夫的一双明亮的眼睛望着总司令，他像望着团长一样大胆，好像在用这种表情拉开把总司令和士兵远远分隔开的无形的帷幕。

"我有一个请求，大人，"他响亮、坚定和从容不迫地说，"请求给我一个机会改正错误以及证明我对皇帝和俄罗斯的忠诚。"

库图佐夫转过身去。就像刚才跟季莫欣大尉谈话后转过身去时一样，他的眼角闪现出一丝笑意。他转过身后皱了皱眉头，好像想借此表明，多洛霍夫对他说的以及他能够对多洛霍夫说的一切，他很早很早之前就知道了，这一切已使他厌烦，都是完全不需要说的。他转过身，朝马车走去。

团队分成连，朝离布劳瑙不远的指定的宿营地进发，希望到那里后，能够领到靴子和军服，并在经过艰难的行军后休息一下。

"您不会见怪吧，普罗霍尔·伊格纳季奇！"团长骑马赶上前往指定地点的三连和走在三连前面的季莫欣说。他在检阅顺利结束后脸上露出按捺不住的喜悦。"为皇帝服务……不能不……有时在队列前说话不客气……我先向您道歉，您知道我这个人……非常感谢！"说着他向连长伸出了手。

"哪能这样说呢，将军，我怎么敢怪您！"大尉回答道，鼻子变得更红，他微笑着，咧开嘴笑时露出了他在伊兹梅尔战斗中被枪托打掉两颗牙造成的缺口。

"请转达多洛霍夫先生，我不会忘记他，让他放心。不过我还是想问一下，请告诉我，他怎么样，表现如何？仍然还……"

"他执行任务很认真，大人……但是脾气……"季莫欣说道。

"什么，什么脾气？"团长问。

"一天一个样，大人。"大尉说，"有时他聪明、有学问、和善。有时像野兽。在波兰,不瞒您说,差一点打死了一个犹太佬……"

"是啊,是啊,"团长说,"不过对这个遇到不幸的年轻人还是应当怜惜。要知道此人很有背景……那么您就……"

"是,大人。"季莫欣说,他的微笑使人感觉到,他明白长官的意思。

"是啊,是啊。"

团长在队列里找到了多洛霍夫,勒住马。

"一打仗您就可戴肩章了。"他对他说。

多洛霍夫转过头来看了一眼,什么也没有说,他的嘴也没有改变挂着讽刺性微笑的表情。

"嗯,这就好了,"团长继续说,"我请弟兄们每人喝一杯。"他大声加了一句,让士兵们都听见。"感谢大家!谢天谢地!"说着他催马超过三连,到了另一个连那里。

"没有什么可说的,他还真是个好人,可以和他一起共事。"季莫欣对他身旁的一个连级军官说。

"总而言之,他是红桃!……(团长的外号叫红桃老K。)"连级军官笑着说。

检阅后军官们的愉快心情也传给了士兵们。全连的人高高兴兴地走着。到处可以听到士兵们交谈的声音。

"听人说,库图佐夫是独眼龙,只有一只眼睛?"

"可不是嘛!是一个地地道道的独眼龙。"

"不……老弟,眼睛比你还尖,靴子和包脚布全都看到了……"

"你可知道,我的老兄,他是怎样看我的脚的……看吧!我心里想……"

"而另一位,和他一起来的奥地利人,好像用白灰抹过似的。像面粉一样白!我想,他像擦洗装具似的经常擦洗!"

"怎么,费德绍!……他是否说过什么时候开战?你不是站得比较近吗?人们都说,波拿巴本人就在布鲁诺沃①。"

"波拿巴在那里!胡说八道,傻瓜!他好像没有什么不知道似的!现在普鲁士人造反了。这就是说,奥地利人正在进行镇压。要等到平

---

① 这是俄国士兵对布劳瑙的叫法。

定后，同波拿巴的战争才会开始。可是他却说波拿巴在布鲁诺沃！真是个傻瓜，你得多听听别人怎么说。"

"瞧，军需官这些鬼东西！五连眼看就要进村了，他们就要在那里熬粥了，而我们还到不了目的地。"

"给我一点面包干，鬼东西。"

"是因为你昨天给过一点烟叶吧？怪不得，老兄。好吧，给你，上帝保佑你。"

"哪怕让我们休息一下也好，要不还得饿着肚子走五俄里。"

"要是德国人给我们套马车，该有多好。坐在车上，多神气！"

"这里，老兄，老百姓都很野蛮。那里好像都是波兰人，是俄国的居民；而现在，老弟，全都是德国人。"

"歌手们到前面来！"只听得大尉喊了一声。

于是有二十来个人从各个队列里跑到连队的前面。领唱的鼓手朝歌手们转过脸来，挥了挥手，唱起了一首拖长音的士兵歌曲，这首歌的开头是："天亮了，太阳升起来了……"结尾是："弟兄们，光荣属于我们和卡缅斯基①老爹……"这首歌是在土耳其打仗时编的，现在拿到奥地利来唱，只做了一点改变：把"卡缅斯基老爹"换成"库图佐夫老爹"。

鼓手是一个瘦削而姿势优美的四十来岁的士兵，他以士兵的气派唱完最后一句突然停住，挥了一下手，好像把什么东西扔在地上一样，严厉地扫视了歌手们一眼，眯缝起了眼睛。然后，当他确信所有人的目光都集中到他身上时，他的两手好像在小心翼翼地把一件无形的贵重物品举到头顶上，就这样举了几秒钟，然后突然不顾一切地把它一扔，唱道：

唉，我的门廊，门廊！

"我的新门廊……"二十个人的声音接着唱了起来，那个打响板的

---

① 卡缅斯基（一七三八——一八〇九），俄国元帅，曾参加过七年战争和一七六八——一七七四年的俄土战争。一八〇六年底被任命为俄军总司令。

人虽然背着沉重的装具，仍迅速往前跑，然后在连队前面倒着走，晃动着肩膀，并用响板吓唬着什么人。士兵们按照歌曲的节拍挥动着手，迈着大步，脚步自然而然地走齐了。从连队后面传来了马车轮子的辚辚声和弹簧的咯吱声以及马蹄的嘚嘚声。库图佐夫正带着随从们回城去。总司令打了个手势，叫人们继续便步走，当他和他的随从们听到歌声，看到一个士兵在跳舞，全连士兵一个个都很快乐和精神抖擞时，脸上露出了满意的表情。马车从连队的右面过去，第二排有个蓝眼睛的士兵非常惹人注意，这是多洛霍夫，他特别精神抖擞地并姿势优美地合着歌曲的节拍走，望着在旁边经过的人的脸，他那种神情仿佛在说，他替此时没有和连队一起走的所有人感到惋惜。库图佐夫的随从中的那个曾模仿过团长动作的骠骑兵少尉落在了马车后面，他骑着马到了多洛霍夫面前。

骠骑兵少尉热尔科夫有一段时间是彼得堡以多洛霍夫为首的一伙酗酒滋事的年轻人中的一员。到国外后，他看见多洛霍夫降为一个士兵，不认为有必要去认他。现在听到库图佐夫与多洛霍夫的谈话后，便又像老朋友那样高兴地招呼他。

"亲爱的朋友，你怎么样？"他在歌声中说，让马的步子与连队的步伐一致起来。

"我怎么样？"多洛霍夫冷冷地回答道，"就像你看见的那样。"

轻松活泼的歌声给热尔科夫说话所用的无拘无束的快乐的腔调和多洛霍夫回答时的有意的冷淡增添了一种特殊的意味。

"你说说，你同长官的关系怎么样？"热尔科夫问。

"没有什么，都是一些好人。你怎么钻到司令部去的？"

"临时调来的，做值班工作。"

他们沉默了一会儿。

"她从右手袖筒里放出一只鹰。"歌里唱道，这歌声使大家自然而然地变得精神振奋和快活起来。如果他们不是在歌声中交谈的话，那么谈话大概会变成另一种样子。

"奥地利人吃了败仗，是真的吗？"多洛霍夫问。

"鬼知道，有人这么说。"

"我很高兴。"多洛霍夫回答得既简短又明确，在歌声中只能这样。

"我说，你找一个晚上到我们这里来打法拉昂 ① 吧。"热尔科夫说。

"你们是不是弄了很多钱？"

"来吧。"

"不行。我发过誓了。在没有复职前不喝酒，不赌钱。"

"那有什么呢，只要一开始打仗……"

"到时候再说吧。"

他们又沉默了一会儿。

"如果需要什么，你就来吧，在司令部里总是能帮点忙的……"热尔科夫说。

多洛霍夫冷笑了一声。

"你不必费心。我需要什么，不会去求人，我自己会想办法搞到。"

"也好，我不过是……"

"我也不过是这样说说。"

"再见。"

"祝你健康……"

> ……飞得又高，又远，
> 飞回自己的故乡……

热尔科夫用马刺刺了一下马，马暴跳起来，抬了三四次腿，不知先迈哪一条，接着它恢复了常态，也合着歌曲的拍子奔跑起来，驰过了连队，去追赶马车。

三

库图佐夫检阅回来后，陪同奥地利将军进了自己的办公室，叫来副官，吩咐取来有关到达的部队状况的文件和指挥先头部队的费迪南德大公的信件。安德烈公爵拿着所要的文件进了总司令的办公室。这时库图佐夫和奥地利御前军事会议成员正坐在一幅摊开在桌子上的作

---

① 法拉昂是旧时的一种纸牌赌博。

战地图前面。

"啊……"库图佐夫说,回头看了看鲍尔康斯基,他说这一声"啊"的意思仿佛是请副官等一等,自己用法语继续已开始的谈话。

"我只说一点,将军,"库图佐夫说,他的用词讲究,声调悦耳,使人不由得倾听起他的每一句从容不迫地说出的话来。可以看出,库图佐夫本人听着自己说话心里也很高兴。"我只说一点,将军,如果一切都取决于我个人的愿望,那弗兰茨皇帝①陛下的旨意早就实现了。我早已同大公会师了。请相信我的真诚,对我个人来说,把军队的最高指挥权交给比我更内行、更有经验的将军,而贵国有很多这样的人,让我卸下这副重担,我个人只能感到高兴。但是形势有时往往要我们的愿望服从于它,将军。"

库图佐夫笑了笑,他的表情似乎是说:"您有充分的理由不相信我,而且您相信不相信我,对我来说甚至是完全无所谓的,但是您没有理由对我说这一点。全部问题就在于此。"

看样子奥地利将军很不满意,但是他不能不用同样的声调回答库图佐夫。

"正好相反,"他唠唠叨叨地并生气地说,这种声调是同他的奉承话的意思是相矛盾的,"正好相反,皇帝陛下极为看重阁下对共同事业的参与;但是我们认为,目前的行动缓慢将会使光荣的俄国军队及其总司令失去他们在历次战役中获得的荣誉。"他最后一句话的措辞显然是事先准备好的。

库图佐夫仍然那样微笑着,鞠了一躬。

"我深信,而且根据费迪南德大公殿下最近的来函推测,奥军在像马克将军这样有经验的助手的指挥下,现在已经取得了决定性的胜利,再不需要我们的帮助了。"库图佐夫说。

奥地利将军皱起了眉头。虽然没有关于奥军战败的确切消息,但是有许多情况能证实失利的普遍传闻;因此库图佐夫关于奥军获胜的推测听起来很像是嘲笑。但是库图佐夫温和地微笑着,他的表情似乎

---

① 弗兰茨一世(一七六八—一八三五),一八〇四—一八三五年为奥地利皇帝,曾数次发动反法战争。

在说，他有根据做这样的推测。确实，最近他收到的一封来自马克军队的信向他报告了获胜的消息，并且说奥军处于最有利的战略地位。

"把这封信拿过来。"库图佐夫对安德烈公爵说。"请听，"于是库图佐夫嘴角上挂着讽刺的微笑，用德语给奥地利将军念了费迪南德大公这封信的以下段落："我军已将大约七万人的兵力完全集中起来，因此如敌军试图渡过莱希河，我军能发起进攻并给以打击。由于我军已攻占了乌尔姆，我军能保持控制多瑙河两岸的有利条件，因此，在敌军不渡过莱希河的情况下，我军能随时渡过多瑙河，奔袭其交通线，在下游某地渡多瑙河返回，不让敌军实现其全力攻击我军的忠实盟友的意图。这样，我们能精神饱满地等待俄罗斯帝国军队完全做好准备，然后共同轻而易举地为敌军安排他们应得的下场。"①

库图佐夫念完这段话，沉重地喘了一口气，精神集中地和亲切地望着这位奥地利御前军事会议成员。

"但是您知道，阁下，明智的规则也要求想到最坏的情况。"奥地利将军说，显然他想结束说笑，开始谈正事。

他不满地回头朝副官看了一眼。

"对不起，将军。"库图佐夫打断他的话，也朝安德烈公爵转过身来。"你听我说，亲爱的，你到科兹洛夫斯基那里把我们侦察员收集的情报全都取来。这是诺斯蒂茨伯爵②的两封信，这是费迪南德大公殿下的一封信，还有，"他说，递给安德烈公爵几件公文，"根据所有这些东西你用法文草拟一份干净利落的备忘录，说明我们得到的关于奥军行动的全部消息。写好后呈交这位大人过目。"

安德烈公爵低下头，表示他从库图佐夫一开口就不仅理解了他说的话，而且也明白了他想对他说而没有说出的话。他收拾好文件，朝两人鞠了一躬，轻轻地踏着地毯，出了门，前去接待室。

安德烈公爵虽然离开俄国还不算太久，但是他在这段时间里变化很大。从他脸上的表情、动作和步态上，几乎已经看不出以前的那种做作、疲惫和懒散的痕迹了；就他的样子来说，他好像是一个无暇考虑

---

① 原文为德文。
② 诺斯蒂茨（一七六八—一八四〇），奥地利将军。一八〇五年是由克罗地亚人组成的军队的指挥官。

他给别人留下什么印象和忙于做愉快而有意思的事的人。他的面部表情说明，他对自己和周围的人都很满意；他的笑容和目光变得更加快活和更有魅力了。

他是在波兰赶上库图佐夫的，库图佐夫非常亲切地接待了他，答应记着他，对他的态度与对其他副官有所不同，带着他去维也纳，让他完成比较重要的任务。库图佐夫曾从维也纳给他的老战友——安德烈公爵的父亲写信。

"您的儿子，"他写道，"就他的知识、坚定性和办事能力来说，有望成为一个出类拔萃的军官。我因手下有这样的人而深感幸运。"

在库图佐夫司令部的同事当中以及一般在部队里，安德烈公爵如同在彼得堡社交界一样，有两种截然相反的名声。一些人，他们只占少数，认为安德烈公爵与自己和所有其他的人不同，预计他前程远大，听从他，钦佩他，把他作为榜样来学习；同这些人在一起，安德烈公爵平易近人，招人喜欢。另一些人，这是多数，不喜欢安德烈公爵，认为他妄自尊大，对人冷漠和令人反感。但是安德烈公爵善于处理与这些人的关系，使他们尊敬他，甚至害怕他。

从库图佐夫的办公室出来到接待室后，安德烈公爵拿着文件走到值班副官科兹洛夫斯基跟前，这时那人正坐在窗口看书。

"什么事，公爵？"科兹洛夫斯基问道。

"奉命起草一个备忘录，说明为什么不前进。"

"为什么？"

安德烈公爵耸了耸肩。

"马克那里没有消息吧？"科兹洛夫斯基问。

"没有。"

"如果他真的吃了败仗，就应该有消息。"

"也许有可能，"安德烈公爵说着朝门口走去；但是这时一个显然是刚到的高个子奥地利将军迎着他走进接待室，砰的一声带上了门，这位将军身穿礼服，头上裹着黑色头巾，脖子上挂着玛丽亚·特蕾西亚[①]勋章。安德烈公爵站住了。

---

① 这是以奥地利女大公玛丽一亚蕾西亚（一七一七—一七八〇）命名的勋章。

"库图佐夫上将在吗?"来到的将军带着很重的德国口音问,他向两边张望着,朝办公室门口走去,没有停步。

"上将有事。"科兹洛夫斯基说,急忙走到这个陌生的将军面前,挡住他进办公室的路,"请问将军贵姓?"

这个陌生的将军轻蔑地从上到下把个子不高的科兹洛夫斯基打量了一下,看到有人居然不认识他似乎感到很惊奇。

"上将有事。"科兹洛夫斯基平静地再说了一遍。

这位将军的脸沉了下来,他的嘴唇抽搐了一下,颤抖起来。他掏出一本记事本,用铅笔很快写了点什么,把这一页纸撕下来交给副官,接着快步走到窗前,一屁股坐到椅子上,朝房间里的人扫了一眼,仿佛在问:他们干吗瞧着他?然后他抬起头,伸出脖子,好像想要说什么,但是立刻像随随便便哼起歌来一样,发出一种奇怪的声音,这声音马上又停止了。办公室的门开了,门口出现了库图佐夫。裹着头的将军好像躲避危险一样,弯下身子,瘦长的腿迈开大步,迅速走到库图佐夫跟前。

"您看到的是不幸的马克。"他说,说话的声调都变了。

站在办公室门口的库图佐夫的脸在一个短时间内一动不动。然后一道皱纹像波浪一样涌过他的脸,前额舒展开了;他恭敬地低下头,闭上眼睛,默默地请马克先进去,自己随手带上了门。

先前流传的关于奥军被击败和全军在乌尔姆城下投降的消息,原来是确实的。半个小时后,副官们就奉命到各个方面去传达命令,说明至今尚在待命的俄国军队很快也将与敌军交火。

安德烈公爵是司令部里少有的几个非常关注战事总的进程的军官之一。他看到马克的那副模样和听说他遭到不幸的详细情况后,就知道战役已输了一半,明白了俄军的处境非常困难,清楚地想象出了等待俄军的是什么,他自己应当在其中起什么样的作用。当他想到过于自信的奥地利的受辱以及一周后他可能就会看到和参加在苏沃洛夫之后俄国人同法国人之间发生的第一次冲突,便情不自禁地感到激动和喜悦。但是他惧怕波拿巴的才能,觉得这种才能可能胜过俄国军队的勇敢,同时他又不希望自己心目中的英雄丢脸。

想着这些事,安德烈公爵非常激动和恼火,他前去自己的房间给父亲写信，每天他都要这样做。在走廊里他碰到了同房间的涅斯维茨基和爱开玩笑的热尔科夫；他们像平常一样，不知在笑什么。

"你怎么这样阴沉沉的？"涅斯维茨基发现安德烈公爵脸色苍白，只有一双眼睛闪闪发亮，便问道。

"没有什么可高兴的。"鲍尔康斯基回答。

在安德烈公爵碰到涅斯维茨基和热尔科夫时，从走廊的另一头朝他们迎面走来了在库图佐夫司令部里掌管俄军粮食供应的奥地利将军施特劳赫和那位御前军事会议成员，他们是昨天一起来的。走廊很宽，这两位将军完全能够自由通过，而不与三个军官相撞；但是热尔科夫用手推开涅斯维茨基，上气不接下气地说：

"有人来了！……有人来了！……闪开，让路！请让路！"

两位将军走过来了，从他们的样子来看，他们似乎想避免麻烦的礼节。在爱开玩笑的热尔科夫脸上突然露出了怎么也抑制不住的快乐的傻笑。"阁下，"他走上前去用德语对一位奥地利将军说，"我谨向您表示祝贺。"

他低下头，像学跳舞的孩子一样，笨拙地时而并起这只脚，时而又并起那只脚。

那位担任御前军事会议成员的将军严厉地打量了他一下；但是他发现傻笑不是假装的，便不能不注意一下。他眯缝起了眼睛，做出在听的样子。

"谨向您表示祝贺，马克将军来了，他平安无事，只不过这里碰伤了一点。"他容光焕发地微笑着，指着自己的头补充说。

将军皱起了眉头，转过身去，继续往前走了。

"天啊，多么幼稚！"[1] 他走了几步，生气地说。

涅斯维茨基哈哈大笑，搂住安德烈公爵，但是安德烈公爵脸色变得更加苍白，带着狂怒的表情推开他，转向热尔科夫。马克的狼狈相和他战败的消息以及对俄军的前途的担心，使他神经受到很大刺激，现在他的怒火便冲着热尔科夫的不合适的玩笑一下子发泄了出来。

"阁下，"他尖声地说，下巴颏微微颤动着，"如果您想当一个**小**

---

① 原文为德文。

丑的话，那么我不会妨碍您这样做；然而我要告诉您，如果下一次您
胆敢在我面前开这样的玩笑，我就要教训教训您，让您知道应该怎样
做人。"

涅斯维茨基和热尔科夫觉得安德烈公爵行为乖张，非常惊讶，两
人睁大眼睛，默默地望着他。

"怎么啦，我只不过祝贺而已。"热尔科夫说。

"我不是跟您开玩笑，请您住口！"鲍尔康斯基喊了一声，拉住涅
斯维茨基的一只手，离开了不知如何回答的热尔科夫。

"您怎么啦，老兄。"涅斯维茨基说，劝他平静下来。

"什么怎么啦？"安德烈公爵激动地停住脚步说，"你要明白，我们
要么是为沙皇和祖国服务的军官，为共同的胜利而高兴和为共同的失
利而难过，要么是对主人们的事毫不关心的奴仆。四万人战死了，我
们的盟军被消灭了，而这时您却认为可以开玩笑。这对一个像您结交
的那位先生那样的庸俗渺小的顽童来说尚情有可原，可是对您来说就
不能原谅了。**顽童们**才会这样闹着玩。"安德烈公爵用俄语加了一句，
其中"顽童们"一词是用法国口音说的，因为他发现热尔科夫还能听到
他的话。

他等了等，看那个少尉会有什么回答。但是少尉转过身，从走廊
里出去了。

四

保罗格勒骠骑兵团驻扎在离布劳瑙两英里的地方。士官生尼古
拉·罗斯托夫服役的连队则把营扎在德国村庄扎尔采涅克。连长杰尼
索夫大尉是骑兵师里的有名人物，全师的人都叫他瓦西卡·杰尼索夫，
他住的是村里最好的房子。士官生罗斯托夫自从在波兰赶上团队以
来，一直同连长住在一起。

十月八日，在总部得悉马克战败的消息后变得紧张起来的那一
天，连部照旧过着平静的行军生活。罗斯托夫去采办饲料，大清早才
回来，这时玩了一夜牌的杰尼索夫还没有回家。穿着士官生制服的罗
斯托夫催马来到了门口，用年轻人灵活的姿势收回一条腿，在马镫上

站了一会儿，好像不愿意下马似的，最后跳了下来，喊了传令兵一声。

"啊，邦达连科，亲爱的朋友，"他对一个拼命朝他的马跑过来的骠骑兵说，"牵出去遛遛，朋友。"他用友爱和柔和的语气快活地说，善良的年轻人感到幸福时，对所有的人都这样说话。

"是，大人。"霍霍尔①快活地晃着脑袋说。

"注意，好好遛一遛！"

另一个骠骑兵也朝着马跑过来，但是邦达连科已接过了缰绳。显然，士官生给酒钱给得很大方，为他服务能得到好处。罗斯托夫抚摸了一下马的脖子，然后又摸了摸它的臀部，在门口站住了。

"很好！会成为一匹好马！"他自言自语说，随后微笑着，手扶着马刀，跑上了台阶，弄得马刺叮当响。德国房东身穿绒衣，头戴尖顶帽，手里拿着一把清厩肥的叉子，从牛棚里朝外看了一眼。他一看见罗斯托夫，立即就变得欢快起来。他快活地笑了笑，眨了眨眼睛。"早安！早安！"②他反复地说，显然觉得招呼这个年轻人是一种乐趣。

"已经干活了！"③罗斯托夫说，他那兴奋的脸上一直带着快活的和友爱的微笑。"奥地利人万岁！俄罗斯人万岁！亚历山大皇帝万岁！"④他用德语对德国房东重复他自己经常说的那几句话。

德国人笑了起来，从牛棚里走出来，摘下尖顶帽，把它举在头顶上挥了挥，喊叫起来：

"全人类万岁！"⑤

罗斯托夫也像德国人一样，在自己头顶挥了挥制帽，笑着用德语喊起来："全人类万岁！"虽然无论对清扫牛棚的德国人还是带着一排人去采办干草的罗斯托夫来说，都没有值得特别高兴的任何理由，但是这两个人怀着幸福的心情和兄弟情谊相互端详了一下，晃晃脑袋以表示相互友爱，然后微笑着走开了——德国人去牛棚，而罗斯托夫则去他与杰尼索夫合住的房子。

"你的主人怎么样？"他问杰尼索夫的仆人拉夫鲁什卡，这是全团闻名的大滑头。

---

① 霍霍尔是对乌克兰人的蔑称和谑称。
②③④⑤ 原文为德文。

"昨天傍晚出去就没有回来。一定是输了。"拉夫鲁什卡回答道,"我知道,如果赢了,就很早回来吹牛,而如果到天亮还不回来,这就说明输光了—— 回来时气鼓鼓的。要咖啡吗?"

"好,来一杯吧。"

十分钟后拉夫鲁什卡端来了咖啡。

"来了!"他说,"现在要倒霉了。"

罗斯托夫往窗外看了一眼,看见杰尼索夫回来了。杰尼索夫个子很小,长着一张红脸,眼睛又黑又亮,黑胡子和黑头发乱蓬蓬的。他身上的骠骑兵披肩敞开着,显得肥大的马裤往下垂,打着褶,揉皱的骠骑兵帽歪戴在后脑勺上。他脸色阴沉,低下头,朝台阶走过来。

"拉夫鲁什卡。"他生气地大声喊道,"喂,帮我脱衣服,笨蛋!"

"我不是在帮你脱吗。"拉夫鲁什卡回答道。

"啊!你已经起床了。"杰尼索夫在进房间时说。

"早就起来了,罗斯托夫说我已经去要了干草,看见了马蒂尔达小姐。"

"原来如此!我昨—— 晚—— 输—— 光—— 了,老—— 弟,简直像没出息的狗崽子一样!"杰尼索夫扯开嗓门说起来,他说话时颤音发不出来。"倒霉极了!倒霉极了!……你一走,我就开始输钱。喂,端茶来!"

杰尼索夫皱紧眉头,好像要笑一样,露出一排短而结实的牙齿,开始用两手短短的指头抓挠像树林一样蓬松而浓密的黑头发。

"鬼知道我为什么要去找这个大耗子(一个军官的外号)。"他用双手搓着前额和脸说,"你想想,他连一张牌,一张好牌也不给我。"

杰尼索夫接过递给他的点着了的烟斗,紧握在手里,在地板上敲着,弄得火星四溅,继续喊道:

"他见下单注就让,见加倍下注就吃;见下单注就让,见加倍下注就吃。"

他敲得火星四溅,敲破了烟斗,把它扔了。然后沉默了一会儿,突然用闪闪发亮的黑眼睛快活地看了罗斯托夫一眼。

"要是有女人就好了。不然除了喝酒之外,无事可做。最好快点打起来……"

"喂,谁在那里?"他听见有人穿着厚靴子、马刺发出叮当声,走到门口站住了,听见从那里传来小心的清嗓子的声音,便朝那里喊道。

"是司务长!"拉夫鲁什卡说。

杰尼索夫眉头皱得更紧了。

"糟了,"他把装着几个金币的钱包扔过来说,"罗斯托夫,亲爱的,你数一数,还剩多少,然后把它塞在枕头底下。"他说完,就出去见司务长了。

罗斯托夫拿起钱包,机械地把其中的新旧金币分成两小堆,开始数起来。

"啊,捷利亚宁!你好!昨晚我输得精光。"从另一个房间里传来杰尼索夫说话的声音。

"在谁那里?在贝科夫,在大耗子那里?……我早就知道。"这时又有另一个人用尖细的声音说,话音刚落,同连的一个矮小的军官捷利亚宁中尉走进了房间。

罗斯托夫马上把钱包扔到枕头底下,握了握朝他伸过来的汗湿的小手。捷利亚宁是在出征前由于某种原因从近卫军调来的。他在团里表现很好;但是人们都不喜欢他,尤其是罗斯托夫,他既无法克制,也无法掩饰对这个军官的无缘无故的厌恶。

"怎么样,年轻的骑兵,我的小白嘴鸦怎么样?"他问。(小白嘴鸦是捷利亚宁卖给罗斯托夫的一匹尚在调教的小马。)

中尉在同别人说话时从来不看对方的眼睛;他的目光总是不停地从一件东西移到另一件东西上。

"我看见您今天骑过了……"

"不错,是一匹好马。"罗斯托夫回答道,虽然这匹用七百卢布买的马不值这个价钱的一半,"左前腿开始有点瘸……"他加了一句。

"蹄子裂了!这不要紧。我教会您,做给您看,给它钉一个马掌就行。"

"好的,请您指教。"罗斯托夫说。

"我一定教给您,这不是什么秘密。您会为这匹马感谢我的。"

"那么我就叫他们把马牵来。"罗斯托夫想要摆脱捷利亚宁,便这样说,他出了房间,去吩咐牵马了。

在门廊里，杰尼索夫手里拿着烟斗，身体蜷缩着，坐在门槛上，面对着正在向他报告什么事的司务长。他看见罗斯托夫，皱起了眉头，用大拇指朝背后指指捷利亚宁待的房间，满面愁容，身体厌恶地哆嗦了一下。

"唉，我不喜欢这家伙。"他不管司务长在场不在场，随口说道。

罗斯托夫耸了耸肩，好像是说："我也一样，但这有什么办法呢！"他吩咐完后，回到捷利亚宁那里去了。

捷利亚宁仍然像罗斯托夫出去时那样，懒洋洋地坐着，搓着他的那双白净的小手。

"居然会有这样令人讨厌的人。"罗斯托夫在进房间时想道。

"怎么，您吩咐叫人牵马来了吗？"捷利亚宁站起来，漫不经心环视着四周说。

"吩咐了。"

"那么我俩走吧。不过我本来只是来问杰尼索夫昨天的命令的。接到命令了吗，杰尼索夫？"

"还没有。您要上哪里去？"

"我想教会这个年轻人如何钉马掌。"捷利亚宁说。

他们出了门，往马厩走。捷利亚宁讲了讲如何钉马掌，就回到自己那里去了。

当罗斯托夫回来时，他看见桌子上放着一瓶伏特加和灌肠。杰尼索夫坐在桌子前面，在纸上沙沙地写着。他用忧郁的目光看了看罗斯托夫的脸。

"我给她写信。"他说。

他用胳膊肘支着桌子，手里拿着笔，显然为有机会尽快把他想写的话说出来而高兴，便对罗斯托夫叙说了信的内容。

"你看见了吧，朋友，"他说，"当我们不恋爱时，我们处于麻木状态。我们如同尘土……而当你一旦恋爱了，那么你就是神，你就像创世第一日那么纯洁……这又是谁？轰他走。没有时间。"他对毫不畏惧地走到他跟前来的拉夫鲁什卡喊道。

"还能是谁呢？您自己吩咐的。司务长要钱来了。"

杰尼索夫皱起了眉头，想要大声喊叫，但是住口了。

"事情很糟糕。"他低声说。"钱包里还有多少钱？"他问罗斯托夫。

"七枚新币和三枚旧币。"

"唉，真糟糕！你干吗像稻草人似的站着，把司务长打发走！"杰尼索夫对拉夫鲁什卡喊道。

"杰尼索夫，你把我的钱拿去用吧，我有钱。"罗斯托夫红着脸说。

"我不喜欢向自己人借钱，不喜欢。"杰尼索夫嘟囔说。

"如果你不把我当作朋友看待，不要我的钱，我会不高兴的。真的，我有钱。"罗斯托夫说。

"不，不要。"

说着杰尼索夫走到床边去拿枕头底下的钱包。

"你放到哪里去了，罗斯托夫？"

"放在下面的枕头底下。"

"可是没有。"

杰尼索夫把两个枕头都扔到地上。没有发现钱包。

"真是怪事！"

"等一等，你没有找到吧？"罗斯托夫说，把枕头一个一个拿起来抖搂着。

他掀起被子，抖了抖。还是不见钱包。

"会不会是我忘了？不，我当时还这样想过，你总是把它当作宝贝似的放在头底下。"罗斯托夫说。"我就把钱包放在这里。它到哪里去了呢？"他对拉夫鲁什卡说。

"我没有进来过。放在哪里，就应该在哪里。"

"可是那里没有。"

"您总是随便一扔，就忘掉了。瞧瞧您的口袋。"

"不会，要是我当时没有想过像宝贝那样，也许会忘了，"罗斯托夫说，"我明明记得我放了钱包。"

拉夫鲁什卡把整个床铺翻了一遍，看了看床底下和桌子底下，找遍了整个房间，然后在房间中央站住了。杰尼索夫默默地注视着拉夫鲁什卡的动作，而当拉夫鲁什卡惊讶地两手一摊，说什么地方也没有时，他回头瞧了瞧罗斯托夫。

"罗斯托夫，你不要像孩子似的闹着玩……"

罗斯托夫感觉到了杰尼索夫投到他身上的目光，他抬起眼睛，立刻又垂了下来。原来在喉咙以下部位的血液这时一下子涌上了脸和眼睛。他喘不过气来了。

"房间里除了中尉和您本人，任何人都没有来过。一定在这里的什么地方。"拉夫鲁什卡说。

"你这个鬼东西，快给我找去。"杰尼索夫突然喊叫起来，他脸涨得通红，摆出威胁的姿势朝仆人扑过去，"一定要找到，不然就要揍你。所有的人都得挨揍！"

罗斯托夫的眼睛不看杰尼索夫，他开始扣上衣的扣子，然后佩上马刀，戴上了帽子。

"我对你说，一定得把钱包找到。"杰尼索夫嚷嚷着，抓住勤务兵的肩膀摇晃着，把他往墙上撞。

"杰尼索夫，放开他；我知道是谁拿的。"罗斯托夫走到门口眼睛也不抬地说。

杰尼索夫停住了，想了想，显然明白了罗斯托夫指的是谁，抓住他的一只手。

"胡说！"他喊叫起来，脖子上和前额上的青筋像绳子般暴露了出来，"我对你说，你发疯了，我不允许这样做。钱包就在这里；我剥掉这个坏蛋的皮，钱包就找到了。"

"我知道是谁拿的。"罗斯托夫用颤抖的声音又说了一遍，朝门口走去。

"我对你说，不许这样做。"杰尼索夫大声喊道，他朝罗斯托夫扑过去，想拦住他。

但是罗斯托夫挣脱了手，恶狠狠地紧紧盯住杰尼索夫，好像杰尼索夫是他的头号敌人。

"你知道你在说什么吗？"他用颤抖的声音说，"除了我之外，房间里谁也没有来过。这么说来，如果不是他，那就……"

他说不下去了，没有把话说完就跑出了房间。

"唉，见你的鬼去吧，你们都给我见鬼去。"这是罗斯托夫听到的最后的话。

罗斯托夫来到捷利亚宁的住处。

"老爷不在家，到司令部去了。"捷利亚宁的勤务兵对他说。"发生了什么事？"勤务兵看到罗斯托夫脸色很难看，惊奇地加了一句。

"不，没有什么。"

"您来晚了一步，他刚走。"勤务兵说。

司令部在离扎尔采涅克三俄里的地方。罗斯托夫没有回家，他要了一匹马，骑马到司令部去了。在司令部所在的村子里有一个军官经常光顾的小酒馆。罗斯托夫来到这个酒馆；他看见门口拴着捷利亚宁的马。

捷利亚宁中尉在小酒馆的第二个房间里，他面前放着一盘小灌肠和一瓶葡萄酒。

"啊，您也来了，年轻人。"他微笑着，高高扬起眉毛说。

"是的。"罗斯托夫回答，他说出这两个字好像费了很大的劲儿似的，说完就在邻近的桌旁坐下。

两人都沉默着；房间里有两个德国人和一个俄国军官。大家都没有说话，只听见刀子碰盘子和中尉吃东西时吧嗒嘴的声音。捷利亚宁用完早餐后，从口袋里掏出一个双层的钱包，用向上翘起的白净的小手指拉开钱包，取出一枚金币，扬起眉毛，把钱交给侍者。

"请快一点。"他说。

这枚金币是新的。罗斯托夫站起身来，走到捷利亚宁面前。

"请让我看一看您的钱包。"他用低得勉强才能听见的声音说。

捷利亚宁的眼睛很快地转动着，眉毛仍然向上扬起，他把钱包递了过来。

"是的，钱包很不错……是的……是的……"他说，突然脸色变得煞白。"您看吧，年轻人。"他加了一句。

罗斯托夫拿过钱包看了看，又看了看里面装的钱，看了看捷利亚宁。中尉习惯性地朝四周张望了一下，好像突然变得快活起来似的。

"假如去维也纳，我想是会把钱都花在那里的，而在这样糟糕的小城市里，有钱都没处花。"他说，"好吧，年轻人，把钱包给我，我要走了。"

罗斯托夫没有说话。

"您怎么？也要吃早饭？饭菜不坏。"捷利亚宁接着说，"把它给我。"

他伸出手去拿钱包。罗斯托夫松开了手。捷利亚宁拿了钱包后，想把它放进马裤的裤兜里，仍然漫不经心地扬起眉毛，微微张开嘴，好像在说："是的，是的，我是在把自己的钱包放进裤兜里，这事很简单，跟谁都不相干。"

"怎么啦，年轻人？"他叹了一口气，从稍稍扬起的眉毛底下看了看罗斯托夫的眼睛。突然一道光从捷利亚宁的眼睛里射出来，以闪电的速度传到罗斯托夫的眼睛里，然后又折回来，这样几次射过去又折回来，这一切都是在一瞬间发生的。

"请您过来。"罗斯托夫抓住捷利亚宁的一只手说。他几乎把他拉到了窗口。"这是杰尼索夫的钱，您把它拿了……"他在他耳朵上方低声说。

"什么？……什么？……您怎么敢这么说？什么？……"捷利亚宁说。

但是这些话听起来像是痛苦绝望的叫喊和求饶。罗斯托夫一听见这声音，他心里的疑团就像一块大石头一样落了地。他感到高兴，同时他又可怜起站在他面前的这个倒霉的人来；但是事情既然已开了头，就应该把它做到底。

"这里人们听见了天知道会想些什么，"捷利亚宁嘟嘟囔囔说，他抓起帽子，朝一个很大的空房间走去，"应当解释一下……"

"我知道是怎么回事，我将加以证明。"罗斯托夫说。

"我……"

捷利亚宁惊恐和苍白的脸上的每一块肌肉都颤动起来；眼睛仍然很快转动着，但是朝着下面，已不敢抬起来看罗斯托夫，这时可听到他的呜咽声。

"伯爵！……别毁了……一个年轻人……这就是那些倒霉的……钱，您拿去吧……"他把钱扔到桌子上，"我家里还有老父和母亲……"

罗斯托夫避开捷利亚宁的目光，拿了钱，一言不发，就往外走。但是他在门口停住了脚步，又转回来。

"我的上帝，"他含着眼泪说，"您怎么会这样做？"

"伯爵。"捷利亚宁说着朝罗斯托夫走过来。

"别碰我，"罗斯托夫躲开他说，"如果您缺钱花，就把这钱拿去吧。"他把钱包扔给他，跑出了小酒馆。

五

这一天晚上，骑兵连的军官在杰尼索夫住处进行了一场热烈的谈话。

"我对您说，罗斯托夫，您应当向团长道歉。"一个身材很高、满头花白头发、长着一把大胡子、宽阔的脸上布满皱纹的骑兵上尉对激动得满脸通红的罗斯托夫说。

这个骑兵上尉叫基尔斯滕，他两次因决斗降为士兵，又两次复了职。

"我决不允许任何人说我撒谎！"罗斯托夫大声说道，"他说我撒谎，我也说他撒谎。这件事就让它这样吧。他可以每天派我去值班，可以关我的禁闭，可是谁也不能强迫我向他道歉，因为如果他作为团长认为同意和我决斗有失身份的话，那么……"

"您别忙，老弟；您听我说，"骑兵上尉用低沉的声音打断他的话，不慌不忙地捋着他的长胡子，"您当着别的军官的面对团长说有一个军官偷了钱……"

"当着别的军官的面谈起这件事，并不是我的过错。也许不该在他们面前说，可是我又不是外交官。我之所以来当骠骑兵，是因为我认为这里不需要这么多讲究，而他却说我撒谎……那就让他同意和我决斗好了……"

"这都很好，谁也不会认为您是胆小鬼，而且问题不在于此。您问问杰尼索夫，一个士官生要求团长同意决斗，这像什么？"

杰尼索夫咬着胡子，脸色阴沉地听着，显然不想参加谈话。对骑兵上尉提的问题他摇摇头表示否定。

"您当着军官们的面说这件令人厌恶的事。"骑兵上尉接着说，"波格丹内奇（团长叫波格丹内奇[①]）阻止了您。"

---

① 即第一部提到过的舒伯特，他的全名是卡尔·波格丹诺维奇·舒伯特。

"不是阻止，而是说我撒谎。"

"不错，可是您也对他说了蠢话，这就应当道歉。"

"这说什么也不行！"

"想不到您会这样，"骑兵上尉板着脸严肃地说，"您不愿意道歉，可是老弟，您不仅对不起他，而且对不起全团，对不起我们大家。这就是说：本来您该好好想一想，商量商量这事该怎么办，可是您当着军官们的面一下子捅了出来。那么团长该怎么办呢？把那个军官送交法庭审判，败坏全团的名声？为了一个坏蛋丢全团的脸？您认为就该这么办？而我们认为不应该这样。波格丹内奇做得对，他说您撒谎。这听起来不舒服，老弟，但是有什么办法呢，是您自己找的。现在大家要把这件事暗中了结，您出于自尊心不愿意道歉，反而要全说出来。让您值一会儿班，您就觉得委屈，要您向一位正直的老军官道歉就更不用说了！不管怎么样，波格丹内奇是一位正直而勇敢的老团长，可是您觉得委屈；而败坏全团的名声，您却满不在乎！"骑兵上尉的声音开始颤抖起来，"您在团里才不过几天；今天在这里，明天就可能调到别处去当副官；别人说，保罗格勒团的军官里有小偷，您听了无所谓。可是我们并不无所谓。是这样吗，杰尼索夫？不是无所谓的吧？"

杰尼索夫一直沉默不言，也没有动一动，有时用他那双闪闪发亮的黑眼睛看看罗斯托夫。

"您有自尊心，不愿意道歉，"骑兵上尉继续说，"而我们这些老人是在团里成长起来的，也许按照天意将死在团里，因此我们珍视团的荣誉，波格丹内奇懂得这一点。噢，老弟，这荣誉是多么的宝贵！您这样不好，不好！不管您生气不生气，我总是爱说大实话。不好！"

骑兵上尉站了起来，转过身去，不看罗斯托夫。

"说得对极了！"杰尼索夫跳起来喊道，"怎么样，罗斯托夫，你说呀！"

罗斯托夫的脸一阵红一阵白，他看看这个军官，又看看那个军官。

"不，诸位，不……你们不要以为……我非常明白；你们这样想我是没有根据的……我……对我来说……我赞成维护团的声誉……什么？我将用行动来证明这一点，对我来说团旗的荣誉……不管怎么样，我确实错了！……"他噙着眼泪说，"我错了，完全错了！……你们还要怎么样呢？……"

"这就对了，伯爵。"骑兵上尉转过身来，用一只大手拍着他的肩膀大声说道。

"我对你说，"杰尼索夫喊道，"他是一个好小伙子。"

"这样就好了，伯爵。"骑兵上尉又说了一次，好像因为他认了错才用他的封号称呼他，"您去认个错，伯爵大人。"

"诸位，一切我都照办，任何人都不会再听到我说一个字，"罗斯托夫用恳求的声音说但是我不能去道歉，不管你们怎样认为，我真的不能去！我怎么能像一个小孩子那样去道歉，请求宽恕呢？"

杰尼索夫笑了起来。

"这样对您更糟。波格丹内奇爱记仇，您这样固执是会受到惩罚的。"基尔斯滕说。

"真的，不是固执！我对你们说不清这是一种什么样的感情，说不清……"

"好吧，那就随您的便吧。"骑兵上尉说。"那个坏蛋躲到哪里去了？"他问杰尼索夫。

"他说自己有病，明天就下令开除他。"杰尼索夫说。

"只能说有病，不然就无法解释。"骑兵上尉说。

"不管有病没有病，可别让我碰见—— 要不我就杀了他！"杰尼索夫杀气腾腾地说。

这时热尔科夫进来了。

"你怎么样？"军官们突然都朝他转过脸来，问道。

"要打仗了，诸位。马克被俘，并带着全军投降了。"

"瞎说！"

"我亲眼看见的。"

"怎么？你看见活着的马克了？手脚都齐全的？"

"要打仗了！要打仗了！他带来这个消息，奖给他一瓶酒。你怎么来到这里的？"

"又把我派到团里来，就因为马克那鬼东西。奥地利将军告了一状。因为我向他祝贺马克的到来……你怎么啦，罗斯托夫，好像从澡堂里出来一样？"

"我们这里，老弟，从昨天起就这样乱糟糟的。"

团部的副官来了，他证实了热尔科夫带来的消息。命令部队明天出发："要打仗了，诸位！"

"谢天谢地，我们可是等得有点腻烦了。"

六

库图佐夫向维也纳撤退，一路上破坏身后因河上(在布劳瑙)和特劳恩河上(在林茨)的桥梁。十月二十三日，俄国军队过了恩斯河。当天中午，俄军辎重队、炮队和士兵的队伍从桥的两边通过恩斯城。

这是秋天的一个温暖多雨的日子。从远处看，掩护大桥的俄军炮队所在的高地前面是一片宽阔的原野，它时而突然被斜风细雨构成的一道薄薄的雨幕遮住，时而向四周扩展，在阳光下，远处的景物好像涂了一层漆一样，变得清晰可辨。可以看见脚下的小城和城里白色的房子和红色的屋顶，看见那里的教堂和大桥，在桥的两边集合了一队队俄军士兵，他们正在川流不息地前进。可以看见多瑙河拐弯处的船只，还有一个小岛和一个带公园的城堡，这城堡为恩斯河汇入多瑙河处的河水所环绕；可以看见多瑙河陡峭的左岸，那里被松林所覆盖，远处绿色的树梢和浅蓝色的峡谷显得有些神秘。可以看见从那座似乎人迹未到的原始松林里露出来的修道院的塔楼；在前方很远的山上，在恩斯河的对岸，还可以看到敌军的骑兵侦察队。

在高地的大炮中间，一个指挥后卫部队的将军和一个随从军官，站在前面用望远镜察看地形。在靠后一些的地方，总司令派到后卫部队来的涅斯维茨基坐在大炮的炮架尾上。跟随涅斯维茨基的哥萨克把行囊和军用水壶递过来，于是涅斯维茨基便请军官们吃小馅饼和喝真正的茴香甜酒。军官们高高兴兴地围着他，有的跪着，有的盘腿坐在湿漉漉的草地上。

"是的，这个奥地利公爵不是傻瓜，他把城堡修在这里。好地方。诸位，你们为什么不吃？"

"多谢，公爵。"一个军官回答道，他觉得跟司令部的重要官员谈话很荣幸，"是一个好地方。我们从公园旁边经过，看见了两头鹿，而房子又是多么的漂亮！"

"您看，公爵，"另一个军官说，他很想再拿一个焰饼，但是觉得不好意思，因此假装在看地形，"您看，我们的步兵已经到了那里。瞧那里，在村子后面的小草地上，三个人在拖着什么东西。他们会把这座宫殿般的房子里的东西全拿光的。"他用明显的赞同语气说。

"是啊，是啊。"涅斯维茨基说，"我有一个愿望他又补充说，这时他那好看的嘴里正在吃馅饼，嚼得满嘴流油这就是想办法到那里去。"

他指着山上隐约可见的带塔楼的修道院。接着微微一笑，他的眼睛眯了起来，闪现出愉快的光芒。

"能上去有多好，诸位！"

军官们都笑了起来。

"哪怕吓唬吓唬那些修女也好。听说，还有非常年轻的意大利女人呢。说实话，我愿意为此少活五年！"

"她们也怪寂寞的。"一个大胆一些的军官笑着说。

这时站在前面的随从军官把什么东西指给将军看；将军用望远镜观察着。

"正是这样，正是这样，"将军放下望远镜耸耸肩膀，生气地说，"正是这样，敌人要炮击渡口了。他们还在那里磨蹭什么？"

在河对岸，肉眼就可以看见那里的敌军和敌军的炮位，炮位上升起了乳白色的烟雾。随着烟雾从远处传来了一声炮响，可以看到渡口我军忙乱起来。

捏斯维茨基呼哧呼哧喘着气，站起身来，微笑着走到将军面前。

"大人要不要吃点东西？"他问。

"事情不妙，"将军说，没有回答他的话，"我们的行动太迟缓了。"

"我要不要去一趟，大人？"涅斯维茨基说。

"好的，您去吧，"将军说，又把已发出的命令详细说了一遍，"告诉骠骑兵们，要他们按照我的命令最后过河，把桥烧掉，还要他们再把桥上的引火材料再检查一遍。"

"很好。"涅斯维茨基说。

他叫哥萨克把马牵过来，吩咐他收拾好行囊和军用水壶，然后沉重的身体轻轻地一跃，翻身上马，坐到了马鞍上。

"我真的要到修女们那里去。"他对含笑望着他的军官们说,说完便催马沿着曲折的小路下山去了。

"喂,大尉,能打多远就打多远,打它一炮!"将军对一个炮兵军官说,"给大家解解闷。"

"炮手各就各位!"军官命令道,炮手们立刻高高兴兴地从篝火旁跑过来装炮弹。

"一号,放!"军官发出了口令。

一炮手迅速跳开。大炮发出震耳欲聋的金属声,一发炮弹呼啸着从山下我们的人头顶上飞过,远没有飞到敌军那里便落地了,冒出一股浓烟,爆炸了。

士兵和军官们听到爆炸声,都高兴起来;大家一齐站起来观看山下我军的行动和前面正在逐渐逼近的敌军的行动,一切都了如指掌。这时太阳已完全从乌云里露出来,于是这一炮的悦耳的声音和灿烂的阳光汇合在一起,使人感到精神振奋,心情愉快。

七

大桥的上空已有敌人的两颗炮弹飞过,桥上拥挤不堪。涅斯维茨基公爵下马后,在桥中央站着,肥胖的身体紧靠着栏杆。他笑着回头看着他的随从,此时这个哥萨克正牵着两匹马站在后面离他几步远的地方。涅斯维茨基公爵刚想往前走,士兵们和辎重车又朝他拥过来,把他挤到栏杆边,他没有别的办法,只好无可奈何地笑笑。

"你也真是,老弟!"哥萨克对一个赶车的辎重兵说,看见他正朝聚集在车轮和马匹旁的步兵硬压过来,"你也真是!不能等一会儿吗,你瞧,将军要过桥去。"

但是辎重兵没有理会有人提起将军要过桥,朝挡住他的路的士兵们喊道:

"喂!老乡们!向左靠,等一下!"

但是这些老乡们肩膀挨着肩膀,刺刀碰着刺刀,挤成一团,不停地从桥上往前走。涅斯维茨基朝栏杆外瞧了瞧,看见下面恩斯河上湍急喧闹、但浪头不高的波浪到桥桩附近时汇合起来,泛起粼粼波光,然后绕过桥桩,你追我赶地奔腾前进。他瞧了瞧桥上,看见全由士兵汇成的活的波浪,看见他们帽子上的带饰、头上戴的套着布套的高筒帽,身上背的背囊、刺刀和长枪,看见高筒帽底下颧骨很宽、双颊下陷和带着冷漠疲惫表情的面孔,还有踏着被带到桥板上的黏稠污泥的脚。有时在全由士兵汇成的波浪之间,好像恩斯河中波浪溅起的白沫一样,挤过一个披着斗篷、面孔与士兵有所不同的军官;有时像在河里水面上打转的木片一样,一个步行的骠骑兵、勤务兵或居民被步兵的波浪卷着走;有时像河中漂动的一根圆木一样,一辆连里的或军官的大车,装得满满的,上面盖着皮子,在人们的簇拥下,从桥上慢慢驶过。

"瞧,像河堤决了口似的。"哥萨克不抱任何希望地站住说,"那边你们的人还很多吗?"

"差不多有一百万!"一个在近旁经过的身穿破大衣的快乐的士兵挤挤眼说,说完就不见了;在他后面过去的是另一个上了年纪的士兵。

"他(指敌人)眼看就要朝桥上轰了,"这个上年纪的士兵脸色阴沉地对他的同伴说,"到时候你就忘记挠痒痒了。"

这个士兵也过去了。在他后面另一个士兵坐在大车上。

"喂,鬼东西,你把包脚布塞到哪里去了?"勤务兵一面说,一面跟着大车跑,在大车后部摸索着。

这个人也随着大车过去了。

在这之后过来了一些显然是喝了酒的快乐的士兵。

"听我说,老兄,他就抡起枪托朝他的牙齿来了一下子……"一个把大衣掖得高高的、使劲摆动着一只手的士兵高兴地说。

"是呀,这可是好吃的火腿。"另一个士兵大笑着说。

他们也过去了,因此涅斯维茨基没有弄清谁的牙齿挨了枪托,火腿指的又是什么。

"瞧那个慌张的样子!他放了一炮,就以为都要被打死了。"一个军士生气地责备说。

"那东西从我身边飞过,大叔,我说的是炮弹,"一个嘴巴很大的年轻士兵勉强忍住笑说,"我就那么吓呆了。真的,把我吓坏了,真要命!"这个士兵接着说,好像在夸耀自己吓坏了似的。

这个士兵也过去了。在他后面来了一辆大车,这辆车与在这之前过去的所有大车都不一样。这是一辆双套德国大车,它好像要把整个家都搬走似的;一个德国人在前面牵着马,大车后面拴着一头满身花斑、乳房肥大的好看的奶牛。车上的羽毛褥子上坐着一个抱着吃奶婴孩的女人、一个老太婆以及一个面色红润和体魄健壮的年轻德国姑娘。显然,这些逃难的居民是获得特别许可才过桥的。士兵们的目光都转移到妇女们的身上,在大车一步一步通过时,士兵们谈话的内容都与这两个女人有关。所有的人由于对这个年轻女人有淫秽念头,脸上几乎都露出色情的微笑。

"你瞧,德国佬也逃难了!"

"把女人卖了吧!"另一个士兵对德国人说,把"女人"二字说得特别重,而那德国人又气又怕,他垂下眼皮,大踏步走着。

"打扮得真漂亮!鬼东西!"

"你最好住到她们家里去,费多托夫!"

"见得多了,老弟!"

"你们上哪里去?"一个吃着苹果的步兵军官问道,他也似笑非笑地看着漂亮的姑娘。

德国人闭上了眼睛,表示他听不懂。

"你要,就拿去吧。"军官递给姑娘一个苹果说。

姑娘笑了笑,拿了苹果。涅斯维茨基像桥上所有的人一样,目不转睛地看着女人们,直到她们过去为止。她们过去后,又是同样的士兵和同样的谈话,最后大家都停住了。像常有的那样,到桥头时,套在连队大车上的马不肯向前走了,于是整个人群只好等着。

"怎么停住了?一点秩序也没有!"士兵们说,"你往哪儿挤?鬼东西!不能等一等吗?他要是炮轰大桥,那就更糟了。你瞧,就连一个军官也被挤得动不了了。"从四面八方传来停下来的人的说话声,他们你看看我,我看看你,仍然往桥头挤。

涅斯维茨基朝桥下恩斯河的水面上看了一眼,突然听到一种他没有听见过的声音,这声音是一个迅速靠近……然后扑通一声掉进河里的大东西发出来的。

"你瞧,打到哪里去了!"站在近旁的一个士兵回头望着发出声音的地方,厉声地说。

"这是给我们鼓劲的，要我们快点过桥。"另一个士兵不安地说。

人群又开始动了。涅斯维茨基知道这是一颗炮弹。

"喂，哥萨克，把马牵过来！"他说，"喂，弟兄们，闪开，闪开！给我让路！"

他费了好大劲儿才挤到马跟前。他不停地喊叫着，开始往前走。士兵挤了挤，给他让路，但是又朝他挤回来，挤痛了他的一条腿，但这不能怪离他最近的人，因为他们被挤得更厉害。

"涅斯维茨基！涅斯维茨基！你这个丑八怪！"这时听到背后有人哑着嗓子在喊。

涅斯维茨基回头一看，在十五步以外的地方看见了满面通红、头发乌黑蓬乱、军帽歪到后脑勺、肩上威风凛凛地披着披肩的瓦西卡·杰尼索夫，他们之间隔着一大群正在向前移动的步兵。

"你叫这些鬼东西，这些魔鬼们让路。"杰尼索夫喊道，显然他发火了，他的眼睛发红，像黑炭般乌黑的眼珠闪闪发亮，不停地转动着，像脸一样红的不戴手套的小手里拿着没出鞘的马刀，不停地挥舞着。

"哎，瓦夏①"捏斯维茨基高兴地回答道，"你怎么啦？"

"骑兵连无法通过。"瓦西卡·杰尼索夫喊道，他凶狠地露出雪白的牙齿，刺了一下胯下漂亮的黑马贝都因，这匹马碰到刺刀，耳朵微微摆动起来，打着响鼻，嘴里白沫四溅，弄得铃铛叮当叮当作响，马蹄敲打着桥板，看来只要骑者允许，它随时准备从桥的栏杆上跳出去。

"这是怎么啦？像一群绵羊！完完全全像一群绵羊！滚开……让路！……停住！那辆马车，鬼东西！我用马刀砍了你！"他喊道，真的拔出马刀，挥舞起来。

士兵们带着惊恐的表情相互挤了挤，于是杰尼索夫与涅斯维茨基会合了。

"你今天怎么没有喝醉酒？"涅斯维茨基到了杰尼索夫跟前时说。

"连喝酒的时间都不给！"瓦西卡·杰尼索夫回答道，"在一整天里，把我们团一会儿拉到这里，一会儿又拉到那里。要打仗就要像打仗的

① 瓦夏和瓦西卡均为杰尼索夫的名字瓦西里的昵称。

样子。不然鬼知道这是怎么回事！"

"你今天打扮得好漂亮！"涅斯维茨基端详着他的新披肩和新鞍垫说。

杰尼索夫微微一笑，他从皮囊里掏出一块洒着香水的手绢，送到涅斯维茨基的鼻子底下。

"不能邋里邋遢，我这是干正事去！刮了脸，刷了牙，洒了香水。"

带着哥萨克随从的涅斯维茨基的那副威严的样子和挥舞马刀、拼命叫喊的杰尼索夫不顾一切的神气起了作用，他们得以挤到桥的另一边，叫步兵停下来。涅斯维茨基在桥头找到了团长，因为需要向他传达命令，完成这个任务后，他便往回走。

杰尼索夫打开通路后，在上桥的地方站住。他漫不经心地勒住胯下的挣扎着要到别的马那里去、踢着腿的公马，望着朝他迎面过来的连队。桥板上响起了清脆的马蹄声，好像有几匹马奔驰过去一样，骑兵连由军官带领着，四人一行在桥上拉开，前面的人已到桥的那一边。

被挡住的步兵聚集在桥边被踩得稀烂的污泥里，他们抱着冷漠和嘲笑的特别不友好的态度，看着从他们旁边列队走过的整洁漂亮的骠骑兵，通常不同兵种遇见时往往就是这样。

"小伙子们打扮得倒很漂亮！只适合去参加波德诺文斯科耶① 游艺会！"

"他们有什么用！只能拿出来做做样子！"另一个士兵说。

"步兵，不要扬土！"一个骠骑兵开玩笑说，他的马蹶了一下，溅了步兵一身泥浆。

"该让你背着背囊连续行两次军，把你的带子全磨坏。"这个步兵一面用袖子擦掉脸上的泥浆，一面说。"那时你就不像一个人，而像一只落在马背上的鸟！"

"济金，真该让你骑上马，你就会成为一个好骑手的。"上等兵看见一个瘦瘦的士兵被背囊压弯了腰，便这样取笑他。

"在两腿之间夹一根小木棍，这就是你的马。"一个骠骑兵马上接

① 这是莫斯科的一处空地，过去常在这里举行节日游艺会。

过话巷说。

八

其余的步兵匆匆忙忙地过桥，人流在桥头挤成漏斗的形状。所有的马车终于过去了，变得不大拥挤了，这时最后的一个营上了桥。只有杰尼索夫骑兵连的骠骑兵留在桥的这一边阻击敌人。从对面山上可以遥遥望见的敌人，在下面桥上还看不见，因为地平线从河流经过的洼地延伸到对面不超过半俄里处的一个高地就中断了。前面是一片荒地，那里有我们的几个哥萨克骑兵侦察小分队在活动。突然在对面道路的高处出现了穿着蓝色外套的军人和炮兵。这是法国人。哥萨克侦察兵骑着马迅速下了山。杰尼索夫连的官兵们虽然竭力想说些不相干的事，眼睛朝两边张望着，但是他们心里一直想着那边山上的情况，不断地看着地平线上出现的斑点，他们认为那就是敌人的军队。午后天气又放晴了，明亮的太阳悬挂在多瑙河和它周围阴暗的群山的上空。四处静悄悄的，从那座山上不时传来敌人的号角声和叫喊声。在骑兵连和敌人之间，除了侦察小分队外，已没有任何人了。分隔着他们和敌人的，是一片大约三百俄丈①的空地。敌人停止了射击，这就更加清楚地感觉到了敌我两军之间的严格的、可怕的、不可逾越的和捉摸不定的界线。

"越过这条像是生死线的界线一步，就是未知数，就是痛苦和死亡。在那里，在这片田野、这棵树、这个阳光照耀的屋顶的那一边是什么？有什么人？谁也不知道，也不想知道；迈过这条界线很可怕，可是又想迈过它；并且知道迟早得迈过它，弄清在界线的那一边是什么，正如不可避免地要弄清死亡的后面是什么一样。而自己是那么身强力壮，快活激动，周围又有同样健壮和激动兴奋的人。"每个看得见敌人的人，即使不这样想，也会有这样的感觉，这种感觉使得这时发生的一切能给人留下特别清晰的和令人高兴的鲜明印象。

在敌军附近的山丘上出现了一股硝烟，一颗炮弹呼啸着从骠骑兵

---

① 一俄丈合二·一三四米。

团的头上飞过。聚在一起的军官们分散到各自的位置。骠骑兵们竭力要把马匹排齐。连里变得鸦雀无声。大家不时看看前面的敌人和看看连长，等待着命令。又飞过了第二发、第三发炮弹。显然是在炮击骠骑兵；但是炮弹发出均匀和急促的呼啸声飞过了骠骑兵的头顶，落在后面的什么地方。骠骑兵们没有回头看，但是一听见每颗飞过去的炮弹的呼啸声，全连好像听到口令一样，在炮弹飞过时脸上都带着相同而又各异的表情，屏住了呼吸，在马镫上抬起身子，然后又坐下来。士兵们头也不回地相互斜视着，好奇地观察同伴的反应。每一个人，从杰尼索夫到号手，嘴边和下巴颏上都出现激动和焦躁之间的斗争的共同表情。司务长脸色阴沉，他打量着士兵们，好像要惩罚什么人似的。士官生米罗诺夫在每颗炮弹飞过时都弯下腰。罗斯托夫在左翼，他骑着腿有点毛病、但不失为良马的小白嘴鸦，看他那得意的神情，好像是一个被叫到大庭广众面前应试、自信能取得好成绩的学生。他平静和愉快地环顾所有的人，好像在请大家注意他在炮火下如何镇定自若。但是在他的脸上，也有一种新的、严厉的表情违背他的意志出现在嘴边。

"谁在那里鞠躬弯腰？士官生米罗诺夫！这不好，看着我！"杰尼索夫喊道，他在一个地方待不住，骑着马在连队面前打转转。

瓦西卡·杰尼索夫长着一个翘鼻子和满脸浓密的黑胡子，他身材矮小然而很结实，青筋暴露的手（手指很短，上面长满汗毛）握着出鞘的马刀的刀把，这副模样和平常一模一样，尤其是和晚上喝了两瓶酒时完全相同。现在他只不过脸显得比平常更红，像鸟儿饮水那样仰起头发蓬乱的脑袋，抬起瘦小的脚，用马刺猛刺骏马贝都因的两侧，身子好像要向后倒似的，朝连队的另一翼驰去，哑着嗓子喊叫起来，要大家检查一下手枪。他来到了基尔斯滕面前。基尔斯滕骑着一匹宽背的稳重的母马，慢步迎着杰尼索夫过来。

这位长胡子骑兵上尉像平常一样神情严肃，只不过他的眼睛比平常更亮。

"什么事？"他对杰尼索夫说，"仗是打不起来的。你看吧，咱们准保会后撤。"

"鬼知道他们在干些什么！"杰尼索夫嘟囔说。"啊！罗斯托夫！"

他看见这个士官生的快活的脸，便朝他喊道，"这一回你可等到了吧。"

于是他赞许地笑了笑，显然为这个士官生而高兴。罗斯托夫感到自己非常幸福。这时团长出现在桥上。杰尼索夫朝他疾驰过去。

"大人！请允许出击！我把他们赶回去。"

"哪里谈得上出击。"团长无精打采地说，好像看见一只讨厌的苍蝇似的皱着眉头，"您干吗待在这里？你看，两翼都在撤退。把骑兵连带回去。"

骑兵连过了桥，出了大炮的射程，没有损失一个人。接着散兵线上的第二骑兵连也过了桥，最后剩下的哥萨克也从那边过来了。

保罗格勒团的两个连过桥后，一个跟着一个朝着山上往回走。团长卡尔·波格丹诺维奇·舒伯特来到杰尼索夫的连队，骑着马在离罗斯托夫不远的地方慢步走着，一点也没有注意他，虽然因捷利亚宁的事发生冲突以来这是他们第一次见面。罗斯托夫感到自己在部队里是受这个人支配的，这时他觉得对不住他，便目不转睛地看着他那大力士般的脊背、长着浅色头发的后脑勺和红色的脖子。罗斯托夫时而觉得波格丹内奇只不过是假装不注意，现在团长的全部目的在于考验士官生是否勇敢，想到这里他挺直身子，愉快地朝四周看看；时而他感到波格丹内奇有意离他很近，以便向罗斯托夫显示自己的勇敢。时而他又想，他的仇人有意派骑兵连冒着很大危险去出击，目的是为了惩罚他罗斯托夫。时而他还想，出击回来后，团长将走到他跟前来，宽宏大量朝受伤的他伸出手，表示和解。

保罗格勒团的人熟悉的、高耸着肩的热尔科夫（他不久前离开了他们的团）骑着马到了团长跟前。热尔科夫自从被赶出总司令部后，没有待在团里，他说，他不是在部队里干苦差事的傻瓜，在司令部什么也不干照样能得到更多的奖赏，于是设法在巴格拉季翁公爵① 那里谋得了一个传令官的职位。他是来向老上司传达后卫部队司令的命令的。

"团长，"他带着忧郁而严肃的神情对罗斯托夫的仇人说，同时看看同伴们，"命令停止行动，把桥烧掉。"

"给谁的命令？"团长脸色阴沉地问。

---

① 巴格拉季翁(一七六五——一八一二)，俄国将军，格鲁吉亚贵族出身。

"我也不知道,团长,**给谁的命令**,"骑兵少尉严肃地回答道,"只不过公爵命令我:'你去告诉团长,快叫骠骑兵回来,把桥烧掉。'"

在热尔科夫之后,随从军官也给骠骑兵团团长送来了同样的命令。而在随从军官之后,涅斯维茨基骑着一匹哥萨克马来了,涅斯维茨基很胖,那匹马驮着他跑得很吃力。

"怎么啦,团长,"他在马还没有停步时就喊叫道,"我对您说过要把桥烧掉,而现在有人把话传错了;那里人都急得要发疯了,弄不清是怎么回事。"

团长不慌不忙地叫部队停止前进,朝涅斯维茨基转过身来。

"您对我说过关于引火材料的事,"他说,"至于烧桥的事,您一个字也没有对我说过。"

"这怎么可能,老兄,"捏斯维茨基勒住马说,他摘下军帽,用胖胖的手摸着汗湿的头发,"怎么没有说过引火材料放好后就把桥烧掉?"

"我不是您的'老兄',校官先生,您没有对我说要把桥烧掉!我知道我的职责,我习惯于严格执行命令。您说要烧桥,而谁来烧桥,我从哪里知道……"

"好吧,总是这样较真。"涅斯维茨基挥挥手说。"你怎么在这里?"他问热尔科夫。

"为了同一件事。可是您浑身湿透了,让我来给您拧拧干。"

"您说,校官先生……"团长用气恼的声调接着说。

"团长,"随从军官打断了他的话,"应当抓紧时间,不然敌人就要把大炮挪过来发射霰弹了。"

团长默默地看了看随从军官,看了看胖胖的校官和热尔科夫,皱起了眉头。

"我这就去烧桥。"他用庄重的声调说,好像他想借此表明,尽管发生了使他不愉快的事,他仍然准备做应该做的事。

团长用他长长的、肌肉发达的双腿狠狠地把马一夹,好像一切过错全在马身上似的,纵马跑向前去,命令第二骑兵连、即罗斯托夫在其中服役的杰尼索夫连朝桥上后撤。

"瞧,果然如此,"罗斯托夫想道,"他想要考验我!"他的心紧缩起来,血涌到脸上。"就让他看看,我是不是胆小鬼。"他想。

于是在全连人快活的脸上又出现了炮弹从他们头上飞过时的那种严肃的神情。罗斯托夫目不转睛地看着他的仇人团长，希望在他脸上看到可以证实自己的猜测的表情；但是团长没有朝罗斯托夫看一眼，他的目光像平常在队伍里时一样，严肃而庄重。传来了口令的声音。

"快！快！"他身边的几个人同时喊道。

骠骑兵们急忙下马，下马时马刀绊住缰绳，马刺叮当作响，他们自己也不知道他们将要做什么。人人都画着十字。罗斯托夫已不看团长了——他顾不上了。他担心落在骠骑兵后面，担心得心里直发慌。当他把马交给马夫时，他的手颤抖着，他感觉到血在突突地往他的心脏流。杰尼索夫身子朝后倒，叫喊着什么，从他身旁驰过。罗斯托夫只看见骠骑兵在他周围跑动，他们不时被马刺挂住，弄得马刀铿锵作响，此外他什么也没有看见。

"担架！"后面有人喊了一声。

罗斯托夫没有去想要担架是什么意思；他跑着，只求跑到所有人的前头；但是跑到桥头时，他没有注意脚下，一下子踩到了黏黏的、已踩得稀烂的污泥里，绊了一下，两手着地跌倒了。别的人绕过他往前跑。

"靠**两边**走，大尉。"他听见团长说话的声音，团长到了前面后，在离桥不远的地方勒住马，脸上带着庄重和快活的神情。

罗斯托夫在马裤上擦着弄脏了的手，回头朝自己的仇人看了一眼，想要继续往前跑，心里想，他向前跑得愈远愈好。但是波格丹内奇虽然没有看罗斯托夫，也没有认出他，还是朝他喊了一声。

"谁在桥的中间跑？靠左边！士官生，回来！"他怒气冲冲地叫喊起来；这时杰尼索夫为了显示自己的勇敢骑马上了桥，团长便朝他转过头来。

"干吗冒险，大尉！您还是下马走。"他说。

"哎！炮弹专打有罪孽的人。"瓦西卡·杰尼索夫在马背上转身回答道。

与此同时，涅斯维茨基、热尔科夫和随从军官三人一起站在大炮射程外，时而看看在桥旁乱动的一小堆戴黄色高筒帽、穿镶边的深绿色军服和蓝色马裤的人,时而瞧瞧那边,瞧瞧远处逐渐靠近的一群群穿蓝色军服和带着马匹的人,一看便知道那是炮队。

"他们烧不烧桥?谁先到那里?是他们先跑到桥上,把它烧掉,还是法国人到了霰弹打得着的地方,开炮把他们全部消灭?"这是据守在能看得见桥的高处的大部队里每一个人在极度紧张的状态中情不自禁地对自己提出的问题,他们在夕阳的余晖中望着大桥和骠骑兵们,也望着那一边,望着逐渐靠近的穿着蓝军服、带着枪炮的人。

"喔!骠骑兵要挨揍了!"涅斯维茨基说,"现在已在霰弹的射程之内了。"

"他不必带这样多的人去。"随从军官说。

"确实如此,"涅斯维茨基说,"只需要派两个棒小伙子去就行了,照样能办好。"

"唉,公爵大人,"这时目不转睛地看着骠骑兵的热尔科夫插进来说,他还是带着那种天真的样子,使人猜不透他说的是不是正经话,"唉,公爵大人!您怎么这样认为!要是只派两个人去,那么谁给我们发系着花结的弗拉基米尔勋章?这样做虽然要挨揍,但是可以为骑兵连请功,自己也可得个勋章。我们的波格丹内奇懂得该怎么办。"

"瞧,"随从军官说,"这是霰弹炮!"

他指了指从前车上卸下来急忙拉开的法国大炮。

在法国人一边,在大炮所在的人群中出现一股硝烟,接着是第二股,第三股,几乎在第一炮的声音传到的同一时候、同一瞬间,又出现了第四股。两声炮响,一声接着一声,又响起了第三声。

"啊呀!"涅斯维茨基好像忍不住剧烈的疼痛似的,惊叫了一声,他抓住随从军官的一只手,"您瞧,一个倒下了,倒下了,倒下了!"

"好像是两个吧?"

"我要是沙皇,就永远不再打仗。"涅斯维茨基转过身说。

法国大炮又在急忙装炮弹。穿蓝军服的步兵朝桥上跑过来。又出现了一股股硝烟,但时间的间隔不一样,霰弹落到桥上发出噼里啪啦的声音。但是这一次涅斯维茨基已看不清桥上发生的情况。桥上冒起了浓烟。骠骑兵们已烧着了桥,法国炮兵朝他们射击已不是为了阻止他们烧桥,而是因为大炮已经瞄准,有目标可以射击。

在骠骑兵回到马夫那里之前，法国人发射了三发霰弹。两发没有打中，霰弹的弹着点过远，最后一发落到一堆骠骑兵当中，击倒了三个人。

心里只想着自己对波格丹内奇的态度的罗斯托夫，在桥上站住了，不知道该做什么。无人可以砍杀（他总是把战斗想象成砍杀），同时他又无法帮助烧桥，因为他没有像别的士兵那样抱着一捆麦秸。他站在那里朝四处张望，突然桥上像核桃散落似的发出一片噼啪声，离他最近的一个骠骑兵呻吟着倒在栏杆上。罗斯托夫和别的人一起跑到他跟前。又有人喊了一声："担架！"四个人抱住受伤的骠骑兵，把他抬起来。

"噢——噢！……看在基督分上，放下我。"伤员喊叫起来；但是他还是被抬了起来，放在担架上。

尼古拉·罗斯托夫转过身，仿佛是在寻找什么似的，开始极目远眺，遥望那多瑙河水，仰望天空和太阳！天空是多么的美，多么的蓝，多么的静谧和深邃！西沉的太阳是多么的明亮和宏伟！远方的多瑙河水又是多么亲切地闪闪发亮！而更美好的是多瑙河对岸呈天蓝色的远山、修道院、神秘的峡谷、直到树梢都笼罩着雾气的松林……那里宁静，幸福……"我什么也不要，无论什么也不要，只要能到那里，"罗斯托夫想道，"在我一个人心里，在这阳光里有那么多的幸福，而这里……却只有呻吟、痛苦、恐惧和这种生死未卜，这种忙忙乱乱……听，又有人在叫喊什么，所有的人又朝着一个地方往回跑，而我跟着他们一起跑，这就是它，这就是它，那死神，它在我的头顶上，在我周围盘旋……只要一眨眼的工夫，我就永远也看不见这太阳、这河水、这峡谷了……"

这时太阳逐渐躲进乌云里去了；在罗斯托夫前面出现了另一些担架。对死的恐惧和对担架的恐惧，对太阳和生活的爱——这一切汇合成为病态的惊慌不安的感受。

"上帝啊！在这天上的神啊，救救我、宽恕我和保佑我吧！"罗斯托夫低声说。

骠骑兵们跑到马夫那里，说话的声音变得高一些和平静一些了，担架已从眼前消失了。

"怎么样，老弟，闻到火药味了吧？……"瓦西卡·杰尼索夫在他耳边大声说道。

"一切都结束了；但是我是一个胆小鬼，是的，我是一个胆小鬼。"罗斯托夫想道，他喘着粗气，从马夫手中接过瘸腿的小白嘴鸦，开始上马。

"刚才那东西是什么，是霰弹吗？"他问杰尼索夫。

"那还用说！"杰尼索夫叫道，"小伙子们干得很漂亮！干这活儿可不痛快！冲锋——这才有意思，可以猛砍那些狗东西，可是现在鬼知道是怎么回事，人家把我们当靶子打。"

杰尼索夫说着朝着离罗斯托夫不远的一群人驰去，这些人当中有团长、涅斯维茨基、热尔科夫和随从军官。

"看来好像谁也没有发觉。"罗斯托夫心里想。确实谁也没有发觉什么，因为每个人都有这个没有打过仗的士官生第一次体验到的那种心情。

"可以为您请功了，"热尔科夫说，"我眼看也能升为少尉了。"

"请报告公爵，我烧了桥。"团长得意扬扬和高高兴兴地说。

"要是问起损失呢？"

"微不足道！"团长用低沉的声音说，"两名骠骑兵受伤，一名**殉国**。"他说这话时显然很高兴，抑制不住幸福的微笑，响亮地说出**殉国**这个比较好听的词。

九

库图佐夫统率的三万五千俄军遭到波拿巴统率的十万法军的追击，沿途的居民对他们又很敌视，他们对盟军已不再相信，忍受着粮草的不足，被迫在没有预见到的作战条件下行动，顺着多瑙河仓皇退却，在遭遇到敌军时停下来，只是为了在撤退中不损失辎重和重武器，才打几场后卫战。在兰巴赫、阿姆施泰滕和梅尔克等地都发生过战斗，尽管敌人也承认俄国人作战英勇顽强，但是这些战斗的结果都是更加迅速的退却。在乌尔姆免于被俘并在布劳瑙附近与库图佐夫的军队会合的奥军，现在已与俄军分开，这样库图佐夫只能依靠自己弱小的、疲惫不堪的军队了。再要保卫维也纳已不可能。库图佐夫在维也纳时，奥地利御前军事会议曾交给他一份根据新的战略制定的、经过周密考虑的进攻计划，现在他只好放弃，他的唯一的、几乎是无法达到的目的是：不要像马克在乌尔姆那样全军覆没，能与从俄国前来增援的部队会师。

十月二十八日，库图佐夫率领军队渡过多瑙河到了左岸，在自己与法军主力之间横着一条多瑙河的情况下，才第一次停止后退。三十日，向在多瑙河左岸的莫尔蒂耶①的一个师发起攻击，将其击溃。在这次战斗中第一次缴获了战利品：一面军旗、数门大炮和两名敌军将官。在两个星期的退却后，俄军第一次停了下来，经过战斗不仅守住了阵地，而且赶走了法国人。尽管部队官兵缺少衣服，疲惫不堪，因掉队、伤亡和生病减员三分之一；尽管伤病员带着库图佐夫要求敌军给以人道待遇的信留在了多瑙河对岸；尽管克雷姆斯的大医院和改成野战医院的民房已容纳不下所有的伤病员——尽管如此，在克雷姆斯的停留和打败莫尔蒂耶的胜利大大提高了部队的士气。在全军和在总部流传着非常可喜的、然而并不可靠的流言，说从俄国来的部队似乎快要到了，说奥军打了胜仗，说惊慌失措的波拿巴正在撤退等等。

在交战时，安德烈公爵跟随着在这次战斗中阵亡的奥地利将军施米特。他的马受了伤，他自己的手也被子弹擦伤。总司令为了表示对他的特别宠信，派他到奥地利宫廷去送这次胜利的捷报，这时宫廷已不再受到法国军队威胁的维也纳，而是在布吕恩②。在交战的那天夜里，精神振奋而不感疲乏的安德烈公爵（从外表看来他的身体并不强壮，但是他比最强壮的人更能耐久而不感到疲乏）骑马带着多赫图罗夫③的报告到克雷姆斯来见库图佐夫，当夜就作为信使被派往布吕恩。派他当信使，不仅是一种奖励，还是日后提升的重要一步。

夜色昏沉沉的，不过有星星；头一天，即在交战那天下了一场雪，伸展在闪着白光的雪地中间的道路显得黑乎乎的。安德烈公爵坐在驿车上，时而逐一回忆在刚刚过去的战斗中的感受，时而高兴地想象着他带去的捷报将会产生什么样的印象，回想着库图佐夫和同伴们送行的情

① 莫尔蒂耶(一七六八—一八三五)，法国元帅。
② 布吕恩今捷克城市，捷克语叫布尔诺。
③ 多赫图罗夫(一七五六—一八一六)，俄国将领。

171

景,这时他觉得自己是一个期待已久终于开始得到所向往的幸福的人。他一闭上眼睛,耳边就响起了枪炮声,这声音与车轮的转动声和胜利的感受融合在一起。有时他开始觉得俄国人在逃跑,他自己被打死了;于是他急忙清醒过来,好像是初次幸福地得知根本没有那么一回事,相反,法国人在逃跑。他再一次地回想打胜仗的全部细节,自己在战斗中英勇沉着的表现,想到这里安心了,便打起瞌睡来……昏暗的有星星的夜晚过去后,明亮欢乐的早晨到来了。阳光下雪在融化,马儿快步奔跑着,不管是右边还是左边,都闪过各种不同的新的树林、田野和村庄。

在一个驿站上,他赶上了运送俄国伤员的车队。一个带领车队的俄国军官懒洋洋地躺在前面的一辆大车上,叫喊着什么,用粗话骂一个士兵。好几辆车身很长的德国马车在石子路上颠簸着,每辆车里有六个和六个以上脸色苍白、包扎着绷带的脏乎乎的伤员。其中有的人在说话(他听见说的是俄国话),有的人在吃面包,而伤势最重的人则带着孩子般的温和的和痛苦的表情,默默地望着从他们身旁驰过的信使。

安德烈公爵吩咐停车,问一个士兵是在哪次战斗中负伤的。

"前天在多瑙河上。"这个士兵回答道。安德烈公爵掏出钱包,给了士兵三个金币。

"给大家的。"他对走过来的军官补充了一句。"弟兄们,祝你们早日康复,"他对士兵们说,"还有很多仗要打呢。"

"副官先生,有什么消息吗?"那个军官问,显然他想攀谈几句。

"有好消息!走吧。"他朝车夫吆喝了一声,便坐着车赶路了。

安德烈公爵进布吕恩城时,天已经完全黑了,他看见周围高楼大厦林立,店铺、住宅和街上灯火通明,漂亮的马车在马路上辚辚驶过,这热闹的大城市的整个气氛对一个过了一段时间军营生活的军人来说,总是有吸引力的。安德烈公爵虽然赶了一夜路而且整宿未睡,可是他在快要到皇宫时觉得自己比头天晚上还要精神。眼睛里闪烁着狂热的光芒,思绪清晰,各种想法纷至沓来,变换得异常迅速。战斗的全部细节又生动地出现在他眼前,这时已不是模糊的,而是清楚的,而且简明扼要,如同他在想象中向弗兰茨皇帝报告时说的一样。他还生动地设想可能对他提出的问题以及他对这些问题的回答。他认为他们会立刻带他去朝见皇帝。但是到皇宫的大门口附近时,一个官员朝他跑过来,得知他是信使后把他带到另一个门口。

"从走廊朝右拐;在那里,大人 ①,您就能找到值班的侍从武官,"这个官员对他说,"他将带您去见陆军大臣。"

接待安德烈公爵的侍从武官请他稍等,自己前去报告陆军大臣。五分钟后,侍从武官回来了,特别有礼貌地鞠着躬,让安德烈公爵走在前头,带着他穿过走廊到陆军大臣的办公室去。侍从武官采取这种有些做作的客气态度,使人觉得他想借此来防止俄国副官对他过分的亲热。安德烈公爵在快要走到陆军大臣办公室门口时,他的快乐情绪已消失了大半。他觉得自己受到了侮辱,而受侮辱的感觉转瞬之间变成了一种毫无根据的蔑视,这一点连他自己也没有觉察到。他的机智的头脑在同一瞬间给他提示了一种观点,根据这种观点他有权蔑视侍从武官和陆军大臣。"他们没有闻到火药味,想必觉得取胜是轻而易举的事!"他想。他的眼睛轻蔑地眯缝起来;他进陆军大臣办公室时走得特别慢。当他看到陆军大臣趴在一张大桌子上,在头两分钟没有理会进来的人时,这种蔑视的感情更加强了。陆军大臣在两支蜡烛之间垂下两鬓斑白的秃脑袋,一面读文件,一面用铅笔做着记号。在门打开并且响起了脚步声时,他还在头也不抬地读,看来快要读完了。

"把这拿去交给有关的人。"陆军大臣把文件递给自己的副官说,仍没有注意信使。

安德烈公爵觉得,要么库图佐夫军队的行动在陆军大臣处理的所有事情中是他最不感兴趣的,要么他有意让这个俄国信使感觉到这一点。"不过这对我来说完全无所谓。"他想。陆军大臣把其余文件收到一起,把它们叠齐了,这才抬起头来。他有一个聪明而有特点的脑袋。但是在转向安德烈公爵的一瞬间,陆军大臣脸上聪明和坚定的表情显然习惯性地和有意地改变了:留下了愚蠢的、虚假的和不掩饰虚假的微笑,通常一个接一个地接待许多来访者的人都有这样的笑容。

"是库图佐夫元帅派来的吗?"他问,"我想,是好消息吧?同莫尔蒂耶发生了冲突?取得了胜利?早该这样了!"

---

① 原文为德文。

他接过写给他的紧急通报，神情忧郁地读起来。

"啊，我的上帝！我的上帝！施米特！"他用德语说，"多么不幸，多么不幸！"

他把紧急通报匆匆看了一遍，把它放在桌子上，朝安德烈公爵看了一眼，显然是在考虑什么。

"唉，多么不幸！您说这次战斗是决定性的？然而莫尔蒂耶没有抓住。（他想了想。）您送好消息来，我很高兴，虽然施米特之死是为胜利付出的沉重代价。皇帝陛下想必愿意见您，但不是在今天。谢谢您，好好休息一下。请您明天检阅后去朝见，我会通知您的。"

谈话时消失的愚蠢的微笑又出现在陆军大臣的脸上。

"再见，非常感谢您。皇帝陛下大概愿意见您。"他又说了一次，低下了头。

当安德烈公爵出了皇宫后，他觉得胜利给予他的全部兴致和幸福现在都留在那里了，落到陆军大臣和彬彬有礼的侍从武官的冷冰冰的手里了。他的整个思绪霎时间发生变化：他觉得这次战斗已成为很久以前的、遥远的回忆。

十

在布吕恩，安德烈公爵落脚在他的熟人俄国外交官比利宾那里。

"啊，亲爱的公爵，没有比您更令人高兴的客人了。"比利宾出来迎接安德烈公爵时说。"弗兰茨，把公爵的东西拿到我的卧室去！"他对给鲍尔康斯基引路的仆人说，"怎么，您是来报捷的？好极了。可是您瞧，我有病在家休息。"

安德烈公爵洗了脸和换了衣服后，到了这位外交官的豪华的书房，坐下来吃已给他准备好的午餐。比利宾则在壁炉旁安稳地坐下了。

安德烈公爵在长途跋涉后，而且在整个行军作战过程中失去了清洁优雅的舒适生活条件后，现在处于他从小就习惯的豪华的生活环境里，有一种感到可以好好歇息一下的愉快感觉。除此之外，在受到奥地利人那样的接待后，他觉得同眼前的这个俄国人说说话，同这个他推测也像一般俄国人那样对奥地利人有一种共同的恶感（他本人此时这样的感觉特别强烈）的人聊聊天，即使不用俄语（他们说的是法语），也是一件愉快的事。

比利宾年龄在三十五岁上下，没有成家，与安德烈公爵属于同一阶层。他们还是在彼得堡认识的，但是最近安德烈公爵陪同库图佐夫的维也纳之行，使他们更加接近起来。安德烈公爵年轻有为，在军界有远大的前程，比利宾也一样，他在外交界的前程更为远大。他还年轻，但是已是一个有阅历的外交官，因为他从十六岁起就开始供职，曾在巴黎、哥本哈根等地工作过，如今在维也纳担任相当重要的职务。无论是外交大臣，还是我国驻维也纳公使，都很器重他。他不属于那种人数很多的外交官之列，那些人认为要当一个好的外交官，应该消极无为，避免做某些事，会说法语就行了；他是那种喜欢工作和会办事的外交官之一，虽然有些懒散，但是有时通宵不眠地伏案工作。不管工作的实质是什么，他都同样干得很好。他感兴趣的不是"为了什么要做？"的问题，而是"怎么做？"的问题。外交工作的具体内容是什么，对他来说是无所谓的；但是他觉得把函件、备忘录和报告草拟得出色、用词准确和文字优美是一大乐趣。比利宾之受到重视，除了文字工作外，还因为他在同上层人士接触中具有善于应对、应付裕如的本领。

比利宾像他喜欢工作那样喜欢谈话，不过这谈话应是文雅而又风趣的。在社交场合他总是等待机会说些引人注意的话，只在这样的条件下才参加谈话。比利宾的话常常夹带着许多独特风趣、意思完整、能引起共同兴趣的语句。这些语句是比利宾在心里预先想好的，它们有意编得轻巧简短，便于上流社会的那些空虚渺小的人记忆，把它们从一个客厅传到另一个客厅。确实，比利宾的名言警句传遍了维也纳的客厅，而且据说，常常对所谓的要务产生影响。

他的瘦削、憔悴、有点发黄的脸整个地布满很深的皱纹，这些皱纹使人觉得总是精心地洗得干干净净的，好像刚洗过澡后的指尖一样。这些皱纹的活动构成了他的脸的主要表情。时而他的前额蹙起，出现一道道宽阔的皱纹，双眉上扬；时而双眉下垂，腮边形成很大的褶子。一双凹陷的不大的眼睛总是直瞪瞪地和愉快地看人。

"好，现在您就给我们讲一讲你们的功绩吧。"他说。

鲍尔康斯基非常谦虚地讲了战斗的情况和陆军大臣的接见，一次也没有提到自己。

"我带这个消息来，他们接待我很不客气。"他最后说。

比利宾冷笑了一声，脸上的褶子舒展了开来。

"然而，亲爱的，"他说，远远地察看着自己的指甲，皱起左眼上方的皮肤，"虽然我非常尊重'东正教的俄国军队'，我认为你们的胜利并不是最辉煌的。"

他用法语这样往下说，只有在他想要轻蔑地强调某些语句时才用俄语。

"可不是？你们全军扑向只有一个师的可怜的莫尔蒂耶，而这个莫尔蒂耶又从你们手里溜掉了，这还谈得上什么胜利？"

"不过，认真地说，"安德烈公爵回答说，"我们毕竟能毫不吹嘘地断定，这要比乌尔姆稍微好些……"

"为什么你们不给我们抓一个元帅？哪怕只一个也好。"

"这是因为不是所有的事情都像设想的那样，也不像检阅时那样按时进行。我已经对您说过了，我们原来计划在早晨七点钟前切入敌后，可是到晚上五点还没有到达。"

"为什么你们在早晨七点前没有到达呢？你们应当在早晨七点到那里，"比利宾微笑着说，"应当在早晨七点到达。"

"那么您为什么不通过外交途径说服波拿巴，使他相信最好还是放弃热那亚呢？"安德烈公爵用同样的声调说。

"我知道，"比利宾打断他的话说，"您在想，坐在壁炉旁的沙发上谈论抓元帅很容易。确实如此，但是你们究竟为什么没有抓住他呢？不仅是陆军大臣，而且奥地利皇帝和国王弗兰茨听到你们胜利的消息也不会太高兴，对此您不要大惊小怪；就连我这个俄国使馆的秘书也不感到任何特殊的喜悦……"

他直瞪瞪地看了安德烈公爵一眼，突然松开了前额上皱起的皮肤。

"现在，亲爱的，是不是该轮到我问您'为了什么要做'了？"鲍尔康斯基说，"我向您承认我不明白，也许这里有我的微弱的智力理解不了的外交上的精微之处，但是我不明白：马克全军覆没，费迪南德大公和卡尔大公死气沉沉，接连犯错误，最后只有库图佐夫一个人真正打了一次胜仗，打破了法国人不可战胜的神话，而陆军大臣甚至不想了解这次战斗的详细情况！”

“正是因为这一点，亲爱的。您要知道，亲爱的：乌拉！为了沙皇！为了罗斯！为了信仰！这一切都很好，但是你们的胜利与我们，我是说与奥地利宫廷，又有什么相干？如果您送给我们的是卡尔大公或费迪南德大公胜利的好消息——您知道，这个大公和那个大公一个样，哪怕他们打败的是波拿巴的一个消防队，那就是另一回事了，那时我们就将鸣炮庆祝。而您好像故意这样做，这只能惹我们生气。卡尔大公什么事也不干，费迪南德大公丢了脸。你们放弃了维也纳，不再保卫它，你们似乎对我们说：上帝和我们同在，而你和你们的京城只好求上帝保佑了。有一位将军，他叫施米特，我们大家都喜爱他，你们却让他冒着枪林弹雨去送死，还要来向我们祝贺胜利！……您一定会承认，再也想象不出还有什么东西比您带来的消息更惹人生气。这好像是故意的，好像是故意的。再说，即使你们确实取得了辉煌的胜利，甚至即使卡尔大公取得了胜利，这能改变战争总的进程吗？维也纳已被法国军队占领，现在已经晚了。”

“怎么说被占领了？维也纳被占领了？”

“不仅被占领了，而且波拿巴已在舍恩布龙宫①，而伯爵，我们可爱的弗尔布纳伯爵②已到波拿巴那里听候命令去了。”

鲍尔康斯基旅途劳顿，脑子里充满着途中得到的各种印象，后来又被接见，在这之后，尤其是在吃了午餐后，他感觉到自己有些发懵，听不明白他听到的话的全部含意了。

“今天上午利希滕费尔斯伯爵来过这里，”比利宾接着说，“给我看了一封信，其中详细描述了法国人在维也纳举行的阅兵式。缪拉③亲王以及其他诸如此类的人……您瞧，你们的胜利并不那么令人高兴，您不能被当作救星来接待……”

“说实话，对我来说一切都无所谓，完全无所谓！”安德烈公爵说，

---

① 舍恩布龙宫是奥地利皇帝在维也纳的夏宫，大约建于一六九五年至一七〇〇年。

② 弗尔布纳（一七六一——一八二五），奥地利国务活动家，在维也纳被法军占领后，曾参加奥法之间的谈判。

③ 缪拉（一七七一——一八一五），法国元帅。

他开始明白，由于发生了像奥地利京城被占领这样的大事，他带来的克雷姆斯城下获胜的消息确实没有多大的重要性。"维也纳是怎么被占领的？那么大桥、著名的桥头堡、奥尔斯佩尔格公爵①呢？我们有这样的传闻，说奥尔斯佩尔格公爵正在保卫维也纳。"他说。

"奥尔斯佩尔格公爵在我们这一边，保卫着我们；我认为他保卫得很不好，但是毕竟是在保卫。而维也纳在那一边。不，大桥还没有被占领，我想不会被占领，因为它已布了雷，已下了炸桥的命令。不然我们早就被赶到波希米亚的山里去了，你们和你们的军队也要在两面夹攻的恶劣条件下待一会儿了。"

"但是这终究还不意味着战事已经结束了。"安德烈公爵说。

"而我认为已经结束了。这里的要人们也都这样认为，不过不敢说出来而已。情况将会像战争开始时我说的那样，不是你们的迪伦施泰因的交战②，也根本不是火药解决问题，解决问题的是想出火药的人。"比利宾说，重复着自己的一个警句，舒展开前额上的皮肤，稍稍停顿了一下，"问题只在于亚历山大皇帝和普鲁士国王在柏林会谈③时说些什么。如果普鲁士参加联盟，那就会迫使奥地利那样做，仗就会打起来。如果不参加，那么问题只在于商谈在哪里拟订新的坎波—福米奥和约④的初步条款了。"

"这真是非凡的天才！"安德烈公爵突然大喊一声，他握紧小手，在桌子上敲着，"这个人的运气又是多么好啊！"

"您说的是布拿巴？"比利宾问道，他蹙起额头，使人觉得他就要说出一个警句来。"布拿巴？"他又问了一遍，特别加重名字中的"u"音。"我认为，他现在既然在舍恩布龙宫制定奥地利的法律，就应当给他去掉那个'u'音。我坚决实行新的叫法，只称他波拿巴。⑤"

---

① 奥尔斯佩尔格（一七四〇—一八二二），奥地利将领。
② 前一个词原文为德文，是奥地利的地名，后一个词为法文。
③ 一八〇五年九月底，亚历山大一世曾去柏林与普鲁士国王腓特烈—威廉三世商谈结成反法联盟事。
④ 坎波—福米奥是意大利的一个村庄，一七九七年十月十七日法奥在此地签订了和约。
⑤ 在俄国上流社会中，人们通常照意大利语的发音称波拿巴（Bonaparte）为布拿巴（Buonaparte），以强调他是科西嘉人，其中包含轻蔑的意思。比利宾提出去掉"u"，恢复法语的发音。

"不，别开玩笑了，"安德烈公爵说，"难道您真的认为战事结束了吗？"

"我有这样的想法。奥地利陷入了可笑的地位，它不会甘心。它会进行报复。它之所以如此，首先是因为各个省经济遭到破坏（听说，东正教的军队抢得很凶），军队战败了，京城陷落了，这一切都是为了撒丁国王陛下的那双漂亮的眼睛①。因此，亲爱的，咱们私下说，我凭嗅觉感觉到他们正在欺骗我们，感觉到他们在同法国打交道，草拟单独媾和的秘密和约。"

"这不可能！"安德烈公爵说，"这太卑劣了。"

"那就等着瞧吧。"比利宾说，他又把皮肤舒展开，表示谈话结束了。

安德烈公爵来到为他准备好的房间，穿着干净的内衣在羽毛褥子上躺下，枕着又香又暖的枕头，他觉得他来报捷的那场战斗已经很远了，已离他很远了。他脑子里装的是普鲁士联盟，奥地利的背叛，波拿巴取得的新胜利，明天弗兰茨皇帝的上朝、检阅和接见。

他闭上了眼睛，但是在同一瞬间耳边响起了炮声、枪声和车轮的滚动声，仿佛看到拉成一条线的火枪手从山上下来，听到法国人在射击，他觉得心脏在颤动，他和施米特一起骑着马向前冲，子弹在他周围欢快地呼啸着，他十倍地体验到了从小未曾体验过的生活的欢乐。

他醒了……

"是的，这一切都发生过！……"他说，像孩子一样幸福地窃笑着，随后这个年轻人就酣然入睡了。

十一

第二天他醒来得很晚。他在回想头一天的事时，首先想起今天要去觐见弗兰茨皇帝，然后想起了陆军大臣，彬彬有礼的奥地利侍从武官，还有比利宾和昨天的谈话。他为了进宫去，穿上了好久没有穿的

---

① 一七九六年，拿破仑占领了撒丁王国（皮埃蒙特王国），撒丁国王的盟友，特别是亚历山大一世，坚决要求拿破仑恢复撒丁王国，或者至少赔偿撒丁国王的损失。"为了漂亮的眼睛"一语，源出法国剧作家莫里哀（一六二二—一六七三）的《可笑的女才子》，意为"纯属出于对……的好感"。

全套礼服，精神饱满，英姿焕发，一只手扎着绷带，进了比利宾的书房。书房里已坐着四个外交使团的人员。其中有担任使馆秘书的伊波利特·库拉金公爵，鲍尔康斯基本来就认识他，其余的人比利宾向他作了介绍。

聚集在比利宾这里的，是上流社会富有而快活的年轻人，这些人在维也纳和在这里组成了一个单独的小团体，这个小团体的首领比利宾把它称为**我们的自己人**，法语叫作"Les notres"。在这个几乎只由外交官组成的小团体里，显然有其本身的、与战争和政治毫无共同之处的兴趣，他们关心的是上流社会的活动、和某些女人的关系以及工作上草拟公文方面的事。这些先生看来很乐意把安德烈公爵作为**自己人**吸收到自己的团体中来（他们只给少数人这样的荣誉）。出于礼貌，同时也为了引起话头，他们向他提了几个关于军队和战斗的问题，接着就东拉西扯地说起使人开心的笑话和议论别人的长短来了。

"特别妙的是，"一个人说，他讲的是一个当外交官的同伴的失败，"特别妙的是，外交大臣直截了当地对他说，派他到伦敦去是提升，要他也这样看待这件事。您能想象出他这时的模样吗？……"

"但是最坏的是，诸位，我向你们揭发库拉金：人家倒了霉，而这个唐璜①，这个可怕的人却幸灾乐祸！"

伊波利特公爵躺在伏尔泰安乐椅上，双腿放在扶手上。他笑了起来。

"您给我说下去，您给我说下去。"他说。

"啊，唐璜！啊，毒蛇！"几个人说。

"您不知道，鲍尔康斯基，"比利宾对安德烈公爵说，"法国军队（我差一点要说俄国军队了）造成的惊慌，与这个人在女人当中惹的事相比，算不了什么。"

"女人是男人的伴侣。"伊波利特公爵说，他举起带柄眼镜看起自己跷起的腿来。

比利宾和**我们的自己人**看着伊波利特哈哈大笑起来。安德烈公爵看到，这个伊波利特是这伙人当中的小丑，而他（应当承认）却因为自

---

① 唐璜是中世纪传说中的人物，后成为许多文艺作品的主人公和浪荡子的通称。

己妻子的缘故几乎吃他的醋。

"不,我应当让您欣赏欣赏库拉金。"比利宾小声对鲍尔康斯基说,"他谈论政治时,简直太妙了,应当见见那副拿腔拿调的样子。"

他坐到伊波利特身旁,蹙起额头,开始和他谈论政治。安德烈公爵和其余的人把他俩围住。

"柏林的内阁不能表示它对结盟的意见,"伊波利特煞有介事地说起来,"在没有表示……如同在最近的一份照会里……你们知道……你们知道……不过,假如皇帝陛下不改变我们的联盟的实质……"

"等一等,我还没有说完……"他抓住安德烈公爵的一只手说。"我认为,干涉要比不干涉更有力。还有……"他沉默了一会儿。"不能认为不接受我们十一月二十八日的紧急通报是事情的结束。这一切的结果就是这样。"

他放开鲍尔康斯基的手,表明现在他全说完了。

"狄摩西尼 [1],我从您藏在金口里的石头就认出您来了!"比利宾说,他由于高兴,头上的头发都动了起来。

大家都笑了。伊波利特的笑声比谁都大。他显然肚子都笑痛了,喘着气,但还是忍不住狂笑,笑得他那张总是神情呆板的脸都扩大了。

"听我说,诸位,"比利宾说,"鲍尔康斯基无论在家里还是在这里,在布吕恩,都是我的客人,我想尽我所能款待他,让他领略到此地生活的欢乐。如果我们在维也纳,这很容易;但是在这里,在这个讨厌的摩拉维亚洞穴里 [2],这就要困难些,因此我请你们大家帮忙。我们在布吕恩的人应当尽地主之谊。你们负责陪他看戏,我负责社交,而您,伊波利特,当然是负责介绍女人了。"

"应当让他看看阿梅利,美极了!"**我们自己的人**中的一个人吻着指头说。

"总之,"比利宾说,"应当转变这个爱好杀戮的大兵的观点,使他变得人道些。"

---

① 狄摩西尼(前三八四—前三二二),古希腊政治家,雄辩家。
② 指布吕恩,因它在今捷克摩拉维亚地区。

"诸位，我恐怕不能领受你们的盛情了，现在我得走了。"鲍尔康斯基看着表说。

"上哪里去？"

"去觐见皇帝。"

"啊—— 哟—— 哟！"

"好吧，再见，鲍尔康斯基！再见，公爵；早点回来吃午饭。"几个人一齐说，"我们希望您一定来。"

"您在和皇帝谈话时，尽量多称赞军需供应及时和行军路线安排得好。"比利宾说，把鲍尔康斯基送到了前厅。

"我是愿意称赞，但是说不出口，因为我了解情况。"鲍尔康斯基微笑着回答。

"好吧，总之要尽量多说话。他非常喜欢接见人；而他自己不爱说话，也不会说话，这一点您很快就会看到。"

十二

在觐见时，安德烈公爵站在奥地利军官之间的指定位置，弗兰茨皇帝出来后只集中注意仔细观察了一下他的脸，朝他点了点长脑袋。接着昨天的那位侍从武官彬彬有礼地对鲍尔康斯基说，皇帝希望见他。接见他时，弗兰茨皇帝站在房间的中央。在开始谈话前，使安德烈公爵感到惊讶的是，皇帝似乎有点发慌，不知道说什么，涨红了脸。

"请您说一说，战斗是什么时候开始的？"他急忙问道。

安德烈公爵作了回答。在这个问题之后提出的，是其他一些同样简单的问题，例如"库图佐夫身体好吗？他离开克雷姆斯多久了？"等等。从皇帝说话的表情来看；似乎他的全部目的只是为了提一定数量的问题。非常明显，对这些问题的回答是不能引起他的兴趣的。

"战斗是在几点钟打响的？"皇帝问。

"我无法向陛下报告正面的战斗是几点钟打响的，但是我所在的迪伦施泰因的部队是在傍晚五点多钟发起进攻的。"鲍尔康斯基说，他兴奋起来，认为在这种情况下能根据脑子里准备好的材料把他了解的和看到的情况如实地说出来。

但是皇帝笑了笑，打断他的话问：

"有多少英里？"

"从哪里到哪里，陛下？"

"从迪伦施泰因到克雷姆斯。"

"三英里半，陛下。"

"法国人放弃了左岸？"

"根据侦察兵报告，最后一批人马是夜里乘木筏过河的。"

"克雷姆斯的粮草充足吗？"

"粮草没有按规定的数量运到……"

皇帝又打断他的话问：

"施米特将军是在几点钟被打死的？"

"好像在七点。"

"在七点？太惨了！太惨了！"

皇帝说他很感谢，鞠了一躬。安德烈公爵一出来立刻被近臣们团团围住了。人们从四面八方向他投来亲切的目光，对他说着亲切的话语。昨天的那位侍从武官责怪他为什么不住在宫里，并且请他到自己家里去住。陆军大臣走过来祝贺他获得皇帝授予他的玛丽亚—特蕾西亚三级勋章。皇后的高级侍从邀请他去见皇后陛下。大公的妃子也想见他。他不知道回答谁好，停了几秒钟，集中了一下思想。俄国公使搂住他的肩膀，把他带到窗口，同他说起话来。

同比利宾的预言相反，他带来的消息受到热烈欢迎。决定举行感恩祈祷。库图佐夫被授予玛丽亚—特蕾西亚十字勋章，全军都获得了奖赏。鲍尔康斯基收到了各方面的邀请，整个上午都去拜会奥地利主要的大臣。下午四点多钟拜会完毕，安德烈公爵便回比利宾的寓所，路上脑子里考虑着给父亲写信，报告战斗经过和布吕恩之行的情况。在回比利宾的家之前，安德烈公爵先到书店去买一些供行军途中阅读的书，在那里耽搁了很久。到比利宾所住房子的门口时，看见那里停着一辆已装了半车东西的轻便马车，比利宾的仆人弗兰茨吃力地拖着一只箱子从门里出来。

"怎么回事？"鲍尔康斯基问。

"唉，公爵大人，"弗兰茨说，他费劲地把箱子装到马车上去，"我们要去更远的地方。那个恶棍又跟在我们后面追来了！"①

"怎么回事？什么？"安德烈公爵又问道。

比利宾迎着鲍尔康斯基出来了。在他通常都很平静的脸上露出焦急不安的神情。

"不，不，您得承认，"他说，"这真妙极了，我说的是塔博尔桥(维也纳的一座桥)的事。他们没有遭到任何抵抗就过了桥。"

安德烈公爵什么也没有听明白。

"您到哪里去来着？您怎么不知道城里所有马车夫都已知道的事？"

"我从大公的妃子那里来。那里我什么也没有听到：

"也没有看见到处都在收拾行李吗？"

"没有看见……到底是怎么回事？"安德烈公爵急不可耐地问道。

"怎么回事？是这么回事，法国人过了奥尔斯佩尔格守卫的大桥，桥没有炸掉，因此现在缪拉的部队正沿着通向布吕恩的道路快速推进，日内他们就可到达这里。"

"怎么到达这里？既然桥已布了雷，怎么会没有炸掉？"

"我也正要问您呢。这一点谁也不知道，甚至包括波拿巴本人在内。"

鲍尔康斯基耸了耸肩膀。

"既然敌人已过了桥，那么军队也就完了：它的退路将被切断。"他说。

"问题就在这里，"比利宾回答，"听我说吧。我已对您讲过，法国人进了维也纳。一切都很好。第二天，也就是昨天，几位元帅先生：缪拉、拉纳②和贝利亚尔③等，骑上马往桥上跑。(注意：这三人都善于吹牛。)'诸位，'其中一个人说，'你们知道，塔博尔桥布了雷和设有排雷装置，桥前有令人恐惧的桥头堡，还有一万五千名奉命炸桥、不放我们过去的军队。如果我们拿下这座桥，我们的皇帝拿破仑将会很高兴。让我们三个人一起去把这座桥拿下来。''走吧，'另外两人说；于是他们就前去攻桥，攻下后，便率领大军到了多瑙河这一边，向我们，向你

---

① 原文为德文。

② 拉纳(一七六九—一八〇九)，法国元帅。

③ 贝利亚尔(一七六九—一八三二)，法国将军。

们和你们的交通线直扑过来。"

"别说笑话。"安德烈公爵忧郁而又严肃地说。

安德烈公爵听到这个消息感到又伤心又高兴。他一得知俄国军队处于如此无望的境地，他就想到命中注定应该由他来使俄军摆脱困境，这就是他的土伦^①，它将使他这个无名军官一举成名，为他开辟通向荣誉的第一条道路！他一面听比利宾讲，一面考虑着回到部队后如何在军事会议上提出唯一能拯救军队的意见，并且设想他一个人将被委派去执行这个计划。

"别说笑话了。"他说。

"我不是说笑话，"比利宾接着说，"没有比这事更确实和更可悲的了。这些先生们单枪匹马来到桥上，手里举着白手绢；他们说休战了，他们这些元帅们是来和奥尔斯佩尔格公爵谈判的。值班军官把他们放进桥头堡。他们对他天花乱坠地胡吹一通，说什么战争结束了，弗兰茨皇帝已约定会见波拿巴，而他们则希望见一见奥尔斯佩尔格公爵等等，等等。军官派人去请奥尔斯佩尔格；这些先生们搂住军官们，开着玩笑，坐到大炮上，而与此同时，一个营的法国军队悄悄地上了桥，把那里的一袋袋引火材料扔进河里，接着到了桥头堡前面。最后中将本人，我们可爱的奥尔斯佩尔格·冯·毛特恩公爵来了。'亲爱的敌人！奥地利军队之花，历次土耳其战争的英雄！敌对状态结束了，我们可以握手言和了……拿破仑皇帝迫不及待地希望认识奥尔斯佩尔格公爵。'一句话，这些先生们不愧为牛皮大王，他们对奥尔斯佩尔格说了许多甜言蜜语，而奥尔斯佩尔格为法国元帅们一见如故的亲密态度所迷惑，被缪拉漂亮的外套和头上的鸵鸟花翎弄得眼花缭乱，以致他只看见他们火一样的热情，而忘记了应该向敌人开火（比利宾尽管讲得滔滔不绝，但是没有忘记在讲了这个警句后稍稍停顿一下，好让听的人品味一下）。那一营法国人跑上了桥头堡，钉死了大炮，占领了大桥。不过最妙的是，"他接着说，他觉得自己讲的故事很美妙，心情也就平静下来了，"最妙的是，看守那门用来发点燃地雷炸桥信号的大炮

---

① 一七九三年十二月十七日，拿破仑指挥部队攻下法国南部的土伦要塞，这是他取得胜利的第一个战役。

的中士看见法国人往桥上跑,已经要想开炮了,但是拉纳拉开了他的手。这个中士大概比他的将军要聪明些,走到奥尔斯佩尔格面前说:'公爵,人家在骗您,您看,法国人冲过来了!'缪拉发现,如果让中士说下去,骗局就要拆穿。他假装惊讶地(真是个十足的骗子)对奥尔斯佩尔格说:'您允许下级同您这样说话,我就不知道在世界上受到如此赞扬的奥军纪律在哪里了!'这真是妙极了。奥尔斯佩尔格公爵感到自己受了侮辱,下令逮捕中士。不,您得承认,关于塔博尔桥的整个故事真是妙极了。这与其说是愚蠢,倒不如说是卑劣……"

"也许是背叛。"安德烈公爵说,生动地想象着灰色的军大衣、流血的伤口、硝烟、枪炮声以及等待着他的荣誉。

"这也不是。这使得宫廷陷入了困境。这既不是背叛,不是卑劣,也不是愚蠢;这像在乌尔姆一样,"他仿佛沉思起来,寻找着合适的词句:"这……这是马克作风。我们都变成马克了。"他最后说,觉得自己又说了一个警句,而且是一个新鲜的、将为人们广泛传诵的警句。

他的一直紧蹙的额头很快舒展开来,说明他很高兴,他脸上挂着微笑,开始察看自己的指甲。

"您上哪里去?"他看见安德烈公爵站起来往自己的房间走,突然问他,"我要走了。"

"上哪里?"

"回部队。"

"您不是想再留两天?"

"现在我就走。"

安德烈公爵吩咐做出发的准备,自己转身回屋去了。

"您知道,亲爱的,"比利宾跟着走进他的房间说,"我替您想了想。您干吗要走?"

为了证明他所说的道理无可辩驳,脸上的褶子全都消失了。

安德烈公爵用疑问的目光看了他一眼,什么也没有回答。

"您干吗要走?我知道,您认为现在部队的处境很危险,您有责任赶回去。我理解这一点,亲爱的,这是英雄气概。"

"完全不是。"安德烈公爵说。

"您既然是一个哲学家,那就做一个彻底的哲学家,如果您从另一个方面来看事物，那么就会看到，正好相反，您的责任是爱惜自己。这事就让别的再也没有用处的人去做吧……没有人命令您回去，这里也没有放您走；因此您可以留下来，和我们一起听倒霉的命运的安排，去该去的地方。听说要到奥尔米茨①去。而奥尔米茨是一个可爱的城市。我俩可以一起安安稳稳地坐我的马车走。"

"别开玩笑了，比利宾。"鲍尔康斯基说。

"我对您说这些，出于朋友的一片真心。请您考虑一下。现在，当您可以留下来时，您要到哪里去，去干什么呢？您可能遇到两种情况（他左边鬓角上方的皮肤皱了起来）：或者您还没有回到部队，和约就签订了，或者您和库图佐夫的整个军队一起遭到失败和蒙受耻辱。"

说着比利宾舒展开了皮肤，觉得自己提出的两者必居其一的论点是无可辩驳的。

"这一点我不能考虑。"安德烈公爵冷冷地说，心里想："我回去是为了拯救军队。"

"亲爱的，您是一个英雄。"比利宾说。

十三

当天夜里，鲍尔康斯基向陆军大臣告别后便回部队去，自己也不知道到哪里才能找到它，担心在去克雷姆斯的路上被法国人截住。

在布吕恩，宫廷里的人都在收拾行李，笨重的东西已经开始运到奥尔米茨去了。安德烈公爵在埃采尔斯多夫附近上了大路，而俄军正在沿着这条大路仓皇撤退，秩序非常混乱。路上塞满了大车，马车简直无法通行。又饿又累的安德烈公爵从哥萨克头领那里要了一匹马和一名哥萨克，绕过车队，骑马去寻找总司令和自己的行李车。路上他就听到过关于部队处境险恶的传闻，现在官兵们毫无秩序地逃跑的景象证实了这些传闻。

"这支俄国军队是用英国的金钱买通从天涯海角送到这里来的，我们要让它遭到同样的命运（乌尔姆奥军的命运）。"他想起了战争开

---

① 奥尔米茨即今捷克的奥洛穆茨。

始前波拿巴给自己军队的命令中的这句话,这句话使他对自己心目中的这位天才的英雄的言行感到惊讶,觉得自尊心受到了伤害,同样也使他增强了获得荣誉的希望。"难道除了一死就别无良策了?"他想。"既然需要这样,也只好如此!我一定做得不比别人差。"

安德烈公爵带着轻蔑的表情望着这些没完没了的乱成一团的队伍、行李车、炮车和大炮,看到接踵而来的又是各种各样的车辆,它们你追我赶,三四辆车齐头并进,挤满了泥泞的道路。四面八方,前前后后,根据听力所及,到处可以听到车轮的滚动声,马车、大车和炮车的隆隆声,马蹄的嘚嘚声,鞭子的噼啪声,车夫的吆喝声,士兵、勤务兵和军官的叫骂声。在道路的两旁,不断可以看见剥了皮的和未剥皮的死马,损坏的马车和坐在车旁等待着什么的孤单的士兵;可以看见离开部队的士兵,他们成群结队地朝邻近的村庄走去,或者捉了鸡、牵着羊、抱着干草或扛着装满东西的麻袋从村里出来。在上下坡的地方人群变得更稠密些,呻吟声和叫喊声不绝于耳。大兵们踩着齐膝深的污泥,双手抬起大炮和带篷大车;鞭子噼啪作响,马蹄打滑,套索绷断了,有人拼命喊叫着。指挥交通的军官们骑着马在车队中间前前后后地跑着。在一片喧闹声中,他们微弱的声音几乎听不见,但是从他们的脸上可以看出,他们对制止这种混乱状态已不抱希望了。

"这就是可爱的**东正教的俄国军队**。"鲍尔康斯基想道,他想起了比利宾的话。

他想向这些人打听总司令在哪里,便到了车队旁边。迎面直接朝他驶来一辆一匹马拉的样子很怪的马车,这辆车显然是士兵们自己就地取材拼凑起来的,它介于大车、轻便马车和四轮马车之间。一个士兵赶着车,在皮车篷下面和帘子后面坐着一个全身裹着围巾的女人。安德烈公爵到了跟前正想问那个士兵,这时他的注意力被坐在车里的女人绝望的叫喊声所吸引了。负责车队的军官抽打着赶那辆车的士兵,因为他想要超过别的车辆,鞭子落在那辆车的帘子上。女人刺耳地尖叫着。她看见安德烈公爵,便从帘子里探出头来,摇着从毛毯似的围巾里伸出来的干瘦的手,喊道:

"副官!副官先生!……看在上帝分上……保护我吧……这还得了啊?……我是第七猎骑兵团军医的家眷……不让过去;我们掉队

了，和自己人失散了……"

"拐回去，不然把你压成肉饼！"军官凶狠地对士兵嚷道，"你带着你的臭娘儿们拐回去！"

"副官先生，保护我吧。这是怎么回事啊？"军医太太喊道。

"请您放这辆车过去。难道您没有看见上面坐着一个妇女吗？"安德烈公爵骑马到了那个军官跟前，说道。

军官朝他看了一眼，没有回答，又转身对士兵说：

"我叫你超车……回去！"

"放他们过去吧，我对您说。"安德烈公爵不满地撇了撇嘴，又说了一遍。

"你是什么人？"军官突然像喝醉了酒似的对他发起火来。"你是什么人？难道你（他特别强调'你'这个字）是长官不成？这里长官是我而不是你。你回去。"他重复了一遍，"不然把你压成肉饼。"

显然军官很喜欢这句话。

"顶这小副官，顶得好！"背后有人这样说。

安德烈公爵看到，那军官像醉汉一样正处于无缘无故发火的状态，一般人处于这种状态不记得自己说的是什么。他看到，他的这种卫护坐在车上的军医太太的行动充满着受人嘲笑的危险，这是世上他最害怕的事，这时他的本能使他产生了另一种想法。那军官还没有把话说完，气歪了脸的安德烈公爵就冲到他面前，举起鞭子说道：

"请、你、放、她、过、去！"

军官挥了一下手，急忙走开了。

"这一切，这种混乱状态都是这些司令部的人造成的。"他嘟囔了一句，"你们瞧着办吧。"

安德烈公爵眼皮也不抬地急忙离开那个称他为救命恩人的军医太太，朝人们告诉他的总司令所在的村子驰去，路上厌恶地回忆着刚才这个有失尊严的场面的全部细节。

进村后，他下了马，朝第一座房子走去，想在那里哪怕休息一会儿，吃点东西，理一理所有这些使他感到屈辱和难受的想法。"这是一群坏蛋，而不是军队。"他在朝第一座房子的窗口走去时想道，这时听见一个熟悉的声音叫他的名字。

他朝四面看了一下。只见从一个小窗户里探出了涅斯维茨基的漂亮的脸。涅斯维茨基鲜红的嘴里嚼着什么，朝他招招手，叫他进屋去。

"鲍尔康斯基，鲍尔康斯基！听不见还是怎么的？快点进来。"他喊道。

安德烈公爵进屋后，看见涅斯维茨基和另一个军官正在吃东西。他们急忙问他听到了什么新闻。安德烈公爵在他非常熟悉的这两张脸上看出了焦急不安的表情。这种表情在涅斯维茨基的总是笑着的脸上尤其明显。

"总司令在哪里？"鲍尔康斯基问。

"在这里，在那座房子里。"副官回答道。

"您说，真的讲和而且投降了？"涅斯维茨基问。

"我正要问您呢。我好不容易赶上了你们，此外什么也不知道。"

"我们这里，老弟，有什么可说的！可怕极了！我认错，老弟，不该嘲笑马克，我们自己的处境更糟，"涅斯维茨基说，"你坐下，来吃点东西。"

"现在，公爵，行李车找不到，什么也找不到，您的仆从彼得也不知下落。"另一个副官说。

"总部在哪里？"

"我们在茨纳伊姆①过夜。"

"而我把所有需要的东西重新打包，由两匹马驮着，"涅斯维茨基说，"这些包给我打得很好。就是打从波希米亚的山里逃跑也能过得去。事情不妙，老弟。你怎么啦，是不是病了，怎么老打哆嗦？"涅斯维茨基看见安德烈公爵像碰到莱顿瓶②一样抽搐了一下，问道。

"没有什么。"安德烈公爵回答。

他这时回想起了不久前碰到军医太太和辎重队军官的事。

"总司令在这里做什么？"他问。

"我什么也不知道。"涅斯维茨基说。

"我只知道一点：一切都令人厌恶，厌恶，厌恶。"安德烈公爵说着

---

① 茨纳伊姆即今捷克的兹诺伊莫。
② 莱顿瓶是一种存储静电的器件。

到总司令待的房子里去了。

安德烈公爵从库图佐夫的马车、随从们的疲乏的坐骑和大声交谈着的哥萨克们旁边经过，进了门廊。人们告诉安德烈公爵，库图佐夫本人在屋里同巴格拉季翁公爵和魏罗特①在一起。魏罗特是接替阵亡的施米特的奥地利将军。在门廊里，矮小的科兹洛夫斯基蹲在文书的面前。文书卷起袖口，趴在一个翻过来的木桶上匆忙地写着什么。科兹洛夫斯基脸色疲惫，显然他夜里也没有睡。他朝安德烈公爵看了一眼，甚至没有朝他点一下头。

"第二行……写好了吗？"他继续给文书口授，"基辅掷弹兵团、波多利斯克团……"

"记不下来，大人。"文书望着科兹洛夫斯基不客气地并生气地说。

这时从门里面传来库图佐夫激动而不满的声音，他的话不时为另一个陌生的声音所打断。根据他说话的声音，根据科兹洛夫斯基看见他时那种不大理睬的样子，根据疲惫不堪的文书的不恭敬态度，根据文书和科兹洛夫斯基离总司令很近围着木桶坐在地上的情景，根据牵着马的哥萨克在窗户底下大声说笑的样子——根据这一切安德烈公爵感觉到一定发生了什么重要的和不幸的事。

安德烈公爵迫不及待地向科兹洛夫斯基提出了一些问题。

"等一下，公爵，"科兹洛夫斯基说，"正在给巴格拉季翁草拟书面命令。"

"要投降吗？"

"根本没有的事；已发出了作战的命令。"

安德烈公爵朝传出说话声的门走去。但是正当他想要开门时，房间里的说话声停止了，门自己打开了，门口出现了虚胖的脸上长着鹰钩鼻的库图佐夫。安德烈公爵正好站在库图佐夫正对面；但是从总司令的唯一的一只能看见东西的眼睛的神情可以看出，由于他正在思考问题和为某些事操心，他的视线仿佛被蒙住了。他直视着安德烈公爵的脸，却没有认出来。

"怎么样，写完了吗？"他问科兹洛夫斯基。

---

① 魏罗特（一七五四——一八〇七），奥地利将军，曾任奥军参谋长。

"马上就好,大人。"

巴格拉季翁跟着总司令出来,他个儿不高,长着东方人的五官端正、神情呆板的脸,身体干瘦,但样子还不老。

"参见大人。"安德烈公爵大声说,把一封信递给库图佐夫。

"啊,是从维也纳来的吧?好。等一会儿再说,等一会儿再说!"

库图佐夫与巴格拉季翁一起到了门口的台阶上。

"好吧,公爵,再见,"他对巴格拉季翁说,"基督保佑你。祝福你建立丰功伟绩。"

库图佐夫的脸色突然变得温和起来,眼睛里出现了泪珠。他用左手把巴格拉季翁往自己身边拉,戴着戒指的右手用显然是习惯的动作给他画了个十字,把虚胖的腮帮子伸给他,而巴格拉季翁却吻了吻他的脖子。

"基督保佑你!"库图佐夫又说了一遍,走到了马车旁。"跟我一起上车!"他对鲍尔康斯基说。

"大人,我希望在这里效劳。请允许我留在巴格拉季翁公爵的部队里。"

"上车,"库图佐夫发现鲍尔康斯基在拖延时间,说道,"我自己也需要好的军官,自己也需要。"

他们上了马车,有好几分钟两人都没有说话。

"以后还会有很多很多的事情要做。"库图佐夫带着老年人洞察一切的神情说,好像他对鲍尔康斯基心里的想法一目了然似的。"如果明天他的部队能回来十分之一,我就谢天谢地了。"他好像自言自语似的加了一句。

安德烈公爵朝库图佐夫瞧了一眼,无意中在离他半俄尺①的地方看见库图佐夫鬓角上洗得干干净净的疤痕和打瞎的眼睛,这疤痕是在伊兹梅尔战役中被子弹打穿头骨时留下的。"是的,他有权如此平静地谈论这些人可能遭到的覆灭!"鲍尔康斯基想道。

"正因为如此我才请求把我派往这个部队。"他说。

库图佐夫没有回答。他好像已忘记了自己说的话,坐在那里陷入

---

① 一俄尺合〇•七一米。

了沉思。五分钟后，在马车的软弹簧垫上平稳地摇晃着的他，朝安德烈公爵转过身来。他脸上已经没有激动的痕迹。他带着轻微的嘲讽向安德烈公爵询问他会见奥地利皇帝的详情，询问他在宫廷听到的对克雷姆斯战役的反应和几个他们都认识的女人的情况。

十四

十一月一日，库图佐夫收到了侦察兵的情报，这情报说明，他指挥的部队几乎已陷入了绝境。侦察兵报告说，法军的大批兵力过了维也纳的大桥后，正朝着库图佐夫与从俄国前来增援的部队之间的交通线推进。如果库图佐夫决定留在克雷姆斯，那么拿破仑的十五万大军就将切断他的所有交通线，把他的四万疲惫的军队团团围住，他的处境就会与马克在乌尔姆的处境一样。如果库图佐夫决定放弃那条连接来自俄国的援军的道路，那么他就得在抵御敌优势兵力攻击的同时，退入情况不明、崎岖难行的波希米亚山区，失去同布克斯格夫登[1] 会师的任何希望。如果库图佐夫决定沿着大路，从克雷姆斯向奥尔米茨撤退，以便与来自俄国的援军会合，那么他就可能遇到这样的情况：过了维也纳大桥的法军先到这条路上，这时只好在行进中带着全副重装备和辎重投入战斗，而敌人兵力要大两倍，而且从两边进行夹攻。

库图佐夫选择了这最后的一种方案。

根据侦察兵的报告，法军过了维也纳大桥后，强行军向库图佐夫撤退路上的茨纳伊姆前进，这时茨纳伊姆还在库图佐夫前头一百多俄里。如果在法军之前赶到茨纳伊姆，那么这就意味着拯救军队还有很大希望；而如果让法国人先到茨纳伊姆，那么肯定要使全军遭到像奥军在乌尔姆所遭到的那样的耻辱，或者全军覆没。但是带领全军赶在法国人前面是不可能的。法国人从维也纳到茨纳伊姆的道路比俄军从克雷姆斯到茨纳伊姆的道路要短些和好些。

库图佐夫在接到情报的那天夜里，派巴格拉季翁率领四千人的前卫队从右面翻山越岭从克雷姆斯—茨纳伊姆大道插到维也纳—茨纳伊

---

① 布克斯格夫登(一七五〇—一八一一)，俄国将领。

姆道上去。巴格拉季翁应当马不停蹄地赶完这段路程，然后停下，面对维也纳背朝茨纳伊姆扎营，如果他得以赶在法国人前头，那么他就应当尽可能地阻止他们前进。库图佐夫本人则带着全部重装备向茨纳伊姆进发。

在一个暴风雨之夜，巴格拉季翁率领饥饿赤脚的士兵在没有道路的山地行军四十五俄里，有三分之一的人掉队，终于比从维也纳过来的法军早几个小时到了维也纳—茨纳伊姆大道上的霍拉布伦。库图佐夫带着辎重还要走整整一昼夜才能到达茨纳伊姆，因此为了拯救军队，巴格拉季翁应当带四千饥饿疲劳的士兵阻击在霍拉布伦相遇的敌军，坚持一昼夜，这显然是不可能的。但是奇怪的命运却使不可能变为可能。法国人不战而骗取维也纳桥的成功，使得缪拉也想欺骗库图佐夫。缪拉在茨纳伊姆大道上遇到巴格拉季翁的力量薄弱的部队后，误以为这是库图佐夫的全军。为了确有把握地消灭这支军队，他等待着从维也纳来的落在后面的部队的到来，为此他提出停火三天，其条件是双方部队不改变自己的位置，原地不动。缪拉佯言，和平谈判已在进行，因此为了避免无谓的流血，他提出停火。担任前哨的奥地利将军诺斯蒂茨伯爵相信了缪拉的军使的话，便向后退，把巴格拉季翁的部队暴露在敌人面前。另一个军使则到俄军散兵线去报告和平谈判的消息和向俄军提出停火三天的建议。巴格拉季翁回答说，他不能决定是否接受停火的建议，便派一个副官带着这个建议去向库图佐夫请示。

对库图佐夫来说，停火是赢得时间的唯一方法，它可使巴格拉季翁疲惫不堪的部队得到喘息的机会，辎重队和重装备也就能朝后撤（其行动是对法国人保密的），哪怕朝茨纳伊姆再撤一段路也好。停火的建议为拯救军队提供了唯一的、出乎意外的可能性。得到这个消息后，库图佐夫立即派遣在他身边的侍从将军 ① 温岑格罗德前往敌营。温岑格罗德奉命不仅应当接受停火，而且提出投降的条件，而与此同时，库图佐夫派副官回去督促全军辎重队尽快沿着克雷姆斯—茨纳伊姆大道撤退。巴格拉季翁的又饥又乏的部队为掩护辎重队和全军的行动，应当一动也不动地待在兵力强七倍的敌军面前。

---

① 在十八世纪的俄国，这是将军衔的副官，到十九世纪逐渐成为一种荣誉头衔。

库图佐夫曾经预料，提出没有任何约束力的投降建议可为运送一部分辎重赢得时间，同时缪拉的错误很快就会被发现，事情果然不出他所料。当时正在离霍拉布伦二十五俄里的舍恩布龙宫的波拿巴一接到缪拉的报告以及停火和投降的草约后，就发现其中有诈，便给缪拉写了一封信：

缪拉亲王：

我找不到适当的词句来表达我对您的不满。您只指挥我的前卫部队，没有我的命令无权决定停火。您使得我失去了整个战役的成果。立刻撕毁停火协定，向敌人发动进攻。您向他们宣布，签订这份投降书的将军无权这样做，除了俄国皇帝外，谁都没有这个权力。

不过假如俄国皇帝同意这个条件，那么我也同意；但是这不过是一个诡计。进军吧，消灭俄国军队。您可以俘获它的辎重和大炮。

俄国皇帝的侍从将军是一个骗子……军官们在没有被授予全权时，不起任何作用……奥地利人在你们过维也纳大桥时受了骗，而您却受了俄国皇帝的武官的骗。

拿破仑

一八○五年雾月 ① 二十五日上午八时于舍恩布龙宫

波拿巴派副官快马加鞭把这封措辞严厉的信送给缪拉。他不再把事情交给将军们去办，而是亲自带领近卫军直奔战场，生怕放走就要到手的猎物，而这时巴格拉季翁的四千人的部队正快活地燃起篝火，烘衣服和取暖，三天来第一次熬了粥，他们之中谁也不知道也不考虑他们面临的是什么。

十五

安德烈公爵向库图佐夫提出的下部队的请求获得了批准，他便于

---

① 雾月是一七九三——一八○五年法国共和历的第二月，相当于公历十月二十日至十一月二十日。

下午三点多钟来到了格伦特，向巴格拉季翁报到。波拿巴的副官还没有到达缪拉的部队，战斗还没有开始。在巴格拉季翁的部队里，人们对战事总的进程一无所知，谈论着和平，但是不相信讲和的可能。也谈论战斗，同样不相信战斗马上就会开始。

巴格拉季翁知道鲍尔康斯基是受到宠信的副官，对他特别重视和特别客气，对他说，今明两天就可能发生战斗，给他充分的自由，战斗时可以留在他身边，也可以到后卫部队去观察撤退的情况，因为"这也是很重要的"。

"不过今天大概不会打起来。"巴格拉季翁好像安慰安德烈公爵似的说。

"如果他是司令部里一般的公子哥儿，是到这里来捞十字勋章的，那么他在后卫部队里也能得到；如果想同我在一起，那也行……他若是一个勇敢的军官，是会用得着的。"巴格拉季翁想。安德烈公爵什么也没有回答，只请求允许他去看一看阵地，了解一下部队的部署，以便在执行任务时知道怎么去。部队的值班军官自愿给安德烈公爵带路，这是一个漂亮的男子，衣着讲究，食指上戴着钻石戒指，法语说得很糟，但很喜欢说。

到处都可以见到浑身湿透、脸色忧愁的军官，他们好像在寻找什么，也可见到士兵们从村子里拖来门板、长凳和围墙板。

"您瞧，公爵，简直拿他们没有办法，"带路的校官指着这些人说，"指挥官把他们惯坏了。而在这里，"他朝随军商贩搭起的帐篷指了一下，"聚集着一堆人。今天上午才把所有的人撵走，您看，又坐满了。应当过去吓唬他们一下，公爵。只需一会儿工夫。"

"咱们过去吧，我也要去吃点干酪和面包。"安德烈公爵说，他还没有来得及吃东西。

"您怎么不早说，公爵？不然我可以招待您。"

他们下了马，进了随军商贩的帐篷。几个满面通红、看起来很疲倦的军官坐在桌旁吃喝。

"这是怎么回事，诸位？"校官责备道，听那语气，好像他已经把这句话重复好几次了。"要知道这样擅离职守是不行的。公爵已下了命令，谁也不许来。瞧，您也在这里，上尉先生。"他对一个矮小瘦削、满身泥浆的炮兵军官说，这军官没有穿靴子（他把靴子交给随军商贩去烘干了），只穿长筒袜，一见两人进来就站起来，脸上挂着不大自然的微笑。

"图申上尉，您怎么不害臊？"校官接着说，"您作为一个炮兵军官，似乎应该做出榜样，可是您靴子也不穿。一旦发出战斗警报，您不穿靴子可就要您的好看了。（校官笑了笑。）请你们都回到各自的岗位上去，诸位，全都回去。"他用长官的口气补充了一句。

安德烈公爵不由得笑了笑，朝图申上尉看了一眼。图申默默地微笑着，倒换着两只没有穿靴子的脚，用他聪明和善的大眼睛，询问似的一会儿看看安德烈公爵，一会儿看看校官。

"士兵们说，不穿靴子更方便。"图申畏怯地微笑着说，显然想用开玩笑的说话方式来摆脱尴尬的处境。

但是他还没有说完就感觉到，他的笑话无人理睬，玩笑开得不成功。他有些发窘。

"请你们都走吧。"校官说，努力保持严肃的样子。

安德烈公爵又朝矮小的炮兵军官看了一眼。他身上有一种特殊的、完全不像军人的东西，有点滑稽，然而特别吸引人。

校官和安德烈公爵骑上马，继续往前走。

出了村，他们不断地超过和碰见各个不同部队的士兵和军官，看见左边正在修筑工事，新挖出的泥土泛着红色。虽然寒风刺骨，几个营的工兵们都只穿衬衣，像白蚂蚁一样，在这些工事上忙碌着；从土堤后面，不断甩出一铲铲红土，但看不见那里的人。他们到了一个工事旁边，看了一下，又继续往前走。在工事后面，他们碰上了几十个士兵，这些士兵不断地替换着，跑离工事。他们两人不得不捂住鼻子，催马快步离开这个空气污浊的地方。

"这就是军营生活的乐趣，公爵先生。"值班校官说。

他们到了对面的山上。从这座山上已经可以看见法国人。安德烈公爵勒住马，开始仔细观察起来。

"我们的炮连在这里，"校官指着最高点说，"这是由那个不穿靴子的怪人指挥的；从那里什么都看得见，咱们走吧，公爵。"

"非常感谢，现在我一个人就行了，"安德烈公爵说，"想要摆脱这个校官请您别费心了。"

校官留在后面了,安德烈公爵便一个人骑马走了。

他愈往前走,愈接近敌人,看到部队愈有秩序,情绪愈高。最混乱、情绪最低沉的是安德烈公爵早晨超过的在去茨纳伊姆路上的辎重队,当时它离法国人只有十俄里。在格伦特也可以感觉到某种不安和恐惧。但是安德烈公爵愈接近法国人散兵线,看到我军变得愈来愈自信。士兵们身穿军大衣排好队站着,司务长和连长在清点人数,用手指戳着一个站在班的末尾的士兵的胸脯,叫他举起手;分散在整个区域的士兵们抱来柴火和树枝,搭着棚子,快活地笑着和交谈着;坐在篝火旁的人有的穿着衣服,有的光着上身,他们或烘衬衣和包脚布,或修补靴子和军大衣;在锅灶边和炊事员身旁聚集了不少人。在一个连队里,午餐已准备好了,士兵们垂涎欲滴地瞧着冒着热气的锅,等待管理员盛出一木碗来送给坐在棚子对面的圆木上的军官去品尝。

在另一个比较走运的连队里(因为并不是所有的连队都有弄到伏特加的好运气),士兵们聚集在一个麻脸宽肩的司务长身边,司务长正在端着一个小桶往按顺序递过来的军用水壶盖里倒酒。士兵们脸上带着虔诚的表情把水壶盖往嘴边送,把酒倒进嘴里,在嘴里漱一下咽下去,然后用大衣袖子擦擦嘴,高高兴兴地离开了司务长。大家脸上的表情都非常平静,仿佛一切不是在能看见敌人、即将发生一场至少有一半人倒下的战斗的时候发生的,仿佛他们是在国内等待着平安的驻防。安德烈公爵过了轻步兵团,在基辅掷弹兵的队伍里,在这些也干着日常的事的赳赳武夫那里,在离团长的与众不同的高大棚子不远的地方,碰上了一排站好队的掷弹兵,在他们面前躺着一个脱光衣服的人。两个士兵按住他,另外两个士兵挥动柔韧的树枝抽打着他的光脊梁。受惩罚的士兵装腔作势地喊着。一个胖胖的少校在队伍前来回走着,他不理会那士兵的喊叫,不停地说:

"士兵偷东西是可耻的,士兵应当老实、高尚和勇敢;如果偷自己弟兄的东西,那么他就不老实;这就是坏蛋。再给我打!再给我打!"

于是一直可以听到柔韧树枝的抽打声和绝望的、然而是假装的喊叫声。

"再给我打!再给我打!"少校在旁边说。

一个年轻的军官脸上带着困惑不解和痛苦的表情从受惩罚者身

旁走开,用疑问的目光看着路过的安德烈公爵。

安德烈公爵到了前沿后,便沿着战线走去。左翼和右翼敌我双方的散兵线相距很远,而在中央,在早晨军使通过的地方,则离得很近,可以看见彼此的脸和进行交谈。除了据守在这个地方的士兵外,两边都有许多前来看热闹的人,这些人一面谈笑着,一面仔细观看着他们感到奇怪和陌生的敌人。

尽管下了禁止靠近散兵线的命令,但是从大清早起,长官们一直无法赶走看热闹的人。散兵线上的士兵似乎都想要向人们展示稀罕的东西,他们已不注视法国兵,转而观看起那些看热闹的人来,不耐烦地等待着换班。安德烈公爵勒住马,开始仔细观察法国人。

"你看,你看,"一个士兵指着一个俄国火枪兵对同伴说,这个火枪兵与一个军官一起走到散兵线上,同一个法国掷弹兵很快地和热烈地说着什么,"瞧他说得多顺溜!那法国佬快要跟不上了。你也来几句,西多罗夫!"

"别着急,听他说。确实很顺溜!"被认为法语讲得很好的西多罗夫回答道。

那两个谈笑的人所指的士兵是多洛霍夫。安德烈公爵认出了他,倾听起他的谈话来。多洛霍夫是同他的连长从他们团所在的左翼到散兵线上来的。

"好,接着说,接着说!"连长鼓励说,他身体朝前倾,竭力不漏掉每一句他听不懂的话,"再说得快点。他在说什么?"

多洛霍夫没有回答连长;他正在集中精神同法国掷弹兵进行热烈的争论。他们谈的想必就是这次战役。法国兵把奥地利人和俄国人弄混了,说俄国人投降了,从乌尔姆逃跑了;多洛霍夫则说,俄国人不仅没有投降,而且揍了法国人一顿。

"在这里我们奉命把你们赶走,我们一定能做到这一点。"多洛霍夫说。

"不过要当心,不要让你们和你们的哥萨克都成了俘虏。"法国掷弹兵说。

观看这个场面和听他们争论的法国人都笑了。

"我们会像苏沃洛夫那样,把你们打得欢蹦乱跳的(打得你们跳起舞来)。"多洛霍夫说。

"他在那里瞎扯些什么?"一个法国人说。

"一个老早的故事。"另一个法国人回答道,他猜到他们在讲以前的战争,"我们皇帝也要像对待别人那样,给你们的苏瓦拉^①一点厉害看看……"

"波拿巴……"多洛霍夫刚要开口,就被法国人打断了。

"没有什么波拿巴,只有皇帝! 岂有此理……"法国人生气地喊道。

"让你们的皇帝见鬼去吧!"

多洛霍夫改说俄语,他用士兵的粗话骂了一句,背起枪,走开了。

"走吧,伊万·尼基奇。"他对连长说。

"法国话就该说得像这个样子。"散兵线上的士兵们议论起来,"喂,西多罗夫,你也来几句!"

西多罗夫眨了眨眼,转身对法国人像连珠炮似的说起谁也不懂的话来。

"卡里,马拉,塔法,萨菲,穆特尔,卡斯卡。"他叽里咕噜地说着,竭力说得有腔有调。

"呵——呵——呵! 哈——哈——哈——哈! 哟——哟!"在士兵中间响起健康快活的笑声,这笑声不由自主地越过散兵线也传染给了法国人,在这之后似乎应当赶紧退出枪弹,销毁弹药,然后大家各自回自己的老家。

但是枪仍然装着子弹,房屋和工事上的枪眼威严地注视着前方,卸去前车的大炮也仍然像以前一样相互瞄准对方。

十六

安德烈公爵从右翼到左翼跑遍了整条战线后,登上了炮连所在的高地,照那位校官的说法,从这里看得见整个战场。他在这里下了马,在四门卸去前车的大炮中靠边的一门旁边站住了。在大炮的前面,一

---

① 法国兵这样称呼苏沃洛夫,表示轻蔑。

个哨兵在来回走动，他看见军官来了，刚想立正站住，但安德烈公爵示意叫他免礼，他便重新迈着均匀的步伐单调乏味地重新走动起来。大炮后面停着前车，再往后是拴马桩和炮兵们燃起的篝火。在左边，离边上那门炮不远的地方有一个新搭的小窝棚，从那里传出了军官们热烈的谈话声。

从炮连所在的地方确实可以看到俄军的整个阵地和大部分敌军。在炮连的正前方，在对面山丘的天际，可以看见名叫申格拉本的村庄；左边和右边，在三个地方，在篝火的烟雾中可以辨认出大批的法国军队，其中的大部分显然驻扎在村子里和山背后。村子左边烟雾弥漫，好像敌人的炮队就在那里，不过肉眼看不大清楚。我军的右翼位于可以俯视法军阵地的相当陡峭的高地上。在那里部署着我们的步兵，而在高地的边缘可以看见龙骑兵。中央是图申的炮连，也就是安德烈公爵正在察看阵地的地方，这里是一道非常平缓的上下坡，它直接通向那条把我们与申格拉本隔开的小溪。在左边，我们的部队紧挨着树林，树林里采伐木柴的步兵燃起的篝火冒着浓烟。法国人的战线要比我们宽，很明显，他们能够很容易地从两边包抄我们。在我们的阵地后面是一个又陡又深的峡谷，炮兵和骑兵很难从那里撤退。安德烈公爵掏出带记事本的皮夹子，胳膊肘支在炮身上，开始给自己画部队的部署图。有两处他用铅笔做了记号，打算向巴格拉季翁汇报。他有这样的设想：第一，把全部炮兵集中到中央；第二，把骑兵往后调到峡谷的那一边。安德烈公爵经常待在总司令身边，留心大批部队的行动和总的部署，不断研究战争史对各种战例的描述，在眼前的这场战斗中，他不由得考虑起下一步军事行动的大致轮廓。他想到的只是以下几种巨大的可能性如果敌军向右翼发起进攻，"他自言自语地说，"基辅掷弹兵团和波多利斯克猎骑兵团应当坚守阵地，直到中央的援军赶到。在这种情况下，龙骑兵可以突击翼侧，将敌军打退。如果中央阵地遭到攻击，我们就把中央的炮队放在这个高地上，在它的掩护下把左翼部队拉过来，成梯队撤退到峡谷。"他就这样自言自语地议论着……

在他待在炮连的大炮旁的整个时间里，像常有的那样，他虽然不断听见棚子里的军官的说话声，但是没有听明白他们所说的一句话。突然他觉得棚子里说话的声音惊人地亲切，便情不自禁地留心倾听起来。

"不，老兄，"一个愉快的、安德烈公爵仿佛觉得熟悉的声音说，"我说，假如可以知道死后的情况，那么我们当中就没有人会害怕了。就是这样，老兄！"

另一个比较年轻的声音打断了他的话：

"害怕不害怕，反正都一样——在劫难逃。"

"还是害怕！唉，你们这些聪明人。"第三个声音打断了前两个，这声音听起来很刚强，"你们炮兵真聪明，什么东西都随身带：有伏特加，也有下酒菜。"

这个声音刚强的人大概是一个步兵军官，他笑了起来。

"终究还是害怕。"第一个熟悉的声音继续说，"怕的是不知道死后怎么样，就是这么回事。不管说得多么热闹，说什么灵魂一定会升天等等……可是我们知道并没有什么天，只有大气层。"

那个刚强的声音又打断了炮兵的话。

"图申，拿出您的药草酒来请客，好吗？"他说。

"啊，原来就是那个不穿靴子站在随军商贩那里的上尉。"安德烈公爵想道，高兴地听出了他谈生和死的大道理的悦耳声音。

"要喝药草酒是可以的，"图申说，"不过仍需要弄清来世……"他没有把话说完。

这时空中响起了呼啸声；这声音愈来愈近，愈来愈快，愈来愈清楚，一颗炮弹好像没有把要说的话说完似的，就砰的一声落在离棚子不远的地方，以超人的力量炸成碎片。大地好像受到可怕的打击一样，惊叫了一声。

在这一瞬间，矮小的图申嘴角叼着烟斗，第一个从棚子里跑出来；他的和善聪明的脸变得有点苍白。跟他出来的是那个声音刚强的人——一个英武的步兵军官，他跑回自己的连去，一面跑，一面扣着纽扣。

十七

安德烈公爵骑着马站在炮连所在地，观看发射出炮弹的那门大炮冒出的硝烟。他的眼睛在一个广阔的地域内来回扫视着。他看见原来一动不动的法国人动了起来,左边的确实部署着炮队。在它上面硝烟还没有消散。两个骑马的法国人,大概是副官,在山上奔跑。可以清楚看到敌军的一支不大的队伍正向山下移动,大概是为了增强散兵线的兵力。第一发炮弹的烟硝未散,又冒出了另一股硝烟,传来了另一声炮响。战斗开始了。安德烈公爵拨转马头,驰回格伦特去寻找巴格拉季翁公爵。他听到背后的炮声变得更加密集和更加响亮。显然是我军开始还击了。从下面,从军使们经过的地方,传来了枪声。

勒马鲁瓦(Lemarrois)带着波拿巴的那封措辞严厉的信刚刚赶到缪拉那里,于是受到羞辱的缪拉想要将功补过,立刻命令部队向我中央阵地推进,并向两翼迂回,希望在天黑前,不等皇帝驾临,就消灭在他面前的这支微不足道的部队。

"开始了!果然打起来了!"安德烈公爵想道,感觉到血液开始更快地往心脏涌流。"但是在哪里呢?我的土伦将采取什么形式表现出来呢?"他想。

他在经过一刻钟前还在吃粥和喝酒的那两个连队之间时,到处都看到士兵们正在用同样迅速的动作站队和挑选武器,从所有人的脸上看出他们也有一种与自己一样的兴奋的心情。"开始了!果然打起来了!可怕而又快活!"每个士兵和军官脸上的表情似乎在这样说。

他还没有到正在建筑工事的地方,就看见在阴沉的秋日的暮色里有一队骑马的人朝他迎面过来。最前面的一个披着斗篷和戴着羔皮帽,骑着一匹白马。这是巴格拉季翁公爵。安德烈公爵停下来等他。巴格拉季翁公爵勒住马,认出了安德烈公爵,朝他点了点头。在安德烈公爵向他讲述所见的情况时,他继续朝前方看着。

"开始了!果然打起来了!"就连巴格拉季翁公爵的那张结实的褐色的脸也表露出这样的意思,他半闭着浑浊的眼睛,仿佛没有睡够似的。安德烈公爵不安而又好奇地望着这张一动不动的脸,很想知道这个人此时此刻是不是在思考,有没有感觉,他在想些什么,有什么样的感觉?"在这张一动不动的脸后面究竟有什么东西没有?"安德烈公爵一面望着他,一面问自己。巴格拉季翁公爵低下头,表示同意安德烈公爵的话,说了声"好的",从他说话的表情来看,似乎所发生的安德烈公爵骑着马站在炮连所在地，观看发射出炮弹的那门大炮冒出的硝烟。

和向他报告的一切,正是他已经预见到的。安德烈公爵骑马跑得气喘吁吁,话说得很快。而巴格拉季翁公爵说话带东方口音,说得特别慢,好像在暗示不必那么着急。不过他还是催马快步跑向图申的炮连。安德烈公爵和随从一起跟在他后面。跟随巴格拉季翁公爵的有:一个随从军官—— 公爵的私人副官、传令官热尔科夫、骑一匹英国式骏马的值班校官和一个文官—— 军事法庭检察官,他出于好奇要求到战场上来。军事法庭检察官是一个长着一张肉乎乎的脸的胖子,他带着天真快乐的微笑朝四周张望,在马上摇摇晃晃,他的那种穿着条纹厚呢大衣坐在辎重兵马鞍上的模样,在骠骑兵、哥萨克和副官们中间显得非常古怪。

"他想看一看怎样打仗,"热尔科夫指着军事法庭检察官对鲍尔康斯基说,"可是心口已经痛起来了。"

"您说到哪儿去了。"检察官容光焕发,带着天真而又狡黠的微笑说,好像他以成为热尔科夫嘲笑的对象而深感荣幸似的,好像他是有意装出比实际情况更愚蠢的样子似的。

"非常好笑,公爵先生。"值班校官说。(他记得法语中称呼公爵这个封号时有一种特殊的说法,但是怎么也说不准确。①)

在所有这些人快要到达图申的炮连时,他们的前面落下了一颗炮弹。

"掉下来的是什么东西?"检察官天真地微笑着问。

"法国肉饼。"热尔科夫说。

"这么说,他们用这东西打人?"检察官问,"多么可怕!"

看来他心中乐开了花。他刚说完,又响起了出人意料的可怕的呼啸声,突然它像碰到柔软的东西一样,啪嗒一声,停止了,骑马走在检察官右边靠后的哥萨克连人带马倒在地上。热尔科夫和值班校官伏在马鞍上,拨转马头跑了。检察官在哥萨克对面停住,好奇地仔细察看着他。哥萨克已经死了,马还在挣扎。

巴格拉季翁公爵眯起眼回头看了一眼,弄清发生混乱的原因后,

---

① 法语中称呼公爵时,只说"mon prince"(公爵)就行了,校官所说的"monsieur"(先生)一词是多余的。

冷漠地转回头去,好像说值得这样大惊小怪吗?"他做了一个娴熟的动作勒住马,稍稍弯下身子,正了正挂住斗篷的佩剑。这佩剑是老式的,与现在的佩剑不一样。安德烈公爵想起了苏沃洛夫在意大利把自己的佩剑赠给巴格拉季翁的故事,他在这时想起这件事感到非常愉快。他们来到了刚才安德烈公爵站在那里观察战场的那个炮连的所在地。

"这是谁的连队?"巴格拉季翁公爵问站在炮弹箱旁边的司务长。

他嘴里问的是"谁的连队?"实际上他是问"你们在这里胆怯不胆怯?"司务长明白了他的意思。

"是图申上尉的连队,大人。"这个红头发、满脸雀斑的司务长挺直身子,快活地高声回答道。

"好,好。"巴格拉季翁说道,他一面考虑着什么,一面经过前车旁朝靠边的一门大炮走去。

当他快要到那里时,这门大炮发射了一发炮弹,震得他和随从们耳朵发聋,在大炮周围突然冒出的烟雾中,可以看见炮兵们正在扶住大炮,急忙把它推回到原来的位置去。宽肩膀的、身材特别高大的一炮手拿着炮刷,纵步跳到轮子旁;二炮手用颤抖着的手把炮弹装进炮口里。身材不高、背有点驼的军官图申没有发现将军到来,他在炮尾上绊了一下,跑到前面,用小手搭个凉棚朝前方看着。

"再加两俄分①,这样就正好了。"他用细嗓子喊道,竭力想喊得威武雄壮些,可惜这又与他矮小的个子不相称。"二号,"他尖声命令道,"狠狠地揍,梅德维杰夫!"

巴格拉季翁叫那个军官过来,于是图申畏畏缩缩,动作笨拙,不像军人敬礼,而像神父祝福似的把三个指头贴在帽檐上,走到将军跟前。虽然图申的大炮奉命炮击谷地,但是他朝前面看得见的申格拉本村发射燃烧弹,因为村前出现了大批法国人。

谁也没有命令图申朝哪里和用什么炮弹射击,而他同他非常尊重的司务长扎哈尔钦科商量后,决定最好是把那个村子烧毁。"很好!"巴格拉季翁听了图申的报告后说,开始观察展现在他面前的战场,好像在考虑着什么。在右边,法国人逼得最近。从基辅团防守的高地下

---

① 一俄分等于十分之一英寸。

面，从小河的谷地里传来了揪心的噼噼啪啪的枪声，随从军官指给巴格拉季翁公爵看，在更加靠右的地方，在龙骑兵的后面，一队法国人正向我军侧翼迂回过来。左边的地平线被附近的树林遮住了。巴格拉季翁公爵命令中央的两个营前去加强右边。随从军官大胆地向他提出，说这两个营调走后大炮将失去掩护。巴格拉季翁公爵朝随从军官转过身来，用无神的眼睛默默地朝他看了一眼。安德烈公爵觉得，随从军官的意见是对的，确实是没有什么可说的。但是这时一个副官骑着马从据守谷地的团长那里跑来，带来了这样的消息：大批法国人从下面拥过来，我军的那个团已陷于混乱状态，正在朝基辅掷弹兵那里撤退。巴格拉季翁公爵低下头表示同意和赞成。他骑马慢步向右走，派副官到龙骑兵那里去，命令他们攻打法国人。但是派去的副官半个小时后带回消息说，龙骑兵团团长已把部队撤到峡谷的那一边，因为他们受到炮火的猛烈轰击，白白损失了一些人，因此命令射手下马进入树林。

"很好！"巴格拉季翁说。

在他离开炮连时，从左边树林里也传来了枪声，由于离左翼太远，自己已来不及赶到那里去了，便派热尔科夫去告诉那位老将军（他的团队曾在布劳瑙接受库图佐夫检阅），要他尽可能快地撤到峡谷那一边，因为右翼在敌人攻击下大概坚持不了多久。至于图申和掩护他的一个营却被忘掉了。安德烈公爵留心地倾听巴格拉季翁公爵同指挥官们的谈话和他下达的命令，惊奇地发现，实际上巴格拉季翁公爵什么命令也没有下，他只是竭力装出一种样子，仿佛所有必然地和偶然地发生的以及按照个别长官的意志所做的事，尽管不是根据他的命令办的，然而是符合他的意图的。安德烈公爵看出，由于巴格拉季翁公爵所显示的大将风度，虽然许多事情出于偶然，与长官的意志无关，他的亲临前线还是起了很大作用。面色惊慌的指挥官们到了巴格拉季翁公爵面前便镇静下来，士兵们和军官们快活地欢迎他，有他在场他们变得更加活跃，显然是想在他面前炫耀自己的勇敢。

十八

巴格拉季翁公爵一行到达我军右翼的最高点后，便往下走，从那里传来一阵阵枪声，由于硝烟弥漫，什么也看不清。他们愈往下朝谷地走，他们就愈看不见什么，但是愈强烈地感觉到接近真正的战场。他们开始碰到伤员。一个满头是血、不戴帽子的人由两个士兵架着走。他发出呼哧呼哧的声音，吐着血。子弹显然打中了嘴巴或喉咙。他们碰到的另一个人强打着精神独自走着，他没有带枪，大声地哼着，一只刚受伤的手臂痛得直摇晃，血从伤口里出来好像从瓶口里出来一样，滋在大衣上。他脸上的表情看起来与其说是痛苦，不如说是恐惧。他是一分钟前受伤的。他们穿过大路，开始沿着一个陡坡往下走，在坡上看见几个躺着的人；他们遇到一群士兵，其中也有没有受伤的。士兵们端着粗气往山上走，虽然看见了将军，还是大声交谈着，甩动着双手。在前面的烟雾中已经可以看到一排排穿灰大衣的人，军官见了巴格拉季翁后，叫喊着去追那一群士兵，要求他们回来。巴格拉季翁到了队伍前，队伍里时而这里时而那里很快响起了枪声，把说话声和口令声都压下去了。空气里充满了硝烟。士兵们的脸都被火药熏黑了，不过都很兴奋。一些人在用装药杆装火药，另一些人在把火药往药池里撒，从口袋里取出弹头，还有一些人在射击[①]。但是他们在向谁射击，这一点看不清楚，因为风没有把硝烟吹散。相当经常地可以听到悦耳的嗖嗖声和哧溜声。"这究竟是什么？"安德烈公爵朝这群士兵走过去时想道，"这不可能是散兵线，因为他们挤成一团。不可能是冲锋，因为他们没有动；不可能是方阵，因为他们站得不对。"

团长看样子是一个瘦弱的小老头，他脸上挂着愉快的微笑，一双老眼有一大半被眼皮遮住，这使他显得比较温和，他到了巴格拉季翁公爵跟前，像主人接待贵客那样接待他。他向巴格拉季翁公爵报告说，法国骑兵曾向他的团发动进攻，虽然进攻被打退了，全团损失了一半以上的人。团长所说的"进攻被打退了"这一军事术语，是他想出来表示他的团里发生的事的；但他自己确实也弄不清这半个小时内由他指挥的部队里究竟发生了什么事，无法准确地说明是进攻被打退了呢，还是他的团遭到进攻并且被打败了。在战斗开始时他只知道，炮弹和

---

① 旧式火枪的发射过程是这样的：火药和弹头从枪口装进枪筒，用装药杆捣实，燧石打出的火花落到紧挨火门、撒着火药的药池里，用这种方法燃着弹药。

榴弹朝他的整个团飞来，打死了人，接着有人喊道："骑兵！"我方就开始射击。射击一直不断，现在已不是向已消失了的骑兵射击，而是转向了在谷地里出现并向我方射击的法国步兵。巴格拉季翁公爵低下头，表示这一切完全符合他的愿望和设想。他朝副官转过身来，命令他从山上调来第六轻步兵团的两个营，他们刚才从这两个营的旁边经过。这时巴格拉季翁公爵的脸发生了很大变化，使安德烈公爵感到十分惊讶。他的脸表现出一种专注的和欣幸的决心，一个人在大热天准备跳进水中前跑最后几步时常常会有这样的决心。原来的那双没有睡够的、呆板无神的眼睛不见了，那种装出来的深思熟虑的样子也不见了，他那圆圆的、坚定的、像鹰一样锐利的眼睛兴奋而带几分轻蔑地看着前方，目光显然没有停留在什么具体的东西上面，而这时他的动作还像刚才那样缓慢和从容不迫。

团长恳请巴格拉季翁公爵往回走，因为这里太危险了。"哪能这样呢，公爵大人，看在上帝分上！"他说，他瞅瞅随从军官，想求得支持，可是随从军官转过脸去。"请看！"他要人们注意在他们附近不停地呼啸着、哀鸣着和尖叫着的子弹。他说话用的是请求和责备的语气，好像一个木匠对操起斧子的老爷说："我们干惯了这活儿，而您的手会磨出血泡来的。"他这样说，仿佛他自己不会被这些子弹打死似的，他的半闭着眼睛的表情使他的话显得更具有说服力。校官也和团长一起来劝说；但是巴格拉季翁公爵没有搭理他们，只下令停止射击和调整队形，给前来增援的两个营腾出地方。在他说话时刮起了一阵风，遮住谷地的烟幕好像被一只无形的手从右边往左边拉，于是对面的山和山上运动着的法国人便展现在他们跟前。所有人的目光不由自主地集中到一队沿着斜坡蜿蜒而下朝他们过来的法国人。已经看得见士兵的毛茸茸的帽子；已经分得清军官和普通士兵，可以看到他们的军旗飘打着旗杆。

"走得真整齐！"巴格拉季翁的随从中有人说。

法国人队伍的排头已下到了谷地。冲突应当在这边的山坡上发生……

我军刚才作过战的团队的残部匆忙整队往右边走；从他们后面，第六轻步兵团的两个营步伐整齐地过来了，一路上轰走掉队的人。他们还没有走到巴格拉季翁面前，就可以听到全体官兵齐步走的沉重的脚步声。左面离巴格拉季翁最近的是一个体格匀称、圆脸上带着傻乎乎的得意的微笑的连长，这就是刚才跑出图申的棚子的那个人。显然这时他除了想雄赳赳地从长官的面前经过外，什么也没有想。

他在队列里洋洋自得，迈开肌肉发达的双腿轻快地走着，像游泳一样毫不费力，他的轻快的脚步同士兵们合着他的步子走的沉重的脚步大不一样。他在大腿旁佩着一把出了鞘的又薄又窄的剑（这把弯曲的小剑不像武器），时而看看长官，时而朝后看，脚步不乱，整个身体灵活地转动着。看起来他的整个心思都用在如何以最好的姿态从长官面前走过上，他觉得这件事做得很好，因而感到很幸福。"一二一……一二一……一二一……"似乎他每走一步，心里都在这样喊着，像一堵墙一样的士兵背着沉重的背囊和火枪，各自表情严肃地合着这个节拍向前行进，仿佛这几百个士兵当中的每一个人每走一步心里也在说着一二一……一二一……一二一……"一个胖胖的少校走得气喘吁吁，而且步子乱了，他绕过了长在路上的灌木；一个掉队的士兵喘着粗气，因没有赶上队伍脸上露出惊恐的表情，快步去追自己的连队；一颗炮弹冲开空气，从巴格拉季翁公爵和随从的头顶上飞过，也合着"一二一"的节拍，落到了队伍中间。"靠拢！"传来了连长炫耀自己嗓音的喊声。士兵们成弧形绕过炮弹落下的地方的某些东西往前走，一个作为排头的老士官在打死的人旁边落在后面了，他赶紧追上自己的队伍，跳了跳，换了一下脚步，合上了节拍，生气地回头瞧了一眼。从具有威胁性的静默中，从数百双脚同时落地发出的单调的声音中，仿佛也可以听出"一二一……一二一……一二一……"的喊声。

"好样的，弟兄们！"巴格拉季翁公爵说。

"为大——人——效——劳！……"队伍里响起了欢呼声。左边一个面色阴沉的士兵一面喊着，一面回头看了一眼，他脸上的表情仿佛这样说"我们自己知道"；另一个士兵好像担心分散注意力，头也不回，张大嘴，喊着过去了。

下了停止前进、放下背囊的命令。

巴格拉季翁绕过从他面前经过的队伍走了一周，下了马。然后他把缰绳交给哥萨克，脱下斗篷，也交给了他，伸开双腿，正了正头上的帽子。这时法国人的队伍由军官带着继续前进，排头在山下出现了。

"上帝保佑！"巴格拉季翁用大家都能听得见的声音坚决地说，转身朝前沿地带看了一眼，微微摆动双手，迈着骑兵的笨拙步子，好像很吃力似的沿着坑坑洼洼的田野向前走去。安德烈公爵觉得有一种不可克制的力量带着他冲向前，并感到巨大的幸福。①

法国人已经离得很近了；与巴格拉季翁并肩走的安德烈公爵已经能看清楚法国人的饰带、红肩章，甚至他们的脸了。(他清楚地看到一个法国老军官，此人穿着半高统靴子，两条腿向外撇，攀着灌木，吃力地往山上爬。)巴格拉季翁没有下新的命令，还是那么默默地在队列前面走着。突然在法国人当中响起了枪声，接着响起了第二声，第三声……队形已乱了的敌军队伍中到处冒出了硝烟，密集的枪声响成一片。我们的几个人倒下了，其中包括那个刚才走得非常欢快和卖劲的圆脸军官。就在第一声枪响的瞬间，巴格拉季翁回头看了一眼，大声喊道："乌拉！"

"乌——拉——拉！"我们的队伍里发出一片拖长声音的喊声，我们的人跑到巴格拉季翁公爵前面，不再保持队形，你追我赶和兴高采烈地冲下山，去追赶陷于一片混乱的法国人。

十九

第六轻步兵团的进攻，保证了右翼的顺利撤退。部署在中央的图申的炮连击中了申格拉本，使它起了火，这个被遗忘的炮连的行动牵制了法国人。法国人只好花工夫来扑灭随着风势蔓延开来的大火，这给了俄国人撤退的时间。中央的部队是经过峡谷撤退的，显得匆促和忙乱；然而在撤退时，部队的编队并没有乱。而由亚速团和波多利斯克团这两个步兵团以及保罗格勒骠骑兵团组成的左翼，同时遭到拉纳

---

① 梯也尔在谈到这次进攻时这样说道："俄国人表现得非常英勇，这样的事在战争中是少见的，两队步兵都坚决向对方冲过去，直到相距前都各不相让。"而拿破仑在圣赫勒拿岛上说："俄国的几个营表现出了无畏精神。"——作者注。
梯也尔(一七九七—一八七七)是法国政治家、新闻记者和历史学家，他的这段话是在他的著作《执政府和帝国时代的历史》一书中说的。

指挥的法军优势兵力的正面攻打和翼侧迂回，陷入了混乱。巴格拉季翁派热尔科夫到左翼的将军那里去，命令他立即撤退。

热尔科夫没有把举到帽檐的手放下来，就矫捷地飞身上马，疾驰而去。但是他刚离开巴格拉季翁，就觉得浑身无力。一种无法克服的恐惧控制了他，他不能到危险的地方去。

他到了左翼的部队后，没有到前面正在射击的地方去，而是到将军和其他长官不可能待的地方去找他们，因此没有把命令送到。

按照资历，整个左翼的指挥权属于那个在布劳瑙附近受过库图佐夫检阅的团的团长，就是上面说的那位将军，多洛霍夫在他的团里当兵。而左翼的边缘则由罗斯托夫在其中服役的保罗格勒团的团长指挥，因此发生了争执。两个团长相互都憋着一肚子气，而当右翼早已打响、法国人已发动进攻时，两人还忙于谈判，其目的无非是要气一气对方。无论是骑兵团还是步兵团，对面临的战斗准备得都很不够。团里的人，从士兵到将军，都没有想到要战斗，放心地做着日常生活的事：骑兵喂马，步兵拾柴火。

"既然他军衔比我高，"在俄军服役的德国人、骠骑兵团团长红着脸对骑马前来的副官说，"那么他想干什么就让他干什么好了。我不能叫我的骠骑兵去送死。号手！吹撤退号！"

但是情况很紧急。右面和中央的排炮声和枪声连成一片，拉纳的法国步兵已经过了磨坊的堤坝，在这边有两个火枪射程的地方列队。于是步兵团长迈着一抖一抖的步伐走到马跟前，骑上后身子显得很直很高，他前去找保罗格勒团团长。两位团长见面时客客气气地点头哈腰，而心里却满怀着仇恨。

"然而，团长，"将军说。"我不能把一半人扔在树林里。**我请求**您，**我请求**您，"他重复说，"占据**阵地**，准备进攻。"

"而我请求您，不是您的事您就不要干预，"团长急躁地说，"如果您是一个骑兵……"

"我不是骑兵，上校，不过我是一个俄国将军，如果您不清楚这一点的话……"

"非常清楚，大人。"团长突然踢了一下马，大声说道，脸涨得通红，"您是否愿意到散兵线上去看看，我们将会看到这阵地毫无用处。

我不想为了让您高兴把自己的团毁了。"

"您太放肆了，团长。我并没有考虑自己高兴不高兴，也不允许这样说。"

将军接受团长的比赛勇气的邀请，挺起胸膛，皱紧眉头，和他一起朝散兵线前进，仿佛他们的全部分歧可以在那里，在散兵线上，在枪林弹雨中得到解决。他们来到了散兵线上，几颗子弹从他们的头顶飞过，他们默默地停住了。在散兵线上没有什么可看的，因为从他们刚才站的地方也能清楚地看到，骑兵是无法在灌木丛和峡谷里行动的，法国人正从左面包抄过来。将军和团长像两只准备打架的公鸡一样板着脸威严地相互对视着，徒然地等待对方露出怯懦的迹象。两个人都经受住了考验。他们都没有什么话好说，而且谁也不愿意让对方说自己第一个离开火线，要不是这时在树林里，几乎在他们背后响起了噼噼啪啪的枪声和一片低沉的叫喊声，他们准会这样长时间地站着，互相考验着勇气。法国人向树林里拾柴火的士兵发起进攻。骠骑兵已无法同步兵一起撤退。他们左边的退路已被法国人切断。现在，无论地形如何不利，必须发起进攻，为自己开辟道路。

罗斯托夫所在的骑兵连刚骑上马，就被敌人迎面挡住。又像在恩斯河大桥上一样，在骑兵连和敌军之间没有任何人，他们之间有一条未知的和恐惧的可怕界线把他们分开，这好像是一条分隔生者与死者的界线。所有的人都感觉到这条界线，使他们不安的是能否越过和如何越过这条界线的问题。

团长策马来到前沿，怒气冲冲地回答了军官们提出的问题，他是一个不顾一切地固执己见的人，下了一道命令。谁也没有说什么明确的话，但是要发起冲锋的消息却传遍了整个骑兵连。发出了整队的口令，接着响起了马刀出鞘的唰啦声。但是还没有一个人动一动。左翼的部队，无论是步兵还是骠骑兵，都感觉到，长官自己也不知道该怎么办，于是长官们的犹豫传染给了整个部队。

"快一些，最好快一些。"罗斯托夫想，他觉得尝一尝冲锋的乐趣的时候终于到了，关于这种乐趣他的骠骑兵同伴曾对他讲过很多。

"上帝保佑，弟兄们，"杰尼索夫说，"快步前进。"

前排的马的臀部晃动起来。小白嘴鸦扯了一下缰绳，自行往前走。

罗斯托夫在右边看见本团前几排的骠骑兵，而在前面更远一些的地方有一条深颜色的带子似的东西，他还看不清楚，但认为那就是敌人队伍。可以听到枪声，但是离得较远。

"加快速度！"传来了口令声，罗斯托夫感觉到他的小白嘴鸦抬起臀部，大跑起来。

他预先就知道马会那样做，心里变得愈来愈高兴。他发现前面有一棵孤零零的树。这棵树开头在前面，在那条曾觉得如此可怕的界线中间。现在过了这条线，不仅什么可怕的事也没有发生，而且觉得愈来愈高兴和兴奋。"我可要把他们砍个痛快。"罗斯托夫手里紧握刀柄想道。

"乌—— 拉—— 拉—— 拉！"响起了一片呐喊声。

"好吧，现在不管谁碰上我。"罗斯托夫想道，他用马刺刺小白嘴鸦，让它全速前进，以便超过别的人。前面已可看见敌人。突然好像有一把大扫帚把什么东西朝连队扫过来。罗斯托夫举起马刀准备要砍，但是这时跑在他前面的士兵尼基坚科离开了他，罗斯托夫像在做梦一样感觉到自己继续以不寻常的速度朝前奔跑，同时又觉得留在原地不动。他认识的骠骑兵班达尔丘克从后面朝他疾驰过来，生气地看了一眼。班达尔丘克的马向旁边一闪，于是他从旁边飞驰而过。

"这是怎么回事？我不动了？——我倒下了，我被打死了……"在一瞬间罗斯托夫自问自答。他已是一个人躺在田野上了。他在自己周围看到的已不是跑动的马和骠骑兵们的脊背，而是静止的土地和麦茬。他身子底下有一摊温暖的血。"不，我受伤了，马被打死了。"小白嘴鸦想撑着前腿起来，但是跌倒了，压伤了罗斯托夫的一条腿。血从马的脑袋里流出来。马挣扎着，但站不起来。罗斯托夫也想起来，但也跌倒了：皮囊挂住了马鞍。我们的人在哪里，法国人在哪里——他都不知道。周围一个人也没有。

他抽出腿，站了起来。"现在那条把两个军队截然分开的界线在哪里，在哪一边？"他问自己而又回答不了，"我是否发生了什么不好的事？常有这种情况吗？遇到这种情况该怎么办？"他站起来时问自己；这时觉得在他麻木的左臂上挂着什么多余的东西。他的手好像已不是自己的一样。他察看了一下手，仔细地寻找上面的血迹。"瞧那些人，"他看见几个人向他跑来高兴地想道，"他们救我来了！"跑在这些人前头的是一个戴着奇怪的高筒帽和穿着蓝色军大衣、脸晒得黑黑的、长着鹰钩鼻子的人。后面还有两个，还有很多人在跑。其中一个人讲了一句话，听起来很怪，不像俄语。在后面的同样也戴着高筒帽的人中间，站着一个俄国骠骑兵。他被捉住双臂；在他后面有人牵着他的马。

"大概是我们的人被俘了……是的。难道也要把我抓起来吗？这是些什么人？"罗斯托夫一直想着，心里觉得很惊讶。"难道这是法国人吗？"他望着逐渐走近的法国人，尽管在一刹那之前他还在追赶法国人，要把他们砍死，现在法国人就要到他跟前了，他觉得十分可怕，简直不相信自己的眼睛。"他们是什么人？他们为什么跑着？难道是来找我的吗？难道他们是朝我跑过来的？跑过来干什么？杀死我吗？要杀死我这个大家都喜欢的人？"他想起了母亲和全家的人，想起了朋友对他的爱，觉得敌人不可能有杀死他的想法。"也许会杀死我！"他一动不动地站了十多秒钟，不明白自己的处境。前头的那个鹰钩鼻子的法国人已跑到紧跟前了，已看得清他脸上的表情了。他看到这个端着刺刀、屏住呼吸、轻快地朝他跑过来的人激动的和陌生的脸，心里非常害怕。他抓起手枪，可是没有射击，却向那法国人扔过去，接着竭尽全力拔腿朝灌木丛跑去。他跑的时候已没有上次过恩斯河大桥的那种疑虑和斗争，而是觉得自己好像一只躲避猎犬的兔子。一种害怕失去自己年轻幸福的生命的恐惧感控制了他的整个身心。他很快地跳过田埂，像玩逮人游戏时那样飞速在田野上跑着，不时转过他那苍白、和善和年轻的脸往回看，觉得整个脊背一阵发冷。"不，最好还是不要看。"他想，但是跑到灌木丛跟前时又回头看了一下。法国人落在后面了，就在他回头看的一瞬间，前头的法国人由快步改为慢步，转过身对后面的同伴喊叫着什么。罗斯托夫站住了。"有点不是那样，"他想，"他们不像要杀死我的样子。"这时他觉得左手是那样的沉重，好像上面悬挂一个两普特①重的秤砣似的。他已跑不动了。法国人也站住了，向他瞄准。罗斯托夫眯起眼，弯下身子。一颗又一颗子弹呼啸着从他

---

① 一普特合十六·三八公斤。

身旁飞过去了。他使出最后的气力，用右手托住左手，跑到了灌木丛。灌木丛里埋伏着俄国的步兵。

二十

步兵团在树林里遭到突然袭击，便从那里跑出来，各个连队混在一起，乱成一团，仓皇后退。一个士兵惊慌失措，说出了战场上的一句可怕的和毫无意义的话："被切断了！"这句话与恐惧的感觉一起传给了所有的人。

"被包围了！被切断了！完了！"逃跑的人叫喊着。

团长听到枪声和背后的叫喊声，立刻就知道他的团发生了可怕的事，他想到，像他这样一个服役多年、没有什么过错的模范军官可能被上司视为玩忽职守和指挥无方而获咎，想到这里他大吃一惊，这时忘记了不听话的骑兵团长和自己身为将军的尊严，而主要的，完全忘记了危险和自我保全的想法，紧紧抓住鞍桥，用马刺刺马朝团队奔去，子弹像冰雹似的落下，幸而没有打中他。他只有一个愿望：弄清是怎么回事，如果他有错误的话，无论如何要想办法进行补救和加以纠正，使得他这个服役二十二年没有受过任何指责的模范军官不至于成为罪人。

他幸运地在法国人中间飞驰而过，来到了树林那一边的田野上，我们的人正穿过树林奔跑，他们不听指挥，朝山下跑去。到了精神上的摇摆决定战斗命运的时刻，胜负要看这些乱成一团的士兵是听指挥官的命令呢，还是只看他一眼，继续往前跑。尽管这位以前士兵们觉得非常威严的团长拼命地叫喊，尽管团长脸气得通红，完全变了形，手中挥舞着佩剑，士兵们仍然跑着，交谈着，朝天开枪，不听命令。决定战斗命运的精神上的摇摆，显然摇向了助长恐惧的一边。

将军由于叫喊和呛人的硝烟咳嗽起来，便绝望地停住。一切看来都完了，但是这时向我们进攻的法国人看不出是因为什么突然往回跑，从树林边消失了，树林里出现了俄军的步兵。这是季莫欣的连队，只有它在树林里保持着队形，埋伏在林边的沟渠里，这时突然向法国人发起冲锋。季莫欣不顾一切地喊叫着朝法国人扑过去，他像喝醉酒一样发狂地挥舞佩剑奔向敌人，法国人还没有弄清是怎么回事就扔下武器逃跑了。与季莫欣一起跑过去的多洛霍夫捅死了一个法国人，第一个抓住了投降的军官的领子。逃跑的人回来了，各个营重新集合起来，曾把左翼的部队分割成两部分的法国人，一下子被击退了。预备队会合了，逃跑的人停了下来。团长与埃科诺莫夫少校一起站在桥边，让各个后撤的连队从身旁走过去，这时一个士兵走到他身边，抓住他的马镫，几乎靠在他身上。这个士兵穿着一件蓝呢大衣，没有背背囊和戴高筒帽，脑袋包扎着，肩上挎着一个法国子弹袋。他手里拿着军官的佩剑。他脸色苍白，一双蓝眼睛傲慢地望着团长的脸，而嘴边挂着微笑。尽管团长正在给埃科诺莫夫下命令，他不能不注意这个士兵。

"大人，这是两件战利品。"多洛霍夫指着法国佩剑和子弹袋说，"我俘房了一名军官。我止住了一个逃跑的连队。"多洛霍夫累得喘着粗气；他说话断断续续："全连的人可以证明。请您记住，大人！"

"好，好。"团长说，又朝埃科诺莫夫转过头去。

但是多洛霍夫没有走开；他解开手绢，把它扯下来，让团长看凝结在头发上的血。

"是被刺刀刺伤的，我没有下火线。请您记住，大人。"

图申的炮兵连被忘记了，直到战斗快要结束时，巴格拉季翁公爵仍然听到中央的排炮声；这时他才先派值班校官、后又派安德烈公爵到那里去，命令炮兵连尽快撤退。掩护图申的大炮的部队，在战斗的中途不知根据谁的命令撤走了；但是炮兵连还坚持战斗，它没有被法国人俘获只是因为敌人想象不到四门无人掩护的大炮能如此大胆地进行射击。而且他们根据这个炮兵连的坚决行动推测在这里，在中央集中了俄军的主力，曾两次攻打这个据点，但两次都被这个高地上四门孤立无援的大炮发射霰弹打退了。

在巴格拉季翁公爵走后不久，图申就把申格拉本村轰得起火了。

"瞧，乱成一团了！起火了！看，冒烟了！打得好！真棒！冒烟了，冒烟了！"炮手们兴高采烈地说。

所有大炮自行朝起火的地方轰击。每发一炮，士兵们好像进行催促似的喊道："打得好！就这样干！你瞧……真棒！"大火趁着风势迅速蔓延开来。出了村的法国人的队伍都往回走，他们好像为了这次失利而进行报复似的，在村子右面架起了十门大炮，开始向图申的炮兵连轰击。

我们的炮兵沉浸在大火引起的孩子般的欢乐中，处于成功炮击法国人后的亢奋状态，一时没有发现敌人的炮队，直到两发炮弹、接着又是四发炮弹落在我们的大炮中间，其中一发炮弹击倒了两匹马，另一发炸掉了弹药车夫的一条腿时才注意到。然而已经形成的热烈气氛并没有冷下来，只不过情绪有了变化。被击倒的马用拉后备炮车的马来替换，伤员被抬走，四门大炮把炮口转向了十门炮的炮队。担任图申的助手的军官在战斗开始时被打死了，在一个小时内，四十名炮手中有十七名失去了战斗力，但是炮手们仍然还是快乐和兴奋的。他们两次发现，在下面，离他们很近的地方出现了法国人，于是便用霰弹打他们。

矮小的图申动作软弱无力和笨手笨脚，他不断要求勤务兵像他所说的那样，**为此再装一烟斗烟**，然后往前跑，一路上火星从烟斗里散落出来，到前面后用小手搭起凉棚观察着法国人。

"狠狠地揍，弟兄们！"他说，自己托起轮子，旋动着螺旋。

在硝烟中，在连续不断的震耳欲聋的炮轰声中，每听到一声炮响身体都要颤抖一下的图申，手里拿着短烟斗，从这门炮跑到那一门炮，时而进行瞄准，时而清点炮弹，时而下令调换死伤的马匹，用他软弱无力的、尖细的、犹豫不决的声音叫喊着。他的脸变得愈来愈兴奋起来。只有在打死或打伤人时，他才皱起眉头，背过脸去不看被打死的人，生气地对那些总是磨磨蹭蹭地不把伤员或尸体抬走的人大声嚷嚷。士兵们大多是英俊的棒小伙子（像在炮连里常见的那样，个子要比自己的长官高两头，肩膀要宽一倍），他们都好像陷入困境的孩子一样，望着自己的连长，连长脸上的那种表情通常会反映在他们脸上。

由于处于这种可怕的轰鸣和喧闹声中以及需要集中注意力和采取行动，图申没有一点不愉快的恐惧感，他想也没有想过他会被打死或受重伤。相反，他变得愈来愈兴奋。他觉得，他发现敌人和打第一炮已是很久以前的事，几乎发生在昨天，他站着的这块土地他早已熟悉了，如同故乡的大地一样。虽然他记得一切，考虑到了一切，做了一个处于他的地位的最优秀的军官所能做的一切，但仍然处在一种与热

天色渐渐黑了,这就使得两个地方的火光显得更加明亮。炮声变得稀疏起来,但是后面和右面的枪声更为密集和更近了。图申带着他的大炮一路上绕过伤员和在伤员中间经过,最后出了火力圈,下到了峡谷里,这时碰到了长官和几个副官,其中包括校官以及那个两次被派到图申的炮兵连,但一次也没有到达的热尔科夫。他们你一言我一语抢着下命令和传达命令,告诉图申到何处去和如何去,对他提出各种指责和意见。图申没有作什么布置,他害怕说话,因为他自己也不知道为什么,一说话就想哭,因此默默地骑着炮兵的一匹驽马在后面走。虽然有命令把伤员扔下,但是他们当中的许多人步履艰难地跟在部队后面,要求坐炮车走。一个英武的步兵军官,即在战斗开始前从图申的窝棚里跑出来的那个人,腹部中了弹,被放在马特维夫娜的炮车上。在山下,一个骠骑兵士官生一只手托着另一只手,走到图申跟前,请求允许他坐炮车走。

"上尉,看在上帝分上,我的手挫伤了,"他胆怯地说,"看在上帝分上,我走不了路。看在上帝分上!"

显然这个士官生已经不止一次地请求让他搭车走,但都遭到了拒绝。他用迟疑不决和可怜巴巴的声音央求说:

"看在上帝分上,请允许我上车吧。"

"让他上车,让他上车。"图申说。"你把大衣铺上,大叔。"他对他的心爱的士兵说,"那个负伤的军官在哪里?"

"抬下去了,他死了。"有人回答。

"让他上车。请坐,亲爱的,请坐。铺上大衣,安东诺夫。"

这个士官生是罗斯托夫。他用一只手托着另一只手,脸色苍白,下巴颏像害热病似的颤抖着。他上了马特维夫娜,即上了那辆已把死了的军官抬下去的炮车上。在铺着的大衣上有血迹,罗斯托夫的马裤和手也沾上了血。

"怎么,您负伤了,亲爱的?"图申走到罗斯托夫坐的炮车跟前问道。

"不,挫伤了。"

"怎么炮架上有血?"图申问。

"大人,这是那个军官流的血。"一个炮兵回答道,他用大衣的袖子擦血，好像为没有保持大炮的清洁而感到内疚似的。

在步兵的帮助下，好容易把大炮拖上山，到了贡特斯多夫村，便停住了。天已经黑了，在十步开外已看不清士兵的军服，射击声开始平息下来。突然右边的近处又传来叫喊声和枪炮声。随着射击声黑暗中出现一道道亮光。这是法国人发起的最后一次进攻，待在村里民房里的士兵进行了还击。所有的人又冲出村子，但是图申的大炮却动不了，炮兵们、图申和士官生面面相觑，待在那里听天由命。不久射击开始平息下来，从旁边的街道拥出一批士兵，他们兴奋地说着话。

"没有事吧，彼得罗夫？"一个士兵问。

"把他们狠狠揍了一顿，老弟。现在不敢再来了。"另一个士兵说。

"什么也看不见。他们打起自己人来了！看不清楚，一片漆黑，弟兄们。有什么喝的吗？"

法国人的最后一次进攻被打退了。于是在没有一点亮光的黑夜里，图申的两门大炮在喧闹的步兵的簇拥下，向某个地方前进。

在黑暗中，仿佛有一条看不见的黑色的河在流动，它一直朝着一个方向，不断发出低语声、高声说话声、马蹄声和车轮的转动声。在一片嗡嗡声中，伤员在黑夜里的呻吟和叫喊声比其他声音都要清楚。他们的呻吟似乎充满了部队周围的这整片的黑暗。他们的呻吟和这天夜里的黑暗已融为一体。过了一些时候，在前进的人群中发生了骚动。有人带着随从骑着白马在此经过，经过时说了些什么。

"他说了什么？现在上哪里去？是不是要停下来？是不是进行了表扬？"只听得四面八方都在急切地询问，整个前进的人群开始朝自己人压过去（显然前面的人停住了），传说有命令叫停下来。大家刚才走在泥泞的道路中间，现在就停在那里。

燃起了火堆，说话声变得更清楚了。图申上尉把连队安顿好后，派一个士兵去给士官生寻找包扎站或军医，然后在士兵们在路中间生起的火堆旁坐下。罗斯托夫也拖着步子朝火堆走过来。由于疼痛、寒冷和潮湿，他全身像害热病似的颤抖着。他非常想睡，这种愿望简直难以遏制，可是那只不知如何安放的伤臂的剧烈疼痛使他无法入睡。他时而闭上眼睛，时而望着他觉得又热又红的火堆，时而看看盘着腿坐在他身旁的图申背有点驼的虚弱的身躯。图申的那双善良和聪明的大眼睛带着同情和体恤注视着他。他看到图申一心一意想帮助他，但是无能为力。

从四面八方传来步行和骑马经过的人以及周围安置下来的步兵的脚步声和说话声。这些说话声和脚步声以及在泥泞中挪动的马蹄声，还有近处和远处柴火的毕剥声，汇合成了一片时起时落的嘈杂声。

现在已与刚才不同，那时仿佛是一条看不见的河在黑暗中流动，而如今好像是暴风雨过后黑暗的大海正在平静下来，海面还在微微颤动。罗斯托夫茫然地看着和听着在他面前和周围发生的一切。一个步兵士兵走到篝火旁，蹲了下来，伸出手烤火，转过脸去。

"可以吗，大人？"他问图申道，"我找不到连队了，大人；自己也不知道在哪里失散的，大人。真糟糕！"

同这个士兵一起走到篝火旁的还有一个扎着腮帮子的步兵军官，他请求图申把大炮挪动一下，好让大车过去。又有两个士兵跟着连长跑到篝火旁。他们争夺着一只靴子，拼命地骂着和扭打着。

"怎么，你捡到的！你真机灵！"一个士兵哑着嗓子喊道。

然后过来一个瘦瘦的、脸色苍白的士兵，脖子上裹着一块血迹斑斑的包脚布，生气地向炮兵们要水喝。

"怎么，是不是要我像一条狗那样死掉？"他说。

图申吩咐给他水喝。接着跑来了一个快乐的士兵，他是来为步兵要火种的。

"给步兵一个烧得旺旺的火种吧！祝你们平安，老乡们，谢谢你们的火种，以后连本带息一起奉还。"他拿着一块烧着的木柴隐没在黑暗中，不知到哪里去了。

这个士兵走后，四个士兵抬着用大衣裹着的什么重东西，从篝火旁经过。其中一人绊了一下。

"真见鬼，是谁把劈柴放在路上的。"他说。

"已经完了，还抬他干什么？"他们当中的一个人说。

"去你的吧！"

他们抬着东西也在黑暗中消失了。

"怎么？痛吗？"图申低声问罗斯托夫。

"痛。"

"大人，请您去见将军。将军在这里的一个农舍里。"炮兵士官走到图申跟前说。

"这就去，亲爱的。"

图申站起身来，扣好军大衣，整理了一下头发，离开篝火走了……

在离炮兵的篝火不远的地方，巴格拉季翁公爵坐在一座为他准备的农舍里，他一面吃饭，一面同聚集在他那里的几位指挥官交谈。这里有一个半闭着眼睛、贪婪地啃着羊骨头的小老头，有那个自认为无可指责地供职二十二年、现在喝了一杯伏特加和吃饱饭后满脸通红的将军，有戴着刻有名字的戒指的校官，有不安地环顾着所有的人的热尔科夫，还有脸色苍白、嘴唇紧闭、两眼像害热病似的闪闪发光的安德烈公爵。

在农舍的角落里的墙上靠着一面缴获的法国军旗，军事法庭检察官带着天真的表情摸着军旗的布面，困惑不解地摇摇头，也许是因为他真的对军旗的样子感兴趣，也许是因为饿着肚子看人家吃饭而没有自己的份心里感到难受。在隔壁的农舍里关着一个被龙骑兵俘虏的法国上校。我们的军官聚集在他身旁，端详着他。巴格拉季翁公爵表扬了某些指挥官，询问了战斗的详细情况和伤亡人数。在布劳瑙附近受过检阅的团长向公爵报告说，战斗一开始，他就从树林里撤退，把砍柴的士兵集合起来，看着他们撤走，然后带着两个营拼刺刀，打退了法国人。

"公爵大人，我一看到一营乱了，就在路上站住，想道：'让这些人过去，用炮队的火力迎击敌人。'我就这样做了。"

团长非常希望这样做，他为自己没有来得及这样做感到十分惋惜，以至于把愿望当作现实，仿佛觉得一切都完全像他所说的那样。他想，也许实际上就是这样的？在这一片混乱中，难道分得清什么事情发生过，什么事情没有发生过吗？

"公爵大人，我还有一件事要向您报告，"他想起多洛霍夫与库图佐夫的谈话以及自己与他的最后一次见面，接着说道，"我亲眼看见被降为士兵的多洛霍夫俘虏了一个法国军官，表现得特别出色。"

"就在这里，公爵大人，我看见了保罗格勒团的骠骑兵的冲锋。"热尔科夫不安地环顾四周插进来说，这一天他根本没有看见骠骑兵，他只是听一个步兵军官说的，"冲破了两个方阵，公爵大人。"

有几个人听了热尔科夫的话笑了笑，像平常一样都以为他又要讲笑话；但是发现他讲这些话也是想要颂扬我军的威武和今天的战绩，便都摆出严肃的样子，虽然许多人清楚地知道，热尔科夫所说的都是毫无根据的谎言。巴格拉季翁公爵朝骠骑兵团老团长转过身来。

"诸位，谨向所有的人表示感谢，所有部队，包括步兵、骑兵和炮兵，作战都很英勇。中央阵地怎么扔下了两门大炮？"他问道，眼睛寻找着什么人。（巴格拉季翁公爵没有问左翼的大炮；他已经知道战斗一打响那里的所有大炮都扔下了。）"我好像请您去过。"他对值班校官说。

"一门被打坏了，"值班校官回答道，"另一门我不知道是怎么回事；我一直待在那里照看着，刚刚离开……确实打得很激烈。"他谦虚地补充了一句。

有人说，图申上尉就在村子附近，已派人去叫他了。

"您也去过吧？"巴格拉季翁公爵问安德烈公爵。

"可不是吗，我们只差一点就碰上了。"值班校官愉快地微笑着对鲍尔康斯基说。

"可惜我没有机会见到您。"安德烈公爵冷冷地和生硬地回答。

大家沉默了一会儿。门口出现了图申，他是从将军们的背后畏畏葸葸地挤进来的。他像平常一样，一见到长官就发窘，在狭窄的农舍里绕过将军们的时候，没有看清，被军旗杆绊了一下。几个人笑了起来。

"一门大炮是怎么被扔下的？"巴格拉季翁问，他皱起了眉头，这主要不是针对图申的，而是针对那些发笑的人的，其中数热尔科夫笑得最响。

现在图申一见到了严厉的长官，就十分恐惧地意识到，他的过错和耻辱在于自己活了下来，却丢了两门大炮。他是那样的激动，以至于直到此刻还没有来得及考虑这一点。军官们的笑声更使他心慌意乱。他站在巴格拉季翁面前，下巴颏哆嗦着，勉强地说：

"不知道……公爵大人……没有人……公爵大人。"

"您可以向掩护的部队要人！"

当时没有部队掩护，这是千真万确的事实，但是图申没有说。他担心这样会**连累**别的长官，便默默地、眼珠一动不动地直视着巴格拉季翁的脸，就像一个答错了的学生看着主考人一样。

沉默的时间相当长。巴格拉季翁公爵显然不愿意使人觉得太严厉，他不知道说什么好；其余的人又不敢插嘴。安德烈公爵皱着眉头看着图申，他的手指神经质地抖动着。

"公爵大人，"安德烈公爵用生硬的语气打破了沉默，"您派我去图申上尉的炮兵连。我到了那里，看到三分之二的人和马被打死了，两门炮毁坏得不成样子，没有任何掩护部队。"

巴格拉季翁公爵和图申现在都同样目不转睛地盯着克制而又激动地说话的鲍尔康斯基。

"公爵大人，如果允许我说出我的意见，"他接着说，"那么今天的胜利主要应归功于这个炮兵连的战斗行动以及图申上尉和他的连队的英勇顽强精神。"安德烈公爵说完后，不等回答，立刻站起身来，离开了桌子。

巴格拉季翁公爵朝图申看了一眼，看来他不愿意表示不相信鲍尔康斯基发表的尖锐意见，同时又觉得自己不能完全相信他的话，于是低下头，对图申说，他可以走了。安德烈公爵跟着他出来。

"谢谢，亲爱的，你救了我。"图申对他说。

安德烈公爵朝图申上下打量了一下，什么也没有说，就从他的身旁走开了。安德烈公爵感到又苦闷又难受。这一切是那样的奇怪，完全不像他希望的那样。

"他们是什么人？他们干吗到这里来？他们需要什么？这一切什么时候了结？"罗斯托夫看着面前变动不定的人影想道。手臂痛得愈来愈厉害。非常想睡，眼前跳动着红圈，这些人说话的声音和他们的脸留下的印象，还有那孤独感，都与疼痛的感觉融合在一起。就是他们，这些负伤和没有负伤的士兵，是他们压他，挤他，抽他的断臂和肩膀的筋，灼烧臂上和肩上的肉。为了摆脱他们，他闭上了眼睛。

他打了个盹儿，但是在这昏沉入睡的片刻里，他梦见了数不清的事物：他梦见了母亲和她的又白又大的手，梦见了索尼娅的瘦削的肩膀，娜塔莎的眼睛和笑容，梦见了杰尼索夫说话的声音和他的胡子，还有捷利亚宁以及自己与他和波格丹内奇之间发生的整个故事。这整个故事跟那个说话粗鲁的士兵原来是一回事，这整个故事和这个士兵是那么折磨人地紧紧抓住他的手臂，压着它，把它往一个方向拉。他试图从他们那里挣脱开，但是他们连一丝一毫、一分一秒也不放松地抓住他的肩膀。要是他们不硬拉着他的肩膀，它就不会疼痛，就会是好好的；但是无法摆脱他们。

他睁开眼睛，朝上看了看。夜的黑幕悬在炭火的亮光上方一俄尺的地方。只见在这火光里像粉末似的雪花在飘舞。图申尚未回来，军医没有来。剩下他孤零零的一个人，现在只有一个光着身子的小兵坐在篝火的另一边，在烘烤着他那又黄又瘦的身体。

"谁也不需要我了！"罗斯托夫想。"没有人帮助我，也没有人怜惜我。而我过去在家时又强壮，又快活，又有人爱。"他叹了一口气，并且随着这一声叹气不由自主地呻吟起来。

"是不是哪里痛？"小兵问，他在火上抖了抖自己的衬衣，没有等他回答，干咳了一声，补充说道，"这一天伤了多少人，真可怕！"

罗斯托夫没有听小兵说话。他望着在篝火上空飞舞的雪花，回想起了俄罗斯的冬天、温暖明亮的家、厚厚的毛皮大衣、飞快的雪橇、健康的身体以及家庭的爱护和关怀。"我干嘛到这里来！"他想。

第二天法国人没有再发动进攻，于是巴格拉季翁部队的残部与库图佐夫的军队会合了。

第三部

一

　　瓦西里公爵并不周密地考虑自己的计划,更少考虑要做损人利己的事。他只不过是一个在社交界一帆风顺并对此已习以为常的上流社会人物。在不同情况下,在与人们接近的过程中,他头脑里通常会出现各种各样的计划和想法,虽然他自己对这些计划和想法并不十分清楚,可是它们却构成他在生活中关注的全部内容。这样的计划和想法经常不是一个、两个,而是几十个,其中有的才开始形成,有的达到了目的,有的则消失了。例如,他并没有对自己这样说:"某某人现在有权有势,我应当取得他的信任和友谊,通过他给自己弄一份特殊津贴。"又如,他也没有对自己这样说:"瞧,皮埃尔很有钱,我应当引诱他娶我的女儿,然后向他借我所需要的四万卢布。"但是瓦西里公爵碰到那个有权有势的人时,本能就立刻提示他,就会意识到这个人可能对他有用,于是就去接近这个人,一有机会,不做准备就本能地巴结他,做出亲热的样子,说一些需要说的话。

　　在莫斯科时,瓦西里公爵把皮埃尔掌握在手里,给他谋得了一个相当于当时的五等文官的宫廷侍从的职位,坚持要这个年轻人跟他一起去彼得堡,并住在他家里。瓦西里公爵为了让皮埃尔娶他的女儿,做了需要做的一切,他在做这些事时,仿佛是漫不经心的,同时又毫无疑问地深信,事情就应该是这样的。如果瓦西里公爵事先周密地考虑

前程考虑了很久的皮埃尔想要提出异议。这时瓦西里公爵便用低沉的声音唠叨起来，不让皮埃尔说下去，他的这种语气使人无法打断他的话，他通常在非把人说服不可的情况下才用这种语气说话。

"可是，亲爱的，我这样做是为了自己，是为了对得起自己的良心，不必感谢我。从来没有人因为人家太疼爱他而抱怨过；再说，你是自由的，哪怕明天就辞职不干也行。这一切你自己到彼得堡后就会知道。你早就应该忘掉这些可怕的往事了。"瓦西里公爵叹了一口气。"就是这样，亲爱的。让我的仆从坐你的马车走。对了，我差一点忘了，"瓦西里公爵补充说，"你知道吗，亲爱的，我和已故的伯爵有一笔账未清，我收到了梁赞省庄园的钱，想把它留下：因为你不需要钱用。这样咱们的账就可以算清了。"

瓦西里公爵所说的"梁赞省庄园的钱"，指的是几千卢布的代役租金，瓦西里公爵给自己留下了。

在彼得堡，如同在莫斯科一样，皮埃尔被亲热和爱慕的气氛所包围。他无法推辞瓦西里公爵给他谋取的职位，或者不如说是头衔(因为他什么事也不做)，而交往、邀请和社会活动又是那么的多，以至于皮埃尔比在莫斯科时更加感觉到晕头转向，忙忙碌碌，总觉得某种幸福正在到来，但又一直没有实现。

在他从前的单身汉的朋友中，许多人不在彼得堡。近卫军出征去了，多洛霍夫被降为士兵。阿纳托利在部队里，在外省，安德烈公爵在国外，因此皮埃尔没有能像过去那样，用他喜爱的方式度过夜晚，也没有能同他所尊敬的年长朋友谈谈心，以倾吐胸臆。他的全部时间都消磨在宴会和舞会上，主要在瓦西里公爵家里，同他的妻子、肥胖的老公爵夫人以及同美丽的埃莱娜在一起。

安娜·帕夫洛夫娜·舍列尔也像别的人一样，改变了对皮埃尔的态度，她显示出了上流社会对皮埃尔的看法上发生的变化。

从前，在安娜·帕夫洛夫娜在场时，皮埃尔总是感到他所说的话都是不礼貌的，不得体的，不是需要说的；感到他的那些还停留在想象时觉得很聪明的话，只要一大声说出来，就变成愚蠢的了，相反，伊波利特的那些愚不可及的话说出来时却显得聪明和可爱。现在不管皮埃尔说什么，都是优美的。即使安娜·帕夫洛夫娜没有说这称赞的话，他也看得出她很想说，只是因为尊重他的谦虚，才忍住没有开口。

在一八〇五年到一八〇六年的冬天刚开始时，皮埃尔收到安娜·帕夫洛夫娜的一个平常的粉红色的请柬，请柬上加了这样的一句话："美丽的、永远看不厌的埃莱娜也要到我这里来。"

皮埃尔读到这个地方时第一次感觉到，他与埃莱娜之间已形成了为别人所承认的某种联系，这个想法既使他大吃一惊，仿佛给他加上了一种他无力承担的义务似的，同时作为一种有趣的设想，又使他感到高兴。

安娜·帕夫洛夫娜的晚会和头一个晚会一模一样，只不过现在她用来款待客人的一道新的菜肴不是莫特马尔，而是一个从柏林来的外交官，此人带来了有关亚历山大皇帝在波茨坦逗留以及两位伟大的朋友 ① 在那里会谈的详情的最新消息，据说两人发誓要结成牢不可破的联盟来捍卫正义事业，反对人类的敌人。安娜·帕夫洛夫娜在接待皮埃尔时，带有哀伤的神情，这显然与这个年轻人新近遭到丧父之痛和别祖霍夫伯爵去世有关（所有的人都认为有责任使皮埃尔相信，他对他几乎不认识的父亲之死感到非常伤心），这种哀伤同提到皇太后玛丽亚·费多罗夫娜时流露出来的完全一样。皮埃尔为此感到十分荣幸。安娜·帕夫洛夫娜运用她常用的技巧把客厅里的人分成几个组。瓦西里公爵和将军们所在的那个大组，分到了那个外交官。另一组聚集在茶桌旁。皮埃尔想参加第一组，但是安娜·帕夫洛夫娜像一个战地司令官一样，她似乎有成千上万个新的高招还没有来得及实现，正处于兴奋状态，她看见皮埃尔，便用手指碰一碰他的袖子说：

"等一等，今天的晚会上我给您看中了一个人。"她朝埃莱娜看了一眼，朝她笑了笑。

"我的亲爱的埃莱娜，需要请您对我那可怜的姑妈发点善心，她很崇拜您。请您陪她十来分钟。而为了使您不太寂寞，给您找了一位可爱的伯爵，他是不会拒绝跟您一起去的。"

美人埃莱娜到姑妈那里去了，但是安娜·帕夫洛夫娜还把皮埃尔留在自己身边，装出她还需要做最后的必要安排的样子。

---

① 指亚历山大一世和普鲁士国王腓特烈—威廉三世。

"她确实很迷人吧？"她指着飘然而去的端庄的美人对皮埃尔说，"风采多么动人！一个年轻的姑娘待人接物这样有分寸，这样善于保持好的风度！这都是发自内心的！能娶她为妻，是一种福气！和她在一起，就连最不善于交际的丈夫也会不知不觉地和不费气力地在社交界占一个显著的位置！您说对吗？我只想知道您的意见。"说完安娜·帕夫洛夫娜放皮埃尔走了。

皮埃尔对安娜·帕夫洛夫娜提出的埃莱娜具有保持好的风度的本领的问题，真心诚意地做了肯定的回答。如果说他有时想到过埃莱娜，那么想的正是她的美貌以及她能在交际场合做到泰然自若、言语不多和不卑不亢的非凡本领。

姑妈在她的角落里接待了这两个年轻人，但是看来她想要掩盖她对埃莱娜的崇拜，而想更多地表达对安娜·帕夫洛夫娜的畏惧。她看着侄女，仿佛在问：她应如何对待这两个人。安娜·帕夫洛夫娜在离开他们的时候，又用指头碰一碰皮埃尔的袖子说：

"希望你们再也不会说在我这里很无聊了。"说着朝埃莱娜瞟了一眼。

埃莱娜笑了笑，她的神情好像是说，她不认为有见了她而不着迷的可能。姑妈咳嗽了一声，咽下了唾沫，用法语说，她见到埃莱娜非常高兴；然后带着同样的面部表情把这句寒暄的话对皮埃尔再说了一遍。在这枯燥乏味、磕磕绊绊的谈话中间，埃莱娜朝皮埃尔看了一眼，并且像对所有人一样，开朗地对他嫣然一笑。皮埃尔已看惯了这种微笑，这笑容对他来说已不表示什么，因此没有引起他的任何注意。姑妈这时在讲皮埃尔已故的父亲别祖霍夫伯爵收集的鼻烟壶，并把她自己的鼻烟壶拿出来给他们看。埃莱娜公爵小姐提出想看一看这个鼻烟壶上姑父的像的请求。

"这一定是维内斯的作品[①]。"皮埃尔说了一个著名的微型彩画家的名字，一面朝桌子俯下身去拿鼻烟壶，一面倾听着另一张桌旁的谈话。

他欠起身来，想要绕过去，但是姑妈从埃莱娜背后直接把鼻烟壶

---

① 维内斯(生卒年代不详)，微型画家，曾在彼得堡为人作画。

递过来。埃莱娜朝前弯下身子，以便让出地方，微笑着回头看了一眼。她像平常参加晚会一样，穿着当时流行的袒胸露背的衣服。她的胸部，皮埃尔一向觉得好像是用大理石雕成的，此时与他的眼睛离得很近，就连他的近视眼也不由自主地看清了她的肩膀和脖子的迷人之处，同时离他的嘴唇也很近，他只要稍稍弯下腰，就能碰到她。他感觉到了她身体的温暖，闻到香水的气味和听到她呼吸时紧身胸衣细微的摩擦声。他看到的不是她的那种与衣服构成一个整体的大理石雕像般的美，他看到和感觉到了她那仅仅只遮着一层衣服的肉体的全部魅力。一旦看见了这个，他就不能看到另一种样子，正如我们再不能相信已被揭穿了的谎言一样。

她回过头，用闪闪发亮的黑眼睛直瞪瞪地看了皮埃尔一眼，微微一笑。

"怎么您至今没有发现我是多么的美？"埃莱娜仿佛这样说道。"您没有发现我是一个女人吗？是的，我是一个女人，可以属于任何人，甚至可以属于您。"她的目光说。在这时刻皮埃尔感觉到埃莱娜不仅可以成为，而且应当成为他的妻子，事情只能是这样。

这时他对此确信不疑，仿佛他正在与她举行婚礼似的。这事如何实现和何时实现，他并不知道；他甚至不知道这是不是好事（他居然还有这样的感觉，不知为什么觉得这不是好事），但是他知道这事将会实现。

皮埃尔垂下眼睛，又抬起来，重新想要看到她是一个离自己很远的、陌生的美人，如同从前他每天看到她的那样；但是他已经做不到这一点了。正如一个过去在雾中把一株草看成一棵树的人，在看出是草后再也不能把它看成树一样。她离他太近了。她已经能够支配他了。在他和她之间，除了他本人的意志的阻力外，已没有任何障碍了。

"好吧，我就把你们留在这个角落里。我看，你们在那里相处得很好。"安娜·帕夫洛夫娜说。

于是皮埃尔恐惧地回想着，他有没有做什么不体面的事，脸涨得红红的，朝自己周围扫视了一下。他觉得大家都像他一样，已知道他发生了什么事。

过了一些时候，当他走到大组的客人那里时，安娜·帕夫洛夫娜对他说：

"听说，您正在装修您在彼得堡的房子。"

（这是真的，建筑师说需要这样做，于是皮埃尔自己也不知道为什么，就装修起他在彼得堡的大房子来了。）

"这很好，但是不要从瓦西里公爵那里搬出来。有公爵这样的朋友很不错。"她朝瓦西里公爵微笑着说，"我知道一点这方面的情况。不是这样吗？而您还是那么年轻。您需要听听别人的忠告。您不要生我的气，认为我是倚老卖老。"说到这里她不作声了，女人们谈了自己的年龄后在等待别人的反应时，总要这样沉默一会儿。"如果您要结婚的话，那就是另一回事了。"她一双眼睛同时看着他们两人。皮埃尔没有看埃莱娜，埃莱娜也没有看他。但是他仍然觉得埃莱娜紧挨着他。他含含糊糊地说了句什么，脸涨得通红。

回家后，皮埃尔久久未能入睡，老想着发生的事。他究竟发生了什么事呢？什么也没有发生。他只是明白了一点：他从小就认识的这个女人可能属于他，而过去别人对他说埃莱娜是一个美人时，他只是漫不经心地说一声"是的，长得很漂亮"而已。

"但是她很蠢，我自己也说过她很蠢，"他想，"要知道这不是爱情。相反，她在我心里引起的感情当中有某种卑鄙龌龊的东西，某种不应该有的东西。有人对我说过，她的哥哥曾经爱上了她，她也爱她的哥哥，发生过一段丑闻，因此把阿纳托利送到了外省。她的另一个哥哥伊波利特也不怎么样。还有她的父亲瓦西里公爵。这不好。"他想；但是在他这样思考的同时（他的这些思考还没有结束），他发现自己在微笑，觉得从刚才的一些想法后面浮现出了另一些想法，他在同一时间里既想到她的庸俗委琐，又幻想她将成为他的妻子，能够爱他，完全成为另一个人，希望他所想的和所听到的关于她的一切都是不真实的。于是他又看到她不是瓦西里公爵的什么女儿，看到的是她那个用灰衣裳遮住的整个肉体。"不对，以前我头脑里为什么没有产生这样的想法？"他又一次对自己说，这是不可能的，在这样的婚姻中有一种他觉得是卑鄙龌龊的、反常的、不正当的东西。他回想起了她以前说的话和目光以及人们看到他们在一起时所说的话和目光。他想起了安娜·帕夫洛夫娜在和他谈到房子时说的话和目光，想起了瓦西里公爵和别的人几百次这样的暗示,他感到恐惧,害怕自己已受到束缚,不得不去做显然是不好的和他不应该做的事。但是就在他暗自下决心时,他心中又从另一边浮现出了她那具有全部女性美的形象。

二

一八〇五年十一月,瓦西里公爵要到四个省去视察。他给自己弄到这个差事,目的是为了顺便到自己衰败了的庄园去看看,同时他把儿子阿纳托利从他的团队驻扎的地方找来,带上他去拜访尼古拉·安德烈耶维奇·鲍尔康斯基公爵,显然想要让儿子娶这个有钱的老头的女儿。但是在动身和办这些新的事情之前,瓦西里公爵需要解决皮埃尔的问题,虽说皮埃尔最近整天都待在家里,也就是待在他落脚的瓦西里公爵的家里,在有埃莱娜在场时显得可笑、激动和傻里傻气(正在恋爱的人应该是这样的),但是还没有提求婚的事。

"这一切都很好,但是总得有个结果。"一天早晨瓦西里公爵忧愁地叹着气自言自语地说,他觉得皮埃尔欠他这么多的情(算了,只好随他的便了!),在这件事情上做得不大好。"年轻……轻浮……算了,随他的便。"瓦西里公爵想道,为自己心肠好而感到高兴,"这事必须有个结果。后天是廖莉娅①的命名日,我邀请一些人,如果他不明白他应该做什么,那么这就是我的事了。是的,是我的事了。我是她的父亲!"

皮埃尔在参加安娜·帕夫洛夫娜的晚会后的那个异常激动的不眠之夜里,认定与埃莱娜结婚会带来不幸,他需要摆脱她,赶快离开,可是在这之后过了一个半月,还没有从瓦西里公爵家搬走,他恐惧地感觉到,在人们的眼里他同埃莱娜的关系正在一天天地变得更加密切,他怎么也无法恢复以前对她的看法,他不能离开她,虽说这很可怕,但是他只好把自己的命运与她结合在一起。也许他能克制住自己,但是瓦西里公爵家里没有一天不举行晚会(以前他很少招待客人),皮埃尔如果不想扫大家的兴,不想使大家失望的话,就得参加。瓦西里公爵很少待在家里,他在皮埃尔身旁经过时,习惯性地抓住他的手往下拉,漫

---

① 廖莉娅是埃莱娜(叶连娜)的爱称。

不经心地把刮过的、布满皱纹的腮帮子凑过来让他吻，或者说一声"明天见"，或者说"来吃饭，要不我就见不到你了"，或者说"我为了你才留下来"等等。但是当瓦西里公爵（像他所说的那样）为了皮埃尔留下来时，他同他也说不上两句话，尽管如此，皮埃尔觉得不能使他失望。皮埃尔每天总是对自己说同样的话："最后总得理解她，弄清楚她是什么样的人。是我从前看错了还是现在的看法不对？不，她不蠢；不，她是一个好姑娘！"有时他自言自语地说，"她从来没有做过任何错事，她从来没有说过任何蠢话。她话不多，但是说的话总是简单明了。就是说她不蠢。她过去和现在从来不局促不安。这么说来她不是一个坏女人！"有时他和她谈起一些事情，自言自语地说点什么，每次她或者简短地、恰到好处地说几句，表明她对这件事不感兴趣，或者默默地一笑和看一眼作为回答，这使皮埃尔更能感觉到她的优越之处。他觉得她是对的，所有这些议论与她的这一微笑相比，都是胡扯。

她和他说话时总是带着愉快和信任的微笑，她只对他一个人才这样笑，这种笑容比通常挂在她脸上的一般的微笑包含着更加意味深长的东西。皮埃尔知道，大家只等着他最后说一句话，迈过那条确定的界线，并且他也知道他迟早会迈过这条界线；但是当他想到要迈出这可怕的一步时，内心就充满一种莫名其妙的恐惧。在这一个半月里，他觉得自己正在愈来愈深地被拉进使他觉得可怕的深渊中去，他曾几千次对自己说这是怎么回事？需要有决心！难道我没有决心吗？"

他想要下决心，但是惊恐地感觉到，在这件事情上他并没有那种他自认为有过的，而且也确实有过的决心。皮埃尔属于这样的人，这些人只有在感到自己高尚纯洁时才是坚强的。而自从那天在安娜·帕夫洛夫娜家里俯身去看鼻烟壶时被一种欲望所支配后，他就有一种由它引起的不自觉的内疚，这使他下不了决心。

在埃莱娜过命名日的那一天，瓦西里公爵家里请了几位关系最密切的人吃晚饭，如同公爵夫人所说的那样，请的都是至亲好友。所有这些至亲好友们事先得到暗示，这一天将要决定过命名日的姑娘的命运。客人们都坐下来吃晚饭。当年非常漂亮和体面、如今已发福的库拉金娜公爵夫人坐了主位。坐在她两边的是几位最尊贵的客人——一位老将军和他的夫人以及安娜·帕夫洛夫娜·舍列尔；坐在桌子末端的则是比较年轻的贵客,皮埃尔和埃莱娜作为家里人也并排坐在那里。瓦西里公爵没有坐下来吃饭,他在餐桌周围来回走着,心情很愉快,时而在这个客人身边坐坐,时而又到那个客人身边待一会儿。他对每个人都随随便便地说几句愉快的话,只有对皮埃尔和埃莱娜不是这样,他好像没有注意到他们在座似的。瓦西里公爵这样做,使得大家活跃起来。餐厅里点着明亮的蜡烛,烛光照得银器和水晶玻璃器皿、女士们的盛装以及将军和军官们的金银肩章闪闪发亮;穿着红色长衫的仆人们在餐桌周围来回走动;刀叉和杯盘叮当作响,桌子周围有几处在进行热闹的谈话。可以听到,在餐桌的一端一位老宫廷高级侍从在向一位老男爵夫人表白他的热烈的爱情和老男爵夫人在格格地笑;另一边有人在讲一个叫玛丽亚·维克多罗夫娜的女人失意的事。在餐桌的中央,瓦西里公爵把听众集中到自己的周围。他嘴边挂着戏谑的微笑在给女士们讲最近(在星期三)枢密院开会的情况,会上新任彼得堡军事总督谢尔盖·库兹米奇·维亚兹米季诺夫[①] 收到和宣读了亚历山大皇帝从军中发给他的著名的圣谕,皇帝在圣谕中对谢尔盖·库兹米奇说,他从四面八方收到民众的效忠信,彼得堡的效忠信尤其使他高兴,他为有幸成为这样的民族的首领而自豪,并将努力做到不负众望。圣谕的开头是这样写的:**谢尔盖·库兹米奇!朕从四面八方得到消息**等等。

"就是说,读到'谢尔盖·库兹米奇'没有往下读?"一位女士问。

"是的,是的,一点也没有读。"瓦西里公爵笑着回答道,"'谢尔盖·库兹米奇……从四面八方……从四面八方,谢尔盖·库兹米奇……'可怜的维亚兹米季诺夫怎么也读不下去了。他几次把信从头读起,但一读到**谢尔盖**……就抽抽搭搭地哭起来……读到**库—兹—米—奇**,便泪流满面……**从四面八方**这句话被号啕大哭声淹没了,往下再也没法读了。他掏出手绢,又读'谢尔盖·库兹米奇,从四面八方',又热泪盈眶……结果只好请别人代读。"

"库兹米奇……从四面八方……又热泪盈眶……"有人笑着重复说。

---

① 维亚兹米季诺夫(一七四九—一八一九),伯爵,一八〇五年被任命为彼得堡军事总督。

"别太刻薄了，"安娜·帕夫洛夫娜从餐桌的另一端伸出一根指头做了一个警告的手势说，"我们善良的维亚兹米季诺夫可是一个大好人……"

大家非常开心地笑着。坐在餐桌上首的人之所以都很快活，看来是受各种不同的兴奋心情的影响；只有皮埃尔和埃莱娜一言不发并排坐在几乎是餐桌下首的末端；在两人的脸上都保持着与谢尔盖·库兹米奇无关的开心的微笑——这是一种为自己的感情而害羞的微笑。不管别人说什么，不管他们如何纵声大笑和开玩笑，不管他们如何开怀畅饮莱茵葡萄酒、津津有味地吃浇汁的菜肴和冰激凌，不管他们的目光如何避开这一对年轻人，不管他们显得对这两人如何冷淡和漠不关心，但是不知为什么，根据有时投向他们的目光可以感觉到，无论是关于谢尔盖·库兹米奇的笑话还是大家的说笑吃喝，全是装出来的，所有人的注意力都集中在皮埃尔和埃莱娜这一对年轻人身上。瓦西里公爵学谢尔盖·库兹米奇抽抽搭搭地哭，并在这时扫了女儿一眼；在他笑的时候，他脸上的表情似乎在说："是的，是的，一切都很顺利；今天一切都可以决定下来。"安娜·帕夫洛夫娜因他取笑我们善良的维亚兹米季诺夫而警告他，而瓦西里公爵从她这时瞟了瞟皮埃尔的眼睛里看出，她在祝贺他有了乘龙快婿和他的女儿得到了幸福。老公爵夫人忧愁地叹着气给坐在她身旁的女客敬酒，生气地朝女儿看了一眼，这一声叹息仿佛是说："是的，亲爱的，现在咱们除了喝甜酒外，再也无事可做了；现在是这些胆子大、敢作敢为而又有福气的年轻人的时代了。"客人中的那位外交官看着情侣幸福的脸，心里想道："我所说的都是蠢话，好像我对此感兴趣似的。瞧他们，这才是幸福！"

在把这些人联系在一起的庸俗委琐、虚伪做作的趣味当中，有一种漂亮健康的男人和女人相互爱慕的简单感情。这种人类的感情压倒了一切，高踞在他们所有虚伪做作的闲谈之上。这时笑话就会令人不快，新闻变得枯燥乏味，热闹显然是装出来的。不仅是主人和客人们，就连在餐桌旁伺候的仆人好像也感觉到这一点，他们瞥视着美人埃莱娜容光焕发的脸和皮埃尔又红又肿、幸福而又不安的脸，竟忘记了自己的职责。看起来仿佛烛光也集中到了这两张幸福的脸上。

皮埃尔感到他成了一切的中心，这既使他高兴，又使他觉得受拘束。他处于专心致志做某一件事的状态。别的什么事他都没有看清，也不明白，也没有听见。在他的头脑里，只有时出乎意外地闪现出断断续续的想法和现实生活的印象。

"那么说，一切都结束了！"他想，"这一切是怎么发生的呢？这样快！现在我知道，不是为了她一个人，也不是为了我自己，而是为了大家，**这件事**必须做成。他们大家都在热切地期待着**这件事**的发生，深信它会实现，我就不能辜负他们的希望。但是它将如何实现？我不知道；然而会实现，一定会实现！"皮埃尔看着就在他眼前闪闪发亮的肩膀想道。

突然他不知为了什么害起臊来。他为自己一个人吸引了大家的注意力，成了别人眼里的幸运儿，为他这个其貌不扬的人成为占有海伦的帕里斯①而感到不好意思。"大概通常都是这样，而且应该这样。"他安慰自己道，"不过我为此做了什么呢？这是什么时候开始的呢？我是和瓦西里公爵一起从莫斯科来的。当时还什么事也没有发生。再说，我为什么不可以住在他家呢？后来我和她一起玩牌，给她捡手提包，和她一起去滑冰。这是什么时候开始的？这一切是什么时候发生的？"现在他像未婚夫一样坐在她身旁；感觉到她离得很近，听得见她的呼吸声，看到她的动作和美貌。突然他又觉得，异常美的不是她，而是他自己'因此大家都那样看着他，而他因受到赞赏而感到很幸福，于是挺起胸膛，抬起头，为自己的幸福而感到高兴。突然传来一个声音，一个听起来耳熟的声音，这个声音把什么事又对他说了一遍。但是皮埃尔无暇顾及，不明白人家对他说的是什么。

"我问你，你是什么时候接到鲍尔康斯基的信的。"瓦西里公爵第三次重复说，"你是那么心不在焉，亲爱的。"

瓦西里公爵微笑着，皮埃尔看到大家都对他和埃莱娜微笑。"也好，既然你们都知道，那就知道吧。"皮埃尔自言自语说，"这又有什么？反正这是真的。"于是他温和而天真地微笑着，埃莱娜也笑了。

"你是什么时候接到的？是从奥尔米茨寄来的？"瓦西里公爵再一

---

① 帕里斯是希腊神话中的特洛伊王子，因诱走斯巴达王墨涅拉俄斯的王后海伦而引起特洛伊战争。

次问，他仿佛为了解决一场争论必须知道这一点似的。

"难道现在是谈论和想这些琐事的时候吗？"皮埃尔心里想。

"是的，是从奥尔米茨寄来的。"他叹着气回答道。

晚餐后，皮埃尔带着自己的女伴跟着其他的人前往客厅。客人们开始散了，有的人没有跟埃莱娜告别就走了。有的人好像不愿意打断她的重要的事似的，走过来待一会儿，很快就走了，坚决不让她送。那位外交官在出客厅时，闷闷不乐，一言不发。他觉得他的外交工作的前程与皮埃尔得到的幸福相比，完全是虚幻的。老将军在他的妻子问他的腿脚如何时，生气地冲她嘟囔了一句。"这个老傻瓜。"他想，"瞧人家叶连娜·瓦西里耶夫娜[1]，到五十岁仍将是个美人。"

"看来我可以向您表示祝贺了。"安娜·帕夫洛夫娜小声对公爵夫人说，使劲地吻了吻她，"假如不是偏头痛的话，我就会留下来。"

公爵夫人什么也没有回答；女儿的幸福使她深感嫉妒。

在送客时，皮埃尔单独和埃莱娜留在小客厅里，坐了很久。在以前，在最近一个半月里，他也经常单独和埃莱娜待在一起，但是从来没有对她说过爱慕的话。现在他感觉到必须这样做，但是怎么也下不了迈这最后一步的决心。他觉得害羞；他觉得，他在这里，在埃莱娜身边，占的是别人的位置。"这幸福不是给你的，"内心的声音对他说，"这幸福是给那些没有你所拥有的东西的人的。"但是总需要说点什么，于是他开口了。他问她，她对今天的晚会是否满意？她像平常一样，简单地回答说，今天的命名日对她来说是过得最愉快的一次。

有几个近亲还没有走。他们坐在大客厅里。瓦西里公爵迈着懒洋洋的步子走到皮埃尔跟前。皮埃尔站起来说，时间已经不早了。瓦西里公爵用疑问的目光严厉地看了他一眼，仿佛他所说的话非常奇怪，叫人无法听清楚。但是紧接着严厉的表情变了，瓦西里公爵抓住皮埃尔的手往下拉，请他坐下，亲切地笑了笑。

"怎么样，廖莉娅？"他马上又问女儿，用的是惯常的温柔而又随便的语气，一般从小疼爱子女的父母都惯用这种语气，而瓦西里公爵则是从别的父母那里模仿来的。

---

① 叶连娜·瓦西里耶夫娜是埃莱娜的名字和父名。

他又朝皮埃尔转过头来。

"**谢尔盖·库兹米奇,从四面八方。**"他一面说,一面扣着背心最上面的一颗纽扣。

皮埃尔笑了笑,但是从他的微笑可以看出,他明白这时瓦西里公爵感兴趣的并不是谢尔盖·库兹米奇的笑话;瓦西里公爵也知道皮埃尔明白这一点。瓦西里公爵突然咕哝了一句什么,出去了。皮埃尔觉得,就连瓦西里公爵也发窘了。这个上流社会的老人发窘的样子对皮埃尔有所触动;他回头朝埃莱娜看了一眼,她好像也有些发窘,她的目光似乎说:"有什么办法呢,都是您自己造成的。"

"应该而且必须迈过去,但是我不能,我不能。"皮埃尔想道,他又讲起别的事,讲谢尔盖·库兹米奇,问这个笑话说的是什么,因为他没有听清。埃莱娜微笑着回答说,她也不知道。

瓦西里公爵进客厅时,公爵夫人正在低声地和一位上年纪的太太谈论皮埃尔。

"当然,这是非常出色的一对,但是,亲爱的,幸福……"

"婚姻总是天定的。"上年纪的太太回答道。

瓦西里公爵好像没有听她们说话一样,到了远处的角落里,在沙发上坐下了。他闭上眼睛,仿佛是在打盹。可是他的头往下一垂,他便醒了。

"阿琳娜,"他对妻子说,"你去看看他们在干什么。"

公爵夫人到了门口,装出一本正经和冷漠的样子从门口过去,朝客厅瞧了一眼。皮埃尔和埃莱娜仍旧坐着和说着话。

"还是那样。"公爵夫人回答丈夫说。

瓦西里公爵皱起了眉头,把嘴撇到一边,他的腮帮子跳动起来,露出他特有的不愉快的和粗鲁的表情;他全身抖动一下,站了起来,仰起头,迈着坚定的步伐从两位太太面前经过,朝小客厅走去。他高兴地快步走到皮埃尔面前。公爵脸上是那样异常得喜气洋洋,以致皮埃尔见了他后,惊恐地站了起来。

"谢天谢地!"他说,"公爵夫人全告诉我了!"他用一只手搂住皮埃尔,另一只手搂住女儿。"可爱的廖莉娅!我非常非常高兴。"他的声音颤抖起来,"我敬爱你的父亲……她将成为你的好妻子……上帝祝福你们！……"

他拥抱了女儿，然后又拥抱了皮埃尔，用他老年人的嘴吻了吻他。眼泪确实沾湿了他的两颊。

"公爵夫人，到这里来！"他喊道。

公爵夫人过来了，也哭了起来。上年纪的太太也在用手绢擦眼泪。大家吻了皮埃尔，皮埃尔也吻了一下美丽的埃莱娜的手。过了一会儿，小客厅里又只剩下他们俩了。

"这一切应该是这样，不可能是别的样子，"皮埃尔想，"因此不必问这是好事还是坏事。说是好事，因为事情确定了，已没有以前那种折磨人的疑惑了。"皮埃尔默默地握住未婚妻的一只手，看着她那一起一伏的美丽的胸脯。

"埃莱娜！"他大声喊道，接着又停住了。

"在这种场合人们总是说一些特殊的话。"他想，但是他怎么也想不起来人们在这种场合说的是什么。他朝她的脸看了一眼。而她则和他挨得更近些。她的脸上泛起了红晕。

"哎，摘掉这个……这个多么……"她指着眼镜说。

皮埃尔摘下了眼镜，于是他的眼睛除了像一般摘掉眼镜的人那样形状显得有点古怪外，还带有惊恐和疑惑的神情。他想要弯下身子去吻她的手；但是她的头迅速做了一个不大文雅的动作迎上去，接住他的嘴唇，把自己的嘴唇和他的嘴唇紧紧贴在一起。她脸上的那种变得令人不快和慌张的表情，使皮埃尔感到吃惊。

"现在已经晚了，一切都结束了；不过我是爱她的。"皮埃尔想。

"我爱您！"他想起了在这种场合需要说的话，便这样说道；但是这句话听起来贫乏无力，连他自己也觉得羞耻。

一个半月后，他举行了婚礼，搬进了别祖霍夫伯爵家在彼得堡的那座装修一新的大宅院里，人们都说他是一个拥有漂亮的妻子和几百万家产的幸运儿。

三

一八○五年十二月，老公爵尼古拉·安德烈耶维奇·鲍尔康斯基接到了瓦西里公爵的一封信,信中说,他将带着儿子前来拜访。("我是到各地视察的,当然,为了拜访您这位尊敬的恩师,多走一百俄里对我们来说算不了什么,"他在信中写道,"同时小儿子阿纳托利与我同行,前去部队服役;我希望您能允许他亲自向您表达深深的敬意,他同他的父亲一样,也对您怀有这样的感情。")

"看来用不着带玛丽去交际场所了:求婚的人自己找上门来了。"小公爵夫人听到这个消息后,不谨慎地说了一句。

尼古拉·安德烈依奇公爵皱了皱眉头,什么也没有说。

在接到信后两个星期的一个傍晚,瓦西里公爵手下的人先来了,第二天他本人带着儿子也到了。

老鲍尔康斯基一向并不赏识瓦西里公爵的为人,尤其是近来看到瓦西里公爵在保罗和亚历山大这两个新的朝代仕途得意,就更是如此。现在根据信中的暗示和小公爵夫人的话明白了是怎么回事,他心中对瓦西里公爵的不赏识便变成了一种厌恶轻视的感情。他在说到他时,总是嗤之以鼻。在瓦西里公爵要来的那一天,尼古拉·安德烈依奇公爵特别不满意,心情不好。不知是由于瓦西里公爵要来才心情不好,还是由于心情不好而对瓦西里公爵的到来特别不满意,总之他心情不好,吉洪大清早就告诫建筑师不要进去向老公爵报告什么了。

"您听见他怎样走路吗?"吉洪说,让建筑师注意听公爵的脚步声,"走路时这个脚后跟着地——我们就知道……"

然而到八点多,公爵还像平常一样,穿着带貂皮领子的天鹅绒面短大衣和戴着貂皮帽出来散步。头一天下了雪。尼古拉·安德烈依奇公爵平常走的那条通往花房的小道已经打扫过了,在扫过的雪地上可以看出扫帚留下的痕迹,扫起的雪堆在小道两边,一把铁锹插在那上面。公爵皱着眉头一言不发地沿着花房、仆人的住处和各种建筑物走了一圈。

"雪橇过得来吗?"他问把他送回家的受人尊敬的管家,这个管家的面貌和风度很像他的主人。

"雪很深,公爵大人。我已经盼咐下去把大道扫出来。"

公爵低下头,到了台阶前面。"谢天谢地,"管家想道,"乌云总算过去了!"

"雪橇很难过来,公爵大人。"管家加了一句,"听说,公爵大人,一位大臣要来拜访大人,是吗?"

公爵朝管家转过身来,用阴沉的目光凝视着他。

"什么? 大臣? 哪一位大臣? 谁吩咐的?"他用生硬而又刺耳的声音问道,"不为公爵小姐,不为我的女儿扫雪,却为一个什么大臣打扫!我不认识什么大臣!"

"公爵大人,我以为……"

"你以为什么!"公爵喊叫起来,他话说得愈来愈急,愈来愈不连贯,"你以为……强盗! 骗子手! ……我要教你怎样以为。"他举起手杖,朝管家阿尔帕特奇挥去,要不是他下意识地躲开,就要挨打了。"你以为! ……骗子手! ……"他着急地喊道。阿尔帕特奇自己也被躲开主人手杖的大胆行为吓坏了,不过他还是走到公爵跟前,顺从地低下他的秃头,也许正因为他这样做,公爵虽然继续喊着"骗子手! ……把雪扫回路上去!",但是没有再举起手杖,就跑进屋里去了。

在午餐前,知道公爵心情不好的公爵小姐和布里安娜小姐便站着等他。布里安娜小姐容光焕发,她的表情好像在说:"我什么也不知道,我像平常一样。"而玛丽亚公爵小姐脸色苍白,露出惊慌的神情,低垂着眼睛。对玛丽亚公爵小姐来说最难受的是,她知道在这种情况下应当表现得像布里安娜小姐一样,但是做不到这一点。她这样觉得:"如果我做出似乎没有发现什么的样子,他就会以为我不支持他;如果我自己显得闷闷不乐和心情不好,他就会说我(他经常这样说)垂头丧气。"此外还有一些诸如此类的感觉。公爵看了看女儿惊恐的脸,生气地哼了一声。

"废……傻丫头! ……"他说。

"那一位怎么不在! 有人风言风语,已对她讲了不少了。"他见小公爵夫人不在餐厅,便这样想道。

"公爵夫人呢?"他问,"躲起来了? ……"

"她有点不舒服。"布里安娜小姐高兴地微笑着回答道,"她不来了。在她那种情况这是可以理解的。"

"嗯! 嗯! 哼! 哼!"公爵哼了几声,在餐桌旁坐下了。

他觉得盘子不干净;他指了一下污迹,把盘子扔过来。吉洪赶紧接住，交给了伺候进餐的仆人。小公爵夫人身体并没有不舒服；但是她对公爵有一种无法遏止的恐惧心理，当她听到公爵心情不好时，便决定不露面了。

"我替孩子担心，"她对布里安娜小姐说，"天知道受惊吓会出什么事。"

总的说来，小公爵夫人住在童山，对老公爵怀有一种恐惧感和厌恶感，不过她没有意识到自己厌恶老公爵，因为恐惧远甚于厌恶，她就感觉不到厌恶了。老公爵也厌恶她，但是这种厌恶也被蔑视盖过了。小公爵夫人在童山住惯后，特别喜欢上了布里安娜小姐，天天和她在一起，请她和自己一起睡，经常和她谈论公公，说长道短地议论他。

"有客人要到我们这里来，公爵。"布里安娜小姐一面说，一面用她粉红色的手打开白色的餐巾。"我听说，客人是库拉金公爵大人和他的儿子，是吗？"她问道。

"哼！这个大人是个毛孩子……是我把他安排到部里的，"公爵气鼓鼓地说，"儿子来干什么，我不知道。丽扎维塔·卡尔洛夫娜[①]公爵夫人和玛丽亚公爵小姐也许知道；我不知道他为什么带这个儿子到这里来。我不需要。"说着他看了涨红了脸的女儿一眼。

"你不舒服吗？是被今天阿尔帕特奇这个蠢货所说的大臣吓得吧？"

"不，爸爸。"

不管布里安娜小姐的话题选得如何不妥当，可是她没有住口，仍絮絮叨叨地讲花房，讲新开放的花朵的美，公爵在喝完汤后变得温和起来。

饭后，他去看儿媳妇。小公爵夫人坐在小桌子旁在和女仆玛莎闲扯。她看见公公，脸色立刻变得煞白。

小公爵夫人变化很大。现在与其说她变得好看了，倒不如说变得难看了。两颊凹陷了下去，嘴唇翘了起来，眼皮则向下耷拉着。

"是的，觉得有点昏沉沉的。"她在回答公爵问她身体如何时说。

"需要点什么吗？"

---

① 丽扎维塔·卡尔洛夫娜是小公爵夫人的名字和父名。

"不，谢谢，爸爸。"

"好吧，好吧。"

他伸出一只手让阿尔帕特奇吻了吻，便到书房去了。

傍晚瓦西里公爵到了。车夫和侍仆到**大道**（他们这样叫大路）上去迎接他，吆喝着把他的雪橇沿着有意重新洒上雪的路拉到了厢房那里。

瓦西里公爵和阿纳托利都给安排了单独的房间。

阿纳托利脱了无袖短上衣，两手叉腰坐在桌前，含着微笑睁开漂亮的大眼睛，目不转睛地和漫不经心地望着桌子的一角。他把自己的一生看作不断的寻欢作乐，觉得有的人为了某种原因似乎应该为他做好这样的安排。现在他也是这样看待这次拜访凶恶的老头和富有而丑陋的女继承人之行的。根据他的推测，这一切可能会有非常好的和有趣的结果。"既然她非常有钱，那么为什么不娶她呢？这从来都不碍事。"阿纳托利想。

他刮了脸，洒了香水，这些事做得细致而又讲究，看来已成为他的习惯，然后带着天生的和善而洋洋得意的神情，高高抬起漂亮的头，进了父亲的房间。在瓦西里公爵的身旁有两个仆从正在忙着给他穿衣服；他本人高兴地看看自己周围，快活地朝进屋的儿子点了点头，好像说："好，我就需要你打扮成这样！"

"说真话，爸爸，她长得很丑陋吗？啊？"他用法语问，好像是在继续他们在路上不止一次地进行过的谈话似的。

"别说了，全是蠢话！主要的是，对老公爵要尽可能尊重些，说话要有分寸。"

"如果他骂人，我就走。"阿纳托利说，"这些老头子我很不喜欢。行吗？"

"记住，这将决定你的一切。"

这时，在女仆的房间里不仅知道了大臣带着儿子到来的消息，而且对两人的外貌已做了详细的描述。玛丽亚公爵小姐一个人坐在自己的房间里，怎么也克制不住自己内心的激动。

"他们为什么写信来，丽莎为什么对我谈起这件事？要知道这是不可能的！"她照着镜子自言自语地说，"我怎么到客厅里去呢？即使我喜欢他，我现在也无法做到和平时一样。"她一想起她父亲的目光，便不寒而栗。

小公爵夫人和布里安娜小姐已从女仆玛莎那里了解到了所有需要了解的情况，知道大臣的儿子是一个面色红润、眉毛乌黑的美男子，他的父亲吃力地拖着双腿好容易才上了楼梯，而他像一只雄鹰一样，跟在父亲后面一步三级跑了上去。小公爵夫人和布里安娜小姐在得到这些消息后在走廊里就热烈地谈论起来，她们一起进了公爵小姐的房间。

"他们来了，玛丽，您知道吗？"小公爵夫人说，她摆动着大肚子，身体笨重地落到圈椅上。

她身上穿的已不是早晨的那件家常便服了，而是她的一件最好的衣裳；她的头经过了细心的打扮，脸上露出兴奋的表情，然而未能掩盖住皮肉松弛、苍白枯槁的面容。现在她穿上过去出人彼得堡交际场所时常穿的衣服，更可以看出她大大地变丑了。布里安娜小姐的衣着打扮也不知不觉地做了某些改进，这给她漂亮的和容光焕发的脸增添了魅力。

"怎么，您还是这副打扮吗，公爵小姐？"她说。"马上就会有人来说他们已到了客厅。我们得下楼去，您哪怕稍稍打扮一下也好！"

小公爵夫人从圈椅上站起来，摇铃叫来女仆，急忙兴致勃勃地替公爵小姐考虑装束打扮，并且动手做起来。玛丽亚公爵小姐感到自尊心受到了伤害，因为自己竟被来向她求婚的人的到来弄得心慌意乱，而更伤她的自尊心的是，她的这两位女友居然没有想到她可能不会是那种样子。如果对她们说，她为自己和为她们感到羞耻，这意味着承认自己的心慌意乱；再说，如果不让她们打扮，那就会受到长时间的取笑和纠缠。她涨红了脸，她的美丽的眼睛变得暗淡无光，她的脸布满了斑点，于是脸上带着常有的充当牺牲品的难看表情，听任布里安娜小姐和丽莎的摆布。两个女人**完全真心地**想要把她打扮得漂亮些。她长得那样的难看，她俩当中不会有人想到要和她争个上下；因此她们完全真心地动手给她穿戴起来，作为女人，她们天真地和坚决地相信，衣衫能使面孔变得漂亮些。

"不，说实话，我的朋友，这件衣服不好看，"丽莎远远地从侧面打量着公爵小姐说，"你不是有一件棕色的衣服吗，叫人拿来！真的！这也许决定一生的命运。这一件颜色太浅，不好看，不，不好看！"

其实不好看的不是衣服，而是公爵小姐的脸和整个身材，但是布里安娜小姐和小公爵夫人没有感觉到这一点；她们一直觉得，如果给朝上梳的头发扎上一条浅蓝色的带子，再在褐色的衣服上披一条浅蓝色的围巾，这样就会变得很好看。她们忘记了，惊恐的脸和身材是变不了的，因此不管她们如何改变这张脸的轮廓和装饰，它本身仍然显得可怜和难看。玛丽亚公爵小姐顺从地让她们给她换了两三次装，最后她头发朝上梳（这种发型完全改变了她的脸，使它变得更加难看），披上了浅蓝色的围巾和穿上了棕色的盛装，这时小公爵夫人围着她走了两圈，伸出小手抹一抹这里的衣褶，扯一扯那里的围巾，侧着头时而从这边，时而从那边端详着。

"不，这不行。"她举起两手轻轻一拍，坚决地说。"不，玛丽，这对您来说完全不合适。我更喜欢您穿灰色的家常便服的样子；请您为了我，换一下吧。卡佳，"她对女仆说，"你把灰色衣裳给公爵小姐拿来，布里安娜小姐，您看着我怎么安排吧。"她说，像一个艺术家一样预感到成功的喜悦而露出微笑。

但是当卡佳取来需要的衣服时，玛丽亚公爵小姐仍然一动不动地坐在镜子前望着自己的脸，她在镜子里看到，她眼睛里含着泪水，嘴颤动着，已准备要放声大哭了。

"喂，公爵小姐，"布里安娜小姐说，"再努一把力吧。"

小公爵夫人从女仆手里拿过衣裳，走到了玛丽亚公爵小姐跟前。

"好了，现在我们要打扮得又朴素，又可爱。"她说。

她和布里安娜小姐以及不知笑什么的卡佳的声音汇成了一片快乐的叽叽喳喳声，听起来像鸟儿在鸣叫。

"不，别管我了。"公爵小姐说。

她的话说得那么严肃和那么伤心，使得鸟儿的鸣叫马上停止了。她们朝她的那双美丽的大眼睛看了一眼，发现她的眼睛饱含着泪水和愁思，正在带着恳求的表情平静地望着她们，她们才明白坚持毫无用处，而且甚至是残忍的。

"您至少也得变一变发型。"小公爵夫人说。"我对您说过，"她用责备的语气对布里安娜小姐说，"像玛丽这样的脸型，梳这种发型根本不合适。根本不行。求求您，换一下吧。"

"别管我了，别管我了，这对我来说完全是无所谓的。"玛丽亚公爵小姐勉强忍住眼泪说。

布里安娜小姐和小公爵夫人不能不承认，玛丽亚公爵小姐这样打扮是很丑的，比平时更不如；但是已经晚了。她带着她们熟悉的沉思和忧愁的表情看着她们。这种表情没有引起她们对玛丽亚公爵小姐的恐惧（她从来没有使任何人产生过这样的感觉）。但是她们知道，当她脸上出现这样的表情时，她就沉默寡言，已下定决心，而且决不动摇。

"您将换一个式样，是吗？"丽莎问，她看到玛丽亚公爵小姐什么也没有回答，便从屋里出来了。

玛丽亚公爵小姐一个人留在屋里。她没有实现丽莎的愿望，不仅没有改变发型，而且没有照一下镜子。她无力地垂下眼睛和双手，默默地坐着，陷入了沉思。她想象自己有了丈夫，这是一个强壮的、威风凛凛的、具有不可理解的魅力的人，他突然把她带到另一个完全不同的、幸福的世界。她想象怀里抱着**自己**的孩子，这孩子就像昨天在乳母的女儿那里看见的一样。丈夫站在那里，温柔地看着她和孩子。"不，这不可能，我长得太丑了。"她想。

"请您去喝茶。公爵马上就出来。"女仆在门外说。

她清醒过来，回想起刚才的想法，不禁大吃一惊。她在下楼前站起身来，进了供着圣像的礼拜室，凝视着被神灯照亮的巨大圣像上救世主的黑脸，双手交叉放在胸前，在圣像前站了几分钟。在玛丽亚公爵小姐的心里有一种痛苦的疑虑。她会有爱情的欢乐，会有对一个男人的尘世的爱情的欢乐吗？玛丽亚公爵小姐在考虑婚姻时，既幻想得到家庭的幸福，也希望有孩子，但是主要的、最强烈的和深藏在她内心的愿望是想得到尘世的爱情。她愈是想对别人、甚至对自己隐瞒这种感情，这种感情就变得愈强烈。"上帝啊，"她说，"我如何才能把我心里这些魔鬼的想法压下去呢？我如何才能就这样永远地抛弃这些罪恶的念头，以便安心实行你的意愿呢？"她刚提出这个问题，上帝已在她自己的心中这样回答她："不要希望自己得到什么；不要谋求什么，不要激动，也不要嫉妒。人们的未来和你的命运应该是你所不知道的；但是你活着要做好一切准备。如果上帝想要在婚姻的义务上考验你，你时刻准备实行他的意愿。"玛丽亚公爵小姐带着这种宽慰的想法(但是她仍然希望能实现自己的那种尘世的愿望),叹了一口气,画了个十字,就下楼去了,既不想自己该穿什么衣服和梳什么发型,也不想她怎么进客厅和说什么。所有这一切与上帝的决定比较起来,能算得了什么呢?要知道没有上帝的意愿,就连一根头发也不会从人的头上掉下来的。[①]

四

　　玛丽亚公爵小姐进房间时,瓦西里公爵和他的儿子已在客厅里,他们正在同小公爵夫人和布里安娜小姐交谈。她进来时脚跟着地,迈着沉重的步子,两个男人和布里安娜小姐见了都欠起身,小公爵夫人指着她对男人们说:"这就是玛丽!"玛丽亚公爵小姐看见了所有的人,而且看得很仔细。她看见瓦西里公爵见她进来一下子板起脸,但马上就露出微笑,看见小公爵夫人脸上带着好奇的表情察看着玛丽给客人们留下的印象。她也看见布里安娜小姐头上扎着缎带,面孔显得很美,正用前所未有的兴奋目光注视着**他**;但是她看不见**他**,她看到的只是一个在她进屋时朝她移动过来的亮光光的和很好看的巨大物体。先走到她面前的是瓦西里公爵,她在他低头吻她的手时吻了吻他的秃头,并在回答他的话时说,她不但没有忘记他,相反,她清楚地记得他。然后阿纳托利到了她跟前。她仍然没有看见他。她只感觉到有一只柔软的手紧紧握住她的手,她微微碰到他的覆盖着抹了油的红褐色头发的白净的前额。她朝他看了一眼,他的美貌使她感到惊讶。阿纳托利把右手的大拇指伸到制服的一颗扣好的纽扣下面,胸向前挺起,背朝后弓着,晃动着一条伸出的腿,微微低下头,默默地、快活地看着公爵小姐,看样子完全没有想她。阿纳托利不机灵,思维并不敏捷,也不善于辞令,但是他具有上流社会非常珍视的那种能保持镇定和什么也改变不了信心的本领。如果一个缺乏自信的人在初次见面时不说话,但是又觉得这样做不礼貌,想要找一些话说,这就不好了;但是阿纳托利就是不说

---

　　① 见《圣经·新约》中的《马太福音》第十章。原话为:"两只麻雀,不是卖一分银子吗,若是你们的父不许,一个也不能掉在地上。就是你们的头发,也都被数过了。"

话,他晃动着腿,快乐地观看着公爵小姐的发式。可以看出,他能这样心安理得地沉默很长时间。"要是有人感到沉默很难堪,那么你们就交谈好了,我可不想说话。"他那神气似乎在这样说。此外,阿纳托利对女人有一种睥睨一切的优越感,这种态度最能引起女人的好奇、恐惧,甚至爱慕。他的样子仿佛在对她们说:"我了解你们,我了解,为什么把时间和精力要花在你们身上?你们准会很高兴!"也许他在遇到女人时没有想这些(并且他很可能没有想,因为总的说来他很少动脑筋),但是他的神气和态度是这样的。公爵小姐感觉到了这一点,为向他表明她想都不敢想得到他的青睐,便朝瓦西里公爵转过身去。大家谈的是一般的话题,不过谈得很热闹,这有赖于小公爵夫人清脆的声音和翘起在白牙齿上的长着绒毛的嘴唇的不停地活动。她用快活而又多嘴多舌的人常用的戏谑态度对待瓦西里公爵,这种饶舌者说话时,让人觉得似乎交谈者与自己之间有某些早就固定的笑话以及愉快的、多多少少不为所有人所知的有趣的回忆,实际上根本没有这样的回忆,在小公爵夫人和瓦西里公爵之间自然也是如此。瓦西里公爵很乐意地跟着用这种语气说话;小公爵夫人同时吸引她几乎不认识的阿纳托利参加回忆这些从来没有发生过的可笑的事情。布里安娜小姐也和大家一起回忆,就连玛丽亚公爵小姐也高兴地感觉到自己被吸引到这种快活的回忆中来了。

"您瞧,亲爱的公爵,现在我们至少可以充分利用您了,"小公爵夫人说,自然用的是法语,"这一次不像我们在安妮特的晚会上那样,您总是从那里溜掉。您一定记得这个可爱的安妮特!"

"啊,您可别像安妮特那样,**总是跟我谈**什么政治!"

"记得我们的小茶桌吗?"

"当然记得!"

"您为什么从来不到安妮特家去?"小公爵夫人问阿纳托利。"啊,我知道了,知道了,"她眨了眨眼睛说,"您的哥哥伊波利特对我说过您的事。噢!"她伸出手指朝他做了一个吓唬的动作,"还在巴黎时我就知道了您的恶作剧!"

"伊波利特对你没有说过?"瓦西里公爵对儿子说,同时抓住小公爵夫人的一只手,仿佛她要跑掉,而他好容易才把她捉住似的,"他对你没有说过,他自己见了可爱的公爵夫人后如何人都想瘦了,而她又是如何把他从家里赶出来的?"

"啊!这是女人中的明珠,公爵小姐!"他对公爵小姐说。

布里安娜小姐听见有人提到巴黎,便抓住机会参加了大家的回忆。

她冒昧地问阿纳托利是否早就离开了巴黎,喜欢不喜欢这个城市。阿纳托利非常乐意地回答这个法国姑娘的问题,含笑望着她,和她谈论她的祖国。他在看到这个漂亮的布里安娜小姐后便认定他在这里,在童山,不会感到太无聊。"长得很不错!"他一面端详着她,一面想道,"这个女伴长得很不错。希望她嫁给我时能带着她,"他想,"这姑娘很可爱。"

老公爵在书房里不慌不忙地穿衣服,他皱着眉头,考虑着他该怎么做。这两个客人的到来使他很恼火。"瓦西里公爵和他的儿子算是我的什么人?瓦西里公爵爱说空话,不是个正经人,儿子想必也是那样。"他自言自语地唠叨着。使他生气的是,这两位客人的到来把一个未解决的、一直压在他心里的问题勾了起来,在这个问题上老公爵总是欺骗自己。这个问题是:他是否能在什么时候下决心让玛丽亚公爵小姐离开自己,把她嫁出去。老公爵从来没有敢于直截了当地对自己提出这个问题,因为他预先知道他会做出合理的正确回答,可是合理性不仅与感情相矛盾,而且与他的整个生活能力相矛盾。虽然尼古拉·安德烈耶维奇公爵看起来似乎并不重视玛丽亚公爵小姐,但是如果她不在身边,那么他的生活就会变得无法想象。"她为什么要嫁人呢?"他想,"一定不会幸福的。丽莎嫁给了安德烈(现在看来很难找到更好的丈夫),难道她对自己的命运满意吗?谁会出于爱情而娶她呢?又难看又不机灵。娶她无非是因为有重要的社会关系和财产。难道没有人一辈子不出嫁吗?那样更幸福!"老公爵一面穿衣服,一面这样想,而与此同时,一直拖下来的问题要求立即做出决定。瓦西里公爵带来了自己的儿子,显然有求婚的意图,也许今天或明天就得做出直接的答复。就他们在上流社会中的名望和地位而言,还说得过去。"行吧,我不反对,"公爵自言自语说,"但是他得配得上她。这一点我们还要再瞧一瞧。"

"这一点我们还要再瞧一瞧，"他出声说，"这一点我们还要再瞧一瞧。"

于是他像平常一样健步进了客厅，迅速朝所有的人扫了一眼，既注意到了小公爵夫人换了衣服和布里安娜扎着缎带，也注意到了玛丽亚公爵小姐梳着难看的发式；既注意到了布里安娜和阿纳托利满面笑容，也注意到了女儿在大家谈话时落落寡合。"打扮得像个大傻瓜！"他想道，狠狠地朝女儿盯了一眼，"不知羞耻！人家根本就不愿意理她！"

他走到了瓦西里公爵面前。

"你好，你好，见到你非常高兴。"

"为了看好朋友，多走七里路不算远。"瓦西里公爵像平常一样说得很快，而且自信又亲热，"这是我的次子，请多加关照。"

尼古拉·安德烈耶维奇公爵打量了阿纳托利一下。

"好一个棒小伙子！"他说，"喂，过来亲亲我。"他把腮帮子朝他伸过去。

阿纳托利吻了吻老人，好奇地和完全平静地看着他，看他是否马上就要像父亲所说的那样发怪脾气。

尼古拉·安德烈耶维奇公爵在沙发的角上他平常坐的地方坐下了，顺手给瓦西里公爵挪过一把圈椅来，指了指它，接着就询问起政治方面的事务和新闻来。他似乎在注意地听着瓦西里公爵的话，但是不断地瞧瞧玛丽亚公爵小姐。

"就是说已从波茨坦来信了？"他重复了一下瓦西里公爵最后的一句话，突然站起身来，走到女儿跟前。

"你是为客人这样打扮的，啊？"他说，"好看，很好看。你为了客人梳这新式的头，我可要当着客人的面对你说，往后未经我的许可不准你改变衣着。"

"爸爸，是我的不好。"小公爵夫人红着脸替小姑说话了。

"您完全可以自便，"尼古拉·安德烈耶维奇公爵脚跟一碰，给儿媳妇鞠躬说，"而她不必丑化自己，本来就够难看的了。"

说完他重新在座位上坐下，不再注意被弄得眼泪汪汪的女儿。

"相反，这种发式对公爵小姐来说很合适。"瓦西里公爵说。

"喂,老弟,你这位年轻的公爵叫什么名字?"尼古拉·安德烈耶维奇公爵问阿纳托利,"到这里来,咱们谈一谈,认识认识。"

"看来到了好戏开场的时候了。"阿纳托利想道,他带着微笑坐到了老公爵身边。

"是这样的,亲爱的,听说你们是在国外受的教育。不像我和你父亲那样,文化是跟教会执事学的。告诉我,亲爱的,您现在是不是在近卫骑兵里服役?"老人问道,他凑近阿纳托利,凝视着他。

"不,我已调到普通的军队了。"阿纳托利竭力忍住笑回答道。

"啊!这是好事。这么说,亲爱的,您愿意为沙皇和祖国服务?现在正是用兵的时候。这样的棒小伙子应当服役,应当服役。怎么,是在前线吧?"

"不,公爵。我们的团已出发了。而我在编制内挂了个名。我挂在哪里,爸爸?"阿纳托利笑着问父亲。

"服役服得很好,很好。居然不知道挂名挂在哪里!哈—哈—哈!"尼古拉·安德烈耶维奇大声笑起来。

而阿纳托利笑的声音还要大。突然尼古拉·安德烈耶维奇公爵皱起了眉头。

"好吧,你去吧。"他对阿纳托利说。

阿纳托利面带微笑又到了女士们那里。

"瓦西里公爵,你曾经把他们送到国外受教育,是吧?"老公爵对瓦西里公爵说。

"我曾尽力而为;我要对您说,那里的教育比我们的要好多了。"

"是的,如今一切都是另一种样子,一切都是新式的。好样的!好样的!好吧,到我屋里去吧。"

他挽起瓦西里公爵的手,带他到自己的书房去。

瓦西里公爵一等到和老公爵单独在一起便向他说明了自己的愿望和希望。

"你想到哪里去了,"老公爵生气了,"怎么能说是我留住她不放,离不开她呢?真想得出!"他气鼓鼓地说。"对我来说,哪怕明天嫁出去也行!不过我对你说,我想好好了解我的女婿。你知道我的规矩:什么事都公开!我明天当着你的面问她,如果她愿意,就让他住下来。让他住几天，我要再看一看。"老公爵哼了一声。"让她出嫁好了，我无所谓。"他像在和儿子告别时那样尖声地喊叫起来。

"我要对您直说，"瓦西里公爵说道，听他的语气，觉得是一个相信在洞察一切的对手面前用不着耍花招的滑头在说话，"您可是一眼就能把人看穿的。阿纳托利不是什么天才，然而是一个诚实善良的年轻人，一个好儿子和亲人。"

"好吧，我们再看看吧。"

正如长时间不与男人来往的孤独的女人经常感觉到的那样，尼古拉·安德烈耶维奇家的三个女人在阿纳托利到来后都觉得在这之前的生活不是生活。她们的思维、感觉和观察的能力顿时增加十倍，她们觉得好像一直生活在黑暗中一样，而现在她们的生活突然为新的、充满意义的光辉所照亮。

玛丽亚公爵小姐完全不想和不记得自己的脸和发式。一个也许将成为她的丈夫的人的那张漂亮而开朗的脸，吸引了她的全部注意力。她觉得他善良、英勇、果断、刚毅和宽厚。她深信这一点。关于未来的家庭生活的几千种幻想不断地在她的想象中出现。她驱除着这些幻想，竭力想把它们隐藏起来。

"我是不是对他太冷淡了？"玛丽亚公爵小姐想，"我竭力克制自己，因为内心里已感到自己和他很亲近；但是他并不知道我对他的全部想法，可能会认为我对他没有好感。"

于是玛丽亚公爵小姐竭力想对新来的客人殷勤些，可是她又不会。

"可怜的姑娘！丑陋得要命。"阿纳托利这样想她。

阿纳托利到来后也达到高度兴奋状态的布里安娜小姐心里有另一种想法。当然，这个在上流社会里没有一定地位，没有亲友、甚至没有祖国的漂亮的年轻姑娘，并不想一辈子侍候尼古拉·安德烈耶维奇公爵，给他朗读书本，当玛丽亚公爵小姐的女伴。布里安娜小姐早就在等待着一位俄国公爵，希望这个公爵能一下看出她胜过那些长相和穿着都很难看而且举止笨拙的俄国公爵小姐，爱上她并把她带走；现在这个俄国公爵终于来了。布里安娜小姐知道一个故事，这是她从姑母那里听来并由她自己继续编完的，她喜欢在心里反复讲这个故事。故事讲的是一个受骗的姑娘,她的可怜的母亲(sapauvre mère)责备她不该不结婚就委身于男人。布里安娜小姐在自己的心里给引诱女人的**他**讲这个故事时,自己常常感动得落泪。现在这个**他**,一个真正的俄国公爵出现了。他将把她带走,接着来了我的可怜的母亲,最后他和她结了婚。就这样,布里安娜小姐在和他谈论巴黎时,在她的头脑里形成了她未来生活的整个故事。指导布里安娜小姐的并不是某些打算(她甚至连一分钟也没有考虑过她该做什么),这一切早就在她心里准备好了,现在阿纳托利来了,只不过集中到他身上罢了,她希望他能看上她,并竭力博取他的欢心。

小公爵夫人像一匹久经沙场的战马一样,一听见号声就忘掉自己的身孕,不知不觉地往前冲,习惯性地卖弄起风情来,她是出于天真和轻浮高高兴兴地这样做的,并没有任何别的用意或内心斗争。

虽然阿纳托利在和女人交往中通常都显示出他已对女人的追逐厌烦了,但是看到自己对这三个女人的影响,不免觉得虚荣心得到了满足。除此之外,他开始对漂亮的和撩拨人的布里安娜产生一种热烈的、兽性的情欲,这种情欲出现得异常迅速,促使他采取最粗野和最大胆的行动。

喝过茶后,大家来到了休息室,这时有人请公爵小姐弹奏古钢琴。阿纳托利与布里安娜小姐紧挨着,用胳膊肘支撑着站在玛丽亚公爵小姐前面,他的眼睛带着快乐的微笑看着她。玛丽亚公爵小姐感觉到他的目光停留在自己身上,非常激动,心里又难受又高兴。心爱的奏鸣曲把她带到最亲切的富于诗意的世界,而感觉到的目光又给这个世界增添了更多的诗意。阿纳托利的目光虽然是对着她的,可是他并不注意她,而在注意布里安娜小姐的小脚的动作,这时他正用自己的脚在钢琴下面碰她的脚。布里安娜小姐也看着公爵小姐,在她美丽的大眼睛里也有一种玛丽亚公爵小姐未曾见过的又惊又喜、满怀希望的表情。

"她是多么爱我啊!"玛丽亚公爵小姐想,"我现在是多么幸福,有这样的朋友和这样的丈夫,我该是多么幸福啊!"她想,不敢看他的脸,一直感觉到射向自己的目光。

傍晚,在饭后大家要各自回屋时,阿纳托利吻了公爵小姐的手。她自己也不知道她怎么有这样的勇气,大胆地朝凑到她的近视眼近旁的那张俊美的脸正眼看了一下。阿纳托利在吻了公爵小姐的手后，走过去吻布里安娜小姐的手(这是不合乎礼节的，但是这一切他做得非常自信和随便)，布里安娜小姐立刻涨红了脸，惊恐地看了公爵小姐一眼。

"待人多么和气。"公爵小姐想道，"难道阿梅利(这是布里安娜小姐的名字)会认为我会吃她的醋，而不看重她对我的纯真的柔情和忠心吗？"她走到布里安娜小姐跟前，使劲地吻了吻她。阿纳托利走过去要吻小公爵夫人的手。

"不行，不行，不行！当您的父亲写信告诉我，说您表现很好时，我才让您吻我的手。在这之前不行。"

说着她举起一个手指头，微笑着出去了。

五

大家都各自回屋去了，这一夜除了阿纳托利一躺下马上就入睡外，谁都很久睡不着觉。

"难道这个陌生的、漂亮的和善良的男人就是我的丈夫吗？主要的是他善良。"玛丽亚公爵小姐想道，这时一种几乎从未有过的恐惧控制了她。她害怕回头看；她觉得仿佛有人站在这里的屏风后面，站在阴暗的角落里。这个人就是他，一个魔鬼，就是他，一个前额白净、眉毛乌黑和嘴唇红润的男人。

她摇铃把女仆叫了来，叫她睡在自己房里。

布里安娜小姐在这个夜晚，在冬季陈列花木的大屋里，来回走了很久，等一个人但没有等着，她时而想到一个人，便微笑起来，时而由于想象可怜的母亲责备她堕落而激动得落泪。

小公爵夫人抱怨女仆没有把床铺好。她既不能侧卧，也不能俯卧，怎么都觉得难受和不舒服。她的肚子妨碍着她。而今天这肚子比任何时候都使她感到不方便，因为阿纳托利的到来使她立即想起她没有怀孕时轻松愉快的时光。她穿着短上衣和戴着睡帽坐在圈椅里。而睡眼惺忪、发辫散乱的卡佳嘴里嘀咕着什么，正在第三次拍打和翻动沉重的羽毛褥子。

"我已对你说过，床上到处坑坑洼洼的，"小公爵夫人翻来覆去地说，"我自己倒是很乐意睡着；这么说来，睡不着不能怪我。"她说话的声音颤抖起来，好像一个要哭的孩子一样。

老公爵也没有睡。吉洪在蒙眬中听见他生气地踱着步，鼻子发出呼哧呼哧的声音。他觉得他为女儿受了侮辱。这种侮辱是最难忍受的，因为受侮辱的不是他，而是另一个人，是他爱得甚于爱自己的女儿。他对自己说，他要重新考虑这整个事情，找到一个正确的和合理的办法，但是他没有这样做，这只能使他更加恼怒。

"遇见第一个男人，就把父亲和一切全忘了，跟着跑，头发朝上梳，奉承巴结，弄得不像自己了！就想把父亲扔下！她知道我看得出来……哼哧……哼哧……哼哧……难道我没有看到这个笨蛋眼睛只盯着布里安娜（应当把她赶走）！居然这样没有自尊心，连这一点也不明白！既然没有自尊心，那么即使不为自己，至少也得为我着想。应当向她说明，这个蠢货心里根本没有她，他只瞧着布里安娜。她没有自尊心，但是我要叫她知道这是什么……"

老公爵知道，如果他对女儿说她看错了人，阿纳托利想要玩弄的是布里安娜，那么这会伤害玛丽亚公爵小姐的自尊心，这样他的心事（希望不同女儿分离）就能得到圆满解决，因此想到这里就安心了。他叫来吉洪，开始脱衣服。

"是什么鬼叫他们来的！"他想道，这时吉洪把一件夜里穿的衬衣往他年老干瘦、胸前长满灰白寒毛的身体上套，"我又没有请他们来。他们一来就打乱了我的生活。我剩下的日子已经不多了。"

"见他们的鬼去！"他在脑袋还被衬衣套着时说。

吉洪知道公爵的这个有时自言自语地说出自己想法的习惯，因此当他看到公爵的脸从睡衣里钻出来，眼睛里露出疑问和愤怒的目光时，脸色没有变。

"都躺下了吗？"公爵问。

吉洪像所有好仆人一样，凭感觉能知道主人的思路。他猜到问的是瓦西里公爵和他的儿子。

"都躺下了，并且熄了灯了，公爵大人。"

"没什么，没什么……"公爵很快地说。他把脚伸进便鞋里，把手伸进睡衣袖子里，朝他睡觉的长沙发走去。

尽管阿纳托利和布里安娜小姐两人之间没有说过什么话,但是他们在恋爱故事中可怜的母亲出现前的第一部里,彼此心里都是完全明白的,他们相互之间有许多话要暗地里说,因此从早晨起,两人都在寻找单独见面的机会。当公爵小姐按规定的时间去见父亲时,布里安娜小姐和阿纳托利在冬季陈列花木的大屋里会面了。

公爵小姐这一天在到书房门口时心跳得特别厉害。她觉得大家不仅知道今天要决定她的命运,而且知道她对这件事是怎么想的。她从吉洪脸上,从瓦西里公爵的仆从的脸上都看出了这种表情,那个仆人端着热水在走廊里遇见她时朝她深深鞠了一躬。

这天早晨老公爵对女儿特别亲切和热心。玛丽亚公爵小姐非常了解父亲的这种热心的表情。这种表情常在玛丽亚公爵小姐弄不懂算术题时在他的脸上出现,这时他气得把干瘦的手握成拳头,站起身来,从她身边走开,一连好几次低声重复着同一句话。

老公爵立即开始谈正事,说话时对女儿用"您"来称呼。

"有人向我提亲了。"他不自然地微笑着说。"我想,您已经猜到了,"他接着说,"瓦西里公爵到这里来,并带来了自己的学生(尼古拉·安德烈依奇不知何故称阿纳托利为学生),这不是因为对我有什么好感。他们昨天已向我提亲了。您是知道我的规矩的,我就来找您商量。"

"我应当如何理解您的话,爸爸?"公爵小姐说,脸上红一阵,白一阵。

"怎么如何理解!"父亲大声说道,"瓦西里公爵看中了您,要您当他的儿媳妇,并为自己的学生求婚。就这样理解。还要如何理解?!我这就要问您了。"

"我不知道您有什么意见,爸爸。"公爵小姐低声说。

"我?我?我算什么?先把我撇在一边。不是我出嫁。**您怎么样?**我就希望知道这一点。"

公爵小姐看到,父亲不赞成这件事,但是这时她想到,她一生的命运现在不决定,就永远不会有这个机会了。她垂下眼睛,让自己避开那严厉的目光,因为在那目光下她觉得无法思考,只能按照习惯乖乖地服从。"我只有一个愿望,这就是实行您的意旨,"她说,"但是如果需要说出我的愿望的话……"

她没有来得及说完，公爵就打断她的话。

"好极了！"他喊叫起来，"他娶您并想要走一份嫁妆，顺便把布里安娜小姐也带走，她将是真正的妻子，而你……"

公爵停住不说了。他看到了这几句话对女儿产生了作用。公爵小姐低下头，快要哭出来了。

"好了，好了，我这是说笑话，"他说，"记住一点，公爵小姐：姑娘完全有权自己进行选择。我给你这样的自由。记住：你一生的幸福将取决于你的决定。关于我就不用说了。"

"可是，我不知道……爸爸。"

"不用说了！人家告诉他，他不仅可以娶你，也可以娶任何人；而你也有选择的自由……回到自己房里去，好好地想一想，过一个钟头到我这里来，当着他的面说：愿意还是不愿意。我知道你将要祷告。好吧，你就祷告吧。不过要好好想一想。去吧。"

"愿意还是不愿意，愿意还是不愿意，愿意还是不愿意！"在公爵小姐如在雾里一样摇摇晃晃地出了书房后，他还在大声说着。

她的命运已经决定了，而且结果非常好。但是父亲所说的关于布里安娜小姐的话是一个可怕的暗示。就算这不是真的，这毕竟是可怕的，她不能不考虑这一点。她一直往前走，经过冬季陈列花木的大屋子，什么也没有看见，什么也没有听见，突然布里安娜小姐的那种熟悉的低语声使她惊醒过来。她抬起眼睛，在离自己两步远的地方看见阿纳托利正搂着那个法国女人对她低声说话。阿纳托利的漂亮的脸上带着可怕的表情朝玛丽亚公爵小姐看了看，一时还没有来得及放开布里安娜小姐的腰，而布里安娜小姐没有看见她。

"谁在这里？干什么来了？等一等！"阿纳托利脸上的表情仿佛在这样说。公爵小姐默默地看着他们。她无法理解这种事。最后布里安娜小姐喊叫了一声，跑了。阿纳托利面带愉快的笑容朝玛丽亚公爵小姐鞠了一躬，仿佛在请她一起来嘲笑这件奇怪的事似的，然后耸了耸肩，朝通向他的房间的门走去。

一个钟头后，吉洪来请玛丽亚公爵小姐。他请她去见公爵，并且补充说，瓦西里·谢尔盖耶维奇公爵也在那里。在吉洪进来时，公爵小姐正坐在自己房间里的沙发上，怀里搂着哭哭啼啼的布里安娜小姐。玛丽亚公爵小姐轻轻地抚摸着她的头。她的那双美丽的眼睛仍像以往那样安详，放射出一道道光芒，她满怀柔情和怜悯看着布里安娜小姐漂亮的脸。

"不，公爵小姐，我永远失去了您的好感。"布里安娜小姐说。

"为什么？我比任何时候都更喜欢您，"玛丽亚公爵小姐说，"我将努力为您的幸福做到我能做的一切。"

"可是您会瞧不起我的；您是那样的纯洁，您永远不会理解这种因情欲而失去理智的行为。唉，我的可怜的母亲……"

"我什么都理解，"玛丽亚公爵小姐忧伤地微笑着说；"您放心吧，我的朋友。我要去见父亲。"说着她出去了。

瓦西里公爵跷起二郎腿，手里拿着鼻烟壶，脸上带着动情的微笑坐在那里，他仿佛极端地受感动，仿佛为自己的易动感情而感到抱歉并加以嘲笑。他看见玛丽亚公爵小姐进来，便急忙捏了一撮鼻烟送到鼻子下面。

"啊，亲爱的，亲爱的。"他说，站起来抓住她的两只手。接着叹了一口气，补充说："我儿子的命运掌握在您手里。决定吧，我的可爱的、亲爱的、温柔的玛丽，我一直像爱女儿那样爱您。"

他走到了一边。他的眼睛里真的涌出了泪水。

"哼哧……哼哧……"尼古拉·安德烈依奇公爵哼哼着。

"公爵替自己的学生……儿子向你求婚。你愿不愿意成为阿纳托利·库拉金公爵的妻子？你说：愿意还是不愿意！"他高声说道，"我也要保留发表我的意见的权利。不错，我的意见只是我个人的意见。"尼古拉·安德烈依奇朝瓦西里公爵转过身来，针对他的恳求的表情又加了一句，"愿意还是不愿意？你说呀！"

"我的愿望是，爸爸，永远也不离开您，永远也不把我的生活与您的生活分开。我不想嫁人。"她用她那美丽的眼睛看了看瓦西里公爵和父亲，坚决地说。

"废话，蠢话！废话，废话，废话！"尼古拉·安德烈依奇公爵皱起眉头喊叫起来，他抓住女儿的一只手，把她往自己身边拉，没有吻她，只是把自己的前额朝她的前额低下去，碰到了她，用力紧握他抓住的手，握得她皱起眉头，喊叫起来。

瓦西里公爵跷起二郎腿，脸上带着动情的微笑坐在那里……

瓦西里公爵站起身来。

"亲爱的，我要对您说，我永远不会忘记这一时刻，但是，好姑娘，您哪怕能给我们一线希望，好让我们来打动您那如此善良和如此宽厚的心。请您说吧：还有可能……来日方长。您说吧：还有可能。"

"公爵，我所说的是我心里的全部想法。谢谢您的抬爱，但是我永远不会成为您的儿子的妻子。"

"那么，就这样吧，亲爱的。见到你非常高兴，见到你非常高兴。你回房去吧，公爵小姐，去吧。"老公爵说。"见到你非常非常高兴。"他拥抱着瓦西里公爵，又说了一遍。

"我的天职与人们不同，"玛丽亚公爵小姐暗自想，"我的天职是以别人的幸福，以博爱和自我牺牲的幸福为幸福。不管我为此付出多大代价，我要使可怜的阿梅利得到幸福。她是那么热烈地爱着他。她又是那么热诚地进行忏悔。我要尽一切努力成全她和他的婚姻。要是他不富有的话，我就给她钱，我要请求父亲，请求安德烈同意我这样做。到她成为他的妻子时，我就会感到幸福。而她是那样的不幸，流落异国他乡，孤苦伶仃，无依无靠！我的上帝，既然她能够忘掉自己是什么样的人，可见她非常热烈地爱他。也许我也会这样做的！……"玛丽亚公爵小姐这样想道。

六

罗斯托夫家里很久没有得到尼科卢什卡的消息了；直到仲冬伯爵才接到一封信，他从信封上写的地址认出是儿子的笔迹。伯爵接到这封信后，心里很慌张，他竭力避开别人，急忙踮着脚跑进自己的书房，锁上门，开始读起来。安娜·米哈依洛夫娜得知有信来后（家里发生的事她全知道），悄悄地来到伯爵那里，看见他手里拿着信又是哭又是笑。

安娜·米哈依洛夫娜尽管家境有所好转，仍继续住在罗斯托夫家。

"是我们的好孩子来的信吧？"安娜·米哈依洛夫娜带着忧伤问道，并且做好了在任何情况下表示同情的准备。

"尼科卢什卡来的……信……受了……伤……亲爱的……受了伤……我的亲爱的……伯爵夫人还不知道……升为军官了……谢天谢

地……怎么对伯爵夫人说呢？……"

安娜·米哈依洛夫娜在他身边坐下，用自己的手绢擦掉他眼睛里的和滴到信上的眼泪以及自己的眼泪，读了信，安慰伯爵，并且决定在吃午饭时和喝茶前给伯爵夫人做工作，让她思想有个准备，如果上帝保佑一切顺利的话，那就在喝完茶后宣布这一切。

在午餐时，安娜·米哈依洛夫娜一直讲关于战争的传闻和尼科卢什卡；她明知故问，两次问起他最后的一封信是什么时候接到的，并且说，很快会有信来，也许今天就会收到他的信。每当作这样的暗示时，伯爵夫人开始不安起来，用忧虑的目光时而看看伯爵，时而看看安娜·米哈依洛夫娜，而安娜·米哈依洛夫娜则以最不易使人察觉的方式把话题引到不重要的事情上去。在全家人当中，娜塔莎最具有察言观色的能力，午餐一开始她就侧耳细听，发现她父亲和安娜·米哈依洛夫娜之间有某种秘而不宣的事，有某种与哥哥有关的事，看出安娜·米哈依洛夫娜正在做工作，让大家思想上有个准备。她虽然非常大胆（不过她知道她母亲对与尼科卢什卡有关的所有消息都是十分敏感的），在吃午饭时也不敢提问题，然而由于心里焦急，什么也没有吃，不顾家庭女教师的提醒，在椅子上扭来扭去。午饭后，她飞快地跑去追安娜·米哈依洛夫娜，到了休息室里，一下子扑过去挂在她的脖子上。

"阿姨，亲爱的，告诉我，是怎么回事？"

"什么事也没有，好孩子。"

"不，好阿姨，亲爱的，可爱的，我最喜欢的好阿姨，不说我就不走了，我知道您得到了什么消息。"

安娜·米哈依洛夫娜摇摇头。

"唉，你这个机灵的调皮鬼。"她说。

"尼科连卡来信了？一定是！"娜塔莎在安娜·米哈依洛夫娜脸上看到默认的表情，喊叫了一声。

"看在上帝分上，小心点：你知道，这会把你妈妈吓坏的。"

"一定，一定，您对我说吧。您不说？那么我马上就去告诉我妈。"

安娜·米哈依洛夫娜三言两语给娜塔莎讲了信的内容，条件是不告诉任何人。

"我保证不告诉任何人。"娜塔莎画着十字说，说完就跑去找索尼娅了。

"尼科连卡……受伤了……来了信……"她得意扬扬和兴高采烈地说。

"尼古拉!"索尼娅只说了一句,脸顿时变得煞白。

娜塔莎看到哥哥受伤的消息引起索尼娅这么大的反应,第一次感觉到这个消息的使人悲伤的一面。

她扑向索尼娅,搂住她,哭了起来。

"只受了点轻伤,但是升为军官了;他现在身体很健康,他自己写的信。"她含着眼泪说道。

"这就可以看出,你们女人都爱哭鼻子。"彼佳说,他坚决地迈着大步在房间来回走着,"我很高兴,真的很高兴,因为哥哥表现得这样突出。你们都只知道哭! 什么也不懂。"

娜塔莎含着眼泪笑了笑。

"你没有看过信吧?"索尼娅问。

"没有看过,但是她说,一切都过去了,他已升为军官……"

"谢天谢地,"索尼娅画着十字说,"但是也许她骗了你? 我们到妈妈那里去。"

彼佳默默地在房间里走着。

"如果我是尼科卢什卡的话,我就要打死更多的法国人,"他说,"他们多么可恶! 我要杀得他们死尸堆成山。"他继续说。

"住嘴,彼佳,你这个傻瓜! ……"

"傻瓜不是我,而是那些为了小事哭哭啼啼的人。"彼佳说。

"你记得他吗?"在沉默片刻后娜塔莎突然问道。索尼娅微微一笑。

"你问我记不记得尼古拉?"

"不,索尼娅,我问你是否清楚记得他,什么都记得。"娜塔莎努力做着手势说,显然想要赋予自己的话以最严肃的意义。"我也记得尼科连卡,我记得,"她说,"而鲍里斯就不记得了。完全不记得了……"

"怎么? 不记得鲍里斯了?"索尼娅惊奇地问。

"不是说完全不记得—— 我知道他是什么样的,但是不像记得尼科连卡那么清楚。我一闭上眼就想起他来,而鲍里斯不是这样(她闭上了眼睛),不,什么也记不起来!"

"唉,娜塔莎!"索尼娅高兴地和严肃地说,眼睛没有看自己的女友,仿佛认为娜塔莎不应听她要说的话似的,仿佛这话她是给另一个不能与之开玩笑的人说的。"我既然爱上了你的哥哥,不管是他还是我发生了什么事,我永远爱他,爱他一辈子。"

娜塔莎用好奇的目光惊讶地望着索尼娅,没有说话。她感觉到索尼娅说的是真话,索尼娅所说的那种爱情是有的;但是娜塔莎还没有体验过任何与它类似的东西。她相信这是可能的,但是还不理解。

"你要给他写信吗?"她问。

索尼娅沉思起来。如何给尼古拉写信和是否需要写,是一个使她十分苦恼的问题。现在他已是一个军官和负了伤的英雄,给他写信就是让他想起她,似乎也是让他想起他对她承担的义务,她不知道这样做好不好。

"我不知道;我想,如果他来信,我就回信。"她红着脸说。

"你给他写信觉得不好意思吗?"

索尼娅笑了笑。

"不。"

"可是给鲍里斯写信我却觉得不好意思,我不打算写。"

"有什么不好意思的?"

"就这样,我也不知道。觉得难为情,不好意思。"

"我知道她为什么不好意思,"刚被娜塔莎说了一句正在生气的彼佳说,"因为她爱那个戴眼镜的胖子(彼佳这样称呼新成为别祖霍夫伯爵的同名者);现在又爱上了这个歌手(彼佳这样称呼教娜塔莎唱歌的意大利人):就因为这样她觉得不好意思。"

"彼佳,你真笨。"娜塔莎说。

"不比你笨,亲爱的。"九岁的彼佳说,那口气仿佛是一个老旅长一样。

伯爵夫人在吃午饭时听了安娜·米哈依洛夫娜暗示后思想有了准备。她回房后坐在圈椅里,目不转睛地看着鼻烟壶上儿子小小的画像,泪水不断涌上了她的眼眶。安娜·米哈依洛夫娜手里拿着信,踮着脚走到了伯爵夫人的房门前,停住了脚步。

"别进去,"她对跟在她后面的老伯爵说,"您过一会儿再进来。"

说着带上了门。

伯爵把耳朵贴在锁孔上,开始注意地听。

开头他听见心平气和的说话声,接着只听见安娜·米哈依洛夫娜一个人的声音,她说了一段很长的话,然后听见一声喊叫,往下是一阵沉默,然后又听见两人一齐高高兴兴地说起来,再往后是脚步声,安娜·米哈依洛夫娜给他开了门。她脸上带着自豪的表情,好像一个外科大夫做完了一个困难的手术后让人进去欣赏他高超的技术一样。

"好了!"她对伯爵说,得意地指着伯爵夫人,这时伯爵夫人一只手捧着鼻烟壶,另一只手拿着信,一会儿把嘴唇贴在鼻烟壶上儿子的像上,一会儿又贴在信上。

她看见伯爵,朝他伸出双臂,搂住他的秃头,越过秃头又朝那封信和儿子的像看了一眼,为了吻它们,稍稍把秃头推开了一点。薇拉、娜塔莎、索尼娅和彼佳进了房间,开始读信。信中简短地叙述了尼科卢什卡参加的行军和两次战斗以及升为军官的情况,然后说他吻妈妈和爸爸的手,请他们为他祝福,吻薇拉、娜塔莎、彼佳。此外,他向谢林先生问候,还向绍斯太太和奶妈问好,再就是请代他吻亲爱的索尼娅,他说他还是那样爱她,还是那样想念她。索尼娅听了这些话,脸红了,顿时热泪盈眶。她经受不住向她投过来的目光,便朝大厅跑去,她飞快跑着,旋转起来,衣服鼓得像气球,满脸通红,微笑着坐到地板上。伯爵夫人哭着。

"您哭什么呀,妈妈?"薇拉说,"根据他信里写的一切,应当高兴,不应当哭。"

这话说得完全对,但是伯爵、伯爵夫人和娜塔莎都用责备的目光看了她一眼。"她这是像谁呢!"伯爵夫人想。

尼科卢什卡的信读了几百遍,那些自认为应当听一听的人,需要到把这封信攥在手里的伯爵夫人跟前来。来听的人有家庭教师、奶妈、米坚卡和几个熟人,伯爵夫人在读信时每一次都有新的乐趣,每一次都从这封信里发现她的尼科卢什卡的新的美德。她觉得又奇怪,又非同寻常,又高兴,想不到她的儿子,那个二十年前勉强可以觉察到在肚子里伸着小胳膊、蹬着小腿的儿子,那个曾为他与过分溺爱的伯爵吵过架的儿子,那个先会说"梨"、然后才会说"奶奶"的儿子,如今在那里,在异国的土地上,在陌生人中间成了一个英勇的军人,一个人没有别人帮助和指导在那里干着他的男子汉的事。古往今来,世界上的孩子们都是不知不觉地从摇篮里出来长大成为男子汉的,而对伯爵夫人来说这种经验并不存在。在她看来,她的儿子在长大成人的每个时期的成长都是非同寻常的,好像从来没有过千百万这样长大的人似的。如同二十年前难以相信一个待在她心脏下面的一个小生命到时候会哭、会吮吸奶头和会说话一样,现在她也难以相信这个小生命会成为坚强的、勇敢的男人,而根据这封信来看,还成为儿子们和一般人的楷模。

"**文笔**多么优美,描述得多么动人啊!"她在读信的描述部分时说,"他的心灵多么高尚啊!关于自己什么也没有说……什么也没有说!只说到一个杰尼索夫,而他自己想必比所有的人都勇敢。只字不提自己受的苦。他的心有多好!就同我了解他的那样!他记得所有的人!谁都没有忘记。我总是说,在他还只有这么大的时候,我总是说……"

全家人用一个多星期的时间起草和誊清给尼科卢什卡的信;在伯爵夫人的监督和伯爵的关心下,为新提升的军官准备治装费和各种必需物品。办事非常能干的安娜·米哈依洛夫娜甚至在部队里为自己与自己的儿子通信找到了门路。她曾有机会把自己的信送给指挥近卫军的康斯坦丁·帕夫洛维奇亲王①转交。罗斯托夫一家人认为,国外的俄国近卫军似乎是一个完全固定的地址,如果信能送到指挥近卫军的亲王那里,那么它没有理由不会送到就在那里附近的保罗格勒团;因此决定把信和钱通过亲王的信使送给鲍里斯,再由鲍里斯转交尼科卢什卡。托人带的信有老伯爵的、伯爵夫人的、彼佳的、薇拉的、娜塔莎的、索尼娅的,除了信外,还有伯爵给儿子准备的八千卢布治装费和各种不同的物品。

七

十一月十二日,驻扎在奥尔米茨附近的库图佐夫的战斗部队,正在做第二天接受两位皇帝——俄国皇帝和奥地利皇帝——的检阅的

---

① 康斯坦丁·帕夫洛维奇(一七七九——一八三一),沙皇亚历山大一世的胞弟。

准备。刚从俄国到达的近卫军在离奥尔米茨十五俄里的地方宿营,第二天上午十时前出发直接去奥尔米茨接受检阅。

这一天尼古拉接到鲍里斯的一个便函,便函通知说,伊兹梅尔团将在不到奥尔米茨十五俄里的地方宿营,鲍里斯将等着他,以便把信和钱交给他。现在尼古拉特别需要钱,因为部队行军作战回来后驻扎在奥尔米茨附近,营地里挤满了货物齐备的随军商贩和奥地利犹太人,他们兜售着各种诱人的物品。保罗格勒团的军人们的酒宴一个接着一个,庆功的活动不断,他们常到新来奥尔米茨的匈牙利女人卡罗琳娜所开的一家有女招待的酒店去。罗斯托夫不久前庆祝自己晋升为骑兵少尉的喜事花了不少钱,又买了杰尼索夫的战马贝都因,因此欠了同事们和随军商贩一大笔债。接到鲍里斯的便函后,他便和同事们去奥尔米茨,在那里吃了饭,喝了一瓶葡萄酒,然后一个人前去近卫军营房寻找自己童年的朋友。这时罗斯托夫还没有来得及换上军官的服装。他身上穿着一件佩戴着士兵十字勋章的破旧的士官生上衣和一条同样破旧的、补了一块旧皮子的马裤,佩着一把军官用的马刀;他骑的是一匹顿河马,这是在行军中从一个哥萨克那里买来的;揉皱了的骠骑兵帽子剽悍地歪戴着。他在快到伊兹梅尔团的营地时心里想,他的这副身经百战的骠骑兵的模样一定会使鲍里斯和他的近卫军同伴们大吃一惊。

近卫军的整个行军过程像游玩一样,他们炫耀着自己的整洁和纪律。每日的行程不长,背囊用马车拉着,奥地利当局在每一个休息地点都为军官们准备精美的饮食。团队在进出城市时奏着乐,根据亲王的命令,在整个行军过程中人们都齐步走,而军官则在自己的位置上步行(近卫军人都以这种行军方式而自豪)。在行军期间,鲍里斯一直与现已成为连长的贝格走在一起,并且住在一起。贝格在行军中担任连长后,已以其善于执行命令和办事认真取得了长官的信任,他的经济上的事也安排得很好;鲍里斯在行军途中结识了许多可能对他有用的人,并利用皮埃尔给他的一封介绍信认识了安德烈·鲍尔康斯基公爵,希望通过他在总司令部谋得一个职位。现在贝格和鲍里斯在最后一次白天行军后已休息了一会儿,穿得干干净净和整整齐齐的,坐在分配给他们的房子里的圆桌旁下棋。贝格在两膝之间夹着点燃了的烟斗。鲍里斯以其特有的认真劲儿用白净的小手把棋子摆成金字塔形状,在等待对方出棋时望着贝格的脸,显然心里在想下棋,因为他任何时候想的都是正在干的事。

"走啊,看您如何从这里跑出去?"他说。

"我会努力想办法的。"贝格回答道,他摸了摸卒子,又放下了。

这时门开了。

"终于找到他了!"罗斯托夫喊叫起来。"贝格也在这里!喂,**小孩,快睡觉觉去吧!** ①"他大声重复着奶妈的话,过去他和鲍里斯常说这句话取乐。

"我的老天爷!你变得多厉害!"鲍里斯迎着尼古拉站起来,但是站起来时没有忘记把倒下来的棋子放好,他想拥抱尼古拉,但尼古拉躲开了他。尼古拉带着年轻人害怕墨守成规的特殊想法,不愿模仿他人,而用新的、自己的方式来表达感情,只求不像老一辈那样装腔作势,他想在与老友重逢时来一点特殊的:他想设法掐一下鲍里斯,推他一把,但无论如何也不像大家那样和他亲吻。而鲍里斯则相反,他平静而又友好地抱住罗斯托夫,吻了三下。

他们几乎半年没有见面了;他俩正值刚在生活道路上迈出头几步的年龄,彼此都发现对方有巨大的变化,这是他们在生活中迈出头几步时所处的社会环境的完全新的反映。两人自从最后一次见面以来变化确实都很大,他们都想尽快地向对方显示自己身上发生的这些变化。

"唉,你们这些可恶的不务正业的人!干干净净,整整齐齐的,好像刚参加游艺会回来一样,不像我们这些有罪的大兵。"罗斯托夫指着溅满污泥的马裤,摆出鲍里斯未见过的大兵的派头,用鲍里斯未曾听到过的男中音说。

德国女房东听见罗斯托夫大声说话,便从门里探出头来。

"怎么,挺漂亮吧?"他眨了眨眼说。

"你说话嗓门怎么这样大?你会把他们吓着了的。"鲍里斯说。"我没有想到你今天会来他补充说,"我昨天才通过我认识的一个库图佐夫的副官——鲍尔康斯基带信给你。我没有想到他会这么快把信送到……你说说,你怎么样?已参加过战斗了?"鲍里斯问。

---

① 原文为奶妈说的一句不通顺的法语的俄文音译。

罗斯托夫没有回答,只晃了晃挂在军服上的士兵圣格奥尔吉十字勋章,指着包扎着的手臂,微笑着看了贝格一眼。

"看见了吧。"他说。

"是这样,真了不起,真了不起!"鲍里斯微笑着说,"我们这次行军也很不错。你知道,皇储①经常骑马跟着我们的团,因此我们有一切便利条件和照顾。在波兰,接待得多么好啊,还举行宴会和舞会——这些我都无法形容!皇储对我们所有的军官们都很宽厚。"

于是两个朋友相互述说起自己的体验来——一个讲他们骠骑兵的狂饮和战斗生活,另一个讲在高官显爵指挥下服役的乐趣和好处等等。

"啊,近卫军!"罗斯托夫说,"我说,你派人去买点酒来。"

鲍里斯皱起了眉头。

"如果一定要喝的话。"他说。

他走到床前,从干净的枕头底下拿出钱包,叫人去买酒。

"现在我把你的钱和信给你。"他补充说。

罗斯托夫拿起信,把钱扔在沙发上,两个胳膊肘支在桌子上,开始读信。他读了几行,恶狠狠地朝贝格瞪了一眼。遇到贝格的目光后,罗斯托夫用信遮住脸。

"给您带来的钱真不少。"贝格看着沙发上的沉甸甸的钱包说,"伯爵,我们就靠这饷银勉强过日子。我对您讲讲我自己……"

"听我说,贝格,亲爱的,"罗斯托夫说,"如果我看见您收到家信,遇到自己人,并且想打听所有的情况的话,那么我就会马上走开,以免妨碍你们。听我说,请您走开,到什么地方去都行……见鬼去吧!"他喊了一声,立即抓住他的肩膀,亲切地看着他的脸,显然竭力想使他的粗鲁的话变得缓和些,补充说道:"您是知道我的,不要生气;亲爱的,我对我们的老熟人说的是心里话。"

"唉,伯爵,哪能呢?我完全懂得。"贝格站起身来用喉音低声说。

"您到房东那里去吧,他们曾请您去。"鲍里斯插进来说。

贝格穿上清洁得一尘不染、没有一个污渍的常礼服,对着镜子把

---

① 亚历山大一世因无子嗣,曾立康斯坦丁亲王为皇储。

鬓角梳得像亚历山大皇帝那样向上翘起,从罗斯托夫的目光里得知他的常礼服已受到注意后,便带着愉快的微笑出了房间。

"唉,我真是个畜生!"罗斯托夫一面读信,一面说。

"什么?"

"唉,我真是一头猪,我一次也没有写信,把他们吓得够呛。唉,我真是一头猪!"他再一次说,突然涨红了脸。"好吧,你叫加夫里洛去买酒吧!咱们喝一杯……"他说。

在亲人的信里还附有给巴格拉季翁公爵的介绍信,这是老伯爵夫人根据安娜·米哈依洛夫娜的建议通过熟人弄来的,她把介绍信带给儿子,要他交给收件人,好好利用它。

"真是胡来!我才不需要呢。"罗斯托夫说,把信扔到桌子底下。

"你干吗把信扔了?"鲍里斯问。

"一封什么介绍信,我要它有鬼用!"

"怎么这封信有鬼用?"鲍里斯捡起信,看着信封上收信人的名字说,"这封信对你很有用。"

"我什么也不需要,谁的副官也不当。"

"为什么?"鲍里斯问。

"这是侍候人的差使!"

"我看,你还是一个幻想家。"鲍里斯摇着头说。

"而你还是一个外交家。不过问题不在这里……你怎么样?"罗斯托夫问。

"就像你看见的那样。到现在为止一切都很好;但是我承认,我非常希望当副官,而不愿待在第一线。"

"为什么?"

"因为既然进了军界,就应尽可能地争取有一个好的前程。"

"原来如此!"罗斯托夫说,看来他想的是别的事。

他用疑问的目光注视着鲍里斯的眼睛,看来他是在徒然地寻找某个问题的答案。

加夫里洛老头拿来了酒。

"要不要现在去把阿尔方斯·卡尔雷奇叫来?"鲍里斯说。"让他陪你喝,我不行。"

"派人去叫他,派人去叫他!你说,这个德国佬怎么样?"罗斯托夫带着轻蔑的微笑说。

"他是一个非常非常好的人,又正直,又招人喜欢。"鲍里斯说。

罗斯托夫又一次聚精会神地看了鲍里斯一眼,叹了口气。贝格回来了,三个军官喝着酒,谈话变得热烈起来。两个近卫军军官讲他们的行军,讲他们在俄国、波兰和国外受到的欢迎。讲他们的指挥官康斯坦丁亲王的言行以及关于他的善良和急躁的笑话。贝格像平常一样,在事情不涉及他个人时保持沉默,但是一说到关于亲王如何急躁的笑话,便津津有味地讲述起他在加利西亚曾与亲王谈过话的事,当时亲王到各部队视察,见到动作不规范非常生气。贝格面带愉快的笑容追述说,当时亲王大发雷霆,骑马到他跟前,喊道:"全是阿尔纳乌特人①!"(这是皇储发火时爱说的口头语),并传令把连长叫来。

"您相信吗,伯爵,我一点也不害怕,因为我知道我没有错。您知道,伯爵,我不是吹牛,我可以说,下达给团的命令我背得烂熟,条令也背得像'我们在天上的父'②一样。因此我的连里不会有什么疏漏。我心里很踏实。我去了。(贝格欠起身,当场表演他如何敬着礼去见亲王。说真的,很难装出比他更恭敬和更得意的样子了。)他像常说的那样,斥责我,骂我;像常说的那样,把我骂得狗血喷头;又是'阿尔纳乌特人',又是'鬼东西',又是'把你充军到西伯利亚去',"贝格带着机敏的微笑说,"我知道我没有错,因此没有作声,难道不应这样吗,伯爵?'你怎么,哑巴了?'亲王叫喊起来。我还是不说话。您想怎么着,伯爵?第二天命令中没有提这事;可见不慌张多么重要!就是这样,伯爵。"贝格点着烟斗抽起来,吐着烟圈说。

"是的,这好极了。"罗斯托夫微笑着说。

但是鲍里斯发觉罗斯托夫要嘲笑贝格,便巧妙地把话头引开了。他请罗斯托夫讲一讲在什么地方和怎样负的伤。罗斯托夫很高兴这样做,他便讲了起来,在讲的过程中愈来愈兴奋。他向他们讲了申格拉本的战斗,讲得完全像人们通常讲他们参加的战斗一样,也就是说,把战

---

① 阿尔纳乌特人是土耳其人对阿尔巴尼亚人的称呼,带有骂人的色彩。

② 这是祷文的首句,见《圣经·新约》中的《马太福音》第六章第九节。

斗讲得像他们所希望的那样,讲他们从别人那里听来的事,讲得非常动听,但完全不是它的实际情况。罗斯托夫是一个诚实的年轻人,他绝不会有意地说假话。他开始讲的时候想要把一切讲得完全和事实一样,但是不知不觉地、不由自主地而且不可避免地说起谎来。他面前的听众和他自己一样,已经许多次听过关于冲锋的故事,对什么是冲锋已有一个固定的看法,希望从他那里也听到同样的故事,如果他对他们讲真话,那么他们要么不会相信他的话,要么更坏,会认为是罗斯托夫自己不好,以致他没有遇到那些讲骑兵冲锋的人通常遇到的事。他不能向他们简单地讲述大家如何纵马快跑,而他从马背上摔了下来,扭伤了手臂,为了逃避法国人追击,拼命往树林里跑。再说,为了讲出实际发生的一切,需要努力克制自己,只讲发生过的事。讲真话是很困难的,年轻人很少能这样做。他们希望听到的故事是:他激动得浑身冒火,完全控制不住自己,像一阵狂风朝敌阵袭去;冲入敌阵后左砍又杀;马刀开了荤,他砍得筋疲力尽摔下马来,如此等等。他就对他们讲了这些。

故事刚讲到一半,当他说到"你想象不到,冲锋时你会有一种多么奇怪的疯狂的感觉"时,安德烈·鲍尔康斯基公爵进了房间,鲍里斯正在等他。安德烈公爵喜欢对年轻人采取庇护的态度,见到人们有求于他非常得意,头一天鲍里斯已给他留下了好印象,他对鲍里斯有好感,便乐意满足这个年轻人的请求。他是奉库图佐夫之命送文件给皇储的,顺便来看鲍里斯,希望能单独见到他。他进了房间,看见一个正在大讲战斗经历的普通陆军的骠骑兵(安德烈公爵最讨厌这一类人),便朝鲍里斯亲切地笑了笑,皱了皱眉头,眯起眼朝罗斯托夫看了一眼,微微弯下身子,疲惫地和懒洋洋地坐到了沙发上。他碰到这一伙粗俗的人,心里很不高兴。罗斯托夫看出这一点后,脸涨得通红。但是这对他来说无所谓,因为那是一个陌生人。他朝鲍里斯看了一眼,发现鲍里斯似乎为他这个一般部队的骠骑兵而害臊。尽管安德烈公爵带着嘲讽的语气令人不快,尽管罗斯托夫根据普通陆军的观点瞧不起所有司令部的小副官(显然,进屋来的军官也属于这一类人),他还是发窘了,涨红了脸,不说话了。鲍里斯问司令部有什么消息,并且有分寸地打听我们有什么打算。

"大概还要向前推进。"鲍尔康斯基回答道,看来不愿当着外人的面多说。

贝格利用机会特别有礼貌地打听,会不会像传说的那样,给普通陆军的连长发双饷。安德烈公爵带着微笑回答道,对国家的如此重要的法令他不能随便发表意见,于是贝格快乐地笑了。

"您的那件事,"安德烈公爵又对鲍里斯说,"我们以后再谈,"他又打量了一下罗斯托夫。"检阅后您来找我,我们一定尽力而为。"

他朝整个房间环视了一下,朝罗斯托夫转过身来,他没有理睬罗斯托夫的那种正在变为恼怒的难以克服的孩子气的窘态,说道:

"您刚才好像在讲申格拉本的战斗? 您参加了吗?"

"**我**参加了。"罗斯托夫恼怒地说,他话里带刺,似乎想侮辱这个副官。鲍尔康斯基看出了这个骠骑兵的心理,他觉得很有意思。他略带轻蔑地笑了笑。

"是啊! 现在关于这场战斗流传着很多故事。"

"不错,确实有很多故事!"罗斯托夫大声说,他用变得狂怒的目光一会儿看看鲍里斯,一会儿看看鲍尔康斯基,"不错,故事很多,但是我们的故事是那些冒着敌人的炮火进行战斗的人的故事,我们的故事有分量,而不是那些待在司令部里什么也不干、光知道受奖赏的公子哥儿们的故事。"

"您认为我就属于这样的人?"安德烈公爵带着心平气和的、特别愉快的微笑问道。

这时在罗斯托夫心里产生了一种恼怒与对这个平心静气的人的尊重两者结合在一起的奇怪感觉。

"我讲的不是您,"他说,"我并不认识您,说实话,也不想认识。我讲的是一般司令部里的人。"

"可是我要对您说,"安德烈公爵平静而又威严地打断他的话,"您想要侮辱我,而且我也认为如果您没有足够的自尊的话,这是很容易做到的;但是您得承认,这样做的时间和地点都选择得不好。这几天我们大家都将参加一场更为严重的大决斗,此外,德鲁别茨科依 [①] 说他是您的老朋友,不幸得很,我使您感到讨厌,这与他完全无关。不过,"他

---

① 德鲁别茨科依是鲍里斯的姓。

站起来说，"您知道我的姓名，也知道哪里可找到我；但是不要忘记，"他补充说："我一点也不认为我自己和您受了侮辱，不过我作为一个年纪比您大几岁的人，劝您不要做这件事。就这样，德鲁别茨科依，星期五检阅后我等着您；再见。"安德烈公爵最后说，朝两人鞠了一躬，出去了。

罗斯托夫等到安德烈公爵已经出去后，才想起应当怎样回答他。他因为刚才忘记说这话，更加生气。他立即吩咐备马，冷冰冰地与鲍里斯告了别，便回自己的驻地去了。他明天要不要到总部去向这个装腔作势的副官提出决斗，还是真的不要做这件事——路上这个问题一直折磨着他。时而他愤恨地想，要是能看到这个矮小虚弱然而高傲的人在他枪口下惊恐的样子该有多么高兴，时而他惊奇地感到，他很愿意有一个像他所憎恨的小副官那样的朋友，而在他认识的人当中没有一个这样的人。

八

在鲍里斯和罗斯托夫见面后的第二天，举行了奥地利军队和俄国军队的检阅，参加检阅的既有从俄国来的生力军，也有与库图佐夫一起行军作战归来的军队。两位皇帝，俄国皇帝带着皇储，奥地利皇帝带着大公检阅八万盟军。

从大清早起，整束得漂亮整齐的队伍开始往要塞前面的旷野集结。一会儿可以看到几千只脚和几千把刺刀随着飘扬的军旗移动着，经过穿着另一种制服的步兵队伍，根据军官的口令停住、转弯和拉开一定距离列队；一会儿响起了有节奏的马蹄声和叮当的响声，骑兵穿着蓝色的、红色的、绿色的盛装，骑着黑色的、棕色的和灰色的战马，跟在穿着绣花衣服的军乐队后面过来了；一会儿炮兵在步兵和骑兵之间缓缓行进，他们擦得闪闪发亮的大炮在炮车上颤动着，发出沉重的响声和散发出火绳的气味，到指定地点后排列好。将军们穿着全套阅兵服，他们或粗或细的腰部被束得紧得不能再紧了，红红的脖子被硬领托住，身上扎着武装带和挂着所有的勋章；军官们头发抹了油，穿戴得很漂亮；每个士兵的脸也都刚刮过和洗过，装具都擦得锃亮；每匹马都刷得像缎子一样光滑,湿润的鬃毛梳得一丝不乱,——大家都感觉到,正在进行的是一件非同小可的、重要和庄严的事情。每一个将军和士兵都感到自己的渺小,意识到在这人海中自己只是一粒小沙子,同时也感觉到自己的强大,意识到自己是这一巨大整体的一部分。

从大清早起,就开始努力地进行紧张和忙碌的准备,到十点钟一切都已就绪。队伍已在巨大的旷野上排好。整个军队分为三个横队。前面是骑兵,后面是炮兵,再后面是步兵。

在各个兵种间有一条像街道那样的通道。整个军队分三个部分,即库图佐夫的作战部队(保罗格勒团站在它的右翼的前面)、新从俄国来的普通陆军和近卫军的团队以及奥地利军队,它们彼此之间界线分明。但是所有部队的同一兵种都站在同一横队里,受统一的指挥,保持同样的队形。

像风吹树叶簌簌响一样,传来了激动的低语声:"来了! 来了!"可以听见惊恐的喊声,所有部队涌起了一股忙忙碌碌地做最后准备的浪潮。

在奥尔米茨的前方出现了一群正在逐渐靠近的人。虽然这一天是无风天气,但是微风轻轻擦过队伍时,长矛上的小旗微微飘动起来,展开的军旗拍打着旗杆。看起来似乎军队本身在用这种轻微的动作表达他们在两位皇帝驾临时的喜悦。传来了一声口令:"立正!"接着像公鸡报晓一样,各处都响起了同样的声音。于是一切都沉寂下来了。

在死一般的寂静中,只听得见马蹄声。那是从两位皇帝的侍从那里传来的。两位皇帝骑马来到翼侧,第一骑兵团的号手们吹起了总进行曲。这听起来好像不是号手们在吹奏,而是军队高兴地看到两位皇帝走过来,自然地发出这些声音。从这些声音里可以清楚地听到亚历山大皇帝年轻的和亲切的嗓音。他问了一声好,第一团就高声喊道:"乌拉——拉!"——他们喊得那样震耳欲聋,那样经久不息,那样兴高采烈,以至于连他们自己也为他们构成的那个庞然大物的人数众多和力量强大而感到震惊。

罗斯托夫站在亚历山大皇帝首先来到的库图佐夫的部队的前列,他的感受同这支军队的每一个人的感受一样——这是一种极端激动的心情,一种意识到自身强大的自豪感和热烈爱戴那个为其举行这次盛典的人的感情。

他感觉到，只要这个人说一句话，这整个庞然大物（他与它连在一起，是一颗小小的沙粒）就会去赴汤蹈火，就会去犯罪，就会去死或者干出伟大的英雄事业，因此他在快要听到这句话时，不能不浑身颤抖，不能不屏住气息。

"乌拉——拉！乌拉——拉！乌拉——拉！"四面八方响起了欢呼声，团队一个接一个用总进行曲的乐声来迎接皇帝；接着人们高呼"乌拉——拉"，又吹起了总进行曲，又是"乌拉——拉""乌拉——拉"的欢呼声，这些声音愈来愈大，愈来愈响，汇成了一片震耳欲聋的轰鸣声。

在皇帝还没有到跟前时，每个团都悄然无声，一动不动，好像没有生命的物体一样；可是皇帝一到它前面，团队就活跃起来和欢呼起来，这欢呼声与皇帝已经走过的整个横队的欢呼声融成一片。在这些人发出的可怕的、雷鸣般的声音中，在这些变得像石头那样一动不动的方队中，几百名骑马的侍从随随便便地、队伍不整齐地、主要是无拘无束地跑动着，而在他们前面的是两个人——两位皇帝。所有受检阅的一大堆人都克制而热情地把注意力完全集中在他们身上。

年轻英俊的亚历山大皇帝身穿近卫军骑兵制服，头戴一顶三角帽，他的令人喜爱的面孔和洪亮然而不高的嗓音吸引了全部的注意力。

罗斯托夫站在离号手不远的地方，他的敏锐的目光老远就认出了皇帝，并一直注视着他逐渐走近。当皇帝到了离他二十步的地方时，尼古拉清楚地看到了皇帝年轻英俊和喜气洋洋的脸，看清了脸上所有细致的特点和表情，他体验到了一种从未有过的爱戴和欣喜的感情。他觉得皇帝的每一个特点，每一个动作都是十分美好的。

皇帝在保罗格勒团面前停住脚步，用法语对奥地利皇帝说了些什么，微微一笑。

罗斯托夫看到这微笑，也不由自主地笑起来，感到自己心里涌起了对皇帝的更加强烈的爱戴之情。他想要显示自己对皇帝的爱。他知道这是不可能的，于是他想哭。皇帝召见了团长，对他说了几句话。

"我的上帝！假如皇帝和我说话，我会怎样呢？"罗斯托夫想，"我会幸福死的。"

皇帝对军官们说：

"诸位,我衷心地感谢你们大家(每一个字罗斯托夫听起来都觉得好像是来自天上的声音)。"

如果罗斯托夫现在能为沙皇而死,他会感到多么的幸福!

"你们当之无愧地获得了圣格奥尔吉军旗,希望你们爱护它。"

"只希望去死,为他而死!"罗斯托夫想。

皇帝还说了些什么,罗斯托夫没有听清,这时士兵们憋足气大喊"乌拉——拉"。

罗斯托夫朝马鞍俯下身去,也拼命喊叫起来,只要能完全表达出对皇帝的热情,他宁愿喊破自己的嗓子。

皇帝面对骠骑兵站了几秒钟,仿佛有些犹豫不决。

"皇帝怎么会犹豫不决呢?"罗斯托夫想道,后来他甚至觉得这种犹豫不决也像皇帝的所有行为一样,是庄严的和令人赞叹的。

皇帝的犹豫不决只延续了一会儿。他的一只穿着当时流行的又尖又窄的皮靴的脚碰了碰他骑的那匹剪短尾巴的枣红马的后腹部;他用戴白手套的手拉起缰绳,在一大群杂乱地跑动的副官陪同下向前走了。他不断往前走,不时在其他的团队旁停下来,最后罗斯托夫只在簇拥他的侍从中间看见他帽子上的白羽毛。

在侍从当中罗斯托夫也发现了懒洋洋地和随随便便地坐在马上的鲍尔康斯基。他想起了昨天同鲍尔康斯基的争吵,又想起了该不该找他决斗的问题。"当然不应该,"罗斯托夫现在这样想道……"在现在这样的时刻,值得去想和去做这种事吗? 在这充满爱、喜悦和自我牺牲精神的时刻,所有我们的争吵和气恼又算得了什么呢?! 现在我爱所有的人,宽恕所有的人。"他想。

当皇帝走遍了几乎所有的团队后,部队开始以分列式在他面前通过,罗斯托夫骑着新从杰尼索夫那里买来的贝都因走在连队的末尾,也就是说,他完全在皇帝视野之内一个人走着。

罗斯托夫是一名优秀的骑手,他还没有到皇帝面前就用马刺刺了贝都因两下,顺利地使它像兴奋时那样疯狂地急驰起来。这匹马似乎也感觉到了皇帝投过来的目光,它把喷着白沫的嘴弯到胸前,翘起尾巴,好像在空中飞腾一样,四脚都不着地,姿势优美地高高抬起和前后

军恭敬地等着,而这时大尉安德烈公爵却可以随意地认为与德鲁别茨科依准尉谈话更为合适。鲍里斯下定决心,这决心比任何时候都要坚定,他决定今后不再根据条令里写明的从属关系,而根据不成文的从属关系服役。他现在感觉到,只是因为有人把他介绍给了安德烈公爵,他就马上变得高于那个将军,而在另一些情况下,在战斗部队里,那个将军对他这个近卫军准尉操有生杀之权。安德烈公爵走到他跟前,拉住他的一只手。

"很遗憾,昨天没有能见到您。我整天都和德国人在一起。曾陪魏罗特去检查部队的部署。德国人一认真起来,就没完没了了!"

鲍里斯笑了笑,仿佛他知道安德烈公爵所暗示的那件众所周知的事似的。但是他第一次听到魏罗特的名字,甚至"部署"这个词也是首次听说。"怎么,亲爱的,还想当副官? 这段时间我一直在考虑您的事。"

"是的,"鲍里斯说,不知为什么他不由自主地脸红了,"我想去求总司令;库拉金公爵曾给他写了一封信;我想提出请求只是因为,"他好像抱歉似的补充说,"我担心近卫军不会参战。"

"很好! 很好! 这一切等一会儿详谈,"安德烈公爵说,"先让我给这位先生通报一下,我就来陪您。"

在安德烈公爵去报告红脸将军的事时,这位将军显然不赞同鲍里斯关于不成文的从属关系的好处的看法,两眼盯住这个妨碍他对副官把话说完的无礼貌的准尉,看得鲍里斯觉得不自在起来。鲍里斯转过脸去,焦急地等待安德烈公爵从总司令办公室回来。

"听我说,亲爱的,我考虑过您的事。"安德烈公爵在和鲍里斯一起走进有古钢琴的大厅时说,"您不必去找总司令,"他接着说,"他会跟您说一大堆客套话,会请您到他这里来吃饭('对按照不成文的从属关系服役来说,这倒也不坏。'鲍里斯想),但是这不会有任何结果;现在我们这些副官和传令官快要有一个营了。我们还是这样做吧:我有一个好朋友,侍从将军多尔戈鲁科夫公爵①,人很好;虽然这一点您可能不知道,然而问题在于现在库图佐夫及其司令部和我们大家不起任何

---

① 多尔戈鲁科夫(一七七七—一八〇六),驻库图佐夫司令部的侍从将军,亚历山大一世的亲信之一。

作用，一切都集中在皇帝手里；我们这就去多尔戈鲁科夫那里，我也正有事找他，我已经对他提起过您；让我们看一看，他是否有可能把您放在他身边，或者放到离太阳更近的地方。"

安德烈公爵通常在指导年轻人和帮助他们跻身上流社会时，总是显得特别兴奋。他由于生性高傲，从来不接受别人的帮助，可是在帮助别人的借口下，常常去接近那些能使求助的人取得成功和吸引着他自己的人。他非常乐意为鲍里斯的事奔走，便和鲍里斯一起去找多尔戈鲁科夫公爵。

当他们到达两位皇帝和他们近臣们居住的奥尔米茨行宫时，天色已经很晚了。

那天召开了军事会议，奥地利御前军事会议成员和两位皇帝都参加了。在会上，与两位老人——库图佐夫和施瓦岑贝格 [①] 公爵——的意见相反，决定立即发动进攻，与波拿巴进行决战。当安德烈公爵带着鲍里斯到行宫找多尔戈鲁科夫公爵时，会议刚结束。总部所有的人还沉醉于今天会议上少壮派取得的胜利中。那些主张再等一等不要发动进攻的稳健派的声音被一致地压了下去，他们提出的论据已完全为能证明进攻有利的确凿证据所驳倒，因此会议上所说的事，即未来的战役及其无疑的胜利似乎已不是未来的事，而像是既成的事实。会议认为，所有有利条件都在我们一边。我方巨大的兵力无疑超过拿破仑的兵力，现已集中在一个地方；部队因御驾亲征士气高涨，求战心切；指挥部队的奥地利将军魏罗特对将要作战的有战略意义的地点了如指掌(巧得很，去年奥地利军队正好在将要发生战斗的地方进行过演习)；前面的地形也非常熟悉，并已在地图上标明，而力量显然有所削弱的波拿巴没有采取任何措施。

多尔戈鲁科夫是最热烈地主张进攻的人之一，他刚开会回来，显得精疲力竭，但很兴奋，为会上取得的胜利而自豪。安德烈公爵向他介绍了受自己庇护的鲍里斯，但是多尔戈鲁科夫公爵有礼貌地紧紧握了握安德烈公爵的手，什么也没有对鲍里斯说，显然他急于要把他这时在

---

① 施瓦岑贝格(一七七一——一八二〇)，奥地利元帅，一八〇五年任御前军事会议副主席。

脑子里转得最多的想法说出来,便用法语和安德烈公爵交谈起来。

"亲爱的,会上我们打了一场多大的胜仗啊! 上帝保佑,但愿在它之后,在战场上也打这样漂亮的胜仗。然而亲爱的,"他断断续续地和兴奋地说,"我应当承认我错怪了奥地利人,特别是错怪了魏罗特。他们办事是多么的精确,多么的仔细,对地形是多么的熟悉,对所有的可能性,所有的条件,所有微小的细节看得是多么清楚啊! 不,亲爱的,再也想象不出还有比我们现在更有利的条件了。奥地利人的精细与俄国人的勇敢相结合—— 您还需要什么呢?"

"那么说,进攻已最后决定了?"鲍尔康斯基问。

"您知道,亲爱的,我觉得波拿巴已完全把他的拉丁文丢了①。您知道,今天接到了他给皇帝的信。"说到这里多尔戈鲁科夫意味深长地笑了笑。

"原来如此! 他信里说了些什么?"鲍尔康斯基问。

"他能说什么呢? 这样那样,如此等等,只是为了赢得时间。我对您说,他已落到我们手里了,这是真的! 但是最有意思的是,"他突然温和地笑起来说,"怎么也想不出回信如何称呼他。如果不称他执政,自然也不能称他皇帝,那么我觉得可称他波拿巴将军。"

"但是在不承认他是皇帝和称他波拿巴将军之间是有区别的。"鲍尔康斯基说。

"问题就在这里。"多尔戈鲁科夫打断他的话很快地笑着说。"您认识比利宾,他是一个非常聪明的人,他建议信上写'篡位者和人类的敌人收'。"

多尔戈鲁科夫快乐地哈哈大笑起来。

"就这样写了?"鲍尔康斯基问。

"但是比利宾还是想出了一个正经的头衔。这是一个机智而又聪明的人……"

"怎么称呼?"

"致法国政府首脑。Au chef du gouvemement français。"多尔戈鲁科夫严肃而又愉快地说。"这确实很好吧?"

---

① 是一句法国成语的直译,意为搞糊涂了。

"很好,但是他会很不喜欢。"鲍尔康斯基说。

"噢,会很不喜欢的! 我的兄弟了解他,在巴黎时不止一次地在现在的这位皇帝那里吃过饭,我的兄弟说,此人老于世故,没有见过比他更敏锐和更狡猾的人;您知道,是法国人的机灵和意大利人的做作的结合。您听说过他与马尔科夫伯爵 ① 的笑话吗? 只有马尔科夫伯爵一个人能和他周旋。您知道手绢的故事吗? 妙极了。"

于是爱说话的多尔戈鲁科夫一会儿转向鲍里斯,一会儿转向安德烈公爵,讲起这个故事来,说波拿巴想要试一试我们的公使马尔科夫,故意把手绢丢在他面前,停住脚步,看着他,大概是等马尔科夫替他捡起来,而马尔科夫立刻把自己的手绢丢在旁边,然后捡起了自己的手绢,却没有捡波拿巴的。

"妙极了。"鲍尔康斯基公爵说,"是这么回事,公爵,我来找您是来替这个年轻人求情的。您知道……"

但是安德烈公爵没有来得及把话说完,一个副官进屋来叫多尔戈鲁科夫公爵去见皇帝。

"啊,真不巧!"多尔戈鲁科夫急忙站起来握着安德烈公爵和鲍里斯的手说。"您知道,我很乐意尽力为您和为这个可爱的年轻人帮忙。"他带着和蔼诚恳而又快活轻率的表情再一次握了握鲍里斯的手。"但是你们瞧……下一次再说吧!"

鲍里斯这时感到自己已与上层有权势的人物很接近,心里非常激动。他意识到自己在这里接触到了那些指导着部队的全部规模巨大的运动的发条,而他在自己团里感觉到自己只不过是一个小小的、顺从的、微不足道的零件而已。他和安德烈公爵跟着多尔戈鲁科夫公爵到了走廊里,遇见了一个从皇帝房间的门里出来(多尔戈鲁科夫正好从这扇门进去)的身材不高的文官,此人长着一张聪明的脸,下巴颏明显地朝前伸出,但是并不损害他的容貌,却使脸上的表情显得特别生动活泼。这个身材不高的人像对自己人一样,对多尔戈鲁科夫点了点头,径直朝安德烈公爵走来,开始用专注和冷淡的目光端详着,看来在等待安

---

① 这大概指的是曾于一八〇一—一八〇三年任俄驻法公使的莫尔科夫伯爵(一七四七—一八二七)。

德烈公爵对他鞠躬或给他让路。可是安德烈公爵既没有鞠躬也没有让路；他脸上露出愤恨的表情，于是这个年纪还不太大的人转身沿着走廊的一边过去了。

"这是谁？"鲍里斯问。

"这是最引人注目的，但也是我最不喜欢的人之一。这是外交大臣亚当·恰尔托里日斯基公爵①。"

"就是这些人，"当他们两人走出行宫时，安德烈公爵不禁叹息地说，"就是这些人决定着各国人民的命运。"

第二天部队出发了，鲍里斯直到奥斯特利茨②战役前既未能去鲍尔康斯基那里，也未能去多尔戈鲁科夫那里，他暂时还留在伊兹梅尔团里。

十

十六日清晨，尼古拉·罗斯托夫所在的杰尼索夫骑兵连（该连隶属于巴格拉季翁公爵的部队）从宿营地出发，像常说的那样前去参加战斗，它跟着其他纵队走了将近一俄里后，奉命在大道上停住。罗斯托夫看见哥萨克、第一和第二骠骑兵连、几个步兵营和炮队从他身旁过去，过去的还有巴格拉季翁和多尔戈鲁科夫两位将军以及副官们。他往常的那种在临战前感到的全部恐惧，他用来克服这种恐惧的整个内心斗争，还有他想作为一个骠骑兵在这次战斗中立功的所有梦想，如今都消失和落空了。他们的连被留在预备队里，尼古拉·罗斯托夫无聊地和闷闷不乐地度过了这一天。八点多钟他听到了前面的枪炮声和喊"乌拉"的声音，看见了往后方运送的伤员（他们人数不多），最后看见一百名哥萨克押送着整整一队法国骑兵。可以看出，战斗结束了，显然这场战斗不大，但是很顺利。往回走的士兵和军官们讲述着辉煌的胜利，讲如何占领维绍③和俘虏一整个法国骑兵连。头天夜里下了寒冷的霜冻，

---

① 即恰尔托里依斯基（一七七〇—一八六一），波兰人，亚历山大一世的亲信，一八〇四年被任命为外交大臣。

② 奥斯特利茨，今捷克的斯拉夫科夫，在布尔诺附近。

③ 可能即今捷克的维什科夫。

而白天天气晴朗,秋天快乐的阳光与胜利的消息同时来临,这消息不仅参战者在讲述,而且也从在罗斯托夫身边来来往往的士兵、军官、将军和副官们脸上快乐的表情里流露出来。这更使尼古拉内心感到压抑,因为他白白地经受了临阵前的恐惧,在这欢乐的一天里无所事事。

"罗斯托夫,过来,咱们喝一杯解解愁!"杰尼索夫喊道,这时他已在路边坐下来,面前放着一个军用水壶和下酒菜。

军官聚集在杰尼索夫的食品箱周围,边吃边谈。

"瞧,又押来了一个!"一个军官指着一个被俘的法国龙骑兵说,他由两个步行的哥萨克押着。

其中的一个牵着一匹从俘房那里缴获的高大漂亮的法国马。

"把马卖了!"杰尼索夫对那个哥萨克说。

"好的,大人……"

军官们站起身来,围住了两个哥萨克和法国俘虏。这个法国龙骑兵是一个年轻小伙子,阿尔萨斯人,说带有德国口音的法语。他激动得喘不过气来,脸涨得红红的,一听见有人说法语,便很快同军官们说起话来,一会儿对这个人说,一会儿又对那个人说。他说,他本来不会被俘的;他被俘不能怪他,而要怪派他去取马被的班长,因为他提醒过班长,俄国人已到那里了。他每说一句话都要加上请不要伤害我的小马,同时抚摸着自己的马。可以看出,他并不十分清楚他在什么地方。他时而为自己的被俘辩解,时而又像在自己的长官面前那样,显示他作为一个士兵的勤奋和对执行任务的热心。他给我们的后卫部队带来了对我们来说非常陌生的法国军队的新鲜活泼的气氛。

哥萨克以两个金币的价钱卖了马,买主是罗斯托夫,因为他收到家里带来的钱后成为军官中最富有的人。

"请不要伤害我的小马。"当罗斯托夫接过这匹马时,那个阿尔萨斯人和气地对他说。

罗斯托夫微笑着安慰那个法国龙骑兵,并给了他一些钱。

"走,走!"一个哥萨克说,碰碰俘房的手,要他继续往前走。

"皇帝!皇帝!"突然骠骑兵中间响起了叫喊声。

大家都跑动起来,忙乱起来,罗斯托夫看见后面的路上有几个帽子上饰有白帽缨的人骑着马过来。在一瞬间,所有的人都各就各位,开始等待。

　　罗斯托夫不记得和没有感觉到是如何跑到自己的位置上和骑上马的。他因没有参加战斗而感到的遗憾，他因整天只见一些熟面孔而产生的无聊乏味的感觉顿时消失了，他关于自己的各种想法也一下子不见了；他由于离皇帝很近心里充满着幸福的感觉。他觉得现在离皇帝很近就是对今天未能参战的损失的补偿。他像一个等到了盼望中的幽会的情人一样感到幸揭。他不敢在队列中回头看而且也没有回头看，凭他处于高度兴奋状态的感官感觉到他正在逐渐走近。他感觉到这一点不仅仅只是因为听见了一群人骑着马过来时发出的马蹄声，而且因为随着皇帝的临近，他周围变得愈来愈亮堂，愈来愈欢乐，愈来愈有意义和充满节日气氛。罗斯托夫心目中的这个太阳愈来愈近了，向四周放射出温和而又庄严的光芒，现在他已感觉到阳光已照射到自己身上，他听见了他的声音——一种亲切的，平静的，庄严的，同时又是普普通通的声音。如同罗斯托夫一定会感觉到的那样，周围变得死一般地寂静，在这寂静中响起了皇帝说话的声音。

　　"这是保罗格勒团的骠骑兵吗？"他问道。

　　"是预备队，陛下！"一个人回答道，在那个非人间的声音问了"这是保罗格勒团的骠骑兵吗？"后，这个声音就显得完全是普通人的了。

　　皇帝走到罗斯托夫面前停住了。他的脸比三天前检阅时显得更为俊美。这张脸非常年轻，喜气洋洋，焕发出天真无邪的青春，使得它好像一个十四岁的活泼的少年的脸，同时仍不失皇帝的脸的庄严。皇帝顺便看了看骑兵连，他的目光与罗斯托夫的目光相遇了，在他身上停留了不超过两秒钟。不知皇帝是否了解此时罗斯托夫心里的全部想法（罗斯托夫觉得他是完全了解的），但是他用他的蓝眼睛看了罗斯托夫的脸大约两秒钟。（从他的眼睛里发出轻柔的和温和的光。）然后他突然扬起眉毛，左脚猛刺了一下马，朝前驰去。

　　年轻的皇帝听见从前卫部队传来的枪炮声，克制不住亲临前线的愿望，不顾近臣们的劝阻，于十二时离开了他所在的第三纵队，向前卫部队奔驰而去。他还没有到达骠骑兵那里，几个副官就给他送来了战斗已顺利结束的消息。

　　这场只俘获了一个法国骑兵连的战斗被说成战胜法军的辉煌胜

利,因此皇帝和全军,尤其是在战场上硝烟未散的时候,都相信法国人已被打败,正在被迫撤退。在皇帝过去后不到几分钟,保罗格勒团的一个营奉命向前推进。在德国小城维绍,罗斯托夫再次见到了皇帝。在城市的广场上,皇帝到来前曾发生相当激烈的枪战,那里还躺着尚未来得及运走的几具尸体和几个伤员。皇帝在文武侍从的簇拥下,骑着一匹与检阅时不同的剪短尾巴的枣红马,侧着身子,用优雅的姿势把带柄金框眼镜举到眼前,瞧着一个趴在地上、不戴军帽、满头是血的士兵。这个伤兵非常肮脏、粗野和丑陋,可是离皇帝那么近,罗斯托夫为此觉得心里很难受。他看到皇帝拱起的肩膀好像发冷似的颤动了一下,他的左脚开始痉挛性地用马刺刺马。那匹训练有素的马冷静地望望四周,站在原地不动。下了马的副官们抬起了受伤的士兵,把他放在抬过来的担架上。这个士兵呻吟起来。

"小声点,小声点,难道不能小声点吗?"皇帝说,看来他比那个垂死的士兵还要痛苦,说着骑马走了。

罗斯托夫看见皇帝的眼睛充满了泪水,听见他在离开时用法语对恰尔托里日斯基说:

"战争是一件多么可怕的事,多么可怕的事! Quelle terrible chose que laguerre !"

前卫部队驻扎在维绍的前方,能看得见敌散兵线,在一整天里,只要稍一交火,敌人就把地方让给我们。皇帝表扬了前卫部队,答应给以奖赏,并发给人们双份伏特加。野营的篝火烧得比昨天夜里还要旺,士兵们的歌声更为欢乐。杰尼索夫在这一天夜里摆酒庆祝自己升为少校,而已经喝得相当多的罗斯托夫在宴会快结束时提议为皇帝的健康干杯,但是他说,"不是像正式宴会上所说的那样,为皇帝陛下的健康干杯,而是把他看作一个善良的、有魅力的和伟大的人,为这样一个人的健康干杯;让我们为他的健康和为一定打败法国人干了这一杯!"

"既然我们以前也在打仗,"他说,"并且像在申格拉本那样,给了法国人以回击,那么现在皇帝亲临前线,又该怎么样呢?我们大家可以为他去死,甘心情愿去死。是这样吧,诸位?也许我说得不大对头,我喝多了;但是我这样觉得,你们也一样。为亚历山大一世的健康干杯!乌拉——拉!"

"乌拉——拉！"响起了军官们热情洋溢的欢呼声。

老骑兵上尉基尔斯滕也热情地喊着，他的真诚程度并不亚于二十岁的罗斯托夫。

当军官们干了杯并把杯子摔了后，基尔斯滕给另一些杯子倒上酒，手里拿着一杯酒走到士兵们的篝火旁，他身上只穿一件衬衣和马裤，留着长长的花白胡子，从敞开的衬衣里露出雪白的胸脯，摆出一副庄严的姿势，举起一只手，在篝火的火光中站住。

"弟兄们，为皇帝陛下的健康，为战胜敌人干杯，乌拉一拉！"他用一个老骠骑兵的豪放的男中音喊道。

骠骑兵们聚集起来，一齐大声地跟着喊叫起来。

深夜里，当大家都散了后，杰尼索夫用他短粗的手拍了拍他喜爱的罗斯托夫的肩膀。

"行军作战时无人可爱，他就爱上了沙皇。"他说。

"杰尼索夫，你不要拿这个开玩笑，"罗斯托夫大声说，"这是那么高尚，那么美好的感情，那么……"

"我相信，我相信，亲爱的，我同意，我赞成……"

"不，你不明白！"

说着罗斯托夫站起身来，开始在篝火之间徘徊，心里想着，哪怕不是为救皇帝的性命（这一点他连想都不敢想）而死，而只不过是死在他的眼前，那该是多大的幸福啊。他确实爱上了沙皇，珍惜俄国军队的荣誉，满怀着未来胜利的希望。在奥斯特利茨战役前的那些值得记忆的日子里，不只是他一个人有这样的感情，这时俄国军队十分之九的人虽然没有那么热烈，但是也都爱上了自己的沙皇和珍惜俄国军队的荣誉。

十一

第二天，皇帝驻跸在维绍城。御医维利埃曾几次奉旨前去看望。在总部和附近的部队里流传开了圣体欠安的消息。据近臣们说，皇帝吃不下东西，夜里睡得很不好。圣体欠安的原因是由于伤亡的人的样子给富于同情心的皇帝留下的印象太强烈了。

十七日黎明时分，一个打着军使旗帜求见俄国皇帝的法国军官被从前哨带到维绍。这个军官名叫萨瓦里①。皇帝刚入睡,因此萨瓦里需要等他醒来。中午萨瓦里被召见,一个小时后他和多尔戈鲁科夫公爵一起骑马去法军的前哨。

听说萨瓦里此行的目的是提出议和以及亚历山大皇帝与拿破仑会晤的建议。皇帝拒绝亲自参加会晤,这使得全军感到高兴和自豪;决定由维绍之战的胜利者多尔戈鲁科夫公爵代替皇帝与萨瓦里一起前去见拿破仑,如果谈判与预料的相反,目的确实是为了议和的话,那么就与他谈。

傍晚多尔戈鲁科夫回来了,他直接去找皇帝,与皇帝单独地谈了很久。

十一月十八和十九两天,部队继续前进,敌军的前哨在短时间的交火后往后撤退。从十九日中午起,军队的上层人来人往,开始了紧张而又忙碌的活动,这活动一直延续到第二天,即二十日的早晨,就在这一天发生了难忘的奥斯特利茨战役。

在十九日的中午前,人员的来往,热烈的谈话,忙碌的奔走,副官的派遣等等还只限于两位皇帝的大本营内;这一天的午后,这些活动已转移到库图佐夫的总部和各纵队指挥官的司令部。傍晚,这些活动通过副官们扩散到了全军的各个角落和各个部分,而到十九日夜里,八万联军从宿营地出来,形成一支九俄里长的庞大队伍,人声鼎沸地动作起来,向前进发了。

早晨在两位皇帝的大本营开始的集中活动推动着以后的整个活动,这种集中活动好像钟楼上的大钟中心的轮子启动时第一次转动一样。一个轮子慢慢地转动起来,第二个、第三个轮子也跟着转起来,于是轮子、传动装置、齿轮愈转愈快,自鸣钟开始报时,数字开始跳出来,时针开始均匀地移动,指示运动的结果。

军事机器也像钟表的机器一样,一旦转动起来,就会不可遏止地转动下去,直到达到最后的结果为止;而机器的那些尚未动起来的部件,在受到传动之前,是漠然地一动不动的。轮子用齿咬住轴,在轴上发出吱吱的声音,转动的传动装置因转速快而咝咝响,而旁边的一个轮

---

① 萨瓦里(一七七四——一八三三),曾任拿破仑的副官,当时是法军的一个师长。

伯爵①、利希滕施泰因公爵、霍恩洛厄公爵②和普尔热……普尔热③以及一连串波兰名字。"

"闭嘴，专爱讲坏话的人。"多尔戈鲁科夫说，"说得不对，现在已有两个俄国人：米洛拉多维奇④和多赫图罗夫，本来还有第三个，阿拉克切耶夫伯爵⑤，但是他的神经太脆弱了。"

"我想，米哈依尔·伊拉里翁诺维奇已出来了。"安德烈公爵说。"二位，祝你们幸福，成功。"他补充了一句，握了握多尔戈鲁科夫和比利宾的手，出去了。

在回家途中，安德烈公爵忍不住问默默地坐在他身旁的库图佐夫，要他说说对明天的战役有什么想法。

库图佐夫严厉地朝自己的这位副官看了一眼，沉默了一会儿，回答道："我认为这次战役将要失败，我对托尔斯泰伯爵这么说，并请他转告皇帝。你想，他怎么回答我？唉，亲爱的将军，我管米饭和煎肉排，战争的事您管吧。是啊……这就是他们给我的回答！"

十二

晚上九点多钟，魏罗特带着他的计划来到库图佐夫总部，军事会议预定在那里召开。通知要求各纵队的指挥官都到总司令这里来开会，除了巴格拉季翁公爵拒绝参加外，所有的人都准时来了。

魏罗特作为即将开始的战役的全权指挥者，显得非常活跃和忙碌，他同心里不满和无精打采的库图佐夫形成鲜明的对照，库图佐夫很不乐意地扮演着军事会议的主席和领导者的角色。魏罗特显然觉得自己正在领导着一种已变得不可遏止的行动。他像一匹套在车上往山下跑的马。是他拉着车跑还是什么东西赶着他跑，他不知道；但是他跑得快极了，没有时间来讨论这样跑会有什么结果的问题。这天晚上魏

---

① 朗热隆（一七六三—一八三一），法国贵族后裔，俄国将军。
② 霍恩洛厄（一七四六—一八一八），普鲁士将军。
③ 比利宾说的是普尔热贝舍夫斯基（一七五五—？），俄国将军，波兰人。
④ 米洛拉多维奇（一七七一—一八二五），俄国将军。
⑤ 阿拉克切耶夫（一七六九—一八三四），亚历山大一世宠臣。

罗特两次亲自到敌散兵线去考察,两次去俄国皇帝和奥地利皇帝那里报告和说明情况,并在自己的办公室里口授德文的作战部署。现在他到库图佐夫总部时已精疲力竭了。

看来他忙得甚至忘了应该对总司令采取恭敬的态度:他不时打断总司令的话,说得又快又不清楚,不看着对方的脸,不回答对他提出的问题,身上沾满污泥,显出一副可怜的、疲惫的、慌张的,同时又自信的和高傲的样子。

库图佐夫住在奥斯特利茨附近的一个不大的贵族城堡里。其中的大客厅成了总司令的办公室,现在聚集在这里的有库图佐夫本人、魏罗特和军事会议成员们。他们喝着茶。只等巴格拉季翁公爵一到就开会。七点多钟巴格拉季翁的传令官带来消息说,公爵不能前来。安德烈公爵报告了总司令,并且因为总司令事先允许他出席会议,便留在客厅里。

"因为巴格拉季翁公爵不来了,我们可以开始了。"魏罗特说,他急忙从自己的座位上站起来,走到放着布吕恩周围地区的大地图的桌子旁。

库图佐夫坐在伏尔泰安乐椅上,解开制服的纽扣,肥胖的脖子好像获得了解放一样,从领子里露出来,他把两只老年人的皮肉松弛的手对称地放在扶手上,几乎睡着了。他听到魏罗特说话的声音,使劲睁开他那只独眼。

"对,对,开始吧,要不就晚了。"他点了点头说,说完低下头,又闭上了眼睛。

如果说与会者开头认为库图佐夫是装睡的话,那么后来在读作战命令时他鼻子里发出的声音证明,这时总司令关心的问题要比显示对作战命令或别的任何东西的蔑视重要得多:他关心的是如何完全满足人睡觉的需要的问题。他真的睡着了。魏罗特像一个忙得连一分钟也不能浪费的人那样紧张地朝库图佐夫看了一眼,确信他睡着后,拿起文件,开始用单调的语调大声地读作战部署,连标题也读了。这标题是:

《关于进攻科别尔尼茨和索科尔尼茨后方敌军阵地的部署,一八〇五年十一月二十日》

这作战部署非常复杂难懂。它的内容是这样的:

"由于敌左翼以树林密布的山岭为依靠，右翼沿科别尔尼茨和索科尔尼茨延伸，位于彼处的池塘后面，而我军则相反，我军左翼与敌军右翼相比占有优势，利于我军向敌右翼发起攻击，如我军能占领索科尔尼茨和科别尔尼茨两村庄，并获得进攻敌侧翼、在施拉帕尼茨与蒂拉萨森林之间的平原地带追击敌人、避开施拉帕尼茨与别洛维茨之间的掩护敌正面之隘道之可能，则更为有利。为此目的，第一纵队需朝……行进。……第二纵队需朝……行进……第三纵队需朝……行进……①等等。"魏罗特读道。将军们都好像不大乐意听这个难懂的作战部署。浅色头发、个子很高的布克斯格夫登将军背靠墙站着，把目光停留在燃烧着的蜡烛上，似乎没有听，甚至不愿意让别人认为他在听。在魏罗特的正对面坐着脸颊绯红、胡子稍稍上翘、肩膀耸起的米洛拉多维奇，他用睁开着的闪闪发亮的眼睛盯住魏罗特，摆出一副雄赳赳的姿势，两只手胳膊肘朝外支在膝盖上。他一直看着魏罗特的脸，一言不发，直到这位奥地利参谋长停止说话，才把目光从他身上挪开。这时米洛拉多维奇意味深长地朝别的将军们看了看。但是从这意味深长的目光无法知道他对作战部署是同意还是不同意，是满意还是不满意。坐得离魏罗特最近的是朗热隆伯爵，在读作战部署时，他的那张法国南方人的脸上一直挂着含蓄的微笑，这时他手里正在迅速转动带有肖像的金鼻烟壶，眼睛看着细长的手指。他听完一个长句子的一半，停住了转动鼻烟壶的动作，抬起头，薄嘴唇的角上带着并不那么友好的敬意，打断魏罗特的话，想要说些什么；但是这位奥地利将军仍读他的，生气地皱起眉头，晃了晃胳膊肘，好像是说：等一会儿，等一会儿您再给我说您的想法，现在请您看着地图和听我读。朗热隆带着困惑的表情向上抬起眼睛回头看了米洛拉多维奇一眼，仿佛在寻求解释，但是在遇到米洛拉多维奇的意味深长、然而什么也不表示的目光后，忧郁地垂下眼睛，重新转动起鼻烟壶来。

"一堂地理课。"他好像自言自语地说，但是声音相当大，别人都能听得见。

普尔热贝舍夫斯基恭敬而又不失身份地对着读作战部署的魏罗

---

① 原文为德文。

特把一只手掌窝起来放在耳后，做出全神贯注的样子。身材矮小的多赫图罗夫带着用心和谦虚的表情坐在魏罗特正对面，他朝摊开的地图弯下身去，认真地研究兵力部署和地形。他几次请魏罗特重复他没有听清的话和难记的村名。魏罗特满足了他的愿望，多赫图罗夫便把这些记下来。

作战部署读了一个多小时才读完，这时朗热隆又停止转动鼻烟壶，眼睛没有看魏罗特，也没有专门看任何人，开始说起实行这样的作战部署很困难，因为其中设想敌军位置是已知的，可是我们可能并不知道敌军的位置，因为他们处于运动之中。朗热隆的不同意见是有道理的，但是可以明显地看出，他提意见的目的主要在于想要让那位非常自信地、像给小学生上课那样读他的作战部署的魏罗特感觉到，在他面前的不只是一些傻瓜，而是一些在行军作战上也能教教他的人。魏罗特单调的声音停止后，库图佐夫好像在水磨的轮子发出的催人欲眠的声音暂时停止时醒来的磨坊主一样，睁开了眼睛，留心地听了听朗热隆的话，好像是在说："你们还在说这些蠢事！"接着又急忙闭上眼睛，把头垂得更低了。

朗热隆想尽可能刻薄地刺一刺这个作战部署的作者魏罗特的自尊心，他证明说，波拿巴不但不会受到攻击，反而能轻而易举地发起进攻，这就会使这整个作战部署变得毫无用处。魏罗特对所有反对意见都报以固定不变的轻蔑的微笑，他事先早有准备，不管提出什么反对意见，也不管人们对他说什么，都这样对待。

"假如他能进攻我们，他今天就这样做了。"魏罗特说。

"这么说来，您认为他无力发动进攻？"朗热隆问。

"他至多只有四万人。"魏罗特回答道，他微笑着，好像一位医生看到小护士想要告诉他如何治病一样。

"在这种情况下，如他等待我们进攻，就会自取灭亡。"朗热隆带着含蓄的嘲笑说，又朝身边的米洛拉多维奇看看，想得到他的赞同。

但是这时米洛拉多维奇显然完全没有想将军们争论的问题。

"是呀，"他说，"明天到战场上就全都知道了。"

魏罗特又像刚才那样冷冷一笑，意思是说，他对遭到俄国将军们反对，而要费口舌来证明不仅他自己深信不疑，而且两位皇帝也相信的事，感到可笑和奇怪。

"敌军熄了灯火，可以听见他们的营地不断发出喧闹声，"他说，"这意味着什么？要么是他们正在逃离，我们只担心这一点；要么是他们正在转移阵地（说到这里他冷笑了一声）。但是即使他们占领了蒂拉萨的阵地，那也只能使我们省掉许多麻烦，全部安排，直到最小的细节，用不着改变。"

"如何能这样呢？……"安德烈公爵说，他早就在等待机会表示自己的疑虑。

库图佐夫醒来了，他吃力地咳了一声嗽，朝将军们扫视了一下。

"诸位，明天的，甚至可以说是今天的（因为已经是夜里十二点多了）作战部署不能变动了，"他说，"你们都听到了，我们大家要恪尽职守。而在战斗前最重要的是……（他沉默了一会儿）好好地睡一觉。"

他做出要起来的样子。将军们鞠躬告退。时间已是后半夜。安德烈公爵出来了。

安德烈公爵未能像他所希望的那样在军事会议上发表自己的意见，这次会议给他留下了模糊不清的和令人不安的印象。谁是对的，是多尔戈鲁科夫和魏罗特，还是库图佐夫和朗热隆以及其他不赞同进攻计划的人，他不知道。"但是库图佐夫难道不能直接向皇帝说明自己的想法吗？难道不能换另一种做法吗？难道因为近臣们和某些个人有那样的设想就应拿几万人的和我的，**我的**生命去冒险吗？"他想。

"是的，很可能明天会被打死。"他又想道。一想到死，他的脑子里突然浮现出了一系列最遥远和最亲切的回忆；他想起了与父亲和妻子最后的告别；他想起了和妻子开始恋爱的日子；想起了她的怀孕，他开始可怜她和可怜自己，于是他怀着神经质的心肠发软和激动不安的心情走出了与涅斯维茨基合住的小屋，开始在门前踱来踱去。

夜里雾蒙蒙的，月光神秘地透过薄雾照射过来。"是的，明天，明天！"他想，"到明天也许对我来说一切都将了结，所有这些回忆将不再存在，所有这些回忆对我来说不再具有任何意义。也许就在明天，甚至一定就在明天，我感觉到这一点，我将第一次显示出我能做到的一切。"于是他想到了明天的战役及其伤亡，想到了战斗集中在一个地点的情况以及所有指挥人员的慌乱状态。现在那幸福的时刻，他期待已久的土伦终于在他想象中出现了。在想象中他坚决地和清楚地把自己的意见告诉库图佐夫，告诉魏罗特和两位皇帝。所有的人都对他的看法的正确感到惊讶，但是谁也不愿去实现它，于是他接受一个团，一个师，讲好条件，不让任何人干预他的安排，他带领自己的师去那个决定胜负的地点，独自一个人取得了胜利。那么死亡和痛苦呢——另一个声音说。但是安德烈公爵没有搭理这个声音，继续想着自己的胜利。下一次战役的部署由他一个人来制定。他的身份是库图佐夫全军的值勤官，但是一切都由他一个人来做。下一个战役是他一个人打赢的。库图佐夫被更换了，由他接替……那么后来呢——另一声音又说道——假如在这之前你十次没有受伤、被打死或受骗，后来怎么样呢？"后来嘛……"安德烈公爵自己回答道，"我不知道后来会怎么样，我不想知道，而且也无法知道；但是即使我愿意要这一切，即使我要荣誉，想让别人知道我，想受到人们的爱戴，那也不能说我要这一切，我只要这一切，为这一切活着是我的过错。是的，就只为了这一切！我永远不会对任何人说这一点，但是，我的上帝！既然我除了荣誉和人们的爱戴外，什么也不爱，那我又有什么办法呢？死亡，受伤，失去家庭，我什么也不怕。许多人——父亲、妹妹、妻子，我的这些最亲爱的人，不管他们对我是多么的珍贵和亲近，但是为了片刻的荣誉和优越感，为了那些我不认识的和不会认识的人的爱，就为了这些人的爱，尽管这样做看起来是多么的可怕和反常，我立刻就会把亲人舍弃的。"他这样想，同时倾听着库图佐夫的院子里的说话声。在库图佐夫的院子里说话的是收拾行装的勤务兵；一个声音，大概是车夫的，正在逗弄库图佐夫的老厨师，安德烈公爵认识这个老头，他的名字叫季特，车夫说道："季特，怎么样，季特？"

"嗯。"老头回答道。

"季特，打谷去。①"逗乐的车夫说。

"呸，见你的鬼去吧！"老头的话淹没在勤务兵和仆人的哈哈大笑声中了。

"不管怎么说，我爱的和珍视的只是这种认为自己胜过所有这些人

---

① 俄文"打谷"一词的结尾与老厨师的名字谐音。

的优越感,珍视这种在雾中回旋在我头上的神秘力量和荣誉!"

十三

　　这一夜罗斯托夫和全排一起在侧防散兵线上,在巴格拉季翁的部队的前面。他指挥的骠骑兵一对一对地散开;他本人骑着马在散兵线上来回走动,竭力想要驱散无法克服的睡意。在他后面可以看到一个空旷的原野,我军燃起的篝火在雾中显得模糊不清;在旷野前面则是雾蒙蒙的一片黑暗。不管罗斯托夫如何细看浓雾弥漫的远方,他什么也没有看见:时而那里灰蒙蒙的,时而又仿佛有某种黑乎乎的东西;时而在应该是敌人所在的地方似乎闪烁着火光;时而他觉得这只是他眼看花了。他闭上了眼睛,于是脑子里一会儿出现皇帝,一会儿出现杰尼索夫,一会儿出现对莫斯科的回忆,他又急忙睁开眼睛,在眼面前看见了他骑的马的脑袋和耳朵,当他离开骠骑兵六步远时,看见了他们黑色的身影,而在远方看到的还是雾蒙蒙的一片黑暗。"为什么不会呢?"罗斯托夫想,"很可能皇帝见到我,给我一个任务,像对任何军官那样对我说:'你去了解一下那里的情况。'人们讲过很多,说他完全偶然地认识某某军官,把他当作亲信。如果他宠信我,那该多好啊!我就会尽心尽力保卫他,我就会对他完全说真话,我就会揭露欺骗他的人!"于是罗斯托夫为了生动地想象出他对皇帝的爱戴和忠诚,便设想有这样一个敌人或德国骗子,他不仅将欣然把此人杀死,而且将当着皇帝的面揍他的嘴巴。突然远处的一声喊叫把罗斯托夫惊醒。他哆嗦了一下,睁开了眼睛。

　　"我在哪里?是的,在散兵线上;口令和暗号是辕杆和奥尔米茨。真倒霉,明天我们连是预备队……"他想道,"我要请求参加战斗。这也许是见到皇帝的唯一机会。是的,现在快到换班的时间了。我再巡逻一次,回去后就去找将军,向他提出请求。"他在马鞍上坐好了,催动坐骑再去巡视自己的骠骑兵。他觉得天亮了一些。在左边可以看见被照亮的慢坡和对面似乎像墙一样陡陡的丘岗。在这个丘岗上有一个罗斯托夫怎么也弄不清的白点:这是月光照耀下的林中空地和残留的雪呢,还是白色的房屋?他甚至觉得在这白色斑点上有什么东西在移动。

"这个斑点想必是雪；一个斑点,法语是 une tache。"罗斯托夫想,"原来这不是**塔什**①……"

"这是娜塔莎,妹妹,黑眼睛。娜……塔什卡……（当我告诉她我见到了皇帝时,她会惊讶的！）娜塔什卡……拿着皮囊②……"当睡意蒙眬的罗斯托夫从一个骠骑兵身旁经过时,那骠骑兵说:"靠右一点,大人,这里有灌木丛。"罗斯托夫突然抬起已垂到马鬃上的头,在骠骑兵身旁停住了。他年轻,像孩子一样克制不住自己,昏昏欲睡。"我想什么来着？可别忘记。我将怎么跟皇帝说话？不,不是那么回事——那是明天的事。是的,是的！朝皮囊上,踩过去……使我们变钝——使谁变钝？③骠骑兵。而骠骑兵和胡子……这个留胡子的骠骑兵骑着马在特维尔大街上走,在古里耶夫家的房子对面,我还想过他……古里耶夫老头……嗨,杰尼索夫是一个好小伙子！不错,这一切都是小事。现在主要的是皇帝在这里。他是怎样地看着我,我想对他说点什么,可是他不敢……不,是我不敢。这都是小事,主要的是不要忘记,我想到了需要做的事,是这样。朝—— 皮囊上,踩—— 过去,是的,是的。这很好。"他又把脑袋垂到马脖子上。突然他觉得有人向他射击。"怎么？怎么？怎么！……杀！怎么？……"罗斯托夫醒过来说。在他睁开眼睛的刹那间,罗斯托夫听到自己前面,在敌人那边有上千个声音在呐喊。他和他身旁的骠骑兵的马听见这声音,竖起了耳朵。在传来喊声的地方亮起了一个火光,转眼间熄灭了,又亮起一个,接着山上法军全线亮起了火光,喊声愈来愈大了。罗斯托夫听见说法国话的声音,但是听不清楚在说什么。大声说话的人太多了。只听见在喊:啊啊啊啊！哇啦哇啦！

"这是什么声音？你怎么认为？"罗斯托夫问站在他旁边的骠骑兵,"这是敌人那里发出的吧？"

骠骑兵什么也没有回答。

---

① 塔什"是法语"斑点"（"tache"）的译音。罗斯托夫由塔什联想到娜塔什卡。
② 俄语"皮囊"（"tawka"）与娜塔什卡这一名字的后半部分同音。
③ 语词"nastupitb"（"踩"）的后半部分"tupitb"有"使……变钝"的意思。罗斯托夫把"nastupitb"一词分开,分成"nas tupitb",分开后的意思就成了"使我们变钝"了。这一段话写罗斯托夫在昏昏欲睡时意识的流动,显得混乱和不合逻辑。

"怎么啦,你难道没有听见吗?"罗斯托夫等了好久,没有听见他说话,又问。

"谁知道呢,大人。"骠骑兵不乐意地回答道。

"从地点来看,大概是敌人吧?"罗斯托夫又说。

"也许是敌人,也许就那么回事,"骠骑兵说,"夜里天黑。喂!别淘气!"他朝胯下躁动起来的马吆喝道。

罗斯托夫的马也着慌起来,它用蹄子敲打着冰冻的土地,谛听着发出的声音和细看着火光。喊声愈来愈大,汇合成一片只有几千人的军队才能发出的轰鸣声。火光愈来愈蔓延开来,大概法军营地全线都点燃起来了。罗斯托夫已没有睡意了。敌军快活的和得意扬扬的喊声使他兴奋起来。现在罗斯托夫已清楚地听到在喊"皇帝万岁!皇帝万岁!"。

"离这里不远,想必在小溪的那一边。"他对站在身旁的骠骑兵说。

骠骑兵只叹了一口气,什么也没有回答,生气地咳嗽了几声。从骠骑兵的散兵线上传来了骑马奔跑的马蹄声,夜雾中突然出现了一个像巨象似的骠骑兵士官的身影。

"大人,将军们来了!"士官到罗斯托夫跟前说。

罗斯托夫和士官一起去迎接几个骑着马沿散兵线过来的人,同时继续观察着火光和发出喊声的地方。有一个人骑着白马。这是巴格拉季翁公爵与多尔戈鲁科夫公爵和副官们一起前来观看敌军点起火和发出喊声的奇怪现象。罗斯托夫到了巴格拉季翁跟前,向他作了报告,然后加入了副官们行列,倾听着将军们说什么。

"请您相信,"多尔戈鲁科夫公爵对巴格拉季翁公爵说,"这无非是一种诡计:他撤退了,吩咐后卫部队点起火和发出喊声,以便迷惑我们。"

"未必是这样,"巴格拉季翁说,"从傍晚起我就看见他们在那个丘岗上;如果撤退了,那么也得从那里撤走。军官先生,"巴格拉季翁公爵对罗斯托夫说,"他们的侧防哨兵还在那里吗?"

"傍晚还在那里。现在就不知道了,公爵大人。请您下令,让我带骠骑兵去看看。"罗斯托夫说。

巴格拉季翁停住了,他没有回答,竭力想在雾中看清罗斯托夫的脸。

"好吧,去一趟吧!"他沉默了一会儿后说。

"是。"

罗斯托夫刺了刺马,叫来士官费琴科和两名骠骑兵,命令他们跟自己走,然后下山朝还在继续叫喊的地方驰去。他一个人带着三个骠骑兵到他之前谁也没有去过的、神秘而危险的雾蒙蒙的远方去,心里感到既可怕又高兴。巴格拉季翁从山上朝罗斯托夫大声呼喊,叫他不要过小溪,但是罗斯托夫做出没有听见他的话的样子,不停地往前走,不断地看错东西,把灌木看成大树,把沟壑看做人,同时不断地知道自己弄错了。快步下山后,他既看不到我方的,也看不到敌方的火光,但是觉得法国人的喊声更大了,更清楚了。在谷地里,他看到面前好像有一条河,但是当他到那里时,发现是一条踩出来的路。到路上后,他勒住马,有些犹豫不决,不知是沿这条路走好,还是穿过它,沿着漆黑的田野上山。走这条在雾中变得清晰起来的道路要安全些,因为能比较容易地看清人。"跟我来。"他说,催马穿过道路,朝山上从傍晚起就布有法军步哨的地方跑去。

"大人,有敌人!"后面的一个骠骑兵说。

罗斯托夫还没有看清雾中突然出现的发黑的东西,就看见闪出一个火花,听见一声枪响,一颗子弹发出像诉怨一样的声音,在雾蒙蒙的高空飞过,呼啸声马上消失了。另一支火枪没有打响,但是药池里的火花闪了一下。罗斯托夫拨转马头,快步往回走。随后那边又时间间隔不等地放了四枪,雾中的某些地方响起了子弹飞过时发出的不同声音。罗斯托夫勒住他的那匹也像他那样听见枪声变得快活起来的马,改为慢步走。"好,再放吧,好,再放吧!"一个快乐的声音在他心里说道。但是没有再听见枪声。

直到快要到巴格拉季翁那里时,罗斯托夫才又策马奔跑起来,把手举在帽檐上,跑到他跟前。

多尔戈鲁科夫仍然坚持自己的意见,认为法国人已经撤退了,只是为了迷惑我们,才点起火来。

"这证明什么呢?"他在罗斯托夫到他们跟前时说,"他们可能退却,同时又留下了哨兵。"

么地方；但是在交战的那天，天知道是怎么回事，在军队的精神世界里出现了一种人人都有的严肃的心情，这种心情随着某种决定性的和庄严的事情的临近而表现出来，引起他们不常有的好奇心。士兵们在战斗的日子里情绪激昂，竭力想要关心自己的团队以外的事情，用心地听着和看着，贪婪地打听着他们周围的情况。

雾变得那么浓，虽然天已经亮了，还看不清面前十步以外的东西。灌木看起来好像是大树，平地好像是悬岩和斜坡。无论什么地方都可能在十步内碰上看不见的敌人。但是各纵队仍在浓雾中走了很久，下山又上山，经过花园和围墙，在生疏的、弄不清方向的地方走着，哪里也没有碰上敌人。相反，士兵们都看出，前面和后面，四面八方都有我们俄国的纵队在朝同一方向行进。每个士兵心里很高兴，因为他知道还有很多很多自己人朝他走的方向走，也就是说，也都在不知走到哪里去。

"你瞧，库尔斯克团也过去了。"队伍里有人说。

"老兄，我们的部队来得真多！昨晚我看了看，到处都生起火，一眼望不到边。一句话，莫斯科 ① 全来了！"

各纵队的指挥官们没有到队伍跟前来，也没有跟士兵们谈话（如同我们在军事会议上看到的那样，各纵队的指挥官情绪不高，对现在进行的战斗不满意，因此只是执行命令，而不关心鼓舞士气），尽管如此，士兵们像平常参加战斗、特别是参加进攻战时一样，心情是快活的。但是一直在浓雾中走了大约一个小时后，大部分部队不得不停下来，这时一种觉得事情进行得无条理和杂乱无章的不愉快感觉在队伍里扩散开来。这种感觉是如何传播开来的，很难确定；但是毫无疑问，它传播得一点也不走样，并且像水向谷地流一样，传得很快，同时不知不觉而又不可阻止。如果俄国军队单独行动，没有盟军的话，那么也许还要经过很长时间大家才会对这种杂乱无章深信不疑；但是现在大家都特别高兴地和自然而然地把杂乱无章的原因归结为德国人的糊涂，便都相信

---

① 作者曾在《一八五五年八月的塞瓦斯托波尔》中说，在许多部队里军官们常常把士兵叫作"莫斯科"。这里"莫斯科"一词除表示士兵外，还有全国人民、全俄国的意思。

这有害的混乱都是那些卖香肠的家伙①造成的。

"怎么停住了？是不是被堵住了？还是碰上了法国人？"

"不，没有听见。不然会打起枪来的。"

"一个劲儿地催着出发，出发了，又莫名其妙地停在野地里——全是可恨的德国佬搞乱的。这些糊涂的鬼东西！"

"我真想把他们放到前面去。不然他们就挤在后头。现在让我们饿着肚子停在这里。"

"怎么，那里快了吧？听说骑兵堵住了道路。"一个军官说。

"唉，可恨的德国人，自己的地方都不认得！"另一个军官接着说。

"你们是哪个师的？"一个骑马过来的副官喊道。

"十八师的。"

"那么你们干吗停在这里？你们早就应该到前面了，现在到晚上也走不到了。真是愚蠢的命令；自己也不知道在做些什么。"这个副官说着骑马走了。

接着来了一个将军，他生气地喊叫着什么，用的不是俄语。

"叽里呱啦，唠叨些什么，一点也不懂。"一个士兵学着已走开的将军的话，说道，"我真想毙了他们这些坏蛋！"

"命令我们八点多到达目的地，而我们走了不到一半。这叫什么命令！"四面八方有人不断这样说。

部队出发投入战斗时的那股劲头开始变成懊丧，变成对糊里糊涂的命令和对德国人的怨恨。

造成混乱的原因在于，奥地利骑兵在左翼行进时，最高指挥部发现我们的中央离右翼过远，便命令全部骑兵转移到右面。几千名骑兵在步兵的前面通过，于是步兵只好等着。

前面奥地利纵队向导与俄国将军发生了冲突。俄国将军喊叫着，要骑兵停下来；奥地利向导则解释说，这样做不能怪他，而应怪最高指挥部。与此同时部队停在那里，感到无聊，情绪低落。在耽搁了一个小时后，部队终于继续前进了，开始朝山下走去。山上雾正在消散，而在部队去的山下却变得更浓了。在前面，在雾中响起了一两枪，开头枪声

---

① 卖香肠的家伙是对德国人的蔑称。

不均匀，间隔不一样：嗒啦嗒……嗒，接着愈来愈均匀和愈来愈密，就这样霍尔德巴赫小河上的战斗打响了。

俄国人没有料到会在下面的河上遇到敌人，可是却在雾中无意中碰上了，他们没有听见高级指挥官们的一句激励的话，思想上有一种各部队普遍都有的迟到的感觉，而主要的，在浓雾中看不见前面和自己周围的任何东西，因此他们动作迟缓，慢悠悠地与敌人对射了一阵，由于没有及时接到指挥官和副官们的命令，向前走了一段路后又停下来，而那些指挥官和副官在这生疏的地方迷了路，找不到自己的部队。到了山下的第一、第二和第三纵队就是这样开始战斗的。库图佐夫本人所在的第四纵队则驻扎在普拉岑高地上。

在战斗已开始的洼地里，雾还很浓，而在上面已散开了，但是前面发生的事仍然一点也看不见。敌人的全部兵力是否像我们预计的那样，在离我们十俄里以外，还是就在这里，人们在这片大雾中在八点多钟以前谁也不知道。

已经到了九点钟。下面迷漫的大雾像茫茫大海，但是在施拉帕尼茨村附近，在拿破仑和他的元帅们所在的高地上，已完全亮开了。在他头顶上的是明朗的蓝天，巨大的太阳像一个空心的红色的大浮球，在奶白色的雾海上飘荡。不仅是全部法国军队，而且拿破仑本人和他的司令部都不在索科尔尼茨村和施拉帕尼茨村的小溪和洼地的那一边，而我们曾打算在那里占据阵地和发动进攻；他们都在这一边，离我们的部队非常近，拿破仑用肉眼就能分清我军的骑兵和步兵。拿破仑骑着一匹灰色的阿拉伯小马，身穿他在意大利作战时穿过的蓝色军大衣，在比元帅们稍靠前的地方站着。他默默地细看着好像从雾海中浮出来的一个个小山丘和远远地在山丘上移动的俄国军队，细听着谷地里的枪声。在他的那张当时还很瘦削的脸上连一块肌肉也不动一动；他的那双闪闪发亮的眼睛盯住一个地方。他的预计证明是正确的。俄国军队的一部分已下到谷地的池塘和湖边，一部分正在离开他认为是要害并打算攻打的普拉岑高地。他看到在雾中，在普拉茨村附近的两座山之间的凹处，各个俄国纵队仍然在朝着谷地的方向移动，刺刀闪闪发亮，然后一个纵队接着一个纵队消失在雾海中。根据他在傍晚收到的情报，根据前哨上夜里听到的车轮滚动声和脚步声，根据俄国纵队行进中杂乱无章的样子,根据所有的推测,他清楚地看出,俄奥联军认为他在他们前面很远的地方,在普拉岑附近移动的纵队是俄军的中央部位,这个部位的力量已大为削弱,很难向他顺利发起进攻。但是他仍然没有下开始战斗的命令。

今天对他来说是一个喜庆的日子——加冕一周年。天亮前他假寐了几个小时,觉得浑身舒坦,心情愉快,精力充沛,有一种什么都能办到,什么都能成功的幸福感觉,他骑上马,到了战场上。他一动不动地站着,望着从雾中露出来的高地,他的冷冰冰的脸上流露出一种自信能得到和应该得到幸福的特殊神情,一个堕入情网的幸福少年常常有这样的神情。元帅们站在他后面,不敢分散他的注意力。他一会儿看看普拉岑高地,一会儿又看看从雾中浮出来的太阳。

当太阳完全从雾里出来,它的耀眼的光芒喷射到原野和浓雾上时(似乎他就在等待这开战的时刻),他脱下漂亮的皮肤白净的手上的手套,向元帅们做了个手势,下了开始战斗的命令。元帅们由副官陪同着,驰向各个方面,几分钟后,法军的主力很快朝普拉岑高地推进,而这时愈来愈多的俄国军队正在离开那里,往左朝下面的谷地走去。

十五

八点钟,库图佐夫骑着马走在米洛拉多维奇的第四纵队的前面,朝普拉茨进发,这个纵队是来接替已下山的普尔热贝舍夫斯基和朗热隆的纵队的防务的。库图佐夫向先头团的官兵们问好,下了前进的命令,以此表明他将亲自率领这个纵队。到了普拉茨村,他停了下来。作为总司令的一大帮随从之一的安德烈公爵站在他的后面。安德烈公爵激动而又兴奋,同时竭力保持镇静,一般人在他早就向往的时刻到来时往往是这样。他坚信今天是他的土伦或他夺阿尔科拉桥[①]的日子。他不知道这事将如何发生,但是他坚信这事一定会发生。我们军队的地形和位置他是了解的,而且了解得像我军任何一个人一样。实行他自己制定的战略计划一事显然连想都不用想了,他自己也把它忘了。现

---

① 见本卷第一部第四章注。

在安德烈公爵已深入到魏罗特的计划里去,考虑着可能发生的偶然情况,作一些新的设想,这里可能用得着他思维的敏捷和处事的果断。

在左下方,在雾中,听得见那些看不清的军队之间相互射击的声音。安德烈公爵觉得那里将是战斗的中心,那里将遇到障碍,"我将被派到那里去他想,"带着一个旅或一个师去,那里我将举着军旗向前冲,摧毁阻挡我的一切。"

安德烈公爵不能无动于衷地看着眼前过去的各个营的军旗。他望着一面军旗,心里就想:这也许就是我要举着它冲在队伍前面的那面旗子。

在高地上夜雾到早晨只留下一片正在融化成露水的白霜,而在谷地里大雾迷漫,还像乳白色的大海一样。从这个谷地的左边,从我们的部队下去的地方传来了枪声,那里什么也看不见。在高地上方是灰暗的晴朗的天空,而在右边则悬挂着一轮巨大的红日。在前面很远的地方,在雾海的彼岸,露出布满树林的山丘,那上面想必有敌人的军队,隐隐约约地可以看见某些东西。在右面,近卫军正在进入雾中,响起了马蹄声和车轮的滚动声,有时也可见到刺刀的闪光;在左面,在村庄的后面,过来了大队的骑兵,他们也消失在雾海里。前面和后面都有步兵在行进。总司令在村子的出口处停住,让部队在他面前通过。库图佐夫这天早晨显得疲惫和爱生气。在他面前经过的步兵没有得到命令就停了下来,显然是因为前面受阻了。

"您就干脆告诉他们,叫他们排成营纵队,绕着村子走。"库图佐夫生气地对一个到他跟前的将军说,"您怎么不明白,我的将军大人,在迎击敌人时,是不能拉长队伍在狭窄的农村街道上行走的。"

"我曾打算到村外整队,大人。"将军回答道。

库图佐夫冷笑起来。

"您可真行,在敌人眼面前展开队形,真是好样的!"

"敌人还远着呢,大人。根据作战部署……"

"什么作战部署。"库图佐夫恼怒地喊了一声,"这是谁给您说的?……请您按照命令去做。"

"是!"

"您瞧,亲爱的,"涅斯维茨基小声对安德烈公爵说,"老头子情绪很恶劣。"

一个帽上带绿羽饰、穿着白制服的奥地利军官骑马跑到库图佐夫跟前,代表皇帝询问第四纵队投入战斗了没有。

库图佐夫没有理他,转过身去,目光无意中落到站在他旁边的安德烈公爵身上。库图佐夫一看见鲍尔康斯基,凶狠的和讥刺的眼神变得柔和起来,仿佛意识到发生这样的事不能怪自己的副官。于是他没有回答奥地利副官的话,却对鲍尔康斯基说:

"亲爱的,您去看一看,第三师过了村子没有。叫它停下来,等待我的命令。"

安德烈公爵刚要走,他又叫住他。

"再问一下,尖兵布置了没有。"他补充说。"这干的是什么呀,这干的是什么呀!"他自言自语说,仍然不回答那个奥地利人。

安德烈公爵骑马执行任务去了。

他赶过走在前面的各个营,叫第三师停下来,得知我们的纵队前面确实没有布置散兵线。走在前面的那个团的团长听到向他传达的总司令关于布置散兵线的命令非常惊讶。他完全相信在他的团前面还有部队,敌人不可能在十俄里以内。确实,前面除了一片朝前倾斜被浓雾遮住的空地外,什么也看不见。安德烈公爵代表总司令命令采取补救措施后,便往回走。库图佐夫仍在原地,身体肥胖的他老态龙钟地坐在马鞍上,闭上眼睛,吃力地打着哈欠。部队已不往前走了,放下枪站着。

"很好,很好。"他对安德烈公爵说,接着朝一个将军转过身来,这个将军手里拿着表说,现在该往前走了,因为左翼的所有纵队都下来了。

"还来得及,大人。"库图佐夫打着哈欠说。"来得及!"他又说了一句。

这时,在库图佐夫背后的远处响起了各个团队的欢呼声,这声音沿着前进中拉成一线的俄国纵队的整个行列迅速传过来。可以看出,受到欢呼的人跑得很快。当库图佐夫听到他面前的那个团的士兵高喊起来时,他闪到一旁,皱起眉头,回头看了一下。在从普拉岑出来的路上,仿佛有一个由穿不同颜色服装的骑手组成的骑兵连在奔跑。其中两人并排快步跑在其余的人前面。一个身穿黑色制服,头戴白缨帽,骑从人流中出来到了左边，带着人数减了一半多的随从，朝近处响起炮声的地方跑去。从逃跑的人群中出来的安德烈公爵努力紧跟着库图佐夫，看见山坡上，在烟雾中一个俄国炮兵连还在射击，法国人正朝它逼近。在它上方，俄国步兵停在那里，他们既不前去支援炮兵，也不和逃跑的人一起朝一个方向后退。一个将军离开步兵的队伍，到了库图佐夫跟前。库图佐夫的随从只剩下了四个人。大家都脸色苍白，默默地面面相觑。

"阻止这些混蛋！"库图佐夫指着逃跑的人，喘着气对团长说；但是就在这一瞬间，仿佛要惩罚一下说这话的人似的，子弹像一群小鸟呼啸着从团队和库图佐夫的随从那里飞过。

法国人向炮兵连发起攻击，他们看到库图佐夫后，就朝他射击。随着这次齐射，团长抱住了自己的一条腿；几个士兵倒了下去，手里拿着军旗站着的下级准尉松开了手；军旗摇晃起来，在站在旁边的士兵的枪上刮了一下后，倒下了。士兵不等命令就开始射击。

"啊——呀！"库图佐夫带着绝望的表情含糊不清地喊了一声，回头看了一眼。"鲍尔康斯基！"他意识到自己年老无力，用颤抖着的声音低声说。"鲍尔康斯基，"他指着一个乱成一团的营，又指指敌人低声说，"这是怎么回事？"

这时一种蒙受耻辱和愤恨的感觉涌上安德烈公爵的心头，他不等库图佐夫说完这句话，就已跳下马来，朝军旗跑去。

"弟兄们，前进！"他用孩子般的尖叫声喊道。

"这就是我该干的事！"安德烈公爵想道，他拿起旗杆，听到显然是朝他射来的子弹的呼啸声心里很高兴。几个士兵倒下了。

"乌拉！"安德烈公爵吃力地举着沉重的军旗大声喊道，他向前跑去，深信整个营会跟上来。

果然，他单独一个人只跑了几步。很快一个又一个士兵动了起来，接着全营高呼"乌拉"跑向前去，赶到他的前头。营的一个士官跑过来接过安德烈公爵手中由于太重而摇晃的军旗，但是马上被打死了。安德烈公爵又拿起军旗，拖着旗杆和全营一起跑。他在自己面前看见了我们的炮兵，其中一些人在搏斗，另一些人扔掉了大炮，迎着他跑过来；他也看见法国步兵，他们抓住拉炮车的马，正在把大炮掉转头来。

"乌拉！"安德烈公爵吃力地举着沉重的军旗大声喊道，他向前跑去，深信整个营会跟上来。

于是鲍里斯开始讲近卫军到了指定地点后，看见面前有军队，误认为是奥地利人，突然根据这些军队发射的炮弹发现自己已到了第一线，应该投入战斗。罗斯托夫没有听完鲍里斯的话，刺了刺自己的马。

"你上哪里去？"鲍里斯问。

"奉命去见陛下。"

"他就在这里！"鲍里斯说，他把罗斯托夫说要见"陛下"听成了要见"殿下"。

他给罗斯托夫指了指亲王，这时亲王在离他们百步远的地方，他头戴盔形帽，身穿近卫重骑兵制服，耸着双肩，皱起眉头，正在朝一个穿白色军服、脸色苍白的奥地利军官嚷嚷什么。

"不过这是亲王，而我要见总司令或皇帝。"罗斯托夫说，催马要走。

"伯爵，伯爵！"贝格喊道，他像鲍里斯一样兴奋，从另一边跑过来，"伯爵，我右手受了伤（说着他伸出用手绢裹着的血迹斑斑的手），没有下火线。伯爵，我这就用左手握剑，在我们贝格家族里，伯爵，人人都是骑士。"

贝格还说了些什么，但是罗斯托夫没有听完他的话就继续往前走了。

罗斯托夫驰过了近卫军和一片空地后，为了不像刚才裹人骑兵的冲锋那样再次闯到第一线去，他便沿着预备队的防线走，远远地绕过响起最激烈的枪炮声的地方。突然他在自己前面和我们的部队后面，在他怎么也没有想到会有敌人的地方，听到了很近的枪声。

"这可能会是什么呢？"罗斯托夫想。"敌人到了我军的后方？不可能。"他又想道，于是突然为自己和为整个战役的结局而感到惊恐万分。"然而不管怎么样——现在已不必绕着走了。我应在这里寻找总司令，假如一切都完了，那么我的事也跟着大家一起完了。"

罗斯托夫突然产生的不祥的预感，随着他深入到普拉茨村后的那片被各种不同的部队占据的开阔地而愈来愈得到证实。

"这是怎么回事？这是怎么回事？在朝谁射击？谁在射击？"罗斯托夫赶上混成一团横穿道路逃跑的俄奥士兵问道。

"鬼才知道他们！全都被打垮了！全都完了！"逃跑的人用俄语、

德语、捷克语回答他,也都像他一样,并不确切知道这里发生的事。

"揍法国人!"一个人喊道。

"让他们见鬼去吧,这些叛徒!"

"让俄国人见鬼去吧^①!……"一个德国人嘟囔着。

几个伤员在路上走。咒骂、叫喊、呻吟汇成一片嘈杂声。枪声停了,后来罗斯托夫才知道,刚才是俄国人和奥地利人在相互射击。

"我的上帝!这是怎么回事?"罗斯托夫想道。"在这里,在皇帝每时每刻都可能看见他的地方居然还这样!……不过这大概只是几个混蛋干的。这会过去的,这是不应该的,这是不能允许的。"他想,"但愿快点,快点离开他们!"

罗斯托夫不可能产生失败和逃跑的想法。虽然他奉命到普拉岑山去找总司令时看见那里有法国人的大炮和军队,他还是不能和不愿意相信这一点。

十八

罗斯托夫奉命在普拉茨村附近寻找总司令和皇帝。但是这里不仅找不到他们,而且找不到一个长官,这里只有不同种类的军队混杂在一起的乱哄哄的人群。他催赶着已经疲惫的马,想快点赶过这些人群,但是他愈往前走,人群变得愈乱。他上了一条大路,那里拥挤着各种各样的马车,还有俄国和奥地利的各个兵种的士兵,其中有受伤的和没有受伤的。所有这些人在架设在普拉岑高地的法国大炮发射的炮弹阴沉的呼啸声中发出嘤嘤的声音,杂乱地移动着。

"皇帝在哪里?库图佐夫在哪里?"罗斯托夫问每一个他能够拦住的人,但是无论从谁那里也得不到回答。

最后他终于抓住一个士兵的领子,强迫他回答他的话。

"哎,老弟!所有的人早就到那里了,往前跑了!"那个士兵对罗斯托夫说,不知为什么笑着,想要挣脱开。

罗斯托夫放开这个显然喝醉了酒的士兵,拦住一个大人物的勤务

---

① 原文为德文。

兵或驯马师的马,向他打听起来。勤务兵对罗斯托夫说,大约在一个钟头前就沿着这条道路用马车飞快地把皇帝送走了,皇帝受了重伤。

"这不可能,"罗斯托夫说,"受伤的一定是另一个人。"

"我亲眼看见的。"勤务兵带着自信的冷笑说,"我也该认得皇帝了,过去在彼得堡我就这样见过几次。现在他坐在马车里,脸色非常非常苍白。四匹黑马刚一起跑,我的老天爷,马车就隆隆地从我们身旁驶过:我似乎也该认得御马和伊里亚·伊万内奇了;车夫伊里亚除了给皇帝效劳外,似乎是不给别的人赶车的。"

罗斯托夫松开缰绳,想继续往前走。从他身旁过去的一个受伤的军官朝他转过身来。

"您要找谁?"那军官问,"找总司令?被炮弹打死了,是在我们团里被炮弹击中胸部的。"

"没有被打死,受伤了。"另一个军官纠正他说。

"说的是谁?库图佐夫?"罗斯托夫问。

"不是库图佐夫,至于他叫什么,反正全都一样,活下来的人不多。您就朝那里走,朝那个村子走,所有长官都在那里。"这个军官指着霍斯蒂拉迪克村说,说完就走了。

罗斯托夫慢步往前走,不知道他现在去干什么和去找谁。皇帝受了伤,仗打输了。现在已不能不相信这一点了。他朝着人家给他指的方向走,那里远远地可以看见塔楼和教堂。他急急忙忙地去哪里呢?即使皇帝和库图佐夫还活着而且没有受伤,他现在又有什么可对他们说的呢?

"大人,您就沿着这条路走,走那边准会被打死的。"一个士兵朝他喊道,"那边准会被打死的!"

"噢! 你说的什么!"另一个士兵说,"他要上哪里去? 走那条路近一些。"

罗斯托夫想了想,然后朝着人们告诉他一定会被打死的方向走去。

"现在一切都无所谓了! 既然皇帝都受了伤,难道我还要爱护自己?"他想。他进入了那个从普拉岑跑过来的人死得最多的地方。这个地方法国人还没有占领,而还活着的或受伤的俄国人早就把它放弃了。在田野上，像丰收的庄稼地堆着麦捆似的，每俄亩^①的地上躺着十个到十五个伤亡的人。伤员三三两两爬到一起，发出了难听的、罗斯托夫觉得有时是假装的喊叫声和呻吟者。罗斯托夫让马快跑，以免看到所有这些受苦的人，他开始觉得可怕。他担心的不是自己的生命，他怕失去他所需要的勇气，他知道看到这些不幸的人后很难保持它。

法国人本来已对这块躺满死伤的人的土地停止射击，因为那里看起来已经没有一个活人，但是当他们看到一个副官骑着马在它上面走时，便用大炮对准他，发射了几发炮弹。听到炮弹的可怕的呼啸声，看到周围成堆的死人，这些听到和看到的东西合起来给罗斯托夫留下了恐怖的印象，使他怜惜起自己来。他想起了母亲最近的来信。"假如她看到我此刻在这里，在这个田野上，看到大炮正朝我瞄准，那么她会有什么感觉呢？"他想。

在霍斯蒂拉迪克村，从战场上下来的俄国军队虽然还混杂在一起，但是秩序已经好多了。法国人的大炮已打不到这里，射击声听起来觉得很远了。在这里，已可清楚地看到仗打败了，并且人们已在这样谈论。罗斯托夫不管问什么人，谁也说不出皇帝和库图佐夫在哪里。有的人说，关于皇帝受伤的传说是真的，另一些人则说不是，并且解释说，这个谣言之所以流传开来，是因为皇帝的马车确实从战场上往后方急驰，可是里面坐的是与别的侍从一起陪同皇帝上战场后吓得面无人色的总管宫廷事务的大臣托尔斯泰伯爵。一个军官对罗斯托夫说，他在村后的左面看见过最高指挥部的某某人，于是罗斯托夫便奔向那里，不过已不抱找到任何人的希望，他去只是为了做到问心无愧。走了大约三俄里，经过了最后一批俄国部队，罗斯托夫在一个周围挖了一条沟的菜园附近看见两个骑马的人对着沟站着。一个戴着白缨帽，罗斯托夫不知为什么觉得眼熟；另一个陌生的骑手骑着一匹枣红色骏马（罗斯托夫觉得见过这匹马）到了沟边，刺了一下马，松开缰绳，轻松地越过了菜园边的沟。只有沟沿上的泥土被马的后蹄踩得落了下来。他猛然拨转马头，又从沟上跳了回去，并彬彬有礼地对戴白缨帽的骑手说起来，显然是建议他也这样做。那个罗斯托夫觉得眼熟的骑手不知为什

①　一俄亩合一·〇九公顷。

么吸引了他的注意力,这时摇摇头和摆摆手做了一个否定的动作,根据这个动作罗斯托夫立刻认出这正是他痛惜的和崇拜的皇帝。

"但是这不可能是他,不可能一个人在这荒野里。"罗斯托夫想道。这时亚历山大转过头来,于是罗斯托夫看见了栩栩如生地铭刻在自己记忆中的亲爱的面容。皇帝脸色苍白,双颊下陷,眼睛也凹了进去;但是这使得他的容貌更有魅力,更加和蔼。罗斯托夫这时深信关于皇帝受伤的消息不实,感到非常幸福。他也为见到皇帝而欣喜万分。他知道,他可以甚至应当直接去见皇帝,把多尔戈鲁科夫要他报告的事报告皇帝。

但是常有这样的现象,一个堕入情网的少年,当盼望的时刻已经到来,他同她单独在一起的时候,却浑身发抖,站在那里发呆,不敢说出他多少个不眠之夜一直希望说的话,惊恐地环顾四周,寻求帮助或找个延期的借口和逃跑的机会,现在罗斯托夫也是这样,他在他最大的愿望实现后,不知道怎么去见皇帝,他产生了几千种想法,总觉得这不合适,那不礼貌,不能这样做。

"这怎么行!我好像很想利用他独自一人正在苦恼的机会似的。在这悲伤的时刻,他见到一个陌生人可能会感到不快和难过,再说,只要他看我一眼,我的心脏就会停止跳动,我的嘴里就会发干,我又能对他说什么呢?"他在自己脑子里想好的要对皇帝说的千言万语,现在连一句也想不起来了。那些话大部分是为别的场合准备的,多半应在胜利和庆祝的时刻讲,主要应该在他受伤后即将死去、皇帝表彰他的英勇行为时说,他在临死前要向皇帝说明他已用实际行动证明他对皇帝的热爱。

"再说,现在还是下午三点多钟,仗已经打输了,我怎么还能请皇帝给右翼下命令呢?不,我绝不应该到他跟前去,不应打断他的沉思。宁可死一千次,也不要遭到他的白眼,给他留下坏印象。"罗斯托夫拿定了主意,他心里非常悲伤和失望地离开了,同时不断回头看看还一直站在那里的犹豫不决的皇帝。

罗斯托夫这样想着,悲伤地离开了皇帝,这时冯·托尔大尉[①]偶

---

① 冯·托尔(一七七七—一八四二),俄国军官,曾随苏沃洛夫远征,后成为著名的军需官。

然地到了这个地方,看见皇帝后,就径直到了皇帝跟前,表示愿意为他效劳,帮着他跨过了那条沟。皇帝觉得身体不舒服,想要休息一下,便在一棵苹果树下坐下来,托尔在他身边站住。罗斯托夫远远地看到,冯·托尔热烈地对皇帝说了很长时间的话,看样子皇帝哭了起来,用手捂住眼睛,握了握托尔的手,看到这些,他感到又羡慕,又后悔。

"我本来也可以像他那样做!"罗斯托夫心里想,他勉强忍住同情皇帝遭遇的眼泪,怀着完全失望的心情往前走,不知道现在上哪里去和干什么去。

他感觉到他自身的软弱是造成他的痛苦的原因,就更加灰心丧气了。

他本来可以……不仅可以,而且应当到皇帝跟前去。这是向皇帝表示忠心的唯一机会。而他没有利用这个机会……"我干的是什么啊?"他想。想到这里他拨转马头往回走,朝刚才看见皇帝的地方跑去;但是沟那边已没有什么人了。只有一些马车在那里走。罗斯托夫从一个带篷大车的车夫那里得知,库图佐夫的司令部在不远的村子里,车队正往那里去。罗斯托夫便跟着车队走了。

在他的前面走着库图佐夫的驯马师,这驯马师牵着几匹披着马被的马。跟在他后面的是一辆马车,马车后面走着一个头戴便帽、身穿短皮袄的罗圈腿的老家奴。

"季特,怎么样,季特!"驯马师说。

"什么?"老头心不在焉地回答。

"季特!打谷去。"

"呸,傻瓜!"老头生气地啐了一口说。默默地走了一段路后,驯马师又一次开起了同样的玩笑。

到傍晚四点多钟,各处都打了败仗。一百多门大炮已落到了法国人手里。

普尔热贝舍夫斯基和他的军团放下了武器。其他的纵队损失了将近一半的人员,溃不成军,仓皇后撤。

朗热隆和多赫图罗夫部队的残部混杂在一起,挤在奥格斯特村附近的池塘边和堤坝上。

五点多钟,只有在奥格斯特的堤坝旁还能听到法国人猛烈的炮击

视着战场,发布关于增加炮队轰击奥格斯特堤坝的最后命令,查看留在战场上的伤亡人员。

"出色的男子汉!"拿破仑看着一个被打死的俄国掷弹兵说,死者俯卧着,脸埋进土里,后脑勺发黑,远远地伸出一只僵硬的手臂。

"炮弹打光了,陛下!"这时从轰击奥格斯特的炮队那里来了一个副官说。

"叫他们从预备队里运来。"拿破仑说,他走了几步,在仰面躺在扔掉的旗杆(军旗已作为战利品被法国人拿走了)旁的安德烈公爵面前停了下来。

"这个人死得漂亮。"拿破仑望着鲍尔康斯基说。

安德烈公爵明白这说的是他,说这话的是拿破仑。他听见有人称说这话的人"陛下"。但是他听见这些话像听见苍蝇嗡嗡叫一样。他不仅对它不感兴趣,而且没有加以注意,马上就忘掉了。他的头痛得火辣辣的;他觉得他的血快要流完了,他只看见他上面高远的、永恒的天空。他知道这是拿破仑,他心目中的英雄,但是在这个时刻他觉得拿破仑与此时在他的心灵与这个飘着云朵的无限高的天空之间发生的一切比起来,是那么的渺小和微不足道。在这个时刻,无论是谁站在他面前和无论说他什么,他都觉得完全无所谓;他感到高兴的只是有人在他身旁停住了,他只希望这些人帮助他恢复他觉得非常美好的生命,因为现在他对生命有了不同的理解。他集中全部力量,想动一动,发出一点声音。他轻轻地动了动一只脚,发出了引起他自己本人的怜悯的、微弱的、痛苦的呻吟。

"啊!他活着。"拿破仑说,"把这个年轻人(ce jeune homme)送到包扎站去!"

说了这句话后,拿破仑朝拉纳元帅驰去,这时拉纳元帅脱下帽子,面带微笑,说着祝贺胜利的话,正在往皇帝跟前来。

安德烈公爵不记得后来的事了,因为他被抬上担架时的挪动,一路上的颠簸,以及后来在包扎站上进行的伤口处理,都使他痛得失去了知觉。直到白天结束,他和其他负伤的和被俘的军官一起被送往医院时,才苏醒过来。在这次转移途中,他觉得自己精神好了些,已能够朝四周看看,甚至能够说话了。

他苏醒过来后听到的第一句话,是押送的法国军官说的,这个军官急急忙忙地说:

"需要在这里停下:皇帝马上就要过来了;他看到这些被俘的先生们一定会很高兴。"

"今天被俘的人这么多,几乎整个俄国军队都当了俘虏,他大概已经看腻了。"另一个军官说。

"哪里会有这样的事!据说这是亚历山大皇帝整个近卫军的指挥官。"第一个军官指着一个身穿白色近卫重骑兵制服的负伤的俄国军官说。

鲍尔康斯基认出了列普宁公爵①,他曾在彼得堡社交场所见过他。和他并排的是一个十九岁的孩子,这也是一个负伤的近卫重骑兵军官。

波拿巴骑马疾驰到跟前后,勒住了马。

"谁的军衔最高?"他见到俘虏后问道。

人们说出了上校列普宁公爵的名字。

"您是亚历山大皇帝近卫重骑兵团团长吗?"拿破仑问。

"我指挥一个连。"列普宁回答道。

"你们团忠实地履行了自己的职责。"拿破仑说。

"伟大统帅的称赞是对一个士兵的最高奖赏。"列普宁说。

"我很高兴给您这个奖赏。"拿破仑说。"您身旁的这个年轻人是谁?"

列普宁公爵说了苏赫特伦中尉②的名字。

拿破仑看了看他微笑着说:

"他来和我们打仗还太年轻。"

"年轻并不妨碍成为勇士。"苏赫特伦用断断续续的声音说。

"回答得很好,"拿破仑说,"年轻人,您前程远大!"

法国人为了展示所有的被俘人员,也把安德烈公爵放在前面皇帝看得见的地方,这不能不引起他的注意。显然拿破仑想起自己曾在战场上见过这个人,和他说话时也称他为年轻人(jeune homme),这是鲍

---

① 列普宁(一七七八——一八四五),俄军上校,在奥斯特利茨战役中指挥近卫重骑兵团的一个连。
② 苏赫特伦(一七八八——一八三三),俄国军官,后升为将军。

尔康斯基第一次印入这位皇帝的记忆时的称呼。

"Et vous, jeune homme？是您，年轻人？"他对鲍尔康斯基说，"您的身体怎么样，我的勇士？"

尽管在这之前五分钟安德烈公爵已能对抬他的士兵说几句话，但是他现在只是直瞪瞪地望着拿破仑，一言不发……这时他觉得，同他看到的和理解的那个高高的、公正的和慈善的天空比较起来，拿破仑所关心的一切是多么的微不足道，他心目中的这位英雄及其庸俗的虚荣心和胜利的喜悦是多么的渺小，因此他不能回答他的话。

安德烈公爵流血过多，体力非常衰弱，经受着痛苦的折磨和濒临死亡，他的思想变得严肃和庄重起来，在他看来一切是那样的徒劳无益和毫无意义。他直视着拿破仑，想着伟大是多么的渺小，想着谁也弄不清其意义的生命是多么的渺小，想着活人当中谁也弄不清和解释不了其意义的死亡更是多么的渺小。

拿破仑没有等到他回答，便转过身去，离开时对一个指挥官说：

"叫他们关心一下这些先生们，把他们送到我的宿营地去；让我的拉雷大夫检查一下他们的伤口。再见，列普宁公爵。"说完他催马继续向前奔驰。他脸上闪现出得意和幸福的神情。

抬安德烈公爵的士兵们本来已摘下了玛丽亚公爵小姐给他挂上的金质小圣像①，这时看见皇帝对待俘虏们很亲切，便急忙把圣像还给了他。

安德烈公爵没有看见是谁和怎样给他重新挂上的，但是这个用一条细银链系着的小圣像突然重新出现在他胸前的制服上。

"如果一切都像玛丽亚公爵小姐所想的那样清楚和简单，那就好了，"安德烈公爵朝妹妹怀着深情和敬意给他挂上的这个小圣像看了一眼，想道，"要是能知道在活着的时候到哪里去寻求帮助，死后在阴间可期待什么，那就好了！我将会多么幸福和安宁，如果我现在能说一声：上帝，保佑我吧！……但是我对谁说这话呢？是对那种捉摸不定和无法理解的力量，那种我不仅不能求它，而且也说不出它伟大或是渺

---

① 这个说法与第一部第二十五章不符。根据那里的叙述，玛丽亚公爵小姐送给哥哥的是一个脸已发黑、穿着银袍的古色古香的小圣像。

小的力量说呢，"他自言自语说，"还是对玛丽亚公爵小姐缝在我身上的护身香囊里的神说呢？除了我能理解的一切的渺小以及我不理解、但是非常重要的东西的伟大外，没有什么真实可靠的东西！"

担架抬起来走了。每一次颠簸，都使他感到无法忍受的疼痛；发冷发热的状态加剧了，他开始说胡话。对父亲、妻子、妹妹和未来的儿子的想念，他在交战前夜体验到的柔情，矮小的、微不足道的拿破仑的身形以及在这一切之上的高高的天空——这一切构成了他在发高烧时的种种杂乱的想法的主要基础。

在他的想象中出现了童山的平静的生活和舒适幸福的家庭。当他正在享受这种幸福的时候，突然出现了身材矮小、目光冷酷和短浅、幸灾乐祸的拿破仑，于是开始产生怀疑、痛苦，只有天空能给人以安慰。快到早晨时，所有的杂乱的想法都融合成一片不省人事和失去知觉的混乱和黑暗，根据拿破仑的医生拉雷的意见，这一切的结果很可能是死亡，而不是康复。

"这个人神经质，肝火旺，"拉雷说，"他不会恢复健康。"

安德烈公爵和其他没有痊愈希望的伤员一起，被交给当地居民照料了。

第二卷

Война и мир

人已经看见了他,他还没有来得及跑到客厅,就有一个人像一阵暴风一样从旁门飞奔出来,搂住他,开始吻他。又有第二个、第三个这样的人从第二扇、第三扇门跑出来;又是拥抱,又是接吻,还有大声的喊叫和欢乐的眼泪。他分不清东南西北,分不清哪个是爸爸,哪个是娜塔莎,哪个是彼佳,所有的人都同时叫喊着,说着话,吻着他。只有母亲不在他们当中——他记得这一点。

"而我,不知道……尼科卢什卡……我的朋友,科利亚!"

"这就是他……我们的……变了样了! 不! 点上蜡烛! 拿茶来!"

"你亲亲我吧!"

"宝贝……亲亲我。"

索尼娅、娜塔莎、彼佳、安娜·米哈依洛夫娜、薇拉、老伯爵都过来拥抱他;男女仆人把房间挤得满满的,一边说,一边叹息。

彼佳抱住哥哥的大腿。

"还有我呢!"他喊道。

娜塔莎把哥哥的头扳向自己,吻遍了他的整个脸,放开了他,抓住他的骑兵制服的衣襟,像山羊一样一直在原地蹦跳着,发出尖声的喊叫。

到处都可看到闪烁着快乐的泪花的饱含深情的眼睛,所有人希望能亲一亲他的嘴唇。

索尼娅脸红得像一块红布,也抓住他的一只手,她容光焕发,幸福的目光注视着他的眼睛,等待着他回眸。索尼娅已经满十六岁了,她出落得很漂亮,尤其是在这幸福和喜悦的时刻,更显得妩媚动人。她目不转睛地望着他,微笑着,屏着气。他感激地看了她一眼;但是一直还在等待着和寻找着什么人。老伯爵夫人还没有出来。这时从门口传来了脚步声。走路的步子非常快,说明进来的不可能是他的母亲。

但是这正是她,她身上穿着一件他没有见过的、大概是在他走后缝制的新衣服。大家放开了他,他便朝母亲跑过去。当他们到了一起时,她倒在儿子怀里号啕大哭。她无力抬起头来,只管把脸紧贴在儿子制服的冰冷的绦带上。谁也没有注意杰尼索夫,他进了房间后站在那里,望着他们,擦着眼睛。

"瓦西里·杰尼索夫,您的儿子的朋友。"他对用疑问的目光看着他的伯爵自我介绍说。

"欢迎光临。我知道,我知道。"伯爵吻着和拥抱着杰尼索夫说,"尼科卢什卡信里说起过……娜塔莎,薇拉,这就是杰尼索夫。"

那些幸福的、喜气洋洋的脸朝头发蓬松的留着黑胡子的杰尼索夫转过来,大家把他团团围住。

"亲爱的,杰尼索夫!"娜塔莎尖叫了一声,她兴奋得忘乎所以,跳到他跟前,抱住他吻了一下。大家都为娜塔莎的这个举动感到不好意思。杰尼索夫也弄得满脸通红,但是笑了笑,抓起娜塔莎的一只手,吻了吻。

杰尼索夫被领到为他准备的房间里去了,而罗斯托夫一家人仍然待在休息室里尼科卢什卡的身边。

老伯爵夫人与他并排坐着,一直抓住他的一只手不断地吻着;其余的人聚集在他们两人周围,不放过他的每个动作、每句话和每道目光,两眼一直兴奋地和深情地盯住他。弟弟和妹妹争吵着,相互之间争夺着离他较近的座位,抢着给他端茶、取手绢和烟斗,甚至为此而吵架。

罗斯托夫看见大家这样爱他,感到非常幸福;但是见面的最初时刻是那样的美好,使他觉得现在幸福显得有些不足了,于是他还期待着某种东西,一直这样期待着。

第二天两个远道来的人一直睡到上午九点多钟。

在外屋里乱放着马刀、挎包、皮囊、打开的手提箱、肮脏的靴子。擦干净的两双带马刺的靴子刚才放到了墙边。仆人们端来了脸盆、刮胡子用的热水,拿来了刷干净的衣服。房间里散发着烟草和男人的气味。

"喂,格里什卡,把烟斗拿来!"嗓音嘶哑的瓦西卡·杰尼索夫喊道。"罗斯托夫,起床!"

罗斯托夫揉了揉黏住的眼睛,从睡热了的枕头上抬起头发蓬乱的脑袋。

"怎么,晚了吗?"

"晚了,九点多了。"娜塔莎回答说,这时从隔壁的房间里传来了浆洗过的衣服的窸窣声,姑娘们的低语声和笑声,在稍稍打开的门缝里闪过某种天蓝色的东西、缎带、黑头发和快活的脸。这是娜塔莎、索尼娅和彼佳,他们是来看他起来没有的。

"尼科连卡,起床!"门口又传来了娜塔莎说话的声音。

"这就起来!"

这时彼佳在外屋看见了马刀,便抓起了它,就像孩子看见威武的兄长时那样兴奋,居然忘记了不能让姐姐们看见光着身子的男人,一下子打开了门。

"这是你的马刀吗?"他喊道。姑娘们急忙闪避开了。杰尼索夫吃惊地睁大眼睛,把他长满寒毛的腿藏进被子里,回头看着同伴,向他求援。彼佳进来后门又关上了。可以听见门外的笑声。

"尼科连卡,穿着睡衣出来。"娜塔莎说。

"这是你的马刀吗?"彼佳问道。"要不这是您的?"他用结巴和尊敬的语气又问皮肤黝黑的留小胡子的杰尼索夫。

罗斯托夫急忙穿好鞋,披上睡衣出来了。娜塔莎已穿上了一只带马刺的靴子,把脚伸进了另一只。索尼娅转着圈,罗斯托夫出来时,刚想鼓起连衣裙往下蹲。两人都穿着同样的天蓝色的新连衣裙——她们全都精神饱满,脸色红润,神情快活。索尼娅跑了,而娜塔莎挽起哥哥的胳膊,把他往休息室带,兄妹俩便交谈起来。他们见面后还没来得及相互询问和回答只有他们两人感兴趣的几千件小事。娜塔莎在他和她自己说每句话时都笑,这不是因为他们说的话可笑,而是因为她心里高兴,忍不住要用笑来表示自己快乐的心情。

"啊,这是多么好呀,好极了!"无论谈到什么,她都这样说一句。罗斯托夫感觉到,在娜塔莎的这种火热的爱的影响下,他心中和脸上一年半以来第一次露出了孩子般的纯洁的微笑,他自从离家后一次也没有这样笑过。

"不,你听我说,"娜塔莎说,"你现在是否完全成为一个男子汉了?你是我的哥哥,我非常高兴。"她摸了摸他的小胡子。"我想要知道你们男人是什么样的。是和我们一样的吗?"

"不。索尼娅为什么跑了?"罗斯托夫问。

"是啊。这说起来话长!你将怎样和索尼娅说话——称呼'你'还是称呼'您'?"

"这要看情况如何。"罗斯托夫说。

"请你称呼她'您',我以后再告诉你为什么。"

"究竟是为什么？"

"好吧，我现在就说。你知道，索尼娅是我的朋友，非常要好，我可以为了她烧烫自己的手臂。你瞧。"她卷起细纱的袖子，露出细长娇嫩的小胳膊，在肩膀下面，比肘部要高许多的地方（这地方舞衣通常能遮住）有一个红斑。

"这是我为了向她表示我爱她才烫的。只不过是把铁尺在火上烧红，往上一按罢了。"

罗斯托夫坐在自己过去学习的房间里扶手上铺着软垫的沙发上，望着娜塔莎的那双非常富有表情的眼睛，感到自己又进入了家里的那个儿童世界，这个世界只对他有意义，对别的人都没有任何意义，它给予他一些生活中的最大的乐趣；他觉得用烧红的铁尺烫手臂表示感情的做法并不是胡闹：他很理解，对此不感到奇怪。

"那是为什么呢？"他只这样问。

"嘿，我们可要好了，可要好了！这算什么，用铁尺烫手臂当然是蠢事；但是我们永远是朋友。她要是爱上谁，就爱一辈子。我不理解这一点。我马上就会忘了。"

"那又是为什么呢？"

"就是说，她这样爱我和爱你。"娜塔莎突然脸红了，"你记得吗，在你走之前……她这样说，叫你把这一切都忘了……她说：我将永远爱他，而他将是自由的。真的，这很好，好极了，很高尚！是吧，是吧？很高尚？是吧？"娜塔莎问得非常认真和激动，可以看出，她现在说的话，在这之前她曾含着眼泪说过。罗斯托夫沉思起来。

"我无论如何也不收回我的诺言，"他说，"再说，索尼娅是那么可爱，有哪个傻瓜会不要这样的幸福？"

"不，不，"娜塔莎喊叫起来，"这一点我已和她说过了。我们知道你是会这样说的。但是这样不行，因为你要明白，如果你这样说，你就认为自己受诺言的束缚，结果她的话好像是有意说给你听的。结果你仍然是被迫娶她，这就完全是另一回事了。"

罗斯托夫发现，这一切是她们经过慎重考虑想出来的。他昨天见到索尼娅就为她的美貌感到吃惊。今天匆匆地看了她一眼，觉得更美了。她是一个十六岁的可爱的少女，显然热烈地爱着他（这一点他未曾有过片刻的怀疑)。他为什么不爱她也不娶她呢,罗斯托夫想,但不是现在就娶。现在还有多少其他的欢乐和要做的事啊!"是的,她们这一点想得很好,"他想道,"应当保持自由。"

"这很好,"他说,"我们以后再谈。啊,我见到你真高兴!"他补充了一句,"你怎么样,对鲍里斯没有变心吧?"哥哥问。

"那是胡闹!"娜塔莎笑着喊了一声,"无论是他还是别的任何人我都不想,也不愿意知道。"

"原来如此!那么你想怎么样呢?"

"我?"娜塔莎反问道,脸上露出幸福的微笑,使得她容光焕发,"你见过迪波尔①吗?"

"没有。"

"大名鼎鼎的舞蹈家迪波尔你没有见过?那你就不能理解了。我就是要这样。"说着娜塔莎像人们跳舞那样把手臂弯成圆形,提起裙子,跑了几步,转过身来,身体腾空跃起,两脚互相拍击,落地时踮着脚尖,走了几步,"我不是站住了吗?你看!"她说;但是脚尖没有能支撑住。"这么说来,我就要这样!我永远不嫁人,要去当一个舞蹈演员。不过你不要对任何人说。"

罗斯托夫大声地和快乐地哈哈大笑起来,使得房间里的杰尼索夫听了也觉得羡慕,而娜塔莎也没有能忍住,和哥哥一起笑了。"不,这不是很好吗?"她一直这样说。

"很好。你已经不愿意嫁给鲍里斯了?"

娜塔莎涨红了脸。

"我不愿意嫁任何人。我见到他时也要这样说。"

"原来如此!"罗斯托夫说。

"不错,这一切都是小事,"娜塔莎继续絮絮叨叨地说,"怎么,杰尼索夫这个人好吗?"她问。

"很好。"

"好吧,再见了,去穿衣服吧。这个杰尼索夫可怕吗?"

---

① 迪波尔(一七八五—一八五三),法国巴黎的著名舞蹈家和芭蕾舞剧导演。曾于一八〇八年和法国女演员韦默一起到俄国进行访问演出。小说中所写的访问时间(一八〇六年)与实际情况有出人。

"为什么可怕？"尼古拉问，"不，瓦西卡是个很好的人。"

"你叫他瓦西卡？……奇怪。怎么，他真的很好吗？"

"很好。"

"好吧，快点来喝茶。大家一起喝。"

于是娜塔莎踮起脚像舞蹈演员那样从房间里出去，脸上挂着幸福的、十五岁姑娘才有的微笑。罗斯托夫在客厅里碰见索尼娅时脸红了，他不知道怎样对待她。昨天刚见面时的欢乐时刻他们接过吻，但是今天他觉得不能这样做了；他发现所有的人，包括母亲和姐妹们，都用疑问的目光看着他，想知道他对索尼娅采取什么样的态度。他吻了吻她的手，称呼她"**您—— 索尼娅**"。但是他们的目光一接触，就相互称呼"你"，并且含情脉脉地接了吻。她用目光请求他原谅，因为她竟然派娜塔莎向他提醒他所做的诺言，对他仍旧爱她表示感激。而他也用目光感谢她提出让他保持自由的建议，说不管怎么样，他永远不会不爱她，因为不爱她是不可能的。

"然而很奇怪，"薇拉趁大家都不说话时说道，"索尼娅和尼科连卡现在见面时像外人一样称呼'您'。"薇拉的这个意见像她的所有意见一样，也是对的；但是大家也像听了她的大部分意见一样，都觉得不好意思，不仅是索尼娅、尼古拉和娜塔莎，而且担心儿子对索尼娅的爱情会使他丧失与名门攀亲机会的老伯爵夫人，也都像小姑娘一样脸红了。使罗斯托夫感到惊奇的是，杰尼索夫穿着新制服，头发抹了油，身上洒了香水来到了客厅，他像平常参加战斗时那样穿得很整齐，他对待女士们殷勤而有礼貌，这是罗斯托夫怎么也没有想到的。

二

尼古拉·罗斯托夫从部队回到莫斯科后，家里的人把他当做好儿子和英雄来接待，称他最亲爱的尼科卢什卡；亲友们把他看作可爱的、令人愉快的和恭敬有礼的年轻人；熟人们把他看作漂亮的骠骑兵中尉、跳舞的好手和莫斯科人们心目中的最好的择婿对象之一。

罗斯托夫一家在全莫斯科都有熟人；今年老伯爵手头很宽裕，因为所有庄园全都抵押出去了，因此尼科卢什卡置备了自己的走马和最时髦的马裤，这种特殊的马裤在莫斯科还没有任何人穿过，靴子也是最时髦的，它的头很尖，带有小小的银马刺，就这样，他的日子过得很快活。他回家后，对旧的生活条件经过了一段时间的适应，已有一种愉快的感觉。他觉得他已完全长大成人了。过去曾因神学考试不及格而产生过绝望情绪，向加夫里拉借过雇马车的钱，和索尼娅偷偷接过吻——这些事回想起来就像是离他已经很远的孩子气的举动。现在他是一个披着镶银丝边的披肩、佩戴着士兵的圣格奥尔吉勋章的骠骑兵中尉，正在与年纪大和受人尊敬的著名骑手们训练走马。他认识一个住在林荫道上的女人，晚上常到她那里去。他在阿尔哈罗夫家的舞会上指挥马祖尔卡舞曲的演奏，与卡缅斯基元帅谈论战争，常到英国俱乐部① 去，同杰尼索夫介绍的一个四十岁的上校**称兄道弟**。

在莫斯科，他对皇帝的热情有所降低，因为在这段时间里没有见过。但是他仍然经常对别人讲到皇帝，讲自己对皇帝的爱，让人觉得他还没有把一切都讲出来，在他对皇帝的感情中还有某种不是所有的人都能理解的东西；同时他也完全具有当时莫斯科普遍存在的崇拜亚历山大·帕夫洛维奇皇帝的感情，那时在莫斯科大家称皇帝为"天使的化身"。

罗斯托夫回部队前在莫斯科短暂逗留期间，没有与索尼娅更加接近起来，相反，却疏远了。她很漂亮和可爱，显然热烈地爱上了他；但是他正处于刚开始生活的青春时期，觉得有许多事情要做，**无暇**顾及这些，这个年轻人害怕受到束缚，他珍视自己的自由，因为这是他干其他许多事情所必需的。在这段时间里有时也想到索尼娅，这时他便对自己说："哎！这样的姑娘在别的地方还会有很多很多，我现在还不认识她们。当我想要谈情说爱时，还来得及，而现在没有工夫。"此外，他觉得同女人在一起，有失堂堂男子汉的体面。他去参加舞会和妇女的聚会时，装出这是不得已才去的。赛马、去英国俱乐部、和杰尼索夫一起狂饮、到**那里**去——这是另一回事。因为这合乎年轻骠骑兵的身份。

三月初，老伯爵伊里亚·安德烈耶维奇·罗斯托夫为在英国俱乐

---

① 英国俱乐部是俄国最古老的上流社会俱乐部之一，成立于叶卡捷琳娜二世时代，其性质相当于英国贵族俱乐部，是莫斯科上层人士聚会的地方。

部宴请巴格拉季翁公爵而奔忙。

伯爵穿着睡衣在大厅里来回走着,给俱乐部的管事和厨师长、著名的费奥克季斯特下指示,叫他们为宴请巴格拉季翁公爵准备龙须菜、新鲜黄瓜、草莓、小牛肉和鲜鱼。伯爵从俱乐部成立之日起就是它的成员和董事。俱乐部委托他策划欢迎巴格拉季翁一事,因为很少有人能这样阔绰地并慷慨大方地操办宴席,尤其是因为很少有人在办宴席需要钱用时能够和愿意拿出自己的钱来。俱乐部的厨师长和管事脸上带着快乐的表情听伯爵吩咐,因为他们知道,替任何人办花费几千卢布的宴席,也不能像替他办那样有利可图。

"请注意,甲鱼汤里不要忘了放扇贝,知道吧!"

"这么说,冷菜要三道? ……"厨师问。

伯爵想了想。

"不能再少,三道……第一道沙拉油凉拌菜。"他扳着指头说……

"请问,是否可以要几条大舞鱼?"管事问。

"有什么办法呢,人家不让价也得买。对了,我的老天爷,我差一点给忘了。还需要上第一道正菜。唉,我的老天爷!"他抱住了脑袋。"谁给我送花来? 米坚卡! 喂,米坚卡! 你快去莫斯科郊外,米坚卡,"他对听见他的喊声进屋来的管家说,"你快到莫斯科郊外去,马上吩咐花匠马克西姆卡给老爷办事去。叫他把所有暖房里的花用毡子裹着运到这里来。要求在星期五以前把二百盆花送到我这里。"

他在下了一道又一道命令后,想要到伯爵夫人房里休息一会儿,但是又想起了一些要办的事,自己回来了,并且把厨师和管事叫回来,再一次开始作指示。从门口传来了男人轻快的脚步声和马刺的叮当声,小伯爵进来了,他面貌英俊,脸色红润,留着发黑的小胡子,显然莫斯科平静的生活使他得到很好的休息和保养。

"唉,我的好儿子! 忙得我晕头转向。"老人说,好像不好意思似的对儿子笑笑,"你哪怕帮我一把也好! 要知道还应当有歌手才行。乐队我有,是不是叫一些茨冈人来? 你们军人都喜欢这个。"

"真的是的,爸爸,我想,巴格拉季翁在作申格拉本战役的准备时,还没有你现在这样忙呢。"儿子微笑着说。

老伯爵假装生气了。

"你只会空口说白话,你来试试!"

于是伯爵转过头来和厨师说话,这时厨师脸上正带着明白事理而恭敬的表情观察着和亲切地望着父子俩。

"你说,费奥克季斯特,现在的青年成什么样子?"他说,"居然嘲笑起我们老头子来了。"

"有什么办法呢,伯爵大人,他们只知道要吃好的,至于一切怎么准备和怎么摆上桌,就不是他们的事了。"

"对,对!"伯爵快活地抓住儿子的双手喊叫起来,"你听我说,这回你可被我抓住了!你马上就坐着双驾雪橇到别祖霍夫那里去,对他说,伊里亚·安德烈依奇伯爵派人来向他要新鲜的草莓和菠萝。这些东西在别人的任何那里都是弄不到的。他本人不在的话,你就进去对公爵小姐们说,而从那里出来后,你就去拉兹古利亚依—— 车夫帕特卡知道这地方—— 要在那里找到茨冈人伊柳特卡①,就是在奥尔洛夫伯爵家跳过舞的那个人,记得吗,当时他身穿白色的卡萨金②,你把他拉到这里来见我。"

"要把他同茨冈女人一起带到这里来吗?"尼古拉笑着问。

"得啦,得啦!……"

这时安娜·米哈依洛夫娜悄悄地进了房间,她脸上带着一种从未消失过的操心忧虑的和基督徒的温顺的神情。尽管安娜·米哈依洛夫娜每天都碰见伯爵穿着睡衣,但是伯爵在见到她时总是感到不好意思,并且每一次都请她原谅他衣衫不整。现在他也这样做了。

"没有什么,伯爵,亲爱的。"她温顺地闭上眼睛说,"别祖霍夫那里就让我去一趟,"她说,"小别祖霍夫回来了,伯爵,现在一切都可以从他的暖房里弄到。我正好要见他。他给我捎来了一封鲍里斯的信。谢天谢地,现在鲍里斯调到司令部了。"

伯爵看到安娜·米哈依洛夫娜主动承担了他的一部分任务,心里非常高兴,便吩咐给她套一辆小四轮轿式马车。

"您对别祖霍夫说,请他来赴宴。我这就把他的名字列入宾客名单

---

① 即伊里亚·奥西波维奇·索科洛夫(? ——一八四八),著名歌手,茨冈合唱队队长。

② 卡萨金是一种后身打褶立领男上衣。

里。他怎么，是和妻子一起来的吗？"他问道。

安娜·米哈依洛夫娜两眼向上翻，脸上出现十分悲痛的神色……

"唉，我的朋友，他非常不幸，"她说，"如果我们听到的情况属实，那真可怕。当初我们为他的幸福而高兴时，能想得到吗！这个年轻的别祖霍夫是一个多么高尚的、纯洁的人！是的，我从内心里可怜他，我将尽一切努力给他以安慰。"

"这是怎么回事？"罗斯托夫父子问道。

安娜·米哈依洛夫娜深深地叹了一口气。

"多洛霍夫，玛丽亚·伊万诺夫娜的儿子，"她用神秘的语气低声说，"听人说，完全败坏了她的名声。别祖霍夫帮他离开部队，请他住到彼得堡自己的家里，后来……她也到这里来了，而那个亡命徒跟着她。"安娜·米哈依洛夫娜说，她想要表达对皮埃尔的同情，但是她情不自禁的语气和似笑非笑的样子却显示出，她是同情被她称为亡命徒的多洛霍夫的："听说，皮埃尔本人为这事感到非常痛苦。"

"好吧，不管怎么样您还是告诉他，让他来俱乐部，一切都会成为过去的。宴席将非常丰盛。"

第二天，即三月三日，下午一点多钟，英国俱乐部的二百五十六名成员和五十位客人等待着贵客、奥地利战争的英雄巴格拉季翁公爵赴宴。在得知奥斯特利茨战役的消息后，开头莫斯科人感到困惑不解。那时，俄罗斯人都习惯于听胜利的捷报，而当吃败仗的消息传来时，一些人就是不相信，另一些人找出某些不寻常的原因来解释这个奇怪的事件。在那些得到确实消息的有威望的显贵聚会的英国俱乐部里，在消息已开始不断传来的十二月份，人们都闭口不谈战争和最近的战役，这好像是大家事先商量好似的。引导谈话的人是：拉斯托普钦伯爵、尤里·弗拉基米罗维奇·多尔戈鲁基公爵、瓦卢耶夫、马尔科夫伯爵、维亚泽姆斯基公爵，[①] 他们不在俱乐部里露面，而是在各自的家里、在至

---

① 以上列举的人物历史上确有其人。拉斯托普钦，即罗斯托普钦（一七六三—一八二六），一八一二年至一八一四年任莫斯科总督。多尔戈鲁基（一七四〇—一八三〇），俄罗斯将军，保罗一世在位时曾任莫斯科总司令。瓦卢耶夫（一七四三—一八一四），莫斯科兵器陈列馆馆长。马尔科夫（一七五三—一八二八），叶卡捷琳娜时代的将军。维亚泽姆斯基（一七五〇—一八〇七），参政员。

亲密友的圈子里聚会,而那些只会跟着别人说的莫斯科人(伊里亚·安德烈依奇·罗斯托夫伯爵也属这一类人)在一个短时间内对战事没有固定的看法,也没有人指导他们。莫斯科人感觉到事情有些不妙,而讨论这些坏消息又很困难,因此不如保持沉默。但是过了一些时候,如同陪审员走出议事室一样,给俱乐部的人提供看法的重要人物重新出场了,于是大家的说法就变得清楚和明确起来。俄国人被打败这一不可思议的、闻所未闻的和绝不可能的事发生的原因找到了,一切都清楚了,这时莫斯科的各个角落都开始说同样的话。这些原因是:奥地利人背信弃义、部队粮食供应太差、波兰人普尔热贝舍夫斯基和法国人朗热隆叛变、库图佐夫无能以及(人们悄悄地说)皇帝年轻和缺乏经验,信赖了坏人和微不足道的小人。但是大家都说,军队,俄国军队是很了不起的,创造了英勇战斗的奇迹。士兵们、军官们和将军们都是英雄。但是英雄中的英雄是巴格拉季翁公爵,他因指挥申格拉本战役和带领部队从奥斯特利茨顺利撤退而闻名遐迩,撤退时他的纵队秩序井然,在一整天里不断打退有两倍兵力的敌人。莫斯科人选择巴格拉季翁作为英雄还有另一个原因,即他在莫斯科没有各种关系,完全是一个外人。对他表示尊重,也就是尊重没有任何错综复杂的关系的普通的、坚定勇敢的俄国士兵,同时还能使人回想起与苏沃洛夫的名字联系在一起的意大利远征。此外,给他以这样的荣誉,也是表示对库图佐夫没有好感和不以为然的最好办法。

"假如没有巴格拉季翁,应当创造出一个来。"爱说笑话的申升学着伏尔泰的话说。[1]谁也没有谈到库图佐夫,有的人低声骂他,称他为宫廷的风向标和老色鬼。

整个莫斯科都在重复多尔戈鲁基公爵说的"给人抹泥,自己会沾满一身"这句话,在遭到失败时通过回忆昔日的胜利来进行自我安慰。同时重复着拉斯托普钦以下的话:法国士兵应当用词藻华丽的漂亮话激励他们投入战斗;对德国兵要给他们讲道理,使他们相信逃跑比前进更危险;但是对俄国士兵只需要劝阻他,请求他们"慢一点!"到处

---

① 伏尔泰(一六九四——一七七八),法国作家,他曾说过:"假如没有上帝,应当创造出一个来。"

都可以听到关于我们的士兵和军官们在奥斯特利茨的英勇事迹的新的故事。说有人抢救了军旗,有人打死了五个法国人,有人一个人给五门大炮装炮弹。人们也讲到贝格,这些人并不认识他,说他右手受伤后,用左手握马刀,继续向前冲。关于鲍尔康斯基谁也没有说什么,只有那些熟识他的人为他这么早就死了而深感惋惜,说他撇下怀孕的妻子,把她留在脾气古怪的父亲那里。

三

三月三日,在英国俱乐部的各个房间里可以听见一片乱哄哄的谈话声,俱乐部的成员和客人们像春天飞来飞去的蜜蜂似的来回走动,他们坐的坐,站的站,不断地分分合合,有的人穿着制服,有的人则穿燕尾服,还有一些人头发上扑了粉,身穿俄罗斯长衫。头发上也扑了粉、脚穿长筒袜和半高靿皮鞋的仆人站在每扇门的门口,紧张地观察着,竭力不放过俱乐部成员和客人们的每一个动作,以便及时提供服务。到场的大多数人都德高望重,他们宽阔的脸上带着自信的表情,手指粗大,动作稳重,说话明确。这一类客人和成员坐在通常坐的地方,习以为常地聚在一起。在场的小部分人是一些不常来的客人——主要是年轻人,其中包括杰尼索夫、罗斯托夫和重新成为谢苗诺夫团军官的多洛霍夫。年轻人、特别是年轻军人的脸上露出对老年人轻蔑而又尊敬的表情,仿佛在对老一代说:"我们愿意尊重和敬爱你们,但是记住,未来毕竟是属于我们的。"

涅斯维茨基作为俱乐部的老成员,也在这里。遵照妻子的命令留起了长发、摘掉了眼镜、穿上了时髦服装的皮埃尔,神情忧郁和沮丧地在各个大厅走来走去。他在这里,也像在别的任何地方一样,被一些非常看重他的财产的人所包围,而他以惯常的居高临下和漫不经心而鄙视的态度对待他们。

根据年龄,他应当同年轻人在一起,而就财产和关系来说,他是属于德高望重的俱乐部成员的圈子的,因此他不断从一个圈子走到另一个圈子。最有威望的老人构成了一些圈子的中心,就连那些不相识的人也都恭恭敬敬地凑过来听名人说话。较大的圈子出现在拉斯托普钦、瓦卢耶夫和纳雷什金①身旁。拉斯托普钦正在讲俄罗斯人遭到逃跑的奥地利人的冲击，只好用刺刀从逃跑者当中杀开一条血路。

瓦卢耶夫神秘兮兮地透露说，彼得堡派乌瓦罗夫来了解莫斯科人对奥斯特利茨战役的看法。

在第三个圈子里，纳雷什金在讲奥地利军事会议的情况，说当时苏沃洛夫像好斗的公鸡一样喊叫起来，回答奥地利将军们的蠢话。站在这里的申升想要开个玩笑，说库图佐夫看来没有能从苏沃洛夫那里学到像公鸡一样喊叫这一并不复杂的技巧；但是老人们用严厉的目光朝这开玩笑的人看了一眼，让他感觉到，在这里今天谈论库图佐夫是不合适的。

伊里亚·安德烈依奇·罗斯托夫伯爵脚穿软皮靴，面带忧虑的表情，迈着特殊的步子，急急忙忙地从餐厅走到客厅，匆匆地用完全相同的方式与他认识的重要的和不重要的人打招呼，不时用眼睛寻找自己的身材匀称、英姿勃勃的儿子，高兴地把目光停留在他身上，对他眨眨眼睛。小罗斯托夫和多洛霍夫一起站在窗口，他是不久前认识多洛霍夫的，并且对他们的相识非常看重。老伯爵走到他们跟前，握了握多洛霍夫的手。

"请光临寒舍，你已与小儿认识了……曾经一起在那里，一起英勇作战……啊！瓦西里·伊格纳季奇……你好，老伙计。"他对身旁经过的小老头说，但是还没有来得及说完问候的话，屋里就骚动起来了，跑过来的仆人神色慌张地报告道："贵客驾到！"

响起了铃声；董事们奔向前去；分散在各个房间的客人们好像铲子里扬起的黑麦似的，挤成一团，站在大客厅的门口。

巴格拉季翁在前厅门口出现了，他没有戴帽子和佩剑，根据俱乐部的规矩，这两样东西都留在看门人那里了。他没有像罗斯托夫在奥斯特利茨战役前夜看到的那样头戴羔皮帽和肩上搭着短皮鞭，现在身上穿着一套紧身的新制服，左边胸前挂着各种俄国的和外国的勋章以及格奥尔吉星章。看来他在赴宴前理了发和修剪过连鬓胡子，这样反

---

① 纳雷什金（一七六〇—一八二六），皇家剧院院长，甚得亚历山大一世的宠信。

而使他的仪表变得不大好了。他脸上流露出某种天真的和高兴的神色，这与他的刚强英武的面容结合在一起，使他的脸甚至带有某种滑稽的表情。与他同来的别克列绍夫和费多尔·彼得罗维奇·乌瓦罗夫在门口站住了，要让他这位主客走在前面。巴格拉季翁犹豫起来，他不愿意接受他们的礼让；于是大家在门口停住了，最后巴格拉季翁还是在前面走了。他腼腆而笨拙地走在接待室的镶木地板上，不知道把两手往哪里放：他觉得冒着枪林弹雨在犁过的田地上行走，像他在申格拉本时在库尔斯克团面前行走那样，要习惯些和轻松些。董事们在第一道门的门口迎接他，对他说了几句见到贵客非常高兴的话，不等他回答，好像要把他控制起来似的，把他围住，领他进客厅。俱乐部成员和客人们都聚集在客厅门口，相互挤压着，相互之间竭力想越过对方的肩膀像看稀有动物似的看清楚巴格拉季翁，因此弄得人都无法进去。伊里亚·安德烈依奇笑得比所有的人都来劲儿，嘴里说着："让开，亲爱的，让开，让他们进去！"他推开人群，把客人们领进客厅，让他们坐在中间的沙发上。重要人物们，俱乐部里最德高望重的成员们重新把刚到的贵宾围住。伊里亚·安德烈依奇伯爵又挤过人群，出了客厅，过了一会儿后，和另一位董事一起手里捧着一个大银盘回来了，他把银盘捧到巴格拉季翁公爵面前。银盘上放着印好的献给这位英雄的诗。巴格拉季翁一见银盘，惊恐地回头看了一眼，仿佛在找人帮忙似的。但是所有人的目光都要求他顺应民意。巴格拉季翁感觉到他们的意志不可违，便断然地用双手把银盘接过来，同时生气地用责备的目光看了看给他献银盘的伯爵。有人巴结地把银盘从巴格拉季翁的手里拿过来（不然的话他似乎会一直到晚上都端着盘子，而且这样去入席），并请他注意上面的诗。"那么我就读吧，"巴格拉季翁似乎这样说道，他用疲倦的眼睛看着诗稿，全神贯注地和神情严肃地读了起来。这时诗的作者把诗拿了过去，开始朗读。巴格拉季翁公爵低下头听着。

> 你为亚历山大时代增光，
> 你为我们保卫着泰特斯①，

---

① 泰特斯（三九—八一），古罗马皇帝，此处指亚历山大一世。

你既是威严的统帅，又是善良的人，

是国家的奥尔甫斯^①，战场上的恺撒。

拿破仑运气很好，

有机会领教巴格拉季翁的高招，

从此不敢再把俄罗斯的阿尔喀得斯^②打扰……

他还没有把诗朗诵完，就听得大嗓门的管事宣布道："宴席摆好了！"这时门敞开了，从餐厅里传出了波兰波洛涅兹舞曲："胜利的雷声响起来吧，欢乐吧，勇敢的罗斯人。"^③伊里亚·安德烈依奇伯爵生气地看了看仍在继续朗诵诗的作者，朝巴格拉季翁鞠了一躬。大家站了起来，都感觉到宴会比诗歌重要，于是巴格拉季翁又走在大家的前头，前去入席。他被安排到首席上，在两位亚历山大（别克列绍夫和纳雷什金）之间，这也是有用意的，因为这两人与皇帝同名；三百个人按照官衔和地位在餐厅里就座，谁的地位高些，就坐得离贵宾近些，如同地势愈低，水愈往深处流一样。

在宴会即将开始前，伊里亚·安德烈依奇伯爵向公爵介绍了自己的儿子。巴格拉季翁认出了罗斯托夫，说了几句不连贯的和不甚得体的话，这一天他说的话都是这样。伊里亚·安德烈依奇伯爵在巴格拉季翁和他的儿子说话时，得意地和自豪地环视着大家。

尼古拉·罗斯托夫与杰尼索夫和新认识的多洛霍夫一起几乎坐在桌子的中央。坐在他们对面的是皮埃尔和他身旁的涅斯维茨基。伊里亚·安德烈依奇伯爵与其他的董事们一起坐在巴格拉季翁对面，负责招待这位公爵，在他身上体现了莫斯科的殷勤好客。

他的努力没有白费。荤素菜肴都很精美，但是到宴会结束前他仍然一直没有完全放下心来。他朝餐厅管事使使眼色，低声对仆人们吩咐什么，不无激动地等待着上他熟悉的每道菜。一切都很好。第二道菜是特大的鲟鱼（伊里亚·安德烈依奇一见它，兴奋和羞怯得脸都红

---

① 奥尔甫斯，曾译俄耳甫斯，希腊神话中的英雄，有超人的音乐天赋。

② 阿尔喀得斯即赫拉克勒斯，希腊传说中的英雄。

③ 这波兰舞曲由俄国作曲家科兹洛夫斯基（一七五七——一八三一）作曲，用于乐队演奏和合唱（杰尔查文作词）。

了），在上这道菜时仆人们开始噼噼啪啪地开瓶塞，给大家倒香槟酒。在这道给人们留下某种印象的鲟鱼后，伊里亚·安德烈依奇伯爵和别的董事们交换了一下眼色。"要干许多次杯，该开始了！"他低声说了一句，端起酒杯，站了起来。大家都不作声了，等着他说什么。

"祝皇帝身体健康！"他喊了一声，他的那双和善的眼睛因高兴和激动而热泪盈眶了。这时奏起了《胜利的雷声响起来吧》。大家都从自己的座位上站起来，高呼"乌拉"。巴格拉季翁也像在申格拉本战场上那样喊起了"乌拉"。在所有三百人的呼喊中，可以听得出年轻的罗斯托夫兴高采烈的喊声。他差一点哭了。

"祝皇帝身体健康，"他喊道，"乌拉！"他一口喝干杯里的酒，把杯子往地上一摔。许多人也跟着这样做。高声的喊叫持续了很久。喊声停止后，仆人们捡走了摔碎的酒杯，于是大家坐下来，想起刚才的叫喊不禁露出了微笑，彼此交谈起来。伊里亚·安德烈依奇伯爵又站了起来，朝放在他的盘子旁的纸条看了一眼，举杯祝我们最近一次战役的英雄彼得·伊万诺维奇·巴格拉季翁公爵身体健康，说着伯爵的那双蓝眼睛又被泪水湿润了。"乌拉！"三百位客人又呼喊起来，这时没有奏乐，只听见歌手唱起了帕维尔·伊万诺维奇·库图佐夫[1]作的颂歌：

> 任何障碍都阻挡不住罗斯人，
> 勇敢是一切胜利的保证，
> 我们有了巴格拉季翁们，
> 所有敌人都将跪在脚下归顺……

歌手们刚唱完，接着又是一次又一次的干杯，伊里亚·安德烈依奇伯爵愈来愈动了感情，酒杯摔得更多，喊声变得更大。大家为别克列绍夫、纳雷什金、乌瓦罗夫、多尔戈鲁科夫、阿普拉克辛[2]、瓦卢耶夫的健康干杯，为各位董事的健康干杯，为主持人的健康，为俱乐部所有成员和所有客人的健康干杯，最后单独地为宴会的操办者伊里亚·安德烈

---

[1] 帕维尔·伊万诺维奇·戈列尼谢夫—库图佐夫（一七六一—一八二九），参政员，曾任莫斯科大学督学，许多颂歌的作者。

[2] 阿普拉克辛（一七五六—一八二七），俄国骑兵上将。

依奇伯爵的健康干杯。在干这杯酒时,伯爵掏出手绢,用它捂住脸,放声大哭起来。

四

皮埃尔坐在多洛霍夫和尼古拉·罗斯托夫对面。他像平常一样,胃口很好,吃得和喝得都很多。但是跟他熟识的人看到,今天他身上发生了巨大的变化。他在宴会的整个时间里一言不发,眯起眼睛和皱起眉头瞧着自己的周围,或者什么也不看,显出完全心不在焉的样子,用手指摸摸鼻梁。他的脸色是沮丧和阴沉的。他似乎没有看见和没有听见他周围发生的一切,心里只想着某一件使他苦恼的和没有解决的事。

这个没有解决的、折磨着他的问题,是住在莫斯科的公爵小姐向他暗示多洛霍夫与他的妻子关系暧昧,而且今天早上他接到了一封匿名信,信中用所有匿名信惯用的下流的开玩笑的口气说,他戴着眼镜却什么也看不清,他的妻子同多洛霍夫的关系只对他一个人来说才是秘密。皮埃尔无论是对公爵小姐的暗示还是对匿名信都完全不相信,但是他现在很怕朝坐在他面前的多洛霍夫看。每当他的目光无意中与多洛霍夫漂亮的眼睛的傲慢无礼的目光相遇时,他都感觉到他心里正在产生着某种可怕的、不好的念头,于是赶紧转过头去。皮埃尔情不自禁地回想着妻子过去的事和她同多洛霍夫的关系,清楚地看到,匿名信里所说的话,如果涉及的不是**他的妻子**,那就可能是真的,至少看起来像是真的。他还不由得回想起,多洛霍夫那次战役后恢复了军职和一切,回到了彼得堡,前来找他。多洛霍夫利用过去与皮埃尔的酒肉朋友的关系,直接到他家里来,而皮埃尔把他收留下来,还借钱给他花。皮埃尔又想起,当时埃莱娜曾微笑着对多洛霍夫住在他们家里表示不快,而多洛霍夫则厚颜无耻地对他夸奖他的妻子的美貌,从那时起到前来莫斯科之前,一刻也没有离开过他们。

"是的,他长得很英俊,"皮埃尔想道,"我了解他的为人。他觉得败坏我的名誉和嘲笑我有一种特别的乐趣,这是因为我为他奔走过,救济过他,帮过他。我知道,我明白,如果这是真的,那么在他看来这会给他的恩将仇报的行为增添很大的兴味。是的,如果这是真的;但是我不相信,我没有理由相信,而且也不能相信。"他回想起了多洛霍夫在干残酷的事情时,例如他在把警察分局长与狗熊捆在一起扔进水里时,或者在他无缘无故地向一个人提出决斗时,或者在用手枪打死车夫的马时,脸上出现的表情。他发现多洛霍夫看着他时,脸上经常也有这样的表情。"是的,他是一个爱好决斗的寻衅闹事者,"皮埃尔想,"他打死一个人不算一回事儿,他想必是觉得大家都怕他,这一定使他感到很高兴。他必定认为我也怕他。确实,我是怕他的。"想到这些,皮埃尔又感觉到他心里正在产生某些可怕的和不好的念头。多洛霍夫、杰尼索夫和罗斯托夫现在坐在皮埃尔对面,看起来像是很高兴的样子。在罗斯托夫的这两位朋友当中,一位是勇猛的骠骑兵,另一位是有名的爱好决斗的寻衅闹事者和浪子,他快活地同他们交谈着,时而用嘲笑的目光看看皮埃尔,因为皮埃尔在宴会上的那种心事重重、心不在焉的样子和硕大的身躯使人感到惊讶。罗斯托夫之所以用不友好的目光看着皮埃尔,第一,是因为皮埃尔在他这个骠骑兵的眼里,是一个非军人的富翁和美人的丈夫,总的说来是个懦夫;第二,是因为皮埃尔心事重重和心不在焉,没有认出他罗斯托夫来,没有给他回礼。当大家开始为皇帝的健康干杯时,想着心事的皮埃尔没有站起来,也没有举起酒杯。

"您怎么啦?"罗斯托夫冲着他喊叫起来,用兴奋而又愤怒的目光看着他,"难道您没有听见大家正为皇帝的健康干杯吗!"皮埃尔叹了口气,顺从地站了起来,喝干了杯子里的酒,等大家都坐下后,带着和善的微笑对罗斯托夫说起话来。

"我没有认出您来。"他说。但是罗斯托夫顾不上说话,他正在高喊"乌拉"呢。

"你怎么不恢复旧交呢?"多洛霍夫对罗斯托夫说。

"随他去吧,这傻瓜。"罗斯托夫说。

"应当笼络漂亮女人的丈夫。"杰尼索夫说。

皮埃尔没有听见他们说什么,但是知道他们在说他。他涨红了脸,转过身去。

"好吧,现在为漂亮女人的健康干杯。"多洛霍夫带着严肃的表情,但嘴角上挂着微笑,端着酒杯对皮埃尔说。"为漂亮的女人,彼得鲁沙,还有她们的情夫们的健康干杯。"他说。

皮埃尔垂下眼睛,只顾喝自己杯里的酒,没有瞧多洛霍夫,也没有回答他的话。分发库图佐夫写的颂歌的仆人,因皮埃尔是一位较有身份的贵客,给他放了一份。他把它拿了起来,这时多洛霍夫探过身子,从他手里一把夺了过去,开始读起来。皮埃尔朝多洛霍夫看了一眼,又垂下了眼睛:那种在整个宴会过程中弄得他坐立不安的可怕的和不好的念头又出现了,并且开始支配他的身心。他把整个肥胖的身体探过桌子来。

"不许拿走!"他喊了一声。

涅斯维茨基和右面的邻座听见这喊声和看见是朝谁喊的,急忙惊恐地劝说别祖霍夫。

"算了,算了,您怎么啦?"两人惊慌失措地低声说。多洛霍夫用他那明亮快活而又凶恶的眼睛看了皮埃尔一眼,仍然微笑着,仿佛是说:"我就喜欢这样。"

"不给。"他明确地说。

皮埃尔脸色苍白,嘴唇颤抖着,一把抢回那张纸。

"您……您……坏蛋!……我要和您决斗。"他说完推开椅子,从桌旁站了起来。皮埃尔在这样做和说这句话的一瞬间,觉得最近几昼夜一直折磨着他的关于妻子行为不端的问题确实无疑的了。他恨她,思想上已同她永远决裂了。尽管杰尼索夫劝罗斯托夫不要干预这件事,罗斯托夫还是同意当多洛霍夫的助手,并在宴席散了后同别祖霍夫的助手涅斯维茨基就决斗条件进行了谈判。皮埃尔回家去了,而罗斯托夫与多洛霍夫和杰尼索夫一起坐在俱乐部里听茨冈人和歌手们唱歌,直到晚上很晚的时候。

"您心里平静吗?"罗斯托夫问。

多洛霍夫停住脚步。

"你知道,我可以用三言两语说出决斗的全部秘密。如果你去决斗前写遗嘱和给父母写充满温情的话,如果你想到你可能被打死,那么你就是一个傻瓜,而且一定会完蛋;而如果你拿定主意要尽可能快地和尽可能有把握地把对方打死,那么就像一位科斯特罗马的猎熊手常对我说的那样,一切都会很圆满。他说,怎么不怕熊呢?可是一看见它,恐惧心理就消失了,心里只想不要让它跑了!我就是这样。明天见,亲爱的！"

第二天早晨八点钟，皮埃尔和涅斯维茨基一起来到索科尔尼基树林，发现多洛霍夫、杰尼索夫和罗斯托夫已在那里。看皮埃尔的样子，好像他正在思考与眼前的事毫无关系的问题似的。他的消瘦的脸有些发黄。显然昨夜没有睡。他心不在焉地看看自己周围，仿佛怕见明亮的阳光似的皱起眉头。他心里只想着两件事：一是在经过不眠之夜后他已丝毫也不怀疑妻子行为不端了；二是多洛霍夫并无过错，他没有任何理由来维护一个与他没有关系的外人的名誉。"也许，我处在他的位置上同样也会这样做。"皮埃尔想道，"甚至我一定会这样做。那么干吗要进行这场决斗，要杀人呢？不是我打死他，就是他打中我的头部，我的胳膊肘，我的膝盖。离开这里吧，逃走吧，到什么地方隐居起来。"他脑子里出现这样的想法。但是正是在出现这样的想法的时候，他摆出了一副能使人看了肃然起敬的平静的和心不在焉的样子问道："快了吧，准备好了吗？"

当一切准备停当，雪地里插好了马刀作为设定双方距离的界线，手枪也装上了子弹时，涅斯维茨基走到了皮埃尔跟前。

"如果我在这重要的、非常重要的时刻不对您完全说实话，"他怯生生地说，"那么我就是没有尽到自己的责任，辜负了您让我当您的助手所给予的信任和荣誉。我以为这事没有足够的理由，不值得为它而流血……您做得不对，您发了火……"

"唉，是的，非常愚蠢……"皮埃尔说。

"那么我是否去转达您的歉意，我相信，我们的对手们是会接受您的道歉的。"涅斯维茨基说。（他像这件事的别的参与者和在这种情况下的所有人一样，还不相信事情已达到真正非决斗不可的地步）"您知道，伯爵，认识自己的错误要比把事情弄到无法补救的地步高尚得多。无论哪一方都没有受辱。让我去谈一谈……"

"不，有什么可谈的，"皮埃尔说，"反正都一样……准备好了吗？"他补充说，"您只要告诉我：朝哪里和怎么走，枪朝哪里打？"他带着不自然的温和的微笑说。他拿起了手枪，开始详细询问开枪的方法，因为他至今一直没有拿过手枪，不过他愿意承认这一点。"啊，对了，就是这样，我只是忘了。"他说。

"没有什么可道歉的,绝对不道歉。"多洛霍夫回答也试图进行调解的杰尼索夫说,他也走到了规定的地点。

决斗的地点选在离停雪橇的大路大约八十步的地方,那是松林中的一个不大的林间空地,上面覆盖着最近几天解冻后已开始融化的雪。决斗的人分别站在林间空地的边上彼此相距四十步的地方。助手们数着步子,从两人站着的地方,直到作为界线相距十步插着涅斯维茨基和杰尼索夫的马刀的地方,在很深的潮湿的积雪上踩出了一行脚印。解冻还在继续,大雾还笼罩着;四十步开外彼此都看不清。过了大约三分钟一切都已准备好了,可是仍然迟迟没有动手。大家都沉默着。

五

"好吧,开始吧!"多洛霍夫说。

"行。"皮埃尔仍然那样微笑着说。

情况变得令人惶恐不安起来。显而易见,如此轻易地开了头的事情已经无法防止了,它将不以人们的意志为转移地自然发展下去,一直到结束为止。杰尼索夫第一个走到界线那里,宣布说:

"由于决斗双方拒绝和解,那么是否现在就开始:拿好手枪,听到我数'三'就开始朝前走。"

"一——一!二!三!"杰尼索夫生气地喊道,随即退到一旁。两人沿着踩出的小道朝前走,愈来愈靠近,雾中已能彼此看清了。决斗双方在走到界线时,只要愿意就有权开枪。多洛霍夫走得很慢,他没有举起手枪,用他的那双明亮的、闪闪发光的蓝眼睛注视着对方的脸。他的嘴像平常一样,似笑非笑。

皮埃尔在听到喊"三"后,快步朝前走去,离开了踩出的小道,走在没有踩过的雪地上。他朝前伸出握着手枪的右手,看来好像担心这把手枪会把自己打死似的。他竭力把左手往后放,因为他想用它来支撑右手,然而他知道,这是不许可的。走了五六步离开小道到了雪地上后,皮埃尔看了看脚下,又很快瞥了一眼多洛霍夫,像别人教他的那样用指头勾了一下扳机,打了一枪。皮埃尔完全没有料到枪声会这么响,他听见后浑身哆嗦了一下,然后他为自己这样的感受笑了笑,便站住了。雾皮埃尔看了看脚下，又很快瞥了一眼多洛霍夫，像别人教他的那样用指头勾了一下扳机，打了一枪。

中硝烟显得格外浓,使他在最初一瞬间什么也看不见;他等待着对方射击,但是枪声没有接踵而来。只听见多洛霍夫的急促的脚步声,他的身影透过硝烟露了出来。他用一只手捂着左边的腰部,另一只手紧握着下垂的手枪。他的脸色苍白。罗斯托夫跑过去,对他说了些什么。

"不……不,"多洛霍夫咬着牙说,"不,事情还没有完,"他又跌跌撞撞、一瘸一拐地走了几步,到了插着的马刀那里,倒在马刀旁边的雪地上。他的左手全都是血,他用制服擦擦手,用它支撑着身子。他的脸色苍白,眉头紧皱,双颊颤抖着。

"请……"他开口说道,但是未能一下子把话说出来……"请吧,"他终于吃力地把这个话说完。皮埃尔差一点放声大哭起来,他朝多洛霍夫跑去,已想要越过两道界线之间的地段,这时多洛霍夫喊道:"回到界线那里去!"皮埃尔明白是怎么回事后,便在马刀旁站住了。他们两人之间只相隔十步。多洛霍夫把头垂到雪地上,贪婪地吞了一口雪,又抬起头,变了一下姿势,盘起腿,坐下了,寻找着牢靠的重心。他吞着冰凉的雪,吮吸着它;他的嘴唇颤抖着,但是他一直微笑着;他的眼睛闪闪发亮,说明他在努力集中最后的力量,并且心里充满着愤恨。他举起手枪,开始瞄准。

"侧过身子,用手枪遮掩住自己!"涅斯维茨基说。

"遮掩住自己!"就连杰尼索夫也忍不住对自己的对手喊了一声。

皮埃尔带着抱歉和悔恨,温和地微笑着,不知所措地叉开双腿和张开两臂,挺起宽阔的胸膛直对着多洛霍夫站着,忧伤地望着他。杰尼索夫、罗斯托夫和涅斯维茨基眯缝起了眼睛。他们同时听到枪声和多洛霍夫恶狠狠的喊声。

"没有打中!"多洛霍夫喊了一声,脸朝下无力地倒在雪地上。皮埃尔抱住脑袋向后转,朝树林走去,他已完全走在雪地上,嘴里大声地说着谁也不明白的话。

"愚蠢……愚蠢……死亡……谎言……"他皱着眉头反复地说。涅斯维茨基拦住他,把他送回家去。

罗斯托夫和杰尼索夫则设法把受伤的多洛霍夫送走。

多洛霍夫闭上眼睛,默默地躺在雪橇上,别人问他,他一句话也没有回答;但是进入莫斯科市区后,他突然醒过来了,吃力地抬起头,抓住坐在他身旁的罗斯托夫的一只手。罗斯托夫看见多洛霍夫脸上的表情突然变得兴奋和亲切起来，感到很惊讶。

"喂，什么？你觉得身体怎么样？"罗斯托夫问。

"很不好！但是问题不在这里。我的朋友，"多洛霍夫断断续续地说，"现在我们在哪里？我知道，我们在莫斯科。我没有什么，但是我把她害苦了，害苦了……这件事她一定经受不住。她一定经受不住……"

"你说的是谁？"罗斯托夫问。

"我的母亲。我的母亲，我的天使，我的受人崇拜的天使，母亲。"多洛霍夫握住罗斯托夫的手哭了起来。他稍稍平静下来后，便对罗斯托夫说，他同母亲住在一起，如果母亲看见他快要死了，她是一定会经受不住的。他恳求罗斯托夫到她那里去做点工作，让她思想上好有个准备。

罗斯托夫为了完成这个委托，先走了，使他大为惊讶的是，多洛霍夫这个捣乱分子，这个爱好决斗的寻衅闹事者在莫斯科同老母亲和驼背的姐姐住在一起，并且是一个最讲孝悌之道的儿子和弟弟。

六

皮埃尔近来很少同妻子单独见面。无论是在彼得堡还是在莫斯科，他们家里经常是宾朋满座。他在决斗后的那天夜里，如同平常那样，没有到卧室去，而留在父亲的大书房里，也就是在老伯爵别祖霍夫去世的那间屋里。不管昨天的那个不眠之夜内心有多么痛苦，相形之下，现在心里开始感到更加难受。

他在沙发上躺下，想要人睡，以便忘掉他所经历的一切，但是他做不到这一点。各种感觉、思想和回忆像暴风雨一样袭击他的心灵，不仅使他无法睡觉，而且使他连坐也坐不住了，他只好从沙发上起来，在房间里快步来回走动。在他眼前浮现出了刚结婚时的她，当时她袒胸露肩，目光慵困而充满情欲；马上在她身边又浮现出了多洛霍夫在宴会上的那张俊秀、蛮横、果断和带着讥笑的脸，还有他转过身去倒在雪地上时的那张抽搐着的和带着痛苦表情的苍白的脸。

"发生了什么事？"他问自己。"我打死了**情夫**，是的，打死了我的妻子的情夫。是的,是这么回事。因为什么? 我是怎么走到这一步的?"他内心里有个声音回答道,"因为你娶了她。"

"那么我错在哪里呢?"他问道,"错在你并不爱她而娶了她,错在你既欺骗了自己,也欺骗了她。"于是他面前又历历在目地出现了瓦西里公爵家里晚宴后的情景,那时他言不由衷地说了一句"我爱您"。"一切都由此而来! 我当时就感觉到,"他想道,"我确实感觉到这不是那么回事,我没有权利这样做。结果出了这种事。"他想起了他们的蜜月,一想起来他就脸红。他特别清楚地想起了一件事,心里感到受了侮辱和羞耻,他记得有一次,在他结婚后不久,在中午十一点多,他穿着丝绸睡衣从卧室到了书房里,在那里碰上了总管,总管恭恭敬敬地鞠了一躬,瞧了瞧皮埃尔的脸和他的睡衣,微微一笑,似乎想用这笑容恭恭敬敬地表达对自己的主人的幸福的赞许。

"我曾有多少次为她而自豪,"他想道,"为她的雍容美丽,为她在交际场所的风度而自豪;为自己的那幢她用来接待全彼得堡贵客的房子而自豪,为她的高不可攀和美貌而自豪。那么我感到自豪的究竟是什么呢?! 我当时曾经想过,我不了解。我在想到她的性格时经常对自己说,我不了解她,不了解这种永远心安理得,感到满足,没有任何激情和愿望的现象,只能怪我自己,而整个谜底就是她是一个荡妇这样一句可怕的话,这句可怕的话一说出来,一切就清楚了!

"阿纳托利经常来向她借钱,吻她袒露的肩膀。她没有借钱给他,却让他吻自己。父亲用开玩笑的口气,想引起她的醋意;她平静地微笑着说,她不会愚蠢到去吃醋,说他爱干什么就干什么好了,她这说的是我。有一次我问她有没有感觉到怀孕的征兆。她轻蔑地笑了起来,说她不是傻瓜,不会要孩子,并且说她是不会给**我**生孩子的。"

接着他回想起了她的言谈举止,她虽然是在上层贵族的圈子里长大的,但是思想简单粗浅,言语庸俗。"我不是什么傻瓜……你自己去试试……滚开。"她常常这样说。皮埃尔看到她很受男女老少的欢迎,常常不能理解,他为什么不爱她。"我从来没有爱过她。"皮埃尔对自己说。"我知道她是一个荡妇,"他反复地自言自语道,"但是没有勇气承认这一点。"

"而现在多洛霍夫坐在雪地上,勉强地微笑着,眼看快要死了,也许他是在装出好汉的样子回答我的悔悟！"

从外表看来，皮埃尔似乎性格软弱，但是他不是一个爱找别人诉说自己的痛苦的人。他独自一个人忍受着痛苦的折磨。

"一切的一切都是她一个人的错。"他自言自语地说，"但是这有什么用呢？我干吗要把自己和她捆在一起，干吗要对她说'我爱您'呢？要知道这是假话，甚至比假话更坏。"他继续自言自语道："我有错，应当受到……但是受到什么呢？最后弄得名誉扫地，生活不幸吗？唉，这都是胡扯他想道荣与辱都是相对的，一切都不是由我决定的。"

"人们处死了路易十六，**他们**说，他可耻和有罪（皮埃尔忽然想到他），他们根据自己的观点认为说得不错，而那些为他遭到惨死，把他看作圣徒的人也是对的。后来罗伯斯比尔①被处死，因为他是暴君。谁是对的，谁是错的？谁也说不清。活着——那就活下去吧，明天就有可能死去，就像我一个钟头以前可能被打死那样。与永恒相比，一个人的生命只是一刹那，值得折磨自己吗？"但是当他自认为自己由于有了这些想法心境已恢复平静时，他又突然想到了**她**，想到了他向她热烈地表白虚假的爱情的时刻，他觉得血全往心里涌，他只好又站起来来回走动，随手摔着和撕着碰到的东西。"我干吗要对她说'我爱您'？"他一直自言自语地重复说。在把这个问题重复了十次后，他想起了莫里哀的一出喜剧里"他怎么会上这条船的呢？"②这句话，不禁自己嘲笑起自己来了。

夜里他把仆人叫来，吩咐收拾行装，准备到彼得堡去。他不能和她住在一起。他无法想象现在怎样和她说话。他决定明天就走，给她留下一封信，向她宣布他将永远同她分手。

早晨仆人端着咖啡进书房时，看到皮埃尔躺在土耳其式沙发上手里拿着一本打开的书睡着了。

他醒来后，惊恐地朝四周环视了好久，弄不清他在哪里。

"伯爵夫人叫人来问，老爷是否在家。"仆人说。

---

① 罗伯斯比尔（一七五八——一七九四），法国革命家，雅各宾派革命政府的领导人。一七九四年七月二十八日被处死。

② 这句话出自法国剧作家莫里哀的喜剧《斯卡潘的诡计》（一六七一），它已成为谚语，意为"他怎么会同这伙人混在一起呢"。

但是皮埃尔还没有来得及决定怎样回答，身穿白色镶银边的缎子睡衣、没有裹头巾（两条大辫子在她美丽的头上绕了两圈，盘成冠冕形）的伯爵夫人本人镇静地和高傲地进了书房；只在稍微突出的大理石般的前额上有一道愤怒的皱纹。她一直保持着镇静，在仆人面前没有开口说话。她知道他进行了决斗，她就是前来和他谈这件事的。她等着仆人放好咖啡后出去。皮埃尔胆怯地透过眼镜朝她看了一眼，像一只被猎狗围住后挝着耳朵继续在它的面前卧着的兔子一样，试着继续看他的书；但是他感觉到这样做是不行的和毫无意义的，便又胆怯地看了她一眼。她没有坐下，带着轻蔑的微笑望着他，等待仆人出去。

"这又怎么啦？我问您，您干了什么好事？"她严厉地问道。

"我？……怎么啦？我……"皮埃尔说。

"好一个勇士！您回答，这决斗是怎么回事？您想通过决斗证明什么？证明什么？我在问您呢。"皮埃尔在沙发上笨重地转过身，张开嘴，但是不知如何回答。

"如果您不回答，那么我就告诉您……"埃莱娜接着说，"您相信人家对您说的一切。有人对您说……"埃莱娜笑了起来，"多洛霍夫是我的情夫，"她用法语说，像说任何别的词一样，粗野而明确地说出"情夫"一词，"于是您就相信了！但是您这样做证明了什么呢？您进行这次决斗证明了什么呢？您是一个傻瓜，que vous êtes un sot；这是大家都知道的。这会有什么结果？结果会使我成为全莫斯科的笑柄；任何人都会说，您喝醉了酒，忘乎所以，提出要和一个您毫无根据地吃他的醋的人决斗，"埃莱娜的嗓门愈来愈高，愈来愈起劲，"而这个人在各个方面都比您强……"

"哼……哼。"皮埃尔发出含混的声音，皱着眉头，没有瞧她，四肢一动不动。

"您为什么能相信他是我的情夫呢？……为什么？因为我喜欢同他在一起吗？如果您聪明些和有趣些，我倒更愿意和您在一起。"

"不要同我说话……我恳求您。"皮埃尔声音嘶哑地低声说。

"为什么我不能说话！我能说话，而且敢于大胆地说，跟像您这样的丈夫一起生活的妻子，很少有不给自己找情夫（des amants）的，而我没有这样做。"她说。皮埃尔想要说什么，用她没有理解的奇怪的目光看了她一眼，又躺下了。在这时刻他肉体上感到很痛苦：胸口发闷，喘不过气来。他知道他需要做点什么事，好使自己不再感到痛苦，但是他想做的事太可怕了。

"我们最好分开。"他断断续续地说。

"要分开也行，不过您得给我一份财产，"埃莱娜说……"分开，用这个来吓唬我！"

皮埃尔从沙发上跳了起来，摇摇晃晃地朝她扑过去。

"我打死您！"他喊叫起来，他自己也不知道有这么大的力气，从桌子上抓起一块大理石石板，朝她跨出一步，抢起来就要砸她。

埃莱娜的脸色变得很可怕；她尖叫了一声，躲开了他。父亲的个性在他身上表现了出来。皮埃尔体验到了狂怒的乐趣和美妙之处。他扔了石板，把它摔得粉碎，张开双臂朝埃莱娜逼过去，喊道："滚开！"这喊声非常可怕，整座房子里的人听到后全都吓坏了。在这时刻如果埃莱娜不赶紧跑出房间，天知道皮埃尔会做出什么样的事情来。

一个星期后，皮埃尔给了妻子一份委托书，让她管理占他全部财产一大半的位于大俄罗斯各地的所有庄园，自己一个人到彼得堡去了。

七

自从奥斯特利茨战役和安德烈公爵阵亡的消息传到童山后，两个月过去了。虽然曾经写信通过外交使团去查询，虽然进行了多方寻找，他的尸体还是没有找到，他也不在被俘人员的名单里。最使亲人们感到难受的是，仍然可以希望他在战场上得到当地居民的救助，现在他也许一个人在陌生人中间养伤或者处于死亡的边缘，而不能给家里通个消息。老公爵是从报纸上第一次得知奥斯特利茨战役失败的消息的，这些报纸像平常一样，只是非常简短地和含糊地写道，俄国人在打了几个漂亮仗之后，需要撤退，而且撤退时秩序井然。老公爵从这个官方的报道中明白了，我军被打败了。在报纸发表关于奥斯特利茨战役的消息后的两个星期，收到了库图佐夫的信，信中告诉了老公爵他的儿子遭到的厄运。

"我亲眼看见您的儿子手里举着军旗跑在团队前面，"库图佐夫写道，"他像英雄一样倒下了，不愧为自己的父亲和祖国的好儿子。至今还不知道他是否还活着，这使我和全军将士深感遗憾。可以使您和我抱有希望而感到自慰的是，您的儿子可能还活着，不然的话，在军使呈交给我的在战场上找到的军官的名单里一定会有他的名字。"

老公爵是在夜晚一个人待在书房里时接到这个消息的，他没有对任何人说。第二天他像平常一样早晨出去散步；不过他在看见管家、花匠和建筑师时寡言少语，虽然他看起来像是在生气，但是没有对任何人说一句话。

当玛丽亚公爵小姐在规定时间走进他的书房时，他正站在车床旁干活，像平常一样，没有回过头来看她。

"啊！玛丽亚公爵小姐！"他突然不自然地说，扔下了凿子。（轮子由于冲力的作用还在转动着。玛丽亚公爵小姐很长时间都记得这轮子快要停转时的略吱声，她觉得这声音同接着发生的事融合在一起。）

玛丽亚公爵小姐朝他走过去，看见了他的脸色，觉得心突然往下沉。她的眼睛变得模糊起来了。父亲脸上露出的不是悲伤，不是忧郁，而是恼怒的和不自然地克制自己的表情，她从他的脸上看出，她已大祸临头，一种可怕的不幸，她还没有经受过的生活中最大的不幸，一种无法挽回的和不可思议的不幸将使她悲痛万分，这不幸就是亲爱的人的死亡。

"爸爸——是安德烈吗？"体形不美、动作笨拙的公爵小姐说，她在说话时流露出了一种无法形容的悲伤和忘我的美好感情，以至于父亲经受不住她的目光，抽泣了一声，转过身去。

"得到了消息。在被俘的人当中没有他，在阵亡的人当中也没有他。库图佐夫信中这样说。"他尖声喊叫了一声，仿佛想用这喊声把公爵小姐赶走似的，"被打死了！"

公爵小姐没有倒下，也没有晕过去。她脸色苍白，在听到这些话时，她的脸色变了，她那双美丽的炯炯有神的眼睛闪现出亮光。仿佛有一种欢乐，一种不以尘世的悲欢为转移的至高无上的欢乐淹没了她心里曾经有过的强烈的悲伤。她忘掉了对父亲的畏惧，走到他跟前，抓住他的一只手，把他拉过来，搂住他那干瘦的、青筋显露的脖子。

"爸爸,"她喊道,"不要转过去避开我,我们一起哭吧。"

"这些混蛋!下流坯!"老人喊叫起来,脸躲开了她,"毁了军队,毁了许多人!为了什么?你去,你去告诉丽莎。"

公爵小姐无力地倒在父亲身旁的圈椅里,失声痛哭起来。现在她仿佛看见哥哥正在带着温柔而又高傲的神情与她和丽莎告别,仿佛看见他正在亲切而又含着讥笑地戴那小圣像。"他信不信?他是否为自己不信神而感到后悔?他现在是否在那里?是否在那个永远宁静的和幸福的地方?"她想。

"爸爸,告诉我,事情是怎么发生的?"她含着眼泪问道。

"去吧,去吧;在一场让最优秀的俄国人去送死、断送了俄国的荣誉的战斗中被打死了。去吧,玛丽亚公爵小姐。你去告诉丽莎。我等一会儿就来。"

玛丽亚公爵小姐从父亲那里回来时,小公爵夫人正坐在那里刺绣,她目光里带着只有怀孕女人才有的内心幸福安详的特殊表情,朝玛丽亚公爵小姐看了一眼。显然她的眼睛没有看见玛丽亚公爵小姐,而是在朝自己里面看——看她身体内部正在形成的某种幸福的和神秘的东西。

"玛丽,"她说,离开了绣架,身体朝后仰,"你把手伸过来。"她抓住公爵小姐的手,把它按在自己的肚子上。

她的眼睛微笑着,长着绒毛的小嘴唇翘了起来,一直像孩子那样幸福地翘着。

玛丽亚公爵小姐在她面前跪下来,把脸贴到嫂子的衣褶里。

"你听,你听——听见了吗?我觉得很奇怪。你知道,玛丽,我将非常喜欢他。"丽莎说,她那闪闪发光的幸福的眼睛望着小姑子。玛丽亚公爵小姐不能抬起头来,因为她在哭。

"你怎么啦,玛莎?"

"没有什么……我思念起……思念起安德烈来了。"她说,在嫂子的膝盖上擦擦眼泪。在整个早晨玛丽亚公爵小姐几次想开口对嫂子说,让她思想有个准备,但是每一次都哭了起来。小公爵夫人不明白小姑子流泪的原因,但是不管她如何不善于观察,这些眼泪还是使她不安起来。她什么也没有说,只是不安地环顾四周,寻找着什么。午餐前,她一向很怕的老公爵进了她的房间，这次她只见公公神色特别不安，一脸怒气，一句话也没有说就出去了。她朝玛丽亚公爵小姐看了一眼，然后沉思起来，从她眼睛的表情可以看出，她像怀孕的女人带有的那样注视着自己身体内部，突然哭了起来。

"接到安德烈的什么消息了吗？"她问。

"没有，你知道，还不可能有消息，但是爸爸很不安，我也有些提心吊胆。"

"那么说，没有什么事儿？"

"没有什么事儿。"玛丽亚公爵小姐说，她的一双闪闪发光的眼睛紧盯着嫂子。她决定不把接到可怕消息的事告诉她，并且劝父亲在嫂子分娩之前也瞒着她，因为她最近几天就要分娩了。玛丽亚公爵小姐和老公爵各人用不同方式忍受着和隐瞒着他们的悲痛。老公爵不想再抱什么希望，他认定安德烈公爵已经被打死了，尽管他派一名官员去奥地利寻找儿子的踪迹，可是他在莫斯科定做了一个纪念碑，准备把它立在自己的花园里，并且对大家说，他的儿子阵亡了。他竭力不加改变地保持原先的生活习惯，但是已感到力不从心：他走动得少了，吃得和睡得都少了，身体一天天变得虚弱起来。而玛丽亚公爵小姐还抱着希望。她像为活人祈祷那样为哥哥祈祷，每时每刻都在等待着他归来的消息。

八

"我的好朋友。"小公爵夫人在三月十九日早餐后说，她的长着绒毛的小嘴唇照老习惯翘了起来；但是在这个家里，自从接到可怕的消息后，不仅在所有人的笑容里，而且在说话的声音里，甚至在走路的脚步声里都流露出悲伤，小公爵夫人虽然不知道原因，她也受这种共同的情绪的影响，现在她的笑容也是这样，这更加使人想起共同的悲伤。

"我的好朋友，我担心吃了今天的早点（厨师福卡把它称为早点）会使我感到不舒服。"

"你怎么啦，亲爱的？你脸色苍白。啊，你的脸色苍白极了。"玛丽亚公爵小姐惊恐地说，她迈着沉重和从容的步子朝嫂子跑过来。

"公爵小姐，要不要派人去叫玛丽亚·鲍格达诺夫娜来？"在场的

从莫斯科来，已经派了备用马匹到大路拐弯的路口去迎接，还派了几个骑马的人打着灯笼去给他带路，好让他顺利通过坑洼不平的和积满雪水的小路。

玛丽亚公爵小姐早就把书放下了，她默默地坐着，一双闪闪发光的眼睛注视着保姆的那张布满皱纹的、每一个细小的特点都非常熟悉的脸：望着从头巾下面露出的一绺白发，望着下巴底下嘟噜着的松弛的皮肉。

保姆萨维什娜手里织着袜子，低声地叙说着，自己听不见和不明白自己说的话，这事她已说过几百遍，说的是已故的老公爵夫人在基什尼奥夫生玛丽亚公爵小姐的情况，当时接生的不是产婆，而是一个摩尔达维亚农妇。

"有上帝保佑，不需要什么大夫。"她说。突然一阵风刮进房间里卸掉的窗户框里（根据公爵的要求，每当云雀飞来时，每个房间都要卸掉一个窗户框），刮掉了拴得不牢的窗栓，拍打着花缎窗帘，顿时寒气袭人，飘进了雪花，吹灭了蜡烛。玛丽亚公爵小姐颤抖了一下；保姆放下袜子，走到窗前，探出身子，去抓刮开的窗框。冷风拍打着头巾的末梢和露出的一绺绺白发。

"公爵小姐，我的妈呀，大路上有人来了！"她说，手扶着窗户框，没有把它关上，"打着灯笼；一定是大夫……"

"唉，我的上帝！谢天谢地！"玛丽亚公爵小姐说，"应当去接他，他不懂俄语。"

玛丽亚公爵小姐披上围巾，跑去迎接坐车来的人。当她经过前厅时，她从窗户里看到门口停着一辆车，站着打灯笼的人。她到了楼梯上。在楼梯栏杆的柱子上点着一支蜡烛，风吹得它淌着油。侍仆菲利普脸色惊惶，手里拿着一支蜡烛站在下面第一个楼梯台上。再往下在拐弯处，听见有人穿着暖靴上楼来。玛丽亚公爵小姐觉得有一个熟悉的声音说了些什么。

"谢天谢地！"那个声音说，"爸爸呢？"

"躺下安歇了。"已到下面的管家杰米扬回答道。

接着那个声音还说了些什么，杰米扬作了回答，于是穿暖靴的人开始加快脚步沿着看不见的楼梯拐弯处走过来。"这是安德烈！"玛丽亚公爵小姐想道，"不，这不可能，这太不寻常了。"她又想道，而当她在这样想时，在侍仆拿着蜡烛站着的楼梯台上出现了安德烈公爵的脸和身影，他身穿皮大衣，领子上落满了雪花。不错，这是他，可是他的脸色苍白，人瘦了，脸上的表情变了，显得令人奇怪地温和，然而惊慌不安。他上了楼梯，拥抱了妹妹。

"你们没有收到我的信吗？"他问，他不等回答，其实他也不可能得到回答，因为公爵小姐一时说不出话来，就这样他转回去，带着跟着他上来的产科医生（他们是在最后一站相遇的）又快步上了楼梯，再一次拥抱了妹妹。

"命运真是变化莫测！"他说，"玛莎，亲爱的！"他脱下皮大衣和靴子，到小公爵夫人的房间里去了。

九

小公爵夫人躺在靠垫上，头戴白色发帽（阵痛刚刚过去），一绺绺黑色的鬈发落在她那发烧出汗的双颊上；上唇长着黑色绒毛的红润好看的小嘴张开着，脸上露出愉快的笑容。安德烈公爵进了房间，脸冲着她在她躺着的沙发的那一头站住了。她的那双一直像孩子一样惊恐和激动地看着的眼睛，现在开始盯着他，没有改变表情。"我爱你们大家，我没有对任何人做过坏事，我为什么要受这个罪呢？帮帮我吧。"她的表情似乎在这样说。她看见了丈夫，但是不明白现在他出现在她面前是什么意思。安德烈公爵绕过沙发，吻了吻她的前额。

"我的心肝宝贝！"他说了一句从来没有对她说过的话，"上帝是仁慈的……"她用疑问的、像孩子一样责备的目光看了他一眼。

"我曾等待你的帮助，可是什么也等不到，什么也等不到，你也帮不了忙！"她的目光似乎在这样说。她看见他来了，并不感到惊讶；她并不明白他来了。他的到来与她的痛苦和痛苦的减轻之间毫无关系。阵痛又开始了，于是玛丽亚·鲍格达诺夫娜请安德烈公爵从房间里出去。

产科医生进了房间。安德烈公爵出去后碰到了玛丽亚公爵小姐，又走到她跟前。他俩开始小声说话，但是谈话随时都停了下来。他们等待着,注意地听着。

"去吧,我的朋友。"玛丽亚公爵小姐说。安德烈又上妻子那里去,在隔壁房间里坐下来等着。一个女人带着惊恐的神情从她的房间里出来,看见安德烈公爵后有些发窘。安德烈公爵用双手捂住脸,就这样坐了几分钟。从门里传出可怜的、软弱无力的、出于本能的呻吟声。安德烈公爵站起身来,走到门边,想要把门打开。但是有人顶住门不让进去。

"不行! 不行!"门里一个惊恐声音说道。他便开始在屋里来回走。喊叫声停止了,又过了几秒钟。突然从隔壁房间传来了可怕的叫喊声——这不是她的声音,她已不能这样叫喊了。安德烈公爵跑到她的房间的门边;喊声停止了,但响起了另一种喊声,婴儿的啼哭声。

"干吗把孩子弄到那里去?"安德烈在最初一瞬间这样想道,"孩子? 什么样的孩子? ……为什么那里有孩子? 要么是生了一个孩子?"

当他突然明白这啼哭声是一件喜事时,泪水夺眶而出,一时喘不过气来,他把两个胳膊肘支在窗台上,像孩子一样抽抽搭搭地哭了起来。门开了。医生从房间里出来,他没有穿常礼服,衬衣的袖子向上卷起,脸色苍白,下巴颤抖着。安德烈公爵朝他转过身来,但是医生不知所措地看了他一眼,一句话没有说就过去了。一个女人从房里跑出来,看见安德烈公爵后,犹豫不决地在门口站住了。安德烈公爵进了妻子的房间。她已经死了,像五分钟前他看见她时那样躺着,她的眼珠已经不动了,两颊变得煞白,可是在她那张孩子般羞怯的可爱的小脸和长着黑色绒毛的小嘴唇还是那样一种表情。

"我爱你们大家,没有对任何人做过不好的事,你们怎么这样对待我呀? 唉,你们怎么这样对待我呀?"她的好看的、可怜的、僵死的脸似乎在这样说。在房间的一角,在玛格丽亚·鲍格达诺夫娜的白净的颤抖着的手里有一个红红的小东西在啼哭和尖叫。

在这之后过了两个小时,安德烈公爵轻手轻脚地进了父亲的书房。老人已经什么都知道了。他正站在门边,门一打开,他就伸出老年人的像钳子一样粗硬的手臂,默默地搂住儿子的脖子,像孩子一样放声大哭起来。

三天后,举行了小公爵夫人的葬礼,安德烈公爵上了停放棺材处的台阶与她告别。棺材里的人虽然闭着眼睛，但脸上还是那种表情。"唉，你们怎么这样对待我呀？"这张脸似乎仍然在这样说，这时安德烈公爵感到心都要碎了，觉得自己有一种无法挽回的和不能忘记的过错。他欲哭无泪。老人也上去吻了吻她的一只蜡黄的小手。这只手静静地和高高地放在另一只手上，她的脸似乎在对他说："唉，您怎么这样对待我呀，究竟因为什么？"老人看见这张脸，生气地转过身去。

又过了五天，给刚出世的小公爵尼古拉·安德烈依奇举行了洗礼。神父用鹅毛抹孩子红色发皱的小手掌和小脚板[①]，这时奶妈用下巴颏压着包布。

作为教父的祖父颤巍巍地抱着婴儿，生怕抱不住，他绕着布满瘰印的白铁圣水盘走了一圈，然后把孩子交给教母玛丽亚公爵小姐。安德烈公爵担心孩子被淹死[②]，紧张得屏住气，坐在另一个房间里等待仪式结束。当奶妈把孩子抱出来见他时，他高兴地看了孩子一眼，当奶妈告诉他扔进圣水盘的卷着孩子头发的蜡片没有下沉，而是浮了起来时[③]，他赞许地点点头。

十

罗斯托夫参加多洛霍夫与别祖霍夫之间的决斗的事，通过老伯爵的努力暗中了结了，他不但没有像他所预料的那样被降职，反而当上了莫斯科总督的副官。由于这个原因，他就不能同全家一起到乡下去，整个夏天都留在莫斯科担任新职。多洛霍夫已恢复健康，在他逐渐康复的这段时间里，罗斯托夫与他特别要好起来。养伤时，多洛霍夫住在热爱他和对他体贴入微的母亲那里。玛丽亚·伊万诺夫娜老太婆因为罗斯托夫是费佳[④]的朋友，也很喜欢他，经常对他讲自己儿子的事。

"是的，伯爵，对当今我们的这个腐化堕落的上流社会来说，"她不

---

① 这里说的是婴儿领洗时的抹膏油仪式。
② 婴儿在领洗时，要三次把他放入圣水盘里的水中。
③ 根据俄国民间迷信说法，如果蜡片不往下沉，这就预示婴儿将有好福气。
④ 费佳是多洛霍夫的名字费多尔的爱称。

止一次地说，"他太高尚、心地太纯洁了。谁也不喜欢高尚的品德，人人看了都觉得不舒服。请您说说，伯爵，这件事别祖霍夫做得对吗？做得正当吗？费佳由于品德高尚，曾经敬爱他，现在仍然不说他一句坏话。在彼得堡跟警察分局长胡闹，开玩笑，那不是他们一起干的吗？最后怎么样，别祖霍夫一点事也没有，而费佳却承担了一切！要知道他承担了多大的责任啊！就算是他复了职，可是怎么能不复职呢？我想，像他这样的勇士和祖国的好儿子，当时在那里并不多。好吧，现在说一说这场决斗。这些人有没有人的感情，有没有荣誉良心！明明知道他是独子，还要求同他进行决斗，而且直接对准他开枪！好在上帝保佑了我们。为什么要这样做？您说，现在谁没有不正当关系？既然他的醋劲儿这么大——这一点我理解——他就应该早提醒人们，可是这事延续了一年之久。也许他在提出挑战时认为费佳不会应战，因为欠他的钱。多么下流！多么卑鄙！我知道，我的亲爱的伯爵，您理解费佳，因此我从心底里喜欢您，请相信我的话。很少有人理解他。这是一个非常高尚和非常纯洁的人……"

多洛霍夫本人在养伤期间也经常对罗斯托夫说一些使人完全意想不到的话。

"我知道，人们认为我是一个凶恶的人，"他常常说，"随他们的便。除了那些我喜爱的人外，我谁也不愿意认识；但是我为我所喜爱的人可以献出生命，而其余的人，如果他们挡我的道儿，我就要把他们全都压扁。我有一个我崇拜的、非常可贵的母亲，还有两三个朋友，其中包括您，而对其余的人，要看他们有益或有害的程度，才加以注意。所有的人几乎都是有害的，尤其是女人。是的，我的亲爱的，"他接着往下说，"我见过仁爱的、品德高尚的、思想境界高的男人；但是除了出卖灵魂的淫妇——无论是伯爵夫人还是厨娘，全都一样——外，没有见过别的女人。我还没有遇见过我在女人身上寻找的那种天使般的纯洁和忠诚。假如我找到了这样一个女人，我就会为她献出生命。而这些娘儿们……"他做了一个轻蔑的手势。"不知你是否相信我的话，如果说我还珍惜生命的话，那么只是因为还希望能碰到一个能使我获得再生，使我净化和变得高尚起来的纯洁的女人。不过你不理解这一点。"

"不，我非常理解。"为新朋友的这番话所打动的罗斯托夫这样回答道。

秋天,罗斯托夫一家回到了莫斯科。到了初冬,杰尼索夫也回来了,落脚在罗斯托夫家里。尼古拉·罗斯托夫在莫斯科度过的一八〇六年初冬的日子,对他和他的全家来说,是最幸福和最快乐的时光之一。尼古拉带许多年轻人到父母的家里来。薇拉已是二十岁的漂亮姑娘;十六岁的索尼娅像一朵开放的鲜花显得艳丽多姿;娜塔莎还一半是大小姐,一半是小姑娘,时而像孩子般可笑,时而又像姑娘那样迷人。

在罗斯托夫家,这个时期形成了一种谈情说爱的特殊气氛,通常在那些有非常可爱和非常年轻的姑娘的家里都这种情况发生。任何一个来到罗斯托夫家的年轻人,见到这些姑娘们年轻的、多愁善感的、总是对什么东西(大概是自己的幸福)微笑着的脸,观看着她们热闹的奔忙,听着这些年轻妇女不连贯的、但对谁都很亲切的、对一切都做出反应和充满希望的闲言碎语,听到她们断断续续的歌声和琴声,就会像罗斯托夫家里的年轻人一样,体验到一种对爱情的渴望和对幸福的期待。

在罗斯托夫带来的年轻人当中,多洛霍夫是第一批里面的一个,家里的所有人,除娜塔莎外,都喜欢他。为了多洛霍夫,她差一点和哥哥吵了起来。她坚持认为多洛霍夫是一个凶恶的人,在与别祖霍夫的决斗中皮埃尔是对的,而多洛霍夫有过错,他令人讨厌,装腔作势。

“我没有什么可了解的!”娜塔莎任性地固执己见,大声喊道,“他凶恶而没有感情。可是我喜欢你的杰尼索夫,他虽是一个酒鬼,总是那样,我仍然喜欢他,也就是说,我是了解的。我不知怎么对你说;多洛霍夫的一切都是事先确定好了的。我不喜欢这样。而杰尼索夫……”

“杰尼索夫就是另一回事了。”尼古拉回答说,他想使对方感觉到,与多洛霍夫相比,就连杰尼索夫也算不了什么,“应当了解这个多洛霍夫内心深处怎么样,应当看到他对待母亲的态度,他的心可真好!”

“这个我不知道,不过和他在一起我觉得不舒服。你可知道他已爱上索尼娅了?”

“全是一派胡言!”

“我深信这一点,到时候你会看到的。”

娜塔莎的预言应验了。不喜欢同女性交往的多洛霍夫开始常到罗斯托夫家来,关于他是为谁而来的问题,很快(虽然谁也没有谈论这一点)就有了答案:他是来找索尼娅的。索尼娅虽然永远不敢说出这一点,但是她心里明白,因此每当多洛霍夫露面时,她的脸红得像一块红布一样。

多洛霍夫经常在罗斯托夫家吃饭,从来不放过一场有罗斯托夫一家人出席观看的演出,并且常常参加他们一家人也参加的约格尔那里的青少年舞会。他的注意力主要集中在索尼娅身上,一双眼睛总是盯住她,不仅使得她在这目光的注视下脸上泛起红潮,而且使得老伯爵夫人和娜塔莎发现这目光后也涨红了脸。

可以看出,这个坚强而古怪的男人受到这个皮肤发黑、婀娜多姿的姑娘的无法抗拒的吸引,而她却爱着另一个男人。

罗斯托夫发现多洛霍夫和索尼娅之间有一种新的关系;但是他没有能确定这是一种什么样的新关系。"她们俩总是爱上某个人。"他这样想索尼娅和娜塔莎。但是他对索尼娅和多洛霍夫的态度已不像以前那么自然了,他待在家里的时间也少了。

从一八○六年秋天起,人们又谈论起同拿破仑打仗的事,谈得比去年还热烈。不仅规定千人抽十的办法征集新兵,而且还规定从千人中征集九名民兵。到处都在诅咒波拿巴,整个莫斯科谈论的都是即将爆发的战争。对罗斯托夫一家人来说,这些备战活动与他们有利害关系的只有一件事,即尼科卢什卡怎么也不同意留在莫斯科,只等待着杰尼索夫的假期结束,好和他一起在过节后回团队去。即将到来的离家远行,不仅不妨碍他寻欢作乐,而且使他的劲头变得更大。大部分时间他都不是在家里,而是在宴会、晚会和舞会上度过的。

十一

在圣诞节的第三天,尼古拉在家吃饭,这是最近一段时间内少有的事。这是正式的饯行宴会,因为他和杰尼索夫在主显节①后就要回团

---

① 主显节或称耶稣受洗节,在圣诞节后的第十二天。

队了。出席宴会的大约有二十人,其中包括多洛霍夫和杰尼索夫。

在罗斯托夫家里,从来没有像在这些过节的日子里使人如此强烈地感觉到爱情的空气和谈情说爱的气氛。"抓住幸福的时刻,让自己去爱,去爱上什么人吧!只有这个才是世界上真正的东西,其余的一切都是微不足道的。我们在这里所做的只是这件事。"这种气氛似乎在这样说。

尼古拉像平常一样,把四匹拉车的马折腾得筋疲力尽,还没有来得及跑遍他应去的和人家请他去的所有地方,直到午宴快要开始时才回到家里。他一进门,就发现和感觉到家里的浓厚的谈情说爱的气氛,除此之外,他还发现参加午宴的某些人处于一种奇怪的局促不安状态。索尼娅、多洛霍夫、老伯爵夫人显得特别激动,娜塔莎也有一点不安。尼古拉明白了午宴前在索尼娅和多洛霍夫之间想必发生了什么事,他天生有一颗关心别人的心,在午宴的过程中对这两个人非常亲切和小心。在过节的第三天晚上,在约格尔(舞蹈教师)那里有一个舞会,每逢节日,他常给自己的所有男女学生举办这样的舞会。

"尼科连卡,你到约格尔那里去吗?你就去吧,"娜塔莎对他说,"他特别邀请你去,瓦西里·德米特里奇(这说的是杰尼索夫)也去。"

"有伯爵小姐的命令,我怎么能不去呢!"杰尼索夫说,他在罗斯托夫家里开玩笑似的充当娜塔莎的骑士,"我准备跳披巾舞①。"

"如果来得及的话!我答应了阿尔哈罗夫,他们家里有晚会。"尼古拉说。

"你呢?……"他问多洛霍夫。问完后他就发现,不应当这样问。

"我也许去……"多洛霍夫冷冷地和生气地回答道,他朝索尼娅看了一眼,皱起了眉头,用在英国俱乐部宴会上看皮埃尔的目光,又看了尼古拉一眼。

"看来发生了什么事。"尼古拉想道,他看见多洛霍夫在午宴后马上就走了,更加确信这个推测是对的,于是叫来了娜塔莎,问她是怎么回事。

"我找过你,"娜塔莎跑到他跟前说道,"我对你说过,而你一直不愿意相信,"她得意扬扬地说,"他向索尼娅求了婚。"

---

① 披巾舞是当时一种时髦的舞蹈。

不管在这段时间里尼古拉如何不把索尼娅放在心上,可是当他听到这句话时,觉得心中仿佛有什么东西断裂了。对没有陪嫁的孤儿索尼娅来说,多洛霍夫不失为合适的、在某些方面很出色的对象。从老伯爵夫人和上流社会的观点来看,不能拒绝他的求婚。因此尼古拉在听到这个消息后,他首先产生的是对索尼娅的愤恨。他准备这样说好极了,当然应当忘记小时候的诺言,接受人家的求婚。"但是他没有来得及把这个意思说出来……

"你能想象得到吗!她拒绝了,完全拒绝了!"娜塔莎说了起来。"她说她爱另一个人。"她沉默了一会儿后补充了一句。

"是啊,我的索尼娅不可能有另一种做法!"尼古拉想道。

"不管妈妈怎样劝她,她都拒绝了,我知道,她只要说了,是不会变的……"

"妈妈怎么还劝她!"尼古拉用责备的语气说。

"是的。"娜塔莎说,"听我说,尼科连卡,不要生气;但是我知道你是不会娶她的。天知道为什么,我确实知道你不会娶她。"

"好吧,这一点你是怎么也不会知道的,"尼古拉说,"不过我应当和她谈一谈。这个索尼娅是多么可爱啊!"他微笑着加了一句。

"她确实可爱!我叫她到你这里来。"娜塔莎吻了吻哥哥,跑了。

过了一会儿,索尼娅进来了,她显出一副惊恐、慌张和心里有愧的样子。尼古拉走到她跟前,吻了吻她的手。这是尼古拉回家后他们第一次面对面地单独说话,而且谈的是爱情。

"索菲①,"他说,开头他有些胆怯,后来愈来愈大胆了,"如果您想要拒绝一门不仅是出色的,而且是有利的婚事;而他是一个很好的、高尚的人……他是我的朋友……"

索尼娅打断了他的话。

"我已经拒绝了。"她急忙说。

"如果您是为了我拒绝的,那么我担心,我……"

索尼娅又打断了他的话。她用恳求的和惊恐的目光看了他一眼。

"尼古拉,不要对我说这个。"她说。

---

① 索菲是索尼娅(索菲娅)的法文名字。

"不,我应当说。也许这是我的自负,但是最好还是都说了。如果您是为了我而拒绝的话,那么我应当告诉您全部心里话。我爱您,我想,胜过所有的人。"

"对我来说也就足够了。"索尼娅涨红了脸说。

"不,我过去爱过人,将来还会爱一千次,不过我对任何人都没有过像对您那样的友谊、信任和爱慕的感情。再说我还年轻。妈妈不赞成这件事。简单地说,我不作任何许诺。我请求您考虑一下多洛霍夫的求婚。"他说,好容易才说出自己的朋友的姓氏。

"不要对我说这个。我什么也不要。我爱您像爱哥哥一样,并且将永远爱您,别的我什么也不要。"

"您是天使,我配不上您,但是我担心我会使您失望。"尼古拉再一次吻了吻她的手。

十二

约格尔举行的舞会是莫斯科最快乐的舞会。说这话的有那些看着自己的未成年女儿跳着刚学会的舞步的母亲们;说这话的也有跳舞累得快要趴下的青少年男女;说这话的还有成年的姑娘和小伙子们,他们带着降格以就的想法来参加这些舞会,却在其中找到了最大的乐趣。这一年,通过这些舞会办成了两件婚事。戈尔恰科夫家的两位漂亮的公爵小姐找到了对象出嫁了,这就使得这些舞会更加出名了。这些舞会的特点是没有男女主人,只有和蔼可亲、按照艺人的规矩频频行礼的约格尔,他像一根羽毛一样飘来飘去,向所有的客人收取入场券;还有一个特点是,参加这些舞会的只是那些像第一次穿上舞裙的十三四岁的小姑娘那样,想来跳跳舞和玩玩的人。所有的人,除了少数例外,都很漂亮或看起来很漂亮,因为一个个都兴奋地微笑着,一双双小眼睛都闪闪发光。有时优秀的女学生甚至跳起了披巾舞,她们当中跳得最好的是娜塔莎,她的舞姿异常优美;但是在这最近的一次舞会上跳的只是苏格兰舞、英格兰舞和刚刚流行起来的马祖尔卡舞①。约格尔借用别

---

① 马祖尔卡舞是一种波兰舞。

祖霍夫家的大厅作为舞厅,大家都说舞会办得很成功。来了许多漂亮的姑娘,而罗斯托夫家的两位小姐是其中最好的。她俩这天晚上感到特别幸福和快乐。索尼娅由于多洛霍夫求婚和自己拒绝了他,还由于同尼古拉谈了话,心里感到很自豪,还在家里时就高兴得跳起舞来,使得女仆无法把她的辫子梳好,而现在更是容光焕发,喜形于色。

娜塔莎因她第一次穿上长舞裙和参加真正的舞会而感到同样的自豪,现在她更觉得幸福。她俩都身穿白色细纱长裙,系着粉红色的缎带。

娜塔莎自从进入舞厅的那一刻起,就变得充满了爱。她没有专门爱上某一个人,但是她爱上了大家。她在两眼看着时看见什么人,就爱上了什么人。

"啊,多么好啊!"她总是这样说,不时跑到索尼娅跟前来。

尼古拉和杰尼索夫在各个大厅里走来走去,用亲切的和鼓励的目光望着跳舞的人。

"她真可爱,将会成为一个美人。"杰尼索夫说。

"谁?"

"娜塔莎伯爵小姐。"杰尼索夫回答道。

"她跳得真好,姿势多么优美!"他停了一会儿后又说道。

"你说的是谁?"

"说的是你的妹妹。"杰尼索夫生气地大声说。罗斯托夫笑了笑。

"亲爱的伯爵,您是我最好的学生之一。您应当跳个舞。"矮小的约格尔走到尼古拉跟前说道,"这里有多少漂亮的姑娘!"他也对杰尼索夫提出同样的请求,因为杰尼索夫也是他的老学生。

"不,亲爱的,我最好还是站在一边看看,"杰尼索夫说,"难道您不记得您上课时我学得很糟吗?"

"不!"约格尔急忙安慰他说,"您当时只是学得不用心,而您是有才能的,是的,您是有才能的。"

乐队奏起了新引进的马祖尔卡舞曲。尼古拉不好拒绝约格尔的请求,便邀请索尼娅一起跳。杰尼索夫坐到老太太们旁边,胳膊肘支着马刀,脚打着拍子,快活地讲着什么,逗老太太们发笑,不时看看跳舞的年轻人。约格尔同他引以为骄傲的最好的学生娜塔莎跳第一对。他用穿着半高勒皮鞋的小脚做着轻柔的动作,带着有些胆怯、但用心跳着舞步的娜塔莎第一个飞过大厅。杰尼索夫目不转睛地看着娜塔莎,用马刀打着拍子,他的样子清楚地说明,他自己不跳只是因为不愿意跳,而不是因为不会跳。在这段舞跳到一半时,他把从他身旁经过的罗斯托夫叫到跟前。

"这完全不是那么回事他说,"难道这是波兰的马祖尔卡舞吗?可是她跳得好极了。"

尼古拉知道,杰尼索夫在波兰时也以跳波兰的马祖尔卡舞的高超技巧而闻名,他便跑到娜塔莎跟前。

"快去请杰尼索夫跳舞。他跳得真好!简直令人惊奇!"他说。

在再一次轮到娜塔莎跳时,她站起身来,迅速挪动着她那穿着带花结的半高勒皮靴的小脚,一个人怯生生地跑过整个大厅,到杰尼索夫坐的角落去。她看见大家都瞧着她,都在等着。尼古拉则看见杰尼索夫和娜塔莎正在微笑着进行争论,杰尼索夫在推辞,但是高兴地笑着。他便跑了过来。

"请吧,瓦西里·德米特里奇,"娜塔莎说,"请您和我一起跳。"

"您怎么啦。免了吧,伯爵小姐。"杰尼索夫说。

"行了,别再推辞了,瓦夏。"尼古拉说。

"就像是在劝猫儿瓦西卡似的。"杰尼索夫开玩笑说。

"我将为您唱一个晚上。"娜塔莎说。

"这个小魔法师,她对我什么都做得出来!"杰尼索夫说,摘下了马刀。他从椅子后面出来,紧紧抓住舞伴的手,稍稍抬起头,伸出一只脚,等待着节拍。只有在马背上和跳马祖尔卡舞的时候看不出杰尼索夫身材矮小,他显得像是一个英俊魁梧的青年,他觉得自己就是这样的人。他等待到节拍后,得意扬扬地和诙谐地从侧面看了舞伴一眼,突然一只脚磕打了一下,全身像一个球一样从地板上弹了起来,带着舞伴沿着圆圈飞去。他用一只脚跳着,无声地飞过半个大厅,好像没有看见放在他面前的椅子似的,径直朝它们过去;但是突然碰了一下马刺,又开双腿,用脚跟站住,这样站了一秒钟后,两脚敲打着一个地方,碰得马刺叮当响,快速地转了几圈,左脚碰击着右脚,又沿着圆圈飞去。娜塔莎根据感觉猜到他想要做什么,自己也不知道为什么,跟着他,听任他的支配。

杰尼索夫时而拉住她的右手让她转,时而拉住她的左手让她转,时而跪下来,拉着她绕着自己转,然后又跳起来,飞速向前奔跑,仿佛他想要一口气跑遍所有房间似的;时而突然又停下来,又做了一个新的和出人意料的舞姿。当他用干净利落的动作把舞伴送到她的位置前,碰了一下马刺,朝她鞠了一躬时,娜塔莎甚至没有行屈膝礼还礼。她含着微笑两眼困惑不解地盯着他,仿佛没有认出他似的。

"这跳的是什么?"她问道。

尽管约格尔不认为这是真正的马祖尔卡舞,但是大家都赞赏杰尼索夫的技巧,开始不断有人找他跳舞,而老人们带着微笑谈起波兰来,谈论昔日美好的时光。杰尼索夫跳马祖尔卡舞跳得满脸通红,用手绢擦擦脸,在娜塔莎身边坐下,整个晚上没有离开她。

十三

在这之后,罗斯托夫一连两天没有在自己家里看见多洛霍夫,到他家去找,也没有碰见他;第三天他接到了他的一个便条。

"由于你知道的原因我不想再到府上去,而我现在即将回部队,特通知你:今晚将设便宴与友人话别,请到英国饭店一聚。"罗斯托夫陪家里人和杰尼索夫看完戏后,于这一天的九点多钟来到了英国饭店。他马上被领到多洛霍夫那天晚上在饭店里包的一个最好的房间。

二十来个人聚集在桌旁,多洛霍夫坐在桌前两支蜡烛之间。桌上堆放着金币和钞票,多洛霍夫在坐庄家。自从他向索尼娅求婚和遭到拒绝后,尼古拉还没有见过他,一想到他们将如何见面,心里不免有些慌张。

罗斯托夫刚到门口,多洛霍夫就用明亮而冷淡的目光迎接他,仿佛早就在等待他似的。

"好久不见了,"他说,"谢谢你来参加。打完这副牌,伊柳什卡就带着合唱队来。"

"我上你家里去过。"罗斯托夫红着脸说。

多洛霍夫没有搭理他。

"可以下注了。"他说。

这时罗斯托夫回想起有一次同多洛霍夫的奇怪的谈话。"只有傻瓜玩牌才会靠运气。"当时多洛霍夫这样说。

"莫非你害怕和我玩牌?"现在多洛霍夫说,他仿佛猜出了罗斯托夫的想法,微微一笑。罗斯托夫从他的微笑中看出了他的一种情绪,这种情绪他在英国俱乐部宴会上出现过,而且一般出现在他对日常生活感到厌烦,觉得需要采取某种古怪的、大多是残忍的行动来摆脱它的时候。

罗斯托夫感到有些尴尬;他脑子里寻找着俏皮话回敬多洛霍夫,可是一时没有找到。但是在他找到之前多洛霍夫直视他的脸,慢吞吞地、一字一句地对他说,让大家都能听见。

"记得吗,我和你讲过玩牌的事……想靠运气玩牌的是傻瓜;要确实有把握地玩,我想要试一试。"

"试一试运气还是试一试确实有把握地玩?"罗斯托夫想。

"你最好别玩。"他加了一句,把一副新打开的牌啪的一声往桌上一扔,说道,"我分牌了,诸位!"

多洛霍夫把钱往前一推,做好分牌的准备。罗斯托夫在他身旁坐下,开头没有参加。多洛霍夫不时地朝他看看。

"你怎么不玩?"多洛霍夫问。说起来奇怪,罗斯托夫觉得有必要去拿牌,下一个小注,开始玩了起来。

"我身边没有带钱。"罗斯托夫说。

"我信得过,你可以先记账!"

罗斯托夫下了五个卢布的注,输了,又下了五个卢布,又输了。多洛霍夫把它吃了,就是说,一连赢了罗斯托夫十个卢布。

"诸位,"他在分了一会儿牌后说,"请用现钱下注,不然我可能记错账。"

一个赌客说,他希望能让他用记账的方法玩。

"记账是可以的,但我担心算错账;请用现钱下注。"多洛霍夫回答道,"你不要不好意思,我和你算得清。"他对罗斯托夫说了一句。

赌博继续进行。仆人不停地给大家送香槟酒。

罗斯托夫的牌全给吃了,他的账上输的钱已达到八百卢布。他在一张牌上本来已下了八百卢布的注,但是这时正好仆人给他端来香槟酒,他改变了主意,改为下一般的赌注,即二十卢布。

"别改了,"多洛霍夫说,虽然他似乎并没有看罗斯托夫,"这样会快点捞回来。我输给别人,却老是赢你的。莫非你怕我?"他又一次说。

罗斯托夫听从了他的话,保持原来写上的八百卢布,把一张他从地上捡起来的折了角的红桃七放在桌上。后来他清楚记得这张牌。他放下这张牌,把注下在它上面,用粉笔头端正地写了"八百"这个数目字;喝了一口端上来的烫过的香槟酒,想起多洛霍夫的话笑了笑,开始看着多洛霍夫握着牌的手,屏住气等待红桃七出现。这张红桃七上的输赢,对罗斯托夫来说事关重大。上星期伊里亚·安德烈依奇伯爵给了儿子两千卢布,他从来不喜欢提到自己手头拮据,这次却对儿子说,这些钱是五月之前的最后一笔进账,因此他要儿子节省点。尼古拉当时说,这笔钱对他来说已经是够多的了,他保证在春天之前不再向父亲要钱。现在这些钱只剩下一千二百卢布。这么说来,这张红桃七被吃不仅意味着输掉一千六百卢布,而且还意味他必然会违背自己的诺言。他屏住气看着多洛霍夫的手,心里想道:"快分给我这张牌,这样我就可以拿起帽子,回家去和杰尼索夫、娜塔莎、索尼娅一起吃晚饭,今后我的手一定不会再去碰牌了。"这时他的家庭生活的画面——与彼佳逗乐,与索尼娅谈话,与娜塔莎唱二重唱,与父亲玩皮克牌①,甚至在波瓦尔街的家里安静地睡觉——非常清晰地和极富诱惑力地浮现在他眼前,仿佛这一切是早就过去的、已经丧失的和无比宝贵的幸福。他不能设想,这种愚蠢的偶然性会使红桃七放在右边而不是放在左边②,会使他失去他新理解到的和新弄清楚的全部幸福,从而掉进还没有体验过的和含糊不清的不幸的无底深渊。这不可能,但是他仍然屏住气,眼巴巴地看多洛霍夫的手的动作。这两只从衬衣袖口露出的、长满寒毛和有些发红的大手把整副牌放下,接过递给他的杯子和烟斗。

"这么说你真不怕跟我玩牌?"多洛霍夫又说了一次,仿佛是为了讲一个快乐的故事,他放下牌,往椅背上一靠,带着微笑慢吞吞地讲了

---

① 皮克牌是一种通常由两人用三十二张牌对玩的纸牌游戏。
② 开牌后,输家的牌放在右边,赢家的牌放在左边。

起来：

"是的,诸位,我听说在莫斯科散布了一种流言,说我似乎是一个赌棍,因此我劝你们对我要当心点。"

"喂,分牌吧!"罗斯托夫说。

"唉,这些莫斯科的三姑六婆们!"多洛霍夫说,笑着拿起牌。

"啊—— 啊!"罗斯托夫几乎喊了一声,举起两手去抓头发。他所需要的那一张红桃七已经出现在上面,是这副牌的第一张。他输掉了的钱超过了他的支付能力。

"不过你不要输红了眼不顾一切地乱来。"多洛霍夫说,他瞥了罗斯托夫一眼,继续分他的牌。

十四

一个半小时后,大多数赌客已经不大认真地玩自己的牌了。

整场赌博集中在罗斯托夫一人身上。记在他账上的已不是一千六百卢布,而是一长串数目字,他原来估计约有上万卢布,而现在根据他大致的计算,已经达到一万五千卢布。实际上,记在账上的已超过两万卢布。多洛霍夫已经不再听人说话和不讲故事了;他注视着罗斯托夫的手的每一个动作,偶尔匆匆地看一眼他记的账。他决定继续赌下去,直到这欠账达到四万三千卢布为止。他之所以选择这个数目,是因为这是他和索尼娅的年龄总和四十三的一千倍。罗斯托夫两手支撑着脑袋,坐在写满数目字、洒满酒迹、乱放着纸牌的桌子前面。他头脑里一直有一个痛苦的想法:这双从衬衣袖口里露出来的、长满寒毛和有些发红的大手,这双他又爱又恨的手现在控制了他。

"六百卢布,爱司,折角,九……赢回来是不可能了! ……在家里该是多么快活啊……杰克双倍下注……这不可能! ……他干吗要这样对待我? ……"罗斯托夫想着和回忆着。有时他下一个大注;但是多洛霍夫不同意,由他确定一个赌注。尼古拉依从他,时而向上帝祷告,就像他打仗时在阿姆施泰因桥上做祷告一样;时而猜想他从桌子底下一堆窝坏的牌中摸到的第一张牌能够救他;时而计算他的制服上衣有几条绦带,想要在点数与绦带的条数相同的牌上下一个数量与全部输掉的钱相等的赌注；时而瞧瞧其他的赌客，请求他们的帮助；时而注视着多洛霍夫的那张现在变得很冷漠的脸，竭力想要猜透他心里在想些什么。

"可是他知道，"他自言自语地说，"输掉这么多钱对我来说意味着什么。他总不能希望我毁灭吧？要知道他曾是我的朋友。要知道我曾爱过他……但是也不能怪他；他手气好，这又有什么办法呢？我也没有错。"他就这样自言自语地说着。"我没有做过任何坏事。难道我杀过人，欺负过人，有过害人之心吗？为什么遭到这可怕的不幸？这是从什么时候开始的？在不很长的时间之前，当我怀着赢一百卢布给妈妈过命名日买一个首饰匣，然后回家的想法走到这张桌子前面时，我还是多么的幸福，多么的自由和快活啊！我当时并不理解我是多么幸福！这是在什么时候结束的？这个新的、可怕的处境是什么时候开始的？这个变化的标志是什么？我一直这样坐在这个地方，坐在这张桌子旁边，一直这样选牌和出牌，看着这双灵活的大手。这是什么时候发生的？我健康，有力，还是原来的样子，一直在同一个地方。不，这不可能！大概一切最后不会有什么结果。"

他满脸通红，浑身冒汗，虽然房间里并不热。他的脸色既可怕又可怜，尤其是因为他想要装出镇静的样子，就更显得难看。

记的赌账已达到四万三千这个预定的数目。罗斯托夫准备了一张牌，折了角，在它上面下数额相当于刚才输的三千卢布的赌注，这时多洛霍夫把一副牌啪的一声摔在桌上，推到一边，拿起粉笔，开始用他那清晰有力的笔迹，迅速使劲写出罗斯托夫所欠赌账的总数。

"吃晚饭，该吃晚饭了！你们瞧，茨冈人来了！"确实，这时一些黑皮肤的男人和女人正从外面进来，带着茨冈口音说着什么。尼古拉知道一切都结束了；但是他用冷淡的语气说：

"怎么，不再玩了？我准备了一张很好的牌。"听他口气，仿佛最吸引他的是玩牌本身的乐趣。

"一切都结束了，我完了！"他想，"现在只有一条路——对准脑门打一枪。"可是与此同时他仍然快乐地说道：

"来，再玩一张牌。"

"好，"多洛霍夫算完账后回答道，"很好！下二十一卢布的注。"

他指着四万三千后面的尾数二十一说，说着拿起一副牌，准备分牌。罗斯托夫顺从地展平折起的角，没有写准备要写的六千，认认真真地写上了二十一。

"这对我来说反正都一样，"他说，"我只是很想知道，你将吃掉这张十，还是给我。"

多洛霍夫一本正经地分牌。啊，这时罗斯托夫是多么恨多洛霍夫的那双从衬衣的袖口里露出来的皮肤有些发红、手指很短、长满寒毛的手，那双控制着他的手啊……十这张牌赢了。

"你总共欠四万三千卢布，伯爵。"多洛霍夫伸着懒腰说，他从桌旁站起身来。"坐这么久，人都坐累了。"他说。

"是的，我也累了。"罗斯托夫说。

多洛霍夫仿佛想要提醒他，让他知道开玩笑是不合适的，打断他的话说：

"您什么时候给钱，伯爵？"

罗斯托夫的脸唰地一下红了，他把多洛霍夫叫到另一个房间。

"我不能一下子付清，你可以拿到期票。"他说。

"听我说，罗斯托夫，"多洛霍夫说，爽朗地微笑着，注视着尼古拉的眼睛，"你知道有这样一句俗话：'情场上运气好，牌桌上倒霉。'你的表妹爱上了你。我知道。"

"啊，受这个人控制，真觉得可怕！"罗斯托夫想道。他知道，输钱的消息对父母来说将是一个多么巨大的打击；他知道，如能摆脱所有这一切，是多么大的幸福，并且知道多洛霍夫认为自己能使他免受这种羞辱和痛苦，现在还想和他玩捉老鼠的游戏。

"你的表妹……"多洛霍夫想要往下说，但是尼古拉打断了他的话。

"我的表妹与此无关，关于她没有什么好说的！"他狂怒地喊叫道。

"那么什么时候给钱？"多洛霍夫问。

"明天。"罗斯托夫说，随即走出了房间。

十五

说一声"明天"和保持体面的风度并不难，但是一个人回家，看见弟弟妹妹和父母,承认错误,在下了保证后又违背诺言去伸手要钱,这想起来就觉得可怕。

家里的人还没有睡。罗斯托夫家的年轻人看戏回家后,吃了晚饭,坐在古钢琴旁。尼古拉一进大厅,就觉得有一种充满诗意的爱的气氛包围了他,在他们家里整个冬天都笼罩着这种气氛,而现在,在多洛霍夫求婚和参加约格尔那里的舞会后,索尼娅和娜塔莎身上的这种气氛,像雷雨前的空气一样,似乎变得更浓了。索尼娅和娜塔莎身上穿着看戏时穿的天蓝色的衣裙,显得很漂亮,她们自己也知道这一点,这时含着幸福的微笑在古钢琴旁边站着。薇拉和申升在客厅里下棋。老伯爵夫人在等着儿子和丈夫回家,这时她正在和一个住在他们家里的贵族老太婆玩纸牌戏。杰尼索夫两眼闪闪发光,头发蓬乱,一条腿往后伸,坐在古钢琴旁,用他短短的手指按着琴键,弹奏着和弦,转动起眼睛,用他有点沙哑、然而是准确的声音小声唱起他自己写的诗《女魔法师》,试图为它配上音乐。

> 女魔法师,告诉我,是什么力量
> 使我重新拨动已告别的琴弦;
> 你把什么样的火种播在我的心田,
> 注入我手指的又是什么样的灵感!

他热情奔放地唱着,一双又黑又亮的眼睛闪闪发光,看着惊恐而又幸福的娜塔莎。

“很好! 好极了! ”娜塔莎喊道,“再来一段。”她说,没有发现尼古拉。

“他们还是那样。”尼古拉想道,他朝客厅看了看,看见薇拉、母亲和老太婆在那里。

“啊! 尼科连卡回来了! ”娜塔莎跑到了他跟前。

“爸爸在家吗? ”他问。

“你回来了,我真高兴! ”娜塔莎说,没有回答他的话,“我们快活极了! 瓦西里·德米特里奇为了我再留一天,你知道吗? ”

“不,爸爸还没有回来。”索尼娅说。

"科科①，你回来了，上我这儿来，孩子。"伯爵夫人从客厅里喊他。尼古拉走到母亲跟前，吻了吻她的手，默默地在她的桌子旁坐下，开始观看她的那双摆牌的手。从大厅里仍然不断传来笑声和劝说娜塔莎的快乐的说话声。

"好了，好了，"杰尼索夫喊了起来，"现在没有什么可说的了，您该唱威尼斯船歌了，恳求您。"

伯爵夫人回头朝沉默不语的儿子看了一眼。

"你怎么啦？"母亲问尼古拉。

"咳，没有什么。"他说，仿佛对老提这同一个问题已感到厌烦似的。"爸爸快要回来了吧？"

"我想快回来了。"

"他们还是那样。他们什么也不知道！我上哪里去才好呢？"尼古拉想道，他又到放着古钢琴的大厅里去。

索尼娅坐在古钢琴旁，弹奏着杰尼索夫非常喜欢的威尼斯船歌里的前奏曲。娜塔莎准备要唱。杰尼索夫用充满激情的目光看着她。

尼古拉开始在房间里走来走去。

"何必一定要她唱呢！她能唱什么？这里没有任何可乐的地方。"尼古拉想。

索尼娅弹了前奏曲的第一个和弦。

"我的上帝，我是一个可耻的、堕落的人。对准脑门打一枪——只有这条路，而不是唱什么歌。"他想道。"要不要躲开？但是上哪里去呢？反正都一样，就让他们唱吧！"

尼古拉脸色阴沉，继续在房间里来回走，不时看看杰尼索夫和姑娘们，同时避开他们的目光。

"尼科连卡，您怎么啦？"索尼娅注视着他，她的目光好像在这样问。她一下子就看出他发生了什么事。

尼古拉扭过头去，避开她的目光。机灵的娜塔莎也立刻看出了哥哥的精神状态不正常。她虽然看出了，但是这时她非常快活，根本想不到会有痛苦和悲伤，会责备她（年轻人经常是这样）有意欺骗自己。"不，

---

① 科科是尼古拉的小名。

我现在太快活了,不能因为同情别人的痛苦而破坏自己的情绪,"她这样觉得,并对自己说不,我大概看错了,他应当像我一样快活。"

"喂,索尼娅。"她说,朝大厅的正中央走去,照她的看法,那里应是聚音最好的地方。娜塔莎像女舞蹈演员一样稍稍抬起头,两手自然下垂,用力踮起脚尖,走到了房间中央,站住了。

"瞧,这就是我!"她仿佛在这样说,回答着注视她的杰尼索夫的充满激情的目光。

"她高兴什么呢!"尼古拉瞧着妹妹这样想,"她怎么不感觉到无聊和害羞呢!"娜塔莎唱出了第一个音符,她的嗓子放开了,胸脯挺起来了,眼睛显出严肃的表情。在这时刻她没有想谁和想什么,从她挂着笑容的嘴里吐出一连串声音,这些声音任何人在同一段时间里和同样的音程里都能吐出来,但是您听了它一千次可能无动于衷,而第一千零一次会受到震撼而热泪盈眶。

在这个冬天,娜塔莎第一次开始认真地唱歌,她这样做,特别是因为杰尼索夫赞赏她的歌喉。她现在已不像孩子那样唱了,在她的歌声里已没有过去曾经有过的那种滑稽的、孩子气的使劲地叫喊;但是她像听过她唱歌的行家所说的那样,唱得还不好。"没有经过训练,但嗓子很好,应当进行训练才行。"大家都这样说。然而人们通常在她唱完后过了很久才这样说。而当她用没有经过训练的嗓子唱歌、送气方法不正确和连接不自然时,就连行家们也没有说什么,他们只顾欣赏着这未经训练的嗓子唱的歌,希望再一次听到它。在她的嗓音中有一种处子的纯贞,一种未意识到自身力量的天真,一种未经加工的柔和,这些特点与歌唱技巧的缺点紧密结合在一起,使人觉得这嗓音不能作任何改变,否则就会毁了它。

"这是怎么回事?"尼古拉听到她的歌声,睁大眼睛想道。"她怎么啦?今天她怎么唱得这么好?"他想。突然他觉得整个世界都在聚精会神地等待下一个音符,下一句歌词,世界上的一切都分为三个节拍:"啊,我的残酷的爱情①……一,二,三……一,二……三……一……啊,我的残酷的爱情……一,二,三……一。唉,我们的生活荒谬可笑!"尼

---

① 原文为意大利文。

娜塔莎唱出了第一个音符，她的嗓子放开了，胸脯挺起来了，眼睛里出严肃的表情。

古拉想。"所有这一切,什么不幸,什么金钱,什么多洛霍夫,还有愤恨和名誉——这一切都是胡扯……而这才是真正的东西……啊,娜塔莎,啊,亲爱的! 啊,好妹妹! ……现在听她怎样唱这个 si……唱出来了吧? 谢天谢地!"他自己也没有发现他也在唱,为了加强这个 si,唱出第二声部高三度音。"我的上帝! 多么好啊! 难道这是我唱的? 多么幸福!"他想。

啊,这三度音颤动了起来,罗斯托夫心中的某种美好的东西受到了触动。这某种美好的东西与世上的一切无关,高于世上的一切。输钱,像多洛霍夫这样的人,还有所下的保证,又算得了什么! ……都是胡扯! 可以杀人、偷盗,然而仍然还可以是幸福的……

十六

罗斯托夫好久没有像这一天那样感受到音乐的乐趣了。但是娜塔莎刚唱完威尼斯船歌,现实又浮上了他的心头。他一句话也没有说就走了,到下面自己的房间里去。过了一刻钟,老伯爵高高兴兴地和非常满意地从俱乐部回来了。尼古拉听到父亲回来后,便去找他。

"怎么,玩得很快活吧?"伊里亚·安德烈依奇问,乐呵呵地和自豪地朝自己的儿子微笑着。尼古拉想要说一声"是的",但是说不出口,他几乎号啕大哭起来。伯爵在点烟斗,没有注意到儿子的心情。

"唉,躲是躲不过去了!"尼古拉第一次、也是最后一次这样想。突然他用漫不经心的、自己也觉得讨厌的语气,好像向父亲要一辆马车进城似的对他说:

"爸爸,我有事来找您。我几乎给忘了。我需要钱用。"

"原来是这样。"心情特别愉快的父亲说,"我对你说过,手头比较紧。要很多吗?"

"很多。"尼古拉红着脸说,露出愚蠢的、漫不经心的微笑,为了这微笑,后来他好久都不能原谅自己,"我输了一些钱,说得确切些,输了不少,甚至可以说输了很多,一共四万三千卢布。"

"什么? 输给谁? ……开什么玩笑!"伯爵喊道,他的脖子和后脑勺像老年人中风一样涨得通红。

"我答应明天给人家。"尼古拉说。

"是吗！……"老伯爵说，他摊开双手，无力地倒在沙发上。

"有什么办法呢！谁没有发生过这种事。"儿子用大胆放肆的语气说，而在心里他认为自己是一个用整个生命也无法补偿自己的罪过的坏蛋和下流坯。他想要吻父亲的手，跪着请求他原谅，而嘴里却用漫不经心的、甚至粗鲁的语气说，任何人都会发生这样的事。

伊里亚·安德烈依奇伯爵听见儿子的这些话垂下眼睛，开始急急忙忙地寻找什么东西。

"是啊，是啊，"他说，"我担心很难弄到钱……谁都有这样的事！是的，谁都有这样的事……"伯爵匆匆看了一下儿子的脸，就从房间里往外走……尼古拉做了遭到拒绝的准备，怎么也没有料到会这样。

"爸爸！爸——爸！"他在父亲背后哭着喊道，"原谅我！"他抓住父亲的一只手，嘴唇贴到它上面，哭了起来。

在父子两人谈话的时候，母女两人之间也在进行一场同样重要的谈话。娜塔莎激动地跑到母亲那里。

"妈妈！……妈妈！……他向我……"

"向你什么？"

"向我，向我求婚。妈妈！妈妈！"娜塔莎喊道。

伯爵夫人简直不相信自己的耳朵。杰尼索夫求婚。向谁求婚？向这个小姑娘娜塔莎求婚，要知道不久前她还在玩布娃娃，如今还在学习。

"娜塔莎，够了，全是胡诌！"她说，还希望这是开玩笑。

"瞧您说的，不是什么胡诌！我对您说的是正经事。"娜塔莎生气地说，"我是来问您怎么办的，而您却说：'胡诌'……"

伯爵夫人耸了耸肩。

"如果杰尼索夫**先生**真的向你求婚，当然这很可笑，你就对他说，他是一个大傻瓜，这就行了。"

"不，他不是傻瓜。"娜塔莎委屈地和严肃地说。

"那么你想怎么样呢？你们现在全都在谈恋爱。既然爱上了，那就嫁人吧，"伯爵夫人生气地笑着说，"愿上帝保佑！"

"不，妈妈，我没有爱上他，大概没有爱上他。"

"那么你就这样对他说。"

"妈妈,您生气了? 您不要生气,亲爱的,您说,我有什么错?"

"不,我的孩子,有什么好生气的? 要不要我去对他说。"伯爵夫人微笑着说。

"不,我自己去,只是您得教会我怎么说。您干什么都是很容易的。"她针对母亲的微笑加了一句,"您要是看见他说这件事时的样子,就不会这样了! 因为我知道他本来是不愿意说的;他是一不小心才说出来的。"

"不过还是应当拒绝他。"

"不,不能这样做。我很可怜他! 他是那样的可爱。"

"那么你就接受他的求婚吧。再说,也该出嫁了。"母亲生气地用讥讽的语气说。

"不,妈妈,我很可怜他。我不知道该怎么说。"

"你没有什么好说的,我亲自去说。"伯爵夫人说,她对有人胆敢把她的小娜塔莎当作大人看待感到愤慨。

"不,绝对不行,我自己说,您到门口听着好了。"说着娜塔莎穿过客厅朝大厅跑去,这时杰尼索夫在那里两手捂着脸,还坐在古钢琴旁的那把椅子上。他听见娜塔莎轻轻的脚步声,很快站了起来。

"娜塔利[1]",他说,快步朝她走过来,"请您决定我的命运吧。它掌握在您的手里!"

"瓦西里·德米特里奇,我很同情您! ……不,您是一个好人……但是不要……这样……就这样我也会永远爱您的。"

杰尼索夫朝她的一只手弯下身来,于是她听见了一种奇里古怪的声音。她吻了吻他那长着蓬乱拳曲的黑发的头。这时传来了急忙进来的伯爵夫人的衣衫的窸窣声。她走到了他们两人跟前。

"瓦西里·德米特里奇,多蒙垂青,不胜感激,"伯爵夫人窘困地说,但是杰尼索夫觉得她语气严厉,"不过我的女儿年纪还很小,我曾想过,您是我儿子的朋友,会先对我说。这样您就不会使我不得不出面来表示谢绝了。"

---

① 娜塔利是娜塔莎(娜塔莉娅)的法文名。

"伯爵夫人……"杰尼索夫垂着眼睛面有愧色地说,他还想说点什么,可是结结巴巴地没有说出来。

娜塔莎无法平静地看着他的这种可怜的样子。她开始大声地抽泣起来。

"伯爵夫人,我对不起您,"杰尼索夫接着断断续续地说,"但是您要知道,我非常崇敬您的女儿和你们全家,为了你们我可以献出两次生命……"他朝伯爵夫人看了一眼,发现她神情严峻……"再见了,伯爵夫人。"他吻了吻她的手说,没有朝娜塔莎看一眼,就毫不犹豫地快步走出了房间。

第二天,罗斯托夫送走了杰尼索夫,因为杰尼索夫在莫斯科连一天也不愿意多待了。他的莫斯科的朋友们在茨冈人那里为他饯行,他不记得人们是怎样把他安置到雪橇上的,也不记得是怎样走过头三站的。

杰尼索夫走后,罗斯托夫为了等钱还在莫斯科住了两个星期,因为老伯爵无法一下子把这笔筹齐,他不出家门,大部分时间待在姑娘们房里。

索尼娅对他比以前更忠诚和更体贴了。看来她想对他表明,她认为输钱是英勇行为,因此现在她更爱他了;但是尼古拉现在认为自己配不上她。

他在姑娘们的纪念册里写满了他写的诗和曲子,没有去和任何熟人告别,最后在还清了四万三千卢布的赌债和收到多洛霍夫的收据后,于十一月底出发,追赶已到达波兰的团队去了。

第二部

一

皮埃尔和妻子进行了那场不欢而散的谈话后,便动身到彼得堡去了。到托尔若克时,驿站上没有马匹,也许是驿站长不愿意给。皮埃尔只好等待。他和衣躺在圆桌前的皮沙发上,把两只穿着暖靴的大脚搁在桌子上,陷入了沉思。

"要不要把皮箱拿进来?要不要铺床和喝点茶?"仆人问道。

皮埃尔没有回答,因为什么也没有听见,什么也没有看见。他从前一站起就开始沉思,一直想着同一个问题——一个非常重要的问题,因此丝毫也没有注意他周围发生的事。他不仅不关心他到达彼得堡的时间的早晚,也不关心在这个驿站上有没有他休息的地方,而且觉得与他现在正在考虑的事相比,在这个驿站上待几个钟头或待一辈子全都是一样的小事。

驿站长、驿站长的妻子、仆人、卖托尔若克刺绣的女人都进房间来问这问那。皮埃尔没有改变跷着两脚的姿势,透过眼镜看着他们,不知道他们可能会有什么需要,不明白他们在他现在考虑的问题解决前怎么能够生活。而他考虑的还是那些老问题,自从他进行决斗后从索科尔尼基回家,度过了一个痛苦的不眠之夜以来,这些问题一直萦绕在他的脑际;不过现在,在一个人单独旅行时,这些问题就考虑得特别多。不管他开始想什么,他总是回到这些他无力解决同时又不停地对自己提出的问题上来。仿佛在他的头脑里一颗支撑着他的整个生命的主要的螺丝钉**拧坏**了。这颗螺丝钉不继续往里进,也取不出来,什么也没有挂住,老在一个刻槽里转动着,而且还不能使它停住不转。

驿站长进来了,低声下气地请伯爵大人只等两个钟头,答应两个钟头后就给大人(管它三七二十一)套上信使专用的驿马。显然驿站长是在撒谎,他只不过想要向过路的旅客多要几个钱罢了。"这样做是坏还是好?"皮埃尔问自己。"对我来说很好,对另一位旅客来说就是坏,而驿站长本人非这样做不可,因为他吃不饱肚子:他说一个军官因此鞭打过他。而这个军官之所以打他,是因为他需要快点赶路。而我开枪打多洛霍夫是因为我认为自己受了侮辱,路易十六被处死是因为人们认为他是罪犯,而一年后处死了那些处死他的人,也是由于某种原因。什么是坏?什么是好?应当爱什么和恨什么?应当为了什么而活着,我是什么样的人?什么是生,什么是死?什么样的力量支配着一切?"他问自己。这些问题当中任何一个问题都没有得到解答,只有一个不合逻辑的、完全不是回答这些问题的答案。这个答案是:"人死了,一切也就结束了。死了,一切也都明白了,或者不会再问了。"但是死是很可怕的。

托尔若克的女商贩尖声喊叫着,推销她的货物,尤其是山羊皮鞋。"我有几百卢布没处花,而她却穿着破大衣站在那里,怯生生地看着我。"皮埃尔想,"她要这些钱干什么呢?这些钱真能给她增添一丝幸福和安宁吗?难道世界上真有什么东西能够使她和我少受恶的伤害和免遭死亡吗?能把一切了结的死亡今天或明天就要来到—— 这跟永恒相比,只是一刹那的事。"于是他又拧什么也挂不住的螺丝钉,而螺丝钉仍然在同一个地方转动着。

他的仆人递给他一本已裁开一半的苏扎夫人[①]的书信体小说。他读了起来,小说写的是一个名叫阿梅利·曼斯费尔德的女人的痛苦和她维护贞操的斗争。"既然她爱那个引诱她的人,"他想道,"那么为什么还要进行反抗呢?上帝是不会把违背他的意志的渴望注入她的灵魂

---

① 苏扎夫人(一七六一——一八三六),法国女作家,她的小说在十九世纪初年在俄国甚为流行。

的。我以前的妻子没有反抗，也许她是对的。什么也没有找到。"皮埃尔又自言自语地说："什么也没有想出来。我们能够知道的只是我们什么也不知道这一点。这是人类的最高智慧。"

他觉得自己内心的和他周围的一切都是混乱的、毫无意义的和令人厌恶的。但是皮埃尔在这种对周围的一切的厌恶当中找到了某种富有刺激性的乐趣。

"我斗胆请求大人稍稍挪一挪，给这位大人腾点地方。"驿站长说，他走进房间，带来了另一位缺乏马匹只好停留在这里的过路旅客。这位旅客是一个身体敦实、骨骼宽大、肤色发黄、满脸皱纹的老头，他的一双闪闪发亮的似灰非灰的眼睛上方垂挂着两撇灰白色的长眉毛。

皮埃尔把脚从桌子上拿下来，站起身，躺到为他准备的床铺上，不时地瞧瞧进来的人，那人神色阴沉，面带倦容，没有看皮埃尔，在仆人的帮助下费劲地脱他的衣服。最后他身上只穿一件土布面的破皮袄，瘦瘦的、皮包骨的脚上穿一双毡靴，随即在沙发上坐下，把头发剪得很短、脑门很宽的大脑袋靠在沙发背上，朝别祖霍夫看了一眼。他那严厉的、聪明的和锐利的目光使皮埃尔感到惊讶。他想要同这位旅客攀谈，但是当他准备向他询问路上的情况时，那人已闭上了眼睛，交叠起两只布满皱纹的手，可以看到在一只手的一根手指上戴着一枚生铁的大戒指，戒指上刻着一个骷髅，他一动不动地坐着，皮埃尔觉得他好像在休息，又好像在深沉地和平静地思考着什么。那旅客的仆人也是一个满面皱纹、皮肤发黄的小老头，没有胡子，看起来胡子不是剃掉的，而是从来没有长过。动作灵活的老仆打开旅行食品箱，在桌子上摆好茶具，端来一个烧开了的茶炊。当一切都准备好了时，那旅客睁开眼睛，靠近桌子，给自己倒了一杯茶，也给没有胡子的小老头倒了一杯，递给了他。皮埃尔开始感到不安，觉得需要同这个旅客攀谈，甚至觉得必然会这样做。

仆人把他的空杯子底朝上端回来，并拿回没有吃完的方糖[①]，问主人还需要什么。

"什么也不需要。把书给我。"那旅客说。仆人把书递给他，皮埃

---

① 俄国人的习俗，把空杯子底朝上端回，表示不再要茶了；而方糖不溶在茶里，而是就着茶吃的。

尔觉得这是一本宗教书,见他埋头读了起来。皮埃尔看着他。突然那旅客把书放到一边,夹上书签,把它合上,又闭上眼睛,胳膊肘靠着沙发背,又照原来的姿势坐好。皮埃尔看着他,刚要转过头,那老头就睁开了眼睛,用坚定的和严厉的目光直愣愣地盯住皮埃尔的脸。

皮埃尔感到很窘,想避开这目光,但是老头的那双闪闪发亮的眼睛不可抗拒地吸引着他。

二

“如果我没有认错人的话,那么我这是荣幸地在和别祖霍夫伯爵说话。”那位旅客不慌不忙地和大声地说。皮埃尔默默地透过眼镜用疑问的目光看着对方。

“我听说过您,”那位旅客接着说,“听说过您,先生,遭到的不幸。”他强调最后一个词,仿佛是说:“是的,是不幸,不管您叫它什么,我知道您在莫斯科发生的事是一种不幸。”他又说,“先生,我为这件事对您深表同情。”

皮埃尔涨红了脸,急忙把腿从床铺上放下来,朝老头弯下身去,不自然地和胆怯地微笑着。

“我不是出于好奇对您提这件事,先生,而是由于更加重要的原因。”他停了停,继续注视着皮埃尔,在沙发上挪动了一下,示意让皮埃尔坐到他身边来。皮埃尔不大高兴同这个老头谈话,但是不由自主地顺从了他,走过去,在他身边坐下。

“您很不幸,先生。”他继续说,“您年轻,我老了。我愿意尽我的力量帮助您。”

“唉,是的。”皮埃尔带着不自然的微笑说,“我非常感谢您……请问您是从哪里来的?”那位旅客的脸色并不和蔼可亲,甚至显得冷淡和严厉,尽管如此,这位新认识的人的话语和神情对皮埃尔产生了一种不可抗拒的吸引力。

“如果由于某种原因您不乐意和我交谈,”老人说,“那么您就直说好了,先生。”突然他像父亲一样慈祥地笑了笑。

“不,完全不是这样,恰恰相反,和您认识,我很高兴。”皮埃尔说,再一次朝这个新认识的人的手看了看,凑过去仔细察看那戒指。他看到上面的骷髅—— 这是共济会的标志。

"请问,您是共济会员吗?"

"是的,我属于自由石匠协会①。"那位旅客用愈来愈深沉的目光注视着皮埃尔的眼睛,"我代表自己和代表他们向您伸出友爱的手。"

"我担心,"皮埃尔微笑着说,这个共济会员博得了他的信任,可是他又有嘲笑他们的信仰的习惯,因此他还在踌躇,"我担心我完全不能理解,怎么说好呢,我担心我对整个宇宙的思维方法与你们相反,恐怕我们不能相互理解。"

"我了解您的思维方法,"这个共济会员说,"您所说的您的思维方法,您觉得是您的思维劳动的产物,其实是大多数人的思维方法,是骄傲、懒惰和无知产生的同一结果。请原谅,先生,如果我不了解它,我也就不会和您说了。您的思维方法是一种可悲的迷误。"

"这正如我设想您也处于迷误之中一样。"皮埃尔微微一笑说。

"我从来不敢说我知道真理。"这个共济会员说,他说话明确,语气坚决,皮埃尔对此愈来愈感到惊讶。"任何一个人都不能单独得到真理;只是在从始祖亚当到今天为止千百万代人的参与下,一块石头一块石头地堆砌着,才建造成可供伟大的上帝居住的殿堂。"他说,说完闭上了眼睛。

"我应当对您说,我不相信,不……相信上帝。"皮埃尔遗憾而又勉强地说,他觉得有必要讲真话。

这个共济会员注意地看了皮埃尔一眼,笑了笑,看他的神气,仿佛是一个手里掌握几百万财富的富翁在笑一个穷人似的,这个穷人对富翁说,只要有五个卢布就能使他得到幸福,可是他没有。

"您不知道上帝,先生,"他说,"您不可能知道他。您不知道他,因此您才不幸。"

"是的,是的,我很不幸,"皮埃尔肯定说,"那么我怎么办呢?"

"您不知道上帝,先生,因此您很不幸。您不知道他,而他在这里,

---

① 共济会起源于中世纪石匠和教堂建筑工匠的行会,"自由石匠协会"的名称由此而来。

在我心中,他在我的话里,他在你的心中,甚至在你现在讲的亵渎上帝的话里。"共济会员用颤抖的声音严厉地说。

他停了一会儿,叹了一口气,看来竭力想平静下来。

"假如上帝是不存在的,"他低声说,"你我就不会谈论他,先生。我们谈的是什么,谈的是谁? 你否定的是谁?"他突然用兴奋严厉和不容辩驳的语气说:"如果他不存在,是谁把他臆想出来的呢? 为什么你设想有这样一个不可理解的造物主呢? 为什么你和全世界的人都设想有这样一个无法理解的造物主,这样一个具有万能的、永恒的和无限的特性的造物主存在呢? ……"他停住不说了,沉默了很久。

皮埃尔不能而且也不想打破这沉默。

"他是存在的,但是要理解他很困难。"共济会员又说起来,他没有看皮埃尔,而是看着前面,翻动着书页,他的那双老年人的手由于内心激动而无法静止不动。"假如你怀疑其存在的是一个人,我就会把这个人带到你这里来,就会拉住他的手让你看。但是我这样一个微不足道的人怎么能把万能的、永恒的、仁慈的上帝带给瞎了眼睛的人看,带给闭上眼睛,不愿看见和理解他,不愿看见和理解自己的全部卑劣行为和恶习的人看呢?"他沉默了一会儿,"你是谁? 你是什么? 你幻想自己是一个智者。因为你能够讲出这些亵渎上帝的话他面带阴沉的和轻蔑的微笑说而你比小孩还要愚蠢和不明智,小孩在玩弄精致的钟表零件时敢于说,由于他不懂得这钟表的用途,他不相信做钟表的工匠。认识上帝是困难的。自从始祖亚当到今天,我们世世代代为认识他而努力,现在离达到这个目的还无限的遥远;但是在对他的不理解之中,我们看到的只是我们的软弱无能和他的伟大……"

皮埃尔用闪闪发亮的眼睛看着共济会员的脸,屏息静听着他的话,没有插话,也没有发问,全身心地相信这个陌生人对他讲的话。不知他是相信共济会员说话时提出的合理论据呢,还是像小孩一样,相信共济会员说话的语调、坚定的信念和亲热的态度以及有时几乎使他说不下去的那种颤动的嗓音呢? 要么是相信这位老者的那双由于有坚定信念而变得衰老的闪闪发亮的眼睛,或者是相信从共济会员整个人身上显露出来的那种沉着镇定、坚忍不拔和知道自己使命的品格,这与皮埃尔的颓丧和绝望大不相同,因而使他特别感到惊讶—— 总之,他全心全意地希望能够相信,并且也相信了,结果体验到一种宽慰、新生和回到生活的愉快感觉。

"上帝不能用智力来理解,而要用生命来理解。"共济会员说。

"我不明白。"皮埃尔说,恐惧地感觉到自己心中产生了怀疑。他担心对方提出的论据不够清楚和有力,担心自己不相信他。"我不明白,"他说,"人的智力怎么不能理解您所说的知识。"

共济会员像长者一样,温和地笑了笑。

"最高的智慧和真理如同我们想要吸入的最纯净的甘露,"他说,"我能用不干净的器皿装这纯净的甘露而来谈论它的纯净度吗?只有净化自己的内心,我才能使吸入的甘露达到一定的纯净度。"

"是的,是的,是这样。"皮埃尔高兴地说。

"最高的智慧并不只建立在理智上,也不建立在分为物理、历史、化学等世俗科学的知识上。最高智慧只有一个。最高智慧只有一门科学——这是包罗一切的科学,它说明整个宇宙和人在其中所占的地位。为了使自己能装下这门科学,应当净化和更新自己内心的人,因此在进行认识前,需要有信仰和自我完善。为了达到这些目的,我们的心中注入了被称为良心的上帝之光。"

"是的,是的。"皮埃尔认为说得对。

"用精神的眼睛看看自己这个内心的人,问问自己,你对自己是否满意。你单靠智力的指导得到了什么?你是什么样的人?先生,您年轻,您富有,您聪明,受过教育。您用所有这些赐予您的东西做了些什么?您对自己和对自己的生活满意吗?"

"不,我恨我的生活。"皮埃尔皱着眉头说。

"一般说来,你要是恨,那么就改变它,净化自己,随着净化你将会获得智慧。先生,您就看一看您的生活吧。您是怎样过生活的?纵酒狂饮,声色犬马,从社会得到一切,却没有回报社会任何东西。您获得了财富。您是怎样使用它的?您为他人做了些什么?您想过您的几万名奴隶,在物质上和精神上帮助过他们吗?没有。您利用他们的劳动,以便过荒淫无耻的生活。这就是您做的事。您找了一个可为别人带来好处的差事没有?没有。您过着游手好闲的生活。再说,先生,您结了婚,负起了指导年轻妻子的责任,您做了些什么呢?您没有帮助她找到真理的道路，先生，却把她引入了谎言和不幸的深渊。有人侮辱了您，您就要打死他，您还说您不知道上帝和恨您的生活。这里没有任何难以理解的地方，先生！"

共济会员在说了这些话后，似乎因为说得太长而有点累了，他又用胳膊肘靠着沙发的后背，闭上了眼睛。皮埃尔望着老人的这张严厉的、一动不动的、几乎是死人的脸，无声地动了动嘴唇。他想要说：是的，过的是令人厌恶的、游手好闲的、荒淫无耻的生活，可是不敢打破沉默。

共济会员嘶哑地、老态龙钟地咳嗽了几声，叫来了仆人。

"马怎么样了？"他问，眼睛没有看皮埃尔。

"替换的马来了，"仆人回答道"您不休息了？"

"不，吩咐套车。"

"难道他没有把话说完，没有答应帮助我，就丢下我一个人走了？"皮埃尔想道，他站起身来，低下头，不时看看那共济会员，开始在房间里走来走去。"是的，我没有想过这一点，但是我过的是卑鄙的、荒淫无耻的生活，不过我并不喜欢这种生活，也不想这样做，"皮埃尔想，"而这个人知道真理，如果他愿意的话，他可以向我揭示它。"皮埃尔想要对共济会员说这些话，可是又不敢。只见他用老年人熟练的手收拾好东西，正在扣皮袄的扣子。做完这些事后，他朝皮埃尔转过身来，用冷淡和客气的语气对皮埃尔说：

"请问您现在到哪里去，先生？"

"我？……我去彼得堡。"皮埃尔像小孩一样犹豫不决地回答。"我感谢您。我完全同意您的看法。但是您不要把我想得那么坏。我全心全意地希望成为您想要我成为的人；但是我从来没有得到过任何人的帮助……不过，这一切首先应该怪我自己。帮帮我吧，教会我吧，也许我将……"皮埃尔说不下去了；他鼻子里开始接连发出呼哧声，便转过身去。

共济会员沉默了很久，看来是在思考着什么。

"帮助只能由上帝来给，"他说，"但是，先生，我们的团体会给您力所能及的帮助。您到彼得堡，把这个转交给维拉尔斯基伯爵（他掏出纸夹子，在一张叠成四折的大纸上写了几个字）。请听我给您的一个劝告。

到首都后,先过一段离群索居的生活,考虑考虑自己该怎么办,不要走上以前的生活道路。现在祝您一路平安,先生,"他看见他的仆人进了房间,便这样说,"并祝您成功……"

皮埃尔从驿站长的登记簿里了解到,这位旅客名叫奥西普·阿列克谢耶维奇·巴兹杰耶夫[1]。他早在诺维科夫[2]时期就是最著名的共济会员和马丁主义者[3]之一。在他走后,皮埃尔没有躺下睡觉,也没有去问有没有马匹,在驿站的房间里来回走了很久,回忆着自己放荡的过去,怀着新生的喜悦想象着自己幸福的、完美无缺的和合乎道德的未来,他认为这是很容易得到的。他觉得他过去之所以是一个有恶习的人,是因为不知为什么偶然忘记了做一个有道德的人有多么好。他心里已没有一点以前的怀疑。他坚信,在行善的道路上为了相互支持而联合起来的人能够实现博爱,在他看来,共济会就是这样的。

三

皮埃尔到彼得堡后,没有告诉任何人他回来了,也没有到任何地方去,开始整天读托马斯(肯普滕的)的书[4],这本书不知是谁给他送来的。皮埃尔在读这本书时明白了一点,也只是这一点;他明白了,相信奥西普·阿列克谢耶维奇的话,认识到人有达到完善和人们之间有积极实现博爱的可能性,是一种他未曾体验过的乐趣。在他到达后一个星期的晚上,在彼得堡社交界曾有过泛泛之交的年轻波兰伯爵维拉尔斯基进了他的房间,此人像多洛霍夫的决斗助手进屋时一样,脸上带着矜持的和郑重其事的表情,随手带上门,确信房间里除皮埃尔外别无他人时,才开始和皮埃尔说话。

"我是带着一项建议和委托到您这里来的,伯爵,"他没有坐下就说道,"我们团体里的一个地位很高的人物提出要提前接受您入会,建

---

① 根据某些研究者的考证,巴兹杰耶夫的原型是著名共济会员奥西普·阿列克谢耶维奇·波兹杰耶夫。
② 诺维科夫(一七四四—一八一八),俄国启蒙学者、讽刺作家、记者和出版家。
③ 马丁主义者是共济会的一个分会的成员,因追随马丁·帕斯卡利斯而得名。
④ 托马斯(肯普滕的)(一三八〇—一四七一),德意志修士,皮埃尔读的大概是他的《效法基督》。

议我充当您的保证人。我认为实现这个人的意志是神圣的义务。您是否愿意在我的保证下加入共济会？"

过去皮埃尔看见此人在舞会上脸上几乎总是挂着亲切的微笑，常和最出色的女士们在一起，现在说话的声调冷淡而严厉，这使皮埃尔感到很惊讶。

"是的，我愿意。"皮埃尔说。

维拉尔斯基低下了头。

"还有一个问题，伯爵，"他说，"请您不是作为一个未来的共济会员，而是作为一个正直的人（galant homme）坦率地回答我：您放弃了原先的信念没有，您相信上帝吗？"

皮埃尔沉思起来。

"是的……是的，我相信上帝。"他说。

"既然如此……"维拉尔斯基刚要开口，但是皮埃尔打断了他的话。

"是的，我相信上帝。"他又说了一遍。

"既然如此，咱们就走吧，"维拉尔斯基说，"您可以坐我的马车。"

一路上维拉尔斯基没有说话。皮埃尔问他需要做些什么，应当如何回答，维拉尔斯基只是说，声望比他高的师兄要考考皮埃尔，皮埃尔只要说实话就行了。

他们进了分会所在的一座大楼的大门，上了黑骏骏的楼梯，进了点着灯的不大的外厅，在那里在没有仆人的帮助下脱了皮大衣。他们从外厅到了另一个房间。门口出现了一个穿着古怪服装的人。维拉尔斯基朝他迎面走去，用法语小声对他说了些什么，走到了一个不大的柜子跟前，皮埃尔看见那里面放着他没有见过的各种不同的服装。维拉尔斯基从柜子里拿出一块手绢，用它蒙住皮埃尔的眼睛，在脑后打了一个结，把头发打进了结子里，弄得他很痛。然后把皮埃尔拉过来，吻了吻，拉住手把他带到一个地方去。皮埃尔觉得结子扯得头发很痛，皱着眉头，不知为什么羞愧地微笑着。他挪动着高大的身躯，垂着双手，皱眉蹙额，面带微笑，跟在维拉尔斯基后面迈着不稳的和胆怯的步子走着。

维拉尔斯基拉着他的手领他十来步后，停住了。

"不管您发生了什么事，"他说，"您应当有勇气忍受一切，如果您下定决心要加入我们的团体的话。（皮埃尔点头作了肯定的回答。）当您听见敲门声时，您就解开蒙住眼睛的手绢，"维拉尔斯基加了一句，"祝您勇敢和成功。"他握了握皮埃尔的手，出去了。

皮埃尔一个人留了下来，他继续那样微笑着。有两三次他耸了耸肩，把手举到手绢上，似乎想要解它，可是把手放了下来。他被蒙住眼睛待了五分钟，他觉得好像过了一个小时。他的两手麻木了，双腿发软；他感到累了。这时产生了一些最复杂多样的感觉。他既害怕自己会发生什么事，更害怕露出恐惧的样子来。他很想要知道他会发生什么事，会受到什么启示；但是使他最高兴的是，走上新生和积极行善的道路的时刻终于即将到来，自从他与奥西普·阿列克谢耶维奇见面以来，就一直幻想过这样的生活。这时听见有人在使劲敲门。皮埃尔解开了手绢，朝自己周围看了一下。房间里漆黑一团：只有在一个地方的一件白色的东西里点着一盏长明灯。皮埃尔走了过去，看见长明灯放在黑色的桌子上，桌上还放了一本打开的书。这是《福音书》；点着长明灯的白色东西是人的头骨，上面有窟窿眼和牙齿。皮埃尔读了《福音书》的头两句话"太初有道，道与上帝同在"[1]后，绕过桌子，看见一个装着什么东西的、开着盖的大盒子。这是一口装着尸骨的棺材。他看到的东西一点也没有使他感到惊奇。由于他希望过完全新的、与从前的生活截然不同的生活，他预料会看到所有不寻常的东西，看到比他看到的更不寻常的东西。人的头骨、棺材、福音书——他觉得这一切都是他意料之中的，他还预料会看到更奇特的东西。他竭力想在自己心中唤起那种受感动的感觉，便朝自己周围看着。"上帝，死亡，爱情，人们的友爱。"他对自己说，把对某些事物的模糊的、然而是令人高兴的观念与这些词联系起来。这时门打开了，进来了一个人。

灯光微弱，然而皮埃尔已经看清进来的是一个身材不高的人。看来，这个人从亮处进入暗处后，一下子站住了；然后他迈着小心翼翼的步子朝桌子走去，把戴着皮手套的双手放到桌子上。

这个身材不高的人围着白色皮围裙，这围裙遮住了他的胸部和双腿的一部分，脖子上挂着一串类似项链的东西，这东西下面露出高高的

---

① 这是《圣经·新约》中的《约翰福音》的头两句话。

白领,衬托着从下方照亮的长脸。

"您到这里来干什么?"进来的人听见皮埃尔弄出的沙沙声,朝他的方向问? "您既然不相信光的真实性和看不见光,您到这里来干什么,您想从我们这里得到什么? 智慧、美德、教导?"

在门打开和那个陌生人进来时,皮埃尔有一种又害怕又敬重的感觉,这种感觉与他童年时代忏悔时的感觉相似,现在他感觉到自己与一个就生活条件来说完全不同的、而就人们相互友爱的观点来看非常亲近的人单独在一起。皮埃尔的心剧烈跳动着,几乎喘不过气来,他挪动身子朝导师(在共济会里这样称呼指导寻求人会的人的师兄)走过去。他走近后,认出这导师是一个熟人,姓斯莫利亚尼诺夫,但是他想到进来的是一个熟人时不免觉得有些扫兴,因为此人只是一位师兄和有德行的指导者,他好久说不出话来,因此导师只好把问题再重复一遍。

"是的,我……我……想要获得新生。"皮埃尔吃力地说。

"很好,"斯莫利亚尼诺夫说,"他马上又接着说您是否知道我们的圣会将要用什么方法来帮助您达到您的目的?"导师语气平静,说得很快。

"我……希望……指导……帮助……新生。"皮埃尔由于激动和不习惯用俄语说抽象的东西,说话时声音发抖,话说得很费劲。

"您对共济会的观点有什么了解?"

"我认为共济会是人们以行善为目的的实行博爱和平等的团体。"皮埃尔回答说,他一边说,一边因自己的话与当时庄严的气氛不相称而感到不好意思,"我认为……"

"很好。"导师急忙说,看来他对这个回答非常满意,"您在宗教里面寻找实现自己目的的方法吗?"

"不,我认为宗教是不对的,没有遵循过它。"皮埃尔说话声音很小,导师没有听清他的话,问他说的是什么。"我曾经是一个无神论者。"皮埃尔回答说。

"您寻求真理是为了在生活中遵循它的法则;因此您在寻求智慧和德行,是这样吗?"导师在沉默一会儿后问。

"是的,是的。"皮埃尔作了肯定的回答。

导师清了清嗓子,把戴手套的双手交叉放在胸前,开始说了起来。

"现在我应当向您说明本会的主要目标，"他说，"如果这个目标与您的目标相符，那么您入会才有益处。本会第一个最主要的目标以及赖以建立的和任何人力都不能推翻的基础，是保存和传给后代某种重要的秘密……这秘密从远古时代、甚至从第一个人一直传到我们这里，也许人类的命运就由它来决定。但是这秘密有这样的特性，如果不通过长期地和勤奋地净化自己做好必要的准备，任何人都不可能知道它和利用它，不是任何人都有望能很快得到它。因此我们就有第二个目标，这个目标是用那些不辞劳苦探索这个秘密的人传给我们的方法，尽可能地设法使我们的会员做好上述准备，改造他们的心灵，净化和启发他们的理智，从而使他们具有领悟这个秘密的能力。

"第三，通过净化和改造我们的会员，我们力图改造整个人类，让人类把我们的会员作为虔诚和高尚品德的榜样来学习，以这种方式竭尽全力同统治世界的邪恶进行斗争。请您考虑一下这一点，回头我还要再来找您。"说完他就从房间里出去了。

"同统治世界的邪恶进行斗争……"皮埃尔重复了一句，想到了他自己将来在这方面的活动。在他的想象中出现了像两个星期前他本人那样的人，心中对他们进行着教诲。他想象出一些有恶习的和不幸的人，并用自己的言语和行动帮助他们；想象出一些压迫者，他设法拯救受他们迫害的人。在导师讲的三个目标中，最后的一个改造人类的目标皮埃尔觉得特别亲切。导师提到的某种重要的秘密，虽然也引起他的好奇，但他认为并不那么重要；而第二个目标，即净化和改造自己，他并不感到多大兴趣，因为此时此刻他高兴地感觉到自己已经完全改掉了以前的恶习，一心只想做好事了。

半个小时后，导师回来了，向要求入会者宣讲了与所罗门神殿七级台阶的数目相当的七条美德，每一个共济会员都应当在自己身上培养它们。这七条美德是：（一）**谦虚**，保守本会的秘密，（二）**服从**本会头衔高的人，（三）品行端正，（四）爱人类，（五）勇敢，（六）慷慨，（七）爱死亡。

"**第七条**，"导师说，"经常想想死亡，最后使得您不再觉得它是可怕的敌人，而是朋友……这个朋友能使因努力行善而疲惫不堪的灵魂摆脱充满灾难的生活，把它引人能受到奖赏和得到安宁的地方。"

"是的，这想必是那样。"皮埃尔想，导师说完这些话后又离开了他,让他独自一个人进行思考。"这想必是那样,但是我还很软弱,仍迷恋我的生活,这生活的目的现在我才刚刚了解了一点。"其余的五条美德皮埃尔扳着指头一一回想了起来,他觉得这些美德自己心里已经有了:**勇敢、慷慨、品行端正、爱人类**这四条都已具备,特别是**服从**这一条,他甚至不认为是美德,而是一种幸福。(现在他对他能摆脱自己的任性,使自己的意志服从知道无可怀疑的真理的人们,感到非常高兴。)第七条美德皮埃尔忘记了,怎么也回想不起来。

导师第三次回来得比较快,问皮埃尔是否完全打定了主意,是否决心按照要求他的一切去做。

"我已做好一切准备。"皮埃尔说。

"还应当告诉您,"导师说。"本会不只是用言语传授自己的学说,而且用另一些方法,这些方法对真正寻求智慧和美德的人来说,也许能比言语的讲解起更大的作用。您所看见的这个房间的陈设,已应当能比言语向您的心灵说明更多的道理,如果您是诚心诚意的话;您将会看到,今后让您接受什么时,也许将用类似的讲解方法。本会仿效古代的团体,用象形文字来揭示自己的学说。象形文字,"导师说,"是某种感觉不到的事物的名称,这种事物包含着类似这个图形的性质。"

皮埃尔清楚地知道象形文字是什么,但是不敢说。他默默地听导师说话,根据各种迹象感觉到,考验马上就要开始了。

"如果您下了决心,那么我就应当开始引导您入会了。"导师说着朝皮埃尔走过来,"请您为了表示慷慨,把所有贵重物品交给我。"

"我身边什么东西也没有。"皮埃尔说,他以为是要他交出他拥有的一切。

"就给您身上有的:手表、钱、戒指……"

皮埃尔急忙掏出钱包和钱,好久没有能取下胖胖的手指上的结婚戒指。当这些事做完后,共济会的导师说:

"请您为了表示服从,脱去衣服。"皮埃尔根据导师的命令,脱下燕尾服、背心和左脚上的靴子。共济会的导师扯开他左胸上的衬衣,弯下腰,把他左腿上的裤腿提到膝盖以上。皮埃尔急忙想要把右靴也脱下来,并且卷起裤腿,以免麻烦这个他不大熟悉的人,但是导师对他说不需要这样做,递给他一只左脚穿的鞋。皮埃尔脸上不由自主地露出害羞、怀疑和嘲笑自己的孩子气的微笑,他垂下双手和叉开两腿,站在师兄兼导师的面前,等着他下新的命令。

"最后,为了表示胸襟坦白,请您对我讲您的主要嗜好。"导师说。

"我的嗜好! 我曾经**有过**很多。"皮埃尔说。

"就说您的那种最能使您在行善的道路上发生动摇的嗜好。"共济会的导师说。

皮埃尔沉默了一会儿,考虑着。

"酗酒? 贪吃? 游手好闲? 懒惰? 急躁? 愤恨? 女人?"他历数自己的恶习,心里掂量着,不知道哪个恶习是主要的。

"女人。"最后他用很低的、勉强能听见的声音说。导师听了这个回答后一动不动,很久没有说话。最后他走到皮埃尔身边,拿起放在桌子上的手绢,又蒙上了他的眼睛。

"我最后一次对您说:请您把全部注意力集中在自己身上,好好约束自己的感情,不要在情欲中,而要在自己心中寻求幸福……幸福的源泉不在外面,而是在我们内心……"

皮埃尔已经在自己内心感觉到了这个使人振奋的幸福的源泉,它使他心里充满了喜悦和深受感动的感觉。

四

在这之后不久,来暗室见皮埃尔的已不是刚才的那位导师,而是保证人维拉尔斯基,皮埃尔根据说话的声音就听出来了。维拉尔斯基又问下定了决心没有,皮埃尔回答道:

"是的,是的,我同意。"他脸上洋溢着天真的微笑,敞着肥胖的胸部,一只脚穿着便鞋,一只脚穿着靴子,手里扶着维拉尔斯基举在他袒露的胸膛面前的剑,迈着不稳的步子胆怯地向前走。他被领出了房间沿着走廊走去,前转后拐,最后被领到了分会会堂的门口。维拉尔斯基咳嗽了一声,回答他的是共济会约定的锤子敲击声,门在他们面前敞开了。只听得一个低沉的声音(皮埃尔的眼睛仍被蒙着)向他提出姓甚名谁、何时何地出生等问题。然后他又被领到一个地方去,仍没有解开他的眼睛,在走动的过程中,有人给他讲关于云游四方的艰辛、神圣的友谊、永恒的创世主以及他在经受一切艰难困苦和危险时应有的勇敢精神的寓言故事。在各处走动时皮埃尔听到，他时而被称为**求道者**，时而被称为**受难者**，时而被称为**求助者**，并用不同的方法敲击着锤子和剑。在把他往一件东西跟前领时，他觉察到在他的指导者之间出现了混乱和骚动。他听见周围的人低声争论起来，有一个人坚持要领他从某一块地毯上走。在这之后有人抓起他的右手，把它放在什么东西上面，吩咐他用左手把一个圆规按在左胸上，叫他跟着另一个人念忠于会规的誓词。在这之后蜡烛吹灭了，皮埃尔根据气味闻出点起了酒精，听见有人说，他将看见微光。这时蒙住他眼睛的手绢被取了下来，于是皮埃尔像做梦一样，在酒精燃烧的微光中看见几个人，他们都像导师一样围着围裙，站在他对面，手里的剑对准他的胸膛。在他们之间站着一个穿着血迹斑斑的衬衣的人。皮埃尔看见这种情景，挺起胸迎着剑向前走去，希望这些剑刺穿他。但是这些剑挪开了，他马上又被蒙上了眼睛。

"现在你已看见了微光。"有人对他说。然后又点起了蜡烛，说他应当看到全光，说着又取下了手绢，于是十多个人突然说道：尘世的荣华就这样过去。[①]

皮埃尔开始逐渐清醒过来，他环视着他所在的房间和待在房间里的人。在一张铺着黑布的长桌子周围坐着十二三个人，他们的服装都和在这之前他见过的人一样。有几个人皮埃尔在彼得堡社交界曾经见过。在主席的位置上坐着一个陌生的年轻人，此人脖子上挂着一个特殊的十字架。在他的右首坐着两年前他在安娜·帕夫洛夫娜家的晚会上见过的那位意大利神父。还有一个地位很高的大官和一个过去在库拉金家当过家庭教师的瑞士人。大家神情庄重，默默地听着手里拿着锤子的主席的话。墙上嵌着点燃着的星形的灯；桌子的一边铺着一块有各种图形的小毯子，另一边放着类似祭坛的东西以及《福音书》和头骨。桌子的四周有七个像教堂的烛台那样的大烛台。两位师兄把皮埃尔带到祭坛前，把他的双腿摆成直角形，叫他躺下，说他这是拜倒在圣殿门口。

"他首先应该领到一把铲子。"一个师兄小声说。

---

① 原文为拉丁文。

"唉！算了，别说了。"另一个说。

皮埃尔没有动，他用惊慌的近视眼看了一下四周，突然产生了怀疑："我在什么地方？我在干什么？他们是在嘲笑我吧？以后回想起这些来，我会不会感到羞耻？"但是这种怀疑只延续了一刹那。皮埃尔看了看他周围的人的严肃的脸，回想起了已做过的一切，知道不能半途而废。他对自己的怀疑感到可怕，竭力想在自己心中唤起在这之前的那种深受感动的感觉，于是拜倒在圣殿的门口。果然，他心中的那种深受感动的感觉比以前更强烈了。他躺了一些时间后，叫他站起来，给他围上了像别人身上一样的白色皮围裙，把一把铲子和三双手套放在他手里，这时大师傅①转向他，对他说，他应努力做到不玷污这代表坚强和白璧无瑕的白围裙；然后大师傅说到未说明用途的铲子，要他用这把铲子铲除自己内心的恶习，并以宽厚体谅的态度抚慰他人的心。接着讲到第一副男式手套，说他不可能知道它的作用，但是要好好保存它；在讲另一副男式手套时说，他应该在开会时戴上它；最后讲到第三副手套，那是一副女式手套，这时大师傅说：

"亲爱的兄弟，这副女式手套也是给您的。请您把它给您最尊重的女人。您可用这件礼物向您将要选定的好伴侣证明您心灵的纯洁，"大师傅停了一会儿后，补充说，"但是你要注意，亲爱的兄弟，不要让这副手套去装点肮脏的手。"在大师傅说这最后的话时，皮埃尔仿佛觉得他有点发窘。而皮埃尔自己更觉得难为情，他像孩子一样，脸涨得通红，差一点掉眼泪，开始不安地环顾四周，场上出现了难堪的沉默。

这沉默被一位师兄弟打破了，他把皮埃尔带到毯子旁，开始照着一个笔记本给他念毯子上各种图形的说明：太阳、月亮、锤子、铅锤、铲子、岩石和四方的石块、柱子、三扇窗户等等。然后给皮埃尔指定了座位，给他看了分会的会标，告诉他进门的暗语，最后让他坐下。大师傅开始读会章。会章很长，皮埃尔由于高兴、激动和害羞没有能听明白所读的内容。他只听到了章程最后的几句话，并且记住了。

"在我们的殿堂里，"大师傅念道，"除了处于美德和恶习之间的差别之外，没有其他等级。要防止制造能够破坏平等的任何差别。要飞

---

① 大多数共济会分会把会员分为三个主要等级：学徒、师兄弟和师傅。

速前去帮助兄弟，不管他是什么人，要开导误入迷途的人，扶起跌倒的人，不要怀恨和敌视自己的兄弟。待人要亲热和殷勤。要在所有人的心里激发起行善的热情。要和你的邻人分享幸福，永远不要让嫉妒搅乱这纯正的乐趣。

"要宽恕你的敌人，不要向他报复，只给他做好事。这样实行最高的信条，你将找到从古代传下来的、已被你丢失的伟大气魄的痕迹。"他说完后，站起身来，拥抱和亲吻了皮埃尔。

皮埃尔眼睛里饱含喜悦的眼泪朝自己周围看着，不知道说些什么来回答周围的人的祝贺和重新相识的人的问候。他不认为是什么熟人；他认为所有这些人都是兄弟，急不可耐地要和他们一起开始行动。

大师傅用锤子敲了一下，大家各就各位坐下了，于是一个人读了关于必须做到顺从的训诫。

大师傅提议履行最后的一项义务，于是担任募捐人的大官开始走到各位兄弟面前去。皮埃尔想要在捐款单写上他所有的钱，但是他害怕这样会显得高人一头，便只写了和别人一样的数目。

会议结束了，皮埃尔在回家后觉得，他仿佛从长达几十年的长途旅行归来，人完全变了，已改掉了以前的生活方式和生活习惯了。

五

在加入共济会分会后的第二天，皮埃尔坐在家里读书，力图弄清一个方块图形的意义，这个方块的一边画着上帝，另一边表示精神，第三边画着肉体，第四边则画着一种混合物。他不时放下书和这方块图形，脑子里考虑着新的生活计划。昨天在分会会堂里人们对他说，关于决斗的消息已传到皇帝那里，皮埃尔还是离开彼得堡较为明智。他打算到他南方的庄园去，关心一下那里的农民的事。正当他高兴地考虑这新生活时，瓦西里公爵突然进了他的房间。

"亲爱的，你在莫斯科干了些什么呀？你为什么同廖莉娅吵架，亲爱的？你发了昏了。"瓦西里公爵进屋时说，"我什么都知道了，我可以确实地告诉你，埃莱娜没有对不起你的地方，就像基督没有对不起犹太人的地方一样。"

皮埃尔想要回答,但是瓦西里公爵没有让他说。

"你干吗不把我当作你的朋友,直截了当地找我谈?我什么都知道,什么都明白,"他说,"不错,你的行为合乎一个珍视自己名誉的人的身份;也许,你太着急了,但是这一点我们现在不谈了。不过有一点你要明白,你这样做,在整个上流社会、甚至在宫廷面前,把她和我置于何地?"他压低声音补充说:"她住在莫斯科,而你在这里。算了吧,亲爱的,"他把他的一只手臂往下拽,"这里有一个误会;我想你自己也会感觉到。你马上和我一起写一封信去,她会到这里来,一切都会说清楚的,所有这些流言蜚语就会停止,不然的话,我告诉你,你就很容易遭到损害,亲爱的。"

瓦西里公爵威严地看了皮埃尔一眼。

"我从可靠方面获悉,皇太后对此事很关心。你知道,她很宠爱埃莱娜。"

皮埃尔几次想要说话,但是一方面,瓦西里公爵急忙打断他的话头,不让他说;另一方面,皮埃尔自己担心说话不够坚决,用的不是断然拒绝和不同意的语气,可是他已下定决心要这样回答他的岳父。除此之外,他想起了共济会章程里的话:"待人要亲热和殷勤"。他皱着眉头,红着脸,站起来又坐下去,考虑着如何处理他认为生活中最难办的事——对人当面说不愉快的话,说不是这个人所期待的话,不管这个人是谁。他已非常习惯于听从瓦西里公爵,听惯了他用这种不大客气的和自以为是的语气说话,即使现在也感到无力进行反抗;但是他觉得自己现在说的话将要决定他自己今后的整个命运:他是沿着从前的老路走呢,还是走共济会员们富有吸引力地向他指出的新路?而他坚决相信,走后一条道路,他能开始过新的生活。

"听我说,亲爱的,"瓦西里公爵用开玩笑的口气说,"你只要对我说一声'是',我就用你的名义给她写信,这样我们就要宰一头肥牛犊了①。"但是瓦西里公爵没有来得及说完他的俏皮话,皮埃尔像他父亲一样脸上露出了狂怒的神色,他不看对方的脸,低声说:"公爵,我没有请您来,您走吧,请您走吧!"他一跃而起,给公爵打开门。"走吧。"他

---

① 典出《圣经·新约》中的《路加福音》,其中说浪子回家,父亲宰肥牛犊欢迎他。

又说了一句,自己也不相信会这样做,看见瓦西里公爵脸上出现的窘困和恐惧的表情,心里很高兴。

"你怎么啦?你病了?"

"走吧!"皮埃尔用恐吓的声音又说了一遍。于是瓦西里公爵没有得到任何解释,只好走了。

过了一个星期,皮埃尔与共济会的新朋友告了别,留给他们一大笔捐款,到自己的庄园去了。他新认识的师兄弟们交给他几封给基辅和敖德萨的共济会的介绍信,同时答应给他写信和指导他的新的活动。

六

皮埃尔和多洛霍夫决斗一事了结了,虽然当时皇帝对决斗者处理很严,但是两位对手和他们的助手们都没有受到处罚。然而皮埃尔与妻子关系的破裂,证明决斗确有其事,于是这件事就在社交界传开了。在皮埃尔还是一个私生子时,人们对他抱着宽厚和庇护的态度;当他成为俄罗斯帝国人们心目中择婿的最佳对象后,他受到了大家的宠爱和赞扬;而在他结婚后,因为那些待字闺中的姑娘和她们的母亲们从他那里已等待不到什么,尤其是因为他本人不善于和不愿意巴结社交界,因此他在社交界的身价就大大降低了。现在人们把发生的事都归罪于他一个人,说他是一个昏头昏脑的醋罐子,像他的父亲一样,那股疯狂劲儿发作起来非常残忍。皮埃尔走后,埃莱娜回到了彼得堡,她的所有熟人不仅亲热地,而且带着几分敬意接待她,以表示对她的不幸的同情。在谈到她的丈夫时,埃莱娜露出很得体的表情,虽然她并不了解这种表情的意义,但是由于她天生有一种分寸感,因此能熟练地做出这种表情来。这表情似乎在说,她决定毫无怨言地忍受不幸,她的丈夫是上帝赐给她的十字架。瓦西里公爵比较坦率地说出了自己的意见。在谈到皮埃尔时,他耸耸肩膀,指着前额说:

"头脑有点失常——我一直这样说。"

"我事先说过,"安娜·帕夫洛夫娜提起皮埃尔这样说,"当时我就说,说得比谁都早(她坚持自己的发明权),说这是一个被时代的腐化思想毁了的狂妄的年轻人。在他刚从国外回来时,记得吗,有一天晚上在我家里装得像马拉 ① 一样,大家都赞赏他,我就说过这样的话。结果怎么样呢? 我当时就不赞成这门婚事,并且预言了将会发生的一切。"

安娜·帕夫洛夫娜在空闲的日子里仍然在自己家里举行以前那样的晚会,这样的晚会只有她有本事能够举办,在这些晚会上,首先像她自己所说的那样,聚集了上流社会真正的优秀人物,彼得堡知识界的精华。除了精心挑选参加者外,安娜·帕夫洛夫娜的晚会还有一个特点,即她在每一次晚会上都要给大家介绍一位新的、有意思的人物,而且任何地方也不能像在这些晚会上那样,政治温度表的度数显示得那么清楚和可靠,从中可以看出接近彼得堡宫廷的正统派人士的情绪。

一八〇六年底,当拿破仑在耶拿和奥尔施泰特附近消灭了普鲁士军队以及大部分普鲁士要塞陷落的坏消息已经传来,我国军队进入了普鲁士、开始了同拿破仑的第二次战争时,安娜·帕夫洛夫娜在家里举行了一次晚会。参加晚会的上流社会真正的优秀人物有被丈夫抛弃的迷人的和不幸的埃莱娜,有莫特马尔,有刚从维也纳回来的富有魅力的伊波利特公爵,有两位外交官,有姑妈,有一个在客厅里简单地被称为有很多优点的人的年轻人以及一个新受封的女官和她的母亲,还有其他几个不很有名的人物。

安娜·帕夫洛夫娜在这个晚会上用来款待客人的新人是鲍里斯·德鲁别茨科依,他在驻扎于普鲁士的军队里担任一个非常重要的人物的副官,作为信使刚从那里回来。

在这个晚会上政治温度表指示给人们的温度是这样的:不管所有欧洲的国王和统帅们为了给**我**、也是给**我们**制造这些麻烦和不快如何纵容波拿巴,我们对波拿巴的看法不可能改变。我们不会停止就此发表我们真诚的想法,对普鲁士国王和其他的人只能说那样对你们来说更坏。你这是自作自受,乔治·当丹 ②。这就是我们能说的一切。"安娜·帕夫洛夫娜的晚会上政治温度表指的就是这个。当鲍里斯这个预定要用来款待客人的新人走进客厅时,所有的人几乎已到齐了,他们在

---

① 马拉(一七四三—一七九三),法国资产阶级革命家,雅各宾派的领袖之一。
② 语出法国剧作家莫里哀的喜剧《乔治·当丹,或受气的丈夫》。

安娜·帕夫洛夫娜引导下谈的是我国同奥地利的外交关系以及与它结盟的希望。

鲍里斯长得很壮实，精神焕发，面色红润，身穿考究的副官制服，潇洒地进了客厅，按照规矩，先去问候姑妈，然后回到客人中间来。

安娜·帕夫洛夫娜伸出一只干瘦的手让他亲吻，把他介绍给几个他不认识的人，低声地告诉他每个人的情况。

"这是伊波利特·库拉金公爵，一个可爱的年轻人。这是克鲁格先生，丹麦使馆的代办，一个博学多才的人。"或者简单地说："希托夫先生，一个有很多优点的人。"这说的是那个人们这样称呼他的人。

鲍里斯在这一段服役的时间里，由于母亲安娜·米哈依洛夫娜的关照，也靠自己的兴趣和稳重的性格，已使自己在仕途上处于很有利的地位。他担任一位非常重要的人物的副官，到普鲁士去执行一项重要任务，刚从那里回来。他完全领会了在奥尔米茨就很喜欢的那种不成文的从属关系，根据这种从属关系，一个准尉可以比一个将军高得多，为了在职务上得到升迁，需要的不是努力，不是操劳，不是勇敢，不是恒心，需要的只是善于迎合那些颁发奖赏的人的本领——他经常对自己迅速取得成功感到惊讶，也对别人居然会不理解这一点感到奇怪。由于这个发现，他的整个生活方式，他同以前的熟人的全部关系，他对未来的所有计划都变了。他并不富有，但是把最后的钱都花在衣着上，以便穿得比谁都好；他宁可放弃许多娱乐，然而决不坐蹩脚的马车或者穿着旧衣服在彼得堡的街头露面。他接近的和希望结识的只是那些地位比他高因而可能会对他有用的人。他喜欢彼得堡，瞧不起莫斯科。他回想起罗斯托夫家和他对娜塔莎的孩子气的爱情就感到不愉快，自从离开那里到部队以来，一次也没有去过罗斯托夫家。他认为进了安娜·帕夫洛夫娜的客厅，表明自己的地位大大提高了，同时立刻明白了要他扮演的角色，于是便听任安娜·帕夫洛夫娜放手利用他身上人们感兴趣的东西，注意观察着每一张脸，估量着自己去接近他们之中的每一个人可能带来什么样的好处和机会。他在美丽的埃莱娜身旁的指定位置坐下，倾听起大家的谈话来。

"'维也纳认为拟议中的条约的基础很不现实，这基础只有在获得一系列辉煌胜利后才有可能建立；维也纳对能使我们取得胜利的方法有所怀疑,'这是维也纳内阁的原话。"丹麦代办说。

"这是令人高兴的怀疑。"有很多优点的人含蓄地微笑着说道。

"应当把维也纳内阁和奥地利皇帝区分开来。"莫特马尔说。"奥地利决不会这样想,只有内阁才这样说。"

"唉,亲爱的子爵,"安娜·帕夫洛夫娜插了进来,"欧洲(她不知道为什么把欧洲说成 I'Urope①,她在同法国人说话时竟然把这作为特别讲究法语发音的表现)永远不会成为我们真诚的朋友。"

在这之后,安娜·帕夫洛夫娜把话题引到普鲁士国王的勇敢和坚定上,为的是好让鲍里斯参加进来。

鲍里斯注意地听别人说话,等待着机会,但是与此同时,他已几次转过头来看自己身旁美丽的埃莱娜,而带着微笑的埃莱娜的目光也几次与这个年轻漂亮的副官的目光相遇。

在谈到普鲁士的情况时,安娜·帕夫洛夫娜十分自然地请鲍里斯讲一讲他的格洛高②之行和他看到的普鲁士的情况。鲍里斯用纯正的法语不慌不忙讲了关于部队、关于宫廷的许多有意思的细节,在叙说的整个时间里努力避免对他所说的事实发表个人的看法。在一段时间内鲍里斯吸引住了大家的注意力,于是安娜·帕夫洛夫娜感觉到,她用来款待客人的这个新人被所有客人高兴地接受了。比所有的人都注意地听鲍里斯讲述的是埃莱娜。她几次向鲍里斯询问他的旅行的某些细节,看来好像对普鲁士军队的情况很感兴趣似的。他刚讲完,她就带着通常的微笑朝他转过身来。

"您一定要来看我。"她说,听她的语气,仿佛根据某些他无法知道的考虑,她认为这样做是完全必要的,"最好在星期二八点和九点之间。您会使我非常高兴的。"

鲍里斯答应满足她的要求,想要和她交谈,这时安娜·帕夫洛夫娜借口姑妈想听他说一说,把他叫走了。

"您不是认识她的丈夫吗?"安娜·帕夫洛夫娜闭上眼睛,忧伤地指着埃莱娜说。"唉,她是一个不幸的漂亮女人!请您在她面前不要提

---

① 照规范的法语,应为 I'Europe。
② 格洛高,即今波兰的格沃古夫。

到她丈夫。她太痛苦了！"

七

当鲍里斯和安娜·帕夫洛夫娜回到大伙儿这里来时，伊波利特公爵已在谈话中占有主导地位。他坐在圈椅上，身体朝前倾，说道：

"普鲁士国王！"他说完笑了起来。大家都朝他转过脸来。"是普鲁士国王吗？"他问道，又笑了起来，重新平静地和严肃地把身体埋进圈椅里。安娜·帕夫洛夫娜等了他一会儿，但是由于伊波利特看来根本不愿再说什么，她便说起卑鄙无耻的波拿巴如何在波茨坦盗窃了腓特烈大帝 ① 的宝剑。

"这是腓特烈大帝的宝剑，我……"她开口说，但是伊波利特打断了她的话。

"普鲁士国王……"他说，可是当他看见别人朝他转过脸来时，又表示了一下歉意，不作声了。安娜·帕夫洛夫娜皱起了眉头。伊波利特的朋友莫特马尔毫不犹豫地问他：

"您说的普鲁士国王怎么样啦？"

伊波利特笑了起来，仿佛他为这样笑感到害羞似的。

"不，没有什么，我只是想说……（他想要讲一个在维也纳听到的笑话，整个晚上都想讲它。）我只是想说，我们白白地为普鲁士国王打仗 ②。"

鲍里斯谨慎地微微一笑，他的微笑既可以看作是对这笑话的嘲笑，也可以看作是赞同，主要看它如何被接受而定。大家都笑了。

"您的双关语不大好，虽很风趣，但说得不对。"安娜·帕夫洛夫娜用满是皱纹的手指做着吓唬的手势说。"我们不是为普鲁士国王打仗，而是为正义而战。唉，这个伊波利特公爵多么刻毒呀！"她说。

整个晚上谈话都没有停过，谈的主要是政治新闻。晚会快要结束时，谈起了皇帝的赏赐，于是谈得更热烈了。

---

① 腓特烈大帝（一七一二——一七八六），普鲁士第三代国王。
② 是一句双关语，法文"pour le Roi de Prusse"还有"替人家白做"，"为人作嫁衣裳"的意思。

"可是去年 NN 就得过一个带有皇帝肖像的鼻烟壶，"那个有很多优点的人说，"为什么 SS 不能获得这样的赏赐呢？"

"对不起，带有皇帝肖像的鼻烟壶是恩赐，而不是奖赏；更确切地说是礼物。"

"有这样的先例，譬如说对施瓦岑贝格的嘉奖。"

"这是不可能的。"另一个表示异议。

"可以打赌。绶带则是另一回事……"

当大家站起身来要走时，整个晚上很少说话的埃莱娜再一次邀请鲍里斯，亲切和郑重其事地用命令的语气叫他星期二到她家去。

"我非常需要您这样做。"她微笑着说，回头看看安娜·帕夫洛夫娜，而安娜·帕夫洛夫娜像在讲到她的保护人皇太后时那样面带忧伤的微笑支持了埃莱娜的要求。在这天晚上，埃莱娜仿佛从鲍里斯在谈到普鲁士军队时所说的某些话里突然发现自己有见他的必要。她似乎答应他，在星期二他去的时候将向他说明这个必要性。

鲍里斯星期二晚上来到了埃莱娜的富丽堂皇的客厅，没有得到他为什么必须来的明确解释。当时有一些别的客人，埃莱娜很少和他说话，在鲍里斯吻她的手向她告别时，她奇怪地面无笑容，突然低声对他说：

"明天来吃饭……晚上。您一定要来……您就来吧。"

鲍里斯这次来彼得堡办事期间，成了别祖霍夫伯爵夫人家的密友。

八

战争愈来愈激烈，战场正在逐渐接近俄国边境。到处可以听到对人类的敌人波拿巴的诅咒；农村里正在征集民兵和新兵，从战场上传来各种自相矛盾的消息，这些消息常常是不确实的，因而弄得众说纷纭，莫衷一是。

从一八〇五年以来，鲍尔康斯基老公爵、安德烈公爵和玛丽亚公爵小姐的生活在很多方面发生了变化。

一八〇六年，老公爵被任命为全俄八个民兵总司令之一。他本来就已年老体弱,尤其是在他认为儿子已经牺牲的那段时间更是明显地见老了,但是他不顾这些,觉得自己无权拒绝皇帝亲自委派的职务,于是在他面前重新展现了开展活动的前景,这使他精神振奋起来,健康也增进了。他经常到他负责的三个省去视察;他履行职责一丝不苟,对下属严格到不近情理的程度,连最微小的细节都要亲自过问。玛丽亚公爵小姐已不再跟父亲学数学,老公爵在家时,她只在早晨由抱着小尼古拉公爵(祖父这样叫他)的奶妈陪着到父亲的书房去请安。还在吃奶的小尼古拉公爵以及奶妈和保姆萨维什娜住在已故的小公爵夫人住过的那部分房间里,玛丽亚公爵小姐一天的大部分时间都是在儿童室里度过的,努力代替嫂子担当起孩子的母亲的责任。布里安娜小姐看来也非常疼爱这孩子,因而玛丽亚公爵小姐经常只好做出牺牲,把照看**小天使**(她这样称呼侄儿)和同他玩耍的乐趣让给自己的女友。

在童山教堂的祭坛旁,在小公爵夫人的坟墓的上方,耸立着一座小礼拜堂,里面立着一个从意大利运来的大理石石碑,石碑上雕刻着一个张开双翼准备要飞上天的天使。天使的上唇微翘起,仿佛像要微笑一样,有一次安德烈公爵和玛丽亚公爵小姐出小礼拜堂时都惊奇地承认,他们觉得这个天使的脸很像小公爵夫人的脸。但是有一点更令人惊奇,这一点安德烈公爵没有对妹妹说,他从艺术家无意之中雕出的天使的脸上看出了与亡妻温和的责备相同的表情,这张脸仿佛也在说:"唉,你们为什么这样对待我呀?……"

在安德烈公爵回家后不久,老公爵让儿子分出去过,把离童山四十俄里的鲍古恰罗沃大庄园给了他。安德烈公爵部分地是为了冲淡与童山相联系的沉痛的回忆,部分地是因为他觉得自己不是任何时候都能心平气和地忍受父亲的脾气,部分地是因为需要找一个僻静的地方住一段时间,因此就利用起鲍古恰罗沃这个庄园来,给自己修盖房舍,大部分时间都消磨在那里。

在奥斯特利茨战役后,安德烈公爵决心永远不再服军役;而当战争开始后所有的人都应去服役时,他为了避免服现役,便在父亲下面担任一个负责征集民兵的职务。在一八〇五年的战役后,父亲和儿子好像互换了角色。老公爵精神振奋,期待现在这次战役一切顺利;安德烈公爵则相反,虽然他心灵深处仍为自己没有参加战争而感到遗憾,但是看到的只是坏的一面。

一八〇七年二月二十六日,老公爵前往管区视察。安德烈公爵像父亲外出时的多数场合一样,留在童山。小尼科卢什卡①生病已经第四天了。送老公爵走的车夫从城里回来了,带来了给安德烈公爵的公文和信件。

仆人拿着信没有在书房里找到安德烈公爵,便到了玛丽亚公爵小姐住的那部分房间里;但是他也不在那里。人们对仆人说,安德烈公爵到儿童室去了。

"报告大人,彼得鲁什卡带公文回来了。"一个帮保姆干活儿的女仆对安德烈公爵说,当时他坐在一把孩子坐的小椅子上,皱着眉头,双手颤抖着,正在把药水从玻璃瓶里往盛着半杯水的杯子里倒。

"什么事?"他生气地说,一不小心手抖动了一下,从玻璃瓶里多倒了一些药水在杯子里。他把已倒进杯子里的药水往地上一泼,吩咐再拿水来。女仆递给了他。

房间里放着一张孩子睡的床、两只木箱、两把圈椅、一张普通桌子、一张儿童桌和一把小椅子,安德烈公爵就坐在这把小椅子上。窗帘是拉上了的,桌子上点的蜡烛用一本装订好的乐谱挡着,不让烛光照到小床上。

"亲爱的,"站在小床旁的玛丽亚公爵小姐对哥哥说,"最好等一等……以后……"

"唉,别说了,你尽说蠢话,你本来就一直在等——现在成了这种样子。"安德烈公爵恼怒地低声说,看来是想刺刺妹妹。

"亲爱的,说实话,最好不要叫醒他,他睡着了。"公爵小姐用恳求的语气说。

安德烈公爵站起身,拿着杯子踮起脚走到了小床边。

"也许确实如此,你认为最好不叫醒他?"他迟疑地说。

"就听你的——确实……我认为……就听你的。"玛丽亚公爵小姐说,由于她的意见占了上风,看来她反而有些胆怯和不好意思。她向哥哥用手指了指低声喊他的女仆。

---

① 尼科卢什卡是尼古拉的爱称。

兄妹俩为了照顾发高烧的孩子,已经两夜没有合眼了。在这两昼夜里,他们没有把护理工作托付给家庭医生,派人到城里去请医生,在等待医生时,有时采用这种方法,有时采用那种方法进行治疗。彻夜不眠和担惊受怕,弄得他们筋疲力尽,他们在受尽折磨之后便相互埋怨,相互责备,争吵不休。

"彼得鲁什卡带来了老爷的公文。"女仆低声说。安德烈公爵出去了。

"有什么大事!"他生气地说,在听了转达给他的父亲口头指示、接过递给他的公文和父亲的信后,回到了儿童室。

"怎么样了?"安德烈公爵问。

"还是那样,看在上帝分上,再等一等。卡尔·伊万内奇经常说,睡觉比什么都重要。"玛丽亚公爵小姐叹着气低声说。安德烈公爵走到孩子跟前,摸了摸。孩子还在发烧。

"让你们和你们的卡尔·伊万内奇全都见鬼去吧!"他拿起装着药水的杯子,又走到小床前。

"安德烈,不要这样!"玛丽亚公爵小姐说。

但是他恼怒地、同时又痛苦地对着她皱起眉头,朝孩子俯下身去。

"我想这样做。"他说,"请求你,给他喂药。"

玛丽亚公爵小姐耸了耸肩,顺从地接过杯子,叫来保姆,开始喂药。孩子哭喊起来,嗓子都哑了。安德烈公爵皱起眉头,抱住头,出了房间,在隔壁房间里的沙发上坐了下来。

信件一直拿在他手里。他机械地把它们拆开,读了起来。老公爵在一张蓝色的信纸上用他粗长的字体,有的地方还用略语符号,这样写道:

现通过信使得到了令人十分高兴的消息。如果不是无稽之谈,那么本尼格森①似乎在普列西什—埃劳取得了对波拿巴的全胜。彼得堡万众欢腾,奖赏源源不断地送往军队。本尼格森虽是德国人,我也表示

---

① 本尼格森(一七四五—一八二六),德国人,后在俄军服役,一八〇二年升为骑兵上将。

祝贺。科尔切瓦的长官,一个叫汉德里科夫的人,不知在做些什么:至今尚未把补充人员和粮食送来。你马上去对他说,如一周内不把一切备齐,我就要他的脑袋。我还接到彼坚卡的信,其中也讲到普列西什—埃劳的战役,他参加了——一切完全属实。只要不应干预的人不横加干涉,德国人也能打败波拿巴。听说,波拿巴逃跑时溃不成军。记住,赶快到科尔切瓦去,把事情办妥!

安德烈公爵叹了一口气,拆开另一封信。这是比利宾的来信,他在两张信纸上写满了密密麻麻的小字。安德烈公爵没有读就把它放起来,又把父亲的那封以"快到科尔切瓦去,把事情办妥!"这句话结尾的信读了一遍。

"不,对不起,在孩子的病没有好以前我不去。"他想道,走到门口,朝儿童室看了一眼。玛丽亚公爵小姐仍然站在床边,轻轻地摇着孩子。

"他还写了什么令人不愉快的话?"安德烈公爵回忆着父亲的信的内容。"是的,我们正好在我不服役的时候打败了波拿巴。是的,他总是戏弄我……好吧,就让他尽情戏弄吧……"他开始读比利宾用法文写的信。他读的时候有一半没有明白,因为他读信只是为了哪怕有一分钟的时间不去想很久以来他一直痛苦地思索着的事情。

九

比利宾现在以外交官员的身份,待在部队的总部,虽然他的信是用法文写的,包含着法国式的俏皮话和用语,但是以纯粹俄国式的自责和自嘲的勇气描写了整个战役。比利宾写道,外交官应有的谨慎使他苦恼,幸好能和安德烈公爵这样一个忠实可靠的朋友通信,可以倾吐他在看到部队里发生的事时郁积在心中的愤怒。这封信还是在普列西什—埃劳战役前写的,内容已不那么新鲜了。

自从我军在奥斯特利茨取得辉煌胜利以来,您知道,亲爱的公爵,我就再也没有离开过总部。我明显地对战争发生了兴趣,并对此感到很满意;在这三个月里我的所见所闻,简直是难以置信的。

让我**从头**①说起。您所知道的**人类的敌人**对普鲁士人发动了进攻。普鲁士人是我们的忠实盟友，他们在三年内只欺骗过我们三次。我们支援他们。但是**人类的敌人**不理睬我们漂亮的空话，用他无礼貌的和粗野的方式扑向普鲁士人，不给他们以结束已开始的检阅的时间，把他们打得落花流水，进驻了波茨坦的王官。

"我非常希望，"普鲁士国王写信给波拿巴说，"以您最感愉快的方式在我的王官里接待陛下，为此我特别关切地作了在目前条件下我能做到的一切安排。啊，但愿我能达到目的！"普鲁士的将军们在法国人面前炫耀自己很有礼貌，人家一提出要求马上就投降。格洛高的驻军司令有一万人马，居然问普鲁士国王该怎么办。这一切都是完全确实可信的。总之，我们本想在军事上摆出一副姿态吓唬他们，结果我们卷入了战争，而且仗打到我们的边境上，主要的是**为普鲁士国王**打仗，同时这仗又是和他一起打的。我们什么都具备，只缺一件小东西，缺的就是总司令。因为人们发现，如果奥斯特利茨战役中总司令不那么年轻，那么战果就会更具有决定性，于是就对八十岁的将军们进行评选，在普罗佐罗夫斯基②和卡缅斯基两人中间挑选了后者。卡缅斯基像苏沃洛夫那样坐着带篷马车来到我们这里，人们高声欢呼，隆重地接待他。

四月，从彼得堡来了第一个信使。把许多皮箱搬进了事必躬亲的元帅的办公室里。我被叫去帮助挑拣信件，把给我们的信挑出来。元帅在把这件工作交给我们的同时，看着我们，等着写给他的信。我们找来找去，但是没有找到给他的信。元帅开始着急了，便亲自动手来找，找到了皇帝给 T.伯爵、B.公爵和别的人的信。他大发雷霆，失去了自制力，拿起信，把它们拆开，读起这些给别人的信来。"啊，居然这样对待我。不信任我！安排人监视我，好吧；去你们的！"于是给本尼格森将军下了那道著名的命令。

"我负了伤，不能骑马，因而也就无法指挥军队。您把您的那个吃了败仗的军带到了普乌图斯克：这里没有遮掩，没有木柴，没有粮草，因此需设法解决这些问题，由于昨天您自己已报告布克斯格夫登伯爵，

---

① "从头"二字原文为拉丁文。
② 普罗佐罗夫斯基（一七三二—一八〇九），俄国陆军元帅。

认为应当退往我国边境，那么今天就执行吧。"

"由于来往于各部队之间，"他在给皇帝的信里说，"臣被马按擦伤，加上旧伤未愈，已使臣完全无法骑马和指挥如此庞大之部队，因此臣拟将指挥权交予除臣之外军衔较高之本尼格森伯爵，并移交整个日常办事机构及其所属的一切，建议他们如粮食接应不上，即往普鲁士内地撤退，因所剩粮食仅够一日之需，而某些团队，如同师长奥斯特尔曼和谢德莫列茨基报告所言，业已断粮，而农民之粮食也已告罄；臣在治伤期间，将留在奥斯特罗文卡之军医院。谨将此报告呈上，并奏明皇帝，若部队在如今之宿营地再驻扎十五天，到开春时将无一健康之士兵矣。

"臣有辱使命，羞愧难言，已无力完成赋予臣的伟大光荣的任务，恭请陛下准老臣解甲归田。臣将在此地军医院恭候陛下之裁断，以免在军中充当文书、而非司令之角色。臣之去职，如同盲人离开军队，不会引起任何波动。似臣之辈，在俄国何止千万。"

元帅生皇帝的气，惩罚我们所有的人，这完全是合乎逻辑的。

这是喜剧的第一幕。以后的几幕自然就更有意思和更滑稽可笑了。在元帅离开后发现，我们就在敌人的视野内，不可避免地要打一仗。布克斯格夫登根据资历应是总司令，但是本尼格森并不这样认为，尤其是因为他的军就在敌人眼前，很想利用机会打一仗。他就这样做了。这就是普乌图斯克战役，有人认为它取得了伟大胜利，可是在我看来，完全不是这样。您知道，我们文职人员在说明战斗胜负问题方面有一个很坏的习惯。认为战斗结束后撤退的一方输了，于是我们就说，根据这一点，我们在普乌图斯克战役中吃了败仗。简而言之，战役结束后我们撤退了，但是却派信使送胜利的喜讯到彼得堡去，本尼格森将军不把军队的指挥权让给布克斯格夫登将军，希望彼得堡会委派他为总司令，以表彰他取得的胜利。在这群龙无首时，我们开始采取一系列独特的和很有意思的军事行动。我们的作战计划不再像应有的那样，为了避开或攻打敌人，而是为了避开根据资历应当成为我们的长官的布克斯格夫登将军。我们努力实现这个目标，甚至在过一条没有能涉水而过的浅滩的河时，我们把桥烧掉，为的是叫敌人追不上我们，现在这个敌人不是波拿巴，而是布克斯格夫登。布克斯格夫登将军由于我们采取避开他的行动，差一点遭到敌人优势兵力的攻击，险些被俘。布克斯格夫登追我们,我们就逃跑。他刚过河到我们这一边,我们就又到了另一边。最后我们的敌人布克斯格夫登追上了我们,发动了进攻。于是双方开始进行解释。两位将军都很生气,结果弄得这两位总司令几乎要进行决斗。幸好在这紧急关头那个送普乌图斯克大捷的消息到彼得堡去的信使回来了,给我们带来了任命总司令的命令,于是第一个敌人布克斯格夫登失败了。本来我们现在可以考虑如何对付第二个敌人波拿巴了。但是发现,在我们面前出现了第三个敌人—— **东正教军队**,他们大喊大叫要求发给粮食、牛肉、面包、干草、燕麦—— 什么都要!仓库空空如也,道路无法通行。东正教军队开始抢劫,抢得很凶,就连最近的这场战斗也没有这样厉害。一半团队的军人成群结队,胡作非为,走遍各个地方,进行烧杀抢掠。居民被洗劫一空,医院里住满了病人,到处都闹饥荒。有两次那些抢劫者甚至围攻总部,总司令不得不调来一个营的士兵来把他们轰走。在这样的一次围攻中,我的一只空箱子和一件睡衣被他们拿走。皇帝想要赋予所有师长以枪决抢劫者的权力,但是我非常担心,觉得这样做会使得一半军队去枪杀另一半军队。

安德烈公爵读信时开头只是大致看看,没有多想,但是后来信的内容(虽然他知道比利宾的话的可信程度)开始愈来愈吸引他。读到上面这个地方,他把信揉成一团,扔掉了。并不是信里读到的事使他生气,他生气是因为那里陌生的生活竟然能使他激动不已。他闭上眼睛,用手擦擦前额,仿佛是在驱除对他读到的事的任何关心似的,倾听起儿童室里的动静来。突然他觉得从门里传来一种奇怪的声音。顿时他感到非常害怕;他担心在他读信时孩子出了什么事。于是便踮起脚走到儿童室门口,打开了门。

在他进门的时候,他看见保姆惊恐地把什么东西藏了起来,这时玛丽亚公爵小姐已不在小床旁边。

"亲爱的。"从他背后传来了玛丽亚公爵小姐的低语声,他觉得这声音充满着绝望。如同在长时间没有睡觉和处于不安状态时经常发生的那样,他产生了一种无缘无故的恐惧:他想一定是孩子死了。他觉得他看见和听见的一切,都证实了他的恐惧是有根据的。

"一切都完了。"他想,脑门上冒出了冷汗。他惘然若失地走到小床前,相信小床已是空的,保姆把死孩子藏起来了。他撩起了帐子,他的那双惊恐的、目光不集中的眼睛很久未能看见孩子。最后终于看到了他:孩子面色红润,伸开四肢横躺在小床里,头垂到枕头下,在睡梦里翕动着小嘴唇,咂着嘴,均匀地呼吸着。

安德烈公爵看见了孩子,好像失而复得一样,高兴极了。他俯下身去,按照妹妹教他的方法,用嘴唇去试试孩子还发不发烧。孩子娇嫩的前额是湿的,他用手摸了一下脑袋,——就连头发也是湿漉漉的,可见孩子出了一身大汗。孩子不仅没有死,而且现在可以看出,他已脱离了危险,恢复健康了。安德烈公爵想要把这软弱无力的小东西抱起来,紧紧地搂在怀里;但是他不敢这样做。他站在他面前,看着他的脑袋以及盖着被子的小胳膊和小腿。在他身旁响起了沙沙声,他觉得有一个影子投在小床的帐子下面。他没有回头,仍看着孩子的脸,听着他均匀的呼吸声。这个黑影是玛丽亚公爵小姐,她迈着无声的步子走到小床前,撩起帐子,进帐后把它往自己身后一放。安德烈公爵没有回头看就知道是她,朝她伸出了一只手。她紧握住他的手。

“他出汗了。”安德烈公爵说。

“我是来告诉您这事的。”

孩子在梦中动了动身子,微笑了一下,前额在枕头上蹭了蹭。

安德烈公爵朝妹妹看了一眼。玛丽亚公爵小姐的那双闪闪发光的眼睛由于含着幸福的泪水,在半明半暗的帐子里显得比平常更加明亮了。她朝哥哥探过身去,吻了吻他,稍稍扯动了一下小床的帐子。他们相互做了个要小心的手势,在半明半暗的帐子里还站了一会儿,好像不愿意离开他们三个人的这个与世隔绝的小天地似的。安德烈公爵第一个离开了小床,头接触到纱帐,被弄乱了头发。“是的,现在给我留下的只有这个了。”他叹着气说。

十

皮埃尔在加入共济会后不久,带着他为自己拟订的一份规定他在自己的庄园里应做些什么的行动指南,前去基辅省,他的大部分农民都在那里。

到基辅后,皮埃尔把所有管家叫到总管理处,对他们讲了自己的意图和愿望。他对他们说,马上就要采取措施使农民完全摆脱农奴的依附地位,而在这之前不应增加农民的劳役,不应派妇女和儿童去干此类工作,应当给农民以帮助,进行惩罚时应采取劝导的方法,不应使用体罚,每个庄园应设立医院、孤儿院、养老院和学校。一些管家(这里有的人是半文盲)惊恐不安地听着,认为年轻的伯爵这样说是因为对他们的管理不善和贪污钱财表示不满;另一些人开头也感到害怕,后来觉得皮埃尔发音不清的讲话和他们从未听过的新词滑稽可笑;还有一些人感到听主人讲话简直是一种乐趣;第四种人是最聪明的,其中包括总管,从这些话里明白了为达到自己的目的应该怎样对付主人。

总管对皮埃尔的意图表示完全赞同;但是他说,除了这些改革之外,一般来说需要抓一下目前情况很糟的事情。

尽管别祖霍夫伯爵有巨额财产,但是自从皮埃尔继承了它并像人们所说的那样得到五十万卢布的年收入以来,他觉得自己并不比在已故老伯爵每年给他一万卢布时宽裕。他模糊地记得大致的收支情况是这样的。要为所有庄园向监护委员会 ① 缴纳大约八万卢布;用于莫斯科近郊别墅和莫斯科市内住宅的开销以及三位公爵小姐的生活费约一万五千卢布;一万五千卢布用于发放养老金,同样数目的钱资助慈善机构;付给伯爵夫人的生活费十五万卢布;债务的利息约七万卢布;这两年用于已开始兴建的教堂约一万卢布;其余的十万卢布也都花掉了——他自己也不知道是怎么花的,几乎每年都要借债。除此之外,总管每年都写信来,有时报告发生了火灾,有时报告年成不好,有时则说要修建工厂和作坊。这样一来,皮埃尔首先需要做的是他最不会干和最不感兴趣的事——处理各种实际事务。

皮埃尔每天都和总管一起**进行研究**。但是他感到自己这样做并没有把事情推进一步。他觉得他的工作实际上与要解决的问题无关,没有和它挂上钩,因而也没有能推动它的解决。一方面,总管把情况说得一塌糊涂,告诉皮埃尔需要偿还债务和利用农奴的劳动力进行新的建

---

① 监护委员会是在皇室支持下建立的机构,负责管理儿童收容所、孤儿院、养老院以及盲人和聋哑人收容所等。部分经费来自捐款。

筑过程,皮埃尔对此表示不能同意;另一方面,皮埃尔要求着手做解放农奴的工作,而总管则提出,需要先支付监护委员会的欠款,因此不可能很快去做这件事。

总管没有说这完全不可能;为了达到这个目的,他建议出售科斯特罗马省的树林以及大河下游的土地和克里木的庄园。但是照总管的说法,所有这些事都与请求解除禁令、申请许可等等的复杂过程联系在一起,皮埃尔听了不知所措,只好对总管说:"好的,好的,就这样做吧。"

皮埃尔没有那种直接抓实际工作的很强的能力,因此他不喜欢这样做,只是在总管面前装出在抓工作的样子。总管也努力在伯爵面前装模作样,似乎他认为办好这些事对主人极为有利,而对他来说则有些为难。

皮埃尔在大城市里碰到了一些熟人;不认识他的人急于和他结交,热情地欢迎这位新来的富翁和全省最大的地主。针对皮埃尔在加入共济会时承认的主要弱点的诱惑非常强烈,使得他无力克制自己。皮埃尔的生活又像在彼得堡一样,他整天、整星期和整月都忙忙碌碌,在晚会、午宴、早餐、舞会之间度过,没有时间冷静地想一想。他没有能过他所希望的新生活,过的还是以前的那种生活,只不过换了一个环境罢了。

皮埃尔对照共济会的三个宗旨认识到,他没有做到每个会员必须是过合乎道德的生活的模范这一条,在七条美德当中,他完全缺少两条:品行端正和爱死亡。他聊以自慰的是,他实行了另一个宗旨即改造人类,具有另外的美德——爱邻人,尤其是慷慨。

一八〇七年春,皮埃尔决定回彼得堡。在归途中他打算巡视自己所有的庄园,亲自了解一下他吩咐下去的事做了哪些,上帝托付给他的和他力图施以恩惠的老百姓现在的情况如何。

总管认为年轻的伯爵的想法几乎是发疯,对自己、对他本人和对农民都没有好处,不过他还是做出了让步。他虽然继续认为解放农奴一事是不可能的,但是下令在所有庄园修建学校、医院和孤儿院的大楼;为迎接主人的到来,各地都做了准备,他知道皮埃尔不喜欢摆阔气讲排场,便搞宗教感恩式的迎接,献圣像以及面包和盐,根据他的了解,这种做法定能感动伯爵和蒙骗他。

时值南方的春天，坐着维也纳马车安安静静地在各地奔跑，一路上十分幽静，这一切使得皮埃尔心情非常愉快。他还没有到过的庄园，景色一个比一个美丽；他觉得各地的农民过着平安幸福的生活，对为他们做的好事感激不尽。到处都举行欢迎会，这虽然使皮埃尔感到有些不好意思，但是他内心深处还是很高兴的。在一个地方农夫们给他献面包和盐以及彼得和保罗的圣像，请求允许他们用自己的钱在教堂里建一个侧祭坛以供奉天使彼得和保罗，并表示对他的爱戴和他为他们所做善事的感激。在另一个地方妇女们抱着吃奶的孩子迎接他，感谢他给她们免除了沉重的劳动。在第三个庄园里，一个神父拿着十字架，在孩子们的簇拥下迎接他，这个神父根据伯爵的关照，正在教孩子们识字和学教义。在所有的庄园里，皮埃尔亲眼看到了根据统一图纸正在建造的和已建成的砖石结构的房子，这是医院、学校和养老院，这些建筑物不久就要交付使用。皮埃尔到处都看到管家们关于农民服劳役已比以前减少的报告，听到穿着蓝色长衫的农民代表们为此表示感谢的令人感动的话。

皮埃尔不知道，那个给他献面包和盐以及建造彼得和保罗侧祭坛的地方是一个商业村和每逢圣彼得节[①]举行的集市所在地，侧祭坛早就由那些来见他的富裕农民在建造了，而这个村的十分之九的农民处于极端的贫困之中。他不知道，根据他的命令不再派喂奶的女劳力去服劳役后，这些女劳力却因此而在自己的份地上干着极其繁重的工作。他不知道，拿着十字架迎接他的神父向农民索取费用从而加重了他们的负担，他招收的学生是父母含着眼泪送去的，要花很多钱才能把他们赎回来。他不知道，根据统一图纸建造砖石结构房屋用的是自己的劳动力，这就加重了农民的劳役负担，因此减轻劳役只是一纸空文。他不知道，在管家翻开账簿指给他看根据他的意旨把代役租减少三分之一的地方，劳役却增加了一半。由于上述原因，皮埃尔对他巡视庄园的结果非常满意，完全恢复了他离开彼得堡时的那种仁爱之心，给他的师兄（他这样称呼大师傅）写了几封热情洋溢的信。

---

① 圣彼得节为东正教节日，在俄历六月二十九日。

"这么容易,不费多大力气就能做这么多好事,"皮埃尔想道,"我们在这方面怎么不多想一些办法啊!"

他为人们向他表示感谢而感到幸福,但是在接受感谢时又感到不好意思。这种感谢提醒他,他还能为这些善良的普通人做**更多的**事情。

总管是一个非常愚蠢而又狡猾的人,他完全了解聪明而又天真的伯爵,把他当作玩具来耍弄,看到自己安排的接待对皮埃尔起了作用,便提出各种论据,更加坚决地向他说明解放农奴是不可能的,主要的是不必要的,因为他们本来就生活得很幸福。

皮埃尔心里暗自同意总管的说法,也认为很难想象会有更幸福的人,同时天知道获得自由后等待他们的是什么;但是皮埃尔尽管是勉强地,仍坚持他认为是正确的想法。总管答应尽一切努力照伯爵的意旨去做,他心里很明白,伯爵不仅永远不可能来检查他是否采取措施出售树林和庄园,是否想尽办法偿清监护委员会的欠款,而且大概也永远不会来过问和查询为什么盖好的房子还空着,为什么农民们还继续像在别的主人那里一样,用服劳役和付现金的形式交出他们能够交出的一切。

十一

皮埃尔怀着幸福的心情从南方旅行回来,在归途上实现了早已有的心愿——顺便去看看他的朋友鲍尔康斯基,他已有两年没有见到他了。

在最后一站得知安德烈公爵不在童山,而是在新分给他的庄园里,便驱车上那里找他去了。

鲍古恰罗沃位于景色不美的平地上,四周是大片土地以及砍伐过的和未砍伐过的夹杂着桦树的枞树林。地主的宅院在村子里的一条笔直的大路的尽头,在一个新挖的、塘边上还没有长草、但灌满了水的池塘后面,房子四周是一片小树林,树林中间有几棵高大的松树。

地主宅院由打谷场、院内建筑物、马厩、澡堂、厢房和一座还在建造的带有半圆形山墙的砖石结构大房子构成。在房子周围新开辟了一个花园。围墙和大门是新修的,很坚固;棚子里放着两个消防水龙和一个漆成绿色的大木箱；道路都很直，桥很牢靠，带有栏杆。一切都显示出精心安排和管理的痕迹。碰到的家奴听到有人问他们公爵住在哪里，便指了指池塘边新建的不大的厢房。安德烈公爵的老家人安东扶皮埃尔下了马车，说公爵在家，把他带到一个清洁的小外厅。

皮埃尔最后一次在彼得堡见到安德烈公爵生活很奢华，现在看见这个虽然清洁，但很简朴的小房子，感到非常惊讶。他急忙进了还散发着松油味、尚未抹灰泥的小厅，想继续往前走，但是安东踮起脚赶到前头，敲了敲门。

"有什么事？"传来了刺耳的、听了令人不快的声音。

"来客人了。"安东回答道。

"请他等一会儿。"听见里面有推开椅子的声音。皮埃尔快步走到门口，与走出来见他的安德烈公爵迎面碰上了，看见安德烈公爵脸色阴沉，人显得老了不少。皮埃尔搂住他，扶了扶眼镜，吻着他的面颊，凑近看着他的脸。

"真没有想到，我很高兴。"安德烈公爵说。皮埃尔没有言语；他惊奇地和目不转睛地望着自己的朋友。安德烈公爵发生的变化使皮埃尔感到吃惊。他的话语气是亲切的，嘴上和脸上挂着微笑，但是目光是暗淡的和毫无生气的，他显然想要使自己的眼睛闪耀出高兴和快乐的光芒，但是做不到。皮埃尔发现他的朋友不是消瘦了，不是脸色变得苍白了，而是变得健壮了；但是这种目光和脑门上的皱纹说明他长时间内在集中思考某一个问题，这种表情皮埃尔还不习惯，因而使他感到惊讶和生疏。

在久别重逢时，经常有这样的情况，谈话很长时间未能有一个固定的题目；他们三言两语询问和回答一些事情，而他们都知道这些事都是需要花点时间好好谈谈的。最后他们终于开始谈论在这之前断断续续说过的事，谈论关于过去的生活、未来的计划、皮埃尔的旅行和他的活动以及战争等问题。安德烈公爵微笑着听皮埃尔说话，皮埃尔在他的目光中发现的那种专注和沮丧，现在更加强烈地在他的微笑中表现出来，尤其是在皮埃尔兴致勃勃地谈到过去和未来时。安德烈公爵似乎也想参加到他所说的事情中去，但是又做不到。皮埃尔开始感觉到，在安德烈公爵面前表现出喜悦的心情、谈论幻想以及对幸福和善行的希望都是不合适的。他不好意思说出他新接受的所有共济会思想，尤其是最近旅行时心中得到更新的和新产生的想法。他克制着自己，担心显得太幼稚；同时他又按捺不住地想快点让自己的朋友看到，他现在已完全是另一个人，变得比在彼得堡时好多了。

"我无法对您说，在这段时间里经受了多少事情。我自己也不认得自己了。"

"是的，从那时起，我们发生了很多很多变化。"安德烈公爵说。

"那么，您怎么样？"皮埃尔问，"您有哪些计划？"

"计划？"安德烈公爵用讽刺的口气把问题重复了一遍。"我的计划？"他又说了一次，仿佛对这个词的含义感到惊奇似的，"你不是看见了，我在盖房子，想在明年完全搬过来住……"

皮埃尔默默地、全神贯注地注视着安德烈的变老了的脸。

"不，我是问……"皮埃尔说，但是安德烈公爵打断了他的话：

"我的事有什么可说的……你说说你的旅行，说说你在自己庄园里做了些什么？"

皮埃尔开始讲他在自己庄园里所做的事，尽可能不说他自己采取的改进措施。安德烈公爵几次在皮埃尔未说之前就替他说了，仿佛皮埃尔所做的一切早已是人所共知的事，他听皮埃尔说话时不仅觉得索然无味，甚至仿佛为他所说的事而感到害羞。

皮埃尔开始有些局促不安，甚至觉得和自己的这位朋友在一起不大舒服。他停住不说了。

"你瞧，亲爱的，"安德烈公爵说，显然他和客人在一起也感到有点难受和受拘束，"我在这里暂时凑合着住，现在只是来看看。今天我又要回到妹妹那里去。我想介绍你和她们认识认识。不过我好像记得你是认识她的，"他说，显然他这样说是为了应酬客人，他现在已觉得自己与他毫无共同之处。"我们午餐后就去。现在你想看一看我的庄园吗？"说着他们出了门，在午饭前一起在各处走，路上随便谈论着政治新闻和共同的熟人，看样子并不像非常知心的朋友。安德烈公爵只是在谈到他正在整修的庄园和建筑工程时，稍稍显得兴奋和感兴趣些，但是在谈话的中途，在脚手架旁，当他向皮埃尔描述房子未来的布局时，突然停住不说了。"其实这里也没有任何有意思的东西，现在我们就去吃饭,然后就动身。"吃饭时谈起了皮埃尔的家庭问题来。

"我听说这件事后感到非常惊讶。"安德烈公爵说。

皮埃尔像平常谈到这件事时那样,涨红了脸,急忙说:

"以后找个时间我把这一切发生的经过告诉您。但是您知道,这一切已经结束了。永远结束了。"

"永远?"安德烈公爵说,"世上可没有任何永远的事。"

"您知道这一切是如何结束的吗?听说过决斗的事吗?"

"听说过,你经历了这件事。"

"有一点我要感谢上帝,这就是我没有打死那个人。"皮埃尔说。

"为什么?"安德烈公爵问道,"打死一条恶狗甚至是一件很好的事。"

"不,打死人不好,这样做不对……"

"为什么不对?"安德烈公爵又问,"对与不对,不能由人来判断。人恰恰从来都在他们认为对与不对的问题上犯错误,而且今后还要犯错误。"

"凡是危害别人的坏事,就是不对的。"皮埃尔说,他高兴地感觉到他来这里后安德烈公爵第一次显得活跃起来,开始说话了,而且想要说出使自己成为现在这种样子的一切。

"谁告诉过你,对别人来说什么是坏事?"安德烈公爵问。

"坏事?坏事?"皮埃尔说,"我们大家都知道对自己来说什么是坏事。"

"是的,我们知道,但是我不能把那种我知道会危害自己的坏事施加于人。"安德烈公爵愈来愈兴奋,看来他想要对皮埃尔说出他对事物的新看法。他是用法语说的。"我知道生活中只有两种真正的不幸:受良心责备和生病。只要没有这两件坏事,就是幸福。为自己而生活,只求避免这两件坏事,这就是我现在的整个人生哲学。"

"那么爱邻人和自我牺牲呢?"皮埃尔又开始说道,"不,我不能同意您的看法!只是为了不做坏事,为了不悔恨而活着,那是不够的。我过去这样生活过,我曾为自己生活过,却毁了自己的生活。现在我才为别人活着,至少努力为别人活着(出于谦虚,皮埃尔修正了一下自己的说法),现在我才理解生活的全部幸福。不,我不同意您的看法,而且您也不是照您所说的那样想的。"安德烈公爵默默地望着皮埃尔,脸上露出讽刺的微笑。

"你这就要见到我的妹妹玛丽亚公爵小姐了。您会和她谈得来的。"他说。"也许你对自己来说是对的,"他停了一会儿后接着说,"但是每个人都照自己的想法生活:你曾为自己生活,现在说这样做几乎毁了你的生活,而只是在开始为别人生活后才知道了幸福。而我所经历的恰好相反。我曾为荣誉而生活。(可是荣誉是什么呢?也是那种对别人的爱,为他们做些事情的愿望,得到他们称赞的愿望。)就这样我曾为别人活着,不是几乎毁了,而是完全毁了自己的生活。从那时起开始只为自己一个人而活着,心里也就变得平静了。"

"怎么能只为自己一个人活着呢?"皮埃尔激动起来,问道。"那么儿子、妹妹、父亲呢?"

"他们这些人仍然都是我,而不是别人,"安德烈公爵说,"别人指的是他人,即你和玛丽亚公爵小姐所说的 le prochain,这是犯错误和做坏事的主要根源。Le prochain—— 这是你想要为他们做好事的基辅农民。"

他用嘲笑和挑逗的目光看了皮埃尔一眼。看来他想要挑动皮埃尔进行反驳。

"您是在说笑话。"皮埃尔说,变得愈来愈兴奋了。"我希望(尽管做得很少和很差,但是毕竟希望)做好事,而且总算做了一些事,这怎么能是错误和坏事呢?我们的那些不幸的农民,那些也像我们一样从长大到死亡对上帝和真理的了解只限于圣像和无意义的祷告的人,现在让他们通过学习有一些关于来世、报应、奖赏、安慰的观念,这怎么能是坏事呢?在只需举手之劳就能给予物质上的帮助的情况下,人们因得不到救助而病死时,我给他们请医生,开办医院和养老院,这怎么能是坏事和错误呢?难道我给日夜操劳的农夫和带孩子的农妇一些休息和空闲的时间,不是非常明显的和毫无疑问的善行吗?……"皮埃尔急急忙忙地和吐字不清地说。"我做了这些事,虽然做得不好,做得不多,但是总算为此做了一些事情,您不仅不能说服我不再相信我做的是好事,而且也不能使我不再相信您自己没有这种想法。而主要的,"皮埃尔接着说,"我知道这样一点,而且确实知道,做这种好事得到的乐趣是生活中唯一可靠的幸福。"

"是的，如果这样提出问题，那么就是另一回事了。"安德烈公爵说。"我造房子，开辟花园，而你开办医院。这两者都可以用来消磨时间。至于什么是对的，什么是好的，就让什么都知道的人来判断，而不由我们来判断。看来你想要争论，"他加了一句，"那就争吧。"他们离开餐桌，到代替阳台的台阶上坐下。

"好，让我们来争论吧。"安德烈公爵说。"你说到学校，"他扳着指头接着说，"还有教育等等，也就是说，你想要使他，"安德烈公爵指着一个脱了帽子从他们旁边经过的农夫说，"脱离动物的状态，具有精神上的需要。我觉得唯一可能得到的幸福是动物的幸福，而你却要想剥夺他的这种幸福。我羡慕他，而你要把他变成像我这样的人，但是又不把我的智力、感情和钱财全都给他。你说的另一件事是要减轻他的劳动。而在我看来，体力劳动对他来说是一种必需，是他生存的一个条件，就像脑力劳动对你我来说是一种必需和生存条件一样。你无法做到不思考。我在夜里两点多钟躺下睡觉，脑子里出现各种想法，辗转反侧，无法入睡，直到早晨还没有睡着，这是由于我在想事，不能做到不想，就像他不能不耕地和不能不割草一样；不然他就会去小酒馆，或者生病。如同我干不了他的可怕的体力劳动、过一个星期准会累死一样，他也忍受不了我不干体力活的游手好闲，准会发胖，最后死去。第三点——你还说什么来着？"

安德烈公爵扳着第三个指头。

"对了。你还说医院，药品。他中了风，快要死了，你给他放血，救活了他，他将作为一个残疾人再活上十年，成为大家的累赘。他要是死了会舒服和简单得多。另一些人会生出来，他们这样的人会很多。假如你舍不得失去一个劳动力——我是把他当作劳动力看待的，你为了爱护他想给他治病。而他不需要这样做。再说，认为医生曾在什么时候治好过什么人，那真是异想天开……只会治死人——就是这样！"他说，愤恨地皱起眉头，背过身去不看皮埃尔。

安德烈公爵把自己的想法说得非常清楚和明确，可以看出，他曾不止一次地想过这些，他像一个很久没有说话的人一样，很乐意说，并且说得很快。他的看法愈悲观失望，他的目光就愈有神。

"唉,这太可怕了,太可怕了!"皮埃尔说,"我只是不明白,有这些想法怎么还能活着。我也有过这样的时刻,这是不久前的事,在莫斯科和在旅途中,当时我达到了活不下去的地步,觉得一切都可厌,主要的是觉得自己可厌。当时我不吃不喝,脸也不洗……您说,您怎么……"

"为什么不洗脸,这不卫生,"安德烈公爵说,"相反,应当使自己的生活变得尽可能愉快些。我活着,这并不是我的过错,因此应当设法活得更好些,不妨碍任何人地一直活到死为止。"

"是什么东西促使您活着的?有这样的思想你就将一动不动地坐着,什么也不干。"

"生活本来就不会让人安宁的。我倒乐意什么也不干,可是,一方面,此地的贵族们抬举我,选我为首席贵族;我好容易才推辞掉。他们根本不了解我身上没有应当有的东西,没有做这事所需的那种庸俗的一团和气和为大家操心的兴趣。再说这座房子需要盖起来,好让自己有一个地方能过几天清静的日子。现在还有民兵的事。"

"您为什么不去部队服役?"

"经历了奥斯特利茨战役后谁还去!"安德烈公爵脸色阴沉地说。"不,太谢谢了,我发过誓,今后不再到俄国作战部队服役。我不再这样做了。即使波拿巴就在这里,在斯摩棱斯克附近,威胁童山,我也不会去俄国军队服役。我对你这样说过。"安德烈公爵平静下来,接着说,"现在再说说民兵,父亲是第三军区民兵总司令,在他手下做事,是我逃避服役的唯一办法。""这么说,您在服役?"

"是的。"安德烈公爵沉默了一会儿。

"那么您为什么要服役?"

"事情是这样的。我的父亲是他的时代最优秀的人物之一。但是他逐渐老了,他并不是为人残酷,而是天生活动能力强。他习惯于拥有无限权力,现在皇帝任命他为民兵总司令,给了他这种权力,因而变得让人望而生畏。两个星期前要是我晚到了两个钟头,他就会把尤赫诺沃的录事活活吊死。"安德烈公爵微笑着说,"我服役是因为除我之外,谁也不能影响父亲,我可以在某些方面劝劝他,使他不至于干出以后会感到悔恨的事。"

"啊,原来是这么回事!"

"是的,但是不像你想的那样。"安德烈公爵接着说,"我在当时和现在丝毫也不想对这个盗窃民兵靴子的混蛋录事做好事;我甚至很愿意看见他被吊死,但是我替父亲着想,也就是又是为了自己。"

安德烈公爵愈说愈兴奋。当他竭力向皮埃尔证明他的行为从来不包含为邻人做好事的愿望时,他的眼睛十分激动地闪闪发光。

"你说你想解放农民,"他接着说,"这是好事;但不是对你自己来说(我想,你从来没有鞭打过谁,也没有把谁送到西伯利亚去),更不是对农民来说。如果他们被打、被抽鞭子和被送往西伯利亚,我认为他们的处境不会因此而变得更坏。到了西伯利亚,他们仍然过同样的像牲畜一样的生活,而身上的伤疤长好后,仍然像以前那样的幸福。解放农民对这样一些人来说,才是需要的,这些人精神上处于崩溃状态,内心逐步产生了悔恨,可是又竭力压制着,同时由于不管自己有理无理都可以随便处置别人而变得粗野起来。我可怜的是这样的人,我希望为了这些人而解放农民。你也许没有见过,我可是见过,有一些很好的人,他们受无限权力的传统的教育,随着年龄的增长变得暴躁起来,变得残酷和粗野,他们知道这一点,却无法克制自己,变得愈来愈苦闷,愈来愈不幸。"

安德烈公爵说这些话时非常激动,皮埃尔不由得想,安德烈的这些想法是由他父亲的表现引发的。皮埃尔什么也没有对他说。

"由此可见我怜惜的是什么人和什么—— 怜惜的是人的尊严、内心的问心无愧和心地的纯洁,而不是人的脊梁和脑袋,脊梁和脑袋不管怎样抽它,剃它,仍然还是那样的脊梁和脑袋。"

"不,不,一千个不! 我永远不会同意您的看法。"皮埃尔说。

十二

傍晚,安德烈公爵和皮埃尔坐上马车前往童山。安德烈公爵不时看看皮埃尔,偶尔说几句话打破沉默,想以此来说明他的心情很好。

他指着田地对皮埃尔叙说自己在生产管理方面所做的改进。

皮埃尔脸色阴沉地沉默着,只简短地答应一两声,看来在想自己的心思。

皮埃尔想，安德烈公爵并不幸福，他误入歧途，不知道真正的光明，他皮埃尔应当帮助他，开导他，使他振作起来。但是当皮埃尔刚考虑好应该怎样说和说些什么时，他就感觉到安德烈公爵只用一句话，用一个论据就能把他讲的全部道理贬得一钱不值，因此他害怕开口，担心说出自己珍爱的神圣信念后会受到嘲笑。

"不，您为什么认为，"皮埃尔突然开口了，他低下头，摆出爱牴人的公牛的样子，"您为什么这样想？您不应该这样想。"

"我想什么来着？"安德烈公爵惊奇地问。

"想人生，想人的使命。不能这样想。我也这样想过，您知道是什么挽救了我吗？是共济会。不，您不要笑。共济会并不像我过去认为的那样，是一个专门讲究仪式的教派，共济会是人类永恒的优点的唯一的和最好的表现。"接着他开始向安德烈公爵讲起他所理解的共济会的观点来。

他说，共济会观点是摆脱了国家和宗教的束缚的基督教学说，是平等、友好和博爱的学说。

"只有我们神圣的团体在生活中才具有真正的意义；其余的一切都是梦想。"皮埃尔说。"您会明白，我的朋友，这个团体之外的一切都充满着谎言和欺骗，我同意您的说法，一个聪明的好人只能像您一样，在竭力不妨碍别人的同时过完自己的一生。但是只要您接受我们主要的信念，加入我们的团体，把自己交给我们，让我们来指导您，您立刻就会像我一样，感觉到自己是这个巨大的、无形的链条的一个部分，而链条的一端则藏在天国里。"皮埃尔说。

安德烈公爵默默地望着前面，听皮埃尔说话。有几次由于车轮的滚动声他没有听清，便请皮埃尔把他没有听清的话再说一遍。皮埃尔从安德烈公爵眼睛里射出的特殊的光芒以及从他的沉默中看出，他自己的话没有白说，安德烈公爵不会再打断他的话，也不会再进行嘲笑了。

他们到了一条涨水的河边，需要摆渡过去。在安排马车和马匹过河时，他们到了渡船上。

安德烈公爵用胳膊肘支着栏杆，默默地望着夕阳下闪闪发光的河水。

"您对我说的这些有什么想法？"皮埃尔问，"您为什么不说话？"

"我有什么想法？我一直在听你说。这一切都很好。"安德烈公爵说，"但是你说：加入我们的团体吧，我们将给你指出生活目的、人的使命和支配世界的规律。而我们是谁呢？——也是人。为什么你们什么都知道呢？为什么只有我一个人看不见你们看见的东西呢？你们在大地上看见真和善的王国，而我看不见它。"

皮埃尔打断了他的话。

"您相信来世吗？"他问。

"来世？"安德烈公爵反问道，但是皮埃尔没有让他往下说，把他的反问当作是否定的回答，况且他知道安德烈公爵以前持无神论观点，就更那么认为了。

"您说您看不见大地上的真和善的王国。我也没有看见；如果把我们的生活看作是一切的终结，就看不见它。在**大地**上，正是在这土地上（皮埃尔指了指田野），没有真理——都是欺骗和邪恶；但是在宇宙里，在整个宇宙里，有真理的王国，我们现在是大地的儿女，而从永恒的观点来看，我们是整个宇宙的儿女。难道我在自己心里不感觉到我是这个巨大的、和谐的整体的一部分？难道我不感觉到我在神——您也可称为至高无上的力量——在其中显现的那些多得不可胜数的生物中是从低级生物到高级生物之间的一个环节、一个梯级吗？如果我看见、清楚地看见从植物到人的阶梯，那么我为什么还要设想这个我没有看见其下端的阶梯就到植物为止呢？我为什么还要设想这个阶梯到我这里中断，而不进行伸展，直到通向高级的生物呢？我觉得我不仅像宇宙中的万物一样不可能消失，而且我将来和过去都会永远存在。我觉得除了我之外，在我上面还生活着神灵，在宇宙中存在着真理

"不错，这是赫尔德①的学说，"安德烈公爵说，"但是，亲爱的，这说服不了我，对我有说服力的是生和死。能使我信服的是这样的事：你看见一个你心爱的人，一个和你紧紧连在一起的人，你在这个人面前觉得愧疚和希望能够补过（说到这里安德烈公爵的声音颤抖了一下，他转过身去），突然这个人受了苦，遭到了折磨，不再存在了……为什么？不可

---

①　赫尔德（一七四四——一八〇三），德国批评家、哲学家和路德派神学家。

能没有答案！我相信答案是有的……这事有说服力，它使我信服了。"安德烈公爵说。

"是的，是的，"皮埃尔说，"难道我说的也不正是这一点吗！"

"不。我只是说，使我相信来世的不是什么论据，而是这样的事，当你和一个人在生活中携手同行时，突然这个人消失在**那里**了，**不知去向**了，而你在这深渊前停住脚步，往那里张望。我就张望了一下……"

"那又怎么样呢！您知道这个**那里**和这个**什么人**存在吗？这个**那里**就是来世。这个**什么人**就是上帝。"

安德烈公爵没有回答。马车和马匹早已到了对岸，并已套好了，太阳已有一半落下，傍晚寒气袭人，渡口边的水洼上已结上了像星星那样闪闪发亮的薄冰，而使仆人、车夫和船夫感到惊奇的是，皮埃尔和安德烈公爵还站在渡船上说话。

"如果有上帝和来世，那么就有真和善；人的最大幸福在于力图达到真和善。要好好生活，要有爱心，要相信，"皮埃尔说，"相信我们并不只是今天生活在这一小块土地上，而且过去和将来我们永远生活在那里，生活在整个宇宙之中（他指了指天空）。"安德烈公爵站着，胳膊肘支在渡船的栏杆上，他一面听皮埃尔说话，一面目不转睛地望着蓝色的水面上夕阳的红色反光。皮埃尔停住不说了。四周一片寂静。渡船早已靠岸了，只有波浪还拍击着船底，发出微弱的声音。安德烈公爵觉得，这波浪的拍击声好像在附和皮埃尔的话："真的，相信这个吧。"

安德烈公爵叹了一口气，用闪闪发亮的、孩子般的和亲切的目光看了看皮埃尔，这时皮埃尔兴奋得满脸通红，但是在自愧弗如的朋友面前，脸上仍有胆怯的表情。

"是的，要是这样就好了！"安德烈公爵说。"我们现在上车去吧。"他加了一句，在离开渡船时他朝皮埃尔指的天空看了一眼，于是在奥斯特利茨战役后他第一次看到了他躺在奥斯特利茨战场上看见的那个高高的、永恒的天空，一种早已沉睡的、一种他有过的美好的感情突然苏醒了，充满着欢乐和青春活力。当安德烈公爵一回到已习惯的生活环境时，这种感情就消失了，不过他知道，这种他不善于培养的感情活在他心中。与皮埃尔的会见对安德烈公爵来说是一个阶段的开端，从此他虽然在表面上仍过着原来的那种生活，但是在内心世界里新生活开始了。

安德烈公爵和皮埃尔到了童山宅院的大门口时,天快要黑了。在他们快要到的时候,安德烈公爵带着微笑叫皮埃尔注意看后门发生的忙乱现象。一个背着背囊的弯腰曲背的老太婆和一个穿着黑衣服、留着长发的矮小男人看见驶过来的马车,急忙回头往门里跑。两个女人跟着他们跑出来,四个人回头看看马车,惊慌地跑上了后门的台阶。

"这是玛莎接待的修士。"安德烈公爵说。"他们见了我们以为父亲回来了。这是她唯一的一件违抗父命的事:父亲吩咐把这些云游派教徒轰走,而她却接待他们。"

"这些修士是什么样的人?"皮埃尔问。

安德烈公爵没有来得及回答他。仆人们出来迎接,他问老公爵在哪里,是否快要回来了。

老公爵还在城里,他随时都可能回来。

安德烈公爵把皮埃尔带到自己的那部分房子里,父亲家里的这些房间总是收拾得整整齐齐,随时等他来住。接着他自己到儿童室去了。

"现在到我妹妹那里去,"安德烈公爵回来后对皮埃尔说,"我还没有见到她,她现在藏了起来,陪着她的那些修士。她会不好意思的,这是她活该如此,你这就会看见那些修士。说实话,这很有意思。"

"修士是什么样的人?"皮埃尔问。

"你马上就会看见的。"

玛丽亚公爵小姐看见他们进了她的房间,果然不好意思起来,脸上出现了一块块红斑。在她的舒适的房间里,神龛前点着神灯,茶炊后面的沙发上.一个少年与她并排坐着,那人长着一个大鼻子,留着长头发,身上穿着一件修士的长袍。

在旁边的圈椅上坐着一个满脸皱纹的瘦老太婆,她那孩子般的脸上带着温和的表情。

"安德烈,你为什么不预先告诉我一声?"她带着温和的责备说,站到了那些云游派教徒的面前,如同母鸡保护小鸡一样。

"见到您我非常高兴,非常高兴。"当皮埃尔吻她的手时,她对皮埃尔说。她从小就认识他,现在他同安德烈的友谊,他和妻子之间发生的不幸的事,主要的,他的善良纯朴的脸,使她对他产生了好感。她的那双闪闪发光的美丽的眼睛看着他,仿佛是在说:"我非常喜欢您,但是请您不要嘲笑我的人。"在互相问好后,他们坐下了。

"啊,伊万努什卡也在这里。"安德烈公爵微笑着指了指年轻的云游派教徒说。

"安德烈!"玛丽亚公爵小姐恳求说。

"您知道,这是一个女人。"安德烈对皮埃尔说。

"安德烈,看在上帝分上!"玛丽亚公爵小姐再次恳求说。

可以看出,安德烈公爵对云游派教徒的嘲弄和玛丽亚公爵小姐毫无用处的袒护,在他们之间已习以为常了。

"不过,亲爱的,"安德烈公爵说,"你应当感谢我,因为我要向皮埃尔说明你和这个年轻人的亲密关系。"

"是真的吗?"皮埃尔好奇而又严肃地说(玛丽亚公爵小姐对他采取这种态度特别感激),他透过眼镜注视着伊万努什卡的脸,那少年知道他们在谈论他,用调皮的目光看看大家。

玛丽亚公爵小姐完全不必为**自己的人**感到不好意思。他们丝毫也不胆怯。老太婆垂下眼睛,但是斜视着进来的人,把茶碗底朝上扣在碟子上,把一块吃剩的方糖放在旁边,安安静静地和一动不动地坐在圈椅上,等着人家再请她喝茶。伊万努什卡一面啜着碟子里的茶,一面皱着眉头用女人的调皮的目光看着这两个年轻人。

"去过哪里,去过基辅吗?"安德烈公爵问老太婆。

"去过,少爷,"喜欢说话的老太婆回答道,"过圣诞节时我有幸在圣徒那里参与了圣礼。而现在从科利亚津来,少爷,那里神大显灵验了……"

"怎么,伊万努什卡和你在一起?"

"我自己一个人去的,施主。"伊万努什卡努力用男低音说,"到尤赫诺沃时才与佩拉格尤什卡会合。"

佩拉格尤什卡打断了同伴的话;显然她想说一说她见到的事。

"在科利亚津,少爷,神大显灵验了。"

"什么,发现了新的圣骨?"安德烈公爵问。

"够了,安德烈。"玛丽亚公爵小姐说,"别说了,佩拉格尤什卡。"

"你怎么啦,小姐,为什么不说? 我喜欢他。他很善良。他是受上帝垂爱的人,他这位施主给了我十卢布,我都记得。我在基辅时,疯修士基留沙告诉我—— 这是一个真正的苦行僧,无论冬天和夏天都打着赤脚。他说,你怎么待在不是自己该待的地方,到科利亚津去吧,那里一尊圣像,一尊圣母像显灵了。我听了这话,就和圣徒们告别,上那里去了⋯⋯"

大家都没有说话,只有这个女云游派教徒吸着气,不慌不忙地讲着。

"我到了后,少爷,人们就对我说:神大显灵验了,圣母的脸滴着'油'"

"好了,好了,以后再讲吧。"玛丽亚公爵小姐红着脸说。

"请让我问问她。"皮埃尔说。"是你亲眼看到的吗?"他问。

"那还用说,少爷,我亲眼看到的。圣母的脸容光焕发,像天光照亮了一样,油从她脸上就那么直往下滴⋯⋯"

"要知道这是骗人的。"注意地听那女教徒说话的皮埃尔天真地说。

"唉,少爷,你说的是什么呀!"佩拉格尤什卡惊恐地说,转身向玛丽亚公爵小姐求援。

"这是在欺骗老百姓。"皮埃尔又说了一遍。

"啊,我的耶稣基督。"女教徒画着十字说。"唉,别说了,少爷。有一位将军不相信,他说:'僧侣们骗人。'他一说完,眼睛就瞎了。他梦见彼切尔斯克修道院①的圣母前来对他说:'你相信我,我就把你治好。'于是他便请求道:快把我送到圣母那里去吧。我对你讲的全是事实,是我亲眼看见的。人们把这个瞎眼的将军直接送到圣母那里;他走到跟前,匍匐在地,说道:'请给我治吧! 我愿把沙皇赏赐给我的一切全部献给你。'我亲眼看见,少爷,圣像上挂上了一枚星章。果然他的眼睛就看得见东西了! 这样说是罪过的。上帝会惩罚的。"她用教

---

① 彼切尔斯克修道院在基辅,建于一〇五二年,建在洞穴中。

训的口气对皮埃尔说。

"那么星章是怎样到了圣像上的呢？"皮埃尔问。

"是不是也把圣母提升为将军了？"安德烈公爵微笑着问。

佩拉格尤什卡突然脸色发白，举起双手轻轻一拍。

"少爷啊少爷，你这样说是罪过的。你是有儿子的人！"她数落起来，苍白的脸突然又变得色彩鲜艳了。

"少爷，你说这种话，让上帝宽恕你。"她画了个十字。"上帝啊，宽恕他吧。小姐，这是怎么回事呀？……"她问玛丽亚公爵小姐。她站起身来，差一点要哭出来，开始收拾自己的口袋。可以看出，她对说这话的人感到害怕和可怜，为自己在说这种话的人的家里接受布施而觉得差耻，同时又为现在就放弃这家人的布施而感到惋惜。

"你们这又何苦呢？"玛丽亚公爵小姐说，"你们到我这里来干什么？……"

"不，要知道我是开玩笑，佩拉格尤什卡。"皮埃尔说。"公爵小姐，我确实没有冒犯她的意思，我只是无心说的。你不要介意，我是开个玩笑。"他说，胆怯地微笑着，想要弥补一下自己的过错。

佩拉格尤什卡将信将疑地停住脚步，但是皮埃尔脸上悔过的表情是那么的真诚，安德烈公爵又是那么温和和严肃地时而看看佩拉格尤什卡，时而看看皮埃尔，她也就渐渐地平静下来了。

十四

这个女云游派教徒平静下来后，又说起话来，后来讲神父阿姆菲洛希讲了很久，说他过着非常圣洁的生活以至于他的手都散发着神香的气味，又讲到她认识的僧侣在她最近这一次去基辅时，交给她洞穴的钥匙，于是她带着面包干，在洞穴里和圣徒们一起待了两昼夜。"我向一尊圣像祷告，表示敬意，然后到另一尊圣像那里去。睡一会儿，又去吻圣像；小姐，里面是那样安静，那样的舒适，真不想出来了。"

皮埃尔注意地和认真地听她说。安德烈公爵从房间里出去了。随后玛丽亚公爵小姐也把修士留下来继续喝茶，自己带皮埃尔到客厅去。

"您很善良。"她对他说。

"唉,我确实没有侮辱她的意思,我完全理解和十分看重这些感情。"

玛丽亚公爵小姐默默地看了他一眼,温柔地笑了笑。

"我早就认识您,并且像爱兄弟一样爱您。"她说。"您怎么找到安德烈的?"她急急忙忙地问道,不让他有时间来回答她的亲切的话,"他使我感到很不安。他的身体冬天好了一些,但是春天他的伤口复发了,大夫说他应当去治疗。我也很为他的精神状态担心。他的性格不像我们女人,有痛苦能够忍受,可以哭一场发泄发泄。他把痛苦藏在心里。今天他很快活,很高兴;这是由于您的到来起了作用:他很少有这样的情况。要是您能说服他出国去就好了! 他需要有活动,而这平稳的、安静的生活会把他毁了的。别的人没有注意到,可是我看出来了。"

九点多钟,侍仆听到老公爵的马车逐渐驶近时响起的铃声,急忙朝门口跑去。安德烈公爵和皮埃尔也到了台阶上。

"这是谁?"老公爵从马车上下来,看见了皮埃尔,便问道。

"啊! 非常高兴! 来吻我吧。"他认出这个陌生的年轻人是谁后说道。

老公爵心情很好,对皮埃尔很亲热。

晚饭前安德烈公爵回到父亲的书房时,发现老公爵在和皮埃尔进行热烈的争论。皮埃尔说,总有一天将不会再有战争。老公爵只是取笑他,反驳他的看法,但没有生气。

"把血从人的血管里抽出来,给他灌上水,到那时就不会有战争。你这是妇人之见,妇人之见。"老公爵说,但还是亲切地拍拍皮埃尔的肩膀,然后走到桌子旁,这时显然不想参加谈话的安德烈公爵正在那里翻阅老公爵从城市带来的文件。老公爵走到他跟前后,开始和他谈起公事来。

"首席贵族罗斯托夫连一半人都没有送到。他来到城里,居然想要请我吃饭—— 我就让他饱饱地吃了一顿……你再看看这个……喂,老弟,"老公爵拍拍皮埃尔的肩膀对儿子说,"你的朋友是好样的,我喜欢他! 他引起了我的兴趣。有的人话说得很聪明,可是连听也不想听,而他虽然是在瞎扯,但是我这个老头听得津津有味。好了,你们去吧,去吧,"他说,"也许在你们吃晚饭时我还要来坐一会儿。那时我还要争论争论。希望你能喜欢我那个傻丫头玛丽亚公爵小姐。"他从门里对皮埃尔大声说道。

皮埃尔这次来童山后才认清他与安德烈公爵的友谊的巨大力量和迷人之处。这种迷人之处主要不在他同安德烈公爵本人的关系上，而在他同他全家上上下下的关系上表现出来。皮埃尔同严厉的老公爵和温和羞怯的玛丽亚公爵小姐几乎并不认识，尽管如此，他立刻感觉到自己像他们的老朋友一样。他们大家都已喜欢他了。他对云游派女教徒的温和态度博得了玛丽亚公爵小姐的好感，不仅只是这位公爵小姐用最明亮的目光看着他，而且刚满周岁的小尼古拉公爵（祖父这样叫他）也对皮埃尔笑笑，并且要他抱。米哈依尔·伊万内奇、布里安娜小姐在他和老公爵说话时带着快乐的微笑看着他。

老公爵出来和大家一起吃晚饭了，显然他是因为有皮埃尔在才这样做的。皮埃尔在童山逗留的两天里，老公爵一直对他特别亲切，并且叫他常来做客。

皮埃尔走后，像通常一个新客人走后常有的那样，一家人聚在一起开始谈论他，大家说的都是他好的地方，这种情况是很少见的。

十五

罗斯托夫这次休假回来后，他第一次感觉到和发现，他同杰尼索夫和全团的感情是那么的深厚。

他快到团队时的心情，与他快到波瓦尔街老家的心情相类似。当他看见第一个穿着本团的制服、敞着怀的骠骑兵时，当他认出这是红头发的杰缅季耶夫，看见枣红马的拴马桩时，当拉夫鲁什卡高兴地对自己的主人喊了一声"伯爵来了"正在床上睡觉的杰尼索夫蓬头散发地跑出土房子拥抱他和军官们聚集到他这里时，罗斯托夫体验到一种与父母和妹妹们拥抱他时的同样的感情，涌上嗓子眼里的欢乐的眼泪使他说不出话来。团队也是家，而这个家像父母的家一样总是可爱的和珍贵的。

罗斯托夫向团长报了到，奉命回到了原来的连队，执行值班和采办饲料的任务，开始关心团队所有琐碎的事情，他觉得自己失去了自由，被禁锢在一个狭窄的、一成不变的框子里，不过他像待在父母家里时那样，感到安心，有依靠，意识到他是在家里，在自己的位置上。这里没有自由的上流社会的所有那些混乱现象，他在那里找不到自己的位置，常常做出错误的选择；这里没有索尼娅，用不着考虑是否应当和她进行解释。这里没有去哪里和不去哪里的问题；没有可用各种不同方法加以利用的二十四个小时的空闲时间；没有无数既不特别亲近也不特别疏远的人；没有与父亲之间的这些不清楚的和不明确的金钱关系；没有人谈起输给多洛霍夫大笔金钱的可怕的事！这里，在团队里，一切都是简单明了的。整个世界分为两个不相等的部分：一个部分是我们的保罗格勒团，另一个部分是其余的一切。而与这其余的部分没有任何关系。在团队里一切都是明明白白的：谁是中尉，谁是大尉，谁好，谁坏，而主要的，知道谁够朋友。随军商贩肯赊账，饷银只领到三分之一；没有什么可以考虑和选择的，只要不做保罗格勒团里认为是坏的事就行了；派你去执行任务，你就做那些清楚而明确地叫你做的事——就万事大吉。

罗斯托夫重新进入团里的这种事事都有明确规定的生活环境里，像一个躺下来休息的疲乏的人一样，感到高兴和安心。在这次战役中罗斯托夫之所以觉得团队生活格外愉快，还因为他在输钱给多洛霍夫后(尽管家里人安慰他，但是他不能原谅自己的这种行为)决心要不像从前那样服役，为了改正自己的错误他要好好干，成为一个好同事和出色的军官，也就是说成为一个很好的人，这在**俗世**里很难做到，而在团队里却是完全有可能做到的。

罗斯托夫在输钱以后就决定，他将在五年内还给父母这笔钱。过去家里每年寄给他一万卢布，现在他决定只要两千，其余部分用来还父母的债。

我们的军队不止一次地撤退和进攻并在普乌图斯克和普列西什—埃劳等地交战后，集中在巴滕施泰因附近。大家正在等待皇帝的驾临和新的战役的开始。

保罗格勒团属于参加一八〇五年出征的那部分军队，它在俄国进行补充休整，没有赶上这次战役的头几仗。普乌图斯克和普列西什—埃劳的战斗它都没有参加，到战役的后半期，才加入作战部队，编入普拉托夫①的队伍。

普拉托夫的部队是离开主力独立作战的。保罗格勒团的骑兵与敌人交过几次火,抓了一些俘虏,有一次甚至夺取了乌迪诺元帅②的马车。四月,保罗格勒团在一个完全遭到破坏而变得空无一人的德国村庄附近一动不动地驻扎了几个星期。

正值冰雪融解的季节,道路泥泞,天气寒冷,河道开冻,变得无法通行;有时一连几天人的粮食和马的草料都发不下来。因为运输中断,人们只好到各个荒芜的村庄去找土豆吃,但是也找不到多少。

什么都吃光了,所有的居民都逃散了;留下来的人比乞丐还要穷,从他们那里得不到什么东西,就连不大有怜悯心的士兵也常常不仅不向他们要东西,反而把自己最后剩下的一点口粮送给他们。

保罗格勒团在各次战斗中只有两人受伤;但是由于挨饿和生病几乎损失了一半人员。被送到医院的人必死无疑,因此因饮食太差而患热病和浮肿的士兵宁可在队列里吃力地拖着双腿继续执行勤务,而不愿意进医院。开春后,士兵们开始寻找从地里长出来的一种很像龙须菜的植物,这种植物不知为什么被称为玛什卡甜根(实际上它很苦),人们分散到四处的草地和田野里去找,虽然有命令不准吃这种有害的植物,他们还是用马刀把它挖出来吃。春天士兵当中发现一种新的疾病——胳膊、腿和脸都出现浮肿,医生认为这种病是由吃甜根引起的。但是尽管有禁令,杰尼索夫连的士兵吃的主要是玛什卡甜根,因为最后的一点干粮已经吃了一个多星期了,当时每人只发半俄磅③土豆,而且最后一次运来的土豆是冻坏和长了芽的。

军马也是一个多星期只吃屋顶的麦草了,瘦得不成样子,身上的毛还像入冬以来那样结成一块块的。

尽管有这么大的困难,士兵和军官们生活得完全像平常一样;骠骑兵们虽然脸色苍白浮肿,穿着破破烂烂的制服,现在还照样列队点名,打扫卫生,洗刷马匹和装备,从屋顶上取下麦草作饲料,到大锅边去吃饭,吃完后仍饿着肚子从那里站起来,同时嘲笑着恶劣的伙食和自己

---

①　普拉托夫(一七五一——一八一八),顿河哥萨克军统领。
②　乌迪诺(一七六七——一八四七),法国元帅。
③　一俄磅合四〇九·五克。

没有吃饱的肚子。像平常一样,在自由活动时间士兵们生起篝火,脱光衣服烤火,抽烟,挑选和烘烤长了芽的和霉烂的土豆,有的人讲起波将金和苏沃洛夫出征的故事,或者讲大滑头阿廖沙和神父的长工米科拉的故事,其余的人都听着。

军官们像通常一样,两个人一起和三个人一起住在四面透风的半坍塌的房子里。级别高的军官关心怎样弄到麦草和土豆,总的说来关心用什么方法喂饱大家的问题,下级军官像平常一样,有的打牌赌钱(虽然缺少食物,但是钱很多),有的玩一般的游戏—— 玩投钉戏和击木戏①。关于战斗的总的进程谈得很少,这部分地是由于不知道任何肯定的消息,部分地是由于模糊地感觉到战争的总的形势有些不妙。

罗斯托夫还像以前一样,跟杰尼索夫住在一起,自从他们休假回来之后,这两个朋友的关系更加密切了。杰尼索夫从来不提罗斯托夫家的人,但是罗斯托夫根据连长对他的那种深厚的友情感觉到,这个老骠骑兵对娜塔莎的不幸的爱情对增进他们的友谊起了一定作用。显然杰尼索夫尽可能少让罗斯托夫遭受危险,爱护他,战斗结束后见他平安回来,显得特别高兴。有一次罗斯托夫去执行任务,到一个荒废残破的村子去找食物,在那里发现了一个波兰老人的一家人—— 他和他的抱着吃奶婴孩的女儿。他们衣不遮体,饿着肚子,无法离开,没有代步的工具。罗斯托夫把他们带到驻地,把他们安置在自己的住处,在老人养病期间,一直供养他们。罗斯托夫的一个同事谈女人谈得起了劲,开始嘲笑罗斯托夫,说他比谁都狡猾,说他不妨让大家认识认识他救的漂亮的波兰女人。罗斯托夫把这笑话当作是对他的侮辱,勃然大怒,对那军官说了许多难听的话,杰尼索夫费了很大的劲儿,才劝住他们不进行决斗。那军官走后,并不知道罗斯托夫对那波兰女人的态度的杰尼索夫开始责备他暴躁,罗斯托夫对他说:

"不管你怎样认为……她像我的姐妹一样,我无法对你说清楚,这多么使我生气……因为……由于……"

杰尼索夫拍了拍他的肩膀,在房间里来回走动起来,眼睛没有看

---

① 投钉戏和击木戏均为俄国民间游戏。玩投钉戏时,地上放一个环,把大头钉投入环内;玩击木戏时,用木棒把对方摆在方圈肉的木棍击出圈外。

罗斯托夫,他在心情激动时总是这样做。

"你们罗斯托夫家的人全都这么傻气。"他说,罗斯托夫看见他的眼睛含着泪水。

十六

四月,部队得到皇帝要来的消息,变得活跃起来了。罗斯托夫未能参加皇帝在巴滕施泰因举行的检阅,因为保罗格勒团正驻防在巴滕施泰因前面很远的前哨上。

他们宿营在野外。杰尼索夫和罗斯托夫住在士兵为他俩挖的土窑里,它的顶上盖着树枝和草皮。挖这土窑用的是当时刚流行的方法,先挖一条宽一俄尺半、深两俄尺和长三俄尺的沟。在沟的一头刨出几个梯级,这是入口和台阶;沟本身是房间,在像连长那样运气好的人那里,房间里对着台阶的那一头用四根木桩架起一块木板——这就是桌子。沟的两侧挖去一俄尺的土,这是两张床和沙发。窑顶有一定的高度,使得土窑中央人能站得起来,而在靠近桌子的地方,人甚至能坐在床上。杰尼索夫的土窑比较阔气,因为全连士兵喜欢他,在正面窑顶下放了一块木板,木板上嵌了一块粘起来的破玻璃。天气很冷时,用窝起来的铁片从士兵的火堆里装一些烧红的炭放在台阶上(杰尼索夫称他的临时住房的这一部分为接待室),这样土窑里就非常暖和,许多常到杰尼索夫和罗斯托夫这里来的军官,热得只穿一件衬衣。

四月轮到罗斯托夫值班。他值了一夜班后到早晨七点多才回来,便盼咐拿炭火来,换了被雨淋湿的内衣,作了祷告,喝过茶,烤完火,整理一下自己的一角和桌子上的东西,被风吹得粗糙的脸变得红红的,身上只穿一件衬衣,仰面躺下,把两手放在脑后。他愉快地想着自己因最近的一次侦察有功日内将得到晋升,同时等着不知到哪里去了的杰尼索夫。罗斯托夫很想同他谈谈。

从土窑外传来了杰尼索夫断断续续的叫喊声,显然他发火了。罗斯托夫挪到窗户旁,想看看他在对什么人嚷嚷,看见了司务长托普切延卡。

"我曾命令你不要让他们吃什么玛什卡甜根!"杰尼索夫喊道,"我亲眼看见拉扎尔丘克从地里拉了这些东西来。"

"我也下了命令，大人，可是他们不听。"司务长回答道。

罗斯托夫又在自己床上躺下了，高兴地想道："让他现在去忙碌和操心吧，我干完了自己的事，在床上躺着——好极了！"他听到墙外除了司务长外，还有杰尼索夫的那个机灵而又有点滑头的仆人拉夫鲁什卡在说话。拉夫鲁什卡在讲他去找食物时亲眼看到的大车、面包干和几头牛。

从土窑外面又传来了杰尼索夫的逐渐远去的叫喊声和说话声："鞴马……二排！"

"他们这是上哪里去？"罗斯托夫想道。

五分钟后，杰尼索夫进了土窑，不顾两脚很脏就上了床，生气地点着了烟斗，把自己的东西乱扔一气，把马鞭往腰上一插，挂上马刀，便要出土窑。罗斯托夫问他上哪里去，他生气地和含含糊糊地说有事。

"就让上帝和皇帝审判我好了！"杰尼索夫在出去时说；罗斯托夫听见土窑外几匹马踩着污泥发出的吧嗒吧嗒声。罗斯托夫甚至没有想到要去打听一下杰尼索夫到哪里去了。他暖暖和和地在自己的角落里睡着了，到傍晚前才出了土窑。杰尼索夫还没有回来。傍晚天放晴了；在隔壁的土窑旁两个军官和一个士官生在玩投钉戏，笑着把萝卜投进松软的泥地里。罗斯托夫参加了进去。玩到一半，军官们看见了几辆大车正朝他们过来，十五六个骠骑兵骑着瘦马跟在大车后面。骠骑兵押送的大车到了拴马桩前，一大群骠骑兵把它们团团围住。

"唉，杰尼索夫还老是发愁，"罗斯托夫说，"瞧，食物运来了。"

"可不是！"军官们说，"这下子士兵们可高兴啦！"杰尼索夫骑着马在骠骑兵后面不远的地方走着，他同两个步兵军官在一起，和他们说着什么。罗斯托夫朝他迎了上去。

"我警告您，大尉①。"一个瘦瘦的、小个子的军官说，看来他很气愤。

"我已经说了，我不会还给你们的。"杰尼索夫回答道。

"您必须对此负责，大尉，这是横行霸道——抢自己人的运输车！

---

① 这时杰尼索夫已提升为少校。

我们的人两天没有吃东西了。"

"而我的人两个星期没有吃东西了。"杰尼索夫回答道。

"这是抢劫,您是要负责任的,阁下!"步兵军官提高嗓门重复说。

"你们干吗缠住我不放?啊?"杰尼索夫喊道,他突然发起火来。"要负责的是我,而不是你们,你们不要在这里唠唠叨叨,要不就不客气了。走开!"他朝两个军官喊道。

"好哇!"小个子军官喊道,他毫不胆怯,也不走开,"光天化日下进行抢劫,我要叫您……"

"快点滚开,要不就不客气了。"杰尼索夫拨转马头朝那个军官过去。

"好哇,好哇。"那军官带着威胁说,他调转马头,在马鞍上一颠一颠地快步跑走了。

"像狗骑在篱笆上,活像狗骑在篱笆上。"杰尼索夫在他后面喊道,——这是骑兵对骑马的步兵的最厉害的嘲笑,说着他到了罗斯托夫跟前,哈哈大笑起来。

"从步兵那里夺来的,从步兵那里夺来的运输车!"他说,"怎么,总不能让大家活活饿死吧?"

赶到骠骑兵这里的大车,本来是给步兵团的,但是杰尼索夫从拉夫鲁什卡那里了解到这些运输车没有武装护送,便带着骠骑兵用武力抢了过来。发给了士兵们足够的干粮,甚至分一些给别的连队。

第二天团长把杰尼索夫叫去,用张开手指的手捂着眼睛对他说:"我就这样看这件事,我什么也不知道,也不追究这件事;不过我劝您到司令部去一趟,到主管军粮的部门妥善地解决一下,如果可能,给他们打一张收据,写明收到多少多少食品;不然的话,请领单是步兵团的,会受到追究,结果可能会很糟。"

杰尼索夫从团长那里出来直接去司令部,真心实意地想照他的建议去做。傍晚他回到土窑时的那种样子,罗斯托夫还从来没有看见过。他说不出话来,呼哧呼哧直喘气。罗斯托夫问他发生了什么事,他只用沙哑微弱的声音说了一些莫名其妙的骂人和威胁的话。

罗斯托夫看见杰尼索夫的这种样子吓坏了,要他脱下衣服,喝点水,同时派人去请医生。

"要把我当作抢劫犯审判，——唉！再给我一点水，——就让他们审判吧，我将要揍那些坏蛋，永远揍他们，我要报告皇帝。给我拿点冰来。"他说。

团里的医生来了，他说必须放血。从杰尼索夫的毛茸茸的胳膊里放出一大盘子黑血，到这时他才能讲述他遇到的事。

"我到了后，"杰尼索夫讲道，"就问'你们的长官在哪里？'他们指给了我。'请等一等，好吗？'——'我还有事，我跑了三十俄里到了这里，我没有时间等，快去报告。'好了，那个贼头出来了，也想要教训我。'这是抢劫！'——'抢劫的不是为了喂饱自己的士兵取走食物的人，而是把它放进自己腰包的人！'很好。他说：'您就到军需那里打个收条，您的案子要向上级报告。'我到了军需那里。进了门——坐在桌旁的……你猜是谁？！你简直想不到！……是谁让我们挨饿的？"杰尼索夫喊叫起来，他那只放过血的手握起拳头使劲捶了一下桌子，使得桌子差一点翻了，桌上的杯子跳动起来。"是捷利亚宁！！'这么说是你让我们挨饿的？'我就啪啪给他两个嘴巴，打得还真利索……'啊！原来如此……'我开始狠狠地揍他！可以说，揍了一个够。"杰尼索夫喊道，他的白牙齿从黑胡子下露出来，显得高兴而又愤恨。"要不是有人拉开，我准会把他打死。"

"你喊叫什么呀，安静下来吧。"罗斯托夫说，"瞧，又出血了。等一等，需要换一下绷带。"

人们重新包扎了杰尼索夫的胳膊，安排他睡下。第二天醒来时，他显得快活而平静。

但是到中午团部副官脸上带着严肃和忧愁的表情来到杰尼索夫和罗斯托夫合住的土窑，十分难过地拿出团长给杰尼索夫少校的公文，查问昨天发生的事。副官说，这件事大概会变得很糟糕，已成立了一个军法小组，在目前对部队抢劫和自由放任行为抓得很严的情况下，受到降职处分就算是最好的结果了。

受害者一方把事情说成这样，似乎杰尼索夫少校在抢了运输车后，擅自醉醺醺地去找总军需官，把他称为贼，威胁要揍他，被带出去后，又闯进办公室，痛打了两名官员，并把一个人的胳膊扭得脱了臼。

杰尼索夫在回答罗斯托夫提出的新问题时笑着说，这里讲得好像完全是另一个人，这一切全是胡扯，是小事，他心里并不害怕任何审判，如果那些坏蛋胆敢动碰他，他将回敬他们，叫他们一辈子忘不了。

杰尼索夫在谈到自己的案件时用的是轻蔑的语气；但是罗斯托夫非常了解他，不能不发现他心里（他向别人掩盖这一点）害怕受审判，为这个案子感到很苦恼，因为很明显，其结果将是很不妙的。每天都收到书面查询的文件和法庭的传票，五月一日杰尼索夫接到把连队交给副手、前往师部说明在军需处闹事经过的命令。而在前一天，普拉托夫带领两个哥萨克团和两个骠骑兵连对敌人进行了现地侦察。杰尼索夫像平常一样，骑马走在散兵线前面，炫耀自己的勇敢。法国射手的一颗子弹打中了他上腿的软组织。要是在别的时候，受这样的轻伤杰尼索夫也许不会离开团队，但是现在他利用这个机会借故不去师部，住院治伤去了。

十七

六月发生了弗里德兰战役①，保罗格勒团没有参加，在这之后，宣布停战。罗斯托夫因杰尼索夫不在身边，觉得非常难受，在他走后又没有得到任何消息，心里一直惦记着他的案子和伤势，于是利用停战的机会，前往医院探望自己的朋友。

医院位于一个前后两次遭到俄国军队和法国军队破坏的德国小镇上。正是因为这是夏天，田野上充满勃勃生机，而这个小镇房顶和篱笆被拆毁，街上堆满垃圾，居民衣衫褴褛，醉醺醺的或有病的士兵到处游荡，呈现出一种特别阴暗的景象。

医院设在一座砖房里，院子的篱笆被拆得七零八落，一部分窗户框被拆走，玻璃被打碎。包扎着绷带、脸色苍白和身体浮肿的士兵有的在院子里来回走着，有的坐在那里晒太阳。

罗斯托夫一进门，就闻到一股伤员身上发出的腐臭味和医院特有的气味。在楼梯上他碰到一个嘴里叼着雪茄的俄国军医。一个俄国医

---

① 弗里德兰战役一八〇七年六月发生于东普鲁士，俄军司令本尼格森阵地选择不当，为拿破仑所利用，结果俄军大败。

助跟在他后面。

"我没有分身法，"军医说，"傍晚你来找马卡尔·阿列克谢耶维奇吧，我也将在那里。"医助还问了他一些什么事。

"哎！你知道怎么做就怎么做！难道不都是一样的吗？"这时军医看见了上了楼梯的罗斯托夫。

"您有什么事，阁下？"军医问，"您有什么事？是否因为子弹没有打中您，您就想传染上伤寒？这里，老兄，是传染病房。"

"什么传染病？"罗斯托夫问。

"伤寒，老兄。谁要是上去，必死无疑。只有我和马克耶夫两个人（他指了指医助）还在这里硬撑着。我们当医生的已经有五六个人死了。来一个新人，过一个星期就完了。"军医用明显的洋洋自得的口气说，"曾经请普鲁士的医生来，我们的这些盟友就是不喜欢这里。"

罗斯托夫对他解释说，他希望见在这里住院的杰尼索夫少校。

"不知道，不认识，老兄。请您想一想，我一个人要管三个医院，四百多个病人！幸亏普鲁士好心的太太们每个月给我们送来两俄磅咖啡和裹伤用的绒布，不然我们更没活路了。"说着他笑了起来。"现有四百个病人，老兄；可是还不断给我送新的来。是有四百个病人吧？啊？"他问医助。

医助一副疲惫不堪的样子。看来他在懊恼地等待着这个唠叨不休的军医快点走。

"杰尼索夫少校，"罗斯托夫又说了一遍，"他是在莫利滕附近负伤的。"

"好像死了，是吗，马克耶夫？"军医漠不关心地问医助。

然而医助没有证实军医的说法。

"他长得怎么样，个子高高的，红头发？"军医问。

罗斯托夫描述了杰尼索夫的外貌。

"有过，有过一个这样的人，"军医似乎高兴地说道，"这人想必是死了，不过我可以查一查，我有名单。名单在你那里吗，马克耶夫？"

"名单在马卡尔·阿列克谢依奇那里。"医助说。"您到军官病房去，那里您自己就可以看到了。"他对罗斯托夫说。

"唉，最好不去，老兄，"军医说，"不然您自己恐怕也要留在这里了！"但是罗斯托夫向军医告了别,请求医助领他去。

"咱们说好了,出了事可别怪我。"军医在楼梯下面喊道。

罗斯托夫和医助进了走廊。在这黑暗的走廊里,医院的气味非常强烈,罗斯托夫捂住了鼻子,只好暂时停住脚步,以便鼓足劲儿,继续往前走。右边的门打开了,一个又瘦又黄的人光着脚、只穿内衣拄着拐杖从那里出来。他靠在门框上,眼睛闪闪发亮,用羡慕的目光看了看经过的人。罗斯托夫朝门里看了一眼,看见病号和伤员都躺在地板上,躺在铺着的麦草和军大衣上。

"这是什么?"他问。

"这是士兵病房。"医助回答道,"有什么办法呢。"他加上一句,好像在表示歉意似的。

"可以进去看看吗?"罗斯托夫问。

"有什么好看的?"医助说。但是正因为医助显然不愿让罗斯托夫进士兵病房,罗斯托夫却偏偏进去了。他在走廊里已经闻到的气味在这里更加强烈了。在这里这气味有一些不同:它更加刺鼻,可以感觉到,这气味就是从这里散发出去的。

房间很长,阳光从大窗户里照射进来,屋里很亮,病号和伤员分两排头朝墙壁躺着,两排中间留了一个过道。大部分人昏迷不醒,没有注意进来的人。那些神志清醒的人都欠起身来或仰起又瘦又黄的脸,他们都带着希望得到帮助、责备和羡慕别人的健康的同样表情,目不转睛地看着罗斯托夫。罗斯托夫到了房间中央,朝墙壁左右两个敞着门的房间看了一眼,两边看到的都是同样的景象。他停住脚步,默默地环视自己的周围。他怎么也没有料到会看到这样的情景。就在他面前,一个病人几乎横躺在中间的过道上,躺在光地板上,这大概是一个哥萨克,因为他留的是童花头①。这个哥萨克伸开粗大的胳膊和腿,脸朝天躺着。他的脸呈深红色,眼睛完全翻着,只看得见眼白,赤脚上和还有血色的手上血管像绳子一样暴露出来。他用后脑勺敲了一下地板,哑着嗓子说了些什么,开始翻来覆去重复这句话。罗斯托夫注意地听他说,听清了他反复说的那句话。这句话是:喝水—— 喝—— 喝水!

---

① 童花头是一种额前耳后剪齐的发式。

罗斯托夫朝四面看了一下,想找一个能够安置好这个病人和给他水喝的人。

"谁负责照顾这里的病人?"他问医助。这时从隔壁房间出来了一个辎重兵,这是医院的服务员,他迈着整齐的步子过来,到了罗斯托夫面前挺直身子站着。

"您好,大人!"这个士兵大声说道,瞪大眼睛看着罗斯托夫,显然把他当作医院的长官。

"把他抬走,给他水喝。"罗斯托夫指着哥萨克说道。

"是,大人。"士兵高兴地说道,眼睛瞪得更大,身子挺得更直,但是站在原地不动。

"唉,这里毫无办法。"罗斯托夫垂下眼睛想道,他正想要出去,但是他感觉右边一道意味深长的目光朝他射过来,他扭头看了一下。几乎就在墙角的地方一个坐在军大衣上的老兵目不转睛地看着罗斯托夫,这老兵脸色发黄,瘦得皮包骨头,表情严厉,留着灰白色的大胡子。在他的一边紧挨着他的人指着罗斯托夫,正在低声对他说些什么。罗斯托夫明白了,这老人有事求他。他走过去,看见老人只盘着一条腿,而另一条腿从膝盖以上截去了。在他另一边的人离他相当远,脑袋往后仰,一动不动地躺着,这是一个年轻士兵,脸色蜡黄,翘鼻子,脸上长满雀斑,眼睛往上翻。罗斯托夫看了看这个翘鼻子的士兵,不禁打了个寒噤。

"这个士兵好像已经……"他对医助说。

"我们请求过多次,大人。"老兵下巴颏颤抖着说,"早晨就死了。要知道我们也是人,不是狗……"

"马上就派人来把他抬走,把他抬走。"医助慌忙说,"请吧,大人。""咱们走吧,走吧。"罗斯托夫也急忙说,他垂下眼睛,缩着身子,力图在这些责备和羡慕的目光注视下悄悄地通过,就这样,他出了病房。

十八

医助带着罗斯托夫经过走廊,到了军官病房,病房共有三间,门都敞开着。这些房间里放着床；负伤的和生病的军官在床上坐着和躺着。有的人穿着住院服在各个房间里来回走动。罗斯托夫在军官病房里碰到的第一个人，是一个缺一只胳膊的瘦小的伤员，他头上戴着睡帽，身上穿着住院服，嘴里叼着烟斗，在第一个房间里走来走去。罗斯托夫端详着他，竭力想回忆起曾在什么地方见过他。

"没想到又在这里见面了。"那个矮小的人说。"图申，图申——在申格拉本我曾让您搭我们的车，记得吗？而我被锯了一小截，您瞧……"他微笑着，指着住院服的一个空袖筒说，"您寻找瓦西里·德米特里奇·杰尼索夫？他和我住在一起。"他在得知罗斯托夫在找谁后说。"在这里，在这里。"于是图申把他往另一个房间带。从那里传来了几个人的哈哈大笑声。

"他们怎么不仅能哈哈大笑，而且还能在这里生活得下去呢？"罗斯托夫想道，他仍然闻到在士兵病房里闻够了的死尸气味，眼前仍然还是两边目送着他的士兵们向他投过来的羡慕的目光以及那个翻着白眼的年轻士兵的脸。

虽然这时已是十一点多了，杰尼索夫还用被子蒙着脑袋躺在床上睡觉。

"啊！罗斯托夫！你好！你好！"他喊道，声音仍像平常在团里时一样；但是罗斯托夫悲伤地发现，除了这种惯常的随便和活跃之外，从杰尼索夫的表情、语调和话语中流露出一种新的、隐藏着的恶劣的心情。

他的伤本来很轻，虽然从他受伤以来已经过了六个星期，但是伤口还没有长好。他的脸像所有住院的病人的脸一样，苍白而又浮肿。但是使罗斯托夫感到惊奇的不是这一点；使他感到惊奇的是，杰尼索夫见了他似乎不大高兴，对他不自然地微笑着。杰尼索夫既没有打听团里的情况，也没有问战事总的进程。当罗斯托夫谈到这些时，他根本没有听。

罗斯托夫甚至还发现，当他提起团里的事，或者一般说起医院外的另一种自由的生活时，杰尼索夫似乎不大高兴。他好像要努力忘记以前的那种生活，关心的只是自己与军需官的官司。罗斯托夫问他案件进行的情况，他立刻从枕头下面取出军法小组给他的公文以及他的答复的草稿。他一开始念自己的答复就兴奋起来，特别要罗斯托夫注意他在答复里刺自己的敌人的话。杰尼索夫的病友们看见罗斯托夫这个新从外面来的人，起初都围了上来，而当杰尼索夫一开始念他的稿子，便一个个走开了。罗斯托夫从他们脸上的表情看出，所有这些先生们已经不止一次地听过这个他们已听腻了的故事。只有邻床的一个胖胖的枪骑兵坐在自己的位置上，阴郁地皱起眉头，抽着烟斗，还有那个缺一只胳膊的矮小的图申仍在听，不时不以为然地摇摇头。读到一半，枪骑兵打断了杰尼索夫。

"而在我看来，"他对罗斯托夫说，"应当直接请求皇帝赦免。听说，现在将要犒赏军队，一定会得到宽恕……"

"要我去请求皇帝！"杰尼索夫说，他想要说得像以前那样有力和慷慨激昂，但是他的话听起来只觉得他在毫无用处地生气，"请求什么？如果我是一个强盗，我会去请求皇帝开恩，可是我是因为揭露强盗而受审判。就让他们审判吧，我什么也不怕；我曾老老实实地为沙皇和祖国效劳，没有进行过偷盗！要把我降职，并且……你听着，我在答复里就这样直截了当地对他们说，我是这样写的：'假如我盗窃公物……'"

"写得很好，没有什么可说的，"图申说，"但问题不在这里，瓦西里·德米特里奇。"接着他也转过头来对罗斯托夫说，"应当妥协，而瓦西里·德米特里奇不愿意。要知道检察官曾对您说过，您的事情很不妙。"

"就让它不妙好了。"杰尼索夫说。

"检察官曾替您写了申诉书，"图申接着说，"应当签上名，让他带走。他（图申指了指罗斯托夫）在司令部里大概会有熟人。这个机会是再好不过的了。"

"可是我已经说过，我不会卑躬屈节地去求人。"杰尼索夫打断了他的话，又读起自己的稿子来。

罗斯托夫不敢劝杰尼索夫，不过他本能地感觉到图申和其他军官提出的办法是最可行的，虽然他认为如能帮杰尼索夫办成这件事对他来说是一种幸福，但是他了解杰尼索夫拿定主意后不易改变的脾气和诚实而又急躁的性格。

杰尼索夫念他的措辞辛辣的稿子念了一个多小时,念完后罗斯托夫什么也没有说,这时杰尼索夫的病友们又聚集到他身旁,他心情非常忧郁地在他们中间度过了这一天余下的时间,讲述他知道的事情,也听别的人讲。整个晚上杰尼索夫都闷闷不乐,一言不发。

时间已经很晚了,罗斯托夫准备走了,他问杰尼索夫有什么事要托他办。

"你等一等,"杰尼索夫说,看了看周围的军官们,从枕头底下取出文稿来,朝放着他的墨水瓶的窗口走去,在那里坐下写了起来。

"看来,鞭子抽不断刀背。"他说着离开窗口,把一个大信封交给罗斯托夫。这是检察官代笔的给皇帝的申诉书,其中一字不提军需部门的过错,只请求皇帝赦免。

"你把它呈上去,看来……"他没有把话说完,不自然地苦笑了一下。

十九

罗斯托夫回到团里,向团长报告了杰尼索夫的案子进行的情况后,便带着给皇帝的信到蒂尔西特[①]去了。

六月十三日,法国皇帝和俄国皇帝在蒂尔西特会晤[②]。在一位要人手下供职的鲍里斯·特鲁别茨科依请求这位要人把他列入前往蒂尔西特的侍从名单里。

"我希望能见到那个伟大人物。"他说的是拿破仑,他至今还像大家一样,称他为布拿巴。

"您说的是布拿巴吗?"作为他的上司的将军微笑着问。

鲍里斯用疑问的目光看了将军一眼,立刻明白了,这是用诙谐的口气考考他。

---

① 蒂尔西特在原东普鲁士,第二次世界大战后,东普鲁士的这部分土地并入苏联成为加里宁格勒州,蒂尔西特改名苏维埃茨克。

② 两国皇帝的第一次会晤于一八〇七年六月十三—十四日(新历二十五—二十六日)在蒂尔西特附近涅曼河上的木筏上举行,后两国皇帝于六月二十七日至七月九日多次在蒂尔西特会晤,双方谈判结果签订了蒂尔西特和约。

"公爵大人，我说的是拿破仑皇帝。"[1] 他回答道。将军微笑着拍了拍他的肩膀。

"你的前程远大。"将军对他说，并带上了他。

在两位皇帝会晤的那一天，鲍里斯是当时在涅曼河上的少数几个人当中的一个；他看见了饰有皇帝姓名第一个字母组成的花押字的木筏和拿破仑在对岸在法国近卫军面前走过的情景，看见了亚历山大皇帝默默地坐在涅曼河岸边的小酒店里等候拿破仑到来时沉思的面孔；看见了两位皇帝上了小船，拿破仑的船先靠拢木筏，他快步向前走，在迎接亚历山大时向他伸出手去，他俩随即消失在幔帐里。鲍里斯自从进入最上层的圈子以来，养成了注意地观察在他周围发生的事并记录下来的习惯。在两位皇帝在蒂尔西特会晤期间，他详细地询问了和拿破仑一起来的人的名字以及他们身上穿的制服的特点，注意聆听重要人物说的话。在两位皇帝进帐的那一刻，他看了看表，在亚历山大出帐时，他也没有忘记再一次看看表。会晤持续了一小时五十三分钟，当天晚上他把这一点连同别的他认为具有历史意义的事实记录了下来。由于皇帝的侍从人数很少，对重视仕途升迁的人来说，在两位皇帝会晤期间能到蒂尔西特来，是一件非常重要的事情，因此鲍里斯到蒂尔西特后，感觉到从这时起自己的地位完全确定了。人们不仅认识他，而且看惯了，处熟了。有两次他因执行任务去见皇帝，因此皇帝已经认得他，皇帝左右的人已不像从前那样认为他是一个生人而躲着他，不仅如此，如果见不到他，反而觉得奇怪。

鲍里斯和另一个副官、波兰伯爵日林斯基住在一起。日林斯基是在巴黎受的教育，很富有，热爱法国人，他在蒂尔西特逗留期间，几乎每天都有法国近卫军和总司令部的军官到日林斯基和鲍里斯这里来进午餐和早餐。

六月二十四日晚上，与鲍里斯住在一起的日林斯基为他认识的法国人举行晚宴。参加这次晚宴的有一位贵宾—— 拿破仑的一个副官，还有法国近卫军的几个军官以及现为拿破仑少年侍从的出身于法国老

---

[1] 在蒂尔西特会晤前，俄国不承认拿破仑是皇帝，在上流社会都轻蔑地叫他"布拿巴"，正式文件里称为"波拿巴"。鲍里斯转变得很快，因而受到将军的称赞。

贵族世家的一个少年。就在这一天，罗斯托夫为了不被人认出来，趁着天黑，穿着便服来到蒂尔西特，进了日林斯基和鲍里斯的住处。

罗斯托夫以及他所在的整个军队还远没有像总部的人和鲍里斯那样，对拿破仑和法国人的态度发生了转变，还没有把这些敌人当作朋友。在军队里，人们对拿破仑和法国人继续怀有以前的那种把愤恨、蔑视和恐惧混合在一起的感情。还在不久前，罗斯托夫和普拉托夫部下的一个哥萨克军官谈话时曾争论过一个问题，他认为如果俘虏了拿破仑，那么不应把他当作国君，而应当作罪犯来对待。还在不久前罗斯托夫在路上碰到一个负伤的法国上校，他慷慨陈词，向这个上校证明，在合法的国君和罪犯拿破仑之间不可能有什么和平。因此当罗斯托夫在鲍里斯的住处看到法国军官的那种样子，看见他们穿着他在侧翼散兵线上看多了觉得很不顺眼的制服，感到非常惊奇。他一看见从门里探出身子的法国军官，他心里突然充满了那种见到敌人时常常出现的敌对的和不相容的感情。他在门口站住了，用俄语问德鲁别茨科依是否住在这里。鲍里斯听见前厅里生人说话的声音，便迎了出来。在他认出罗斯托夫的最初一刻，脸上露出了恼火的表情。

"啊，这是你，非常高兴，非常高兴看见你。"他还是微笑着说，朝罗斯托夫走过来。但是罗斯托夫注意到了他最初的内心活动。

"看来，我来得不是时候。"他说。"我本来是不会来的，但是我有事。"他冷冷地说。

"不，我只是感到奇怪，你怎么从团里到这里来。"这时他听见有人叫他，便回答道，"我这就来。"

"我看得出，我来得不是时候。"罗斯托夫又说了一遍。

鲍里斯脸上恼火的表情已经消失了；看来他经过考虑后已决定怎么办，便特别镇静地拉住罗斯托夫的双手，把他往隔壁的房间里带。鲍里斯用平静而又坚定的目光看着罗斯托夫，他的眼睛仿佛被什么东西蒙住了，仿佛上面有某种遮盖物一仿佛戴上了一副处世为人的蓝色眼镜。罗斯托夫有这样的感觉。

"唉，别说了，你怎么会来得不是时候呢。"鲍里斯说道。随即带他进了一个已摆好晚餐的房间，向客人们做了介绍，说了他的姓名，并解释道，他不是文职人员，而是一个骠骑兵军官，是自己的老朋友。"这位是日林斯基伯爵，这位是 N.N. 伯爵，这位是 S.S. 大尉。"他说了客人的姓名。罗斯托夫皱着眉头望着法国人，勉强地点头致意，没有说话。

看来，日林斯基并不欢迎这个新来的俄国人参加他们的聚会，因此什么也没有对罗斯托夫说。鲍里斯好像没有注意到这个新来的人的到来造成的难堪局面，脸上仍然带着愉快的和镇静的表情，像在迎接罗斯托夫时那样眼睛上蒙着一层什么东西，竭力想活跃一下谈话的气氛。一个法国人用通常法国人惯有的彬彬有礼的态度想和一直闭口不言的罗斯托夫攀谈，猜测他大概是为了见皇帝到蒂尔西特来的。

"不，我有事。"罗斯托夫简短地回答道。

罗斯托夫发现鲍里斯脸上不高兴的表情，心情立刻变得不愉快起来，他像心情不好的人常有的那样，觉得大家都用不友好的目光看着他，觉得自己碍大家的事。确实，他在这里有些碍手碍脚，只有他一个人没有加入重新开始的谈话。"他坐在这里干什么？"客人们投向他的目光似乎在这样说。他站起身来，走到鲍里斯跟前。

"我在这里使你感到不方便，"他对鲍里斯低声说，"让我们去谈一件事，谈完了我就走。"

"不，一点也不觉得不方便。"鲍里斯说，"要是你累了，那就到我的房间里去，躺下休息一会儿。"

"确实是这样……"

他们进了鲍里斯睡觉的小房间。罗斯托夫没有坐下马上就气愤地——仿佛鲍里斯在某件事上对不起他似的——向他讲起杰尼索夫的案件来，问他愿意不愿意和能不能通过他的那位将军请求皇帝赦免杰尼索夫，能不能让将军呈交一封信。当他们两人单独在一起时，罗斯托夫第一次深切地感觉到，他看着鲍里斯的眼睛心里很不舒服。而鲍里斯跷着二郎腿，用左手抚摸着右手的纤细的手指，像将军听部下的报告一样听罗斯托夫说话，时而看看旁边，时而眼睛上蒙上什么东西似的直视罗斯托夫的脸。每当看到这种情况，罗斯托夫都感到不舒服，便垂下了眼睛。

"我听说过这样的案件，知道皇帝处理这些事情非常严厉。我想最好不要去惊动皇帝。依我看不如直接去向军长求情……但是总的说来我认为……"

"如果你一点也不愿意帮忙,那就直说!"罗斯托夫几乎喊叫起来,没有看鲍里斯的脸。

鲍里斯笑了笑。

"恰恰相反,我将尽力而为,不过我认为……"

这时从门外传来了日林斯基喊鲍里斯的声音。

"好了,你去吧,去吧。"罗斯托夫说,他谢绝了晚餐,一个人留在房间里,在那里来回走了很久,听着从隔壁房间里传来的用法语交谈的愉快的谈话声。

二十

罗斯托夫到达蒂尔西特的那一天,最不便于为杰尼索夫求情。他本人不能去找值班的将军,因为他穿着燕尾服,并且是未经长官许可到蒂尔西特的,而鲍里斯即使愿意帮忙,也不可能在罗斯托夫到后的第二天去办这件事。在六月二十七日那一天,签订了和约的初步条款。两位皇帝交换了勋章:亚历山大被授予荣誉勋位勋章,而拿破仑则被授予圣安德烈一级勋章,这一天法国近卫营设宴招待普列奥布拉任斯基团的一个营。两位皇帝都将出席这次宴会。

罗斯托夫觉得同鲍里斯在一起非常不舒服和不愉快,当鲍里斯晚餐后来看他时,他假装睡着了,第二天清早为了避免和他见面,便自己走了。他身穿燕尾服,头戴圆礼帽,在城里溜达,察看着法国人和他们的制服,观赏着街景以及俄国皇帝和法国皇帝住的房子。在广场上他看见了摆好的桌子和为午餐做的准备,在大街上看见了饰有俄国和法国彩旗的横幅以及 A. 和 N. 这两个巨大的花押字①。在各家各户的窗口也挂着旗和花押字。

"鲍里斯不愿意帮我的忙,而且我也不想求他。事情就这样了,"罗斯托夫想道,"我们之间的一切就到此为止了,但是我在尽一切努力办好杰尼索夫的事之前,主要的,在把他的信呈交皇帝之前,决不离开这里。呈交给皇帝?!他就在这里!"罗斯托夫接着想道,他不知不觉

---

① A. 和 N. 这是"亚历山大"和"拿破仑"这两个名字的第一个字母。

又来到亚历山大驻跸的行宫前。

行宫前有好几匹马，侍从们正往这里聚集，看来在为皇帝出行做准备。

"我随时都能看见他。"罗斯托夫想，"但愿我能直接把信呈递给他和对他说明一切……难道会因为我穿燕尾服而把我扣留吗？不可能！他会明白谁是谁非。他什么都明白，什么都知道。谁还能比他更公正和更宽宏大量呢？好吧，即使因为我闯到这里而把我扣留，这又有什么不得了的呢？"他继续想道，眼睛看着一个正要进皇帝行宫的军官。"瞧，有人在往里走。唉！一切都无关紧要！我自己去把信呈交皇帝；这对德鲁别茨科依来说将会更糟，是他逼我走上这一步的。"突然，他自己也没有料到会下这样大的决心，摸了摸口袋里的信，径直朝行宫走去。

"不，现在我决不会像奥斯特利茨战役后那样放过机会了。"他想道，随时准备见到皇帝，想到这里觉得心情非常激动。"我将拜倒在他脚下，向他求情。他把我扶起来，听我说，还会感谢我。"罗斯托夫想象皇帝会对他这样说我为能够做好事而感到幸福，然而为人申冤是最大的幸福。"于是他在好奇地看着他的人面前经过，朝行宫的台阶走去。

台阶上有一道楼梯直接通向上面；右面可以看见一扇紧闭着的门。下面，在楼梯底下，有一扇门通往底层。

"您找谁？"有人问。

"向皇帝陛下呈交一封信和向他申诉。"罗斯托夫声音颤抖地说。

"要申诉，去找值日官，请上这里来（给他指了指下面的门）。不过不会接待。"

罗斯托夫听见这冷淡的声音，为自己的行为而感到吃惊；对他来说随时碰见皇帝的想法是这样的诱人，同时又是这样的可怕，他随时都准备逃走，但是迎接他的宫廷士官给他打开了值班室的门，罗斯托夫进去了。

一个三十来岁的矮胖子站在这个房间里，他穿着白裤子、长筒袜和一件显然是刚穿上的细麻纱衬衫；一个仆从正从后面给他扣新的漂亮的丝背带，罗斯托夫不知为什么特别注意那背带。这个人在同另一个房间里的人说话。

"她身材长得很好,富有青春美。"这个人这样说,但是他看见罗斯托夫就不说了,皱起了眉头。

"您有什么事? 来申诉? ……"

"这是什么人?"另一个房间里的人问。

"又是一个请愿的。"那个系背带的人回答。

"告诉他,以后再来。现在马上就要出门,该走了。"

"以后,以后,明天。太晚了……"

罗斯托夫转过身,正想要走,但是那个系背带的人叫住了他。

"谁让您来的? 您是谁?"

"杰尼索夫少校让来的。"罗斯托夫回答道。

"您是什么人? 是军官?"

"中尉,罗斯托夫伯爵。"

"好大胆! 得逐级上报。您走吧,走吧……"他开始穿仆从递过来的制服。

罗斯托夫又回到了门廊里,发现台阶上已有许多穿着盛装的军官和将军,他应当从他们面前经过。

罗斯托夫咒骂自己胆子太大,想到他随时可能碰见皇帝以及在皇帝面前受到羞辱和被逮捕,心脏都要停止跳动了,他完全知道自己的行为有失体统,并对此感到悔恨,便垂下眼睛,想从这座被一大群服装华丽的侍从们包围的房子里挤出去,这时一个熟悉的声音叫住他,不知是谁的手拦住了他。

"老兄,您穿着燕尾服在这里干什么?"一个低沉的声音问他。

这是一位骑兵将军,在这次战役中受到皇帝的特别宠信,他曾是罗斯托夫待过的师的师长。

罗斯托夫开始惊恐地为自己辩解,但是看见将军脸上和善的和风趣的表情,便退到一边,激动地向他讲述了整个案件,请求将军为他熟悉的杰尼索夫说情。将军听完罗斯托夫的话,严肃地摇了摇头。

"可惜啊,真替这个好汉感到可惜;把信给我吧……"

罗斯托夫刚把信交出来和讲完杰尼索夫的整个案件,楼梯上就响起了急速的脚步声和马刺的叮当声,将军离开他,朝台阶走去。皇帝的侍从们从楼梯上跑下来,往马匹那里走。那个曾到过奥斯特利茨的驯马师埃内牵来皇帝的马，这时从楼梯上传来轻轻的脚步声，罗斯托夫立即听出是谁下来了。他忘掉了被人认出的危险，和几个好奇的居民一起朝台阶走过去，于是两年后他又一次看到了他所仰慕的面容，看到了他见过的那张脸，那种目光，那种步伐，那种伟大与仁慈的结合……于是欣喜和热爱皇帝的感情又像以前一样，在罗斯托夫心中复活了。皇帝穿着普列奥布拉任斯基团的制服、白色驼鹿皮裤和高筒皮靴，佩戴着罗斯托夫不认得的星章（这是荣誉勋位勋章），到了台阶上，手臂夹着帽子，正在戴手套。他停住脚步，环视四周，他的目光似乎把周围的一切都照亮了。他对将军当中的某些人说了几句话。他也认出了罗斯托夫服役过的师的师长，朝他笑了笑把他叫到自己身边。

所有的侍从都退到一边，罗斯托夫看见这位将军对皇帝说话说了相当长时间。

皇帝对他说了几句话，跨了一步，要到马那里去。于是一群侍从和罗斯托夫也在其中的街上的人群又朝皇帝挤过去。皇帝在马的旁边站住，一只手扶住马鞍，对骑兵将军大声说，显然是希望大家都听到他的话。

"我不能那样做，将军，我之所以不能，是因为法律大于我。"皇帝说着一只脚伸进了马镫。将军恭敬地低下头，皇帝上了马，沿着大街跑去。罗斯托夫欣喜若狂，和人群一起跟在他后面奔跑。

二十一

在皇帝去的广场上，两个营的人面对面站着，右边是普列奥布拉任斯基团的一个营，左面是戴熊皮帽的法国近卫军的一个营。

当皇帝骑马朝举枪致敬的两个营的一侧过去的时候，另一群骑马的人正走向对面的一侧，罗斯托夫认出领头的是拿破仑。这不可能是别的人。拿破仑疾驰过来，他头戴小帽，肩上横挎着圣安德烈勋章的绶带，穿在白坎肩外的蓝制服敞开着，骑着一匹不常见的灰色纯种阿拉伯马，深红色的鞍鞯绣着金边。到了亚历山大跟前，他抬了抬帽子，从他的这个动作中，罗斯托夫作为一个骑兵，不能不看出拿破仑骑马的技术很拙劣，在马上坐得不稳。两个营分别高呼"乌拉"和"皇帝万岁"。拿破仑对亚历山大说了几句什么话。两位皇帝都下了马,相互抓住对方的手。拿破仑脸上露出令人不愉快的做作的微笑。亚历山大则带着亲切的表情对他说着什么。

罗斯托夫不顾自己有遭到推挡着人群的法国宪兵的马踩踏的危险,一直目不转睛地注视着亚历山大皇帝和波拿巴的每一个动作。他出乎意外地感到吃惊的是,亚历山大平等地对待波拿巴,而波拿巴也毫不拘谨地、平等地对待俄国沙皇,仿佛与皇帝的这种亲近态度是完全自然的和习以为常的。

亚历山大和拿破仑带着一大群侍从,到了普列奥布拉任斯基团的那个营的右侧,到了这里站着的人群跟前。人群突然离两位皇帝那么近,使得站在前排的罗斯托夫感到害怕,担心被别人认出来。

"陛下,请允许我把荣誉勋位勋章授予贵国最勇敢的士兵。"一个刺耳的声音说道,把每个字母都说得很清楚。

说这话的是矮个子波拿巴,他仰着头直视着亚历山大的眼睛。亚历山大注意地听他说的话,低下头,愉快地微微一笑。

"授予在这次战争中表现得比所有人都勇敢的人。"拿破仑补充了一句,每个音节都说得很清楚,带着使罗斯托夫感到愤慨的镇定和自信望着在他面前立正站着的一排排一直举枪致敬和一动不动地看着自己皇帝的脸的俄国士兵。

"陛下,请允许我问问上校的意见。"亚历山大说,急忙朝营长科兹洛夫斯基上校迈了几步。这时波拿巴开始脱下白净的小手上的手套,把它撕破,扔了。一个副官急忙从后面冲上前去,捡了起来。

"给谁呢?"亚历山大皇帝声音不高地用俄语问科兹洛夫斯基。

"听您的吩咐,陛下。"

皇帝不满地皱了皱眉头,环视了一下,说:

"可是需要答复他呀。"

科兹洛夫斯基带着坚决的神情扫视了一下队伍,这目光也扫着了罗斯托夫。

"不会是我吧?"罗斯托夫想道。

"拉扎列夫!"上校皱起眉头下令道;于是站在排头的士兵拉扎列夫动作利落地出了列,朝前走。

"你往哪里走？就在这里站住！"人们低声对不知道往哪里走的拉扎列夫说。拉扎列夫停住了脚步，惊恐地斜视了上校一眼，他像被叫出列的士兵常有的那样，脸颊抽搐了一下。

拿破仑稍稍回过头来，往后伸出他的胖胖的小手，仿佛想要拿什么似的。他的侍从们在这一瞬间猜到了是怎么回事，忙乱地和低声地说起话来，传递着一件东西，一个少年侍从，就是罗斯托夫昨天在鲍里斯住处见过的那个人，跑向前去，恭敬地朝伸出的那只手俯下身去，不让它等一秒钟，就把一枚系着红绶带的勋章放到手上。拿破仑看也不看，就蜷起了两个手指。勋章被夹在两个手指中间。拿破仑走到仍继续瞪大眼睛一个劲儿地只盯着自己的皇帝的拉扎列夫跟前，回头朝亚历山大皇帝看了一眼，想以此表明，他现在这样做是为了自己的盟友。他的拿着勋章的白净的小手碰到了士兵拉扎列夫的纽扣。拿破仑仿佛认为，只要他的手碰一碰士兵的胸膛，这个士兵就会永远幸福，就会得到奖赏，变得不同于世界上所有的人。拿破仑刚把十字章放到拉扎列夫胸前，就松了手，朝亚历山大转过身来，仿佛他知道，十字章应该在拉扎列夫胸前挂住似的。十字章果然挂住了，因为有几个俄国人和法国人伸出殷勤的手立刻接住十字章，把它挂到制服上。拉扎列夫脸色阴沉地朝那个长着白手、在他身上做了些什么的小个子看了一眼，仍然继续一动不动地敬着礼，又开始直视亚历山大的眼睛，仿佛在问亚历山大：他是否还要站着，现在他是否可以走了，或者还要做点什么事？但是没有对他下任何命令，他这样一动不动地站了相当长的时间。

两位皇帝骑上马走了。普列奥布拉任斯基团的士兵们在队伍解散后，同法国近卫军人混在一起，在为他们准备的桌子旁坐下。

拉扎列夫坐在荣誉席上；俄国军官和法国军官都来拥抱他，祝贺他，握他的手。军官和老百姓成群结队地走过来，只为了看一看拉扎列夫。广场上各张餐桌的周围俄国人和法国人说话的嘈杂声和欢笑声响成一片。两个满脸通红、喜气洋洋的军官从他面前走过。

"这酒席真不错，老弟，餐具全是银的。"一个军官说，"看见拉扎列夫了吗？"

"看见了。"

"听说明天普列奥布拉任斯基团要回请他们。"

"拉扎列夫真幸运！一千二百法郎的终身年金。"

"弟兄们,瞧这帽子!"一个普列奥布拉任斯基团的士兵一面戴法国人的皮帽,一面说。

"真是好极了,妙极了!"

"你听见口令没有?!"一个近卫军军官对另一个军官说,"前天是拿破仑,法国,勇敢,昨天是亚历山大,俄国,伟大;口令一天由我们皇帝规定,另一天由拿破仑规定。明天皇帝将要给法国近卫军最勇敢的士兵颁发圣格奥尔吉勋章。不能不这样做呀! 礼尚往来嘛。"

鲍里斯和他的同事日林斯基也来看普列奥布拉任斯基团的宴会。在往回走时他看见罗斯托夫站在一座房子的拐角上。

"罗斯托夫! 你好;我没有碰见你。"他对他说,忍不住问他发生了什么事,因为罗斯托夫的脸色出奇地阴沉和沮丧。

"没有什么,没有什么。"罗斯托夫回答道。

"你还来我这里吗?"

"还来。"

罗斯托夫在房子的拐角上站了很久,远远地看着饮酒作乐的人。他脑子里正在苦苦思考一些事,怎么也想不出一个结果来。心里产生了可怕的疑问。时而他想起了杰尼索夫以及他改变了的表情和做出的妥协,想起了整个医院以及那些缺胳膊断腿的伤员、满地的垃圾和各种疾病。他清楚地感觉到,现在他仍闻到医院里的那种死尸的气味,甚至朝四周看了一下,想知道这气味是从哪里来的。时而他回想起这个洋洋自得的波拿巴和他的那只白色的小手,现在他是皇帝,受到了亚历山大皇帝的敬爱。那么那些断肢残臂、那些被打死的人又是为了什么呢?时而他想起获得勋章的拉扎列夫和受到惩罚而得不到宽恕的杰尼索夫。他发现自己有这样奇怪的想法,不禁感到害怕。

普列奥布拉任斯基团的官兵们的食物的香味和自己的饥饿使他脱离了这种状态:在走之前应当吃点什么。他朝一家他早晨看见的饭店走去。在饭店里他碰到了许多普通老百姓和像他一样穿着便服来的军官,费了很大力气才弄到一份午餐。与他同一个师的两个军官和他坐在一起。吃饭时自然谈起了和约。罗斯托夫的同事们像大部分军队一样，对弗里德兰战役后签订的和约①并不满意。他们说，如果再坚持一下，拿破仑就完了，因为他的军队已弹尽粮绝了。罗斯托夫默默地吃着，主要是喝着。他一个人喝了两瓶葡萄酒。他内心产生的疑问没有得到解决，仍然折磨着他。他害怕陷入这些想法之中而无法摆脱。这时一个军官说，看见法国人心里就不痛快，罗斯托夫听到后突然没有来由地发起火来，开始大喊大叫，使得军官们感到很惊讶。

"您怎么能够判断怎样做更好呢！"他喊道，脸一下子涨得通红，"您怎么能够判断皇帝的行为，您有什么权利大发议论?! 皇帝的目的和行动我们都是理解不了的！"

"可是我一个字也没有说到皇帝。"那军官为自己辩解道，他觉得罗斯托夫发火只能用他喝醉了酒这一点来解释。

但是罗斯托夫不听他说。

"我们不是外交官，我们是士兵，仅此而已。"他接着说。"要我们去死，我们就得死。而如果受到惩罚，那就是你有罪；是与非不应由我们来判断。皇帝陛下乐意承认波拿巴是皇帝并且与他结盟——这就是说，应当这样做。不然的话，我们对所有事情都来评判和说三道四，那就不会再有神圣的东西了。我们就会说，上帝不存在，什么都不存在。"罗斯托夫捶着桌子喊道，在他的交谈者看来，他的话文不对题，但是就他的思路来说，前后是连贯的。

"我们要做的事是履行职责，是厮杀，而不是胡思乱想，就这些。"他最后说。

"还有喝酒。"一个军官说，他不想争论。

"是的，还有喝酒。"罗斯托夫接过去说。"来人！再来一瓶！"他喊道。

---

① 指蒂尔西特和约。

第三部

一

一八〇八年,亚历山大皇帝曾前往爱尔福特再次与拿破仑皇帝举行会晤[1],彼得堡上流社会对这次隆重会晤的盛况有许多议论。

一八〇九年,拿破仑和亚历山大这两个被称为主宰世界的人之间的关系已达到非常密切的程度,当这一年拿破仑向奥地利宣战时,一个军的俄国军队竟开往国外去协助自己从前的敌人波拿巴,反对从前的盟友奥地利皇帝,而在上流社会里甚至讨论起拿破仑和亚历山大皇帝的一个姐妹结亲的可能性。但是除了考虑对外政策外,这时俄国上流社会特别关注国内已在国家的各个管理部门推行的改革。

然而人们并不受同拿破仑·波拿巴在政治上亲近还是敌对的影响,也不关心国内进行的各种各样的改革,他们置身于这些事情之外,还像平常一样生活着,过着真正的生活,实际上关心的是健康、疾病、劳动、休息,是思想、科学、诗歌、音乐、爱情、友谊、仇恨、情欲等等。

安德烈公爵在乡下住了两年,没有出远门。皮埃尔曾想在自己的庄园里实行一些新措施,但是他不断改变主意,结果一事无成,而安德烈公爵却不声不响地不花多大力气就把皮埃尔想做的事全都做了。

他具有皮埃尔所缺乏的那种办事的执着精神,有了这种精神他可

---

① 〔一八〇八年秋,亚历山大一世和拿破仑在爱尔福特会晤,签订了爱尔福特协定。

以不甚费劲地把要做的事做起来。

在他的一个有三百名农奴的庄园里,所有农奴转为自由农民(这是俄国率先这样做的实例之一),而在别的庄园里则把徭役制改为代役租制。在鲍古恰罗沃村,他出钱聘请了一位有知识的产婆为产妇接生,同时让一位神父有偿地教农奴和家奴的孩子们识字。

安德烈公爵有一半时间在童山跟父亲和还由保姆照看的儿子在一起;另一半时间则是在"鲍古恰罗沃修道院"(父亲这样称呼他的村子)度过的。尽管他在皮埃尔面前装出对外界的所有事情漠不关心的样子,实际上他密切关注着时局,订购了许多书,并惊奇地发现,刚从彼得堡、即从生活的漩涡中来看他和他的父亲的人,对内政和外交方面发生的事的了解远不如他这个蛰居乡村的人。

除了管理庄园和阅读各种书籍外,在这期间安德烈公爵还用批判的目光分析我国最近的两次失败的战役,草拟修改我国军事条令和法规的意见。

一八○九年春天,安德烈公爵前去梁赞省他儿子名下的几处庄园,因为他是儿子的监护人。

他坐在折起车篷的马车上,沐浴在春天的阳光里,觉得身上暖洋洋的,他不时地看看刚出土的青草、桦树的嫩叶和一团团飘浮在明亮的蓝色天空里的初春的白云。他什么也不想,只是愉快地和无目的地左顾右盼。

马车过了一年前曾与皮埃尔谈过话的渡口。过了一个肮脏的村庄,又过了打谷场、碧绿的田野、桥边还有积雪的下坡、泥土被雨水冲刷过的上坡、一块块留着麦茬的农田和一片片已见点点嫩绿的灌木林,然后进入了道路两旁都长着桦树的树林。树林里几乎觉得有点热,听不见风声。桦树布满了看上去黏糊糊的绿叶,一动也不动,绿色的嫩草和浅紫色的野花则顶开地上去年的枯叶冒了出来。一些小枞树分散长在桦树林的一些地方,它们四季常青的毛糙的针叶使人不愉快地想起寒冬。马进了树林后就打起响鼻来,看得出它已开始冒汗了。

仆人彼得对车夫说了句什么,车夫表示赞同。但是看来彼得觉得只有车夫的赞同还不够,便在驭座上转过身来对主人说:

"老爷,真痛快!"他带着恭敬的微笑说。

"什么？"

"真痛快，老爷。"

"他在说什么？"安德烈公爵想道。"对了，大概是在说春天。"他瞧瞧四周又想道。"一切全都变绿了……真快！桦树啦，稠李啦，赤杨啦，都开始变绿了……可是没有看到橡树。啊，那里有一棵。"

这棵橡树长在路边上。大概它的树龄有林子里的桦树的十倍，它有每棵桦树十倍那么粗，要比每棵桦树高一倍。这是一棵有两抱粗的大树，长着看来早已折断的树枝，裂开过的树皮布满了旧的疤痕。它像一个衰老的、愤怒的和蔑视一切的怪物，伸出难看的、不对称的和弯曲多节的巨大手臂和手指，立在满面笑容的桦树中间。只有这橡树不受春天的诱惑，既不愿看见春天，也不愿看见太阳。

"说什么春天又是爱情，又是幸福！"这棵橡树似乎在这样说。"你们对这种千篇一律的、愚蠢和毫无意义的欺骗怎么不感到厌烦呢？全都是一样，一切都是欺骗！既没有春天，也没有太阳，也没有幸福。你们瞧，那些被挤压死的枞树永远孤零零地趴在那里，而我却伸出我那断裂的、伤痕斑斑的手指，不管它们是从背部还是从腰间长出来的，都那样伸着；这些手指一长出来，我就伸开它们站着，不相信你们的希望和欺骗。"

安德烈公爵在穿过树林时，几次回过头来看这棵橡树，好像对它有所期待似的。橡树底下也有花草，但是它仍然脸色阴沉，样子丑陋，一动不动地固执地站立在花草丛中。

"是的，这棵橡树是对的，它一千倍地正确，"安德烈公爵想道，"让别的年轻人去受这种欺骗吧，而我们了解人生——我们的一生已经结束了！"这棵橡树在安德烈公爵心中勾起了一连串新的无望的、忧伤而又愉快的想法。在这次旅行途中，他仿佛重新思考了自己的一生，得出了与以前一样的苟安和无望的结论：他不必再着手做什么事，他应当不做坏事、不烦扰自己和不抱任何希望地过完自己的一生。

二

为了办理监管那个在梁赞省的庄园的事，安德烈公爵需要去见县里的首席贵族。这位首席贵族就是伊里亚·安德烈耶维奇·罗斯托夫，安德烈公爵于五月中旬前去拜访他。

已是暮春时节。整个树林已披上绿装，路上尘土飞扬，天气很热，在经过有水的地方时，真想洗个澡。

安德烈公爵闷闷不乐，心里一直想着该向首席贵族问些什么，这时马车正沿着奥特拉德诺耶村罗斯托夫家的花园的林荫道驶向他家的宅院。他听到从右边的树丛里传来女人快活的叫喊声，看见一群姑娘在他的马车前跑过。跑在别的人前头、距离马车较近的是一个非常苗条的、苗条得出奇的黑头发黑眼睛的姑娘，她身穿一件黄色印花布连衣裙，头上扎着一条白手绢，一绺绺梳齐的头发从手绢下露出来。这个姑娘嘴里喊着什么，但是在认出车上是个陌生人后，连看也不朝他看一眼，就笑着往回跑。

安德烈公爵不知为什么突然心里感到很难过。天气那么好，阳光那么灿烂，周围的一切充满着欢乐；而这个苗条可爱的姑娘不知道而且也不愿意知道他这个人的存在，对她自己个人的那种大概是愚蠢的，但又是快乐和幸福的生活感到满足和幸运。"她为什么这样高兴？她在想些什么？想的不会是军事条令，不会是如何安排梁赞省的代役制农民的问题。她在想些什么呢？她为什么感到幸福？"安德烈公爵不禁好奇地问自己。

一八○九年罗斯托夫伯爵在奥特拉德诺耶的生活仍然像从前一样，也就是说，他几乎接待全省的贵族，请他们打猎，看戏，吃饭，听音乐。他像欢迎任何新客人一样欢迎安德烈公爵，几乎用强迫手段把他留下来过夜。

在这无聊的一天里，陪伴安德烈公爵的是伯爵老两口，还有前来祝贺即将到来的命名日而住满他们家的尊贵的客人，他不止一次地观察那个和年轻人一起玩乐、不知在笑什么的娜塔莎，不断问自己："她在想什么？她为什么这样高兴？"

晚上，他一个人待在这新的地方，久久未能入睡。他看了一会儿书，然后吹灭蜡烛，接着又点着了。护窗板从里面关上了，房间里很热。他埋怨这个愚蠢的老头（他这样称呼罗斯托夫），因为他硬说所需要的文件还没有从城里取来，强留他过夜，他也埋怨自己同意留下来。

安德烈公爵从床上起来，走到窗户跟前，想把它打开。他一拉开护窗板;好像早就守候在窗外的月光一下子照射进来。他又打开了窗户。夜间空气凉爽,月光下一切亮堂堂的,静止不动。在窗户跟前有一排修剪过的树木,一侧是黑色的,另一侧则闪耀着银光。树底下长着各种鲜嫩的、湿润的、枝叶繁茂的植物,它们有的茎叶呈现出银白色。在黑色树木的后边是一个露珠闪闪发光的屋顶,而右边是一棵枝叶繁茂的树,它的树干和树枝白得发亮,而在这棵树的上方,在春夜明亮的、几乎没有星星的天空中,悬挂着一轮差不多是满月的月亮。安德烈公爵把胳膊肘支在窗台上,两眼凝视着这个天空。

安德烈公爵的房间在中间的一层;在他上面的各个房间里也住着人,他们也没有睡。他听见楼上有女人在说话。

"只要再来一次就行。"楼上一个女人的声音说,安德烈公爵立刻听出这是谁在说话。

"你到什么时候才睡?"另一个声音应对道。

"我不睡,我睡不着,我有什么办法呢!好吧,最后一次……"

两个女人的声音唱起了一个乐句——这是一首不知什么歌的结尾。

"啊,多么美啊!好吧,现在该睡了,结束了。"

"你睡吧,我睡不着。"移到窗口的第一个声音回答道。看来说话的人的身子已完全探出窗外,因为可以听得见她的衣服的窸窣声,甚至听得见呼吸声。这时一切像月亮以及像它的光和阴影一样,都静下来了,凝固不动了。安德烈公爵也一动不动,以免被人发现他无意中待在她们的近旁。

"索尼娅!索尼娅!"又听见第一个声音喊道。"嗯,怎么可以睡觉呢!你瞧,这有多美!真是美极了!你醒醒,索尼娅。"她几乎含着眼泪说,"要知道这样美好的夜晚从来、从来就没有过。"

索尼娅不大乐意地回答了一句。

"不,你瞧,多好的月亮!……真是美极了!你过来。亲爱的,我的好姐姐,到这里来。看见了吧?你最好蹲下来,就这样,抱住双膝——抱得紧一些,尽可能紧一些,使足劲儿,你就会飞上天去。就这样!"

"行了,你会掉下去的。"

可以听到拉扯和反抗的声音以及索尼娅不满意的说话声:

"你看,都一点多钟了。"

"咳，你只会败我的兴。好吧，你走吧，走吧。"

一切重新沉寂下来，但是安德烈公爵知道，她仍然坐在这里，他有时听到轻轻挪动身子的声音，有时听到叹息声。

"啊，我的上帝！我的上帝！这是怎么一回事呀！"她突然喊道，"睡就睡吧！"说完啪的一声关上了窗户。

"对我这个人存在不存在根本不关心！"安德烈公爵在听她说话时想道，不知为什么他又希望又害怕她提到自己。"又是她！好像是故意安排的！"他想。他心里突然像一团乱麻似的出现了年轻人的想法和希望，这些想法和希望是与他整个生活相抵触的，他觉得自己无力说清自己的这种状态，于是立刻就入睡了。

三

第二天，安德烈公爵不等女士们出来，只和伯爵一人告了别，就坐车回家了。

安德烈公爵回家时，已是六月初，他的马车又进了那片桦树林，树林里的那棵弯曲多节的老橡树曾使他非常惊奇和难忘。马车上的小铃铛的声音比一个半月前显得低沉了；林中长满了各种植物，浓荫蔽日；散布在树林各处的小枞树不再破坏整体的美，而是按照一般植物的样子长出了毛茸茸的嫩绿的新枝。

整天都很热，某处正在酝酿着一场雷雨，但是只有一小块乌云向尘土飞扬的道路和树木的嫩叶上洒了少量的雨滴。树林的左边背阴，显得很暗；右边湿漉漉的，在阳光下闪闪发亮，被风吹得微微摆动。林中百花盛开；夜莺在歌唱，歌声时近时远。

"对了，在这里，在这树林里有过一棵与我志同道合的橡树。"安德烈公爵想道。"可是它在哪里呢？"他又想道，眼睛望着道路左边，发现一棵橡树，没有认出这就是他寻找的那棵，开始不由得欣赏起来。这棵老橡树整个地变了样，它伸展开苍翠欲滴的树冠，呆呆立在那里，在夕阳的余晖中微微摇动。无论是弯曲多节的手指和疤痕，无论是已往的悲伤和疑虑——全都不见了。从粗硬的百年老树皮里直接长出了鲜嫩的树叶，使人简直无法相信这些叶子是这棵老树长出来的。"不错，这就是那棵橡树。"安德烈公爵想道,心中突然无缘无故地出现一种喜悦和万象更新的春天感觉。于是奥斯特利茨战场上的高高的天空,妻子死后脸上责备的表情,渡船上的皮埃尔,因美丽的夜景激动不已的姑娘,还有那个夜晚和那轮明月——这一切突然浮上了脑际。

"不,活到三十一岁,生命并没有结束。"安德烈公爵突然最后斩钉截铁地说,"只有我自己知道我身上的一切是不够的,应当让所有的人,包括皮埃尔和那个想飞上天去的姑娘,都知道这些,应当让所有的人都了解我,要使我不为自己一个人活着,不能使人们的生活与我的生活无关,要使我的生活影响所有的人,使大家都同我生活在一起!"

安德烈公爵这次外出旅行归来后,决定秋天去彼得堡,并为自己的这个决定想出了很多理由。他每时每刻都有一系列能说明为什么他必须去彼得堡、甚至去担任公职的合情合理的和合乎逻辑的论据可以利用。他甚至到现在还不明白,他怎么能在一段时间里怀疑积极参与生活的必要性,正如一个月前他不明白怎么会产生离开农村的想法一样。他清楚地感觉到,如果他不把自己的全部生活经验运用到事业上,不重新积极参与生活的话,他的这些经验就会白白丢掉,变成毫无意义的东西。他甚至不明白,怎么会根据如此贫乏的论据就认为,如果现在有了生活的经验教训后重新相信自己能做点有益的事,相信能得到幸福和爱情,就是有失面子的事。现在理智所提示的完全是另一种看法。在这次旅行后,安德烈公爵开始觉得乡下的生活太无聊了,以前做的那些事已引不起他的兴趣,当他一个人坐在书房里时,经常站起身来,走到镜子面前,长时间地端详着自己的脸。然后他转过身去看亡妻丽莎的画像,留着希腊式鬈发的丽莎从金色的镜框里亲切和快活地望着他。她已不对丈夫说以前的那些可怕的话了,她只是快活地和好奇地看着他。安德烈公爵反背着两手,久久地在房间里来回走着,时而皱起眉头,时而露出微笑,脑子里翻来覆去想着那些不理智的、无法用语言表达的、像犯罪一样秘密的念头,这些念头与皮埃尔,与荣誉、与坐在窗口的姑娘、与橡树、与女性的美貌和爱情有关,它们改变了他的整个生活。在这时,如果有人进来见他,他就显得特别冷淡、严厉和果断。他的那种逻辑推理尤其令人不快。

"亲爱的，"有时，在这样的时刻进屋来的玛丽亚公爵小姐说，"今天尼科卢什卡不能散步：太冷了。"

"如果天气暖和，"这时安德烈公爵就特别冷淡地回答他的妹妹，"那么他只穿一件衬衣就行了；正因为天气冷，应当给他穿上暖和的衣服，这暖和的衣服就是为了御寒才发明出来的，天冷多穿点就行了，而不应在孩子需要呼吸新鲜空气时让他待在家里。"他特别合乎逻辑地说道，仿佛想要为了他内心进行的这种秘密的、不合逻辑的心理活动而惩罚什么人似的。在这时候玛丽亚公爵小姐就想，这种脑力工作会使男人变得多么冷漠无情啊。

四

安德烈公爵于一八〇九年八月来到彼得堡。这正是年轻的斯佩兰斯基[①] 的声望达到了顶点，他发动的变革大力开展起来的时候。就在这一年八月，皇帝从乘坐的马车上摔下来，摔伤了腿，在彼得戈夫[②] 住了三个星期，每天只接见斯佩兰斯基一个人。在这期间，不仅制定了两项使上流社会感到不安的著名法令，废除宫内官阶以及采取通过考试录用八等文官和五等文官办法，而且草拟了国家的一个大法[③]，要改变俄罗斯现行的从枢密院到乡政府的司法、行政和财政管理制度。现在正在贯彻和实现亚历山大登基时所抱有的模糊的自由主义理想，他曾在他的助手恰尔托里日斯基、诺沃西尔采夫、科丘别依[④] 和斯特罗加诺夫等人的协助下力图实现这些理想，这些人曾被他戏谑地称为公众拯救委员会。

现在在非军事部门所有这些人已由斯佩兰斯基所取代，而在军事部门则由阿拉克切耶夫所取代。安德烈公爵在到达后不久，以宫廷高级侍从的身份前去宫中，参加朝觐。皇帝两次见到他，没有对他说一句话。安德烈公爵在以前就一直觉得皇帝不喜欢他，皇帝讨厌他的面孔

---

① 斯佩兰斯基（一七七二—一八三九），俄国政治家，从一八〇八年秋天起，成为亚历山大一世的亲信，曾受亚历山大一世委托拟订了一个国家改革计划，在实施过程中遭到了反动贵族的反对，一八一二年被流放。

② 彼得戈夫是今彼得宫的旧称。

③ 指斯佩兰斯基拟定的名叫《国家法典绪论》的国家改革计划。

④ 科丘别依（一七六八—一八三四），亚历山大一世宠臣之一，曾任内务大臣。

和他整个的人。他看到皇帝向他投来的冷淡的和疏远的目光,比以前更觉得自己的推测是对的。近臣们向安德烈公爵解释说,皇帝不重视他,是因为对他从一八〇五年以来没有服役感到不满。

"我自己知道,我们都有好恶,这是没有办法的事,"安德烈公爵想道,"因此用不着考虑把我草拟的关于军事条例的报告亲自呈交皇帝了,但是总是会有办法的。"他向父亲的老朋友、一位老帅讲了自己的报告。老帅约他见面,亲切地接待他,答应奏明皇帝。几天后安德烈公爵得到通知,要他去见陆军大臣阿拉克切耶夫伯爵。

在约定的那天上午九点钟,安德烈公爵来到了阿拉克切耶夫伯爵的接待室。

安德烈公爵并不认识阿拉克切耶夫,从来没有见过他,但是他所听到的一切,很难使他产生对这个人的敬意。

"他是陆军大臣,皇帝宠信的人;谁也不必管他的个人品质如何?'既然他奉命审阅我的报告,这就是说,只有他一个人能够办理这件事。"安德烈公爵在与许多重要的和不重要的人物一起在阿拉克切耶夫接待室里等候时这样想道。

安德烈公爵在服役时,大部分时间都当副官,他见过许多重要人物的接待室,非常清楚这些接待室的各种不同的特点。阿拉克切耶夫伯爵的接待室完全是一种特殊的样子。在他的接待室里等候接见的不重要人物的脸上有一种羞愧和恭顺的表情;从职位较高的官员的脸上可以看出他们都感到难为情,为了掩饰这种感情,他们装出举止随便的样子,嘲笑自己、自己的地位和所等候的人。有的人若有所思地来回踱步,有的人一面低声说话,一面笑着,于是安德烈公爵听见"西拉·安德烈依奇"这个外号 ① 和"那大爷会给你厉害瞧"这样的话,这说的是阿拉克切耶夫伯爵。一位将军(重要人物)看来因需要等这么久而感到受了侮辱,他坐在那里不停地挪动着双腿,独自轻蔑地笑着。

但是等到门一打开,所有人的脸立刻出现了同一种表情—— 恐惧。安德烈公爵再次请求值日官前去通报,但是人们带着讽刺的表情

---

① 西拉(Cila)是力量、权力的意思。人们给阿拉克切耶夫取这样的外号,讽刺他是一个炙手可热的权臣。

朝他看了看说道,到时候会轮到他的。在副官的带领下几个人进出大臣的办公室,一个军官被放进了那道可怕的门,他的那种卑躬屈膝和恐惧的样子,使安德烈公爵非常吃惊。接见这个军官的时间很长。突然从门里传来了刺耳的吼叫声,军官脸色发白,嘴唇颤抖着从那里出来,两手抱住头从接待室里经过。在这之后,安德烈公爵被带到门口,值日官低声说:"往右边,到窗口去。"

安德烈公爵进了陈设并不豪华但很整洁的办公室,看见桌旁坐着一个四十岁的人,此人腰身很长,长脑袋上的头发剪得很短,满脸很深的皱纹,目光呆滞,绿褐色眼睛上方双眉紧锁,红鼻子耷拉着。阿拉克切耶夫朝安德烈公爵转过头来,眼睛不看着他。

"您有什么请求?"阿拉克切耶夫问。

"我没有什么……请求,大人。"安德烈公爵轻轻地说。这时阿拉克切耶夫的目光朝他转了过来。

"请坐,"阿拉克切耶夫说,"鲍尔康斯基公爵。"

"我没有什么请求,皇帝把我呈交的报告批转给了大人……"

"您看,您的报告我读过了。"阿拉克切耶夫打断了他的话,只有头几句话说得还比较亲切,接着又盯着他的脸,说话的语气变得愈来愈唠叨和轻蔑起来,"您提出了新的军事法规?法规很多,旧的都没有人执行。现在大家在制定法规,制定容易,实行起来难。"

"我是根据皇帝的旨意来找大人,了解一下您打算如何处理这个报告?"安德烈公爵有礼貌地问。

"您的报告我已作了批示,已提交给了委员会。我**不赞成**。"阿拉克切耶夫说,他站起身来,从书桌上拿起了一张纸,"您看。"他递给了安德烈公爵。

在这张纸上用铅笔横着写着几行字,句子开头不用大写字母,词写得不合拼写法,没有标点符号,写的是:"由于抄袭法国军事条令以及不必要地放弃军法条例因而此报告依据不足。"

"报告转给什么委员会了?"安德烈公爵问。

"转给了军事条令起草委员会,我已推荐您为该委员会委员。不过没有薪俸。"

安德烈公爵笑了笑。

"我也并不想要。"

"没有薪俸，担任委员。"阿拉克切耶夫又说了一遍。"见到您很荣幸。喂！叫下一个！还有谁？"他一边朝安德烈公爵躬躬身，一边喊道。

五

安德烈公爵在等候任命他为委员会委员的正式通知期间，与老熟人恢复了来往，尤其是拜访了一些他知道眼下有权有势和可能对他有用的人。现在他在彼得堡的心情，与战斗前夕的心情相类似，一种惴惴不安的好奇心折磨着他，不可抗拒地吸引他到最上层去，到正在安排着决定千百万人命运的未来的地方去。他从老年人的愤恨、不知情者的好奇、知情者的慎重、所有人的忧虑中，从他每天都能听说的无数委员会的成立中感觉到，现在，在一九〇九年的彼得堡，正在进行一场非军事的战斗的准备，这场战斗的总指挥是一个他不认识的、神秘而他又觉得是有天才的人——斯佩兰斯基。这场他只有模糊的了解的革新以及主要活动家斯佩兰斯基，开始引起他的非常强烈的兴趣，结果在他的思想上关于军事条令的事很快退居到了第二位。

安德烈公爵处于一个十分有利的地位上，他可以很好地被接纳到当时彼得堡上流社会的各个不同的和最上层的圈子里去。革新派亲热地接待他和拉拢他，他们这样做，第一，是因为他有聪明和博学多识的声誉；第二，是因为他解放农奴的做法使他赢得了自由派的名声。心怀不满的老头子们，估计他的态度会与他父亲一样，便在谴责革新时争取他的支持。社交界的妇女们，**上流社会**亲热地接待他，因为他是择婿的对象，既有钱，门第又高贵，而且由于有过他已阵亡的传闻以及他的妻子悲惨地死亡，他几乎成了一个带有浪漫主义色彩的新人物。除此之外，从前认识他的所有人都异口同声地说，他在这五年内发生了很大变化，变好了，变得比较温和和成熟了，在他身上已没有以前的那种做作、高傲和好嘲笑人的特点了，而是随着年龄的增长变得心平气和了。人们都开始谈论他，对他发生兴趣，希望能见到他。

在进见阿拉克切耶夫伯爵后的第二天，安德烈公爵晚上前去科丘别依伯爵家。他向伯爵讲述了自己与**西拉·安德烈依奇**的会见（科丘别依这样称呼阿拉克切耶夫,也带有安德烈公爵在陆军大臣的接待室里觉察到的那种对某事进行笼统的讽刺的意味)。

"亲爱的,"科丘别依说甚至在这件事情上您也绕不过米哈依尔·米哈依洛维奇①。这是一个什么事都管的人。我对他说。他答应晚上来……"

"斯佩兰斯基与军事条令有什么关系呢?"安德烈公爵问。

科丘别依笑了笑,摇摇头,仿佛对鲍尔康斯基的天真感到惊奇似的。

"前几天我同他谈起您,"科丘别依接着说,"谈到您的自由农民……"

"哦,公爵,是您解放了自己的农民?"一个叶卡捷琳娜时代的老人轻蔑地回头看了鲍尔康斯基一眼,说。

"一个小庄园没有任何收益。"鲍尔康斯基回答道,为了不徒劳无益地惹那老头生气,他竭力在老头面前淡化自己的做法。

"您害怕落在后面。"老头看着科丘别依说。

"有一点我不明白,"老头接着说,"如果给他们自由,谁来耕种土地?制定法律很容易,而管理就难了。就像现在一样,我问您,伯爵,既然所有人都要经过考试,那么由谁来当各个部门的长官?"

"我想,是那些考试合格的人。"科丘别依回答道,跷起二郎腿,环顾着四周。

"我手下有一个叫普里亚尼奇尼科夫的,人很好,很有才干,而他已六十岁了,难道还要去参加考试?……"

"是的,由于教育很不普及,这有些困难,但是……"科丘别依伯爵没有说完就站起身来,抓住安德烈公爵的手,朝一个进来的人迎过去,那人四十来岁,个子很高,秃顶,浅色头发,脑门宽阔,长方脸白得出奇。他身上穿着蓝色燕尾服,脖子上挂着十字架,左前胸佩着星章。这是斯佩兰斯基。安德烈公爵立即认出了他,像在一生的重要时刻常有的那样,心里不禁颤动了一下。这是由于尊敬、羡慕,还是由于有所期待—— 他不知道。斯佩兰斯基的整个外表有一种特殊样式,使得人们立刻就能把他认出来。安德烈公爵在他自己的生活圈子里从来没有看见过如此笨拙迟钝而又沉着自信的动作,没有在任何人那里看见过半开半闭和有些湿润的眼睛有那样坚定的、同时又很温和的目光,没有看

---

① 米哈依尔·米哈依洛维奇是斯佩兰斯基的名字和父名。

见过那种似乎什么也不表示的笑容竟是那样的坚决,没有听见过有人说话声音这样尖细、平稳和缓慢,而主要的,没有看见过这样白嫩的脸,尤其是没有看见过那双有点宽大,但是皮肤异常丰润柔嫩和白净的手。这样白嫩的脸,安德烈公爵只在住院很久的士兵那里看见过。这就是斯佩兰斯基,国务大臣,皇帝的顾问,陪同皇帝参加过爱尔福特会见,在那里不止一次地见到过拿破仑并和他谈过话。

一个人通常在进入一大群人的圈子里时会不由自主地看看这个人的脸,又看看那个人的脸,但是斯佩兰斯基没有这样做,他也不急于说话。他说话声音很低,相信人们会注意地听,眼睛只看着和他说话的那个人。

安德烈公爵特别注意斯佩兰斯基的每句话和每个动作。他像一般人,尤其是像那些严格要求别人的人常有的那样,在新遇到一个人时,特别是在遇到像斯佩兰斯基那样久闻大名的人时,总是希望在他身上看到完美的品德。

斯佩兰斯基对科丘别依说,他不能早点来,感到很抱歉,因为他被留在宫里了。他不说是皇帝留下他的。安德烈公爵注意到了这种故意装出的谦虚。当科丘别依向他介绍安德烈公爵时,他慢慢地把目光移向鲍尔康斯基,脸上仍带着同样的微笑,开始默默地打量对方。

"我很高兴同您认识,我像大家一样,听说过您。"他说。

科丘别依说了说阿拉克切耶夫接见鲍尔康斯基的情况。斯佩兰斯基才比较爽朗地笑了笑。

"军事条令起草委员会主任是我的好朋友马格尼茨基[①]先生,"他说,每个音节和每个词都吐得很清楚,"如果您愿意的话,我可以介绍您和他认识。(他在说完这句话后停了一下。)我希望您能得到他的支持,能发现他是一个愿意促进一切合理的事情实现的人。"

斯佩兰斯基身边立刻围上了许多人,那个刚刚谈论过自己的下属普里亚尼奇尼科夫的老头,也向斯佩兰斯基提了个问题。

安德烈公爵没有参加谈话,他观察着斯佩兰斯基的每一个动作,他

---

① 马格尼茨基(一七七八—一八五五),亚历山大一世时期的活动家,曾是斯佩兰斯基的改革计划的热情支持者和执行者。斯佩兰斯基倒台后,马格尼茨基曾被流放到沃洛格达。

想,这个人不久前还是一个微不足道的神学校学生,如今在他的那双白净丰润的手里掌握着俄罗斯的命运。斯佩兰斯基回答那个老头的问题时的那种异乎寻常的和充满蔑视的沉静,使安德烈公爵感到吃惊。他似乎是站在高不可攀的地方向老头说那些宽容的话。当老头把嗓门提得太高时,斯佩兰斯基笑了笑说,他不能对皇帝想做的事的利与弊妄加评论。

斯佩兰斯基和大家说了一会儿话后,便站了起来,走到安德烈公爵面前,招呼他跟着自己到房间的另一头去。显然他认为需要单独接待一下鲍尔康斯基。

"我还没有来得及和您说话,公爵,因为我被这位可敬的老人拉进了热烈的谈话中。"他说道,温顺而又轻蔑地微笑着,仿佛想用这个微笑表明,他和安德烈公爵一起都知道他刚才与之交谈的那些人都是微不足道的。这种态度使安德烈公爵感到很高兴。"我早就知道您了,第一,知道您对您的农民的做法,这是我们的第一个范例,真希望有更多的人跟着这样做;第二,因为您是在颁布关于废除宫内官衔的法令后没有抱怨的宫廷高级侍从之一,而这个法令引起了许多流言蜚语。"

"是的,"安德烈公爵说,"家父不愿意叫我享受这种特权;我是从低级的职衔做起的。"

"令尊是老前辈,显然站得比我们的同时代人高,这些人对这个只是恢复了应有的公道的措施大加指责。"

"然而我认为这些指责也有其理由。"安德烈公爵说,他开始感觉到斯佩兰斯基的影响,竭力想抵挡这种影响。他觉得在所有问题上都表示同意是一件不愉快的事,他很快发表不同的看法。安德烈公爵平常说话轻松自然,现在跟斯佩兰斯基说话却感到难于表达自己的思想。他过于注意观察这个著名人物的个性了。

"从满足个人虚荣心来说,理由可能是有的。"斯佩兰斯基低声地插了一句。

"对国家来说,也部分地有理由。"安德烈公爵说。

"您的意思是什么?……"斯佩兰斯基慢慢地垂下眼睛说。

"我是孟德斯鸠[①]的崇拜者,"安德烈公爵说,"他的关于君主制度

---

①　孟德斯鸠(一六八九——一七五五),法国哲学家。

的起源是荣誉的思想,我觉得无可怀疑的。在我看来,贵族的某些权利和特权是用以支持这种荣誉感的手段。"

斯佩兰斯基白净的脸上的笑容消失了,他的相貌却因此而变得好看了。大概他觉得安德烈公爵的想法很有意思。

"如果您用这种观点来看问题的话。"他开口说道,显然他说法语比较吃力,因而比说俄语更慢一些,不过语气是完全平静的。他说,荣誉,l'honneur,不能用对服公务不利的特权来维持;荣誉,l'honneur,要么是不做不道德的事的消极的概念,要么是为了得到赞扬和用以表示这种赞扬的奖赏而进行竞赛的一种动力。

他的论据是简明扼要和清楚的。

"维持这种荣誉,维持竞赛的动力的设施,是类似伟大的拿破仑皇帝的荣誉勋位团①那样的东西,这个设施不妨碍,而是有助于服公务,不是一个阶层的或宫廷的特权。"

"我不想争论,但是不能否定,宫廷的特权达到了同样的目的,"安德烈公爵说,"每一个近臣都认为自己有义务做符合于他的地位的事。"

"但是您不愿意利用这特权,公爵。"斯佩兰斯基说,他用微笑表示,他愿意客客气气地结束这场使对方感到难堪的争论。"如果您肯赏光于星期三到舍下,"来他补充说,"那么我同马格尼茨基商谈后,将告诉您一些您也许会感兴趣的事情,除此之外,我也很高兴和您详谈。"他闭上眼睛,照法国人的样子鞠了一躬,没有和大家告别,竭力不让人察觉到,悄悄离开了客厅。

六

在彼得堡居住的初期,安德烈公爵觉得他在蛰居乡村时形成的一整套思想,完全被他到彼得堡后碰到各种琐事弄得模糊不清了。

从晚会上回家后,他在记事本上记下了四五处必要的拜访或约定时间的会见。机械的生活,什么地方都要准时到的日程安排,消耗了他

---

① 荣誉勋位团(Légion d'Honneur)是拿破仑在一八〇二年五月建立的。其成员从对国家立有战功的军人和对确立共和制原则有贡献的公民中产生。

的大部分精力。他什么事也没有做,甚至什么也没有想,而且也来不及想,只是一个劲儿地说他在乡下深思熟虑过的事,很受大家的欢迎。

他有时很不满意地发现,他竟然在同一天,在不同的人当中反复讲同样的话。但是他整天忙忙碌碌,没有时间想一下他什么也没有做的问题。

斯佩兰斯基星期三在自己家里接待了鲍尔康斯基,与他单独进行了长时间的坦诚的谈话,在这次会见时,如同在科丘别依家的第一次见面时一样,斯佩兰斯基都给安德烈公爵留下了深刻的印象。

安德烈公爵认为卑鄙的小人的人数非常多,他很想在另一部分人当中找到他所追求的完美的生动范例,便轻易地相信,他在斯佩兰斯基身上找到了完全有理智和有道德的人的典范。如果斯佩兰斯基和安德烈公爵出身于同一阶层,受过同样的教育和具有同样的道德习性,那么鲍尔康斯基就会很快发现他的弱点,发现他的一般人的而非英雄人物的特点,但是现在由于并不完全了解他,鲍尔康斯基虽对他的逻辑思维方式感到奇怪,却更对他肃然起敬。除此之外,不知是因为看重安德烈公爵的才能,还是因为认为需要把他拉到自己一边来,斯佩兰斯基在安德烈公爵面前卖弄他公正和冷静的理智,用微妙的奉承取得安德烈公爵的欢心,这种奉承与自负结合在一起,它表现为默认对方与自己是唯一能够理解**所有**其余的人的愚蠢以及自己的思想的合理和深刻的人。

在星期三晚上长时间的谈话中,斯佩兰斯基不止一次地说:"在**我们**这里总是注视着一切超出根深蒂固的习惯的总的水平的东西……"或者微笑着说:"**我们**总是想两全其美:狼也饱了,羊也保全了……"或者说:"**他们**理解不了这一点"他总是带着这样的神情,这神情仿佛在说:"咱们,您和我,只有咱们才知道**他们**是什么,**我们**是什么人。"

这第一次与斯佩兰斯基的长谈,更增强了安德烈公爵第一次见到斯佩兰斯基时的那种感觉。他认为斯佩兰斯基是一个明白事理的、思维严谨和具有巨大智慧的人,是凭自己的精力和顽强意志获得权力的,他运用这个权力完全为了造福俄国。在安德烈公爵的眼里,斯佩兰斯基正是他自己想要做的人,这种人能合情合理地解释所有的生活现象,只承认合理的东西才是现实的,善于用理性的尺度来衡量一切。在斯佩兰斯基的叙述中,一切是那样的简单明了,安德烈公爵不由得同意他的所有看法。如果他提出异议和进行争论的话,那么这只是因为要故意显示一下自己的独立性,表明自己不完全听从斯佩兰斯基的意见。一切都是对的,一切都很好,但是有一点使安德烈公爵感到困惑:这就是斯佩兰斯基的那种冷淡的、明净的、不让人窥视他心灵的目光,还有那只白净柔嫩的手,安德烈公爵如同人们通常看掌权的人的手那样,情不自禁地看了它一眼。明净的目光和柔嫩的手不知为什么使安德烈公爵感到不快。使他感到惊奇而又不舒服的,还有他在斯佩兰斯基身上发现的那种对人的过分蔑视,以及用来证明自己意见正确的方法和论据的繁多。斯佩兰斯基使用除比喻外的一切可能的思维方法,安德烈公爵觉得他改换方法时过于大胆。时而他站到实干家的立场上谴责幻想家,时而作为一个讽刺家嘲笑对手,时而他议事论世逻辑严谨,时而突然进入了玄学的领域。(这最后的论证方法他使用得特别经常。)他把问题提到玄学的高度,转到空间、时间、思想的定义上,在从那里引出反驳的论点的同时,又回到争论上。

总之,斯佩兰斯基所具有的、使安德烈公爵感到惊奇的主要特点,是他毫无疑义地和不可动摇地相信智慧的力量和合理性。可以看出,斯佩兰斯基的头脑里永远不会产生那种在安德烈公爵看来很平常的思想,即认为无法把所想的一切完全表达出来;也永远不会产生这样的怀疑:我所想的一切和我相信的一切是否都是无关紧要的事?斯佩兰斯基的这种特殊的思维方式对安德烈公爵最有吸引力。

在与斯佩兰斯基结识的初期,安德烈公爵对他抱有热烈的钦佩之情,这种感情与他过去一度有过的对波拿巴的感情相似。斯佩兰斯基的父亲是一个神父,庸夫俗子可以因为他是吃教堂饭的人和神父的儿子而鄙视他,许多人正是这样做的,因此安德烈公爵特别爱惜自己对斯佩兰斯基的感情,而且在内心里不自觉地增强这种感情。

在鲍尔康斯基在他家度过的第一个晚上,斯佩兰斯基谈起了法律起草委员会时,用讽刺的口吻对安德烈公爵说,立法委员会已存在了一百五十年,花费了几百万,什么事也没有做成,罗森坎普夫① 只是在

---

① 罗森坎普夫(一七六二——一八三二),法学家,法律起草委员会委员。

比较法的所有条款上贴上标签罢了。

"这就是国家花费几百万卢布得到的东西！"他说，"我们想要赋予参政院新的司法权力，而我们没有法律。因此像您这样的人，公爵，现在不出来做事是一种罪过。"

安德烈公爵说，做这种事需要有法律知识，可是他没有受过法律教育。

"谁也没有受过，那么您又想要怎样呢？这是一个怪圈①，应该努力地从中走出来。"

一个星期后，安德烈公爵成为军事条令起草委员会委员，而且还当上了法律起草委员会的一个处长，这是他怎么也没有料到的。根据斯佩兰斯基的请求，他接受了正在起草的民事法的第一部分，参照《拿破仑法典》②和《查士丁尼法典》③起草有关人权的部分。

七

大约两年前，在一八〇八年，皮埃尔从巡视各个庄园回到彼得堡后，不由自主地成为彼得堡共济会的首领。他开办食堂和布置灵堂，吸收新会员，联系各地的分会和寻找文件的真本。他出钱修建会所，尽自己之所能补足捐款，因为大多数会员比较吝啬，而且不按时缴纳。他几乎一个人用自己的钱维持共济会在彼得堡建立的贫民院。

然而他生活过得像以前一样，还是那些爱好，还那么放荡。他喜欢吃喝，虽然觉得这种做法是不合道德的和有损尊严的，但是仍然忍不住去参加单身汉的聚会，在那里寻欢作乐。

不过皮埃尔在过了一年这种忙碌和快活的生活后开始觉得，他愈是竭力想牢牢地站在共济会的地基上，他站的这地基却变得愈来愈不稳固。同时他感到，他站的地基愈是不稳，他就愈来愈不由自主地与它联系在一起。当他参加共济会时，他觉得自己好像一个抱着信任的态

---

① 原文为拉丁文。
② 《拿破仑法典》也叫《法国拿破仑法典》，颁布于一八〇四年。
③ 《查士丁尼法典》指拜占庭皇帝查士丁尼一世主持下于五二九—五六五年完成的法律和法律解释的汇编。

度一脚踏上表面平坦的沼泽地的人一样。踏上一只脚后,他就陷进去了。为了完全相信他所站的地基是坚实的,他踏上了另一只脚,于是陷得愈来愈深,已不由自主地在沼泽里齐膝的污泥中行走了。

约瑟夫·阿列克谢耶维奇① 不在彼得堡。(最近他已不管彼得堡各分会的事了,住在莫斯科,很少外出。)所有师兄弟们,各分会的会员,都是皮埃尔在平常生活中认识的熟人,他很难只把他们看作共济会的师兄弟,而忘记这是 B. 公爵、伊万·瓦西里耶维奇·d.,而在平常生活中他知道他们大都是软弱无能和微不足道的人。他看见他们在共济会的围裙里面穿着制服,在挂着会徽的时候也佩着生活中取来的十字章。在募集捐款和计算十来个会员(其中有一半像他一样富有)捐助的二三十个卢布(而且大多是欠账)时,皮埃尔回想起了每个会员答应要把自己的全部财产献给邻人的誓言,心里不禁产生了怀疑,但是竭力不去想它。

他把自己认识的师兄弟们分为四类。他归入第一类的是这样一些人,这些人既不积极参加分会的活动,也不过问帮助人的事,一心探究共济会教义的秘密,研讨上帝的三位一体的称号,或万物的三种元素——硫黄、水银和盐,或所罗门神庙的方块和所有图形的含义。皮埃尔尊重这一类会友,属于这一类的大多是老的师兄弟以及约瑟夫·阿列克谢耶维奇本人,不过皮埃尔认为他与其余的人的兴趣爱好有所不同。他的心不放在共济会的神秘的一面上。

皮埃尔把自己以及与自己类似的人归入第二类,这些人还在寻求着,摇摆不定,尚未在共济会里找到一条直接的和明确的道路,但是希望能找到它。

他归入第三类的会友们(他们的人数最多)在共济会里除了表面形式和仪式外,什么也看不到,他们看重这种表面形式的严格履行,不关心它的内容和意义。维拉尔斯基,甚至总会的大师傅属于这一类人。

最后,可归入第四类的会友也很多,特别是那些最近入会的人。根据皮埃尔的观察,这是这样一些人,他们什么也不相信,也不希望得到

---

① 约瑟夫·阿列克谢耶维奇是巴兹杰耶夫的名字和父名,与本卷第二部不一致(那里他的名字为奥西普)。

什么，人会只是为了结交年轻的、富有的、交游广阔和地位显赫的会友，在共济会里这样的人是很多的。

皮埃尔对自己的活动开始感到不满足。他有时觉得，共济会，至少是他在这里看到的共济会，是建筑在表面形式之上的。他并不想怀疑共济会本身，但是他怀疑俄国共济会走上了一条错误的道路，偏离了自己的本源。因此他在年底便到国外去了解共济会的高深奥秘去了。

一八○九年夏，皮埃尔就已回到了彼得堡。根据俄国共济会员与国外会友的通信了解到，皮埃尔在国外得到了许多地位很高的人的信任，领会了许多奥秘，被提升到了更高的等级，带来了许多对发展俄国共济会事业普遍有益的东西。彼得堡的共济会员都来看望他，巴结他，大家都觉得他隐瞒着和正在准备着什么事情。

决定召开二级分会的大会，皮埃尔答应在分会里向彼得堡的师兄弟们传达共济会最高领导人的指示。会场上坐满了人。在举行通常的仪式后皮埃尔站起身来，开始讲话。

"亲爱的师兄弟们，"他开口说道，脸涨得红红的，说话有些结巴，手里拿着写好的讲稿。"我们分会只是躲在一边遵守我们的礼仪是不够的——需要行动……行动。我们处于沉睡之中，而我们需要行动。"皮埃尔拿起自己的笔记本，读了起来。"为了传播纯粹的真理和促使美德的胜利，"他读道，"我们应该使人们破除偏见，传播符合时代精神的准则，承担起教育青年的责任，与聪明人非常紧密地联合起来，大胆地而又慎重地克服迷信、缺乏信心和愚蠢的现象，教育那些忠于我们、由于有共同的目标而相互联系在一起的有权有势的人们。

"为达到此目的，应该使美德压倒恶习，应当努力使正直的人在当今世界上因自己的美德而得到永久的奖赏。但是目前的许多政治设施妨碍我们实现这些伟大的意图。在这种情况下该怎么办呢？是否需要促进革命，推翻一切，用暴力驱除暴力呢？……不，我们无意这样做。任何暴力的改革之所以应受到谴责，是因为在人们还仍然是现在这种样子时，它根本纠正不了邪恶，因为智慧不需要求助于暴力。

"共济会的整个计划应建筑在组织坚定的、具有美德的、因有共同信念而联系在一起的人上，而这种信念则在于随时随地都尽全力克服恶习和愚蠢，庇护有才能的人和美德：从茫茫尘世中找出品质好的人，让他们参加我们的组织。到那时我们共济会才会有力量——才能不知不觉地捆住那些保护混乱状态的人的手脚，使他们在没有觉察的情况下受到控制。总之，应该建立总的管理样式，这种样式应该推广到全世界，同时又不破坏公民个人之间的联系，所有其他的管理可以按照自己平常的方式继续进行，只要不妨碍实现我们共济会的目标就行，也就是说，不能妨碍美德战胜恶习。这也是基督教本身要求达到的目标。基督教教导人们做聪明和善良的人，为了自己的利益学习优秀的和聪明的人的榜样，遵循他们的教诲。

"在一切都沉浸在黑暗中时，只宣讲道理当然也就够了，因为真理是新的，这能赋予它特殊的力量，但是我们需要用有力得多的手段。现在需要使那些受自己的感情支配的人在美德之中找到感性的美。情欲是无法根除的；只应当引导它去实现高尚的目标，因此需要使每个人在美德的范围内满足自己的情欲，我们共济会应提供这样做的方法。

"只要我们每个国家里有一定数量的品质好的人，他们之中每个人再去联络另外的两个人，所有这些人都紧密地联合起来——如果这样做，那么对共济会来说，一切都是办得到的，而共济会已为造福人类秘密地做了许多事情。"

这篇演说在分会里不仅引起了强烈的反应，而且引起了骚动。大多数师兄弟看出这篇演说中有光照派^①的危险意图，对它采取使皮埃尔感到惊奇的冷淡态度。大师傅开始反驳皮埃尔的说法。皮埃尔愈来愈起劲地发挥自己的思想。很久没有这样气氛热烈的集会了。与会者分成两派：一些人责备皮埃尔有光照派倾向；另一些人对他表示支持。在这次会议上皮埃尔第一次对人的思想的无限多样性感到惊讶，这种多样性使得任何真理在两个人的理解中都不会是一样的。甚至在那些似乎站在他一边的会员中，也有人对他的话作自己的理解，有一些限定和改变，这是他不能同意的，因为皮埃尔主要的要求正在于把自己的思想完全按照他理解的那样传达给别的人。

会议结束后，大师傅带着恶意和讽刺批评别祖霍夫急躁，说他进

---

① 光照派是德国共济会的一个支派，一七七六年成立于巴伐利亚，主张以共和制代替君主制。

行争论不只是出于对美德的热爱，而是由于好斗。皮埃尔没有搭理他，只简短地问，他的建议是否将被采纳。得到的答复是否定的，于是皮埃尔没有等通常的仪式结束，就出了会所，坐车回家了。

八

皮埃尔又陷入了他非常害怕的苦闷之中。在分会发表演说后，他在家里的沙发上躺了三天，没有接待任何人，也没有到任何地方去。

这时他接到了妻子的来信，她在信中恳求要和他见面，说了一些想念他的话，表达了要把自己的整个一生献给他的愿望。

在信的末尾她告诉他，近日内她将从国外来到彼得堡。

在接到这封信后，紧跟着有一个最不受他尊敬的共济会师兄弟闯到闭门谢客的皮埃尔家里来，谈起了皮埃尔的夫妻关系，此人作为师兄弟劝告他说，他对妻子如此严厉是不对的，他不宽恕悔过的妻子，背离了共济会员的基本准则。

这时他的岳母瓦西里公爵的妻子派人来请他，恳求他到她那里去一趟，哪怕只待几分钟也行，因为有一件十分重要的事要和他商谈。皮埃尔发现正在策划一个对付他的阴谋，要让他和妻子重新和好，不过即使在他目前所处的情况下，他也不觉得这有什么令人不快之处。他感到什么都无所谓：他不认为生活中有什么事情具有很大的重要性，现在他在苦闷的心情的影响下，既不珍惜自己的自由，也不坚持要惩罚妻子。

"谁都不对，谁也没有错，因此，她也没有错。"他想。如果说皮埃尔没有立即宣布与妻子和好如初的话，那也只是因为他在处于苦闷的情况下无力做出任何决定。如果妻子到他这里来，现在他也不会把她赶走。与他为之苦恼的事比较起来，跟不跟妻子生活在一起，岂不是无足轻重的吗？

皮埃尔对妻子和岳母都没有作任何答复，一天晚上他动身到莫斯科去了，目的是去见约瑟夫·阿列克谢耶维奇。关于这件事，他在自己的日记里作了以下记载。

莫斯科，十一月十七日。

现在刚从恩师那里回来,赶紧把我在那里感受的一切记下来。

约瑟夫·阿列克谢耶维奇过着贫苦的生活,受着膀胱病的折磨已是第三个年头了。任何人从来都没有听见他呻吟或抱怨过。从清晨到深夜,除了吃简单的饭食的时间外,他都在研究学问。他亲切地接待我,叫我在他躺的床上坐下;我向他做了个东方和耶路撒冷骑士的手势,他用同样的手势回答我,带着温和的微笑问我,我在普鲁士和苏格兰的共济会分会里了解到和得到了些什么。我尽我所能对他叙说了一切,讲了我在我们彼得堡分会提出的基本原理以及对我的恶劣态度,讲了我与师兄弟们之间发生的决裂。约瑟夫·阿列克谢耶维奇很长时间没有说话,经过仔细考虑后,对我说了他对所有这些事情的看法,我听了立即觉得过去的事和摆在我面前的未来的道路都清楚了。使我感到惊奇的是,他问我是否记得共济会的分为三个方面的目标:一,保存和认识秘密;二,为了认识这秘密,净化和改造自己;三,通过努力净化自己,改造全人类。在这三个目标当中哪一个是最主要的和首要的呢?当然是改造和净化自己。我们可以在任何时候不受环境影响地去追求的,只有这个目标。但是与此同时,这个目标也要求我们做出最大的努力,因此我们往往因骄傲而误入歧途,忽略了这个目标,或者去为认识秘密而斗争,而我们由于自身不纯洁而不配认识它;或者去努力改造人类,而自己却是卑鄙无耻和腐化堕落的实例。光照派之所以不是一种纯粹的学说,正是因为它热衷于社会活动,并且骄傲自大。根据这一点,约瑟夫·阿列克谢耶维奇对我的演说和我的整个活动提出了批评。我内心里同意他的看法。我们在谈到我的家庭问题时他对我说:我对您说过,一个共济会员的主要义务在于完善自己。但是我们经常想,只要我们使自己远离我们生活中的困难,我们就能更快地达到这个目的;然而恰恰相反,先生,只有在尘世的纷扰中我们才能达到以下三个主要目标:一、自我认识,因为人只有通过比较,才能认识自己;二、完善,只有通过斗争才能达到这一点;三,获得主要的美德——即爱死亡。只有生活的波折才能给我们显示它的虚妄,才能增强我们对死亡的天生的爱或者促进新生。这些话值得特别注意,因为约瑟夫·阿列克谢耶维奇尽管肉体经受着巨大的痛苦,但是从来不觉得生活是个累赘,在爱死亡的同时,他虽然内心已非常纯洁和高尚,仍觉得自己尚未对死亡作好充分准备。接着恩师对我详尽解释了宇宙大方块图形的意义，指出三和七这两个数是万物的基础。他劝我不要和彼得堡的师兄弟们断绝来往，在分会里担任二级职务的同时，努力帮助师兄弟们克服骄傲，引导他们走上自我认识和完善的真正道路。除此之外，建议我个人首先要检点自己，为此他给了一个笔记本，现在和今后我都要把我的所有行为记在这个本子上。

彼得堡，十一月二十三日。

我重新和妻子生活在一起了。我的岳母眼泪汪汪地来见我，说埃莱娜在这里，恳求我听她解释，说她是无辜的，因我遗弃她而感到很痛苦，如此等等，不一而足。我知道，我只要让自己见她，就无力再拒绝她的要求了。我拿不定主意，不知道找谁帮忙和请教。如果恩师在这里，他就会告诉我。我到了自己的屋里，把约瑟夫·阿列克谢耶维奇的信重读了一遍，回想了我同他的多次谈话，从中得出了这样的结论，我不应拒绝提出请求的人，应该对任何人伸出援助之手，何况是这样一个同我关系十分密切的人，我应当背我的十字架。但是既然我是因为品德高尚而宽恕她的，那么就让我与她的结合只具有精神的目的好了。我就这样决定了，并这样写信告诉了约瑟夫·阿列克·耶维奇。我对妻子说，要她忘记过去的一切，如果过去我有什么对不起她的地方，请她原谅，而我没有什么要宽恕她的。对她说了这些话，我感到很高兴。至于我重新见到她时心里是多么的痛苦，就让她不知道吧。我在这座大房子的楼上住了下来，有一种新生的幸福感觉。

九

当时的上流社会人士，像任何时候一样，在参加宫廷聚会和大型舞会时，看起来好像是结合成一体的，实际上分为几个圈子，每个圈子都有自己的特色。在它们当中最大的是法国派，即鲁缅采夫伯爵和科兰古①的拿破仑联盟。埃莱娜和丈夫一起在彼得堡定居后，立即在这个圈子里占有一个最显著的地位。法国大使馆的官员们以及许多属于这

---

① 科兰古（一七七三—一八二七），法国驻俄大使。

一派的以学识和礼貌著称的人常来拜访她。

埃莱娜在两位皇帝在爱尔福特举行著名的会晤时正好在那里,结识了欧洲所有亲拿破仑的著名人物。她在爱尔福特很受欢迎。拿破仑本人在剧院里见到她,曾问过这是谁,对她的美貌颇为欣赏。她作为一个漂亮的和风度优雅的女人而受欢迎,并不使皮埃尔感到惊奇,因为她一年年地变得比以前更美了。但是使他惊奇的是,这两年来他的妻子获得了"又聪明又美丽的可爱女人"的声誉。著名的德利涅亲王①给她写了八张信纸的信。比利宾收集各种警句,以便在别祖霍娃伯爵夫人面前第一次说出来。在别祖霍娃伯爵夫人客厅里受到接待,被看作是聪明的证明;年轻人在参加埃莱娜的晚会前读各种书籍,好在她的客厅里有话可说,大使馆的秘书们,甚至公使们,都向她透露外交机密,因此埃莱娜在某种程度上成为一种势力。皮埃尔知道她很愚蠢,有时带着一种困惑和恐惧的奇怪感觉出席她的晚会和午宴,听人们谈论政治、诗歌和哲学。在这些晚会上,他的心情都像每次表演时担心自己的戏法被拆穿的魔术师一样。但是不知是由于主持客厅里的活动需要的正好只是愚蠢,还是因为受愚弄的人本身觉得受骗是一件乐事,这戏法一直没有被拆穿,因而叶连娜·瓦西里耶夫娜·别祖霍娃的可爱的和聪明的女人的声誉便不可动摇地确立起来了,她可以说一些最庸俗和最愚蠢的话,人们仍对她的每句话赞不绝口,并在其中寻找连她本人都没有想到的深刻意义。

皮埃尔正是这个上流社会的出色女人所需要的那种丈夫。他是一个心不在焉的怪人,生活豪华的丈夫,不妨碍任何人,不仅不破坏客厅里总的高雅格调,而且反衬出了妻子的优美和雍容大方。在这两年里,皮埃尔由于一直集中精力研究精神方面的东西,从内心里蔑视其余的一切,对妻子所交往的人不感兴趣,在与他们相处中养成了对所有人漠不关心、漫不经心和宽厚的态度,这种态度不是装出来的,因而博得了人们的尊重。他进妻子的客厅如同进剧院一样,认识所有的人,看见每个人都表示同样的高兴,对每个人都同样的冷淡。有时他参加他感兴

---

① 德利涅(一七三五——一八一四),比利时政治家和作家。叶卡捷琳娜二世时代曾到过俄国。

趣的谈话，这时不考虑有没有大使馆的官员们在场，口齿不清地发表自己的看法，这些意见有时完全与此刻谈话的调子不合拍。但是彼得堡最杰出的女人的丈夫是一个怪物的意见已经完全固定下来了，因此谁也不认真看待他的越轨行为。

自从埃莱娜从爱尔福特回来后，在每天都来她家的许多年轻人当中，仕途得意的鲍里斯·德鲁别茨科依已成为别祖霍夫夫妇家里最亲近的人。埃莱娜称他为我们少年侍从，对待他好像对待孩子一样。她对他的微笑跟对别人的一样，但是有时皮埃尔看到这微笑心里很不舒服。鲍里斯以一种特殊的和恰如其分的态度对待皮埃尔，恭敬中带有几分抑郁。这种恭敬的色彩也使皮埃尔感到不安。三年前皮埃尔因妻子使他蒙受耻辱而感到非常痛苦，现在他使自己免除了蒙受类似的耻辱的可能，因为第一，他不是自己妻子的实际的丈夫，第二，他不允许自己猜疑。

"不，现在她成为蓝袜①后，永远不会再有以往的风流韵事，"他自言自语地说，"还没有一个蓝袜会热衷于谈情说爱。"他又一次重复这个不知从哪里得来的道理，他对此是深信不疑的。但是奇怪的是，鲍里斯在妻子的客厅里出现（他几乎是经常来的）往往对皮埃尔产生生理上的影响：他的四肢好像被捆住了一样，他的动作都变得不自然和不自由了。

"怎么会有这种恶感，"皮埃尔想道，"而从前我甚至非常喜欢他。"

在上流社会眼里，皮埃尔是一个贵族大老爷，是有名的贵夫人的目光不大敏锐的和可笑的丈夫，是一个什么也不干，但是也不损害任何人的聪明的怪物，是一个很不错的好人。在这整个时期，皮埃尔的内心一直进行着复杂而又艰苦的活动，这使他明白了许多道理，也使他在精神上产生了许多怀疑，同时也得到了很大的快乐。

十

他继续记日记，下面就是他在这段时间的日记里写下的话。

---

① "蓝袜"指的是上流社会附庸风雅的妇女，得名于十八世纪中叶英国伦敦上流社会妇女的文学团体"蓝袜社"。

十一月二十四日。

八点起床，读《圣经》，然后去上班（皮埃尔听从恩师的劝告，在一个委员会里任职），回家来吃午饭，一个人吃（伯爵夫人那里有许多我不喜欢的客人），吃喝都很适度，午餐后给师兄弟们抄写经文。傍晚下楼到伯爵夫人那里，讲了一个关于 B. 的可笑的故事，讲完后才想起不应该这样做，这时大家都在哈哈大笑了。

怀着幸福和平静的心情躺下睡觉。伟大的上帝，引导我走你的道路吧，第一，宁静而有耐心，力戒发怒；第二，用克制和预防的办法战胜淫欲；第三，摆脱尘世琐事，但是不放弃（一）国家公职，（二）家庭事务，（三）与朋友交往，（四）经济管理工作。"

十一月二十七日。

起得很晚，醒来后在床上躺了很久，懒得动一动。我的上帝，帮助我，让我坚强起来，让我能走你的道路。读《圣经》，但是缺乏应有的感情。师兄弟乌鲁索夫来找我，我们谈论尘世的空虚。他讲了皇帝新的计划。我刚想要提出非议，马上就想起了我自己的准则和恩师的话，恩师曾对我说，一个真正的共济会员在国家需要时，应该是一个热心的活动家，而对没有让他参与的事应抱静观的态度。常言道，是非只为多开口。Г. В. 和 О. 这两位师兄弟来看望我，商谈吸收一位新会员的事。他们要我当导师。我觉得自己软弱，不够格。然后谈到神殿的七根柱子和七级台阶的解释：圣灵的七学、七德、七恶、七惠。师兄弟 О. 很有口才。晚上举行了接收新会员仪式。会所装饰一新，使得场面更为壮观。吸收的新会员是鲍里斯·德鲁别茨科依。我是介绍人，又是导师。我和他一起待在黑暗的会所里时，一种奇怪的感情一直使我激动不安。我发现我恨他，这种感情我很想克服，但又克服不了。因此我希望真正帮他摆脱邪恶，把他引上真理之路，但是关于他的不好的想法却一直留在我的脑子里。我认为他入会的目的仅仅在于结交一些人，为了受到我们分会里的一些人的赏识。我怀疑他的根据是：他曾几次问我 N. 和 S. 是不是我们分会的会员（这个问题我不能回答他），而且根据我的观察，他不可能对我们的圣会抱有尊重的感情，过于关心自己外在的人并且很满意，不会有精神上改善自己的愿望，除了这些之外，我就没有更多怀疑他的根据了；但是我感到他不真诚，而且在我和他面对面站在黑暗的会所里时，我一直觉得他带着轻蔑的微笑听我说话，我真想用我手中握着的那把对准他的利剑刺穿他那裸露的胸膛。我不能多说，也不能把我的怀疑坦诚地告诉师兄弟们和大师傅。伟大的造物主，请帮助我找到走出这谎言的迷宫的真正道路吧。

在这之后，日记本里有三页空白，空白之后又写了以下的话：

我和师兄弟 B. 单独进行了一次有益的长谈，他劝我要对师兄弟 A. 抱有希望。我虽然生性愚钝，但是明白了很多道理。阿多奈 ① 是创世者的名字。埃洛希姆 ② 是万物主宰的名字。第三个名字是一个无法说出的名字，它的意思是**万物**。和师兄弟 B. 的谈话，使我在修身的道路上增添了力量，振奋了精神，变得更加坚定了。在他面前，没有怀疑的余地。我清楚看到了贫乏的社会科学学说与我们包罗一切的神圣学说之间的区别，人文科学为了进行理解，把一切分割成许多部分；为了看清楚，把一切毁坏掉。而在我们团体的神圣科学中，万物是统一的，都是从其整体和生命活动中来认识的。三位一体——万物的三元素——是硫黄、水银和盐。硫碳具有油和火的特性；它与盐结合，以火的特性激发出其中的渴望，借助这种渴望把水银吸引过来，将其牢牢抓住，于是共同产生出各个物体来。水银是流动的和漂浮的精神要素——基督、圣灵，他。

十二月三日。

起得很晚，读《圣经》，但是无动于衷。于是出了房间，在大厅里来回走。想要思考一些事情，但是心里却想起了四年前发生的一件事。多洛霍夫先生在和我决斗后，在莫斯科遇见了我，对我说，虽然我现在没有了夫人，但是希望我能泰然处之。当时我什么也没有回答。现在我想起了这次见面的全部细节，心里对他说着最愤恨的话和最挖苦的

---

① 阿多奈（Adonai）意为"主"，"上帝"，在诵读希伯来文《圣经》时用来代替不得直呼的雅赫维。
② 埃洛希姆（Elohim），希伯来文《旧约》中常以此词称呼上帝。

回答。直到我看到自己又在发火时，才醒悟过来，抛开了这个念头；但是对此事忏悔得不够。接着鲍里斯·德鲁别茨科依来了，讲起了各种各样的奇闻轶事；而我从他一进门就对他的来访感到不高兴，对他说话不大客气。他进行反驳。我发起火来，对他讲了许多难听的、甚至粗鲁的话。他不吭声了，等我醒悟过来时，已经晚了。我的上帝，我完全不善于和他相处！造成这种情况的原因是我的自尊心太强。我认为自己比他高，因此变得比他差得多，因为他以宽容的态度对待我的粗鲁行为，而我则相反，瞧不起他。我的上帝，请让我在他面前时更多地看到我的卑劣，让我的行动也能有益于他。午饭后睡着了，而在快要入睡时清楚地听见一个声音在我左耳边说："你的日子到了。"

我梦见自己在黑暗中行走，突然被一群狗包围，但是我毫不畏惧地走着；突然一只不大的狗用牙齿咬住我的左腿不松口。我开始用两手掐它。我刚把它拉开，另一只更大的狗马上咬住我的胸口。我又拉开了这只狗，另一只还要大的狗开始咬我。我要把它提起来，我愈是要提它，它就变得愈大愈重。突然师兄弟 A. 来了，他挽起我的胳膊带我走，把我带到一座大楼前，要到里面去必须先过一块很窄的木板。我一脚踏上木板，木板弯了，翻了，于是我开始往围墙上爬，这围墙我两手刚刚能够得着。费了很大力气，我的身体翻到了另一边，而双腿还留在这一边。我回头一看，看见师兄弟 A. 站在围墙上，给我指着宽阔的林荫道和花园，花园里有一座漂亮的大楼房。这时我醒来了。上帝，伟大的造物主！帮我拉开这些狗——帮我摆脱各种情欲，尤其是把先前的所有情欲的力量集中于一身的最后的那一种，帮我进入我在梦中已经见过的那座美德的神殿吧。

十二月七日。

我做了一个梦，梦见约瑟夫·阿列克谢依奇坐在我家里，我很高兴，想要招待他。我似乎在同旁人不停地闲聊，突然想起这可能会使他不高兴，于是想到他跟前去拥抱他。但是我一到他跟前，看见他的脸变了，变得年轻了，他轻轻地，轻轻地对我说了些共济会学说里的话，说得很轻，我没有能听清楚。后来我们大家似乎走出了房间，这里发生了一件奇怪的事。我们在地板上坐着或躺着。他对我说着什么。而我似乎想要向他显示我的易受感动，于是我没有注意听他讲话，开始想象我的内在的人的状况和上帝给我的恩惠。我的眼睛里出现了泪水，他注意到了这一点，我感到很满意。但是他懊恼地看了我一眼，很快地站了起来，不再说话。我胆怯了，问道，他的话是不是针对我的；但是他什么也没有回答，对我露出亲切的样子，然后我们突然到了我的卧室里，那里放着一张双人床。他在床边上躺下，而我似乎有一种表示亲热的强烈愿望，也在旁边躺下了。他似乎问我："请您说实话，您的主要嗜好是什么？您知道了吗？我认为您已经知道了。"我被这个问题窘住了，便回答说，懒惰是我的主要嗜好。他不相信地摇了摇头。我更窘了，说我虽然根据他的劝告和妻子住在一起，但是过的不是真正的夫妻生活。他对这一点表示反对，说不应让妻子得不到抚爱，并要我感觉到这是我的义务。但是我回答说，我不好意思这样做；突然一切消失不见了。我醒了，想起了《圣经》里的一段话："**这生命就是人的光。光照在黑暗里，黑暗却不接受光。**"[①] 只觉得约瑟夫·阿列克谢耶维奇的脸显得年轻而明亮。这一天接到了恩师的信，他在信中谈了夫妻的义务。

十二月九日。

又做了一个梦，醒来时心还在突突地跳。梦见我好像在莫斯科，在自己家的休息室里，约瑟夫·阿列克谢耶维奇从客厅里出来。好像我马上就看出他已完成了再生的过程，便朝他迎面奔过去。我好像吻他和他的手，而他则说道："你注意到了现在我的脸完全变了样子没有？"我朝他看了一眼，继续拥抱着他，仿佛看见他的脸年轻了，可是头上没有头发，面容也变成另一种样子。我好像对他说："如果偶然碰见您，我也是会把您认出来的。"同时心里想："我说的是真话吗？"突然我看到他像死尸那样躺着；后来他逐渐苏醒过来了，和我一起进了大书房，手里拿着一本用绘画纸写的大书。我好像说："这是我写的。"他点点头作为回答。我打开书，书里每一页都画有很美的图画。我好像知道，这些画里画的是心灵同它的爱人的恋爱故事。在书里我好像看见画着一个美丽的少女，她穿着透明的衣服，浑身透明，正在飞向云端。我好像

---

① 见《圣经·新约》中的《约翰福音》第一章第五节。

知道，这个少女不是别的，而是《雅歌》的形象。我看着这些图画好像感觉到，我这样看很不好，但是目光又无法从这些图画上面移开。上帝，帮助我吧！我的上帝，如果是你要把我抛弃，那就照你的意志去办吧；但是如果是我自己造成的，那么就请教导我应该怎么做。如果你完全不管我，我就会因贪淫好色而毁了自己的。

十一

罗斯托夫一家在乡下居住了两年，在这期间经济情况并没有改善。

虽然尼古拉·罗斯托夫坚决按照他拿定的主意去做，继续在一个驻扎在偏僻地方的团里服役，花钱比较少，但是一家人在奥特拉德诺耶还是过着那样的生活，尤其是米坚卡还是那样管理事务，结果债务每年都在无法遏止地增加着。老伯爵显然觉得唯一能有所帮助的办法是去担任公职，于是他便到彼得堡去谋差使，如同他说的那样，到那里去可以一面谋差使，一面也可最后一次让姑娘们开开心。

罗斯托夫一家到达彼得堡之后不久，贝格便向薇拉求婚，他的求婚被接受了。

在莫斯科，罗斯托夫一家属于上流社会，不过他们自己不知道而且也不考虑属于哪个社会，而到彼得堡后，跟他们交往的人变得混杂而不确定起来。在彼得堡，他们成了受到冷落的外省人，而冷落他们的，正是那些他们在莫斯科时不问属于哪个社会一律加以款待的人。

在彼得堡，罗斯托夫一家也像在莫斯科一样好客，到他们家吃晚饭的有各种不同的人：奥特拉德诺耶的邻居、家境并不富裕的老地主和他的女儿们，宫廷女官佩龙斯卡娅，皮埃尔·别祖霍夫和县邮政局长的一个在彼得堡当差的儿子等。在男人当中，鲍里斯、皮埃尔和贝格三人很快成为罗斯托夫在彼得堡的家里的常客，皮埃尔是老伯爵在街上碰到后拉进家里来的，而贝格整天整天地待在罗斯托夫家，对伯爵的大小姐薇拉大献殷勤，只有一个想要求婚的年轻人才能这样做。

贝格特意把他在奥斯特利茨战役中受伤的右手给大家看，左手完全不必要地握着剑。他反复地和起劲地给大家讲这件事，使得大家都相信他这样做是合适的和应该的——于是贝格因在奥斯特利茨作战勇敢受过两次奖赏。

在芬兰战争^①中,他也有立功表现。他捡起了打死总司令身旁的副官的榴弹弹片,把这弹片交给了长官。如同在奥斯特利茨战役之后一样,他长时间地和反复地给大家讲这件事,结果大家也都相信应该这样做——于是因参加芬兰战争贝格又获得两次奖赏。一八〇九年他已是获得勋章的近卫军大尉,在彼得堡弄到了几份特别好的美差。

虽然某些自由思想家在听到人们谈到贝格的优点时忍不住要发笑,但是不能不承认,贝格是一个受到长官赏识的勤奋勇敢的军官,是一个前程远大、甚至具有稳固的社会地位的谦逊规矩的年轻人。

四年前,贝格在莫斯科剧院的池座里遇见一个也是德国人的同事,指着薇拉·罗斯托娃用德语对他说:"她将成为我的妻子^②"——从那时起他就决定娶她。现在,在彼得堡,他考虑了罗斯托夫一家的处境和自己的状况后,认为时机到了,便提出求婚。

贝格的求婚开头是带着一种对他来说并不愉快的疑虑被接受的。开头人们对这个利夫兰^③的无名小贵族的儿子向罗斯托娃伯爵小姐求婚感到奇怪;但是贝格就其主要性格特点来说虽然自私,却又显得天真和温厚,于是罗斯托夫一家人不由得认为,既然他本人坚信这是一件好事,甚至是一件大好事,那么这就将是一件好事。同时罗斯托夫家的境况很不好,这一点求婚的人不可能不知道,而主要的是,薇拉已经二十四岁,她到处露面,尽管她无疑长得很漂亮,而且明白道理,但至今没有任何人向她求过婚。由于这些情况,便同意了。

"您要知道,"贝格对自己的同事说,他称此人为朋友,只是因为他知道所有的人都有朋友,"您要知道,这一切我都考虑过了,如果我没有经过周密考虑,觉得这还有某些不合适的地方,我是不会结婚的。而现在正好相反,我的爸爸妈妈生活都有了保障,我在波罗的海东部沿岸地区给他们安排了地租收入,而我和我的妻子在彼得堡靠我的薪俸,靠她的陪嫁和我的精打细算,生活能够过得去。能够过得很好。我不是

---

① 过去人们常常这样称呼一八〇八年至一八〇九年的俄瑞战争。
② 原文为德文。
③ 利夫兰是十七世纪至二十世纪初拉脱维亚北部和爱沙尼亚南部这一地区的名称。

为了钱才结婚的,我认为那样做是庸俗的,不过应当让妻子和丈夫都各自带来自己的一份。我有工作,而她有各种关系和一笔数目不大的钱。这在现在是很有用的,不是这样吗?而主要的是,她是一个美丽可敬的姑娘,而且爱我……"

贝格脸红了,笑了笑。

"我也爱她,因为她明白事理,这种性格很好。而她的妹妹,同姓一个姓,却完全不一样,性格不好,也不懂事,就这样,您知道吧?……令人讨厌……而我的未婚妻……以后请您到我家来……"贝格接着说,他本来想说"来吃饭",但是改变了主意,说了"来喝茶",很快说出这句话后,他吐出了一个完全体现了他对幸福的梦想的小小的烟圈。

贝格的求婚最初在父母的心里引起了疑虑,这种感觉消失后,家里重新出现了在这种情况下常有的欢乐的节日气氛,但是欢乐不是发自内心的,而是表面的。一家人对待这桩婚事有一种慌乱不安和羞愧的感觉。他们现在仿佛为不那么爱薇拉和乐意让她快点出嫁而问心有愧。最感到不安的是老伯爵。他大概说不清他不安的原因,而实际上这原因就是他的经济状况。他完全不知道他拥有什么,他有多少债务,他能够给薇拉多少陪嫁。两个女儿生下来时,曾确定给每人三百名农奴作为陪嫁;但是在这些村子当中,一个已经被卖掉,另一个已抵押出去,而且已逾期未赎,要被拍卖了,因此把庄园作为陪嫁已不可能了。而现钱他又没有。

贝格订婚已一个多月了,离婚期只剩下一个星期,而伯爵还没有解决陪嫁问题,便和妻子商谈这件事。伯爵时而想把梁赞省的庄园分给薇拉,时而想卖掉一片树林,时而想去借贷。在举行婚礼前几天,贝格很早来到伯爵的书房,面带愉快的微笑恭恭敬敬地请未来的岳父对他说明,将要给薇拉伯爵小姐什么样的陪嫁。伯爵一听见这个他早就预料到的问题窘住了,不假思索地说出了他首先想到的话。

"你这么关心,我很高兴,很高兴,会叫你满意的……"

他拍了拍贝格的肩膀,站起身来,想要结束谈话。但是贝格仍愉快地微笑着,解释道,如果他不能确切知道将给薇拉什么,如果事先不能拿到答应给她的陪嫁中的哪怕一部分,那么他就只好不结婚了。

"因为,伯爵,您想想看,如果我在没有一定财产来养活自己的妻子的情况下就轻率地结婚,那么我就太不负责任了……"

谈话结束时,伯爵为了显示慷慨大方和避免听到新的请求,说他将给一张八万卢布的期票。贝格温和地笑了笑,吻了吻伯爵的肩膀说,他非常感谢,但是如果拿不到三万现金,他现在无论如何也安排不好新的生活。

"哪怕先给两万,伯爵,"他补充说,"而期票只开六万就行了。"

"好,好,就这样,"伯爵急忙说,"不过要请你原谅,我的朋友,我给你两万,除此之外,仍给你一张八万的期票。就这样,你过来吻我吧。"

十二

娜塔莎十六岁了,现在是一八○九年,也就是四年前她和鲍里斯接吻后扳着指头数到最后的那一年。从那时起,她一次也没有见过鲍里斯。在索尼娅和母亲面前,每当谈起鲍里斯时,她像谈一件早已解决的事情一样,说话毫不拘束,说以前的事完全是孩子气,不值一提,早已忘记了。但是在她内心深处,她过去对鲍里斯说的话是一时的戏言还是重要的、具有约束力的诺言的问题,一直折磨着她。

鲍里斯自从一八○五年离开莫斯科前去从军以来,一直没有见过罗斯托夫一家人。他几次去过莫斯科,也曾在离奥特拉德诺耶不远的地方经过,但是一次也没有去看望他们。

娜塔莎有时想,这是因为他不愿意见到她,她的这些猜想为长辈们谈到他时的感伤语气所证实。

"现在这个世道,都不记得老朋友了。"伯爵夫人在有人提到鲍里斯时接过来说。

安娜·米哈依洛夫娜最近到罗斯托夫家来的次数少了,她也摆出特别自尊的样子,在谈到鲍里斯的长处和他目前的好差使时,每一次都非常兴奋和充满感激之情。现在罗斯托夫一家来到彼得堡后,鲍里斯便来拜访他们。

他来看他们时内心不无激动。关于娜塔莎的回忆是鲍里斯的最富有诗意的回忆。但是与此同时,他是抱着一种明确的意图来的,要让她和她的父母都感觉到,儿童时代他和娜塔莎之间的关系,无论对娜塔莎还是对他自己来说,都不能成为承担什么义务的依据。由于他和别祖霍娃伯爵夫人关系亲密,在社交界占有一个令人羡慕的地位;由于受到一位完全信任他的重要人物的庇护,他在仕途上也十分顺利,现在他已有了娶一个彼得堡最富有的姑娘的计划,看来这计划能够很容易地实现。当鲍里斯走进罗斯托夫家的客厅时,娜塔莎在自己的房间里。她得知他来了,霎时满脸通红,几乎是跑进客厅的,脸上露出十分亲切的微笑。

鲍里斯记得的是四年前的娜塔莎,那时她穿着短短的连衣裙,鬈发下面两只黑眼睛闪闪发亮,不时发出孩子气的狂笑,因此当一个完全不同的娜塔莎进来时,他感到困惑,脸上出现了又惊又喜的表情。娜塔莎见了这种表情,心里很高兴。

“怎么,认出你小时候的那个淘气的老朋友来了?”伯爵夫人说。鲍里斯吻了吻娜塔莎的手说,她的变化使他感到吃惊。

“您变得多么漂亮!”

“那还用说!”娜塔莎炯炯有神的眼睛似乎在这样说。

“爸爸见老了吧?”她问。娜塔莎坐了下来,没有参加鲍里斯和伯爵夫人的谈话,默默地看着童年时代的意中人,看得很仔细。鲍里斯感觉到了这种紧紧盯着自己的亲切目光的压力,不时地朝她看看。

鲍里斯的制服、马刺、领带、发式都是最时髦的和体面的。这一点娜塔莎立刻就看出来了。他稍稍侧着身子在伯爵夫人身旁的圈椅里坐着,用右手拉拉紧套在左手上的一尘不染的手套,姿势特别优美地抿着嘴,讲着彼得堡上流社会的娱乐活动,带着轻微的讥讽回忆莫斯科的往事和莫斯科的熟人。娜塔莎觉得,他在谈到上层贵族时,并不是无意地提起他曾经参加的公使举行的舞会以及 NN 和 SS 的邀请。

娜塔莎一直默默地坐在那里,皱着眉头看着他。这个目光愈来愈使鲍里斯感到不安和发窘。他更加频繁地回头看娜塔莎,说话变得断断续续。他坐了一会儿,时间不超过十分钟,便站起来告辞了。娜塔莎的那双好奇的、挑衅性的和略带讥讽的眼睛仍然看着他。在第一次拜访后鲍里斯对自己说,娜塔莎还完全像以前那样对他有很大吸引力,但是他不应该沉湎于这种感情,因为娶她——娶一个几乎没有陪嫁的姑娘——会毁了他的前程,而不想娶她而恢复过去的关系,是一种不高尚的行为。鲍里斯暗自决定避免和娜塔莎见面,然而他虽然作了这样的决定,可是过不了几天又去了,而且去的次数愈来愈多,整天整天地待在罗斯托夫家里。他觉得需要和娜塔莎进行解释,对她说,过去的事应当忘掉,不管怎么样……她不能成为他的妻子,他没有财产,他们永远不会让她嫁给他。但是他一直未能作这样的解释,而且也觉得不好意思开口。他一天天地愈来愈陷入难以自拔的境地。照母亲和索尼娅的看法,娜塔莎似乎仍旧爱着鲍里斯。她唱他喜爱的歌给他听,把自己的纪念册给他看,要他在那上面题词,不让他提起过去的事,要他明白现在是多么美好;而他每天离开时脑子里总是迷迷糊糊的,没有说出他打算说的话,自己也不知道在做什么,是为了什么来的,这会有什么结果。鲍里斯不到埃莱娜那里去了,每天都收到她责备的信,然而他仍然整天整天地待在罗斯托夫家里。

十三

一天晚上,老伯爵夫人戴着睡帽和穿着短衫,没有戴假发,从白棉布睡帽里露出一绺稀疏的头发,唉声叹气地跪在小地毯上磕着头,做着晚祷,这时只听得房门咯吱吱响了一声,娜塔莎光着脚穿着便鞋跑了进来,她也穿着短衫,头上扎着卷发纸。伯爵夫人回头看了一眼,皱起了眉头。她正在念最后一句祷词:"难道这张床将成为我的坟墓吗?"她做祈祷的情绪被破坏了。满面通红、兴致勃勃地跑进来的娜塔莎看见母亲在做祈祷,突然停住了脚步,蹲了下来,不由自主地伸了一下舌头,好像在吓唬自己似的。她发现母亲在继续做祈祷后,便踮着脚尖跑到床跟前,很快地用一只小脚蹭了一下另一只小脚,甩掉便鞋,跳到那张伯爵夫人担心成为她的坟墓的床上。这张床很高,铺着羽绒褥子,床上的五个枕头一个比一个小。娜塔莎跳上去后,便埋进羽绒褥子里,滚到墙边,钻进被子里,在被子底下折腾起来,把膝盖朝下巴颏弯,踢着双腿,轻轻地笑着,时而用被子蒙住头,时而探出头来看看母亲。伯爵夫人做完祈祷,板着脸走到床铺前面;看见娜塔莎用被子蒙着头,便慈祥地微微一笑。

"行了,行了,行了。"母亲说。

"妈妈,可以和您谈一谈吗?"娜塔莎说,"让我亲一下您的脖子,再亲一下,就够了。"于是她搂住母亲的脖子,在她下巴颏底下吻了一下。娜塔莎对母亲的动作表面上似乎显得很粗笨,而实际上却很敏捷和灵活,不管她如何用双手搂住母亲,她总是能够做到使母亲不感到痛,不觉得难受和不舒服。

"今天要谈什么呀?"母亲问道,这时她已枕着枕头躺好,而娜塔莎踢踢腿,身子翻滚了两下,翻到她身旁躺下,和她合盖一条被子,伸出双手,脸上摆出严肃的表情。

娜塔莎常在晚上趁伯爵从俱乐部回来之前来找母亲说话,这是母女两人最大的乐事之一。

"今天要谈什么呀?我可要对你说……"

娜塔莎用手捂住了母亲的嘴。

"说鲍里斯的事……我知道,"她严肃地说,"我就是为这事来的。您别说了,我知道。不,您还是告诉我吧!"她放下了手。"告诉我,妈妈。他可爱吗?"

"娜塔莎,你已十六岁了,我在你这个年纪已经出嫁了。你说鲍里斯可爱。他非常可爱,我像爱儿子一样爱他,但是你要怎么样呢?……你在想些什么?你把他弄得神魂颠倒了,我看到了这一点……"

说到这里,伯爵夫人朝女儿看了一眼。娜塔莎躺着,眼睛直瞪瞪地和一动不动地看着前面床角上用红木雕成的狮身人面像,因此伯爵夫人只看到女儿的脸的侧面。这张脸上特别严肃和专注的表情使伯爵夫人感到吃惊。

娜塔莎一面听着,一面思考着。

"那又怎么样呢?"她说。

"你弄得他神魂颠倒,为了什么呢?你要他怎么样?你知道,你不可能嫁给他。"

"因为什么?"娜塔莎没有改变姿势,说道。

"因为他年轻,因为他穷,因为他是亲戚……因为你自己也并不爱他。"

"您怎么知道的?"

"我知道。这样不好,我的孩子。"

"如果我愿意……"娜塔莎说。

"别再说蠢话了。"伯爵夫人说。

"如果我愿意……"

"娜塔莎,我严肃地……"

娜塔莎没有让伯爵夫人说完,把她的一只大手拉过来,吻了吻手背,又吻手心,接着把手翻过来,吻手指上边的关节,然后吻中间的地方,最后又吻关节,嘴里低声地数着:"一月,二月,三月,四月,五月。"

"您说吧,妈妈,您为什么不说话? 说吧。"娜塔莎央求道,她转过脸看着母亲,这时母亲正用亲切的目光望着女儿,仿佛因为进行这样的观察而忘记了她想要说的话。

"这不合适,我的宝贝。不是所有的人都能理解你们童年的关系的,而看见他与你这样亲近,常来我们家的年轻人会对你产生不好的看法,而主要的,这是白白地折磨他。他也许已经找到了合乎自己心意的有钱的对象;而现在他像发了疯似的。"

"发了疯似的?"娜塔莎重复道。

"我给你讲讲我自己过去的事。我有一个表兄……"

"我知道——基里拉·马特维依奇,这不是一个老头子吗?"

"他并不是从来就是老头子。听我说,娜塔莎,我找鲍里斯谈谈。他不应该这样经常地到我家来……"

"既然他愿意,为什么不应该来?"

"因为我知道,这不会有什么结果。"

"您怎么知道的? 不,妈妈,您不要对他说。不许您对他说。真不讲道理!"娜塔莎说,听她的口气,仿佛有人要夺走她的财产似的。"好吧,我不嫁人了,就让他来吧,要是他和我都感到高兴的话。"娜塔莎微笑着,两眼看着母亲。

"不嫁人了,**就这样**。"她重复了一句。

"这是什么意思,我的孩子?"

"**就这样**。没有必要让我嫁人,而……**就这样**。"

"就这样,就这样。"伯爵夫人重复着这句话,突然笑得浑身抖动起来,而且这老人的笑声是和善的。

"够了,别笑了,"娜塔莎喊叫起来,"笑得整个床都颤动了。您也太像我了,同样爱哈哈大笑……等一下……"她抓起伯爵夫人的两只手,吻了吻一只手中指的关节—这是六月,接着吻另一只手上的七月,八月。"妈妈,他很可爱吗? 照您看来怎么样? 过去也有人这样爱过您吗? 他非常可爱,非常、非常可爱! 只不过不完全合我的口味——他是细长型的,像餐厅里的钟……您明白吗? ……细长,您知道,灰色,颜色很浅……"

"你胡扯些什么呀?"伯爵夫人说。

娜塔莎接着说:

"难道您不明白? 要是尼科连卡,他就明白了……别祖霍夫是蓝色的,深蓝色透红,他是四角形的。"

"你也对他撒娇吗?"伯爵夫人微笑着问。

"不,他是共济会员,我打听到了。他这人很好,深蓝色透红的,这怎么给您讲清楚呢……"

"伯爵夫人,"门外传来了伯爵的声音,"你还没有睡吗?"娜塔莎光着脚跳下床,一把抓起便鞋,跑到自己房间里去了。

她很久未能入睡。她一直这样想,任何人无论如何也理解不了她所理解的一切和她内心的一切。

"索尼娅能吗?"她看着这只拖着一条大辫子、蜷缩着身子睡觉的小猫想道。"不,她哪里理解得了! 她品德高尚。她爱上了尼科连卡,别的事情什么也不想知道了。就连妈妈也不理解。真奇怪,我是多么聪明,而且……她是多么可爱。"她接着说,开始用第三人称来谈论自己,设想这是一个很聪明、很聪明和很好的男人在谈论她……"她身上什么、什么都有,"这个男人接着说,"她异常地聪明,可爱,而且漂亮,异常地漂亮,灵巧, —— 游泳、骑马样样都很出色,还有那嗓子! 可以说,异常优美动听!"她唱了她喜爱的凯鲁比尼[1]歌剧中的一个乐句,扑到床上,高兴地想到她马上就能睡着,便笑了起来,叫杜尼亚莎吹灭蜡烛;可是杜尼亚莎还没有来得及走出房间,她已到了另一个更加幸福的梦幻的世界,在那里一切都像现实生活中那样轻松和美好,不过因为是另一种样子,就显得更好。

第二天,伯爵夫人把鲍里斯请来,同他谈了话,从那天起,他就不再到罗斯托夫家来了。

---

① 凯鲁比尼(一七六〇—一八四二),意大利作曲家。

十四

在一八一〇年新年前夕的十二月三十一日，即在，那一天，一位叶卡捷琳娜时代的元老家里举行舞会。外交使团和皇帝都将参加。

在英国滨河街上，这位元老的著名府第装饰着无数闪闪发光的彩灯。在灯火通明、铺着红地毯的大门口警卫森严，执勤的不仅有宪兵，而且有警察局长和几十名警官。马车来来往往，一批刚走，又来了一批，这些马车有身穿红色号衣和头戴带羽饰的帽子的仆人跟着。从马车里走出一个个穿着制服、佩戴星章和绶带的男人；而身穿缎子衣服和白鼬皮大衣的女士们则小心翼翼地踩着啦的一声放下来的踏板下来，匆匆忙忙地和无声地从铺在大门口的地毯上走过。

几乎每到一辆马车，人群里都发出低语声，许多人摘下了帽子。

"是皇帝吗？……不，是大臣……亲王……公使……你难道没有看见羽饰吗？……"人群里有人这样说。一个穿戴得比谁都好的人似乎什么人都认识，说着当时最显赫的大官们的名字。

三分之一的客人已经到了，可是也接到参加这次舞会的邀请的罗斯托夫一家人还在忙着进行穿着打扮。

在罗斯托夫家里，对这次舞会谈论过多次，作了许多准备，有过很多忧虑，生怕接不到邀请，担心衣服来不及准备齐全，一切不能按照要求安排好。

罗斯托夫一家人将在玛丽亚·伊格纳季耶夫娜·佩龙斯卡娅陪同下参加舞会，她是伯爵夫人的朋友和亲戚，前朝的宫廷女官，长得面黄肌瘦，现在负责指导外省人罗斯托夫一家在彼得堡上流社会的活动。

罗斯托夫一家应在晚上十点到塔夫里达花园去接宫廷女官，这时已是十点差五分，而小姐们还没有穿好衣服。

娜塔莎是她的一生中第一次参加大型舞会。这一天她早晨八点就起床了，整天都处于兴奋不安和狂热的状态之中。从大清早起，她的全部精力都用在一件事情上，要把她自己、母亲和索尼娅打扮得好得不能再好。索尼娅和伯爵夫人完全听从她的摆布。伯爵夫人应当穿紫红色丝绒连衣裙，两位小姐则在粉红色绸衬裙外面穿白色薄纱连衣裙，上身佩戴玫瑰花。头发应梳成希腊式。

所有重要的事已经做了：脚、手、脖子、耳朵都按照参加舞会的要求特别仔细地洗过，喷了香水和扑了粉；脚上已穿上了透花的丝袜和带蝴蝶结的白色缎鞋；头发也差不多梳好了。这时索尼娅已穿好了衣服，伯爵夫人也一样；但是一直为大家忙活的娜塔莎却落到了后面。她瘦削的肩上披着宽大的罩衫，还坐在镜子前面。已穿好衣服的索尼娅站在房间中央，用大头针使劲地别最后一条缎带，弄得她纤细的手指都疼了。

"不是那样的，不是那样的，索尼娅！"正在梳头的娜塔莎转过头来说，她一把抓住帮她梳头的女仆还未来得及放手的头发，"蝴蝶结不是那样打的，过来。"索尼娅蹲了下来。娜塔莎用另一种方式别好缎带。

"对不起，小姐，不能那样。"握着娜塔莎头发的女仆说。

"唉，我的上帝，等一会儿再说！就这样，索尼娅。"

"你们快好了吧？"传来了伯爵夫人的声音，"现在已十点钟了。"

"马上就好，马上就好。您准备好了吗，妈妈？"

"就剩下扎牢帽子了。"

"等我来给您扎，"娜塔莎喊道，"您不会！"

"可是已经十点了。"

原来决定十点半到舞会上，而现在还要等娜塔莎穿好衣服以及到塔夫里达花园去接宫廷女官。

娜塔莎梳好头后，穿着露出舞鞋的短裙和母亲的短衫，跑到索尼娅跟前，检查了一下她的装束，然后朝母亲跑去。她把母亲的头转过来转过去，给她扎好了帽子，匆匆地吻了吻她灰白的头发，又跑到给她缝裙子的女仆身边。

问题出在娜塔莎的裙子太长上；两个女仆缭好了裙子的下摆，急忙咬断线头。第三个女仆嘴里衔着大头针，从伯爵夫人那里跑向索尼娅；第四个高高举着全套薄纱连衣裙。

"玛夫鲁莎，快点，亲爱的！"

"把那里的顶针递给我，小姐。"

"总该快好了吧？"伯爵从门外进来说，"这是给你们的香水。佩龙斯卡碰一定已等急了。"

"好了，小姐。"女仆说，她用两个手指提起缝好的薄纱连衣裙，吹着和抖着什么，仿佛想用这个动作显示她提着的东西的轻柔和洁净似的。

娜塔莎开始穿连衣裙。

"等一等，等一等，别进来，爸爸！"她对打开门的父亲喊道，这时她的整个脑袋还套在薄纱裙子里。索尼娅啪的一声关上门。过了一会儿放伯爵进来了。他身上穿着蓝色燕尾服，脚上穿着长筒袜和半高勒皮鞋，洒了香水，抹了头油。

"爸爸，你真漂亮，美极了！"娜塔莎站在房间中央，整理着薄纱裙子的褶儿说。

"对不起，小姐，等一下。"正跪在地上把裙子抻平整的女仆说，她用舌头把嘴里的大头针从一边挪到另一边。

"你爱这样就这样吧，"索尼娅打量了一下娜塔莎的连衣裙，失望地大声说，"你爱这样就这样吧，还是太长！"

娜塔莎往后退了几步，以便照一照窗间的镜子。裙子确实太长。

"真的，小姐，一点也不长。"跟在娜塔莎后面在地上爬着的玛夫鲁莎说。

"好吧，既然说长了，那就缭高一些，一会儿就缭好了。"杜尼亚莎果断地说，她取下别在胸前手绢上的针，跪在地上开始干起来。

这时，伯爵夫人头戴高筒帽，身穿丝绒连衣裙，迈着轻盈的脚步，羞怯地走了进来。

"喔唷！我的美人！"伯爵喊叫起来，"比谁都漂亮！……"他想要拥抱她，但是她红着脸躲开了，怕弄皱了衣服。

"妈妈，帽子再侧一点，"娜塔莎说，"我要重新扎一下，"说着冲向前去，而给她缝裙子的女仆们来不及跟她冲过去，扯下了一小块薄纱。

"我的上帝！这是怎么搞的？真的，不能怪我……"

"没有什么，我来缝上，看不出来的。"杜尼亚莎说。

"美人儿，我的小公主！"保姆从门外进来，说，"啊，还有索纽什卡①，全是美人儿！……"

十点一刻，大家终于坐上马车走了。但是还需要到塔夫里达花园去一趟。

---

① 索纽什卡是索尼娅的爱称。

佩龙斯卡娅已准备好了。虽然她年老色衰,但是也像罗斯托夫一家人那样进行了梳洗打扮,不过并不那么手忙脚乱(对她来说,这是习以为常的事),她也把自己衰老的和不好看的身体洗干净,洒了香水,扑了粉,也仔细地洗擦了耳朵背后,甚至也像在罗斯托夫家里那样,当她穿着绣有花字的黄色连衣裙来到客厅时,年老的女仆们对女主人的衣着非常赞赏。佩龙斯卡娅夸奖了罗斯托夫一家人的打扮。

罗斯托夫一家人也赞扬了她的鉴赏力和穿戴,小心地护着自己的发式和衣服,于十一点钟坐上几辆马车去参加舞会了。

十五

娜塔莎从这天早晨起就没有一分钟空闲的时间,她一次也没有来得及想一下她面临的事。

在潮湿阴冷的空气中,在颠簸着的拥挤昏暗的马车里,娜塔莎第一次生动地想象出她将在舞会上,在灯火辉煌的大厅里见到什么——在她想象中出现的是音乐、鲜花、跳舞、皇帝和彼得堡全体出色的青年。她将要见到的一切是那么的美好,她甚至不相信会有这样的事,因为这与马车里的寒冷、拥挤和黑暗很不相称。她直到踏着大门口的红地毯进了前厅,脱下大衣,和索尼娅并肩走在母亲前面,登上灯光明亮、两边摆着鲜花的楼梯时,才知道她将要看到的一切。直到那时她才想起她在舞会上应有什么样的风度,于是竭力摆出她认为一个姑娘在舞会上必须有的端庄姿态。但是幸好她很快觉得眼花缭乱,什么东西也看不清楚,她的脉搏达到一分钟一百次,血也往心脏里涌。因此她无法保持那种会使她显得可笑的姿态,激动得气都要喘不过来了,同时竭力想掩饰自己的激动。而对她来说这正是最合适的姿态。在她们的前面和后面,进来的客人也都低声交谈着,也都穿着舞服。楼梯上的镜子照出了穿着白色、浅蓝色、粉红色的连衣裙,在裸露的手上和脖子上戴着钻石和珍珠首饰的女士们的情影。

娜塔莎看着镜子,无法把镜子里的自己与别人区别开。一切都汇合成为一个鲜艳夺目的行列。在走进第一个大厅时,那种不紧不慢的大声说话声、脚步声和寒暄声震聋了娜塔莎的耳朵;灯光和闪光更使她目眩。男女主人已在门口站了半个钟头,他们对进来的人说着同样的话:"见到您非常、非常高兴。"——他们也这样迎接罗斯托夫一家和佩龙斯卡娅。

两个姑娘穿着白色连衣裙,乌黑的头发上戴着同样的玫瑰花,用同样的姿势行屈膝礼,女主人不由得把目光在身材苗条的娜塔莎身上停留得久一些。她看了看她,作为女主人,一般地笑了笑,另外还特别对她一个人微微一笑。女主人看着她也许回忆起了自己一去不复返的少女的黄金时代,回忆起了自己参加的第一次舞会。男主人也目送着娜塔莎,并问伯爵哪一个是他的女儿?

"真可爱!"他吻了吻自己的指尖说。

大厅里人们都挤在门口,等候着皇帝。伯爵夫人站在这个人群的前排。娜塔莎听到和感觉到几个人在打听她和看着她。她知道那些注意她的人都喜欢她,这个观察使她心里变得平静了些。

"有跟我们一样的人,也有不如我们的。"她想道。

佩龙斯卡娅碰向伯爵夫人指点着舞会上最重要的人物。

"这是荷兰公使,看见了吗,白头发。"佩龙斯卡娅指着一个满头鬈曲的银发的小老头说。那老头被女士们围住,不知为什么逗得她们笑个不停。

"瞧那是彼得堡的女皇,别祖霍娃伯爵夫人。"她又指着进门的埃莱娜说。

"真漂亮! 不比玛丽亚·安东诺夫娜①差;你看,老老少少都跟在她后面转。又漂亮,又聪明。听人说,亲王……被她弄得快要发疯了。而这两位虽然不漂亮,可是围着她们转的人却更多。"

说这话时指着一位带着长得不好看的女儿走过大厅的太太。

"这是一个有数百万陪嫁的姑娘,"佩龙斯卡娅说,"瞧,那都是追求她的人。"

"这是别祖霍娃的哥哥阿纳托利·库拉金。"她指着一个英俊的近卫重骑兵团军官说,这时那人正从她们身旁走过,高高地抬起头,越过

---

① 玛丽亚·安东诺夫娜指纳雷什金娜(一七七九—一八五四),著名的美人,亚历山大一世的情妇。

女士们朝一个地方看着，"真漂亮！不是吗？听人说，要让他娶那个有钱的姑娘。还有您的那个表亲德鲁别茨科依也在拼命追她。据说她有几百万陪嫁。当然啰，这是法国公使。"她在伯爵夫人问科兰古是什么人时回答道。"瞧，那样子简直像沙皇一样。不过还是可爱的，法国人都很可爱。在社交界没有更可爱的了。瞧，她来了！不，还是我们的玛丽亚·安东诺夫娜比谁都美！穿得多么朴素。美极了！"

"而这个戴眼镜的胖子是世界共济会会员，"佩龙斯卡娅指着别祖霍夫说，"让他和他的妻子站在一起，简直像一个可笑的小丑！"

皮埃尔晃动着肥胖的身体，推开人群走着，也那么漫不经心地、和善地朝左面和右面点点头，好像走在集市的人群里一样。他在人群里挤着，显然是在寻找什么人。

娜塔莎高兴地看着被佩龙斯卡娅称为可笑的小丑的皮埃尔的那张熟悉的脸，不知道皮埃尔正在人群中寻找她们，尤其是在寻找她。皮埃尔答应她也来参加舞会，并要给她介绍舞伴。

但是皮埃尔还没有走到她们那里，就在一个穿白色制服、身材不高的漂亮黑发男人身旁停住了脚步，那人站在窗口正在跟一个佩戴星章和绶带的高个子男人交谈。娜塔莎立即认出了那个穿白色制服、身材不高的年轻人，这是鲍尔康斯基，她觉得他年轻、快活和漂亮多了。

"瞧，又是一个熟人，鲍尔康斯基，看见了吗，妈妈？"娜塔莎指着安德烈公爵说，"记得吗，他曾在奥特拉德诺耶咱们家宿过夜。"

"啊，你们认识他？"佩龙斯卡娅碰说，"我很不喜欢他。现在他可趾高气扬。骄傲得不得了！变得像他爹一样。和斯佩兰斯基拉上了关系，在搞什么方案。您瞧他对女士们的那种态度。她在和他说话，而他却转过脸去。"她指着他说。"假如他像对待这些女士那样对待我，我非痛骂他一顿不可。"

十六

突然全场骚动起来，人群开始交头接耳，一齐向前挤，又从中分开，皇帝在乐队奏起的乐曲声中从分成两行的人群中间走进来。男女主人跟在他后面。皇帝不断朝左右两边点头致意，他走得很快，仿佛竭力想让会见的最初时刻快点过去似的。乐师们演奏当时因颂扬他的歌词而出名的波兰乐曲。歌词的开头是这样的："亚历山大，伊丽莎白，你们令我们赞叹不已。"皇帝进了客厅，人群朝门口拥过去；几个人急忙走进去又退回来，脸色都变了。人群又从客厅门口拥回来，因为皇帝又在客厅里露面，跟女主人说着话。一个年轻人带着慌张的表情朝女士们走过去，请求她们让开。有几位女士看样子完全忘记了上流社会的规矩，不顾弄坏自己的穿戴，直往前挤。男人们开始朝女士们身边走去，结成跳波兰舞的对子。

大家都让开了，皇帝微笑着，拉着女主人的手，不合音乐节拍地从客厅里走出来。跟在他后面的是男主人和玛·安·纳雷什金娜，然后是公使们、大臣们和各位将军，佩龙斯卡娅不停地说着他们的名字。一半以上的女士都有了舞伴，她们已经跳起了或准备跳波兰舞。娜塔莎觉得她跟母亲和索尼娅留在了被挤到墙边和没有被邀请跳波兰舞的少数女士们中间。她垂下纤细的双手站着，稍稍隆起的胸脯均匀地一起一伏，屏住气，用惊恐的闪闪发亮的眼睛望着自己面前，脸上带着准备经受巨大的欢乐和巨大的痛苦的表情。无论是皇帝还是佩龙斯卡娅指点的那些重要人物，她都不感兴趣，她心里只有一个想法难道谁也不来邀请我，难道我不能在第一轮跳舞了，难道所有这些男人都不会注意我？这些人现在好像没有看见我似的，即使他们看着我，那神气也好像在这样说：'啊！这不是我要找的人，因此没有什么好看的！'不，这样可不行！"她想道，"他们应该知道我是多么想跳舞，我跳得有多好，他们同我跳舞将会多么快乐。"

波兰舞的乐曲延续了相当长的时间，后来响起了忧郁的声音，娜塔莎听起来觉得好像在回忆什么。她直想哭。这时佩龙斯卡娅已离开了她们。伯爵在大厅的另一头，伯爵夫人、索尼娅和她孤零零地在这陌生的人群里站着，就像在树林里一样，谁也不对她们感兴趣，谁也不需要她们。安德烈公爵和一位女士从她们面前经过，显然没有认出她们。美男子阿纳托利微笑着，对他的舞伴说着什么，好像看墙壁似的朝娜塔莎的脸看了一眼。鲍里斯两次从她们面前经过，每一次都转过脸去。贝格和妻子没有跳舞，走到了她们跟前。

娜塔莎觉得自家的亲戚在这里的舞会上聚在一起会惹人耻笑，使人觉得好像除了在舞会上以外没有别的聊家常的地方似的。她没有听，也没有看正在给她讲自己的绿衣服的薇拉。

最后皇帝在他的最后一个舞伴身旁站住了（他同三个人跳了舞），音乐声停止了；一个放心不下的副官朝罗斯托夫家的女眷跑过去，请求她们再往什么地方让一下，虽然这时她们已站在墙根；接着从大厅的敞廊传来了华尔兹舞曲的清晰细腻、匀整而引人入胜的声音。皇帝面带微笑看了大厅一眼。一分钟过去了，还没有任何人起舞。主持舞会的副官走到别祖霍娃伯爵夫人跟前，请她跳舞。她带着微笑抬起一只手，放到副官肩上，眼睛并不看他。主持舞会的副官是一个跳舞的行家，他紧紧搂住舞伴，稳稳当当地、从容不迫和有节奏地先和舞伴跳了个滑步，沿着边走，到大厅的角落里时抓起舞伴的左手，把她的身子转过来，由于乐曲声愈来愈快，只听得见副官快速转动的灵巧的双脚上马刺的碰撞声，每过三个小节到要转动时，他的舞伴的丝绒的连衣裙飘动起来，像火焰一样。娜塔莎看着他们，几乎要哭出来，因为不是她在跳这第一轮华尔兹。

安德烈公爵身上穿着白色的上校制服（骑兵的），脚上穿着长筒袜和半高靿皮鞋，兴致勃勃地和高高兴兴地站在圆圈的前排离罗斯托夫家的女眷不远的地方。菲尔戈夫男爵正在和他谈论定于明天召开的第一次国务会议。安德烈公爵与斯佩兰斯基很接近，并且参加立法委员会的工作，可以提供有关明天的会议的可靠消息，而关于这次会议已有各种各样的传说。但是他没有听菲尔戈夫说话，时而看看皇帝，时而看看想要跳舞但下不了出场的决心的男人们。

安德烈公爵观察着这些在皇帝面前显得胆怯的男人和屏住气等着别人邀请的女士们。

皮埃尔走到安德烈公爵面前，抓住他的一只手。

"您一向喜欢跳舞。受我保护的罗斯托夫家二小姐在这里，去请她跳舞吧。"他说。

"在哪里？"鲍尔康斯基问。"对不起，"他对男爵说，"这个问题我们另找一个地方再谈，在舞会上应当跳舞。"他朝皮埃尔指的方向朝前走。娜塔莎的绝望的和紧张的脸引起了他的注意。他认出了她，猜到了她的心情，知道她是初次参加舞会，想起了她在窗台上说的话，于是脸上带着快乐的表情走到了罗斯托娃伯爵夫人面前。

"让我来向您介绍一下我的女儿。"伯爵夫人红着脸说。

"如果伯爵夫人记得我的话，我已荣幸地认识了。"安德烈公爵彬彬有礼地深深鞠了一躬，这完全与佩龙斯卡娅说他粗鲁的说法相反，他还没有说完邀请跳舞的话，便朝娜塔莎走过去，抬起手去搂她的腰。他请她跳一圈华尔兹舞。娜塔莎脸上的那种随时都可能表现出绝望和欣喜的紧张表情消失了，突然露出了幸福的、感激的和孩子气的微笑。

"我早就在等着你了。"这个又惊又喜的小姑娘含着眼泪露出的微笑似乎在这样说，她抬起手搭到安德烈公爵肩上。他们是上场的第二对。安德烈公爵是当时跳舞跳得最好的人之一。娜塔莎也跳得很出色。她的那双穿着缎子舞鞋的小脚轻快地和不由自主地跳动起来，而她的脸容光焕发，喜气洋洋。她的裸露的脖子和手臂与埃莱娜的双肩相比，显得瘦小和不大漂亮，她的肩膀是瘦削的，胸脯还不丰满，两臂是纤细的；但是埃莱娜的身体已被几千双眼睛观赏过，仿佛已抹上了一层清漆一样，而娜塔莎使人觉得是一个小姑娘，她初次袒胸露臂，要不是人们使她深信非这样做不可，她是会感到非常害羞的。

安德烈公爵喜欢跳舞，但是大家都来和他谈政治和费脑筋的问题，因而希望赶快摆脱这些谈话，同时也希望快点打破因皇帝在场而产生的使他觉得很不舒服的拘谨局面，便开始跳起舞来，他选定娜塔莎当舞伴是因为皮埃尔让他去找她，同时也因为在漂亮的女士中他第一个看到的是她；但他刚搂住这个姑娘的灵活的、颤动着的细腰，她就在他身边跳动起来，在离他很近的地方粲然一笑，这时她的魅力像酒力一样冲上了他的头，而当他喘了口气，放开她，停住脚步，开始看别人跳舞时，他觉得自己充满活力，变得年轻了。

十七

在安德烈公爵之后，鲍里斯走到娜塔莎跟前，请她跳舞；来请她跳舞的还有第一个上场的跳舞跳得很好的副官以及几个年轻人，于是娜塔莎把自己多余的舞伴让给索尼娅，心里非常高兴，满脸通红，不停地跳了整整一个晚上。在这个舞会上大家感兴趣的事，她一点也没有注意，一点也没有看到。她不仅没有注意到皇帝和法国公使谈了很久，并且特别对一位女士恩宠有加，没有注意到某某亲王和某某人做了什么和说了什

安德烈公爵喜欢跳舞，他选定娜塔莎当舞伴……

么，埃莱娜大受赞赏，得到了某某人的特别关照；她甚至没有看见皇帝，后来觉得舞会更加热闹了，这才发觉皇帝已经走了。在晚餐前，安德烈公爵又和她跳了一种快乐的法国花式舞①，他对她提起在奥特拉德诺耶的林荫道上的首次见面，提起她在月夜无法入睡，而他无意中听见她说话的事。娜塔莎在他提起这些事时脸红了，竭力为自己辩护，好像安德烈公爵无意中听到的她表达感情的话里有什么令人羞愧的东西似的。

安德烈公爵像所有在上流社会长大的人一样，喜欢在上流社会里看到不带有这个社会的共同印记的现象。娜塔莎就是这样的，她的惊奇、快乐和羞怯的表情，甚至她说法语时出的错，也都是如此。他对她的态度和说话的语气非常亲切和小心。安德烈公爵坐在她身旁，和她谈论着最普通的和无关紧要的小事，欣赏着她的眼睛发出的快乐的光芒和微笑中流露出的喜悦，她的笑容与谈话内容无关，是她内心的幸福感觉的表现。当人们请娜塔莎跳舞，她微笑着站起身来在大厅里翩翩起舞时，安德烈公爵特别欣赏她那羞怯的姿态。在法国花式舞的中途，她跳完了一段，还在呼哧呼哧地喘着粗气，刚要回到自己的位置上，一个新的舞伴又来邀请她。她累得喘不过气来了，看来想要谢绝，但是立刻又抬起手搭到舞伴肩上，同时转过头对安德烈公爵笑了笑。

"我很乐意休息一下，陪您坐一会儿，我累了；但是您知道人们都邀请我，我很高兴，很幸福，我喜欢所有的人，这一切咱们俩都是知道的。"这微笑除了表示这一点外，还表示许多许多别的意思。当舞伴放开她时，她穿过大厅跑去请两位女士跳下面的几段舞。

"如果她先去找表姐，然后再找另一位女士，那么她将成为我的妻子。"安德烈公爵看着她，完全出乎意料地自己对自己说。果然她先走到了表姐面前。

"有时脑子里会出现多么荒唐的想法！"安德烈公爵想道。"但是有一点是可以完全肯定的，这个姑娘这样可爱，这样特殊，她在这里跳舞跳不了一个月，准会找到对象出嫁。这样的姑娘在这里是难得见到的。"他想，这时娜塔莎整着胸前的玫瑰花，正要在他身旁坐下。

在法国花式舞快要跳完时，穿着蓝色燕尾服的老伯爵走到了跳舞的

---

① 法国花式舞类似华尔兹，不过舞步多变，速度较快。

人跟前。他邀请安德烈公爵到他家做客,并问女儿玩得可快活?娜塔莎没有回答,只笑了笑,那笑容仿佛在责备父亲说怎么可以这样问呢?"

"真快活,从来没有这样快活过!"她说,安德烈公爵看见她很快抬起瘦小的手臂想要拥抱父亲,但是马上又放下了。娜塔莎从来还没有像现在这样感到幸福。她处于极度的幸福之中,在这样的时候,一个人会变得非常善良和美好,不相信会有恶、不幸和痛苦存在。

皮埃尔在这次舞会上第一次感觉到,妻子在上层社会所处的地位使他受到了屈辱。他脸色阴沉,心不在焉。他的前额上横着一道很深的皱纹,他站在窗口,透过眼镜看着,但是什么人也没有看见。

娜塔莎在去进晚餐时,从他身旁经过。

皮埃尔脸上阴沉的和悲伤的表情使她很吃惊。她在他对面站住。她想要帮助他,让他分享她那过多的幸福。

"舞会上多么快乐,伯爵,"她说,"是不是?"

皮埃尔漫不经心地笑笑,显然没有明白对他说的话。

"是的,我很高兴。"他说。

"他们怎么能对一些事不满意呢,"娜塔莎想道,"尤其是像这位别祖霍夫那样的好人,怎么会这样呢?"在娜塔莎看来,所有参加舞会的人都是同样善良的、可爱的和相亲相爱的好人,谁也不可能欺负谁,因此大家都应该是幸福的。

十八

第二天,安德烈公爵回想起了昨天的舞会,但是想的时间并不长:"是的,舞会很出色。还有……是的,罗斯托夫家的小姐很可爱。她身上有一种清新的、特殊的、不是彼得堡的、与众不同的东西。"他在回忆起昨天的舞会时脑子里就想到这一些,喝了茶后,坐下工作了。

但是由于劳累或失眠,这一天工作效率很低,安德烈公爵什么也做不成,像他常有的那样,总是自己对自己的工作进行挑剔,当他听到有人到来时,心里很高兴。

来客是比茨基,此人在各个委员会供职,经常出入彼得堡的各个圈子,是新思想和斯佩兰斯基的热情崇拜者,彼得堡热心的消息传播者，这是这样的人当中的一个，这种人选择潮流如同根据时髦选择衣裳一样，因此他们似乎是各种潮流的最热情的倡导者。他一摘下帽子，就急忙跑进去见安德烈公爵，立即说了起来。他刚刚打听到今天上午皇帝主持召开的国务会议的详细情况，现在非常兴奋地说着这件事。他认为皇帝的讲话是很不平常的。只有立宪君主才发表这样的讲话。"皇帝直截了当地说，国务会议和参政院都是国家的**设施**；他说，管理不应以个人意志为基础，而应建立在**坚定的原则**之上。皇帝说，财政应该进行改革，决算应该公开。"比茨基这样讲着，他在某些词上加重语气，而且意味深长地睁大眼睛。

"是的，今天发生的事开辟了一个时代，我国历史上的一个伟大时代。"他最后说。

安德烈公爵听着比茨基讲关于国务会议开幕的情况，他也曾急不可耐地等待这次会议的召开，并认为它很重要，但是他感到奇怪的是，现在这件事实现了，他不仅没有受到感动，反而觉得这是一件无足轻重的小事，他带着轻微的讥讽的表情听比茨基热情洋溢地叙说。他头脑里出现了一个最简单的想法："皇帝乐意在参政院说什么，同我和比茨基，同我们又有什么相干呢？难道所有这一切能使我变得更幸福和更好吗？"

这个简单的想法使得安德烈公爵一下子失去了他先前对正在进行的改革的全部兴趣。这一天安德烈公爵应该到斯佩兰斯基家去吃饭，如同主人在邀请他时所说的那样，"在小范围内"聚一聚。安德烈公爵本来很乐意到他非常钦佩的人家里和朋友一起吃饭，尤其是因为他至今还没有见过斯佩兰斯基在家庭生活中的样子；但是现在他却不想去了。

然而在约定的吃饭时间，安德烈公爵还是进了塔夫里达花园旁斯佩兰斯基不大的私人住宅。在这座不大的房子里镶木地板的餐室异常清洁（像修道院那样清洁），稍稍来迟的安德烈公爵在那里看见了这个小范围的人，斯佩兰斯基的这些亲密朋友五点钟都已到齐了。除了斯佩兰斯基的小女儿（像父亲一样，脸很长）和她的女家庭教师外，没有一个女人。客人有热尔韦①、马格尼茨基和斯托雷平②。安德烈公爵到

---

① 热尔韦（一七七三——一八三二），斯佩兰斯基的亲戚，曾在外交部和财政部供职。
② 斯托雷平（一七七八——一八二五），作家，参政员。

了前厅就已听见大声说话的声音和清晰响亮的笑声,这笑声像是台上剧中人物发出来的。一个嗓音很像斯佩兰斯基的人清楚地发出哈一哈一哈的笑声。安德烈公爵从来没有听见过斯佩兰斯基笑,因此这个有治国才能的人的响亮尖细的笑声使他听了感到很惊奇。

安德烈公爵进了餐室。这时所有在场的人都站在两扇窗户之间,靠近一张摆着冷盘的不大桌子的地方。斯佩兰斯基穿着灰色燕尾服,佩戴着星章,显然还像出席著名的国务会议时那样穿着白背心和系着高高的白领带,脸上带着快活的表情站在桌子旁。客人们围着他。马格尼茨基正在对他讲一个笑话。斯佩兰斯基听着,没等马格尼茨基讲出来,就提前笑了。在安德烈公爵进门时,马格尼茨基的话又被笑声淹没了。斯托雷平一面嚼着夹奶酪的面包,一面发出低沉的大笑声;热尔韦低声地嘿嘿笑着,而斯佩兰斯基的笑声则尖细而清晰。

斯佩兰斯基一面仍然不停地笑着,一面向安德烈公爵伸出他那白嫩的手。

"见到您非常高兴,公爵。"他说。"等一会儿……"他对马格尼茨基说,打断了他的叙述,"我们今天说好了:大家只顾高高兴兴吃饭,不谈公事。"他重新转向讲故事的人,又笑了起来。

安德烈公爵惊奇地和神情沮丧地听着他的笑声和看着不停地笑着的斯佩兰斯基。安德烈公爵觉得,这不是斯佩兰斯基,而是另一个人。他过去总以为斯佩兰斯基身上有神秘和吸引人的地方,现在一切突然变得明明白白和毫无吸引力了。

餐桌上谈话一刻也没有停过,这谈话的内容似乎全是可笑的笑话。马格尼茨基还没有讲完他的故事,另一个人已表示要讲一件更加可笑的事。大部分笑话所涉及的即使不是官场本身,那也是各种当官的人。看来,在聚会的人眼里,这些当官的人完全是微不足道的,对他们只能采取善意的嘲笑态度。斯佩兰斯基说,在今天上午的国务会议上,在询问一个耳聋的高官的意见时,这个高官回答说,他也是那个意见。热尔韦讲了一件审计工作的整个过程,做这件事的人简直是瞎胡闹。斯托雷平结结巴巴地加入了谈话,开始激烈地抨击旧制度下的舞弊行为,使得谈话有变得严肃起来的危险。马格尼茨基则取笑起斯托雷平的激烈态度来。热尔韦插了一句笑话,于是谈话又恢复了原来的那种轻松愉快的调子。

显然，斯佩兰斯基公余喜欢在朋友的圈子里休息休息，玩一玩，他的所有客人了解他的这种愿望，竭力陪他玩，自己也娱乐娱乐。但是安德烈公爵觉得这种娱乐并不轻松愉快。斯佩兰斯基的尖细的声音他听起来觉得很刺耳，而不停地假笑不知为什么使他很反感。安德烈公爵没有笑，他担心自己与这些人意气不相投。但是谁也没有注意到他与大家的情绪不合拍。看来所有的人都很快活。

他几次想要加入谈话，但是每一次他的话都像软木塞从水里浮起来那样往外漂；他无法和他们一起说说笑笑。

在他们所说的话里没有任何不好的或不合适的地方，一切都很俏皮，并且能够引人发笑；不仅他们的话里没有那种使人感到快活的真正风趣的东西，而且他们也不知道这种东西的存在。

饭后，斯佩兰斯基的女儿和她的女家庭教师站了起来。斯佩兰斯基用他那白净的手抚摸了一下女儿，吻了吻她。安德烈公爵觉得这个动作很不自然。

男人们按照英国人的习惯留下来，喝波尔图葡萄酒。谈起了拿破仑在西班牙的战事①，大家一致表示赞同，刚说了一半，安德烈公爵就提出了不同意见。斯佩兰斯基笑了笑，显然想要改变话题，讲了一个与此无关的笑话。大家都沉默了片刻。

斯佩兰斯基在桌旁坐了一会儿后，给一瓶喝剩的葡萄酒塞上瓶塞，说了句"现在好酒很难弄到"，把它递给仆人，站了起来。大家跟着站起来，仍然热烈地交谈着，朝客厅走去。这时仆人把信使送来的两封信递给斯佩兰斯基。他接过来，到书房去了。他一走，欢声笑语就停止了。客人们开始小心谨慎地彼此低声交谈起来。

"好，现在表演朗诵！"斯佩兰斯基从书房出来说。"他有惊人的才能！"他对安德烈公爵说。马格尼茨基马上摆好姿势，开始朗诵他用法语写的讽刺彼得堡某些著名人物的诙谐诗，几次为掌声所打断。安德烈公爵等诗朗诵完，便走到斯佩兰斯基跟前，向他告辞。

---

① 一八〇七年，拿破仑出兵西班牙，翌年宣布其兄约瑟夫为西班牙国王。这一侵略行动遭到了西班牙人民的顽强抵抗，在几年的时间里战争一直没有停止。

"这么早您要上哪里去？"斯佩兰斯基问道。

"我答应去参加晚会……"

他俩有一会儿没有说话。安德烈公爵在近处看着这光滑如镜的、不让人家看透的眼睛，开始觉得很可笑，他怎么能够对斯佩兰斯基以及与他相联系的全部活动有所期待，怎么能够认为斯佩兰斯基所做的事十分重要呢？从斯佩兰斯基的家出来后，他的那种有一定之规的并不快活的笑声，还久久地在安德烈公爵的耳际回响。

回家后，安德烈公爵开始回想这四个月来自己在彼得堡的生活，觉得许多事好像新发生一样。他回想着自己如何奔走求情，回想着自己的军事条令草案的遭遇，它已备了案待进一步研究，后来人们竭力不提它，只是因为已拟定了另一个很蹩脚的草案并已呈报皇帝；回想起了也有贝格参加的委员会的各次会议；回想起了在这些会议上花很长时间使劲地讨论委员会开会的形式和程序，而对有关实质问题的一切却竭力回避，一带而过。他回想起了自己参与的立法工作，当时他曾焦急不安地把罗马法典和法兰西法典的条文译成俄语，想到这里开始为自己而感到害羞。然后他历历在目地回想起鲍古恰罗沃，自己在乡下做的事情和梁赞之行，回想起了农夫们和村长德龙，把他在各个章节里规定的人权与他们的处境相对照，他自己也觉得奇怪，他怎么能把这么多的时间花在这种徒劳无益的工作上。

十九

第二天，安德烈公爵前去拜访他尚未拜访的几户人家，其中包括罗斯托夫家，在最近的一次舞会上他同这一家人恢复了旧交。安德烈公爵除了出于礼貌需要去拜访他们外，还想在他们家里看到那个给他留下愉快印象的特殊的和活泼的姑娘。

娜塔莎是首先出来迎接他的人之一。她穿着家常的蓝色连衣裙，安德烈公爵觉得她穿这身衣服比穿舞服还要好看。她和全家人像接待老朋友那样接待安德烈公爵，随便而又亲热。过去安德烈公爵对这家人很挑剔，现在觉得他们都是一些朴实善良的好人。老伯爵的好客和温厚在彼得堡显得特别突出而有吸引力，在他盛情邀请下安德烈公爵只好留下来吃饭。"是的,这是善良的好人,"鲍尔康斯基想道,"自然,他们一点也不明白娜塔莎身上蕴藏着的精神财富;但是这些善良的人却构成了很好的背景,它多么清楚地衬托出这个特别富有诗意的、充满活力的和十分可爱的姑娘!"

安德烈公爵觉得娜塔莎身上有一个他完全陌生的特殊的世界,其中充满着某些他未曾体验过的欢乐,这个陌生的世界早在奥特拉德诺耶的林荫道上,在月夜的窗台上就使他激动不已。现在这个世界不再使他激动了,已不是陌生的世界了;他自己进入这个世界后,在其中找到了对自己来说全新的乐趣。

饭后,娜塔莎应安德烈公爵的请求,走到古钢琴前,开始唱歌。安德烈公爵站在窗前,一面和女士们说着话,一面听她唱歌。在她唱到一句歌词的中途,安德烈公爵不说话了,他突然觉得泪水直往上涌,这在过去是不可能有的事。他朝娜塔莎看了一眼,心中产生了一种新的和幸福的感觉。他很幸福,同时他又很忧伤。他完全没有哭的理由,但是他眼看就要哭出来了。哭什么?哭以往的爱情吗?哭小公爵夫人吗?哭自己的失望吗?……哭自己对未来的希望吗? 又是,又不是。他想要哭,主要是因为他突然生动地意识到了他心中的一种无限大和无法确定的东西与一种狭隘的和肉体的东西之间的可怕对立,而他自己,甚至还有她,都属于后者。在听她唱歌时,这种对立使他又苦恼,又高兴。

娜塔莎刚唱完歌,就走到他跟前,问他喜欢不喜欢她的嗓音? 她问了这句话,等这句话一说出口就不好意思起来,因为她知道不应该这样问。安德烈公爵看着她,微微一笑,说他喜欢听她唱歌,同时也喜欢她所做的一切。

安德烈公爵晚上很晚才离开罗斯托夫家。他按照习惯躺下睡觉,但是很快发现他睡不着。他时而点着蜡烛,坐在床上,时而站起来,时而又重新躺下,丝毫也不因失眠而苦恼,因为他心里觉得非常高兴和新鲜,仿佛从闷热的房间里出来到了自由的天地似的。他脑子里没有出现他已爱上了罗斯托娃的想法;他没有想她;他只是想象着她,这样一来他觉得他的整个生活都变成新的样子了。"既然生活,整个的生活及其所有欢乐都展现在我面前,我何必还要在狭窄的、闭塞的框子里挣扎和忙碌呢?"他自言自语说。于是他很长时间以来第一次制订了未来的幸福计划。他暗自决定要抓一下儿子的教育,给儿子请一个教师,把这事托付给他;然后辞去职务到国外去,看看英国、瑞士和意大利。"趁我觉得自己还年轻力壮,我应该享受一下自己的自由,"他对自己说,"皮埃尔说得对,他说,要做一个幸福的人,应该相信幸福是可能的,现在我相信了。任凭死人埋葬他们的死人①,而我只要还活着,就应当好好生活,做一个幸福的人。"他想。

二十

皮埃尔像认识莫斯科和彼得堡的所有人一样,也认识阿道夫·贝格②上校,一天早晨,这位上校身穿干干净净的新制服,头发抹了油,鬓角梳得像亚历山大皇帝一样,前来找他。

"我刚去过伯爵夫人、您的夫人那里,很不幸,我的请求未能被接受;我希望在您这儿,伯爵,我能变得幸运些。"贝格微笑着说。

"您有什么事,上校? 我愿为您效劳。"

"现在,伯爵,我已在新的住宅里完全安顿好了,"贝格说,显然他知道这件事不会使人听起来感到不高兴,"因此我想为我和我夫人的熟人们举行一个小小的晚会。(他更加愉快地笑了笑。)我想要请伯爵夫人和您光临敝舍喝杯茶和……吃晚饭。"

只有叶连娜·瓦西里耶夫娜伯爵夫人才会认为与贝格之类的人交往有失身份,从而毫不留情地不接受邀请。贝格对皮埃尔作了非常清楚的解释,说明为什么他想要邀请几个有身份的人到家里聚一聚,为什么这会使他感到高兴,为什么他舍不得把钱花在玩牌和不好的事情上,但是为了好友聚会他不惜破费等等,皮埃尔听了觉得不好拒绝,便答应参加。

"伯爵,恕我斗胆提醒您,请您不要迟到;请您差十分八点来。我们凑一局,我们的将军也要来。他对我很好。咱们吃顿晚饭,伯爵。那我就等着您赏光了。"

---

① 引自《圣经·新约》中的《马太福音》第八章。
② 上文贝格的名字为阿尔方斯。

皮埃尔平常经常迟到，这一天却一改旧习，不是差十分八点，而是差一刻八点就到了贝格家。

贝格夫妇已准备好了晚会所需的东西，已在等候客人到来了。

贝格和他的妻子坐在清洁明亮的新书房里，书房里摆着半身塑像，墙上挂着画，家具是新的。贝格穿着新制服，把扣子全都扣上，坐在妻子身边，对她解释道，任何时候都可以而且应当结交比自己高的人，因为只有这样才能得到结交的乐趣。

"能够学点什么，可以请人帮点忙。你瞧，我是从最低的级别干起的（贝格对自己的生活经历不是以年头来计算的，而是以皇帝恩赐的次数来计算的）。我的同事们现在还什么也不是，而我已在等待补团长的空缺了，并且荣幸地成为您的丈夫（他站起身来，吻了吻薇拉的手，但是在这样做时顺手把地毯的卷角拉平）。我是用什么方法得到这一切的呢？主要的是因为善于选择结交的人。当然，还应当品德端正和办事认真……"

贝格笑了笑，意识到自己要比软弱的女人强，不说话了，心里想道，他的这个可爱的妻子毕竟是个软弱的女人，不可能理解什么是男人的长处——不知道如何做一个男子汉大丈夫[①]。与此同时，薇拉也笑了笑，意识到自己比丈夫强，因为他虽然是一个品行端正的好丈夫，但是在薇拉看来，仍然像所有男人一样，对生活有错误的理解。贝格根据自己的妻子，推想所有的女人都是软弱和愚蠢的。而薇拉则根据自己的丈夫一个人作出判断，并把这看法推广运用到所有人身上，认为所有男人都以为只有自己聪明，但是实际上什么也不懂，一个个都骄傲而自私。

贝格站起身来，拥抱了妻子，动作很小心，怕弄皱他花了好多钱买来的镶花边的披肩，又朝她嘴唇的中央吻了吻。

"有一点要注意，我们不能很快就有孩子。"他顺着自己的思路脱口而出说。

"对，"薇拉回答道我完全不想生孩子。应当多和别人交往。"

"这披肩同尤苏波娃公爵夫人身上的一模一样。"贝格指着披肩，带着幸福和善的微笑说。

---

① 原文为德文。

这时仆人报告别祖霍夫伯爵来了。夫妻俩带着得意的微笑彼此对看了一眼，每人都认为他的来访给自己增添了光彩。

"这就叫作善于结交人，"贝格想道，"这就叫作善于为人处世！"

"不过有一点请记住，当我陪客人时，"薇拉说，"你不要打断我的话，因为我知道怎样对待每个人，知道同什么样的人在一起应当说什么。"

贝格也笑了笑。

"不能这样：有时同男人在一起应当谈男人们的事。"

皮埃尔被请进了新客厅，在那里要坐下来就非得破坏对称、清洁和秩序不可，因此可以理解和毫不奇怪，为什么贝格为了贵宾，开头大度地提出可以破坏圈椅或沙发的对称，可是看来他在这方面处于一种过分的犹豫不决之中，最后让客人自己决定如何解决这个问题。皮埃尔随手拉过一把椅子，一下子把对称破坏了，贝格和薇拉抢着说话，招待着客人，晚会就这样开始了。

薇拉心里想，应当陪皮埃尔说说法国大使馆的事，于是马上就这个话题谈了起来。贝格则认为应当谈男人的事，便打断妻子的话，谈起与奥地利打仗的事，不知不觉地从一般的谈话跳到谈自己个人的考虑上，说了有人要他参加出征奥地利的部队的事以及他没有接受这个建议的原因。虽然谈话很不连贯，而且薇拉因谈话中增加了男人的成分而生气，但是夫妻俩高兴地感觉到，尽管只有一位客人，晚会的开场很不错，这**晚会**同任何别的晚会一模一样，同样有谈话，有茶水招待，点着蜡烛。

过了一会儿，贝格的老同事鲍里斯来了。他带着某种优越感并以保护人的姿态对待贝格和薇拉。在鲍里斯后面到来的是一位女士和上校，接着是将军本人，然后是罗斯托夫一家人，这时晚会已无疑与所有晚会完全一样了。贝格和薇拉看见客人们陆续进客厅，听见不连贯的说话声、衣衫的窸窣声和点头招呼声，抑制不住欢乐的微笑。像别的人家的所有晚会一样，样样齐备，而将军特别像一回事，他夸奖了新居，拍了拍贝格的肩膀，用长者的独断专行的口气吩咐摆好波士顿牌桌。将军在伊里亚·安德烈依奇伯爵身旁坐下，他认为伯爵是客人中地位仅次于自己的人。老人们和老人们在一起，年轻人和年轻人在一起，女主人坐在茶桌旁,放在桌子上的银盘里的点心也和帕宁^①家晚会上摆的点心相同,总之,一切完全和别人那里一样。

二十一

皮埃尔作为贵宾之一,应该坐下来和伊里亚·安德烈依奇、将军和上校一起打波士顿牌。皮埃尔坐在牌桌旁,脸正好对着娜塔莎,看见她从参加那次舞会以来发生的奇怪变化,感到很惊奇。娜塔莎变得沉默寡言,不仅不像舞会上那样漂亮,而且如果她没有那种温和的以及对一切都很冷漠的神情,那么简直就很难看了。

"她怎么啦?"皮埃尔朝她看了一眼,心里想。她坐在茶桌旁姐姐的身边,很不乐意地回答着鲍里斯的问话,眼睛没有看他。皮埃尔打出相同花色的一组牌,吃掉了五张牌,使搭档感到很高兴,他在收被他吃掉的牌时,听见问候声和进房间的脚步声,又朝她看了一眼。

"她发生什么事了?"他心里更加惊奇地说。

安德烈公爵带着关心和温柔体贴的表情站在她面前,对她说着什么。她抬起头,脸红了,看来竭力想遏制住急促的呼吸,两眼望着他。她内心的一种先前熄灭了的火焰又在她身上明亮地燃烧起来。她整个地变了样。难看的她又变得像在舞会上那样漂亮了。

安德烈公爵走到皮埃尔跟前,皮埃尔在自己的朋友脸上看到了一种新的、变得年轻了的表情。

在玩牌时,皮埃尔几次改变坐的姿势,时而背朝娜塔莎,时而脸冲着她,在打六圈牌的整个时间内观察着她和自己的朋友。

"他们之间正在发生十分重要的事情。"皮埃尔想,一种又欣喜又痛苦的感情使他心情非常激动,几乎忘记了打牌。

打完六圈牌后,将军说了句这样没法再打了,站了起来,于是皮埃尔获得了自由。娜塔莎在一边正在同索尼娅和鲍里斯说话。薇拉带着不可捉摸的微笑在同安德烈公爵说着什么。皮埃尔走到他的朋友跟前,问他们谈的是不是秘密,随即在他们身旁坐下。薇拉注意到了安德烈

---

① 帕宁是俄国古老的贵族世家之一。

公爵对娜塔莎很关心,便认为在晚会上,在真正的晚会上需要对爱情作微妙的暗示,便趁安德烈公爵单独一个人的时候,和他谈起一般感情问题和自己的妹妹来。她需要跟这样聪明的客人(她认为安德烈公爵是这样的人)施展自己的外交手腕。

皮埃尔走到他们跟前时,他发现薇拉谈得正起劲,一副洋洋自得的样子,而安德烈公爵好像有些发窘(他很少有这样的时候)。

"您怎样认为?"薇拉带着不可捉摸的微笑问,"公爵,您目光敏锐,一下子就能把人看清楚。您对娜塔莎是怎么看的,她对爱情能始终不渝吗?她能像别的女人(薇拉指的是她自己)一样一旦爱上了一个人,就永远忠实于他吗?我认为这才是真正的爱情。您的看法如何,公爵?"

"我对您的妹妹了解得太少,"安德烈公爵带着讥讽的微笑回答道,他想用这微笑来掩饰自己的窘态,"无法解答这样微妙的问题;我发现,女人愈不招人喜欢,她就愈是忠贞不渝。"他加了一句,看了看这时走到他跟前的皮埃尔。

"对,这是真的,公爵;在我们时代,"薇拉接着说(她像一般喜欢提到我们时代的眼光狭小的人一样提到了时代,这些人认为他们找到了我们时代的特点并作了评价,认为人的本性随着时代而改变),"在我们时代姑娘太自由了,因此有人献殷勤而产生的乐趣常常压倒了她的真正的感情。应当承认,娜塔利在这方面是很容易感情冲动的。"话题回到了娜塔利身上,这使得安德烈公爵很不愉快地皱了皱眉头;他想要站起来,但是薇拉带着更文雅的微笑继续说着。

"我想,谁也没有像她那样有那么多献殷勤的人,"薇拉说,"但是直到最近她从来还没有真正喜欢过一个人。您知道,伯爵,"她对皮埃尔说,"就连我们可爱的表亲鲍里斯也不例外,而他,这只在我们之间说说,已经完全置身于爱情国之中……"她说,她指的是当时流行的爱情国地图。

安德烈公爵皱起了眉头,没有说话。

"您不是和鲍里斯很要好吗?"薇拉问他。

"是的,我认识他……"

"他大概对您说过他童年时爱过娜塔莎的事吧?"

"童年时爱过？"安德烈公爵突然出乎意外地涨红了脸，问道。

"是的，您知道，在表兄妹之间的这种亲近关系经常会变成爱情。表亲是一种危险的关系。不是这样吗？"

"噢，那是毫无疑问的。"安德烈公爵说，突然异乎寻常地活跃起来，开始和皮埃尔开玩笑，说他对莫斯科的五十岁的表姐们应小心些，说了一半站起身来，挽住皮埃尔的胳膊，把他带到一边。

"怎么啦？"皮埃尔说，惊奇地看着活跃得反常的朋友，注意到了他站起来时投向娜塔莎的目光。

"我需要，我需要和你谈一谈。"安德烈公爵说。"你知道我们的女手套（他说的是共济会发给新入会的会员，让他们赠送给心爱的女人的手套）①。我……不，以后我再给你说……"安德烈公爵没有把话说完，眼睛里闪着奇怪的亮光，忐忑不安地走到娜塔莎那里，在她身旁坐下。皮埃尔看到，安德烈公爵问了她什么，她顿时脸上泛起红晕，回答了他的话。

但是这时贝格走到皮埃尔跟前，一定要他去参加将军与上校之间关于西班牙战事的争论。

贝格感到又满意又舒畅。他脸上一直挂着快乐的微笑。晚会很成功，完全像他见过的其他晚会一样。一切都很相像。女士们的悄声细语，玩牌，牌桌上抬高嗓门说话的将军，茶炊，点心全都相同；不过缺少他在别的晚会上见过的和他想要模仿的东西。缺少的是男人们之间的大声交谈以及关于某个重要的和深奥的问题的争论。将军开始了这样的谈话，贝格就拉皮埃尔去参加。

二十二

第二天，安德烈公爵到罗斯托夫家去吃饭，因为伊里亚·安德烈依奇邀请他，他在那里待了整整一天。

家里的人都感觉到安德烈公爵是为谁而来的，而他也不加掩饰，

---

① 小说的初稿里安德烈公爵是共济会会员，但在定稿里他没有入会，而曾发给他手套的说法保留了下来。

整天都设法和娜塔莎在一起。娜塔莎既有些惊慌,又感到幸福和兴奋,不仅是她,而且全家人都因预感到要发生一件重要的事情而有一种恐惧的感觉。当安德烈公爵和娜塔莎说话时,伯爵夫人用忧愁的和认真严肃的目光看着他,一见他回头看她时,怯生生地假装要和他谈点毫无意义的小事。索尼娅在和他俩在一起时,既怕离开娜塔莎,又怕妨碍他们。而娜塔莎在和他单独在一起的时候,因害怕发生期待的事而脸色发白。安德烈公爵的怯懦使她感到吃惊。她觉得他对她有话要说,但是又下不了说出来的决心。

晚上安德烈公爵走后,伯爵夫人走到娜塔莎面前,低声地问道:

"怎么样?"

"妈妈!看在上帝的分上,您现在什么也不要问我。这没法说。"娜塔莎说道。

但是尽管如此,这天晚上,娜塔莎时而兴奋,时而恐惧,瞪着两只大眼睛,在母亲的床上躺了很久。她一会儿对母亲讲他如何夸奖她,一会儿又讲他说过要到国外去,一会儿讲他问今年夏天他们一家将在什么地方度过,一会儿又讲他打听鲍里斯的情况。

"但是这样的事,这样的事……我从来没有过!"娜塔莎说,"不过我在他面前觉得害怕,在他面前总是觉得害怕,这意味着什么?意味着这是真正的感情,是吗?妈妈,您睡着了?"

"不,我的宝贝,我自己也觉得可怕。"母亲回答道,"去睡吧。"

"反正我也睡不着。睡觉多没有意思!好妈妈,好妈妈,这样的事我从来没有过!"她说,她意识到了自己内心的感情,感到又惊奇又害怕。"我们能想得到吗!……"

娜塔莎觉得她早在奥特拉德诺耶第一次见到安德烈公爵时就爱上他了。现在这个她早在那时就看中了的人(她坚信这一点),正是这个人又与她见面了,而且看来对她有好感,这种奇怪的、突如其来的幸福似乎使她很吃惊。"真想不到我们在彼得堡时他有意到这里来。真想不到我们会在舞会上相遇。这是命里注定的。很清楚,这是命里注定的,这一切才会有这样的结果。在我第一次见到他时,我就感觉到有某种特殊的地方。"

"他还对你说了些什么?这是一些什么样的诗?你给我念念……"

母亲若有所思地说,她问起安德烈公爵在娜塔莎的纪念册里写的诗。

"妈妈,他是一个丧妻的人,嫁他是不是很丢人?"

"别说了,娜塔莎。向上帝祷告吧。婚姻是由天定的。"

"亲爱的,好妈妈,我多么爱您,我多么高兴啊!"娜塔莎喊道,她流出了幸福和激动的眼泪,拥抱着母亲。

就在这个时候,安德烈公爵坐在皮埃尔那里,对皮埃尔说,他爱娜塔莎,已拿定主意要娶娜塔莎。

这一天叶连娜·瓦西里耶夫娜伯爵夫人举行了盛大的晚会,参加晚会的有法国公使、近来已成为伯爵夫人家里的常客的亲王以及许多尊贵的女士和男人。皮埃尔在楼下各个大厅里走来走去,所有客人看见他那专注而又心不在焉的神情和阴沉的脸色感到很奇怪。

皮埃尔自从参加那次舞会以来,觉得自己有得疑病的症状,拼命想防止它发作。亲王同他的妻子的来往变得密切起来后,他突然当上了宫廷高级侍从,从此之后,他在社交界感到心情沉重和羞耻,更加经常地出现以前的那种认为人生虚幻的阴暗想法。这时他发现了受他庇护的娜塔莎和安德烈公爵之间的感情,觉得他和他的朋友的处境完全相反,情绪便变得更加低沉了。他竭力不去想自己的妻子,同样地也不去想娜塔莎和安德烈公爵。他又一次觉得一切与永恒相比都微不足道,又一次提出了这样的问题:为了什么?于是他白天黑夜都强迫自己研读共济会的材料,希望能阻止恶魔附身。皮埃尔十一点多从伯爵夫人的房间里出来后,身穿破旧的睡袍坐在楼上烟雾弥漫的低矮房间里的桌子前,照着原件抄写着苏格兰共济会的文件,这时一个人进了他的房间。这是安德烈公爵。

"啊,这是您。"皮埃尔带着漫不经心和不满的神情说。"瞧,我在工作。"他指着抄本说,脸上带着想要摆脱生活的痛苦的表情,遭到不幸的人常常带着这样的表情来看自己的工作。

恢复了勃勃生机的安德烈公爵容光焕发和喜气洋洋地在皮埃尔面前站住了,没有发现皮埃尔忧愁的脸色,只想着自己的幸福,对他笑了笑。

"哎,亲爱的,"他说,"我昨天就想对你说,今天专为这件事上你这里来。我从来没有体验过类似这样的感情。我恋爱了,我的朋友。"

皮埃尔突然沉重地叹了一口气,他那沉重的身躯落在沙发上安德烈公爵的身旁。

"爱上了娜塔莎·罗斯托娃,是吗?"他问。

"是的,是的,还能爱上谁呢?我任何时候也不会相信自己会这样,但是这种感情战胜了我。昨天我非常苦恼,非常痛苦,但是我宁愿要这苦恼,而不要世界上的任何东西。以前我似乎没有真正生活过。现在才开始生活,我生活中不能没有她。她能不能爱我呢?……我对她来说年纪太大了……你怎么不说话?……"

"我?我?我对您说什么来着。"皮埃尔突然说道,他站起身来,开始在房间里来回走动。"我一直这样想……这个姑娘是无价之宝,非常珍贵……这是少见的好姑娘……亲爱的朋友,我请求您,不要说空话了,不要犹豫不决了,娶她,娶她,娶她吧……我相信,再也不会有比您更幸福的人了。"

"但是她呢?"

"她爱您。"

"别瞎说……"安德烈公爵微笑着,看着皮埃尔的眼睛说。

"她爱您,这我知道。"皮埃尔生气地喊叫起来。

"不,你听着,"安德烈公爵说,拉住他的手,叫他住口,"你是否知道我的处境?我需要找个人把所有的事说一说。"

"好吧,好吧,您说吧,我很高兴。"皮埃尔说,他的脸色确实改变了,皱纹舒展开了,他高兴地听着安德烈公爵的话。安德烈公爵好像完全变了样,变成了另一个人。他的苦闷,他对生命的轻视,他的失望到哪里去了呢?皮埃尔是他唯一能够推心置腹地谈一谈的人;因此他就把心里话全都对他说了。时而他轻松地和大胆地勾画着长远未来的计划,说他不能因为父亲的任性而牺牲自己的幸福,他将迫使父亲同意这桩婚事和爱娜塔莎,不然他将不经父亲的同意就设法办成这件事;时而他对某种古怪的、陌生的、不以他的意志为转移的东西,对那种支配了他的感情感到惊奇。

"如果有人对我说我能这样强烈地爱一个人,我会不相信他的话。"安德烈公爵说,"这完全不是我从前有过的那种感情。对我来说,整个世界分成了两半:一半有她,那里全是幸福、希望和光明;另一半没有她,那里全是苦闷和黑暗……"

"黑暗和阴沉,"皮埃尔重复了一句,"是的,是的,我理解这一点。"

"我不能不爱光明,这不是我的过错。我很幸福。你理解我吗?我知道你为我高兴。"

"是的,是的。"皮埃尔确认道,他用深受感动的和忧愁的目光看着自己的朋友。他把安德烈公爵的前途想象得愈光明,愈觉得他自己本人的前途很暗淡。

<h1 style="text-align:center">二十三</h1>

婚事需得到父亲的同意,为此安德烈公爵第二天就去见父亲了。

父亲听了儿子的禀告,外表上很平静,但内心却很恼怒。他无法理解,在生活对他来说已经结束的时候,怎么还有人想要改变生活,给它增添新的东西。"希望他们让我照我自己愿望度过晚年,然后他们爱干什么就干什么好了。"老人心里说。不过他对儿子还是使用了他在重要场合使用的外交手腕。他用平静的语气说出了对整个事情的考虑。

第一,婚事在门第、财产和名望方面并不太美满。第二,安德烈公爵年纪已不轻了,身体虚弱(老人特别强调这一点),而她却非常年轻。第三,有一个儿子,舍不得把他交给一个小姑娘去抚养。最后,父亲用嘲笑的目光看着儿子说,第四,"我请求你,把这事推迟一年,到国外去一趟,治治病,像你所想的那样,给尼古拉公爵找一个德国家庭教师,然后,如果爱情、情感、决心以及别的任何东西很大很强烈,那就结婚吧。这是我的最后的话,请注意,是最后的话……"老公爵在说这最后几句话的语气表明,任何东西都不能改变他的决定。

安德烈公爵清楚地看到,老人希望他或他爱上的姑娘都经受不住一年的考验,或者老公爵自己会在此期间死去,于是便决定服从父亲的意志:先去求婚,把婚期推迟一年。

安德烈公爵在最后一次去罗斯托夫家后过了三个星期,回到了彼得堡。

娜塔莎在和母亲谈话后的第二天,整天都在等鲍尔康斯基,但是他没有来。第二天、第三天也都一样,皮埃尔也没有来,娜塔莎不知道安德烈公爵去见他的父亲了,因此弄不清他为什么不来。

就这样过了三个星期。娜塔莎哪里也不想去,她像影子似的,无所事事,垂头丧气,在各个房间里走来走去,晚上背着大家偷偷地哭泣,也不到母亲那里去。她总是涨红着脸,不断地发脾气。她觉得大家都知道她的失望,都在笑话她和可怜她。她内心已很痛苦,这种虚荣心引起的忧伤,更使她感到不幸了。

有一次,她来到伯爵夫人那里,想对她说点什么,突然哭了起来。她的眼泪像是一个不知道为什么挨罚的受委屈的孩子的眼泪。

伯爵夫人开始安慰娜塔莎。娜塔莎开头注意地听母亲的话,后来突然打断了她:

“别说了,妈妈,我没有想而且也不愿意想!就这样,他来了几次,就不来了,不来了……”

她的声音颤抖起来,她又差一点哭起来,但是恢复了常态,平静地继续说道:

“我完全不想嫁人。我害怕他;我现在完全、完全平静下来了……”

在这次谈话后的第二天,娜塔莎穿上了那件旧连衣裙,她特别清楚地记得过去早晨一穿上它心里就觉得愉快,从这天早晨起,她恢复了从那次舞会后改变了的生活方式。她喝完茶后,便到她特别喜欢的那个共鸣很好的大厅去,开始练唱视唱练习曲(歌唱练习)。练完第一课后,她在大厅中央站住,重复着她特别喜欢的一个乐句。她高兴地倾听着美妙的(对她来说仿佛是突如其来的)歌声,那歌声悠扬婉转,充满了整个空荡荡的大厅,慢慢地消失,于是她突然变得高兴起来。“干吗这件事想得这么多,这样不是很好吗?”她对自己说,开始在大厅里来回走,不是在走上去就咚咚响的镶木地板上简单地迈步,而是每走一步都是先用脚跟后用脚尖着地(她穿着心爱的新舞鞋),也像倾听自己的歌声那样,高兴地倾听着脚跟均匀而沉重的落地声和脚尖的咯吱声。在经过镜子时,她照了照。“这就是我!”她在看见镜子里的自己时,脸上的表情仿佛在这样说。“这就很好。我谁也不需要。”

仆人想要到大厅里来收拾收拾,但是她不让他进来,又关上了门,继续在里面走来走去。这天早晨,她恢复了那种她非常喜欢的自我爱惜和自我欣赏的状态。“这个娜塔莎多么可爱啊!”她又用一个代表男性的第三者的口气这样说。"她长得漂亮，嗓子又好，又年轻，不妨碍任何人，那就不要打扰她了。"但是尽管人们都没有打扰她，她已无法平静了，并且马上感觉到了这一点。

前厅的正门打开了，有人问道：在家吗？——接着传来了脚步声。娜塔莎照着镜子，但是她视而不见镜子中的自己。她正在听着前厅的声音。当她看见自己的时候，她的脸是苍白的。这一定是**他**。她断定这一点，虽然从关着的门里只勉强听到一点他说话的声音。

娜塔莎脸色苍白，惊慌失措地跑进了客厅。

"妈妈，鲍尔康斯基来了！"她说，"妈妈，这太可怕了，这叫人无法忍受！我不愿意……受这样的折磨！我怎么办呢？……"

伯爵夫人还没有来得及回答她的话，安德烈公爵就脸上带着不安和严肃的表情进了客厅。他一看见娜塔莎，立刻容光焕发。他吻了吻伯爵夫人和娜塔莎的手，在沙发旁边坐下。

"我们很久没有荣幸地……"伯爵夫人刚开口要说，安德烈公爵就打断了她的话，开始回答她的问题，显然急于说出他需要说的话。

"这段时间我没有到你们这里来，因为去见父亲了，我需要和他商量一件十分重要的事情。我昨天夜里才回来。"他说，看了娜塔莎一眼。"我需要和您谈一谈，伯爵夫人。"他沉默片刻后加了一句。

伯爵夫人心情沉重地叹了口气，垂下了眼睛。

"我听候您的吩咐。"她说。

娜塔莎知道她需要回避一下，但是她做不到，好像有什么东西哽住她的喉咙，于是她不顾礼貌，睁大眼睛直瞪瞪地看着安德烈公爵。

"现在？就在此刻！……不，这不可能！"她想。

他又朝她看了一眼，这目光使她相信她没有想错。是的，现在，就在此刻将决定她的命运。

"去吧，娜塔莎，回头我再叫你。"伯爵夫人低声说。

娜塔莎用惊恐的和恳求的目光看了安德烈公爵和母亲一眼，出去了。

"伯爵夫人，我是来向您的女儿求婚的。"安德烈公爵说。

伯爵夫人一下子涨红了脸，一时什么也没有说。

"您来求婚……"伯爵夫人终于庄重地开口说道。安德烈公爵看着她的眼睛,没有说话,"您来求婚……(她觉得难为情起来)我们很高兴,而且……我答应了,我很高兴。我的丈夫……我希望也是这样……但是这事要由她自己来决定……"

"在得到您的同意后,我将对她说……您是否表示同意?"安德烈公爵问。

"同意。"伯爵夫人说,向他伸出一只手去,当他低头去吻她的手时,她怀着既陌生又亲热的复杂感情把嘴唇贴在他的前额上。她希望能像爱儿子那样爱他;但是她感觉到他对她来说是一个陌生而又可怕的人。

"我相信我的丈夫也会同意的,"伯爵夫人说,"但是您的父亲……"

"我对我的父亲讲了我的打算,他提出要得到他同意必须有一个条件,即不能在一年之内结婚。我正好想要告诉您这一点。"安德烈公爵说。

"是的,娜塔莎年纪还小,但是要等这么久!"

"不这样不行呀。"安德烈公爵叹口气说。

"我把她叫来见您。"伯爵夫人说完,便出了房间。

"上帝啊,保佑我们吧!"她在寻找女儿时不断地念叨着。索尼娅说娜塔莎在卧室里。这时娜塔莎坐在自己的床上,脸色发白,目光冷漠地看着圣像,很快地画着十字,低声说着什么。见了母亲后,她一跃而起,朝母亲扑了过来。

"怎么样?妈妈?……怎么样?"

"去吧,到他那里去。他要向你求婚,"伯爵夫人说,娜塔莎觉得她语气很冷淡……"去吧……去吧。"母亲望着跑去的女儿的背影带着忧愁和责备的神情说,深深地叹了一口气。

娜塔莎不记得她是如何进了客厅的。进了门看见他后,她停住了脚步。"难道这个陌生人现在成了我的一切?"她问自己,立即回答道:"是的,成了一切:他现在对我来说比世界上的一切都要宝贵。"安德烈公爵走到她跟前,垂下了眼睛。

"我自从见到您的那一刻起,就爱上了您。我能抱有得到您的爱情的希望吗?"

他朝她看了一眼,她脸上的那种严肃而又热情的表情使他吃惊。

这种表情似乎在说干吗要问呢？干吗要怀疑那不能不知道的事呢？当无法用语言表达感情时，干吗要说话呢？”

她靠近他，站住了。他拉起她的一只手，吻了吻。

“您爱我吗？”

“是的，我爱。”娜塔莎似乎有些懊恼地说，她长叹一声，接着又叹了一声，叹气声愈来愈急促，最后终于哇的一声哭了出来。

“哭什么？您怎么啦？”

“啊，我是多么的幸福。”她回答说，含着眼泪笑了笑，俯下身去，与他靠得更近，想了想，好像在问自己可不可以这样做，然后吻了吻他。

安德烈公爵握住她的手，看着她的眼睛，在自己心里没有找到原来对她的那种爱。他心里突然发生了变化：已没有原来的那种充满诗情画意的和神秘的美好愿望，有的只是对她这个年轻幼稚的女人的弱点的怜悯，面对她的忠诚和信任而出现的畏惧，还有那种意识到他将和她永远结合在一起而产生的沉重的、同时又是愉快的责任感。现在的这种感情尽管不像以前那样欢快和充满诗意，但是更加严肃，更加强烈。

“妈妈告诉过您一年内不能结婚吗？”安德烈公爵问，继续注视着她的眼睛。

“难道这就是我，那个黄毛丫头（大家都这样称呼我），”娜塔莎想，“难道我从此时此刻起就成了这个陌生的、可爱的、聪明的，甚至受到我的父亲敬重的人的平等的**妻子**了？难道这是真的吗？难道现在真的不能把生活当儿戏，现在我真的已经是大人了，现在我已需要对我的一言一行负责了？对了，他问了我什么？”

“不。”她回答道，但是她没有听明白他的问话。

“请原谅我，”安德烈公爵说，“您是那样的年轻，而我已是饱经风霜了。我为您感到担心。您不了解自己。”

娜塔莎聚精会神地听着，竭力想理解他的话的意思，但还是没有听懂。

“我要推迟一年才能得到幸福，不管这一年对我来说如何痛苦，”安德烈公爵继续说，“我希望您在这段时间内再好好考虑一下。我请求您一年后给我幸福；不过您是自由的：我们订婚的事将保守秘密，如果您到时候深信您不爱我,或者爱上了……"安德烈公爵带着不自然的微笑说。

"您干吗说这种话?"娜塔莎打断了他。"您知道,从您第一次来到奥特拉德诺耶的那一天起,我就爱上了您。"她说,深信自己说的是实话。

"在一年的时间里您会真正了解自己的……"

"整一整一年!"娜塔莎突然说,到这时她才明白婚礼要推迟一年。"为什么要等一年呢?为什么要等一年呢?……"安德烈公爵开始向她解释推迟的原因。娜塔莎不听他说。

"非这样不可吗?"她问。安德烈公爵什么也没有回答,但是脸上的表情表明,这个决定无法改变。

"这太可怕了!不,这太可怕,太可怕了!"娜塔莎突然说道,又大哭起来。"我等不到一年就会死的;这不行,这太可怕了。"她朝未婚夫的脸看了一眼,看见了他脸上同情和困惑的表情。

"不,不,我一切照办,"她突然止住眼泪说,"我太幸福了!"

父亲和母亲进了房间,并为这对订婚的夫妻祝福。

从这天起,安德烈公爵就以娜塔莎的未婚夫的身份出人罗斯托夫的家了。

二十四

没有举行订婚礼,鲍尔康斯基和娜塔莎订婚的事没有向任何人宣布;安德烈公爵坚持要这样做。他说,因为推迟结婚的原因在于他,他就应当承担全部责任。他还说,他将永远遵守自己的诺言,但是他不愿使娜塔莎受到束缚,并将给她以完全的自由。如果半年后她觉得自己不爱他了,她有权拒绝和他结婚。当然,无论是父母还是娜塔莎,这话连听都不愿意听;但是安德烈公爵坚持自己的意见。他每天都到罗斯托夫家来,但是不像未婚夫那样对待娜塔莎;他和她说话时称呼您,见面时只吻她的手。在求婚的那一天后,在安德烈公爵和娜塔莎之间建立了一种与以前完全不同的、亲密而又自然的关系。他们似乎在这之前互不相识。他和她都喜欢回忆他们还**什么都不是**的时候彼此如何看待对方；现在他俩都觉得自己好像完全换了个人似的：那时有些做作，现在变得自然和真诚了。开头家里的人在和安德烈公爵接触时觉得有些拘谨；他好像是从另一个世界来的人；娜塔莎费了很多工夫设法使家里人习惯于同安德烈公爵相处，自豪地对大家说，他只是看起来比较特殊，而实际上他同大家一样，她说，她不怕他，谁也不应该怕他。几天后，家里的人和他处熟了，当他在场的时候也毫不拘束地照常该做什么就做什么，他也参加进来。他同伯爵谈经营管理，同伯爵夫人和娜塔莎谈衣着，同索尼娅谈纪念册和绣花布。有时罗斯托夫家里的人相互之间和当着安德烈公爵的面谈起这一切是如何发生的，预兆是如何的明显，对此都感到惊讶，他们列举了安德烈公爵到奥特拉德诺耶做客、他们一家来到彼得堡、觉得娜塔莎和安德烈公爵有相像之处（保姆在安德烈公爵第一次来的时候就发现了）一八〇五年安德烈与尼古拉之间发生冲突以及家里人注意到的其他许多预兆。

在家里，在这对未婚夫妻在场时，总是有一种富有诗意的沉闷静默的气氛。大家经常坐在一起，都不说话。有时别的人站起来走了，只留下未婚夫妻两个人，他们仍然沉默着。他们很少谈论自己未来的生活。安德烈公爵觉得谈这件事有些可怕和不好意思。娜塔莎也有这种感觉，她经常能猜出他的心情，并且总是与他有同感。有一次娜塔莎问起他的儿子。安德烈公爵脸红了，现在他经常这样，娜塔莎特别喜欢他的这种样子，他说，他的儿子将不同他们住在一起。

"为什么？"娜塔莎吃惊地问。

"我不能把他从爷爷那里夺走，而且……"

"我会疼爱他的！"娜塔莎说，立刻猜着了他的想法，"但是我知道，您希望不给别人留下责怪您和我的借口。"

老伯爵有时走到安德烈公爵面前，吻他，征求他对彼佳的教育或尼古拉的服役的意见。老伯爵夫人看着他们总是叹气。索尼娅任何时候都担心自己碍事，竭力寻找借口走开，让他们单独在一起，其实他们并不需要这样。安德烈公爵说话时（他的叙述能力很强），娜塔莎自豪地听着；而当她自己说话时，她又惊又喜地发现，他注意地端详着她。她困惑地问自己："他在我身上寻找什么呢？他的目光正在寻找什么？如果我身上没有他的目光寻找的东西，那又怎么样呢？"有时她进入她特有的那种欣喜若狂的状态,这时她特别喜欢听和喜欢看安德烈公爵怎样笑。他很少笑,但是他一笑起来,就笑得不能自已,每次在他这样笑过后,她觉得自己与他更加接近了。如果娜塔莎不是想到离别的日子愈来愈近而感到害怕的话,那么她就会觉得是完全幸福的了。

安德烈公爵在他离开彼得堡的前一天把皮埃尔带来了,皮埃尔在上次舞会后,一次也没有到罗斯托夫家来过。看样子似乎有些心慌意乱和惶恐不安。他和伯爵夫人交谈着。娜塔莎跟索尼娅一起在棋桌旁坐下,招呼安德烈公爵到她们这边来。他走到了她们跟前。

"您不是早就认识别祖霍夫吗?"他问,"您喜欢他吗?"

"喜欢,他是一个好人,不过很可笑。"

于是她像平常谈论皮埃尔那样,开始讲他如何漫不经心的笑话,有的笑话甚至是给他编造出来的。

"您知道,我把我们的秘密告诉他了。"安德烈公爵说,"我从小就认识他。他是一个善良的人。我请求您,娜塔利,"他突然严肃地说,"我要走了。天知道会发生什么事。您也许会不再爱……我知道,我不该说这话。记住一点—— 不管您发生什么事,当我不在时……"

"还会发生什么事呢?……"

"不管发生什么样的不幸,"安德烈公爵接着说,"我请求您,索菲小姐,不管发生什么事,您就只找他一个人商量,请他帮忙。这是一个最漫不经心和最可笑的人,但也是最善良的人。"

无论是父母和索尼娅还是安德烈公爵本人还都预料不到,同未婚夫的离别会对娜塔莎产生什么样的影响。这一天她满脸通红,心情激动,眼神冷漠,在家里走来走去,做一些最琐碎的小事,似乎并不明白等待着她的是什么事。在他与她告别,最后一次吻她的手时,她也没有哭。

"别走了!"她只对他说了这样一句,她说话的声音使得他犹豫了一下,心里想他是否真的该留下来,在这之后,他很长时间都记得这声音。他走后,她也没有哭;她一连几天坐在自己房间里,虽没有哭,但对什么事情都不感兴趣,只有时说道:"唉,他为什么走了!"

可是在他走后过了两个星期,又出乎她周围的人的意料之外,她摆脱了精神上的病态,恢复了原先的样子,不过精神面貌发生了变化,好像久病后的孩子面貌发生了变化一样。

二十五

在儿子走后的一年里，尼古拉·安德烈耶维奇·鲍尔康斯基公爵的身体大不如前了，脾气也变坏了。他变得比以前更加易怒，而他的无缘无故的怒火大部分发泄在玛丽亚公爵小姐身上。他似乎要使劲地找出她的所有痛处，好在精神上尽可能残酷地折磨她。玛丽亚公爵小姐有两种癖好，因此也有两大乐趣，这就是照看侄子尼科卢什卡和笃信宗教，这两者却成了老公爵喜欢攻击和嘲笑的主要目标。不管说什么，他都把话题引到老处女的迷信或溺爱孩子上。"你想把他（尼科卢什卡）娇惯成像你一样的老处女；这是不行的，安德烈公爵需要的是儿子，而不是老处女。"他说。或者他当着玛丽亚公爵小姐的面问布里安娜小姐喜欢不喜欢我们的神父和圣像，并且加以取笑……

他不断狠狠地糟践玛丽亚公爵小姐，但是女儿连想也不想就原谅他。难道父亲会有对不起她的地方吗？难道爱她的父亲（她还是知道这一点的）会不公正地对待她吗？再说什么是公正呢？玛丽亚公爵小姐从来没有想过"公正"这个崇高的字眼。对她来说人类的所有复杂的准则集中表现为一个简单明了的准则—爱和自我牺牲的准则，这是那个怀着仁爱之心替人受苦受难的人教给我们的，这人就是上帝本身。别人的公正和不公正与她又有什么相干呢？她只要自己受苦和爱别人就行了，她就是这样做的。

冬天安德烈公爵来过童山，显得快活、温和而亲切，玛丽亚公爵小姐很久没有见过他的这种样子了。她预感到他发生了什么事，但是他关于自己恋爱的事一句也没有对玛丽亚公爵小姐说。临行前他同父亲进行了长时间的谈话，不知谈什么事，玛丽亚公爵小姐发现，两人在分手时彼此都不满意。

安德烈公爵走后不久，玛丽亚公爵小姐给彼得堡的朋友朱丽·卡拉金娜写信，她像一般姑娘一样喜欢幻想，曾希望朱丽能嫁给她的哥哥，而这时朱丽因哥哥在土耳其被打死正在服丧。

遭受不幸看来是我们共同的命运，亲爱的和温柔的朋友朱丽。

　　您的丧兄之痛是那样的可怕，我无法作别的解释，只能把它看成上帝的特殊恩惠，上帝在爱您的同时想要考验您和您的非常好的母亲。啊，我的朋友，宗教，只有宗教，不用说能安慰我们，而且能使我们免于绝望；只有宗教才能给我们说清人们没有它的帮助无法理解的事：为什么，究竟为了什么目的要把那些善良的，高尚的，善于在生活中寻找幸福的，不仅不伤害人，而且为使别人得到幸福而必不可少的人召唤去见上帝，而让那些凶恶的、毫无用处的、有害的或者成为自己和别人的累赘的人活在世上？我第一次看到一个人的死，而且永远也忘不了——这是我的亲爱的嫂嫂的死，它给我留下了不可磨灭的印象。正如您问命运为什么要让您的好哥哥死去一样，我也曾经问过为什么要夺走丽莎这个天使的生命？她不仅没有对别人做过坏事，而且她心里除了善良的念头外，从来没有过坏主意。这是怎么回事呢，我的朋友？从那时起，五年过去了，我虽智力贫乏，但已开始明白了为什么需要让她死，她的死怎么只是造物主的无穷尽的仁慈的表现，造物主的所有行动，虽然我们大部分还不能理解，但是都表达了他对自己所创造的人的无限的爱。我经常这样想，也许她像天使那样过于天真无邪，担当不起做母亲的责任。她作为一个年轻的妻子是无可责难的；也许她做不了这样的母亲。现在她不仅给我们，尤其是给安德烈公爵留下了最纯洁的惋惜和回忆，也许她在那里将得到一个我不敢希望得到的位置。这种可怕的早逝尽管令人非常悲伤，但是却对我和我哥哥起了极为良好的作用，而且不只她一个人之死是这样。当时，在失去她时，我不可能有这样的想法；要是有，我会惊恐地驱除它，但是现在这变得非常清楚和毫无疑问了。我给您写这一切，我的朋友，只是为了使您相信福音书里所说的、已成为我的生活准则的一条真理：没有上帝的旨意，我们头上的任何一根头发都不会掉下来。[①] 而上帝的旨意所依据的只是对我们的无限的爱，因此不管我们发生什么事，都是为了使我们幸福。您问我们是否要到莫斯科去过冬？虽然我很希望看见您，但是我不想而且也不愿意这样做。要是您知道我们不愿去的原因在于波拿巴，您一定会感到奇怪。这是因为家父的身体明显地变得虚弱了：他听不得不同

---

① 见第一卷第三部第三章注。

意见，变得容易动怒。您知道，他的怒气主要是针对政治问题而发的。他一想到布拿巴同欧洲的所有国君、尤其是同我们的皇帝、伟大的叶卡捷琳娜的孙子平起平坐，就受不了！您知道，我一向对政治漠不关心，但是从家父说的话以及他同米哈依尔·伊万诺维奇的交谈中了解到了世界上发生的所有事情，尤其是知道了人们对布拿巴很敬重，在整个地球上似乎只有在童山既不承认他是伟人，更不承认他是法国皇帝。家父对此不能容忍。我觉得，家父主要是由于对政治问题有自己的看法，又有对谁都毫不客气地说出自己意见的习惯，预见到会与别人发生冲突，因此不愿意提起到莫斯科去的事。他在治病方面取得的效果，会因不可避免地在对布拿巴的看法上与别人发生争论而化为乌有。不管怎么样，这件事很快就能决定。我们家里除了家兄安德烈不在外，一切如常。我已经写信告诉过您，最近他发生了很大变化。在遭到不幸后，直到现在，直到今年精神上才完全振作起来。他又变成我小时候知道的那样：善良，温柔，是一个无与伦比的好心肠的人。我觉得，他已明白了，他的一生并没有结束。但是在精神上发生这样的转变的同时，身体却变得十分虚弱了。他比以前瘦了，更神经质了。我为他担心，大夫早就要他出国疗养，现在他去了，我很高兴。我希望这能使他恢复过来。您信中对我说，在彼得堡人们都说他是最能干的、最有教养的和最聪明的年轻人之一。请原谅我作为他的一家人的自负，我还从来没有怀疑过这一点。他在这里给所有的人，从自己庄园的农民到贵族，做的好事数不清。到彼得堡后，他只得到了他应得的东西而已。我感到奇烽的是，流言蜚语是如何从彼得堡传到莫斯科的，尤其是像您在给我的信中提到的那些不可靠的传闻，说什么哥哥娶了罗斯托夫家的那位二小姐。我不认为安德烈将来会同什么人结婚，尤其是同她结婚。这是因为：第一，我知道虽然他很少谈起已故的妻子，但是丧妻之痛深深地埋藏在他心里，使他下不了再娶和给我们的小天使找一个继母的决心。第二，因为据我所知，这个姑娘完全不是能博得安德烈公爵喜爱的那一类女人。我不认为安德烈公爵会选择她作为自己的妻子，可以坦率地说：我不希望他这样做。网里网嗦写得太长了，第二张信纸快要写完了，就此打住。再见，亲爱的朋友；愿您得到神圣的和全知全能的上帝的保护。我的亲爱的女友布里安娜小姐吻您。

玛丽

二十六

仲夏时节,玛丽亚公爵小姐突然接到了安德烈公爵从瑞士寄来的一封信,信中告诉她一个奇怪的和出乎意料的消息。安德烈公爵讲了他跟娜塔莎·罗斯托娃订婚的事。整封信充满着对未婚妻的热情洋溢的爱以及对妹妹的亲密友谊和信任。他写道,他从来没有像现在这样恋爱过,现在才懂得了和了解了生活。他请求妹妹原谅,上次他到童山来时虽然对父亲讲了这件事,但是对她一字未提这个决定。他之所以没有对她说,是因为玛丽亚公爵小姐一定会去请求父亲同意此事,这样不仅达不到目的,反而会惹父亲生气,她就得承受父亲发泄的全部不满。而且,他接着写道,那时事情还没有像现在这样最后定了下来。"当时父亲给我规定了一年的期限,到现在这期限已过了六个月,也就是过了一半,我不改变我的决定,态度比任何时候都更坚决了。如果不是大夫要我在这里的矿泉再治疗一段时间,我已回到俄罗斯了,而现在我的归期要往后推迟三个月。你了解我,知道我和父亲的关系。我不需要他为我做什么,我过去不依赖人,将来也永远不会依赖人,但是父亲同我们在一起的日子可能不会太长了,要我违背他的意志做什么事,惹他生气,那就等于毁了我一半的幸福。我现在也给他写一封同样内容的信,请你选一个合适的时候转交给他,并且告诉我,他对所有这些事是怎么看的,我能不能希望他同意把期限缩短三个月。"

玛丽亚公爵小姐经过多次的犹豫和怀疑,作了多次祈祷后,才把信交给了父亲。第二天老公爵平静地对她说:

"写信告诉你哥哥,让他等我死了再说……不会太久了——很快我就会让他解脱了……"

公爵小姐想要辩白,但是父亲不让,嗓门提得愈来愈高。

"结婚吧,结婚吧,亲爱的……门当户对! ……人很聪明,啊? 又有钱,啊? 是的。尼科卢什卡将会有一个好后娘。你写信告诉他,他哪怕明天就结婚也行。她当尼科卢什卡的后娘,我就娶布里安娜! ……哈,哈,哈,他也就不会没有后娘了! 只有一点,我再也不需要婆娘进我的家门；就让他结婚好了，自己单独去过吧。你大概也想搬到他那里去住？"他问玛丽亚公爵小姐。"上帝保佑你，你大清早就走，大清早就走……大清早就走！"

老公爵发了这次火后，再也没有提起过这件事。但是压在心里的那种由于埋怨儿子意志薄弱而产生的懊恼，在父女之间的关系上表现了出来。除了以前进行嘲笑的由头外，又增加一个新的：关于后娘和他喜欢布里安娜小姐这两个话题。

"我为什么不娶她呢？"他对女儿说，"将会是一位很好的公爵夫人！"最近，使玛丽亚公爵小姐感到困惑和奇怪的是，他发现父亲真的让那个法国女人愈来愈接近他。玛丽亚公爵小姐写信给安德烈公爵，把父亲对他的信的态度告诉了他；但是安慰哥哥，说还有希望使父亲不反对他的想法。

尼科卢什卡和他的教育，还有安德烈和宗教是玛丽亚公爵小姐的安慰和欢乐；但是除此之外，因为每个人都需要有自己个人的希望，玛丽亚公爵小姐在她的内心深处也有一种隐秘的、在生活中给了她主要慰藉的幻想和希望。这种给了她慰藉的幻想和希望是修士们，也就是那些背着老公爵拜访她的疯修士和云游派教徒。玛丽亚公爵小姐活在世上的时间愈长，她的生活体验和观察的结果愈多，她对那些在这里，在尘世中寻求乐趣和幸福的人的短视也就感到愈惊奇；这些人为了得到这种不可能得到的、虚幻的和罪恶的幸福，操着劳，受着苦，斗争着，相互做害人的事。"安德烈公爵爱他的妻子，妻子死了，他这还不够，想要把自己的幸福同另一个女人联系在一起。父亲不愿意这样，因为希望安德烈与门第更显贵的和更富有的女子结亲。他俩争执着，受着苦，折磨着和毁坏着自己的灵魂，自己永恒的灵魂，都是为了得到一刹那间的幸福。不仅我们自己知道这一点，而且上帝之子基督来到人间，对我们说，人生短暂，转瞬即逝，它也是一种考验，而我们一直抓住它不放，想在其中找到幸福。怎么谁也不明白这一点呢？"玛丽亚公爵小姐想道。"除了这些受人轻视的修士外，就没有人明白了，这些人背着口袋从后门进来找我，害怕被老公爵碰见，这样做不是为了免遭他的苛责，而是为了不让他造孽。他们扔下家庭，离乡背井，抛开尘世的幸福，以便无所依恋地穿着麻布衣服，隐姓埋名，从一个地方走到另一个地方，不做有害于人们的事,为他们祈祷,既为那些驱逐他们的人,也为那些庇护他们的人祈祷:没有比这真理和生活更高的真理和生活了!"

有一个名叫费多西尤什卡的云游派教徒,五十岁,是一个矮小文静的麻脸女人,她已光着脚,戴着镣铐行走了三十多年。玛丽亚公爵小姐特别喜欢她。有一次,在一个只点一盏神灯的昏暗的房间内,费多西尤什卡讲了自己的一生,这时玛丽亚公爵小姐突然产生了一个非常强烈的念头,她认为只有费多西尤什卡一个人找到了正确的生活道路,她自己也决定要去云游。费多西尤什卡去睡觉后,玛丽亚公爵小姐考虑这件事考虑了很久,最后决定,不管这是多么的奇怪,她应当去云游。她把自己的意图只告诉了听取忏悔的神父阿金菲一个人,这位神父赞同她的意图。于是玛丽亚公爵小姐借口送礼物给云游派教徒,为自己置备了云游用的全套服装:衬衣、树皮鞋、长衫和黑头巾。每当走到放着这服装的衣橱时,她常常停住脚步,拿不定主意,不知是否到了实现她的意图的时候了。

她在听云游派教徒讲故事时,听到她们的那些不假思索说出来的、而她觉得充满深刻意义的平平常常的话,就激动起来,因此有几次她准备扔下一切,离家出走。她在自己的想象中仿佛觉得自己已和费多西尤什卡一起,穿着粗布衬衣,拿着棍子,背着口袋,行走在尘土飞扬的道路上,没有嫉妒,没有常人的爱,没有愿望,从一些上帝的仆人那里走到另一些上帝的仆人那里,最后走向没有悲伤,没有叹息,只有永恒的快乐和幸福的地方。

"我找到一个地方,就做祈祷;还没有来得及习惯和爱上那个地方,又继续向前走。一直走到两腿发软,便在某个地方躺下来死去,这样我终于到了那个永远安息的地方,那里既没有悲伤,也没有叹息!……"玛丽亚公爵小姐想道。

但是后来,当她看见父亲,尤其是看见小科科 [①] 时,她实现自己意图的决心动摇了,于是偷偷地哭着,觉得自己是一个有罪孽的人,因为爱父亲和侄儿胜过爱上帝。

---

① 科科是尼古拉的爱称。

第四部

一

　　《圣经》的故事说：不劳动——无所事事——是人类始祖在被逐出伊甸园前过安乐生活囫的条件。在后来的人身上，仍然有同样的喜欢无所事事的习性，但是人一直受到诅咒，这不仅是因为我们必须汗流满面才得糊口，而且因为我们根据精神品性来说，不能是无所事事和心安理得的。一个秘密的声音告诉说，我们无所事事应该是有罪的。如果人能处于这样一种状态，他既无所事事，又觉得自己是有益的，是在履行自己的职责，那么他就找到了原始的安乐生活的一个方面。处于这种必需的而又无可责难的无所事事状态的，有整整一个阶层——这就是军人。这种必需的而又无可责难的无所事事，过去是、将来仍将是服军役的主要魅力。

　　尼古拉·罗斯托夫完全体验到了这种安乐生活的乐趣，他在一八○七年后继续在保罗格勒团服役，接替杰尼索夫当上了骑兵连长。

　　罗斯托夫变成一个举止粗野而又心地善良的小伙子，莫斯科的熟人们见了，会认为他风度不好，但是他受到同事、下属和上司的喜爱和尊敬，对自己的生活很满意。最近，也就是一八○九年，他在家里的来信中愈来愈经常地看到母亲诉苦的话，说家里的经济状况愈来愈不好，说他也该回家来让年老的双亲高兴高兴，使他们得到安慰。

尼古拉在读这些信时，心里有一种恐惧感，生怕他们要把他从这远离纷扰的世事、过着平静安宁生活的环境里拉出来。他感觉到他迟早要重新陷入生活的漩涡里去，衰败的家业要重振，管家的账目要清查，会发生争吵，要对付阴谋，拉关系，与人们交往，处理同索尼娅的爱情关系，履行对她的诺言等等。所有这些事极其杂乱，很难处理，他只好用传统的格式给母亲写冷冰冰的回信，信的开头是"亲爱的妈妈"，结尾是"您的听话的儿子"，不提他什么时候回家的事。一八一〇年他接到家里人的来信，信中告诉他娜塔莎和鲍尔康斯基订婚的事，并且说婚礼将在一年后举行，因为老公爵不同意马上结婚。尼古拉接到这封信后很伤心，并且觉得受到了侮辱。第一，他舍不得娜塔莎离开家，因为在一家人当中他最喜欢她；第二，他从一个骠骑兵的观点出发，对自己在娜塔莎订婚时不在家感到遗憾，不然他就可向这个鲍尔康斯基表明，与他结亲根本不是什么高攀，如果他爱娜塔莎，那么他可以不得到怪僻的父亲的允许就结婚。他有过一时的犹豫，心想，要不要请个假，回去看一看订了婚的娜塔莎，但是这时眼看就要举行演习，心里又想起了索尼娅，想起了乱糟糟的事，就把归期推迟了。但是这一年的春天，他接到母亲背着老伯爵写的一封信，这封信使他觉得必须回去了。母亲写道，如果尼古拉再不回来管理家业的话，那么整个庄园就要拍卖，大家只好上街要饭了。老伯爵太软弱，对米坚卡太相信，他太善良，大家都欺骗他，弄得家里的景况愈来愈糟。"看在上帝分上，我求求您，如果你不想让我和你的全家遭到不幸的话，马上就回来。"伯爵夫人这样写道。

这封信对尼古拉起了作用。他具有常人的健全的理智，这健全的理智告诉他**应该**怎么做。

现在应当回去了，即使不退役，那也得请假。他并不知道为什么应当回去；但是吃完午饭睡了一觉后，他便吩咐给那匹很久没有骑、变得非常凶悍的灰色牡马战神备鞍；当他骑着这匹浑身冒汗的牡马回来后，便对拉夫鲁什卡（留在罗斯托夫身边的杰尼索夫的仆人）和晚上到他这里来的同事们说，他要请假回家去。不管他想到他就要走了，不能从司令部打听到他特别关心的事，不知道他是否将提升为骑兵大尉或者是否会因上次演习而得安娜勋章，心里觉得多么的别扭和纳闷；不

都这样说,"他是一个出色的人。"

<h1 style="text-align:center">二</h1>

尼古拉在回家后的初期,神情是严肃的,甚至是闷闷不乐的。他因自己必须去过问一团糟的经济问题而苦恼,而母亲正是为了这件事才把他叫来的。为了更快地卸下这个包袱,他在到家后的第三天不回答娜塔莎问他到哪里去的问题,皱着眉头,气冲冲地到厢房里去找米坚卡,要他交出**全部账目**。这**全部账目**是什么,尼古拉知道得比这时感到惊恐和困惑的米坚卡还要少。谈话和查米坚卡的账目没有用多少时间。在厢房的前厅里等候的村长、农民代表和文书开头惊恐而又高兴地听见小伯爵的嗓门愈来愈高,听见他接连不断地骂人和吓唬的话。

"强盗!忘恩负义的畜生!……我要砍了你这个狗东西……我可不像我爸爸……全被你偷光了……坏蛋。"

然后这些人同样高兴和惊恐地看见,小伯爵满脸通红,眼睛充血,抓住米坚卡的衣领把他拖出来,一面骂他,一面在适当时候用腿和膝盖非常灵活地顶他的屁股,喊道:"滚!坏蛋,不许你再到这里来!"

米坚卡飞快地跑下六级台阶,进了花坛。(这个花坛是奥特拉德诺耶有过失的人有名的避难所。米坚卡本人喝醉酒从城里回来,常躲进这个花坛,奥特拉德诺耶的许多躲避米坚卡的居民都知道这个花坛是个可以安全藏身的地方。)

米坚卡的妻子和大小姨子们脸上带着惊恐的表情从房间里探头往门廊里张望,房间里一个擦得干干净净的茶炊里的水开了,管家的高高的床上铺着绗好的、被面用一块块碎布拼成的被子。

小伯爵喘着气,不理睬她们,大步从她们面前经过,朝正房走去。

伯爵夫人从女仆那里立即知道了厢房里发生的事,一方面,她想到现在他们的景况将会好转而觉得欣慰,另一方面又怕儿子挑不起这担子而感到不安。她几次踮着脚走到儿子的门前,听着他如何一袋接一袋地抽烟。

第二天,老伯爵把儿子叫到一边,面带畏怯的笑容对他说:

"你知道吗,亲爱的,何必发那么大的火!米坚卡全都对我说了。"

"我就知道,"尼古拉想,"在这里,在这个怪地方,什么事我永远也无法弄明白。"

"你发现他没有记上这七百卢布就生气。可是这笔钱记在下一页上,你没有往下看。"

"爸爸,他是坏蛋和骗子,我知道。我已这样做了,就算了。如果您不愿意,往后我什么也不对他说了。"

"不,亲爱的。(老伯爵也感到问心有愧。他觉得把妻子的庄园管理得很不好,对不起自己的孩子们,但是不知道如何改变这种状况。)不,我请你把事情管起来,我老了,我……"

"不,爸爸,如果我做了使您不愉快的事,请您原谅;我更不如您。"

"让这些农夫、金钱、转入次页的账目全都见鬼去吧,"他想,"我过去曾懂得如何下赌注,而记账时如何转入下页却什么也不明白。"他心里对自己说,从那时起就再也不过问家里的事了。有一次伯爵夫人把儿子叫到身边,对他说,她有一张安娜·米哈依洛夫娜的两千卢布的期票,问他怎么办。

"原来是这么回事,"尼古拉回答说,"您对我说了,这事让我来决定;我不喜欢安娜·米哈依洛夫娜,也不喜欢鲍里斯,但是他们和我们很要好,而家里很穷。那就这样处理吧!"他把期票撕得粉碎,这个举动使老伯爵夫人欢乐的眼泪夺眶而出,大哭起来。在这之后,小伯爵已不再过问任何事情,怀着极其浓厚的兴趣玩起他还觉得新鲜的猎犬来,而在老伯爵的庄园里养有进行大规模狩猎用的大群猎犬。

三

已是初次上冻的季节,早晨的寒气冻结了被秋雨浸润的土地,秋播作物分蘖了,长得很茂盛,一片鲜绿,它与一块块收割过的、被牲口踩过的褐色的冬麦地和浅黄色的春麦地以及一条条红色的荞麦地的界线显得格外分明。山头和树林在八月底看起来还像是黑色的冬麦地和收割过的庄稼地之间的绿色岛屿,如今变成了鲜绿色的冬麦地中间的金黄色的和鲜红色的汀渚。灰兔的毛已换了一半,小狐狸开始离窝,狼崽长得比狗还要大。这是打猎的最好季节。热心的年轻猎手罗斯托夫的猎犬不仅练出了适于打猎的体形，而且连爪子也磨伤了，因此全体猎手商量后决定让猎犬休息三天，九月十六日出发，从杜布拉瓦开始，因为那里有一个未受惊动的狼窝。

九月十四日的情况是这样的。

这一天猎人们整天待在家里；天气很冷，寒风刺骨，但是傍晚天气转阴，变暖了。九月十五日，年轻的罗斯托夫早晨穿着睡袍朝窗外看了一眼，看见今天早晨对打猎来说再好不过了，瞧那天空仿佛在融化，在无风中往地面下降。空中唯一移动着的东西，是从上面悄悄落下来的烟尘和雾气的微粒。挂在花园里光秃秃的树枝上的晶莹的露珠，不断坠落在刚刚落下的树叶上。菜园里的土地，像罂粟花一样，潮湿黑亮，在不远的地方与灰暗湿润的雾气融为一体。尼古拉开门到了满是泥泞的湿漉漉的台阶上；四周散发着枯叶的气味和狗臊味。那只有黑色花斑、臀部很宽、长着一双凸出的乌黑大眼睛的母灵缇①米尔卡，见主人出来了，就站了起来，向后伸伸腰，像灰兔似的伏下，然后突然跳起来，径直扑上去舔了舔主人的鼻子和胡子。另一只灵缇从花园小径上看见了主人，拱起脊背，迅速奔向台阶，翘起尾巴，开始在尼古拉的腿上蹭着。

"噢——嚯！"这时传来了猎手的无法模仿的吆喝声，这声音把深沉的男低音和尖细的男高音结合在一起；从拐角处出来了驯犬师和狩猎长丹尼洛，他留着乌克兰式的童花头，头发灰白，满脸皱纹，手里拿着弯成弧形的短柄长鞭，脸上带着猎人们才有的独立不羁、蔑视世上的一切的神情。他在主人面前摘下了切尔克斯高筒帽，用轻蔑的目光看了他一眼。对这种轻蔑主人并不介意，因为尼古拉知道，这个蔑视一切和自认为高于一切的丹尼洛毕竟不过是他家里的仆役和猎人。

"丹尼洛！"尼古拉喊道，他怯生生地感觉到，他见了这种适于打猎的天气、这些猎犬和这个猎手，立刻就有一种无法遏止的打猎的欲望，有了这种欲望，一个人就会像热恋中的人在情人面前一样，把原来的各种打算全部忘掉。

"有什么吩咐，大人？"丹尼洛用教堂大辅祭那样的低沉的声音问，

---

① 灵缇是一种嗅觉灵敏、腿细善跑的猎犬。

他的嗓音因吆喝猎犬变得有些嘶哑,他皱着眉头,那双闪闪发亮的黑眼睛朝停止说话的主人看了一眼。"怎么,忍不住了吧?"这两只眼睛好像在这样说。

"天气很好,啊?可以打一围,跑一跑,啊?"尼古拉说,一面搔着米尔卡的耳朵背后。

丹尼洛没有回答,他眨了眨眼睛。

"天一亮我就派乌瓦尔卡去探听了,"他在停了一会儿后用低沉的声音说,"他回来说,已**搬到**奥特拉德诺耶禁伐区了,那里有嗥叫声。"(这"搬到"的意思是指那只他俩都知道的母狼已带着狼崽搬到奥特拉德诺耶树林,这树林离家两俄里,是一个与别处不相连的不大的地方。)

"那就应当去了?"尼古拉说。"你和乌瓦尔卡到我这里来一下。"

"遵命!"

"你等一等再喂狗。"

"是。"

五分钟后,丹尼洛和乌瓦尔卡已站在尼古拉的大书房里了。虽然丹尼洛身材不高,但是看见他在房间里会使人觉得好像看见一匹马或一头熊站在地板上的家具和其他生活设施之间一样。丹尼洛自己感觉到了这一点,便像平常一样紧挨着门站着,说话时声音尽量放得小些,并且一动不动,以便不破坏老爷们的安宁,竭力想赶快把话说完,好从天花板底下出去,到天空底下的宽阔原野里去。

尼古拉进行了详细的询问并从丹尼洛嘴里得知猎犬都还可以后(丹尼洛本人也想去打猎),吩咐给马备鞍。但是丹尼洛刚想要走,娜塔莎就快步进了房间,她还没有梳洗穿戴好,身上只披着保姆的大头巾。彼佳也和她一起跑了进来。

"你去打猎吗?"娜塔莎问,"我就知道你要去!索尼娅说你们不会去。我知道,天气这样好,不可能不去。"

"我们要去。"尼古拉不乐意地回答道,今天他要正经八百地去打狼,不愿带上娜塔莎和彼佳,"我们要去,不过是去打狼,你会觉得没有意思的。"

"你知道,这对我来说是最快乐不过了。"娜塔莎说,"自己要去打猎,吩咐鞴马,却对我们什么也不说,这很不好。"

"罗斯人什么也挡不住,我们走!"彼佳喊道。

"你可不能去,因为妈妈说过,你不能去。"尼古拉对娜塔莎说。

"不,我去,一定要去。"娜塔莎坚决地说。"丹尼洛,给我们鞴马,叫米哈依拉把我的狗带上。"她对狩猎长说。

丹尼洛本来就觉得待在房间里不合适和很难受,而跟小姐打交道更觉得不可思议。他垂下眼睛,急忙往外走,仿佛这与他无关,同时竭力避免无意中做不利于小姐的事。

四

老伯爵一直养着一大批猎手,现在把他们全部交给儿子管理,在九月十五日这一天,他一高兴,自己也要去打猎。

一个钟头后,全体猎手在台阶旁集合。尼古拉板着脸,态度严肃,想要表明他现在没有时间去管琐碎的小事,迈开步子从正在对他说什么的娜塔莎和彼佳面前走过。他检查了猎队的各个部分,先派一批猎手带一群猎犬去布围,自己骑上枣红顿河马,呼唤着自己的那一群猎犬,穿过打谷场朝奥特拉德诺耶禁伐区方向的一片田野驰去。老伯爵的那匹叫维夫梁卡的白鬃白尾枣红色骟马由伯爵的马夫牵着;而伯爵本人则坐轻便马车直接到留给他的那条野兽常走的路上去守候。

出动的猎犬总共五十四只,由六个驯犬师和猎犬管理人带领着。带灵缇的人,除主人们外,有八个人,他们后面有四十多只灵缇奔跑着,因此连同主人们的犬群,出猎的有一百三十来只狗和二十来个骑马的猎手。

每一只狗都认识主人和知道自己的名字。每个猎手知道自己该做什么,知道自己守候的地点和任务。一出围墙,所有的人不再说笑,沿着通往奥特拉德诺耶树林的道路和田野,从容不迫地和不慌不忙地散开。

马在田野上走,好像在毛毯上走一样,有时在穿过道路时,踩在水洼上发出吧嗒吧嗒的声音。天空中的雾气还在悄悄地和不紧不慢地朝地面下降;这一天无风,暖和,四周寂静无声。不时传来猎手的口哨声,马打响鼻声,马鞭抽打声或离开自己位置的猎犬的尖叫声。

走了将近一俄里后,雾中又出现了五个带狗的骑手,他们朝罗斯托夫家的狩猎队迎面过来。打头的是一个长着一大把灰白胡子的精力充沛、仪表堂堂的老人。

"您好,大叔!"尼古拉在老人到了他跟前时说。

"正当事,快去!……我就知道,"大叔(这是罗斯托夫家的一个并不富裕的远亲,住在邻村)说,"我就知道你忍不住了,你来了,这很好。正当事,快去!(这是大叔爱说的口头禅。)你现在就去禁伐区,我的吉尔奇克得到消息说伊拉金家带着狩猎队已待在科尔尼基了,正当事,快去!不然他会从你的鼻子底下把狼崽抢走的。"

"我就上那里去。怎么,要不要把猎犬合到一起?"尼古拉问,"合到一起……"

于是两家的猎犬合成了一群,大叔和尼古拉便并辔而行。娜塔莎骑马到了他们跟前,只见她裹着头巾,头巾下露出兴奋的脸和闪闪发亮的眼睛,彼佳和猎人米哈依拉,还有保姆派来照看她的驯马师一步不离地跟着她。彼佳笑着什么,抽打着马,神着缰绳。娜塔莎灵活地和蛮有把握地坐在她的阿拉伯黑马上,稳稳当当地和毫不费力地把马勒住。

大叔用不赞同的目光看了彼佳和娜塔莎一眼。他不喜欢把玩耍与打猎这样严肃的事搅和在一起。

"您好,大叔!我们也去。"彼佳喊道。

"您好倒是您好,可不要踩着狗。"大叔严厉地说。

"尼科连卡,特鲁尼拉这条狗多么可爱!它认得我了。"娜塔莎夸奖她心爱的猎狗说。

"首先,特鲁尼拉不是一般的狗,而是猎犬。"尼古拉心里想,严厉地盯了妹妹一眼,力图让她感觉到,这时他们应该保持一定距离。娜塔莎明白了这一点。

"大叔,您别以为我们会妨碍什么人,"娜塔莎说,"我们将待在自己的位置上,一动不动。"

"那很好,伯爵小姐。"大叔说,"只是不要从马上摔下来,"他加了一句因为——正当事,快去!——没有什么可支撑的。"

在大约一百俄丈的地方已看得见奥特拉德诺耶禁伐区这个孤岛了,驯犬师们朝它走过去。罗斯托夫和大叔最后商定从哪里放出猎犬,并且给娜塔莎指定了她应待的和不会有任何野兽跑来的位置,然后朝谷地上方的围猎地过去。

"喂,好侄儿,你这是去守候那只老狼,"大叔说,"说好了,别让它溜了。"

"这要看运气了。"罗斯托夫答道。"卡拉依,走吧!"他吆喝一声,用这一声吆喝作为对大叔的回答。卡拉依是一只两腮长满长毛的难看的老公狗,它因单独捕获了一只老狼出名。大家都各就各位。

老伯爵知道儿子打猎时脾气急躁,便急忙赶来,唯恐迟到,驯犬师们还没有到达指定地点,伊里亚·安德烈依奇就赶着两匹黑马拉的轻便马车,脸色红润,双颊颤动着,高高兴兴地沿着秋播作物地到了留给他的位置,然后抻了抻皮袄,佩带上了打猎用具,上了他的那匹像他自己一样光滑肥壮、温和善良、毛色灰白的维夫梁卡。轻便马车和拉车的马被打发走了。伊里亚·安德烈依奇伯爵虽然不大喜欢打猎,但是牢记着打猎的规矩,他到了他站的灌木林的边上,理好缰绳,在马鞍上坐稳,觉得自己都准备好了,便微笑着朝四周张望了一下。

在他身旁站着他的跟班谢苗·切克马尔,这是一个老骑手,但动作已不灵便了。切克马尔带着三只像主人和马一样变得肥胖的凶悍的捕狼猎犬。两只聪明的老狗不拴皮带躺着。在大约百步以外的灌木林边上,站着伯爵的另一个马夫米季卡,此人特别喜欢骑马,并且是一个打猎的狂热爱好者。伯爵按照古老的习惯,在打猎前喝了一银杯猎人喝的露酒,吃了点酒菜,又喝了半瓶他喜欢喝的波尔多红葡萄酒。

伊里亚·安德烈依奇喝了酒加上骑着马,脸稍微有点红;他的那双有点湿润的眼睛显得特别明亮,他裹着皮袄坐在马鞍上,那模样活像是一个准备带出去游玩的孩子。

瘦削和双颊下凹的切克马尔安排好自己的事情后,不时地瞧瞧他的那位已和睦相处了三十年的主人,看到主人心情很愉快,便等待着进行愉快的谈话。还有第三个人从树林那边小心翼翼地过来(显然已告诫过他),在伯爵后面停住。过来的是一个白胡子老头,他身穿女式外衣,头戴高筒帽。这是小丑娜斯塔西娅·伊万诺夫娜。

"喂,娜斯塔西娅·伊万诺夫娜,"伯爵对他眨眨眼,低声地说,"你只会惊走野兽,丹尼洛会给你厉害瞧的。"

"我……不比别人差。"娜斯塔西娅·伊万诺夫娜说。

"嘘—— 嘘!"伯爵叫他别作声,朝谢苗转过身去。

"见到娜塔莉娅·伊里尼什娜了吗?"他问谢苗,"她在哪里?"

"她和彼得·伊里奇①在扎罗夫草地附近,"谢苗微笑着回答道,"别看她是一位小姐,特别喜欢打猎。"

"谢苗,你看见她骑马觉得惊奇吧……啊?"伯爵说,"就是男子汉也只能这样!"

"怎么不惊奇?勇敢,灵活!"

"尼科拉沙②在哪里?在利亚多夫高地,是吗?"伯爵仍然低声地问。"正是,老爷。少爷知道该在哪里守候。他对马术那样精通,我和丹尼洛有时感到非常吃惊。"谢苗说,他知道如何讨主人的欢心。

"马骑得不错,啊?骑在马上的姿势怎么样,啊?"

"简直像画里画的一样!前几天在扎瓦尔扎草地上追捕一只狐狸。少爷开始进行拦截,不让进密林,跑得快极了—— 那马价值千金,而骑手更是无价之宝!是的,像他这种好样的年轻人到哪里去找!"

"到哪里去找……"伯爵重复着他的话,看来为谢苗这样快就把话说完而感到惋惜。"到哪里去找。"他说,撩起皮袄的前襟,掏出了鼻烟壶。

"前些日子少爷佩戴着所有勋章和奖章做完日祷出来,于是米哈依尔·西多雷奇……"谢苗没有把话说完,他听见寂静的空中传来了猎犬追捕猎物的吠叫声和两三只猎犬的呼应声。他低下头注意地听,默默地对主人做了个手势。"找到了一窝狼崽……"他低声说,"带人直接追到利亚多夫高地去了。"

伯爵忘了收敛起脸上的笑容,望着前面远处的林中小道,手里捧着鼻烟壶,但没有闻鼻烟。紧接着猎犬的吠叫声,又传来了丹尼洛吹响的追狼的低沉的号角声;一群猎犬和头三只猎犬会合了,可以听见猎犬时高时低地吠叫起来,还可以听见一种进行呼应的特别的吠叫声,这说明已在追捕狼了。驯犬师已不对猎犬吆喝了,而是发出"呜——

---

① 彼得·伊里奇是彼佳的名字和父名。

② 尼科拉沙是尼古拉的爱称。

— 溜—— 溜"的声音,命令它们追上去,在所有这些声音中,丹尼洛发出的时而低沉、时而尖得刺耳的声音可以听得特别清楚。他的声音仿佛充满了整个树林,而且传出树林外,在远处田野里回响着。

伯爵和他的马夫默默地听了几秒钟,确信猎犬已分为两群:一群很大,吠叫得特别起劲,已开始逐渐远去;另一群沿着树林奔跑,在伯爵面前经过,在这一群里可以听见丹尼洛发出的命令声。这群猎犬合合分分,但都渐渐跑远了。谢苗叹了一口气,弯下腰,以便整一整被小公狗搅乱了的皮带。伯爵也叹了一口气,觉察到自己手中捧着鼻烟壶,便把它打开,取出一撮鼻烟。

"回来!"谢苗朝跑离林边的公狗喊道。伯爵浑身颤抖了一下,手里的鼻烟壶掉到了地上。娜斯塔西娅·伊万诺夫娜下马去捡鼻烟壶。

伯爵和谢苗看着他。突然,如同常有的那样,追赶声一下子靠近了,仿佛猎犬张开大嘴的吠叫声和丹尼洛"呜—— 溜—— 溜"的命令声很快就要到他们跟前。

伯爵朝四周看了一眼,看见米季卡在右边正瞪着两眼望着他,同时抬了抬帽子,向他指着前面的另一边。

"当心!"他大声喊叫起来,仿佛他早就按捺不住地要这样喊。接着放开猎犬,朝伯爵奔驰过来。

伯爵和谢苗骑马从林边出来,看见了左边有一只狼,这只狼微微摆动身子,正在轻轻地朝左边刚才他们站的林边跑去。凶猛的猎犬尖声吠叫了一声,挣脱皮带,从马腿旁朝那只狼追去。

狼停了一下,像得了喉头炎似的,朝猎犬笨拙地转过额头很宽的脑袋,还像刚才那样微微摆动身子,蹦了一下两下,摇摇尾巴,钻进树林边缘不见了。这时,从对面的林边慌慌张张地蹿出一只、两只、三只猎犬,它们发出像哭一样的吠叫声,一起沿着田野里刚才狼跑过的地方追去。在猎犬之后,榛树丛分开了,出现了丹尼洛的那匹因满身是汗而皮毛发黑的栗色马。丹尼洛身体蜷缩着,朝前倾,骑在长长的马背上,他没有戴帽子,头上的白发乱蓬蓬的,通红的脸上冒着汗。

"呜—— 溜—— 溜,呜—— 溜—— 溜!"他喊道。当他看见伯爵时,眼睛里射出了一道闪光。

"可惜!……"他喊道,举起鞭子朝伯爵做了一个威吓的动作。

"把狼放—走了！……还算什么猎人！"他似乎不愿再理睬惊慌失措的伯爵，窝着对他的满腔怒火，狠狠地朝栗色骟马凹陷下去的汗湿的肚子抽了一鞭，就跟着猎犬跑了。伯爵好像受了罚一样站在那里，朝四周张望，想用笑脸博得谢苗对自己的处境的同情。但是谢苗已不在那里了：他绕过灌木丛前去拦截狼，不让它进树林。那边的猎手们也都在追捕那野兽。但是狼在灌木丛里走，没有一个猎手能截住它。

五

这时尼古拉·罗斯托夫正在自己的位置上守候着狼。根据时近时远的追逐声，根据他熟悉的猎犬的吠叫声，根据驯犬师时远时近和不断抬高的呼喊声，他感觉到在孤岛般的树林里正在发生什么事。他知道，树林里有初生的狼（小狼）和长成的狼（老狼）；他知道，猎犬分为两群，某个地方正在进行追捕，而某个地方事情进行得不大顺手。他每时每刻都在等待着狼到他这边来。他作了几千种设想，估计狼会从哪边跑来，怎样跑来，考虑他如何追捕它。他心里的希望不断为失望所取代。他几次向上帝祈祷，盼望狼跑到他这里来；他祈祷时非常热情和诚实，就像那些因微不足道的小事而焦急不安的人进行祈祷一样。"你为我做这件事，根本费不了多大力气！"他对上帝说，"我知道，你伟大，我不该向你提出这个请求；但是请你务必让那老狼朝我跑过来，让卡拉依当着在那里守候的大叔的面狠狠地咬住它的喉咙不放。"在这半个钟头里，尼古拉连续不断地用紧张不安的目光上千次地扫视树林的边缘，那里的一片白杨幼林上矗立着两棵稀有的橡树；扫视边沿被水冲塌的冲沟以及右边灌木丛里依稀可见的大叔的帽子。

"不，不会有这样的运气，"罗斯托夫想，"这是多么可贵啊！不会有的！我无论是玩牌还是打仗，运气从来都不好。"于是奥斯特利茨战场的情景和多洛霍夫的样子清晰地、但迅速交替着在他的想象中闪现。"只要一生中有一次能逮住一只老狼，我就再也没有别的愿望了！"他一面想，一面集中注意力，朝左边看看，又朝右边瞧瞧，倾听着追捕野兽发出的任何一点微小的声音。他又朝右边看了一眼，发现有个什么东西沿着空旷的田野朝他跑过来。"不，这不可能！"罗斯托夫想，像一个眼见盼望已久的事正在实现的人那样深深地喘着气。巨大的幸福实现了——而且是那样地简单,那样地毫不声张,那样地平平常常和不加宣扬。罗斯托夫简直不相信自己的眼睛,他的这种疑惑延续了一秒多钟。狼正在向前跑着,吃力地跳过了它路上的一道沟。这是一只老狼,脊背灰白,肥胖的肚子有点发红。它不慌不忙地跑着,显然相信没有任何人看见它。罗斯托夫屏住呼吸,回头看了看猎犬。这些猎犬有的躺着,有的立着,没有看见狼,不明白是怎么回事。老狗卡拉依转过头,龇着黄牙,生气地寻找着狗蚤顺着自己的后腿咔嚓咔嚓地咬着。

"呜—— 溜—— 溜。"罗斯托夫噘起嘴唇,低声喊道。猎犬抖动了铁链,跳了起来,竖起了耳朵。卡拉依搔完它的后腿后,也站了起来,竖起耳朵,轻轻地摇了摇狗毛纠结成团的尾巴。

"放出去还是不放?"当那只狼离开树林朝他过来时,尼古拉自言自语地说。突然狼的整个嘴脸变了;它看见一双它大概还没有见过的人的眼睛注视着它,浑身颤抖了一下,略微朝猎人转过头来,站住了,大概是在想:是后退还是向前走?"嘿!反正都一样,向前!……"看来它仿佛对自己这样说,于是它不再回头看,轻松自如然而坚决果断地一纵一跳着朝前走了。

"呜—— 溜—— 溜!……"尼古拉喊叫起来,那声音听起来好像不是他的一样,他骑的那匹骏马自行冲下山去,跃过一个个水沟去拦截那只狼;猎犬跑得更快,赶到了马的前头。尼古拉听不见自己的喊声,感觉不到他在骑着马奔跑,既没有看见猎犬,也没有看见他经过的地方;他只看见那只狼,看见它加快了速度,没有改变原来的方向,沿着谷地奔跑着。第一个出现在狼近旁的是黑色花斑、臀部很宽的米尔卡,它开始逐渐靠近那只野兽。离得愈来愈近了……眼看它就要追上了。但是狼斜着眼睛看了看它,米尔卡便不像平常那样使劲扑上去,而是翘起尾巴,突然两条前腿撑着地站住了。

"呜—— 溜—— 溜—— 溜!"尼古拉喊道。

红毛的柳比姆从米尔卡背后跳出来,迅速向狼扑去,咬住了它的后腿,但是就在这时又惊恐地跳到了另一边。狼蹲了下来,龇了龇牙,重新站起来往前跑,所有猎犬没有再去接近它,在离它一俄尺的地方跟着。

"要跑掉了！不，这不行。"尼古拉想道，继续扯着嘶哑的嗓门喊着。

"卡拉依！呜——溜——溜！……"他一面喊着，一面用眼睛寻找这只老公狗，这是他唯一的希望。卡拉依使出全身的力气，尽可能地挺直身子，盯住那只狼，费力地跑到它一边，想要截住它。但是狼跑得快而卡拉依跑得慢，根据这一点可以看出，卡拉依失算了。尼古拉看见在前面离自己不远的地方就是树林，狼跑到那里一定会溜掉。这时前面出现了一群猎犬和一个骑着马几乎迎面跑过来的猎人。还有希望。一条尼古拉没有见过的、来自另一犬群的体形很长的深褐色小公狗迅速从前面向狼冲过来，几乎把它撞倒了。狼出乎意外地很快爬起来，朝小公狗扑过去，"咔嚓"咬了一口——于是浑身是血、肚子被咬破的小公狗尖声地叫起来，一头栽倒在地上。

"卡拉尤什卡①！老伙计！……"尼古拉哭着喊道。

这条腿上的毛卷成一团团的老公狗，利用小公狗阻拦的机会切断了狼的道路，离狼只有五步远了。狼仿佛感觉到了危险，斜眼朝卡拉依看了看，把尾巴夹得更紧，想加快速度跑掉。但是这时，尼古拉只看见卡拉依发生的情况——它转瞬之间到了狼身上，同狼一起滚到了它们前面的水沟里。

水沟里几条猎犬和狼咬在一起，狼的灰白色的毛和它的一只伸直的后腿从猎犬下面露出来，它抿住耳朵，一副惊恐的样子，喘不过气来（卡拉依咬住了它的喉咙）。——尼古拉看见这情景的那一分钟，是他一生中最幸福的时刻。他已抓住鞍桥，想要下马去打那只狼，突然狼从这一群猎犬中间伸出了脑袋，然后把前腿搭到了沟沿上。它咬了咬牙（这时卡拉依已没有咬住它的喉咙了），两条后腿一蹬，跳出了水沟，夹起尾巴，摆脱了猎犬，又向前逃跑了。卡拉依身上的毛竖了起来，它大概是摔伤了或被咬伤了，吃力地从沟里爬出来。

"我的上帝！这是为什么呀？……"尼古拉绝望地喊叫起来。

大叔的一个猎手从另一边过来拦截，他带的猎犬又把狼挡住了。狼再一次被围住了。

---

① 卡拉尤什卡是卡拉依的爱称。

尼古拉和他的马夫，大叔和他的猎手围着狼打转，命令猎犬冲上去，叫喊着，每当狼蹲下时，他们都准备下马来打它；每当狼抖抖身子，往那能救它命的禁伐林里跑时，他们便朝前追去。

早在这次追捕开始时，丹尼洛听见"呜——溜——溜"的喊声，便策马来到了林边。他看见卡拉依咬住了狼，以为事情已结束了，便勒住马。但是当他看到猎手们没有下马，狼抖了抖身子又要逃跑时，便催动他的栗色马，但不是朝狼奔去，而是一直奔向禁伐林，像刚才卡拉依那样去拦截狼。由于朝这个方向走，他在大叔的猎犬挡住狼时赶到了狼的跟前。

丹尼洛左手握着出鞘的短刀，一声不响地骑马往前走，像用连枷打谷一样，用短柄长鞭抽打着栗色马凹进去的肚子。

尼古拉在那匹栗色马喘着粗气从他身旁过去前，没有看见丹尼洛和听见丹尼洛的喊声，他也没有听见身体扑下去的声音，没有看见丹尼洛已在猎犬中间趴在狼的背上，竭力想抓住狼的耳朵。无论是猎人们还是猎犬和狼都已经明白，现在事情已经结束了。狼惊恐地抿起耳朵，想要起来，但是猎犬团团围住它。丹尼洛欠起身来，使劲往下压，整个沉重的身体像要躺下休息一样倒在狼身上，伸手抓住它的耳朵。尼古拉想要刺它，丹尼洛低声说："不要这样，让我们把它的嘴捆住，"说着他改换了一个姿势，用脚踩住狼的脖子。人们朝狼的嘴里塞进了一根棍子并且捆好，好像给它戴上皮嚼子一样，然后捆住它的四脚，丹尼洛把它从这边到那边来回翻了两次。

人们脸上带着快乐和疲乏的表情，把这只活捉的狼放到一匹想要急忙闪开和打着响鼻的马的背上，这只狼在猎犬朝它发出的尖细的吠叫声伴随下，被驮到了大家集合的地方。猎犬抓到了两只小狼，灵缇抓到了三只。猎手们带着猎物聚集拢来，讲述着捕狼的经过，大家都来看老狼，而那野兽嘴里咬着一根棍子，低下脑门宽阔的脑袋，用呆板无神的大眼睛望着周围的这一群狗和人。当有人碰它时，它抖动着被捆住的腿，惊恐而又直瞪瞪地看着大家。

伊里亚·安德烈依奇伯爵也骑马过去，碰了碰狼。

"啊，好大一只狼。"他说。"很大，是吧？"他问在他身旁的丹尼洛。

"很大，大人。"丹尼洛急忙脱下帽子回答道。

伯爵想起了被他自己放走的狼以及同丹尼洛的冲突。

"不过,老弟,你爱生气。"伯爵说。丹尼洛什么也没有说。只羞怯地像孩子那样温和而愉快地笑了笑。

六

老伯爵回家去了。娜塔莎和彼佳留了下来,不过答应很快就回去。打猎继续进行,因为天色还早。中午奇时,猎犬都放进了长满稠密幼林的峡谷。尼古拉站在一片收割过的庄稼地里,看得见所有的猎手。

在尼古拉对面是一片秋播作物地,他手下的一个猎手一个人在那片榛树丛后面的坑里站着。猎犬刚刚放出去,尼古拉就听见他熟悉的猎犬沃尔托恩追捕野兽发出的断断续续的吠叫声;别的猎犬参加了进来,追捕声时起时落。过了一会儿,从树林里传出了追捕狐狸的喊声,于是整个犬群合在一起,离开尼古拉,沿着一个沟岔朝秋播作物地追去。

尼古拉看见几个戴红帽的猎犬管理人沿着长满幼林的峡谷的边缘奔驰着,他甚至看见了猎犬,并且随时都希望在那一边,在秋播作物地上有狐狸出现。站在坑里的猎手开始行动,他放出猎犬,这时尼古拉看见有一只样子古怪的矮矮的红狐狸拖着一条大尾巴,急急忙忙地在秋播作物地里跑。猎犬开始追上它。眼看猎犬已经靠近了,狐狸在它们之间转圈,转得愈来愈快,用毛茸茸的尾巴在自己周围画着圈,这时不知哪家的一只白狗扑了上去,接着一只黑狗也上去了,于是一切都乱成一团,猎犬分开来屁股朝外站着,围成一个星形,微微抖动着身子。两个猎手骑马到了猎犬跟前,一个头戴红帽,另一个是陌生人,身穿绿色长衫。

"这是怎么回事?"尼古拉想道。"这个猎手是从哪里来的?这不是大叔家的。"

猎手们夺下狐狸,没有把它往马鞍上挂,两人在马下站了很长时间。拖着缰绳、鞴着马鞍的马在他们附近站着,猎犬也在那里躺着。猎手们挥动着手,好像在争那只狐狸。从那里传来了号角声,这是要打架的信号。

"伊拉金家的猎手在和我们的伊万争吵。"尼古拉的马夫说。

尼古拉派马夫去把妹妹和彼佳叫到自己身边来，自己骑着马慢步前往驯犬师集合猎犬的地方。几个猎手已骑着马到打架的地点去了。

尼古拉下了马，与刚骑马过来的娜塔莎和彼佳在猎犬旁边站住，等待着吵架的事结束的消息。从林边出来了那个打架的猎手，鞍桥后面挂着一只狐狸，他到了小主人跟前。他远远地摘下帽子，竭力想把话说得恭敬些；但是他脸色苍白，喘着粗气，脸上带着恶狠狠的表情。他的一只眼睛被打伤了，但是他大概还没有发觉这一点。

"你们那里怎么啦？"尼古拉问。

"自然是他想把狐狸从我们的狗嘴里抢走！是我的灰色的母狗捉住的。你想，有这样的道理吗！居然伸手来抓狐狸！我就举起狐狸给他一下子。往后退，狐狸在鞍桥后面挂着呢。想尝尝这个吗？"猎手指着短刀说，大概他脑子里还仍然在和他的仇敌说话。

尼古拉没有同猎手说话，叫妹妹和彼佳等一等他，自己便到敌对的伊拉金家的猎手那里去了。

取胜的猎手到了猎手们中间，被这些同情而又好奇的人围住，讲述着自己的功绩。

事情是这样的：与罗斯托夫家有争执并正在打官司的伊拉金在通常属于罗斯托夫家的地方打猎，现在似乎有意叫他的猎手到罗斯托夫家打猎的树林来，让一个猎手去抢别人的猎犬追捕的猎物。

尼古拉从来没有见过伊拉金，但是他议人论事好走极端，感情容易冲动，听说这个地主蛮横霸道，便非常恨他，把他看作最凶恶的敌人。他现在骑着马愤怒而又激动地朝他过去，手里紧紧握着短柄长鞭，为对自己的敌人采取最坚决和最危险的行动做好了一切准备。

他刚转过树林的突出部，就看见一个头戴海狸皮帽的肥胖的地主骑着一匹上等的黑马朝他迎面过来，后面跟着两名马夫。

尼古拉发现伊拉金不是敌人，而是一个仪表堂堂、彬彬有礼的地主，并且看出他特别愿意和小伯爵结识。伊拉金到了罗斯托夫跟前，抬了抬海狸皮帽，说他对发生的事感到十分遗憾；说他已下令惩罚那个胆敢抢别人的猎犬追捕的猎物的猎人，表示希望同伯爵结交，并邀请他到自己的地方去打猎。

　　娜塔莎担心哥哥会做出什么可怕的事情,焦急不安地骑着马在不远处跟着他。她看见两个仇敌友好地相互行礼致意,便到了他们跟前。伊拉金看见娜塔莎,把他的海狸皮帽抬得更高,愉快地笑了笑,说伯爵小姐无论就对打猎的爱好还是就他早有所闻的美貌来说,都很像狄安娜①。

　　伊拉金为了弥补他的猎手的过错,恳请罗斯托夫到一俄里外他留给自己打猎的山脚去,据他说,那里到处都是兔子。尼古拉同意了,于是人数增加了一倍的猎手出发了。

　　到伊拉金的山脚去要经过田地。猎手们排成一排。老爷们在一起走。大叔、罗斯托夫、伊拉金不时悄悄地看看对方的猎犬,竭力做得使对方不觉察到这一点,不安地在对方的猎犬中寻找自己的猎犬的敌手。

　　使罗斯托夫特别感到惊讶的是伊拉金的犬群中的一只红色花斑的纯种小母狗,它体形细长,但是肌肉坚硬如钢,嘴脸清秀,长着一双凸出的黑眼睛。他曾听说伊拉金的狗跑得很快,现在认为这只漂亮的小母狗是他的米尔卡的敌手。

　　伊拉金谈起了今年的收成,在这严肃的谈话的中途,尼古拉向他指了指他的那只红色花斑的母狗。

　　"您的这只母狗真漂亮!"他用漫不经心的口气说。"跑得快吗?"

　　"这一只?是的,这是一只好狗,能捉野兽。"伊拉金用满不在乎的声调说他的红色花斑的母狗叶尔扎,其实这只狗是他去年用三户家仆向邻居换来的。"这么说来,伯爵,你们那里的粮食产量也不那么好吧?"他接着已开始的话头说。他认为出于礼貌也应该对小伯爵说同样的夸奖的话,便看了看罗斯托夫的狗,选中了因臀部很宽而引起他注意的米尔卡。

　　"您的这条黑色花斑的狗真漂亮——很灵活!"他说。

　　"是的,还可以,能跑。"尼古拉回答道。而心里想:"只要野地跑出一只大灰兔,我就可以让你看看这是一只什么样的狗!"他对马夫转过头来说,如果有哪个猎手发现一只卧着的兔子,将赏他一个卢布。

　　"我不明白,"伊拉金接着说为什么有的猎人看见别人打的野兽

---

　　①　狄安娜是罗马神话中的月亮和狩猎女神。

和别人的猎犬就眼红。我可以对您说说我自己,伯爵。您知道,我骑着马跑一跑就觉得很愉快;和这样的朋友相遇……还有什么比这更好的(他又冲着娜塔莎抬了抬自己的海狸皮帽子);至于说带回多少只野兽——对我来说无所谓!"

"就是嘛。"

"我也不为因为野兽是别人的狗而不是我的狗逮住的而感到不快——我只要欣赏追捕就行了,是这样吧,伯爵?然后我来判断……"

"追—— 捉住它!"这时只听得一个管猎犬的人停住脚步,发出拉长声音的叫喊声。这个人站在收割过的庄稼地里的小丘上,举起了短柄长鞭,再一次拉长声音喊道:"追—— 捉住它!"(这喊声和举起的短柄长鞭意味着他发现了卧着的兔子。)

"啊,好像发现了兔子。"伊拉金漫不经心地说。"怎么样,伯爵,我们去追捕吧。"

"对,应当过去……怎么样,一起去?"尼古拉一面回答,一面注视着叶尔扎和大叔的红毛鲁加依,他还一次也没有让自己的狗和这两个敌手比试过。"要是把我的米尔卡打败了,怎么办呢!"他心里想,同时与大叔和伊拉金一起并辔朝兔子跑过去。

"兔子大吗?"伊拉金一面问,一面朝发现兔子的猎手那里走,不无激动地环顾四周,吹口哨招呼叶尔扎……

"您怎么样,米哈依尔·尼卡诺雷奇?"他问大叔。大叔骑在马上紧蹙着眉头。

"我凑什么热闹!要知道你们的狗—— 正当事,快去!—— 每一只都是用一个村子换来的,价值千金。你们比试吧,我就在一边看!"

"鲁加依!嘿,嘿!"他喊道。"鲁加尤什卡!"他加了一句,不由得想用这爱称来表达他对这只红毛公狗的喜爱和寄托在它身上的希望。娜塔莎看见了和感觉到了这两位老人和她的哥哥竭力掩盖起来的激动的心情,她自己也很激动。

小丘上的猎手举起鞭子站着,老爷们骑着马慢步朝他过去;地平线上的猎犬转身离开了兔子;猎手们而不是老爷们,也走开了。猎手和狗都缓慢地、稳重地移动着。

"兔子脑袋朝哪一边卧着?"尼古拉朝那个发现兔子的猎手走了百

步光景,问道。但是那猎手还没来得及回答,灰兔好像感觉到次日清晨的严寒一样,躺不住了,跳了起来。一群系着系索的猎犬,吠叫着冲下山去追兔子;不拴皮带的灵缇也从四面八方跟着猎犬朝兔子奔去。所有这些慢慢走着的猎犬管理人嘴里喊着"站住!"把猎犬集合起来,而管灵缇的人则喊着"追!"带着灵缇沿着田野跑去。平常很镇定的伊拉金,还有尼古拉、娜塔莎和大叔自己也不知道是怎么回事和往哪里去,也飞驰着,眼睛里只看见狗和兔子,担心哪怕只有一瞬间没有看见追捕的情景。这是一只大兔子,跑得很快。它跳起来后,没有马上就跑,而是动动耳朵,倾听着四面八方发出的喊声和马蹄声。它不太快地跳了十来下,等狗过来后,最后选定一个方向,感到处境危险,便抿起耳朵,撒开腿就跑。它原来卧在收割过的庄稼地里,但是前面是秋播作物地,那里泥泞难跑。发现它的猎人的两只狗离得最近,首先注意到兔子,飞快地去追它;但是没有追多远,从它们的后面冲出了伊拉金的红色花斑的叶尔扎,到了离兔子只有一只狗的距离的地方后,对准兔子的尾巴扑过去,以为能抓住兔子了,可是没抓着,打了一个滚。兔子弓起背,跑得更快了。从叶尔扎的后面蹿出了臀部很宽的黑色花斑的米尔卡,很快追上了兔子。

"米卢什卡[1],亲爱的!"传来了尼古拉得意扬扬的喊声。看来米尔卡马上就要扑上去抓住兔子,但是它追上后扑了个空。灰兔摆脱了它。这时漂亮的叶尔扎又压过来,悬在灰兔尾巴的上方,仿佛在估量距离,以免这一次又扑空,想要抓住它的后腿。

"叶尔曾卡[2],好样的!"可以听见伊拉金像哭一样的、完全变了样的喊声。叶尔扎没有听见他的恳求。在本来预料它能抓住灰兔的一刹那,兔子来一个急转弯,跑到了秋播作物地和收割过的庄稼地的边界上。叶尔扎和米尔卡像套在马车上的一对马,一起去追赶兔子;在边界上灰兔跑得轻松些,两条狗不能很快接近它。

"鲁加依!鲁加尤什卡!正当事,快去!"这时又有一个人喊起来,于是大叔的那只红毛驼背的公狗鲁加依伸一伸腰和弓一弓背,赶上了

---

① 米卢什卡是米尔卡的爱称。
② 叶尔曾卡是叶尔扎的爱称。

前面的两只狗,奋不顾身地朝兔子扑过去,把它从边界上撞到秋播作物地里,在污泥没膝的秋播作物地里又一次更加凶狠地扑上去,只见它背上沾满污泥,与兔子滚在一起。其余的狗排成星形围住它。过了一会儿,大家都到了聚集在一起的狗旁边。只有大叔一个人喜气洋洋地下了马,把兔子的后腿割下来。他抖动着兔子,让血流出来,不安地向四周张望,有些手足无措,自己也不知道在和谁说什么。"瞧,这事干的……瞧这些狗……瞧它胜过了所有的狗,胜过价值千金的,也胜过只值一个卢布的——正当事,快去!"他喘着气说,愤恨地环顾四周,好像在骂什么人,好像所有的人都是他的敌人,所有的人都欺负他,到现在他终于进行了报复。"瞧,你们价值千金的狗也不过如此,——正当事,快去!"

"鲁加依,给你兔子腿。"他说,把一条割下来的沾着泥的兔子腿扔给它。"该你享受,正当事,快去!"

"它累坏了,单独追赶了三次。"尼古拉说,他不听任何人说话,也不关心别人有没有听他说。

"怎么能这样拦截!"伊拉金的马夫说。

"它一失足,任何一只看院子的狗都能逮住它。"这时伊拉金说,他满脸通红,由于骑马跑得太快和内心激动而吃力地喘着气。与此同时,娜塔莎气也不喘一下,快乐和兴奋地尖叫着,震得人们的耳朵嗡嗡响。她的这尖叫声表达了别的猎手在这时的谈话里所说的意思。这尖叫听起来怪声怪气,如果这是在另一个时候,那么她自己想必会因为这样怪叫而觉得难为情,大家也都会感到惊讶。大叔亲手把灰兔在鞍后的皮带上系好,动作灵活而迅速地把它搭在马屁股上,他这样做仿佛是在责备大家,接着带着不想同任何人说话的神气,骑上他的浅栗色马走了。除了他以外,所有的人神情忧郁,好像觉得受了侮辱一样,上马各自回家了,在过了很长时间后,才恢复以前的那种假装的心平气和的样子。他们还久久地看着红毛的鲁加依,那只猎犬沾满污泥,驼着背,弄得链子叮当响,带着胜利者的泰然自若的神气,在大叔的马后面快步走着。

"怎么样,在不追捕野兽时,我像大家一样。而一旦要这样做时,那你就瞧着吧!"尼古拉觉得那只狗的神气仿佛在这样说。

过了好长时间,大叔骑马到尼古拉跟前,同他说起话来,尼古拉看见大叔在发生这一切之后还过来和他说话,心里感到有点受宠若惊。

七

傍晚,伊拉金和尼古拉告了别,这时尼古拉发现自己离家很远,他接受了大叔的建议,离开自己的猎人们到大叔的村庄米哈依洛夫卡过夜。

"如果到我的村子去—— 正当事,快去!"大叔说那就更好了;您瞧,天气潮湿,可以休息休息,让伯爵小姐坐轻便马车回去。"大叔的建议被接受了,随即派一个猎手到奥特拉德诺耶去赶马车来;尼古拉带着娜塔莎和彼佳到大叔家去了。

五六个大大小小的男仆跑到大门口的台阶上迎接主人。几十个老老少少的女人从后门的台阶上探出身来看到达的猎手们。娜塔莎这位贵族小姐骑马来到,使得大叔的好奇的仆人们极为惊讶,他们当中的许多人毫不客气地到了她跟前,打量着她,当着她的面评头品足,好像她不是人,而是一个既听不见,也听不懂他们说的话的怪物似的。

"阿琳卡,你看,她侧着身子骑在马上。她坐在马鞍上,裙子的下摆在摆动……瞧,还有一个小号角!"

"老天爷,还带着一把刀子! ……"

"瞧,准是个鞑靼女人!"

"你怎么不会从马上栽下来呢?"一个最大胆的女人直接问娜塔莎。

大叔在他的那座周围长满花草的小木屋门口下了马,看了看他的家人们,大声命令闲人走开,吩咐有关的人做好接待客人和猎手的一切准备。

大家都散开了。大叔把娜塔莎从马上抱下来,拉着她的手上了木板晃动着的台阶。房子没有粉刷过,四周的墙用圆木垒成,房子里不大干净看不出住在这里的人要求它很整洁,但是里面也不显得很紊乱。门廊里散发出新鲜苹果的香味,挂着狼皮和狐皮。

大叔带着客人穿过前厅先来到一个放着一张折叠桌子和几把红色椅子的小厅里,然后到了放着一张桦木圆桌和一个沙发的客厅,最后来到书房里，这里放着一个破沙发和铺着旧地毯，挂着苏沃洛夫、主人的父母和他本人穿军装的画像。在书房里可以闻到一股浓烈的烟草味和狗臊味。

到书房后，大叔请客人们坐下，要他们像在家里一样不要受拘束，说完自己就出去了。鲁加依背上还沾着泥就进了书房，在沙发上躺下，用舌头和牙清除自己身上的脏东西。书房连着走廊，走廊里可以看见一道帷幔破裂的屏风。从屏风后面传出了女人的笑声和低语声。娜塔莎、尼古拉和彼佳脱了外衣，在沙发上坐下。彼佳用胳膊支撑着脑袋，立刻睡着了；娜塔莎和尼古拉坐在那里没有说话。他们的脸发热，肚子很饿，可是心里非常快活。他们相互看了一眼（在打猎后，坐在房间里，尼古拉已认为不再需要在妹妹面前显示男人的威风了），娜塔莎朝哥哥眨眨眼，两人没有能忍多久，还没有来得及想出发笑的借口，就高声地哈哈大笑起来。

过了一会儿，大叔换上了卡萨金和蓝裤子，脚上穿着小皮靴进来了。娜塔莎以前在奥特拉德诺耶看见大叔的这身打扮时曾感到奇怪和可笑，现在她觉得这是真正像样的服装，它一点也不次于常礼服和燕尾服。大叔也很高兴；他不仅不因听见兄妹的笑声而生气（他不可能想到有人会嘲笑他的生活），自己也和他们一起无缘无故地笑起来。

"伯爵小姐小小的年纪就骑马打猎，——正当事，快去！我还没有见过另一个这样的人！"他一面说，一面把长杆烟袋递给罗斯托夫，同时用习惯动作把另一个截短了的烟袋夹在三个手指之间。

"骑马跑了一天，只有男人才吃得消，而她却像什么事也没有似的！"

在大叔进来后不久，门又开了，听走路的声音，这门是一个赤脚的小丫头打开的，接着一个四十岁上下的身体肥胖、脸色红润、双下巴、嘴唇丰满、长得很体面的女人端着一个装满食物的大托盘进门来。她的眼神和每个动作都流露出殷勤好客和和蔼可亲，她朝客人们看了一眼，带着亲切的微笑恭恭敬敬地朝他们鞠了一躬。虽然由于异常肥胖、胸脯和肚子向前突出而头稍向后仰，但是这个女人（她是大叔的女管家）步伐特别轻快。她到了桌子面前，放下托盘，用她那白胖的手麻利地拿起瓶子、酒菜和其他食物，在桌子上摆好。做完这些事情后，她离开桌子,脸上挂着微笑在门口站住。"我就是那个女人！现在了解大叔了吧？"她的出现好像对罗斯托夫这样说。怎么能不了解呢：不仅是罗斯托夫,而且娜塔莎也了解了大叔,明白了他原来皱着眉头,而当女管家阿尼西娅·费多罗夫娜进来时稍稍噘了噘嘴唇露出幸福和得意的微笑的意思。用托盘端来的有草浸酒、果子露酒、腌蘑菇、乳清黑面饼、新鲜蜂蜜、蜂蜜酒、苹果、生胡桃、熟胡桃和裹蜜胡桃。接着阿尼西·费多罗·夫娜又端来了蜜果酱、糖果酱、火腿和刚烤好的烤鸡。

　　所有这一切都是阿尼西娅·费多罗夫娜一手经管、采集和制作的。所有这一切散发出各种气味,都具有阿尼西娅·费多罗夫娜的特色。一切都鲜美、清洁、白净,仿佛带着愉快的微笑。

　　"您尝尝,亲爱的伯爵小姐。"她一面说,一面给娜塔莎递这递那。娜塔莎什么都吃,她觉得这样的乳清面饼,这样香甜美味的果酱,这种裹蜜的胡桃和烤鸡,她过去从来没有在任何地方见过和吃过。阿尼西娅·费多罗夫娜出去了。罗斯托夫和大叔一面吃饭,一面喝樱桃酒,谈论着这一次和下一次打猎的事,谈论着鲁加依和伊拉金家的狗。娜塔莎的眼睛闪闪发亮,她笔直地坐在沙发上听他们说话。她几次想叫醒彼佳,让他吃点东西,但是彼佳嘴里说着含糊不清的话,显然没有醒来。娜塔莎心里非常高兴,在这个新的环境里觉得非常舒畅,甚至担心接她的马车来得太快。在谈话偶然出现冷场后,如同初次在自己家里接待熟人时几乎经常发生的那样,大叔好像回答客人心里想问的问题似的说:

　　"我就这样度过我的晚年……人死了——正当事,快去！——什么也不会留下。何必作孽呢！"

　　大叔在说这话时,他的脸显得神情深沉,甚至看上去很美。这时罗斯托夫不由自主地想起他从父亲和邻居那里听到的关于大叔的好话。大叔在全省各地有着最高尚和最无私的怪人的名声。他常被请去调解家庭纠纷,充当遗嘱执行人,人们相信他,把秘密告诉他,选他担任法官和其他职务,但是他对社会职务总是固辞不就,秋天和春天他总是骑着那匹浅褐色骟马在田野里走,冬天坐在家里,夏天则躺在草木繁茂的花园里歇息。

　　"您为什么不出去做事呢,大叔？"

"做过,后来不干了。我不行,正当事,快去——我一窍不通。这是你们干的事,我的脑子不够用。至于说到打猎,那是另一回事——正当事,快去!把门打开他喊道,"干吗关上门!"走廊(大叔把它称为过道)尽头的那扇门通向单身猎人室,也就是猎人的住房。赤脚走路的声音很快地吧嗒吧嗒地响了起来,一只看不见的手打开了通向猎人室的门。可以清楚地听到从走廊里传来的弹巴拉莱卡①的声音,显然弹琴的是一个行家。娜塔莎早就在注意地听这琴声了,现在她到了走廊里,好听得更清楚些。

"这是我的车夫米季卡弹的……我给他买了一把很好的巴拉莱卡,我喜欢听。"大叔说。大叔定了一个规矩:他打猎回来时,米季卡应当在猎人室里弹巴拉莱卡。大叔爱听这种音乐。

"好听!说实话,很好听。"尼古拉带着某种不由自主的轻蔑说,仿佛他觉得承认这声音很好听有点不好意思似的。

"怎么很好听?"娜塔莎感觉出尼古拉说话的口气责备说,"不是很好听,而是妙极了!"刚才她觉得大叔的腌蘑菇、蜂蜜和果子露酒是世界上最好的,现在她也觉得这乐曲是最美妙的音乐。

"再来一个,请再来一下。"等到弹巴拉莱卡的声音一停,娜塔莎便朝门外说。米季卡调了调弦,弹起带有一连串滑音和装饰音的**芭勒娘舞曲**②。大叔坐着,侧着头,略带微笑地听着。芭勒娘舞曲的曲调重复了一百来次。巴拉莱卡的弦调了几次,重新弹出了同样的曲子,听的人不觉得腻烦,而是想一次又一次听到它。阿尼西娅·费多罗夫娜进来了,她那肥胖的身体靠在门框上。

"请听,伯爵小姐。"她带着微笑对娜塔莎说,她那笑容和大叔的笑容特别相像。"在我们这里他弹得很好。"她说。

"听,这一段弹得不对。"大叔突然做了一个有力的手势,说道,"这里需要弹得轻快些,——正当事,快去!——轻快些。"

"您也会弹吗?"娜塔莎问。大叔没有回答,只笑了笑。

"阿尼西尤什卡③,你去看一看,吉他上的弦是不是还是好的?很

---

① 巴拉莱卡是俄罗斯民间的一种三弦琴。
② 芭勒娘舞曲是一种俄罗斯民间舞的舞曲。
③ 阿尼西尤什卡是阿尼西娅的爱称。

久没有弹了,正当事,快去!把它扔下了。"

阿尼西娅·费多罗夫娜非常乐意地迈着轻快的步子去办主人要她办的事,把吉他拿来了。

大叔对谁也不看,吹掉灰尘,用细瘦的手指敲了敲吉他的琴面,调好了弦,在圈椅里坐好。他摆出要表演的姿势,伸出左手的胳膊肘,握住吉他的颈部稍高的地方,朝阿尼西娅·费多罗夫娜眨眨眼,开始弹了起来,但是没有**弹芭勒娘舞曲**,而是先弹了一个响亮纯正的和弦,然后用非常慢的速度开始有节奏地、平稳而清晰地弹名曲《在大街上》。这歌曲的曲调伴随着庄重的欢快(阿尼西娅·费多罗夫娜整个身心都充满着这样的欢快),顿时在尼古拉和娜塔莎的心中发出回响。阿尼西娅·费多罗夫娜的脸红了起来,她用头巾遮住脸,笑着出去了。大叔继续音色纯正地、用心地和清晰有力地弹着曲子,用换了样的热情的目光看着阿尼西娅·费多罗夫娜离开的地方。他的脸上,在一边的白胡子下面露出了一丝笑意,曲子弹得愈来愈起劲,速度加快,在快速拨动琴弦处出现了一些中断,特别在这时他的笑容就更明显了。

"妙极了,妙极了,大叔!再来一个,再来一个!"他刚弹完,娜塔莎就喊叫起来。她从座位上跳起来,抱住大叔,吻了吻他。"尼科连卡,尼科连卡!"她一面说,一面回头看着哥哥,仿佛在问:这是怎么一回事?

尼古拉也很喜欢大叔的弹奏。大叔再次弹起了这支乐曲。这时阿尼西娅·费多罗夫娜微笑着的脸又在门口出现了,她背后还露出了另一些人的脸。

> 去汲冰凉的泉水,——
> 有人喊道,姑娘,你等一等！ ①

大叔弹奏着,又灵活地快速拨了一下琴弦,停住了,耸了耸肩膀。

---

① 这两句词是小说作者抽取一首民歌的一段歌词组合而成的,这段歌词原为:
　　有人喊道:"姑娘,你等一等,
　　我的美人,你慢点走!
　　让我陪伴着你
　　去汲冰凉的泉水。"

"再弹,再弹,亲爱的大叔。"娜塔莎用恳求的声调喊叫起来,仿佛她的生命全由此决定似的。大叔站起身来,他身上似乎有两个人——其中一个人严肃地嘲笑了一下另一个爱寻欢作乐的人,而爱寻欢作乐的人摆出了准备跳舞的天真而又准确的姿势。

"来,好侄女!"大叔朝娜塔莎挥了挥离开琴弦的手,喊道。

娜塔莎扔掉披在她身上的大头巾,跑到大叔前头,两手叉腰,动了动肩膀,站住了。

这个从小受法国家庭教育的伯爵小姐是何时何地和如何从她呼吸的俄罗斯空气中吸取这种精神的?她又是从何处学会这些早就应该被披巾舞挤掉的舞蹈动作的?但是这正是大叔希望在她身上看到的那种无法模仿和无法学习的俄罗斯精神和动作。她站住后得意地、自豪地和快乐而调皮地笑了笑,开头尼古拉和所有在场的人怕她跳得不大像样而有些担心,一见她这样,担心立刻消失了,他们都已抱着欣赏的态度了。

她把那些动作做得那么准确,简直完全一模一样,使得这时立刻递给她一条跳舞必需的手绢的阿尼西娅·费多罗夫娜笑得流出了眼泪,两眼望着这个身材苗条、姿态优雅、身穿绸缎和丝绒衣服、陌生而有教养的伯爵小姐,没想到她能领会在阿尼西娅身上,在阿尼西娅的父亲、婶婶和母亲身上,在任何俄罗斯人身上的一切。

"好,伯爵小姐,正当事,快去!"大叔在跳完舞后,高兴地笑着说。"真不错,好侄女!只是该给你找个好样的女婿了,正当事,快去!"

"已经找到了。"尼古拉微笑着说。

"噢?"大叔用疑问的目光看着娜塔莎,惊奇地说。娜塔莎则带着幸福的微笑肯定地点点头。

"别提多好了!"她说。但是她说了这句话后,心里产生了另一些想法和感觉。"尼古拉在说'已找到了'时的那种微笑是什么意思呢?他为这事高兴还是不高兴呢?他似乎认为我的鲍尔康斯基不会赞成、不会理解我们的这种欢乐。不,他什么都能理解。他在哪里呢?"娜塔莎想着这些,她的脸色突然变得严肃起来。但是这只持续了一秒钟。"不想,不许想这些。"她对自己说,微笑着坐到大叔身旁,请他再弹点什么。

大叔又弹了一支乐曲和一支华尔兹舞曲;然后停了一会儿,清清

嗓子,唱起他心爱的猎歌来:

> 晚来雪花纷飞
>
> 下起一场好雪……

大叔是照老百姓的唱法唱的,他天真地完全相信,歌曲的全部意思只包含在歌词里,曲调是自然而然产生的,离开歌词的曲调是没有的,曲调只是为了使歌词唱得顺口些。因此大叔的这种像鸟儿歌唱那样的无意中形成的曲调非常好听。娜塔莎听着大叔唱歌,心里十分高兴。她决定不再学弹竖琴,今后只弹吉他。她把大叔的吉他要过来,马上找到了这支歌曲的和弦。

九点多钟,一辆敞篷马车、一辆轻便马车和三个派来寻找他们的人来接娜塔莎和彼佳。据一个派来找他们的人说,伯爵和伯爵夫人不知道他们在哪里,心里很着急。

彼佳像死人一样被抬到敞篷马车里;尼古拉和娜塔莎上了轻便马车。大叔把娜塔莎裹得严严实实的,怀着全然不同的新的感情与她告别。他步行送他们到桥边,桥上无法通行,需要涉水过去,大叔吩咐猎手打着灯笼在前面带路。

"再见,亲爱的侄女!"他在黑暗中喊道,娜塔莎听到的不是她以前熟悉的声音,而是唱《晚来雪花纷飞》的声音。

在他们路过的村庄里亮着红色的灯火,散发出一股好闻的烟味。

"这位大叔多么可爱啊!"当他们上了大路时娜塔莎说。

"是的。"尼古拉说,"你不冷吗?"

"不,我觉得好极了,好极了。我心里真舒畅!"娜塔莎甚至带着几分困惑说。他们很长时间没有说话。

夜又黑又潮。看不见马,只听得见它们走在泥泞的路上发出吧嗒吧嗒的声音。

在娜塔莎的这颗贪婪地捕捉着和吸收着各种各样生活印象的天真敏感的心里有什么想法呢? 它是如何容纳这一切的? 但是她很幸福。在快要到家时,她突然哼起了《晚来雪花纷飞》这首歌的曲调。她一路上都在捕捉这个曲调,最后终于捕捉到了。

"捕捉到了？"尼古拉说。

"你现在想什么来着，尼科连卡？"娜塔莎问道。他们喜欢彼此这样问。

"我？"尼古拉回想着，说道，"你知道，开头我想，红毛公狗鲁加依很像大叔，倘若它是一个人，那么它即使不是因为大叔骑马骑得好，也会因为他和气而把他留在自己身边的。大叔是多么和蔼可亲啊！你说是吗？你想什么来着？"

"我？等一等，等一等。是的，开头我想，我们坐在马车上，心里想我们是在回家去，而我们在黑暗中天知道往哪里走，突然到了，一看我们不是在奥特拉德诺耶，而是在一个神奇的世界里。然后我还想……不，再没有别的什么了。"

"我知道你大概还想**他**。"尼古拉说，娜塔莎从他说话的声音里听出他在微笑。

"不。"娜塔莎回答道，虽然她确实同时还在想安德烈公爵，想他也会喜欢大叔的。"我还总是在想，一路上反复地想：阿尼西尤什卡风度很好，举止大方……"娜塔莎说。接着尼古拉听到了她无缘无故的响亮幸福的笑声。"你知道吗，"她突然说，"我觉得我永远不会再像现在这样幸福和平静。"

"全是瞎扯，废话，胡说八道，"尼古拉口头上说，而心里想："我这娜塔莎真可爱！像她这样的朋友我现在没有，将来也不会有。她干吗要出嫁呢？一直和她一起坐在马车上走可有多好！"

"这个尼古拉多么可爱！"娜塔莎也想。

"啊！客厅里还亮着灯。"她指着在黑暗潮湿而轻柔软和的夜色中闪烁着美丽的亮光的窗户说。

八

伊里亚·安德烈依奇伯爵不当首席贵族了，因为担任这个职务开销太大。但是他经济状况完全没有改善。娜塔莎和尼古拉常常看见父母背着他们焦急不安地商量，听说要把罗斯托夫家祖传的豪华住宅和莫斯科郊区的庄园卖掉。不当首席贵族后，不再需要招待那么多人，这样一来，奥特拉德诺耶的生活就比以前清静了；但是这座巨大的宅院和厢房里仍然住满了人，仍然有二十多个人吃饭。这都是自己人，他们一直住在这里，几乎是家庭成员，或者是一些看来好像必须住在伯爵家里的人。这样的人有乐师迪姆勒夫妇，舞蹈教师约格尔一家，一直住在一起的老小姐别洛娃，还有别的许多人：彼佳的老师们，小姐们以前的家庭教师以及那些只是觉得住在伯爵这里要比住在自己家里舒服和合算的人们。伯爵家里已不像以前那样门庭若市了，但是生活方式没有改变，如果改变了，伯爵和伯爵夫人就会无法想象该如何生活了。猎队还保留着，而且被尼古拉扩大了，马厩里仍然养着五十匹马和十五个车夫；在过命名日时仍然相互赠送贵重的礼品并举行盛大宴会招待全县的人；伯爵仍打惠斯特和波士顿牌，打牌时把牌展开成扇形，叫大家都看得见，每天故意让邻居们赢他几百卢布，而那些人把同伊里亚·安德烈依奇一起打牌看作是一项最有利可图的投资。

伯爵受家庭经济事务的纠缠，好像落入一张巨大的捕兽网一样，可是他竭力想使自己不相信他已落入网中，实际上他一步步地愈陷愈深，觉得自己既无力冲破套住他的网，也无力小心地和有耐心地把它解开。仁慈的伯爵夫人感觉到，她的孩子快要变成没有财产的人，她认为这不是伯爵的过错，因为伯爵就是这样一个人，他意识到自己和孩子们将要受穷，心里也很痛苦（虽然他竭力加以掩盖），现在伯爵夫人正在寻找着补救的办法。根据她的妇人之见，办法只有一个，这就是让尼古拉娶一个有钱的媳妇。她觉得这是最后的希望，如果尼古拉拒绝她给他找的对象，那么就会永远失去改善家庭景况的机会。这个对象就是朱丽·卡拉金娜，她的父母都是道德高尚的好人，她从小就与罗斯托夫一家认识，不久前她最后的一个兄弟死了，她就成为一个非常有钱的待字闺中的姑娘。

伯爵夫人直接给莫斯科的朱丽的母亲写信，提出两家结亲的事，得到了表示赞同的答复。朱丽的母亲说，她自己是同意的，不过一切要看女儿愿意不愿意。她邀请尼古拉到莫斯科去。

伯爵夫人几次含着眼泪对儿子说，现在两个女儿的婚姻大事都安排好了，她唯一的愿望是看到他成亲。她说，如果能这样，她死也安心了。她接着说，她看中了一个好姑娘，追问儿子对结婚的事有什么意见。

在另几次谈话中她称赞朱丽,劝尼古拉到莫斯科去过节,玩一玩。尼古拉猜到了母亲的意图,在一次谈话时要她开诚布公地说明白。母亲对他说,现在改善家庭景况的全部希望就寄托在他同朱丽结婚上了。

"这么说,妈妈,如果我爱一个没有财产的姑娘,你就要求我为了财产牺牲爱情和名誉吗?"他问母亲,只想显示自己的高尚,不知道他提的这个问题是多么残酷无情。

"不,你没有明白我的意思。"母亲说,不知道如何辩解。"你没有明白我的意思,尼科连卡。我希望你幸福。"她加了一句,感到自己说的不是实话,变得颠三倒四了。她哭了起来。

"好妈妈,不要哭,您就告诉我您愿意这样,您知道,为了您的安宁,我可以献出我的整个生命,献出一切,"尼古拉说,"我将为您牺牲一切,甚至牺牲自己的爱情。"

但是伯爵夫人不大愿意这样提出问题:她不愿意让儿子做出牺牲,而自己愿意为儿子作牺牲。

"不,你没有明白我的意思,咱们不谈了。"她擦着眼泪说。

"不错,也许我就喜欢穷姑娘,"尼古拉自言自语地说,"怎么,要我为了财产牺牲爱情和名誉?我真奇怪,妈妈怎么能对我说这种话。难道由于索尼娅穷,"他想道,"我就不能爱她,不能回报她的一片真情吗?而且我同她在一起一定会比同没有头脑的朱丽在一起更幸福。"他自己对自己说。"如果我爱的是索尼娅,那么我的感情就会是最强烈的,对我来说高于一切。"

尼古拉没有到莫斯科去,伯爵夫人也没有向他重提结婚的事,她忧虑地、有时甚至是恼怒地看到儿子同没有陪嫁的索尼娅有愈来愈接近的迹象。

她为此责备自己,但是不能不唠唠叨叨,不能不对索尼娅进行挑剔,常常无缘无故地制止她,埋怨她,称她为"您,我的亲爱的"。最使这位仁慈的伯爵夫人生气的是,索尼娅这个可怜的黑眼睛的远房表侄女是那样的温顺,那样的善良,对自己的恩人是那样真心诚意的感激,那样忠贞不渝地和充满自我牺牲精神地爱着尼古拉,简直对她无可指责。

尼古拉在家里度过了最后的几天假期。在这期间接到了娜塔莎的未婚夫安德烈公爵的第四封信,这是从罗马寄来的,信中说,他如果不是在温暖的气候中伤口突然裂开,不得不把归期推迟到明年初的话,那么他早就在回俄罗斯的路上了。娜塔莎仍然一如既往地爱自己的未婚夫,仍然因为爱着一个人心里很安宁,仍然乐于享受所有的生活乐趣;但是在与安德烈公爵离别后的第四个月的末尾,她开始感到忧愁,而且无力排除它。她可怜自己,为她不为任何人而虚度了这段时间而感到惋惜,她感到这正是她能够爱人和被人爱的大好时光。

在罗斯托夫家里人们心情都不愉快。

九

圣诞节到了,除了隆重的午前祈祷外,除了邻居和家奴们郑重其事和枯燥乏味的祝贺外,除了穿在所有人身上的新衣服外,就没有任何表示大家在过圣诞节的特殊东西了,而这些日子平静无风,气温达到零下二十度,白天阳光灿烂,冬天的夜空繁星闪烁,这使人觉得有好好过一过这个节的需要。

在过节的第三天,在午餐后,家里所有人都到自己的房间里去了。这是一天之中最无聊的时候。上午去拜访邻居的尼古拉,这时在休息室里睡着了。老伯爵在他的书房里休息。索尼娅坐在客厅里的圆桌旁描花样。伯爵夫人一个人在玩牌。小丑娜斯塔西娅·伊万诺夫娜愁容满面地和两个老太婆一起坐在窗口。娜塔莎进了房间,走到索尼娅跟前,看了看她在做什么,然后走到母亲面前,默默地站住了。

"你怎么像个游魂似的走来走去?"母亲对她说,"你想要什么?"

"我要**他**……现在,此时此刻我要**他**。"娜塔莎说,两眼闪闪发亮,但没有笑。伯爵夫人抬起头,非常注意地朝女儿看了一眼。

"不要看着我,妈妈,不要看着我,我这就要哭了。"

"你坐下,陪我坐一会儿。"伯爵夫人说。

"妈妈,我要**他**。我凭什么苦闷得要死?……"她的声音中断了,眼泪夺眶而出,她为了不让人看见,很快转过身,出了房间。她到了休息室,站了一会儿,想了想,便朝女仆居住的房间走去。那里一个老女仆正在数落一个上气不接下气地从外面仆人们那里跑进来的年轻女仆。

"玩玩也就够了，"老太婆说，"干什么都得有个时间。"

"让她去吧，康德拉季耶夫娜。"娜塔莎说，"去吧，玛夫鲁莎，去吧。"

娜塔莎放走玛夫鲁莎后，穿过大厅，朝前厅走去。一个老头和两个年轻的仆人在玩牌。他们看见小姐进来，停止玩牌，站了起来。"我叫他们干点什么呢？"娜塔莎想道。

"对了，尼基塔，请你去一趟……"娜塔莎一面说，一面想："我叫他上哪里去呢？"她接着说道："对了，你到大伙儿那里抓一只公鸡来；而你，米沙，去取一点燕麦来。"

"您是叫我去取一点燕麦来吗？"米沙乐呵呵地问。

"去，快去。"老头催他说。

"费多尔，你给我拿几支粉笔来。"

她在经过配餐室时，吩咐摆上茶炊，虽然还完全不到喝茶的时候。管配餐室的福卡是全家最爱生气的人。娜塔莎喜欢在他身上试一试自己的权力。福卡不相信她的话，便去问是不是真的要这样做？

"这位小姐真有她的！"福卡说，假装对娜塔莎皱起了眉头。

家里谁也没有像娜塔莎那样支使这么多人，让他们干这么多事。她不能无动于衷地看见人而不支使他们到某某地方去干点什么。她仿佛在试验，要看一看他们之中谁会生她的气或对她表示不满，但是人们执行娜塔莎的命令比执行任何别的人的命令都乐意。"我做点什么才好呢？我该上哪里去呢？"娜塔莎一面慢慢地在走廊里走着，一面想。

"娜斯塔西娅·伊万诺夫娜，我会生个什么呢？"她问那身穿女式短棉袄朝她迎面走来的小丑。

"你会生跳蚤、蜻蜓、蝈蝈。"小丑回答道。

"我的上帝，我的上帝！全都是一样！唉，我该上哪里去呢？我拿自己怎么办呢？"于是她咚咚咚地快步跑上楼，到住在楼上的约格尔夫妇家去。在约格尔家里坐着两个家庭女教师，桌上放着几盘葡萄干、核桃和杏仁。两位女教师谈论着哪里的生活费用低，是莫斯科还是敖德萨？娜塔莎在她们身旁坐下来，脸上带着严肃和沉思的表情，听了听她们的谈话后站了起来。

"马达加斯加岛，"她说，"马—— 达—— 加—— 斯—— 加。"她清楚地把每个音节重复了一遍，没有回答绍斯太太问她在说什么的问题，就出了房间。

她的弟弟彼佳也在上面：彼佳正在和照管他的男仆准备要在晚上放的焰火。

"彼佳！彼季卡！"她朝他叫喊起来，"把我背下楼去。"彼佳跑到她身边，把背转向她。她趴到他背上，两手搂住他的脖子，于是彼佳就背着她一跳一跳地朝前跑。"不，行了……马达加斯加岛。"她说了一句，从他背上跳下来，下楼去了。

娜塔莎仿佛把自己的王国巡视了一遍，试了试自己的权力，相信大家都很顺从，但终究觉得无聊，便前往大厅，拿起吉他，在小柜子后面的阴暗角落里坐下，开始拨弄低音弦，弹了她和安德烈公爵一起在彼得堡听一出歌剧时记住的一个乐句。在旁人听来，她在吉他上弹出的是毫无意义的东西，但是这些声音在她的想象里引起了一连串回忆。她坐在小柜子后面，两眼注视着从配餐室门缝里射进来的一道亮光，听着自己弹琴，回忆着。她沉浸在对往事的回忆中。

索尼娅手里拿着一个酒杯穿过大厅到配餐室去。娜塔莎朝她和朝配餐室的门缝看了一眼，她觉得仿佛想起了从配餐室的门缝射进一道亮光和索尼娅拿着酒杯经过的事。"不错，完全是这样。"娜塔莎想道。

"索尼娅，我弹的是什么？"娜塔莎喊了一声，用手指拨弄着一根粗弦。

"啊，你在这里！"索尼娅吓了一跳说，她走过来，注意地听。"不知道。是暴风雨吗？"她胆怯地说，担心说错。

"记得过去有时她也是这样吓了一跳，也是这样走过来，胆怯地笑笑，"娜塔莎想道，"完全一模一样……我曾想，她缺少点什么。"

"不，这是《贩水人》[①]里的合唱，听见了吗？"于是娜塔莎唱了这个合唱曲，以便让索尼娅听明白。

"你上哪里去了？"娜塔莎问。

"换一下杯子里的水。我就要把花样描完了。"

"你总是很忙，而我就不会。"娜塔莎说。"尼科连卡在哪里？"

---

① 歌剧《贩水人》（又叫《二日》）是凯鲁比尼的杰作，作于一八〇〇年。

"好像在睡觉。"

"索尼娅，你去叫醒他。"娜塔莎说。"就说我叫他来唱歌。"她坐了一会儿，想了想过去的一切是什么意思，没有能解决这个问题，但一直也不为此而感到遗憾，她在想象中又回到了她和他在一起、他用含情脉脉的目光看着她的时候。

"唉，多么盼望他快点回来。我非常担心他不回来了！而主要的是我一天天老了，问题就在这里！我现在身上有的东西将不会再有了。也许他今天就回来，马上就回来。也许他已经回来了，现在正坐在客厅里。也许他早在昨天就回来了，可是我忘了。"她站起身来，放下吉他，到客厅去了。家里人、教师们、女家庭教师们和客人们已坐在茶桌旁了。仆人们站在桌子周围，——可是不见安德烈公爵，生活还是以前的那种样子。

"啊，她来了。"伊里亚·安德烈依奇看见进来的娜塔莎，说道。"来，坐到我身边来。"但是娜塔莎在母亲身旁停住了，朝四周张望，好像在寻找什么似的。

"妈妈！"她喊了一声。"把**他**给我吧，妈妈，快点，快点。"她又一次勉强忍住，没有哭出来。

她在桌旁坐下，听长辈们和已来到桌旁的尼古拉说话。"我的上帝，我的上帝，还是那些面孔，还是那样的谈话，爸爸还是那样端着茶碗，还是那样吹着气！"娜塔莎想，她惊恐地感觉到自己开始厌恶所有家里的人，因为他们还是老样子。

喝完茶后，尼古拉、索尼娅和娜塔莎前往休息室，前往他们所喜爱的、通常谈最知心的话的地方。

十

"你是否经常有这样的情况，"他们在休息室坐好后，娜塔莎问哥哥，"你觉得什么事也不会发生了——什么也不会再有了；一切好事都已成为过去？你是否经常有这样的时候，倒不是觉得无聊，而是觉得悲伤？"

"那还用说！"尼古拉说。"我常常有这样的情况，看见一切都很好，大家都很快活,而我脑子里却想,所有这一切都令人厌烦,大家都死了才好。在团里时,有一次我没有去参加游艺会,而那里演奏着音乐……我突然感到很苦闷……"

"啊,这我知道。我知道,我知道。"娜塔莎接过去说。"我发生这样的事时,年纪还小。记得吗,有一次我因李子的事受罚,你们大家都在跳舞,而我坐在教室里号啕大哭。哭得很伤心,我永远也忘不了。我心里又难过,又可怜大家,可怜自己,可怜所有所有的人。而主要的是,我并没有过错,"娜塔莎说,"你记得吗?"

"记得,"尼古拉说,"我记得我后来到了你那里,想安慰安慰你,你知道,有点不好意思。我们当时太可笑了。那时我有一个木偶玩具,想要送给你。你记得吗?"

"你是否还记得,"娜塔莎带着沉思的微笑说,"在很久很久以前,那时我们还很小,叔叔把我们叫到书房里,那还是在老屋里,很暗,我们到了那里,突然看见那里站着……"

"一个黑奴,"尼古拉带着快乐的微笑接过去说道,"怎么会不记得呢?我到现在也不知道这确实是一个黑奴,还是我们梦中见到的,或者是有人讲给我们听的。"

"他灰不溜秋的,记得吗,牙齿雪白,站在那里看着我们……"

"您记得吗,索尼娅?"尼古拉问。

"是的,是的,我好像也记得。"索尼娅怯生生地回答道。

"这个黑奴的事我曾经问过爸爸和妈妈,"娜塔莎说,"他们说,根本没有过什么黑奴。可是你说你还记得!"

"当然啰,现在我还记得他的牙齿。"

"这真奇怪,完全像做梦一样。我喜欢这样。"

"你可记得,我们在厅里滚鸡蛋玩,突然来了两个老太婆,在地毯上旋转起来。有没有这么回事?记得吗,多么好玩……"

"是呀。有一次爸爸穿着蓝皮大衣站在台阶上放了一枪,你记得吗?"他们微笑着,饶有兴趣地回忆着一件件往事,这不是老年人充满伤感的怀旧,而是少年富有诗意的回忆,讲的是梦境与现实融合在一起的最遥远的过去留下的印象,他们一面说,一面轻轻地笑着,为一些事情而感到高兴。

索尼娅像平常一样，在这方面落后于他们，虽然与他们有着共同的回忆。

索尼娅不记得他俩回忆的许多事情了，而她记住的事并没有在她的心里引起他们所体验的那种诗意的感觉。她只是分享着他们的喜悦，竭力装得和他们一样高兴。

索尼娅在他们回忆她首次来家的情况时才参加进来。她说，她当时怕尼古拉，因为他的上衣上有绦子，保姆对她说，她也将缝上这样的绦子。

"而我记得：有人对我说，你是在大白菜底下生的，"娜塔莎说，"我还记得当时我不敢不相信，但是知道这不是真的，心里感到很别扭。"

在他们这样谈着的时候，一个女仆从休息室的后门探进头来。

"小姐，公鸡捉来了。"女仆低声说。

"不要了，波莉娅，叫他们送回去。"娜塔莎说。

休息室的谈话进行到一半，迪姆勒进了房间，走到放在角落里的竖琴旁边。他取下了呢子的琴套，竖琴发出一阵净净乱响的声音。

"爱德华·卡尔雷奇，请您弹奏我喜欢的菲尔德[①]先生的夜曲吧。"从客厅里传来了老伯爵夫人说话的声音。

迪姆勒弹了一个和音，对娜塔莎、尼古拉和索尼娅说：

"年轻人真安静！"

"我们在谈哲理呢。"娜塔莎说，回头看了一下，继续说了起来。现在谈的是做梦。

迪姆勒开始弹奏。娜塔莎踮着脚悄悄地走到桌旁，拿起蜡烛，把它放到外面，然后轻轻地在原来的地方坐下。房间里，尤其是在他们坐的沙发上，光线很暗，但是满月的银色月光透过大窗户落在地板上。

"知道吗，我常常想，"娜塔莎朝尼古拉和索尼娅身边挪了挪说，这时迪姆勒已弹完了，还坐在那里，轻轻地拨动琴弦，大概是在犹豫，决定不了是弹到这里为止呢，还是再弹点新的东西，"我想，这样回忆呀回忆，一直回忆下去，最后会记得我降生到世上来以前的事。"

---

① 菲尔德（一七八二——一八三七），英国作曲家，一八○四——一八三一年间居住在彼得堡。

"这是灵魂转世。"索尼娅说,她一直爱看书,什么都记得,"埃及人相信,我们的灵魂以前是在牲畜身上的,以后又将回到它们身上去。"

"不,你知道,我不相信我们是牲畜转世,"娜塔莎还是低声地说,虽然琴声停止了,"我确定不移地知道,我们曾是什么地方的天使,来过这里,因此什么都记得……"

"我可以参加你们的谈话吗?"迪姆勒走过来低声问道,在他们身旁坐下了。

"如果我们曾经是天使,那么为了什么我们被贬得这么低?"尼古拉说,"不,这不可能!"

"不是贬低,谁对你说贬低了? ……我怎么知道我以前是什么。"娜塔莎深信不疑地反驳说,"要知道灵魂是不朽的……因此,如果我将永远活着,那么我在以前也曾经活过,曾经永恒地活过。"

"是的,但是我们很难想象永恒是怎么样的。"迪姆勒说,他是带着温和的轻蔑的微笑走到年轻人跟前的,但是现在也像他们一样,说话很轻,很严肃。

"永恒为什么很难想象?"娜塔莎说,"今天存在,明天存在,永远存在,还有昨天存在过,前天存在过……"

"娜塔莎! 现在轮到你了。给我唱点什么。"传来了伯爵夫人说话的声音,"你们干吗老坐在那里,好像在搞什么阴谋活动似的。"

"妈妈! 我一点也不想唱。"娜塔莎说,但是同时她又站了起来。

他们大家,甚至包括已不年轻的迪姆勒,都不愿意中断谈话和离开休息室,但是娜塔莎已站了起来,尼古拉已在古钢琴旁坐下了。像平常一样,娜塔莎在大厅中央选了一个共鸣最好的地方站住,开始唱母亲最爱听的歌。

她虽然说她不想唱,但是她很久以来和今后很长时间内都没有唱得像今天晚上这么好。正在书房里和米坚卡谈话的伊里亚·安德烈依奇伯爵听到她的歌声,像一个快要做完功课忙着要去玩耍的小学生一样,颠三倒四地向管家胡乱嘱咐了几句,最后不再说话了,而米坚卡也面带微笑站在伯爵面前,默默地听着。尼古拉目不转睛地看着妹妹,和她一起换着气。索尼娅一面听,一面想道,她自己和她的好朋友之间的差别是多么大啊,她怎么会不可能有她表妹的那种魅力呢,哪怕多少有一点也好呀。老伯爵夫人脸上带着幸福而又忧伤的微笑,眼睛里含着泪水坐着,不时地摇摇头。她心里想着娜塔莎,也想着自己的青年时代,还想着娜塔莎和安德烈公爵的婚事,觉得其中有某种不自然的和可怕的东西。

迪姆勒坐到伯爵夫人旁边,闭上眼睛听着。

"不,伯爵夫人,"他终于开口了,"这是一个达到欧洲水平的人才,她没有什么可学的了,这样柔和、悦耳、有力……"

"唉,我多么为她担心,我是多么担心啊!"伯爵夫人情不自禁地说,忘记了是在同谁说话。她的那种一般母亲所具有的感觉告诉她,娜塔莎身上某种东西太多,这不会使她幸福。娜塔莎还没有唱完,十四岁的彼佳就兴高采烈地跑了进来,说化装表演的人来了。

娜塔莎突然停住了。

"傻瓜!"她朝弟弟喊了起来,跑到椅子前,倒在上面,放声大哭起来,很长时间没有能够止住。"没有什么,妈妈,真的,没有什么,只不过彼佳吓了我一跳。"她说,竭力想露出微笑,但是眼泪还在流着,抽抽搭搭地哭得喘不过气来。

家奴化装成狗熊、土耳其人、小饭馆老板和太太的样子,看起来可怕而又可笑,他们带来了寒气和欢乐气氛,开头胆怯地挤在前厅里;然后一个躲在另一个的背后,拥进了大厅;他们开始唱歌,跳一般的舞和轮舞,玩圣诞节游戏,开头有些腼腆,后来愈来愈快活和齐心协力。伯爵夫人认出了几个人,朝化装表演的人笑了笑,便到客厅里去了。伊里亚·安德烈依奇伯爵喜气洋洋地微笑着,坐在大厅里,称赞着表演的人。年轻人不知到哪里去了。

半个小时后,大厅里在原有的化装表演的人之间出现了一个穿鲸须架式筒裙①的老夫人—— 这是尼古拉。化装成土耳其女人的是彼佳。小丑是迪姆勒,骠骑兵是娜塔莎,而索尼娅用软木炭画了胡子和眉毛,扮成一个切尔克斯人。

没有化装的人见了他们故作惊奇,表示认不出来,夸奖了一番,于

---

① 鲸须架式筒裙是十八世纪到十九世纪初流行的一种宽大多褶的裙子,里面通常用鲸须撑着。

是这些年轻人认为他们的服装非常漂亮，应当再向一些人显示一下。

尼古拉很想用他的三驾雪橇拉着大家在平坦的道路上兜兜风，建议带上十来个化装的家奴到大叔那里去。

"算了，你们干吗去惊动那个老头子！"伯爵夫人说，"而且他那里连身都转不过来。要去，就上梅柳科娃家去。"

梅柳科娃是一个寡妇，有好几个不同年龄的子女，还雇着几位男女家庭教师，住在离罗斯托夫家四俄里的地方。

"亲爱的，说得有理，"活跃起来的老伯爵接过来说，"我现在就去化装，和你们一起去。我要好好逗逗帕舍塔①。"

但是伯爵夫人不同意放伯爵走，因为这些天他一直腿疼。于是决定伊里亚·安德烈依奇伯爵不能去，而如果路易莎·伊万诺夫娜（即绍斯太太）一起去的话，那么小姐们也可以去梅柳科娃家。平常胆怯和腼腆的索尼娅这时比大家都坚决地恳求路易莎·伊万诺夫娜不要拒绝。

索尼娅化装得比谁都好。她画的胡子和眉毛与她异常相称。大家对她说她很漂亮，而她则处于一种与她本性不合的兴奋和精神饱满的状态之中。一个内心的声音对她说，要么今天就决定她的命运，要么将永远失去机会，而她穿着男人的衣服看起来完全像另一个人。路易莎·伊万诺夫娜同意陪她们去，半个小时后，四辆带着大小铃铛的三驾雪橇驶到了台阶前，雪橇的滑木在冰冻的雪地上发出吱吱吱和嗖嗖嗖的声音。

娜塔莎率先表现出了过圣诞节的欢乐情绪，这种欢乐情绪从一个人传到另一个人，愈来愈强烈，等到大家来到寒冷的室外，相互交谈着和招呼着，笑着喊着坐上雪橇时，达到了顶点。

两辆雪橇是日常使用的普通雪橇，第三辆雪橇是老伯爵专用的，驾辕的是一匹奥廖尔的走马；第四辆是尼古拉个人的，由一匹毛长得很长的矮矮的黑马驾辕。尼古拉身上穿着老太婆的衣服，外面罩着一件骠骑兵的束腰的斗篷，他拉着缰绳，站在自己雪橇的中央。

夜色很亮，亮得他能看见马具上的搭扣和马眼在月光下发出的反

① 帕舍塔是梅柳科娃的名字佩拉格娅的昵称。

光,这时那些马正惊恐地回头瞧着在门口阴暗的廊檐下喧闹的乘客。

坐尼古拉的雪橇的有娜塔莎、索尼娅、绍斯太太和两个女仆。而坐老伯爵的雪橇的则有迪姆勒夫妇和彼佳;化装的家奴们分别上了其余的雪橇。

"你先走,扎哈尔!"尼古拉朝他父亲的车夫喊了一声,好在半道上超过他。

于是迪姆勒和其余化装的人乘坐的老伯爵的雪橇往前走了,仿佛在冰上冻住了似的滑木吱吱地响,铃铛也发出低沉的声音。两匹拉边套的马紧贴着辕木,行走时马蹄深深陷入雪中,不断翻起像白糖般坚实和闪闪发亮的雪。

尼古拉紧接着第一辆雪橇出发了;其余的雪橇也发出咯吱咯吱声跟了上来。开头在狭窄的小路上小跑。在经过花园时,光秃秃的树木遮住了明亮的月光,密密层层的影子横在路上,但是一出围墙,一片像钻石似的发出灰蓝色反光的雪原展现在眼前,它整个沐浴在月光里,一动也不动。路上的一个坑洼使前面的雪橇颠了一下又一下;后面的,再后面的雪橇也都这样颠了两下,它们不顾一切地冲破了仿佛冻结了的寂静,开始一辆接一辆拉成一线,向前奔跑。

"兔子的脚印,脚印很多!"在冻结了的寒冷的空气中响起了娜塔莎的声音。

"什么都看得清,尼古拉!"索尼娅的声音说。尼古拉回头朝索尼娅看了一眼,接着弯下身子,想靠得近些,好看清她的脸。她的那张画着黑胡子和黑眉毛完全变了样的可爱的脸从貂皮帽下面露出来,在月光下显得很近而又很远。

"这还是以前的那个索尼娅。"尼古拉想道。他凑到近处仔细地看了看,微微一笑。

"您怎么啦,尼古拉?"

"没有什么。"他说,又朝马转过头去。

雪橇上了被滑木压得光溜溜的、在月光下可以看到布满马蹄印的平坦大道后,马自然而然地拉紧了缰绳,加快了脚步。左面拉边套的马低下头,一纵一跳地拉起了挽索。驾辕的马摇晃着身子,动了动耳朵,仿佛在问:"要不要开始? 或者还早?"在前面白色的雪地上,可以清楚看到扎哈尔赶的黑色雪橇，它已经离得很远，低沉的铃铛声也在渐渐远去。可以听见那雪橇上发出的吆喝声和化装的人的说笑声。

"喂，你们跑得快点，最亲爱的！"尼古拉喊了一声，从一边拉了拉缰绳，挥起手中的鞭子。这时仿佛有一阵大风迎面吹来，拉边套的马拉紧挽索加快速度奔跑，根据这一点就可察觉到雪橇飞驰得有多快。尼古拉回头看了一眼。其他雪橇上的车夫高喊着和尖叫着，挥动鞭子催赶着驾辕的马，也都赶上来了。辕马在轭下坚强地晃动着身子，没有想要减速，准备在必要时再加一把劲。

尼古拉追上了第一辆雪橇。两辆雪橇从一座山上下来，上了河边草地上的一条宽阔的大路。

"我们这是在什么地方？"尼古拉想道，"想必是在科索依草地。不，这像是我从未见过的一个新地方。这不是科索依草地，也不是焦姆卡山，天知道这是什么地方！这好像是一个新的和神奇的处所。好吧，且不管它是什么地方！"于是他朝马匹吆喝了一声，准备绕过第一辆雪橇。

扎哈尔勒住马，转过他的直到眉毛都结了霜的脸。

尼古拉放开了自己的马，扎哈尔向前伸出两只手，吧嗒了一下嘴，也放开了马。

"少爷，当心。"他说。两辆雪橇并排时跑得更快了，飞奔的马的腿在迅速地挪动。尼古拉开始赶着雪橇加快速度往前冲。扎哈尔没有改变伸出两手的姿势，稍稍抬起那只握缰绳的手。

"不对，少爷。"他朝尼古拉喊了一声。尼古拉让他的马全都奔跑起来，赶到了扎哈尔的前头。马扬起干燥的雪粒，撒到了雪橇上的人的脸上，它们旁边响起密集的滑动声，迅速跑动的马腿和被超过的雪橇的影子混成一团。四面八方传来滑木在雪地上滑动发出的嗖嗖声和妇女的尖叫声。

尼古拉又勒住了马，朝自己周围看了看。周围仍然是一片洒满月光、遍地闪闪发亮的神奇的原野。

"扎哈尔叫我向左转；干吗要向左转？"尼古拉想道，"难道我们是在去梅柳科娃家，难道这是她的村子梅柳科夫卡？我们天知道是在哪里，天知道我们会怎么样——我们遇到的情况是很奇怪的和很有意思的。"他回头朝雪橇里看了一眼。

"你瞧，他的胡子和睫毛全都白了。"坐在雪橇里的一个胡子和眉毛都很细的奇怪而又漂亮的陌生人说道。

"这人好像是娜塔莎，"尼古拉想道，"而那是绍斯太太；也许不是她，而这个留胡子的切尔克斯人——我不知道是谁，但是我爱她。"

"你们不冷吗？"他问。她们没有回答，笑了起来。后面雪橇上的迪姆勒喊了声什么，大概很可笑，但是无法听清他喊的是什么。

"是的，是的。"人们笑着回答道。

然而这就像是一座神奇的树林，林中的黑影和钻石般的闪光交融在一起，有一排排大理石的台阶，可以看见各种神奇的建筑物的银色屋顶，听见一些野兽发出刺耳的尖叫。"如果这真的是梅柳科夫卡，那么我们不知道往哪里走就来到了此地，就更奇怪了。"尼古拉想道。

这确实是梅柳科夫卡，只见男女仆人手持蜡烛满面笑容地跑出来，到了台阶上。

"来的是什么人？"台阶上有人问。

"伯爵家化装表演的人，一看那些马我就认出来了。"几个人回答道。

十一

佩拉格娅·丹尼洛夫娜·梅柳科娃是一个膀大腰圆、精力充沛的女人，她戴着眼镜，身穿一件对襟无扣的外衣坐在客厅里，几个女儿围着她，她尽量设法不使她们感到无聊。当前厅里响起来客的脚步声和说话声时，她们正在静静地往水中浇蜡，观看着凝结成的形状①。啊，真高兴！尼基塔，瓦尼亚，把桌子搬开。我们刚才还这样安安静静地坐着呢！"

"哈——哈——哈！……骠骑兵，瞧那骠骑兵！完全像一个男孩子，看那两条腿！……我一看就忍不住……"几个人这样说。

娜塔莎最受梅柳科娃家的姑娘们的欢迎，她和她们一起到后面的

---

① 旧时俄国民间常根据浇到水中的蜡凝结成的形状算命。

房间去了，到那里后，姑娘们伸出裸露的手臂从敞开的门里从仆人手中接过她们所要的软木炭、各种长衫和男人衣服。十分钟后，梅柳科娃家里的所有年轻人都参加到化装表演的人的行列里来了。

佩拉格娅·丹尼洛夫娜吩咐给客人腾出地方和准备招待他们主仆的食物后，仍戴着眼镜，面带强忍住的微笑，在化装表演的人中间来回走着，凑到身边看他们的脸，可是一个人也没有认出来。她不仅没有认出罗斯托夫家的人和迪姆勒，而且怎么也认不出自己的女儿们以及她们身上穿的她丈夫的长衫和制服。

"这是哪家的姑娘？"她看着打扮成喀山鞑靼人的女儿的脸，问自己家的家庭教师。"好像是罗斯托夫家的什么人。喂，骠骑兵先生，您在哪个团服役？"她问娜塔莎。"给这个土耳其人水果软糕，"她对招待客人的仆人说，"他们的法律不禁止吃这个。"

跳舞的人蛮有把握地认定，既然他们化了装，那么谁也认不出他们来，因此一点也不觉得难为情，大胆跳出各种古怪和可笑的舞步来，佩拉格娅·丹尼洛夫娜看着他们，有时用手绢捂住脸，忍不住发出老年人的和善的笑声，这时她整个肥胖的身体也都颤动起来。

"我的萨希内特，萨希内特 [①]！"她说。

在俄罗斯舞和轮舞跳完后，佩拉格娅·丹尼洛夫娜叫主仆们一起围成一个大圈；拿来了一枚戒指、一条绳子和一个卢布，大家便开始一起做各种游戏。

一个小时后，所有人身上的衣服都揉皱和变得很不整齐了，用软木炭画的胡子和眉毛弄脏了汗津津的、火热的和快活的脸。佩拉格娅·丹尼洛夫娜开始认出化装的人来了，赞扬服装设计得好，对小姐们来说特别合适，并且感谢大家给她带来这么大的乐趣。客人们被请到客厅里去吃晚饭，同来的家仆们则在大厅里受到款待。

"不，在澡堂里算卦，这太可怕了！"吃晚饭时一个住在梅柳科娃家的老姑娘说。

"为什么呢？"梅柳科娃的大女儿问道。

"你们不要去，这需要有勇气……"

---

① 萨希内特是亚历山德拉的昵称。

"我去。"索尼娅说。

"您讲一讲,那位小姐怎么啦?"梅柳科娃的二女儿问。

"是这么回事,有一位小姐,"老姑娘说,"带上一只公鸡和两副餐具,按照规矩坐下了。坐了一会儿,只听得突然有人来了……铃铛叮当响,一辆雪橇驶了过来;又听见有人走过来了。进来的完全像人一样,是一个军官,他在她身旁坐下,拿起餐具。"

"啊!啊!……"娜塔莎喊叫起来,惊恐地把眼睛瞪得大大的。

"他怎么,也会说话?"

"对,跟人一样,完全一样,开始进行劝说,而她本应陪他说话直到鸡叫;可是她胆怯了,用手捂住脸。他就把她抱起来。幸好这时几个女仆跑来了……"

"干吗吓唬她们!"佩拉格娅·丹尼洛夫娜说。

"妈妈,要知道您自己也占卜过……"女儿说。

"在谷仓里是怎么占卜的?"索尼娅问。

"哪怕现在就可到谷仓里去,听那里有什么动静。如果听见敲敲打打的声音,这是不祥之兆,如果听见装粮食的声音,那就是好兆头;经常也有……"

"妈妈,您讲一讲您在谷仓里碰到了什么?"

佩拉格娅·丹尼洛夫娜笑了笑。

"有什么好讲的,我已忘记了……"她说,"你们不是谁也不去吗?"

"不,我去;佩拉格娅·丹尼洛夫娜,让我去吧,我去。"索尼娅说。

"好吧,如果你不害怕的话。"

"路易莎·伊万诺夫娜,我可以去吗?"索尼娅问。

无论是玩戒指、绳子或找卢布的游戏,无论是像现在这样交谈,尼古拉都待在索尼娅身边,完全用新的目光看着她。他觉得,由于她画上了这胡子,今天他才第一次完全看清了她。这天晚上索尼娅确实很快乐,很活跃,很漂亮,尼古拉还从来没有看见过她的这种样子。

"原来她是这样的,而我是一个傻瓜!"尼古拉看着她闪闪发亮的眼睛和他从未见过的从胡子下面露出的、有着一对酒窝的幸福而热情的微笑,心里想道。

"我什么也不害怕。"索尼娅说,"现在就可以去吗?"说着她站起身来。人们告诉她谷仓在哪里,她应如何站在那里静听,并递给她一件皮袄。她把皮袄披在头上,看了尼古拉一眼。

"这个姑娘多么可爱啊!"他想道,"在这之前我想什么来着?"

索尼娅出了屋到了走廊里,以便前去谷仓。尼古拉借口他觉得太热,急忙到了大门口的台阶上。屋里由于挤满了人,确实很闷热。

外面仍然还是那一片静止不动的寒气,仍然还是那一轮明月,只不过更亮了。月光是那样的皎洁,雪地上银光万点,宛如布满星星,使人不愿仰望天空,真正的星星反而不引人注目了。天空是黑暗的,而地上却充满着欢乐。

"我是一个傻瓜,傻瓜!我一直在等待什么呢?"尼古拉想,他跑到台阶上,然后沿着一条通向后门台阶的小路往前走,绕过了屋角。他知道,索尼娅要经过这里。在半道上有一个几俄丈长的木柴堆,上面积着雪,投下了阴影;光秃秃的老菩提树的树影从柴堆的那一边和近旁,纵横交错地投到雪地和小路上。小路通向谷仓。谷仓的用原木建成的墙和积雪的屋顶,仿佛用某种宝石雕成一样,在月光下闪闪发光。花园里有一棵树发出断裂声,接着一切又归于寂静。胸中呼吸的似乎不是空气,而是某种永远年轻的力量和欢乐。

女仆室的台阶上响起了脚步声,在积满雪的最后一级上发出清脆的咯吱声,听见老姑娘的声音在说:

"一直向前,沿小路向前走,小姐。只是不要回头看!"

"我不害怕。"索尼娅的声音回答道,她沿着小路朝尼古拉走过来,她的那双穿着精工制作的皮鞋的秀足踩在雪上发出咯吱咯吱的声音。

索尼娅裹着皮袄走着。她看见尼古拉时已只有两步远了;她看见的他也不是她熟悉的和有点惧怕的样子。他穿着女人的衣服,头发蓬乱,脸上带着幸福的和索尼娅没有见过的微笑。索尼娅迅速跑到他面前。

"完全是另一种样子,但仍然是原来的她。"尼古拉看着她那全被月光照亮了的脸道。他把手伸进蒙住她的头的皮袄里,搂住她,紧紧地拥抱着她,吻了吻散发出软木炭气味的胡子下面的嘴唇。索尼娅也吻了吻他的嘴唇的正中间,抽出两只小手从两面托住他的面颊。

"索尼娅!……""尼古拉!……"他们只说了这样一句。他们跑到谷仓那里,后来各走各的台阶回到屋里。

十二

当大家从梅柳科娃家往回走时,一向目光敏锐、能注意到一切的娜塔莎把座位重新做了安排,路易莎·伊万诺夫娜和她坐到迪姆勒的雪橇上,而让索尼娅与尼古拉和女仆们坐在一起。

尼古拉在回家的路上已不再你追我赶了,而是赶着雪橇平稳地走着,在这奇异的月光下一直注视着索尼娅,借助这不断变幻不定的光,透过她脸上画的眉毛和胡子寻找着以前的和现在的索尼娅,他已决定永远不和她分离了。他注视着,当他认出这个和那个索尼娅,回想起与她接吻的感觉混合在一起的软木炭的气味时,便深深地呼吸着寒冷的空气,望着往后退的地面和闪闪发亮的天空,觉得自己又进入了神奇的世界。

"索尼娅,你觉得快乐吗?"他不时地问。

"很快乐。"索尼娅回答,"你呢?"

在半道上尼古拉把缰绳交给车夫,自己跑到娜塔莎坐的雪橇上,站在跨杠上。

"娜塔莎,"他用法语低声对她说,"你知道,索尼娅的事我已下了决心。"

"你对她说了吗?"娜塔莎问道,突然高兴得喜笑颜开。

"唉,你画着这胡子和眉毛样子多么怪呀,娜塔莎!你高兴吗?"

"我非常高兴,非常高兴!我已经生过你的气了。我没有对你说,但是你曾经对她很不好。她的心肠多么好啊,尼古拉,我真高兴!我这人虽然常常令人讨厌,但是只我一个人得到幸福,而索尼娅没有得到,便觉得问心有愧。"娜塔莎接着说,"现在我太高兴了,快跑回她那里去吧。"

"不,等一下,唉,你的样子太可笑了!"尼古拉说,仍然仔细看着她,也在妹妹身上寻找某种过去他没有见过的新的、异乎寻常的和温柔而有魅力的东西。"娜塔莎,有一种神奇的东西。是吗?"

"是的,"她回答道,"你做得很好。"

"假如我以前看到她是现在的这个样子，"尼古拉想道，"我早就问她应该怎么办了，不管她说什么，我就会照着去做，那样一切就会很好了。"

"那么说，你很高兴，我做得很好？"

"唉，做得太好了！不久前我为这事和妈妈争执过。妈妈说，索尼娅想方设法想嫁给你。怎么可以这样说呢！我和妈妈差一点争吵起来。我永远也不允许任何人说她的坏话和对她有不好的想法，因为她身上只有好的东西。"

"就这样好吗？"尼古拉说，又一次端详着妹妹脸上的表情，想要弄清这是不是实话，然后靴子咯吱一响跳下了跨杠，向自己的雪橇跑去。坐在那里的仍然是那个画着胡子、两眼闪闪发光、幸福地微笑着、从貂皮帽子下看着人的切尔克斯人，这个切尔克斯人就是索尼娅，这个索尼娅一定会成为他未来的幸福的和爱他的妻子。

小姐们回到家里并对母亲讲了她们在梅柳科娃家玩乐的情况后，回房去了。她们脱了衣服，但没有擦软木炭画的胡子，坐了很久，谈论着自己的幸福。她们谈到出嫁后将怎样生活，她们和丈夫们将会如何和睦相处，她们将会多么幸福。在娜塔莎的桌子上还放着昨天杜尼亚莎准备好的镜子。

"可是所有这一切会在什么时候实现？我担心永远不会……要是能实现那就太好了！"娜塔莎说，她站起身来，朝镜子走过去。

"你坐下，娜塔莎，也许你能见到他。"索尼娅说。娜塔莎点着了蜡烛，坐了下来。

"我看见一个留胡子的人。"娜塔莎照见自己的脸说。

"不要笑，小姐。"杜尼亚莎说。

娜塔莎在索尼娅和女仆的帮助下把镜子摆好；她脸上露出严肃的表情，不说话了。她长时间地坐着，两眼望着镜中一排逐渐远去的蜡烛，设想（根据听到的故事想象）她在这最后连成的一个模糊的方形中会看见一口棺材，会看见他，安德烈公爵。但是不管她如何想把一个小小的斑点当作人或棺材的形状，她仍然什么也没有看见。她开始频频地眨巴起眼睛来，离开了镜子。

"为什么别人看得见，而我什么也看不见呢？"她说，"喂，索尼娅，你坐下来;今天你一定得看一看她说,不过是替我看……我今天觉得很可怕!"

索尼娅在镜子旁坐下了,调整了位置,开始看起来。

"索菲·亚历山德罗夫娜①一定能看见,"杜尼亚莎低声说,"您老是笑。"

索尼娅听到了这些话,也听到娜塔莎在低声说:

"我知道她看得见;她去年也看见了。"

大家沉默了大约三分钟。"一定能!"娜塔莎低声说,但没有说完……索尼娅突然推开她把着的镜子,用手捂住了眼睛。

"唉,娜塔莎!"她说。

"看见了吗? 看见了吗? 看见了什么?"娜塔莎大声问道。

"瞧,我不是说了吗。"杜尼亚莎扶着镜子说。

索尼娅什么也没有看见,她刚才是想眨眨眼睛和站起身来,这时听见娜塔莎说"一定能"……她既不想欺骗杜尼亚莎,也不想欺骗娜塔莎,因此坐在那里感到很难受。她自己也不知道,在她用手捂住眼睛的时候,由于什么原因竟然会喊叫起来。

"看见他了吗?"娜塔莎拉住她的一只手问道。

"是的。等一下……我……看见了他。"她还不知道娜塔莎所说的他指的是谁:是尼古拉还是安德烈,就不由自主地说道。

"但是我为什么不说我看见了呢? 别人不是也能看见吗! 谁又能知道我看见了还是没有看见呢?"索尼娅的头脑里闪过这样的念头。

"是的,我看见了他。"她说。

"怎么样? 怎么样? 站着还是躺着?"

"不,我看见……原来什么也没有,突然我看见他躺着。"

"安德烈躺着? 他病了?"娜塔莎吓得两眼发直,盯着她的女友问。

"不,正好相反,正好相反。——他满面笑容,朝我转过身来。"在她说这话的时候,她自己也觉得她看见了她所说的情景。

"那么后来呢,索尼娅?"

"后来我没有看清,出现一种蓝的和红的东西……"

---

① 索菲娅·亚历山德罗夫娜是索尼娅的名字和父名。

"索尼娅！他什么时候回来？我什么时候才能见到他呀！我的上帝！我是多么为他和为自己担心，为一切感到害怕呀……"娜塔莎诉说起来，对索尼娅的安慰话没有作任何反应，便在床上躺下了，在吹灭蜡烛后的一段很长时间里一直睁着眼睛，一动不动地躺着，望着结冰的窗户外面寒冷的月光。

十三

在过完圣诞节后不久，尼古拉向母亲宣布他爱索尼娅，坚决要和索尼娅结婚。伯爵夫人早就觉察到索尼娅和尼古拉之间发生的事，并且预料到会有这样的表白，她默默地听完儿子的话，对他说，他想和谁结婚就可以和谁结婚；但是无论是她还是父亲，都不会为这桩婚事祝福。尼古拉第一次感觉到母亲对他不满，感觉到母亲虽然很爱他，但不会对他做出让步。她冷冰冰的，两眼不看儿子，叫人去把丈夫请来；伯爵被请来后，她想当着尼古拉的面简单而冷淡地告诉他是怎么回事，但是没有忍住，气恼地哭了起来，出了房间。老伯爵吞吞吐吐地数落尼古拉一番，要他放弃自己的意图。尼古拉回答说，他不能违背自己的诺言，于是老伯爵叹了一口气，显然有点不知如何是好，很快停止说话，到伯爵夫人那里去了。在和儿子的历次冲突中，伯爵由于自己没有管理好家业对他总有一种负疚感，因此他不能因为儿子拒绝娶一个有钱的姑娘却选上没有陪嫁的索尼娅而生他的气——在这种情况下他更是痛切地想起，如果家境不这么糟的话，那么对尼古拉来说就没有比索尼娅更好的妻子了；他还想起，家道衰落的责任全在他一个人，同时也要怪米坚卡和自己改不掉的老习惯。

父母再也没有和儿子谈起这件事；但是几天后伯爵夫人把索尼娅叫去，用索尼娅和她自己都没有料到的冷酷口气责备表侄女引诱她的儿子和忘恩负义。索尼娅垂下眼睛，默默地听着伯爵夫人的冷酷的话，不明白要她怎么样。她准备为报答自己的恩人而牺牲一切。自我牺牲的思想是她最崇高的思想；但是在眼前的情况下她不知道她应该为谁牺牲什么。她不能不爱伯爵夫人和罗斯托夫全家，但是也不能不爱尼古拉，不能不知道他的幸福决定于这种爱情。她默不作声，神情忧郁，没有回答。尼古拉觉得这种状况无法再忍受了，便去找母亲说明自己的态度。他又是恳求母亲原谅他和索尼娅并同意他们结婚，又是威胁母亲说，如果索尼娅再受到排斥，那么他将马上和她秘密结婚。

伯爵夫人用尼古拉从未见过的冷漠态度回答他说，他已成年，安德烈公爵不经父亲同意就要结婚，他也可以这样做，但是她永远不会把这个**女阴谋家**当自己的女儿对待。

尼古拉一听见**女阴谋家**这个词儿就气炸了，他提高嗓门对母亲说，他从来没有想到她会强迫他出卖自己的感情，如果是这样，那么他最后一次要说……母亲根据他脸上的表情知道他会说什么并惊恐地等待着，但是他没有来得及说出这句决定性的话，这句话如果说出来，也许会永远成为母子之间的痛苦回忆。他之所以没有来得及把话说完，因为在门外偷听的娜塔莎脸色苍白和表情严肃地进了房间。

"尼科连卡，你说的是废话，住口，住口！我对你说，快住口！……"她几乎大声喊着，想把他的声音压下去。

"妈妈，亲爱的，这完全不是因为……我的好妈妈，可怜的妈妈。"她对母亲说，伯爵夫人觉得自己处于关系破裂的边缘，惊恐地看着儿子，但是由于固执和争强好胜，不愿意，也不能认输。

"尼科连卡，我以后再给你解释，你先出去……您听我说，亲爱的妈妈。"娜塔莎对母亲说。

她说的话没有什么用；但是它却产生了她想要取得的结果。

伯爵夫人伤心地啜泣起来，把脸埋到女儿的胸口，而尼古拉站起身来，抱住头，出了房间。

娜塔莎进行了调解，最后母亲答应尼古拉不再欺压索尼娅，而尼古拉则保证不背着父母做任何事情。

尼古拉下狠心在把团里的事安排好后就退役，回来和索尼娅结婚，他因同父母不和而心情忧郁，表情严肃，但是他觉得处于热恋中，一月初回到团里去了。

尼古拉走后，罗斯托夫家里开始变得比任何时候都沉闷。伯爵夫人因心绪不佳病倒了。索尼娅因与尼古拉离别而感到伤心，更因伯爵夫人不能不对她采取敌视态度而觉得难受。伯爵比往常任何时候都为糟糕的家庭经济情况而操心，因为需要采取一些果断的措施。只好卖掉莫斯科的房子和莫斯科郊区的庄园,而为了卖房子,需要到莫斯科去。但是伯爵夫人的病使得他的行期一天又一天地往后推。

娜塔莎轻松地、甚至愉快地度过了与未婚夫离别的最初的日子后,现在一天天地变得更加激动不安和不耐烦了。她想到她那本来可以用来和他谈情说爱的最好的时光正在白白浪费掉,这个想法萦绕在她心头,使她感到非常痛苦。他的信多半使她生气。她在生活中只想着他一个人,而他却过着真正的生活,不断见到他感兴趣的新的地方和新的人,想到这里她感到委屈。他的信写得愈有趣,她读了愈觉得难受。而她给他写信,不仅不能使她得到安慰,反而觉得这是一种枯燥无味的和不得不履行的义务。她不善于写信,因为无法在信中真实地表达出她习惯于用声音、微笑和目光表达的东西,哪怕是其中的千分之一。她给他写的是一些古板的、千篇一律的、干巴巴的信,她自己也认为没有任何意义,而伯爵夫人还在信的草稿上替她改正拼写的错误。

伯爵夫人的健康状况一直没有好转;但是莫斯科之行已不能再拖了。需要准备嫁妆,需要卖掉房子,同时预计安德烈公爵将先到莫斯科去,因为这年冬天尼古拉·安德烈依奇公爵住在莫斯科,而娜塔莎相信,安德烈公爵已经到了那里。

伯爵夫人留在乡下,伯爵带着索尼娅和娜塔莎于一月底启程到莫斯科去了。

第五部

一

　　皮埃尔在安德烈公爵和娜塔莎订婚后，突然不知为了何故，觉得不能继续像以前那样生活了。不管他如何坚信恩师向他揭示的真理，不管他在热情投入内心的自我完善的工作的初期是如何的高兴——在安德烈公爵与娜塔莎订婚和约瑟夫·阿列克谢耶维奇逝世（他几乎是同时得到这个消息的）后，对他来说以前的生活的魅力一下子消失了。生活只剩一个空架子：他的住宅和一个受到某某要人宠爱的出色的妻子，还有全彼得堡的熟人们以及纯粹是枯燥乏味的形式的公务。皮埃尔突然觉得以前的这种生活出人意料地令人厌恶。他不再记日记，避免与师兄弟们来往，重新出入俱乐部，又开始酗酒，重新和单身汉们接近起来，叶连娜·瓦西里耶夫娜伯爵夫人看到他开始过这样的生活，都认为需要严厉地责备他一顿。皮埃尔觉得她那样做是对的，为了不影响妻子的名声，便到莫斯科去了。

　　在莫斯科，他刚一进入他的那座住着几位已变得憔悴和正在变得憔悴的公爵小姐以及大批家仆的巨大住宅，刚一看见—— 当马车在城里经过时—— 在挂满金色衣饰的圣像前点着无数支蜡烛的伊韦尔小教堂[①]，看见那积满新雪的克里姆林广场、那些马车夫和西夫采夫·弗

---

　　① 　伊韦尔小教堂位于沃斯克列先斯基门（今涅格林斯基门）附近。

拉热克①的破旧小屋，看见已一无所求、悠闲自在、安度晚年的莫斯科的老年人，看见老太婆们、莫斯科的太太们、莫斯科的舞会、莫斯科英国俱乐部——他就觉得到了家，到了平静的栖身之地。他住在莫斯科，好像穿一件旧睡袍一样，感到舒适、温暖、习惯，可是又肮脏。

莫斯科社交界，从老太太到年轻人，像接待盼望已久的客人一样接待皮埃尔，随时留着位子欢迎他。对莫斯科上流社会来说，皮埃尔是一个最可爱、最和善、最聪明、最快活、最宽厚的怪人，是一个漫不经心和热诚的俄罗斯人，一个老式的贵族老爷。他的钱包总是空的，因为他对所有的人都很慷慨。

纪念演出、劣等绘画作品、雕像、慈善团体、茨冈人、学校、募捐聚餐、酒会、共济会员、教会、书籍等等——不管是什么人还是什么事，都没有遭到过他的拒绝，如果不是他的两个朋友借了他的很多钱并对他进行照管的话，那么他就会把一切都给别人的。在俱乐部里，每次宴会和每次晚会都少不了他。每当他喝了两瓶马尔戈酒②后往沙发上的老地方随便一倒时，就有人把他围住，于是闲谈、争论和说笑开始了。哪儿发生了争吵，只要他和善地微微一笑，及时说一句俏皮话，人们就和解了。共济会的聚餐会如果没有他出席，就会变得枯燥乏味，死气沉沉。

当他和单身汉们一起吃完晚饭，答应这些快乐的伙伴们的请求，面带和善和甜蜜的微笑站起来，以便和他们一起去玩乐时，在年轻人中间常常响起一片快乐的欢呼声。在舞会上，如果缺一个舞伴，他也就跳起舞来。年轻的太太和小姐们喜欢他，因为他不向任何人献殷勤，对所有人都同样地客气，尤其是在晚餐后。"他很可爱，他没有性别。"人们这样说他。

皮埃尔是一个在莫斯科闲居的退职的宫廷高级侍从，这样的人有好几百。

如果七年前，在他刚从国外回来时，有人对他说，他不需要寻求和思考什么，他的道路早已打通并已永远确定，不管他如何折腾，他的结局仍然会像所有处在他那种地位的人一样，他听了一定会大吃一惊。

---

① 西夫采夫·弗拉热克是当时莫斯科的一条巷子，为贫民聚居的地方。
② 马尔戈酒是法国纪龙德省某地出产的一种葡萄酒。

现在他不能不相信这一点。难道他不曾全心全意地想在俄国实现共和，有时自己想当拿破仑，有时又想当哲学家，有时想当策略家和战胜拿破仑的人吗？难道他不曾见到根本改造有恶习的人类和使自己达到完美的可能性，并热烈希望这样做吗？难道不是他开办了学校和医院，解放了农奴吗？

而现在情况完全不是这样——他是一个不忠实的妻子的有钱的丈夫，一个退职的宫廷高级侍从，喜欢吃喝，有时解开衣服，稍稍骂几句政府，他是莫斯科英国俱乐部的成员，莫斯科上流社会的一个受到大家欢迎的人。在很长时间内，他想起自己就是七年前他非常蔑视的莫斯科宫廷高级侍从这一类人，心里就不能平静。

有时他安慰自己，心想他只不过暂时过这种生活；但是后来另一种想法使他不寒而栗，他想到已有多少像他这样的人进入这种生活时齿发俱全，而出来时却齿缺发秃了。

在他想起自己的情况而感到高人一等的时刻，他觉得自己完全是另一种人，尤其同那些他以前蔑视的退职宫廷高级侍从不同，觉得那是一些庸俗愚蠢和安于现状的人，"而我直到现在都不满意，我一直想为人类做点事情。"他在感到高人一等时刻对自己这样说。"也许我的所有同事们也完全像我一样努力过，在生活中寻找过自己的新道路，同时又像我一样，被环境、社会和本性的力量，被一个人无力抗拒的自然力引导到了我所到的地方。"他在不自以为是时又这样说，并在莫斯科住了一些时候后，已不蔑视与自己遭遇相同的同事，而是开始喜欢、尊重和同情他们了。

皮埃尔已不像从前一样有绝望、忧郁和厌恶生活的时刻了；但是以前剧烈发作过的这种病症深入到了他的内心，一刻也没有离开过他。"为什么？为了什么目的？世上发生的是什么事？"他一天好几次困惑不解地问自己，不知不觉地思考起各种生活现象的意义来；但是他根据经验知道，这些问题没有答案，于是他急忙不再去想，拿起书本来读，或者去俱乐部，或者去阿波隆·尼古拉耶维奇那里去闲聊城里的各种新闻。

"叶连娜·瓦西里耶夫娜除了自己的身体外，什么也不爱惜，她是世上最蠢的女人，"皮埃尔想，"而人们却认为她聪明和高雅到了极点，拜倒在她面前。当拿破仑·波拿巴是一个伟人时，他受到了所有人的蔑视,而自从他成为一个可怜的丑角后,弗兰茨皇帝却想方设法要把自己的女儿送给他做外宅①。西班牙人通过天主教僧侣感谢上帝,因为他们六月十四日打败了法国人,而法国人也通过同一些天主教僧侣为他们六月十四日战胜西班牙人而作感恩祈祷。我的共济会的师兄弟们滴血为誓,要为别人牺牲一切,然而不愿为穷人捐赠一个卢布,并暗中煽动阿斯特列亚派反对寻找吗哪派②,为弄到一块真正的苏格兰的毯子和文件的真本而奔忙③,其实这种文件的意义就连书写它的人也不明白,是谁也不需要的。我们大家都宣传基督教的宽恕和爱邻人的教义,为此我们在莫斯科建了许许多多教堂,可是昨天却用鞭子抽死了一个逃兵,而为这爱和宽恕的教义服务的神父在这士兵临刑前居然让他吻十字架。"皮埃尔这样想着,尽管他对这种普遍的、人所公认的虚伪已习以为常,但是见到时觉得像是新东西一样,每次都感到惊奇。"我理解这种虚伪和杂乱无章,"他想道,"但是我如何把我理解的一切告诉他们呢?我曾试过,经常发现他们在内心深处像我一样也理解,但是竭力做出没有看见**它**的样子。看起来就应该这样!但是我,我该怎么办呢?"皮埃尔想。他感觉到自己有一种许多人,尤其是俄罗斯人所具备的不幸的能力——能看见和相信善和真的可能性,过于清楚地看见生活中的恶和虚伪,而自己又无力认真参与生活。在他眼里,任何一个方面的活动都是与恶和欺骗结合在一起的。不管他试着做一个什么样的人,不管他着手做什么事——恶和虚伪都推开他,堵住他从事活动的所有道路。而与此同时应当生活,应当做点事情。处于这些无法解决的生活问题的重压下是很可怕的,于是他遇见开心的事就投身进去,为的是忘掉这些问题。他出入各种各样的社交场所,纵酒为乐,购买绘画作品,大兴土木,而主要的是大量读书。

---

① 拿破仑于一七九六年与约瑟芬结婚,于一八〇九年与她离婚;不久法奥两国联姻,拿破仑娶了奥地利皇帝弗兰茨的女儿玛丽亚·路易莎为妻,婚礼于一八一〇年三月举行,"外宅"一说不确。

② 阿斯特列亚派和寻找吗哪派是当时彼得堡共济会的两个分会。"吗哪"一词源出《圣经·旧约》中的《出埃及记》,是以色列人经过旷野时神赐的食物的名称。

③ 每个共济会分会都有上面有各种象征图形的毯子,每个分会都力图从苏格兰最早的共济会得到这种毯子。

他读书时，碰到什么就读什么，回家后，仆人们还在帮他脱衣服，他就已拿起书来读了——常常读完书就睡，睡醒了就到客厅和俱乐部去闲聊，闲聊完了就去狂饮和找女人，然后又回过头来闲聊、读书和喝酒。喝酒对他来说，愈来愈成为肉体上的、同时又是精神上的需要。虽然大夫们警告他说，由于他身体肥胖，喝酒是很危险的，他仍然喝得很多。当他不知不觉地把几杯酒倒进自己的大嘴里，觉得体内暖乎乎的，对所有的人都感到亲切，脑子里对任何思想都准备做出浮面的、不深入到实质中去的反应时，他才开始觉得浑身舒畅。只有当他喝了一两瓶酒，他才模模糊糊地意识到，他以前感到恐惧的那个很难解开的可怕的生活死结，并不像他想象的那么可怕。在午餐和晚餐后，他头脑里嗡嗡作响，在闲谈、听别人说话和读书时，总是不断地看见这个死结就在他身旁。但是只是在酒劲发作时他才对自己说这没有什么。我能把它解开——瞧，我已有了解释。但是现在没有工夫我以后再好好考虑这一切！"但是这个**以后**从未来到过。

早晨空着肚子的时候，以前的所有问题又觉得无法解决和可怕，于是皮埃尔急忙拿起书本，要是有人来找他，他就会感到非常高兴。

有时皮埃尔回想起他曾听别人说过，在战场上，士兵们在枪林弹雨下待在掩体里时，他们闲着没事便设法给自己找点活儿干，这样比较容易不大感觉到危险。皮埃尔觉得所有的人都像这些士兵一样用各种方法逃避着生活：有人追求功名，有人打牌，有人制订法律，有人玩弄女人，有人玩儿戏，有人养马，有人搞政治，有人打猎，有人酗酒，有人从事国务活动。"没有微不足道的小人物，也没有什么大人物，全都一样；只想千方百计地逃避生活！"皮埃尔想，"只要能不看见**它**，不看见这个可怕的**它**就行！"

<h1 style="text-align:center">二</h1>

在入冬时，尼古拉·安德烈依奇·鲍尔康斯基公爵带着女儿来到了莫斯科。由于他过去的经历，由于他的智慧和独特的见解，尤其是由于当时对在位的亚历山大一世的热情已经减退和莫斯科充满着反法的和爱国的情绪，因此尼古拉·安德烈依奇公爵立刻成为莫斯科人特别

尊敬的对象和莫斯科反对政府的在野人士的中心。

这一年公爵老多了。他出现了衰老的明显特征：有时突然睡着了，容易忘记最近发生的事却记得很久以前的往事，像孩子似的爱虚荣，并带着这种心态担任了莫斯科在野人士的首领。尽管如此，当这位老人，尤其是在晚上，穿着皮袄和戴着扑了粉的假发出来喝茶时，只要有人提起，便开始断断续续地讲起往事来，或者更加断断续续地激烈批评现状，这时他的话常常使得所有客人肃然起敬。对前来拜访的人来说，这座古老的房子以及它里面的巨大的窗间镜、老式的家具、扑了粉的仆人、上世纪的严厉而聪明的老人本身，还有崇敬他的温顺的女儿和漂亮的法国女人等等，构成了一种庄严而又赏心悦目的景象。但是来拜访的人没有想到，除了他们看见主人的这两三个小时外，一昼夜里还有二十二个小时，在这段时间，这座房子里还有不为人们所知的内部生活。

最近到了莫斯科后，这种内部生活对玛丽亚公爵小姐来说变得非常沉重。她在莫斯科失去了她的最大的乐趣——与修士们谈话和一人独处，在童山时这些乐趣曾使她精神振奋，而现在她没有得到首都生活的任何好处和欢乐。她不去社交场所；大家都知道，她父亲不让她一个人出门，而老人自己又因身体不好不能陪她去，因此人们已不邀请她去参加宴会和晚会了。玛丽亚公爵小姐对出嫁已完全不抱希望。她看见尼古拉·安德烈依奇公爵在接待和送走有时到他们家来的、可能成为她的未婚夫的年轻人时态度冷淡，甚至怒气冲冲。玛丽亚公爵小姐没有朋友；这次到莫斯科后，她对两个原来最亲近的人感到失望：一个是布里安娜小姐，就是在以前，她也不能做到对这位小姐无话不说，如今更觉得有些讨厌了，于是由于某些原因，开始疏远她；另一个是朱丽，她住在莫斯科，玛丽亚公爵小姐一连五年和她通信，这次和她重新见面时，觉得她的志趣与自己完全不同。这时的朱丽，由于兄弟全都死了，成为莫斯科最富有的待字闺中的姑娘之一，正兴致勃勃地忙于参加各种社交活动。她被一群年轻人包围，她以为这些人突然看到了她的优点。朱丽这个上流社会的小姐年纪已不小了，她感到这是出嫁的最后机会，她的终身大事现在不解决，就永远解决不了。玛丽亚公爵小姐每到星期四就面带忧伤的微笑想起，现在她已无人可以通信了，因为朱丽就在这里，每个星期都和她见面，可是和她在一起并不感到任何快乐。

她的心情好像一个不愿意娶他多年来一到夜晚经常在一起消磨时间的太太为妻的年老流亡者一样，因为娶了她，就不知道到哪里去度过夜晚了；她为朱丽就在这里使她无人可以通信而感到遗憾。在莫斯科，玛丽亚公爵小姐没有可以交谈的人，也没有可以诉说自己的痛苦的人，而在这段时间里新的痛苦却增加了许多。安德烈公爵回国和他举行婚礼的日期愈来愈近了，而他托她打通父亲思想的任务没有完成，而且看来事情已完全弄糟了，老公爵只要一听见有人提起罗斯托娃伯爵小姐就发脾气，而且他大部分时间心情本来就不好。最近玛丽亚公爵小姐又增添了一种新的烦恼，这就是给六岁的侄儿上课。在对待尼科卢什卡的态度上，她惊恐地发现自己也像父亲那样容易发怒。她曾有多少次对自己说，在教侄儿时不要急躁，可是一等到她手拿教鞭坐下来教法文字母表时，几乎每一次都想赶快轻而易举地把自己的知识灌输给孩子，而孩子早就提心吊胆，害怕姑姑生气，而她只要看见孩子注意力稍一不集中，就浑身发抖，着急和发起火来，提高嗓门，有时扯他的胳膊，罚他站墙角。而叫他站到墙角去后，她自己又哭起来，恨自己凶狠和脾气不好，于是尼科卢什卡也跟着她放声大哭，没有得到允许就从墙角出来，走到她跟前，把她捂着脸、沾满泪水的手拉下来，安慰她。但是最使公爵小姐感到伤心的是父亲的坏脾气，他总是对女儿发火，最近达到了残酷无情的程度。假如他要她每天夜里磕头，假如他打她，罚她搬柴和挑水，她根本不会有自己处境困难的想法；但是这个爱着她的折磨者十分残忍，因为他又爱又折磨自己和她，不仅善于蓄意侮辱和贬损她，而且善于向她证明，在任何时候和任何事情上都是她不对。最近他有一种新的、最使玛丽亚公爵小姐感到难受的表现——这就是他与布里安娜小姐更加亲近了。他在得知儿子的打算后当即就产生过一个开玩笑的念头，即如果安德烈公爵要结婚，那么他自己就要娶布里安娜，看来这个念头他很喜欢，最近他（玛丽亚公爵小姐觉得）只是为使女儿感到难受，便一个劲儿地显示对布里安娜小姐特别亲热，并用这种方法来表现对女儿的不满。

有一次在莫斯科，老公爵当着玛丽亚公爵小姐的面（她觉得父亲是有意当着她的面这样做的）吻了布里安娜小姐的手，并把她拉到自己身边，亲热地拥抱了她。玛丽亚公爵小姐顿时满脸通红，跑出了房间。

几分钟后,布里安娜小姐进了玛丽亚公爵小姐的房间,面带微笑,用她那悦耳的声音高兴地讲述着什么。玛丽亚公爵小姐急忙擦去眼泪,毫不犹豫地走到布里安娜面前,看来她自己也不知道怎么啦,一下子发作了,扯开嗓门对这个法国女人喊叫起来:

"这卑鄙,下流,毫无人性地利用人的弱点……"她没有把话全说出来。"从我的房间里滚出去。"她喊了一声,放声大哭起来。

第二天,老公爵没有对女儿说一句话;但是玛丽亚公爵小姐发现,父亲在午餐时吩咐先给布里安娜小姐上菜。午餐快结束时,侍候进餐的仆人根据老规矩又先给公爵小姐上咖啡,这时老公爵突然大发雷霆,操起手杖朝仆人菲利普扔过去,立刻下令把他送去当兵……

"居然没有听见……我说了两次! ……没有听见! 她是这个家里最重要的人;她是我最好的朋友。"老公爵喊道。"如果你,"他在这一天第一次愤怒地对玛丽亚公爵小姐喊道,"胆敢再一次像昨天那样……在她面前忘乎所以,那么我就叫你知道谁是这个家里的主人。滚! 不要让我再看见你;去向她道歉!"

于是玛丽亚公爵小姐向阿马利娅·叶夫根尼耶夫娜①和父亲赔了罪,为自己,也为托她求情的仆人菲利普请求宽恕。

在这样的时刻,在玛丽亚公爵小姐心里形成了一种类似为自我牺牲而自豪的感情。就在这样的时刻,她突然看见她心里指摘的父亲或者在寻找眼镜,在身旁摸来摸去,可就是看不见;或者忘记了刚才的事;或者用虚弱的双腿晃晃悠悠地迈了一步,回头看了一下,想知道有没有人发现他虚弱的样子;或者更坏,在午餐时,因没有使他感兴趣的客人,突然打起瞌睡来,餐巾掉了,颤抖着的脑袋低垂在盘子上。"他老了,身体这样虚弱,而我竟然还在心里指摘他!"在这样的时刻她怀着厌恶自己的心情想道。

三

一八一一年,莫斯科有一位很快走红的法国医生,此人身材非常

---

① 阿马利娅·叶夫根尼耶夫娜是布里安娜小姐的名字和父名。

高大，容貌俊秀，像一般法国人一样殷勤周到，同时如同莫斯科的人所说那样，是一个医术异常高明的大夫，他名叫梅蒂维埃。他出入上流社会的各个家庭，那里不把他当作医生，而当作身份相同的人来接待。

尼古拉·安德烈依奇公爵平常对医学抱嘲笑的态度，最近接受布里安娜小姐的劝告，允许这位大夫来给自己看病，并且和他处熟了。梅蒂维埃每星期都来看公爵一两次。

在公爵的命名日圣尼古拉节①那一天，全莫斯科的人都来他家祝贺，但是公爵吩咐下来，不接待任何人；只邀请少数几个人参加午宴，他把要邀请的客人的名单告诉了玛丽亚公爵小姐。

梅蒂维埃早晨就前来祝贺，他作为医生，如同他对玛丽亚公爵小姐所说的那样，认为违犯禁令是可以的，便进去见公爵。不料老公爵在过命名日的这天早晨心情特别不好。他整个早晨都吃力地在家里走来走去，对所有的人都进行挑剔，装出听不懂别人对他说的话的样子，也认为别人没有听懂他的话。玛丽亚公爵小姐太清楚父亲走来走去唠唠叨叨时的心情了，知道最后常常以大发雷霆而告终，因此整个早晨她都觉得自己仿佛在装好火药、扳起扳机的火枪前走动一样，等待着不可避免的射击。在大夫到达前，整个早晨都平安无事。玛丽亚公爵小姐放大夫进去后，手里拿着一本书在客厅的门旁坐了下来，在这里听得见书房里发生的一切。

起初她听见只有梅蒂维埃一个人在说话，接着听见父亲的声音；然后听见他们两人一起说了起来，门打开了，门口出现了神色惊恐、身材漂亮、蓬起一绺黑发的梅蒂维埃，同时出现了头戴睡帽、身穿睡衣、脸气得变了样、两眼下垂的公爵本人。

"难道你不明白吗？"公爵喊道，"我可明白！法国间谍！波拿巴的奴仆，间谍，从我家里滚出去，——滚，我说！"他砰的一声关上了门。

梅蒂维埃耸耸肩膀，走到听见喊声从隔壁房间里跑出来的布里安娜小姐跟前。

"公爵身体不大好——肝火太旺，脑充血。可是不必担心，我明天再来。"梅蒂维埃说，把一根手指放在唇边，示意不要作声，急忙走了。

---

① 圣尼古拉节为俄历十二月六日。

从门里传出穿着便鞋的走步声和叫喊声："间谍,叛徒,到处都是叛徒! 在自己家里都没有片刻的安宁!"

梅蒂维埃走后,老公爵把女儿叫到跟前,于是他的全部怒火都倾泻到她身上。怪她放一个间谍进来见他。说他明明讲过,并且是对她讲过,要她拟订一个名单,不要放名单上没有的人进来。干吗要放这个坏蛋进来! 这一切都是她造成的。"和她在一起得不到片刻的安宁,也不能安安静静地死去。"他说。

"不,我的大小姐,分开,非分开不可,您要知道这一点! 我现在再也受不了啦。"他说完就出了房间。可是他仿佛担心她会设法进行自我安慰似的,便又转回来,竭力装出平静的样子,补充说道,"您别以为这是我说的气话,我很平静,这事我仔细想过了;就得这样做—— 分开,您去给自己找个地方!……"但是他没有能忍住,又带着只有爱得很深的人才有的愤恨,看来他自己也很痛苦,晃着拳头对她喊道:

"哪怕有一个傻瓜把她娶走也好!"他砰的一声关上门,吩咐把布里安娜小姐叫来,这才在书房里安静了下来。

下午两点,选定的六位客人来赴宴了。这些客人是:著名的拉斯托普钦伯爵,洛普欣公爵①和的侄儿,公爵本人的老战友恰特罗夫将军,年轻人则有皮埃尔和鲍里斯·德鲁别茨科依。客人们在客厅里等着他。

前几天到莫斯科休假的鲍里斯希望谒见尼古拉·安德烈依奇公爵,他设法博得了公爵的好感,公爵家里本来是不接待单身年轻人的,这次破例邀请了他。

公爵的家并不是所谓的"上流社会"的交际场所,出入这里的只有一小批人,虽然在城里默默无闻,但是在这里受到接待被视为莫大的荣幸。这一点鲍里斯在一个星期前就知道了,当时总司令当着他的面请拉斯托普钦伯爵在尼古拉节那一天去吃饭,伯爵推辞了,说:

"在这一天,我总是要去向尼古拉·安德烈依奇公爵的那一把老骨头表示敬意的。"

---

① 作者很可能指的是在叶卡捷琳娜二世时代当过雅罗斯拉夫和沃洛格达总督的洛普欣(一七五三—一八二七),亚历山大一世在位时曾任司法大臣和国务会议主席。

"啊,对,对。"总司令回答说,"他怎么样? ……"

一小批人午餐前聚集在摆着旧家具的很高的老式客厅里,好像法庭的组成人员准备开庭一样。大家都沉默着,即使说话,声音也很小。尼古拉·安德烈依奇公爵出来时神情严肃,寡言少语。玛丽亚公爵小姐比平时更加文静和胆怯。客人们不大乐意和她说话,因为他们看到她对他们的谈话不感兴趣。拉斯托普钦伯爵一个人支撑着谈话使之不至于中断,时而讲述城里的新鲜事,时而又讲述政治新闻。

洛普欣和老将军偶尔参加到谈话里来。尼古拉·安德烈依奇公爵像大法官听取汇报那样听着,只偶尔哼一两声,或简单地说一句这事他知道了。从谈话的语调可以听出,谁也不赞成政治领域发生的事。谈论着那些显然能证明情况愈来愈糟的事情;但是在讲述和议论任何事情时,有一点很使人惊讶:每一次只要议论可能涉及皇帝时,说话的人就停住不说了,或者被人打断了。

在吃饭时,谈到了最新的政治新闻,谈到了拿破仑侵占奥尔登堡公爵领地和俄国给欧洲各国宫廷的反对拿破仑的照会[①]。

"波拿巴对待欧洲就像海盗对待夺来的海船一样。"拉斯托普钦伯爵重复着这句他已说了几次的话。"各国君主的长期忍耐或受迷惑真令人吃惊。现在轮到教皇了,波拿巴毫不客气地要推翻天主教的首领[②],大家都保持沉默。只有我们皇帝对侵占奥尔登堡公爵的领地提出了抗议。就这样也是……"拉斯托普钦伯爵停住不说了,因为他感觉到他已到达了不能议论的边缘了。

"曾经提出用别的领地交换奥尔登堡公国。"尼古拉·安德烈依奇公爵说,"他就像我把童山的农奴迁到鲍古恰罗沃和梁赞的庄园一样,要把公爵们挪来挪去。"

"奥尔登堡公爵以令人钦佩的毅力平静地忍受着自己的不幸。"鲍里斯恭恭敬敬地加人谈话说。他这样说,是因为路过彼得堡时,荣幸地

---

①　奥尔登堡公爵彼得·腓特烈·路德维希是亚历山大一世的亲戚。一八一〇年十二月法国军队进人奥尔登堡公国后,俄国政府曾向法国政府递交了抗议照会。

②　一八〇九年拿破仑下令把教皇国和罗马并入法国。教皇派厄斯七世不同意,拿破仑将其押往巴黎软禁。

见过这位公爵。尼古拉·安德烈依奇公爵朝这年轻人看了一眼,仿佛要就此对他说点什么,但是认为他还太年轻,便改变了主意。

"我读过我们关于奥尔登堡公国事件的照会,对它文字之糟感到惊讶。"拉斯托普钦伯爵用一个人在评论非常熟悉的事时常用的漫不经心的语气说。

皮埃尔带着天真的惊奇的表情看了拉斯托普钦一眼,不明白为什么照会拙劣的文字使他感到惊讶。

"伯爵,如果照会的内容很有力,"他说,"那么文字好坏不都是一样的吗?"

"亲爱的,如有五十万军队,写一篇文笔好的东西就会容易些。"拉斯托普钦伯爵说。皮埃尔明白了,为什么照会文字的好坏使拉斯托普钦伯爵感到不安。

"看起来摇笔杆的人相当多,"老公爵说,"在彼得堡大家都在写,写的不仅是照会——大家都在写新的法律。我的安德留沙在那里曾给俄国写了一大卷法律。现在人人都在写!"说着他不自然地笑了起来。

谈话停了一会儿;老将军清嗓子的声音引起了大家的注意。

"诸位有没有听说最近彼得堡检阅时发生的事?新任法国公使表现得真差劲!"

"什么?是的,我听到了一些,他在皇帝面前说了不合适的话。"

"皇帝要他注意看掷弹兵师和分列式,"老将军接着说,"那公使似乎毫不注意,居然放肆地说,我们在法国根本不注意这样的小事。皇帝什么也没有说。听说在下一次检阅时,皇帝一次也没有跟他说话。"

大家都不作声了;对这个涉及皇帝本人的事实是不能进行任何议论的。

"太无礼了!"公爵说,"诸位认识梅蒂维埃吗?我今天把他赶走了。他曾来过这里,虽然我吩咐不要放任何人进来见我,但是他还是进来了。"公爵说,生气地看了女儿一眼。接着他讲了同法国医生的整个谈话的过程和他为什么相信梅蒂维埃是间谍的根据。尽管这些根据很不充分和很不清楚,但是谁也没有提出异议。

热菜后上了香槟酒。客人们从自己的座位上站起来,向老公爵表示祝贺。玛丽亚公爵小姐也走到了他跟前。

老公爵用冷淡的目光恶狠狠地看了她一眼，把刮得光光的布满皱纹的面颊朝她伸过去。他脸上的整个表情仿佛对她说，早晨的谈话他并没有忘记，他的决定仍然有效，只是因为有客人在座，他现在才没有对她说这些。

当大家到客厅里喝咖啡时，老人们坐到了一起。

尼古拉·安德烈依奇公爵更加活跃起来，他谈了自己对面临的战争的想法。

他说，只要我们继续寻求与德国人结盟，参与蒂尔西特条约把我们拉进去的欧洲事务，我们同波拿巴的战争就将不会有好结果。我们既不应该为了帮助奥地利，也不应该为了反对奥地利而战。我们的整个政策应当放在东方，而对付波拿巴只要陈兵边境和有坚定的政策就行了，这样他永远不敢像一八〇七年那样越过俄国边界。

"我们怎能和法国人打仗呢，公爵！"拉斯托普钦伯爵说，"难道我们能起来反对老师和上帝吗？请看一看我们的青年，请看一看我们的女士们。我们的上帝是法国人，我们的天堂是巴黎。"

他开始把话说得大声些，显然是为了让大家都能听见。

"衣服是法国的，思想是法国的，感情是法国的！您掐着脖子把梅蒂维埃撵出去，因为他是法国人和坏蛋，而我们的女士们却跟在他后面爬行。昨天我参加了一个晚会，五个女士中有三个是天主教徒，她们得到教皇的许可在星期天绣花。恕我说句不好听的话，她们几乎是光着身子坐着，就像澡堂的招牌一样。唉，看着我们的青年，公爵，就想要把彼得大帝的大棒从珍品陈列馆拿出来，用俄国方式砸断他们的肋骨，让他们抛弃满脑袋愚蠢的想法！"

大家都不说话了。老公爵面带微笑看着拉斯托普钦，赞许地晃晃脑袋。

"好吧，再见了，公爵大人，保重身体。"拉斯托普钦说，他动作敏捷，很快站起身来，把手伸给公爵。

"再见，亲爱的，您说话像弹古斯里琴①，我常常听得出神！"老公爵说，握住他的手，并把面颊伸过去让他吻。别的客人也跟着拉斯托普

---

① 古斯里琴是俄国古代的一种多弦的弦乐器，类似我国的古筝。

钦站了起来。

四

玛丽亚公爵小姐坐在客厅里,听着老人们的闲谈和议论,对听到的话一点也不明白;她只想着,所有客人是否发觉了父亲对她的敌视态度。她甚至没有注意到那个已是第三次来她家的德鲁别茨科依在吃饭时对她的特别关心和殷勤。

玛丽亚公爵小姐带着心不在焉的和疑问的神情朝客人当中最后一个告别的皮埃尔转过身来,在老公爵出去后客厅里只留下他们两人时,皮埃尔手里拿着帽子,脸上挂着微笑,走到了她跟前。

"可以再坐一会儿吗?"他问,他的胖胖的身子随即倒在玛丽亚公爵小姐身旁的圈椅里。

"当然可以。"她说。"您什么也没有发现?"她的目光似乎在这样问。

皮埃尔处于饭后精神非常愉快的状态中。他望着自己前面,微微地笑着。

"您早就认识这个年轻人了,公爵小姐?"他说。

"哪一个年轻人?"

"德鲁别茨科依。"

"不,不久前才认识……"

"怎么,您喜欢他吗?"

"是的,他是一个讨人喜欢的年轻人……您为什么问我这个?"玛丽亚公爵小姐说,继续想着自己早晨和父亲的谈话。

"因为我作了这样的观察:一个年轻人通常从彼得堡到莫斯科来休假,只是为了娶一个有钱的姑娘。"

"您作了这样的观察?"玛丽亚公爵小姐问。

"是的,"皮埃尔继续面带微笑说,"现在这个年轻人就这样做,哪里有富有的姑娘,就往哪里钻。我像看书一样看出了他的心思。他现在还拿不定主意向谁发起进攻:是向您还是向朱丽·卡拉金娜小姐。他正在对她大献殷勤。"

"他常到他们家去吗？"

"是的，去得很勤。您知道献殷勤的新方法吗？"皮埃尔带着快乐的微笑说，看来他现在有一种善意嘲笑的快乐心情，而他在日记里常常为此而责备自己。

"不知道。"玛丽亚公爵小姐回答道。

"现在，为了取得莫斯科姑娘们的欢心，应当装出忧郁的样子。他在卡拉金娜小姐面前装出非常忧郁的样子。"皮埃尔说。

"真的？"玛丽亚公爵小姐看着皮埃尔善良的面孔问道，心里仍在不断地想着自己的不幸。"如果我下决心把我所感觉到的一切告诉一个人，"她想，"那么我就会轻松些。我想可以倾诉一切的人正是皮埃尔。他是那样的善良和高尚。我一定会变得轻松些。他会给我出主意！"

"您愿意嫁给他吗？"皮埃尔问。

"啊，我的上帝，伯爵！有的时候我简直愿意嫁给任何人，"玛丽亚公爵小姐突然出乎自己意料之外地激动起来，含着眼泪说，"唉，爱一个亲人，可是感觉到除了给他痛苦外，你不能……为他（她声音颤抖地继续说）做任何事情，而且又不能改变这种情况，这是多么令人苦恼啊。这时只有一条路——离开，可是我上哪里去呢？"

"您怎么啦，您出了什么事了，公爵小姐？"

但是公爵小姐没有说完就哭了起来。

"我不知道我今天是怎么回事。别听我说了，把我对您说的话忘了吧。"

皮埃尔的快乐心情完全消失了。他关切地询问公爵小姐，请她把一切都说出来，把她的苦恼告诉他；但是她只重复说，请他忘掉她所说的话，说她不记得她说什么了，除了他知道的那件事、即安德烈公爵的婚事有引起父子争吵的危险外，她没有别的苦恼。

"您听说罗斯托夫家的情况了吗？"她问，为的是改变话题，"有人对我说过，他们很快就要来这里。我也每天都在等安德烈回来。我希望他们在这里见面。"

"现在他怎么看待这件事？"皮埃尔问，他说的**他**指的是老公爵。玛丽亚公爵小姐摇了摇头。

"但是有什么办法呢？一年的期限只剩几个月了。这事又不可能改变。我只想在最初时刻帮哥哥一把。我希望他们快点来。我很想和她成为朋友……您早就认识他们了，"玛丽亚公爵小姐说，"请您坦率地告诉我全部真实情况，这是一个什么样的姑娘，您认为她怎么样？您一定要告诉我全部真实情况；因为您知道，安德烈冒很大风险，违背父亲的意志这样做，我希望知道……"

模糊的本能告诉皮埃尔，这些解释和反复要他讲**全部真实情况**的请求表明玛丽亚公爵小姐对未来的嫂子没有好感，她希望皮埃尔不赞同安德烈公爵所做的选择；但是皮埃尔的回答与其说是他的想法，倒不如说是他的感觉。

"我不知道怎样回答您的问题。"他说，自己也不知道为什么脸红了，"我完全不知道这是一个什么样的姑娘；我怎么也分析不了她。她很有魅力。而因为什么，我不知道：关于她，我只能说这些。"玛丽亚公爵小姐叹了一口气，她脸上的表情似乎这样说："是的，这是我所预料到的和担心的。"

"她聪明吗？"玛丽亚公爵小姐问。皮埃尔沉思起来。

"我想，不聪明，"他说，"不过也可以说聪明。她不让人觉得她聪明……不，她很有魅力，仅此而已。"玛丽亚公爵小姐又一次不以为然地摇摇头……

"唉，我是多么愿意能喜欢她啊！如果您在我之前见到她，请您对她这样说。"

"我听说他们这几天就要到了。"皮埃尔说。

玛丽亚公爵小姐把自己的计划告诉了皮埃尔，说等罗斯托夫家的人一到，她就去接近未来的嫂子，并竭力设法使老公爵和她熟悉和习惯起来。

五

鲍里斯未能在彼得堡娶一个有钱的姑娘，于是他抱着这个目的来到了莫斯科。在莫斯科，鲍里斯在两个最有钱的姑娘——朱丽和玛丽亚公爵小姐——当中应该选谁的问题上犹豫不决。玛丽亚公爵小姐虽然长得不漂亮，但是他觉得要比朱丽更讨人喜欢，尽管如此，他不知为什么觉得不好意思去追求她。这次在老公爵过命名日时和她见面,他想方设法要和她攀谈以表白自己的感情,但是她回答得牛头不对马嘴,显然她没有听他说话。

朱丽则相反,她虽然用的是她一个人特有的方式,但乐意接受他献的殷勤。

朱丽现年二十七岁。在她的兄弟们都死了后,她变得非常富有。她现在变得一点也不漂亮了;但是她认为自己不仅还是那样好看,而且要比以前有吸引力得多。她之所以产生这样的错觉,是因为,第一,她成了一个很有钱的待嫁姑娘,第二,她变得愈老,变得对男人来说愈没有危险,男人对待她就愈随便,他们可以不承担任何义务而享用她的晚餐,参加她的晚会和在她家举行的热闹的聚会。一个男人在十年前不敢每天到这个十七岁的小姐的家里去,担心会损害她的名誉和束缚自己,现在可以大胆地每天都去,并且可以不像对待一个待字闺中的小姐那样,而像对待一个没有性别的熟人那样对待她。

卡拉金家在这个冬天是莫斯科最招人喜欢的和最好客的人家。除了正式招待客人的晚会和宴会外,每天他们家里都高朋满座,其中大多是男人,客人们在夜里十一点多钟吃晚饭,一直坐到两三点钟。朱丽从不放过任何一次舞会、游艺会和戏剧演出。她的装束打扮总是最时髦的。但是尽管如此,朱丽觉得对一切都很失望,见人就说,她既不相信友谊,也不相信爱情和生活的任何欢乐,只期待着**来世**得到安宁。她学会了用新的腔调说话,听她口气好像是一个经历过巨大的失望,失去了心爱的人或受了他残酷的欺骗的姑娘。虽然她没有发生过任何类似的事,人们也把她看作这样的姑娘,而她自己甚至相信她在生活中有过很多痛苦。这种忧郁的心情并不妨碍她寻欢作乐,也不妨碍到她家里来的年轻人愉快地消磨时间。每一个到他们家来的客人先要说几句迎合一下女主人的忧郁心情,然后可以进行高雅的谈话,跳舞,做智力游戏以及进行卡拉金家时兴的做限韵诗比赛①。只有某些年轻人,其中也包括鲍里斯,对朱丽的忧郁情绪有比较深入的理解,因此她常和这些年

---

① 做限韵诗比赛是一种文学游戏,于十七世纪上半叶出现于法国,后传人俄国。具体做法是按照限定的韵脚做诗,所做的诗大多为诙谐诗。

轻人进行单独的长谈,谈论尘世的一切的空虚,她把自己的纪念册打开来给他们看,里面全是伤感的图画、格言和诗句。

朱丽对鲍里斯特别亲切;对他很早对生活感到失望表示惋惜,说她自己在生活中也有过很多痛苦,提出她可以给他以友谊的安慰,并打开纪念册让他写点什么。鲍里斯在她的纪念册里画了两棵树,并且写道:"田野的树啊,你的灰暗的枝丫把黑暗和忧郁抖落在我身上。"

在另一个地方他画了一座坟墓,并且写道:

> 死乐意助人,死是安宁。
>
> 啊!它是躲避痛苦的唯一避难所。

朱丽说,这好极了。

"在忧郁的微笑中有某种令人陶醉的东西!"她向鲍里斯一字不差地说了这句从书里看来的话。

"这是阴暗中的一线亮光,是介于悲伤和绝望之间的一种有细微差别的东西,它表明安慰是可能的。"

作为回答,鲍里斯写了这样一首诗:

> 你是敏感的心灵的有毒食物,
>
> 可是没有你我就没有幸福,
>
> 啊,温柔的忧郁快来安慰我,
>
> 快来把我黑暗孤独中的烦恼平息,
>
> 请在我滚滚而流的泪水中,
>
> 加入一点神秘的甜蜜。

朱丽用竖琴给鲍里斯弹最悲伤的夜曲。鲍里斯给她朗诵《可怜的丽莎》[①],并且不止一次地因心情激动得喘不过气来而中断朗诵。朱丽和鲍里斯在大的社交场所见面时,他们彼此看作是冷漠的人海里唯一

---

① 《可怜的丽莎》是俄国作家卡拉姆津(一七六六——一八二六)的中篇小说,是俄国感伤主义文学的代表作之一,曾在贵族青年中非常流行。

能相互理解的人。

经常到卡拉金家去的安娜·米哈依洛夫娜在和朱丽的母亲一起玩牌时，顺便打听了将把什么东西给朱丽作陪嫁（得知准备给她的陪嫁有奔萨的两个庄园和下诺夫哥罗德的森林）。安娜·米哈依洛夫娜抱着听从上帝安排的心情，非常感动地看着那种把她的儿子与有钱的朱丽联系在一起的微妙的哀愁。

"我们亲爱的朱丽，总是那么的迷人和忧郁。"她对朱丽说。"听鲍里斯说，他在你们家里他的心才得到休息。他经受过那么多的失望，而他又是那么多愁善感。"她又对朱丽的母亲说。

"啊，我的孩子，近来我是多么依恋朱丽呀，"她对儿子说，"简直没法向你形容！再说谁又能不喜欢她呢？这是一个天仙一样的人！唉，鲍里斯，鲍里斯！"她停了一会儿。"我是多么可怜她的妈妈啊，"她接着说，"今天她给我看了奔萨来的报告和信件（他们在奔萨有一个巨大的庄园），而她真可怜，所有的事只有她一个人管，人们都欺骗她！"

鲍里斯听着母亲说话，脸上露出勉强看得出来的微笑。他温和地嘲笑着母亲天真的心计，但是留心地听她说，有时还仔细地向她打听奔萨和下诺夫哥罗德的庄园的情况。

朱丽早就在等待着她的忧郁的崇拜者求婚了，并准备接受；但是鲍里斯内心深处对她，对她想出嫁的迫切愿望，对她的装腔作势有一种厌恶感，同时又有一种害怕从此失去获得真正爱情的机会的恐惧感，因此没有这样做。他的假期快要结束了。他每天整天待在卡拉金家里，每天自己心里琢磨着，对自己说，他明天就去求婚。但是一到朱丽面前，看着她红红的脸和几乎总是扑着粉的下巴，看着她湿乎乎的眼睛和脸上的那种表情，那种表明她只要得到结婚的幸福就准备立刻从忧郁变为不自然的欢欣的神色，鲍里斯就说不出那句决定性的话来了；虽然他在想象里早已认为自己是奔萨和下诺夫哥罗德的庄园的主人，并已对这些庄园的收入派了用场。朱丽看见鲍里斯犹豫不决，有时也想到他讨厌她；但是女人的自我陶醉使她得到了安慰，于是她对自己说，他只是由于爱她，才那样腼腆，说不出口。然而她从忧郁开始变得烦躁易怒了，在鲍里斯动身前不久，她采取了一个坚决的步骤。在鲍里斯的假期快要结束时，阿纳托利·库拉金出现在莫斯科，自然也在卡拉金家的客厅里露面,朱丽出人意外地改变了那种忧郁的样子,变得非常快活,对阿纳托利很热情。

"亲爱的,"安娜·米哈依洛夫娜对儿子说,"我从可靠方面得知,瓦西里公爵叫儿子来,是为了要他娶朱丽。我很爱朱丽,为她感到惋惜。你是怎么想的,我的孩子?"安娜·米哈依洛夫娜说。

鲍里斯想到自己当了傻瓜,为了装出忧郁的样子劳心费力地侍候朱丽而白白花了整整一个月时间,看到在他想象中已归他所有并且对收入已派了用场的奔萨的庄园将落到别人手里,尤其是将落到愚蠢的阿纳托利手里,便觉得自己受到了侮辱。他便抱着求婚的决心,前去卡拉金家。朱丽带着快活和无忧无虑的神情迎接他,漫不经心地对他说,她在昨天的舞会上很快活,问他什么时候动身。虽然鲍里斯这次是来诉说自己的爱情的,因此有意想显得温柔些,然而他却气愤地说起女人的反复无常来,说女人很容易变悲伤为快乐,说她们的心情只取决于谁追求她们。朱丽生气了,她说,确实是这样,女人需要经常变换花样,总是同一个样子,谁也会厌烦的。

"为此我要奉劝您……"鲍里斯想要说一句刺她的话;他刚开口要说,但就在这时出现了一个令人气愤的想法,他觉得他可能会没有达到自己的目的、白费了许多力气就离开莫斯科(他在任何事情上还从来没有过这种情况)。于是他话说了一半就停住了,低下眼睛,以免看见她那难看的、气鼓鼓的和犹豫不决的脸,说道:"我完全不是为和您吵架才到这里来的。恰恰相反……"他看了她一眼,想知道是否可以继续往下说。她的全部怒气突然消失了,她带着贪婪的期待,用不安的祈求目光注视着他。"婚后我随时都可以设法使自己很少见到她。"鲍里斯想,"事情已开了头,就索性干到底!"他突然涨红了脸,抬起眼睛看着她,对她说:"您知道我对您的感情!"本来已不必要多说了,因为朱丽容光焕发,脸上出现洋洋得意和沾沾自喜的神情;但是她要鲍里斯把一般在这种场合说的话全说出来,要他说他爱她,从来没有像爱她那样爱过一个女人。她知道,凭她有奔萨的庄园和下诺夫哥罗德的森林可以提出这个要求,最后她的要求得到了满足。

这对未婚夫妻再也不提那些把黑暗和忧郁抖落在他们身上的树木了,他们计划着如何布置彼得堡的豪华住宅,同时去拜访亲友,并且为举行豪华的婚礼做各种准备。

六

伊里亚·安德烈依奇伯爵于一月底带着娜塔莎和索尼娅来到莫斯科。伯爵夫人的病还没有好,不能出门,可是又不能等待着她康复,因为安德烈公爵随时都可能回莫斯科;除此之外,还需要置办嫁妆,需要出卖莫斯科郊区的庄园,并且需要利用老公爵在莫斯科的机会,让他见一见未来的儿媳。罗斯托夫在莫斯科的住宅没有生火;加上他们只是来住一个短时间,伯爵夫人又没有同他们在一起,因此伊里亚·安德烈依奇最后决定暂时住在早就邀请过他的玛丽亚·德米特里耶夫娜·阿赫罗西莫娃家里。

在晚上很晚的时候,罗斯托夫家的四辆马车式雪橇进了旧马厩街玛丽亚·德米特里耶夫娜家的院子。玛丽亚·德米特里耶夫娜单独一个人住。她已把女儿嫁出去了。她的几个儿子全都在服役。

她仍然还是那样直爽,仍然还是那样直截了当地、大声地和断然地对所有的人说出自己的意见,她的整个人好像都在责备别人软弱、迷恋情欲和爱好玩乐似的,而她是不承认这些东西有什么好处的。从大清早起,她身穿短棉袄料理家务,在这之后,每逢节日便去做日祷,做完日祷后到监狱和牢房去,她在那里做什么事,从来没有对任何人说过;而在平时,她穿戴好了后就在家里接待各个阶层的求助者,每天都有这样的人来找她,然后吃午饭;午饭丰盛而又可口,常常有三四位客人和她一起吃;午饭后打一局波士顿牌;晚上叫人给她读报纸和新书,而她自己则一面听一面做编织的活计。她很少破例出门,即使出门,也只去拜访城里最重要的人物。

罗斯托夫一家人到达时,她还没有睡,只听得前厅的门的滑轮吱扭吱扭响了起来,罗斯托夫一家人和仆人带着一股寒气进了门。玛丽亚·德米特里耶夫娜眼镜滑到鼻尖上,仰起头,站在大厅门口,带着严厉的和生气的神情望着进来的人。如果不是她关心地吩咐仆人如何安置客人和安放他们的东西的话,就会认为她对来客非常不满,马上就要把他们轰走。

"是伯爵的行李吗？搬到这边来。"她指着几只皮箱说，对谁也没有打招呼。"小姐的往这边搬，往左。喂，你们在那里巴结什么！"她朝女仆们吆喝了一声，"快去烧茶炊！你长胖了，更漂亮了。"她拽着冻得满脸通红的娜塔莎的风帽，把她拉到身边说。"嘿，你身上好凉！快点脱衣服。"她对想要过来吻她的手的伯爵喊道。"大概冻坏了吧。喝茶时上罗姆酒！索纽什卡，你好。"她对索尼娅说，她用法语打招呼以突出她对索尼娅的有点鄙视又很亲切的态度。

当大家脱了衣服、长途跋涉后稍稍收拾一下就出来喝茶时，玛丽亚·德米特里耶夫娜挨个儿吻了所有的人。

"你们来了，在我们这里住，我从心坎里感到高兴。"她说。"早就该来了，"她又说，意味深长地看了娜塔莎一眼……"老头子在这里，天天都在盼望儿子回来。应当，应当见见他。好吧，这事咱们以后再谈。"她补充了一句，看了索尼娅一眼，她的目光表明，她不愿意在索尼娅面前讲这件事。"现在你听我说，"她对伯爵说，"明天你需要做什么？你要派人去请谁？要申升来？"她扳了一个指头，"还有那个爱哭的安娜·米哈依洛夫娜——这就是两个了。她和儿子在这里。儿子要结婚了！再请别祖霍夫，好不好？他和妻子也在这里。他从她那里逃走了，而她跟着追来了。星期三他曾在我这里吃午饭。至于她们，"她指着两个姑娘说，"明天我带她们去伊韦尔小教堂，然后去奥贝尔·舍尔玛①那里。你们恐怕都要做新衣服吧？不要学我的样子，如今的袖子肥大得很！前几天年轻的伊琳娜·瓦西里耶夫娜公爵小姐到我这里来，手臂好像套在两个木桶里一样，看起来都觉得可怕。要知道现在每天都有新花样。你有什么事情要办？"她严肃地问伯爵。

"什么事情都凑在一起了，"伯爵回答说，"需要买衣服，可是又要去见莫斯科郊区庄园和城里的房子的买主。如果您能费心帮个忙，那么我找个时间到马里因斯科耶去一两天，把这两个孩子扔给您照看。"

"好的，好的，在我这里保准不会出问题。在我这里像在监护委员会里一样。我会把她们带到应该去的地方，对她们该骂就骂，该疼就

---

① 当时莫斯科有一家奥贝尔·夏尔玛太太开的很有名的时装店。这里作者把她改名为奥贝尔·舍尔玛，意译为"大骗子"。下文恢复了她的原名。

疼。"玛丽亚·德米特里耶夫娜一面说，一面用她的大手碰了一下她心爱的教女娜塔莎的面颊。

第二天早晨，玛丽亚·德米特里耶夫娜带两个姑娘去伊韦尔小教堂和奥贝尔·夏尔玛太太的时装店，那位太太非常怕玛丽亚·德米特里耶夫娜，常常赔本卖给她衣服，只求赶快把她打发走。玛丽亚·德米特里耶夫娜订购了全部嫁衣裳。回家后，她把所有人从房间里轰出去，只留下娜塔莎，把她叫到自己的圈椅旁。

"好吧，现在咱们谈一谈。祝贺你有了未婚夫。找到了一个好样的！我为你高兴；他这么大的时候（她用手比画着离地一俄尺的地方）我就认识他。"娜塔莎高兴地脸红了，"我喜欢他，喜欢他全家。现在你听着。你可是知道，尼古拉·安德烈依奇公爵不愿意让儿子结婚。老头子脾气很坏！当然，安德烈公爵不是小孩子，不理他也能行，但是违背他的意志进他的家门终究不大好。应当和和睦睦，相亲相爱。你是聪明的孩子，知道该怎么办。你要和气和懂事，把事情处理好。这样一切就会好的。"

娜塔莎没有作声，玛丽亚·德米特里耶夫娜以为是她不好意思说，而实际上她对人们干预她和安德烈公爵的爱情的事很不高兴，因为她觉得这事与任何人的事都有所不同，在她看来，没有人能理解它。她爱的和了解的只是安德烈公爵一个人，他爱她，应当这几天就来把她接走。她再也不需要别的什么了。

"你知道吗，我早就认识他，也喜欢你的小姑子玛申卡。大姑子小姑子，骂街的泼妇，而这一位性情温和，连苍蝇也不肯得罪。她请求我在她和你之间牵个线。你明天就和父亲一起上她那里去，对她要亲热些，因为你比她小。在你的那位回来时，你已和他的妹妹和父亲认识了，说不定他们也都喜欢上了你了。是不是这样？这样是不是要好些？"

"要好些。"娜塔莎不乐意地回答道。

七

第二天，伊里亚·安德烈依奇伯爵根据玛丽亚·德米特里耶夫娜给他出的主意，带着娜塔莎去见尼古拉·安德烈依奇公爵。伯爵去进行这次拜访时心情很不好，因为他心里感到害怕。当年在征集民兵时他们见过一次面，他好心好意请公爵吃饭，而公爵因他没有按规定人数把人送到，狠狠训斥了他一顿，这事他还记忆犹新。娜塔莎穿上了最好的衣服，她与父亲相反，心情非常愉快。"他们不可能不喜欢我，"她想，"无论什么时候我都是受大家喜欢的。我随时愿意为他们做他们所希望的一切，愿意爱他，因为他是父亲；愿意爱她，因为她是妹妹，他们没有任何理由不喜欢我！"

他们到了弗兹德维任卡街的一座阴森的老房子门口下了车，进了门廊。

"上帝保佑。"伯爵半认真半开玩笑地说，娜塔莎发现父亲在走进前厅时忙乱起来，听见他胆怯地低声问道，公爵和公爵小姐在不在家。在通报了他们来访后，公爵的仆人们之间出现了惊慌。跑去通报的仆人被另一个仆人挡在大厅里，两人低声嘀咕着。一个女仆跑进大厅，也急急忙忙地说着什么，提到了公爵小姐。最后一个面有愠色的老仆人走出来告诉罗斯托夫父女说，公爵不能接待，但是公爵小姐请他们进去。第一个朝客人迎面走来的是布里安娜小姐。她特别有礼貌地迎接父女俩，把他们送到公爵小姐那里。公爵小姐神情激动和惊惶，脸上布满红斑，迈着沉重的步子朝客人跑来，竭力想装出自然和亲热的样子，但没有能够做到。玛丽亚公爵小姐第一眼就不喜欢娜塔莎。她觉得娜塔莎打扮得过于讲究，快活轻浮，爱虚荣。她并不知道她在见到未来的嫂子前，由于不由自主地羡慕娜塔莎的美貌、年轻和幸福以及嫉妒哥哥对她的爱情，就已对她没有好感。除了这种对娜塔莎的无法克服的反感外，这时玛丽亚公爵小姐之所以激动不安，还由于在通报了罗斯托夫父女来访后老公爵嚷嚷起来，说他不需要他们，说如果玛丽亚公爵小姐愿意，就让她接待好了，但是不要放他们进去见他。玛丽亚公爵小姐最后决定接待罗斯托夫父女，但时刻提心吊胆，生怕公爵做出什么正常的动作来，因为他得知罗斯托夫父女来访后非常激动。

"您看，亲爱的公爵小姐，我给您带来了我的爱唱歌的夜莺。"伯爵说，他一面并起双足行礼，一面回头张望，仿佛害怕老公爵突然进来似的。"你们今天相识，我很高兴。遗憾的是，老公爵身体仍然欠安。"他又说了几句应酬的话，便站起身来。"如果可以的话，我把我的娜塔莎留在您这里一刻钟,我想顺便到安娜·谢苗诺夫娜那里去一趟,就在狗市附近,离这里两步远,然后再来接她。"

伊里亚·安德烈依奇想出了这个巧妙的计策,以便给未来的小姑子和嫂子提供一个畅谈的机会(后来他就是这样对女儿说的),同时还为了避免同他害怕的公爵见面。他没有对女儿说这一点,但是娜塔莎理解父亲的这种恐惧和不安,觉得自己丢了面子。她为自己的父亲脸红,为自己脸红而更加生气,于是用大胆的和挑战的目光看了公爵小姐一眼,表明她谁也不怕。公爵小姐对伯爵说,她很高兴,并请他在安娜·谢苗诺夫娜那里多坐一会儿,于是伊里亚·安德烈依奇便走了。

玛丽亚公爵小姐很想单独地和娜塔莎谈谈,向布里安娜小姐投去不安的目光,示意她出去,但是她留在房间里不走,大谈莫斯科的各种娱乐和戏剧演出。娜塔莎因看见刚才前厅里发生的慌乱和父亲的那种惶惶不安的样子,发现公爵小姐似乎是由于发善心才接待他们,听见她说话的那种不自然的腔调,便觉得受到了屈辱。因此一切都使她感到不痛快。她不喜欢玛丽亚公爵小姐。她觉得她长得很难看,装腔作势,干干巴巴。娜塔莎突然精神上萎缩起来,不由得用漫不经心的口气说话,这使得玛丽亚公爵小姐与她更疏远起来。两人沉闷地和装模作样地谈了五分钟,听见穿便鞋的人急速的脚步声逐渐靠近。玛丽亚公爵小姐脸上露出恐惧的神色,房间的门打开了,公爵戴着白睡帽穿着睡衣进来了。

"啊,小姐,"公爵说,"小姐,伯爵小姐……罗斯托娃伯爵小姐,如果我没有认错的话……请原谅,请原谅,我不知道,小姐。上帝作证,我不知道您光临敝舍,才穿着这样的衣服到女儿这里来。请原谅……上帝作证,我不知道。"他又重复了一次,在"上帝"二字上加重语气,说得那么不自然和那么刺耳,使得玛丽亚公爵小姐低下眼睛站在那里,既不敢看父亲,也不敢看娜塔莎。娜塔莎站起来行了个屈膝礼,也不知道她该怎么办。只有布里安娜小姐愉快地微笑着。

"请原谅!请原谅!上帝作证,我不知道。"老人又嘟囔了一句,把娜塔莎从头到脚打量了一番,出去了。布里安娜小姐在这个场面后第一个恢复常态,开始谈起来公爵身体如何不好来。娜塔莎和玛丽亚公爵小姐默默地相互看着,没有说需要说的话,她们这样默默对视的时间愈长,她们相互之间就愈没有好感。

伯爵回来时,娜塔莎不顾礼貌地高兴起来,急着要走,因为这时她几乎恨这个显得又老又干巴巴的公爵小姐,恨她把她置于如此尴尬的地位,在一起度过的半个小时里居然一句话也没有说到安德烈公爵。"要知道当着这个法国女人的面不能由我来第一个提起他。"娜塔莎想道。与此同时,玛丽亚公爵小姐也为此感到难受。她知道她应该对娜塔莎说什么,但是她没有能做到这一点,这既是因为布里安娜小姐妨碍她,也是因为她自己也不知道为什么她在谈这桩婚事时难以开口。在伯爵正要走出房间时,玛丽亚公爵小姐快步走到娜塔莎跟前,握住她的双手,深深地叹了一口气,说道:"您等一下,我要……"娜塔莎用嘲笑的目光,自己也不知道嘲笑什么,看着玛丽亚公爵小姐。

"亲爱的娜塔利,"玛丽亚公爵小姐说,"您要知道,我为我哥哥得到了幸福而高兴……"她停住不说了,觉得自己说的不是真话。娜塔莎注意到这个停顿,并猜到了她停住不说的原因。

"我认为,公爵小姐,现在谈这事不大合适。"娜塔莎说,她表面上很庄重,语气冷淡,不过觉得喉咙已经被哽住了。

"我说了什么了,我做了什么了!"她一出房间就这样想道。

那一天大家等娜塔莎出来吃饭等了很久。她坐在自己房间里放声大哭,像孩子似的擤着鼻涕,抽搭着。索尼娅站在她身边,吻着她的头发。

"娜塔莎,你哭什么?"她问,"他们与你有什么相干呢?一切都会过去的,娜塔莎。"

"不,你不知道这多么气人……好像我……"

"别说了,娜塔莎,要知道你没有错,那你又何必这样呢?吻我一下。"索尼娅说。

娜塔莎抬起头,吻了自己的好友的嘴唇,把湿漉漉的脸紧贴在她身上。"我说不上来,我不知道。谁都没有错。"娜塔莎说,"怪我自己。但是这一切太可怕了。唉,他怎么还不来!……"

她出去吃饭时眼睛还是红红的。玛丽亚·德米特里耶夫娜已知道公爵如何对待罗斯托夫父女,装出没有发现娜塔莎脸上伤心的表情的样子,与伯爵和其他客人不停地大声说笑着。

八

这天晚上,罗斯托夫家的人去看歌剧,票是玛丽亚·德米特里耶夫娜弄到的。

娜塔莎不想去,但这是玛丽亚·德米特里耶夫娜专门为她安排的,不好意思拒绝。她穿好衣服,到了大厅里等父亲,照了照大镜子,看见自己很漂亮,非常漂亮,这时她感到更加忧伤;不过这是一种甜蜜和充满爱情的忧伤。

"我的上帝! 假如他在这里,那么我就不会像以前一样愚蠢和胆怯,而会照时兴的方式上去搂住他,偎依在他身上,要他用经常用来看我的那种寻求的和好奇的目光看着我,然后叫他像从前那样笑,而他的眼睛—— 我现在就像看见这双眼睛一样!"娜塔莎想道,"他的父亲和妹妹与我有什么相干呢,因为我只爱他一个人,只爱他,爱他,爱他的这张脸和这双眼睛,爱他的那种男子汉的同时又是孩子气的微笑……不,最好不去想他,在这段时间里不去想,忘掉,完全忘掉。再要等下去我就要经受不住了,我立刻就会号啕大哭。"她离开镜子,使劲忍住,不让自己哭出来。"索尼娅怎么能这样平平稳稳和安安心心地爱尼科连卡呢,等他等了这么久而且很有耐心!"她看着也已穿好衣服、手里拿着一把扇子进来的索尼娅想道,"不,她完全是另一种人。我做不到!"

这时娜塔莎觉得自己心肠很软,充满柔情,觉得光是自己正在恋爱和知道有人爱她还不够,她现在需要,立刻需要拥抱心爱的人,把藏在心里的情话全说出来,同时听见他也这样说。她在马车上坐在父亲身旁,若有所思地望着结了冰的车窗外闪烁的街灯的灯光,她觉得自己更加情意绵绵,更加忧伤,忘记了她这是在和谁在一起到哪里去。罗斯托夫家的马车进入了一长列马车之中后缓缓而行,车轮在雪地上转动着,发出刺耳的尖叫声,最后终于到了剧院门口。娜塔莎和索尼娅提着衣摆急忙跳下车来;伯爵由仆人搀着也下来了,于是三个人夹在入场的男女观众和卖海报的人中间朝楼下包厢的过道走去。从虚掩着的门里已传出音乐声。

这时娜塔莎觉得自己心肠很软，充满柔情……

"娜塔利,你的头发。"索尼娅低声说。引座员彬彬有礼地急忙侧着身从女士们面前过去,打开了包厢的门。音乐声听得更清楚了,眼前闪现出一排排灯火通明的包厢,里面坐着袒露着双肩和手臂的太太小姐们,池座里人声嘈杂,某些观众的制服闪闪发亮。一位正要走进隔壁包厢的太太用女人的嫉妒的目光看了娜塔莎一眼。幕还没有升起,乐队在演奏序曲。娜塔莎整了整衣服,和索尼娅一起走过去坐了下来,看着对面照亮了的包厢。她觉得几百双眼睛望着她那裸露的手臂和脖子,这种很久没有体验的感觉突然向她袭来,使她感到舒服又不舒服,勾起了一连串与这种感觉有关的回忆、愿望和不安。

娜塔莎和索尼娅这两个姿色出众的姑娘以及很久没有在莫斯科露面的伊里亚·安德烈依奇伯爵吸引了大家的注意力。除此之外,大家都模糊地知道娜塔莎和安德烈公爵订了婚,知道从那时起罗斯托夫一家住在乡下,因此好奇地看着俄国最佳待婚男子之一的未婚妻。

娜塔莎像大家对她说的那样,在乡下变得更漂亮了,而这天晚上,由于她心情激动,显得特别妩媚。她充满活力,美丽动人,同时却对周围的一切漠不关心,这使人们感到惊奇。她那双黑眼睛望着观众,并不寻找什么人,一只露到肘部以上的手放在包着丝绒的栏杆上,显然是下意识地随着序曲的节拍一张一合,揉着手中的海报。

"你看,那是阿列宁娜,"索尼娅说,"好像和母亲在一起。"

"我的天! 米哈依尔·基里雷奇更胖了!"老伯爵说。

"你们看,安娜·米哈依洛夫娜戴着一顶高帽子!"

"卡拉金一家人,朱丽和鲍里斯与他们在一起。显然现在是未婚夫妻了。"

"德鲁别茨科依求了婚! 当然啰,今天才知道。"正要走进罗斯托夫家包厢的申升说。

娜塔莎朝父亲看的方向看了一眼,看见了朱丽,见她胖胖的红脖子上挂着珍珠项链(娜塔莎知道,她脖子上扑着粉),带着幸福的神情坐在母亲身边。在她们的后面露出鲍里斯的头发梳得光光的漂亮的脑袋,他面带微笑,把一只耳朵凑到朱丽的嘴边。他皱着眉头看着罗斯托夫家的人,笑着对未婚妻说着什么。

"他们在说我们,说我和他!"娜塔莎想道,"他大概看见他的未婚妻嫉妒我,正在安慰她。真是自己瞎着急! 他们可知道,他们当中的任何人和我都不相干。"

安娜·米哈依洛夫娜坐在后面,她头戴一顶绿色的高帽子,脸上带着听凭上帝安排、感到幸福和快乐的表情。在他们的包厢里充满着一种未婚夫妻相聚的气氛,这种气氛娜塔莎非常熟悉而且非常喜欢。她转过头去,突然早晨拜访老公爵时所受的屈辱全部浮上了心头。

"他有什么理由不认我的亲? 唉,最好不想这些,在他回来前不想它!"她对自己说,开始观看池座里熟悉的和不熟悉的脸。在池座前面,在正中间,多洛霍夫背靠着栏杆站着,他头上蓬松浓密的鬈发高高耸起,身上穿着波斯服装。他站在剧院里最显眼的地方,知道他会吸引整个大厅里的人的注意,像站在自己房间里那样无拘无束。在他身旁聚集着莫斯科最出色的青年,看来他是他们之中的主要人物。

伊里亚·安德烈耶维奇伯爵微笑着推了推脸红的索尼娅,把以前崇拜过她的人指给她看。

"认出来了吗? "他问。"他是从哪里冒出来的,"伯爵对申升说,"他不是不知去向了吗? "

"好久没有露面了,"申升回答说去过高加索,后来跑了,听说曾在波斯的某个王爷那里当过大臣,在那里杀死了国王的兄弟;嘿,莫斯科的太太小姐们简直全都要发疯了! 为了这个波斯人多洛霍夫,就这么回事。现在我们这里开口闭口就说多洛霍夫,用他的名字赌咒,提起他仿佛请人吃名贵的鲟鱼似的。"申升说。"多洛霍夫和阿纳托利·库拉金把我们所有的太太小姐搞得神魂颠倒。"

隔壁的包厢来了一位身材很高的漂亮太太,她梳着一个大辫子,皮肤很白的丰满的肩膀和脖子裸露着,脖子上挂着两串大珍珠,她把肥大的绸衣服弄得窸窣作响,好久才在位子上坐好。

娜塔莎不由得注视着那脖子、肩膀、珍珠项链和发式,欣赏着她的肩膀和珍珠项链的美。当娜塔莎第二次注视她时,那太太回过头来,目光与伊里亚·安德烈依奇伯爵相遇了,朝他点了点头,笑了笑。这是别祖霍娃伯爵夫人,皮埃尔的妻子。在上流社会交游很广的伊里亚·安德烈依奇朝她探过身去,说起话来。

"您来了很久了,伯爵夫人? "他说,"一定去,一定去拜访,去吻您的手。我是来办事的，把两个孩子带来了。听说，谢苗诺娃①的演技无与伦比。彼得·基里洛维奇伯爵从来没有忘记过我们。他在这里吗？"

"是的，他曾想去拜访您。"埃莱娜说，朝娜塔莎注意地看了一眼。

伊里亚·安德烈依奇又在自己位子上坐下了。

"确实很漂亮吧？"他低声地对娜塔莎说。

"美极了！"娜塔莎说，"谁都会爱上她的！"这时响起了序曲的最后的和音，乐队指挥敲了敲指挥棒。池座里迟到的男人人了座，幕升起来了。

幕一升起，包厢里和池座里一下子静了下来，所有年老的和年轻的、穿制服的和穿燕尾服的男人，所有裸露的和身上戴着宝石的女人带着贪婪的好奇心，把全部注意力都集中到了台上。娜塔莎也开始观看。

九

舞台中央铺着平滑的木板，两边立着用彩色硬纸板做的树木，后面木板上拉着一块亚麻布。在舞台中央坐着几个扎着红腰带和穿着白裙子的姑娘。一个穿着白绸连衣裙的胖姑娘单独在一张矮矮的长凳上坐着，长凳后面钉着一块绿色的硬纸板。她们都在唱着什么。她们唱完歌后，穿白衣服的姑娘走到提词厢座前，这时一个大腿粗壮、穿着紧身绸裤、戴着带羽饰的帽子和佩着短剑的男人走到她身旁，摊开双臂，唱了起来。

穿紧身裤的男人开头一个人唱，接着姑娘也唱了。然后两人都不唱了，奏起了音乐，于是男人用手指抚摸穿白衣服的姑娘的手，显然是在等待与她合唱的节拍。他们俩唱完了，全体观众鼓起掌来，大声叫好，而在台上扮演情侣的男人和女人开始微笑着，摊开双手鞠躬致谢。

娜塔莎在乡下住了好长时间，现在又心情沉重，她觉得这一切奇异和古怪。她无法注视剧情的发展，甚至那音乐也听不进去，她看到的只是涂着彩色的硬纸板，只是那些穿着奇装异服在明亮的灯光下奇怪

---

① 指的是尼姆福多拉·谢苗诺娃（一七八八或一七八七—一八七六），俄国歌剧演员，著名演员叶卡捷琳娜·谢苗诺娃（一七八六—一八四九）的妹妹。

地来回走动,又说又唱的男人和女人;她知道所有这一切应当表达什么,但是这一切是那样的古怪虚假和不自然,使她时而替演员们感到难为情,时而觉得他们可笑。她看着自己周围和观众的脸,想在他们那里找到与自己相同的那种嘲笑和困惑的感觉;但是所有人都很注意地看台上的表演,脸上露出娜塔莎觉得是假装的赞赏的表情。"想必应当这样!"娜塔莎想道。她一会儿看看池座里一排排油光光的脑袋,一会儿看看包厢里袒胸露臂的女人,尤其是看看隔壁包厢里几乎完全脱光了衣服,带着轻微平静的微笑目不转睛地注视着台上的表演的埃莱娜,感觉到了照亮整个大厅的明亮的灯光以及由于观众身上散发出热气而变得温暖的空气。娜塔莎逐渐进入了她很久没有体验到的陶醉状态。她忘记了她是怎么回事,她在哪里,她面前发生了什么事。她一面看,一面想,在她头脑里突然闪现出最奇怪的和毫无联系的想法。她时而想要跳到栏杆上,唱那女演员唱过的咏叹调,时而想用扇子去碰碰那个坐在离她不远的地方的小老头,时而想朝埃莱娜探过身去胳肢她。

当台上静了下来,等待咏叹调开始时,入口的门咯吱响了一声,一个迟到的男人沿着罗斯托夫家的包厢一边的池座的地毯走过来。"这就是库拉金!"申升低声说。别祖霍娃伯爵夫人微笑着朝进来的人转过头来。娜塔莎朝着别祖霍娃伯爵夫人看的方向看了一眼,看见一个异常漂亮的副官带着自信同时又很谦恭的神气正朝他们的包厢过来。这是阿纳托利·库拉金,她早就在彼得堡的舞会上见过和注意过他。阿纳托利现在穿着副官制服,佩戴着肩章和肩饰。他迈着克制而又威武的步伐,如果他不是那么英俊,如果他那漂亮的脸上不露出那种温和、得意和快乐的表情的话,那么这样走路就显得可笑了。虽然台上的戏正在演着,他还是平稳地高抬起他那洒了香水的漂亮的脑袋,不慌不忙地在有点倾斜的过道的地毯上走着,马刺和佩剑微微发出碰撞声。他朝娜塔莎看了一眼,走到了妹妹跟前,把一只戴着手套的手搭在她的包厢的边缘上,朝她晃了一下头,俯下身去,指着娜塔莎打听着什么。

"很可爱!"他说,显然说的是娜塔莎,这意思娜塔莎与其说是听到的,不如说是根据他嘴唇的动作猜出来的。然后他去第一排,在多洛霍夫身旁坐下,用胳膊肘友好地和随便地碰了碰别的人正在奉承巴结的多洛霍夫。他快活地向他使了个眼色,对他笑了笑,把一只脚支在乐池的边上。

"这兄妹长得多么相像啊！"伯爵说，"两人都很漂亮。"

申升开始低声地对伯爵讲述了阿纳托利在莫斯科的一件风流韵事，而娜塔莎注意地听着，因为他刚才说她很可爱。

第一幕演完了，池座里的人全都站了起来。混在一起，开始走动起来。

鲍里斯来到罗斯托夫家的包厢，不动声色地接受了祝贺，扬起眉毛，带着漫不经心的微笑，向娜塔莎和索尼娅转达了他的未婚妻要她俩去参加婚礼的邀请，说完就出去了。娜塔莎在和鲍里斯说话时面带快乐和娇媚的微笑，祝贺她以前曾经爱过的鲍里斯成婚。她处于这样的陶醉状态，觉得一切都很简单和自然。

露着身体的埃莱娜坐在她旁边的包厢里，向所有的人露出同样的微笑；娜塔莎也像这样向鲍里斯笑了笑。

埃莱娜的包厢挤满了人，她被池座那边来的最显赫的和最聪明的人所包围，这些人似乎争先恐后地想要向大家显示他们认识埃莱娜。

阿纳托利在整个幕间休息期间和多洛霍夫一起站在乐池前面，望着罗斯托夫家的包厢。娜塔莎知道他在说她，这使她很高兴。她甚至转过身来，使他能看到她自以为姿势最美的侧面。在第二幕开始前，池座里出现了皮埃尔的身影，罗斯托夫家的人到莫斯科后还没有见过他。皮埃尔脸色忧郁，比娜塔莎最后一次见到他时更胖了。他没有理会谁，朝前排走去。阿纳托利走到他面前，看着和指着罗斯托夫家的包厢，开始对他说什么。皮埃尔看见娜塔莎，振奋起来，急忙经过一排排座位，朝他们的包厢走来。到了他们跟前后，他用胳膊肘支着包厢栏杆，微笑着，和娜塔莎谈了很久。娜塔莎在和皮埃尔说话时，听见别祖霍娃伯爵夫人包厢里男人说话的声音，不知为什么听出这是阿纳托利。她回头一看，目光与他相遇了。他几乎微笑着，用非常欣喜和亲切的目光直瞪瞪地看着她的眼睛，现在她离他这么近，这样看着他，深信他喜欢她，可是却又不认识他，这不免感到有些奇怪。

演出第二幕时，台上出现硬纸板做的纪念碑，在亚麻布上挖一个洞表示月亮，脚灯去了灯罩，小号和低音提琴奏起了低沉的乐曲，从左右两边出来了许多穿黑衣服的人。这些人开始挥动双手，他们手中握着像是短剑的东西；接着又跑来一些人，他们要拉走那个原来穿白衣服、现在换了蓝衣服的姑娘。他们没有马上把她拉走，和她一起唱了很长时间，然后才拉她走，这时后台什么铁家伙敲了三下，所有的人全都跪下来，唱起了祈祷词。这些动作几次为观众的喝彩声所打断。

在演出这一幕时，娜塔莎每次朝池座看都看见了阿纳托利·库拉金，看见他把一只手搭在椅背上，两眼望着她。她看见他如此迷恋她，心里很高兴，没有想到其中有不好的东西。

第二幕演完后，别祖霍娃伯爵夫人站了起来，朝罗斯托夫家的包厢转过身来（她的胸脯是完全袒露着的），用戴着手套的手指招呼老伯爵到她那里去，不理会进她包厢里来的人，亲切地微笑着，和伯爵攀谈起来。

"请您给我介绍一下您的可爱的女儿们吧，"她说，"要知道全城的人都在大声赞扬，而我却不认识她们。"

娜塔莎站起身来，给这位妖艳的伯爵夫人行了个屈膝礼。娜塔莎听了这位出色的美人的称赞，心里非常舒服，高兴得脸都红了。

"我现在也想做一个莫斯科人，"埃莱娜说，"您怎么好意思把这样的珍珠埋在乡下呢！"

别祖霍娃伯爵夫人确实是一个名副其实的有魅力的女人。她能说不是她想的话，尤其是能完全随意地和自然地说恭维话。

"不，亲爱的伯爵，请允许我陪陪您的女儿们吧。虽然我在这里待的时间不长。你们也一样。我将设法使您的女儿们高兴高兴。早在彼得堡时我就听人说过很多关于您的事。"她带着老是那样的迷人的微笑对娜塔莎说，"我也听我的少年侍从德鲁别茨科依——您听说过吗，他要结婚了——和我的丈夫的朋友鲍尔康斯基，安德烈·鲍尔康斯基公爵说起过您。"她说到安德烈公爵时特别加重语气，以此暗示她知道他与娜塔莎的关系。为了更好地相互认识，她请求允许让一位小姐坐到她的包厢里去看其余部分的演出，于是娜塔莎坐到她那里去了。

第三幕台上布置了一个宫殿，里面点了许多蜡烛和挂着画着留着胡子的骑士的图画。前面站的大概是皇帝和皇后。皇帝挥了一下右手，看来有些胆怯地胡乱唱了一句，在深红色的宝座上坐下了。开头穿白衣服、后来换了蓝衣服的姑娘，现在只穿一件衬衣，披头散发，在宝座附近站着。她对皇后悲伤地唱着什么；但是皇帝严厉地挥了挥手，于是从两边出来了光着腿的男人和光着腿的女人，一起跳起舞来。接着小提琴奏出了尖细的快乐的声音。一个光着粗腿和细臂的姑娘离开其余的人到了侧幕后面，整了整腰带，又来到舞台中央，开始蹦跳，用一只脚很快地拍打着另一只脚。池座里的人全都拍起手来，大声叫好。然后一个男人站到了台角。乐队里扬琴和小号更响地吹奏起来，这个光着腿的男人开始很高地跳跃，并且跺着脚。（这个男人是迪波尔，凭这技艺有六万银卢布的收入。）池座里、包厢里和楼座里的人都开始拼命鼓掌和喝彩，于是那男人停住了，微笑起来，向四面鞠躬致谢。接着跳舞的还有别的光着腿的男人和女人，然后皇帝伴着音乐喊了一声，大家都唱了起来。但是突然暴风雨来了，乐队奏出半音音阶和降低了的七度音和弦，大家都跑了，又把在场的一个人拉到侧幕后面，幕落了下来。在观众们中间再次发出了雷鸣般的可怕的叫喊声和噼啪声，大家脸上带着欣喜若狂的表情喊道：

"迪波尔！迪波尔！迪波尔！"

娜塔莎已不觉得奇怪了。她心里很高兴，愉快地微笑着，看着自己的周围。

"迪波尔跳得妙极了，是吗？"埃莱娜对她说。

"噢，是的。"娜塔莎回答道。

<h1 style="text-align:center">十</h1>

幕间休息时，一股冷气吹进了埃莱娜的包厢，门开了，阿纳托利走了进来，他弯着腰，以免碰着什么人。

"请允许我向您介绍我的哥哥。"埃莱娜说，不安地把目光从娜塔莎移到阿纳托利身上。娜塔莎转动她那漂亮的小脑袋越过袒露的肩膀看着这个美男子，笑了笑。阿纳托利近看起来也像远看一样漂亮，他在娜塔莎身边坐下，说他从纳雷什金家的舞会上荣幸地见到她以来，一直没有忘记，早就希望能认识她。他在和女人交往时要比同男人在一起时聪明和自然得多。他说话大胆而又随便，使娜塔莎感到又奇怪又高兴的是，在这个引起那么多议论的人身上不仅没有任何可怕的地方，而且正好相反,他脸上总是带着非常天真快乐和温和的微笑。

阿纳托利·库拉金问她对演出的印象如何,对她讲了上一次演出时谢苗诺娃摔倒了。

"您知道,伯爵小姐,"他突然像对一个早就认识的老朋友那样对她说,"我们要举行一次化装舞会;您应该来参加,一定会很有意思。大家将聚集在阿尔哈罗夫家。请您一定来,真的,好吗?"他说。

他在说这些话时,他那笑眯眯的眼睛一直注视着娜塔莎的脸、脖子和裸露的手臂。娜塔莎无疑知道他在欣赏她。这使她感到高兴,但是有他在场,她不知为什么觉得有些憋气、闷热和不舒服。当她不看他时,她觉得他在看着她的肩膀,于是她不由得截住他的目光,让他最好看她的眼睛。但是她看着他的眼睛时惊恐地感觉到,在他和她之间完全没有那种她和别的男人在一起时常有的羞怯构成的障碍。她自己也不知道是怎么啦,五分钟后觉得已和这个人非常亲近了。当她转过身来时,她担心他从后面抓住裸露的手臂和吻她的脖子。他们谈论着最简单的事情,她觉得他们很亲近,她同男人一起还从来没有过这种感觉。娜塔莎回头看看埃莱娜和父亲,仿佛在问他们:这是怎么回事;但是埃莱娜正在和一位将军说话,没有对她的目光做出回应,而父亲的目光什么也没有告诉她,只告诉他平常说的意思:"你很快活,我也就很高兴。"

在两人都没有说话的难堪时刻,阿纳托利鼓起他的眼睛平静地、目不转睛地看着她,娜塔莎为了打破沉默,问他可喜欢莫斯科。娜塔莎问完就涨红了脸。她总是觉得她和他说话是在做一件不体面的事。阿纳托利笑了笑,仿佛在鼓励她。

"开头我不大喜欢,因为……什么能使一个城市令人喜爱呢?这就是漂亮的女人,是不是?现在我非常喜欢。"他说,意味深长地看着她。"您来参加化装舞会吗,伯爵小姐?请您一定来,"他说,一只手朝她的花束伸过去,压低声音又说,"您将会是最漂亮的。去吧,亲爱的伯爵小姐,把这束花给我作为抵押吧。"

娜塔莎和他本人一样,不明白他说的话,但是她觉得他的这些不可理解的话里有不好的意图。她不知道说什么才好,转过身去,仿佛没有听见他说的话一样。但是她刚一转身心里就想,他就在背后,离她很近。

"他现在怎么样了？他不好意思了？生气了？应当补救一下吗？"她问自己。她忍不住回过头来。她直瞪瞪地看了看他的眼睛，他的亲近，他的信心，他的温和亲切的微笑征服了她。她也像他那样笑了笑，照直看着他的眼睛。于是她又一次惊恐地感觉到在他和她之间没有任何障碍。

幕又升起来了。阿纳托利平静而又快活地出了包厢。娜塔莎回到了父亲的包厢里，已完全适应了她所处的环境。她已觉得她眼前发生的一切是完全自然的了；而以前的那些关于未婚夫、关于玛丽亚公爵小姐、关于乡下的生活的想法一次也没有在她的脑海里出现，仿佛这一切已是很久很久以前的往事了。

第四幕出现一个鬼，他一面唱，一面挥动一只手，直到抽掉他脚下的木板和他掉进去为止。娜塔莎在第四幕里只看到这一点，因为她激动不安和非常苦恼，而她激动不安的原因是库拉金，她的目光不由自主地跟踪着他。他们出剧院时，阿纳托利走到他们面前，叫来了他们的马车，扶他们上车。在扶娜塔莎上车时，他握住了她手腕以上的地方。娜塔莎很激动，满脸通红，感到很幸福，回头看了他一眼。而他眼睛闪闪发亮，面带亲切的微笑看着她。

回到家里后，娜塔莎才能够清楚地思考她发生的事，她突然想起了安德烈公爵，吃了一惊，在看戏后大家坐下喝茶时当着大家的面大喊了一声，脸涨得通红，跑出了房间。"我的上帝！我完了！"她对自己说。"我怎么能这样呢？"她想道。她用手捂住涨红了的脸，力图弄清楚她发生的事，但是既弄不明白她到底发生了什么事，也弄不明白她感觉到了什么。她觉得一切都很含混、模糊和可怕。在那灯光辉煌的剧场里，在那个穿着饰有发光金属片的衣服、光着大腿的迪波尔在音乐伴奏下在潮湿的木板上跳跃的地方，在姑娘们和老人们，还有那个几乎光着身子、面带平静而又高傲的微笑的埃莱娜兴高采烈地叫好的地方——在埃莱娜的身旁，这都很清楚而简单；但是现在，在一个人独处时，这就变得不可理解了。"这是怎么回事？我现在感觉到的良心的责备又是怎么回事？"她想道。

娜塔莎只能在夜里躺在床上时对老伯爵夫人一个人诉说她的心事。她知道索尼娅要求严格而且求全责备，听了她的自白后要么什么也不理解,要么会大吃一惊。娜塔莎力图自己一个人解决使她苦恼的问题。

"我是否完全不配得到安德烈公爵的爱情了呢?"她问自己,并带着自慰的微笑回答说我真傻,我干吗问这个?我出了什么事了?什么也没有。我什么也没有做,也没有去惹这种事。谁也不会知道,我永远不会再去见他。"她对自己说。"这么说来,很清楚:什么事也没有发生,没有什么可忏悔的,安德烈公爵仍可以爱我**这样的人**。然而是什么样的**这样的人**呢?唉,上帝,我的上帝!为什么他不在这里!"娜塔莎安心了一会儿,后来某种本能又告诉她,虽然这一切都是事实,虽然什么事也没有发生,但是她以前对安德烈公爵的纯洁的爱情可全完了。于是她又一次想起了她和库拉金的整个谈话,眼前浮现出了这个漂亮而又大胆的男人在握住她的手时的面孔、姿势和亲切的微笑。

十一

阿纳托利·库拉金住在莫斯科,这是他父亲把他从彼得堡打发到这里来的,因为他在那里每年要花掉两万多卢布和借同样数目的债,债主都向他父亲要钱。

父亲对儿子说,这是最后一次为他偿还一半债务;但是有个条件,他得去莫斯科当总司令的副官,这差使是他替他谋来的,此外,还应设法在那里结一门好亲。他向他指出玛丽亚公爵小姐和朱丽·卡拉金娜可以作为攀亲的对象。

阿纳托利同意了,去了莫斯科,住在皮埃尔家里。皮埃尔开头不乐意接待阿纳托利,但是后来和他处熟了,有时和他一起去参加他举行的闹宴,并且给他钱,说是借给他的。

申升在谈到他时说得很对,阿纳托利来到莫斯科后,把这里所有的太太小姐都弄得神魂颠倒,之所以这样,尤其是因为他不把她们放在眼里,显然更喜欢去找茨冈女人和法国女演员,据说他同她们当中最走红的乔治小姐关系非常密切。他从不放过多洛霍夫和莫斯科其他爱寻欢作乐的人举行的闹宴,通宵达旦地喝酒,喝得比谁都多,并且参加上流社会的所有晚会和舞会。据说他与莫斯科的几位太太有过风流韵事,在舞会上对某些太太献过殷勤。但是他不去接近姑娘们，尤其不去接近那些大多长得很难看的有钱的姑娘们，因为他两年前结过婚，这事除了他最亲近的朋友外谁也不知道。两年前，当他所在的团驻扎在波兰时，一个不大富有的波兰地主强迫阿纳托利娶了他的女儿。

阿纳托利很快就抛弃了妻子，他答应给岳父寄一笔钱，以换取以单身汉的身份出现的权利。

阿纳托利一直对自己的处境，对自己和别人很满意。他本能地、全身心地相信他只能过现在这样的生活，相信他从来没有在生活中做过任何坏事。他既没有能力思考他的行为会对别人产生什么影响，也想不到他的这个或那个行为会有什么后果。他深信，如同鸭子生来就应该生活在水中一样，上帝创造他是为了让他过一种花销三万卢布的生活，并且任何时候都应在社会上占有很高的地位。他坚定不移地相信这一点，使得别人看着他也深信不疑，既让他在上流社会占一个高位，也借钱给他，而他碰到谁就向谁借钱，而且显然是不打算归还的。

他不是赌徒，至少从来不想赢钱，甚至不为输钱而感到惋惜。他不爱好虚荣。人们对他有什么看法，他都无所谓。更不能责备他追求功名利禄。他几次毁了自己的前程，惹得父亲很生气，并且嘲笑所有荣誉头衔。他并不吝啬，对所有人都有求必应。他喜欢的只有一件事——寻欢作乐和玩女人；因为照他看来，这些爱好并无任何不高尚之处，而他又想不到满足他的这些爱好会对别人产生什么后果，所以他心里认为自己是一个无可责难的人，真心地瞧不起痞子和坏人，问心无愧地把自己的头抬得高高的。

这些酒徒们，这些男性的抹大拉的马利亚[①]们，如同女性的抹大拉的马利亚一样，内心深处都有一种无罪的感觉，这种感觉建立在获得赦免的希望上。"她许多的罪都赦免了，因为她的爱多；他的一切也都能赦免，因为他的欢乐多。"[②]

---

① 抹大拉的马利亚是《圣经》中人物，原来过着荒淫的生活，耶稣从她身上赶出了七个鬼后，她开始改恶从善，成为耶稣的忠实信徒。《圣经·新约》中的《马太福音》、《马可福音》、《路加福音》、《约翰福音》等都曾提到她。

② 前一句引自《圣经·新约》中的《路加福音》第七章，后一句话是模仿这句话说的。

这一年，多洛霍夫在流亡他乡和漫游波斯后又在莫斯科露面，过着赌博和饮酒作乐的奢侈生活，与在彼得堡时的老友库拉金接近起来，利用他来达到自己的目的。

阿纳托利真心实意地喜欢多洛霍夫，喜欢他的聪明和大胆；而多洛霍夫需要利用阿纳托利·库拉金的名望、门第和关系，以便吸引有钱的年轻人来和他赌博，而不让他感觉出是在利用他和拿他开心，除了出于利用阿纳托利的考虑外，对多洛霍夫来说，支配别人的意志本身也是一种乐趣、习惯和需求。

娜塔莎给库拉金留下了深刻的印象。他去看戏后吃晚饭时，摆出一副行家的样子，在多洛霍夫面前品头论足，说她的手臂、肩膀、大腿和头发如何好看，宣布他决定追求她。至于他追求她会有什么结果——阿纳托利是考虑不到的，而且无法知道，正如他从来无法知道他的每一个行动会有什么结果一样。

"很漂亮，老弟，但不是为我们准备的。"多洛霍夫对他说。

"我对妹妹说，要她请她吃饭。"阿纳托利说，"行吗？"

"你最好等她出嫁以后……"

"你知道，"阿纳托利说，"我喜欢小姑娘：她一下子就会晕头转向的。"

"你已经为一个小姑娘遇到过一次麻烦了。"多洛霍夫说，他知道阿纳托利结婚的事。"小心点！"

"怎么，不能来两次，啊？"阿纳托利温和地笑着说。

十二

在看戏后的第二天，罗斯托夫家的人什么地方也没有去，也没有什么人来看他们。玛丽亚·德米特里耶夫娜背着娜塔莎，和她父亲商谈着什么。娜塔莎猜测他们在谈论老公爵和想着什么主意，这使她感到不安和不痛快。她每时每刻都在等待安德烈公爵，这一天两次派看院子的人到弗兹德维任卡去打听他到了没有。可是他还没有到。现在她要比刚来的头几天更觉得难受。除了急躁和对他的思念外，又加上与玛丽亚公爵小姐和老公爵见面的不愉快回忆以及她觉得莫名其妙的恐惧和不安。她总有这样的感觉，要么他永远不会来了，要么在他来之前她会出点什么事。她已不能像以前那样，一个人独自平静地和长时间地想他了。她一开始想他，对他的回忆就与对老公爵和玛丽亚公爵小姐，对最近的观看演出和对库拉金的回忆连接在一起。在她面前又出现了她有没有过错，是不是不再忠实于安德烈公爵了的问题，她再次发现自己在回忆那个在她心中激发起她不理解的和可怕的感情的人的每一句话、每一个手势以及脸上表情的每一个细微的变化，连最小的细节都想起来了。在家里的人看来，娜塔莎比平常更活跃了，但是她远非像以前那样的平静和幸福。

星期天早晨，玛丽亚·德米特里耶夫娜请客人们到她所属的莫吉利齐圣母升天教区去做日祷。

"我不喜欢这些时髦的教堂。"她说，看来她为自己的自由思想而感到自豪，"无论什么地方上帝只有一个。我们的神父很好，祈祷做得合乎规矩，这就很体面，助祭也不错。如果唱诗班像举行音乐会一样，那还谈得上什么神圣？我不喜欢，简直如同儿戏！"

玛丽亚·德米特里耶夫娜喜欢星期天，并且善于很好地过。她的整个房子在星期六擦洗打扫得干干净净；到星期天仆人和她都不干活，大家都穿上过节的衣服，人人都去做日祷。主人们的午餐要增添菜肴，要给仆人们酒喝，给他们吃烤鹅或烤乳猪。在整个家里，节日的气氛在玛丽亚·德米特里耶夫娜宽阔严厉的脸上要比在其他所有东西上表现得更加明显，在这一天她脸上总是露出庄重的表情。

做完日祷在家具去掉了布套的客厅里喝够了咖啡后，仆人向玛丽亚·德米特里耶夫娜报告说，马车已准备好了，于是她带着严厉的神情，披上做客时用的漂亮的披巾，站起身来说，现在她要去尼古拉·安德烈依奇·鲍尔康斯基公爵家，和他谈谈娜塔莎的事。

玛丽亚·德米特里耶夫娜走后，夏尔玛太太手下的一个女时装师到罗斯托夫家的人这里来，于是娜塔莎关上客厅隔壁的一个房间的门，开始试新衣，心里感到很满意。正当她穿上用粗针暂时缭上的没有袖子的上衣，照着镜子扭过头去看后背是否合身时，听见客厅里父亲和一个女人热热闹闹地说话的声音，她听出那个女人的声音脸就红了起来。这女人是埃莱娜。娜塔莎还没有来得及脱下试穿的上衣，门就开了，别祖霍娃伯爵夫人进了房间,她身穿深紫色的高领丝绒衣服,容光焕发,面带和蔼可爱的微笑。

"啊,我的迷人的姑娘!"她对红着脸的娜塔莎说,"多么可爱!不,这太不像话了,亲爱的伯爵,"她对跟着她进来的伊里亚·安德烈依奇说,"怎么能住在莫斯科,什么地方也不去呢?不,我不会放过你们!今天晚上乔治小姐要在我家朗诵,还有一些人要来;如果您不把您的两位比乔治小姐还要漂亮的美人带来参加,我就不再认您这个朋友了。我丈夫不在家,他到特维尔去了,不然我会让他来请您的。请你们一定来,一定来,时间是八点多钟。"认识她的女时装师恭恭敬敬地行了个屈膝礼,她朝她点了点头,用优美的姿势展开丝绒衣服的褶子,在镜子旁边的圈椅里坐下。她继续和蔼地和快活地闲谈着,不断地赞扬娜塔莎的美丽。她仔细看了娜塔莎的衣服,称赞了几句,同时也夸奖了自己的那件用金属纱布做的新衣服,这是她从巴黎买来的,并且劝娜塔莎也做一件。

"不过您穿什么都漂亮,我的可爱的姑娘。"她说。

娜塔莎脸上一直挂着愉快的微笑。她以前以为别祖霍娃伯爵夫人是一位高不可攀的和傲慢的太太,而现在对她却是那么的和气,受到这位可爱的夫人的夸奖,她觉得很幸福,简直心花怒放了。娜塔莎心里很快乐,她觉得自己几乎爱上了这个如此漂亮和如此和蔼的女人。埃莱娜也真心地赞赏娜塔莎,愿意使她快乐。阿纳托利求她在他和娜塔莎之间搭个桥,她就是为此到罗斯托夫家的人这里来的。她觉得给哥哥和娜塔莎之间搭桥的想法很有趣。

虽然埃莱娜过去曾因在彼得堡时娜塔莎从她那里夺走了鲍里斯而怨恨过,但是她现在已不计较这些了,而是照自己所想的那样一心希望娜塔莎好。她在离开罗斯托夫家的人时,把自己的被保护人叫到一边。

"昨天我哥哥在我这里吃饭,——我们简直笑得要死,——他什么也不吃,心里思念着您,我的可爱的姑娘。他像发疯似的,真的像发疯似的爱上了您,亲爱的。"

娜塔莎听了这些话,脸涨得通红。

"瞧她脸红了,脸红了,我的迷人的姑娘!"埃莱娜说。"一定要来。

罗斯托夫家的人只好留下来。阿纳托利请娜塔莎跳华尔兹,在跳华尔兹时,他紧紧搂住她的腰,握住她的手,对她说,她令人陶醉,说他爱她。娜塔莎又同阿纳托利跳苏格兰舞,当他俩单独在一起时,阿纳托利什么也没有对她说,只是一个劲儿地看着她。娜塔莎怀疑自己在做梦,觉得他在跳华尔兹时对她说的话好像是在梦里听见的。在第一节快要结束时,他又握了握她的手。娜塔莎朝他抬起惊恐的眼睛,他那亲切的目光和微笑中流露出的自信而又温柔的表情,使她看着他说不出她要对他说的话来。于是她垂下了眼睛。

"不要对我说这些话,我已订了婚,爱另一个人。"她说得很快……她看了他一眼。阿纳托利没有理会,也没有因听了她说的话而感到伤心。

"不要对我说这些。这和我有什么相干呢?"他说,"我说,我发疯似的,发疯似的爱上了您。您这样迷人,难道能怪我吗?……咱们开始跳吧。"

娜塔莎又兴奋又不安,她睁大眼睛惊恐地看着自己周围,她的样子看起来要比平常更快活。她几乎一点也不记得那天晚上的事了。他们跳了苏格兰舞和爷爷舞①,父亲叫她回家,她请求留下来。不管她在什么地方,不管她跟谁说话,她都觉得他在注视她。后来她记得她请求父亲允许她去更衣室整整衣裳,埃莱娜跟她出来,笑着对她说阿纳托利爱她;记得在小小的休息室里又碰到了阿纳托利,埃莱娜不知上哪里去了,只剩下他们两人在一起,阿纳托利拉住她的手,充满温情地说:

"我不能到您那里去找您,难道我永远见不到您了?我发疯似的爱您。难道永远不再见面了?……"于是他拦住她,把自己的脸朝她的脸凑过来。

他那双男人的闪闪发光的大眼睛离她的眼睛很近,除了这双眼睛外,她什么也看不见。

"娜塔利?!"仿佛听到他在低声地问,她的手被使劲握住,握得都痛了,"娜塔利?!"

---

① 爷爷舞是一种伴随着歌唱的古老德国舞。开头一对对跳舞的人鱼贯而行,最后以跳华尔兹结束。

"我什么也不明白,我没有什么好说的。"她的目光似乎在这样说。

火热的嘴唇贴到她的嘴唇上,就在这时她又觉得自己自由了,房间里响起了埃莱娜的脚步声和衣服的窸窣声。娜塔莎回头看了埃莱娜一眼,然后红着脸,浑身颤抖着,用惊恐和疑问的目光看了看他,朝门口走去。

"听我说一句,只说一句,看在上帝分上。"阿纳托利说。

她站住了。她非常需要他说这句话,向她说明发生了什么事,同时她也好回答他。

"娜塔利,听我说一句,只说一句。"他老是重复这句话,看来不知道该说什么,这句话他一直重复到埃莱娜走到他们面前为止。

埃莱娜和娜塔莎一起又来到客厅。罗斯托夫家的人没有吃晚饭就走了。

娜塔莎回到家里后,一夜没有合眼;一个无法解决的问题折磨着她,这问题是:她究竟爱谁,是爱阿纳托利还是爱安德烈公爵?她爱安德烈公爵,她清楚记得她爱他爱得很深。但是她也爱阿纳托利,这是没有疑问的。"不然的话,难道会发生所有这一切吗?"她想。"如果在发生这样的事以后,在分手时我还能用微笑来回答他的微笑,如果我能允许这样的事发生,那么这就是说,我一见到他就爱上了他。这就是说,他善良、高尚和英俊,使人不能不爱他。我爱他,又爱另一个人,这叫我怎么办呢?"她自言自语地说,没有找到这些可怕的问题的答案。

十四

忙忙碌碌的早晨到了。大家起了床,活动起来,说起话来,女时装师又上门了,玛丽亚·德米特里耶夫娜又出来了,又有人招呼大家去喝茶。娜塔莎把眼睛睁得大大的,仿佛想要抓住任何注视她的目光一样,不安地环视所有的人,竭力装出平常的样子。

玛丽亚·德米特里耶夫娜早饭后(这是她最好的时间)在圈椅里坐下,把娜塔莎和老伯爵叫到自己面前。

"就这样吧,我的朋友,现在我把整个事情都仔细考虑过了,想给你们出个主意。"她说了起来,"你们知道,昨天我去过尼古拉公爵家;

同他谈了话……他居然大声嚷嚷起来。但是他是嚷不过我的! 我把一切都对他直说了!"

"那么他怎么说呢?"伯爵问。

"他说什么? 蛮不讲理……连听都不听;还有什么可说的,我们本来就把这可怜的姑娘折磨够了。"玛丽亚·德米特里耶夫娜说,"我劝你们办完事就回家,回奥特拉德诺耶……在那里等待……"

"唉,不!"娜塔莎喊了一声。

"不行,你们得回去。"玛丽亚·德米特里耶夫娜说,"在那里等待。如果你的未婚夫现在到这里来,免不了要有一场争吵,还是让他单独和老头子谈妥后,再到你们那里去好。"

伊里亚·安德烈依奇立刻明白了这个建议的合理性,表示赞同。他想,如果老头子态度变缓和了,那么以后到莫斯科来或到童山去见他就会更好些;如果没有变化,那么违背他的意志结婚,婚礼只能在奥特拉德诺耶举行。

"完全正确。"他说。"我还为自己去找他又把女儿带去见他而后悔呢。"老伯爵又说了一句。

"不,有什么可后悔的? 到了这里,不能不去表示敬意。他不愿意,那是他的事。"玛丽亚·德米特里耶夫娜说,在手提包里寻找着什么。"而且嫁妆都准备好了,你们还有什么可等待的,如有什么还没有准备的,我给你们送去。虽然我舍不得你们走,但最好还是回去,但愿上帝保佑。"她在手提包里找到了要找的东西,把它递给娜塔莎。这是玛丽亚公爵小姐的信。"写给你的。她是多么痛苦啊,这可怜的姑娘! 她担心你会认为她不喜欢你。"

"可是她就是不喜欢我。"娜塔莎说。

"别说废话。"玛丽亚·德米特里耶夫娜喊道。

"谁的话我也不相信:我知道她不喜欢。"娜塔莎大胆地说,她接过信,她脸上露出冷淡和愤恨的果断的表情,这使得玛丽亚·德米特里耶夫娜更加仔细地看了她一眼,皱起了眉头。

"我的大小姐,别这样说话,"她说,"我说的全是实话。你写一封回信。"

娜塔莎没有回答,到自己的房间读玛丽亚公爵小姐的信去了。

玛丽亚公爵小姐写道,她因她们之间发生的误会心情非常沉重。她接着写道,不管父亲的态度如何,她请求娜塔莎相信,她不能不爱她哥哥选中的人,为了哥哥的幸福,她准备牺牲自己的一切。

"不过,"她还写道,"请您不要以为我父亲厌恶您。他是一个应当得到谅解的有病的老人;他善良而又宽宏大量,一定会喜欢使他儿子幸福的人。"往下玛丽亚公爵小姐提出请求,要娜塔莎约定一个时间,她希望再次和她见面。

娜塔莎读完信后,在书桌前坐下来写回信。"亲爱的公爵小姐!"她很快机械地写了这个称呼就停住了。在发生昨天的那些事后,往下她还能写什么呢? "是的,是的,这一切都有过,现在已完全是另一回事了,"她面对刚开了个头的信想道,"应当和他解除婚约? 真的应当这样做吗? 这太可怕了! ……"为了不去想这些可怕的念头,她到索尼娅那里去,开始和她一起挑选花样。

午饭后,娜塔莎回自己的房间,又拿起了玛丽亚公爵小姐的信。"难道一切都结束了?"她想,"难道这一切发生得这么快,毁了以前的一切?"她还像以前那样充满深情地回想起自己对安德烈公爵的爱情,同时又觉得她爱库拉金。她生动地想象着她如何成为安德烈公爵的妻子,回忆起在她的想象里曾多次出现过的和他在一起的幸福的情景,与此同时又激动得浑身发热,想起了自己昨天与阿纳托利会见的每一个细节。

"为什么不能兼而爱之呢? "有时她脑子一时糊涂,便这样想道,"那样的话,只有我一个人完全幸福,而我现在应当进行选择,两人当中少了一个,我就不会幸福。有一点应当考虑她想,"把发生的事告诉安德烈公爵或者瞒着他,同样都是不可能的。而对**这个人**来说,什么损失也没有。但是,难道爱安德烈公爵、内心充满幸福的时间这么长,我能够永远抛弃这种幸福吗? "

"小姐,"一个女仆进了房间带着神秘的表情说,"有人叫我转交。"女仆递过一封信。"只不过看在上帝分上,小姐……"女仆又说,而娜塔莎不假思索地用机械的动作拆开信,开始读阿纳托利的情书,信中的话她一句也没有看明白,只知道一点,这是他的信,是她爱的那个人写的。"不错,她爱他,不然怎么能发生已经发生的事呢? 她手里怎么会有他的情书呢？"

娜塔莎颤抖的手里拿着这封多洛霍夫替阿纳托利写的热情洋溢的情书，她在读的时候在其中找到了她觉得自己也感受到的一切的回声。

"从昨天晚上起，我的命运决定了：要么得到您的爱，要么去死。我没有别的出路。"信的开头是这样写的。然后他写道，他知道她的父母不会让她嫁给他，这有无法明说的原因，这些原因他只能对她一个人透露，但是如果她爱他，那么她只要说一个**是**字，任何人间的力量都不能妨碍他们得到幸福。爱一定能战胜一切。他将把她抢走，把她带到天涯海角。

"是的，是的，我爱他！"娜塔莎想道，她把信读了二十遍，在每句话里寻找着某种特殊的和深刻的意义。

这天晚上玛丽亚·德米特里耶夫娜要到阿尔哈罗夫家去，建议两个姑娘和她一起去。娜塔莎借口头痛留在家里。

十五

索尼娅晚上回来得很晚，她进了娜塔莎的房间，看见她和衣睡在沙发上，感到很惊奇。在她身旁的桌子上放着拆开了的阿纳托利的信。索尼娅拿了起来，开始读它。

她一面读，一面看看睡着的娜塔莎，在她的脸上寻找读到的事的解释，但是没有找到。脸色是平静温和和幸福的。索尼娅抱住胸口，以免喘不过气来，她恐惧和激动得脸色发白，浑身颤抖，在圈椅里坐下，失声痛哭起来。

"我怎么一点也没有看出来呢？怎么会走得这么远呢？难道她不爱安德烈公爵了？她怎么能让库拉金这样做呢？他是骗子和坏蛋，这很清楚。亲爱的尼古拉，高尚的尼古拉要是知道了这事，他会怎么样呢？前天、昨天和今天她脸上露出激动不安、下了决心和很不自然的表情，原来与这事有关。"索尼娅想道。"但是她爱他是不可能的！大概是她不知道是谁给她写的信，拆开来看了。大概她感到受了侮辱。她不可能做出这样的事来！"

索尼娅擦去眼泪，走到娜塔莎跟前，又仔细观察她的脸。

"娜塔莎！"她喊了一声，声音低得几乎听不见。

娜塔莎醒了，看见了索尼娅。

"啊，回来了？"

于是她像睡醒时常有的那样，坚决而又温柔地搂住她的女友。但是，她发现索尼娅脸色惊慌不安后，自己脸上也露出了惊慌和怀疑的表情。

"索尼娅你看过信了？"

"看过了。"索尼娅低声地说。

娜塔莎非常兴奋地笑了笑。

"不，索尼娅，我不能再这样下去了！"娜塔莎说，"我不能再瞒着你了。你知道，我们彼此相爱！……索尼娅，亲爱的，他写道……索尼娅……"

索尼娅似乎不相信自己的耳朵，睁大眼睛看着娜塔莎。

"那么鲍尔康斯基呢？"她问。

"啊，索尼娅，啊，如果你能知道我多么幸福就好了！"娜塔莎说。"你不知道爱情是什么……"

"但是，娜塔莎，难道**那事**全作罢了吗？"

娜塔莎用睁得很大的大眼睛看着索尼娅，好像不明白她的问题一样。

"怎么，你要跟安德烈公爵解除婚约？"索尼娅又问。

"唉，你什么也不明白，你别说蠢话，你听着。"娜塔莎霎时露出不高兴的神色，说道。

"不，我无法相信这件事，"索尼娅再次说道，"我不明白。你怎么能整整一年爱一个人，突然……要知道你只见过他三次。娜塔莎，我不相信你的话，你在开玩笑。三天内忘掉一切，就这样……"

"什么三天，"娜塔莎说，"我觉得我爱他一百年了。我觉得在他之前我从来没有爱过任何人。而且也没有像爱他那样爱过任何人。这一点你理解不了，索尼娅，等一下，坐到这里来。"娜塔莎搂住她，吻了吻她。"有人对我说过，常有这种情况，你大概听说过，但是我现在才体验到这种爱情。这不是以前的那种感情。我一见到他就感觉到，他是我的主宰者，而我是他的奴隶，我不能不爱他。是的，是奴隶！他叫我做什么，我就做什么。你不明白这些。我怎么办呢？我怎么办呢，索尼娅？"娜塔莎面带又幸福又恐惧的表情说。

"不过你得好好想想你在干什么，"索尼娅说，"我不能不管这件事。这些秘密的书信……你怎么能允许他这样做？"她惊恐和厌恶地说，竭力掩饰着这种感情。

"我对你说了，"娜塔莎回答道，"我缺乏意志，你怎么不明白这一点：我爱他！"

"我可不允许这样做，我要说出去。"索尼娅大声说道，眼泪夺眶而出。

"你怎么啦，看在上帝分上……如果你说出去，你就是我的敌人，"娜塔莎说，"你想要使我遭到不幸，你想要把我们分开……"

看见娜塔莎恐惧的样子，索尼娅哭了起来，为女友流下了羞耻和惋惜的泪水。

"你们之间发生了什么事？"她问，"他对你说过什么？他为什么不到家里来？"

娜塔莎没有回答她的问题。

"看在上帝分上，索尼娅，不要对任何人说，不要折磨我，"娜塔莎恳求道，"你记住，旁人是不能干预这样的事情的。我对你都说了……"

"但是干吗这样神神秘秘的？为什么他不到家里来？"索尼娅问。"为什么他不直接向你求婚？安德烈公爵给了你完全的自由，要想那样做也行；但是我不相信这件事。娜塔莎，你想过会有什么样的**无法明说的原因**？"

娜塔莎用惊奇的目光看着索尼娅。显然她第一次想到了这个问题，她不知道怎样回答。

"是什么样的原因，我不知道。但是终究是有原因的！"

索尼娅叹了一口气，不相信地摇摇头。

"假如有原因……"她开口要说。但是娜塔莎猜到了她的怀疑，惊恐地打断了她的话。

"索尼娅，不能怀疑他，不能，不能，你明白吗？"她大声说道。

"他是否爱你？"

"是否爱我？"娜塔莎微笑着重复她的话说，对女友理解力不强表示遗憾，"你不是读过信，见过他吗？"

"但是如果他是一个不正派的人呢？"

"**他**是一个不正派的人？要是你了解就好了！"娜塔莎说。

"如果他是一个正派的人，那么他要么应该说明自己的意图，要么不再和你见面；如果您不愿意向他说明这一点，那么这事由我来做，我给他写回信，并且告诉爸爸。"索尼娅坚决地说。

"可是没有他我就活不下去！"娜塔莎喊道。

"娜塔莎，我不明白你是怎么啦。你说的是什么！你想一想父亲，想一想尼古拉吧！"

"除了他，我什么人也不需要，什么人也不爱。你怎么敢说他不正派呢？你难道不知道我爱他吗？"娜塔莎喊道，"索尼娅，你走吧，我不愿和你吵架，你走吧，看在上帝分上，你走吧，你可看见我是多么的痛苦。"娜塔莎用忍着怒气的和绝望的声音愤恨地说。索尼娅放声大哭，跑出了房间。

娜塔莎走到桌子前面，连想都没有想一下，就写了整个早晨未能写成的给玛丽亚公爵小姐的回信。在这封信里她简短地对玛丽亚公爵小姐说，她们之间的所有误会不再存在了，她利用了安德烈公爵出国时宽宏大量地给予她的自由，现在她请求公爵小姐忘掉一切，如果她有什么对不起公爵小姐的地方，那就请她原谅，不过她不能做安德烈公爵的妻子了。这时她觉得这一切是那样的轻而易举和简单明了。

罗斯托夫家的人预定星期五回乡下去，而伯爵星期三和买主一起到莫斯科郊区的庄园去了。

在伯爵走的那一天，索尼娅和娜塔莎被邀请去参加库拉金家的盛大午宴，于是玛丽亚·德米特里耶夫娜带着她们前去。在这次宴会上娜塔莎又与阿纳托利见了面，索尼娅注意到娜塔莎和他说了些什么，并且不愿让别人听见，看到她在整个宴会过程中比以前还要激动。她们回家后，娜塔莎首先主动向索尼娅进行解释，而索尼娅也正在等待着她这样做。

"瞧你，索尼娅，讲了关于他的各种蠢话。"娜塔莎用温和的声调说，孩子们希望受到称赞时，常常用这种声调说话。"今天我和他说清楚了。"

"什么,什么?他说什么了?娜塔莎,你不生我的气,我很高兴。把一切告诉我,把全部真实情况说给我听。他究竟说什么了?"

娜塔莎沉思起来。

"唉,索尼娅,如果你像我那样了解他就好了!他说……他问我是怎么答应鲍尔康斯基的。他得知解除婚约的事取决于我后,非常高兴。"

索尼娅忧愁地叹了一口气。

"但是你不是没有决定与鲍尔康斯基解除婚约吗?"她说。

"也许我已经决定了呢!也许与鲍尔康斯基已经一刀两断了。你为什么把我想得这么坏?"

"我什么也没想,我只是不明白这件事……"

"等一等,索尼娅,一切你都会明白的。你会看到他是什么样的人。你不要把我和把他都往坏处想。"

"我不把任何人往坏处想:我爱所有的人,也怜悯他们。但是我该怎么办呢?"

索尼娅没有因娜塔莎对她说话声调亲切而退让。娜塔莎脸上的表情愈和善和愈巴结,索尼娅的脸色就愈认真和愈严肃。

"娜塔莎,"她说,"你曾叫我不跟你说话,我就没有说,现在是你自己说起来的。娜塔莎,我不相信他。干吗要这样神秘?"

"又来了,又来了!"娜塔莎打断她的话。

"娜塔莎,我替你担心。"

"有什么好担心的?"

"我担心你毁了自己。"索尼娅坚决地说,她自己也为她说的话大吃一惊。

娜塔莎的脸上又露出了愤恨的表情。

"我就是要把自己毁了,尽快地毁了。不关你的事。倒霉的不是你们,而是我。不要管我,不要管。我恨你。"

"娜塔莎!"索尼娅惊恐地大喊了一声。

"恨你,恨你!你永远是我的敌人!"

娜塔莎从房间里跑了出去。

娜塔莎再也不跟索尼娅说话,躲着她。她带着激动惊讶和像犯了罪似的表情在房间里走来走去,时而做做这事,时而做做那事,但马上又都扔下了。

不管这对索尼娅来说是多么的难受,她还是密切注视着自己的女友。

在伯爵预定回家的头一天,索尼娅发现娜塔莎整个早晨都坐在客厅的窗口,好像在等待什么,看见她朝一个骑马经过的军人打了个手势,索尼娅认出那军人是阿纳托利。

索尼娅开始更加注意地观察自己的女友,发觉娜塔莎吃饭时和晚上都处于一种奇怪的和反常的状态之中(问她什么事,她回答得牛头不对马嘴,说话只说一半,对什么事都发笑)。

喝完茶后,索尼娅看见一个女仆畏畏葸葸地在门口等候着娜塔莎。她把女仆放了进去,站在门外偷听,得知又递交了一封信。

索尼娅突然明白了,娜塔莎有一个可怕的计划,要在今天晚上行动。她去敲娜塔莎的门,娜塔莎没有放她进去。

"她要和他私奔!"索尼娅想。"她什么事都做得出来。今天她脸上有一种特别可怜的和坚决的表情。她在和表叔告别时曾经哭了起来。"索尼娅回忆道。"不错,她肯定要和他私奔,——那我怎么办呢?"索尼娅想道,现在她想起了那些能清楚说明娜塔莎有一种可怕的意图的种种迹象。"伯爵不在家。我怎么办呢?写信给库拉金,要求他做出解释?但是谁会叫他回答我呢?还是像安德烈公爵嘱咐过的那样,遇到不幸时给皮埃尔写信?……但是她也许已经真的决定和鲍尔康斯基解除婚约(她昨天送了一封信给玛丽亚公爵小姐)。表叔又事不在!"

把这事告诉非常相信娜塔莎的玛丽亚·德米特里耶夫娜,索尼娅又觉得害怕。

"但是无论如何,"索尼娅站在黑暗的走廊里想道,"现在已到了证明我一直记得他们一家的恩情和表明我爱尼古拉的时候了,不然就永远没有机会了。不,我哪怕三天三夜不睡觉,也不离开这走廊,拦住她,不放她走,不让耻辱落到他们家头上。"她想。

十六

最近几天阿纳托利搬到了多洛霍夫那里去住。拐走娜塔莎的计划几天来已由多洛霍夫作了周密考虑和准备,并且预定在索尼娅决心保护娜塔莎并在她门外偷听的那一天付诸实施。娜塔莎答应在晚上十点钟到后门口与库拉金会合。库拉金将把她扶上事先准备好的三驾马车,拉到离莫斯科六十俄里的村子卡缅卡,那里已请好一个免去教职的神父,让他主持他们的婚礼。在卡缅卡已准备了换乘的马匹,把他们送上华沙大道,到那里后他们可以坐驿车去国外。

阿纳托利既有护照,又有驿马使用证,手里有妹妹给他的一万卢布和通过多洛霍夫借来的一万卢布。

两个证婚人坐在第一个房间里喝茶,一个叫赫沃斯季科夫,是帮多洛霍夫设赌局的退职小官吏,另一个叫马卡林,是一个退役的骠骑兵,为人和善和软弱,非常喜欢库拉金。

多洛霍夫的大书房从墙到天花板挂满了波斯壁毯、熊皮和武器,他穿着旅行穿的紧身外衣和皮靴,坐在旧式的写字台前,在拉出的桌面上放着账单和一捆捆钞票。阿纳托利敞着制服,从证婚人坐的房间穿过书房到后面的房间去,那里他的法国仆人和其余的人正在收拾最后的东西。多洛霍夫一面数着钱,一面记录下来。

"对了,"他说,"应当给赫沃斯季科夫两千。"

"那就给吧。"阿纳托利说。

"马卡尔卡(他们这样称呼马卡林)可为你赴汤蹈火,不求回报。瞧,账算完了,"多洛霍夫说,给他看账单,"对吗?"

"对,当然对。"阿纳托利说,看来他并没有听多洛霍夫说话,而是脸上一直挂着微笑,望着自己的前面。

多洛霍夫啪的一声推上写字台的桌面,带着讥讽的微笑朝阿纳托利转过身来。

"我说,别干这事了:回头还来得及!"他说。

"傻瓜!"阿纳托利说,"别说废话了。要是你知道就好了……鬼知道这是怎么回事!"

"真的,别干了,"多洛霍夫说,"我对你说正经的。你干的事难道是闹着玩的?"

"好了,又来逗我了?见你的鬼去!啊?……"阿纳托利皱起眉头说,"真的,没有工夫和你开愚蠢的玩笑说着他离开了房间。

阿纳托利出去后，多洛霍夫轻蔑地和宽厚地微笑着。

"你等一下，"他在阿纳托利后面说，"我不是开玩笑，我说的是正经事，过来，到这里来。"

阿纳托利又进了房间，使劲集中注意力看着多洛霍夫，显然已不由自主地听从了他。

"你听着，这是我最后一次对你说。我和你开玩笑干什么？难道我阻止过你？谁给你安排好这一切的？谁给你找到神父的？谁给你弄到护照的？谁给你搞到钱的？全是我。"

"那就谢谢你了。你以为我不感激你？"阿纳托利叹了一口气，搂住多洛霍夫。

"我帮了你，但是我仍然应该对你说实话：这事很危险，如果再仔细想一想，也是愚蠢的。你把她带走，很好。但是人家会就此罢休吗？会知道你已经结过婚。就会把你告上刑事法庭……"

"唉！胡扯，全是胡扯！"阿纳托利又皱起眉头，说了起来，"我已经给你解释过了。是吧？"阿纳托利像通常愚钝的人一样，对自己花脑筋得出的结论有一种特殊的偏爱，于是他又再一次重复了已对多洛霍夫说过一百次的看法。"我已对你说过，我认定：如果那次婚姻无效，"他说，扳着一个手指，"这说明我没有责任；如果有效，那也无所谓，因为在国外谁也不会知道底细，是这样吧？你就别说了，别说了，别说了！"

"真的，你还是放弃吧！你只会束缚住自己……"

"见你的鬼去吧。"阿纳托利说，接着抓住头发，到了另一个房间，立刻又回来，盘起腿在多洛霍夫前面近处的圈椅上坐下。"这鬼知道是怎么回事！啊？你瞧，跳得多么厉害！"他抓起多洛霍夫的一只手，把它放在自己的心口上。"唉！多么好看的小脚，我的老兄，多么迷人的目光！简直是女神！"

多洛霍夫冷冷地微笑着，一双漂亮的、目光放肆的眼睛闪闪发亮，他看着他，看来想再逗他取乐。

"要是钱用完了，那时怎么办呢？"

"那时怎么办？啊？"阿纳托利重复了一句，想到未来，他真的感到不知所措。"那时怎么办？我不知道……干吗胡扯这些！"他看了看表，"时间到了！"

阿纳托利前去后面的房间。

"你们快准备好了吗？还在这里磨蹭！"他朝仆人们吆喝了一声。

多洛霍夫收起钱，叫人拿来上路前吃的和喝的，然后去证婚人坐的房间。

阿纳托利在书房里，用胳膊肘支撑着躺在沙发上，若有所思地微笑着，亲切地低声说着什么。

"来吃点东西。喝一杯！"多洛霍夫从另一个房间里朝他喊道。

"不想喝！"阿纳托利回答道，仍继续微笑着。

"来吧，巴拉加来了。"

阿纳托利从沙发上起来，到了餐厅里。巴拉加是有名的三驾马车夫，认识多洛霍夫和阿纳托利已经五六年了，一直用自己的三驾马车为他们服务。当阿纳托利所在的团驻扎在特维尔时，他不止一次地晚上拉着阿纳托利从特维尔出发，天亮时把他送到莫斯科，第二天夜里又把他接回去。他不止一次地拉着多洛霍夫逃脱追捕，不止一次地拉着他和茨冈女人以及骚娘儿们（巴拉加这样叫她们）在城里兜风。他不止一次地赶着他们坐的车在莫斯科撞伤了行人和车夫，但是老爷们（他这样称呼他们）每次都帮他忙，使他没有受到惩处。他拉着他们赶死了不止一匹马。他不止一次地挨他们揍，不止一次地被他们用香槟酒和他喜欢喝的马德拉酒①灌醉，知道他们每个人的不止一个越轨行动，要是这些事发生在普通人身上，早就应该流放到西伯利亚去了。他们在狂饮时常常把巴拉加叫来，强迫他喝酒，和茨冈人一起跳舞，他们远不止一千卢布的钱经过他的手花掉。他在为他们服务的过程中，一年有二十次要冒生命危险和不顾人身安全，在为他们干活时，累死了很多马匹，其价值要超过他们付给他的钱。但是他喜欢他们，喜欢这样赶着车一小时奔驰十八俄里，喜欢撞翻别的马车，撞倒行人，在莫斯科街上全速飞跑。他喜欢听见自己背后醉醺醺的狂叫："快！快！"虽然这时已无法跑得更快了；他喜欢朝农夫脖子抽一鞭，虽然那农夫已吓得半死不活，急忙让路。"这才是真正的老爷！"他想。

阿纳托利和多洛霍夫也喜欢巴拉加，因为他赶车的技术高，与他

---

① 马德拉酒是原产于马德拉岛的一种葡萄酒。

们有同样的爱好。巴拉加常同别的人讨价还价,两个小时要收二十五个卢布,而且很少亲自给别人赶车,主要派手下的伙计去。但是只要他所说的这两位老爷要车,他总是亲自出马,从来不要求任何报酬。而当他通过仆从打听到他们什么时候有钱后,便几个月一次去找他们,往往在早晨还没有喝醉酒的时候去,恭恭敬敬鞠躬,请求他们帮他一把。老爷们总是请他坐下来。

"您得救救我,费多尔·伊万内奇老爷,还有您公爵大人。"他说。"我一匹马也没有了,我要到集上去,能借给我多少就借给我多少吧。"

阿纳托利和多洛霍夫有钱的时候,有时给他一千,有时给他两千卢布。

巴拉加是一个二十七岁的男子,长得很敦实,淡褐色的头发,红脸,粗脖子显得特别红,翘鼻子,一双小眼睛闪闪发亮,留着小胡子。他身穿短皮袄,外面罩着一件绸里子的薄薄的蓝色长衫。

他朝上座上方的圣像画了个十字,走到多洛霍夫面前,伸出了黑色的不大的手。

"费多尔·伊万诺维奇!"他点头哈腰说。

"你好,老弟。他就在这里。"

"你好,公爵大人。"他对进门的阿纳托利说,也伸出了手。

"我对你说,巴拉加,"阿纳托利把双手放在他肩上说,"你喜欢不喜欢我?啊?现在替我干件事……你赶来的车套的是什么样的马?啊?"

"照你派来的人的吩咐,是您专用的像猛兽一样的烈性马。"巴拉加说,"好,你听着,巴拉加!把三匹马都累死,也要在三个小时内送到。啊?"

"都累死了,那我们还怎么走?"巴拉加眨巴着眼睛说。

"当心我打烂你的狗脸,别开玩笑!"阿纳托利突然瞪大眼睛喊道。

"怎么是开玩笑,"车夫笑着说,"难道我为了自己的老爷还心疼什么吗?马能跑多快,就让它跑多快。"

"啊!"阿纳托利说。"你坐下吧。"

"怎么啦,坐下!"多洛霍夫说。

"我站一会儿,费多尔·伊万诺维奇。"

"坐下，别废话，喝酒吧。"阿纳托利说，给他倒了一大杯马德拉酒。车夫一看见酒，脸上就露出愉快的表情。他出于礼貌推让了一下，然后一口喝干，拿出放在帽子里的红色绸手绢擦了擦嘴。

"那么什么时候出发，公爵大人？"

"这样吧……（阿纳托利看了看表）现在就出发。当心点，巴拉加。怎么样？来得及吗？"

"出了门，那就要看运气了，只要运气好，怎么会来不及？"巴拉加说，"以前送您到特维尔，七个钟头就到了。公爵大人，你大概还记得吧。"

"你知道吗，有一次我从特维尔回来过圣诞节。"阿纳托利回忆起往事面带微笑对马卡林说，这时马卡林正睁大眼睛深受感动地望着他。"你相信吗，马卡尔卡，我们一路飞跑，简直连气都喘不过来了。闯进一个车队里，越过了两辆大车。是吧？"

"那几匹马可真不简单！"巴拉加接过去继续说，"当时我把两匹拉边套的小马和驾辕的浅褐色马套在一起，"他朝多洛霍夫转过头来，"你相信吗，费多尔·伊万内奇，这几匹马一下子飞跑了六十俄里；要勒它们也勒不住，手冻僵了，当时天气很冷。我扔掉缰绳，嘴里说，公爵大人，你自己握住吧，我就倒在雪橇里了。这样就根本用不着赶，在到达终点前一直勒不住。三个钟头就到了，这些鬼东西。只有左边那匹马累死了。"

十七

阿纳托利出了房间，几分钟后回来了，只见他身穿皮袄，束着银腰带，头上威武地歪戴着一顶与他英俊的脸很相称的貂皮帽。他照了照镜子，摆出他照镜子的姿势在多洛霍夫面前站住，拿起了一杯酒。

"喂，费佳，再见了，谢谢你为我做的一切，再见！"阿纳托利说。"喂，伙伴们，朋友们……"他沉思起来……"我的……青春时代的伙伴们，再见了！"他对马卡林和别的人说。

虽然他们大家都要跟他一起走，但是看来阿纳托利想对伙伴们说些动人的和庄严的话。他说得很慢，声音很大，挺起胸膛，晃动着一条腿。

"大家都举起杯来;巴拉加,你也一样。伙伴们,我的青春时代的朋友们,过去我们大家一起饮酒作乐,过快活的生活,是吧? 今日一别,不知何时才能重逢? 我要到国外去了。我们一起过了一段时间快活的生活,再见了,伙伴们。为健康干杯! 乌拉! ……"他说,喝干了杯中的酒,把杯子往地上一摔。

"祝你健康!"巴拉加说,也干了杯,用手绢擦擦嘴。马卡林含着泪水拥抱阿纳托利。

"唉,公爵,和你分手心里真不好受。"他说。

"该走了,该走了!"阿纳托利喊叫起来。

巴拉加已想要从房间里出去。

"不,等一下,"阿纳托利说关上门,都坐下来。就这样。"门关上了,大家都坐了下来。

"好了,现在出发,伙伴们!"阿纳托利站起来说。

仆人约瑟夫递给阿纳托利挎包和马刀,大家都来到前厅。

"皮大衣在哪里?"多洛霍夫问。"喂,伊格纳什卡! 你去玛特廖娜·马特维耶夫娜那里,向她要一件皮大衣,要那种斗篷式貂皮外套。我曾听人说过人们是怎样抢亲的,"多洛霍夫眨了眨眼说,"要知道她出来时吓得半死,就穿着家里穿的衣服;只要稍微耽搁一下,又是哭闹,又是喊爹叫娘,马上就会冻僵,要求回去, —— 你就立刻用皮大衣把她裹住,抱到雪橇上。"

仆人拿来了女式狐皮大衣。

"笨蛋,我告诉你要貂皮大衣。喂,玛特廖什卡 ①,要貂皮的!"他喊道,他的声音很大,远处几个房间都能听得见。

一个身材瘦削、脸色苍白的漂亮茨冈女人手里拿着一件貂皮大衣跑了出来,她披着红色披肩,一对乌黑的眼睛闪闪发亮,一头黑色的鬈发泛出灰蓝色。

"好吧,我没有舍不得,你拿去吧!"她说,看来在自己主人面前有些胆怯,同时又吝惜那貂皮大衣。

---

① 玛特廖什卡和下文的玛特廖莎均为玛特廖娜的爱称。

多洛霍夫没有答话，拿过皮大衣，把它披到玛特廖莎身上，把她裹住。

"就这样。"多洛霍夫说。"再这样。"他又说，把领子在她脑袋周围竖起来，只在脸的前面稍稍敞开着。"然后这样，看见了吧？"说着他把阿纳托利的头推到领子留出的开口前，那里可以看到玛特廖莎娇艳的微笑。

"好了，再见，玛特廖莎。"阿纳托利吻着她说，"唉，我在这里饮酒作乐的日子结束了！向斯焦什卡问好。好了，再见了！再见，玛特廖莎；你祝我幸福吧。"

"但愿上帝给您的幸福大大的。"玛特廖莎带着茨冈口音对阿纳托利说。

门口台阶旁停着两辆三驾马车，巴拉加手下的两个伙计勒住马。巴拉加坐上了前面的一辆，高高抬起胳膊肘，不慌不忙地整理好缰绳。阿纳托利和多洛霍夫坐到他的这辆马车上。马卡林、赫沃斯季科夫和仆人坐上了另一辆。

"准备好了吗？"巴拉加问。

"走吧！"他吆喝了一声，把缰绳缠到手上，于是马就拉着车沿着尼基塔林荫道往下奔跑起来。

"驾！喂，让开！……驾！"只听得巴拉加和坐在驭座上的伙计的吆喝声。在阿尔巴特广场上马车挂住了一辆四轮轿式马车，什么东西发出了断裂声，听见有人喊叫了一声，而他们的马车照旧沿着阿尔巴特大街奔驰而去。

巴拉加在波德诺文斯科耶来回跑了一趟，开始放慢速度，回来后把马车停在旧马厩街的十字路口。

伙计跳下马车，勒住马。阿纳托利和多洛霍夫沿着人行道走去。快到大门口时，多洛霍夫吹了一声口哨。有人用口哨回答，接着跑出来一个女仆。

"到院子里来，要不容易被人看见，她就出来。"女仆说。

多洛霍夫留在大门口。阿纳托利跟着女仆进了院子，拐了一个弯，跑上了台阶。

玛丽亚·德米特里耶夫娜的跟班、身材高大的加夫里洛迎着阿纳托利过来。

"请您去见太太。"跟班挡住进门的路,用低沉的声音说。

"见哪一位太太?你是什么人?"阿纳托利喘着气低声问道。

"请吧,吩咐我带您进去。"

"库拉金!回来!"多洛霍夫喊道"事情败露了!回来!"

这时多洛霍夫在他停住的小门旁正在与看院子的人你拉我扯,那人想要在阿纳托利进去后把小门锁上。多洛霍夫使出最后的力气把看院子的人推开,抓住跑出来的阿纳托利的手,把他拉出小门,和他一起跑回马车来。

十八

玛丽亚·德米特里耶夫娜在走廊里碰见泪痕满面的索尼娅,逼着索尼娅把事情的经过全说出来。她又截获了娜塔莎的信,读完后,手里拿着这封信去找娜塔莎。

"骚货,不要脸的东西!"她骂娜塔莎,"你什么也不用对我说!"她推开用惊奇和冷淡的目光看着她的娜塔莎,把她锁在屋里,吩咐看院子的人让今天晚上来的人全都进来,但是不放他们出去,同时命令仆人带这些人来见她,安排好后在客厅里坐下,等待这些拐骗者。

加夫里洛前来禀报说,来的人逃走了,玛丽亚·德米特里耶夫娜皱起眉头,站了起来,把双手放在背后,在房间里来回走了很久,考虑她该怎么办。在夜里十一点多钟,她摸了摸口袋里的钥匙,前去娜塔莎的房间。索尼娅正坐在走廊里哭哭啼啼。

"玛丽亚·德米特里耶夫娜,看在上帝分上,放我进去看看她吧!"她说,玛丽亚·德米特里耶夫娜没有搭理她,打开门,进去了,"真可恶,真下流……在我的家里,这个坏丫头……我只是可怜她的父亲!"玛丽亚·德米特里耶夫娜想道,竭力想遏止自己的怒气。"尽管很难做到,我已吩咐大家不准提起这事,我要瞒着伯爵。"玛丽亚·德米特里耶夫娜大步走进房间。娜塔莎双手抱住头躺在沙发上,一动也不动。她躺的姿势还像玛丽亚·德米特里耶夫娜离开她时一样。

"好哇,太好了!"玛丽亚·德米特里耶夫娜说,"居然约情人到我的家里来幽会！用不着假装。你听着，我在对你说话呢。"玛丽亚·德米特里耶夫娜碰了碰她的手臂。"你听我说，你这个坏丫头丢尽了自己的脸。我本来想让你当众出丑，可是我可怜你的父亲。我要瞒着。"娜塔莎没有改变姿势，只不过她的整个身体由于无声地抽泣而上下颤动着，她几乎哭得喘不过气来。玛丽亚·德米特里耶夫娜回头朝索尼娅看了一眼，在沙发上挨着娜塔莎坐下了。

"他从我手里逃走了，这是他运气好；不过我会找到他的。"她粗声粗气地说，"你听见我说什么了吗？"她把一只大手伸到娜塔莎的脸下面，把她扳转过来。玛丽亚·德米特里耶夫娜和索尼娅看见娜塔莎的脸后，都感到惊讶。只见她的眼睛闪闪发亮，没有泪水，嘴唇紧闭，双颊下陷。

"别管我……我……我……要死了……"她说，下狠劲挣脱了玛丽亚·德米特里耶夫娜的手，恢复了原来躺的姿势。

"娜塔莉娅！……"玛丽亚·德米特里耶夫娜喊道，"我希望你好。你躺着，你就那样躺着，我不再碰你一下，你听着……我不再说你有什么错了。你自己知道。你父亲明天就要回来，我怎么对他说，啊？"

娜塔莎又哭得全身颤动起来。

"他会知道的，还有你的哥哥，未婚夫！"

"我没有未婚夫，我已宣布解除婚约了。"娜塔莎喊道。

"反正都一样。"玛丽亚·德米特里耶夫娜接着说，"他们要是知道了，怎么，他们会不管吗？你的父亲，我了解他，会要求和他决斗的，这好吗，啊？"

"唉，不要管我，你们为什么所有的事都要干预！为什么？为什么？谁请求你们了？"娜塔莎喊道，她在沙发上欠起身来，恶狠狠地看着玛丽亚·德米特里耶夫娜。

"你想要怎么样？"玛丽亚·德米特里耶夫娜又发起火来，喊道，"怎么，过去把你锁起来了，还是怎么的？谁不让他到家里来？干吗要把你当作茨冈女人那样拐走？……即使他把你拐走了，你以为就找不到他？你的父亲，还有哥哥，还有未婚夫会不管？他是一个坏蛋，恶棍，就是这样！"

"他比你们所有的人都好。"娜塔莎又欠起身来喊道，"假如你们不阻止……唉,我的上帝,这是怎么回事,怎么回事呀!索尼娅,你为什么要那样?都走开!……"于是她放声大哭起来,她哭得非常伤心,只有感觉到一切都是由自己造成的人才会这样哭。玛丽亚·德米特里耶夫娜又想要说;但是娜塔莎喊叫起来:"你们走开,走开,你们全都恨我,瞧不起我!"她又倒在沙发上。

玛丽亚·德米特里耶夫娜接着又数落了娜塔莎一顿,并且开导她,要她不要把这件事对伯爵说,只要她答应把这一切忘掉,并且在任何人面前不露出发生了什么事的样子,那么谁也不会知道。娜塔莎没有回答。她也没有再哭,但是觉得发冷,浑身哆嗦起来。玛丽亚·德米特里耶夫娜给她放好枕头,盖上两条被,自己亲自给她拿来了菩提树花茶①,娜塔莎没有做出反应。

"好吧,让她睡吧!"玛丽亚·德米特里耶夫娜在走出房间时说,以为她睡着了。但是娜塔莎没有睡,她脸色苍白,睁大眼睛凝视着正前方。这一夜娜塔莎都没有睡,既没有哭,也没有和几次起来走到她面前的索尼娅说话。

第二天早饭前,伊里亚·安德烈依奇伯爵按照他预定的时间从莫斯科郊区回来了。他心情很好,因为他同买主已经谈妥了,现在已没有什么是非让他留在莫斯科不可了,可以回到他十分想念的伯爵夫人身边去了。玛丽亚·德米特里耶夫娜出来迎接,对他说,娜塔莎昨天身体很不好,已请大夫来看过,现在她觉得好一些了。这天早晨娜塔莎没有从自己的房间里出来。她坐在窗口,紧闭着干裂的嘴唇,睁着冷漠和目光呆滞的眼睛,不安地注视着街上坐车经过的人,一听见有人走进房间里来,便急忙回头看看。显然她在等待他的消息,等他自己前来或给她写信。

当伯爵上楼来看她时,她听见父亲的脚步声,惊慌地转过头来,她的脸露出原来的冷淡的、甚至生气的表情。她甚至没有站起来迎接他。

"你怎么啦,我的天使,病了吗?"伯爵问。

娜塔莎一时没有说话。

"是的,病了。"她回答道。

---

① 菩提树花茶常用以发汗。

伯爵不安地问她为什么垂头丧气，莫非未婚夫发生了什么事，她向父亲保证，说什么事也没有发生，请他放心。玛丽亚·德米特里耶夫娜向伯爵证明娜塔莎说的是实话，说确实没有出什么事。伯爵根据女儿假装生病和心情不好，根据索尼娅和玛丽亚·德米特里耶夫娜脸上局促不安的表情清楚地看到，他不在家时一定出了什么事；但是他一想起他心爱的女儿发生了什么丢人的事就觉得可怕，他是那么希望保持自己快乐平静的心情，便不再详细询问，竭力使自己相信没有出什么特殊的事，不过为女儿身体不好使他们推迟回乡而感到有些遗憾。

十九

自从妻子到达莫斯科的那天起，皮埃尔就打算随便什么地方都去，目的只是为了不和她在一起。在罗斯托夫家的人来莫斯科后，娜塔莎给他留下的印象促使他急忙实现自己的意图。他到特维尔去找约瑟夫·阿列克谢耶维奇的遗孀，因为她早就答应把亡夫的一些文件交给他。

皮埃尔回到莫斯科后，他收到了玛丽亚·德米特里耶夫娜的一封信，信中请他去商谈一件与安德烈·鲍尔康斯基和他的未婚妻有关的非常重要的事情。皮埃尔一直躲着娜塔莎。他觉得自己对她的感情超过了一个已婚的人对自己朋友的未婚妻应有的感情。而命运却常常使他和她碰到一起。

"出了什么事？他们的事和我有什么相干？"皮埃尔在穿衣服准备去玛丽亚·德米特里耶夫娜家时想道。"真希望安德烈公爵快点回来，和她结婚！"他在去阿赫罗西莫娃家的路上又想道。

在特维尔林荫道上有人喊他。

"皮埃尔！早就回来了？"一个熟悉的声音朝他喊道。皮埃尔抬起头。眼前闪过了一辆阔气的雪橇，上面坐着阿纳托利以及常和他在一起的同伴马卡林，这雪橇由两匹灰马拉着，马蹄扬起的雪落到雪橇的前部。阿纳托利摆出那种讲究穿着的军人的标准姿势，直挺挺地坐着，脸的下部用海狸皮领子裹着，稍稍低下头。他面色红润，充满朝气，歪戴着带白色羽饰的帽子，露出抹了油的和落满了雪花的鬈发。

"确实，这才是真正的聪明人！"皮埃尔想，"他只顾寻欢作乐，此外什么也看不见，——因此永远是快活、满意和心安理得的。要是能像他那样，我什么都舍得给！"皮埃尔羡慕地想道。

在阿赫罗西莫娃家的前厅里，一个仆人在帮皮埃尔脱皮大衣时说，玛丽亚·德米特里耶夫娜请他到卧室去见她。

皮埃尔打开大厅的门，看见娜塔莎坐在窗口，脸色憔悴苍白，怒气冲冲。她回过头看了他一眼，皱起了眉头，带着冷淡自尊的表情出去了。

"出了什么事？"皮埃尔进玛丽亚·德米特里耶夫娜的房间时问。

"好事，"玛丽亚·德米特里耶夫娜回答，"我在世上活了五十八岁，没有见过这样丢人的事。"她要皮埃尔下保证不把他知道的情况说出去，然后告诉他说，娜塔莎不告诉父母就宣布解除了婚约，她这样做是由于阿纳托利·库拉金的缘故，是皮埃尔的妻子给他们牵的线，娜塔莎曾打算趁父亲不在家时和阿纳托利私奔，以便和他秘密结婚。

皮埃尔耸起肩膀，张着嘴听玛丽亚·德米特里耶夫娜说话，简直不相信自己的耳朵。安德烈公爵这么疼爱的未婚妻，原来这可爱的娜塔莎·罗斯托娃居然抛弃了鲍尔康斯基，看上了已结了婚的笨蛋阿纳托利（皮埃尔知道他结婚的秘密），而且爱得那么着迷，竟同意和他私奔！——这样的事皮埃尔简直无法理解和无法想象。

在皮埃尔心里，他从小就认识的娜塔莎给他留下的好印象，怎么也不能与现在觉得她卑劣、愚蠢和残酷的新看法联系在一起。他想起了自己的妻子。"她们都是一路货色。"他对自己说，想到不只是他一个人有这种与坏女人结合在一起的悲惨遭遇。但是他仍然为安德烈公爵感到痛惜，为他的自尊心受到伤害而痛心。他愈是痛惜自己的朋友，就愈是蔑视、甚至厌恶刚才在大厅里带着冷淡自尊的表情在他面前走过的娜塔莎。然而他不知道娜塔莎心里充满着绝望、羞愧和屈辱感，现在她脸上不自觉地露出平静的自尊和严峻的表情，不能归咎于她。

"怎么能结婚呢？"皮埃尔听见玛丽亚·德米特里耶夫娜谈到这一点便这样说，"他不能结婚：他已有了妻子！"

"这就愈来愈糟了，"玛丽亚·德米特里耶夫娜说，"好小子！真是一个坏蛋！而她还在等着，已是第二天了。至少要让她不再等，应当对她说。"玛丽亚·德米特里耶夫娜听了皮埃尔讲述阿纳托利结婚的详细情况，大骂了一顿以发泄自己的怒气，然后告诉皮埃尔为什么请他来。玛丽亚·德米特里耶夫娜担心,伯爵或那位随时都可能到达的鲍尔康斯基得知她想要瞒着他们的事情后,会向库拉金提出决斗,因此她请皮埃尔以她的名义命令他的内兄离开莫斯科,不准在她眼前出现。皮埃尔答应按照她的要求去做,他到这时才明白老伯爵、尼古拉和安德烈公爵面临的危险。玛丽亚·德米特里耶夫娜对他简短而准确地说明自己的要求后,便让他到客厅去。

"注意,老伯爵什么也不知道。你就装出什么也不知道的样子她对他说而我就去告诉她,叫她用不着再等了! 你如果愿意,就留下来吃午饭。"玛丽亚·德米特里耶夫娜又对皮埃尔大声说。

皮埃尔遇见了老伯爵。老伯爵惶恐不安,心烦意乱。这天早晨娜塔莎告诉他说,她已宣布与鲍尔康斯基解除婚约了。

"糟糕,真糟糕,亲爱的,"他对皮埃尔说,"这些女孩子不在母亲身边就出了事;我真不该到这里来。我打算什么都告诉您。听说了吗,她谁都不问一声就宣布解除了婚约。虽说我对这门婚事并不十分满意。虽说他是一个好人,但是违背父亲的意愿是不会得到幸福的,而娜塔莎又不愁找不到对象。然而毕竟这事已有很长时间了,怎么能不告诉父母就这样做呢! 现在她病了,天知道是怎么回事! 真难办,伯爵,真拿这些离开母亲的女儿没办法……"皮埃尔看见老伯爵心情很不好,想要改变话题谈别的事,但是老伯爵又谈起自己的难处来。

索尼娅惊慌不安地进了客厅。

"娜塔莎身体不大好;她在自己房间里,等着要见您。玛丽亚·德米特里耶夫娜在她那里,也请您去。"

"对了,您同鲍尔康斯基是好朋友,大概她有什么事要您转告。"老伯爵说,"唉,我的上帝,我的上帝! 本来一切都很好!"老伯爵抓着两鬓稀疏的白发,出了客厅。

玛丽亚·德米特里耶夫娜告诉娜塔莎说,阿纳托利已结了婚。娜塔莎不相信她的话,要求皮埃尔本人来证实这一点。索尼娅带着皮埃尔穿过走廊去娜塔莎房间的路上把这情况告诉了他。

娜塔莎脸色苍白,表情严厉,坐在玛丽亚·德米特里耶夫娜身旁,她的眼睛像发热病似的闪闪发亮,皮埃尔一进门,她就用询问的目光迎接他。她没有笑,也没有朝他点头,只是目不转睛地看着他,她的目光只问一件事：在对待阿纳托利的态度上，他是朋友，还是像所有别的人一样，是敌人？显然这时对她来说，皮埃尔这个人本身并不独立存在。

"他什么都知道，"玛丽亚·德米特里耶夫娜指着皮埃尔对娜塔莎说，"就让他告诉你我说的是不是实话。"

娜塔莎像一只受了伤并被追赶得筋疲力尽的野兽看着逐渐靠近的猎犬和猎人一样，时而看看玛丽亚·德米特里耶夫娜，时而看看皮埃尔。

"娜塔莉娅·伊里尼什娜，"皮埃尔垂下眼睛开口说道，他怜悯她，同时又对他现在不得不做的事感到厌恶，"这是不是实话，对您来说应该都是一样的，因为……"

"那么说，他结过婚不是真的？"

"不，这是真的。"

"他结过婚，并且早就结婚了？"她问，"您敢下保证吗？"

皮埃尔对她下了保证。

二十

皮埃尔没有留下吃午饭，他立刻出了房间，坐车走了。他前往城里各处去寻找阿纳托利·库拉金，现在想起这人，他全身的血都涌向心里，觉得呼吸都很困难。在滑雪场，在茨同人那里，在科莫奈诺那里都没有找到。皮埃尔便去俱乐部。俱乐部里情况如常：来吃饭的人分成一拨一拨地坐在那里，与皮埃尔打招呼，谈论城里的新闻。一个仆人知道他有哪些熟人和了解他的习惯，向他问好后禀报说，在小餐厅里给他留了位子，说米哈依尔·扎哈雷奇公爵在图书室里，而帕维尔·季莫菲依奇还没来。皮埃尔的一个熟人在谈论天气的中间问他听说库拉金拐骗罗斯托娃的事没有，说城里人们都在说这件事，这可是事实？皮埃尔笑了起来，说这全是瞎说，因为他刚从罗斯托夫家的人那里来。他向所有的人打听阿纳托利在哪里；一个人说他还没有来，另一个人说他今天将到这里吃饭。皮埃尔看着这一群不知道他心里想些什么的平静和冷漠的人，觉得很奇怪。他到各个厅里走了走，等待客人到齐，但是没有等到阿纳托利，便没有吃饭就回家了。

他寻找的阿纳托利这一天在多洛霍夫那里吃饭,和他商量如何补救没有办成的事。阿纳托利觉得需要和娜塔莎见一面。晚上他去妹妹家,想和她商量一下安排这次见面的办法。当皮埃尔跑遍了整个莫斯科一无所获回到家里时,仆人向他报告说,阿纳托利·瓦西里耶维奇公爵在伯爵夫人那里。伯爵夫人的客厅里坐满了客人。

皮埃尔回莫斯科后还没有和他的妻子见过面,这时他没有跟她打招呼(此刻他觉得她比任何时候都可恨)就进了客厅,看见了阿纳托利,便走到他面前。

"啊,皮埃尔,"伯爵夫人朝丈夫走过来,说,"你不知道我们的阿纳托利的处境……"她突然停住了,因为看见丈夫低下头,脸上和闪闪发亮的眼睛里以及他那坚决的步伐里有一种狂怒和威严的可怕表情,她熟悉这种情绪,并在上次与多洛霍夫决斗后亲身领教过。

"只要您到哪里,哪里就出现道德败坏和罪恶的行为。"皮埃尔对妻子说。"阿纳托利,咱们走,我需要和您谈谈。"他用法语说。

阿纳托利回头朝妹妹看了一眼,顺从地站了起来,准备跟皮埃尔走。

皮埃尔抓住他的手,把他往自己身边拉,走出了客厅。

"如果您胆敢在我的客厅里……"埃莱娜低声说;但是皮埃尔没有搭理就出去了。

阿纳托利迈着平常的那种轻松的步子在他后面走。但是他的脸上露出了不安的神色。

皮埃尔进了书房后就关上门,朝阿纳托利转过身来,眼睛不看着他。

"您曾经答应罗斯托娃伯爵小姐,说要和她结婚吗?您想把她带走吗?"

"我的亲爱的,"阿纳托利用法语回答(整个谈话都是用法语进行的),"我不认为自己有义务回答用这样的口气提出的问题。"

皮埃尔的脸本来就很苍白,这时因狂怒而完全变了样。他用自己的大手一把抓住阿纳托利的制服的领口,开始来回摇晃着,直到阿纳托利的脸露出十分惊恐的表情。

"既然我说**我需要**和您谈谈……"皮埃尔重复说。

"怎么啦,这是胡闹。啊?"阿纳托利说,摸着领子上的一颗连同呢子一起扯下来的纽扣。

"您是恶棍和坏蛋,我不知道我怎么能克制自己,不用这个东西砸烂您的脑袋。"皮埃尔说,他说得那样不自然,因为说的是法语。他拿起沉重的镇纸,举起来进行威胁,然后立刻急忙把它放回原处。

"您曾答应娶她吗?"

"我,我,我没有这样想;不过我从来没有作过许诺,因为……"

皮埃尔打断了他的话。

"您有她的信吗?您有她的信吗?"皮埃尔朝阿纳托利逼过去重复着说。

阿纳托利朝他看了一眼,立即把手伸进口袋里,掏出了皮夹子。

皮埃尔接过递给他的信,推开挡路的桌子,倒在沙发上。

"我不会对您采取粗暴行动的,不要害怕。"皮埃尔看见阿纳托利惊恐的样子,说。"把信留下,这是一。"皮埃尔说,仿佛在复习功课似的,"第二,"他在沉默了一会儿后接着说,又站起来开始来回踱步您明天就应该离开莫斯科。"

"但是我如何能够……"

"第三,"皮埃尔不听他的,继续说道,"关于您和伯爵小姐之间的事,您永远也不能提一个字。我知道,我不能禁止您这样做,但是如果您还有一点儿良心的话……"皮埃尔默默地在房间里走了几次。阿纳托利坐在桌旁,皱起眉头,咬着嘴唇。

"您最后不能不明白,除了您的快乐之外,还有别人的幸福和安宁,您想要取乐,可是在毁坏别人的整个生活。您就和那些像我的妻子那样的女人寻开心吧——您有权利这样做,而且她们也知道您想从她们那里得到的是什么。她们用同样的伤风败俗的经验来对付您;但是答应和一个姑娘结婚……进行欺骗,想把她拐走……您怎么不懂得,这跟殴打老人或小孩一样的卑鄙!……"

皮埃尔停住不说了,朝阿纳托利看了一眼,但已不用愤怒的目光,而是用询问的目光了。

"这个我不知道。怎么样?"阿纳托利说,随着皮埃尔的怒气的逐步消失,他变得大胆起来。"这个我不知道,也不愿意知道,"他说,眼睛没有看皮埃尔,下巴颏微微地颤动着,"但是您对我说了这样的话:卑鄙无耻等等,我不允许任何人这样说。"

皮埃尔惊奇地看了他一眼，弄不清楚他需要什么。

"虽然这是在您我单独谈话时说的，"阿纳托利接着说，"但是我不能……"

"怎么，您要进行决斗？"皮埃尔用嘲笑的语气说。

"至少您可以把话收回。是吧？如果您想要我照您的要求去做的话。是吧？"

"我收回，我收回，"皮埃尔说，"请您原谅。"皮埃尔不由自主地朝扯下来的纽扣看了一眼。"还可给一些钱，如果您需要路费的话。"阿纳托利笑了笑。

这种胆怯而又下流的微笑皮埃尔常从妻子脸上看到，因此很熟悉，这又使他发起火来。

"啊，全家都是卑鄙下流、没有心肝的东西！"他说了一句，随即出了房间。

第二天阿纳托利到彼得堡去了。

二十一

皮埃尔前去玛丽亚·德米特里耶夫娜家，主要是为了告诉她照她的要求把库拉金驱逐出莫斯科的事。那里全家都处于恐惧和惊慌不安之中。娜塔莎病得很厉害，玛丽亚·德米特里耶夫娜悄悄地告诉他，娜塔莎在得知阿纳托利已结了婚的那天夜里，服了偷偷弄来的砒霜。她吞下少许后，害怕极了，便叫醒索尼说她服了毒。及时采取了解毒的措施，现在她已脱离了危险；但是身体还很虚弱，这样就根本不可能把她送回乡下去，已派人去接伯爵夫人了。皮埃尔见到了张皇失措的老伯爵和满面泪痕的索尼娅，但是没有能见到娜塔莎。

这一天皮埃尔在俱乐部里吃午饭，听到四面八方都在谈论拐骗娜塔莎·罗斯托娃的事，他一个劲儿地否认这些说法，竭力想使大家相信，只不过是他的内兄向罗斯托娃求婚遭到了拒绝，别的什么事也没有发生。皮埃尔觉得，他负有为这件事保守秘密和为罗斯托娃恢复名誉的义务。

他惊恐不安地等待安德烈公爵回来，每天都要到老公爵那里去打听他的消息。

尼古拉·安德烈耶维奇公爵通过布里安娜小姐知道了城里的流言蜚语,看了娜塔莎写给玛丽亚公爵小姐宣布与未婚夫解除婚约的信。他似乎比平常高兴了,急不可耐地等待着儿子回来。

在阿纳托利走后过了几天,皮埃尔接到安德烈公爵的信,信中说他已回来了,并请皮埃尔到他那里去一趟。

安德烈公爵回到莫斯科后,立刻就从父亲那里拿到了娜塔莎写给玛丽亚公爵小姐宣布解除婚约的信(这封信是布里安娜小姐从玛丽亚公爵小姐那里偷来交给老公爵的),并且听了父亲对拐骗娜塔莎一事的添油加醋的讲述。

安德烈公爵是在头天晚上到的。皮埃尔第二天早晨到了他那里。皮埃尔预料安德烈公爵会处于与娜塔莎相同的状态,因此当他进了客厅,听见安德烈公爵正在兴致勃勃地大声讲述彼得堡的一个阴谋活动时,感到很惊讶。他正听见老公爵和另一个人不时地打断他的话。玛丽亚公爵小姐迎着皮埃尔出来。她用目光朝一个房间的门瞥了一眼,示意安德烈公爵在那里面,叹了一口气,看来想要表示对他的不幸的同情;但是皮埃尔从玛丽亚公爵小姐的脸上看到,她既为发生的事而高兴,也为她哥哥得知未婚妻变心后采取的态度而高兴。

“他说,他料到会出这样的事,”她说,“我知道他的自尊心不允许把自己的感情表现出来,但是他经受住了这件事的打击,情况毕竟比我所预料的要好,要好得多。看来就应该这样……”

“难道一切就这样全都完了?”皮埃尔说。

玛丽亚公爵小姐惊奇地朝他看了一眼。她甚至不明白,怎么还能提出这样的问题。皮埃尔进了书房。看见安德烈公爵的样子发生了很大变化,显然变得强壮了,但是在两道眉毛之间新添了一道横的皱纹,他穿着便服,站在父亲和梅谢尔斯基公爵对面,做着有力的手势,正在进行激烈的争论。

他们谈论的是斯佩兰斯基,关于他突然被流放和被诬叛国的消息刚刚传到莫斯科。①

---

① 一八一二年三月,斯佩兰斯基遭到诬陷而被解除职务,被流放到下诺夫哥罗德,同年九月又被流放到彼尔姆。

"现在指责和非难他(斯佩兰斯基)的人都是一个月前为他大声叫好的人,"安德烈公爵说,"还有那些不能理解他的目标的人。指责一个失宠的人和把别人的所有错误都推到他身上是很容易的;而我要说,如果说本朝也做了一些好事的话,那么所有这些好事都是他做的,是他一个人做的……"他一看见皮埃尔,就停住不说了。他的脸抽搐了一下,立刻露出愤恨的表情。"后代会给他做出公正评价的。"他把话说完后,立即转向皮埃尔。

"你怎么样?看你还继续在发胖。"他兴奋地说,但是前额上新出现的皱纹显得更深了,"是的,我身体很好。"他回答了皮埃尔的话,冷冷一笑。皮埃尔看出,他的冷笑仿佛在这样说我身体很好,但是我的健康任何人都不需要了。"安德烈公爵对皮埃尔三言两语地说了说在过了波兰边境后路如何不好走,提到在瑞士碰见了一些认识皮埃尔的人,讲了从国外给儿子请来了家庭教师德萨尔先生,然后又热烈地参加到两位老人仍在继续的关于斯佩兰斯基的谈话中去。

"假如有叛国行为并且有证据证明他与拿破仑秘密来往的话,那么应当公之于众。"安德烈公爵愤激地和匆忙地说,"我个人过去和现在都不喜欢斯佩兰斯基,但是我喜欢公正。"这时皮埃尔在朋友身上看出了一种非常熟悉的表现,即他变得激动起来和争论与他无关的事情,目的只是为了压制心中过于沉重的思绪。

梅谢尔斯基公爵走后,安德烈公爵挽起皮埃尔的手臂,请他到为他自己安排的房间去。房间里可以看到一张支起的床以及打开的皮箱和木箱。安德烈公爵走到一只箱子前,找出了一个小匣子。从小匣子里取出了一个纸包。他在做这一切时没有说话,而且动作很快。他站起身来,清了清嗓子。他的脸色是阴沉的,嘴唇紧闭着。

"请原谅,如果我麻烦你的话……"皮埃尔明白安德烈公爵想要谈谈娜塔莎的事,他的宽阔的脸上露出了惋惜和同情的表情。安德烈公爵见了皮埃尔脸上的这种表情非常生气;他坚决地、大声地和不高兴地继续说道:"我接到了罗斯托娃伯爵小姐解除婚约的通知,并且听到了关于你的内兄向她求婚以及诸如此类的事。这是真的吗?"

"是真的,又不是真的。"皮埃尔刚要说,但是安德烈公爵打断了他的话。

"这是她的信，"他说，"还有画像。"他从桌子上拿起纸包，递给了皮埃尔。

"请交给伯爵小姐……如果你见到她的话。"

"她病得很厉害。"皮埃尔说。

"那么说来她还在这里？"安德烈公爵说。"库拉金公爵呢？"他很快地问。

"他早就走了。娜塔莎生命垂危……"

"我对她生病感到很同情。"安德烈公爵说。他像他父亲一样，冷冷地、愤恨地、很不愉快地笑了笑。

"这么说来库拉金先生没有赐以罗斯托娃伯爵小姐求婚的荣幸？"安德烈说。他的鼻子几次发出呼哧呼哧的声音。

"他不能结婚，因为他已有了妻子了。"皮埃尔说。

安德烈公爵又像他父亲一样，很不愉快地笑了起来。

"那么现在您的内兄在哪里，可以告诉我吗？"他说。

"他去了彼得……不过，我不知道究竟去哪里了。"皮埃尔说。

"好吧，这无所谓。"安德烈公爵说，"请转告罗斯托娃伯爵小姐，她过去和现在都是完全自由的，我祝她万事如意。"

皮埃尔拿起了纸包。安德烈公爵仿佛在回想是否还需要说点什么，或是在等待皮埃尔再说点什么似的，两眼凝视着他。

"您听我说，您记得我们在彼得堡的争论吗，"皮埃尔说，"您记得……"

"我记得，"安德烈公爵急忙回答说，"我说过需要原谅堕落的女人，但是我没有说我能够原谅。我不能够。"

"难道可以与这件事相提并论吗？……"皮埃尔说。安德烈公爵打断了他的话。他尖声地喊叫起来：

"是不是要再去向她求婚，表现得宽宏大量，如此等等？……不错，这很高尚，但是我不能步这位先生的后尘。如果你愿意做我的朋友的话，那么永远不要再对我提起这位小姐……和这一切。好吧，再见。那么你能转交吗？"

皮埃尔从他那里出来，去见老公爵和玛丽亚公爵小姐。

老头子看来要比平常高兴。玛丽亚公爵小姐的样子像平时一样，但是皮埃尔看出她由于同情哥哥，对这桩婚事破裂感到高兴。皮埃尔看着他们，知道了他们都非常蔑视和愤恨罗斯托娃一家人，明白了当着他们的面甚至不能提一下那个居然舍弃安德烈公爵而去爱随便一个人的女人的名字。

吃午饭时谈起了显然已愈来愈临近的战争。安德烈公爵不停地说着，时而与父亲争论，时而又与瑞士教师德萨尔争论，看起来仿佛比平常要活跃，而他显得如此活跃的精神上的原因皮埃尔是很清楚的。

二十二

这天晚上皮埃尔到罗斯托夫家的人那里去办委托给他的事。娜塔莎躺在床上，老伯爵去了俱乐部，于是皮埃尔把信交给索尼娅后，便去见玛丽亚·德米特里耶夫娜，因为她对安德烈公爵听到这个消息后反应如何很关心。十分钟后，索尼娅进了玛丽亚·德米特里耶夫娜的房间。

"娜塔莎一定要见彼得·基里洛维奇伯爵。"她说。

"怎么好带他到她那里去呢？你们那里还没有收拾一下。"玛丽亚·德米特里耶夫娜说。

"不，她已穿好了衣服，到客厅去了。"索尼娅说。

玛丽亚·德米特里耶夫娜只耸了耸肩膀。

"什么时候伯爵夫人才来啊，简直把我折磨死了。你小心点，不要对她什么都说。"她提醒皮埃尔，"要骂她吧，又不忍心，她太可怜了，太可怜了！"

娜塔莎在客厅中央站着，她变瘦了，脸色苍白，神情严肃（完全没有皮埃尔所预料的那种羞愧的样子）。当皮埃尔出现在门口时，她忙乱起来，显然不知道是走到他跟前去还是等着他好。

皮埃尔急忙走到她面前。他以为她会像平常一样朝他伸出手来；但是她走到他的紧跟前站住了，吃力地喘着气，两手无力地下垂，姿势完全像走到大厅中央去唱歌时一样，不过表情截然不同。

"彼得·基里奇，"她开始很快地说，"鲍尔康斯基公爵曾经是您的朋友，他现在也是您的朋友。"她更正说（她觉得一切已成为过去，现在完全不一样了，"他当时曾对我说过，有事可以来找您……"

皮埃尔看着她，没有说话，呼哧呼哧地喘着气。他至今还在心里责备她,竭力想蔑视她;但是现在他非常可怜她,心里已不再责备了。

"现在他在这里,请您对他说……请他原谅我。"她停住了,呼吸更加急促起来,但是没有哭。

"好……我对他说,"皮埃尔说,"但是……"他不知道说什么才好。

娜塔莎看来对皮埃尔可能出现的想法感到害怕。

"不,我知道一切都完了,"她急忙说,"不,这永远无法挽回了。我感到痛心的是,我做了伤害他的事。只请您告诉他,我请求他原谅我,原谅我所做的一切……"她浑身颤抖起来,在椅子上坐下了。

一种从来还没有体验过的怜悯的感情充满了皮埃尔的心。

"我会告诉他的,我会再一次告诉他的,"皮埃尔说,"但是……我希望知道一件事……"

"知道什么?"娜塔莎的目光似乎这样问。

"我希望知道您是否爱过……"皮埃尔不知道该怎样称呼阿纳托利,一想到他,脸就红了起来,"您是否爱过这个坏人?"

"请不要叫他坏人,"娜塔莎说,"但是我什么,什么也不知道……"她哭了起来。

于是皮埃尔心里更是充满了怜悯、柔情和友爱。他感觉泪水在眼镜下面流,但希望不要被人看见。

"咱们不再多说了,我的朋友。"皮埃尔说。

娜塔莎突然觉得他的这种温和、亲切和极其诚恳的声音非常奇怪。

"咱们不说了,我的朋友,我会全都告诉他的;但是我对您有一个请求——把我当作您的朋友吧,如果您需要帮助,如果需要找个人出个主意或者单纯地说说心里话——不是现在,而是等您心里平静下来后——那就想到我吧。"他拿起她的手吻了吻。"我将会感到幸福,如果我能……"皮埃尔发窘了。

"不要对我这样说:我不配!"娜塔莎喊叫起来,想要离开房间,但是皮埃尔拉住了她的手。他知道,他需要对她说点什么。但是他说出来后,对自己的话都感到惊奇。

"您别说了,您别说了,对您来说整个生活还在前头呢。"他对她说。

"对我来说?不!对我来说一切都完了。"她羞愧地和自卑地说。

"怎么一切都完了?"他问道,"如果我不像我现在这样,而是世界上最漂亮、最聪明和最好的人，而且是一个自由的人，那么我将立刻跪下来向您求婚和求爱。"

娜塔莎许多天来第一次流下了感激和受感动的眼泪，她朝皮埃尔看了一眼，出去了。

皮埃尔跟在她后面也几乎跑了出去，他到了前厅，使劲忍住哽得他说不出话来的深受感动的和幸福的眼泪，穿皮大衣时手未能一下子伸进袖子里，穿好后上了雪橇。

"请问，现在上哪里去？"车夫问。

"上哪里去？"皮埃尔问自己，"现在可以上哪里去呢？难道到俱乐部去或者去做客？"所有的人与他所体验的温情和爱相比，与她最后一次含着泪水看他的和善的和感激的目光相比，显得那么藐小，那么可怜。

"回家。"皮埃尔说，虽然气温低到零下十度，他仍敞开熊皮大衣，露出宽阔的、快乐地呼吸着的胸膛。

天气晴朗，气温很低。在肮脏的、半明半暗的街道上方，在黑黝黝的屋顶上方，是一片布满星星的夜空。皮埃尔只是在望着天空时才没有感觉到，人世的一切与他心灵所达到的高度相比，是那么有损人的尊严和卑鄙。在进阿尔巴特广场时，皮埃尔眼前展现出一大片昏暗的星空。几乎在这个天空的中央，在圣洁林荫道上空，出现了一八一二年的巨大而明亮的彗星①，它四周都布满了星星，但是比所有星星离地面都要近些，它放射出白光，长长的尾巴向上翘起，据说这颗彗星预示着各种灾难和世界的末日。但是这颗带着闪闪发光的尾巴的明亮的彗星没有在皮埃尔心中引起任何恐惧的感觉。恰恰相反，皮埃尔高兴地用饱含泪水的眼睛望着这颗明亮的星，它仿佛以无法形容的速度沿着抛物线飞过无垠的空间，突然像一支射到地上的箭一样，在黑色的天空中选定一个地点粘住了，停在那里，使劲翘起尾巴，在无数其他的闪烁着的星星中间放射出和闪耀着白光。皮埃尔觉得，这颗星与他那兴高采烈地迎接新生活以及变得和善和振奋的心情是完全契合的。

---

① 关于出现彗星一事，历史上确实有过，不过根据有的史书记载，它出现于一八一一年。

图书在版编目（CIP）数据

战争与和平／（俄罗斯）托尔斯泰著；张捷译．--
天津 ：天津人民出版社，2015.9
（全译本·外国名著典藏书系）
ISBN 978-7-201-09699-5

Ⅰ．①战… Ⅱ．①托… ②张… Ⅲ．①长篇小说—俄
罗斯—近代 Ⅳ．① I512.44

中国版本图书馆CIP数据核字（2015）第221570号

全译本·外国名著典藏书系

战争与和平

天津人民出版社出版、发行

出版人：黄　沛

（天津市西康路35号　邮政编码：300051）

邮购部电话：(022)23332469

网址:http://www.tjrmcbs.com

电子邮箱:tjrmcbs@126.com

河北新华联合印刷有限公司　新华书店经销

2015年9月第1版　2015年9月第1次印刷
889毫米×1194毫米　32开本　44.25印张
字数:1200千字
定价:89.80元

战争与和平(下)

Война и Мир

〔俄〕列夫·托尔斯泰 著

张捷◎译

天津出版传媒集团

天津人民出版社

　　距今一百多年前，俄罗斯这个伟大的心灵的光焰照亮了大地；这个心灵对于我们这一代人，曾经是照亮了我们青年时期的最纯洁的光芒。在十九世纪行将结束时阴霾重重的暮色中，它是颗安慰之星，它的闪光吸引着、抚慰着我们青年的心灵。

　　　　　　　　　　　　　　　　——罗曼·罗兰

第三卷

Война и мир

第一部

一

从一八一一年年底起，西欧军队增加装备，集中起来，到一八一二年这支几百万人的大军（包括运输和管理伙食的人员）从西向东朝俄国边境推进，而俄国军队也正好从一八一一年起向那里集结。六月十二日，西欧军队越过俄国边界，战争开始了，也就是说，发生了违反人的理智和人的整个本性的事件。几百万人相互之间犯下了数不清的暴行，干了无数欺骗、背叛、盗窃、作假、发行伪币、抢劫、杀人放火的勾当，这些坏事世界上所有法庭几个世纪也收集不全，而当时干这些事的人却并不认为是罪行。

是什么引起这个非常事件的？它有哪些原因？历史学家天真的自信说，这个事件发生的原因是奥尔登堡公爵的受欺负、大陆封锁令的没有得到遵守[①]、拿破仑的野心、亚历山大的坚定、外交官们的错误等等。

因此，只要梅特涅[②]、鲁缅采夫或塔列兰[③]在早朝和晚会之间努力把文件起草得巧妙些，或者拿破仑写信给亚历山大：仁兄大人鉴：我同

[①] 拿破仑为了从经济上打击英国，于一八〇六年颁布法令，禁止大陆各国与英国通商，但是欧洲一些国家，包括俄国在内，出于自身的经济利益，常常不遵守这个命令。

[②] 梅特涅（一七七三——一八五九），奥地利政治家，曾任外交大臣和首相。

[③] 塔列兰（一七五四——一八三八），曾任法国外交大臣。

意把公国交还给奥尔登堡公爵,就不会发生战争了。

当时人们把事情看成这样是可以理解的。拿破仑觉得战争的起因是英国的阴谋(他后来在圣赫勒拿岛上^①曾这样说过);英国国会的议员们觉得战争的起因是拿破仑的野心;奥尔登堡公爵觉得战争的起因是对他使用了暴力;商人们觉得战争的起因是破坏了欧洲经济的大陆封锁令;年老的士兵们和将军们认为战争的主要原因是需要利用他们去打仗;当时的正统派觉得是因为必须恢复好的原则^②;而当时的外交官则认为一切都是由于一八○九年的俄奥联盟没有能巧妙地瞒过拿破仑^③第一七八号备忘录措辞不当造成的。此外,由于人们观点具有无数的差异,还提出了不可胜数的原因,当时人们有这些看法,都是可以理解的;但是我们后代人洞察了所发生的事件的整个巨大规模,深入理解了它的简单而又可怕的意义,便觉得上述这些原因不充分了。对我们来说不可理解的是,几百万基督徒互相残杀和折磨,竟然只是因为拿破仑有野心、亚历山大坚定、英国的政策狡猾和奥尔登堡公爵受了欺负。也无法理解这些情况与杀人和使用暴力的事实本身之间有什么样的联系;不理解为什么由于公爵受了欺负,成千上万的人从欧洲的另一边前来残杀和掠夺斯摩棱斯克省和莫斯科省的人,同时他们也被这些地方的人杀死。

我们后代人,这里说的不是历史学家,并不对探究的过程感兴趣,而是用清晰健全的理智来考察事件,认为它有无数的原因。我们愈是深入探究原因,我们看到的原因就愈多,而且觉得任何一个单独的原因或其中的一系列原因都是正确的,同时,这些原因与事件的巨大规模相比显得微不足道,又是同样的错误;由于不能在没有其他各种原因参与的情况下引起所发生的事件,也是同样的错误的。我们觉得一个法国军士愿意不愿意服第二期兵役,如同拿破仑拒绝把军队撤回维斯瓦河对岸和交还奥尔登堡公国一样,就是这样的原因,因为如果这个军

---

① 拿破仑于一八一五年第二次退位后被流放到圣赫勒拿岛,并病逝于该地。

② 正统派指法国历史上波旁王朝长系的拥护者,好的原则指恢复波旁王朝统治的思想。

③ 一八○九年四月奥地利在和法国开战前夕,曾和俄国通过秘密会谈达成协议,俄国承诺保持中立。

士不愿服役，并且第二个、第三个和第一千个军士和士兵也都不愿意的话，那么拿破仑的军队里就会减少这么多人，仗也就打不起来了。

如果拿破仑不因要他撤回维斯瓦河对岸的要求而恼怒，不下令进攻的话，就不会有战争；但是如果所有军士不愿服第二期兵役，战争也不可能发生。同样，如果英国不要阴谋，如果没有奥尔登堡公爵这个人，如果亚历山大没有受侮辱的感觉，如果俄国没有专制政权，如果没有发生法国革命，没有随后的专政和帝制以及产生法国革命的一切等等，也不会发生战争。缺了这些原因中的任何一个，什么事也不会有。这么说来，所有这些原因——有好几十亿个——同时出现就是为了引起这件事的发生。因此无论什么都不是引起事件的独一无二的原因，这事件之所以发生，只是因为它必定要发生。千百万人必定会抛弃人的感情和理智，从西方到东方去杀自己的同类，正如几个世纪前大群的人从东方到西方去杀自己的同类一样。

事件发生或者不发生，看起来似乎取决于拿破仑和亚历山大的一句话，实际上他们的行动像每一个根据抽签或被招募去出征的士兵的行动一样，也很少是随心所欲的。之所以不得不这样，是由于如使拿破仑和亚历山大（事件看起来似乎决定于他们）的意志得到实现，必须同时有无数的条件，缺了其中一个，事件就不可能发生。必须使千百万手中掌握着实际力量的人，那些打枪打炮、运送粮草和大炮的士兵同意执行单个的和软弱无力的人的意志，并在无数复杂的和各种各样的原因的推动下行动起来。

对解释不合理现象（即我们不理解其合理性的现象）来说，历史宿命论是不可避免的。我们愈是努力想要合理地解释历史上的这些现象，它们对我们来说就变得愈不合理和愈不可理解。

每一个人都是为自己而生活的，他利用自由来达到自己个人的目的，整个身心都感觉到他现在能够采取或不采取某个行动；但是一旦他做了，这个在一定时间完成的行动就变得无法挽回，成为历史的一部分，它在历史上的意义不是自由确定的，而是预先决定了的。

每个人的生活有两个方面：个人的私生活和天然的、群体的生活，前一种生活的需要愈抽象，就愈自由；在后一种生活之中必然要遵循规定的规则。

人自觉地为自己生活,但是却充当达到历史的、全人类的目标的不自觉的工具。完成的行动是无法挽回的,他的行为与别的人同时发生的千百万个行为在一起,就会具有历史意义。人在社会阶梯上站得愈高,他联系的人愈多,他对别人的权力就愈大,他的每个行动的预先决定性和必然性就愈明显。

"帝王的心掌握在上帝手中。"

帝王是历史的奴隶。

历史,即人类的不自觉的、共同的、群体的生活,利用帝王生活的每一分钟作为达到自己目标的工具。

现在,在一八一二年,虽然拿破仑觉得本国人民流血不流血的问题比任何时候都更取决于他(如同亚历山大给他的最后一封信里所说的那样),但是他现在比任何时候都更受必然规律的支配,这些规律迫使他(他自以为是按照自己的意愿行动的)为了共同的事业,为了历史做那必定要发生的事。

西方的人向东方推进是为了相互残杀。根据各种原因同时存在的规律,促使这次进军和引起战争的几千个细小的原因自然而然地进行融合,并与这事件同时出现,这些原因是:指责不遵守大陆封锁令,奥尔登堡公爵受欺负,军队开进普鲁士①,拿破仑觉得这只是为了用武力争取和平,这位法国皇帝对战争的爱好和习惯符合他的臣民的愿望,热衷于大规模备战,备战花费很大,需要获取利益来弥补这些开支,在德累斯顿举行令人陶醉的庆典②,进行各种外交谈判,根据同时代人的看法,这是带着真诚希望和平的愿望举行的,结果却伤了双方的自尊心,此外还有几百万个配合要发生的事件并与它同时出现的其他原因。

苹果熟了就落下来——它为什么落下来?是由于地心吸力,是由于果柄干枯,是由于被太阳晒干了,或是分量变重了,风吹动了它,是由于站在树下的男孩子想要吃它?

---

① 一八一二年四月法军渡过奥得河进入普鲁士。

② 一八二二年五月初,拿破仑在德累斯顿会见奥地利皇帝和普鲁士国王,举行了盛大的庆典。

这都不是原因。所有这一切只是生命、有机体和自然力发生的任何事件所需条件在时间上的重合。如果一个植物学家发现苹果落下来是由于细胞组织腐烂等等,那么他像那个站在树下,说苹果落下来是由于他想吃并做了祷告的孩子一样,说得对,又说得不对。如果有人说拿破仑进军莫斯科,因为他想那么做;他之所以灭亡,是因为亚历山大要他灭亡,这样说,也对也不对;同样,如果有人说一座重达一百万普特的挖空了的山之所以坍下来是由于最后一个工人在它下面最后用镐刨了一下,这也说得又对又不对。在历史事件中,所谓的伟大人物只是贴在事件上表示它的名称的标签,他们像标签一样,与事件最无联系。

他们自以为他们的每一个行动是按照自己的意愿采取的,而从历史的角度来看,这行动是不由自主地产生的,与整个历史进程相联系,而且在无限长的时间之前已被决定了。

二

五月二十九日[①],拿破仑离开了德累斯顿,他在那里逗留了三个星期,一直为亲王、公爵、国王们所包围,不离他左右的甚至还有一个皇帝。拿破仑在行前亲切地安抚了应受表彰的亲王和国王以及那位皇帝,申斥了他不大满意的国王和亲王,把自己的、也就是从别的国王那里抢来的珍珠和钻石赠送给奥地利皇后,并且如同他的一个历史学家[②]所说的那样,亲热地拥抱了玛丽亚·路易莎皇后,她和他分手时似乎感到难以忍受的悲痛,这位玛丽亚·路易莎被认为是拿破仑的妻子,殊不知他在巴黎另有一位皇后。尽管外交官们还坚决相信实现和平的可能性,并且为达到这个目的勤奋地工作着;尽管拿破仑皇帝亲笔给亚历山大皇帝写信,称他为仁兄大人,并且真诚地表示不希望战争和将永远敬爱他——尽管如此,他赶往军中,每到一站就发布新的命令,其目的是催促军队从西向东推进。他乘坐一辆六匹马拉的旅行马车,在少年侍从、副

---

① 此处用的是新历,按旧历应为五月十七日。
② 例如梯也尔在《执政府和帝国时代的历史》中曾这样说。

官和卫队的簇拥下,沿着通往波森①、托伦、但泽②、柯尼斯堡③的大道前进。在上述每个城市里,都有成千上万的人激动地和兴高采烈地迎接他。

部队在自西向东推进,他坐着六匹到站就换的马拉的车也朝那个方向走。六月十日,他赶上了部队,在维尔科维斯森林一个波兰伯爵的庄园里为他准备的住处留宿。

第二天,拿破仑坐着马车赶到部队前头,来到涅曼河边,换上了波兰制服到岸边察看过河的地点。

拿破仑看到对岸的哥萨克(les Cosaques)和展现在眼前的草原(lesSteppes),在它的中央是圣城莫斯科,这是类似马其顿国王亚历山大④出征过的斯基泰国⑤那样的国家的京城——他出乎所有人的意料,既违背战略意图又不合外交上的考虑,下令发起进攻,第二天他的部队开始横渡涅曼河。

十二日清晨,他走出这一天搭在陡峭的涅曼河左岸上的帐篷,用望远镜观看从维尔科维斯森林出来拥上涅曼河上三座浮桥的部队。部队知道皇帝在场,便用目光寻找他,当人们看见山丘上帐篷前有一个穿着常礼服、戴着帽子的人离开侍从站着时,便摘下帽子往上抛,欢呼道:"皇帝万岁!"他们川流不息地从他们隐蔽的大森林拥出来,分散到三座桥上,到河的对岸去。

"这一下可要走一阵了!噢!他亲自出马,事情就干起来了。真的……这就是他……皇帝万岁!瞧,那就是亚细亚草原……不过是一个令人讨厌的国家。再见了,博舍;我把莫斯科最好的宫殿留给你。再见了!祝你好运……看见皇帝了吗?皇帝万岁!……如果让我当印度总督,热拉尔,我一定派你当克什米尔大臣,就这么决定了。皇帝万岁!万岁!万岁!万岁!这些哥萨克坏蛋,他们大概溜了。皇帝万岁!这就是他!你看见了吗?我看见过他两次,就像现在看见你一样。一个

---

① 波森,今波兰的波兹南。
② 但泽,今波兰的格但斯克。
③ 柯尼斯堡,今俄罗斯的加里宁格勒。
④ 马其顿国王亚历山大,史称亚历山大大帝(前三五六—前三二三),以武功著称,曾征服当时欧洲人已知世界的大部分。
⑤ 斯基泰人,亦称西徐亚人,为古老的游牧民族,曾在黑海北部沿岸定居,建立斯基泰国。

矮小的军士……我见过他给一个老头戴十字章……皇帝万岁！"年老的和年轻的、性格各异和社会地位不同的人这样谈论着。在所有人的脸上有一种共同的表情，可以看出他们为盼望已久的出征的开始而感到高兴，对那个穿着灰色常礼服站在山上的人满腔热情和忠心耿耿。

六月十三日，给拿破仑牵来了一匹不大的纯种阿拉伯马，他骑上后奔向涅曼河上的一座桥，沿途不断听到震耳欲聋的欢呼声，他之所以耐心听着，只是因为无法禁止人们用这样的叫喊声来表达对他的爱；但是这些到处都伴随着他的喊声妨碍着他，使他不能专心致志地考虑他同部队会合后一直牵挂着的作战问题。他上了一座架在船上的摇摇晃晃的桥到了对岸，向左急转弯，朝科夫诺①的方向奔驰起来，前面有陶醉于幸福之中的近卫猎骑兵兴高采烈地为他开路。他在到达宽阔的维利亚河边时，在驻扎于河边的一个波兰枪骑兵团的营地旁停住了。

"万岁！"波兰人也欢呼着，他们乱了队形，相互挤压着，只是为了想看看他。拿破仑察看了这条河，下了马，在河边的一根圆木上坐下。他没有说话，身旁的人根据他的手势递给他望远镜，他把它架在一个高高兴兴地跑过来的少年侍从的背上，开始观察对岸。然后他埋头看一张摊开在圆木上的地图。他头也不抬地说了些什么，两个副官就骑马跑到波兰枪骑兵那里去了。

"什么？他说了什么？"当一个副官到了波兰枪骑兵跟前时，他们的队伍里有人这样问。

副官传达了找一个浅滩涉水过河的命令。波兰的枪骑兵上校是一个仪表堂堂的老人，他脸涨得通红，激动得颠三倒四地问副官，能不能允许他带着部下的枪骑兵不去寻找浅滩，而是泅渡过河。显然他害怕遭到拒绝，像一个孩子请求允许骑马一样，恳求准许他在皇帝面前泅水而过。副官说，皇帝大概是不会对这种过分热心的表现表示不满的。

副官刚说完，这个留着小胡子的老军官脸上露出幸福的表情，两眼闪闪发亮，他举起马刀，喊了一声"万岁"！命令枪骑兵们跟着他，用马刺刺了一下马，朝河边驰去。他恶狠狠地刺了一下迟疑不前的坐骑，扑通一声进入水中，朝水深的急流泅去。几百个枪骑兵跟在他后面。

---

①　科夫诺，今立陶宛的考纳斯。

在河中心的急流中又冷又可怕。枪骑兵们你抓住我,我抓住你,不时从马上掉下来,几匹马沉没了,有的人也沉没了,其余的人有的坐在马鞍上,有的人抓住马鬃使劲地游着。他们竭力想游到对岸去,虽然在半俄里以外有渡船和浮桥,但是他们仍然以在那个坐在圆木上甚至没有看他们在做什么的人眼前泅渡和淹死在这条河里而自豪。当回来的副官找到一个合适的机会请皇帝注意看一下波兰人对他表示的忠心时,这个穿灰色常礼服的矮小的人站起身来,把贝蒂埃①叫到身边,和他一起在岸边来回走动起来,给他下各种命令,偶尔不满地看看那些分散他的注意力的快要淹死的枪骑兵。

他深信,在世界各地,从非洲到莫斯科维亚②的草原,只要他在场,都会同样地使人惊呆,陷入忘我的狂热之中,这对他来说已不新鲜了。他吩咐给他牵过马来,然后翻身上马回自己的驻地去了。

虽然派了船去搭救,仍有四十名枪骑兵淹死在河里。大多数人回到了这边岸上。上校和几个人过了河,吃力地爬上了对岸。但是他刚上了岸,身上的脏衣服还在淌着水,就高呼起"万岁"来,兴奋地望着拿破仑站的地方,但这时拿破仑已经不在那里了,可是他们依然觉得自己很幸福。

晚上,拿破仑在发布两道命令之间———道要求尽快把俄国伪钞运来,以便拿到俄国使用,另一道是枪毙一个撒克逊,因为从他身上搜出的一封信中有关于给法国军队下达的命令的情报——发布了第三道命令,把那个毫无必要地跳进河中的上校列入拿破仑自任团长的荣誉勋位团(Legiond' honneur) 名册。

要谁灭亡,先让他失去理智。③

三

俄国皇帝这时已在维尔纳④住了一个月。在那里检阅部队和举行

---

① 贝蒂埃(一七五三—一八一五),法国元帅,一八一二—一八一四年任法军总参谋长。
② 莫斯科维亚是西欧人对莫斯科公国的称呼,后用作俄国的通称。
③ 原文为拉丁文。
④ 维尔纳,波兰语为维尔诺,今立陶宛的维尔纽斯。

演习。大家都预料会发生战争,但是一点准备也没有做,皇帝就是为战争作准备而从彼得堡到此地来的。没有总的行动计划。在提出的计划中应当采纳哪一个,本来就犹豫不决,而皇帝在总部待了一个月后,更拿不定主意。三支军队各有各的总司令①,没有统率全军的总指挥,皇帝本人也没有担任这个职务。

皇帝在维尔纳住的时间愈长,大家对战争的准备就愈少,因为已等得厌倦了。皇帝周围的人看来一心只想让他日子过得轻松愉快,忘掉即将来临的战争。

六月间,在波兰达官贵人、近臣和皇帝本人举行了一系列舞会和庆祝活动后,皇帝的一个波兰侍从将军产生了一个念头,想以所有侍从将军的名义为皇帝举行一次宴会和舞会。这个主意被所有人高兴地采纳了。皇帝表示同意。于是侍从将军们人人都捐了钱。请皇帝最喜欢的女人来当舞会的女主人。维尔纳省地主本尼格森伯爵主动提出把他城外的别墅扎克列特作为举行这次活动的地点,于是决定六月十三日在那里举行宴会和舞会,还有划船、放焰火等活动。

就在拿破仑发布渡过涅曼河,他的先头部队逼迫哥萨克后退、越过俄国边界的那一天,亚历山大在本尼格森的别墅里度过夜晚,参加了侍从将军们举行的宴会。

这次活动办得很出色,大家都很快活;行家们说,这么多美人集中在一个地方是很少见的。别祖霍娃伯爵夫人和别的俄国贵妇人一起跟随皇帝从彼得堡来到了维尔纳,参加了这次舞会,以其所谓厚实的俄罗斯美压倒了秀媚的波兰贵妇人。她引起人们的注意,皇帝和她跳了舞。

鲍里斯·德鲁别茨科依把妻子留在莫斯科,照他自己的说法,现在是作为一个未婚男子(单身汉)参加舞会的,虽说他不是侍从将军,但也为举办舞会出了一大笔钱。鲍里斯现在是一个深受敬重的富翁,不必寻求庇护了,已经和自己的同龄人当中地位最高的人平起平坐了。

到夜里十二点还在跳舞。埃莱娜因无适当的舞伴,主动提出要与鲍里斯跳马祖尔卡舞。他们是第三对。鲍里斯不时冷漠地看看埃莱娜

---

① 当时第一军由巴克莱·德·托利指挥,第二军的指挥官为巴格拉季翁,第三军则由骑兵上将托尔马索夫统率。

那从绣金的深色薄纱衣服里露出来的丰腴漂亮的双肩,对她讲老熟人的情况,同时一刻不停地观察着在同一个大厅里的皇帝,这一点他自己和别人都没有觉察到。皇帝没有跳舞;他站在门口,时而叫住这一对,时而叫住那一对,对他们说一些只有他一个人才会说的亲切的话。

在马祖尔卡舞刚开始时,鲍里斯看到皇帝最宠信的臣子之一侍从将军巴拉绍夫①走到他跟前,违反宫廷的规矩在靠近皇帝的地方站住了,这时皇帝正在和一个波兰贵妇人说话。皇帝和那位夫人说完话后,用疑问的目光看了一眼,大概明白了巴拉绍夫这样做一定是因为有重要的事,便朝那位夫人微微点点头,朝巴拉绍夫转过身来。巴拉绍夫一开始说话,皇帝脸上就露出惊奇的表情。他挽起巴拉绍夫的手臂,和他一起穿过大厅,使得他面前的人不知不觉地让出一条宽三俄丈左右的宽阔的通道。鲍里斯注意到,当皇帝和巴拉绍夫一起走过时,阿拉克切耶夫脸上出现了激动不安的表情。他皱着眉头看着皇帝,红鼻子不时发出呼哧声,从人群里出来,仿佛在等待皇帝朝他转过头来。(鲍里斯看出阿拉克切耶夫嫉妒巴拉绍夫,对这个显然是很重要的消息不通过他奏闻皇帝很不满意。)

但是皇帝和巴拉绍夫没有注意阿拉克切耶夫就过去了,出了门到了挂着灯笼的花园里。阿拉克切耶夫用手按住佩剑,恼怒地朝自己周围张望着,在离他们二十来步的地方跟着走了一阵。

鲍里斯一面继续跳着马祖尔卡舞,一面心里苦苦地思索着巴拉绍夫带来的是什么消息,如何能先于别人打听到。

在跳到那个他需要选择舞伴的舞步时,他低声对埃莱娜说,他想选那个似乎已到阳台上去了的波托茨卡娅伯爵夫人,说完在镶木地板上滑着,朝通向花园的门跑去,突然这时看见皇帝和巴拉绍夫正要上阳台,便站住了。皇帝和巴拉绍夫朝门口走来。鲍里斯忙乱起来,仿佛来不及让开一样,恭恭敬敬地靠在门框上,低下头。

皇帝觉得他个人受了侮辱,激动地说着还没说完的话。

"不宣战就进入了俄国。我只有在武装的敌人一个不留地撤出我的国土的情况下才讲和。"他说。鲍里斯觉得,皇帝说这几句话时心里

---

① 巴拉绍夫(一七七〇—一八三七),一八一〇年被任命为警察总监。

很痛快,对自己表达思想的方式很满意,但是发现鲍里斯听见了他的话,又感到不满。

"这事绝对不能让任何人知道!"皇帝皱起眉头加了一句。鲍里斯明白这是针对他说的,便闭上眼睛,稍稍垂下脑袋。皇帝又进了大厅,在舞会上又待了大约半个小时。

鲍里斯第一个知道了法国军队过了涅曼河的消息,这样他就可以向某些重要人物显示他常常能知道许多鲜为人知的事,以此抬高自己在这些人眼中的地位。

法国人过了涅曼河的出人意料的消息,在白白等了一个月以后才传来,而且又是在舞会上接到的,这就更显得特别出人意料!皇帝在接到消息的最初一刻,由于愤怒和觉得受了侮辱,说出了一句后来成为名言的话,他自己很欣赏这句话,而且这句话完全表达了他的感情。皇帝从舞会上回家后,夜里两点钟派人把国务大臣希什科夫① 找来,吩咐他起草给部队的命令和给萨尔蒂科夫元帅的谕旨,要求在其中一定要写上他说的只要有一个武装的法国人留在俄罗斯土地上他决不讲和这句话。

第二天给拿破仑写了以下的信:

仁兄大人鉴:昨天我获悉,尽管我忠实地履行我对陛下承担的义务,您的军队仍越过了俄国边境,直到现在才接到从彼得堡转来的照会,洛里斯东伯爵② 用照会的话就这次入侵对我说,自从库拉金公爵③ 要求发给出境签证之时起,陛下就认为与我处于敌对状态。巴萨诺公爵④ 用以说明拒发签证的理由永远不会使我想到,我的大使的行为会

---

① 希什科夫(一七五四——八四一),海军上将,作家,俄罗斯科学院院士,一八一二年四月取代斯佩兰斯基任国务大臣,战争期间各种上谕和告居民书都出自他的手笔。
② 洛里斯东伯爵(亚历山大—雅克—贝尔纳·劳,一七六八——八二八),法国政治家和外交家,当时任法驻俄大使。
③ 库拉金(一七五二——八一八),当时任俄驻法大使,因与法谈判关于法军撤出普鲁士一事无结果,要求发给他和使馆人员出境的签证。
④ 巴萨诺公爵(居克·贝纳德—马雷,一七六三——八三九),当时任法国外交大臣。

成为发动进攻的借口。如同他本人所宣称的那样,他确实不是奉我之命提出要求的;我一获悉此事,立即对库拉金公爵表示不满,命令他照常履行自己的职责。如果陛下不愿因此种误会让我们的臣民流血,如果您同意从俄国领土撤出自己的军队,那么我将对发生的事不加计较,我们之间的和解还是可能的。否则,我将被迫反击并不是由我方挑起的进攻。陛下,现在还有可能使人类免于遭受新的战争的灾难。

亚历山大(签名)

四

六月十三日夜里两点,皇帝召见巴拉绍夫,把他写给拿破仑的信读给巴拉绍夫听,然后命令他把这封信亲自送交法国皇帝。在派遣巴拉绍夫去送信时,皇帝又一次重复了他说过的只要还有一个武装的敌人留在俄国土地上他就不讲和这句话,命令他**务必**把它传达给拿破仑。皇帝在信中没有写这句话,因为他讲究分寸,觉得还在做最后的和解的尝试时写上这句话是不合适的;但是他命令巴拉绍夫务必把这句话告诉给拿破仑本人。

巴拉绍夫由一名号手和两个哥萨克陪同在六月十三日夜里出发,黎明前到了法军在涅曼河此岸的前哨阵地雷康特村。他被法军骑哨拦住了。

一个身穿深红色制服、头戴皮帽的法国骠骑兵军士朝逐渐靠近的巴拉绍夫喊了一声,命令他停住。巴拉绍夫没有立刻勒住马,而是继续慢步前进。

军士皱起眉头,嘟嘟囔囔地骂了一句,骑马过来挡住巴拉绍夫,握住马刀,粗鲁地朝这位俄国将军喊了一声,问他是不是耳朵聋了,怎么听不见有人对他说话。巴拉绍夫说了自己的姓名和身份。军士便派一个士兵去找军官。

军士不理睬巴拉绍夫,开始和同伴们讲自己团里的事,对这个俄国将军连看都没有看一眼。

巴拉绍夫平常接近最高当局和有权势的人,三个小时前还和皇帝谈过话,在自己的职位上通常习惯于受人尊重,如今在这里,在俄国的土地上,有人居然粗暴无礼地对他采取敌视的、主要是不尊重的态度,他感到非常奇怪。

太阳刚从云层中升起来;空气清新,充满露水。一群牲口从村里赶出来,在大路上走着。在田野里,云雀像水里冒出的气泡似的,一只接着一只扑棱一声飞了起来。

巴拉绍夫望着自己的周围,等待军官从村里来。陪同的俄国哥萨克和号手偶尔同法国骠骑兵默默地相互看一眼。

法国骠骑兵上校看来刚从床上起来,他骑着一匹喂得饱饱的漂亮的灰马,带着两个骠骑兵从村子里出来。无论是军官、士兵还是他们的马,都有一种得意的和自我炫耀的神气。

这是在战争的初期,部队还完好无损,进行的是几乎与检阅相似的和平活动,只不过像开战之初常见的那样,服装整齐威武,情绪很高,士气旺盛。

这个法国上校好容易忍住呵欠,但是很有礼貌,看来他明白巴拉绍夫负有重大使命。他带着俄国将军经过自己的士兵身旁到了散兵线后面,对他说,他的愿望大概会立即实现,因为据他所知,皇帝的驻跸地离此不远。

他们经过了雷康特村,经过了法国骠骑兵的拴马桩,经过了给自己的上校行礼和好奇地观察俄国制服的哨兵和士兵,来到村子的另一边。上校说,师长就在两公里以外,他将接待巴拉绍夫,并送他到要去的地方。

太阳已经升起来了,欢乐的阳光普照着碧绿的原野。

他们经过一家小酒店正要上山,就看见一队骑马的人从山脚朝他们迎面过来,为首的是一个骑着一匹黑马的高个子,马具在阳光下闪闪发亮,他头戴一顶带羽饰的帽子,黑色的鬈发垂到肩上,身上披着红色斗篷,两条长腿照法国人骑马的姿势向前伸出。此人策马朝巴拉绍夫奔驰过来,他头上的羽饰迎风飘动,身上的宝石和金饰在六月灿烂的阳光下熠熠生辉。

巴拉绍夫到了离开那个向他奔驰过来的戴着手镯和项链、帽子上插着羽毛、衣服带有金饰、脸上露出矫揉造作的得意洋洋的表情的骑手两匹马远的地方,这时法国上校朱尔内恭恭敬敬地低声说:"这是那不勒斯王。"①确实这是现在被称为那不勒斯王的缪拉。虽然完全不明白他为什么是那不勒斯王,但是人们都这样称呼他,他自己也对此深信不疑,因此摆出比以前更加得意扬扬和傲慢的样子。他深信他确实是那不勒斯王,在离开那不勒斯的前夜和妻子一起在那不勒斯街头漫步时,几个意大利人向他高呼:"国王万岁!"②他听了带着忧郁的微笑回头对夫人说:"可怜的人们,他们不知道明天我就要离开他们!"

尽管他坚信自己就是那不勒斯王,尽管他对他扔下的臣民们的悲伤表示同情,但是后来在他奉命重新回到军队服役后,尤其是拿破仑在但泽会见他并对这位妹夫③说"我封你为王,是为了让你不照自己的方式,而照我的方式来统治"后,他高兴地重操旧业,像一匹喂足了草料、但还不甚肥胖的马一样,感到已被套上了车,便拉着车辕戏耍起来,身上穿得尽可能漂亮和贵重些,高高兴兴和心满意足地沿着波兰的道路奔跑,自己也不知道上哪里去和干什么。

他看见俄国将军,便摆出国王的样子,庄严地仰起留着垂肩鬈发的脑袋,用疑问的目光看了看法国上校。上校恭恭敬敬向国王陛下报告了巴拉绍夫的使命,可是说不清他的姓氏。

"德·巴尔—马舍夫!"缪拉说(他果断地说出了上校觉得说不清的名字),"同您认识非常高兴,将军。"他又摆出国王的宽宏的姿态补充了一句。而当他一开始很快地大声说话时,他的国王的尊严立刻消失了,不知不觉地改用惯常的温和亲热的语气。他把一只手放到巴拉绍夫的马的脖子上。

"怎么样,将军,看来似乎要打仗了。"他说,仿佛为他无法加以判断的局势表示遗憾似的。

"陛下,"巴拉绍夫回答说,"俄国皇帝不愿打仗,这一点陛下是看到的。"巴拉绍夫说,他一口一个"陛下",对一个听到这个称号还觉得新鲜的人说话时这样频频称他"陛下",不免有些不很自然。

缪拉在听巴拉绍夫先生说话时,脸上带着傻乎乎的满意的表情。但是国王有其本身的职责,他觉得自己作为一个国王和盟友,有必要与亚

---

① 缪拉于一八〇八年被封为那不勒斯王。
② 原文为意大利文。
③ 拿破仑把自己的小妹卡罗利娜许配给缪拉为妻。

历山大的使臣谈谈国家大事。他下了马，挽起巴拉绍夫的手臂，离开恭恭敬敬地等待着的侍从们几步，开始和他一起来回踱步，竭力想谈点重要的事。他提到拿破仑皇帝因俄国要求他把军队撤出普鲁士感到受了侮辱，尤其是现在，这个要求已众所周知，有损于法国的尊严。巴拉绍夫说，在这个要求中没有任何侮辱人的地方，因为……缪拉打断了他的话。

"那么您认为发动战争的不是亚历山大皇帝？"他说，脸上突然露出温和的傻笑。

巴拉绍夫解释说，为什么他确实认为战争的发动者是拿破仑。

"唉，亲爱的将军，"缪拉又一次打断他的话，"我衷心希望两位皇帝之间能达成和解，使违背我的意愿的战争尽早结束。"他仿佛用奴仆之间谈话的口气说话，尽管主人们在争吵，但是他们希望仍然是朋友。接着他话题一转，问起亲王的情况，问他身体可好，回忆了和他一起在那不勒斯度过的快乐和有趣的日子。然后缪拉仿佛突然想起了自己的国王的尊严，庄重地伸直身子，摆出加冕时的姿势，挥动右手说："我不再耽搁您了，将军；祝您顺利完成您的使命。"说完便抖动着红色绣花斗篷和帽上的羽饰，身上的宝石闪闪发亮，朝恭恭敬敬地等候着他的侍从走去。

巴拉绍夫继续往前走，根据缪拉的话猜想他很快就能见到拿破仑本人。但是他并没有很快见到拿破仑，在到下一个村子附近时，像在前沿阵地的散兵线上一样，达武①的步兵军的哨兵又把他拦住了，他们找来的军长的副官把他带到村子里去见达武元帅。

五

达武是拿破仑皇帝手下阿拉克切耶夫之类的人物，不像阿拉克切耶夫那样胆小，但是和他一样的勤奋、残忍，而且只会用残忍来表现自己的忠诚。

在国家的机体中需要有这样的人，如同自然界需要有狼一样，不管这样的人的存在以及他们与政府首脑的亲近显得多么不合适，他们任何时候都是有的，任何时候都会出现，而且总能保住自己的地位。只

---

① 达武（一七七〇——一八二三），法国元帅，军团长。

有这种必然性才能解释为什么残忍的、亲手扯掉掷弹兵胡子的、神经衰弱经受不了危险的、没有教养和不是皇亲国戚的阿拉克切耶夫能在骑士般高尚的和性格温和的亚历山大手下保有那么大的权力。

巴拉绍夫看见达武元帅时,他正坐在农民的棚屋里的一个木桶上记什么(他在核对账目)。副官站在他身旁。本来可以找到一个好一些的住所,但是达武元帅属于这样一种人,他们有意把自己置于最阴暗的生活环境中,以便使自己有权摆出阴沉沉的样子。他们为了同一目的,总是急于干这干那,一刻不停。"你们瞧,我坐在肮脏的棚屋里的木桶上工作,怎能考虑人的生活中幸福的一面呢?"他脸上的表情似乎在这样说。这些人的主要乐趣和需求在于:一旦生活变得活跃起来时,他们就面对着它一个劲儿地搞阴暗的活动。当人们带着巴拉绍夫来见他时,达武就让自己享受这种乐趣。俄国将军进来后,他更加埋头于自己的工作,只透过眼镜朝巴拉绍夫那张在美好的早晨以及与缪拉的谈话影响下容光焕发的脸看了一眼,没有站起来,甚至没有动一下,眉头皱得更紧了,恶狠狠地笑了笑。

达武从巴拉绍夫脸上看出这样的接待所产生的不愉快印象后,抬起头,冷冷地问他来干什么。

巴拉绍夫猜想,达武之所以这样接待他,只是因为不知道他是亚历山大皇帝的侍从将军,甚至是皇帝派来见拿破仑的代表,他急忙说出了自己的官衔和使命。与他的期望相反,达武听完他的话后,变得更加严厉和粗鲁了。

"您的公文在哪里?"他说,"交给我,由我来转呈给皇帝。"

巴拉绍夫说,我奉命把公文亲自面呈法国皇帝。

"您的皇帝的命令只在你们军队里行得通,"达武说,"而在这里,叫您做什么,您就应该做什么。"

仿佛是为了让这位俄国将军更加感觉到现在他受粗暴力量的支配,达武派副官去叫值班军官。

巴拉绍夫取出装有皇帝的信的信封,把它放在桌上(这张桌子其实是搭在两个小木桶上的一块门板,上面还支棱着扯断的合页)。达武拿起信封,读了上面收件人的姓名。

"您完全有权尊重我或不尊重我,"巴拉绍夫说,"但是我要提请您注意,我荣幸地担任皇帝陛下的侍从将军……"

达武默默地朝他看了一眼,看来巴拉绍夫脸上表现出的激动和不安使他感到很高兴。

"您将受到应有的对待。"他说,把信封放进口袋里,出了棚屋。

过了一会儿,元帅的副官卡斯特雷先生进来了,他带巴拉绍夫到为他准备的住所去。

这一天巴拉绍夫与元帅一起就在那个棚屋里的那块搭在木桶上的门板上吃饭。

第二天达武大清早就要出去,他把巴拉绍夫请来,非常严肃地对他说,请他留在这里,如接到命令,就和行李一起走,除了卡斯特雷先生外,不要和任何人说话。

巴拉绍夫过了四天孤独而寂寞的生活,充分意识到了受制于人和无能为力,尤其是因为他不久前还在权势显赫的环境中生活,更强烈地感觉到这一点,后来在同元帅的行李和占领了整个地区的法国军队一起走了几程路后,被带到了现在已被法国人占领的维尔纳,进了他四天前走出的城门。

第二天,法国皇帝的高级侍从蒂雷纳先生来见巴拉绍夫,通知他皇帝愿意接见他。

四天前,在巴拉绍夫应召前去的那座房子前站着普列奥布拉任斯基团的哨兵,如今却站着两名身穿敞着前胸的蓝制服、头戴皮帽的身材高大的法国兵,还有由骠骑兵和枪骑兵组成的卫队以及由副官、少年侍从和将军们组成的服饰华美的侍从队伍,他们都站在台阶旁拿破仑的坐骑和他的马穆鲁克卫兵鲁斯唐①周围等待拿破仑出来。拿破仑在维尔纳接见了巴拉绍夫,接见地点就在几天前亚历山大在那里派他出使的那座房子。

六

尽管巴拉绍夫对宫廷的阔绰的场面习以为常,但是拿破仑宫廷的

---

① 马穆鲁克兵是拿破仑远征埃及时招募的卫队。鲁斯唐是拿破仑的卫士。

奢侈和豪华仍使他大吃一惊。

蒂雷纳伯爵领着他进了一个大接待室,那里已有许多将军、高级侍从和波兰达官贵人在等候着,其中的许多人巴拉绍夫曾在俄国皇帝的宫廷里见过。迪罗克①说,拿破仑皇帝将在骑马出游前接见俄罗斯将军。

在等了几分钟后,值班高级侍从来到大接待室,有礼貌地向巴拉绍夫鞠了一躬,请他跟他走。

巴拉绍夫进了一个小接待室,那里有一扇门通书房,这就是几天前俄国皇帝派他出使的地方。巴拉绍夫一个人站了两分钟左右,等待着。门里响起了急促的脚步声。两扇门很快打开了,开门的高级侍从恭恭敬敬地站住,等待着,一时鸦雀无声,从书房里传来了另一个人的坚定果断的脚步声:这就是拿破仑。他刚刚结束骑马出行前的装束打扮。他身穿蓝色制服,在白背心的上方敞开着,白背心下垂到滚圆的肚子上,白色驼鹿皮裤紧裹着短粗的大腿,脚上穿着一双高筒皮靴。他的短发显然刚刚梳理过,但是一绺头发下垂到宽阔的前额的中间。他的白胖胖的脖子从制服的黑领子里露出来,黑白甚为分明;他散发着香水的气味。在他下巴突出、显得年轻的丰满的脸上带着皇帝欢迎人时仁慈和庄严的表情。

他出来了,每走一步身体就很快颤动一下,脑袋稍稍朝后仰。他双肩又宽又厚实,肚子和胸脯不由自主地朝前鼓出,他的整个矮胖的身躯具有保养得很好的人常有的体面而又威严的样子。此外可以看出,这一天他心情很好。

他点了点头,作为对巴拉绍夫的恭恭敬敬的鞠躬的回答,走到他跟前,像一个珍惜每分钟时间的人那样立刻说了起来,仿佛不愿降低到需要作准备的程度,相信自己总是能说得很好,知道需要说什么。

"您好,将军!"他说,"我接到了您送来的亚历山大皇帝的信,见到您很高兴。"他用一双大眼睛朝巴拉绍夫的脸看了一眼,立刻把目光挪开,望着前方。

很显然,他对巴拉绍夫这个人本身一点也不感兴趣。可以看出,他

---

① 迪罗克(一七七二—一八一三),法国元帅。

感兴趣的只是**他自己**心里出现的想法。在他身外的一切对他来说没有意义,因为他觉得世上的一切都取决于他的愿望。

"我现在和过去都不希望战争,"他说,"这仗是别人迫使我打的。我就是在**现在**(他强调'现在'二字)仍准备接受您能给我作的一切解释。"于是他开始简单明了地叙述他对俄国政府不满的原因。

巴拉绍夫根据这位法国皇帝说话所用的温和平静和友好的语气,便坚信他希望和平和有意进行谈判。

"陛下!敝国皇帝……"当拿破仑说完话,用疑问的目光看了一眼俄国使臣时,巴拉绍夫便开始说他早就准备好的话;但是他在拿破仑注视的目光下发窘了。"您慌张了,——镇静些吧。"拿破仑仿佛在这样说,他带着勉强能察觉的微笑仔细看了看巴拉绍夫身上的制服和佩剑。巴拉绍夫恢复了常态,开始说了起来。他说,亚历山大皇帝不认为库拉金要求发给离境签证是发动战争的充分理由,库拉金是没有得到皇帝同意擅自这样做的,亚历山大皇帝不希望战争,同英国没有任何交往。

"**还说**没有。"拿破仑插了一句,仿佛担心自己感情用事一样,皱起了眉头,微微点了点头,让巴拉绍夫感觉到可以继续往下说。

巴拉绍夫说完奉命要说的话后,他又说,亚历山大皇帝希望和平,但是要进行谈判必须有一个条件……说到这里巴拉绍夫迟疑起来:他想起了亚历山大皇帝没有写进信里、但是命令萨尔蒂科夫一定要写进谕旨和嘱咐巴拉绍夫向拿破仑转达的话。巴拉绍夫记得"只要还有一个武装的敌人留在俄国土地上"这句话,但是一种复杂的感情阻止他说出来。他虽然想说,但是说不出来。他踌躇起来,说道:这条件是法国军队撤回涅曼河对岸。

拿破仑注意到了巴拉绍夫在说最后的话时的窘态;他的脸抽搐了一下,左边的小腿肚子开始有节奏地颤动起来。他站在原地,开始用比刚才更高更急促的声音说话。在拿破仑说话时,巴拉绍夫不止一次地垂下眼睛,不由自主地观察着拿破仑左边的小腿肚子的颤动,拿破仑嗓门抬得愈高,小腿肚子就颤动得愈厉害。

"我希望和平并不亚于亚历山大皇帝,"他说道,"我不是十八个月来为争取和平做了一切努力吗?我十八个月来一直在等待解释。为了开始进行谈判,他们要求我做什么呢?"他说,皱起了眉头,用他又白又胖的小手有力地做着疑问的手势。

"要求部队撤回到涅曼河对岸,陛下。"巴拉绍夫说。

"撤到涅曼河对岸?"拿破仑反问了一句。"这么说现在你们希望撤回到涅曼河对岸——只撤到对岸?"拿破仑直瞪瞪地朝巴拉绍夫看了一眼重复说。

巴拉绍夫恭敬地垂下了头。

四个月前曾要求撤出波美拉尼亚,而现在只要求撤回涅曼河对岸。拿破仑迅速转过身开始在房间里走动起来。

"您说,为了开始谈判要求我撤回到涅曼河对岸;但是两个月前也曾这样要求我撤回到奥得河和维斯瓦河对岸,别看这样,你们还是同意进行谈判。"

他默默地从房间的一角走到另一角,然后又在巴拉绍夫对面站住了。他的带着严厉表情的脸变得像石头一样,左腿颤动得更快了。拿破仑知道自己左面的小腿肚子有颤动的习惯。"我左面的小腿肚子颤动是伟大的征兆。"他后来这样说。[①]

"像撤离奥得河和维斯瓦河之类的建议,只能向巴登公爵提出,而不应向我提出。"拿破仑完全出乎自己意料地几乎喊叫起来。"即使你们把彼得堡和莫斯科都给我,我也不会接受这些条件。您说,是我发动了战争,那么是谁先到军队里来的?是亚历山大皇帝,而不是我。你们在我已花了几百万,而你们同英国结成联盟和眼见自己的处境不妙时,才提出同我进行谈判!你们同英国结盟抱的是什么目的?它给你们什么了?"他急急忙忙地说,显然他说话已不是为了讲清媾和的好处和讨论这样做的可能性,而是为了证明自己的正确和自己的力量,证明亚历山大的不正确和错误。

他说这段开场白,显然是想要说明形势对他有利,表明虽然如此,他仍同意开始谈判。但是他开始说起来后,话说得愈多,就愈控制不住自己了。

现在他所说的话的全部目的显然只在于抬高自己和侮辱亚历山

[①] 拿破仑在流放到圣赫勒拿岛后曾在同拉斯卡斯谈话时这样说。

大,也就是说,在于做会见开始时最不愿意做的事。

"听说你们已经和土耳其人签订了和约,是吗?"

巴拉绍夫肯定地点了点头。

"和约已经签了①……"他刚想说。但是拿破仑不让他说下去。看来他需要自己一个人说,于是他不克制一下自己的恼怒,滔滔不绝地说下去,一般被宠坏了的人非常喜欢这样做。

"是的,我知道你们和土耳其签订了和约,没有得到摩尔达维亚②和瓦拉几亚③这两个地方。要是我就会把这些省份给你们皇帝,就像我把芬兰给他一样。是的,"他继续说,"我曾答应过并且是会把摩尔达维亚和瓦拉几亚给亚历山大皇帝的,现在他得不到这些好地方了。然而他本来是能把这些地方并入他的帝国的,在一个朝代里把俄罗斯的疆土从波的尼亚湾扩展到多瑙河口。叶卡捷琳娜大帝也只能做到这样。"拿破仑说,愈来愈激动起来,在房间里来回走着,对巴拉绍夫重复着几乎同他在蒂尔西特对亚历山大本人说过的一样的话。"他本来可以凭我的友谊得到这一切的……啊,多么美好的朝代,多么美好的朝代!"他重复了好几遍,停住脚步,从口袋里取出金鼻烟壶,用鼻子贪婪地吸了一下。

"啊,亚历山大的朝代本来**可以**成为一个多么美好的朝代!"

他惋惜地看了巴拉绍夫一眼,当巴拉绍夫还想要说点什么时,他又一次急忙打断了他的话。

"他还能指望和找到在我的友谊中没有找到的东西吗?……"拿破仑说,困惑不解地耸耸肩膀,"不,他认为把我的敌人放在自己周围比较好些,可这是些什么人呢?"他继续说。"他把施泰因④、阿姆菲尔特⑤、温岑格罗德、本尼格森之类的人招到自己身边并加以重用。施泰

---

① 俄国和土耳其在经过多年的战争后,于一八一二年五月签订了布加勒斯特和约。根据和约,格鲁吉亚西部和比萨拉比亚并入俄国,摩尔达维亚和瓦拉几亚脱离土耳其而独立。

② 摩尔达维亚,今摩尔多瓦。

③ 瓦拉几亚是今罗马尼亚的南部地区。

④ 施泰因(一七五七—一八三一),普鲁士政治家,曾任普鲁士第一大臣,进行了一些改革,后在法国压力下被解职。一八一二年任亚历山大一世私人顾问。

⑤ 阿姆菲尔特(一七五七—一八一四),瑞典政治家和军事家。一八一一年到俄国避难,曾对亚历山大一世产生过影响。

因是被驱逐出自己祖国的叛徒,阿姆菲尔特是一个好色之徒和阴谋家,温岑格罗德是法国的逃亡者,本尼格森比起别的人来比较有点军人的样子,但是仍然是无能之辈,他在一八○七年毫无作为,只能引起亚历山大皇帝的可怕的回忆[1]……假定说,他们都是有能耐的人,那么也还可以用他们,"拿破仑接着说,他的话勉强能跟得上不断出现的、表明他的正确或力量(根据他的理解这两者是一回事)的思想,"可是连这也不行,因为他们无论对战争还是对和平来说,都毫不中用。据说巴克莱[2]要比他们所有的人能干些;但是从他最初的行动来看,我并不那样认为。而他们在干些什么?所有这些近臣们在干什么!普弗尔[3]提出建议,阿姆菲尔特不同意,本尼格森进行研究,本来应该采取行动的巴克莱不知道该如何决定,时间就这样过去了。只有巴格拉季翁是一个军人。他很笨,但是他有经验、眼力和决心……而你们年轻的皇帝在这群无能之辈中间扮演的是什么角色呢?他们败坏他的名声,把所有的事的责任都推到他身上。皇帝只有当他是统帅时才应该待在军队里。"他说,显然这些话是对亚历山大皇帝的直接的挑衅。拿破仑知道亚历山大皇帝非常希望成为统帅。

"战争爆发已有一个星期,你们没有能守住维尔纳。你们的军队被切成两半,并已被赶出波兰各省。官兵们都在抱怨……"

"恰恰相反,陛下,"巴拉绍夫说,他几乎来不及记住对他说的话,吃力地倾听着连珠的妙语,"我们的军队热切希望……"

"我全都知道拿破仑打断他的话说我全都知道,我知道你们有多少个营,就像知道自己有多少个营一样。你们不到二十万军队,而我的军队要多两倍。我对您说实话,"拿破仑说,他忘了他这实话不可能有任何意义,"对您说实话,我在维斯瓦河这一边有五十三万人。土耳其人帮不了你们的忙;他们一点用处也没有,同你们讲和就证明了这一点。瑞典人——他们前世注定要受发疯的国王统治。他们的国王是一个疯

---

① 本尼格森所部在一八○七年的战争中在弗里德兰附近被法军击败。
② 巴克莱·德·托利(一七六一——一八一八),俄国将领。曾任陆军大臣。一八一二年战争中,曾先后任第一军司令和俄军总司令。
③ 普弗尔(一七五七——一八二六),普鲁士将军和军事理论家,后到俄军服役。一八一二年曾奉亚历山大一世之命,制订反对拿破仑的军事计划。

子;他们废黜了他,另立了一个——贝尔纳多特①,那人立即发了疯,因为作为瑞典人,只有疯子才能与俄国结盟。"拿破仑恶狠狠地冷笑了一声,又把鼻烟壶举到鼻子前。

巴拉绍夫想要反驳拿破仑的每一句话,而且也有反驳的理由;他不断做出想要说话的动作,但是拿破仑就是不让他开口。譬如说,关于瑞典人发疯的问题,巴拉绍夫想说,当俄国支持它时,瑞典是一个孤岛;但是拿破仑生气地喊叫起来,想把他的声音压下去。拿破仑处于一种兴奋的状态,他需要不断地说呀说,说的目的是为了向自己证明自己的正确性。巴拉绍夫感到非常为难:他作为使臣,担心失去尊严,觉得需要进行反驳;但是作为一个人,面对拿破仑忘乎所以地和无缘无故地发火,精神上感到压抑。他知道拿破仑现在说的所有的话都毫无意义,知道他在清醒过来后会感到难为情。巴拉绍夫垂下眼睛站着,看着拿破仑抖动着的粗腿,竭力回避他的目光。

"你们的盟友对我来说又算得了什么呢?"拿破仑说,"我的盟友是波兰人:他们有八万人,他们打起仗来像狮子一样。他们的人数将达到二十万。"

大概是因为他觉得自己说了明显的谎话,而巴拉绍夫又摆出听天由命的姿势默默地站在他面前,他的火气就更大了,他突然转过身,走到巴拉绍夫的紧跟前,他那白胖的双手迅速地做着有力的手势,几乎喊叫起来:

"告诉你们,如果你们鼓动普鲁士来反对我,听着,我就把它从欧洲地图上抹掉。"他说,他脸色苍白,整个脸气得变了样,一只小手用力地拍打着另一只。"是的,我要把你们赶回到德维纳河那边去,赶回到第聂伯河那边去,重新筑起阻挡你们的屏障②,这屏障是该受谴责的和无知的欧洲允许毁掉的。是的,你们将来就会这样,这就是你们离开我之后得到的东西。"他说,抖动着宽厚的肩膀,默默地在房间里来回走了几次。他把鼻烟壶放进背心的口袋,马上又把它掏出来,放到鼻子跟

---

① 贝尔纳多特(一七六三—一八四四),出身平民,后为法国元帅,一八一〇年瑞典议会选他为瑞典王位继承人,他奉行亲英和亲俄政策,一八一二年四月与俄国结盟。

② 屏障指波兰。

前闻了几次,在巴拉绍夫对面站住了。他沉默了一会儿,带着讥讽的表情直瞪瞪地看着巴拉绍夫,低声地说:"可是你们的皇帝本来能有一个多么好的朝代啊!"

巴拉绍夫感到需要进行反驳,便说俄国的情况看来并不那么一片黑暗。拿破仑沉默不语,继续带着讥讽的表情看着他,显然没有听他说话。巴拉绍夫说,在俄国,人们对战争都很乐观。拿破仑宽容地点点头,仿佛是说:"我知道,这样说是您的责任,不过您自己也不相信这一点,您被我说服了。"

在巴拉绍夫快要说完时,拿破仑又掏出了鼻烟壶,闻了闻,一只脚在地板上跺了两下,这是叫人的信号。门开了;一个侍从弯着腰,恭恭敬敬地递给皇帝帽子和手套,另一个侍从递上一块手绢。拿破仑没有看他们一眼,朝巴拉绍夫转过身来。

"请您转告亚历山大皇帝,"他拿起帽子说,"我仍像以前一样是他的忠实朋友:我很了解他,并且非常看重他的高尚品质。我不再耽搁您了,将军,很快您就可以拿到我给你们皇帝的信。"说完拿破仑快步朝门口走去。接待室的人全都跑向前去,跟着下楼。

七

在听了拿破仑对他说的一切,看到他发了火,又听见他冷淡地说了"我不再耽搁您了,将军,很快您就可以拿到我给你们皇帝的信"这样的话之后,巴拉绍夫深信,拿破仑不仅不会愿意再次见他,而且会竭力设法不再遇见他,这不仅是因为他是一个受辱的使臣,而主要是因为他是这位皇帝有失身份地无端发火的目击者。但是,使巴拉绍夫感到惊讶的是,就在这一天他接到了迪罗克送来的参加法国皇帝宴会的请柬。

参加宴会的有贝西埃[①]、科兰古和贝蒂埃。

拿破仑见到巴拉绍夫时神情愉快,态度亲切。他不仅没有因为早晨发火觉得不好意思或内疚的表情,相反,竭力给巴拉绍夫打气。可以

---

① 贝西埃(一七六八——一八一三),法国元帅。

看出,拿破仑深信对他来说早就不存在犯错误的可能,在他的思想里,他所做的一切都是好的,这不是因为这些事合乎好坏的观念,而是因为这是他做的。

这位皇帝在骑马游了维尔纳城后情绪很好,城里的人兴高采烈地迎接和欢送他。在他经过各条街道两边的所有窗户里都挂着花毯、彩旗和他的姓名的花字,波兰的贵妇们朝他挥动手绢欢迎他。

在宴会上,他让巴拉绍夫坐在自己身旁,不仅对他很亲切,而且仿佛把他看作自己的近臣,看作支持他的计划和为他取得的成就而高兴的人一样。在谈话中间,他说起了莫斯科,开始向巴拉绍夫询问这个俄国京城的情况,不只是像一个什么都想知道的旅行者打听他要访问的新地方那样打听,而且深信巴拉绍夫作为一个俄国人,一定会因他的求知欲强而感到荣幸。

"莫斯科有多少居民,多少座房子? 莫斯科被人们称为圣莫斯科,是真的吗? 莫斯科有多少座教堂?"他问。

当他听说莫斯科有两百座教堂时,便问道:

"干吗要这么些教堂?"

"俄罗斯人笃信上帝。"巴拉绍夫回答道。

"不过修道院和教堂数量多常常是一个国家的人民落后的标志。"拿破仑说,他转过头来看看科兰古,希望得到他的赞同。

巴拉绍夫恭敬地表示不同意法国皇帝的意见。

"每一个国家都有自己的习俗。"他说。

"但是欧洲任何地方都没有类似的情况。"拿破仑说。

"对不起,陛下,"巴拉绍夫说,"除俄国外,还有西班牙也有许多教堂和修道院。"

巴拉绍夫曾经说过,他的这个影射法国人不久前在西班牙遭到失败的回答后来在亚历山大皇帝的宫廷里得到很高评价,但是当时在拿破仑的宴会上并不认为怎么样,没有引起注意就过去了。

从元帅先生们脸上冷漠的和困惑不解的表情可以看出,他们弄不清巴拉绍夫说话的语气俏皮在哪里。"即使他真的说得很俏皮,那就是我们没有听出来,或者是根本不俏皮。"元帅们脸上的表情似乎这样说。这个回答没有引起多大重视,因为拿破仑甚至完全没有理会它,天真地问巴拉绍夫,从这里直达莫斯科的道路要经过哪些城市。在宴会上一直保持警惕的巴拉绍夫回答说,如同条条大路通罗马一样,所有的道路也通莫斯科,他说,有很多条道路,在这些不同道路当中,有一条是当年查理十二世所选择的通**波尔塔瓦**的道路①,他说到这里,不由得为自己这个巧妙的回答高兴得脸都红了。巴拉绍夫还没有来得及说完"波尔塔瓦"这几个字,科兰古便谈起从彼得堡到莫斯科的道路难行和回忆起在彼得堡的生活来。

饭后大家到拿破仑的书房里去喝咖啡,四天前那是亚历山大皇帝的书房。拿破仑坐了下来,搅动着塞夫尔瓷杯②中的咖啡,指了指身旁的椅子请巴拉绍夫坐下。

一个人饭后通常会有这样的心情,它比其他任何合乎情理的原因更能使人感到心满意足,把所有人看做自己的朋友。拿破仑这时的心情就是这样。他觉得他周围的人都崇拜他。他深信,巴拉绍夫吃过他的这顿饭后,也成了他的朋友和崇拜者。拿破仑同他说话时面带愉快的、稍带饥讽的微笑。

"人们对我说,这是亚历山大皇帝住过的房间。这很奇怪吧,将军,您说是吗?"他说,毫不怀疑他这样说一定会使对方感到愉快,因为这证明他拿破仑要比亚历山大高明。

巴拉绍夫不知如何回答他的问题,默默地低下了头。

"是的,四天前温岑格罗德和施泰因曾在这个房间里开过会。"拿破仑仍面带饥讽和自信的微笑接着说。"我不能理解的是,亚历山大皇帝居然收罗了我的所有仇敌当作自己的亲信。这一点我不……明白。难道他不想一想我也会这样做吗?"他问巴拉绍夫,显然,一想起这件事,又勾起早晨尚未消失的怒火来。

"让他知道,我也要这样做。"拿破仑说,他站起身来,用一只手推开杯子,"我要把他的所有亲戚,把符腾堡、巴登、魏玛的亲戚③统统赶

---

① 波尔塔瓦在今乌克兰,十八世纪初,瑞典国王率军试图经乌克兰进攻莫斯科,一七〇九年在波尔塔瓦被彼得一世打败。

② 塞夫尔是法国巴黎附近的小城市,出产瓷器。

③ 亚历山大一世的母亲是符腾堡公爵小姐,他的妻子是巴登侯爵的女儿,他的姐妹玛丽亚嫁给了萨克森—魏玛公爵。

出德国……是的,我要把他们都赶走。就让他在俄国为他们准备避难所吧!"

巴拉绍夫低下头,他那样子表明,他很想告辞,而现在仍然听着,只是因为他不能不听人们对他说的话。拿破仑没有注意到这表情;他不像对待敌国的使臣那样对待巴拉绍夫,而像对待一个现在已完全忠于他、为自己的故主受辱而感到高兴的人一样。

"亚历山大干吗要统率军队呢?这又是为什么呢?打仗是我的职业,而他应做的事是当皇帝,而不是指挥军队。他为什么要承担起这个责任呢?"

拿破仑又掏出了鼻烟壶,默默地在房间里走了几次,突然走到巴拉绍夫跟前,面带轻松的微笑,像做一件不仅是重要的,而且会使巴拉绍夫感到愉快的事一样,自信、迅速而随便地朝这位四十岁的俄国将军的脸伸过一只手去,抓住他的一只耳朵,轻轻地拉了拉,咧开嘴微微一笑。

在法国宫廷里,被皇帝拉耳朵是一种莫大的光荣和恩宠。

"怎么,您这位亚历山大皇帝的崇拜者和朝臣,为什么什么也不说呀?"拿破仑说,仿佛在他面前做别人的而不做他拿破仑的朝臣和崇拜者是可笑的。

"给将军准备好了马没有?"他补充了一句,微微低下头作为对巴拉绍夫的鞠躬的回答。

"把我的马给他,他要**走很远的路**……"

巴拉绍夫带回来的信,是拿破仑给亚历山大的最后一封信。他把谈话的全部详细情况都禀告了俄国皇帝,于是战争开始了。

八

安德烈公爵在莫斯科和皮埃尔见面后,便到彼得堡去了,他对家里人说是去办事,实际上是为了到那里去找阿纳托利·库拉金公爵,他认为必须找到他。到彼得堡后,他打听到库拉金已不在那里了。皮埃尔事先通知了他的内兄,说安德烈公爵要去找他。阿纳托利·库拉金立即弄到了陆军大臣的任命,到摩尔达维亚的部队去了。这时安德烈公爵在彼得堡遇见了一直对他有好感的老上司库图佐夫,库图佐夫要他和自己一起到摩尔达维亚的部队去,这位老将军被任命为那里的总司令[①]。安德烈公爵接到了在总部供职的任命后,便动身去土耳其。

安德烈公爵认为写信给库拉金提出决斗不合适。在没有提出新的理由的情况下,安德烈公爵认为决斗会损害罗斯托娃伯爵小姐的名誉,因此他寻找与库拉金见面的机会,想要找到一个进行决斗的新的借口。但是在驻扎在土耳其的军队里他也没有能遇见库拉金,因为他在安德烈公爵到土耳其的军队后不久回俄国去了。在一个不熟悉的国家和新的生活环境里安德烈公爵开始觉得轻松一些了。在未婚妻变心后,他愈是竭力想在所有人面前掩饰此事对他产生的影响,此事对他的伤害就愈厉害,过去觉得幸福的生活环境现在感到很不舒服,而以前十分珍视的自由和独立则更难以忍受了。他已没有了从前在奥斯特利茨战场上仰望天空时第一次出现的想法,他曾喜欢和皮埃尔一起讨论这些想法,在鲍古恰罗沃以及后来在瑞士和罗马离群索居时,这些想法曾使他的生活变得比较充实;不仅如此,他甚至害怕回忆起这些展示无限的和光明的前景的想法。现在他感兴趣的只是眼前的、与过去无关的实际问题,以往的事与他分隔得愈开,他就愈贪婪地抓住眼前的事不放。仿佛过去他头顶上不断远去的无限的苍穹突然变成一个低矮的、固定的、压抑着他的拱顶,其中一切都是清清楚楚的,没有任何永恒和神秘之处。

在他所想到的各种活动中,服军役是最简单的和他所熟悉的。他在库图佐夫的司令部里担任值班将官的职务,工作非常勤奋,库图佐夫见他积极主动和认真,甚为吃惊。安德烈公爵没有在土耳其找到库拉金,认为不必追回俄国去找他;但是尽管如此,他知道,不论再过多少时间,如果碰见库拉金,虽然他极其蔑视他,虽然他竭力向自己证明他不值得降低自己的身份同他发生冲突,他要是碰见还是不能不向他提出决斗,就像一个饥饿的人不能不扑向食物一样。安德烈公爵内心里总觉得耻辱未雪,仇恨未消,这就使得他很难保持那种到土耳其后以忙忙碌碌以及有点追求功名和虚荣的样子出现的表面

---

① 库图佐夫当时被任命为多瑙河军总司令。

的平静。

一八一二年,当和拿破仑开战的消息传到了布加勒斯特(库图佐夫在那里住了两个月,整天整夜和一个瓦拉几亚女人在一起)后,安德烈公爵请求库图佐夫把他调到西线军队。库图佐夫已对积极工作的鲍尔康斯基感到厌烦,因为觉得他那样工作实际上是在责备自己懒散,便乐意放他走,派他到巴克莱·德·托利那里去执行任务。

在前往五月间驻扎在德里萨营地的军队之前,安德烈公爵顺路去了童山,因为童山正在他经过的路上,离斯摩棱斯克大道三俄里。最近三年安德烈公爵的生活中发生了很多变化,他反复思考了很多事情,有很多感受,阅历很广(他走遍了西方和东方),在到童山时见到一切如旧,连最细小的地方也没有变化,生活还像过去一样,不禁感到奇怪和出乎意外。他像到了一个神奇的、沉睡的城堡一样,上了林荫道,进了童山宅院的石门。这宅院还是那样庄重,那样清洁,那样寂静,屋里还是那些家具,那些墙壁,听到的还是那些声音,散发出的还是那种气味,看到的还是那些怯生生的脸,只不过老了些。玛丽亚公爵小姐还是一个畏怯的、难看和日渐见老的姑娘,在恐惧和无限的精神痛苦中徒劳无益地和毫无乐趣地度过她最好的年华。布里安娜还是那样享受着生活中每一分钟的欢乐,充满着快乐的希望,心满意足,卖弄着风情。安德烈公爵觉得她只是变得更加自信了。他从瑞士带来的家庭教师德萨尔身穿一件俄国式的常礼服,正在用生涩的俄语同仆人们说话,但仍然是一个智力有限的、有教养和德行的学究。老公爵身体上只有一个变化,即他的嘴的一边缺了一颗牙;精神上还像以前一样,只不过对世界上发生的事情更加恼怒和更加不相信。只有尼科卢什卡一个人长高了,模样变了,脸红红的,满头深色的鬈发,自己也不知怎么啦,快乐地笑着,好看的小嘴的上嘴唇向上噘起,完全像他死去的母亲小公爵夫人一样。在这个神奇的、沉睡的城堡里,只有他一个人不听从要求保持不变的法则。虽然外表上一切都还是老样子,但是从安德烈公爵离家以来,所有这些人内部的关系已发生了变化。家庭成员分为两个格格不入的和相互敌视的阵营,他们现在只是当着他的面才聚到一起,为了他才改变自己的生活方式。属于一个阵营的有老公爵、布里安娜小姐和建筑师,属于另一个阵营的有玛丽亚公爵小姐、德萨尔、尼科卢什卡以及所有的保姆和奶妈。

安德烈公爵在童山停留期间，家里所有的人在一起吃饭，但是大家都觉得别扭，他感到他像是一个客人，大家是为了他才破例这样做的，他在场时所有的人都很拘束。在第一天吃午饭时，安德烈公爵不由得感觉到这一点，默不作声，老公爵觉察到他的样子不自然，也沉下脸不再说话，一吃完饭就回屋去了。晚上安德烈公爵去见他，想和他说说话，活跃一下气氛，开始对他讲小卡缅斯基伯爵指挥作战的情况[1]，老公爵突然和他说起了玛丽亚公爵小姐，指责她迷信和不喜欢布里安娜小姐，并且说，只有布里安娜小姐一个人才真正忠于他。

老公爵说，如果他有病的话，那是被玛丽亚公爵小姐气病的；说她有意地折磨他和惹他生气；说她娇惯小尼古拉公爵，常对他说些愚蠢的话，把他教坏了。老公爵非常清楚，他在折磨自己的女儿，女儿的生活很痛苦，但是他也知道，他不能不折磨她，她理应受到折磨。"为什么安德烈公爵看到了这一点，对我一字不提妹妹呢？"老公爵想道。"他是怎么想的，是不是认为我是恶棍或老傻瓜，无缘无故地疏远女儿而去亲近那个法国女人？他不明白，因此需要对他进行解释，应当让他听一听我的话。"老公爵接着想道。于是他开始讲他为什么忍受不了女儿的那种无法理喻的性格的原因。

"如果您问我，"安德烈公爵说，眼睛没有看着父亲（他生平第一次责备自己的父亲），"我本来不愿意说；但是如果您一定要问，那么我将对您开诚布公地说出对这一切的看法。如果在您和玛莎之间有误会和不和的话，那么我怎么也不会归罪于她，因为我知道她非常敬爱您。如果您要问我，"安德烈公爵接着说，心情变得烦躁起来，因为最近他总是容易烦躁，"我只能说一点：如果有误会的话，那是那个微不足道的女人造成的，她本来就不应成为妹妹的女友。"

老人起先眼珠一动不动地盯着儿子，很不自然地微笑着，露出了安德烈公爵还没有看惯的掉了牙留下的新豁口。

"什么样的女友，亲爱的？啊？已经商量过了！是吧？"

---

① 小卡缅斯基伯爵（一七七六—一八一一）是俄国元帅卡缅斯基伯爵之子，在库图佐夫之前任多瑙河军总司令，在他的指挥下攻占了一系列土耳其据点。

"爸爸,我不想充当法官,"安德烈公爵用恼怒和生硬的口气说,"但是您叫我说,我就说了,而且一直还要说,玛丽亚公爵小姐没有过错,有过错的是……有过错的是这个法国女人……"

"啊,做出判决了!……做出判决了!……"老人低声说,安德烈公爵觉得他有点发窘,但是接着他突然跳了起来,喊道:"滚,滚!不许你再来!……"

安德烈公爵想立即就走,但是玛丽亚公爵小姐挽留他再住一天。这一天安德烈公爵没有和父亲见面,老人没有出来,除了布里安娜小姐和吉洪外,不许任何人进去见他,问了几次儿子走了没有。第二天,安德烈公爵在临行前到儿子住的屋里去。身体健康、像母亲一样长着一头鬈发的孩子坐到他的双膝上。安德烈公爵对他讲起蓝胡子的故事①,但没有讲完就陷入了沉思。他抱住坐在他膝盖上的孩子时,心里想的不是他的这个漂亮的儿子,而是他自己。他惶惶不安地在自己心中寻找着为惹父亲生气而悔恨和为他(生平第一次同父亲争吵后)就要离开父亲而惜别的心情,但是都没有找到。他觉得最主要的是,他寻找而没有找到已往的那种对儿子的柔情,他对儿子表示亲热,让他坐到自己的膝盖上,就希望能在自己心中唤起这种感情。

"喂,你往下说呀。"儿子说。安德烈公爵没有回答,把他从膝盖上放下来,出了房间。

安德烈公爵一放下他的日常工作,尤其是他一回到他过去觉得幸福时的生活环境,生活的苦闷就像以前那样充满他的心头,于是他急忙抛开这些回忆,想尽快找到一件事情来做。

"你一定要走,安德烈?"妹妹问他。

"谢天谢地,我可以走了,"安德烈公爵说,"可惜你走不了。"

"你干吗说这话!"玛丽亚公爵小姐说,"现在你就要去参加这场可怕的战争,他年纪这样大了,你干吗还说这话!布里安娜小姐说,他问到过你……"她一开始说这些,她的嘴唇就颤抖起来,开始掉眼泪。安

---

① 蓝胡子的故事的作者是法国诗人和批评家佩罗(一六二八——一七〇三),他整理的法国民间故事当时非常流行。

德烈公爵转过身去,在房间里来回走动着。

"唉,我的上帝! 我的上帝!"他说。"你想一想,微不足道的东西和微不足道的人居然都能给人们造成不幸!"他愤恨地说,使玛丽亚公爵小姐吃了一惊。

她知道,他在谈到他所说的微不足道的人时,指的不仅是使他感到不幸的布里安娜小姐,而且指那个毁了他的幸福的人。

"安德烈,我有一个请求,我恳求你。"她说,碰了碰他的胳膊肘,用含着泪水的炯炯有神的眼睛看着他,"我理解你(玛丽亚公爵小姐垂下了眼睛)。不要认为痛苦是人造成的,人是上帝的工具。"她朝略高于安德烈公爵头顶的地方看了一眼,用的是人们通常用来看圣像的那个熟悉地方的信赖的目光。"痛苦是他给的,不是人造成的。人是他的工具,不能怪他们。如果你觉得有人得罪了你,你就忘掉这些,宽恕他。我们没有权利进行惩罚。这样你就会懂得宽恕人是幸福的。"

"如果我是一个女人,玛丽,我就会这样做。这是妇女的美德。但是男人不应该和不能够忘记和宽恕。"他说,虽然在这之前他没有想库拉金,但是这时心中突然升起了旧仇未报引发的怒火。"既然玛丽亚公爵小姐已在劝我宽恕了,这就是说,我早就该进行惩罚了。"他想。他没有再搭理玛丽亚公爵小姐,开始想象他碰到在军队里的阿纳托利(他知道他在哪里)向他报仇的痛快时刻。

玛丽亚公爵小姐恳求哥哥再留一天,她说,她知道如果安德烈公爵没有与父亲和解就走,父亲会感到非常伤心的;但是安德烈公爵回答道,他大概很快就会再从部队里来,并且一定会给父亲写信,而现在待在这里的时间愈长,就会吵得愈厉害。

"再见,安德烈! 记住,不幸是上帝给的,人永远是没有过错的。"这是安德烈公爵在和妹妹告别时听到她说的最后一句话。

"事情只能是这样!"安德烈公爵在出童山的林荫道时想道,"她这个可怜的无辜的人,只好受这个老糊涂的折磨了。老头子觉得自己不对,但是不能改变自己。我那孩子正在一天天长大,快活地生活着,而不知道他将成为和大家一样的人,受人欺骗或欺骗别人。我现在到军队去,去干什么? —— 自己也不知道,我希望的竟是碰到那个我所蔑视的人,给他一个打死我和嘲笑我的机会!"以前的生活条件和现在一样,可是以前它们是相互结合在一起的,而现在一切都散了架了。安德烈公爵脑子里一个接一个出现的,只是一些毫无意义的和没有任何联系的现象。

九

安德烈公爵于六月底来到部队的总部。皇帝所在的第一军的部队驻扎在德里萨河畔构筑了防御工事的营地里;第二军的部队在撤退,力图与第一军会合,据说它们之间的联系被法国的大部队切断了。在俄国军队里,大家对作战的进程都不满意;但是谁也没有想到敌军有入侵俄国各省的危险,也没有料到战争会超出西部的波兰各省的范围。

安德烈公爵在德里萨河边找到了巴克莱·德·托利,他是被派到这位将军这里来任职的。由于营地周围没有一个大的村庄或市镇,大批将军和随军的近臣被安置在两岸方圆十俄里内各个村庄的最好的房子里。巴克莱·德·托利的驻地在离皇帝四俄里处。他冷淡地和毫不热情地接待了鲍尔康斯基,带着德国口音说,他将奏请皇帝安排他的工作,请他暂时待在司令部里。安德烈公爵希望在部队里找到阿纳托利·库拉金,但是他不在这里,已到彼得堡去了,鲍尔康斯基得知这个消息反而感到高兴。这是因为他处于正在进行的巨大规模的战争的中心,对它非常关注,暂时摆脱了因想起库拉金而产生的愤恨。最初四天,没有要求他去完成什么任务,于是他骑马走遍了整个构筑了防御工事的营地,借助于自己的知识和通过与了解情况的人的交谈,力图使自己对营地有一个明确的看法。但是对安德烈公爵来说,这个营地是否可用的问题没有得到解决。他根据自己的作战经验深信,在军事上最深思熟虑的计划(如同在奥斯特利茨作战中看到的那样)毫无意义,一切取决于如何对付敌人的出人意料的和无法预见的行动,一切取决于由谁和如何来指挥整个战斗。为了弄清这最后的一个问题,安德烈公爵利用自己的地位和关系,力图深入了解军队的指挥、参加指挥的人员和派别的情况,最后对形势得出了如下的看法。

当皇帝还在维尔纳时,军队分为三个军:第一军由巴克莱·德·托

利统率,第二军由巴格拉季翁指挥,第三军由托尔马索夫①指挥。皇帝
待在第一军,但是不以总司令的身份。在命令中没有说皇帝将进行指
挥,只说皇帝将待在军队里。此外,没有御前总指挥部,只有一个皇帝
行营总部。皇帝手下有担任皇帝行营总部主任的军需总监沃尔康斯基
公爵、将军们、侍从武官们、外交官们以及一大批外国人,但是没有军
队的指挥部。除了这些人外,跟随皇帝的还有一些没有职务的人:前
陆军大臣阿拉克切耶夫、军衔很高的将军本尼格森伯爵、皇储康斯坦
丁·帕夫洛维奇亲王、一等文官鲁缅采夫伯爵、前普鲁士大臣施泰因、
瑞典将军阿姆菲尔特、作战计划的总起草人普弗尔、侍从将军撒丁人保
卢奇②、沃尔佐根③和其他许多人。虽然这些人在部队里没有担任军职,
但是凭他们的地位有着很大影响,一个军长、甚至总司令常常不知道本
尼格森,或者亲王,或者阿拉克切耶夫,或者沃尔康斯基公爵是以什么
身份询问或提出这个或那个建议的,不知道某个以建议形式下达的指
示是他本人的意见还是皇帝的旨意,不知道需要不需要加以执行。但
是这只是表面上如此,在近臣们看来,皇帝和所有这些人待在军队里的
实质意义大家是很清楚的。这意义就是:皇帝没有给自己加上总司令
的头衔,但是指挥着所有的军队;他周围的人是他的助手。阿拉克切
耶夫是忠实的

执行者和秩序的维护者,是皇帝的侍卫,本尼格森是维尔纳省的
地主,他尽地主之谊接待皇帝,实际上是一位很好的将军,能提出有益
的建议,并且可以随时用来顶替巴克莱。亲王待在这里,是因为他乐意
在这里。前普鲁士大臣施泰因在这里,是因为有事可以让他出个主意,
也因为亚历山大皇帝非常看重他的人品。阿姆菲尔特是拿破仑的死敌
和十分自信的将军,一向对亚历山大有很大影响。保卢奇之所以在这
里,是因为他说话大胆而果断。侍从将军们在这里是因为皇帝到哪里,
他们就跟到哪里,最后,这是主要的,普弗尔在这里是因为他制订了反
拿破仑的计划并使亚历山大相信这个计划的可行,现在他指导着战争

① 托尔马索夫(一七五二—一八一九),俄国骑兵上将。
② 保卢奇先在法军服役,一八〇七年加入俄军。
③ 沃尔佐根(一七七四—一八四五),普鲁士将军,从一八〇七年起在俄军
服役。

的整个进程。普弗尔手下有沃尔佐根,他用比普弗尔本人更通俗易懂的形式说明普弗尔的思想,而普弗尔是一个说话粗鲁的、自信到了蔑视一切的程度的脱离实际的理论家。

除了这里列举的俄国人和外国人(尤其是外国人,他们以在异国从事活动的人所特有的大胆,每天都提出一些出人意料的新想法)外,还有许多次要人物,他们待在军队里是因为他们的上司在这里。

在这个人才济济、自视很高、紧张忙碌的巨大群体里有各种不同的想法和说法,安德烈公爵从中看出有以下几种明显的倾向和派别。

第一派是普弗尔和他的追随者,这是一些军事理论家,他们相信有一种军事科学,这种科学有其一成不变的规律,有斜行进、迂回等等的规律。普弗尔和他的追随者要求向国家的内地撤退,按照臆想的军事理论所规定的精确规律撤退,认为对这一理论的任何背离都是野蛮、无知或别有用心的表现。属于这一派的有德国的公爵们、沃尔佐根、温岑格罗德等人,主要是德国人。

第二派与第一派相反。如同常见的那样,有一种极端,也就会有另一种极端的代表。这一派的人早在维尔纳时就要求进攻波兰,不受事先制订的任何计划的约束。此外,这一派的代表主张采取大胆的行动,同时他们也是民族主义的代表,因此在争论中变得更加片面。这一派是俄罗斯人,例如巴格拉季翁和地位开始上升的叶尔莫洛夫①等人。这时曾广泛流传叶尔莫洛夫的一句笑话,仿佛他曾请求皇帝给他一个恩典,封他为德国人。这一派在缅怀苏沃洛夫时说,应当做的事不是思前想后,不是用针往地图上做记号,而是战斗,打击敌人,御敌于俄国国门之外,不要挫伤部队的士气。

属于皇帝最信任的第三派是在两派之间采取调和态度的近臣们。这一派的人大多不是军人,阿拉克切耶夫属于这一派,从他们所想和所说来看,他们是一些没有信念却希望显得有信念的人。他们说,要打仗,尤其是同像波拿巴那样的天才打仗(他们又称他为波拿巴了),无疑需要有深思熟虑的计划和对这门学问的深刻了解,在这方面普弗尔是一

---

① 叶尔莫洛夫(一七七七—一八六一),俄国将军,一八一二年战争开始前被任命为第三军参谋长。

个难得的人才;但是与此同时也不能不承认,理论家往往是片面的,因此不应完全相信他们,也应当倾听普弗尔的反对者的看法以及从事实际工作和有作战经验的人的意见,在这一切之中取其中。这一派的人坚持根据普弗尔的计划坚守德里萨营地,改变其余两个军运动的方向。虽然采取这样的行动既达不到这个目的,也达不到那个目的,但是这一派的人认为这样做要好些。

第四派的最著名的代表是作为皇储的亲王,他忘不了在奥斯特利茨战役中大失所望的情景,当时他头戴盔形帽和身穿骑兵制服,像去检阅一样骑马走在近卫军的前面,希望能显一下威风,一举打垮法国人,但是却出乎意料地到了第一线,在一片混乱中好容易逃了出来。这一派的人发表意见时具有坦率的优点和缺点。他们害怕拿破仑,认为他很强大,认为自己很软弱,并且直截了当地这样说。他们说除了痛苦、耻辱和毁灭外,这一切不会有任何结果! 我们现在放弃了维尔纳,放弃了维捷布斯克,还要放弃德里萨。对我们来说唯一聪明的办法,这就是签订和约,而且要赶在我们还没有被赶出彼得堡之前尽快签订!"

这种在部队上层非常流行的观点既得到了彼得堡的支持,也得到了由于其他政治原因主张议和的一等文官鲁缅采夫的支持。

第五派是巴克莱·德·托利的拥护者,这些人主要不是看重他的为人,而是拥护他当陆军大臣和总司令。他们说不管他怎么样(他们开头都是这样说的),他是一个正直的和能干的人,没有比他更好的了。给他实权吧,因为没有统一的指挥,战争就不可能顺利进行,给了他权力,他就会像在芬兰那样证明他会做些什么。① 我们的军队能保持秩序和实力,撤退到德里萨而没有遭到败绩,这只能归功于巴克莱。如果现在以本尼格森来取代巴克莱,那么一切就会完蛋,因为本尼格森已在一八〇七年表现出了自己的无能。"

第六派是本尼格森的支持者,他们说,恰恰相反,没有比本尼格森更能干和更有经验的人了,不管怎么着,仍然还得找他。这一派的人证

---

① 巴克莱·德·托利在芬兰并入俄国后任第一任总督,支持芬兰议会通过的关于芬兰大公国实行自治的决议。

明说,我们撤退到德里萨的整个行动是最可耻的失败和一连串接连不断的错误。"错误犯得愈多,"他们说,"那就更好,因为至少能快一些懂得不能再这样走下去。现在需要的不是某个巴克莱,而是像本尼格森那样的人,他在一八〇七年有过很好的表现,拿破仑本人对他作了公正的评价,像他这样的人掌权,人们是会乐意认可的, —— 而这样的人只有本尼格森一个。"

第七派是一些将军和侍从武官,在皇帝周围,尤其在年轻的皇帝周围常有这样的人,而在亚历山大皇帝跟前就特别多,他们对皇帝忠心耿耿,不把他当作皇帝来崇拜,而是真诚无私地崇拜他这个人,就像一八〇五年罗斯托夫崇拜他一样,不仅在他身上看到所有的美德,而且看到人的所有优秀品质。这些人虽然赞赏皇帝不接受军队的指挥权而表现出来的谦逊,但是并不赞成这种过分的虚心,希望并且坚决要求他们崇拜的皇帝不要过于缺乏自信,公开宣布自任军队统帅,并组成御前总指挥部,必要时与有经验的理论家和实践家进行商讨,亲自率领部队作战,只要这样做就能极大地提高部队的士气。

第八派是最大的一派,就人数来说,他们与其他各派的比例是九十九比一,这一派的人既不愿意和,也不愿意打仗,既不愿意进攻,也不愿意在德里萨河畔以及在其他任何地方设防,既不支持巴克莱、皇帝、普弗尔,也不赞成本尼格森,他们只希望一点,也是最重要的一点:为自己获取最大的利益和欢乐。在皇帝行营总部里人们钩心斗角,相互倾轧,关系错综复杂,在这一池浑水里,可以捞到许多别的时候无法想象的好处。其中的一个人不愿意失去有利的地位,今天同意普弗尔的意见,明天转而赞成他的对手,而后天则说他关于此事没有任何意见,为的只是逃避责任和取悦皇帝。另一个人为了得到好处,设法引起皇帝的注意,大声重复皇帝前一天暗示的话,在会上进行争吵,拍着自己的胸脯,提出要和不同意的人决斗,以此表明准备为共同的利益而牺牲自己。第三个人在两次会议之间,在对手不在场时,索性请求发给他一次性补贴作为他忠实服务的酬报,因为他知道这时无暇较真,不会拒绝他。第四个人总是装出偶然让皇帝碰见的样子,让他知道自己在埋头工作。第五个人为了达到早就想望的目的—— 受到皇帝的宴请,拼命地证明某种刚发表的意见的正确或错误,为此引用各种多少有点道理和说服力的论据。

这一派的所有人捞着卢布、勋章和官衔,在这过程中只关注皇帝好恶的风向标的方向,一发现风向标指向一个方面,军队中的所有这些不劳而食的雄蜂就往这个方面吹风,弄得皇帝更难以把风向标转向另一个方面。在形势动荡不定、可怕的和严重的危险使得一切特别令人不安的情况下,在钩心斗角、自私自利、各种观点和感情的冲突的旋风中,人数最多、不同种族的人都有、只关心自己个人的利益的第八派把整个局面搅得极其混乱。不管提出什么问题,这一窝雄蜂在前一个题目上还没有嗡嗡叫完,就飞向新的题目,用它们的嗡嗡声压倒真诚地进行争论的声音,使人们无法听清。

在安德烈公爵到军队时,从所有这些派别中又形成了一个派,即第九派,并且开始提高嗓门说话了。这是由一些年老的、明白事理的、有政治经验的人,他们善于在不赞同意见对立的任何一方的情况下以旁观者的态度看待行营总部发生的一切,想出摆脱这种情况不明、犹豫不决、混乱和软弱无能的局面的办法。

这一派的人这样认为也这样说,一切坏事主要是由于皇帝带着宫廷的军事人员待在军队里造成的;认为这样做就把那种模糊不清、相互制约、摇摆不定的关系带到了军队,这种关系在宫廷尚无不可,而对军队来说是有害的;认为皇帝应该当他的皇帝,而不应该指挥军队;认为改变这种状况的唯一办法是皇帝和他的近臣离开军队;认为皇帝待在这里,需要有五万人马保驾,使他们不能参加战斗;认为一个最差的、然而独立自主的总司令要比一个最优秀的、但是受到待在军队里的皇帝的权力制约的总司令要强。

在安德烈公爵闲住在德里萨时,这一派的主要代表之一国务秘书希什科夫给皇帝写了一封信,巴拉绍夫和阿拉克切耶夫都同意在信上署名。在这封信里,希什科夫利用皇帝允许他就战事的总的进程发表意见的权利,借口皇帝需要去鼓舞首都民众的斗志,恭请皇帝离开军队。

提出由皇帝来鼓舞民众的斗志和号召民众奋起保卫祖国的建议,为他离开军队找了个借口,这建议被皇帝接受了,这种鼓舞民众斗志的做法(正如皇帝亲自驾临莫斯科就是一种鼓舞一样)成了俄国获胜的主要原因。

十

这封信还没有呈交皇帝时，巴克莱就在午餐时转告鲍尔康斯基，说皇帝要亲自召见安德烈公爵，以便向他询问土耳其的情况，安德烈公爵应在晚上六点钟到本尼格森住处。

这一天皇帝总部接到了拿破仑采取了可能对我军构成威胁的新的行动的消息，后来发现这个消息并不确实。这天早晨，米绍上校①在陪同皇帝巡视德里萨的防御工事时对皇帝证明说，普弗尔建造的这个筑有防御工事、至今被认为是战术的杰作、应能置拿破仑于死地的营地，实际上毫无意义，会毁了俄国军队。

安德烈公爵来到了本尼格森将军的住所，这是紧靠河边的一座不大的地主宅院。本尼格森和皇帝都不在那里；皇帝的侍从武官切尔内绍夫接待了鲍尔康斯基，对他说，皇帝与本尼格森将军和保卢奇侯爵一起今天再一次去视察德里萨营地的工事了，开始对这营地是否适用产生了极大的怀疑。

切尔内绍夫手里拿着一本法国小说坐在第一个房间的窗口。这个房间以前大概是一个厅；房间里还放着管风琴，上面乱堆着一些壁毯，在一个角落里支着本尼格森的副官的行军床。这个副官也在这里。他看来被酒宴或工作折磨得筋疲力尽，坐在卷起的铺盖上打瞌睡。这个厅有两道门，一道直接通向以前的客厅，另一道通向右边的书房。从第一道门里传出用德语和间或用法语说话的声音。在这个以前的客厅里，根据皇帝的意思，召集的不是军事会议（皇帝喜欢不作明确说明），只请来了一些人，皇帝希望听听他们对目前的困难的看法。这确实不是军事会议，而似乎是一次被请来给皇帝本人说明某些问题的特邀人士的会议。应邀参加这次非正式会议的有瑞典将军阿姆菲尔特、侍从将军沃尔佐根、被拿破仑称为逃亡的法国臣民的温岑格罗德、米绍、托尔②、完全不是军

---

① 米绍(一七七一——一八四一)，军事工程师，一八〇五年从撒丁军队转到俄军服役。

② 托尔当时在德里萨营地担任总设营官。

人的施泰因伯爵，最后还有普弗尔本人，安德烈公爵听说，他是整个事情的支柱。安德烈公爵有机会对普弗尔做仔细的观察，因为他到后不久普弗尔就来了，进了客厅，停下来和切尔内绍夫说了一会儿话。

普弗尔身穿缝制得很糟的俄国将军制服，他穿着它好像要去化装表演一样，安德烈公爵乍一看，觉得面熟，虽然从来没有见过他。他身上有魏罗特、马克、施米特以及安德烈公爵在一八〇五年见过的其他许多德国军事理论家的特点；但是他要比所有这些人更典型。像这样一个在自己身上集中了那些德国人的所有特点的德国理论家，安德烈公爵还从来没有见过。

普弗尔个子不高，很瘦，但是骨架大，体格粗壮，臀部很宽，肩胛骨显露。他的脸布满皱纹，眼窝深凹。他两鬓的头发前面显然匆匆地梳过，而在后面则一绺绺地自然地翘着。他进了房间，不安地和生气地瞧瞧四周，仿佛害怕这个房间里的一切。他用笨拙的动作挟住佩剑，用德语问皇帝在哪里。看来他很想赶快走遍各个房间，结束行礼和问候，在地图前坐下工作，在那里他才觉得自己待在该待的地方。他匆匆地朝切尔内绍夫点点头，露出讽刺的微笑，听他讲皇帝正在察看他普弗尔本人根据自己的理论构筑的工事。他像非常自信的德国人说话一样，用低沉的声音很不客气地轻轻地嘟囔了一句：愚蠢……或者整个事情要完蛋……或者有好戏看啦①……安德烈公爵没有听清，想要进房间去，但是切尔内绍夫把他介绍给了普弗尔，说安德烈公爵从土耳其来，那里战争非常顺利地结束了。普弗尔瞟了一眼，他与其说是看安德烈公爵，不如说是目光越过他看别的地方，笑着说：“是呀，那一仗想必有正确的战术。”②说着他轻蔑地笑了起来，便到那个有人说话的房间去了。

看来普弗尔本来已随时都可能发火和讽刺人，今天得知有人竟敢背着他去察看他构筑的营地和议论他，更是特别生气。安德烈公爵根据与普弗尔的短暂的见面，凭他关于奥斯特利茨战役的回忆，很快对这个人有了清楚的看法。普弗尔是那种一成不变地自信到了不可救药和宁愿受苦受难程度的人之一，只有德国人才会成为这样的人，这正是因为只有德国人才会根据抽象的观念——所谓的科学，即对

---

①② 原文为德文。

完美的真理的虚假的知识，变得自信起来。法国人之所以自信，是因为他们认为自己本身无论就智力和肉体来说，对男人和女人都有不可抗拒的魅力。英国人是根据他们是世界上最完善的国家的公民这一点而变得自信的，因此他们作为英国人任何时候都知道该做些什么，并且知道他们作为英国人所做的一切无疑都是好的。意大利人自信是因为他们很激动，容易忘掉自己和别人。俄罗斯人自信就是因为他们什么也不知道而且也不想知道，因为不相信可以完全知道什么事。德国人的自信比所有人的自信都坏，都不可改变，都可恶，因为他们认为自己知道真理，知道科学，这科学是他们自己臆想出来的，但是对他们来说是绝对真理。显然，普弗尔就是这样的人。他有一种科学——斜行进理论，这是他从腓特烈大帝的战争史里得出来的，他觉得他在最新的腓特烈大帝战争史里看到的一切，在最新的战争史里看到的一切都是荒谬的、野蛮的行为，都是乱七八糟的冲突，在这冲突中双方都犯了许多错误，使得这些战争不能称之为战争：它们不符合理论，不能成为科学研究的对象。

一八〇六年，普弗尔是作战计划的制订人之一，这场战争以耶拿和奥尔施泰特两地的失败而告终；但是他认为这次战争的结局丝毫也不能证明他的理论的不对。相反，根据他的看法，违背他的理论是失利的唯一原因，他以他固有的幸灾乐祸的讽刺口气说："我可是说过，整个事情都会完蛋。"[①]普弗尔是这样的一种理论家，他们非常喜欢自己的理论，以至于忘记了理论的目的是应用于实践；他由于喜欢理论而憎恨任何实践，对它不屑一顾。他甚至为失败而高兴，因为在实践中因违背理论而造成的失败只能证明他的理论的正确。

他与安德烈公爵和切尔内绍夫说了几句关于当前的战争的话，看他表情，仿佛他事先知道一切将会很糟，他甚至对此并不感到不满。他后脑勺上翘起的没有梳过的一绺绺头发和匆忙地梳得很平的鬓角充分证明这一点。

他到了另一个房间里，从那里立刻传来了他低沉的唠唠叨叨说话的声音。

---

① 原文为德文。

十一

安德烈公爵还没有来得及目送普弗尔出去,本尼格森伯爵就匆匆
忙忙地进了房间,他朝鲍尔康斯基点了点头,没有停步,给自己的副官
作了一些指示,就到书房去了。皇帝随后就到,本尼格森急忙赶在前面,
以便做些准备,好迎接皇帝。切尔内绍夫和安德烈公爵来到台阶上。
皇帝满面倦容,下了马。保卢奇侯爵对皇帝说着什么。他说得特别热
烈,皇帝朝左边侧着头,带着不耐烦的神气听着。皇帝朝前走动了一下,
大概是想结束谈话,但是这个满脸通红、非常激动的意大利人忘记了礼
仪,跟在他后面继续说。

"至于说到那个建议构建德里萨营地的人。"保卢奇说,这时皇帝
已上了台阶,看见了安德烈公爵,注视着这张他不熟悉的脸。

"至于说到,陛下,"保卢奇不顾一切地继续说,仿佛克制不住自己
一样,"那个建议构建德里萨营地的人,那么在我看来,他只有两个地方
可供选择:疯人院或绞刑架。"皇帝没有听完,也可能没有听见这个意
大利人的话,在认出鲍尔康斯基后,和气地对他说:

"见到你很高兴,请到他们那里去,我等一会儿就来。"皇帝到书房
去了。跟他进去的有彼得·米哈依洛维奇·沃尔康斯基公爵和施泰因
男爵,他们进去后,门关上了。

安德烈公爵经皇帝允许,与他早在土耳其就已认识的保卢奇一起
前去开会的客厅。

彼得·米哈依洛维奇·沃尔康斯基公爵担任类似皇帝总部的参谋
长的职务。他从书房出来,进了客厅,把带来的地图在桌子上摊开,提
出了几个他想要听听在座的诸位的意见的问题。其实这是因为夜间得
到了法国人迂回包抄德里萨营地的消息(后来发现这消息并不确实)。

第一个说话的是阿姆菲尔特将军,他出人意外地提出一个摆脱困
境的新的、怎么也无法解释的方案(这只能用他希望表明自己也可能有
自己的意见来解释),建议在彼得堡大道和莫斯科大道一边构筑阵地,
根据他的意见,军队应在那里会合等待敌人。可以看出,这个计划阿姆
菲尔特早就想好了,现在把它讲出来与其说是为了回答提出的问题(实

际上这个计划并不回答这些问题),不如说是为了利用这个机会公之于众。这是千百万种设想之一,这些设想象其他设想一样,在不了解战争将具有何种性质的情况下,也都是有充分理由可以做出的。一些人对他的意见提出异议,另一些人则表示支持。年轻的托尔比别的人都激烈地反驳这位瑞典将军的意见,在争论时从侧兜里掏出一个写满字的笔记本,请求大家允许他读一读。托尔在其非常详细的笔记中提出了另一个与阿姆菲尔特的计划和普弗尔的计划完全相反的作战计划。保卢奇在反驳托尔时,提出了向前推进和进攻的计划,照他说来,只要一进攻,就能使我们摆脱情况不明的状态,脱离我们所处的陷阱(他这样称呼德里萨营地)。在进行这些争论时,普弗尔和他的翻译沃尔佐根(这是普弗尔和近臣们之间的桥梁)没有说话。普弗尔只是轻蔑地哼了一声,转过头去,表明他永远不会降低身份去反驳他现在听到的废话。当主持讨论的沃尔康斯基公爵请他发表自己的意见时,他只说:

"何必问我呢?阿姆菲尔特将军提出构建一个后方完全暴露的很好的阵地。或者像这位意大利先生所说的那样发起进攻,很好!或者撤退。也很好。[①] 何必再问我呢?"他说。"要知道诸位都知道得比我清楚。"但是当沃尔康斯基皱起眉头说他是代表皇帝征求他的意见时,普弗尔站了起来,突然精神振作起来,开始说道:

"一切都弄坏了,一切都搞乱了,大家都想显得比我高明,现在又来问我:怎么纠正?没有什么可纠正的。只要精确无误地照我阐明的原理去做就行了。"他一面说,一面用瘦骨嶙峋的手拍着桌子,"有什么困难?小事一桩,轻而易举的事[②]。"他走到地图前面,开始很快地说起来,用干瘦的手指在地图上指着,证明任何偶然情况都不能改变德里萨营地的合理性,说一切都预计到了,如果敌人真的进行迂回,那么他们将不可避免地被消灭。

不懂德语的保卢奇开始用法语向他提问。沃尔佐根走过来给法语说得不好的普弗尔帮忙,为他翻译,几乎跟不上他说的话,普弗尔说得很快,竭力证明,一切的一切,不仅是发生的一切,而且是可能发生的一切,在他的计划里都预见到了,如果说现在出现困难的话,那么全部原

①② 原文为德文。

因在于一切没有精确无误地执行。他不断发出讽刺的冷笑，反复证明着，最后终于轻蔑地停止了，如同一个数学家不再用各种不同方法验证一道已证明计算正确的算题一样。沃尔佐根接过来替他说，继续用法语说明他的想法，不时地问普弗尔："对吗，阁下？^①"普弗尔像一个在战斗中杀红了眼的人那样打起自己人来，生气地对沃尔佐根喊道：

"就是这样，还有什么可解释的？^②"保卢奇和米绍两人用法语向沃尔佐根发起进攻。阿姆菲尔特则用法语同普弗尔说话。托尔用俄语对沃尔康斯基公爵进行解释。安德烈公爵默默地听着，观察着。

在所有这些人当中，最引起安德烈公爵同情的是那个凶狠恼怒、固执已见、头脑不清而自以为是的普弗尔。显然，在所有在座的人之中，只有他一个人不为自己谋求什么，对谁也不怀敌意，只有一个希望——实行根据他花多年的劳动研究出来的理论制订的计划。他是可笑的，他的讥讽的态度令人不快，但是与此同时他对思想的无限忠诚使人肃然起敬。此外，除了普弗尔，所有人的发言有一个在一八〇五年的军事会议上所没有的共同特点——即对拿破仑的天才的惊慌和恐惧，这种情绪虽然掩饰着，但是在每一个人发表不同意见时流露出来。他们设想拿破仑一切都可能做到，认为对他防不胜防，彼此用他的可怕的名字来推翻对方的设想。看来只有普弗尔一个人也认为拿破仑像所有反对他的理论的人一样是野蛮人。但是，普弗尔除了博得安德烈公爵的尊敬外，也使他感到怜惜。从近臣们同他说话的语气，从保卢奇竟敢在皇帝面前说他的坏话这一点，主要的是从普弗尔本人的某种绝望的表情可以看出，别人已经知道和他自己也已感觉到，他垮台的日子已为期不远了。虽然他很自信，说话带有德国人的唠叨和讽刺，但是他那鬓角的头发梳得平平的、后脑勺的头发翘起的样子是可怜的。虽然他摆

出气愤和蔑视的样子来加以掩饰，看来他处于绝望之中，因为他就要失去通过大规模的实验来检验和向全世界证明他的理论的正确性的唯一机会了。

讨论延续了很长时间，而延续的时间愈长，争论也就愈激烈，达到了大喊大叫、进行人身攻击的地步，这样也就愈不可能从发言中得

---

① ②　原文为德文。

出任何共同的结论。安德烈公爵听着各种不同语言说话的声音,听着这些设想、计划、反驳和叫喊,对他们大家的发言只不过感到惊讶而已。他在军事活动中早就产生和常常出现这样的想法,认为没有而且不可能有任何军事科学,因此也不可能有任何所谓的军事天才,这些想法现在对他来说具有十分明显的真理性。"如果战斗的条件和环境并不清楚而且无法确定,其中作战者的力量更无法确定,那么能有什么样的理论和科学可言呢? 无论是谁过去和现在都不可能知道我军和敌军一天后的处境,都不可能知道这个或那个部队的力量。有时,当走在前面的不是一个喊叫'我们被切断了'并仓皇逃命的胆小鬼,而是一个喊起'乌拉'来的快乐的和勇敢的人,这样五千个人的部队就抵得上三万大军,就像在申格拉本那样;有时五万人的军队见了八千人就望风而逃,在奥斯特利茨附近就是这样。在战斗中,如同在任何实际活动中一样,什么也确定不了,一切都取决于无数的条件,而所有这些条件的作用只有在谁也不知道何时到来的那一刻才能确定,在这样的事情里能有什么样的科学可言呢? 阿姆菲尔特说,我们的军队被切断了,而保卢奇说,我们使法国军队受到两面夹攻;米绍说,德里萨营地的不合适之处在于背靠着河,而普弗尔却说这正是它的长处。托尔提出一个计划,阿姆菲尔特则提出另一个;所有计划都很好,也都不好,任何处境是否有利,只有在事件发生时才能清楚地看出。为什么大家都说军事天才呢? 难道一个能及时下令运来干粮,叫这个向右走,叫那个向左走的人就是天才吗? 只是因为军人名声大,又有权,大批无耻之徒便讨好当权者,把他们本来没有的天才的品质加到他们身上,称他们为天才。恰恰相反,我所认识的优秀的将领都是一些傻里傻气或漫不经心的人。巴格拉季翁很出色,拿破仑本人都承认这一点。

而波拿巴本人也是这样! 我记得奥斯特利茨战场上他的那副洋洋自得的蠢相。一个好的统帅并不需要天才和任何特殊的品质,恰恰相反,他身上应当没有一般人的那些最优秀和最高尚的品德,例如仁爱、幻想、温情、钻研哲理的怀疑态度。他应该头脑简单,坚决相信他所做的事非常重要(否则他就不会有足够的耐心),只有这样他才能成为英勇的统帅。千万不要让他成为一个爱什么人、有怜悯心、老是考虑什么对什么不对的人。当然,自古以来就给他们编造了天才的理论,因为他们当权。军事胜利的取得并不取决于他们,而取决于那个在队伍里喊'完蛋了'或'乌拉'的人。只有在这队伍里服役,才能有这样的信心:你是有用的!"

安德烈公爵在听大家谈论时这样想道,直到保卢奇喊他,会已散了时,他才清醒过来。

第二天检阅时皇帝问安德烈公爵愿意在哪里工作,安德烈公爵没有请求留在皇帝身边,而请求允许他下部队,这就永远失去了成为近臣的机会。

十二

罗斯托夫在战争开始前接到了父母的来信,信中简短地告诉他娜塔莎生病以及与安德烈公爵解除婚约的事(说是娜塔莎回绝他的),同时又一次要他退役回家。尼古拉接到这封信后,没有打算请假或退役,而是给父母写了一封信,说他对娜塔莎病情很关心,对她与未婚夫解除婚约感到非常惋惜,并表示将尽一切可能实现他们的愿望。他给索尼娅单独写了一封信。

"我心中非常热爱的朋友。"他写道,"除了荣誉,任何东西也不能阻止我回乡。但是现在,在战争即将开始时,如果我只考虑自己的幸福而不考虑对祖国应尽的义务和抛弃对祖国的爱,那么我不仅无颜面对所有的同事们,也觉得无地自容。不过这是最后的一次别离。请你相信,一等战争结束,如果我还活着,并且你还爱我,我就立刻扔下一切飞到你的身边,把你永远紧紧地搂在我火热的怀里。"

确实,只是因为战争爆发,罗斯托夫才没有像他所许诺的那样,回家和索尼碰结婚。奥特拉德诺耶秋天的打猎和冬天的过圣诞节以及索尼娅的爱,给他展示了平静的贵族生活的欢乐和安宁,这是他以前未曾体验过的,现在非常吸引他。"贤惠的妻子、孩子、一大群良种猎犬、十到十二小群凶猛的灵缇、管理家业、与邻居交往以及担任选举的职务!"他想道。而现在正在打仗,需要留在团里。而由于需要这样做,加上尼古拉·罗斯托夫生性能随遇而安,因此他对团里的生活倒也满意,并能使自己过得很愉快。

尼古拉休假回来后,受到同事们的热情欢迎,不久他被派去采购用于补充的马匹,从小俄罗斯①买来了一批出色的军马,这使他很高兴,也使他受到了上司的称赞。休假期间他被提升为大尉,而当团队进入战时状态和扩大编制时,他又担任原先的骑兵连连长。

战争开始后团队往波兰进发,发了双饷,来了一些新的军官和新的兵员,增加了马匹;而主要的是,普遍出现了一种平常战争开始时常有的兴奋欢快的情绪;罗斯托夫知道自己在团里处于有利地位,便全身心地沉浸在服军役的喜悦和乐趣之中,虽然知道他迟早要离开这种生活。

部队由于国家的、政治的和策略上的各种复杂原因撤离了维尔纳。每后退一步,在总部里各种利益、意见和情绪总有一场复杂的较量。对保罗格勒团的骠骑兵来说,在夏季最好的时候带着充足的给养撤退,是一件最简单和最快乐的事。沮丧、不安的情绪和钩心斗角的现象只能存在于总部,而在部队的基层,人们根本不问自己上哪里去,去干什么。如果说有人为撤退感到惋惜的话,那也只是因为要离开住惯了的营房和漂亮的波兰小姐。即使有人想到情况不妙,那么这个想到的人也像一个好军人应做的那样,竭力装出快乐的样子,不去考虑战争的总的进程,而只想自己眼前的事。开头团队快活地驻扎在维尔纳附近,结识了一些波兰地主,等待和接受了皇帝和其他高级指挥官的检阅。后来接到了朝斯文齐亚内②撤退并销毁带不走的粮草的命令。斯文齐亚内之所以留在骠骑兵的记忆里,只是因为这是有名的"醉营",全军都这样称呼斯文齐亚内附近的驻地,也因为在斯文齐亚内告部队的状的人很多,抱怨他们利用征粮的命令,夺走波兰地主的马匹、马车和地毯。罗斯托夫之所以记得斯文齐亚内,是因为他在进入这个小镇的第一天更换了司务长,以致对付不了连里所有喝醉酒的人,他们未经他许可弄走了五桶陈年啤酒。从斯文齐亚内节节后退,退到了德里萨,又从德里萨后退,快要接近俄国边境了。

---

① 小俄罗斯指乌克兰。
② 斯文齐亚内,今立陶宛的什文乔尼斯。

七月十三日，保罗格勒团的官兵们第一次正经地打了一仗。

七月十二日夜，在战斗的前夜，曾有过一场猛烈的暴风雨。一八一二年的夏天总的说来常有这样的暴风雨天气。

保罗格勒团的两个连在一片被牲口和马踩坏的已抽穗的黑麦地里宿营。大雨哗哗地下着，罗斯托夫和受他庇护的年轻军官伊林坐在匆忙搭起的棚子里。他们团的一个留着络腮胡子的军官从司令部回来，遇到了雨，进了罗斯托夫的棚子。

"伯爵，我从司令部来。听说拉耶夫斯基[①]立功了吗？"于是这军官讲述了他在司令部听来的萨尔塔诺夫卡战斗[②]的详情。

罗斯托夫缩着进了水的脖子，吸着烟斗，漫不经心地听着，不时看看偎依在他身旁的年轻军官伊林。这个军官是一个十六岁的孩子，不久前到团里服役，他现在与尼古拉的关系，如同七年前尼古拉与杰尼索夫的关系一样。伊林竭力在各个方面学罗斯托夫的样，像女人一样爱上了他。

那个留两撇胡子的军官叫兹德尔任斯基，他绘声绘色地说萨尔塔诺夫卡水坝是俄国人的温泉关[③]，说拉耶夫斯基将军在这坝上的英勇行为可与古代英雄媲美。兹德尔任斯基讲述了拉耶夫斯基如何冒着可怕的炮火带领两个儿子到了坝上，和他们一起发起冲锋。罗斯托夫听着他讲，不仅没有说一句话来肯定兹德尔任斯基那么兴奋是理所当然的，相反，却露出了为听到的事感到难为情的样子，不过没有进行反驳。首先，罗斯托夫在参加奥斯特利茨战役和一八〇七年的历次战役后，根据自己切身经验知道，人们在讲述战斗经过时常常说谎，他自己也说过谎；其次，他已有足够的经验，知道战场上发生的一切完全不像我们所能想象和讲述的那样。因此他不喜欢听兹德尔任斯基讲，也不喜欢兹德尔任斯基这个人，觉得他胡子拉碴，说话时习惯性地俯下身来凑近听的人的脸，在这狭窄的棚子里挤着自己。罗斯托夫默默地看着他。"第一，在攻打的大坝上大概应该是混乱不堪和十分拥挤的，即使拉耶夫斯

---

① 拉耶夫斯基（一七七一——一八二九），俄国将军。

② 萨尔塔诺夫卡是莫吉廖夫附近的一个村庄，一八一二年七月十一（二十三）日俄军拉耶夫斯基军团与法军达武和莫利蒂耶的军团之间进行了一场激战。

③ 温泉关（德摩比利）是希腊中部东海岸卡利兹罗蒙山和马利亚科斯湾之间的狭窄通道，公元前四八〇年八月希腊人和波斯人曾在这里发生一场激战。

基带着儿子冲了上去,除了能带动他身旁的十来个人外,不会对任何人起什么作用,"罗斯托夫想,"其余的人根本看不到拉耶夫斯基带着什么人在大坝上走。而且那些看到了的人也不会十分振奋起来,因为在这生死关头,拉耶夫斯基的亲子之情与他们有什么相干呢?再说,祖国的命运并不像在谈到温泉关时所说的那样,取决于是否拿下萨尔塔诺夫卡大坝。这么说来,干吗要做出这样的牺牲呢?还有,干吗要把儿子带到这里的战场上来呢?我不仅不会带弟弟彼佳去冲锋,甚至也不会带这个非亲非故的好孩子伊林上去,而是要想方设法把他保护起来。"罗斯托夫一面听兹德尔任斯基说,一面继续想道。但是他没有说出自己的想法,在这方面他已经有经验了。他知道所讲的事能为我军增光,因此需要装出对此毫不怀疑的样子。他就是这样做的。

"真受不了啦,"伊林注意到罗斯托夫对兹德尔任斯基的话不感兴趣,说道,"袜子和衬衣都湿了,我身上直往下滴水。我去找个避雨的地方去。雨好像小一些了。"伊林出去了,兹德尔任斯基也骑上马走了。

五分钟后伊林吧嗒吧嗒踩着泥浆跑到棚子里来。

"乌拉!罗斯托夫,快走。找到了!离这里两百来步有一个小酒店,我们的人已上那里去了。哪怕去烘一烘衣服,玛丽亚·亨里霍夫娜也在那里。"

玛丽亚·亨里霍夫娜是团里军医的妻子,是一个年轻漂亮的德国女人,军医是在波兰和她结的婚。军医或者是由于没有钱,或者是由于新婚宴尔不愿与年轻的妻子分离,便带着她随着骠骑兵团东奔西走,医生的醋意常常成为骠骑兵军官之间说笑的话题。

罗斯托夫披上了斗篷,叫拉夫鲁什卡带着东西跟着他,和伊林一起走了,他们一路上有的地方在泥泞中滑行着,有的地方干脆冒着快要停的雨在水中吧嗒吧嗒走着,远方的闪电不时划破漆黑的夜空。

"罗斯托夫,你在哪里?"

"在这里。好亮的闪电!"他们彼此呼应着。

十三

在废弃的小酒店门口停着军医带篷的马车,已有五六个军官在这酒店里。玛丽亚·亨里霍夫娜是一个胖胖的浅色头发的德国女人,她身穿短上衣,头戴睡帽,坐在前面角落里的一张很宽的长凳上。她的军医丈夫躺在她后面睡觉。罗斯托夫和伊林在一片快乐的叫喊声和笑声中进了屋。

"嗬!你们这里好快活!"罗斯托夫笑着说。

"你们怎么来晚了?"

"好哇!他们身上的水直往下滴!别把我们的客厅给弄湿了。"

"不要弄脏玛丽亚·亨里霍夫娜的衣服。"有人接过来说。

罗斯托夫和伊林急于找到一个不会冒犯玛丽亚·亨里霍夫娜的角落换下身上的湿衣服。他们正要到隔板后面去换衣服;但是小小的储藏室已挤得满满的,一只空箱子上点着一支蜡烛,三个军官坐在那里玩牌,怎么也不愿让出自己的地方。玛丽亚·亨里霍夫娜暂时借给他们一条裙子作帘子,于是在这帘子后面罗斯托夫和伊林在带来了马褡子的拉夫鲁什卡的帮助下脱下了湿衣服,换上了干衣服。

破炉里升起了火。找来了一块木板,把它固定在两个马鞍上,上面盖了马被,拿来了一个小茶炊、旅行食品箱和半瓶罗姆酒,请玛丽亚·亨里霍夫娜当女主人,大家聚集在她周围。有人递给她一块干净的手绢,让她用来擦那双漂亮的小手,有人在她的小脚下铺了一件骑兵上衣防潮,有人用斗篷挂在窗户上挡风,有人轰赶她丈夫脸上的苍蝇,免得苍蝇把他弄醒。

"不用管他,"玛丽亚·亨里霍夫娜说,羞怯地和幸福地微笑着,"他一夜没有睡觉,就这样也能睡得很好。"

"不,玛丽亚·亨里霍夫娜,"一个军官回答道,"应当好好巴结大夫,将来要锯胳膊或截腿时,他也许会不忍心对我这样做。"

杯子只有三个;水很脏,弄不清茶浓不浓,茶炊里的水只够沏六杯茶,不过按照职位的顺序轮流着从玛丽亚·亨里霍夫娜那双指甲不那么干净的胖胖的小手里接过茶来喝,觉得更有意思。这天晚上,所有军官似乎都爱上了玛丽亚·亨里霍夫娜。就连在隔板后面玩牌的人也很快扔下了牌,坐到茶炊旁边来,和大家一起向玛丽亚·亨里霍夫娜献殷勤。玛丽亚·亨里霍夫娜看见自己处在这样一些出色的和彬彬有礼的年轻人当中,顿时容光焕发,不管她如何竭力地想加以掩饰,不管睡在她背后的丈夫每动一下她都明显地露出胆怯的表情,她仍然还是那么喜气洋洋。

匙子只有一个,糖却很多,要搅它都轮不过来,因此决定由她轮流给每个人搅。罗斯托夫接到杯子后,倒了一点罗姆酒,便请玛丽亚·亨里霍夫娜给搅一搅。

"您不是没有放糖吗?"她说,脸上始终挂着微笑,仿佛不管她说什么,不管别的人说什么,都是非常可笑的,都含有另一种意义。

"不是让您给我搅匀糖,只要您亲手给我搅一搅就行。"

玛丽亚·亨里霍夫娜同意了,开始寻找匙子,因为匙子已被人拿走了。

"您就用手指搅吧,玛丽亚·亨里霍夫娜,"罗斯托夫说,"这样就更好。"

"太烫!"玛丽亚·亨里霍夫娜说,快乐得涨红了脸。

伊林提来一桶水,往桶里滴了些罗姆酒,走到玛丽亚·亨里霍夫娜那里,请她用手指搅一搅。

"这是我的一杯水,"他说,"您只要把手指往里面伸一下,我就一口把它喝干!"

茶炊里的水全都喝完后,罗斯托夫拿起一副牌,提议和玛丽亚·亨里霍夫娜一起玩"当国王"。抓阄决定谁和玛丽亚·亨里霍夫娜一起玩。根据罗斯托夫的建议,玩牌的规则是这样的:谁当上了"国王",就有权吻一下玛丽亚·亨里霍夫娜的小手;谁当了"坏蛋",就得在医生醒来时为他生上茶炊。

"要是玛丽亚·亨里霍夫娜当上'国王'呢?"伊林问。

"她本来就是王后!她的命令就是法律。"

刚开始玩牌,医生突然从玛丽亚·亨里霍夫娜背后抬起了他头发蓬乱的脑袋。他早就醒了,一直倾听着大家说的话,看来没有在他们说的和做的一切之中发现任何快乐的、可笑的或有趣的东西。他的脸色是忧愁的和沮丧的。他没有和军官们打招呼,搔搔头皮,请求让他出去,因为人们挡了他的道。他一出去,所有军官们就哈哈大笑起来,而玛丽亚·亨里霍夫娜脸红得流出了眼泪,而在所有军官看来,她变得更加招人喜欢了。医生从院子里回来后对妻子说(她已停止幸福地微笑,带着惊恐地等待判决的神情看着他），雨已经停了，应当到带篷的马车里去过夜，要不车上的东西会被人偷光的。

"我派勤务兵去看着……派两个！"罗斯托夫说，"何必这样呢，大夫。"

"我去看守！"伊林说。

"不，诸位，你们都睡足了觉，而我两夜没有睡了。"医生说，脸色阴沉地在妻子身旁坐下，等待玩牌结束。

医生沉下脸，斜视着自己的妻子，军官们看着他的模样就更乐了，许多人忍不住笑出声来，同时急忙为发笑寻找冠冕堂皇的借口。当医生带着他的妻子出去、在带篷的马车上安顿好后，军官们也在小酒店里躺下了，身上盖着淋湿的军大衣；但是他们很久没有睡着，时而交谈着，回想着医生惊恐的表情和他的妻子快乐的样子，时而跑到台阶上，报告马车里的动静。罗斯托夫几次蒙住头想睡；但是又被某人的一句话逗乐了，大家又交谈起来，发出了无缘无故的、快乐的和天真的笑声。

十四

夜里两点多钟，谁都还没有入睡，司务长带来了向奥斯特罗夫纳镇开拔的命令。

军官们还是那样有说有笑地作出发的准备；又烧了一茶炊脏水。但是罗斯托夫没有喝茶就到连队去了。天已经亮了；雨已停了，乌云正在散开。天气又潮又冷，尤其是穿着没有干透的衣服，更觉得冷飕飕的。罗斯托夫和伊林两个人出了小酒店，在黎明时分的昏暗中朝医生的那辆皮篷上的雨滴闪闪发亮的马车看了一眼，只见挡布下面跷着医生的双脚，而在马车中央的坐垫上露出医生太太的睡帽，从那里传出熟睡的呼吸声。

"说真的，她非常可爱！"罗斯托夫对和他一起出来的伊林说。

"这女人太迷人了！"伊林带着十六岁孩子的认真的神情回答道。

半个小时后，连队已在路上排好队。传来了口令："上马！"士兵们画了十字，开始上马。罗斯托夫骑马向前走，发出"齐步走！"的口令，于是骠骑兵们四人一排，跟在走在前面的步兵和炮兵后面，沿着两旁种着桦树的大道前进,马蹄踩在积水的路上发出吧嗒吧嗒的声音,马刀碰得叮当响,人们低声地说着话。

一片片青紫色的残云被曙光映得红红的,在风的驱赶下迅速地浮动。天愈来愈亮了。可以清楚地看到常常生长在乡间道路上的茂密的野草,它在昨天的一场雨后还是湿漉漉的;桦树的悬垂的树枝也是湿的,随风摇曳,把亮晶晶的水滴洒向一旁。士兵们的脸愈来愈清晰可见了。罗斯托夫与紧跟着他的伊林在路旁两行桦树之间走着。

罗斯托夫在作战时没有按照规矩骑战马,而骑一匹哥萨克马。他作为行家和喜欢马的人,不久前给自己弄到了一匹高大的烈性顿河马,这是一匹白鬃白尾的枣红马,骑着它,谁也追不上他。对罗斯托夫来说,骑这匹马是一种乐趣。他心里想着马,想着早晨的事,想着医生太太,一次也没有想到面临的危险。

从前罗斯托夫去参加战斗是害怕的;现在他没有一点恐惧的感觉。他不害怕不是由于他对上火线已习惯了(对危险是无法习惯的),而是由于他学会了在危险面前控制自己。他在前去参加战斗时,已习惯于什么都想,但不去想看来似乎是最关心的事——即不去想面临的危险。在服役的初期,不管他做出什么样的努力,不管他如何责备自己胆小,他做不到这一点;但是随着岁月的流逝,现在自然而然地做到了。现在他骑着马与伊林并排在桦树之间走着,不时顺手捋那碰到的枝条上的树叶,有时用脚踢踢马肚子,有时头也不回地把吸完的烟斗递交给后面的骠骑兵,他的神态是那样的平静和无忧无虑,仿佛他是在骑马兜风。他看着伊林紧张的脸色,听他激动地唠唠叨叨,不禁有些可怜他;他根据经验知道,这个骑兵少尉正处于恐惧和等待死亡的痛苦状态之中,知道除了时间之外,无论什么都不能帮助他摆脱这种状态。

太阳刚钻出乌云,出现在明净的天空,风就停了,仿佛它不敢破坏雷雨后夏日清晨的美景似的;水还在滴着,不过已是垂直落下——这时一切都沉寂下来。太阳完全出来了,浮在地平线上,接着又消失在它上方的一片又窄又长的乌云里。几分钟后,太阳冲破乌云出现在它的上方,变得更加明亮。一切都亮了起来,闪闪发光。与此同时,仿佛与这亮光相呼应似的,从前面传来了隆隆的炮声。

罗斯托夫还没有来得及仔细考虑和确定这炮声有多远,奥斯特曼—托尔斯泰伯爵 ① 的副官就骑马从维捷布斯克跑来,带来了沿大路快步前进的命令。

骑兵连超过了也在急忙快速前进的步兵和炮兵,下了山,然后经过一个已没有居民的空荡荡的村庄,又上了山。马匹开始冒汗,人也满脸通红。

"立定! 看齐!"从前面传来骑兵营长的口令。

"右转弯,齐步走!"前面又传来了口令。

于是骠骑兵沿着战线走到阵地的左翼,在处于第一线的枪骑兵后面停住。右边是我军密集的步兵纵队——这是预备队;在步兵纵队上方的山上,在天地交接的地方露出我军的大炮,在明净的天空中,在早晨斜射过来的明亮的阳光照耀下可以看得很清楚。在前面谷地的那一边,是敌人的纵队和大炮在谷地里可以听到我军散兵线的枪声,他们已经交上了火,发出与敌人对射的欢快的噼啪声。

罗斯托夫听到这些很久没有听到的声音,像听见最欢快的音乐一样,心里高兴起来。嗒—— 嗒—— 嗒! —— 时而突然一齐响了起来,时而很快地一声接一声一连好几下。接着又沉寂下来,然后又像有人踩着响炮一样,噼啪响起来。

骠骑兵在原地大约停了一个钟头。炮击开始了。奥斯特曼将军带着随从从骑兵连的后面过来,勒住马,和团长说了几句,又到山上炮队那里去了。

奥斯特曼走后,枪骑兵就听到了口令:

"成一路纵队,准备冲锋!"他们前面的步兵分成两排,让骑兵过去。枪骑兵出动了,长矛上的小旗飘动着,催马快步朝山下左边出现的法国骑兵奔去。

枪骑兵一下山,骠骑兵奉命朝山上推进,前去掩护炮兵。当骠骑兵到了刚才枪骑兵的地方时,从远处散兵线那里飞来的子弹呼啸而过,没有打中目标。

罗斯托夫很久没有听到这种声音了,他心里比从前听到射击声时更高兴和更激动。他挺直身子,仔细察看着山前的战场,整个心都

---

① 奥斯特曼—托尔斯泰(一七七〇—一八五七),俄国将军,当时任步兵军长。

与冲锋的枪骑兵在一起。枪骑兵一直向法国龙骑兵扑过去,在那里的烟雾里混成一团,五分钟后枪骑兵后退了,但不是退往原地,而是退向靠左边的地方。在穿着橙黄色制服和骑着枣红马的枪骑兵之间和在他们后面,可以看到一大群穿着蓝色制服和骑着灰马的法国龙骑兵。

十五

　　罗斯托夫有着猎人的敏锐目光,他是第一批看见穿蓝色制服的法国龙骑兵追赶我们的枪骑兵的人之一。溃逃的枪骑兵和追赶他们的法国龙骑兵愈来愈近了。已经可以看到这些在山下显得很小的人碰到一起,相互追赶,挥动着胳膊或马刀。

　　罗斯托夫像看猎犬追捕野兽似的看着他面前发生的事。他凭本能感觉到,如果现在带着骠骑兵向法国龙骑兵发起攻击,那么他们是抵挡不住的;但是如果要攻击,那么就得马上进行,不然就晚了。他朝自己周围看了一眼。他身旁的大尉也目不转睛地看着山下的骑兵。

　　"安德烈·谢瓦斯季亚内奇,"罗斯托夫说,"要知道我们能把他们打垮……"

　　"这是一个高招,"大尉说,"其实……"

　　罗斯托夫没有听他说完,就刺了刺马,跑到连队前面,他还没有来得及下令出击,与他有同样感觉的全连官兵已跟着他出动了。罗斯托夫自己也不知道他怎么这样做和为什么要这样做。这一切他都是像在打猎时一样不假思索和不经考虑地做的。他看见龙骑兵靠近了,他们队伍散乱;他知道他们抵挡不住,他知道这只是一分钟的事,如果错过了,就无法挽回。子弹那样刺激性地在他周围呼啸着,马那样使劲地往前冲,他自己也忍不住了。他催动坐骑,发出口令,在这一瞬间听到自己背后全连展开队形快步奔跑的马蹄声,便直朝山下的龙骑兵冲去。他们一下了山,不由得从快步改为大跑,愈接近枪骑兵和追赶他们的法国龙骑兵便跑得愈来愈快。龙骑兵已很近了。他们前面的人看见骠骑兵便开始向后转,后面的人暂时停住了。罗斯托夫以拦截狼的心情,放开顿河马,全速奔跑过去堵那队形已乱的法国龙骑兵。一个枪骑兵停住了,一个步兵扑倒在地上,以免被马踩着,一匹无人骑的马混在骠骑兵中间。几乎所有的法国龙骑兵都往回跑。罗斯托夫选定了他们当中一个骑灰马的人,纵马追他。路上他碰上了一株矮树,骏马驮着他一跃而过,尼古拉刚在马鞍上坐稳,就发现他立刻就要追上那个他选作目标的敌人。这个法国人从他身上穿的制服来看大概是一个军官,他骑在灰马上,弯下身子,用马刀赶着马。转瞬之间罗斯托夫的马的前胸已碰到那军官的马的臀部,差一点把它撞翻了,在同一瞬间罗斯托夫自己也不知道为什么,举起马刀,朝那法国人砍去。

在他这样做的同一瞬间,罗斯托夫兴奋的心情突然消失了。那军官只在一只手臂肘弯以上的地方受了点轻伤,他摔下马来与其说是因为挨了罗斯托夫一马刀,不如说是因为被马撞了一下吓破了胆。罗斯托夫勒住马,用眼睛寻找着那个敌人,想看一看他打败的是什么人。那个法国龙骑兵军官一只脚在地上跳着,另一只脚套在马镫里。他惊恐地眯起眼睛,仿佛随时都在等待着再挨一马刀,接着皱起眉头,带着恐惧的表情从下往上看了罗斯托夫一眼。他脸色苍白,脸上溅满泥浆,长着一头浅色头发,显得很年轻,下巴上有一个小坑,眼睛是浅蓝色的,那张脸不是战场上的人的脸,不是敌人的脸,而是最普通的住在家里的人的脸。罗斯托夫还没有决定拿他怎么办,他就喊叫起来:"我投降!"他急急忙忙地想要把脚从马镫里抽出来,但是抽不出来,他那双惊恐的蓝眼睛一眨不眨地望着罗斯托夫。几个骠骑兵跑上前来,帮他抽出了脚,叫他骑上马。四处的骠骑兵们正在和龙骑兵们忙活着:一个龙骑兵受了伤,满脸是血,但不肯交出自己的马;另一个搂住一个骠骑兵,坐在他的马屁股上;还有一个由骠骑兵扶着,正在上他的马。前面的法国步兵一面射击,一面逃跑。骠骑兵带着俘虏急忙往回走。罗斯托夫也和别人一起回来了,一种不愉快的感觉使他心里憋得慌。他俘虏了这个军官,砍了他一马刀,产生了一种模糊的、混乱的、自己怎么也说不清的心情。

奥斯特曼—托尔斯泰伯爵前来迎接胜利归来的骠骑兵,把罗斯托夫叫去,表扬了他,说要向皇帝奏明他的英勇行为,并呈请授予他格奥尔吉十字勋章。当罗斯托夫被叫去见奥斯特曼伯爵时,他想起他是没有接到命令发起冲锋的,完全相信长官把他叫去是要处罚他的这种自作主张的行为。因此奥斯特曼称赞他和答应奖赏他，他本应感到惊喜；但是那种不愉快的模糊的感觉使他精神上很难受。"究竟是什么使我感到痛苦呢？"他在从将军那里出来时问自己。"是伊林吗？不，他安然无恙。我做了什么丢脸的事了吗？不，完全不是那么回事！"使他感到痛苦的是另一种类似后悔的东西，"是的，是的，是这个下巴上有一个小坑的法国军官。我清楚地记得，我举起手中的马刀后又停住了。"

罗斯托夫看见被押走的俘虏，便跟在他们后面，想看一看自己俘获的那个下巴上有一个小坑的法国人。这个法国人身穿古怪的制服，骑着骠骑兵的一匹备用的马，不安地环视着自己的周围。他手臂上的伤几乎算不上什么伤。他对罗斯托夫假装出笑脸，朝他挥手致意。罗斯托夫还是那样觉得不自在，好像为什么事感到问心有愧似的。

第二天一整天罗斯托夫的朋友和同事们注意到他并不烦闷，也并不生气，但是沉默寡言，若有所思，心神专注。他不大乐意喝酒，竭力想一个人独自待着，一直想着什么事。

罗斯托夫一直想的是他的这个光辉业绩，他感到惊奇，他居然因此而获得了格奥尔吉十字勋章，甚至赢得了勇士的名声——对有些事他怎么也弄不明白。"这么说来他们比我们还害怕！"他想，"难道那种被称作英雄行为的东西只不过如此？难道我是为保卫祖国这样做吗？那个下巴有个小坑和长着蓝眼睛的人有什么罪？他是多么害怕啊！他以为我要杀死他。我为什么要杀死他呢？我的手颤动了一下没有砍下去。可是给了我格奥尔吉十字勋章。我什么，什么也不明白！"

但是正当尼古拉心里反复思考着这些问题，仍然弄不明白是什么东西使他如此不安时，如同常有的那样，他在服军役方面时来运转了。在奥斯特罗夫纳战斗后，他得到了提拔，把一个骠骑兵营交给他指挥，而在用得着勇敢的军官时，便派他去执行任务。

十六

伯爵夫人得到娜塔莎生病的消息后，虽然还没有完全恢复健康，身体还比较虚弱，但是仍然带着彼佳和一家人到了莫斯科，于是全家从玛丽亚·德米特里耶夫娜那里搬回了自己的住宅，在莫斯科定居下来。

　　娜塔莎病情很重,这样作为她的病因的那件事就不那么去想了,她的行为以及她同未婚夫解除婚约的事都退居到了次要地位,这对她和她的亲人来说,反倒是件好事。她病得很厉害,使人不能去考虑她在发生的整个事情当中有多少错,她不吃,不睡,明显地瘦了,不断咳嗽,大夫多次暗示,她处于危险之中。应当只考虑如何治她的病。大夫们常到娜塔莎这里来,他们又是单独给她看病,又是进行会诊,用法语、德语和拉丁语说了很多,互相指责,开了能治他们所知道的所有疾病的各种各样的药,而他们之中没有一个想到这样一个简单的道理,即他们不可能知道娜塔莎生的病,如同不可能知道一个活人所得的任何一种疾病一样,因为每个活人都有自己的特点,通常都有特殊的、医学上尚未见过的新的复杂的疾病,不是医典上有记载的肺部、肝脏、皮肤、心脏、神经等等的病,而是这些器官的疾患的无数综合征之一。医生们之所以不会想到这个简单的道理(正如魔法家不会想到他施展的魔法会不灵一样),是因为他们一生的工作是治病,因为他们用这种方法挣钱,因为他们在这事情上耗费了自己最好的年华。但是医生们不能想到这一点主要是因为他们看到他们无疑是有用的,而对罗斯托夫全家人来说,也确实是有用的。他们之所以有用处不是因为他们强迫病人吞食大都是有害的物质(这种害处不大容易感觉出来,因为有害物质给的剂量很小),他们有用、必不可少和离不了(这就是为什么任何时候都有假郎中、算命先生、顺势疗法和对抗疗法①医生的原因),是因为他们能满足病人本身和关爱病人的亲人的精神需要。他们满足一般人永远都有的希望减轻病痛的需要,得到同情和能够活动的需要,一个人在痛苦时常有这样的需要。他们满足一般人永远都有的揉揉碰伤的地方的需要(这在孩子身上以最原始的形式显露出来)。孩子碰疼了,立刻扑进母亲和保姆的怀里,让她们亲亲他和揉揉疼的地方,而疼的地方被揉了揉或亲了亲后,他就觉得好多了。孩子不相信家里最有力和最聪明的人会没有办法减轻他的疼痛。于是减轻痛苦的希望以及母亲在揉他的鼓包时所表示的同情给他以安慰。大夫们对娜塔莎的用处也表现在他们又亲

---

　　① 顺势疗法是一种用小剂量的、能使健康人产生某种疾病症状的药物的治病方法,由德国医生哈内曼(一七五五——一八四三)提出,他把相反的疗法称为对抗疗法。

又揉她的**痛处**,要她相信,如果马夫到阿尔巴特街的药房去,用一卢布七十戈比买回装在漂亮的盒子里的药粉和药丸的话,如果这药粉不多不少每隔两个小时用开水冲服的话,那么病情就会立刻减轻。

如果不是遵照大夫的嘱咐,按时给娜塔莎服药,侍候她喝温水和吃鸡肉饼以及做其他生活琐事,并把遵照医嘱看作自己的工作和安慰,那么索尼娅、伯爵和伯爵夫人又能做些什么呢?他们也许只好束手无策地看着虚弱的娜塔莎一天天消瘦下去。现在这些措施愈严格,愈复杂,周围的人心里就愈感到安慰。伯爵如果不为娜塔莎治病花几千卢布,并且为了有利于她的身体不惜再花几千;如果他见女儿还不能恢复健康,舍得再花几千,把她送到国外去,在那里找人给她进行会诊;如果他不能详细讲讲梅蒂维埃和费列尔没有诊断出来,费里斯却诊断出来了,而穆得罗夫诊断得最准确等等,那么真不知他将如何熬过爱女生病的日子。伯爵夫人如果不能有时因娜塔莎不严格遵守医嘱而和她吵几句,她又有什么事可做呢?

"要是你再不听大夫的话,不按时服药,"她说,因为气恼,一时忘掉了自己的痛苦,"那么你就永远也好不了!要知道你可能转为肺炎,这可不是闹着玩的。"伯爵夫人说,她在说出"肺炎"这个并不只是她一个人不明白的医学术语时,仿佛得到很大安慰似的。索尼娅如果不高兴地意识到她开头的三夜为了准确地按医生的嘱咐行事,没有脱过衣裳,现在她夜里也不睡,以免病人错过服用金色小盒子里的毒性很小的药丸的时间,如果她不这样做,又会做些什么呢?娜塔莎虽然嘴里说,任何药物都治不了她的病,这一切都是胡闹,但是她看到人们为她作了这么多的牺牲,她需要按时服药,心里很高兴;她甚至为她能够用不遵医嘱的方式表明她不相信治疗和不珍视自己的生命而感到很得意。

大夫每天都来,号号脉,瞧瞧舌苔,故意不看病人沮丧的脸色,和她开玩笑。当他到另一个房间去时,伯爵夫人急忙跟着他出来,这时他摆出严肃的样子,若有所思地摇摇脑袋,说虽然还有危险,但是他希望这最后的药能起作用,说需要等待和观察;还说这病主要是精神上的,不过……

伯爵夫人把一枚金币塞到大夫手里,竭力想让自己和大夫都不注意她塞钱,每一次都带着宽慰的心情回到女儿那里。

娜塔莎的症状是吃得很少,睡得很少,咳嗽,一直萎靡不振。大夫们说,病人的病不能不医治,因此就让她待在空气又闷又浊的城里。一八一二年夏天罗斯托夫一家没有回到乡下去。

娜塔莎虽然服用了大量的药丸、药水和药粉(爱好收集小玩意儿的绍斯太太已把装药的小罐和小盒收集了一大堆),虽然离开了习惯的乡村生活,但是发生作用的还是她的青春:她的悲伤开始为以往生活的感受的厚层所覆盖,不再痛苦地折磨她的心灵,正在成为过去,这时她的身体也开始恢复了。

十七

娜塔莎变得平静些了,但是并没有快活起来。她不仅躲避诸如舞会、骑马兜风、音乐会、看戏等外部的娱乐活动,而且她笑的时候也没有一次不含眼泪。她还不能唱歌。她刚开始要笑或者一个人自然而然地想要唱点什么时,眼泪就把她哽住了:这是后悔的眼泪,是想起那个永不复返的纯洁的时期觉得伤心的眼泪,是恼恨自己白白毁了自己的青春的眼泪,要知道本来她的生活是能够变得很幸福的。她尤其觉得欢笑和唱歌是对她的悲伤的亵渎。她一次也没有想过要卖弄风情;她甚至不必克制自己。她这样说而且也感觉到,这时对她来说所有男人都是像娜斯塔西娅·伊万诺夫娜那样的小丑。她内心的那个警卫坚决禁止她有任何的欢乐。再说,她已经没有了以前过着无忧无虑的和充满希望的少女生活时的所有生活兴趣。她回忆得最经常的和回忆时感到最难受的是那年的秋天,是打猎、大叔以及与尼古拉一起在奥特拉德诺耶过的圣诞节。哪怕能像那时一样再过上一天这样的日子,她可以付出任何代价! 但是这已永远地结束了。当时的预感并没有欺骗她,那时她就感到这种自由自在的和可以尽情享受一切欢乐的状况将一去永不复返。但是应当生活下去。

她高兴地想到,她并不像过去所想的那样要比所有人都好,而是比他们要坏,比世界上所有的人要坏得多。但是还不只是这样。她知道这一点,并且问自己:"以后还有什么呢?"而以后什么也没有。生活中没有任何欢乐,而生活正在过去。看来娜塔莎只竭力想使自己不成为任何人的累赘,不妨碍任何人,而她自己什么也不需要。她疏远家里所有的人,只有同弟弟彼佳在一起感到轻松些。她更喜欢和他在一起,而不大喜欢同别人在一起;有时,当她和弟弟单独在一起时,她会笑起来。她几乎不出门,在来访的客人中只乐意见皮埃尔一个人。别祖霍夫伯爵对待她做到了不能再体贴、再小心、同时也不能再严肃的地步。娜塔莎不由得感觉到了对她的这种体贴,因此与皮埃尔在一起心里很高兴。但是她对他的体贴甚至不表示感激,因为她觉得他做任何好事都不费力。皮埃尔似乎很自然地对所有的人都很善良,因此他的善良不是什么长处。有时娜塔莎发现皮埃尔在她面前显得犹豫和不安,尤其是当他想做一点使她感到愉快的事或者当他担心某一句话勾起了娜塔莎痛苦的回忆的时候。她看到了这一点,把它归之为他一般的善良和腼腆,她认为他对她和对大家都是一样的。不久前,在娜塔莎心慌意乱的时候,皮埃尔曾无心地说过,如果他现在是自由的,他将跪下来向她求婚和祈求她的爱情,从那之后,皮埃尔再也没有说过一句关于他对娜塔莎的感情的话;娜塔莎很清楚,皮埃尔说这几句当时使她得到极大安慰的话,就像人们哄啼哭的孩子时说一些毫无意义的话一样。这不是由于皮埃尔是一个结了婚的人,而是由于娜塔莎觉得在他俩之间隔着一道极大的精神障碍(她觉得同库拉金之间没有这种障碍),她从未想过,她同皮埃尔的关系会使她产生爱情,更不能使对方产生爱情,甚至不可能产生男女之间的那种温存的、尊重自身的、富有诗意的友谊,她知道几个这种友谊的例子。

在彼得斋戒期 ① 的末尾,罗斯托夫一家的那位在奥特拉德诺耶的邻居阿格拉费娜·伊万诺夫娜·别洛娃到莫斯科来朝拜这里的圣徒。她建议娜塔莎斋戒,娜塔莎高兴地接受了这个意见。尽管大夫禁止大清早出门,娜塔莎仍坚持要斋戒,并且不用罗斯托夫家里通常的方式,即在家里做三次祷告,而像阿格拉费娜·伊万诺夫娜那样,整个星期不放过一次晚祷、日祷和晨祷。

伯爵夫人看见娜塔莎这样热心很高兴;在医疗没有效果后,她心里希望祈祷能起药物起不到的作用,虽然她怀着疑惧的心情瞒着大

---

① 彼得斋戒期为复活节后的第九周到旧历六月二十八日。

夫，但是同意了娜塔莎的要求，把她托付给了别洛娃。阿格拉费娜·伊万诺夫娜夜里三点来叫醒娜塔莎，但是多半看见她没有睡觉。娜塔莎担心睡过了晨祷的时间。她匆匆地洗了脸，毫不讲究地穿上自己最坏的衣服，到了外面一接触到凉爽的空气就哆嗦起来，上了被朝霞映得通红的空荡荡的大街。娜塔莎听从阿格拉费娜·伊万诺夫娜的劝告，不在本教区的教堂里斋戒，而去另一个教堂，据虔诚的别洛娃说，那里的神父非常严格，品德高尚。在这教堂里平常人很少；娜塔莎和别洛娃一起在左边唱诗班后面的圣母像前常站的地方站住，在早晨这个不寻常的时刻，她望着在面前点燃着的蜡烛的烛光和从窗户透进来的晨光照亮的圣母像的暗黑的面庞，听着祷文并且竭力想要听懂它的意义，这时她在伟大的和不可理解的事物面前心中充满了一种未曾有过的谦卑的感觉。当她听懂了祷文的意义时，她的带有个人特点的感情便与她的祈祷会合在一起；而当她没有听懂时，她便更加高兴地想到，这种要求理解一切的愿望是高傲的表现，要想理解一切是不可能的，只需要信仰和皈依上帝就行了，她觉得上帝此时此刻正控制着她的灵魂。她画着十字，行着礼，在没有听懂时，为自己的卑劣而感到惊恐，只请求上帝宽恕她的一切的一切，赦免她。她最为投入的祈祷是悔过的祈祷。在清早回家的路上，她只碰到前去上工的泥瓦匠和扫大街的清洁工，各家各户的人还在睡觉，这时娜塔莎有一种新的感觉，觉得自己还有可能改掉自己的恶习，过纯洁的新生活和得到幸福。

在她过这样的生活的整整一周里，这种感觉一天天地增强。她认为领圣餐，或者像阿格拉费娜·伊万诺夫娜高兴地玩弄字眼对她所说的那样，领圣体血是一种巨大的幸福，觉得她活不到这个幸福的星期日。

但是这幸福的一天来到了，娜塔莎在这个对她来说难忘的星期日穿着白纱衣服领过圣餐回来，许多个月来第一次感到心境平静，不觉得受到眼前生活的重压。

这一天大夫来家检查了娜塔莎的身体，吩咐继续服用他两个星期前开的药粉。

"一定要继续服用——早晚各一次。"他说，看来他真的对自己取得的治疗效果很满意。"只是要准时吃药。放心吧,伯爵夫人,"大夫一面用开玩笑的口气说,一面动作灵活地把一枚金币抓在手心里,"很快她又会唱起歌来,蹦蹦跳跳的。最后开的药对她非常非常有效。她变得有精神多了。"伯爵夫人看了看指甲,吐了口唾沫①,面有喜色地回客厅去了。

十八

七月初,关于战争进程的各种令人不安的传闻在莫斯科流传得愈来愈广,人们谈论着皇帝的告民众书,提到皇帝本人从部队来到了莫斯科。由于在七月十一日以前没有正式收到宣言和告民众书,因此下面流传着关于这些文件和俄国局势的种种作了夸张的流言。有人说皇帝离开军队是因为军队处于危险之中,还说斯摩棱斯克已经失守了,拿破仑有百万大军,只有奇迹才能拯救俄国等等。

七月十一日,星期六,收到了宣言,但是还没有印好;前来看望罗斯托夫一家人的皮埃尔答应第二天,即星期日,到他们家来吃饭,顺便带来他从拉斯托普钦伯爵那里要来的宣言和告民众书。

在这个星期日,罗斯托夫一家人照例到拉祖莫夫斯基家的教堂做日祷。这是七月的一个炎热的日子。十点钟罗斯托夫一家人在教堂前下了马车,这时在炎热的空气里,在小贩的叫卖声中,在人群浅色的鲜艳的夏季服装中,在林荫道上落满灰尘的树叶上,在前去换班的一营军人吹奏的军乐声中和身上穿的白色裤子上,在马路上车辆的隆隆声和炎日耀眼的光芒中,已可感受到一种夏日的慵困以及对现时的满意和不满,这一点在城里晴朗炎热的日子里尤其能清楚地觉察出来。在拉祖莫夫斯基家的教堂里聚集了莫斯科的显贵和罗斯托夫家的所有熟人(在这一年,仿佛是要等待什么似的,许多通常到各地乡村去度夏的富有家庭都留在城里)。娜塔莎跟着在前面为母亲开路的穿仆役制服的仆人走过去的时候,听见一个年轻人在声音很大地嘀咕着,谈论着她。

"这是罗斯托娃,就是那个……"

---

① 这是一种求吉利的习惯动作。

"她瘦多了,但还是很漂亮!"

她听到,也许是感觉到他们提到了库拉金和鲍尔康斯基的名字。不过,她总有这样的感觉。她总是觉得,所有的人看着她,只想着她发生的事。娜塔莎像平常在人群里时一样,心里感到痛苦和麻木,她身穿镶黑色花边的浅紫色丝绸衣服,像一般女人走路那样走着——她心里愈是觉得痛苦和羞愧,就愈装得平静和庄重。她知道她很漂亮,而且她这样认为也是对的,但是这并不像以前那样使她高兴。相反,最近,尤其是在城里的这个晴朗炎热的夏日,这更使她感到十分痛苦。"又是一个星期日,又是一个星期,"她想起那个星期日她在这里的情况,自言自语地说,"仍然还是那种没有生活的生活,还是从前曾经生活得很轻松的环境。我又漂亮,又年轻,我知道现在我很善良,从前我很坏,现在我是善良的,我知道,"她想道,"就这样,最好的年华就要不为任何人地白白过去了。"她在母亲身旁停住,和站在身边的熟人打了个招呼。娜塔莎按照习惯观察着女士们的装束打扮,看不惯一个站在近旁的女人的穿戴和她画十字时随便比画一下的不成体统的方法,又恼怒地想到,人们都在议论她,而她也在议论别人,这时她突然听见祈祷的声音,对自己的卑劣大吃一惊,也为她又失去原来的纯洁而感到惊讶。

一个庄重文静的小老头念着祷文,他的温和庄严的神情对做祷告的人的心灵起着镇静和安抚的作用。圣障的中门关上了,帘子缓缓地拉上了;可以听到里面有一个神秘的声音在低声说着什么。娜塔莎涌出了自己也不明白从哪里来的泪水,胸口像被堵住了一样,她产生了一种又快乐又难受的感觉,心中激动不已。

"教会我怎么做,怎么从此改过自新,永不重犯,怎么对待我的生活吧……"她想道。

助祭上了读经台,大张开拇指,理了理从法衣里露出来的长头发,把十字架放到胸前,开始庄严地大声朗诵祷文:

"让我们一起向主祷告。"

"大家一起,不分等级,不抱仇恨,由兄弟的友爱联合在一起,向主祷告。"娜塔莎想道。

"为了进了天堂和拯救我们的灵魂!"

"为了天使们和我们上方所有的神灵。"娜塔莎祷告说。

助祭上了读经台，大张开拇指，理了理从法衣里露出来的长头发，把十字架放到胸前，开始庄严地大声朗诵祷文……

在为军人祈祷时，她想起了哥哥和杰尼索夫。在为海上和陆上旅行的人祈祷时，她想起了安德烈公爵并为他祷告，并祈求上帝宽恕她对他做的坏事。在为爱我们的人祈祷时，她为自己家里的人，为父亲和母亲，为索尼娅祷告，现在第一次明白了自己对不起他们，感到自己非常爱他们。在为仇恨我们的人祈祷时，她想出了几个仇敌和恨她的人，以便为他们祷告。她把债主以及所有与她父亲打交道的人归入敌人之中，并且在想到敌人和恨她的人时每次都回忆起对她做了这么多坏事的阿纳托利，虽然他不属于恨她的人，她还是把他当做敌人，高兴地为他祈祷。只有在祈祷时她才能清楚地和心平气和地回想起安德烈公爵和阿纳托利来，她对他们的感情与对上帝的敬畏之情相比简直不值一提。在为皇室和正教院①祈祷时，娜塔莎特别虔诚地鞠着躬和画着十字，对自己说，虽然她并不了解，但是也不怀疑，仍然爱正教院，为它祈祷。

助祭在结束应答祈祷②后，对着胸前肩带画了十字，说：

"把我们自己和我们的生命交给我主基督。"

"我们把自己交给基督。"娜塔莎在心里重复着。"我的上帝，我完全听从你的旨意。"她想，"我什么也不要，一无所求；教会我怎么做，告诉我应把我的意愿用在何处！你收留我，收留我吧！"娜塔莎心里深受感动，急不可耐地说；她没有画十字，而是放下了纤细的手臂，仿佛在等待一种无形的力量马上把她带走，使她摆脱自己，摆脱自己的懊悔、愿望、责怪、希望和恶习。

在祈祷时，伯爵夫人几次回头看女儿的那张深受感动、眼睛闪闪发亮的脸，祈求上帝帮助她。

突然在祈祷的中途，助祭不按照娜塔莎熟悉的程序，搬出一条在圣灵降临节③跪在上面念祷文的板凳，把它放在圣障的中门前。神父头戴淡紫色丝绒尖顶软帽从那里出来，理了理头发，费劲地跪了下来。大家也跟着这样做，困惑不解地面面相觑。这是要读刚从正教院得到的祷文，内容讲的是抗击敌人入侵，拯救俄国。

---

① 正教院（Cinod）是俄国最高宗教管理机构。
② 应答祈祷是东正教整个祈祷仪式的一部分，由助祭或神父在讲经台上带领，祈祷时，唱诗班应答着："上帝保佑！"
③ 圣灵降临节在复活节后第五十天。

"全能的上帝，我们的救主。"神父用清晰、朴实和温和的声音读了起来，只有斯拉夫教士才用这样的声音朗读，这声音能对俄罗斯人的心灵产生不可抗拒的感召力。"全能的上帝，我们的救主！请用仁慈宽厚的目光俯视你恭顺的百姓，以仁爱之心倾听我们祈祷，宽恕和保佑我们。敌人发动进攻，骚扰你的土地，欲将整个世界变为废墟；此等不法之徒纠合党羽，意在毁灭你的国家，破坏你的神圣的耶路撒冷以及你所垂爱之俄国：玷辱你的神殿，毁掉祭坛，亵渎我们的圣物。上帝啊，此类罪人将逞强显能到何时？将胡作非为到何时？

"上帝啊！请倾听我们的祷告：请用你的神力激励我们最虔诚的和权利无限的伟大皇帝亚历山大·帕夫洛维奇；请垂念其正直与温和，奖赏其仁慈，促其保护你所垂爱的以色列。请赐福于他的意图、创举和事业；请用你万能的手增强他的国家，帮助他克敌制胜，如同摩西之战胜亚玛力，基甸之击败米甸人，大卫之杀死歌利亚①。请保佑他的军队；请将铜制之强弩授予以你的名义奋起抗敌勇士之手，并给以战斗的力量。请手执武器和盾牌前来助我，使图谋加害于我的人受到羞辱和遭到可耻失败，愿彼等在你忠实的战士面前如同风中尘沙，愿你强有力的天使羞辱彼等，将其驱逐；愿彼等在不知不觉之中陷入罗网，暗中施诡计结果将自作自受；愿彼等跪倒在你的仆人脚下，任凭我们践踏。主啊！你无须费力，无论多少人均能拯救；你是上帝，常人无法违抗你。

"我们在天上的父！你永远宽厚仁慈：不要不理睬我们，不要厌恶我们的卑微，请以慈悲为怀宽恕我们，宽厚地看待我们的违规行为和罪孽。请为我们创造纯洁的心，复活我们正义的精神；请增强我们对你的信仰，给我们以希望，激励我们相亲相爱，用团结一致的精神武装我们，以保卫你赐予我们和我们祖先的土地，不让罪人们支配你所降福的人的命运。

"我们的主啊，我们信仰你，我们指望你，不要让我们想得到你的恩赐的期望落空，请显现吉兆，让仇恨我们和我们的东正教信仰的人见了蒙受耻辱和灭亡；让万邦皆知，你是上帝，我们是你的仆人。主啊，

---

① 摩西、亚玛力、基甸、米甸人、大卫、歌利亚均为《圣经》中人物，分别见《旧约》中的《创世记》《出埃及记》《士师记》《撒母耳记（上）》。

请你就给我们以恩赐,使我们得救;请以你的恩赐振奋你的仆人的心;请打击我们的敌人,将其立刻击倒在你的忠实仆人的脚下。你是一切寄希望于你的人的庇护者、救助者和胜利的赐予者,光荣归于你,归于圣父、圣子和圣灵,世世代代,直到永远。阿门。"

娜塔莎正处于敞开心扉的状态中,这个祷文对她产生了强烈的作用。她倾听着祷文中每一句关于摩西战胜亚玛力、基甸打败米甸人和大卫杀死歌利亚以及关于要破坏你的耶路撒冷的话,心里满怀着柔情和热忱祈求着上帝;但是并不非常明白她在这祷告里祈求的是什么。她全心全意地参与祈求复活正义的精神,增强心中的信仰和希望,激励人们相亲相爱。但是她不能祈求把自己的敌人踩在脚下,因为在这之前的几分钟她还希望有更多的敌人,以便爱他们,为他们祷告。但是她也不能怀疑这跪着读的祷文的正确性。她想到敌人因他们的罪孽而受惩罚,尤其是想到她也因自己的罪孽而受罚,觉得心中有一种虔敬而又不安的畏惧,便祈求上帝宽恕他们所有的人和她自己,赐予他们大家和她以平静幸福的生活。她觉得上帝听得到她的祷告。

十九

皮埃尔自从他从罗斯托夫家出来,回忆着娜塔莎感激的目光,仰望天空的彗星的那一天起,就觉得他看到了某种新的东西,于是思想上便不再出现那个总是折磨着他的问题,即关于人世间的一切徒劳无益和极不理智的问题。以前,任何事情做到一半,他都会出现"为了什么?干什么用?"这个可怕的问题,现在取代它的不是另一个问题,也不是对这个问题的答案,而是关于她的想法。不管他听见什么还是自己进行无聊的谈话,不管他读什么还是听说某种卑鄙和毫无意义的行为,他都不像以前那样大吃一惊了;他不再问自己,既然一切都那么短暂和不可知,人们为什么还那么忙忙碌碌,但是他回想起他最后一次看到她时的那种样子,他的所有怀疑都消失了,这不是因为她回答了他心里常常出现的问题,而是因为一想起她就立即进入了精神活动的另一个光明的领域,其中没有正确或有过错之分;进入了值得在其中好好生活的美和爱的领域。不管他在生活中看到什么卑鄙的事,他都对自己说:

"即使某某人盗窃了国家和沙皇的财富,国家和沙皇仍给他以荣誉;她昨天对我笑了笑,请我去看她,我爱她,不过无论是谁永远不会知道这一点。"他想道。

皮埃尔还是那样经常去参加社交活动,酒还是喝得很多,还过着那种无所事事的懒散的生活,因为除了在罗斯托夫家消磨时间外,还应当消磨其余的时间,而他的老习惯和在莫斯科结识的人不可抗拒地吸引着他去过那样的生活。但是最近,从战场上不断传来愈来愈令人忧虑的消息,同时娜塔莎的身体开始恢复了,她不再在他的心中引起以前的那种关切怜悯的感情,他却产生了一种他愈来愈弄不明白的不安情绪。他感觉到他现在的这种状况不会延续多久,一场将要改变他的整个生活的灾难正在到来,同时他焦急地在各种事物上寻找这场日益临近的灾难的预兆。共济会的一个师兄弟告诉了皮埃尔从圣约翰的《启示录》中得出的关于拿破仑的预言。

《启示录》第十三章第十八节说在这里有智慧。凡有聪明的,可以算计兽的数目,因为这是人的数目,他的数目是六百六十六。"

这一章的第五节说:"又赐给他说夸大亵渎话的口,又有权柄赐给他,可以任意而行四十二个月。"

法文字母同犹太人的数字按照前九个字母表示个位数、其余字母表示十位数的方式排列,那么各个字母的数值如下:

a b c d e f g h I k l m n o p
1 2 3 4 5 6 7 8 9   10 20 30 40 50 60

q r s t u v w x y z[①]
70 80 90 100 110 120 130 140 150 160

按照这个字母表,L'empereur Napoleon(拿破仑皇帝)这个词组中各个字母的数值的总和为六百六十六,因此拿破仑就是《启示录》所预言的那个兽。此外,再按照这个字母表,quarante deux(四十二),即表示那个兽"说夸大亵渎话"的极限的词组,其中各个字母的数值的总和又等于六百六十六,由此可以得出结论,拿破仑已在一八一二年到了掌权的极限,因为这一年这位法国皇帝已过了四十二岁。这个预言使皮

---

① 法文字母共二十六个,此处去掉了"j"。

埃尔感到很惊讶,经常给自己提出这样的问题:是什么给这个兽即拿破仑掌权规定了极限,并力图用计算各个词的字母的数值的同样方法,找出这个他感兴趣的问题的答案。皮埃尔写下了这个问题的两个答案:L'empereur Alexandre(亚历山大皇帝)和 Lanation Russe(俄罗斯民族)。他计算了各个字母的数值,但是总数不是大大超过六百六十六就是少于六百六十六。有一次,他在作这样的计算时,写下了自己的名字:Comte Pierre Besouhoff(皮埃尔·别祖霍夫伯爵);数值的总和也差得多。他改变了拼写法,把其中的 s 改为 z,加上了 de,再加上冠词 le,仍没有得到预想的结果。于是他想到,如果他探讨的问题的答案就在他的名字之中,那么在答案里一定要说他属于哪个民族。他写了 Le Russe Beuhof(俄罗斯人别祖霍夫),计算结果得出的总数是六百七十一,只多了五;而表示五的字母"e",也就是在 L'empereur 前的冠词中省略的那个"e"。于是皮埃尔也把"e"省略了,虽然这样做是不对的,他把所寻找的答案写成 L' Russe Besuhof,正好等于六百六十六。这个发现使他非常激动。他不知道他自己是如何和通过何种联系同《启示录》里预言的伟大事件连在一起的;但是他一刻也不怀疑这种联系的存在。他对罗斯托娃的爱,敌基督,拿破仑的入侵,彗星,六百六十六,L'empereur Napoleon 和 L' Russe Besuhof——所有这一切合在一起,想必会发展成熟起来,突发出来,把他从那个他觉得自己已陷入的莫斯科习气的空虚无聊的怪圈里解脱出来,引导他去建立伟大的功勋和争取巨大的幸福。

在读祷文的那个星期日的前一天,皮埃尔答应给罗斯托夫一家人带来他将从他的老熟人拉斯托普钦伯爵那里要来的告俄国民众书以及从军队得到的最新消息。早晨他到拉斯托普钦伯爵那里去时,碰到了刚从军队来的信使。

这个信使是皮埃尔的一个熟人,常参加莫斯科的各种舞会。

"看在上帝分上,您能不能给我帮点忙?"信使说,"我带来了满满一口袋家信。"

在这些信中有尼古拉·罗斯托夫给他父亲的信。皮埃尔拿了这封信。此外,拉斯托普钦伯爵给了皮埃尔刚印好的皇帝告莫斯科民众书、给军队下达的最新命令和他自己新写的传单。皮埃尔看了看给军队的命令,他在一项命令里所附的伤亡和获奖人员的通报中找到了尼古拉·罗斯托夫的名字,尼古拉因在奥斯特罗夫纳战斗中作战英勇而获四级格奥尔吉勋章,在同一命令中,还任命安德烈·鲍尔康斯基公爵为特种步兵团团长。虽然皮埃尔不愿意对罗斯托夫一家提起鲍尔康斯基,但是他忍不住想要告诉他们尼古拉获得奖赏的消息,好让他们高兴高兴,便立即派人把这个命令和信给他们送去,而把告民众书、传单和其余的命令留下,打算自己去吃饭时带去。

和拉斯托普钦伯爵的谈话以及他忧虑焦急的声调,和信使的相遇以及他对军队的糟糕状况的无忧无虑的谈论,关于在莫斯科抓获几个间谍和发现一份说拿破仑有可能在秋天前占领俄国两个京城的传单的传闻,关于皇帝明天就要驾临的谈论——所有这一切更加激起了皮埃尔的不安和期待的心情,他从出现彗星、尤其是从开战以来,一直怀有这样的心情。

皮埃尔早就有了去服军役的想法,不过有几件事妨碍他这样做,第一,他是共济会的会员,对它宣过誓,而共济会宣扬永久和平和消灭战争;第二,他看到大批穿上军装和宣扬爱国主义的莫斯科人,不知为什么羞于采取这样的步骤。而他没有实现服军役的意图的主要原因在于他有一种模糊的想法,似乎觉得他 L' Russe Besuhof 具有兽的数值六百六十六以及他将参与结束那个说夸大亵渎话的**兽**的权力的伟大事业,这两点都是永远不变地决定了的,因此他不必采取任何行动,只要等待应当发生的事就行了。

在罗斯托夫家,这一天如同平常每个星期日一样,有一些故交密友来吃饭。

皮埃尔来得早些,想单独同他们谈一谈。

皮埃尔在这一年里发胖了,要是他个子不那么高,四肢不那么发达,要是他的体力不大得足以轻松自如地支撑他肥胖的身躯,那么就会显得是畸形的了。

他喘着粗气,低声嘟囔着,上了楼梯。他的车夫已经不问要不要等他了。他知道,伯爵到罗斯托夫家来,就会待到十一二点。罗斯托夫家的仆人们高兴地跑过来替他脱斗篷,接过手杖和帽子。皮埃尔按照俱乐部的习惯,把手杖和帽子留在前厅里。

他在罗斯托夫家看到的第一个人是娜塔莎。在看到她之前,在前厅里脱斗篷时,他已听到了她的声音。她在大厅里唱视唱练习曲。他知道她自从生病以来没有唱歌,因此听到她唱感到惊奇和高兴。他轻轻打开门,看见娜塔莎身穿做日祷时穿的淡紫色衣服在屋里边走边唱。当他开门时,她正背冲着他,而当她突然转过身来看见他胖胖的、带着惊奇表情的脸时,她的脸红了,快步走到他面前。

"我想再试着唱一唱。"她说。"这毕竟是一件正经事。"她加了一句,仿佛是在为自己辩解似的。

"好极了。"

"您来了,我很高兴! 我今天是多么幸福啊!"她还像以前那样兴奋地说,皮埃尔很久没有看见她的这种样子了,"您知道,尼古拉获得了格奥尔吉十字勋章。我为他感到非常骄傲。"

"当然啰,那命令是我派人送来的。好吧,我不打扰您了。"他又说了一句,就想要到客厅去。

娜塔莎拦住了他。

"伯爵,怎么样,我唱得很糟吗?"她涨红了脸问,用询问的目光注视着皮埃尔。

"不……为什么? 恰恰相反……但是您为什么这样问我?"

"我自己也不知道,"娜塔莎很快地回答道,"但是我不愿意做任何您不喜欢的事。我在所有事情上都相信您。您不知道,您对我来说是多么的重要,您为我做了多少事! ……"她说得很快,没有发觉皮埃尔听见这些话时脸红了。"在那个命令里我也看见有**他**,鲍尔康斯基(她很快地低声说出这个名字),他在俄国,又去服役了。您怎么认为,"她说得很快,看来急于说出心里的话,因为她担心自己没有足够的力气把它说完,"他到时候会原谅我吗? 他会不会对我抱有恶意? 您怎么认为? 您怎么认为?"

"我认为……"皮埃尔说,"他没有什么可原谅的……要是我处在他的地位上……"皮埃尔根据回忆,立刻想起了那天的情景,当时他在安慰她时对她说,如果他不像现在这样,而是世界上最好的人,而且是一个自由的人,那么他将跪下来向她求婚,想到这里,他心中又充满了那种怜悯、温柔和爱慕的感情,那些话又到了他的嘴边。但是娜塔莎没娜塔莎身穿做日梅时穿的淡紫色衣服在屋里边走边唱。

有给予他说出来的时间。

"而您—— 您,"她说,异常高兴地说出"您"这个词,"就是另一回事了。我不知道还有比您更善良、更宽宏大量和更好的人,而且也不可能有这样的人。如果当时没有您在,现在也一样,我真不知道我会怎么样,因为……"眼泪突然涌出了她的眼眶;她转过头去,把乐谱举到眼前,唱了起来,又开始在大厅里来回走动。

这时彼佳从客厅里跑出来。

彼佳这时已是一个相貌俊美、面色红润的十五岁少年,长着红红的厚嘴唇,那模样很像娜塔莎。他正准备要考大学,但是最近和同学奥博连斯基一起暗地里决定去当骠骑兵。

彼佳是跑出来找他的同名者^①商量事情的。

他曾托皮埃尔打听一下,部队会不会收他当骠骑兵。

皮埃尔在客厅里走着,没有听彼佳说话。

彼佳拉了拉他的手,以便引起他的注意。

"我的事怎么样了,彼得·基里雷奇?看在上帝分上!只能指望您了。"彼佳说。

"对了,你托的事。想当骠骑兵?我去说,我去说。今天就去说。"

"怎么样,亲爱的,怎么样,拿到宣言了吗?"老伯爵问。"伯爵夫人在拉祖莫夫斯基家的教堂里做日祷时,听了新的祷文。听她说,写得很好。"

"拿到了。"皮埃尔回答道,"明天皇帝就到……举行了一次特别贵族会议,据说一千人要抽十人去当兵。对了,我应该向您表示祝贺。"

"是的,是的,感谢上帝。那么,军队有什么消息吗?"

"我们又撤退了。听说已到了斯摩棱斯克附近。"皮埃尔回答。

"我的上帝,我的上帝!"伯爵说,"宣言在哪里?"

"告民众书!啊,对了!"皮埃尔开始在衣兜里寻找起来,但是没有能找到。他拍着衣兜,吻了吻进屋来的伯爵夫人的手,不安地回头看看,显然是在等娜塔莎,这时娜塔莎不再唱了,但也没有进客厅来。

"说真的,不知道把它塞到哪里去了。"他说。

---

① 彼佳的大名和皮埃尔的俄文名字均为彼得。

"瞧他,总是丢三落四的。"伯爵夫人说。

娜塔莎脸上带着温和而兴奋的表情进了客厅,坐了下来,默默地望着皮埃尔。她一进屋,在这之前脸色阴沉的皮埃尔突然容光焕发,他在继续寻找文件的同时,朝她看了几次。

"说真的,我忘在家里了,我回去一趟。一定……"

"那就赶不上午饭了。"

"唉,车夫又走了。"

但是,到前厅去找文件的索尼娅,在皮埃尔的帽子里找到了,原来他小心地把文件藏到帽褶里了。皮埃尔马上就想拿过来读。

"不,吃完午饭再读吧。"老伯爵说,看来他预计读这文件是一件非常快乐的事。

在吃午饭时,大家喝香槟酒祝新的格奥尔吉勋章获得者身体健康,申升讲了城里的各种新闻,例如老格鲁吉亚公爵夫人生了病,梅蒂维埃从莫斯科失踪,有人把一个德国人带到拉斯托普钦那里,对他说,这是一个香菇①(拉斯托普钦伯爵本人这样说),拉斯托普钦伯爵下令把他放了,对老百姓说,这不是香菇,只不过是一个德国老蘑菇②。

"在抓人了,在抓人了,"伯爵说,"我对伯爵夫人说,要她少说点法语。现在不是时候。"

"听说了吗?"申升说,"戈利岑公爵请了俄国老师,正在学习俄语,——在街上说法语成了危险的事情了。"

"怎么样,彼得·基里雷奇伯爵,到征集民兵时,您也得跨上战马吧?"老伯爵问皮埃尔。

在这一天吃饭时,皮埃尔沉默寡言,若有所思。在老伯爵这样问时,好像没有听明白一样,朝他看了一眼。

"是的,是的,要上战场,"他说,"不!我算是什么军人!不过一切都很奇怪,都很奇怪!就是我自己也不明白。我不知道,我对打仗毫无兴趣,但是在目前这样的时候谁也不能对自己负责了。"

午饭后,老伯爵安安稳稳在圈椅里坐好,脸上带着严肃的表情,叫

---

① "香菇"("wampinbon")与"间谍"("wpion")谐音。

② "老蘑菇"("star[y gri6")也有"老朽的人"的意思。

以朗诵得很好而出名的索尼娅读告民众书。

"告故都莫斯科民众书。

"敌人以强大兵力入侵俄国。他们前来践踏我们亲爱的祖国。"索尼娅用她尖细的嗓子很卖力气地读着。老伯爵闭上眼睛听着,听到某些段落时急促地喘着气。

娜塔莎挺直身子坐着,用仔细观察的目光时而看看父亲,时而看看皮埃尔。

皮埃尔感觉到她投过来的目光,竭力不回头看。伯爵夫人听到宣言中每一个慷慨激昂的语句,不以为然地和生气地摇摇头。她在所有这些词句中只看到一点,即她儿子遭受的危险还不会很快过去。申升撇撇嘴,露出讽刺的微笑,显然准备嘲笑任何一个可以嘲笑的对象:嘲笑索尼娅的朗诵,嘲笑伯爵要说的话,如果没有更好的借口,甚至嘲笑告民众书本身。

在读了关于俄国遭受的危险,关于皇帝对莫斯科,尤其是对著名的贵族寄予的希望的段落后,索尼娅用颤抖的声音读了最后的几句话,她声音颤抖主要是由于大家都在注意地听她读,心里很紧张,这几句话是:"朕将立即亲自到首都和全国其他地方的民众中去,进行商讨,指导所有的民兵,既指导目前正在阻击敌人的民兵,也指导为打击任何侵犯我国土之敌而能组建的民兵。敌人妄图毁灭我们,就让这毁灭的命运落到他们自己头上吧,让摆脱了奴役的欧洲赞美俄罗斯的英名吧!"

"说得好极了!"老伯爵喊道,他睁开湿润的眼睛,几次中断呼哧呼哧的喘气声,仿佛有人把一个装着醋酸盐的瓶子举到他鼻子前似的,"只要皇帝说一声,我们就舍得牺牲一切,什么也不吝惜。"

申升还没有来得及说出他准备好的讽刺伯爵的爱国主义的笑话,娜塔莎就从座位上跳起来,跑到父亲跟前。

"我们的这个爸爸多么可爱啊!"她亲吻着父亲说,又朝皮埃尔看了一眼,不自觉地摆出撒娇的样子,她精神振作起来后,恢复了这样的姿态。

"真是一个女爱国者!"申升说。

"完全不是女爱国者,只不过是……"娜塔莎生气地说,"您觉得一切都很可笑,而这完全不是说着玩的……"

"什么说着玩的！"老伯爵重复说，"只要他说一句话，我们大家一起上……我们可不是那些德国人……"

"您注意到没有，"皮埃尔说，"那上面说：'进行商讨'。"

"不管那里说要进行什么……"

这时谁也没有注意的彼佳走到父亲跟前，满脸通红，用时粗时细的正在变音的嗓音说：

"现在，爸爸，我全说了吧——也要对妈妈说，不管怎么样——我坚决要求你们放我去从军，因为我不能……就这样……"

伯爵夫人惊恐地两眼望天，举起双手轻轻一拍，生气地朝丈夫转过身来。

"瞧你说呀说，说出事情来了吧！"她说。

伯爵立刻恢复了平静。

"好了，好了。"他说，"瞧，又出来了一个军人！别胡闹：还得好好上学。"

"这不是胡闹，爸爸。费佳·奥博连斯基年纪比我还要小，他也要去，而主要的，我什么也学不进去，在这……"彼佳停住了，脸红得冒出了汗，但还是往下说，"在这祖国处在危险之中的时候。"

"够了，够了，胡闹……"

"您自己不是说我们可以牺牲一切吗？"

"彼佳，我对你说，住嘴。"伯爵喊道，同时转过头来看看妻子，这时伯爵夫人脸色苍白，两眼一动不动地盯着小儿子。

"我对你们说了。彼得·基里雷奇也要说……"

"我对你说，全是胡扯，乳臭未干，就想去从军！就这样，就这样，我对你说。"于是伯爵拿起文件往外走，大概他打算到书房后在午休前再读一遍。

"彼得·基里洛维奇，这么着，咱们去抽袋烟……"

皮埃尔处于困窘和犹豫不决之中。娜塔莎的那双异常明亮和充满活力的眼睛不断地和非常亲切地看着他，使他处于这样的状态。

"不，我似乎该回家了……"

"怎么要回家，晚上您不是想待在我们这里吗？……再说您又不常来了。而我的这一位……"伯爵指着娜塔莎温和地说，"只有您在的时候才高兴……"

"是的,我忘记了……我一定得回家去……有事……"皮埃尔急忙说。

"那就再见啦。"伯爵说,出了客厅。

"您为什么要走?您为什么心情不好?为什么?……"娜塔莎问皮埃尔,挑衅似的看着他的眼睛。

"因为我爱你!"他想要说,但是他没有说出口,一时脸红得要落泪,便垂下了眼睛。

"因为我最好少到您这里来……因为……不,只不过因为我有事。"

"为什么?不,您说。"娜塔莎想要坚决地说,但是突然停住了。他俩惊恐而又困惑地相互对视着。他想要笑笑,但是笑不出来,因为他的笑容所包含的是痛苦,于是他默默地吻了吻她的手,出去了。

皮埃尔暗自决定不再到罗斯托夫家去了。

二十一

彼佳在遭到坚决拒绝后,回到自己的房间锁上门,抱头痛哭。后来当他一言不发,脸色阴沉,眼睛哭得红红地出来喝茶时,大家装出什么也没有看见的样子。

第二天皇帝到了。罗斯托夫家的几个家奴请求准许他们去看一看沙皇的模样。在这天早晨,彼佳穿衣服穿了很长时间,像大人一样梳头和整好衣领。他对着镜子皱皱眉头,做各种姿势,耸耸肩,最后没有告诉任何人,戴上帽子,竭力不引起人们注意,出了后门。彼佳决定直接去皇帝待的地方,直接向某个侍从(彼佳觉得皇帝周围随时都有很多侍从)解释说,他罗斯托夫伯爵虽然年轻,但是希望为祖国服务,年轻不能成为效忠的障碍,他时刻准备……彼佳在为出门做准备时,想好了许多要对侍从说的委婉动听的话。

彼佳指望他能见到皇帝,正是因为他是一个孩子(彼佳甚至认为所有的人会因他年轻而感到惊讶),与此同时,他想通过自己竖着的衣领、梳的发式和庄重缓慢的步态,显示自己是一个老成持重的人。但是他愈往前走,愈受到不断来到克里姆林宫旁的人群的吸引,他也就愈忘记走路要保持成年人的那种庄重和缓慢的步态。快到克里姆林宫时，他已开始担心自己会被人挤伤，于是他坚决地朝两边撑开双肘，摆出威严的样子。到了三位一体门后，虽然他的样子很坚决，但是人们大概不知道他是抱着爱国的目的到克里姆林宫来的，把他挤到了墙边，他只好顺从地站住，只听到马车驶进大门时在拱门下发出的隆隆声。在彼佳的身旁站着一个农妇和仆人、两个商人和一个退伍的士兵。彼佳在门里站了一些时候，没有等到所有马车全都过去，就想抢先往前走，双肘使劲地往两边撑；站在他对面的农妇最先受到他的推搡，便生气地朝他喊道：

"喂，小少爷，你干吗推人，你看，大家都站着。有什么好挤的！"

"那就大家都挤吧。"仆人说，他也开始用双肘往两边撑，把彼佳挤到了门洞里的一个散发着臭气的角落里。

彼佳用手擦掉脸上冒出的汗，整了整汗湿变软的领子，他在出门前曾把它整得像大人的领子一样好。

彼佳觉得他的外表不整齐，担心这副模样去找侍从，侍从不会让他去见皇帝。但是周围很挤，整整衣裳和换一个地方根本不可能。一个坐车经过的将军是罗斯托夫家的熟人。彼佳想请他帮忙，但是又认为这样做不像一个勇敢的男子汉。等到所有的马车过去后，人群拥了上来，也把彼佳挟带到已站满人的广场上。不仅在广场上，而且在斜坡上，屋顶上，到处都是人。彼佳一到广场上，就清楚地听见整个克里姆林宫的钟声和人们欢快的说话声。

在一段时间内广场内比较松动，突然所有的人都摘下帽子，朝前面某个地方跑过去。彼佳被挤压得喘不过气来，大家都喊了起来："乌拉！乌拉！乌拉！"彼佳踮起脚，被推着夹着，除了周围的人外，什么也看不见。

在所有人的脸上都有一种深受感动和欢欣鼓舞的共同表情。站在彼佳身旁的一个女商人放声大哭，眼泪从她的眼睛里直往下流。

"父亲，天使，我的爷！"她一面说，一面用手指擦着眼泪。

"乌拉！"四面八方都在高喊着。

人群在原地停了一会儿；但是接着又朝前拥了。

彼佳不顾一切地咬紧牙关，像野兽似的瞪大眼睛，双肘往两边推揉着,嘴里喊着"乌拉"拼命向前冲,仿佛他在这时想要把自己和所有的人统统打死似的,然而在他两边的人脸上带着同样的野兽般的表情和同样喊着"乌拉"朝前挤。

"这才是皇帝的气派!"彼佳想,"不,我不能亲自向皇帝提出请求,那样做太放肆了!"尽管他还是拼命地朝前挤,但是在他面前的人背后闪现出了一片空地,那里有一个铺着红毯的通道;这时人群开始往后退(在前面,警察正在推开与经过的队伍靠得太近的人;皇帝正从皇宫里到圣母升天教堂去),突然彼佳一侧的肋骨被猛撞了一下,整个人被紧紧地挤压住,霎时间他两眼发黑,失去了知觉。当他醒过来时,一个身穿破旧的蓝色长袍、脑后有一绺白发的神职人员,大概是一个教会执事,一只手搀住他,另一只手阻挡着挤过来的人群。

"把这位小少爷挤伤了!"教会执事说,"怎么能这样呢!……轻一点……挤伤人了,挤伤人了!"

皇帝进了圣母升天教堂。人群又散开了,于是教会执事把脸色苍白、呼吸困难的彼佳往炮王①那里带。几个人很可怜彼佳,突然整个人群朝他拥过来,在他周围又拥挤起来。离得近一些的人主动照料他,替他解开上衣,把他抱到大炮上,并且责备那些挤压他的人。

"这样会把人挤死的。这算什么呀!简直像行凶杀人一样!瞧这可怜的孩子,脸白得像纸一样。"人们七嘴八舌地说。

彼佳很快清醒过来了,脸上又有了血色,也不再痛了,这件暂时的不愉快的事使他得到了大炮上的一个位置,他希望能从这里看到准会往回走的皇帝。彼佳现在已不想提出请求的事了。他只要能看见皇帝,就会认为自己是一个幸福的人!

在圣母升天教堂做礼拜——迎接皇帝驾临和庆祝与土耳其签订和约的祈祷合在一起——时,人群散开了;出现了一些叫卖克瓦斯、蜜糖饼干和彼佳特别喜欢吃的带罂粟花籽的馅饼的小贩,又可以听见平常的谈话声,一个女商贩让大家看她的那条被撕破的披巾,说她买这条披巾花了很多钱;另一个女商贩说,现在所有丝绸料子都涨价了。救彼

---

① 炮王是一五八六年铸的一尊大炮,重两千四百普特,陈列于莫斯科克里姆林宫。

佳的教会执事在和一个官员谈论今天某人和某人同至圣者①一起主持礼拜。教会执事把"会同"②一词说了几遍,彼佳不明白它是什么意思。两个年轻的小市民在和几个嗑榛子的年轻女仆调笑。所有这些谈话,尤其是与女仆的调笑,对彼佳这样年龄的人是有特殊吸引力的,可是现在并不引起他的兴趣;他坐在大炮的高处,想起皇帝和自己对皇帝的爱,心里仍然很激动。在他被挤伤时产生的疼痛和恐惧的感觉与欢欣鼓舞的感觉同时并存,更使他意识到这一时刻的重要性。

突然从河岸那边传来了炮声(这是庆祝与土耳其人签订和约的礼炮),于是人群迅速朝那里拥去——想看看如何放礼炮。彼佳也想往那里跑,但是主动担当起保护这位小少爷责任的教会执事不放他去。炮声还在响着,这时从圣母升天教堂里跑出一群军官、将军和宫廷侍从,随后又出来另一些人,他们走路已不那么急急忙忙了,人们又摘下了帽子,那些跑去看大炮的人又跑了回来。最后从教堂的门里出来了四个身穿制服、佩戴绶带的男人。"乌拉!乌拉!"人群又欢呼起来。

"哪一个?哪一个?"彼佳用哭泣的声音问自己周围的人,但是谁也没有回答他;大家看得太全神贯注了,于是彼佳在这四个人当中挑了一个,他的眼睛被欢乐的泪水蒙住看不清挑中的人,他仍然把全部热情倾注在此人身上,虽然此人并不是皇帝;彼佳发狂似的喊起"乌拉"来,并且决定,不管他要付出多少代价,一定要成为一个军人。

人群跟在皇帝后面跑,一直把他送到皇宫里,然后开始散了。时间已经很晚了,彼佳什么也没有吃,汗像水一样往下流;但是他不回家,而是和人数已明显减少、但是还相当大的人群一起站在皇宫前,在皇帝进餐时望着皇宫的窗户,还等待着什么,既羡慕坐车前去与皇帝共进午餐的达官贵人们,也同样羡慕那些在窗口闪动着侍候进餐的宫廷仆役们。

在皇帝进餐时,瓦卢耶夫往窗外看了一眼说:

"民众仍然希望能见到陛下。"

午餐已经结束了,皇帝站起身来,吃着最后的一块饼干,到了阳台

---

① 至圣者是对主教的尊称。

② "会同"是"在许多神职人员参加下"的意思。

上。人群朝阳台拥过来,彼佳就在这人群的中央。

"天使,父亲!乌拉,我的爷!⋯⋯"人们和彼佳高喊着,几个农妇和某些比较脆弱的人,其中包括彼佳,幸福得哭了起来。皇帝手里拿着的一块相当大的吃剩的饼干碎了,落到阳台的栏杆上,又从栏杆落到地上。一个身穿紧腰长外衣的车夫离得最近,他朝这块饼干扑过去,抓住了它。人群中的几个人朝车夫扑过去。皇帝发现这种情况,吩咐给他端来一盘饼干,开始从阳台上往下扔饼干。彼佳两眼充血,被挤伤的危险更激起了他的热情,他一下子朝饼干扑了过去。他并不知道为了什么,但是觉得需要从皇帝手里拿到一块饼干,需要做到不退让。他扑过去时撞倒了一个去抓饼干的老太婆。老太婆倒在地上(她去抢饼干,但是手没有够到),然而不肯认输。彼佳用膝盖顶开她的手,抓住了饼干,仿佛担心落后似的,又喊起"乌拉",不过嗓子已经哑了。

皇帝走了,在这之后,大部分人开始散了。

"我就说过,需要再等一等——果然等着了。"在人群里到处都在高兴地说着。

不管彼佳感到如何幸福,他知道这一天的欢乐结束了,该回家了,心中仍然觉得闷闷不乐。彼佳从克里姆林宫出来没有回家,而去找奥博连斯基,他的这个十五岁的同学也要去从军。回家后,他坚决地和斩钉截铁地宣布,如果不让他去,他就逃走。第二天,伊里亚·安德烈依奇伯爵虽然没有完全答应,但是已在打听能否把彼佳安排在一个比较安全的地方。

二十二

在这之后的第三天,即十五日的早晨,在斯洛博达宫③附近停着无数辆马车。

各个大厅里挤满了人。聚集在第一个大厅里的是穿制服的贵族,而聚集在第二个大厅里的则是佩戴奖章、留着大胡子和身穿蓝色长衫的商人。在贵族会议大厅里,人来人往,人声嘈杂。在皇帝画像下面的

---

③ 斯洛博达宫位于莫斯科列福尔托沃。

大桌子旁,在高背椅子上坐着最重要的高官显贵;但是大多数人都在大厅里走动着。

这里所有的贵族,以前皮埃尔每天或在俱乐部里或在家里都曾见过,现在他们都穿着制服,有的人穿的是叶卡捷琳娜时代的,有的人穿的是保罗时代的,有的人穿的是新的、亚历山大时代的,还有的人穿一般的贵族制服,所有制服的共同特点,就是给这些年老的和年轻的人,给各种各样相互熟悉的人增添一种奇特和古怪的色彩。特别给人以深刻印象的是那些老眼昏花、牙齿脱落、头顶光秃、面孔黄肿或者满脸皱纹、瘦骨嶙峋的人。他们大都坐在位置上,默不作声,即使走动和说话,也往往去找年纪较轻的人。如同彼佳在广场上看到的人群的脸上一样,在这些人的脸上也有一个惊人的矛盾的特点:一方面期待着某种重大事情的发生,另一方面又惦记着日常的、昨天的事情——波士顿牌的牌局、厨师彼得鲁什卡的手艺、季娜伊达·德米特里耶夫娜的健康状况等等。

皮埃尔从清早起身上就紧紧裹着已显得瘦了的不合身的贵族制服,来到各个大厅里。他的心情很激动:不仅有贵族,而且有商人等不同等级参加的这次不寻常的会议——三级会议①——在他心里勾起了一系列早就抛到一边、但深深印在心中的想法,使他想起了社会契约和法国革命。他在告民众书里读到皇帝即将驾临首都与民众进行商讨这样的话,更使他确信这个观点是正确的。他认为从这一点来看,他早就期待的某种事情快要到来了,便到各处走走,观察着,倾听着人们的谈话,但是哪里也没有发现他感兴趣的思想的表现。

宣读了皇帝的宣言,引起了一阵欢呼,接着大家一面谈论着,一面散开了。除了平常的事外,皮埃尔听见人们在谈论等一会儿皇帝进来时首席贵族应该站在哪里,什么时候举行欢迎皇帝的舞会,按照各个县分组还是全省一起等等;但是当一谈到战争和召开贵族会议的目的时,这些谈论便变得吞吞吐吐和含糊不清了。大家都更愿意听而不愿多说。

① 三级会议是法国大革命前君主制下三个等级(教士、贵族和第三等级)代议制议会。

一个威武英俊的中年男子,身穿退役海军制服,正在一个大厅里说什么,他身边围了一些人。皮埃尔走到围住他的人那里,倾听起来。伊里亚·安德烈依奇伯爵穿着叶卡捷琳娜时代的督军服,面带愉快的微笑在人群中间走来走去,他和所有的人都认识,也到这群人身旁来听,像平常听人说话时那样和善地笑着,朝说话的人赞许地点点头,以表示同意。这个退役的海军军人说话非常大胆;这可从听他说话的人脸上的表情看出来,也可从皮埃尔认识的温顺平和的人不以为然地走开或表示异议这一点看出来。皮埃尔挤到圈子中间倾听起来,确信说话的人的确是一个自由派,不过是与皮埃尔所想的完全不同的自由派。这个海军军人说话声音洪亮动听,用的是贵族常有的男中音,用悦耳的法语腔发"P"音,常常吞掉辅音,如同喊人"端茶,拿烟袋来!"的声音一样。他说话带有一种放纵和发号施令的习惯。

"就说是斯摩棱斯克人建议皇帝组织民兵。难道斯摩棱斯克人的话对我们就是命令吗?一旦莫斯科省的高尚的贵族认为必要,他们能以别的方式向皇帝表示自己的忠诚。难道我们忘记了一八○七年的民兵了吗?只不过养肥了吃教堂饭的人和盗贼……"

伊里亚·安德烈依奇伯爵甜蜜地微笑着,赞许地点点头。

"怎么,难道我们的民兵有益于国家吗?毫无益处!只会破坏我们的家业。最好还是征兵……不然从战场回来的既不是士兵,也不是庄稼汉,完全是浪荡子。贵族并不怜惜自己的生命,我们将全体出动,还要招募新兵,只要昂上(他把'皇帝'说成'昂上')一声令下,我们大家可以为他献出生命。"那个讲话的海军军人慷慨激昂地加了一句。

伊里亚·安德烈依奇高兴得直咽唾沫,推着皮埃尔,但是皮埃尔也想要说话。他挤上前去,心情激动,有话要说,自己也不知道为什么这样激动,同时还不知道要说什么。他刚要开口,一个站在刚才说话的人身旁的参政员打断了他,此人牙齿已完全掉光,有一张聪明的脸,但是满面怒容。他显然惯于进行辩论和抓住问题,低声地、但是清楚地说了起来。

"我认为,先生,"参政员吧嗒着无牙的嘴说道,"我们被召集到这里来不是为了讨论当前怎么做对国家更合适—— 是征兵还是组织民兵。我们到这里来是为了对皇帝向我们发表的告民众书做出回答。至于是征兵还是组织民兵更为合适的问题,我们让最高当局去审议……"

皮埃尔突然找到了宣泄激愤的机会。他听到这位参政员对目前贵族迫切要做的事发表的四平八稳的和狭隘的看法,决定狠狠地批驳他。皮埃尔走上前去打断参政员的话。他自己也不知道他将说些什么,但是热烈地说了起来,有时夹着一些法语和俄语书面语的表达方法。

"请原谅,大人,"他开口说道(皮埃尔和这位参政员很熟,但他认为这里应该用正式的称呼),"虽然我不同意这位先生……(皮埃尔一下子卡壳了。他想要说我尊敬的论敌)这位我尚未能荣幸地认识的先生的意见,但是我认为,贵族阶层除了表示自己的同情和欣喜外,也应讨论我们可以用来帮助祖国的措施。我认为,"他激动地说,"如果皇帝发现我们只是一些把自己的农奴献给他的农奴主,发现我们只能充当炮灰,而不能给他献计……献策,那么他本人是会不满意的。"

许多人看到参政员轻蔑的微笑,听到皮埃尔发表的自由言论,便离开了这个圈子;只有伊里亚·安德烈依奇伯爵对皮埃尔的话很满意,如同他对海军军人、参政员以及通常对刚听到的话都很满意一样。

"我认为,在讨论这些问题之前,"皮埃尔接着说,"我们应当问一问皇帝,恭恭敬敬地请求陛下向我们通报一下,我们有多少部队,我们的军事力量和军队的状况如何,然后……"

但是皮埃尔没有来得及说完这些话,突然从三个方面对他发起了攻击。对他攻击得最厉害的是他的老熟人,平常对他很有好感的玩波士顿牌的牌友斯捷潘·斯捷潘诺维奇·阿普拉克辛。斯捷潘·斯捷潘诺维奇身穿制服,由于他穿着制服,或者由于其他原因,皮埃尔在自己面前看到的仿佛完全是另一个人。斯捷潘·斯捷潘诺维奇脸上突然表现出老年人的恼怒,朝皮埃尔喊叫起来。

"第一,告诉您,我们没有权利向皇帝提出这个问题,第二,即使俄国贵族有这个权利,皇帝也无法回答我们。部队随着敌军的行动而行动,不断减员和增员……"

另一个说话的人中等身材,四十岁上下,以前皮埃尔曾在茨冈人那里见过他,知道他玩牌玩得不好,现在穿了制服也变了样,他走近皮埃尔,打断了阿普拉克辛的话。

"而且现在也不是发议论的时候,"这个贵族说,"而需要行动,因为战火已烧到了俄国。我们的敌人在前进,想要毁灭俄国,凌辱我们祖先的坟墓,掠走我们的妻子儿女。"这个贵族捶了一下自己的胸脯。"我们大家一齐起来,人人勇往直前,为沙皇父亲而战!"他瞪着充血的眼睛喊道。从人群中传出了几个人的赞许声。"我们俄罗斯人为了保卫自己的信仰、皇帝和祖国,毫不吝惜自己的鲜血。如果我们是祖国的儿子,应当不再抱有妄想。我们要让欧洲看看,俄罗斯人怎样起来保卫俄罗斯。"这个贵族大声说道。

皮埃尔想要反驳,但是无法说一句话。他感觉到,他的话不管包含着什么样的意思,都不能像那个慷慨激昂的贵族说的话那样被人们听清楚。

伊里亚·安德烈依奇在围成一圈的人后面表示赞同;有几个人在那贵族快要说完时朝他转过身去,说道:

"说得对! 就是这样!"

皮埃尔想要说,他并不反对捐献金钱、农奴和牺牲自己,但是为了做到有补于事,应当了解情况,但是他无法说话。许多人一齐嚷着说着,使得伊里亚·安德烈依奇来不及向所有的人点头表示赞同;人们聚拢来,又分散开,再聚拢来,吵吵嚷嚷地朝大厅,朝那张大桌子走去。皮埃尔不仅未能把话都说出来,而且粗暴地被打断,被推开,好多人不理睬他,仿佛他是他们共同的敌人一样。这不是由于人们对他说话的内容不满意—— 在他之后有很多人说话,他的话已被忘记了,而是由于为了振奋人们的精神,需要有明显的爱的对象和明显的恨的对象。皮埃尔成了后一种对象。在那个慷慨激昂的贵族讲话后,有许多人发了言,大家说的是同一个调子。许多人说得很好,很有独特的地方。

《俄罗斯通报》的出版者格林卡[1]被人们认了出来(人群中发出"作家,作家!"的喊声),他说,地狱应当用地狱来反击,他看见过一个在电光闪闪和雷声隆隆时还在微笑的孩子,但我们不要成为这样的孩子。

---

[1] 格林卡(一七七六—一八四七)于一八〇八—一八二〇年、一八二四年出版了《俄罗斯通报》杂志,在拿破仑入侵期间,这份刊物曾持爱国主义立场。

"是的,是的,在雷声隆隆时!"后排有人用赞同的语气重复说。

人群走到了大桌子前面,那里坐着身穿制服和佩戴缓带、白发苍苍、头顶光亮的七十岁的高官显贵,皮埃尔几乎都看见过这些人如何在家里逗小丑取乐和在俱乐部里玩波士顿牌。人群到了桌旁后还在喧闹。发言者一个接一个,有时两人一起说,他们被后面拥过来的人群挤到椅子的高背上。一些站在后面的人发现发言者有什么话没有说完,便急忙进行补充。另一些人在这又热又挤的大厅里绞尽脑汁,想找点东西赶快把它说出来。皮埃尔认识的那些年老的达官贵人坐在那里时而看看这个人,时而看看那个人,他们之中大部分人的表情只说明一点,即他们觉得很热。然而皮埃尔发现自己很激动,人们一心想显示我们什么都不在乎的共同愿望也感染了他,这种愿望主要通过他们的声音和表情,而不是通过讲话的内容表现出来。他没有放弃自己的看法,但是觉得自己在某些方面有不对的地方,想要进行辩解。

"我只是说,如果我们知道需要什么,我们做的奉献就更相宜些。"他大声说,力图压倒别人的声音。

一个离得最近的小老头朝他看了一眼,但是立刻被桌子另一边的喊声吸引过去了。

"是的,莫斯科将要放弃! 它将成为赎罪的牺牲品!"一个人大声喊道。

"他是人类的敌人!"另一个人喊道,"请让我说……先生们,你们把我挤坏了……"

二十三

这时拉斯托普钦伯爵快步经过让开道的贵族面前进了大厅,他下巴突出,眼睛灵活,身穿将军制服,肩上斜披着缓带。

"皇帝立刻就到,"拉斯托普钦说,"我刚从那里来。我认为在目前我们所处的情况下,不必多发议论。是皇帝把我们和商人召集来的。"拉斯托普钦伯爵说。"那边(他指了指商人待的大厅)将捐献几百万,而我们应做的事是提供民兵和不吝惜自己……这是我们能够做到的最低限度的事！"

坐在桌旁的达官贵人们开始单独进行讨论。会开得非常平静。老人们一个一个地发言,一个人说"同意",另一个为了话不说得千篇一律,便说"我也是这个意见"等等,在听了刚才的喧闹声后,听到他们说话的声音,甚至觉得有些沉闷。

会议决定让书记起草莫斯科贵族的决议:莫斯科贵族也像斯摩棱斯克贵族一样,千人出十人,并供给全副装备。会议结束后,这些达官贵人仿佛卸下了重担似的站了起来,推开椅子,开始在大厅里走动,以便活动活动腿脚,同时顺便挽起一个人的胳膊,和他交谈起来。

"皇帝！皇帝!"突然叫喊声传遍了各个大厅,所有的人朝门口跑去。

皇帝沿着两边站着贵族的宽阔通道进了大厅。所有人的脸上露出敬畏和好奇的神情。皮埃尔站得相当远,不能完全听清皇帝的话。他从所听到的话里只听出皇帝谈到国家的危险处境,谈到他寄托在莫斯科贵族身上的希望。另一个声音回答皇帝说,刚才通过了贵族的决议。

"诸位!"皇帝用颤抖的声音说;人群发出了一阵簌簌声,立刻又安静下来了,皮埃尔清楚地听见了深受感动的皇帝富有人情味的悦耳的声音,听见他说我从来没有怀疑过俄国贵族的忠诚。但是今天它超过了我的预料。我代表祖国感谢你们。诸位,行动起来吧, —— 时间是最宝贵的……"

皇帝停住不说了,人群开始在他周围挤着,四面八方响起了热烈的欢呼声。

"是的,皇帝的话……比什么都宝贵。"伊里亚·安德烈依奇在后面哭着说,他什么也没有听到,但是对一切作了自己的理解。

皇帝从贵族大厅到了商人大厅。他在那里待了大约十分钟。皮埃尔和别的人一起看见皇帝从商人大厅出来时眼里含着感动的泪水。后来才知道,皇帝刚开始对商人讲话,眼泪就夺眶而出,他用颤抖的声音把话讲完。在皮埃尔看见皇帝时,皇帝正好在两个商人陪同下出来。一个是皮埃尔认识的胖胖的包税人,另一个是商人的首领,黄瘦的脸,尖下巴颏。两人都在哭。那个瘦子含着眼泪,而胖胖的包税人像孩子一样放声大哭,嘴里反复地说:

"陛下,把生命和财产都拿去吧!"

皮埃尔此刻没有任何别的想法,一心只想表明他什么也不在乎,准备牺牲一切。他觉得他的有立宪倾向的言论是不对的;他寻找着改正的机会。当他听说马莫诺夫伯爵①打算提供一个团时,便立即向拉斯托普钦伯爵表示,他愿出一千个人和提供他们的全部给养。

老罗斯托夫无法平静地向妻子说这些事,他边说边哭,立刻同意了彼佳的请求,并亲自去替孩子报名。

第二天,皇帝走了。所有召集起来的贵族都脱下了制服,又各自回到家里和俱乐部里,唉声叹气地吩咐管家们去办关于民兵的事,并为他们自己所做的事感到惊讶。

---

① 德米特里耶夫—马莫诺夫(一七九○—一八六三),诗人,政论家。他提供的团在他自己指挥下参加了一八一二年的一系列战役。

第二部

一

　　拿破仑之所以和俄国开战，是因为他不能不去德累斯顿，不能不因受到尊重而昏昏然，不能不穿上波兰军服，不能不沐浴在六月的晨光中而心生非分之想，不能克制自己而不在库拉金面前、后来在巴拉绍夫面前发火。

　　亚历山大之所以拒绝进行任何谈判，是因为感到他个人受到了侮辱。巴克莱·德·托利竭力以最好的方式指挥军队，是为了恪尽自己的职责和赢得伟大统帅的荣誉。罗斯托夫之所以骑着马冲向法国人，是因为他忍不住要沿着平坦的田野奔驰。所有数不清的人，这场战争的参加者都是这样按照自己个人的禀性、习惯、条件和目的而行动的。他们惧怕、有虚荣心、高兴、愤怒、爱发议论，都认为他们知道他们做的事，知道他们那样做是为了自己，其实他们都不由自主地充当着历史的工具，做着他们自己并不知道、但我们却一目了然的工作。所有从事实际工作的活动家的命运一直都是如此，他们在人的阶梯上站得愈高，就愈不自由。

　　现在，一八一二年的活动家们早已离开了自己的位置，他们个人的欲望已经消失得不留一点痕迹，展现在我们面前的只是那个时代历史的结果。

　　但是，假定说欧洲人**必定**会在拿破仑的统率下深入俄国腹地并在那里灭亡，那么对我们来说，参加这场战争的人的整个自相矛盾的、毫无意义的、残酷的活动就变得可以理解了。

天意迫使所有这些人在努力实现自己的个人的目标的同时，促进一个巨大的结果的形成，对这个结果，无论是谁（无论是拿破仑还是亚历山大，也无论是战争参加者中较小的人物）事前都一无所知。

现在我们已清楚知道，一八一二年法国军队覆灭的原因是什么。谁也不会争论，拿破仑的法国军队覆灭的原因一方面是它进入俄国腹地时间太晚，而且未做过冬的准备；另一方面是由于它焚烧俄国城市，在俄国民众中激起了对敌人的仇恨，使战争具有新的性质。但是，当时谁也没有预见到，这支世界上最好的、由最优秀的统帅指挥的拥有八十万人马的军队，在与比它弱一倍、既没有经验又由没有经验的统帅指挥的俄国军队交锋中会归于灭亡（现在看来这已经很明显了）；不仅**谁也没有预见到这一点**，而且**俄国人**所做的一切努力常常旨在阻碍这个唯一能拯救俄国的事情的实现，而**法国人**虽然有经验，又有拿破仑的所谓军事天才，他们却尽一切努力，到夏末把战线拉长到莫斯科，也就是说，做了必然会使他们灭亡的事。

在研究一八一二年的历史著作中，法国的作者们①总是津津乐道，说什么拿破仑感觉到了拉长战线很危险，他寻找着战机，说什么他的元帅们劝他到斯摩棱斯克后停止前进，并引用其他类似的论据来证明，似乎他们当时已明白了战局的危险性；而俄国的作者们②更是喜欢说，从战争一开始就有引诱拿破仑深入俄国内地的斯基泰战争计划，有人说这计划是普弗尔制订的，有人说是某个法国人制订的，有人说是托尔制订的，有人则说是亚历山大皇帝亲自制订的，指出了各种笔记、草案和书信，其中确实隐隐约约地提到要采取这样的行动方式。但是所有这些隐隐约约地说明对发生的事已有预见的说法，无论是法国人的还是俄国人的，现在之所以把它们摆出来，只是因为发生的事件证明它们是正确的。假如事件没有发生，那么这些说法已被忘记了，正如当时流行的千千万万相反的说法和推测因为不正确而被忘记一样。关于正在发

---

①　法国作者们指梯也尔、拉普、梅斯特尔等人。
②　俄国作者们指波格丹诺维奇等人。

生的每个事件的结局,通常都有许许多多推测,不管事件最后是如何结束的,总可以找到这样的人,他们会说"我当时就已说过,这事将会这样",完全忘记了在无数的推测中有过完全相反的说法。

关于拿破仑意识到拉长战线的危险和关于俄国方面诱敌深入的推测,显然属于这一类,历史学家们只能非常牵强地说拿破仑和他的元帅有过这样的想法,说俄国的军事长官们有过这样的计划。所有的事实都完全与这样的推测相抵触。在战争的整个期间,俄国人不仅不愿意引诱法国人深入俄国内地,而且尽一切努力想在法国人一进入俄国领土时就把他们阻挡住;而拿破仑不仅不害怕拉长战线,而且为他的胜利,为每前进一步而高兴,不像以前的历次战役那样,急于寻找战机。

在战争刚开始时,我们的军队是被分割的,我们力图达到的唯一目的在于使它们会合,虽然部队会合对撤退和诱敌深入并不有利。皇帝待在军中,是为了鼓舞部队捍卫每一寸俄国土地,而不是为了撤退。按照普弗尔的设计建造了巨大的德里萨营地,并不打算进一步后退。皇帝为每一步后退而责备各军的总司令们。对皇帝来说,不仅莫斯科被焚,就连撤退到斯摩棱斯克也是不可思议的,而当部队会师时,皇帝对斯摩棱斯克沦陷和被焚而没有在它城外进行一场决战非常生气。

皇帝是这样想的,而俄国军事长官和所有俄罗斯人一想到我军在向内地撤退,更加气愤。

拿破仑把俄国军队分割开后,向俄国内地推进,放过了几个战机。八月,他到了斯摩棱斯克,考虑的只是如何继续前进,虽然现在我们看到,对他来说,继续前进显然是致命的错误。

事实清楚地说明,拿破仑没有预见到向莫斯科推进的危险,亚历山大和俄国军事长官们当时也没有想到要引诱拿破仑深入,他们考虑的是相反的事情。拿破仑深入国家内地不是由于谁有这个计划(谁也不相信有这种可能),而是参加战争的人们钩心斗角的行为、各种不同目的和愿望进行复杂斗争的结果,这些人并没有猜到必然会发生什么事,也没有猜到唯一能拯救俄国的是什么。一切都是无意之中发生的。军队在战争开始时被分割。我们千方百计地让它们会合,目的显然是想进行决战和阻止敌人进攻,但是在作会合的努力时,避免与强大的敌人交战,不由自主地呈锐角形后退,把法国人引到了斯摩棱斯克。但是只说我们呈锐角形后退还不够,因为法国人在我们两支军队之间前进,使这个锐角的角度变得更小,而我们之所以进一步后退,还因为巴格拉季翁厌恶声望不高的德国人巴克莱·德·托利①(可是他又受巴克莱的指挥),他统率的第二军竭力拖延时间不与巴克莱会师,以便不受他的节制。巴格拉季翁长时间没有会师(虽然会师是所有指挥官的主要目的),因为他觉得他这样做会使自己的部队遭到危险,觉得他最好从左边和南边撤退,一方面可骚扰敌军的侧翼和后方,另一方面可在乌克兰补充自己的部队。看来,他之所以想出这个主意,是因为他不愿服从他所厌恶的和军衔比他低的巴克莱。

皇帝为了鼓舞士气而待在军队里,而他亲自出征,不知道该下什么决心,带来了一大批顾问和许多计划,这就削弱了第一军的战斗力,部队在撤退。

原来预定据守在德里萨营地;但是一心想当总司令的保卢奇对亚历山大施加了影响,于是普弗尔的整个计划被抛弃了,全部事务交由巴克莱办理。但是由于巴克莱威信不高,他的权力受到限制。

部队是被分割开的,没有统一指挥,巴克莱又没有声望;但是这种混乱、分割和当总司令的德国人的没有声望,一方面造成了犹豫不决和避免决战的现象(如果军队都在一起并且不由巴克莱指挥,那么会忍不住要打一仗的),另一方面使得人们对德国人愈来愈感到愤慨,激发了爱国主义精神。

最后,皇帝离开了军队,为他离开军队找了一个惟一的和最合适的借口,说他需要去鼓舞两个京城的民众,发动人民战争。皇帝离开军队到莫斯科去,使得我国军队的力量增加了两倍。

皇帝离开军队以免妨碍总司令的统一指挥,希望能采取更加坚决的措施;但是部队领导的情况变得更加混乱和薄弱了。本尼格森、亲王和一大群侍从将军留在军队里一面监视总司令的行动,一面给他鼓劲,因此巴克莱在所有这些**皇帝的耳目**的注视下觉得更不自由,对采取坚决行动更抱谨慎态度,避免进行大的战斗。

---

① 巴克莱·德·托利是十七世纪移居里加的古老的苏格兰家族的后裔,然而俄国上流社会把他称为"德国人"。

巴克莱主张谨慎行事。亲王含沙射影地说这是背叛行为，要求进行大会战。柳博米尔斯基、勃拉尼茨基、弗洛茨基[1]以及诸如此类的人四处张扬，使得巴克莱只好借口要送奏章给皇帝，把这些波兰侍从将军打发去彼得堡，同时与本尼格森和亲王展开了公开的斗争。

最后，不管巴格拉季翁如何不愿意，军队在斯摩棱斯克会师了。

巴格拉季翁坐马车到了巴克莱的住处。巴克莱披上武装带出来迎接，并向军衔高的巴格拉季翁报告。巴格拉季翁竭力装出宽宏大量的样子，虽然自己军衔高，但是表示服从巴克莱的指挥；但是服从后，更不同意他的意见。巴格拉季翁根据皇帝命令，有事可亲自向他报告。他在给阿拉克切耶夫的信中这样写道："听候皇帝发落，我无论如何也无法与**大臣**（巴克莱）共事了。看在上帝分上，把我调到另一个地方去，哪怕去指挥一个团，这里实在待不下去了；整个总部里全是德国人，因此俄国人简直受不了，而且什么事也办不成。我本以为我是真正地为皇帝和祖国效劳，而实际上却是为巴克莱服务。老实说，我不愿意。"勃拉尼茨基、温岑格罗德之类的人使得各军总司令之间的关系更加恶化，结果指挥更不统一了。打算要在法军到达斯摩棱斯克前向他们发动进攻。派一个将军去视察阵地。这个将军仇恨巴克莱，他到了他的一个军长朋友那里，在那里待了一天，回来向巴克莱逐条地批评了他并没有看见的战场选得如何不好。

正当人们为未来的战场争吵不休和勾心斗角时，正当我们弄错了法国人的位置、正在寻找他们时，法国人与涅韦罗夫斯基[2]指挥的师遭遇，到了斯摩棱斯克城下。

只好在斯摩棱斯克仓促应战，以便保住自己的交通线。这一仗打了。双方各战死几千人。

斯摩棱斯克在违背皇帝和全国人民意愿的情况下放弃了。但是斯摩棱斯克是受省长欺骗的居民自己焚毁的，这些倾家荡产的居民给其余的俄国人做出了榜样，他们向莫斯科退去，心里只想自己的损失，点燃着仇恨敌人的怒火。拿破仑继续前进，而我们不断后退，造成了必然

---

① 柳博米尔斯基（一七八六——一八七〇）、勃拉尼茨基（一七八二——一八四三）和弗洛茨基（生卒年代不详）均为亚历山大一世的侍从武官。

② 涅韦罗夫斯基（一七七一——一八一三），俄国将军。

会战胜拿破仑的那种情况。

二

在儿子走后的第二天,尼古拉·安德烈依奇公爵把玛丽亚公爵小姐叫到自己跟前。

"怎么样,现在满意了吧?"他对女儿说,"让我和儿子吵了一架!满意了吧?你就需要这样!满意了吧?……这使我很痛心,很痛心。我年老体弱,你就希望这样。好吧,高兴吧,高兴吧……"在这之后,玛丽亚公爵小姐有一个星期没见到父亲。他病了,没有出自己的书房。

玛丽亚公爵小姐惊奇地发现,老公爵在这次生病期间也没有让布里安娜小姐去见他。只有吉洪一人伺候他。

一个星期后,老公爵出来了,又开始过以往的生活,特别起劲地搞建筑和侍弄花园,完全断绝了同布里安娜小姐的关系。他的神情和对玛丽亚公爵小姐说话的冷冰冰的语气仿佛在对她说:"你看,你捏造事实反对我,向安德烈公爵告我的状,说我与这个法国女人有什么关系,弄得我与他吵了一架;你看,我既不需要你,也不需要那个法国女人。"

玛丽亚公爵小姐把半天的时间花在尼科卢什卡身上,监督他做功课,自己给他上俄语课和音乐课,同德萨尔谈话;另一部分时间她在自己房里读书,同老保姆和常从后门进来找她的修士们在一起。

玛丽亚公爵小姐对战争的想法是同一般女人的想法一样的。她替在战场上的哥哥担心,不明白人们为什么要互相残杀,对他们的残忍感到恐怖;同时也不理解这场战争的意义,觉得它和以往的战争一样。虽然经常与她进行交谈的德萨尔非常关心战争的进程,竭力把自己的想法讲给她听,虽然来找她的修士们照自己的理解惊恐地讲述民间流传的关于敌基督入侵的种种传闻,虽然已成为德鲁别茨卡娅公爵夫人并和她恢复通信的朱丽从莫斯科给她写来充满爱国热情的信,但是她仍然不理解这场战争的意义。

"我用俄语给您写信,我的好朋友,"朱丽写道,"因为我恨所有的法国人,同样也恨他们的语言,我听不得人们说法语……在莫斯科我们大家对我们所崇拜的皇帝充满热情,人人兴高采烈。

"我的可怜的丈夫在犹太人的小客栈里受苦和挨饿；但是我得到的消息更加鼓舞了我。

"您大概听说过拉耶夫斯基的英雄事迹，他搂住两个儿子说道：'我准备和他们一起死，但是决不动摇！'确实，虽然敌人要比我们强大一倍，我们没有动摇。我们尽量想办法消磨时间；但是战时毕竟是战时。阿林娜公爵小姐和索菲整天和我在一起，我们这些守活寡的女人一面扯着裹伤用的棉纱，一面进行很有意思的谈话；这里，我的朋友，只缺您一个人……"等等。

玛丽亚公爵小姐之所以不理解这场战争的全部意义，主要是因为老公爵从来没有对她讲过它，不承认它，在吃饭时嘲笑谈论这次战争的德萨尔。老公爵说话的语气非常平静自信，玛丽亚公爵小姐也就不假思索地相信他的话了。

整个七月，老公爵精力特别充沛，甚至可以说精神饱满。他又开辟了一个新的花园，为家奴盖了一座房子。有一点使玛丽亚公爵小姐感到不安，这就是他睡得很少，并且改变了在书房睡觉的习惯，每天都变换过夜的地方。时而吩咐把他的行军床支在穿廊里，时而他在客厅的沙发上或伏尔泰安乐椅上不脱衣服地打个瞌睡，同时读书给他听的已不是布里安娜小姐，而是童仆彼得鲁沙；时而他在餐厅里过夜。

八月一日接到了安德烈公爵的第二封信。在他走后不久收到的第一封信里，安德烈公爵恭请父亲宽恕他说话放肆，请求父亲恢复对他的慈爱。老公爵写了一封亲切的回信，他在这之后疏远了那个法国女人。安德烈公爵的第二封信是他在维捷布斯克附近写的，当时这个城市已被法国人占领，这封信简要描述了整个战役，附有一张地图，并讲述了对今后战局的看法。安德烈公爵在这封信里还对父亲说，他不宜待在靠近战场的地方和在部队经过的路上，劝他搬到莫斯科去住。

在这一天吃饭时，德萨尔谈到他听说法国人已进入维捷布斯克，这时老公爵想起了安德烈公爵的信。

"今天收到了安德烈公爵的信，"他对玛丽亚公爵小姐说，"你读了吗？"

"没有,爸爸。"公爵小姐惊恐地回答道。她不可能读过这封信,她甚至没有听说收到信的事。

"他信里说到这场战争。"老公爵带着他那已成习惯的轻蔑的微笑说,他在谈到真正的战争时常露出这样的微笑。

"想必很有意思,"德萨尔说,"公爵能够知道……"

"啊,一定很有意思!"布里安娜小姐说。

"请您去给我拿来。"老公爵对布里安娜小姐说。"您知道,就在小桌子上用镇纸压着。"

布里安娜小姐高兴地一跃而起。

"不,不用您去,"老公爵皱起眉头喊道,"你去,米哈依尔·伊万内奇。"

米哈依尔·伊万内奇站起身来,前去书房。但是他一出去,老公爵便不安地环顾四周,扔下餐巾,自己跟着去了。

"他们什么也不会,总是弄错。"

他走的时候,玛丽亚公爵小姐、德萨尔、布里安娜小姐,甚至还有尼科卢什卡,都默默地彼此对看了一眼。老公爵拿着信和图纸同米哈依尔·伊万内奇一起急忙回来了,他把信放在自己身边,没有让任何人在吃饭时读它。

饭后大家到了客厅里,他把信交给玛丽亚公爵小姐,把新建筑物的图纸在自己面前摊开,吩咐女儿朗读信。玛丽亚公爵小姐读完信后,用询问的目光朝父亲看了一眼。

老公爵看着图纸,显然陷入了沉思。

"您对这事是怎么想的,公爵?"德萨尔壮着胆问道。

"我!我!……"老公爵仿佛不高兴被叫醒似的说,仍然聚精会神地看着建筑图纸。

"战场很有可能向我们这里挪过来……"

"哈——哈——哈!战场!"老公爵说,"我过去说过,现在还要这样说,战场在波兰,敌人永远不会越过涅曼河。"

德萨尔听见老公爵在敌人已到了第聂伯河时还在说不会越过涅曼河,惊奇地看了他一眼;而忘记了涅曼河的地理位置的玛丽亚公爵小姐则认为父亲说的话是对的。

"等到大雪融化时他们会淹死在波兰的沼泽里。他们就是看不到这一点。"老公爵说,看来他想的是一八〇七年的战争,他觉得这是不久前的事。

"本尼格森应该早一些进入普鲁士,那样情况就会变得不一样了……"

"但是,公爵,"德萨尔怯生生地说,"信里讲的是维捷布斯克……"

"啊,在信里,是的……"老公爵不满地说,"是的……是的……"他的脸突然露出阴郁的表情。他沉默了一会儿,"是的,他信中写道,法国人被击败了,这是在哪条河边?"

德萨尔垂下了眼睛。

"关于这一点安德烈公爵在信中根本没有提到。"他低声说。

"难道他没有提到?这可不是我想出来的。"大家沉默了很长时间。"是的……是的……喂,米哈依尔·伊万内奇,"他突然抬起头指着建筑物图纸说,"你说一说,你想如何修改……"

米哈依尔·伊万内奇走到图纸跟前,老公爵与他就建筑物的图纸谈了一会儿,生气地朝玛丽亚公爵小姐和德萨尔看了一眼,回自己屋里去了。

玛丽亚公爵小姐看见德萨尔投向她父亲的困惑和诧异的目光,发现他没有说话,对父亲居然把安德烈公爵的信忘在客厅里感到很惊奇;但是她不仅不敢同德萨尔说话,不敢问他为什么困惑和沉默,而且也怕去想这件事。

晚上,米哈依尔·伊万内奇奉老公爵之命到玛丽亚公爵小姐这里来取忘在客厅里的安德烈公爵的信。玛丽亚公爵小姐把信给了他。虽然她感到不大愉快,但是她还是大胆地问米哈依尔·伊万内奇父亲在做什么。

"仍在那里忙忙碌碌。"米哈依尔·伊万内奇带着恭敬而又讥讽的微笑说,玛丽亚公爵小姐见了这微笑,脸都白了。"为新房子操心。读了一会儿书,而现在,"米哈依尔·伊万内奇压低声音说,"坐在写字台旁,想必是在写遗嘱。"(最近,老公爵最喜欢干的事情之一是整理文稿,这些文稿应当在他死后留下来,他将其称为遗嘱。)

"要派阿尔帕特奇到斯摩棱斯克去吗?"玛丽亚公爵小姐问。

"那还用说,他早就在等着了。"

<h1 style="text-align:center">三</h1>

当米哈依尔·伊万内奇拿着信回到书房时,老公爵正坐在打开的写字台旁,他戴着眼镜和眼罩,也给烛台罩上灯罩,把一只拿着文稿的手伸得远远的,带着几分得意的神情读着这些自己写的东西(他将其称为意见书),在他死后这些文稿应当呈交给皇帝。

米哈依尔·伊万内奇进屋时,老公爵正回想起他写现在读的文稿的那个时代,两眼含着泪水。他从米哈依尔·伊万内奇手里接过信,装进衣兜里,放好文稿,然后把早在等候的阿尔帕特奇叫来。

他在一张纸上记了要在斯摩棱斯克办的事,便一面在等候在门口的阿尔帕特奇身旁来回踱步,一面对他作着吩咐。

"第一,买信纸,听着,要八刀,就照这个样子;要裁口喷金的……一定要照这个样子;还有漆、火漆——照米哈依尔·伊万内奇开的单子买。"

他在房间里走了一会儿,看了看那个清单。

"然后把有关登记的信面呈省长。"

此外还需要新房子的门闩,一定要老公爵自己想出来的那种样式。然后需要定做一个存放遗嘱的匣子。

向阿尔帕特奇交代要办的事交代了两个多钟头。老公爵还不放这位总管走。他坐了下来,陷入了沉思,闭上了眼睛,打起瞌睡来。阿尔帕特奇动了动。

"好了,去吧,去吧;如果还需要什么,我派人告诉你。"

阿尔帕特奇出去了。老公爵重新走到写字台前,朝里面看了看,摸了摸自己的文稿,又锁上了,坐到桌前给省长写信。

当他封好信站起身来时,天色已经很晚了。他想要睡觉,但是他知道睡不着,躺在床上脑子里会出现乱七八糟的想法。他叫来吉洪,和他一起到各个房间去走走,以便告诉他今天晚上把床铺在哪里。他走来走去,看看哪个地方合适。

所有地方他都觉得不好,不过最不好的是书房里的那张他睡惯了的沙发。他感到这张沙发很可怕,大概是因为他以前躺在上面时翻来覆去想过许多很不愉快的事。他觉得哪里都不好,但还是休息室里钢琴后面的角落不错,因为他从来没有在那里睡过。

吉洪和一个侍仆搬来了卧具,开始铺床。

"不这样,不这样!"老公爵喊叫起来,自己动手把床挪离角落四分之一俄丈,接着又把它挪回来。

"终于什么事都做了,现在我要休息一会儿。"老公爵想,让吉洪帮他脱衣服。

脱长衫和裤子时需要使劲,老公爵懊恼地皱起眉头,脱好衣服后,他沉重地坐到床上,轻蔑地看着自己黄色干瘦的腿,仿佛陷入了沉思。实际上他并没有陷入沉思,而是因为把腿抬起来并在床上挪动很吃力,要在这之前停一下。"唉,多么费劲!唉,还不如早点结束这种苦役,**你们就放我走吧!**"他想。他咬住嘴唇,费了九牛二虎之力躺下了。但是他刚躺下,突然整张床在他身子底下均匀地前后活动起来,仿佛在沉重地喘气和碰撞。他几乎每天夜里都是如此。他睁开了想要闭上的眼睛。

"不得安宁,该死的!"他不知是在愤怒地唠叨谁,"是的,是的,还有一件重要的事,我还把一件非常重要的事留到夜里躺在床上来考虑。是门闩吗?不,这已经说过了。不,有一件事,在客厅里发生的事。好像玛丽亚公爵小姐瞎说了什么。德萨尔——这个傻瓜——也说了话。在衣兜里有件东西——想不起来了。"

"吉什卡[①]!吃饭时说什么来着?"

"说公爵,米哈依尔……"

"你住嘴,你住嘴,"老公爵用手拍起桌子来,"对了!我想起来了,是安德烈公爵的信。玛丽亚公爵小姐给大家读过。德萨尔说了一些关于维捷布斯克的话。现在我再读一遍。"

他吩咐把衣兜里的信拿来,把一张放着柠檬水和螺旋形蜡烛的小桌子挪到床边,戴上眼镜,读了起来。到这夜深人静的时候,凑近绿灯罩下微弱的烛光读信,霎时间他第一次明白了信里说的意思。

"法国人已在维捷布斯克,再过四天他们可能到达斯摩棱斯克;也

---

① 吉什卡是吉洪的昵称。

许他们已经到了那里。"

"吉什卡!"吉洪一跃而起。"不,不用了,不用了!"他高声说道。

他把信藏到烛台底下,闭上了眼睛。脑海里浮现出了多瑙河,晴朗的中午,芦苇,俄军的营地,他走了进去,当时他还是一个年轻的将军,脸上没有一道皱纹,精力充沛,神情快活,面色红润,进了波将金的华丽的营帐 ①,对这个宠臣的强烈的嫉妒至今还像当时那样使他非常激动。他想起了在与波将金第一次见面时所说的话。他眼前又出现了肥胖的脸上带着黄点的矮胖女人——女皇陛下 ②,想起了她第一次接见他时脸上的微笑和所说的话,回忆起了她躺在灵柩台上的遗容以及他和祖博夫在她的灵柩旁为争吻她的手的权利而发生的冲突。

"唉,快点、快点回到那个时代去,希望现在的一切快点、快点结束,不要再来打扰我!"

四

尼古拉·安德烈依奇·鲍尔康斯基公爵的庄园童山在斯摩棱斯克以东六十俄里,离莫斯科大道三俄里。

在老公爵吩咐阿尔帕特奇去办事的那天晚上,德萨尔要求和玛丽亚公爵小姐见面,对她说,老公爵身体不佳,而且不采取任何措施来保障自己的安全,而从安德烈公爵的信中可以看出,待在童山不无危险,因此他恭请公爵小姐亲自写一封信让阿尔帕特奇带到斯摩棱斯克去交给省长,请他把战局和童山遭受危险的程度告诉她。德萨尔替玛丽亚公爵小姐写好了信,让她签了名,把这封信给了阿尔帕特奇,吩咐他呈交省长,如遇到危险,叫他尽快回来。

阿尔帕特奇接到各种指示后,头戴白绒毛帽子(这是公爵送的),像公爵一样拿着手杖,在家里人的伴送下出来,坐上套了三匹膘肥体壮的黑鬃黄褐色马的皮篷马车。

马车上的大小铃铛裹了起来和塞了纸。老公爵不允许任何人在童

---

① 老公爵大概回想起了参加一七六八——一七七四年俄土战争的情况。

② 女皇陛下指叶卡捷琳娜二世。

山坐车时响着铃。但是阿尔帕特奇喜欢在走远道时坐带铃铛的马车。他手下的人,文书、账房、给下人和老爷做饭的厨娘、两个老太婆、哥萨克孩子、车夫和家奴们前来送行。

女儿给他背后和身子下面垫了印花布的羽绒垫子。年老的姨子偷偷塞给他一个包袱。一个车夫搀着他的手扶他上了车。

"瞧,瞧,婆娘们全来了!这些婆娘们!"他像老公爵一样,喘着粗气说得很快,随即坐上了马车。他向文书对要办的事作了最后的交代,这时已不再模仿老公爵,摘下秃头上的帽子,画了三次十字。

"如果出什么事……您就回来,雅科夫·阿尔帕特奇;看在上帝分上,可怜可怜我们吧。"妻子朝他喊道,话里透露出了在听了关于战争和敌人的流言后的担心。

"这些婆娘们,在一起婆婆妈妈的。"阿尔帕特奇低声说了一句,上路了,他环视周围的田野,看见有的地方黑麦已经发黄,有的地方绿油油的燕麦非常茂密,有的地方土地还是黑的,刚开始复耕。阿尔帕特奇一路上欣赏着将获得少有的收成的春播作物,仔细观察着一块块黑麦地,在那里有的地方已开始收割,心里考虑着播种和收割的事,想着自己有没有忘记老公爵的某个嘱咐。

在路上喂了两次马,八月四日傍晚阿尔帕特奇到了城里。

路上阿尔帕特奇曾遇到过辎重车和部队,并超过他们。在快到斯摩棱斯克时,他听到了远处的枪炮声,但这并不使他感到惊奇。最使他感到惊奇的是,在接近斯摩棱斯克时,他看到了一片长势很好的燕麦地,士兵们在那里扎下了营,正在割燕麦,显然是用来当饲料的;这种情况使阿尔帕特奇很吃惊,但是他很快把它忘了,只顾考虑自己的事情。

三十多年来,阿尔帕特奇的所有兴趣爱好都限制在老公爵的意志允许的范围内,他从来没有出过这个范围。一切与执行公爵的指示无关的事,不仅不引起他的兴趣,而且对他来说是不存在的。

阿尔帕特奇于八月四日晚到达斯摩棱斯克后,落脚在第聂伯河对岸郊区加琴斯克的一家小客店里,店主叫费拉蓬托夫,三十年来已习惯于在他那里住宿。十二年前,费拉蓬托夫由于阿尔帕特奇从中玉成,买了公爵的一个小树林,开始做买卖,现在在省城里拥有一座房子,开了一家旅店和一家面粉店。这是一个四十岁的农民,身体肥胖,皮肤黝黑,面色红润,厚嘴唇,大鼻子上长着疙瘩,在紧皱的黑眉毛上方也有类似的疙瘩,挺着一个大肚子。

费拉蓬托夫穿着印花布衬衣和背心站在临街的店铺旁。他看见阿尔帕特奇,便走到他跟前。

"欢迎欢迎,雅科夫·阿尔帕特奇。人们都出城去,你却进城来了。"这个店主说。

"怎么回事,都出城去?"阿尔帕特奇说。

"我说,老百姓都很蠢。总是怕法国人。"

"娘儿们的见识,娘儿们的见识!"阿尔帕特奇说。

"我也这样认为,雅科夫·阿尔帕特奇。我说,有命令不让敌人进来——这就是说,一定不会进来。农民们每辆大车要三个卢布的车费——心真黑!"

雅科夫·阿尔帕特奇漫不经心地听着。他吩咐给他烧茶炊和给马喂草料,喝足了茶后,躺下睡了。

整个夜里客店门前的街上都有部队经过。第二天,阿尔帕特奇穿上了到城里才穿的无袖男上衣,就去办事了。早晨阳光灿烂,从八点钟起就已很热了。阿尔帕特奇想,这是收割庄稼的好天气。城外从清晨起就可以听见射击声。

从八点起,枪声里开始夹杂着炮声。大街上人很多,都在急急忙忙地赶路,兵也很多,但是像平常一样,车夫赶着出租马车,商人站在店铺旁,教堂里在做礼拜。阿尔帕特奇到店铺去,到各个衙门去,前去邮局,去见省长。在衙门、店铺和邮局里,几乎人人都在谈论军队和已在攻城的敌人;大家相互问该怎么办,竭力相互安慰。

在省长府前,阿尔帕特奇发现那里有很多老百姓和哥萨克,停着省长的旅行马车。雅科夫·阿尔帕特奇在台阶上碰到两个贵族,他认识其中的一个。他认识的那个贵族当过警察局长,正在激动地说话。

"这可不是闹着玩的他说,"单身一人没有牵挂。要倒霉,只一个人倒霉,可是一家十三口人,还有全部家产……弄到大家都要家破人亡的地步,这还算是什么长官?……唉,真想把这些强盗全都吊死……"

"够了,别说了。"另一个贵族说。

"我怕什么,就让他听见好了!怎么啦,我们又不是狗。"过去的警察局长说,他回头一看,看见了阿尔帕特奇。

"啊,雅科夫·阿尔帕特奇,你来干什么?"

"奉公爵大人之命来见省长先生,"阿尔帕特奇回答道,自豪地抬起头,一只手伸进怀里,他在提到公爵时都这样做……"他派我来打听一下局势。"他说。

"你就去打听吧,"那个贵族地主大声说道,"把事情弄到了没有大车,什么也没有的地步!……这就是,听见了吗?"他指着传来枪炮声的方向说。

"弄到了大家都要完蛋的地步……强盗!"他又说了一句,下了台阶。

阿尔帕特奇摇摇头,朝楼梯走去。在接待室里,商人、妇女和官员们默默地你看看我,我看看你办公室的门打开了,大家都站了起来,走向前去。一个官员从门里跑出来,和一个商人说了些什么,叫一个脖子上挂着十字架的胖胖的官员跟他走,又消失在门里了,看来是在躲避向他投去的目光和提出的问题。阿尔帕特奇朝前走了几步,在那官员再次出来时,把一只手伸进扣着的常礼服里面迎了上去,交给他两封信。

"这是陆军上将鲍尔康斯基公爵给阿舒男爵先生的信。"他庄严地和郑重其事地说,那官员听了转过身来,接过信。几分钟后,省长接见了阿尔帕特奇,匆匆忙忙对他说:

"请回禀公爵和公爵小姐,我对情况一无所知:我是照最高当局的指示行事的—— 你瞧……"

他给了阿尔帕特奇一份公文。

"不过因为公爵身体欠安,我奉劝他去莫斯科。我自己就要去。你去回禀吧……"但是省长没有把话说完,就有一个满身尘土、满头大汗的军官跑了进来,开始用法语说什么。省长脸上露出了恐惧的表情。

"你可以走了。"他朝阿尔帕特奇点点头说,开始问那军官一些事情。当阿尔帕特奇出了省长的办公室时,人们向他投来贪婪的、惊恐的和无可奈何的目光。他不由自主地听着现已很近的和声音愈来愈大的枪炮声,赶回旅店来。省长给他的公文写的是:

请您相信,斯摩棱斯克尚无任何危险,而且该城极不可能受到威胁。本人从一边,巴格拉季翁公爵从另一边正在向斯摩棱斯克前进,预计二十二日将在城下会师,两军会师后将同心协力保卫贵省的同胞,直到将祖国的敌人击退,或者直到最后一名英勇的战士壮烈牺牲为止。从中您可以看到,您完全有权开导斯摩棱斯克居民不要惊慌,因为受两支英勇的军队保卫的人可以相信他们必胜。

(巴克莱·德·托利给斯摩棱斯克省省长阿舒男爵的指示,一八一二年。)

老百姓惶惶不安地在街上走来走去。

满载着家用器皿、椅子、小柜子的大车不时地从房屋大门里出来,在街上走着。在费拉蓬托夫隔壁的房子里停着几辆马车,告别时婆娘们一边哭着,一边诉说着。一条看家犬吠叫着在套上车的马跟前转来转去。

阿尔帕特奇迈着比平常更加急促的步子进了院子,直奔拴着自己的马和停着车的木棚。车夫在睡觉;他叫醒了他,要他套车,自己进了门廊。从店主的正房里传来孩子的啼哭声、女人的哀号声和费拉蓬托夫哑着嗓子的怒斥声。阿尔帕特奇一进去,门廊里的厨娘像一只受惊吓的母鸡一样浑身哆嗦起来。

"打出人命来了——把老板娘狠狠打了一顿!……一面打,一面把她拖来拖去!"

"为了什么?"阿尔帕特奇问。

"她要求离开这里。妇道人家嘛!你把我送走吧,她说,不要害了我和孩子;人家都走了,她说,我们为什么不走?他就打她。一面打,一面把她拖来拖去!"

阿尔帕特奇听了这些话好像赞同似的点点头,不愿意再听下去,走到对面店主正房的门口,他买的东西都放在正房里。

"你这个恶棍,害人的东西。"这时一个瘦瘦的、脸色苍白的女人喊叫了一声,她怀里抱着孩子,头巾被扯掉了,从门里冲出来,沿着阶梯往下朝院子里跑。费拉蓬托夫跟着她出来,见了阿尔帕特奇后,整了整背心和头发,打了个哈欠,跟着阿尔帕特奇进了正房。

"你要走了？"他问。

阿尔帕特奇没有回答店主的问题，也没有回头看他，一面收拾自己买的东西，一面问他要多少住店的钱。

"以后再说！怎么，到省长那里去了吗？"费拉蓬托夫问，"作出了什么决定？"

阿尔帕特奇回答说，省长什么也没有告诉他。

"干我们这行的，难道都能搬得走？"费拉蓬托夫说。"雇一辆马车到多罗戈布日要七卢布。我说：他们的心真黑！"他又说。

"谢利瓦诺夫那家伙星期四赶上了，以九卢布一袋的价钱把面粉卖给了军队。怎么，喝不喝茶？"他加了一句。在套马时，阿尔帕特奇和费拉蓬托夫喝足了茶，谈了粮食的价钱、今年的收成以及有利于收割的好天气。

"不过枪声开始停下来了，"费拉蓬托夫说，他喝了三杯茶，站起身来，"想必是我们占了上风。就说不让他们进来嘛。这说明，我们有力量……前几天，听说马特维·伊万内奇·普拉托夫把他们赶进马里纳河中，一天就淹死了一万八千人。"

阿尔帕特奇把买来的东西收拾好，交给进来的车夫，与店主结了账。大门里响起了驶出去的马车的车轮声、马蹄声和铃铛声。

时间已是晚半晌了；大街的半边是阴影，另一个半边被阳光照得很亮。阿尔帕特奇看了看窗外，朝门口走去。突然从远处传来了奇怪呼啸声和射击声，接着响起了连成一片的炮弹爆炸声，震得窗玻璃丁零当啷作响。

阿尔帕特奇到了街上；街上有两个人跑到大桥那里。四面八方响起了圆形炮弹的呼啸声和爆炸声，落到城里的榴弹的炸裂声。但是这些声音几乎没有被听到，而且也不像从城外传来的枪炮声那样引起居民的注意。这是一百三十门大炮按照拿破仑四点多下达的炮轰城市的命令在猛烈开火。最初人们并不明白这次炮轰的意义。

开头榴弹和圆形炮弹落地的声音只引起人们的好奇。费拉蓬托夫的妻子在这之前在木棚底下号啕大哭，这时停止了，抱着孩子朝大门走去，默默地望着过往的人，听着炮声。

厨娘和店铺伙计也来到大门口。大家快乐地和充满好奇地竭力想看清从他们头上飞过的炮弹。从拐角处出来几个人,他们在热烈谈论着什么。

"劲儿可真大!"一个人说。"把屋顶和天花板炸得粉碎!"

"像猪一样把地都拱开了。"另一个人说。"真棒,看了可真来劲!"他笑着说,"幸好跳开了,要不它把你也捎带上了。"

人们向这几个人打听。他们停下来,说几颗炮弹打中了他们身旁的一座房子。与此同时,又有一些炮弹——圆形炮弹带着急速低沉的呼啸声,榴弹则发出悦耳的嗖哨声——不停地从人们头上飞过;但是没有一发炮弹落在近处,全都飞过去了。阿尔帕特奇坐上马车。店主站在大门口。

"好像没有见过!"他对厨娘喊道,这时穿着红裙子的厨娘卷起袖子,摆动着两条光胳膊,到拐角里去听他们说话。

"真稀奇。"她说,但是听见主人的声音,便回来了,随手把掖在腰里的裙子放下来。

又有什么东西呼啸起来,但是这一次很近,像一只鸟从空中飞下来一样,只见街心火光一闪,这东西爆炸了,街上硝烟弥漫。

"恶棍,你这是干什么?"店主喊道,朝厨娘跑过去。

在这一瞬间四面八方响起了女人们的哀号声,孩子吓得哭起来,脸变得煞白的人们默默地聚集在厨娘的近旁。在这个人群中,可以听得最清楚的是厨娘的呻吟声和哭诉声。

"喔——唷——唷,我的亲人哪!我的好人哪!不要让我死!我的好人哪!……"

五分钟后,街上一个人也没有了。被榴弹片炸断肋骨的厨娘被抬进了厨房。阿尔帕特奇和他的车夫,费拉蓬托夫的妻子和孩子们,还有看院子的,坐在地窖里听着外面的动静。隆隆的炮声、炮弹的呼啸声以及压过所有声音的厨娘的悲哀的呻吟声一刻不停。店主的妻子时而摇晃和哄着孩子,时而悲戚地低声问所有进地窖来的人,她那留在外面的丈夫在哪里。进地窖来的伙计告诉她说,东家和人们一起到大教堂去了,那里正在把很有灵验的斯摩棱斯克圣像抬起来。

暮色快要降临时,炮击逐渐停止了。阿尔帕特奇出了地窖,在门口站住。原来明亮的夜空硝烟弥漫。一弯新月高挂在天空,透过硝烟,发出奇异的光辉。在可怕的炮轰声停息后,城市上空似乎一片寂静,它只被似乎传遍全城的脚步声、呻吟声、远处的喊声和大火的噼啪声所打破。厨娘现在停止了呻吟。从两边升起了一团团黑烟,并且不断蔓延开来。穿着各种不同制服的士兵在街上朝不同方向走着和跑着,他们已不成队伍,而像蚂蚁从捣毁的窝里出来乱爬一样。阿尔帕特奇看见其中的几个人跑进费拉蓬托夫的院子。阿尔帕特奇前去大门口。一个团的士兵挤着争着,把街道堵住,便朝后退。

"城市要放弃了,走吧,走吧!"一个看见他的身影的军官对他说,同时对士兵喊道:

"我允许你们进各家各户去!"

阿尔帕特奇回到屋里,叫来车夫,吩咐他出发。费拉蓬托夫的一家人全都跟着阿尔帕特奇和车夫出来。在这之前一直没有说话的妇女们一看见烟雾和在薄暮中已看得很清楚的火光,突然大声号哭起来。仿佛与她们相呼应,大街的另一头也有人在这样哭。阿尔帕特奇和车夫在屋檐下用哆嗦着的手整理着弄乱的缰绳和挽索。

当阿尔帕特奇出大门时,他看见费拉蓬托夫的店铺的门被打开,十来个士兵正大声说着话往口袋和背囊里装面粉和葵花籽。这时,费拉蓬托夫从街上回来进了门。他看见士兵们,想要喊叫起来,但是突然停住了,双手抓住头发,又哭又笑起来。

"全都拿走吧,弟兄们!不要让它落到魔鬼手里!"他喊叫起来,自己搬起口袋,把它们扔到街上。有几个士兵害怕了,跑了出来,有几个继续装着。看见阿尔帕特奇,费拉蓬托夫朝他喊道:

"完了!俄国完了!"他喊道,"阿尔帕特奇!完了!我自己来放火。完了……"费拉蓬托夫朝院子跑去。

川流不息的士兵把街道全都堵塞了,阿尔帕特奇的车过不去,只好等着。费拉蓬托夫的妻子和孩子也坐在车上,等着出发。

已经完全是深夜了。天空闪烁着星星,一弯不时被烟雾遮住的新月发出朦朦胧胧的光。到第聂伯河岸边的斜坡时,在一排排士兵和另一些马车中间缓缓行进的阿尔帕特奇和女店主的马车只好停下来。在离马车停住的十字路口不远的地方,在一条胡同里,一座房子和几家店铺在燃烧。大火快要熄灭了。火焰时而缩小,消失在黑烟里,时而又突然蹿起来,它的亮光把聚集在十字路口的人的脸照得非常清楚。在大火前闪动着黑色的人影,透过火焰不断发出的噼啪声可以听见说话声和叫喊声。阿尔帕特奇下了车,看见不会很快让他的马车通过,便拐到胡同里去看大火。士兵们不停地在火场旁边窜来窜去,阿尔帕特奇看见两个士兵和一个穿粗毛呢军大衣的人把一些燃烧的圆木从火里拖出来,然后拉到街对面的院子里去;另一些人抱着一捆捆干草。

阿尔帕特奇走到一大群站在火势正旺的高高的粮仓对面的人那里。粮仓的墙已被火吞没,后墙倒了,木板的顶盖塌陷了,横梁在燃烧,显然,人们都在等待着顶盖倒塌下来的时刻。阿尔帕特奇也在等着。

"阿尔帕特奇!"突然有一个熟悉的声音叫他。

"我的老天爷,是公爵大人。"阿尔帕特奇立刻听出来是小公爵的声音,回答道。

安德烈公爵披着斗篷,骑着黑马,停在人群后面看着阿尔帕特奇。

"你怎么在这里?"他问。

"公爵大……大人,"阿尔帕特奇说着放声大哭起来……"大……大人,我们是不是完了? 大人……"

"你怎么在这里?"安德烈公爵又问了一次。

这时火焰又蹿了起来,在它的照耀下阿尔帕特奇看到了小主人苍白疲惫的脸。阿尔帕特奇讲述他如何被派到这里来,费了多大劲才得以离开。

"怎么,公爵大人,我们是不是完了?"他又问。

安德烈公爵没有回答,掏出笔记本,抬起一个膝盖,用铅笔在一张撕下来的纸上写了起来。他给妹妹写道:

斯摩棱斯克就要放弃了,童山在一个星期后将被敌人占领。立刻到莫斯科去。派人送信到乌斯维亚日来,告诉我何时动身。

他写完纸条交给阿尔帕特奇后,又口头告诉他如何安排老公爵、公爵小姐、儿子和家庭教师离开童山,如何回答他和把回信送到哪里。他还没有来得及交代完,一个参谋长在随从陪同下骑马到了他跟前。

"您是上校吗？"参谋长带着安德烈公爵熟悉的德国口音大声问道。"在您面前房子在燃烧，您怎么还站着不动？这是什么意思？请您回答。"贝格嚷道，现在他是第一军步兵部队左翼的副参谋长——这个职位如同贝格自己所说的那样，既胜任愉快，又引人注目。

安德烈公爵朝他看了一眼，没有回答，继续对阿尔帕特奇说：

"你就说，我在十号前等待回答，如果十号前得不到大家已离开的消息，我自己就将扔下一切到童山来。"

"公爵，我之所以这样说，"贝格认出安德烈公爵后说道，"是因为我应当执行命令，因为我任何时候都严格执行……请您原谅。"贝格辩解说。

大火中什么东西爆裂了。霎时间火灭了；一团团黑烟从顶盖下冒出来。大火中又有什么东西爆裂了，发出可怕的声音，一个庞然大物倒塌了。

"啊——呀——呀！"人群随着粮仓顶盖倒塌的声音喊叫起来，从粮仓里散发出烧煳的粮食的类似面饼的气味。冒出的火焰照亮了站在火场周围的人的欢快而又筋疲力尽的脸。

穿粗呢军大衣的人举起一只手喊道：

"好极了！烧起来了！弟兄们，好极了！……"

"这就是主人本人。"有人这样说。

"就这样吧，"安德烈公爵对阿尔帕特奇说，"把我说的话全转告他们。"他没有对默默站在他身旁的贝格说一句话就催马进胡同去了。

五

部队继续从斯摩棱斯克撤退。敌人跟踪而来。八月十日，安德烈公爵指挥的团队行进在大道上，经过通往童山的路口。炎热和干旱已持续三个多星期了。每天，天空中都飘浮着一团团白云，不时遮住太阳；但是到了傍晚又晴空万里，夕阳落入红褐色的暮霭中。只有在露水大的时候，夜里才觉得凉爽些。没有收割的庄稼枯焦和掉粒了。沼泽地干了。牲口在烈日晒焦的草场上找不到草吃，饿得哞哞咩咩地直叫唤。只有夜晚在露水未干的树林里，才有点凉意。但是在部队行走的大道上，即使在夜里，在穿过树林的地方，也不觉得凉快。在沙尘厚达四俄寸多的大路上，看不到露水的痕迹。天刚亮，人马车辆就走动起来。辎重车、炮车无声地行进着，松软的、一夜未曾冷却的闷热的尘土深及车辆的轮毂，淹没步兵的踝骨。一部分这样的尘土被人们的脚和车的轮子踩着压着，另一部分扬起来，像云雾一样停留在部队头顶，落到眼睛里，头发上，耳朵和鼻子里，灌进走在这条路上的人畜的肺里。太阳升得愈高，尘土也就升得愈高，隔着这一层薄薄的火热的尘土，可以用肉眼直视没有被云彩遮住的太阳。太阳好像是一个巨大的火球。没有风，人们在这纹丝不动的空气中喘不过气来。他们走着，用手绢包住鼻子和嘴。到了一个村庄，大家都奔向水井。一个个争着喝水，一直喝到见到水底的泥土。

安德烈公爵指挥着一个团，他需要安顿自己的团，关心官兵的福利，接受和发布各种命令，弄得没有一点空闲。斯摩棱斯克的大火和这个城市的被放弃，对安德烈公爵来说是一个转折点。对敌人的仇恨使他忘记了自己的痛苦。他全身心地投入团的工作中去，关心本团的官兵，对他们很体贴。在团里人们称他为**我们的公爵**，为他而自豪，爱戴他。但是，他只对本团的人，对季莫欣等人，对新到不熟悉的环境里的人，对不可能知道和理解他的过去的人才表现得善良和温和；只要一碰到自己过去的熟人，司令部的人，他就立即警觉起来；变得凶狠、爱讽刺人和瞧不起人了。凡是能引起他对过去的回忆的一切，都使他反感，因此他对以前的圈子里的人只求不采取不公正态度和只做自己**职责**内的事。

确实，安德烈公爵觉得一切都暗淡和阴沉——尤其是在八月六日放弃斯摩棱斯克之后（他认为这个城市是可以和应该守住的），尤其是想到生病的父亲不得不逃往莫斯科，扔下他居住的建设得很好的心爱的童山，任凭敌人蹂躏时，更是这样；但是，尽管如此，由于指挥着这个团，安德烈公爵有了另一个可以经常想着的而与所有这些问题完全无关的对象——这就是他的团队。八月十日，他的团所在的纵队到了童山附近。两天前安德烈公爵得到了他的父亲、儿子和妹妹已去莫斯科的消息。虽然他到童山去已无事可做，但是他生性喜欢触动自己的痛处,决心到童山去一趟。

他吩咐给自己鞴马,从行军途中骑马前去父亲的庄园,去那个他出生和度过童年的村庄。在经过通常几十个妇女一面交谈着一面捣衣涮衣的池塘时,安德烈公爵发现那里一个人也没有,只有一只离岸的小木筏一半泡在水里,侧着在池塘中央漂浮。安德烈公爵到了看守人的岗亭前。在入口处的石头大门旁没有人,而门敞开着。花园的小道已长满了野草,牛犊和马在英国式公园①里游荡。安德烈公爵到了暖房前,那里玻璃被打碎了,有的种着小树的木桶倾倒了,有的木桶里的小树枯死了。他叫花匠塔拉斯,没有人答应。他绕暖房走了一圈来到露台,看见薄板雕花的围栏全部被毁,李树上的李子连同树枝被摘走。一个老农民(安德烈公爵小时候就看见他常坐在大门旁)坐在一张绿色长凳上编树皮鞋。

老人是个聋子,没有听见安德烈公爵过来。他坐在老公爵喜欢坐的长凳上,身旁的一棵木兰树的断裂的枯枝上挂着树皮。

安德烈公爵到了房子前面。老花园里的几棵菩提树被砍掉了,一匹花马带着马驹在房子前面月季花丛之间走来走去。房子的百叶窗全钉死了。楼下的一扇窗户开着。一个家奴的孩子看见安德烈公爵,跑进屋去。

阿尔帕特奇把家眷送走后,一个人留在童山;他坐在家里,正在读圣徒传。他得知安德烈公爵到来后,没有摘下鼻梁上的眼镜,扣着衣服从房子里出来,急忙走到小公爵面前,什么也没有说就哭起来,吻着安德烈公爵的膝盖。

接着他转过脸去,对自己的软弱很生气,开始向小公爵报告家里的情况。他说,所有值钱的东西都运到鲍古恰罗沃去了。大约一百俄石②的粮食也运走了;干草和他所说的今年长势非常好的春播作物还没有黄熟就被部队割走了。农民们破产了,有的人也到鲍古恰罗沃去了,一小部分留了下来。

安德烈公爵没有听完便问父亲和妹妹是什么时候走的,他指的是

---

① 英国式公园是公园的一种,其中树木不照几何图形而是随意地栽植。
② 一俄石约合二百一十升。

他们什么时候去莫斯科的。阿尔帕特奇以为是问他什么时候去鲍古恰罗沃的,便说是七号走的,接着又详细地讲起家里的事来,问他有什么指示。

"能不能让部队打收条把燕麦拿走? 我们还剩下六百俄石。"阿尔帕特奇说。

"怎么回答他呢?"安德烈公爵想道,他瞧着老头子在阳光下闪闪发亮的秃顶,从他脸上的表情中看出,他自己也知道提这些问题不合时宜,他这样问只是为了减轻内心的悲伤。

"可以,给他们吧。"他说。

"您看见了花园里乱糟糟的样子,"阿尔帕特奇说,"这无法防止:三个团路过这里,在这里过夜,特别是来了龙骑兵。我记下了指挥官的军衔和名字,将来好控告他们。"

"那么,你将怎么办呢? 如果敌人来了,你还留下来?"安德烈公爵问道。

阿尔帕特奇把脸向安德烈公爵转过来,朝他看了一眼;突然庄严地举起一只手。

"上帝会保佑我的,一定听从他的旨意!"他说。

一群农民和家奴摘下帽子,沿着草场走着,离安德烈公爵愈来愈近。

"好了,再见了!"安德烈公爵弯下身子对阿尔帕特奇说。"你自己也走吧,把能带的东西带走,告诉人们,叫他们到梁赞或莫斯科近郊去。"阿尔帕特奇紧靠着他的一条腿,放声大哭起来。安德烈公爵小心地把他推开,刺了刺马,往下沿林荫道奔驰而去。

在露台上,那个老头像叮在可爱的死人脸上的苍蝇似的,还是那样无动于衷地坐着,敲打着树皮鞋的楦头;两个小姑娘用衣襟兜着她们在暖房的树上摘下来的李子,从那里跑出来,碰上了安德烈公爵。看见小主人后,那个年纪较大的姑娘脸上带着惊恐的表情,抓住小同伴的一只手,和她一起躲到桦树的后面,没有来得及去捡那些落在地上的青李子。

安德烈公爵慌忙扭过头去,担心两个小姑娘发觉他看到了她们。他可怜起那个吓坏了的漂亮小姑娘来了。他不敢朝她看一眼,但是与此同时忍不住想要这样做。当他看着这两个小姑娘时,明白了人间还存在着另一些与他完全不同的、与他自己的兴趣一样合理的兴趣,心中不禁充满了一种快乐的和令人欣慰的新感觉。这两个小姑娘显然很想做一件事——把这些青李子拿走、吃完而不被人抓住,安德烈公爵也像她们一样希望她们的事情能够成功。他忍不住又看了她们一眼。这两个小姑娘觉得自己已没有危险了,便从躲的地方出来,用细嗓子尖声说着什么,仍用衣襟兜着李子,撒开晒得黑黑的光腿在草地上飞快地跑着。

安德烈公爵在走出部队行进的尘土飞扬的大路后,觉得凉爽一些了。但是在离童山不远的地方他又上了大路,正当团队在池塘的堤坝边休息时追上了队伍。时间是午后一点多。太阳像尘土中的一个火球,晒透了黑制服,把后背烘烤得无法忍受。尘土仍然一动不动地弥漫在吵吵嚷嚷地停下来的部队上空。没有风。安德烈公爵经过堤坝时,闻到了水草的气味,感觉到一阵凉意。他很想跳进水去——不管池水是多么的脏。他环视了池塘,听见从那里传来了叫喊声和笑声。这个水很浑浊、长满绿色水草的不大的池塘,看来水位上涨了大约半俄丈,水漫上了堤坝,因为整个池塘挤满了在其中洗澡的士兵的白色的躯体以及红褐色的手臂、脸和脖子。所有这些裸露着白色肉体的人笑着和吆喝着,像漏斗里的鲫鱼一样,在这肮脏的水坑里扑腾着。这样扑腾使人高兴,因此也特别令人感到悲伤。

三连的一个年轻的浅色头发的士兵——安德烈公爵还认识他——小腿上系着一条皮带,画着十字,往后退,以便能很好地助跑几步,扑通一声跳进水中;另一个黑黑的、总是头发蓬乱的士官在齐腰深的水中扯动着肌肉发达的身躯,用一双黑黑的手捧着水浇自己的脑袋,鼻子发出呼哧呼哧的声音,看样子很高兴。可以听到相互拍打的声音、尖叫声和扑通扑通的跳水声。

在岸边,在堤坝上,在水塘里,到处都是健康的、肌肉发达的白色肉体。红鼻子的军官季莫欣在堤坝上擦身体,看见安德烈公爵不好意思起来,然而还是大胆地对他说:

"真舒服,公爵大人,您不妨也试试!"他说。

"太脏。"安德烈公爵皱起眉头说。

"我们马上给您腾个地方。"于是季莫欣没有穿衣服就跑过去腾地方了。

"公爵要洗澡。"

"哪一位？是**我们的**公爵？"几个人问道，于是大家急忙往岸上爬，弄得安德烈公爵好容易才把他们劝住。他想最好还是打点水在棚子里冲冲身体。

"肉，肉体，炮灰！"他看着自己脱光衣服的身体想道，浑身哆嗦起来，这主要不是由于水凉，而是由于他看见这么多肉体在肮脏的池塘里扑腾产生了一种他自己也不明白的厌恶和恐惧。

八月七日，巴格拉季翁公爵在斯摩棱斯克大道上的米哈依洛夫卡的驻地写了以下的一封信：

"阿列克谢·安德烈依奇伯爵阁下：

（他给阿拉克切耶夫写信，但是知道皇帝会看到这封信，因此他尽其所能，力求做到字斟句酌。）

"我想，陆军大臣已经报告了放弃斯摩棱斯克一事。这最重要的地方白白地送给敌人，令人痛心和悲伤，全军将士陷入了绝望。我曾极其恳切地请求他，最后给他写了信；但是怎么也说服不了他。我以我的名誉向您担保，拿破仑从未像现在这样陷入了困境，他即使损失一半军队，也拿不下斯摩棱斯克。我们的军队从来没有这样英勇战斗过。我率领一万五千人坚守了三十五个小时以上，并给以痛击；但是他连十四个钟头也不愿坚持。这真丢脸，是我军的耻辱；我觉得他本人无颜活在世上。如果他报告说伤亡很大，这不是实话；大概损失了四千人左右，不会更多，也许不到这个数字。即使损失一万人，也在情理之中，有什么办法呢，战争嘛！但是敌人的伤亡就会不计其数……

"再坚持两天又有什么困难呢？至少敌人将会自行退去；因为人畜没有饮水。他曾想向我保证不撤退，但是突然给我送来了作战部署，说他夜里就要后撤。这就无法作战，很快我们可能会把敌人引到莫斯科……

"传说您在考虑讲和。我的上帝，讲什么和！在做出了所有这些牺牲之后，在这样疯疯癫癫地退却之后讲和，您就会使整个俄国起来反对您,我们当中每一个人将耻于再穿军装。事情已到了这一步,只要俄国还有能力,只要人们还活着,就应当打下去……

"应当由一个人、而不是由两个人来指挥。您的那位大臣也许当大臣很称职;然而他不仅是一个不好的将军,而且糟糕得很,可是却把整个祖国的命运交给他掌握说实话,我快要气疯了;请恕我直言。可以看出,那个提出缔结和约和推荐大臣指挥军队的人,并不爱皇帝,希望我们大家全都灭亡。总之,我要向您说句实话:组织民兵吧。因为大臣正在用最巧妙的方式把那位不速之客带到京城来。侍从武官沃尔佐根先生引起了全军的极大怀疑。人们说,他更像拿破仑的人,而不像我们的人,他给大臣出各种主意。我对大臣不仅很客气,而且像一个军士那样服从他,虽然我的资格比他老。这令人痛心;但是由于爱戴恩主和皇帝,我只好服从。我只是为皇帝感到惋惜,他把出色的军队信托给这样的人。请您想一想,我们因避免决战,许多人劳累过度和伤病住院,减员一万五千多人;要是进攻,就不会有这样的事。看在上帝分上,请告诉我,我们的俄国—— 我们的母亲—— 看见我们这样惊慌,把如此善良和勤劳的祖国交给那些歹徒,使每个臣民含恨受辱,会说什么呢?为什么这样胆小,究竟怕谁? 大臣犹豫不决,胆小怕事,头脑不清,行动迟缓,具有一切不好的品质,并不是我的过错。全军都在痛哭,都在拼命地骂他……"

六

生活现象可作无数种分类,可以把它们分为以内容为主的一类和以形式为主的一类。彼得堡的生活,尤其是沙龙里的生活,可归入后一类,它是与乡村的、地区的、省城的,甚至莫斯科的生活截然相反的。这类生活一成不变。

从一八〇五年起,我们同波拿巴战战和和,我们制订宪法而又废除宪法,而安娜·帕夫洛夫娜的沙龙七年来,埃莱娜的沙龙五年来还是那个老样子。在安娜·帕夫洛夫娜的沙龙里,人们仍像以前一样困惑地谈论波拿巴取得的成功,认为他的成功和欧洲各国君主对他的姑息纵容是一个凶恶的阴谋,唯一目的是要使安娜·帕夫洛夫娜所代表的近臣圈子里的人感到不愉快和焦急不安。在鲁缅采夫本人称之为出色的女人并常去拜访她的埃莱娜那里也完全如此，人们无论在一八〇八年还是在一八一二年都兴高采烈地谈论那个伟大的民族和那个伟大的人，对与法国关系破裂表示惋惜，根据聚集在埃莱娜的沙龙里的人的意见，最后应当讲和。

最近，在皇帝从军队里回来后，在这两个相互对立的沙龙里发生了某种波动，有过某些相互反对的表示，但是各自的倾向保持不变。在安娜·帕夫洛夫娜的圈子里，只接待顽固的正统派，这里人们表达了这样的爱国思想，认为不应到法国剧院看戏，供养一个剧团所花的钱能供养整整一个军团。他们聚精会神地注视着战局的变化，散布各种最有利于我军的流言。在埃莱娜的圈子里，即在鲁缅采夫的和法国派的圈子里，则对宣扬敌人和战争残酷的流言加以驳斥，谈论着拿破仑议和的意图。在这个圈子里，人们责备那些建议把受皇太后保护的皇家学校和女子学校疏散到喀山去的人，认为他们过于着急。一般说来，在埃莱娜的沙龙里把整个战争看作是虚张声势的示威，认为它很快就会以讲和而结束，那里占支配地位的是目前正在彼得堡并已成为埃莱娜家常客(任何一个聪明人都应当常到她家来)的比利宾的意见，照他的说法，起决定作用的不是火药，而是发明火药的人。在这个圈子里，非常巧妙地、不过又是非常谨慎地讽刺嘲笑莫斯科人的热情，有关那里的消息是皇帝回到彼得堡时带来的。

在安娜·帕夫洛夫娜的圈子里则相反，人们赞赏这种热情，谈论它就像普卢塔克① 谈古代的名人一样。仍然担任着以前的重要职位的瓦西里公爵是连接这两个圈子的一个中间环节。他常去亲爱的朋友安娜·帕夫洛夫娜那里和自己的女儿的外交沙龙，在不断来往两个阵营之间时，常常弄糊涂了，在安娜·帕夫洛夫娜那里说应该在埃莱娜那里说的话，或者相反。

在皇帝回来后不久，瓦西里公爵在安娜·帕夫洛夫娜那里谈论战局时，严厉地谴责了巴克莱·德·托利，但又说不出应任命谁当总司令。

---

① 普卢塔克(约四六—约一二七)，古希腊作家和历史学家，他最著名的著作是写希腊罗马的军人、立法者、演说家、政治家的《希腊罗马名人比较列传》。

一个被称为有很多优点的人的客人说,他今天看见了当选为彼得堡民兵司令的库图佐夫在财税局主持民兵登记,这个客人小心地说出了自己的设想,觉得库图佐夫倒是一个符合所有要求的人。

安娜·帕夫洛夫娜忧伤地笑了笑,说库图佐夫除了给皇帝带来不愉快外,什么也没有做。

"我曾在贵族会议上多次说过,"瓦西里公爵插进来说,"但是大家不听我的话。我说选他当民兵司令皇帝不会高兴。我的话他们不听。"

"全是一些反对狂,"他接着说,"反对谁呢?这都是由于我们想要模仿莫斯科人愚蠢的狂热。"瓦西里公爵说,他一时弄糊涂了,忘记了在埃莱娜那里应当嘲笑莫斯科人的热情,而在安娜·帕夫洛夫娜这里应当进行赞扬。但是他立刻纠正了自己的错误。"库图佐夫伯爵是俄国最老的将军,让他到财税局去接收民兵合适吗?他忙忙碌碌,毫无用处!难道能任命一个不会骑马、开会时打瞌睡、脾气很坏的人当总司令吗!他在布加勒斯特表现得太出色了!我就不说他作为一个将军的品质了,但是在这样的时刻难道能任用一个老朽的、视力不好的人,任用一个真正的瞎子吗?瞎眼的将军可真好!他什么也看不见。可以玩捉迷藏……他根本什么也看不见!"

谁也没有进行反驳。

这在七月二十四日是完全正确的。但是七月二十九日库图佐夫被授予公爵封号。授予他公爵封号可能意味着想要把他摆脱掉——因此瓦西里公爵的意见还是正确的,虽然他并不急于马上就说出来。但是八月八日,由萨尔蒂科夫元帅、阿拉克切耶夫、维亚兹米季诺夫、洛普欣和科丘别依组成的委员会开会讨论战局。委员会认定,战争失利是由于指挥不统一造成的,尽管委员会的组成人员知道皇帝对库图佐夫没有好感,但是他们在进行简短商议后,还是建议任命库图佐夫为总司令。同一天,库图佐夫就被任命为统率各军和管辖部队所在的整个地区的全权总司令。

八月九日,瓦西里公爵在安娜·帕夫洛夫娜家里又碰见了有很多优点的人。这个有很多优点的人想当太后玛丽亚·费多罗夫娜保护下的女子学校的学监,正在给安娜·帕夫洛夫娜献殷勤。瓦西里公爵带着幸运的胜利者和实现了自己的愿望的人的神气进了房间。

"怎么,你们知道一个重要消息吗?库图佐夫公爵被提升为元帅①。所有的分歧解决了。我感到非常幸福,非常高兴!"瓦西里公爵说。"毕竟是个人物。"他又说,意味深长地和严肃地扫视着客厅里所有的人。有很多优点的人虽然很想得到他谋求的职位,但也忍不住提醒瓦西里公爵不要忘了他原先的意见。(这样做对正在安娜·帕夫洛夫娜的客厅里的瓦西里公爵是不礼貌的,对听到这个消息很高兴的安娜·帕夫洛夫娜也是不礼貌的;但是他忍不住要说。)

"公爵,有人说他是个瞎子,是吗?"他说,意在使瓦西里公爵想起他自己的话。

"哪能呢,他看得很清楚。"瓦西里公爵用他的低音很快地说,中间带着几声干咳,他总是用这样的说话方式来摆脱所有困境。"哪能呢,他看得很清楚。"他又说了一遍。"我高兴的是,"他接着说,"皇帝给了他指挥所有军队和管辖整个地区的全权——从来没有一个总司令有这样的权力。这是第二个君主。"他带着得意的微笑下结论说。

"但愿如此,但愿如此。"安娜·帕夫洛夫娜说。有很多优点的人在近臣的圈子里还是个新手,他想要奉承安娜·帕夫洛夫娜,为她以前的意见辩护说:

"听说皇帝不大乐意把这权力交给库图佐夫。听说,当有人对他说'皇帝和祖国给您这个荣誉'时,他像那个听人读《若孔德》②的小姐那样涨红了脸。"

"也许他的心思不完全在这上面吧。"安娜·帕夫洛夫娜说。

"不,不。"瓦西里公爵热烈地辩护说。现在他已不能把库图佐夫出让给任何人了。照瓦西里公爵的看法,库图佐夫不仅本人很好,而且大家都崇拜他。"不,这不可能,因为皇帝以前就非常看重他他说。

"但愿上帝保佑,"安娜·帕夫洛夫娜说,"库图佐夫公爵能掌握真正的权力,不让**任何人**从中作梗——des bâtons dans les roues。"

瓦西里公爵明白了这**任何人**是谁。他低声说:

"我确切地知道,库图佐夫提出了一个必须条件,要求不让皇储随

---

① 图佐夫是在波罗金诺战役后提升为元帅的。

② 《若孔德》是法国作家拉封丹(一六二一——一六九五)的一篇故事诗,有色情内容。

军：您知道他对皇帝说了什么？"接着瓦西里公爵重复了似乎是库图佐夫对皇帝说的话："'如果他表现得很坏，我不能惩处他；如果他表现得很好，我又不能奖赏他。'啊！库图佐夫公爵真是个极顶聪明的人，多么有个性。我早就认识他了。"

"甚至有人说，"还没有掌握近臣说话分寸的有很多优点的人说，"公爵大人还提出了一个必须条件，请皇帝也不要到军队去。"

他刚说完这句话，瓦西里公爵和安娜·帕夫洛夫娜立即背转身去，为他的幼稚叹了一口气，很不痛快地相互看了一眼。

七

在彼得堡发生这件事时，法国人已过了斯摩棱斯克向莫斯科推进，离它愈来愈近了。拿破仑的历史学家梯也尔和这位皇帝的其他历史学家一样，力图为拿破仑辩护，说他是不由自主地被吸引到莫斯科去的。他像所有在一个人的意志中寻找各种历史事件的解释的历史学家一样，说得很对；他也像那些断定拿破仑是被俄国统帅们用巧计引诱到莫斯科的俄国历史学家一样，说得也是对的。这里除了把全部经历的事看作是已发生的事实的准备的追溯规律（回顾规律）外，还有把整个事情弄得错综复杂的相互作用规律。好棋手在下输了棋后真心地相信他输棋是由于犯了错误，于是他在开局中寻找这个错误，但是忘记了他每走一步，在整个过程中也有这样的错误，他每一步棋都不是完美无缺的。他注意到的错误之所以被他发觉，只是因为对手利用了它。战争是在一定时间条件里发生的，其中不是一个人的意志指导着无生命的机器，一切都是由各种任意行为的无数冲突造成的，如此说来，这种游戏不知会比下棋复杂多少倍！

在占领斯摩棱斯克后，拿破仑先是谋求在多罗戈布日东北的维亚济马附近，后又谋求在察廖沃—宰米谢附近打一仗；但是由于各种情况所发生的无数冲突的结果，俄国人一直到离莫斯科一百二十俄里的波罗金诺之前无法应战。从维亚济马拿破仑下令直接向莫斯科进军。

莫斯科是这个大帝国的亚洲首都，是亚历山大的臣民的圣城，莫斯科有着无数中国宝塔式的教堂！这个莫斯科使拿破仑心潮起伏，不得安宁。在维亚济马到察廖沃—宰米谢的行军途中，拿破仑骑着一匹浅黄色截尾溜蹄马，在近卫军、卫队、少年侍从和副官的护送下前进。参谋长贝蒂埃落在后面，他要审问一个被骑兵抓获的俄国俘虏。他在翻译勒洛涅·迪德维尔的陪同下飞马追上了拿破仑，快活地勒住马。

"怎么样？"拿破仑问。

"普拉托夫部下的一个哥萨克说，普拉托夫的军团已与主力会师，库图佐夫被任命为总司令。人很聪明，话很多！"

拿破仑笑了笑，吩咐给这个哥萨克一匹马，把他带到这里来。他很想亲自和这个哥萨克谈一谈。几个副官骑马走了，一个小时后，原来是杰尼索夫的农奴、后来他让给了罗斯托夫的拉夫鲁什卡骑着一匹法国骑兵的马到了拿破仑跟前，他身穿勤务兵的制服，脸上带着狡猾的和喝醉酒的快活的表情。拿破仑叫他骑着马和自己并排走，开始问他：

"您是哥萨克吗？"

"是哥萨克，大人。"

"这个哥萨克不知道他处在什么人中间，因为拿破仑的纯朴使这个东方人想不到皇帝就在身边，他非常随便地谈论当前的战事。"梯也尔在叙述这个插曲时这样写道。[①]确实，拉夫鲁什卡头一天因喝醉酒没有给主人准备好饭而被抽了一顿，后来奉命到村里去找鸡，热衷于抢东西，结果被法国人俘虏了。拉夫鲁什卡是一个见过世面的粗鲁和厚颜无耻的仆人，这种人认为做事下流狡猾是自己的本分，为了自己的主人什么都可以干，能机灵地猜出主人的不好的想法，尤其是爱虚荣和庸俗低级的想法。

拉夫鲁什卡很快就轻易地认出了拿破仑，他到了他们中间后，一点也不惊慌，只想全心全意地为新主人效劳。

他非常清楚地知道这就是拿破仑，在拿破仑面前并不比在罗斯托夫或拿着树条要抽他的司务长面前更为慌张，因为他没有什么可让司务长和拿破仑剥夺的东西。

他讲了勤务兵之间谈论的一切。其中很多东西是真的。但是当拿破仑问他俄国人对他们能不能战胜拿破仑有什么看法时，拉夫鲁什卡

---

① 这段话见梯也尔的《执政府和帝国时代的历史》第十四卷。

眯起了眼睛,沉思起来。

他像他这一类人常在任何事情上都看到诡计一样,在这里也看到了狡猾的诡计,便皱起眉头,没有说话。

"这就是说:如果这一仗打起来,"他若有所思地说,"而且很快就打,那么就会那样。要是在那个日子后过了三天再打,那么,这就是说,这个仗就会拖延下去。"

勒洛涅·迪德维尔微笑着把这段话译成这样:"如果仗在三天之前打起来,那么法国人将取胜,但是如果在三天之后再打,那么天知道会发生什么。"拿破仑尽管心情非常好,但是听后没有笑,他吩咐把这些话再给他重复一遍。

拉夫鲁什卡觉察到了这一点,为了使他高兴,装出不知道他是谁的样子,说:

"我们知道,你们有个拿破仑,他把世界上所有的人都打败了,至于我们嘛,那就是另一回事了……"他说,自己也不知道说到最后为什么会冒出夸口的爱国主义的词句来。翻译给拿破仑翻译这几句话时没有翻译最后的结尾,拿破仑笑了笑。"年轻的哥萨克使得有巨大权势的交谈者笑了。"梯也尔这样写道。拿破仑默默地走了几步,转过身来对贝蒂耶说,他想要试一试,告诉这个顿河的孩子,让他知道和他谈话的是皇帝本人,也就是那位把永垂不朽、常胜不败的英名写在金字塔上的皇帝,看他有什么反应。

于是这样做了。

拉夫鲁什卡(他知道这是为了叫他不知所措,知道拿破仑认为他一定会大吃一惊)为了迎合新的主人,马上装出惊讶和大为震惊的样子,瞪大眼睛呆呆地望着,脸上露出他被拉去抽鞭子时惯有的表情:"拿破仑的翻译刚把这一点告诉那个哥萨克,那哥萨克顿时目瞪口呆,再也没有说一句话,继续朝前走着,目不转睛地看着这位英名已越过东方的草原传到他那里的征服者。他突然不再唠唠叨叨地说话了,脸上露出天真和默默无言的欣喜。拿破仑奖赏了哥萨克,下令给他自由,就像把一只小鸟放归故乡的田野似的。"

拿破仑继续朝前走,想象着一直挂在心上的莫斯科,而那只放归故乡田野的小鸟则朝前哨驰去,心里预先编造着没有发生过的事,打算说给自己人听。至于实际发生过的事他并不想讲,因为他觉得这不值得讲。他到了哥萨克那里,打听他的那个隶属于普拉托夫部队的团在哪里,傍晚他找到了住在扬科沃的主人尼古拉·罗斯托夫,这时罗斯托夫正骑上马要和伊林一起到附近村庄去走走。他给了拉夫鲁什卡另一匹马,带着他一起去。

八

玛丽亚公爵小姐没有去莫斯科,并不像安德烈公爵所想的那样,到了安全的地方。

阿尔帕特奇从斯摩棱斯克回来后,老公爵仿佛突然从梦中醒来了。他吩咐把各村的民兵召集起来和武装起来,并给总司令写了一封信,信中说,他将留在童山进行死守,请总司令考虑是否采取措施保卫童山,不然俄国最老的将军之一有可能在那里被俘或被杀,同时他对家里人宣布,他要留在童山。

然而老公爵在自己留在童山的同时,却下令把公爵小姐和德萨尔以及小公爵送到鲍古恰罗沃去,并从那里送往莫斯科。玛丽亚公爵小姐看见父亲改变了以前闲散无聊的状态,狂热地和彻夜不眠地忙碌着,她非常担心,下不了把他一个人撇下的决心,生平第一次没有听从他。她不同意离开,于是老公爵对她大发雷霆。他又把以前对她说的不公正的话全都说出来。使劲责备她,说她快要把他折磨死了,说她唆使安德烈公爵和他争吵,无端地怀疑他有卑劣的行为,说她活在世上的目的就是要使他生活得不愉快,把她赶出了书房,对她说,如果她不走,他也无所谓。他说,他根本不愿意知道有她这个人存在,并且警告她,不要让他看见她。玛丽亚公爵小姐本来担心他会下令强行把她送走,现在听见他只说不要让他看见她,心里很高兴。她知道,这证明父亲看见她留在家里没有走,内心深处是很高兴的。

在尼科卢什卡离开后的第二天,老公爵早晨穿上全套军装,打算去见总司令。马车已经准备好了。玛丽亚公爵小姐看见他穿着军装和佩戴着所有勋章从家里出来,到花园去检阅武装的农民和家奴。她坐在窗口,倾听着他在花园里说话的声音。突然从林荫道跑出几个神色惊慌的人。

玛丽亚公爵小姐跑到台阶上,然后上了花径到林荫道去。一大群民兵和家奴朝她迎面过来,在人群中央几个人架着一个穿军装和佩戴勋章的小老头。玛丽亚公爵小姐朝他跑过去,在透过林荫道上菩提树荫投下来的闪耀不定的阳光下,看不清他的脸发生了什么变化。她只看到一点,即他脸上原来严厉和坚决的表情为怯弱和顺从的表情所取代。他看见女儿,翕动了一下无力的嘴唇,发出嘶哑的声音。弄不清他想要什么。人们把他抱起来,送到书房里,把他放在那张最近他觉得非常可怕的沙发上。

当夜请来的大夫给他放了血,大夫说,老公爵中了风,右半边偏瘫。

留在童山变得愈来愈危险了,在老公爵中风后的第二天把他送往鲍古恰罗沃。大夫也跟着去。

当他们到达鲍古恰罗沃时,德萨尔和小公爵已去了莫斯科。

得了偏瘫的老公爵在鲍古恰罗沃安德烈公爵新建的房子里躺了三个星期[1],病情还是那样,既不见好,也没有恶化。他不省人事;像一具变了形的尸体那样躺着。他牵动眉毛和抽动嘴唇,不停地嘟囔着什么,无法知道他是否还明白他周围的一切。有一点无疑可以看出来,这就是他很痛苦,觉得还需要说点什么。但是他想说什么,谁也弄不清;这是否是病人和处于半疯状态的人在耍性子,是否他想说说总的局势或家里的事?

大夫说,他表现出来的焦躁不安并不意味着什么,这是由生理上的原因造成的;但是玛丽亚公爵小姐认为(她的在场常常引起他更大的不安这一点证实了她的推测),他想要对她说点什么。显然,他肉体上和精神上都很痛苦。

已没有治愈的希望。送他走也不行。要是他路上死了,那可怎么办? "还不如完了的好,来一个彻底了结!"玛丽亚公爵小姐有时这样想。她白天黑夜照料着他,几乎不睡觉;说起来都觉得可怕,她照料时

---

① 老公爵在八月十日左右第一次中风后的第二天被送往鲍古恰罗沃,这里说他在鲍古恰罗沃躺了三个星期,与下文说他在八月十五日去世有矛盾。

不是希望看到病情减轻的迹象,而是常常希望发现临近死亡的征兆。

尽管公爵小姐因意识到自己有这样的感情心里觉得很奇怪,但是她确实有这种感情。对她来说更可怕的是,自从父亲病倒后(甚至还可能早一些,在她期待着什么,和他一起留下来时),她心中所有沉睡着的、被遗忘的个人愿望和希望全都苏醒了。几年来没有想到的事——关于希望过一种不必永远害怕父亲的自由生活以及能够得到爱情和家庭幸福的想法,像魔鬼的诱惑一样,不停地在她脑子里转悠着。不管她如何驱赶,心里不断冒出今后、在**那事**以后如何安排自己生活的问题。这是魔鬼的诱惑,玛丽亚公爵小姐明白这一点。她知道,反对魔鬼的唯一办法是祈祷,于是她试图这样做。她摆出祈祷的姿势,望着圣像,念着祷词,但是祈祷不下去。她觉得她现在处于另一个世界一个从事平常的、困难的和自由的活动的世界,这个世界是与她以前被禁锢在其中、最大的安慰是祈祷的精神世界完全不同的。她祈祷不下去,又哭不出来,心中为平常生活的事而操心。

留在鲍古恰罗沃变得危险了。从四面八方传来法国人正向这里逼近的消息,在一个离鲍古恰罗沃十五俄里的村子里法国大兵抢劫了一座庄园。

大夫坚持要把老公爵送到远一些的地方去;首席贵族派一个官员来见玛丽亚公爵小姐,劝她赶紧离开。县警察局长来到鲍古恰罗沃后,也坚持这样做,他说,法国人已到了离此地四十俄里的地方,许多村庄发现了散发的法国传单,如果公爵小姐和她的父亲不在十五日前离开,那么他就负不了这个责任了。

公爵小姐决定在十五日走。要做各种准备,大家都来向她请示,她忙碌了一整天。十四日夜里,她像平常一样,和衣躺在父亲隔壁的房间里。她醒了几次,听见父亲哼哼和嘟囔的声音,听见床发出的咯吱声以及帮他翻身的吉洪和大夫的脚步声。她几次到门口谛听,觉得父亲今天嘟囔的声音.比平常要大,翻身的次数也要多些。她反正睡不着,几次到门口听,想要进去,又不敢这样做。虽然父亲没有说,但是玛丽亚公爵小姐看见了并且知道,任何为他担忧的表示都使他感到不快。她发现,当她有时不由自主地盯着他时,他不满意地避开她的目光。她知道,她在夜里这个不是她常去看望的时间进去,一定会惹他生气。

但是她从来没有这样怜惜过他，这样担心失去他。她想起了她与他一起生活的全部时光，发现他的一言一行都表达了他对她的爱。有时在这些回忆之间魔鬼的诱惑闯入了她的头脑，她便想父亲死后会怎么样，她的新的、自由的生活将怎样安排。但是她厌恶地驱除了这些想法。天快亮时，他安静下来了，她也睡着了。

她醒得很晚。醒来时常有的那种坦诚清楚地告诉她，在父亲的病中她最关心的是什么。她醒来后倾听着门里的动静，听见了他的哼哼声，叹息着对自己说，情况还是那样。

"究竟会发生什么事？我到底想要什么？我居然想要他死！"她怀着对自己的厌恶喊道。

她穿好衣服，洗完脸，念了祷文，到了台阶上。台阶旁停着几辆没有套马的马车，正在往车上装东西。

早晨很暖和，灰蒙蒙的。玛丽亚公爵小姐在台阶上站住，不断为自己内心的卑鄙而感到可怕，在去见父亲之前，竭力想好好理一理自己的思绪。

大夫从楼梯上下来，走到她跟前。

"他今天好一些了，"他说，"我刚才找过您。他说的有些话可以听明白了，头脑清楚一些了。咱们走吧。他叫您去……"

玛丽亚公爵小姐听到这个消息后，心剧烈跳动起来，她脸色发白，靠在门上，以免摔倒。在心里充满那些可怕的罪恶念头的情况下，见到他，和他说话，处在他目光的注视下，既是痛苦和高兴的，又觉得可怕。

"咱们走吧。"大夫催她。

玛丽亚公爵小姐进了父亲的房间，走到床前。他高高地仰卧着，把一双瘦骨嶙峋、青筋盘结的小手放在被子上，左眼直瞪，右眼斜视，眉毛和嘴唇一动不动。他整个人是那么的瘦小和可怜。他的脸仿佛干瘪了，或者说消融了，脸盘缩小了。玛丽亚公爵小姐走过去吻了吻他的手。他的左手紧紧握住她的手，可以看出，他早就在等候她了。他拉她的手，眉毛和嘴唇生气地抽动起来。

她惊恐地看着他，竭力想猜出他想要她做什么。当她改变姿势，挪了挪，使得他的左眼能看见她的脸时，他安静下来了，目不转睛地朝她看了几秒钟。然后他的嘴唇和舌头动了起来，发出了声音，开始说话，用胆怯的和恳求的目光看着她，看来担心她听不懂他的话。

玛丽亚公爵小姐聚精会神地看着他。见他吃力地转动舌头的滑稽样子，便垂下眼睛，使劲地压住涌上嗓子眼的痛哭声。他说了点什么，把自己的话重复了几次。玛丽亚公爵小姐没有能够听懂；但是她竭力猜测他说的话，把自己的猜测反复说了几次，问他是不是。

"啊啊——纳……纳……"他重复了好几次。

怎么也听不明白这些话。大夫以为他猜着了，一面重复着，一面问他：是不是问**公爵小姐害怕吗？**他摇摇头，又把这话说了一遍。……

"**心里，心里难受。**"玛丽亚公爵小姐猜着了，说了出来。他哼哼起来表示她猜对了，抓住她的一只手，把它在自己胸脯的不同地方摁来摁去，仿佛在替它寻找一个合适的地方似的。

"全部心思！想着你……心思。"现在，当他相信别人听懂他的话时，他就说得比以前好得多和明白得多了。玛丽亚公爵小姐把头贴在他的手上，竭力不让他看到她在哭和流眼泪。

他用手抚摸着她的头发。

"我喊了你一整夜……"他说。

"要是我知道的话……"她含着眼泪说，"我不敢进来。"

他握住她的手。

"你没有睡吧？"

"是的，我没有睡。"玛丽亚公爵小姐点点头说。她不由自主地跟着父亲，竭力多用手势代替说话，好像转动舌头也很费力似的。

"好闺女……"父亲说，也许他说的是"好孩子……"——玛丽亚公爵小姐分辨不出来；但是根据他的眼神，一定说的是一句他从来没有说过的温柔和亲切的话。接着他说，"你为什么不来？"

"而我却希望，希望他死！"玛丽亚公爵小姐心里想道。他沉默了一会儿。

"谢谢你……女儿，孩子……谢谢你的一切……原谅我……谢谢……原谅我……谢谢！……"泪水从他眼睛里流出来。"把安德留沙叫来。"他突然说道，在他说出这个要求时，脸上露出了一种天真、胆怯而又不相信的神情。他似乎知道，他的这个要求没有任何意义。至少玛丽亚公爵小姐这样觉得。

"我收到了他的一封信。"玛丽亚公爵小姐回答道。

他惊讶地和胆怯地看着她。

"他在哪里？"

"他在军队里，爸爸，在斯摩棱斯克。"

他闭上了眼睛，很久没有说话；然后肯定地点点头，仿佛在回答自己的疑问，说明他现在什么都明白了和想起来了，同时睁开了眼睛。

"是的。"他清晰地低声说。"俄国完了！被毁掉了！"他哭了起来，泪水从他眼睛里流出来。玛丽亚公爵小姐再也忍不住了，望着他的脸哭着。

他又闭上了眼睛。他的哭声停止了。他朝眼睛做了个手势；吉洪明白了他的意思，给他擦掉了眼泪。

然后他睁开眼睛，说了些什么，在很长时间里谁也听不明白，最后还是吉洪一个人听懂了，转达了他的意思。玛丽亚公爵小姐根据他在这之前一分钟说话时的情绪猜测他的话的意思。时而她觉得他说的是俄国，时而认为他说的是安德烈公爵，时而认为他说的是她，是孙子，时而又认为他说的是自己的死。因此她没有能猜出他的话的意思。

"穿上你的衣服，我喜欢。"他说。

玛丽亚公爵小姐听懂了这句话，她哭的声音更大了，于是大夫挽起她的胳膊，把她从屋里带到凉台上，劝她平静下来，做出发的准备。玛丽亚公爵小姐出去后，老公爵又讲起了儿子，讲起了战争和皇帝，生气地扬起眉毛，开始抬高沙哑的嗓门，于是他第二次、也是最后一次中风了。

玛丽亚公爵小姐在凉台上站住。天放晴了，阳光灿烂，气温很高。她心里充满着对父亲的热爱，除此之外她什么也不明白，什么也不想，什么也感觉不到，她觉得在此时此刻之前她未曾有过这样的感情。她跑到花园里，一面哭着，一面沿着安德烈公爵在两旁种了菩提树的小道往下朝池塘跑去。

"是的……**我**……**我**……**我**。我曾希望他死。是的，我曾希望一切快点结束……**我想要安宁**……我将会怎么样呢？要是他不在了，我还要安宁做什么。"玛丽亚公爵小姐一面出声地念叨着，一面快步在花园里走着，双手按住抽抽搭搭地哭时一起一伏的胸脯。她在花园里走了一圈，又回到房子前面，看见朝她迎面走来的布里安娜小姐（她留在鲍古恰罗沃，不愿意离开这里）和一个陌生男人。这是县首席贵族，他亲自来见公爵小姐，告诉她必须赶快离开。玛丽亚公爵小姐听着他说，但没有听明白他的意思；她把他领到屋里，请他吃早饭，陪他坐下。然后她对首席贵族表示歉意，站起来走到老公爵的门前。大夫面带惊慌不安的神情出来对她说，她不能进去。

"您走吧，公爵小姐，走吧，走吧！"

玛丽亚公爵小姐又到花园里去，到了池塘边小丘下谁也看不见的地方，在草地上坐下来。她不知道她在那里待了多久。沿着小路跑来的女人的脚步声惊醒了她。她站起身来，看见了她的女仆杜尼亚莎，显然杜尼亚莎是跑来叫她的，一见公爵小姐吓了一跳，站住了。

"快来，公爵小姐，……公爵……"杜尼亚莎说，嗓音都变了。

"马上就来，马上就来。"公爵小姐急忙回答，没有让杜尼亚莎说完要对她说的话，竭力不看她，朝家里跑去。

"公爵小姐，上帝的意旨快要实现了，您应当做好一切准备。"首席贵族在入口的门旁迎着她，说。

"不要管我。这不是真的！"她恼怒地对他喊道，大夫想要拦住她。她推开他，跑到了门边，"这些人为什么带着惊恐的表情拦住我？我谁也不需要！他们这里在干什么？"

她推开门，看见本来半明半暗的房间里很亮堂，不禁不寒而栗。房间里有几个女人和保姆。她们离开床，让她过去。老公爵还是那样躺在床上；但是他平静的脸上的严厉表情使得玛丽亚公爵小姐在门口站住了。

"不，他没有死，这不可能！"玛丽亚公爵小姐自言自语说，她走到他跟前，克制着内心的恐把自己的嘴唇贴到他的面颊上。但是她立即放开了他。霎时间她心中对他的全部柔情消失了，取而代之的是对她面前的景象的恐惧。"没有了，再也没有他了！没有他了，这里，在他待过的地方有的是一种陌生的和敌对的东西，是某种可怕的、非常吓人的和令人反感的秘密……"玛丽亚公爵小姐双手捂住脸，倒在扶住她的大夫怀里。

女人们当着吉洪和大夫的面擦洗了老公爵的遗体，用一条头巾裹住头,以免张开的嘴僵硬,再用一条头巾捆住叉开的双腿。然后给他穿上挂着勋章的军服,把他小小的干缩了的遗体放在桌上。天知道有谁在什么时候曾经做过这种事,一切似乎是自然而然地完成的。入夜时棺材周围点着蜡烛,棺材上盖着盖棺布,地上撒着刺柏枝,在死者干瘪的脑袋底下放了一张印刷的祷文,而在角落里一个教会执事坐在那里念《圣经》的诗篇。

如同一群马冲向一匹死马,聚集在它旁边,对着它打着响鼻一样,一些外人和自家人——首席贵族、村长和农妇们聚集在客厅里的棺材周围,他们大家惊恐地瞪着眼睛,画着十字和鞠着躬,吻着老公爵的冰冷的和僵硬的手。

九

在安德烈公爵搬来前,鲍古恰罗沃一直是一个主人不在那里住的庄园,鲍古恰罗沃的农民的特点和童山的农民完全不同。他们的语言、衣着和性情也与童山的农民有区别。他们被称为草原农民。当他们到童山来帮助收割或者挖池塘和沟渠时,老公爵称赞他们的吃苦耐劳,但是不喜欢他们的粗野。

安德烈公爵住在鲍古恰罗沃时,实行了一些新的措施——建了医院,开办了学校,减轻了代役租等等,但这并没有使他们的性情变得温和起来,相反,加强了老公爵称之为粗野的性格特点。在他们之间经常流传着某些含糊不清的说法,时而说要把他们所有的人算作哥萨克,时而说要让他们改信新的宗教,时而说有皇帝的什么诏书,时而说一七九七年有过向保罗·彼得罗维奇皇帝宣誓的事(谈到这次宣誓时说,当时曾赐给自由,可是被老爷们剥夺了),时而说彼得·费多罗维奇 ① 将在七年后重新登基,到那时一切将会很自由,很简单,以致什么也没有了。对他们来说,关于战争和波拿巴以及他的入侵的传闻,是与关于敌基督、世界末日和绝对自由的流言结合在一起的。

---

① 指彼得三世(一七二八——一七六二),他在一八六二年的宫廷政变中被迫退位,当时曾传说他因试图解放农奴而被贵族推翻。农民领袖普加乔夫曾自称彼得三世。

在鲍古恰罗沃周围，都是一些国家的和实行代役租的地主的大村庄。居住在这个地区的地主很少；家奴和识字的人也很少，在这个地区的农民的生活中，俄罗斯民间生活的神秘的潜流要比在其他地区表现得更明显和更强烈，产生这些潜流的原因及其意义，对当代人来说常常是无法解释的。这种现象之一，是二十来年前在这个地区农民之间出现的向某些温暖的河流迁移的运动①。几百个农民，其中包括鲍古恰罗沃村的，突然卖掉牲口，拉家带口前去东南面的某地。如同鸟儿飞往海外某个地方一样，这些人带着妻子儿女到他们之中谁也没有去过的东南面的一个地方去。他们成群结队地出发，有的一个一个地赎了身，有的一跑了之，他们或者坐车，或者步行，去找那温暖的河流。许多人受到惩罚，被流放到西伯利亚，许多人冻死和饿死在路上，许多人回来了，于是这运动像它无缘无故地掀起来一样，自然而然地停止了。但是在这些人当中潜流仍在不停地流动，并且积聚着一种新的力量，这种力量将会同样奇怪地、出人意料地，同时又是简单自然地和强烈地爆发出来。现在，在一八一二年，一个接近老百姓的人可以看到，这些潜流正在加紧积蓄力量，快要表现出来了。

阿尔帕特奇在老公爵去世前不久来到鲍古恰罗沃，他发现老百姓当中出现了骚动，情况与童山相反，那里在方圆六十俄里的地区内，所有农民都逃难去了（听任哥萨克抢劫自己的村庄），而在这里的草原地区，在鲍古恰罗沃一带，听说农民们与法国人有来往，收到了法国人的一些在他们之间散发的文告，留在当地没有走。阿尔帕特奇通过他的心腹的家奴得知，前几天在村里很有影响的农民卡尔普出官差时带回消息说，哥萨克正在抢劫居民逃走的村庄，但是法国人却鸡犬不惊。他得知，另一个农民昨天甚至从维斯洛乌霍沃——那里驻扎着法国军队——带来了一个法国将军的文告，其中向居民们宣布，如果他们留下来，将不会做任何有害于他们的事，征用的东西将作价付钱。为了证明这一点，这个农民从维斯洛乌霍沃带来了预付给他的干草钱一百卢布纸币（他不知道这是假币）。

最后，最重要的是，阿尔帕特奇得知，在他吩咐村长集合大车把公

---

① 这里指的大约是当时农民大批逃往北高加索和摩尔达维亚的事。

爵小姐的物品运出鲍古恰罗沃的那天早晨,村里开了会,会上决定不出车,采取等着瞧的态度。而与此同时不能再拖延了。首席贵族在八月十五日老公爵去世的那一天坚持要玛丽亚公爵小姐当天就离开,因为情况危急。他说,十六日后就不再负任何责任了。老公爵去世的当天晚上他走了,不过答应第二天参加葬礼。但是第二天他来不了,因为根据他本人获得的消息,法国人出乎意料向前推进了,这样他只来得及把自己的家眷和贵重物品送出自己的庄园。

大约三十年来,鲍古恰罗沃一直由村长德龙管理,老公爵叫他德龙努什卡。

德龙属于那种身体健壮和精神饱满的农民,这种人一上了岁数就长起大胡子,就这样毫无变化地活到六七十岁,没有一丝白发或不掉一颗牙,六十岁时还像三十岁的年轻人那样腰板挺直,精力旺盛。

德龙像别的人一样,参加过迁移到温暖的河流的活动,在这之后不久,当了鲍古恰罗沃的村长,从那时起,他担任这个职务二十三年,没有出过差错。农民怕他比怕主人还厉害。老爷们,包括老公爵和年轻的公爵,还有总管,都很尊重他,戏称他为大臣。德龙在担任村长的整个期间没有喝醉过一次酒,没有生过一次病;无论是在一宿不睡觉后,无论是在干了什么样的重活后,从来不露出一点疲劳的样子,他不识字,可是从来没有忘记过一笔账,记得他卖掉的好几大车面粉的重量,记得鲍古恰罗沃每一俄亩土地上每一垛收割下来的庄稼。

阿尔帕特奇从遭到破坏的童山来到这里后,在举行公爵葬礼的当天把这位德龙叫来,吩咐他准备十二匹马拉公爵小姐的车,十八匹马运送就要从鲍古恰罗沃起运的财物。虽然农民都是代役租农民,但是阿尔帕特奇认为,要他们这样做不会有什么困难,因为在鲍古恰罗沃有二百三十个课税单位①,农民都比较富裕。但是村长听了他的命令后,默默地垂下了眼睛。阿尔帕特奇对他说了自己认识的农民的名字,命令他们出车。

德龙回答说,这些农民的马拉脚去了。阿尔帕特奇又说了另一些

---

① 课税单位是当时农民的劳动单位,通常由一个男劳力和一个女劳力组成,大家庭有几个课税单位。

农民的名字,而据德龙说,他们也没有马可派,有的出官差去了,有的拉不了车,还有一些因没有饲料饿死了。照德龙的说法,不仅没有拉贵重物品的马,而且连拉人坐的马车的马也很难找到。

阿尔帕特奇朝德龙凝视了一下,皱起眉头。如同德龙是一个模范的村长一样,阿尔帕特奇也是一个模范的总管,他并没有白白地管理了二十年公爵的庄园。他特别能凭他的感觉了解他与之打交道的人的需要和本能,因此他是一个出色的总管。他朝德龙看了一眼后,立刻明白了德龙的回答并不表达他自己的想法,而是表达了鲍古恰罗沃村居民的总的情绪,村长已受这种情绪的影响。但是与此同时,发了财和遭到全村人憎恨的德龙必定会在地主老爷和农民这两个阵营之间摇摆。阿尔帕特奇在他的目光里看到了这种摇摆,便皱起眉头,朝他走过去。

"德龙努什卡,你听着!"他说,"你别对我说空话。安德烈·尼古拉依奇公爵大人命令我把所有人都送走,不要让他们留下来和敌人在一起,皇帝对此也有诏令。谁要是留下来,就是背叛沙皇。听见了吗?"

"是。"德龙回答道,没有抬起眼睛。

阿尔帕特奇对这回答并不满意。

"唉,德龙,这可不行!"阿尔帕特奇摇摇头说。

"听您的吩咐!"德龙伤心地说。

"唉,德龙,算了吧!"阿尔帕特奇又说,他把一只手从怀里抽出来,郑重其事地指着德龙脚下的地板,"我不但看透了你,而且你脚下三俄尺深的地方的东西也看得清清楚楚。"他说,眼睛盯着德龙脚下的地板。

德龙发窘了,匆匆看了阿尔帕特奇一眼,又垂下了眼睛。

"你别说废话,告诉大家,要他们收拾一下离开家到莫斯科去,明天清早给公爵小姐准备好马车,不要去参加什么会。听见了吗?"

德龙突然跪了下来。

"雅科夫·阿尔帕特奇,撤我的职吧!把钥匙从我这里拿走,看在上帝分上撤了我吧。"

"算了吧!"阿尔帕特奇严厉地说。"我能看透你脚下三俄尺深的地方。"他重复说,他知道,他有养蜂技术,懂得什么时候播种燕麦,二十年来善于博得老公爵的欢心,已使他获得了魔法师的名声,而一般都认为只有魔法师才具有看到一个人脚下三俄尺深的地方的功力。

德龙站了起来,想说点什么,但是阿尔帕特奇打断了他的话。

"你们想要干什么?啊?……你们是怎么想的?啊?"

"我拿他们有什么办法呢?"德龙说。"全都骚动起来了。我也对他们说……"

"你听我说。"阿尔帕特奇说。"都酗酒吗?"他简短地问。

"全都骚动起来了,雅科夫·阿尔帕特奇:又拉来了一桶酒。"

"那么你就听着。我这就去找县警察局长,你告诉大家,叫他们别胡闹,并且把马车准备好。"

"是。"德龙回答道。

雅科夫·阿尔帕特奇没有再坚持。他长期管理老百姓,知道要人们服从的主要手段是不要让他们看到他们有不服从的可能。他迫使德龙顺从地说"是"后,也就感到满意了,虽然他不仅怀疑,而且深信不借助于军队的帮助是弄不到马车的。

确实,到傍晚时马车还没有着落。村里的小酒馆旁边又在开会,会上决定把马赶到树林里去,不出大车。阿尔帕特奇什么也没有对玛丽亚公爵小姐说,他吩咐仆人把自己的东西从童山来的马车上卸下,让这些马去拉公爵小姐的马车,自己骑马去找警察当局去了。

十

在举行了父亲的葬礼后,玛丽亚公爵小姐关在自己房里,不让任何人进去见她。一个女仆走到门口说,阿尔帕特奇来请示动身的事。(这还是阿尔帕特奇和德龙谈话之前。)玛丽亚公爵小姐从她躺着的沙发上欠起身来,隔着关着的门说,她不走了,什么地方也不去,希望不要去打扰她。

她所在的那个房间的窗户是朝西开的。她脸冲着墙在沙发上躺着,手指抚摸着皮靠垫上的扣子,眼睛只看到这个靠垫,她的模糊的思想集中在一点上:她想着人死不可复生,想着自己内心的卑鄙,在这之前她一直不知道自己是这样的人,在父亲生病期间才暴露出来。她想要祈祷,但又不敢,不敢抱着这样的心情去求助于上帝。她在这种状态中躺了很长时间。

她脸冲着墙在沙发上躺着……

太阳移到了房子的那一边,落日的余晖斜射进敞开的窗户,照亮了房间和玛丽亚公爵小姐看着的皮靠垫的一部分。她的思路突然中断了。她无意识地欠起身来,理了理头发,站起来走到窗口,不由自主地呼吸着晴朗有风的夜晚冷爽的空气。

"是的,现在你可以随心所欲地欣赏傍晚的景色了!他已经不在了,谁也不会妨碍你。"她自言自语地说,在椅子上坐下,头靠在窗台上。

有人从花园那边亲切地低声喊她,吻了吻她的头。她回头一看。原来这是布里安娜小姐,她穿着黑衣服,戴着丧章。她轻轻地走到玛丽亚公爵小姐跟前,叹着气吻了吻她,立刻就哭了起来。玛丽亚公爵小姐朝她看了一眼。想起了以前和她的所有冲突以及对她的猜疑;也想起了最后他改变了对布里安娜小姐的态度,不再理她,觉得自己心里对她的责备是没有道理的。"而且像我这样希望他死的人有什么资格责备别人呢?"她想道。

布里安娜小姐最近疏远了玛丽亚公爵小姐而同时又得依赖她,过着寄人篱下的生活,玛丽亚公爵小姐设身处地地想象着她的处境。她开始可怜她。用询问的目光温和地看了看她,朝她伸出手去。布里安娜小姐立即哭了起来,开始吻她的手,讲起公爵小姐遭到的不幸来,做出同样遭到不幸的样子。她说,她在不幸中唯一的安慰是公爵小姐允许她分担自己的痛苦。她还说,过去所有的误会在这巨大的不幸面前应当消除,她觉得自己在所有人面前都是清白的,他在那个世界会看到她的爱心和感激。公爵小姐听着她说,没有听明白她的话的意思,不时看看她,细听着她说话的声音。

"您的处境更加可怕了,亲爱的公爵小姐。"布里安娜小姐沉默了一会儿说。"我明白,您一向不替自己着想,现在也是这样;但是我从爱您出发应当这样做……阿尔帕特奇到您这里来过了?他对您谈了动身的事了吗?"她问。

玛丽亚公爵小姐没有说话。她不明白谁应该动身和到什么地方去。"难道现在还能着手做什么事,考虑什么问题吗?难道不全都一样吗?"她想,没有回答。

"您知道吗,亲爱的玛丽,"布里安娜小姐说,"您知道吗,我们处于危险之中,我们被法国人包围了;现在要走,很危险。如果我们走的话,我们几乎一定会被俘虏,天知道……"

玛丽亚公爵小姐望着她的女友,不明白她说的话。

"唉,要是有人知道我现在对一切的一切都无所谓就好了。"她说,"当然,我无论如何也不愿意离开**他**……阿尔帕特奇对我讲过关于动身的事……您去和他谈一谈,我什么也不能而且也不想和他说……"

"我和他谈过了。他希望我们能够走成;但是我想,现在最好还是留在这里。"布里安娜小姐说。"因为您也会同意,亲爱的玛丽,在路上落到大兵或造反的农民手中非常可怕。"说着布里安娜小姐从手提包里取出一份不是用普通的俄国纸印的法国将军拉莫的告示,告示要求居民不要离开自己的家,说法国当局将给他们以应有的保护,她把告示递给了公爵小姐。

"我想,最好去找这位将军,"布里安娜小姐说,"我相信他们会给您应有的尊重。"

玛丽亚公爵小姐读着告示,无泪的干哭使她的脸抽搐起来。

"您通过谁得到这个的?"她问。

"大概是他们根据我的名字知道我是法国人。"布里安娜小姐红着脸说。

玛丽亚公爵小姐手里拿着告示从窗口站起来,脸色苍白地出了房间,前去安德烈公爵以前的书房。

"杜尼亚莎,把阿尔帕特奇、德龙努什卡以及别的什么人给我叫来,"玛丽亚公爵小姐说,"告诉阿马利娅·卡尔洛夫娜①,叫她不要上我这里来。"她听见布里安娜小姐说话的声音,又加了一句。"赶快离开! 赶快离开!"玛丽亚公爵小姐说,想到她可能会落到法国人手里,心里不禁有些惊慌。

"要是让安德烈公爵知道她落到了法国人手里会怎么样! 要是她,尼古拉·安德烈依奇·鲍尔康斯基公爵的女儿,去请求拉莫将军保护,接受他的恩惠,又将如何!"—— 这个想法使她非常害怕,浑身哆嗦,涨红了脸,体验到了一种未曾感受过的愤怒和自尊。她生动想象着她

---

① 阿马利娅·卡尔洛夫娜是布里安娜小姐的名字和父名。她的父名与上文不一致(那里她的父名为叶夫根尼耶夫娜)。

的困难的、主要是受屈辱的处境。"法国人将住进这座房子；拉莫将军将占用安德烈公爵的书房；将翻阅他的信件和文稿作为消遣。布里安娜小姐将在鲍古恰罗沃殷勤地接待他。他们将发善心给我一个小房间；大兵们将掘开父亲的新坟，拿走他的十字勋章和星章；他们将对我讲述怎样打败俄国人，还将装出同情我的不幸的样子……"玛丽亚公爵小姐想道，这并不是她自己的想法，但是她觉得应该按照父亲和哥哥的想法来想。对她个人来说，不管留在什么地方，不管发生什么事，都无所谓；但是她觉得自己同时又是已故的父亲和安德烈公爵的代表。她不由自主地用他们的思想来思想，用他们的感觉来感觉。她觉得，她必须说他们现在可能会说的话，做他们可能会做的事。她前去安德烈公爵的书房，竭力领会他的想法，来考虑自己的处境。

玛丽亚公爵小姐本来以为生活的要求已随着父亲的去世而消失了，现在这些要求突然以新的、从未有过的力量出现在她面前，充满了她的心。

她激动得满脸通红，在房间里走着，时而叫阿尔帕特奇来见她，时而叫米哈依尔·伊万诺维奇来，时而叫吉洪来，时而又要德龙来见她。杜尼亚莎、保姆和所有女仆说不出布里安娜小姐的话有多少道理。阿尔帕特奇不在家：他去找警察当局了。建筑师米哈依尔·伊万内奇应召睡眼惺忪地到了玛丽亚公爵小姐那里，对她也说不出什么来。十五年来他在回老公爵的话时从不表示自己的意见，只带着微笑表示同意，这已成为习惯，现在他也带着这样的微笑回答玛丽亚公爵小姐的问题，因此从他的回答中也得不出任何明确的看法。被叫来的老仆吉洪面孔干瘪消瘦，上面带着难以消除的痛苦的印记，无论玛丽亚公爵小姐问他什么，他只回答"是，是"，两眼望着她，几乎忍不住要放声大哭。

最后村长德龙进了房间，他朝公爵小姐深深一鞠躬，在门框旁站住了。

玛丽亚公爵小姐在房间来回走了一趟，在他对面停住脚步。

"德龙努什卡，"玛丽亚公爵小姐说，她无疑把他看作自己的朋友，记得他每年到维亚济马赶集回来每一次都给她带来一种特殊的蜜糖饼干并满脸堆笑交给她，"德龙努什卡，现在，在我们遭到不幸后……"她刚开了个头就停住了,没有力气再往下说。

"祸福难测啊。"德龙叹着气说。他们一时都没有说话。

"德龙努什卡,阿尔帕特奇不知上哪里去了,我无人可以商量。有人说我不能走,这说得对吗?"

"你为什么不走,公爵小姐,可以走。"德龙说。

"有人对我说,会碰到敌人,很危险。亲爱的,我什么也不会,什么也不明白,身边什么人也没有。今天夜里或明天清晨,我一定要走。"德龙没有说话。他皱着眉头看了玛丽亚公爵小姐一眼。

"没有马,"他说,"我也对雅科夫·阿尔帕特奇说了。"

"为什么没有?"公爵小姐问。

"全是报应,"德龙说,"有的马被军队征用了,有的饿死了,谁叫我们碰到今年这样的年头。不要说喂马,人不饿死就算不错了!有的人三天没有吃东西了。什么也没有,全都给抢光了。"

玛丽亚公爵小姐注意地听着他的话。

"农民们都遭到了抢劫?他们没有粮食?"她问。

"他们快要饿死了,"德龙说,"还谈得上什么出车……"

"你为什么不说,德龙努什卡?难道不能帮他们一把吗?我将尽力而为……"玛丽亚公爵小姐想到在现在,在她心里充满这样的悲痛的时刻,还可能有富人和穷人之分,富人还可能不帮助穷人,不禁感到很奇怪。她模糊地知道和听说过,地主家都有储备粮,常把它发放给农民。她还知道,无论是哥哥还是父亲,看见农民有困难都不会不帮助的;她想要使用这批粮食,只担心在把它发放给农民的事情上说错话。现在她为自己有了过问这件事的借口而高兴,觉得为此而暂时忘记自己的悲伤问心无愧。她开始详细询问农民的需要以及鲍古恰罗沃存粮的情况。

"我们这里不是有哥哥的存粮吗?"她问。

"老爷的存粮原封未动,"德龙自豪地说,"我们的公爵没有吩咐把它卖掉。"

"把它发放给农民,他们需要多少给多少,我代表哥哥允许你这样做。"玛丽亚公爵小姐说。

德龙什么也没有回答,深深地叹了一口气。

"你把这粮食发放给他们,如果数量还够的话。全部发放下去。我代表哥哥命令你,你就对他们说:这是我们的,也是他们的。为了他们,我们什么也不吝惜。你就这样说。"

德龙在公爵小姐这样说的时候,目不转睛地看着她。

"你把我撤了吧,好小姐,看在上帝分上,吩咐别人把钥匙从我这里拿走。"他说,"我当了二十三年村长,没有做过坏事;看在上帝分上,把我撤了吧。"

玛丽亚公爵小姐不明白他想要她做什么,为什么请求撤他的职。她回答他说,她从来没有怀疑过他的忠诚,她准备为他和为农民尽自己的一切力量。

十一

在这之后过了一个小时,杜尼亚莎前来向公爵小姐报告,说德龙来了,所有农民根据公爵小姐的命令集合在粮仓附近,想要和女主人进行商谈。

"我根本没有叫他们来,"玛丽亚公爵小姐说,"我只对德龙努什卡说过要给他们发放粮食。"

"看在上帝分上,公爵小姐,您下令把他们轰走,不要上他们那里去。这是个骗局,"杜尼亚莎说,"等雅科夫·阿尔帕特奇回来,咱们就走……请您……"

"什么骗局?"公爵小姐惊奇地问。

"我真的知道,看在上帝分上,您就听我的吧。您可以去问保姆。听说,他们不同意遵照您的命令离开这里。"

"你说到哪里去了。我根本没有命令他们离开……"玛丽亚公爵小姐说,"把德龙努什卡叫进来。"

德龙进来了,他证实了杜尼亚莎的话:农民们是奉公爵小姐之命来的。

"我根本没有叫他们来,"公爵小姐说,"你大概把我的话传达错了。我只叫你分给他们粮食。"

德龙没有回答,叹了一口气。

"只要您下命令，他们就会走的。"他说。

"不，不，我要去见他们。"玛丽亚公爵小姐说。

玛丽亚公爵小姐不顾杜尼亚莎和保姆的劝说，到了台阶上。德龙、杜尼亚莎、保姆和米哈依尔·伊万内奇跟在她后面。

"他们大概以为我给他们粮食是为了让他们留在原地不动，而我自己一走了之，把他们扔下，听任法国人摆布。"玛丽亚公爵小姐想。"我将答应在莫斯科近郊给他们发月粮，提供住处；我相信，安德烈处在我的位置上将会做得更多。"她在暮色中朝聚集在粮仓附近牧场上的人群走过去时想道。

人群聚集拢来，骚动起来，人们很快摘下了帽子。玛丽亚公爵小姐垂下眼睛，双腿被衣裙绊着，走到了他们紧跟前。那么多的老人和年轻人用不同的目光注视着她，那么多不同的面孔出现在她眼前，使得玛丽亚公爵小姐没有看清一张脸，她觉得需要一下子就跟所有的人说话，不知道该怎么办。但是她意识到自己是父亲和哥哥的代表，又是这种意识给她增添了力量，于是她大胆地开始讲话。

"你们来了，我很高兴。"玛丽亚公爵小姐开口说道，她没有抬起眼睛，觉得她的心跳得很快、很猛烈。"德龙努什卡对我说，战争使你们破了产。这是我们共同的不幸，我要不惜一切帮助你们。我自己就要走了，因为这里已经很危险，敌人已经很近了……因为……我把一切都给你们，我的朋友们，请你们把所有东西都拿走，拿走全部粮食，这样你们就不会缺什么了。而如果有人对你们说，我给你们粮食是为了让你们留在这里，那么这不是实话。恰恰相反，我请求你们带着全部财产到我们莫斯科近郊去，到那里后，我负责并向你们保证，你们的生活不会发生困难。会给你们房子住和粮食吃。"公爵小姐停住了。人群中只发出一片叹息声。

"我不是代表自己这样做的，"公爵小姐接着说，"我这样做代表我已故的父亲和你们的好主人，代表我的哥哥和他的儿子。"

她又停住了。谁也没有打破她的沉默。

"我们的不幸是共同的，我们将要平均分担。凡是属于我的一切，也都是你们的。"她看看站在她面前的人的脸说。

所有人的眼睛都带着同样的表情看着她，而她没有能弄明白这表情表示什么。不知这是好奇、忠诚、感激还是恐惧和不信任，但是所有人脸上的表情都是一样的。

"对您的恩惠我们很感激，不过我们不能要老爷的粮食。"后面的一个人说。

"为什么呢？"公爵小姐问。

没有一个人回答，玛丽亚公爵小姐扫视着人群，注意到所有与她目光相遇的人都马上垂下了眼睛。

"你们为什么不想要？"她又问。没有任何人回答。

玛丽亚公爵小姐见大家沉默不语感到很难堪；她力图捕捉住某个人的目光。

"你们为什么不说话呀？"她对一个拄着拐杖站在她面前的老人说，"如果你认为还需要什么，你就说吧。我一定做到。"她捕捉住了他的目光说。但是老人好像对此很生气，完全低下了头，说：

"有什么好同意的，我们不需要粮食。"

"怎么，叫我们把一切都扔了？不同意。就是不同意……我们不会同意。我们同情你，可是我们不同意。你自己一个人走吧……"人群里四处发出了这样的叫喊声。所有人的脸上又出现了同一种表情，现在它所表示的已肯定不是好奇和感激，而是恼怒和决心。

"你们大概没有听明白我的话，"公爵小姐带着苦笑说，"你们为什么不愿意走？我答应给你们安排好吃和住。在这里敌人会把你们抢光的……"

但是她的声音被人群的喧哗声压了下去。

"我们不同意，就让他们抢好了！我们不要你的粮食，我们不同意！"

玛丽亚公爵小姐又想捕捉住什么人的目光，但是没有一个人朝她看；显然，大家的目光都在回避她。她觉得奇怪而又尴尬。

"你瞧，她可真会说话，叫你跟着她去当农奴！扔下家去受奴役。可不是吗！说什么我给你们粮食！"人群里有人这样说。

玛丽亚公爵小姐低下头，从人群里出来，往家里走。她再一次吩咐德龙，要他明天准备好马匹，说完回到自己的房间，剩下独自一人时，各种思绪涌上了心头。

十二

　　这天夜里,玛丽亚公爵小姐在自己屋里敞开的窗前坐了很久,倾听着从村里传来的农民的说话声,但是她没有去想他们。她觉得,不管她怎样想他们,仍不能理解他们。她总是想着一件事——想自己遭受的不幸,现在因操心眼前的事暂时没有想它,对她来说它似乎已成为过去了。她现在已经能够回忆,能够哭泣和祈祷了。日落后风停了。夜晚宁静而凉爽。到十一点多,说话声逐渐沉寂下来,鸡叫头遍,一轮满月从菩提树后面出来,地面升起一层清新的带着露水的白雾,村子里和宅院里一片寂静。

　　最近发生的事父亲的病和他的最后时刻的情景,一幕一幕地出现在她眼前。她现在既悲伤又高兴地回想着这些场面,她要驱赶的只是父亲临终时的可怕的景象,她觉得甚至在这宁静和神秘的深夜里,她也没有勇气去回想它。这些情景连同所有细节是那么清楚地出现在她眼前,使她时而觉得这是现实,时而觉得这是往事,时而又觉得这是未来的事。

　　有时她历历在目地回想起他中风的时刻,当时人们从童山的花园里架着他出来,他抖动着无力的舌头嘟囔着什么,牵动着白眉毛,不安地和胆怯地望着她。

　　“他在当时就想对我说那些他在去世的那一天对我说的话,”她想,“他一直就想对我说这些话。”接着她想起了在童山时他中风前的那一天夜里的全部细节,当时玛丽亚公爵小姐预感到要出事,违背他的意志留下来陪他。她没有睡觉,夜里蹑手蹑脚地到了楼下,到了这天晚上父亲过夜的花房的门口,谛听着他的声音。他正在疲惫不堪地和吉洪说着什么。看来他想要说说话。“为什么他不叫我？为什么他不允许我代替吉洪待在这里？”玛丽亚公爵小姐当时和现在这样想。“要知道现在他永远不能对任何人说出他的全部心里话了。他本来可以说出他想要说的话,而听他说话和明白他的意思的本应是我而不是吉洪,现在对我和对他来说这个时刻一去不复返了。当时我为什么不进屋去呢？”她想,“也许他当时就会对我说他在去世的那一天说的话。当时他在和吉洪谈话时也曾两次问到我。他想要见我,而我正站在这里,站在门外。

他和吉洪说话,而吉洪并不理解他,他一定感到伤心和难受。记得当时他和吉洪谈起了丽莎,好像谈活着的人一样——他忘记了她已经死了,这时吉洪提醒他说她已不在了,他喊叫起来,说他'傻瓜。'他很难受。我在门外听到他哼哧哼哧地躺到床上,大声喊道:'我的上帝!'当时我为什么不进去呢?他会对我怎么样呢?我又能丢了什么呢?也许他当时会得到安慰,对我说这句话。"于是玛丽亚公爵小姐大声地说出他在去世的那一天对她说的那个亲切的字眼:"好——闺——女!"她重复着这个字眼放声大哭起来,泪下如雨,心里反倒感到轻松了一些。她现在仿佛看到他的脸就在自己面前。这不是她自从记事以来就熟悉的那张脸,也不是常常从远处看到的那张脸;而是一张胆怯的和虚弱的脸,那张她在最后一天弯下身去凑近他的嘴以便听清他说的话,第一次从近处看清了所有皱纹和细微特点的脸。

"好闺女。"她又重复了一次。

"他在这样叫我时想的是什么?他现在又想什么?"她脑子突然出现这个问题,作为对它的回答她看见他在自己眼前,脸上带着他躺在棺材里用白头巾裹住脑袋时的那种表情。于是那时当她嘴唇接触他的面颊、觉得这不仅不是他,而且是某种神秘的和令人反感的东西时产生的恐惧,现在又充满她的心。她想要想点别的事,想要祈祷,但是什么也做不成。她把眼睛睁得大大的,望着月光和阴影,每时每刻都料想会看到他死人的脸,觉得屋里屋外的一片寂静把她紧紧包围住了。

"杜尼亚莎!"她轻轻喊了一声。"杜尼亚莎!"接着她狂叫起来,冲出了寂静,朝着女仆住的房间跑去,这时保姆和几个女仆正朝着她迎面跑来。

十三

八月十七日,罗斯托夫和伊林在刚被法国人放回来的拉夫鲁什卡和一名传令兵陪同下,从离鲍古恰罗沃十五俄里的驻地扬科沃出来遛遛——试试伊林新买的马和打听村里有没有干草。

最近三天鲍古恰罗沃处于敌我两支军队之间,俄军的后卫部队和法军的前哨部队都很容易到这里来,因此罗斯托夫作为一个细心的骑兵连长，想赶在法国人之前把可在鲍古恰罗沃征集到的粮草弄到手。

罗斯托夫和伊林的心情都十分愉快。他们希望在鲍古恰罗沃这个公爵的庄园里找到大批家奴和漂亮的姑娘，一路上时而询问拉夫鲁什卡关于拿破仑的情况，听了他的讲述高兴地笑着，时而你追我赶，试着伊林的马。

罗斯托夫不知道而且没有想到，他去的那个村庄就是曾和他的妹妹订过婚的鲍尔康斯基的庄园。

罗斯托夫和伊林到鲍古恰罗沃前面有慢坡的高地后最后一次纵马赛跑，罗斯托夫赶到了伊林的前面，第一个进了鲍古恰罗沃村。

"你领先了。"满面通红的伊林说。

"是的，一直领先，在草地上领先，这里也领先。"罗斯托夫一面回答，一面抚摸着已冒汗的顿河马。

"我骑的法国马，大人，"拉夫鲁什卡在后面说，他把他骑的那匹拉车的驽马称为法国马本来能跑到前头去，不过我不想让别人丢脸。"

他们慢步到了粮仓前面，那里站着一大群农民。

有的农民摘下了帽子，有的农民没有摘帽，看着骑马过来的人。两个身材很高的老农民，满脸皱纹，胡子稀稀拉拉，从小酒馆里出来，面带微笑，摇摇晃晃地唱着不合调的歌，走到了两个军官面前。

"好样的！"罗斯托夫笑着说，"怎么，干草有吗？"

"全都一个模样……"伊林说。

"多么……快……快……活的……聚……聚"这两个农民带着幸福的微笑唱着。

一个农民从人群中出来，走到罗斯托夫跟前。

"您是什么部队的？"他问。

"法国人，"伊林笑着回答道，"瞧，这就是拿破仑本人。"他又指着拉夫鲁什卡说。

"这么说来，是俄国人吧？"农民反问道。

"这里有你们的很多部队吗？"另一个矮个儿的农民朝他们走过来，问道。

"很多，很多。"罗斯托夫回答。"你们聚集在这里干什么？"他加了一句，"是在过节吧？"

"老头子们聚在一起商谈村里的事。"那个农民一面回答,一面走开了。

这时从地主宅院门前的路上出现了两个女人和一个戴白帽子的男人,他们正朝军官们走来。

"穿粉红色衣服的归我,说定了,谁也不准抢!"伊林看见杜尼亚莎正果断地朝他走过来,说。

"是我们大家的!"拉夫鲁什卡朝伊林眨眨眼说。

"我的美人儿,你需要什么?"伊林笑着说。

"公爵小姐叫我打听一下,你们是哪个团的,姓什么。"

"这是罗斯托夫伯爵,骑兵连长,而我是您忠实的奴仆。"

"快活的……聚……聚会!"喝醉酒的农民幸福地微笑着,看着正在与女仆谈话的伊林接着唱道。跟在杜尼亚莎后面的阿尔帕特奇老远就摘下了帽子,走到了罗斯托夫面前。

"我冒昧地打扰您,大人。"他把一只手伸进怀里恭恭敬敬地说,但是看见这军官很年轻,又带有几分轻蔑的意味。"我的女主人是本月十五日逝世的陆军上将尼古拉·安德烈耶维奇·鲍尔康斯基公爵的女儿,由于这些人野蛮无礼,她正处于困境之中,"他指着农民说,"请多关照……不知您是否可以往边上靠一靠,"阿尔帕特奇带着苦笑说,"不然当着他们的面不大方便……"说话时他又指了指那两个像马蝇围绕着马一样在他身边来回走动的农民。

"啊!……阿尔帕特奇……啊?雅科夫·阿尔帕特奇!……好极了!看在上帝分上请原谅。好极了!啊?……"农民们高兴地朝他微笑着说。罗斯托夫朝喝醉酒的老头子们看了一眼,笑了笑。

"也许大人您看见这种样子很开心吧?"雅科夫·阿尔帕特奇用那只没有伸进怀里的手庄重地指着老头子们说。

"不,这里没有什么可开心的。"罗斯托夫说,往一边走了几步。"怎么回事?"他问。

"我冒昧地向大人报告,这里粗野的农民不让公爵小姐离开庄园,扬言要卸下马匹,结果早晨已装好了车,直到现在她还走不了。"

"不可能!"罗斯托夫喊道。

"我向您禀告的全是实情。"阿尔帕特奇说。

罗斯托夫下了马,把马交给传令兵,和阿尔帕特奇一起朝宅院走去,边走边问他详细情况。确实,昨天公爵小姐答应给农民们粮食,同德龙和集会的群众进行解释后,情况更糟了,德龙最后交出了钥匙,和农民们站在一起,阿尔帕特奇叫他,他也不来,早晨公爵小姐吩咐套车做动身的准备时,一大群农民聚集在粮仓旁,派人来说,他们不放公爵小姐出村,还说有命令不准出车,他们将卸掉马匹。阿尔帕特奇到了他们那里,规劝他们,但是他们回答他说,不能放公爵小姐走,有命令不准她走(说得最多的是卡尔普;德龙没有在人群里出现);还说,让公爵小姐留下来吧,他们将照旧侍候她,在一切方面服从她。

当罗斯托夫和伊林在路上奔驰时,玛丽亚公爵小姐不听阿尔帕特奇、保姆和女仆们的劝说,吩咐套车,想要动身;但是人们看见奔驰而来的骑兵后,把他们当作法国人,车夫逃散了,屋里响起了女人们的哭喊声。

"老天爷!我的亲爹!准是上帝派你来的。"在罗斯托夫经过前厅时听见人们感激地说。

当人们领着罗斯托夫进来时,玛丽亚公爵小姐正心慌意乱和束手无策地坐在大厅里。她不明白进来的是谁,来干什么,会对她怎么样。她看见他的俄国人的脸,根据他的步伐和开头的几句话认出他是自己这个阶层的人后,用深沉的和闪闪发光的眼睛看了他一眼,说起话来,由于激动,说话的声音断断续续,哆哆嗦嗦。罗斯托夫立刻觉得这次见面有某种浪漫色彩。"一个无依无靠、悲恸欲绝的姑娘,孤身一人,听任起来造反的粗鲁的农民的摆布!一个多么奇怪的机遇鬼使神差地把我推到了这里!"罗斯托夫听着她的话和看着她想道。"她的面容和神情又是多么的温顺和高尚啊!"他听着她的怯生生的讲述时又想道。

她讲起所有这一切都是在举行她父亲的葬礼后第二天发生的,这时她的声音颤抖起来。她转过脸去,接着又仿佛担心罗斯托夫会认为她这样说是想得到他的怜悯,便疑惧地看了他一眼。罗斯托夫的眼睛里含着泪水。玛丽亚公爵小姐发现了这一点,又用闪闪发光的眼睛感激地看了看他,这目光能使人忘记她的不漂亮的面孔。

"公爵小姐,我偶然来到这里,能够向您表示为您效劳的决心,真是感到说不出的荣幸。"罗斯托夫站起身来说。"请您动身吧,只要您允许我护送您,我以我的名誉担保,再也不会有一个人胆敢找您的麻烦。"他像人们对皇家的妇女鞠躬一样,恭恭敬敬地向她鞠了一躬,朝门口走去。

罗斯托夫仿佛想用他恭敬的态度表明,虽然他认为与她相识是一件幸事,但是他不愿意利用她的不幸来与她接近。

玛丽亚公爵小姐明白了他为什么采取这种态度,并且很珍视它。

"我非常、非常感谢您她,"用法语对罗斯托夫说,"不过我希望那一切只是误会,谁也没有过错。"公爵小姐突然哭了起来。"请您原谅。"她说。罗斯托夫皱起眉头,又深深鞠了一躬,走出了客厅。

十四

"怎么样,可爱吗?不,老兄,我的那个穿粉红色衣服的才迷人呢,她叫杜尼亚莎……"伊林说,但是他看了看罗斯托夫的脸,住口了。他看到他心目中的英雄和连长想的完全是别的事情。

罗斯托夫恶狠狠地朝伊林看了一眼,没有搭理他,快步向村子走去。

"我要叫他们看看我的厉害,好好教训教训他们,这些强盗!"他自言自语地说。

阿尔帕特奇迈着轻快的步子,只差没有跑了,好容易追上了罗斯托夫。

"请问您作了什么决定?"他追上后问道。

罗斯托夫停住脚步,握紧拳头,突然威严地朝阿尔帕特奇逼过去。

"决定?什么决定?老东西!"他对他喊道,"你为什么瞧着?啊?农民们造反,你就无法对付?你就是一个叛徒。我知道你们这些人,我要剥掉所有人的皮……"他仿佛担心把自己的火气随便发泄掉,便扔下阿尔帕特奇,快步向前走。阿尔帕特奇忍着委屈,迈着轻快的步子跟着罗斯托夫,继续对他讲自己的想法。他说,农民都很顽固,现在没有军队,不宜与他们**对抗**,不如先派人去找军队来。

"我要叫他们看看军队的厉害……我就是要与他们对抗。"尼古拉不假思索地嘀咕着,他喘着粗气,心中充满着不理智的和无理性的愤恨,需要把这种愤恨发泄出来。他没有考虑该怎么做,不知不觉地迈着急速和坚定的步伐朝人群走去。他离人群愈近,阿尔帕特奇愈感觉到他的这种不明智的行动可能产生好的结果。人群中农民看着他迅速坚定的步伐和坚决阴沉的脸色，也感觉到这一点。

在这几个骠骑兵进了村和罗斯托夫去见公爵小姐后，人群中发生了混乱和争执。有的农民说，来的这些人是俄国人，恐怕会责怪他们不放公爵小姐走。德龙抱这种看法；但是他刚说出口，卡尔普和另外几个农民就对这个前村长发起了攻击。

"你吸全村人的血吸了多少年了？"卡尔普对他喊道，"你反正无所谓！你把钱罐子刨出来，运走就行了，至于我们家会不会被毁掉，都与你不相干，是吧？"

"有命令，要保持正常秩序，谁也不准离开家，一针一线都不准带走——就是这样！"另一个人喊道。

"本来轮到你的儿子，你大概舍不得你的胖小子，"突然小老头攻击起德龙来，他说得很快，"把我的万卡抓去当了兵。唉，我们都快要活不下去了！"

"真是活不下去了！"

"对村里的事我可没有撒手不管。"德龙说。

"倒真是没有撒手不管，瞧他的肚子，把自己都养肥了！……"

两个高个子农民在谈自己的事。罗斯托夫带着伊林、拉夫鲁什卡和阿尔帕特奇刚走进人群，卡尔普就把手指插进宽腰带，面带微笑走上前来。德龙则相反，退到了后排，人群变得更加密集了。

"喂！你们这里谁是村长？"罗斯托夫快步走到人群前大声问道。

"村长吗？您有什么事？……"卡尔普问。

他没有来得及把话说完，头上的帽子已经飞走了，挨了狠狠的一拳，脑袋歪向了一边。

"全摘下帽子，叛徒们！"罗斯托夫声音洪亮地喊道。"村长在哪里？"他狂怒地问道。

"村长，在喊村长呢……德龙·扎哈雷奇，在喊您呢。"人群中传出急促而顺从的说话声，人们开始摘下头上的帽子。

"我们不能造反，我们都遵守秩序。"卡尔普说，在这同一瞬间后面的几个人突然说了起来：

"是老人们决定的，你们这样的长官太多了……"

"还说话？……简直造反了！……强盗！叛徒！"罗斯托夫抓住卡尔普的领口，不假思索地狂喊起来。"把他捆起来，捆起来！"他喊道，虽然身边只有拉夫鲁什卡和阿尔帕特奇，没有别的人可以前来捆他。

然而拉夫鲁什卡还是朝卡尔普跑过去，从后面抓住他的双手。

"要把我们的人从小丘下叫来吗？"他问。

阿尔帕特奇向农民转过脸，喊两个人的名字，要他们来捆卡尔普。这两个农民顺从地走出了人群，开始解身上的腰带。

"村长在哪里？"罗斯托夫喊道。

德龙脸色苍白，双眉紧皱，从人群里出来。

"你是村长吗？把他捆上，拉夫鲁什卡！"罗斯托夫喊道，仿佛觉得他的命令不会有人违抗似的。果然又有两个农民来捆德龙，而德龙好像想帮他们捆似的，把自己的腰带解下来递给他们。

"你们大家都听着，"罗斯托夫对农民们说，"现在都回家去，不要让我再听到你们的声音。"

"怎么啦，我们没有做什么欺负人的事。我们只不过一时糊涂。只不过胡闹了一场……我说过，这样不行。"可以听到有人在相互责备。

"我对你们说过。"阿尔帕特奇开始行使自己的权力，"这样不好，乡亲们！"

"我们一时糊涂，雅科夫·阿尔帕特奇。"人们回答道，人群立刻开始散了，人们各自回家去了。

两个捆起来的农民被带往主人的院子去。两个喝醉酒的农民跟在他们后面。

"喂，让我看看你！"其中一人对卡尔普说。

"难道可以这样对老爷们说话吗？你想什么来着？"

"傻瓜，"另一个一唱一和地说，"真是傻瓜！"

两个小时后，几辆马车停在鲍古恰罗沃宅院的院子里。农民们热热闹闹地把主人的东西搬出来装上车，而德龙根据玛丽亚公爵小姐的意思已被从院子里的一只大箱子里放了出来，现在站在那里指挥农民们装车。

"你不要把它乱放。"一个高个子圆脸的农民带着微笑从女仆手里拿过一只小箱子说。"要知道它也很值钱。你干吗把它乱扔或者用绳子捆上——这样它会被磨坏的。我不喜欢这样做。干什么活都要老老实实,要有个规矩。应该这样用席子包上,再盖上干草,这就好了。看起来都觉得舒服!"

"瞧,这么多书,"另一个搬出安德烈公爵的书柜的农民说,"你别绊住!沉得很,伙计们,书真多!"

"是的,可见他们总是在写,没有玩!"高个子圆脸的农民指着放在上面的厚厚的词典,意味深长地眨眨眼说。

罗斯托夫不愿意主动地去和公爵小姐结识,没有上她那里去,而留在村里等待她出发。玛丽亚公爵小姐的马车从宅院里出来后,他便骑上马,在离鲍古恰罗沃十二俄里我军控制的大道上骑马护送她。在扬科沃,在一个小客栈里他恭恭敬敬地和她告了别,第一次吻了吻她的手。

"您怎能这样说,"当玛丽亚公爵小姐感谢他的救命之恩(她把他的行为说成是救命)时他红着脸回答道,"每个区警察局长都会这样做的。如果我们打仗的敌手是这些农民的话,那么我们就不会让他们深入内地了。"他有些不好意思地说,力图改变话题,"我感到幸运的只是有机会跟您认识。再见了,公爵小姐,祝您幸福安康,希望我能在比较顺遂的情况下和您重逢。如果您不想让我感到脸红的话,请不要说感谢的话。"

但是公爵小姐虽然不再说感谢的话,也仍然以她容光焕发的脸上充满感激和柔情的整个表情来表示感谢。她不能相信他说的没有什么可感谢的话。相反,她毫不怀疑地认为,如果没有他,她一定会死于暴徒和法国人之手;而他为了救她,显然冒了极大的风险;而更加毫无疑问的是,他是一个心灵高尚的人,善于理解她的处境和痛苦。他那双善良诚实的眼睛在她哭诉自己的遭遇时充满了泪水,此情此景一直留在她的脑海里。

玛丽亚公爵小姐在与他告别后只剩下一个人时,突然觉得自己眼睛里噙着泪水,就在这时第一次出现了一个奇怪的问题:她是不是爱他?

在继续朝莫斯科前进的路上,虽然公爵小姐的处境并不令人愉快,与她同坐一辆车的杜尼亚莎不止一次地注意到,公爵小姐把头探出车窗,不知为什么又高兴又伤心地微笑着。

"如果我真的爱上了他,那又有什么呢?"玛丽亚公爵小姐想道。

公爵小姐把头探出车窗，不知为什么又高兴又伤心地微笑着。

不管她在承认自己首先主动爱上了一个也许永远不会爱她的人时感到多么难为情，她一直安慰自己，心想谁也不会知道这一点，如果她直到生命结束默默地爱一个她一生中第一次、也是最后一次爱的人，也不是什么过错。

有时她想起了他的目光，他的同情，他的话，她觉得要得到幸福并不是不可能的。这时杜尼亚莎注意到，她微笑着望着窗外。

"真想不到他会到鲍古恰罗沃来，而且在这样的时刻！"玛丽亚公爵小姐想，"真想不到他的妹妹会和安德烈公爵退了婚！"玛丽亚公爵小姐认为这一切都是天意。

玛丽亚公爵小姐也给罗斯托夫留下了十分愉快的印象。当他想起她时，心里很高兴；同伴们得知他在鲍古恰罗沃碰到的这件不平常的事后，跟他开玩笑说，他去找干草，却找到了俄国的一个最富有的姑娘，他听了很生气。他之所以生气，正是因为娶这个他有好感的性格温顺而又拥有巨大财产的玛丽亚公爵小姐的想法，不止一次地违反他的意志在他脑子里出现过。对他个人来说，他不能希望有比玛丽亚公爵小姐更好的妻子了：娶了她将会使他母亲伯爵夫人感到高兴，将可改善他父亲的经济状况；甚至——尼古拉感觉到这一点——将会使玛丽亚公爵小姐得到幸福。

但是索尼娅呢？许下的诺言呢？因此罗斯托夫在人们拿鲍尔康斯卡娅公爵小姐跟他开玩笑时生气了。

十五

库图佐夫接收全军的指挥权后，想起了安德烈公爵，并命令他到总部来。

安德烈公爵在库图佐夫进行第一次阅兵的那一天来到了察廖沃—宰米谢。他看见村里神父家的住宅旁停着总司令的马车，便在那里下了马，在门口的长凳上坐下来等候殿下——现在大家都这样称呼库图佐夫。从村后的田野上时而传来军乐声，时而传来许许多多人向新总司令欢呼"乌拉！"的狂喊声。两个勤务兵、一个信使和一个管家趁库图佐夫不在，加上天气又好，便出来站在大门旁离安德烈公爵十步远的地方。一个皮肤浅黑、留着小胡子和连鬓胡子的矮小的骠骑兵中校骑马到了大门口,朝安德烈公爵看了一眼,问道:殿下是否住在这里,他是否很快就回来?

安德烈公爵说,他不是殿下总部的人员,也是外来的。骠骑兵中校便问服装漂亮的勤务兵,这个勤务兵带着总司令的勤务兵们和军官谈话时特有的轻蔑语气对他说:

"什么,殿下吗?他大概马上就回来了。您有什么事?"

骠骑兵中校听到勤务兵说话的那种腔调,冷笑了一声,下了马,把马交给传令兵,走到安德烈公爵面前,朝他微微鞠了一躬。鲍尔康斯基在长凳上挪了挪身子给他让座。骠骑兵中校便在他身旁坐下了。

"您也是在等总司令吧?"骠骑兵中校开口问道,"听说谁都能见到他,谢天谢地。不然去跟卖香肠的家伙打交道,可倒霉了!怪不得叶尔莫洛夫要求封他为德国人。现在大概俄国人也可以说话了。要不天知道搞的是什么名堂。老是退啊退。您参加过行军作战吗?"

"有幸参加过,"安德烈公爵回答道,"不仅参加过撤退,而且在这次撤退中丧失了所有宝贵的东西,不用说庄园和亲爱的家了……也失去了父亲,他是忧愤而死的。我是斯摩棱斯克人。"

"啊?……您是鲍尔康斯基公爵?很高兴和您认识,我是杰尼索夫中校,不过瓦西卡这个名字叫得更多些。"杰尼索夫握着安德烈公爵的手说,用特别和善的目光注视着他。"不错,我听说过。"他同情地说,沉默了一会儿,然后接着说:"就拿斯基泰战争计划来说吧。这里一切都很好,不过对那些受苦受难的人来说并不如此。那么,您就是安德烈·鲍尔康斯基公爵?认识您,公爵,我非常高兴,非常高兴。"他又握着他的手,带着苦笑重复了一遍。

安德烈公爵曾经听娜塔莎说过杰尼索夫是第一个向她求婚的人,因此知道他。这个回忆使他现在又甜蜜又痛苦地感觉到了以往的伤痛,这伤痛他近来早就不想了,不过仍然留在他的心中。在最近这段时间里,他经历了其他许多大事——例如斯摩棱斯克的放弃,他的童山之行,不久前得到的父亲的死讯,——有过许多感受,因而早就不去回想这些事,即使有时回想起来,对他所起的作用也远没有以前那么大。而对杰尼索夫来说,鲍尔康斯基的名字所引起的一系列回忆是富有诗意的遥远的过去,当时他在吃了晚饭和听了娜塔莎唱歌后,自己也不知道是怎么回事,居然向十五岁的小姑娘求了婚。他想起那时的情景和对娜塔莎的爱,不禁微微一笑,思想立即转到他现在所迷恋和特别关心的事情上。这就是他在撤退过程中在前哨部队服役时想出来的作战计划。他曾把这计划呈交巴克莱·德·托利,现在想把它呈交给库图佐夫。这个计划的依据是:法国人的战线拉得太长,因此不应从正面阻挡法国人,而应去袭击敌人的交通线,或者两件事同时进行。他开始对安德烈公爵讲起他的计划来。

"他们守不住这整条线。这是不可能的,我担保我能把它突破;给我五百人,我能把它切断,一定能行!唯一的办法是打游击战。"

杰尼索夫站起身来,做着手势,向鲍尔康斯基讲述他的计划。在他讲述的中途,从检阅的场地传来了军队的喊声,这声音变得不大整齐和分散了,与军乐声和歌声融合在一起。村里响起了马蹄声和欢呼声。

"总司令来了,"一个站在大门口的哥萨克喊了一声,"来了!"

鲍尔康斯基和杰尼索夫朝站着一队士兵(仪仗队)的大门口走过去,看见了骑着一匹低矮的枣红马逐渐走近的库图佐夫。他后面跟着一大批将军。巴克莱几乎和他并排走着;一群军官跟在他们后面跑,喊着"乌拉"。

几个副官在他之前进了院子。库图佐夫不耐烦地催着他的那匹驮着他沉重的躯体迈着溜蹄步的马,不停地点着头,把一只手举到他头上的白色近卫重骑兵军帽(带有红帽圈,但没有帽檐)的帽边上。当他走到向他行礼的由英俊的掷弹兵、大多是骑兵组成的仪仗队前时,沉默了一会儿,用指挥官的专注的目光聚精会神地看了他们一眼,便朝一群站在他身边的将军和军官转过身去。他的脸突然露出了一种莫测高深的神情;他用困惑不解的姿势耸了耸肩膀。

"有这样的好汉,还一直退啊退!"他说。"好吧,再见了,将军。"他加了一句,催马从安德烈公爵和杰尼索夫面前经过,进了大门。

"乌拉!乌拉!乌拉!"人们在他背后喊道。

自从安德烈公爵上次见到他以来,库图佐夫又发胖了,显得皮肤松弛,身躯臃肿。但是安德烈公爵所熟悉的那只发白的眼睛、伤疤以及脸上和全身疲惫的表情依然如故。他身穿制服(肩上斜挂细皮条编的鞭子），头戴白色近卫重骑兵军帽。他骑在一匹很精神的马上，笨重的身体抖动和摇晃着。

"嘘……嘘……嘘……"他在进院子时轻轻地吹着口哨。脸上露出一个人在出头露面后想休息一下时常有的高兴快慰的表情。他整个身子朝右侧，把左脚从马镫里抽出来，吃力得皱起眉头，哼哧了一声，倒在接住他的哥萨克和副官们的手臂上。

他定了定神，眯着眼睛环视四周，朝安德烈公爵看了一眼，大概没有认出他，迈着一瘸一拐的步子朝台阶走去。

"嘘……嘘……嘘……"他吹了一声口哨，又朝安德烈公爵看了一眼，安德烈公爵的脸给他留下的印象在几秒钟后（老人常有这样的情况）才与对这个人的回忆联系起来。

"你好，公爵，你好，亲爱的，咱们一起走吧……"他疲惫地说，回头看了看，吃力地上了在他脚下咯吱作响的台阶。他解开衣服，在台阶上的长凳上坐了下来。

"先说说，你父亲怎么样？"

"昨天接到了他去世的消息。"安德烈公爵简短地说。

库图佐夫惊恐地睁大眼睛朝安德烈公爵看了一眼，然后脱下军帽，画了个十字，"愿他早升天国！让我们大家都听上帝的安排吧！"他沉重地深深喘了一口气，沉默了一会儿。"我敬爱他，对你表示衷心的同情。"他搂住安德烈公爵，让他紧靠在自己肥胖的胸脯上，很久没有放开。当他放开后，安德烈公爵看见库图佐夫肥厚的嘴唇在颤动，眼睛里含着泪水。老人叹了口气，两手撑住长凳，想要站起来。

"走吧，到我屋里去，咱们好好谈谈。"他说；但是这时在见到长官和敌人时很少胆怯的杰尼索夫不顾副官们生气的低声劝阻，大胆地上了台阶，马刺碰到阶梯叮当作响。库图佐夫放开撑着长凳的手，不满地朝杰尼索夫看了一眼。杰尼索夫报了自己的姓名后，说自己有一件有利于祖国的大事要向殿下禀告。库图佐夫开始用疲惫的目光看着杰尼索夫，抬起双手，交叉地放在肚子上，不耐烦地反问道："有利于祖国？什么样的事？你说吧。"杰尼索夫像大姑娘似的涨红了脸（看见这张胡子拉碴、苍老和带有几分醉意的脸上出现红晕，不免令人觉得奇怪），开始大胆地叙述他设想的在斯摩棱斯克和维亚济马之间切断敌人战线的计划。杰尼索夫曾在那些地方住过,非常熟悉那里的地形。他的计划看起来是一个好计划,尤其是因为他讲得很有说服力。库图佐夫看着自己的双腿,不时瞧瞧隔壁的院子,仿佛他在等待那里出现什么不愉快的事似的。在杰尼索夫说话时,从那座房子里真的出来了一个腋下夹着公文包的将军。

"怎么?"库图佐夫在杰尼索夫说到一半时问那个将军道,"已经准备好了?"

"准备好了,殿下。"将军回答道。库图佐夫摇摇头,仿佛是在说"一个人怎么能来得及干这么多事",继续听杰尼索夫讲。

"我以一个俄国军官的名誉郑重保证,"杰尼索夫说,"我能切断拿破仑的交通线。"

"军需总监基里尔·安德烈耶维奇·杰尼索夫是你的什么人?"库图佐夫打断了他的话问道。

"是家叔,殿下。"

"噢!我们是老朋友了。"库图佐夫高兴地说,"好,好,亲爱的,你在司令部里留下,明天咱们再谈。"他朝杰尼索夫点点头,转过身去,伸手去拿科诺夫尼岑①给他送来的文件。

"殿下是否可以进屋去,"这位值班将军不满意地说,"需要审核计划和签署几个文件。"从门里出来的副官报告说,屋里一切都准备好了。但是库图佐夫看来想办完事再进屋去。他皱了皱眉头……

"不,亲爱的,你叫人搬一张小桌子到这里来,我就在这里看。"他说。"你不要走。"他对安德烈公爵说了一句。安德烈公爵便在台阶上留下来,听值班将军说话。

在值班将军报告时,安德烈公爵听见门里有女人的低语声和女人的绸衣服发出的窸窣声。他朝那里看了看,几次发现门里有一个身穿粉红色衣服和头上裹着浅紫色头巾的体态丰满、面色红润的漂亮女人,她手里正端着一个盘子,显然是在等总司令进去。库图佐夫的副官低声对安德烈公爵说,这是女房东,她是神父的妻子,想要向殿下献面包和盐。她的丈夫已在教堂里手捧十字架欢迎了殿下,而她则在家里欢

---

① 科诺夫尼岑(一七六四——一八二二),俄国将军。

迎……"很漂亮。"副官带着微笑加了一句。库图佐夫听见他的话,回头看了一眼。他听值班将军的报告(其主要内容是批评察廖沃—宰米谢附近的阵地)如同听杰尼索夫的叙述一样,也像七年前听奥斯特利茨军事会议的讨论一样。他之所以听着,显然只是因为他长着两只耳朵,尽管其中的一只塞着绳絮,他不可能听不见;但是可以明显地看出,值班将军所能对他说的一切不仅不能使他感到惊讶或者使他感兴趣,而且人们要对他说的一切他事先就已知道了,他之所以听着,只是因为需要听完它,正如需要听完唱诗祈祷一样。杰尼索夫所说的一切,是有道理的和聪明的。而值班将军说的话更有道理和更加聪明,但是很明显,库图佐夫轻视知识和才智,他知道能决定问题的另一种东西—— 另一种与知识和才智无关的东西。安德烈公爵细心地观察着总司令脸上的表情,唯一能看出来的是无聊和好奇的表情,发现他很想知道门里的女人在低声说些什么,又希望能遵守礼节。显而易见,库图佐夫轻视才智、知识,甚至轻视杰尼索夫表现出来的爱国热情,但是他不是凭才智、感情和知识(因为他并不竭力加以显示)而轻视的,而是由于别的原因。他轻视是因为自己年纪大,有生活经验。库图佐夫就这个报告发布的一项命令是关于俄国军队进行抢劫的问题的。值班将军结束报告时拿出一份根据地主提出的求赔偿被割的青麦的要求决定处罚有关部队长官的命令,要总司令签字。

库图佐夫听完这件事,咂咂嘴,摇了摇头。

"扔进炉子里……烧掉!我索性对你说了吧,亲爱的,"他说,"把所有这些东西都扔进火里。就让他们尽管割庄稼和烧木柴吧。我不下这样的命令,也不许可,但是也不处罚什么人。不这样不行。要劈柴就得飞碎木片,这些事情是免不了的。"他再次朝那命令看了一眼。"噢!像德国人一样一丝不苟!"他摇摇头说。

十六

"好了,现在总算办完了。"库图佐夫在签署最后一份文件时说,吃力地站起身来,白胖的脖子上的褶皱舒展开来,他面带愉快的表情朝门口走去。神父的妻子脸涨得通红,抓起了盘子,虽然她准备了很长时间,但是还是没有能及时端上来。她深深地鞠着躬,把盘子举到库图佐夫面前。

库图佐夫眯缝起眼睛;他笑了笑,用一只手托住她的下巴,说道:

"多么漂亮的美人!谢谢你,亲爱的!"

他从裤兜里掏出几个金币,放到她的盘子里。

"怎么样,日子过得好吗?"库图佐夫问,朝给他安排的房间走去。神父的妻子微笑着,粉红的脸上露出两个酒窝,跟着他进了正房。副官来到台阶上请安德烈公爵去用早餐;半个小时后,他又被叫去见库图佐夫。库图佐夫还穿着解开的制服倒在圈椅上。他手里拿着一本法国书,看见安德烈公爵进来,便把一把小刀子夹在读到的地方,合上了书。安德烈公爵从封面上看出,这是让利斯夫人的《天鹅骑士》。

"来,坐下,坐到这里来,咱们谈谈。"库图佐夫说,"我心里很难过。但是你记住,朋友,我也是你的父亲,第二个父亲……"安德烈对库图佐夫讲了他所了解的父亲临终时的情况,并讲了他路过童山时在那里的所见所闻。

"把事情弄到了……这个地步!"库图佐夫激动地说,显然从安德烈公爵的叙说中清楚地意识到了整个俄国的处境。"等着瞧吧,等着瞧吧,不会总是这样的。"他脸上带着愤怒的表情补充说,显然不愿再谈这个使他激动的话题,"我叫你来,是为了把你留在我身边。"

"谢谢殿下,"安德烈公爵说,"不过我担心我已不再适合在司令部工作了。"他说话时面带微笑,库图佐夫注意到了他的笑容,便用疑惑的目光看了他一眼。"而主要的是,"安德烈公爵补充说,"我已习惯了团队的生活,喜欢上了军官们,而我觉得人们也都喜欢我。我舍不得离开团队。如果我不识抬举不愿留下的话,那么请您相信……"

库图佐夫虚胖的脸上闪现出聪明而和善的、同时微带讥讽的神情。他打断了鲍尔康斯基的话。

"很遗憾,我很需要你;但是你说得对,你说得对。我们这里并不需要进人。顾问总是很多,可是没有会办事的人。如果所有顾问都像你一样下到团里,团队就不会是这个样子了。我从奥斯特利茨战役以来一直记得你……我记得,记得,记得你举着军旗。"库图佐夫说,安德烈公爵听他回忆,起这件事,顿时高兴得脸都红了。库图佐夫拉住他的一只手,把面颊朝他凑过去,安德烈公爵又看见老人的眼睛里含着泪水。虽然安德烈公爵知道,库图佐夫容易落泪,老人现在对他特别亲切和怜惜是因为想要表示对他的丧父之痛的同情,但是关于奥斯特利茨的回忆仍然使他感到高兴和引以为荣。

"上帝保佑,走自己的路吧。我知道你的道路是一条光荣的路。"说完他沉默了一会儿。"在布加勒斯特放走你我很后悔:当时我需要派一个人去。"库图佐夫改变了话题,说起土耳其战争和签订和约的事。"是的,我受了很多责备,"库图佐夫说,"既为战争也为和平责备我……可是一切都来得很及时。只要善于等待,一切都会及时到来。而在那里顾问也不比在这里少……"他接着说,话题又回到顾问上,看来他很感兴趣。"唉,顾问呀顾问!"他说,"如果谁的话都听,我们在那里,在土耳其,既不会签订和约,也不会结束战争。都想要快些,而想快,结果反倒慢了。如果卡缅斯基没有死,① 他也会完蛋。他带着三万人攻打要塞。攻下要塞并不难,难的是赢得战争。而为此不需要攻打和冲锋,而需要**耐心和时间**。卡缅斯基派士兵去攻鲁休克 ②,而我只派这两者(耐心和时间)去,攻下的要塞比卡缅斯基多,迫使土耳其人吃马肉。"他摇了摇头,"法国人也会吃马肉的!请相信我的话,"库图佐夫精神振奋起来,拍着自己的胸脯说,"我要叫他们吃马肉!"他的眼睛又泪汪汪的了。

"然而他也应当迎战吧?"安德烈公爵说。

"如果大家都想要这样做,就应当迎战,这是没有办法的事……要知道,亲爱的:没有比**耐心和时间**这两个战士更强有力的了;他们什么都能做到,而顾问们的这只耳朵听不进去,坏就坏在这里。一些人想要打,另一些人不想打。那怎么办呢?"他问,看来是在等待对方回答。"你说该怎么办?"他又问了一句,他的眼睛露出了深沉和聪明的闪光。"我要告诉你该怎么做。"他见安德烈公爵仍然没有回答,便说。"告诉你该怎么做和我是怎么做的。法国有句谚语,拿不稳时,亲爱的,"他停了停,"不要干。"他一字一顿地说。

"好吧,再见了,朋友;记住,我和你一样痛切地感受到你遭受的巨

---

① 一八一一年初,当时任多瑙河军总司令的卡缅斯基患病,不久去世,其职务由库图佐夫继任。
② 鲁休克即今保加利亚的鲁塞。

大损失，我对你来说不是殿下，不是公爵，不是总司令，我是你的父亲。如果需要什么，可直接来找我。再见了，亲爱的。"他又拥抱和亲吻了他。安德烈公爵还没有来得及走到门口，库图佐夫就安心地喘了一口气，又拿起了没有读完的让利斯夫人的小说《天鹅骑士》。

这种心情的变化是怎么发生的，由于什么原因，安德烈公爵自己怎么也说不清；但是他在会见库图佐夫后回到团里时，对整个战局和委以指挥全局重任的人感到放心了。他愈是看到这位老人没有任何个人的东西，仿佛只有易动感情的习惯，仿佛没有对事件进行分门别类和作出结论的才智，只有静观事件发展进程的能力，他就愈是感到放心，相信一切会照应有的方式进行。"他不会有任何自己的东西。他什么也不构想，什么办法也不采取，"安德烈公爵想道，"但是他听取一切，记住一切，使一切各得其所，不妨碍任何有益的事，不允许任何有害的东西。他懂得有一种东西比他的意志更强大更重要——这就是事件的必然进程，他善于看到这些事件，善于理解它们的意义，由于有这种理解，他善于放弃对这些事件的参与，放弃本来另有所图的个人意志。而主要的是，"安德烈公爵想道，"相信他是因为他是一个俄国人，虽然他读让利斯的小说和说法国谚语；是因为他在说，'把事情弄到了这个地步！'时他的声音颤抖起来，在说到他要'迫使他们吃马肉'时啜泣起来。"正是因为大家都有这种或多或少有些模糊的感觉，他们才在违反近臣们的意愿选择库图佐夫当总司令一事上有一致的意见，并表示普遍的赞同。

十七

皇帝离开莫斯科后，那里的生活恢复了以前的常轨，一切是那么平平常常，使人很难想起刚过去的那些爱国热情高涨的日子，很难相信俄国确实处于危险之中，很难相信英国俱乐部成员同时也是准备做出任何牺牲的祖国的儿子。有一点能使人想起皇帝驾临莫斯科期间出现的普遍的爱国主义激情，这就是出人出钱的要求很快得到了落实，开始具有法律的、正式的形式，似乎成为必须照办的了。

随着敌人步步逼近莫斯科，莫斯科对形势的看法不仅没有变得严肃起来，反而更加轻浮了，当人们看见巨大的危险即将到来时，常常会有这样的情形。在面临巨大的危险时，一个人的心里常常会发出两个同样有力的声音：一个声音非常理智地要他很好地考虑危险的性质和避免危险的方法；另一个则更加理智地说，考虑危险会使人非常难受和痛苦，而预见一切和避开事件总的进程求得保全自己是非人力所能及的事，因此还是不去考虑令人难受的事，在它到来之前想想愉快的事为好。人在一人独处时大多听从第一个声音，而当人们在一起时则相反，往往听从第二个声音。现在莫斯科居民也是这样。在莫斯科，人们很久没有像今年那样寻欢作乐了。

拉斯托普钦印发的一张传单的上方画着一个小酒店和酒店掌柜、莫斯科小市民卡尔普什卡·奇吉林，**此人当了民兵，在小酒馆里喝了一杯，听说拿破仑想要进攻莫斯科，可气坏了，把所有法国人臭骂了一顿，出了酒馆，在鹰徽下对聚集拢来的民众讲起话来，**这些传单与瓦西里·利沃维奇·普希金①最近写的一首限韵诗一样为人们所传阅，并引起了讨论。

在俱乐部里，在一个拐角房间里，人们聚在一起读这些传单，有的人喜欢卡尔普什卡这样取笑法国人，他说，法国人**吃大白菜吃胖了，吃饭撑破了肚子，喝菜汤呛死了，他们都是侏儒，一个农妇能用草叉一下子叉起三个把他们扔出去。**有的人不赞成用这种语气，他们说，这既庸俗又愚蠢。人们说，拉斯托普钦把法国人，甚至所有外国人赶出了莫斯科，说他们当中有拿破仑的间谍和侦探；但是他们这样说主要是为了借机转述拉斯托普钦在送走这些人时说的俏皮话。外国人被用驳船送往下诺夫哥罗德，拉斯托普钦对他们说：**"你们自己好好想想，上这条船去，不要让它成为卡戎②的船。"**人们又说，所有政府机关都已迁出了莫斯科，讲到这一点时他们提起申升说的一句笑话，申升曾说，为此莫斯科应该感谢拿破仑。人们还说，马莫诺夫组建一个团花了八十万，别祖霍夫为自己的民兵花费得更多，但是别祖霍夫最精彩的表演是他自己将穿上军装，骑马走在自己的团队前面，对前来观看他的人将不收门票。

"您总是谁也不放过。"朱丽·德鲁别茨卡娅说，她用戴满戒指的

---

① 瓦西里·利沃维奇·普希金（一七七〇——一八三〇），俄国大诗人普希金的叔叔，擅长写限韵诙谐诗。
② 卡戎是希腊神话中在冥河上用独木舟把鬼魂送到冥府的摆渡者。

纤细手指把撕扯好的裹伤用的绒布收在一起，捏成团儿。

朱丽打算明天离开莫斯科，现在正在举行告别晚会。

"别祖霍夫很可笑，但是他非常善良，非常可爱。这样挖苦是什么快乐呢？"

"罚款！"一个穿着民兵制服的年轻人说，他被朱丽称为"我的骑士"，要和她一起去下诺夫哥罗德。

在朱丽的圈子里，如同在莫斯科的许多社交场所一样，只准许说俄语，谁要是犯了错误，说了法语，就要受罚，罚款上缴捐献委员会。

"还要再罚一次，因为用的是法国表达方式。"在客厅里的一个俄国作家说。"'是什么快乐'——这不是俄语的说法。"

"您总是谁也不放过。"朱丽接着对穿民兵制服的人说，没有搭理提意见的作家。"说了'挖苦'，我认罚，"她说，"并缴付罚款，但是为了得到对您说真话的快乐，我准备再付一次罚款；不过我不能对说话用法国表达方式负责任。"她转过身来对作家说，"我不像戈利岑公爵那样，我既没有钱也没有时间请教师和学俄语。瞧，他来了，"朱丽接着说，"每当……不，不，"她又转向那穿民兵制服的人，"您抓不住我的错。每当人们说到太阳时就看见阳光，真是说谁谁就到。"女主人亲切地朝皮埃尔微笑着说。"我们刚才谈到了您，"朱丽像一般上流社会妇女一样轻松自如说着谎。"我们都说，您的民兵团一定要比马莫诺夫的团好。"

"唉，不要对我说我的团，"皮埃尔一面回答，一面吻女主人的手，"在她身旁坐下它使我厌烦极了！"

"您不是要亲自指挥它吗？"朱丽说，狡黠地与穿民兵制服的人交换了一个讥讽的眼色。

穿民兵制服的人当着皮埃尔的面已不那么挖苦了，他脸上露出了对朱丽的微笑困惑不解的神情。虽然皮埃尔漫不经心和温厚和善，但是他的人格的力量立刻使得任何人不再当面讽刺他。

"不，"皮埃尔看看自己的肥大的身体笑着回答道，"法国人很容易打中我，而且我也担心爬不到马背上去……"

被朱丽圈子里的人选作议论对象的还有罗斯托夫一家人。

"听说，他们的景况很不好，"朱丽说，"伯爵本人又那么糊里糊涂。拉祖莫夫斯基家想买下他的住宅和莫斯科郊区的花园，但这事一直拖着。他要价太高。"

"不,似乎近日内就要成交,"有人说,"虽然现在这种时候在莫斯科置办产业简直是发疯。"

"为什么?"朱丽问,"难道您认为莫斯科有危险吗?"

"那么您为什么要走呢?"

"我?这就问得奇怪了。我要走是因为……是因为大家都要走,再说我又不是贞德①,也不是阿玛宗人②。"

"是的,说得对,说得对,再给我一些碎绒布。"

"要是他善于经营管理的话,他就能偿还所有债务。"穿民兵制服的人继续说罗斯托夫家的事。

"是一个和善的老头,不过是一个好好先生。他们干吗在这里住这么长时间?他们早就想回乡下去了。娜塔利现在好像身体好了吧?"朱丽狡黠地微笑着问皮埃尔。

"他们在等小儿子,"皮埃尔说,"他参加了奥博连斯基的哥萨克部队,去了白采尔科维。那里正在组建一个团。而现在他们把他调到了我的团,每天都在等着他。伯爵早就想走了,但是伯爵夫人怎么也不同意在小儿子回来前离开莫斯科。"

"前天我曾在阿尔哈罗夫家见过他们。娜塔利又变得漂亮和快活了。她唱了一首抒情歌曲。有的人一切都很容易忘掉!"

"忘掉什么?"皮埃尔不满地问。朱丽笑了笑。

"您知道,伯爵,像您这样的骑士只有在苏扎夫人的小说里才能见到。"

"什么骑士?为什么?"皮埃尔红着脸问。

"好了,别装啦,亲爱的伯爵,这事全莫斯科都知道。说实话,您真使我感到奇怪。"

"罚款!罚款!"穿民兵制服的人说。

"好吧。弄得话都没法说了,真没有意思!"

"全莫斯科知道什么?"皮埃尔站起身来生气地说。

---

① 贞德(约一四一二——一四三一),法国女英雄,在百年战争时期曾领导反英斗争。
② 阿玛宗人是希腊神话中居住在亚速海沿岸的尚武好战的女部落。

"别装了,伯爵。您全知道!"

"我什么也不知道。"皮埃尔说。

"我知道您曾跟娜塔利很要好,因此……不,我一向跟薇拉更合得来。这个可爱的薇拉!"

"不,夫人,"皮埃尔用不满的声调接着说,"我根本没有担任罗斯托娃的骑士的角色,而且我几乎有一个月没有去他们家了。但是我不明白这样的冷酷……"

"在受到指责前为自己辩护等于承认错误。"朱丽挥动着裹伤用的绒布笑着说,为了不让对方再说,立即改变了话题,"怎么样,我今天得知可怜的玛丽亚·鲍尔康斯卡娅公爵小姐昨天到了莫斯科。你们听说她失去了父亲吗?"

"真的?她在哪里?我很想见到她。"皮埃尔说。

"我昨天晚上和她在一起。她今天或明天将带着侄儿到莫斯科郊区去。"

"她怎么样?"皮埃尔问。

"没有什么,很悲伤。你们知道是谁救了她吗?这简直是一个富有浪漫色彩的故事。是尼古拉·罗斯托夫。她被围住了,想要杀死她,她的仆人被打伤了。他冲了过去,救了她……"

"又是一个故事,"穿民兵制服的人说,"这兵荒马乱,就是为了让所有的老姑娘都能出嫁。卡蒂什是一个,鲍尔康斯卡娅公爵小姐又是一个。"

"您知道,我真的认为她有点爱上了那个年轻人。"

"罚款!罚款!罚款!"

"可是这句话用俄语怎么说呢?……"

十八

皮埃尔回家后,仆人递给他今天送来的拉斯托普钦的几份传单。

第一份传单说,关于拉斯托普钦伯爵禁止离开莫斯科的消息并不确实,相反,拉斯托普钦希望太太小姐们和商人的妻子们离开莫斯科。"少一点恐惧,少传播一点新闻,"传单里说,"我以生命担保,那个恶棍到不了莫斯科。"这些话第一次向皮埃尔清楚地表明,法国人会到莫斯科来。第二份传单说,我军的总部在维亚济马,维特根施泰因伯爵① 战胜了法国人,由于许多居民愿意武装起来,因此军械库里为他们准备了武器:马刀、手枪、大炮,居民可以廉价购得这些武器。传单的语气已不像以前传单上的奇吉林说话那么诙谐了。皮埃尔读着这些传单,沉思起来。显然,正在孕育着一场他的整个心灵都在呼唤着的、同时又使他不由自主地感到恐惧的暴风雨,这场暴风雨的乌云正在逐渐临近。

"去服军役,到部队去,还是等待?"皮埃尔上百次地向自己提出这个问题。他从桌子上拿起一副牌,开始摆起牌阵来。

"如果这次摆成了,"他洗好牌,拿在手里,眼睛向上看,自言自语地说,"如果摆成了,那么这意味着……意味着什么?"他还没有来得及想出意味着什么,从书房门外传来了大公爵小姐的声音,她在问是否可以进来。

"那么就意味着我应当到部队去。"皮埃尔对自己说完了这句话。"请进来,请进来。"他朝公爵小姐说。

(那个腰身很长、表情呆板的大公爵小姐一个人继续住在皮埃尔家里;她的两个妹妹都出嫁了。)

"请原谅,表弟,我来打搅您了,"她用责备的语气激动地说,"最后总得拿个主意吧! 这算是怎么回事? 大家都离开了莫斯科,老百姓在闹事。我们怎么还留在这里不走?"

"正好相反,一切似乎都平安无事,表姐。"皮埃尔用习以为常的开玩笑的口气说,由于他在公爵小姐面前充当恩人总觉得有些难为情,便用这种口气和她说话。

"是的,是平安无事……平安无事极了! 今天瓦尔瓦拉·伊万诺夫娜说,我们的军队可现了眼了。这的确可以认为给他们增添了光彩。老百姓都闹起来了,不再听话了;我的女仆也变野了。这样下去我们很快就要挨揍了。现在都不能上街了。主要的是,眼看法国人就要进来,我们还等什么? 我有一个请求,表弟,"公爵小姐说,"请您把我送到彼

---

① 维特根施泰因(一七六八——一八四二),俄军将军,一八一二年曾指挥独立第一军,打过几次胜仗。

得堡去：不管我这个人怎么样，我可无法在波拿巴统治下生活。"

"得了，表姐，您是从哪里得来这些消息的？正好相反……"

"我决不做您的拿破仑的顺民。别的人愿意做就让他们做去……如果您不愿意送我走……"

"我一定照办，现在就下命令。"

看来公爵小姐感到很懊恼，因为她找不到人发火。她低声嘀咕着什么，在椅子上坐下了。

"不过您听到的消息不确实，"皮埃尔说，"城里很平静，没有任何危险。您看，我刚读过……"皮埃尔给公爵小姐看那些传单。"拉斯托普钦伯爵写道，他用生命担保，敌人进不了莫斯科。"

"唉，您的这位伯爵，"公爵小姐愤怒地说，"这是一个伪君子，恶棍，是他本人鼓动老百姓闹事的。难道不是他写了这些荒谬的传单，那上面说，不管是谁，都要抓住头发送拘留所(多么愚蠢)！又说，谁要是能抓住，荣誉就归于谁。瞧，他讨好到了这个地步。瓦尔瓦拉·伊万诺夫娜说，老百姓差一点把她打死，因为她说了法语……"

"是这么一回事……您把这一切看得太认真了。"皮埃尔说，开始摆牌阵。

虽然牌阵摆成了，但是皮埃尔没有到军队去，而留在人都走空了的莫斯科，仍然不安地、犹豫不决地、惊恐而又高兴地等待着某种可怕的事情的发生。

第二天傍晚，公爵小姐坐车走了，总管来见皮埃尔，对他说，如果不卖掉一处庄园的话，装备团队的钱就无处筹集。总管明明白白地告诉皮埃尔，这装备一个团的事必将使他破产。皮埃尔在听总管的话时，使劲地掩盖着笑容。

"好吧，您就卖吧，"他说，"有什么办法呢，我现在又不能翻悔呀！"

任何事情，尤其是他自己的事情变得愈糟，皮埃尔也就愈高兴，愈清楚地看到他所期待的灾难正在临近。皮埃尔的熟人当中几乎没有人留在城里了。朱丽走了，玛丽亚公爵小姐也走了。在亲近的人当中只有罗斯托夫一家人留了下来；但是皮埃尔不上他们那里去。

这一天，皮埃尔为了散散心，到沃龙佐沃村去看大气球，这是列皮赫为消灭敌人制造的,一个试验的气球预定在明天升空。① 这气球还没有制造好;但是皮埃尔得知,它是根据皇帝的意愿制造的。皇帝就这气球的事曾给拉斯托普钦伯爵这样写道:

一旦列皮赫准备就绪,您就组织一批可靠和聪明的人作为气球吊篮的乘员,并派信使告知库图佐夫将军。我已将此事告诉他。

请关照列皮赫,叫他特别注意第一次降落的地点,不要误落在敌人手里。他必须使自己的行动与总司令的行动相配合。

皮埃尔从沃龙佐沃回来经过沼泽广场时,看见一群人聚集在宣谕台附近,便停住车,从车上下来。这是在鞭打一个被控进行间谍活动的法国厨子。鞭刑刚结束,行刑者把一个穿着蓝袜子和蓝色无袖短上衣、留着红色连鬓胡子、正在可怜地呻吟着的胖子从行刑凳上解下来。另一个瘦瘦的、脸色苍白的罪犯站在旁边。从脸型来看,两人都是法国人。皮埃尔面带与那个瘦瘦的法国人一样的惊恐和痛苦的神情,挤进人群里。

"这是干什么? 是谁? 因为什么?"他问。但是围观的人——官吏、小市民、商人、农民、穿着斗篷式外衣和短皮大衣的妇女——都把注意力集中在宣谕台上发生的事情上,谁也没有搭理他。胖子站了起来,皱起眉头,耸了耸肩,显然想要显示他很坚强,没有向周围看,开始穿无袖短上衣;但是他的嘴唇突然颤动起来,像一个爱激动的成年人那样哭了,一面哭,一面生自己的气。人群里大声说起话来,皮埃尔觉得这是为了把自己怜悯的感情压下去。

"这是某公爵的厨师……"

"怎么样,先生,看来俄国调味汁法国人觉得很酸……都倒了牙了。"当那法国人哭起来时,站在皮埃尔身旁的一个满脸皱纹的小官吏说道。他看了看自己周围,显然是在等待人们对他的俏皮话做出反应。有些人笑了,有些人惊恐地看着正在给另一个人脱衣服的行刑者。

皮埃尔呼哧呼哧地喘起粗气来,皱起眉头,很快转过身,回马车停

---

① 拿破仑入侵俄国后,荷兰人斯米德(弗兰茨·列皮赫)来找莫斯科总司令,建议制造一个装有炮弹的大气球,作为消灭敌人的武器。此建议得到了亚历山大一世的支持。于是便在离莫斯科六俄里的沃龙佐沃试制,但未获成功。

的地方，在走路和坐上马车时，不停地低声嘟囔着。一路上他哆嗦了几次，大声喊叫起来，车夫听见后不禁问道：

"您有什么吩咐？"

"你往哪里走？"皮埃尔见车夫把车往鲁比扬卡赶，便朝他喊道。

"您吩咐把您送到总司令家。"车夫回答说。

"笨蛋！畜生！"皮埃尔喊了起来，他很少这样骂车夫。"我说过回家去；快点走，蠢货。今天就应当离开。"皮埃尔低声说。

皮埃尔在看到受罚的法国人和宣谕台周围的人群后，终于最后决定，不再在莫斯科待下去了。今天就到军队去，他仿佛觉得，这件事他已经对车夫说过了，或者车夫自己应当知道这一点。

回到家后，皮埃尔告诉他的那个无所不知、无所不能、全莫斯科闻名的车夫叶夫斯塔菲耶维奇，说他今天夜里就要到莫扎依斯克的部队去，吩咐他把他的坐骑送到那里去。这些事不可能在当天就做好，因此根据叶夫斯塔菲耶维奇的想法，皮埃尔应当推迟到第二天出发，这样才有时间把替换的马送走。

二十四日，恶劣天气过去了，天放晴了，这一天午后，皮埃尔离开了莫斯科。夜里，在佩尔胡什科沃换马时，皮埃尔得知这天晚上打了一场大仗。人们说，在这里，在佩尔胡什科沃，隆隆炮声震得大地都颤动了。皮埃尔问谁打胜了，没有人能够回答。（这是二十四日的舍瓦尔金诺之战。）黎明时，皮埃尔到了莫扎依斯克。

莫扎依斯克的所有房子都住了军队，他的驯马师和车夫在一家客栈里迎接他，这里的正房没有空位置了：全住满了军官。

在莫扎依斯克城里和城外，到处都驻扎着军队和有军队经过。四面八方都可看到哥萨克、步兵、骑兵、辎重车、弹药箱和大炮。皮埃尔急于向前走，他离开莫斯科愈远，愈深入到这部队的海洋里，他就愈有一种焦急不安和从未体验过的新的喜悦的感觉。这种感觉与他在皇帝驾临时在斯洛博达宫体验到的感觉相类似——觉得必须做点什么和贡献点什么。他现在高兴地意识到，构成人的幸福的一切，舒适的生活条件，财富，甚至生命本身，都是小事，与某种东西相比微不足道，可以愉快地抛掉……与什么相比呢？皮埃尔弄不明白，而且也不设法去弄清楚为了谁和为了什么牺牲一切是一件特别美好的事。他对他想为之做出牺牲的东西并不感兴趣,但是牺牲这行为本身使他感受到一种新的喜悦。

十九

二十四日在舍瓦尔金诺多面堡发生了战斗,二十五日双方都没有发射一发炮弹,二十六日发生了波罗金诺会战。

在舍瓦尔金诺和波罗金诺,一方是为了什么和怎样发起进攻的,另一方为了什么要应战和怎样应战?为了什么要进行波罗金诺会战?这问题无论是对法国人还是对俄国人来说,都没有一点意义。对俄国人来说,它的直接后果就是而且不能不是我们更接近于莫斯科的毁灭(这是我们最担心的事),而对法国人来说,则是他们更接近于全军覆没(这也是他们最担心的事)。这个结果当时是显而易见的,可是拿破仑发动了这次战役,而库图佐夫应了战。

如果两位统帅都比较明智的话,那么拿破仑似乎应当清楚地看到,他深入俄国两千俄里,在可能损失四分之一军队的情况下发动这次战役,必定会走向灭亡;库图佐夫似乎也应当同样清楚地看到,冒损失四分之一军队的风险来应战,一定会丢掉莫斯科。对库图佐夫来说,这像一道数学题那么清楚,通常在下跳棋时,如果我少一个子儿,再要跟对手拼,我一定会输,因此我就不应该拼。

如果对方有十六个子儿,而我只有十四个,那么我的实力只比他弱八分之一;而当我拼掉十三个子儿时,他就要比我强两倍。

在波罗金诺会战前,我军与法军兵力的对比为五比六,而在会战后则为一比二,即在会战前为十万比十二万,而在会战后则为五万比十万。可是聪明而有经验的库图佐夫应了战。而被人们称为天才统帅的拿破仑发动了战役,损失了四分之一军队,把自己的战线拉得更长了。有人说,他占领莫斯科,是想要像当年占领维也纳那样结束战争,然而有许多证据证明事情并不如此。拿破仑的那些历史学家们就说,拿破仑早在占领斯摩棱斯克后就想停止前进,明白战线拉得太长的危险,也知道占领莫斯科并不是战争的结束,因为在斯摩棱斯克他就已经看到,留给他的俄国城市是什么样子,他不止一次地提出愿意进行和谈,但是没有得到任何答复。

库图佐夫和拿破仑在进行波罗金诺会战时,都是不由自主地和无意识地这样做的。而历史学家们事后却给已发生的事实提供巧妙地编选出来的论据,证明两位统帅的预见和英明,其实在各种历史事件的工具中,他们是最驯服的和最不由自主的。

古人给我们留下了英雄史诗的典范之作,其中英雄构成了历史的全部价值,我们还不能习惯于这样认为,对人类当今的时代来说,这样的历史是没有意义的。

关于另一个问题,即波罗金诺会战以及在它之前的舍瓦尔金诺之战是如何发动的,也有十分明确的和人们所共知的、不过是完全错误的看法。所有历史学家是这样描述的:

俄国军队似乎从斯摩棱斯克撤退时就在寻找进行决战的最好阵地,这样的阵地似乎在波罗金诺附近找到了。

俄国人似乎事先在从莫斯科到斯摩棱斯克的大道的左侧,在与大道成直角的地方,从波罗金诺到乌季察一带构筑了工事,会战就在这里进行。

在这阵地的前面,为了观察敌人的行动,似乎在舍瓦尔金诺土岗上建了一个构筑了防御工事的前哨。二十四日,似乎拿破仑攻打了这个前哨并占领了它;二十六日则对波罗金诺阵地上的全部俄军发起了进攻。

史书上都这样说,不过这一切是完全不确实的,任何人只要愿意深入了解一下事情的真相,就可很容易地相信这一点。

俄国人没有寻找最好的阵地;而是相反,他们在撤退途中经过许多比波罗金诺好的阵地。他们没有在这些阵地中的任何一个阵地停留,这既是因为库图佐夫不愿接受不是他选择的阵地,也是因为民众进行会战的要求还没有十分强烈地表现出来,还因为米洛拉多维奇率领的民兵还没有到达,此外尚有无数别的原因。事实是:以前经过的阵地都比较好,而波罗金诺阵地(会战就在这里进行)不仅不好,而且与俄罗斯帝国的任何别的地点相比,与在地图上的这些随便别着大头针的地点相比,根本算不上什么阵地。

俄国人不仅没有加强左侧与大道成直角的波罗金诺的阵地(即进

行会战的地点）的防御设施，而且在一八一二年八月二十五日以前根本没有想到会战会在这里进行。这一点可由以下事实来证明：第一，在这个地方不仅二十五日前没有工事，而且在二十五日开始修筑的工事到二十六日还没有完成；第二，舍瓦尔金诺多面堡位置可以证明，这个多面堡位于应战的阵地的前面，没有任何意义。为什么这个多面堡要修筑得比其他所有据点都坚固呢？为什么要在二十四日坚守到深夜，消耗所有的精力和损失六千人呢？为了观察敌人的行动，只要一个哥萨克小分队就够了。第三，可以证明进行会战的阵地不是预先料到的和舍瓦尔金诺多面堡不是这个阵地的前沿，还有这样的事实，即巴克莱·德·托利和巴格拉季翁在二十五日前还相信舍瓦尔金诺多面堡是阵地**左翼**，库图佐夫本人在会战后趁热写出的报告中也称舍瓦尔金诺多面堡为阵地的**左翼**。在过了很长时间后，在自由自在地写关于波罗金诺会战的报告时，虚构出了（大概是为了替一贯正确的总司令的错误辩护）不符合实际的和奇怪的说法，似乎舍瓦尔金诺多面堡是前哨（可是这只不过是左翼的一个筑有防御工事的据点），似乎在波罗金诺会战中我们是在一个筑有防御工事的和事先选定的阵地上应战，而实际上战斗是在一个完全出乎意料的和几乎没有防御工事的地方进行的。

事情显然是这样的：阵地选在那条穿过大道时不是与它成直角，而是成锐角的科洛恰河的河畔，因此左翼在舍瓦尔金诺，右翼在新村附近，中央在科洛恰河与沃依纳河会合处的波罗金诺。任何人只要看一看波罗金诺战场，而不去想会战实际上是如何进行的，都会明显地看出，这个以科洛恰河为屏障的阵地，对目的是要阻止敌人沿斯摩棱斯克大道向莫斯科前进的军队来说是很合适的。

拿破仑于二十四日到瓦卢耶沃，没有看见（史书上这样说）从乌季察到波罗金诺的俄军阵地（他不可能看见，因为这阵地并不存在），也没有看见俄军的前哨，而在追击俄军后卫部队时碰上了俄军的左翼，到了舍瓦尔金诺多面堡，出于俄国人意料地率领军队渡过了科洛恰河。俄军没有来得及进行决战，左翼就撤离他们试图据守的阵地，占据了没有预料到的和没有防御工事的新阵地。拿破仑到了科洛恰河左岸和大道左侧后，把将要发生会战的地点从右边往左边移（从俄军方面来看），把它移到乌季察、谢苗诺夫斯科耶和波罗金诺之间的原野上（这个原野作为阵地,并不比俄国的任何其他原野更为有利),就在这个原野上发生了二十六日的会战。设想中的会战和实际发生的会战大致可图示如下:

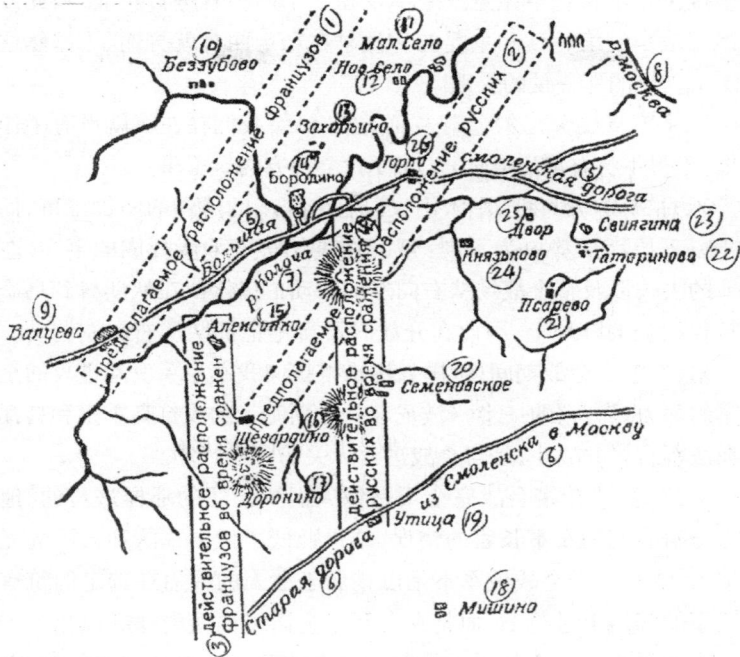

1. 设想中的法军阵地　2. 设想中的俄军阵地
3. 会战时法军实际阵地　4. 会战时俄军实际阵地
5. 斯摩棱斯克大道　6. 旧斯摩棱斯克大道
7. 科洛恰河　8. 莫斯科河　9. 瓦卢耶沃　10. 别祖博沃
11. 小村　12. 新村　13. 扎哈里诺　14. 波罗金诺
15. 阿列克辛科　16. 舍瓦尔金诺多罗尼诺　17. 多罗尼诺
18. 米希诺　19. 乌季察　20. 谢苗诺夫斯科耶
21. 普萨列沃　22. 塔塔里诺瓦　23. 斯维亚吉纳
24. 克尼亚兹科沃　25. 德沃尔　26. 戈尔基

　　假如拿破仑二十四日晚上不到科洛恰河边去,不当晚立即下令攻打多面堡,而是在第二天早晨发起进攻,那么谁也不会怀疑舍瓦尔金诺多面堡是我军阵地的左翼;会战将会像我们预料的那样进行。在这种情况下,我军大概会更加坚决地守卫作为我军左翼的舍瓦尔金诺多面堡;会在中央或右翼向拿破仑发起进攻,二十四日就会在预料到的和设有防御工事的阵地上进行决战。但是由于攻打我军左翼的战斗发生在晚上我后卫部队的撤退之后，也就是说紧接着格里德涅瓦战役，同时由于俄国军事长官不愿意或来不及在二十四晚就进行决战，因此波罗金诺会战中的第一仗和主要的一仗早在二十四日就打输了，显然这导致二十六日的那一仗的失败。

二十五日晨舍瓦尔金诺多面堡失守后，我们在左翼就没有了作战阵地，不得不将左翼后撤，急忙随便找个地方构筑工事。

八月二十六日俄国军队不仅只有未完工的薄弱的防御工事，而且由于以下原因形势更为不利：俄国军事长官不承认既成的事实（左翼阵地的丢失以及整个战场从右向左的移动），仍停留在从新村到乌季察的拉得很长的阵地上，因此在开战时不得不把部队从右向左调动。这样一来，在整个会战期间，俄国人用来抵抗向我军左翼发起进攻的全部法军的兵力只有它的一半。（波尼亚托夫斯基 ① 的攻打乌季察和乌瓦罗夫在法军右翼的战斗，是与会战进程无关的独立行动。）

总之，波罗金诺会战完全不是像人们所描述的那样进行的（他们竭力掩盖我们的军事长官的错误，结果贬低了俄国军队和人民的光荣业绩）。波罗金诺会战俄军不是以稍弱于敌人的兵力在选定的筑有防御工事的阵地上进行的，而是在舍瓦尔金诺多面堡失守后以相当于敌人一半的兵力在一个几乎没有防御工事的开阔地带被迫进行的，也就是说，是在这样的条件下进行的，当时不仅作战十个小时，使战斗不分胜负是不可能的，而且坚持三个小时，不使军队完全崩溃和逃跑也是难以想象的。

二十

二十五日早晨，皮埃尔离开了莫扎依斯克。一个陡峭而歪斜的大山坡从城里延伸出来，皮埃尔从那里下来，路过右边的一座教堂，看见那里正在做礼拜和打钟，便下了车，徒步往前走。在他后面一个骑兵团以歌手为前导，也从山坡上下来。迎面而来的则是一列载着昨天战斗

---

① 波尼亚托夫斯基(一七六三——一八一三)，波兰将军，拿破仑的盟友。

中受伤的伤员的大车。赶车的农民吆喝着马,用鞭子抽着,从一边到另一边来回奔跑。每辆大车上躺着和坐着三四个伤兵,这些大车在铺着石子的陡峭的上坡路上颠簸着。伤兵们裹着布片,脸色苍白,紧闭着嘴唇和皱着眉头,抓住栏杆,在车上颠动着和推撞着。几乎所有的人都带着天真的好奇看着皮埃尔的白帽子和绿燕尾服。

皮埃尔的车夫生气地朝运载伤兵的车队喊叫着,要他们靠边走。骑兵团唱着歌从山坡上下来,碰到皮埃尔的马车上,把路堵塞了。皮埃尔被挤到山坡上开出的道路的路边,停住了。太阳被斜坡挡住,阳光照射不到道路的底部,这里又冷又潮湿;皮埃尔头顶上是八月明亮的朝阳,耳边回荡着教堂的快乐的钟声。一辆运伤兵的马车在路边皮埃尔的近旁停住了。穿树皮鞋的车夫上气不接下气地跑到自己的大车跟前,在不带轮箍的后轮下垫了一块石头,开始整理停下来的马身上的后鞧。

一个裹着一只手跟在大车后面走的老伤兵,用没有受伤的手抓住车子,回头看了皮埃尔一眼。

"怎么,老乡,要把我们撂在这里不成?还是要送到莫斯科去?"他说。

皮埃尔正在凝思着什么,没有听清问题。他时而看看现在与伤兵车队相遇的骑兵团,时而又看看他身旁的那辆坐着两个和躺着一个伤兵的大车,他觉得在这里,在这些人身上包含着他所关心的问题的答案。坐在大车上的一个士兵看来面颊受了伤。他的整个脑袋都用布片包扎着,一边的面颊肿得像孩子的脑袋那么大。他的嘴和鼻子歪到了一边。这个士兵望着教堂,画着十字。另一个是像孩子一样的新兵,浅色的头发,清秀的脸苍白得没有一点血色,带着和善呆滞的微笑瞧着皮埃尔;第三个趴在那里,因此看不见他的脸。骑兵团的歌手们紧挨着大车走过去。

"唉,你上哪儿去了……刺儿头……"

"大概流落在异乡……"他们唱着士兵的舞蹈歌曲。仿佛与他们相呼应似的,空中响着充满着另一种欢乐的清脆的钟声。灼热的阳光照射在对面斜坡的顶上,也显现出这另一种欢乐。但是在斜坡下面,在伤兵的大车附近,在皮埃尔身旁喘着气的小马那里,却又潮湿,又阴暗,又使人感到悲愁。

面颊肿得很高的士兵生气地望着骑兵团的歌手们。

"唉,花花公子!"他责备说。

"眼下不仅可以看见士兵,也可以看见许多农民!也在把农民赶到这里来。"站在大车后面的一个士兵脸上带着苦笑对皮埃尔说,"眼下就不分是谁了……要让全体老百姓一起扑上去,一句话——让莫斯科① 全都上。想要拼个你死我活。"尽管士兵的话说得含糊不清,皮埃尔还是听明白了他想要说的一切,并且点点头表示赞同。

路通了,于是皮埃尔下了山坡,坐车继续前进。

皮埃尔坐在车上,眼睛不时瞧着道路两边,寻找着熟悉的面孔,但是到处看到的是各个不同兵种的陌生的军人的脸,他们都同样地带着惊奇的表情看着他的白帽子和绿燕尾服。

走了大约四俄里光景,他遇见了第一个熟人,便高兴地和他打招呼。这个熟人是军队里的一个医官。他乘坐的四轮轻便马车朝皮埃尔迎面过来,他和一个年轻医生并排坐着,认出皮埃尔后,叫坐在赶车人座位上赶车的哥萨克停车。

"伯爵!伯爵大人,您怎么在这里?"医官问。

"我想来看一看……"

"对,对,会有东西可看的……"

皮埃尔下了车,站住后便与医官攀谈起来,对他讲自己想要参加战役的意图。

医官建议别祖霍夫直接去找殿下。

"打仗时您怎么到天知道的什么地方来,到无人知道的地方来,"他说,与他的年轻同事换了一下眼色,"不过殿下还是知道您的,他会亲切地接待您。老兄,就这么办吧。"医官说。

医官看起来很疲劳,并急于赶路。

"您这么认为……而我想要问您,阵地在哪里?"皮埃尔说。

"阵地?"医官反问道,"这可与我无关。您过了塔塔里诺瓦,就可看到那里许多人在挖什么。您就上那里的土岗:从那里就能看得见了。"医官说。

---

① 见第一卷第三部第十四章注。

"从那里能看得见吗？……如果您……"

但是医官打断他的话,朝自己的轻便马车走去。

"我本来可以送您去,不过,说真的,我现在这样(他指了指喉咙,表示忙得很),要赶到军长那里去。我们到底怎么样？……您知道,伯爵,明天就要打仗了:十万人的军队少说也得有两万伤员;而我们既没有担架和病床,也没有够六千人用的医士和医生。有一万辆大车,但是还需要别的什么;那就只好看着办了。"

皮埃尔产生一个奇怪的想法:这好几万高兴而又惊奇地看着他的帽子的年轻和年老的健康的活人,其中大概会有两万人注定要受伤和死亡(也许就是他看见的这些人),这个想法使他感到很吃惊。

"他们明天就有可能死去,那么他们干吗还想着死亡以外的其他事情呢？"突然通过各种想法之间的神秘的联系,他生动地回想起莫扎依斯克的下坡、运伤兵的大车、教堂的钟声、斜射的阳光以及骑兵的歌声。

"骑兵前去参加战斗,遇见了伤兵,一点也不去想等待他们自己的是什么,从伤兵身旁经过时,还朝他们眨眨眼睛。而所有这些人当中,有两万人注定要战死,可是他们惊奇地看着我的帽子! 真奇怪!"皮埃尔心里这样想着,继续朝塔塔里诺瓦前进。

在大路左边的一座地主宅院的附近停着几辆马车和带篷大车,站着一些勤务兵和哨兵。殿下的行营就在这里。但是在皮埃尔到达时,他不在这里,而且几乎所有司令部的人员也都不在。大家都去做礼拜了。皮埃尔便朝戈尔基前进。

皮埃尔上了山岗,接着到了一个不大的村子,第一次看见了身穿白衬衣和帽子上缀着十字架的农民民兵,他们大声说笑着,一个个精神饱满,满头是汗,正在大路右边的一个长满青草的大土岗上干活。

他们当中的一些人用铁锹挖土,另一些人用手推车沿着垫上的木板运土,还有一些人站着,什么也不干。

两个军官站在土岗上指挥他们干活。皮埃尔看见这些当了军人后显然很开心的农民,又想起了莫扎依斯克的伤兵,他开始明白,那个说**要让全体老百姓一起扑上去**的士兵想要表达什么意思。这些在战场上干活的大胡子农民脚上穿着古怪笨重的靴子,脖子上都是汗,一些人解开了衬衣斜领的扣子,露出晒得黑黑的锁骨,他们的模样给皮埃尔留下的印象,要比在这之前他所看到和听到的所有激动人心的重要事情所留下的更为强烈。

二十一

皮埃尔出了马车,经过干活的民兵身旁,上了医官所说的能看见整个战场的土岗。

这时大约上午十一点。太阳高挂在稍靠皮埃尔左后方的天空,透过纯净稀薄的空气,把展现在他面前的呈半圆形逐步隆起的整个原野照得通亮。

斯摩棱斯克大道从这半圆形的左上方蜿蜒而过,它途经一个建有白色教堂的村子,村子位于土岗下面前方五百步的地方(这是波罗金诺)。大道在村子附近过了一座桥,经过几个下坡和上坡,不断向上伸展,直通大约六俄里外隐约可见的瓦卢耶沃村(现在拿破仑就在那里)。过了瓦卢耶沃,大道隐没在地平线上的一座已经发黄的树林里。在这座桦树和枞树的树林里,在大道的右边,远远可以望见科洛恰修道院顶上的十字架和钟楼在阳光下闪闪发亮。在远处一片蓝色的原野上,在树林和道路的右边和左边,在各个地方都可看见冒烟的篝火以及敌我两军的模糊不清的人群。在右边,在科洛恰河和莫斯科河流经的地方,是多峡谷的山地。在峡谷之间,可以看见远处的别祖博沃村和扎哈里诺村。左边地势比较平坦,都是庄稼地,可以看见被烧的、还在冒烟的谢苗诺夫斯科耶村。

皮埃尔在右边和左边看到的一切都很含混不清,因此无论是战场的左边还是右边都不完全符合他的想象。到处都不像是他想要看到的战场,而是田野、林间空地、军队、树林、篝火的烟、村庄、土岗、小河;不管皮埃尔如何仔细观看,他在这个热闹的地区找不到阵地,甚至分不清我军和敌军。

"应当问一问了解情况的人。"他想,便去问一个正在好奇地打量着他的非军人装束的硕大身躯的军官。

"请问,"他对那个军官说,"前面是什么村子?"

"布尔金诺,是吧?"那军官问自己的同伴。

"波罗金诺。"另一个军官纠正说。

那个军官得到说话的机会,看来很高兴,他朝皮埃尔走过来。

"那里是我们的人吗?"皮埃尔问。

"是的,瞧,再远些,就是法国人,"军官说,"瞧,这就是他们,看得见。"

"在哪里?在哪里?"皮埃尔问。

"肉眼就可看见。瞧,瞧!"军官用手指了指河对岸左边的烟雾,脸上露出了认真严肃的表情,皮埃尔曾在他碰到的许多人脸上见过这种表情。

"啊,这是法国人!那边呢?……"皮埃尔指了指左边的土岗,土岗附近可以看见有军队在活动。

"这是我们的人。"

"啊,是我们的人!那边呢?……"皮埃尔又指了指远处村子附近长着一棵大树的另一土岗,这村子在一个峡谷里,在它近旁也可以看到冒烟的篝火和黑糊糊的东西。

"这又是**他**。"军官说,(这是舍瓦尔金诺多面堡。)"昨天在我们手里,今天变成**他的**了。"

"那么我们的阵地呢?"

"阵地?"军官带着愉快的微笑反问道,"我能够清楚地告诉您,因为几乎我们的所有工事都是我建造的。您瞧,我们的中央在波罗金诺,就在这里。"他指了指前面有一个白色教堂的村子。"这里是科洛恰河的渡口。而在这里,您看见了吗,那里低处还堆放着一排排割下的干草,这里有一座桥。这是我们的中央。我们的右翼在这里(他指了指右方远处的峡谷),那里是莫斯科河,我们在那里建了三个非常坚固的多面堡。左翼嘛……"说到这里军官停住了。"您要知道,这很难给您说清楚……昨天我们的左翼在那里,在舍瓦尔金诺,看见了吗,有一棵橡树的地方;而现在我们把左翼往后撤,撤到了那里—— 看见一个村庄和烟雾吗?—— 这是谢苗诺夫斯科耶,就在这里。"他又指了指拉耶夫斯基的土岗。"不过仗未必会在这里打。**他**把军队调到这里来,这是个骗局;**他**大概会从右边迁回莫斯科。不管仗在哪里打,明天一定会有很多人回不来!"军官说。

在军官说话时，一个老士官走到他跟前，默默地等他把话说完；但是听到他说到这个地方，显然对他的话不满意，便打断了他。

"该去运土筐了。"士官严肃地说。

军官仿佛发窘了，他仿佛明白了，只可以在心里想明天会有很多人回不来，但是不能说出来。

"对了，你就再派三连去。"军官急忙说。

"您是什么人，是军医吧？"

"不，我随便看看。"皮埃尔回答道。他又经过民兵身旁朝下走去。

"唉，该死的东西！"跟着他过来的军官说，一面捂住鼻子，从干活的人身边跑过去。

"瞧他们！……抬来了……瞧他们……马上就要上来了……"突然传来了七嘴八舌的说话声，只见军官们、士兵们和民兵们沿着道路往前跑。

一个宗教队伍从山下的波罗金诺登上山来。在尘土飞扬的路上，在所有人面前整整齐齐地走着摘下高筒帽、倒背着枪的步兵。在步兵的后面响起了宗教歌曲声。

士兵们和民兵们赶到皮埃尔前面，朝上来的人迎面跑去。

"抬来了圣母像！抬来了保护神！……伊韦尔圣母！……"一个人说。

"是斯摩棱斯克圣母。"另一个人纠正道。

民兵们——那些在村子里的，还有那些在炮垒上干活的——扔下铁锹，朝那一队人跑过去。在尘土飞扬的道路上走在一个营后面的是穿着法衣的神父、一个戴着高筒僧帽的小老头以及教士和唱诗班的歌手们。在他们后面，士兵们和军官们抬着一尊覆盖着金属缀片的黑脸圣母像。这是从斯摩棱斯克撤出的圣母像，从那时起一直由军队带着。成群的摘下军帽的军人在圣像后面，在它周围，前面，在四面八方走着，跑着，跪在地上叩头。

圣像抬到山上后，便停住了；用毛巾托住圣像的人换了班；教会执事重新点燃了手提香炉，祈祷开始了。灼热的阳光从上直射下来；微弱的清风拂动着不戴帽子的头上的头发和装饰着圣像的飘带；歌声在露天下响起来。一大群不戴帽子的军官、士兵和民兵围住了圣像。在神父和教会执事的后面,在一个空出的地方站着官员们。一个脖子上挂着格奥尔吉勋章的秃顶将军笔挺地站在神父背后,没有画十字(显然是德国人),耐心地等待着祈祷结束,他认为需要听完祈祷,大概是为了在心中激发俄国人民的爱国主义感情。另一个将军用威武的姿势站着,一只手不时在胸前晃动,同时朝自己周围张望着。站在一群农民中间的皮埃尔在这些官员之中认出了几个熟人;但是他没有朝他们看,因为他的全部注意力都为这一群以同一姿势贪婪地望着圣母像的士兵和民兵脸上严肃的表情吸引住了。当疲惫的教会执事没精打采地和熟练地唱出"圣母,把你的奴隶从苦难中救出来吧"这句话(已是唱第二十遍了)时,神父和助祭马上接过去唱道:"上帝,你是坚不可摧的屏障,我们祈求你庇护。"——于是所有人脸上又都露出了意识到庄严时刻正在到来的表情,这种表情皮埃尔在莫扎依斯克的山坡下,在他有时在这天上午遇到的许许多多人的脸上已经见过了;这时人们更加频繁地低下头,抖动着头发,发出叹息声和十字架撞击胸脯的声音。

圣像周围的人群突然闪开了,朝皮埃尔身上挤过来。从人们急忙让开的动作可以看出,大概有一位非常重要的人物正在朝圣像走过来。

这是正在视察阵地的库图佐夫。他在回塔塔里诺瓦途中到了做祈祷的人群那里。皮埃尔根据库图佐夫特殊的、与众不同的身形,立即认出了他。

库图佐夫又胖又大的身上穿着一件长长的常礼服,背有点驼,满头白发,没有戴帽子,浮肿的脸上一只白眼的内部在出水,一瘸一拐地和摇摇晃晃地走进人群,在神父背后站住。他用习惯的动作画了个十字,一只手触到地面鞠了一躬,沉重地叹了一口气,低下了白发苍苍的头。在库图佐夫后面的是本尼格森和随从们。虽然总司令的在场引起了所有高级官员的注意,但是民兵和士兵们没有看他,继续进行祈祷。

祈祷结束后,库图佐夫走到圣像前,费力地跪下来叩头,在这之后他挣扎着笨重和虚弱的身体,几次想要站起来,却又站不起来。由于使劲,他那白发苍苍的头抖动着。最后他终于站了起来,像孩子那样天真地噘起嘴唇吻了吻圣像,又一只手触到地面,深深地鞠了一躬。将军们照他的样子做了一遍;然后是军官们,在他们之后,士兵和民兵们互相挤着、踩着、推着，喘着粗气拥了上来。

二十二

皮埃尔被挤得摇摇晃晃，环视着自己的周围。

"彼得·基里雷奇伯爵！您怎么在这里？"一个人说。皮埃尔回头看了一眼。

他看见鲍里斯·德鲁别茨科依一面用手掸着被弄脏的膝盖上的泥土（看来也向圣像跪拜过），一面朝皮埃尔走过来。鲍里斯服装雅致，但又带有几分军人的英武。他像库图佐夫一样，身穿一件长长的常礼服，肩上斜挎着鞭子。

这时库图佐夫已到了村里，在最近一座房子的阴影里的一条长凳上坐下，这长凳是一个哥萨克跑着搬过来的，另一个哥萨克急忙在上面铺了一块毯子。一大批衣着讲究的随从围住了总司令。

圣像在一群人簇拥下，继续抬着朝前走了。皮埃尔在离库图佐夫大约三十步的地方停住，和鲍里斯说着话。

皮埃尔讲了他想参加战斗和观察一下阵地的意图。

"您就这么办吧，"鲍里斯说，"我要请您好好地看一看营地。您从本尼格森伯爵要去的地方看，就能看得最清楚。而我正好在他手下供职。我去向他报告。如果您愿意到各处看一看，那就跟我们一起走：我们马上就要上左翼去。然后回来，请您在我这里过夜，咱们凑一个牌局。您不是认识德米特里·谢尔盖依奇吗？他就住在这里。"他指了指戈尔基的第三座房子。

"可是我想看看右翼；听说右翼兵力很强，"皮埃尔说，"我想从莫斯科河边出发，走遍整个阵地。"

"这以后能行，而现在主要的是左翼……"

"是的，是的。鲍尔康斯基公爵的团队在哪里，您能给我指一指吗？"皮埃尔问。

"安德烈·尼古拉耶维奇的团队？我们要路过那里，我带您去见他。"

"左翼怎么啦？"皮埃尔问。

"对您说实话吧,只在我们之间说,左翼天知道情况怎么样,"鲍里斯为了表示信任压低嗓门说,"本尼格森伯爵所设想的完全不是这样。他设想在那个土岗上修筑工事,完全不是这样……但是,"鲍里斯耸耸肩,"殿下不同意,要么是有人在他耳边说了些什么。要知道……"鲍里斯没有把话说完,因为这时库图佐夫的副官凯萨罗夫 ① 走到了皮埃尔跟前。"啊!派西·谢尔盖依奇,"鲍里斯带着毫不勉强的微笑招呼凯萨罗夫,"我现在正在给伯爵说明我们的阵地。殿下能如此准确地猜透敌人的意图,真令人惊讶!"

"您说的是左翼?"凯萨罗夫问。

"是的,是的,正是左翼。现在我们的左翼非常非常强。"

虽然库图佐夫把所有多余的人轰出了司令部,但是鲍里斯在库图佐夫进行人事变动后,仍能在总部留下来。他被安置在本尼格森手下。本尼格森伯爵也像鲍里斯跟随过的所有人一样,认为这位年轻的德鲁别茨科依公爵是一个异常可贵的人。

在指挥军队方面,有非常明显的、界限清楚的两派:总司令库图佐夫派和参谋长本尼格森派。鲍里斯属于后一派,没有人能像他那样,善于在奴颜婢膝地奉承库图佐夫的同时,又使人觉得老人不行,一切都是本尼格森进行的。现在已到了战斗的决定性时刻,要么除掉库图佐夫,把权力交给本尼格森;要么即使库图佐夫取胜了,也要让人们觉得一切都是本尼格森的功劳。至少通过明天这一仗,一定会有一些人得到巨大的奖赏,一些新人得到提拔。因此,这一天鲍里斯整天处于激奋之中。

在凯萨罗夫之后,又有另外几个熟人走到皮埃尔面前,弄得他来不及回答他们向他提出的一连串打听莫斯科情况的问题,也来不及听他们对他说的话。所有人的脸上都带着激动和不安的表情。但是皮埃尔觉得,其中某些人脸上露出兴奋的表情的原因,主要在于考虑个人的得失问题,而他脑子里一直想着另一种兴奋的表情,这种表情他是在另一些人脸上看到的,它表明,这些人考虑的不是个人的问题,而是共同的问题,生死存亡的问题。这时库图佐夫发现了皮埃尔和聚集在他身

---

① 派西·谢尔盖耶维奇·凯萨罗夫(一七八三—一八四四),一八一二年战争期间任第一军和第二军值班将军。

旁的人群。

"叫他来见我。"库图佐夫说。副官转达了殿下的愿望,于是皮埃尔便朝长凳走去。但是在他之前一个普通的民兵走到了库图佐夫面前。这是多洛霍夫。

"这家伙怎么在这里?"皮埃尔问。

"这个骗子手,哪里都能钻进去!"人们回答皮埃尔说,"他本来降了职。现在他要往上蹿了。呈交了一些方案,夜里摸进了敌人的散兵线……不过是个好汉!……"

皮埃尔脱下帽子,恭恭敬敬地在库图佐夫面前鞠了一躬。

"我认为,如果我向殿下报告的话,您可能会把我轰走,或者您会说您已知道我要报告的事,不过这对于我也并无坏处……"多洛霍夫说。

"是这样,是这样。"

"如果我做得对,我就会给祖国带来好处,我准备为祖国而死。"

"是这样……是这样……"

"如果殿下需要一个不惜牺牲自己生命的人,那么请您想起我……也许我对殿下有点用处。"

"是这样……是这样……"库图佐夫重复说,眯起他的那只带着笑意的独眼看着皮埃尔。

这时鲍里斯以其善于奉迎的灵活姿态,趁机和皮埃尔一起去接近上司,仿佛在继续进行已开始的谈话似的,用最自然的语气声音不高地对皮埃尔说:

"民兵们全都穿上了干净的白衬衣,准备慷慨赴难。多么英勇啊,伯爵!"

鲍里斯对皮埃尔说这话,显然是为了让殿下听见。他知道库图佐夫一定会注意这些话,果然,殿下做出了反应。

"你在讲民兵的什么事?"他问鲍里斯。

"殿下,他们穿上了白衬衣,准备明天决一死战。"

"啊!英勇卓绝、无可比拟的人民!"库图佐夫说,他闭上眼睛,摇了摇头。"无可比拟的人民!"他叹着气又重复了一遍。

"您想闻闻火药味吗?"他问皮埃尔,"是的,这味儿很好闻。我荣幸地成为您的夫人的崇拜者,她的身体好吗?我的住处可供您使用。"

库图佐夫像一般老人常有的那样,开始心不在焉地四处张望,仿佛忘记了要说什么和做什么似的。

后来他显然想起要寻找的东西,便把自己副官的哥哥安德烈·谢尔盖耶维奇·凯萨罗夫①叫到身边。

"马林的诗怎么说来着,那诗是怎么说的?你说说他写格拉科夫的那几句:'而如果你到学校任教……'②"库图佐夫说,显然他就要笑出来了。凯萨罗夫背了这几句诗……库图佐夫微笑着,随着诗句的节拍点着头。

当皮埃尔离开库图佐夫到了一边时,多洛霍夫朝他走过来,握住他的手。

"很高兴在这里碰见您,伯爵。"他不管旁边有人大声对皮埃尔说,而且语气特别坚决和庄重,"天知道,明天我们当中谁能活下来。现在我很高兴有机会对您说,我对我们之间发生的误会感到十分遗憾,希望您对我不存嫌隙。请您原谅我。"

皮埃尔面带微笑看着多洛霍夫,不知道对他说什么。多洛霍夫眼睛里含着泪水拥抱和亲吻了皮埃尔。

鲍里斯对他的上司说了几句话,于是本尼格森伯爵朝皮埃尔转过身来,请他和自己一起到防线上去走走。

"这会使您感到有兴趣的。"他说。

"是的,很有意思。"皮埃尔回答道。

半个小时后,库图佐夫到塔塔里诺瓦去了,而本尼格森带着随从,其中包括皮埃尔,前去巡视防线。

二十三

本尼格森从戈尔基沿着大路往下走,到了一座桥边,土岗上的军官曾把这座桥指给皮埃尔看,说这是阵地的中央,桥边堆放着一堆堆刚

---

① 安德烈·谢尔盖耶维奇·凯萨罗夫(一七八二—一八一三),俄国政论家和作家。

② 马林是宫廷诗人和亚历山大一世的侍从武官,他戏仿杰尔查文的颂歌,写了一首献给中学武备学校教员和作家格拉科夫的诗,诗中写道:"如果你当作家,// 你将一辈子都写废话;// 而如果你到学校任教,// 到头来可当个少校。"

割下来的散发着香味的干草。他们过了桥到了波罗金诺,从那里向左拐,经过大批军队和大炮,到了一个高高的土岗前,土岗上民兵正在挖土。这是一个多面堡,当时还没有名称,后来被称为拉耶夫斯基多面堡,或者叫作土岗炮垒。

皮埃尔没有特别注意这个多面堡。他不知道,这个地方对他来说将会比波罗金诺战场的所有地方更值得纪念。接着他们经过一个峡谷前往谢苗诺夫斯科耶,在那里士兵们正在拆走农舍和干燥房的最后一批木料。然后他们下山和上山,经过一片好像被冰雹砸坏的黑麦地,沿着炮兵在坑洼不平的耕地上踩出的路前往也还在构筑的尖顶堡①。

本尼格森在尖顶堡停住,开始观看前面的舍瓦尔金诺多面堡(昨天还是我们的),可以看到那上面有几个骑马的人。军官们说,拿破仑或者缪拉在那里。于是大家聚精会神地看这一小群骑马的人。皮埃尔也朝那里看,竭力想猜出在这些隐约可见的人当中哪一个是拿破仑。最后这些骑马的人下了土岗,消失不见了。

本尼格森见一个将军走到他跟前,便开始向他说明我军的整个部署。皮埃尔听着本尼格森的话,使尽全力想要听明白面临的战役的实质,但是懊丧地感觉到,要做到这点他的智力不够用。他什么也没有听明白。本尼格森停住了,看见皮埃尔正在倾听的样子,突然对他说:

"我想,您不感兴趣吧?"

"不,正好相反,非常有意思。"皮埃尔再次不那么实在地说。

他们离开尖顶堡再向左,沿着稠密低矮的桦树林中的道路前进。在这个树林的中央,一只褐色白腿的兔子跳到他们面前的路上,被一大群马的马蹄声吓得惊慌失措,在他们前面的路上跳了很长时间,引起了大家的注意和一阵哄笑,一直等到几个人朝它吆喝后,才跑到一边,消失在密林里。他们在树林里大约走了两俄里,到了一个林间空地,那里驻扎着奉命守卫左翼的图奇科夫②指挥的军团的部队。

在这里,在左翼的边上,本尼格森热烈地说了很多话,发布了皮埃

---

① 一种工事。——作者注
② 图奇科夫(一七六一——一八一二),俄国将军,第三步兵军军长。

尔觉得在军事上很重要的命令。在图奇科夫的部队的前方有一个高地。
这个高地没有部队驻扎。本尼格森大声地批评了这个错误,说不去占
领这个控制着这个地区的高地而让部队处在它下面,简直是发疯。几
位将军也表示了同样的意见。尤其是有一个将军带着军人的暴躁说,
这是让他们在这里坐以待毙。本尼格森以自己的名义下令把部队调到
高地去。

在左翼的这种安排使皮埃尔更加怀疑自己理解军事的能力了。他
在听本尼格森和将军们批评把部队部署在山下时,完全明白他们的意
思和赞同他们的意见;但是正因为这样,他不能理解那个把部队部署
在山下的人怎么会犯这样明显的严重错误。

皮埃尔不知道,这些部队这样部署并不像本尼格森认为的那样为
了保卫阵地,而是为了隐蔽起来进行伏击,也就是说,是为了出其不意
突然打击逼近的敌人。本尼格森不知道这一点,没有报告总司令就自
作主张,把部队往前调动了。

二十四

安德烈公爵在八月二十五日的这个晴朗的傍晚用一只手臂支撑
着脑袋,半躺在克尼亚兹科沃村的一个破棚子里,这地点在他的团队驻
地的边上。他从破墙的裂口望着一排沿着围墙生长的有三十年树龄和
下面的枝条被砍掉的桦树,望着田野上一垛垛散乱的燕麦和冒出烟火
的灌木丛——士兵的行军灶在那里。

不管安德烈公爵现在觉得他的生活如何艰难,如何不为人所理解
和如何痛苦,他仍然像七年前在奥斯特利茨战役前夕那样,处于激动和
兴奋之中。

明天进行会战的命令已经下达,他已经接到了。但是最简单的和
最清楚的、因而也是最可怕的念头使他不得安宁。他知道,明天的会战
必将是他参加过的所有战斗中最可怕的战斗,他在自己的一生中第一
次清楚地、几乎确信不疑地、简单而可怕的想到了死亡的可能性,他没
有把它与平常的生活联系起来,没有考虑它对别人会有什么影响,只想
到他自己怎么样,他内心有什么活动。站在这个想法的高度,觉得过去

折磨他的和使他感兴趣的一切突然被一道冷冷的白光所照亮,没有阴影,没有远景,也没有分明的轮廓。他觉得整个生活如同幻灯,他曾长时间地在人工照明下透过玻璃往那里面看。现在他突然在白昼明亮的光线下,不透过玻璃看见了画得很粗糙的图片。"是的,是的,这就是那些使我激动、赞赏和苦恼的虚幻的形象。"他一面自言自语地说,一面在白昼冷冷的白光—— 想到自己可能死去的清楚想法的白光—— 的照耀下看着这些图片,在自己的脑子里逐一回想着自己人生的幻灯的主要画面。"这些画得很粗糙的图形,过去曾被看作是美丽的和神秘的。荣誉、公众的幸福、对女人的爱、祖国本身—— 我曾觉得这些图片是多么壮丽,充满多么深刻的思想啊!而这一切在我觉得快要来临的早晨的冷冷的白光下,显得多么简单、苍白和粗糙。"他生活中的三大不幸特别引起他的注意。这就是他对一个女人的爱、他的父亲的逝世和占领了半个俄国的法国人的入侵。"爱情!……我曾觉得这个小姑娘充满着一种神秘的力量。我曾是多么爱她啊!我有过关于爱情和与她共享幸福的充满诗意的计划。啊,我真是一个可爱的孩子!"他恼怒地大声说,"当然啰!我居然相信某种理想的爱情,认为它在我不在国内的整个一年里会使她保持对我的忠诚!而她像寓言中娇弱的鸽子一样,必然要在同我离别后变得憔悴。而这一切实际上很简单……这一切极其简单,令人厌恶!"

"父亲也曾在童山大兴土木,认为这是他的地方,他的土地,他的空气,他的农民;而拿破仑来了,根本不知道他这个人的存在,像踢碎木片一样,把他从路上踢开了,于是童山和他的整个生活便崩溃了。而玛丽亚公爵小姐说,这是上天给予的考验。既然他已经不在了,也不会变活了,为什么还要考验?他永远不会复活了!他死了!那么这是要考验谁呢?祖国,莫斯科要毁灭了!而明天我将被打死—— 甚至不是被法国人打死,而是被自己人打死,就像昨天一个士兵在我耳边放了一枪一样,法国人来了,将会抓住我的双腿和脑袋,把我扔进大坑里,免得我在他们鼻子底下腐烂发臭,然后会形成一种新的生活环境,别人将会习惯于它,而我就会不知道了,因为我不在了

他看了看那排树叶又黄又绿,一动不动,树皮呈白色,在阳光下闪闪发亮的桦树。"死亡,明天我会被打死,没有我这个人了……这一

切都将继续存在,而我却不存在了。"他生动地想象着他不存在后的生活的情况。这些半明半暗的桦树,这一团团的白云,这些篝火的烟雾——他觉得周围的一切都变了样,变成某种可怕的和吓人的东西。他不禁打了个寒战。他立即起来,出了棚子,开始来回走动。

过了一会儿,从棚子外传来了说话的声音。

"谁在那儿?"安德烈公爵喊道。

曾是多洛霍夫的连长、现因缺少军官担任了营长的红鼻子大尉季莫欣胆怯地进了棚子。一个副官和团里的军需官跟着他进来。

安德烈公爵急忙起来,听了军官们的报告,给他们作了一些指示,便想放他们走,这时从棚子外又传来了熟悉的低语声。

"见鬼!"那个被什么绊了一下的人说。

安德烈公爵从棚子里朝外看了一眼,看见了正在朝他走过来的皮埃尔,地上的一根木杆把皮埃尔绊了一下,差点把他绊倒了。安德烈公爵一般不大乐意见到自己圈子里的人,尤其是皮埃尔,因为他会使他想起上次到莫斯科时所经历的痛苦时刻。

"啊,原来是你!"他说,"怎么来到了这里? 我可没有想到。"

他在说这话时,眼睛和整个脸上的表情不只是冷淡,甚至有敌意,皮埃尔立刻觉察到了这一点。他在朝棚子走来时情绪很高,可是看见安德烈公爵脸上的表情,便感到困窘和不自在起来。

"我来……就是……您知道……我来……我觉得有意思。"皮埃尔说,这一天他已毫无意义地重复过多次"有意思"这个词。"我想看看仗怎么打。"

"好的,好的,共济会的师兄弟们对战争有什么高见呀? 怎么防止它呀?"安德烈公爵用讽刺的语气说。"请说说莫斯科怎么样? 我家里的人怎么样? 他们最后到莫斯科没有?"他严肃地问道。

"到了。朱丽·德鲁别茨卡娅告诉我的。我去找他们,没有碰上。他们到莫斯科郊区去了。"

二十五

军官们想要告辞,但是安德烈公爵仿佛不愿意和自己的朋友单独在一起,请他们再坐一会儿,喝点茶。拿来了凳子,端来了茶。军官们不无惊奇地望着皮埃尔肥胖硕大的身体,听着他讲莫斯科的情况和他刚才到过的我军阵地的位置。安德烈公爵没有说话,脸上的表情很不愉快,因此皮埃尔主要是对温厚的营长季莫欣讲,而不是对他讲。

"这么说你了解了部队的整个部署?"安德烈公爵打断他说。

"您这是什么意思?"皮埃尔说,"我不是军人,我不能说完全了解,但是毕竟知道了总的部署。"

"那么你知道得比任何人都多啰。"安德烈公爵说。

"您说什么!"皮埃尔困惑地说,透过眼镜看着安德烈公爵。"您对任命库图佐夫有什么看法?"他问。

"我对这个任命非常高兴,我知道的就这些。"安德烈公爵回答道。

"那么您说说,您对巴克莱·德·托利的意见如何?在莫斯科人们谈论他,天知道说了些什么。您对他有什么看法?"

"你去问他们。"安德烈公爵指着军官们说。

皮埃尔带着宽厚的询问的微笑朝季莫欣看了一眼,大家也不由自主地带着同样的微笑朝他转过身来。

"自从殿下就任以来,大人,人们看见了光明。"季莫欣不断胆怯地看看自己的团长,说。

"为什么这样?"皮埃尔问。

"禀告大人,就拿木柴和饲料来说吧。我们从斯维亚齐内撤退时,不敢动一根树枝,动一捆干草或别的什么。要知道我们走后,就会落到他手里,不是这样吗,大人?"他问安德烈公爵,"而你就不能动。我们团里有两个军官因这样的事被送交法庭审判。可是殿下一上任,这事就变得简单了。人们看见了光明……"

"那么他为什么要禁止呢?"

季莫欣不好意思地朝周围看看,不知道怎么回答这个问题。皮埃尔向安德烈公爵提了同样的问题。

"为了使我们留给敌人的地区不遭到破坏。"安德烈公爵恶狠狠地嘲笑说。"这一点理由很充分:不能抢劫这个地区,不能使部队养成趁火打劫的习惯。在斯摩棱斯克他也作了正确的判断,认为法国人可能包抄我们,他们兵力比我们强。但是他不能理解这样一点,"安德烈公爵突然尖声喊叫起来，"但是他不能理解，我们在那里是第一次为俄罗斯的土地而战斗，部队有着我从未见过的高昂的士气，我们连续两天击退敌人，这胜利使我们的力量增加了十倍。他下令撤退，这样一来所有的努力和损失都白费了。他没有想要背叛，他竭力想把一切做得尽可能地好，他对一切都进行了深思熟虑，但是正因为这样，他是不中用的。他现在之所以不中用，正是因为他像任何一个德国人一样，把一切考虑得很周到和很细致。怎么对你说好呢……譬如说，你父亲有一个德国仆人，他是一个出色的仆人，能比你更好地满足你父亲的所有需要，那就让他侍候吧；但是当你父亲重病缠身，命在旦夕时，你就会撵走仆人，自己笨手笨脚地照顾父亲，你能比一个有经验的外人更好地安慰他。巴克莱就是这样。当俄国健康时，外人能为他服务，能成为出色的大臣；而当她病危时，就需要自己人，需要亲人。而你们俱乐部里有人异想天开，居然说他是叛徒！诬蔑他是叛徒，将来只会因自己的错误说法感到羞愧，突然又把他从叛徒捧为英雄或天才，这就更加错误了。他是一个正直的和非常认真的德国人……"

"然而有人说，他是一个有经验的统帅。"皮埃尔说。

"我不明白有经验的统帅是什么意思。"安德烈公爵讥讽地说。

"有经验的统帅是这样的人，"皮埃尔说，"他能预见到一切偶然的情况……猜得出敌人的意图。"

"这是不可能的。"安德烈公爵说，仿佛这是早已解决的问题。

皮埃尔惊奇地看了他一眼。

"不过，"他说，"有人说，打仗如同下棋。"

"是的，"安德烈公爵说，"只是有这样一个小小的区别，在下棋时，在走每一步棋之前你可以要想多久就想多久，那里没有时间条件的限制；还有这样的区别，下棋时马永远比卒子要强，两个卒子永远比一个强，而在打仗时，一个营有时比一个师要强，而有时则不如一个连。军队的相对力量是谁也无法了解的。请相信我的话，"他说，"如果事情取决于司令部的安排的话，我就留在那里去进行各种安排了，可是我没有那样做，来到团里，和这些先生共事，我认为明天的战斗确实将取决于我们，而不是取决于他们……胜负从来不取决于、并将永远不取决于阵地和武器装备，甚至不取决于人数；尤其是不取决于阵地。"

"那么取决于什么呢？"

"取决于一种感情，我的和他的，"他指了指季莫欣，"还有每个士兵的。"

安德烈公爵朝季莫欣看了一眼，这时季莫欣正惊恐地和困惑地望着自己的团长。安德烈公爵一反矜持和沉默寡言的常态，现在显得很激动。他显然忍不住要把自己突然出现的想法全说出来。

"赢得战役胜利的，是下定决心要赢得它的人。为什么我们在奥斯特利茨战役中打败了？我们的伤亡几乎与法国人相等，但是我们很早就对自己说我们打败了——于是真的打败了。而我们这样说是因为我们没有必要在那里打仗：希望快点离开战场。'打败了——就跑！'——我们也就那样跑了。如果那时在傍晚前我们没有说这话，天知道会怎么样。而明天我们不会这样说。你说我们的阵地左翼太弱，右翼拉得太长，"他接着说，"这都是废话，没有这么回事。那么明天我们面临的是什么呢？面临的是上千万各种不同的偶然的事情，这些偶然的事情将由是他们还是我们逃跑或将要逃跑、是这个人还是那个人将要被打死这一点在转瞬之间决定；而现在发生的事全是儿戏。问题在于，和你一起视察阵地的人不仅不能推动整个事变的进程，而是妨碍它。他们关心的只是自己微小的利益。"

"在这样的时刻还那样？"皮埃尔责备说。

"正是在**这样的时刻**，"安德烈公爵重复他的话说，"对他们来说，这只是可以暗算敌手和多得一枚十字勋章和缓带的机会。我认为明天将发生这样的事：十万俄国军队和十万法国军队相逢展开激战，毫无疑问，这二十万人交锋时谁拼得凶，谁不惜牺牲，谁就会取胜。你如果愿意听，那么我可以对你说，不管那里怎么样，不管上面把事情搅得怎么乱，我们明天能赢得战役的胜利。明天，不管怎么样，我们一定能取胜！"

"公爵大人，您说得对，说得很对，"季莫欣说，"现在谁还爱惜自己！我的营里的士兵，不知您信不信，开始不喝酒了，他们说，这不是喝酒的时候。"大家沉默了一会儿。

军官们站起身来。安德烈公爵和他们一起出了棚子，给副官作最后的指示。军官们走后，皮埃尔走到安德烈公爵跟前，刚要开始说话，在离棚子不远的路上响起了三匹马的马蹄声，安德烈公爵朝那个方向一看，认出了沃尔佐根和克劳塞维茨①，他们后面跟着一个哥萨克。他们在很近的地方路过，继续说着话，皮埃尔和安德烈不由自主地听见了以下的话：

"战争应当移到空旷的地方进行。这个观点我不能完全赞同。"②一个人说。

"是的，目的在于削弱敌人，不应该计较个人的损失。"③

"是的。④"第一个人赞同说。

"什么移到空旷的地方。"⑤在他们过去后安德烈公爵恶狠狠地重复了一句。"我的在童山的父亲、儿子和妹妹留在空旷的地方⑥。这对他来说无所谓。我对你说过，这些德国先生们明天不会赢得胜利，而只是尽其所能地把事情弄坏，因为在他们的德国脑瓜里只有不值分文的议论，在心里就是没有明天所需要的东西——没有季莫欣心里有的东西。他们把整个欧洲都奉送给了**他**，又来教训我们——真是一些好老师！"他又尖叫起来。

"那么您认为明天能打赢这一仗？"皮埃尔问。

"是的，是的。"安德烈公爵漫不经心地说。"如果我有权的话，我将做一件事，"他又开口说，"我将不收俘虏。什么是收俘虏？这是骑士精神。法国人毁了我的家园，现在又要去毁坏莫斯科，每时每刻都在侮辱我。他们是我的敌人，根据我的看法，他们全是罪犯。季莫欣和全军将士也都这样认为。应当处死他们。如果他们是我的敌人，那么不管他们在蒂尔西特说得多么好听，不可能是朋友。"

"是的，是的，"皮埃尔目光炯炯地看着安德烈公爵说，"我完全、完全同意您的看法！"

皮埃尔觉得，那个自从下了莫扎依斯克山坡之时起整天都使他感到不安的问题，现在已经非常清楚，并且完全解决了。他现在明白了这场战争以及面临的会战的全部意义和重要性。他对今天看到的一切，

---

① 克劳塞维茨（一七八〇——一八三一），德国军事理论家。一八一二年春加入俄国军队，成为一个出色的幕僚人员。著有《战争论》一书。
②③④⑤⑥ 原文为德文。

对他在人们脸上匆匆地瞥见的深沉而严肃的表情都有了新的理解。他明白了他在所有人身上见到的这种物理学中所说的潜在的(latente)热——爱国主义的潜热,这种潜热向他说明为什么所有这些人平静地、仿佛根本不加考虑地准备牺牲自己。

"不收俘虏,"安德烈公爵接着说,"这一点将改变整个战争,使它变得不那么残酷。不然我们就把战争当儿戏——这就很糟,我们装得宽宏大量,如此等等。这种宽容和同情,如同看见宰杀牛犊就要头晕恶心的太太小姐的宽容和同情一样;她们仁慈得见不得血,但是却津津有味地吃着加调味汁的小牛肉。有人对我们讲战争的法规,讲骑士精神,讲派军使进行谈判的问题以及怜悯不幸者等等。这全是废话。我在一八〇五年见过骑士精神,见过派军使谈判:他们欺骗我们,我们也欺骗他们。抢劫人家的住宅,使用伪币,更坏的是——杀死我的孩子和我的父亲,却又讲战争的法规和对敌人的宽容。应当不收俘虏,而去杀人,去拼个你死我活!谁都是像我一样经历了这样的痛苦后才这样想的……"

安德烈公爵本来认为,莫斯科会不会像斯摩棱斯克那样被占领对他来说无所谓,突然他的喉咙痉挛起来,便停住不说了。他默默地来回走了几次,但是他的眼睛像发热病似的闪闪发亮,他又开始说话时,嘴唇抖动着。

"如果战场上没有这种表示宽容的做法,那么我们只有在像现在这样值得决一死战时才去慷慨赴死。那时将不会因帕维尔·伊万内奇得罪了米哈依尔·伊万内奇而打仗了。如果战争像现在这样,那才是真正的战争。那时部队的紧张程度不会像现在这样。那时拿破仑率领的所有这些威斯特法利亚人和黑森人[1]就不会跟着他入侵俄国了,我们也不会莫名其妙地到奥地利和普鲁士去打仗了。战争不是请客吃饭,而是生活中最可恶的事,应当明白这一点,不要玩弄战争。应当严肃认真地对待这可怕的必然性。问题在于抛弃谎言,战争就是战争,不是儿戏。不然战争就会成为无所事事和轻浮冒失的人所喜爱的娱乐……军

---

[1]　威斯特法利亚是德国西北部历史地区,一八〇七年拿破仑建威斯特法利亚王国,其领地除威斯特法利亚的一部分外,还包括黑森选侯区的大部。在拿破仑的军队里有两万八千名威斯特法利亚士兵。

人阶层是最受人尊敬的阶层。而战争是什么,为了取得军事上的胜利需要什么,军人有什么样的风尚呢?战争的目的是杀人,战争的工具是侦察、叛变、策反、破坏居民的家园、抢劫或盗窃居民的财物以补充部队的给养;是进行被称为军事计谋的欺骗和散布谎言;军人阶层的风尚是:没有自由,也就是所谓的守纪律,游手好闲,愚昧无知,残忍,贪淫好色,酗酒。尽管如此,这是受到大家尊敬的最高阶层。所有皇帝,除了中国皇帝外,都身穿军服,谁只要人杀得多,谁就会得到很高的奖赏……给像明天那样,两军相遇,相互残杀,杀死和杀伤几万人,然后就做感恩祈祷,感谢杀死了许多人(还常常夸大数字),宣布取得胜利,认为人杀得愈多,功劳就愈大。上帝在天上会怎么看着他们和听着他们说呀!"安德烈公爵尖声地喊叫道。"唉,亲爱的,最近我开始感到生活很痛苦。我发现,我开始明白的事太多了。一个人吃不得分别善恶树上的果子①……是的,时间不会久了!"他加了一句。"你很困了,我也该睡了,你回戈尔基去吧!"安德烈公爵突然说。

"不!"皮埃尔回答道,用惊恐和同情的目光看着安德烈公爵。

"你去吧,去吧,打仗前需要好好睡一觉。"安德烈公爵又说。他快步走到皮埃尔跟前,拥抱和亲吻了他。"再见了,你走吧。"他大声说,"我们不知还会不会再见面……"说着他急忙转过身,到棚子里去了。

天已经黑了,皮埃尔看不清安德烈公爵脸上的表情,不知是恼怒,还是充满温情。

皮埃尔默默地站了一会儿,考虑是跟着他进棚子还是回去。"不,他不需要我!"他自然而然地这样认定,"我知道,这是我们最后一次见面。"他深深地叹了口气,回戈尔基去了。

安德烈公爵回到棚子后,在毯子上躺下,但是睡不着。

他闭上了眼睛。往事一件接一件地浮现在他眼前。他长时间地高兴地停留在一件事情上。他生动地想起了彼得堡的一个夜晚。娜塔莎面带兴奋激动的表情对他说,她去年夏天去采蘑菇,在一座大树林里迷路了。她前言不搭后语地对他讲述树林深处的景象、自己的感觉以及

---

① 典出《圣经·旧约》中的《创世记》,其中写道:上帝吩咐亚当说,伊甸园里各种树上的果子可以随便吃,只是不能吃分别善恶树上的果子,因为你吃的日子必定死。

与她碰到的养蜂人的谈话，同时随时中断自己的叙述，说："不，我不会说，我说得不对；不，您听不明白。"—— 而安德烈公爵不仅安慰她说，他听明白了，而且他也确实听明白了她想要说的一切。娜塔莎对自己说的话很不满意——她觉得没有说出她在这一天体验到的充满热情和诗意的感觉，而她又想把它倾诉出来。"这个老人真是好极了，在树林里又是那么阴暗……他又那么慈善的……不，我说不好。"她红着脸激动地说。安德烈公爵看着她的眼睛微笑着，现在他也像当时那样高兴地笑了笑。"我理解她。"安德烈公爵想道，"不仅理解，而且我也喜欢她的这种精神力量，这种真诚，这种坦率，她的这种仿佛受到肉体束缚的灵魂，我就爱她的这个灵魂……爱得那么强烈，那么充满幸福的感觉……"突然他回想起了他的爱情是怎样结束的。"**他**根本不需要这些。**他**根本没有看到也不理解这些。他只看见她是一个漂亮的和**色彩鲜艳**的姑娘，并不想把自己的命运与她结合在一起。而我呢？直到现在他还活着，生活得很快活。"

安德烈公爵好像被人烫了一下似的，急忙站起来，又开始在棚子前面走来走去。

二十六

八月二十五日，在波罗金诺会战的前夕，法国皇帝的宫廷事务大臣博塞先生[①]和法布维埃[②]上校到瓦卢耶沃来见拿破仑皇帝，前者从巴黎来，后者则从马德里来。

博塞先生换上近臣的服装，命令随从抬着他给皇帝带来的一箱东西走在他前面，进了拿破仑的营帐的第一个单间，他在那里一面同围住他的拿破仑的副官们交谈，一面打开箱子。

法布维埃没有进营帐就站住了，在门口与认识的将军交谈起来。

拿破仑皇帝还没有从自己的卧室出来，他快要结束梳洗打扮了。他鼻子发出呼哧呼哧的声音，清着嗓子，时而转过宽厚的背，时而转过

---

① 博塞（一七七〇——一八三五），法国作家和拿破仑的近臣。从一八〇五年起任宫廷事务大臣。

② 法布维埃（一七八三——一八五五），法军总部副官。

长满毛的肥胖的胸脯，让近侍用刷子刷他的身体。另一个近侍用手指轻轻握住一个小玻璃瓶，正在给皇帝保养得很好的身体喷香水，他的表情仿佛在说，只有他一个人知道应当往哪里喷香水和喷多少。拿破仑的短发是湿的，散乱地落到前额上。他的脸虽然浮肿而带黄色，但是露出健康愉快的神情。"再来一下，多使点劲儿……"他耸耸肩膀，清清嗓子，对给他刷身体的近侍说。副官到卧室来向皇帝报告昨天战斗中抓俘虏的情况，报告完毕后站在门口，等待让他走的命令。拿破仑皱着眉头看了副官一眼。

"没有俘虏，"他重复了一下副官的话，"让我们打死他们。这对俄国军队来说更坏。"他说。"再来一下，多使点劲儿。"他又说了一次，拱起背，把肥胖的双肩凑上去。

"好！让博塞先生进来，法布维埃也进来。"他对副官点点头说。

"是，陛下。"副官说着便离开了卧室。

两个近侍很快给拿破仑穿好衣服，于是这位身穿近卫军蓝制服的皇帝便迈着坚定的快步到接待室去了。

这时博塞正忙于把他带来的皇后的礼物安放在正对着皇帝进门的地方的两把椅子上。不料皇帝很快穿好衣服就出来了，他没有来得及把这件意想不到的礼物完全准备好。

拿破仑立即发现他们在做什么，猜到他们还没有准备好。他不想使他们失去给他一个意外惊喜的机会而扫他们的兴。他装出没有看见博塞先生的样子，把法布维埃叫到自己身边。拿破仑严肃地皱起眉头，一言不发，听法布维埃对他讲他的那支在欧洲另一端的萨拉曼卡①战斗的部队如何勇敢和忠诚，讲他们只有一个想法，就是做无愧于皇帝的军人，只有一个担心，就是不能使皇帝满意。那次战役的结果是可悲的。拿破仑在法布维埃报告时说了几句讽刺的话，仿佛他没有想到他不在时事情会是另一种样子。

"我应当在莫斯科挽回这个损失。"拿破仑说。"再见。"他加了一句，便叫博塞过来，这时博塞已准备好了，他在椅子上安放了一件什么东西，并用一块盖布把它盖好。

---

① 萨拉曼卡是西班牙的城市，一八一二年七月二十二日法军在此吃了败仗。

博塞照法国宫廷的规矩,用波旁王朝的老臣才懂的礼节深深一鞠躬,走上前去,呈上了一只信封。

拿破仑快活地朝他转过头来,拉了拉他的耳朵。

"您赶来了,我很高兴。您说说,巴黎有什么议论?"他说,突然改变了刚才严厉的表情,变得非常亲切。

"陛下,您不在,全巴黎都很想念您。"博塞按照规矩回答道。拿破仑虽然知道博塞应该这样说或说诸如此类的话,虽然他在头脑清醒时知道这不是真话,但是他还是很高兴听博塞说这样的话。他再次碰了碰博塞的耳朵。

"让您走这么远的路,我很抱歉。"他说。

"陛下!我曾想至少会在莫斯科城门口找到您。"博塞说。

拿破仑笑了笑,漫不经心地抬起头,朝右边看了一眼。副官立即迈着轻快的步子过来,递上了手中的鼻烟壶。拿破仑接住了它。

"是的,您碰到了一个好机会,"他说,一面把鼻烟壶举到鼻子旁边,"您喜欢旅行,三天后您就会看到莫斯科。您大概没有料到会看见这个亚洲首都吧。您将作一次愉快的旅行。"

博塞鞠了一躬,感谢对他的旅行的爱好(直到现在他不知道自己有这样的爱好)的关心。

"啊!这是什么?"拿破仑发现所有近臣都看着用布盖着的什么东西,便问道。博塞照宫廷的规矩不把背对着皇帝,侧身灵活地后退两步,同时揭开盖布,说:

"是皇后给陛下的礼物。"

这是热拉尔 ① 用鲜艳的色彩画的一个男孩的画像,这男孩是拿破仑和奥地利皇帝的女儿生的,不知为什么大家都叫他罗马王 ②。

这鬈发的孩子非常漂亮,目光像西斯廷的圣母 ③ 怀中的基督的目光,他正在玩比尔包开 ④。小球代表地球,而另一只手上的木棒则表示

---

① 热拉尔(一七七九—一八三七),法国肖像画家。

② 拿破仑的儿子叫约瑟夫—弗朗索瓦·夏尔(一八一一—一八三二),出生后即封为罗马王。

③ 西斯廷的圣母是意大利画家拉斐尔(一四八三—一五二〇)的名画。

④ 比尔包开(bilboquet)是一种接球玩具,由木棒和用长绳系在棒上的小球组成,玩时把小球抛起,用棒尖接住。

权杖。

虽然并不完全清楚画家把所谓的罗马王画成用木棒接地球的样子想要表示什么,但是无论是在巴黎看见这幅画的所有人还是拿破仑本人,显然都觉得这种寓意是清楚的,而且十分赞赏。

"罗马王,"他用优美的手势指着画像说,"妙极了!"他有意大利人所特有的随意改变面部表情的本领,走到画像前,装出沉思和温柔的样子。他觉得他现在说的话和做的事都将载入史册。他知道自己伟大,因而他的儿子可以像玩比尔包开那样玩弄地球,但是他感到现在最好还是不要显示自己的伟大,而是相反,最好显示最普通的父亲的慈爱。他的眼睛模糊起来,身体移动了一下,回头看了看椅子(椅子立即跳到了他的身体下面),在画像的对面坐了下来。他做了一个手势,——大家都蹑手蹑脚地出去了,让这个伟大人物独自一个人体验他的感情。

他坐了一会儿,自己也不知为什么用手摸了摸画像上粗糙发亮的地方,又叫博塞和值班副官进来。他吩咐把画像搬出去放在营帐前,让那些守卫在营帐旁的老近卫军都有一睹他们所崇拜的皇帝的儿子和继承人罗马王的风采的荣幸。

果然不出他所料,当他和蒙恩允留下的博塞先生共进早餐时,在营帐前面响起了朝画像跑过来的老近卫军官兵的欢呼声。

"皇帝万岁!罗马王万岁!皇帝万岁!"人们欢呼道。

早餐后,拿破仑当着博塞的面,口授了对全军的命令。

"简短而有力!"拿破仑在读了不做修改写成的公告后说道。命令这样写道:

战士们!你们盼望已久的战役开始了。胜利取决于你们。胜利为我们所必需;它将给我们带来一切:舒适的住所和早日返回祖国。就像你们在奥斯特利茨、弗里德兰、维捷布斯克、斯摩棱斯克那样战斗吧。让我们的子孙后代自豪地回忆起你们今天建立的功助吧。让他们在提到你们每一个人时都说:他参加了莫斯科大会战!

"莫斯科大会战!"拿破仑重复道,他邀请那位喜欢旅行的博塞先生和自己一起去散步,出了营帐,朝备好鞍的马走去。

"陛下恩宠备至,实不敢当。"博塞听见皇帝要他陪他,便推辞说,因为他想睡觉,而且他不会骑马也不敢骑马。

但是拿破仑朝这位旅行家点了点头,这说明博塞必须跟着去。拿破仑走出营帐时,他儿子的画像前近卫军人的喊声更高了。拿破仑皱起了眉头。

"把它拿走,"他用优美庄严的手势指着画像说,"让他看见战场还太早。"

博塞闭上眼睛,低下头,深深地叹了一口气,用这个姿势表明,他看重和善于理解皇帝的话。

二十七

八月二十五日这一整天,如同他的历史学家所说的那样,拿破仑是在马背上度过的,他观察地形,讨论他的元帅们呈交的计划,亲自给将军们下命令。

俄军最初沿科洛恰河布置的战线被冲断了,这条战线的一部分,即俄军的左翼,由于舍瓦尔金诺多面堡于二十四日失守,便往后撤了。战线的这一部分没有防御工事,再也不能凭河据守,在它前面是一片开阔的平地。法国人必定会攻打这个部分,这对任何一个军人和非军人来说是显而易见的事。这样做,似乎不必多加考虑,皇帝和他的元帅们也不必那样操心和忙碌,完全不需要那种被称为天才、人们常常喜欢加在拿破仑身上的特别高的才能;但是后来描述这个事件的历史学家们、当时拿破仑周围的人以及拿破仑本人却有另一种想法。

拿破仑巡视着战场,深沉地思考着和观察着地形,自己对自己表示赞同或怀疑地摇摇头,没有把指导他做出决定的深沉思考的思路对他周围的将军们讲,只以命令的形式告诉他们最后的结论。被称为埃克米尔公爵的达武建议迂回俄军左翼,拿破仑听后说,不需要这样做,没有解释为什么不需要。孔庞将军[1](他奉命进攻尖顶堡)提出率领他

---

① 孔庞(一七六九——一八四五),法国将军,第五步兵师师长。

的师穿过树林,拿破仑表示同意,虽然所谓的埃尔欣根公爵、即内伊①大胆指出穿过树林前进是危险的,会搞乱部队的队形。

拿破仑在视察了舍瓦尔金诺多面堡对面的地形后,默默地思考了一会儿,说明应把两个明天用来轰击俄军工事的炮队放在何处,并且指出了在其旁边布置野战炮队的地点。

发布了这些命令和其他指示后,他回到了自己的大本营,口授了作战部署。

法国历史学家用赞叹的语气讨论这个作战部署,别的历史学家提到时也满怀敬意。它的内容如下:

黎明时,夜间在埃克米尔公爵据守的平地上布置的两个新的炮队向对面敌人的两个炮队开火。

与此同时,第一军团炮兵司令佩尔内蒂②将军连同孔庞师的三十门大炮以及德塞③和弗里昂④师的所有迫击炮向前推进,向敌炮队发射榴弹,参加炮击的应有:

近卫军炮兵的二十四门大炮

孔庞师的三十门大炮

弗里昂和德塞师的八门大炮

共计六十二门大炮

第三军团的炮兵司令富歇⑤将军需将第三军团和第八军团的所有迫击炮共十六门置于担任炮击左面的工事任务的炮队的两侧,共计有大炮四十门。

索尔比埃⑥将军应做好准备,一接到命令就立即带着近卫军炮队的所有埠击炮投入战斗,炮击任何一处防御工事。

在炮轰时,波尼亚托夫斯基公爵应率部直奔村庄和树林,包抄敌阵地。

---

① 内伊(一七六九——一八一五),法国元帅。
② 佩尔内蒂(一七六六——一八五六),法国将军。
③ 德塞(一七六四——一八三四),法国将军。
④ 弗里昂(一七五八——一八二九),法国将军。
⑤ 富歇(一七六二——一八三五),法国将军。
⑥ 索尔比埃(一七六二——一八二七),法国将军。

孔庞将军穿过树林前进,夺取第一个工事。

在以此方式进入战斗后,将根据敌人的行动继续发布各种命令。

在听到右翼炮声后,左翼立即开始炮轰。莫朗[1]师和总督[2]师的步兵在看到左翼进攻开始后,立即猛烈开火。

总督占领村子[3]后,从三个地方过河,在同一高地上随莫朗师和热拉尔[4]师之后推进,这两个师在他指挥下奔向多面堡,与其他部队排成一线。

以上各项均需有条不紊地执行(le tout se fera avec ordre et méthode),尽可能留一些部队作预备队。

一八一二年九月六日[5]　　　　　　于莫扎依斯克附近行营

这个作战部署包含四项命令,如果我们在不盲目敬畏拿破仑的天才的情况下来看待他的这些命令,那么就会看到它写得又含糊又混乱。这些命令当中的任何一项都无法执行,而且也没有执行。

首先,作战部署要求**在拿破仑选定的地点上部署的炮队和与其靠拢的佩尔内蒂和富歇的大炮,共一百〇二门,一齐开火,猛轰俄军尖顶堡和多面堡**。这不可能做到,因为从拿破仑指定的地点炮弹打不到俄军工事,如果最靠近的指挥官不违背拿破仑的命令把大炮往前移,那么这一百〇二门大炮就会一直白费弹药地射击下去。

第二项命令是要**波尼亚托夫斯基率部直奔村庄和树林,包抄俄国人的左翼**。这一点之所以无法做到和实际上没有做到,是因为波尼亚托夫斯基在直奔村庄和树林时,会在那里遇上挡住他的道路的图奇科夫,这就无法包抄和实际上没有包抄俄国阵地。

第三项命令是:**孔庞将军向树林推进,以便占领第一个工事**。孔庞师没有占领第一个工事而被击退了,因为他们在出了树林后要冒着霰弹整理队伍,这是拿破仑没有料到的。

第四项命令是:**总督占领村子(波罗金诺)后,从三个地方过河,**

---

① 莫朗(一七七一——一八三五),法国将军。
② 总督指博加尔内(一七八一——一八二四),法国皇子,拿破仑的养子,意大利总督,一八一二年任法军第四军军长。
③ 波罗金诺。
④ 拉尔(一七七三——一八五一),法国元帅。
⑤ 此处用的是新历。

在一个高地上随莫朗师和热拉尔师之后推进（命令没有说这两个师何时往何地推进），这两个师在他指挥下奔向多面堡，与其他部队排成一线。

根据一般的理解——不是根据这句冗长的无条理的话，而是根据总督为执行接到的命令所做的尝试——他应当经过波罗金诺向左朝多面堡推进，而莫朗师和弗里昂师同时应当从正面推进。

所有这一切以及作战部署的其他各点都没有执行而且不可能执行。总督过了波罗金诺后，在科洛恰河边被击退，无法继续前进；莫朗师和弗里昂师未能拿下多面堡，而被击退了，多面堡是在战役已经结束时被骑兵攻占的（对拿破仑来说，大概这是一件未预见到的和闻所未闻的事）。总而言之，作战部署中的任何一项命令没有执行而且无法执行。但是作战部署中说，在以此方式进入战斗后，将根据敌人的行动继续发布各种命令，因此有人可能会觉得拿破仑在战役进行过程中发布了一切必要的命令；但是他没有而且不可能这样做，因为战斗时拿破仑离开战场很远，他不可能知道战斗的进程（后来发现果然如此），他的任何一个命令都不可能在战斗中得到执行。

二十八

许多历史学家说，法国人之所以没有赢得波罗金诺战役，是因为拿破仑感冒了，如果他不感冒，那么他在战前和战斗进行过程中发布的命令就会更加英明，俄国就会灭亡，世界的面貌就会发生变化。有些历史学家认为俄国是按照彼得大帝一个人的意志形成的，法国由共和变为帝国，法国军队进攻俄国也是按照拿破仑一个人的意志所为，这样的历史学家必然会顺理成章地做出俄国保持强大是因为八月二十六日拿破仑得了重感冒的论断。

如果打不打波罗金诺这一仗和发不发这个或那个命令取决于拿破仑的意志的话，那么那影响了他的意志的表现的感冒显然可能成为俄国得救的原因，因此那个在二十四日忘记给拿破仑拿防水靴子穿的近侍就成为俄国的救星了。这样想问题毫无疑问会得出这个结论，正如伏尔泰嘲笑（他自己也不知嘲笑什么）说，巴多罗买之夜是由于查理九世肠胃失调引起的一样①。但是那些不承认俄国是按照彼得大帝一个人的意志形成的以及不承认法兰西帝国的形成和对俄战争的开始决定于拿破仑一个人的意志的人，会认为这种论断不仅是不正确的，不合理的，而且是与人的本性相违背的。关于各种历史事件发生的原因的问题，有另一种答案，认为世界上各种事件的进程是由上天预先决定的，取决于参与这些事件的人的所有个人意愿的巧合，而拿破仑对这些事件进程的影响是表面的，虚假的。

有一种设想，认为巴多罗买之夜大屠杀的命令虽是查理九世下的，但这惨案不是按照他的意志发生的，他只是觉得下了这样做的命令而已；波罗金诺八万人进行血战不是出于拿破仑的意志（虽然他下了开战和进行战斗的命令），他只是觉得作了这样的安排罢了——不管这样的设想初看起来多么奇怪，但是人的自尊告诉我，我们当中的任何人即使不比伟大的拿破仑强，那也不比他差多少，人的自尊准许这样解决问题，大量历史研究证明了这种设想。

在波罗金诺会战中，拿破仑没有向任何人开枪，也没有打死任何人。这些事都是士兵干的。由此可见，杀人的不是他。

法国军队的士兵在波罗金诺会战中冲过来杀俄国士兵，不是由于拿破仑下了命令，而是出于自愿。整个军队，包括法国人、意大利人、德国人、波兰人，食不果腹，衣衫褴褛，又困又乏，看见有军队挡住去莫斯科的路，就想，一不做，二不休。假如这时拿破仑禁止他们与俄国人打仗，他们就会杀死他，然后去打俄国人，因为他们必须这样做。

拿破仑在他的命令中用子孙后代将会记得他们参加过莫斯科大会战这样的话来安慰他们这些可能遭到伤亡的人，他们听了这些话就高呼"皇帝万岁！"正如他们看见一个用比尔包开的木棒顶着地球的孩子的画像时高呼"皇帝万岁！"一样；他们不论听到什么毫无意义的话也同样会高呼"皇帝万岁！"他们除了高呼"皇帝万岁！"以及为了在莫斯科得到食物和作为胜利者休息而去打仗外，再也没有别的事可

---

① 法国国王查理九世在母后卡特琳·美第奇的怂恿下，于一五七二年八月二十三日夜（圣巴多罗买节前夜）对胡格诺派教徒（新教徒）进行大屠杀，史称"巴多罗买之夜"（曾译为"巴托洛缪之夜"）。伏尔泰在其哲理小说《切斯特菲尔德伯爵的耳朵和神父古德曼》中说了上面的话。

做了。这么说来,他们不是由于拿破仑下令才去残杀同类的。

同时也不是拿破仑支配着会战的进程,因为他的作战部署完全没有实行,在战斗过程中他不知道他前面发生的事。因此这些人相互残杀,不是按照拿破仑的意志进行的,不以他的意志为转移的,而是按照几十万参加整个战斗的人的意志进行的。拿破仑**只是觉得**仿佛一切是按照他的意志发生的而已。因此关于拿破仑有没有感冒的问题,比起一个最普通的辎重兵有没有感冒的问题来,对历史来说并没有更大的意义。

拿破仑八月二十六日的感冒没有什么意义,因此有的作者关于他由于感冒做出的作战部署和战役进行过程中发布的命令不像以前那样好的说法是完全不正确的。

这里摘录的作战部署一点也不比以前的所有打胜仗的作战部署差,甚至要好些。战斗进行过程中设想他会发布的命令也不会比以前的差,而完全像平常一样。但是这个作战部署和这些命令之所以使人觉得比以前差,是因为波罗金诺会战是拿破仑未赢得胜利的第一个战役。在没有打胜仗时,所有最出色的和深思熟虑的作战部署和命令都会使人觉得是非常糟糕的,每一个研究军事的学者都会郑重其事地进行批评;而在打了胜仗时,最坏的作战部署和命令会觉得是非常好的,一些认真严肃的人会在连篇累牍的著作中证明这些不好的命令的优点。

魏罗特在奥斯特利茨战役中所做的作战部署是此类作品中的典范,但是它仍然遭到指责,指责的是它的完美和详尽。

拿破仑在波罗金诺会战中履行政权代表的职责与在其他战役中一样的好,甚至更好。他没有做任何妨碍战役的进程的事;他能采纳比较合理的意见;他没有弄糊涂,没有自相矛盾,没有惊慌失措,没有逃离战场,而是很有分寸和很有作战经验,镇静地和恰如其分地扮演了貌似统帅的角色。

二十九

拿破仑不放心,再次巡视了战线,回来后说:

"棋子摆好了,明天就要开始下了。"

他吩咐给他拿来潘趣酒①，叫来了博塞，和博塞谈起了巴黎，说他想对皇后官中人员作一些变动，他对内臣之间的关系的微小细节记得那么清楚，使这位宫廷事务大臣感到非常惊讶。

他询问了一些琐事，揶揄了博塞对旅行的爱好，随便闲谈着，像一个自信而内行的著名外科大夫在卷起袖子和围好围裙、病人已绑在手术台上时那样说道："事情全掌握在我手中和全在我脑子里，清楚而又明确。需要着手做时，我能比任何人都做得好，而现在可以说说笑话，我笑话说得愈多和态度愈镇静，您就应该愈有信心，愈镇静和愈对我的天才感到惊奇。"

拿破仑喝完第二杯潘趣酒后，便去休息一会儿，他觉得明天他将有一件大事要做。

他心里想着他面临的事情，一直睡不着，虽然傍晚湿度加大使得感冒加重了，他还是大声地擤着鼻涕，来到营帐的大间里。他问俄国人撤走了没有？人们回答说，敌人营地的火光仍在原地。他赞许地点点头。

值班副官进了营帐。

"喂，拉普②，您认为我们今天能打胜仗吗？"拿破仑问他。

"毫无疑问，陛下。"拉普回答道。

拿破仑朝他看了一眼。

"您记得您在斯摩棱斯克对我说的话吗，陛下，"拉普说，"您当时说，一不做，二不休。"

拿破仑皱起了眉头，把脑袋靠在一只手上，默默地坐了很久。

"可怜的军队，"他突然说，"它在占领斯摩棱斯克后人数大大减少了。命运真是一个淫荡的女人，拉普；我一直这样讲，并且开始感受到了。但是，拉普，近卫军未受损失吧？"他问道。

"未受损失，陛下。"拉普回答。

拿破仑拿起一个药片，放进嘴里，看了看表。他不想睡觉，但是离天亮还早；不能再发布命令来消磨时间，因为该发布的命令都发布了，

---

① 潘趣酒是酒加糖、红茶、柠檬调制而成的饮料。
② 拉普（一七七一——一八二一），法国将军。曾多次随拿破仑征战，写有日记。

现在已在执行了。

"给近卫军发了干粮和大米了吗？"拿破仑用严厉的口气问道。

"已发了，陛下。"

"大米也发了？"

拉普回答道，他已把皇帝关于发大米的命令传达下去了，但是拿破仑不满意地摇摇头，仿佛不相信他的命令已执行了一样。近侍拿着潘趣酒进来。拿破仑吩咐给拉普倒一杯，自己默默地喝了几口。

"我既没有味觉，也没有嗅觉，"他闻着杯子说，"这感冒使我烦极了。人们谈论医学。可是他们连感冒也治不了，还谈什么医学？科尔维扎尔① 给了我这些药片，没有什么用。他们能治什么呢？是治不了的。我们的身体是一台生命的机器。它是为此而组装成的，这是它的本性；别去打扰生命，让它自己保护自己，它自身会做得更好，好于用药物进行干预。我们的身体类似走一定时间的钟表；钟表匠不能随意打开它，只能闭着眼睛摸索着加以控制。我们的身体是一台生命的机器。就是这样。"拿破仑仿佛又下起他所喜欢的定义（définitions）来，出乎意外地下了一个新的定义。"拉普，您知道军事艺术是什么吗？"他问。"是做到在一定时间内强于敌人的艺术。就是这样。"

拉普什么也没有回答。

"明天我们就要和库图佐夫打交道了！"拿破仑说，"等着瞧吧！您记得吗，在布劳瑙他指挥军队，三个星期一次也没有骑上马去视察防御工事。等着瞧吧！"

他看了看表。还只有四点钟。不想睡，潘趣酒喝完了，仍然无事可做。

他站起来，来回走了一趟，穿上了暖和的常礼服，戴上了帽子，出了营帐。夜晚又黑又潮；勉强能感觉到的潮气从上往下落。近处法国近卫军的篝火烧得不很旺，透过烟雾可以看见远处俄军阵地上火光闪闪。到处一片寂静，可以清楚地听到开始出发去占领阵地的法国军队忽轻忽重的脚步声。

拿破仑在营帐前走了一趟，看了看火光，仔细听了听脚步声，从

---

① 科尔维扎尔（一七七五——一八二一），拿破仑的御医。

一个在他营帐旁站岗的戴着毛茸茸的帽子的高大的近卫军士兵身旁经过,那士兵见了皇帝,身子挺得像一根黑柱子一样,拿破仑在他对面站住。

"你是哪一年入伍的?"他带着惯常的粗鲁而又亲切的军人口气,装腔作势地问,他在同士兵说话时总是用这种口气。士兵回答了他的话。

"啊!是一个老军人了!你们团领到大米了吗?"

"领到了,陛下。"

拿破仑点了点头,就走开了。

五点半,拿破仑骑马到舍瓦尔金诺村去。

天开始亮了,天空已变得明朗起来,只有在东边还残留着一团乌云。被遗弃的篝火的余烬还在熹微的晨光中燃烧。

右边传来单独的一声低沉的炮响,很快在一片寂静中消失了。过了几分钟。响起了第二声、第三声炮击,空气都震动了;第四声、第五声炮响很近,在右边什么地方,听起来很威严。

最初几声炮声还没有消失,别的大炮又打响了,还有许多大炮争先恐后地射击起来,炮声汇成一片。

拿破仑带着侍从到了舍瓦尔金诺多面堡前,下了马。一场角逐开始了。

三十

皮埃尔从安德烈公爵那里回到戈尔基后,吩咐驯马师准备好马匹和明天一早叫醒他,便立刻在鲍里斯让给他的隔壁的一个角落里睡着了。

第二天早晨,当皮埃尔已完全醒了时,屋里已经没有人了。小窗户上的玻璃震得当啷响。驯马师站在那里推他。

"大人,大人,大人……"驯马师一面说,一面眼睛不看着他,使劲摇着他的肩膀,看来已失去了叫醒他的希望。

"什么?开始了?到时候了?"皮埃尔醒来说。

"请您听那炮声，"这个当驯马师的退伍老兵说，"所有的老爷都出去了，殿下早就走了。"

皮埃尔急忙穿好衣服，跑到台阶上。户外天气晴朗，空气清新，露珠晶莹，一片欢乐景象。太阳刚从遮住它的乌云里挣脱出来，一半被乌云折断的阳光越过对面街上的屋顶射到路上被露水盖住的尘土上，射到房屋的墙上，射到围墙的空隙和拴在屋旁的皮埃尔的马身上。在户外，隆隆的炮声听得更加清楚了。一个副官带着一个哥萨克骑马从街上快步驰过。

"该走了，伯爵，该走了！"副官喊道。

皮埃尔吩咐驯马师牵着马跟着他，沿街道朝他昨天在上面观察过战场的土岗走去。在这土岗上有一群军人，可以听见司令部人员用法语说话的声音，可以看见戴着红箍白帽的库图佐夫，他的灰白色的后脑勺缩在肩膀里。库图佐夫用望远镜看着前面的大路。

皮埃尔沿着入口处的阶梯上了土岗后，朝自己前面看了一眼，看到眼前的美丽景象不禁高兴得愣住了。这是他昨天在这个土岗上欣赏过的那幅全景图；不过现在这整个地方布满了军队和冒着硝烟，从皮埃尔左后方升起的明亮的太阳的阳光透过早晨洁净的空气斜射到地面上，投下了略带金黄色和粉红色的光线以及长长的阴影。在这画面尽头的远处的树林，酷似用一块黄绿色的宝石雕出来的一样，错落有致地出现在地平线上，斯摩棱斯克大道在它们中间，在瓦卢耶沃村外通过，大道上挤满了军队。在较近的地方，金黄色的田野和小树林在阳光下闪闪发亮。各个地方——前面、右面和左面——都可以看到军队。这一切显得热闹、壮观而又出人意料；但是最使皮埃尔感到惊讶的是战场本身、波罗金诺和科洛恰河两岸的谷地的景象。

在科洛恰河上方，在波罗金诺及其两边，尤其是在左面，在沃依纳河通过两岸的沼泽地带汇入科洛恰河的地方，有一片雾，它不断融化、扩散，明亮的太阳出来后变成透光的了，透过它可以看见的一切被染上了神奇的色彩，显得轮廓十分清晰。硝烟与这片雾合到一起，于是在这烟雾里到处闪烁出一道道清晨的亮光——时而在水面上，时而在露珠上，时而在聚集在两岸和波罗金诺的部队的刺刀上。透过这一片雾，可以看见白色的教堂，有的地方可以看见波罗金诺的房顶，有的地方可以看见密密麻麻的士兵,有的地方则可以看见绿色的弹药箱和大炮。所有这一切都在移动着或者看起来像在移动,因为烟雾弥漫着这整个空间。无论是在波罗金诺附近被雾覆盖的低洼地上,还是在村外较高处,尤其是在整条战线的左边,在树林和田野里,在洼地里和高地的顶端,都不断自然而然地凭空出现大炮的硝烟,有时只有一团,有时一连好几团,有时稀疏,有时密集,这一团团硝烟膨胀起来,扩大开来,缭绕上升,融合在一起,在这整个空间都能看到。

这些枪炮射击的硝烟和声音,说起来也怪,产生了眼前景色的主要的美。

"噗——噗!"——突然出现一团泛出紫色、灰色、乳白色的浓烟;"砰——砰!"——一秒钟后这团烟发出了这样的声音。

"噗——噗!"——升起了两团烟,互相碰撞着,接着融合在一起;"砰——砰"——这声音证实了眼睛看见的东西的存在。

皮埃尔回头再看刚才他看到的像一个密实的圆球似的第一团烟,现在它已变成几个球向一边飘去;"噗……(带有间隔)噗——噗"——又冒出三团、四团烟,每团烟过后,也带有间隔地响起"砰……砰——砰——砰"的悦耳的、清晰的、准确的声音。这些烟看起来仿佛在奔跑,仿佛停留在原地,树林、田野和闪闪发亮的刺刀仿佛从它旁边跑过。在左边,沿着田野和灌木丛,不断升起一大团一大团烟,接着发出庄重的响声;而在比较近一些的地方,在洼地和树林里,则冒出火枪的小片的、未来得及成团的硝烟,接着也发出了不大的声音。"特拉——达——达"——火枪的射击声虽然比较密集,但是与炮声相比,比较杂乱和微弱。

皮埃尔想要到有这些硝烟,有这些闪亮的刺刀和大炮,有人们走动和有这些声音的地方去。他回头朝库图佐夫和他的随从看了一眼,以便把自己的印象与别人的印象作一比较。他觉得大家也完全像他一样怀着同样的心情望着前方,望着战场。所有人的脸上现在闪现出他昨天发现的以及在和安德烈公爵谈话后已完全理解的感情的潜热(chaleur latente)。

"去吧,亲爱的,去吧,基督与你同在。"库图佐夫一面目不转睛地看着战场,一面对站在他身旁的一位将军说。

这位将军听到命令后，从皮埃尔身旁经过，朝土岗的斜坡走去。

"去渡口！"他听见一个参谋人员问他上哪里去，便冷冷地、严厉地回答道。

"我也去，我也去。"皮埃尔想，跟在将军后面走。

将军上了一个哥萨克给他牵过来的马。皮埃尔到了牵着几匹马的驯马师跟前。他问哪一匹比较温顺些，然后爬上一匹马，抓住马鬃，脚尖朝外，脚跟贴住马肚子，觉得眼镜要掉下来了，但又不能腾出抓住马鬃和缰绳的手来扶眼镜，就这样跟在将军后面跑，逗得在土岗上看着他的参谋人员都笑了起来。

三十一

皮埃尔跟随的那位将军下了山，猛然向左拐，从他的视线中消失了，于是他闯进了走在他前面的步兵的队伍中。他时而向右走，时而向左走，试图从他们中间出来；但是到处都是脸上带着一样的紧张不安表情的士兵，他们正忙于做一件看不见的、但显然很重要的事情。大家都以同样的不满和疑问的目光看着这个戴白帽的胖子，不知为什么他骑着马踩他们。

"干吗骑着马在队伍里乱闯！"一个士兵朝他喊道。另一个士兵用枪托捅他的马，皮埃尔伏在鞍鞯上，勉强控制住急速闪开的马，朝士兵前面比较宽敞的地方奔去。

在他前面有一座桥，桥边站着另一些士兵，他们在射击。皮埃尔骑马到了他们跟前。他不知不觉地来到科洛恰河的桥的桥头，这座桥位于戈尔基和波罗金诺之间，法国人在首次战斗（占领波罗金诺后）中向它发起了进攻。皮埃尔看见了他前面的桥，看见在桥的两边和在草地上，在他昨天见过的一排排割下的干草里，士兵们在硝烟里干着什么；但是虽然这里射击声不断，他怎么也没有想到这就是战场。他没有听到四面八方的子弹的呼啸声以及从他头上飞过的炮弹的爆炸声，没有看见河对岸的敌人，虽然许多人在离他不远处倒下，但是他很久没有看见死伤的人。他一直面带微笑看着自己的周围。

"你这人怎么骑着马在火线前面走？"又有人朝他喊道。

"向左走,向右走。"人们对他嚷嚷。

皮埃尔向右拐弯,碰上了一个担任拉耶夫斯基将军的副官的熟人。这个副官生气地看了皮埃尔一眼,显然也打算呵斥他,但是在认出他后朝他点了点头。

"您怎么在这里?"他说了一句,继续走他的路。

皮埃尔感觉到这不是他应该待的地方,在这里无事可做,担心又妨碍别人,便跟着副官跑去。

"这里怎么啦?我可以和您在一起吗?"他问。

"等一会儿,等一会儿。"副官回答说,他跑到站在草地上的上校跟前,对他传达了什么,然后才朝皮埃尔转过身来。

"您到这里来干什么,伯爵?"他微笑着对皮埃尔说,"仍然还是好奇吗?"

"是的,是的。"皮埃尔说。副官拨转马头,继续往前走了。

"这里总算还好,"副官说,"但是在巴格拉季翁的左翼打得激烈极了。"

"真的?"皮埃尔问,"这是在哪里?"

"您和我一起到土岗上去,从我们那里看得见。在我们炮队那里还可以。"副官说,"怎么,去不去?"

"好,我跟您去。"皮埃尔说,他看了看自己周围,用目光寻找着自己的驯马师。这时皮埃尔才第一次看见了那些自己蹒跚地走着的和用担架抬着的伤员。在他昨天路过的堆放着一排排发出清香的干草的草地上,一个士兵不自然地歪着头,一动不动地横躺在干草堆旁边,他的高筒军帽掉在一旁。"这个人为什么不抬走?"皮埃尔刚开口要问,但是看见也朝那边瞧的副官脸上严肃的神情,便不作声了。

皮埃尔没有找到自己的驯马师,他和副官一起沿低洼的谷地前往拉耶夫斯基土岗。皮埃尔的马驮着他一颠一颠地走着,落在副官的后面。

"您大概不习惯骑马吧,伯爵?"副官问。

"不,没有什么,不过它走路好像蹦跳得很厉害。"皮埃尔困惑地回答。

"唉!……它受伤了,"副官说,"右前腿,膝盖以上的地方。想必是中了子弹。祝贺您,伯爵,"他说接受炮火的洗礼。"

他们经过了炮队后面的硝烟弥漫的第六军的阵地,这时炮队已向前移,正在进行射击,炮声震耳欲聋,他们来到一个小树林边。树林里凉爽而寂静,已可感觉到秋意。皮埃尔和副官下了马,徒步上山。

"将军在这里吗?"副官在快到土岗时问。

"刚才还在,上那里去了。"有人指了指右边,回答道。

副官回头朝皮埃尔看了一眼,仿佛不知道他现在该拿他怎么办。

"您不必费心,"皮埃尔说,"我这就上土岗去,可以吗?"

"您去吧,那里什么都看得见,而且不那么危险。我等会儿再来找您。"

皮埃尔朝炮队走去,副官继续朝前走了。他俩再也没有见面,很久以后皮埃尔才知道,这个副官那一天被炸掉了一只胳膊。

皮埃尔登上的土岗是一个著名的地点(后来俄国人称为土岗炮垒或拉耶夫斯基炮垒,而法国人则把它叫作大多面堡、倒霉的多面堡、中央多面堡),在它周围死了几万人,法国人认为它是整个阵地上最重要的据点。

这个多面堡是一个三面挖有壕沟的土岗。在挖了壕沟的地方架设着十门正在射击的大炮,炮口从胸墙的孔里伸出来。

还有许多门大炮在土岗两边与它排成一线,这些大炮也在不停地射击。在大炮稍靠后的地方,则是步兵。皮埃尔在上这土岗时,怎么也没有想到,这个挖着几条不大的壕沟、上面有几门大炮在射击的土岗,是这次战役中最重要的地方。

恰恰相反,皮埃尔觉得这个地方(正是因为他在这里)是这次战役中最不重要的地点之一。

上了土岗后,皮埃尔在围绕着炮队的壕沟的末端坐下,面带不自觉的快乐的微笑望着在他周围发生的事情。有时皮埃尔仍带着同样的微笑站起来,竭力不妨碍装填炮弹、把发射时后坐的炮推回原处、拿着口袋和炮弹不断从他身旁跑过去的士兵,在炮垒上来回走动。这个炮垒上的大炮接连不断地射击着,发出震耳欲聋的声音,它的四周硝烟弥漫。

刚才在担任掩护的步兵中间时有一种很不舒服的感觉,这里,在炮垒上,只有为数不多的人在忙着干他们的事,他们用一道战壕与别的人隔开——在这里与在步兵那里相反,可以感觉到一种普遍的、仿佛亲如一家的热闹气氛。

戴着白帽子的非军人皮埃尔的出现,开头使这些人感到不快和吃惊。士兵们在经过他身旁时,惊奇地、甚至恐惧地斜眼看他。一个年长的高个子长腿和麻脸的炮兵军官,做出仿佛要查看靠边的那门炮的发射情况的样子,走到皮埃尔跟前,好奇地看了他一眼。

一个完全还是孩子的年轻圆脸的军官,显然是刚从武备学校毕业的,正在非常卖力地指挥着归他管的两门大炮,用严厉的口气叫住了皮埃尔。

"先生,请您让开路,"他对皮埃尔说,"这里不行。"

士兵们望着皮埃尔,不以为然地摇摇头。但是后来大家都深信这个戴白帽子的人并没有做任何坏事,他或者安静地坐在胸墙的斜坡上,或者带着羞怯的微笑很有礼貌地给士兵们让路,在射击声中不慌不忙地在炮垒上漫步,就像在林荫道上散步一样,这时,对他的不友好和不理解的情绪开始变了,变成一种亲切的和戏谑的同情,就像士兵们对待自己喂养的狗、公鸡、山羊以及一般在部队里喂养的其他动物一样。这些士兵现在思想上已接纳了皮埃尔,认为他是自家人了,还给他起了外号。他们称他"我们的老爷",并在他们之间善意地取笑他。

一发炮弹在离皮埃尔两步远的地方爆炸。他掸着炮弹爆炸时溅到他衣服上的泥土,微笑着看了看自己的周围。

"您怎么不害怕,老爷,真是的!"一个红脸宽肩的士兵露出一口结实的白牙齿,对皮埃尔说。

"难道你害怕吗?"皮埃尔反问道。

"怎么不害怕?"士兵回答道。"要知道它是不会留情的。它啪的一声落下来,肠子就出来了。不能不害怕。"他笑着说。

几个士兵面带快乐和亲切的表情在皮埃尔身旁站住。他们仿佛未曾料到他会像大家一样地说话,这一发现使他们很高兴。

"我们干的是士兵的活。而老爷来干,那就奇怪了。这老爷真是好样的!"

"各就各位!"年轻的军官朝聚集在皮埃尔周围的士兵喊道。这个年轻的军官大概是第一次或第二次履行自己的职责,因此对待士兵和对待长官都按照规矩,特别认真。

整个战场上隆隆的炮声和噼啪的枪声愈来愈密,尤其是在左边,在巴格拉季翁的尖顶堡那里,但是由于皮埃尔站的地方硝烟弥漫,从这里几乎什么也看不见。再说,皮埃尔的注意力全都集中在观察炮垒上的这些好像一家人(与所有其他的人隔开)的官兵上。最初,战场上的景象和声音使他不由自主地产生喜悦和激动的心情,到这时,尤其是在他看见草地上孤零零地躺着的那个士兵后,这种心情为另一种心情所替代。现在他坐在壕沟的斜坡上,观察着他周围的人。

快到十点钟时,已有二十来个人从炮垒上抬下去了;两门大炮被击坏,落到炮垒上的炮弹愈来愈密集,远处的子弹也呼啸着飞到这里来。但是炮垒上的人仿佛没有发现一样;四处都可听到快乐的说笑声。

"加了馅的^①!"一个士兵朝一颗呼啸着飞过来的榴弹喊道。"不是朝这里来的!是冲着步兵去的!"另一个士兵发现榴弹飞过去落到担任掩护的步兵那里时也笑着说了一句。

"怎么,是老相识吧?"还有一个士兵嘲笑一个见炮弹飞过蹲了下来的农民说。

几个士兵聚集在土坡旁,观看着前面发生的事。

"散兵线撤了,瞧,往回走了。"他们指着胸墙外说。

"别多管闲事。"一个老士官对他们嚷嚷道,"往回走了,说明后面有事。"士官抓住一个士兵的肩膀,用膝盖顶了他一下。响起了一片哄笑声。

"推到五号炮那里去!"一边有人喊道。

"大家一齐来,像拉纤那样。"传来了推大炮的人欢快的叫喊声。

"哎,我们老爷的帽子差一点被打掉了。"红脸的爱说笑话的士兵露出牙齿嘲笑皮埃尔说。"唉,这丑东西。"他见一颗炮弹打中了轮子和一个人的腿,又用责备的语气加了一句。

"你们这些狐狸!"另一个士兵嘲笑弯腰弓背到炮垒上来抬伤员的

---

① 指一种填满火药的榴弹或炮弹。

民兵说。

"这锅粥不那么好喝吧？唉，这些乌鸦，都吓呆了！"人们朝那些站在炸断腿的士兵面前犹豫不决的民兵喊道。

"这个那个，娃子伢子，"有人学着民兵的腔调说，"不喜欢极了。"

皮埃尔注意到，随着每一发炮弹的落下和每一个人的伤亡，大家愈来愈活跃了。

就像雷雨即将来临时的乌云一样，所有这些人的脸（仿佛对抗所发生的事似的）都愈来愈频繁地和愈来愈明亮地发出内心熊熊燃烧的烈火的闪光。

皮埃尔没有朝前面的战场看，也没有想要知道那里发生的事：他全神贯注地观察着这烧得愈来愈旺的烈火，这烈火（他觉得）也在他心中燃烧。

十点钟，在炮垒前面的灌木丛和卡缅卡小河边的步兵后退了，从炮垒上可以看到，他们用火枪抬着伤员从炮垒旁边跑过，向后退去。一位将军带着随从上了土岗，和上校说了几句话，生气地朝皮埃尔看了一眼，又下去了，命令在炮垒后面担任掩护的步兵卧倒，以减少损失。在这之后，在炮垒右边的步兵队伍里响起了鼓声和口令声，从炮垒上可以看到，步兵的队伍向前推进了。

皮埃尔越过胸墙看着。有一个人的脸特别引起他的注意。这是一个年轻军官，他脸色苍白，拖着军刀倒退着走，不安地朝四周张望。

步兵的队伍消失在硝烟里了，传来了他们拖长声音的呼唤声和火枪密集的射击声。几分钟后，一群群伤员和一副副担架从那里过来。落到炮垒上的炮弹更加多起来了。几个人躺在那里没有被抬走。在大炮旁边走动的士兵变得更加忙碌和更加活跃。谁也不注意皮埃尔了。有两次人们生气地朝他吆喝，因为他挡了路。年长的军官脸色阴沉地迈着大步很快地从这一门炮走向那一门炮。年轻的小军官脸更红了，更加卖力地指挥着士兵。士兵们传递炮弹，转动身体，装炮弹，紧张而又神气地干着自己的事情。他们走路时像在弹簧上一样蹦跳着。

雷雨的乌云压过来了，在所有人的脸上都燃烧着皮埃尔所注视的烈火。皮埃尔站在年长的军官的身旁。年轻的小军官跑到年长的军官跟前，手举到帽檐上。

"报告上校先生，只剩下八个药包了，是否还要继续射击？"他问。

"发射霰弹！"年长的军官越过胸墙看着，没有回答，只喊了一声。

突然发生了什么事；小军官哎呀叫了一声，身体蜷缩起来，像一只被打中的飞鸟一样，一下子坐到地上。在皮埃尔眼里，一切变得奇怪、模糊和阴沉起来。

炮弹一个接一个地呼啸着，打中了胸墙、士兵和大炮。在这之前没有听见这些声音的皮埃尔，现在只听到这一种声音。在炮垒的一侧，在右边，士兵们喊着"乌拉"，皮埃尔觉得他们不是向前跑，而是向后跑。

一发炮弹打中了皮埃尔站的地方的胸墙的边沿，泥土散落下来，他眼前闪过了一个黑色小球，在这一瞬间噗的一声打在什么东西上。想要到炮垒上来的民兵们往回跑了。

"就用霰弹打！"军官喊道。

士官跑到年长的军官跟前，惊恐地低声说（好像宴会上管家向主人报告再也没有所需要的酒一样），药包再也没有了。

"强盗，都干什么来着！"年长的军官喊叫起来，朝皮埃尔转过身。他满脸通红，冒着汗，皱起眉头的眼睛闪闪发亮。"到预备队去，运来弹药箱！"他喊了一声，生气地打量着皮埃尔，朝部下的士兵转过身。

"我去。"皮埃尔说。军官没有回答他的话，大步朝另一边走去。

"别射击……等着！"他喊道。

奉命去运药包的士兵与皮埃尔碰了一下。

"喂，老爷，这不是你待的地方。"他说完就往下跑了。皮埃尔跟着那士兵跑去，绕过那个年轻的小军官坐的地方。

一颗、两颗、三颗炮弹从他头顶飞过，打到前面、两旁和左面的地方。皮埃尔往下跑去。"我这是上哪里去？"他快要跑到绿色弹药箱那里时突然想起来。他犹豫不决地停住脚步，不知是往回走还是往前走好。突然他仿佛被一个可怕的东西推了一下，朝后摔到了地上。在这一瞬间火光一闪，照亮了他，也在这同一瞬间发出了巨大的、震得耳朵里嗡嗡作响的轰鸣声、爆裂声和呼啸声。

皮埃尔清醒过来后，两手撑着地面坐在那里；刚才他身旁的弹药箱没有了；只有一些燃烧过的绿色木板和破布散落在被烧焦的草地上，一匹马拉扯着炸断的车辕从他身边跑过去，另一匹马像皮埃尔本人一样躺在地上,发出长长的刺耳的叫喊声。

三十二

皮埃尔吓得魂不守舍,他跳了起来,跑回炮垒,仿佛跑回可躲避他周围的一切恐怖现象的唯一避难所似的。

他在进战壕时注意到,炮垒上已听不见射击声,但是有人正在那里做什么。皮埃尔没有来得及弄明白这是什么人。他看见年长的上校背朝他倒在胸墙上,好像是在观察下面的什么似的,看见一个他曾见过的士兵想要挣脱抓住他的手臂的人朝前冲,嘴里喊道:"弟兄们!"——还看见一些奇怪的事情。

但是他还没有来得及想到上校已被打死,喊"弟兄们"的士兵被抓了俘虏,另一个士兵在他眼前背上被扎了一刺刀。他刚跑进战壕,就有一个又瘦又黄、满脸是汗、身穿蓝制服、手握军刀的人嘴里喊着什么,朝他冲过来。皮埃尔本能地保护自己,以免被撞倒,因为两人彼此没有看清楚就迎头对撞,他伸出双手,一只手抓住这个人(这是一个法国军官)的肩膀,另一只手抓住他的喉咙。那军官放开军刀,抓住皮埃尔的衣领。

他俩用惊恐的目光相互看对方陌生的脸看了几秒钟,他俩都没有弄清他们做了些什么和他们该怎么办。"我被俘了还是他被我俘虏了?"他们之中每个人都这样想。但是法国军官显然比较倾向于认为他被俘了,因为皮埃尔由于不由自主的恐惧,那只变得非常有力的手愈来愈紧地掐住他的喉咙。法国人想要说什么,突然一颗很低的炮弹可怕地呼啸着贴近他们的头顶飞过,皮埃尔觉得法国军官的脑袋被削掉了,因为他很快把它压了下去。

皮埃尔也低下了头,放开了手。法国人再也不想是谁俘虏谁了,跑回炮垒,而皮埃尔往山下跑,一路上在死伤者身上磕绊着,觉得他们在拉他的腿。但是他还没有来得及下山,就看到俄国士兵黑压压的一片迎面跑过来,他们跌跌撞撞,朝炮垒猛跑。(这次冲锋叶尔莫洛夫说成是他发起的,他说,只有靠他的勇气和运气才可能建立了这一功绩,在这次冲锋时,他仿佛把自己口袋里的格奥尔吉十字勋章扔到土岗上让士兵去争。)

占领了炮垒的法国人逃跑了。我们的军队高呼"乌拉"追法国人追到离炮垒很远的地方,很难阻止他们不追。

抓到的俘虏,其中包括一个受伤的法国将军,从炮垒上带下来,军官们围住了这个将军。一群群伤员,有的皮埃尔认识,有的不认识,有俄国人,也有法国人,一个个痛苦得脸变了样,走着、爬着和用担架抬着从炮垒上下来。皮埃尔上了他刚才待了一个多钟头的土岗,没有找到那些接纳了他的亲如一家的人当中的任何人。这里有许多他不认识的死者。但是他认出了几个人。那个年轻的小军官还那样蜷缩着身子坐在胸墙边缘的血泊中。红脸的士兵还在抽搐,但是没有人来抬走他。

"现在他们会住手了,现在他们会对所干的事感到恐惧了!"皮埃尔想道,无目的地跟在一群群抬着担架离开战场的人后面走。

被烟雾蒙住的太阳还很高,在前面,尤其是在谢苗诺夫斯科耶的左边,硝烟中正干得热火朝天,火枪的射击声和大炮的轰鸣声不仅没有减弱,反而加强到了极点,好像一个人在声嘶力竭地拼命叫喊一样。

三十三

波罗金诺会战的主要战斗是在波罗金诺和巴格拉季翁尖顶堡之间几千俄丈的地方进行的。(在这个地方之外,一方面俄国人于中午由乌瓦罗夫的骑兵发起佯攻,另一方面,在乌季察以西波尼亚托夫斯基与图奇科夫发生了冲突;但这与战场中央的情况相比,是两次单独的小战斗。)在波罗金诺与尖顶堡之间的田野上,在树林旁边,在两面都能看见的开阔地带上,以最简单和最普通的方式发生了这次战役的主要战斗。

战役是由双方几百门大炮的轰击揭开序幕的。

而当烟雾笼罩了整个战场时,部队(法国人的)冒着这片烟雾向波罗金诺推进了,右边是德塞和孔庞的两个师,左边则是总督的各个团。

尖顶堡离拿破仑所在的舍瓦尔金诺多面堡有一俄里,而波罗金诺的直线距离有两俄里多,因此拿破仑不可能看见那里发生的事,况且硝烟与雾连成一片,遮住了整个地区。前去攻打尖顶堡的德塞师的士兵,直到他们下到与尖顶堡之间的冲沟时才可以看得见。他们一下冲沟，尖顶堡里枪炮射击产生的硝烟变得很浓，遮住了冲沟那一面的上坡。那里的硝烟中闪动着黑乎乎的东西——这大概是人，有时出现刺刀的闪光。但是他们是在前进还是停住了，这是法国人还是俄国人，从舍瓦尔金诺多面堡上无法看清。

金灿灿的太阳升起来了，阳光直接斜射到正在手搭凉棚观看尖顶堡的拿破仑的脸上。硝烟在尖顶堡前弥散开来，时而觉得好像是它在移动，时而又觉得是部队在移动。有时透过枪炮声可以听见人们的喊声，但是无法知道他们在那里做什么。

拿破仑站在土岗上，用望远镜看着，他在小小的圆筒里看到硝烟和人，有时看到的是自己人，有时则是俄国人；但是当他又用肉眼来看时，就不知道刚才看到的东西在什么地方了。

他下了土岗，开始在土岗前来回踱步。

他不时停住脚步，倾听着枪炮声和注视着战场。

不仅从下面他站的地方，不仅从现在站着他的几位将军的土岗上，而且从尖顶堡本身——现在那里俄国人和法国人一起出现和交替出现，待在那里的有受伤的和活着的，有吓坏了的或发了疯的士兵——都无法看清那里发生的事。在几个钟头的时间里，在这个地方，在一刻不停的枪炮声中，时而只出现俄国人，时而只出现法国人，时而是步兵，时而是骑兵；他们不断出现，倒下，射击，碰到一起，彼此不知道拿对方怎么办，叫喊着和往回跑。

拿破仑派去的副官和他的元帅们的传令官不断从战场上来，向他报告战斗进展的情况；但是所有这些报告是虚假的，这既是因为在激烈的战斗中不可能说出这时发生了什么，也是因为许多副官没有到达真正发生战斗的地方，只讲他们从别人那里听来的情况，还因为副官跑两三俄里回来向拿破仑报告的路上情况发生了变化，他带来的消息已经过时了。例如一个副官从总督那里跑回来说，波罗金诺已占领了，科洛恰河的桥已在法国人手里。副官问拿破仑，他是否命令部队过河。拿破仑下令在河的那一边整队待命；但是不仅在拿破仑下这个命令时，而且在副官刚离开波罗金诺时，桥已被俄国人夺回和烧掉了，这是在战役刚开始时皮埃尔参加的那一场搏斗中发生的事。

一个副官面色苍白、神情惊慌地从尖顶堡来向拿破仑报告说,法军的进攻被打退了,孔庞负伤,达武阵亡,而实际上在人们对副官说法军被打退时,尖顶堡为另一支部队所占领,达武活着,只受了点轻微的震伤。拿破仑就是依据这种必然是虚假的情报发布他的命令的,这些命令要么在他发出前已执行了,要么无法执行和没有执行。

元帅和将军们虽离战场较近,但也像拿破仑一样没有参加战役本身,只是有时冒着炮火到前线去,不请示拿破仑就作自己的部署和发布自己的命令,告诉下面从哪里和朝哪里射击,骑兵和步兵分别往哪里跑。但是即使是他们的命令也跟拿破仑的命令一样,同样很少和在很小程度上得到执行。发生的情况大多与他们的命令相反。奉命前进的士兵遇到霰弹就往回跑;奉命站在原地不动的士兵突然看见自己对面出现俄国人,有时往后跑,有时冲向前去,而骑兵则不等命令就去追逃跑的俄国人。譬如两个团的骑兵通过谢苗诺夫斯科耶的冲沟刚上了山,就拨转马头拼命地跑回来了。步兵也是这样,有时他们往往跑到完全不是奉命要去的地方。何时和往何处移动大炮,何时派步兵去射击,何时派骑兵去冲杀俄国步兵等等——所有这些命令通常是由待在部队里的最接近士兵的指挥官发出的,他们不仅不请示拿破仑,甚至也不问一问内伊、达武和缪拉。他们不害怕因不执行命令或擅自下令而受到处分,因为在战斗中一个人最宝贵的东西是自己的生命,有时觉得往回跑能获救,有时又觉得朝前跑能获救,这些置身于激烈战斗中的人往往是根据一时的心情行事。实际上,所有这些前进和后退的行动并不能改善和改变部队的处境。他们相互之间的追赶和奔袭几乎并不对他们造成损害,而造成损害和死伤的是在这些人跑来跑去的地方到处乱飞的炮弹和枪弹。只要这些人一走出这个炮弹和枪弹乱飞的地方,他们就立即被站在后面的指挥官整编,让他们服从纪律,而在这纪律的驱使下他们又到了战斗的地方,在那里他们(在死的恐惧的影响下)再次丢掉纪律,根据大家一时的情绪乱跑起来。

三十四

拿破仑的将领们——达武、内伊、缪拉都离战斗的地方很近,有时甚至到那里去，他们几次把大批队伍整齐的部队送到战斗的地方。但是与以前的历次战役的情况相反，这次他们没有得到所期待的敌人溃逃的消息，本来队伍整齐的部队从那里回来时溃不成军，惊慌失措。于是他们就重新整顿部队，但是人数愈来愈少了。中午缪拉派自己的副官去见拿破仑，要求增援。

缪拉的副官到达时，拿破仑正坐在土岗下喝潘趣酒，副官向他保证说，如果陛下再给一个师，就可打败俄国人。

"要求增援？"拿破仑用严肃惊讶的口气说，眼睛看着这个留着一头蜷曲的黑色长发（像缪拉的发式一样）的英俊的少年副官，仿佛没有听明白他的话。"要求增援！"拿破仑想。"他们手里有一半军队，攻打的是俄国人薄弱的、没有防御工事的一翼，还要什么增援！"

"告诉那不勒斯王，"拿破仑严肃地说，"现在还不到中午，我还没有看清棋局。去吧……"

这个留着长发的英俊的少年副官手一直举在帽檐上，沉重地叹了一口气，骑马回那正在杀人的地方去了。

拿破仑站起身，叫来了科兰古和贝蒂埃，和他们交谈起与战役无关的事情来。

在拿破仑开始感兴趣的谈话中途，贝蒂埃的目光转向一个骑着一匹汗淋淋的马带着随从朝土岗跑来的将军。这是贝利亚尔。他下了马，快步走到皇帝跟前，鼓足勇气大声说明增援的必要性。他以人格担保说，如果皇帝再给一个师，那么俄国人就完了。

拿破仑耸了耸肩，什么也没有回答，继续踱步。贝利亚尔开始和围住他的侍从将军们大声地和热烈地说起话来。

"您太爱激动，贝利亚尔。"拿破仑说，又朝刚刚来到的这位将军走过来，"在战斗激烈时容易犯错误。您再去看一看，然后再来见我。"

贝利亚尔走后还没有从视线中消失，从战场的另一边又骑马跑来了一个人。

"怎么，还有什么事？"拿破仑像一个不断被打扰的人那样生气地说。

"陛下，公爵……"副官开口想说。

"请求增援？"拿破仑愤怒地做着手势说。副官低下头表示肯定，开始进行说明；但是皇帝没有理他，走了两步，站住了，走了回来，叫来贝蒂埃。"应当给预备队。"他微微摊开双手说。"您认为应派谁到那里去？"他问贝蒂埃，后来他曾称贝蒂埃为"我把它变成鹰的小鹅"。

"皇帝，是不是派克拉帕雷德①师去？"熟记所有师、团和营的贝蒂埃说。

拿破仑肯定地点点头。

副官骑马到克拉帕雷德师去了。几分钟后，驻扎在土岗后面的年轻的近卫军开拔了。拿破仑默默地朝那个方向看着。

"不，"他突然朝贝蒂埃转过身，"我不能派克拉帕雷德去。派弗里昂师去吧！"他说。

虽然派弗里昂师去并不比派克拉帕雷德师去更好，甚至现在改派弗里昂师而把克拉帕雷德师留下有不便之处，并会耽搁时间，但是此命令准确地执行了。拿破仑没有看到他在使用自己的军队方面就像那个用药物进行干预的医生—— 而他对这种做法有非常正确的理解，而且是加以谴责的。

弗里昂师如同别的师一样，消失在战场的硝烟里了。副官不断从四面八方来，大家好像商量好似的，说的都是同一件事情。他们都请求增援，都说俄国人在自己的地方坚守着，炮火非常猛烈，法国军队碰到它就好像要融化了似的。

拿破仑沉思着坐在一把折叠椅上。

那个喜欢旅行的博塞先生，从早晨起一直饿着肚子，这时走到皇帝跟前，大胆地恭请陛下用早餐。

"我希望现在我已能够向陛下祝贺胜利了。"他说。

拿破仑默默地摇摇头表示否定。博塞先生以为这否定是针对胜利而不是针对早餐的，便大胆地用比较随便的口气恭敬地说，在可以吃早饭时，世上没有任何理由能妨碍这样做。

"走开……"拿破仑突然沉下脸说，转过身去。博塞先生仍乐呵呵的，脸上露出抱歉、后悔和喜悦的怡然自得的微笑，迈着轻快的步伐到别的将军那里去了。

---

① 克拉帕雷德(一七七四—一八四一)，法国将军。

拿破仑心情沉重,他类似一个一向走运的赌徒,常常不加思考地下注,但总是能赢,而当他考虑到了赌博的所有偶然性时突然感觉到,他考虑得愈周到,就愈必输无疑。

军队还是那些军队,将军还是那些将军,做的是同样的准备,制订的是同样的作战部署,公告同样简短有力,他自己还是那个人,他知道这一点,而且他知道他现在甚至比以前有经验得多和高明得多,就连敌人也还是那时在奥斯特利茨和弗里德兰的敌人;但是挥起手使劲一击,这只手落下来时却奇怪地变得软弱无力。

所有过去总是能取得成功的作战方法——炮队集中轰击一点,预备队发起冲锋突破防线,由铁汉组成的骑兵进行突击——都已经用上了,不仅没有取得胜利,而且从各处都传来同样的消息,说的都是将军的伤亡,增援的必要性,俄国人无法打退,军队正在溃散等等。

以前只要下两三道命令,说两三句话,元帅们和副官们就高高兴兴地跑来祝贺,报告抓获成军成军的俘虏,缴获成捆成捆的敌人的军旗和鹰旗,还有大炮和辎重,缪拉只要求允许他派骑兵去夺取辎重车。当年在洛迪、马伦戈、阿尔科拉、耶拿、奥斯特利茨、瓦格拉姆[1]等地就是如此。现在他的军队好像出了什么奇怪的事情。

虽然得到了已夺取尖顶堡的消息,但是拿破仑看到情况与他以前的历次战役不同,完全不同。他看到,他周围所有在军事方面有经验的人,都与他有同样的感觉。所有人的脸色是沮丧的,所有人都彼此避开对方的目光。只有博塞一个人不能理解正在发生的事的意义。拿破仑有长期作战的经验,他清楚地知道,进攻者在八个钟头的时间内作了所有的努力还不能赢得战斗意味着什么。他知道,仗几乎是打输了,现在,在这局势摇摆不定的紧张时刻,只要有一个很小的偶然事件,就会毁了他和他的军队。

他回想着这整个奇怪的对俄战争,记得没有打过一次胜仗,两个月来没有缴获过军旗和大炮,没有俘虏过成军成军的军队;他看着周

---

① 这里列举了拿破仑取胜的战例。他于一七九六年五月在意大利洛迪击败奥军;一八〇〇年六月又在意大利马伦戈再次击败奥军;争夺阿尔科拉桥之战,见第一卷第一部第四章注;一八〇六年十月拿破仑在耶拿大败普鲁士军队;一八〇九年七月在奥地利瓦格拉姆村附近取胜。

围的人力图加以掩饰的沮丧的神情,听着俄军还在坚守的报告—— 这时他心中充满了一种像做噩梦似的可怕感觉,他想到了所有可能毁了他的不幸的偶然事件。俄国人可能对他左翼发动进攻,可能突破他的中央,他本人可能被流弹打死。这一切都是可能的。在以前的历次战役中他只考虑成功的偶然性,而现在他想到了无数可能造成不幸的偶然性,他等待着它们的出现。是的,这一切好像是做梦,好像一个人梦见暴徒袭击他,在梦中挥起手,使出可怕的力量打那暴徒,知道一定会把他打死,可是他觉得他的手软绵绵的像一块破布一样无力地落下来,于是这个人便感到束手无策,心里充满了一种必然灭亡的恐惧。

关于俄国人进攻法军左翼的消息,使拿破仑产生了这样的恐惧。他默默地坐在土岗下的折叠椅上,低下头,把胳膊肘支在膝盖上。贝蒂埃走到他跟前,建议他到火线上去走一走,以便确切了解战斗的情况。

“什么?您说什么?”拿破仑说,“对,您吩咐下去,给我鞴马。”

他骑上马前去谢苗诺夫斯科耶。

拿破仑经过的地方硝烟正在慢慢地消散,那里人和马单个地和成堆地倒在血泊里。无论是拿破仑还是他的将军们还从来没有见过这样恐怖的场面,没有见过在这一小块地方躺着这么多死人。一连十个小时没有间断的把耳朵都震聋了的隆隆炮声,给这一景象增添了音响的效果(就像给活动画片配上音乐一样)。拿破仑到了谢苗诺夫斯科耶的高地上,透过硝烟看见一排排穿着颜色觉得眼生的军装的人。这是俄国人。

俄国人以密集的队形站在谢苗诺夫斯科耶和土岗后面,在他们整条战线上大炮不停地轰鸣着和冒着烟。已经不是在进行战斗了。而在继续杀人,这对俄国人和法国人来说不会有任何结果。拿破仑勒住马,又陷入刚才被贝蒂埃打断的沉思之中;他无法让在他面前和他周围进行的事停下来,虽然这件事被认为是他领导的和由他决定的,由于失利,他第一次觉得这样的事是不必要的和可怕的。

一个走到他跟前的将军大胆地建议他把老近卫军投入战斗。站在拿破仑身旁的内伊和贝蒂埃相互使了个眼色,对这个将军的毫无意义的建议轻蔑地笑了笑。

拿破仑低下头,好久没有说话。

"我不能让我的近卫军在离法国八百里^①的地方遭到毁灭。"他说，说完拨转马头，回舍瓦尔金诺去了。

三十五

库图佐夫挪动他那沉重的身子，在皮埃尔早晨看见过他的地方的一条铺着毯子的长凳上坐下，低下白发苍苍的头。他没有发布任何命令，只是对人们提出的建议作同意或不同意的表示。

"对，对，就这样做吧！"他回答各种不同的建议说，"好，好，你去一趟，亲爱的，去瞧一瞧。"他时而对身边的这个人，时而对那个人说。或者是："不，不需要，最好等一等。"他说。他听取各种报告，当部下要求做指示时，他就做指示；但是他在听取报告时，似乎对报告人所说的话的意思并不感兴趣，他感兴趣的是报告人的面部表情和语气中的另一种东西。他凭多年的作战经验知道和凭老人的睿智懂得，领导几十万人与死亡搏斗的事不能由一个人来做，他知道，决定战役的命运的不是总司令的命令，不是军队部署的地点，不是大炮和被杀死的人的数量，而是一种被称为士气的不可捉摸的力量，因此他注视着这种力量，并尽他所能加以引导。

库图佐夫的整个面部表情说明他注意力集中而镇静，全身处于紧张状态，这使他勉强克服了衰老的身体的疲劳。

上午十一时，他获悉被法国人占领的尖顶堡已经夺回，但是巴格拉季翁公爵负了伤。库图佐夫叹息了一声，摇摇头。

"你去巴格拉季翁公爵那里，详细了解一下情况。"他对一个副官说，接着他朝站在他后面的符腾堡亲王^②转过身来。

"请问殿下是否愿意指挥第一军？"

亲王走后不久，可能还没有到达谢苗诺夫斯科耶，他的副官很快就回来了，向总司令报告说，亲王请求增派部队。

库图佐夫皱了皱眉头，改派多赫图罗夫去指挥第一军^③，请亲王回

---

① 这里的里指法国古里，每古里约合四公里。
② 符腾堡亲王（一七七一——一八三三）是皇太后玛丽亚·费多罗夫娜的兄弟。
③ 这里说的是派人接替受重伤的巴格拉季翁的事，巴格拉季翁原来指挥第二军。

到他这里来,说在这重要时刻,他必须有亲王在他身边。当接到俘虏缪拉的消息①时,司令部的人向库图佐夫表示祝贺,他笑了笑。

"且慢,诸位,仗打赢了,俘虏缪拉并没有什么了不起。但是最好还是慢一点高兴。"然而他还是派副官到各部队去通报这个消息。

当谢尔比宁②从左翼送来关于法国人占领了尖顶堡和谢苗诺夫斯科耶的报告时,库图佐夫根据战场上传来的声音和谢尔比宁的面部表情猜测到,这消息很不好,便站起身来,似乎想要活动活动腿脚,挽住谢尔比宁的胳膊,把他带到一边。

"你去一趟,亲爱的,"他对叶尔莫洛夫说,"去看一看,能不能帮着做点什么。"

库图佐夫的司令部在戈尔基,在俄军阵地的中央。拿破仑对我军左翼发动的进攻几次被击退。在中央,法国人没有过波罗金诺一步,乌瓦罗夫的骑兵从左翼出击,打得法国人抱头鼠窜。

两点多钟,法国人的进攻停止了。库图佐夫看到,从战场上来的和站在他周围的人的脸上都有一种极度紧张的表情。他对于所取得的出乎意料的战绩十分满意。但是这位老人终于体力不支。有好几次他的头像支撑不住似的低垂下来,打起瞌睡来。这时给他摆上了饭菜。

在库图佐夫进餐时,侍从武官沃尔佐根前来见他,这就是那个在安德烈公爵身旁经过时说战争应移动到空旷的地方进行③的人,也就是那个为巴格拉季翁所憎恶的人。沃尔佐根从巴克莱那里来报告左翼的战况。精明的巴克莱·德·托利看到伤兵成批地逃散和军队后部乱了,在对形势作了估量后,便认为仗打输了,于是派自己的亲信来向总司令报告。

库图佐夫吃力地嚼着烤鸡,快活地眯起眼睛,朝沃尔佐根看了一眼。

沃尔佐根漫不经心地活动活动双腿,嘴上挂着半带轻蔑的微笑,走到库图佐夫跟前,一只手轻轻地碰了碰帽檐。

沃尔佐根在和总司令说话时,故意装出一副漫不经心的样子,目

---

① 缪拉被俘的消息不确,被俘的是波纳米将军。

② 谢尔比宁(一七九一——八七六),军需部门军官,托尔的副官。

③ 原文为德文。

的是要表明,他作为一个受过高等教育的军人,可以让俄罗斯人把这个无用的老人当作偶像来崇拜,而他可知道在同谁打交道。"老先生(德国人在他们的圈子里这样称呼库图佐夫)倒过得很舒服。[①]"沃尔佐根想道,他用严厉的目光朝库图佐夫面前的盘子看了一眼,开始根据巴克莱的指示以及他自己的所见和理解向老先生报告左翼的情况。

"我军阵地的所有据点都落到了敌人手中,无力将其夺回,因为没有兵力,士兵们在逃跑,无法阻止他们。"他报告道。

库图佐夫停止咀嚼,好像没有听懂说的是什么,两眼惊奇地盯着沃尔佐根。而沃尔佐根发现老先生[②]很激动,便带着微笑说道:

"我不认为自己有权向总司令隐瞒我见到的事情……军队完全乱了……"

"您看见了吗? 您看见了吗? "库图佐夫紧锁双眉,大声喊道,他很快站起来,朝沃尔佐根紧逼过去,"您怎么……您怎么敢这样说! ……"他用颤抖的手做着威胁的手势,气喘吁吁地叫喊起来,"阁下,您怎么敢对我说这种话? 您什么也不知道。您替我转告巴克莱将军,说他的情报不确实,我作为总司令,比他更了解战役的真正进程。"

沃尔佐根想要争辩,但是库图佐夫打断了他的话。

"左翼的敌人被击退了,右翼的敌人也被打败了。如果您没有看清的话,阁下,那么就不要说您不知道的事。请您回到巴克莱将军那里去,转告他,明天我打算向敌人发起进攻。"库图佐夫厉声地说。大家都不吭声,只听得这位老将军在呼哧呼哧地喘粗气。"各方面的敌人都被击退了,为此我要感谢上帝和我们英勇的军队。敌人已被战胜了,明天我们就要把他们从俄罗斯神圣国土上赶出去。"库图佐夫画着十字说;突然眼泪夺眶而出,声音哽咽了。沃尔佐根耸了耸肩,撇了撇嘴,默默地走到一边,对老先生固执己见[③]感到惊讶。

"瞧,我的英雄来了。"库图佐夫看着一位这时上了土岗的体态丰满、仪表出众的黑发军官说。这是拉耶夫斯基,他在波罗金诺战场的主要据点上待了一整天。

拉耶夫斯基报告说,部队坚守着阵地,法国人已不敢再发动进攻。

---

①②③　原文为德文。

库图佐夫听了他的报告后用法语说:

"这么说来,您不像别人那样认为我们应当撤退?"

"正好相反,总司令阁下,在胜负未定的战斗中,取胜的总是比较顽强的人,"拉耶夫斯基回答说,"我的意见……"

"凯萨罗夫!"库图佐夫叫自己的副官。"你坐下来写明天进攻的命令。而你,"他对另一个副官说,"你到前线去,宣布明天我们要发动进攻。"

在库图佐夫同拉耶夫斯基谈话和口授命令的时候,沃尔佐根从巴克莱那里回来了,他报告说,巴克莱·德·托利将军希望得到总司令的书面命令。

库图佐夫没有看沃尔佐根,就吩咐写出书面命令,那位前任总司令要这样的书面命令,想必是为了到时候好推卸自己的责任。

全军的那种被称为士气和构成战争主神经的同仇敌忾的情绪,靠一种无法明确说明的神秘纽带维系着,库图佐夫的话和他发出的明日出战的命令就通过这根纽带同时传到部队的各个地方。

在他的话和命令传到这根纽带的最后环节时,远不是原话和命令本身了。甚至全军上下相互讲述的内容已和库图佐夫的话毫无共同之处;但是他的话的意思传到了各处,这是因为库图佐夫所说的不是巧妙的作战意图,他的话出自那种深藏在总司令以及每一个俄罗斯人内心的感情。

疲惫不堪、发生动摇的人听说我军明天就要进攻敌人,并从部队指挥部证实了他们愿意相信的事后,思想上得到了安慰,精神振作起来。

三十六

安德烈公爵指挥的团留作预备队,这些预备队在一点多钟以前驻扎在谢苗诺夫斯科耶村后面,在敌炮兵的猛烈轰击下没有采取行动。到一点多钟,全团已损失二百多人,这时向前推进到了一片踩平的燕麦地上,到了谢苗诺夫斯科耶村和土岗炮垒之间的地方,那里这一天已被打死了几千人,而到下午一点多钟敌军的几百门大炮又集中火力朝这里猛轰。

这个团待在这个地方，没有放一枪，又损失了三分之一的人。在前方，尤其是在右面，大炮在没有消散的烟雾中轰鸣，炮弹和榴弹发出急促的嗖嗖声和缓慢的呼啸声，不断从弥漫着前面整个地带的神秘烟雾中飞出来。有时在一刻钟里所有炮弹和榴弹都从头上飞了过去，好像给人以喘息的机会似的，但是有时在一分钟内团里就被打死几个人，并且要不断地把死者拖开，抬走受伤的人。

随着一次又一次的炮轰，对那些还没有被打死的人来说，活命的机会就愈来愈少了。全团各营在相距三百步的地方排成纵队队形待命，尽管如此，所有的人都受同一种情绪的支配。大家都不说话，脸色阴沉。在队伍里很少能听到说话声，即使有人说话，只要一传来炮弹爆炸声和叫"担架！"的声音，马上就停止了。团里的人根据长官命令，大部分时间都坐在地上。有的人摘下帽子，努力把皱褶抹平，然后又重新折起来；有的人把干土放在手掌里碾碎，用来擦刺刀；有的人揉揉皮带，把带扣勒紧；有的人用心地把包脚布抻平，重新把脚包上，穿上靴子。一些人用地里的杂草搭棚子或者用麦秸编东西。大家似乎都在专心地干活儿。当有人被打死和打伤时，当有成队的担架经过时，当我们的人往回撤时，当透过烟雾可以看见大批敌人时，谁也不注意这些情况。而当炮兵和骑兵从一旁经过向前推进，我们的步兵也在移动时，四面八方响起了赞许声。但是最受注意的是那些与战斗完全无关的事情。这些精神上遭到折磨的人把注意力放到平常的生活琐事上，仿佛是在休息似的。一个炮兵连在团队正前方通过。一匹拉弹药车边套的马的腿踩到了套索外。"哎，瞧那拉边套的马！……让它把腿收回来！会摔倒的……唉，居然没有看见！……"全团的人从队列里一齐喊道。另一次引起大家注意的是一条不知是从哪里跑出来的翘起尾巴的褐色小狗，它心事重重地快步跑到队伍前面，突然近旁落下了一颗炮弹，它尖叫了一声，夹起尾巴，跑到了一旁。全团发出了一片哈哈大笑声和尖叫声。但是这一类逗乐的事只延续了几分钟，而人们已在持续的死亡恐怖中不吃不喝、无所事事地等了八个多钟头，他们本来苍白而阴沉的脸色变得愈来愈苍白和阴沉了。

安德烈公爵和全团所有人一样，脸色阴沉和苍白，背着手和低着头，在燕麦地旁的草地上从一条地界到另一条地界来回走着。他无事可做，也没有命令可发。一切都是自然而然地进行的。打死的人被拖到战线后面，受伤的人被抬走，队形变得密集起来。跑开的士兵立刻急忙赶回来。开头安德烈公爵认为自己有责任激发士兵的勇敢精神和给他们做出榜样，便在队伍里来回走动；但是后来他认识到，他没有什么可以教他们的。他像每一个士兵一样，把自己心灵的全部力量都不自觉地用来克制自己，不去考虑处境的险恶。他拖着双腿在草地上来回走着，踩得青草嚓嚓响，察看着他靴子上的尘土；时而他迈开大步，竭力想要踩着割草人在草地上留下的脚印走，时而他又数着脚步，计算着他从一条地界到另一条地界要来回走几趟才走满一俄里；时而他采摘几朵长在地界上的苦艾花，在手里揉着，闻那苦涩的刺鼻的香味。昨天的想法全都没有了。他什么也不想。他用疲倦的耳朵谛听着那些声音，辨别着炮弹飞来的呼啸声和射击的轰鸣声，不时地看看一营的人的那些看熟了的脸，等待着。"瞧那东西……这又是朝我们来的！"他谛听着从那一片隐秘的烟雾中飞过来的东西的呼啸声。"一个，又一个！还有！打中了……"他停住脚步，看了看队伍。"不，飞过去了。而这个打中了。"他又走动起来，竭力想把步子迈得大一些，想用十六步走到那边的地界。

又是一阵呼啸声和炮弹落地声！一颗炮弹在离他五步远的地方翻起了干土，不见了。他不禁浑身打了个寒战。他又看了看队伍。大概打死了很多人；在二营那里聚集了一大群人。

"副官先生，"他喊道，"叫他们别聚集在一起。"副官执行他的命令后，朝他走过来。营长也从另一边骑着马到了他跟前。

"当心！"只听得一个士兵恐惧地喊了一声，一枚榴弹像一只带着啸声扑向地面的小鸟，落到离安德烈公爵两步远的地方，落到营长的马旁边。马可不管露出恐怖的样子好不好，首先打了个响鼻，一下子直立起来，差一点把少校摔到地上，跑到了一边。马的恐惧传给了在场的人。

"卧倒！"趴到地上的副官喊了一声。安德烈公爵犹豫不决地站着。那枚榴弹像陀螺一样，冒着烟，在他和卧倒的副官中间，在农田和草地边上，在一丛苦艾近旁旋转着。

"副官先生，"他喊道，"叫他们别聚集在一起。"

"莫非这就是死亡?"安德烈公爵想道,他用全新的羡慕的目光望着青草、苦艾和从旋转着的黑球里冒出的一缕轻烟。"我不能死,我不想死,我爱生活,爱这青草,爱土地和空气……"他想着这些,同时没有忘记人们正在看着他。

"可耻,军官先生!"他对副官说,"多么……"他没有把话说完。就在这时,听到爆炸声和像打碎的窗玻璃似的弹片的呼啸声,闻到一股呛人的火药味,安德烈公爵朝旁边打了个趔趄,举起一只手,仆倒在地上。

几个军官跑到了他跟前。他肚子右侧流出的血染红了一大块草地。

被叫来的抬着担架的民兵在军官们后面站住了。安德烈公爵俯卧着,脸一直垂到草地上,沉重地喘着气。

"怎么站住了?过来!"

农民们走到跟前,抓住他的肩膀和腿往上抬,但是他痛苦地呻吟起来,于是农民们相互使了个眼色,又把他放下来。

"抱起来,放到担架上,反正得这样做!"有人喊了一声。农民们又抓住肩膀把他抬起来,放到担架上。

"啊,我的上帝!我的上帝!这是怎么啦?……肚子!这可就完了!啊,我的上帝!"军官当中有人这样说。"榴弹从耳朵旁嗖的一声飞过,只差一点点没打着。"副官说。两个农民把担架搭上肩,急忙沿着他们踩出的小路朝包扎站抬去。

"合着脚步走……嗨!……一帮乡下人!"一个军官喊了一声,他抓住那两个步子不稳、晃动着担架的农民的肩膀,叫他们停住。

"调整一下步子,好吗,赫维多尔,喂,赫维多尔。"走在前面的农民说。

"就这样,大摇大摆地走。"后面的农民合上脚步后高兴地说。

"是大人吗?是公爵?"季莫欣跑到跟前,朝担架看了一眼,用颤抖的声音说。

安德烈公爵的头深埋在担架里,他睁开眼睛,朝说话的人看了一眼,又合上了眼皮。

民兵们把安德烈公爵朝一个停着几辆马车的树林抬去,包扎站就设在那里。这个包扎站由搭在桦树林边上的三个卷起门帘的帐篷组成。马车和马停在桦树林里。马正在吃饲料袋里的燕麦,几只麻雀飞过来啄食掉在地上的麦粒。乌鸦闻到了血腥味,急不可耐地哑哑叫着,在桦树上飞来飞去。在帐篷周围两俄亩多的地方,躺着、坐着、站着穿各种衣服浑身血迹的人。在伤员的周围,聚集着一群群脸色沮丧、神情专注的担架兵,维持秩序的军官赶他们离开此地,但是没有用。这些担架兵不听军官的指挥,倚靠着担架站着,凝视着他们眼前发生的事,仿佛想要弄清这种景象所包含的难以理解的意义似的。从帐篷里时而传来恶狠狠的大声喊叫,时而传来痛苦的呻吟。有时一个助医从里面跑出来打水,并指定应当抬进去的人。等在帐篷旁的伤员们发出嘶哑的声音,呻吟着,哭着,叫喊着,骂着人,要伏特加喝。有几个人说着胡话。安德烈公爵因为是团长,抬担架的人便越过尚未包扎的伤员把他抬到一个帐篷的近旁,放下来等候指示。这时他睁开眼睛,好久弄不清周围发生的事。他想起了草地、苦艾、农田、旋转的黑球以及他对生活的热爱。在离他两步远的地方,一个头上裹着绷带、身材高大和容貌英俊的黑发军士拄着一根树枝,在大声说话,引起了大家的注意。他的头部和腿被子弹打伤。一群伤员和担架员聚集在他周围,贪婪地听他说话。

"我们从那里把他们狠狠揍了一顿,揍得他们扔下一切逃跑了,国王本人也抓住了!"这个士兵大声说道,他那双火热的眼睛闪闪发亮,环视着四周,"要是预备队能及时赶到,弟兄们,他们准保全部完蛋,因此我老实对你说……"

安德烈公爵也像围着讲话者的人一样,用闪闪发亮的眼睛望着他,心里感到安慰。"但是现在不是什么都一样了吗?"他想道。"来生将会如何,今世到底怎么样呢? 我为什么这样舍不得与生命告别? 在这生命中一定有一种我过去和现在都不理解的东西。"

三十七

一个围着一条血迹斑斑的围裙、不大的手上沾满鲜血的医生,在一只手的手指和拇指之间夹着一支雪茄(为了不弄脏它),出了帐篷。这个医生抬起头,开始朝两边看,但是没有看伤员。显然他想休息一会儿。他把头左右转动了一阵后,叹了一口气,垂下了眼睛。

"好,这就来。"他看见医士对他指着安德烈公爵说着什么,便回答说,吩咐把伤员抬进帐篷去。

其他正在等待的伤员不满地嘟囔起来。

"看来到阴间也只有老爷的日子好过。"一个人说。

安德烈公爵被抬进帐篷,放到一张刚腾出来的、医冲洗过的桌子上。安德烈公爵不能一件一件地看清帐篷里的东西。四面八方传来的痛苦的呻吟声,大腿、肚子和背部剧烈的疼痛分散了他的注意力。他有一个总的印象,觉得他在自己周围看到的一切像是一个赤裸裸的、血肉模糊的人体,这人体似乎塞满了整个低矮的帐篷,如同在几个星期前的那个炎热的八月天它塞满了斯摩棱斯克大道旁的池塘一样。是的,这就是那个人体,那些炮灰,那时它仿佛预示着现在发生的事似的,使他见了就感到可怕。

帐篷里有三张桌子。两张桌子已有人占着,安德烈公爵被放到第三张上。在一段时间里他一个人躺着,无意中看到了其余两张桌子上的情况。在近处的桌子上坐着一个鞑靼人,从扔在一旁的制服来看,大概是一个哥萨克。四个士兵揪住他。一个戴眼镜的医生正在他肌肉发达的褐色的背上切割什么。

"哎哟,哎哟,哎哟! ……"鞑靼人像杀猪似的喊着,往上抬起高颧骨翘鼻子的黑脸,龇着雪白的牙齿,开始挣扎和抽动起来,发出长长的刺耳的尖叫声。另一张桌子旁边围着很多人,上面头朝后仰躺着一个又大又胖的人(蜷曲的头发及其颜色,还有头的形状安德烈公爵觉得很熟悉)。几个医士压在这个人的胸脯上,不让他起来。他的一条雪白的大粗腿像发热病时一样,不停地急速颤动着。这个人抽抽搭搭地哭着,连气都喘不过来了。两个医生——其中一个脸色苍白,浑身发抖——默默地在这个人的另一条颜色发红的腿上做着什么。戴眼镜的医生处理完鞑靼人的伤口后,给他盖上大衣,然后走到安德烈公爵面前。

他朝安德烈公爵看了一眼,急忙扭过头去。

"给他脱衣服! 干吗还站着?"他生气地朝医士们喊道。

当一个医士卷起袖子急急忙忙地给他解扣子和脱衣服时,安德烈公爵想起了自己最初的遥远的童年时代。医生低低地弯下身子查看伤口，摸了摸，沉重地叹了一口气。然后他对旁边的人做了个手势。于是肚子里剧烈的疼痛使得安德烈公爵失去了知觉。他醒来时，大腿的碎骨已取了出来，炸烂的肉已被切除，伤口已包扎好了。朝他的脸上喷了水。安德烈公爵一睁开眼睛，医生朝他俯下身来，吻了吻他的嘴唇，急忙走开了。

安德烈公爵在经受了痛苦后，感受到了一种很久没有感受过的幸福。他想起了他一生中最好的、最幸福的时光，尤其是最遥远的童年，当时他被脱了衣服放到小床上，保姆唱着歌哄他睡觉，他把脑袋埋到枕头里，因意识到自己活在世上而感到幸福——所有这些他甚至觉得不是过去，而是现实。

医生们在那个安德烈公爵觉得其脑袋形状比较熟悉的伤员身旁忙碌着；把他抬起来，安慰他。

"给我看一看……哎——哟——哟！哎——哟！"他那恐惧的、忍不住疼痛而发出的呻吟声常常为哭声所打断。安德烈公爵听着他的呻吟，就想要哭。他想哭，也许是由于他快要默默无闻地死去，也许是由于他舍不得离开人世，也许是由于他回想起了一去不复返的童年，也许是由于他和别人在受苦，由于这个人在他面前这样痛苦地呻吟——不管是由于什么，他想像孩子一样地哭，流下善良的和几乎是欢乐的眼泪。

人们把一条连着靴子锯下的带着凝结的血的断腿给那伤员看。

"哎哟！哎——哟——哟！"他像女人一样哭着。原先站在伤员面前挡住他的脸的医生走开了。

"我的上帝！这是怎么回事？他干吗在这里？"安德烈公爵自言自语地说。

他认出那个刚锯去腿的不幸的、失声痛哭的和软弱无力的人是阿纳托利·库拉金。阿纳托利被扶起来，给他一杯水喝，但是他那肿起的嘴唇颤抖着，老是挨不到杯子的边。他伤心地抽泣着。"是的，这是他；是的，这个人曾与我有密切的和痛苦的关系。"安德烈公爵想道，还没有完全弄清楚他面前发生的是什么事。"这个人与我的童年、我的一生有什么关系呢？"他问自己，可是没有找到答案。突然安德烈公爵又出乎意外地回想起了童年的、纯洁的和爱情的世界。他回想起的娜塔莎是在一八一〇年的舞会上第一次见到她时的样子,瘦小的脖子和细长的手臂,脸上时刻带着欣喜、惊恐和幸福的神色,想到这里,对她的爱和柔情在他心里苏醒了,变得比任何时候都要生动和强烈。他现在想起了那种存在于他与这个人之间的联系,此时这个人的那双肿起的眼睛正含着泪水模糊不清地望着他。安德烈公爵想起了一切,于是对这个人的热诚的怜悯和爱充满了他的幸福的心。

安德烈公爵再也忍不住了,便哭了起来,为人们,为自己,为人们和自己的迷误流下了充满柔情和爱的眼泪。

"对弟兄们和对爱着的人的爱和同情,对仇恨我们的人的爱,对敌人的爱—— 是的,这就是上帝在世上宣扬的爱,是玛丽亚公爵小姐教我的爱,我过去没有理解;这就是我爱惜生命的原因,如果我能活下去,这就是我还留下的东西。但是现在已经晚了。我知道这一点!"

三十八

战场上遍地都是尸体和伤员的可怕景象,加上头脑昏沉,不断接到熟悉的将军死伤的消息,感到原先强有力的手变得软弱无力—— 这一切对拿破仑产生了出乎意料的影响,而过去他总是喜欢察看死者和伤员,以此来考验自己的精神力量(他是这样想的)。这一天战场的可怕景象压倒了他认为是自己的优点和伟大之处的精神力量。他急忙离开战场,回舍瓦尔金诺土岗去了。他坐在折叠椅上,整个脸发黄和浮肿,神情阴郁,两眼模糊,鼻子发红,声音嘶哑,不由自主地谛听着射击声,没有抬起眼睛。他带着病态的厌烦等待着战斗结束,他认为这战斗是他挑起的,但是他又不能让它停下来。在短暂的瞬间,他个人的那种人的感情胜过了他长期孜孜以求的虚假的生活幻影。他设身处地体验着他在战场上见到的痛苦和死亡。头脑沉重和胸口憋闷的感觉,使他想起痛苦和死亡也可能落到自己头上。这时他自己既不想要莫斯科,也不想要胜利和荣誉了。(他还需要什么样的荣誉呢?)他现在只希望休息、安宁和自由。但是,在谢苗诺夫斯科耶高地上,炮兵指挥官向他提出调几个炮队到这些高地上去,以便加强炮击聚集在克尼亚兹科沃前面的俄军的火力。拿破仑同意了,并命令及时给他送这些炮队发挥了什么作用的报告来。

一个副官前来报告说,奉皇帝之命两百门大炮轰击俄军,但是俄国人还是那样一动不动。

"我们的排炮不断地轰击他们,而他们还在守着。"副官说。

"他们还想要!……"拿破仑声音嘶哑地说。

"什么,陛下?"没有听清的副官问。

"他们还想要,"拿破仑皱起眉头哑着嗓子说,"那就再给我轰。"

他想要做的事,人们常常不等他的命令就做了,他之所以下令,只是因为他认为人们等着他下令。于是他又回到原先的那种自命不凡的幻影的虚假的世界,又开始(像一匹在倾斜的滚动装置上走、自以为正在给自己做着什么事的马一样)顺从地扮演那种注定要由他扮演的残酷的、悲伤和痛苦的、不人道的角色。

这个人比这场战斗的其他所有参加者都更多地承担着眼前的重负,他的理智和良心不只是在这一个钟头和这一天变得模糊起来;直到生命的结束,他永远不会理解真善美,也不会理解自己的行为的意义,这些行为完全违反了真和善,与一切合乎人道的东西毫不相干,以至于他无法理解其意义。他不能放弃他的那些受到半个世界赞扬的行为,因此只好放弃真和善以及一切合乎人道的东西。

并不只是在这一天,他在巡视遍地是死者和伤员的战场(他认为这是由他的意志造成的)时,看着这些人,计算着多少俄国人抵一个法国人,自欺欺人地寻找着为五个俄国人抵一个法国人而高兴的理由。不只是在这一天他在送往巴黎的信中写道,战场非常壮观,因为那上面有五万具尸体;而且他在圣赫勒拿岛,在那偏僻幽静的地方曾说过,他要用空闲的时间来叙述他所做的伟大的事情,他写道:

对俄战争应是当代最得人心的战争,因为这是有理性的和确实有好处的战争,是保障所有人的安宁和安全的战争;它纯粹是爱好和平的和审慎的战争。

这是为了实现伟大目标,结束各种意外事件和开创安全的局面而进行的。将会出现新的前景,开展新的工作,人人丰衣足食,幸福安康。

欧洲体系就会打下基础；今后的问题只在于具体组织了。

这些大问题得到满意解决和处处都可放心后，我也就会有自己的**会议**和**神圣同盟**。这些思想是他们从我这里盗用的。在各国伟大君主的会议上，我们会像一家人那样讨论我们的利益，像办事员对待主人那样，对待各国人民。

欧洲确实很快就会这样成为一个统一的民族，任何人不管到哪里旅行，随时都会觉得是在共同的祖国里。我将提出把所有的河流变为人人可以航行的河流，把海洋变为公有的海洋，把庞大的常备军削减成为各国皇帝的近卫军等等。

回到法国，回到伟大的、强盛的、壮丽的、安全的祖国后，我将宣布疆界不可改变；未来任何战争都是**防御性的**；任何新的扩张是**反民族的**；我将和自己的儿子一起管理帝国；我的**独裁**就此结束，将开始实行宪政……

巴黎将成为世界的首都，法国人将成为各个民族羡慕的对象……

然后我将利用我的余暇和晚年，在皇后的帮助下，在教育我的儿子的同时，像一对真正的农村夫妇一样，骑着自己的马，逐步地走遍全国各地，接受投诉，纠正错案，在各地建造房屋，广施恩惠。

他注定要身不由己地扮演屠杀各国人民的刽子手的可悲角色，可是他却要自己相信他的行为的目的是造福人民，他能支配千百万人的命运，利用权力广施恩惠！他就对俄战争继续写道：

在渡过维斯瓦河的四十万人当中，一半是奥地利人、普鲁士人、撒克逊人、波兰人、巴伐利亚人、符腾堡人、梅克伦堡人、西班牙人、意大利人和那不勒斯人。严格地说，帝国军队有三分之一是由荷兰人、比利时人、莱茵河两岸居民、皮埃蒙特人、瑞士人、日内瓦人、托斯卡纳人、罗马人以及三十二师、不来梅、汉堡等地的人组成；其中说法语的人几乎不到十四万人。对俄国的远征使法国损失不到五万人；俄国军队从维尔纳到莫斯科的撤退中以及各次战役中损失要比法国军队大三倍；莫斯科大火使十万俄国人丧生，他们在树林里死于严寒和饥饿；同时俄国军队在从莫斯科到奥得河的途中由于天气严寒损失不少人；到达维尔纳时它只剩下五万人,而到卡利什时不到一万八千人了。

他想,这场对俄战争是根据他的意志发起的,所以发生的事的可怕景象并不使他感到惊奇。他勇敢地承担起这个事件的全部责任,头脑昏乱的他居然认为在几十万死者中法国人要比黑森人和巴伐利亚人少这一点可作为自我辩解的理由。

三十九

几万具穿着不同军服的尸体以各种姿势躺在属于达维多夫家①和国有农民②的田地和草场上,几百年来,波罗金诺、戈尔基、舍瓦尔金诺和谢苗诺夫斯科耶的农民们同时在这里收割庄稼和放牧牲口。在包扎站周围一俄亩的地方,青草和土地浸透了鲜血。各种部队的一群群受伤和未受伤的人,脸色惊恐,从这一边往后退向莫扎依斯克,而从另一边则退向瓦卢耶沃。其余的一群群疲惫不堪和饿着肚子的人则在长官的率领下向前行进。还有一些人留在原地继续射击。

原先这田野美丽而又充满欢乐气氛,那里烟雾缭绕,刺刀在朝阳的照耀下闪闪发亮,如今这里笼罩着潮湿的雾气和烟尘,散发出酸涩的硝烟味和血腥味。乌云聚集拢来,下起了小雨,稀稀拉拉的雨点落在死者和伤者身上,落在惊慌失措的和疲惫不堪的人身上,也落在怀疑的人身上。这雨点仿佛在说:"够了,够了,人们。住手吧⋯⋯清醒清醒吧。你们这是在干什么?"

两边的没有食物、得不到休息和疲惫不堪的人们开始同样地怀疑起来,不知是否还应继续相互残杀,在所有人的脸上可以看到犹豫的表情,在每个人心里同样地出现这样的问题:"为了什么和为了谁,我必须去杀人和被杀?你们愿意杀就杀吧,爱怎么干就怎么干吧,我可不愿意再干了!"到傍晚时,这个想法在每个人的心中成熟了。所有这些人随时都可能为他们所做的事而感到恐惧,扔下一切,往随便什么地

---

① 达维多夫家是著名的俄国贵族世家,在莫斯科省拥有很多庄园。
② 国有农民是俄国十八—十九世纪的属于国家的农民。

方跑。

但是,虽然到战役快要结束时人们已感觉到自己的行为的可怕,虽然他们很高兴停止厮杀,但是某种不可理解的神秘的力量仍支使着他们,于是那些汗流浃背、浑身沾满火药和鲜血、三人只剩一人的炮兵,累得磕磕绊绊和气喘吁吁,仍搬着药包,装着炮弹,进行瞄准,安上引火线;炮弹仍然从两边迅猛地飞过来飞过去,炸烂人的身体,这样,那件不是按照人们的意志,而是按照那个支配人们和世界的人的意志而发生的事就继续进行了。

一个人如果看一看俄国军队后部的混乱状况,他就会说,法国人只要再做一点小小的努力,俄国军队就会完全被消灭;如果他也看一看法国军队的后部,同样会说,俄国人只要再做一点小小的努力,法国人就要完蛋。但是法国人和俄国人都没有作这样的努力,因此战役的火焰逐渐慢慢地熄灭了。

俄国人之所以没有作这样的努力,是因为不是他们进攻法国人。在战役开始时他们只是据守在通往莫斯科的大道上,到战役快要结束时他们完全像战役开始时那样据守着。但是即使俄国人的目的是要打退法国人,他们也不可能做这最后的努力,因为所有俄国军队都溃乱了,没有一支部队不在战役中遭受损失,他们虽留在自己的阵地上,但损失了一半人马。

而法国人记得过去十五年来取得的胜利,相信拿破仑不可战胜,知道他们已控制了战场的一部分,只损失了四分之一人员,还有两万人的近卫军未曾动用,他们很容易做这样的努力。他们攻打俄国人的目的是要把俄国人赶出阵地,本应作这样的努力,因为只要俄国人还像在战役前那样据守在通往莫斯科的大道上,法国人的目的就没有达到,他们所做的一切努力和遭受的损失就白费了。但是法国人没有做这样的努力。某些历史学家说,拿破仑只要投身未曾动用的老近卫军,就可赢得战役。说如果拿破仑投入近卫军会怎么样,就等于说如果春天变成秋天会怎么样。这是不可能的。拿破仑不投身近卫军不是因为他不愿意这样做,而是因为做不到。法国军队的所有将军、军官和士兵都知道做不到,因为军队低落的士气不允许这样做。

不只是拿破仑一个人有那种近似噩梦的感觉,觉得使劲挥起的手落下去时软弱无力,而且法国军队的所有将军、参战的和未参战的士兵在经历了以前的历次战役(那时只作十分之一的努力敌人就逃跑了)后,遇到丧失了**一半**军队、在战役行将结束时还像在战役开始时那样岿然不动的敌人,都有同样的恐惧的感觉。处于进攻地位的法国军队,士气已消耗殆尽。俄国人在波罗金诺取得的,不是由缴获的那些被称为军旗的绑在长杆上的布片的数量以及部队前后占据的地盘所决定的胜利,而是精神上的胜利,它使得敌人相信他们的对手在精神上胜过他们,相信他们自己的软弱无力。法国的入侵者像一头狂怒的野兽,它在猛跑中受了致命伤,觉得自己就要死亡;但是他们不能就此停步,就像比他们弱一半的俄国不能不闪避一样。在这次碰撞后法国军队还能到达莫斯科;但是到那里后,无须俄国军队做新的努力,也会因为在波罗金诺受了致命伤,流血过多而死亡。波罗金诺战役的直接后果,是拿破仑无缘无故地从莫斯科逃跑,沿着旧的斯摩棱斯克大道撤回,入侵的五十万军队归于覆灭和拿破仑法国最后崩溃,这个国家在波罗金诺第一次遭到了精神上十分强大的敌手的沉重打击。

第三部

一

运动的绝对连续性,是人的智力不能理解的。对一个人来说,任何运动的规律只有当他从这运动中任意抽取若干单位加以考察时,才变得可以理解。但是与此同时,人类的大部分错误是从把连续不断的运动任意地分为不连续的单位的做法中产生的。

众所周知,古代人有一个所谓的诡辩,说的是阿喀琉斯[①]虽然行走的速度为乌龟的十倍,但是永远追不上在他前面爬行的乌龟,因为当阿喀琉斯走完他与乌龟之间的距离时,乌龟就会在他前面爬这距离的十分之一;而当阿喀琉斯走完这十分之一的距离时,乌龟又向前爬了百分之一,照此类推,以至无穷。这个问题在古代人看来是无法解决的。答案(阿喀琉斯永远追不上乌龟)的荒谬是由于任意地把运动分为不连续的单位,而阿喀琉斯和乌龟的运动却都是完全连续的。

我们采用运动的愈来愈小的单位,只能接近问题的答案,但是永远不会得到它。只有假设有无穷小的数值和由它开始的到十分之一的级数,并取得这个几何级数的和,我们才能得到问题的答案。数学的一个新的分支在获得处理无穷小的数值的技术后,如今在运动的其他比较复杂的方面也能解答以前觉得是无法解答的问题了。

---

①　阿喀琉斯是希腊神话中的英雄,善行走,有"捷足的阿喀琉斯"之称。

数学的这一古代人所不知道的分支,在考察运动的问题时,假设有无穷小的数值的存在,即运动的主要条件(绝对的连续性)借以恢复的数值的存在,从而纠正了人的头脑由于考察运动的个别单位而不考察连续不断的运动而不能不犯的错误。

在探索历史运动的规律时,情况也完全一样。

人类的运动是由无数人的任意行为产生的,是连续不断的。

理解这一运动的规律,是历史学的目的。但是为了理解人的所有任意行为的总和所产生的连续不断的运动的规律,人在思想上假设有任意的和不连续的单位的存在。历史学的第一个方法是从连续不断的事件中任意抽取一个系列,将其与别的系列分开来进行考察,其实任何事件没有而且不可能有开端,永远都是一个事件产生于另一个事件。第二种方法是把一个人,把沙皇、统帅的行动作为人们的任意行为的总和来考察,而人的任意行为的总和从来不通过一个历史人物的活动表现出来。

历史科学在其自身的运动中常常采用愈来愈小的单位来进行考察,力图用这种方法接近真理。但是不管历史采用的单位如何之小,我们觉得,如果假设有与其他单位分开的单位的存在,假设某种现象有其开端,假设所有人的任意行为是通过一个历史人物的行动表现出来的,那么这假设本身就是错误的。

历史学的任何结论,无须批评者费一点气力就化为乌有,不留一点痕迹,这只是由于批评者把一个或大或小的不连续的单位选作考察的对象;批评者永远有这样做的权利,因为所取的历史单位总是任意选择的。

只有假设用来观察的是无穷小的单位——历史的微分,即人们的同类的爱好,并且掌握积分(求这些无穷小之和)的技术后,我们才有望认识历史的规律。

十九世纪的头十五年,欧洲出现了数百万人不同寻常的运动。人们放下自己平常做的事,从欧洲的一边奔向一边,抢劫,互相残杀,欢庆胜利和陷入绝望,生活的进程几年内发生了变化,出现一种强烈的运动,它始而不断高涨,随后逐步减退。这个运动的原因是什么,或者它是按照什么样的规律进行的——人们常常这样问。

历史学家在回答这个问题时,给我们讲述巴黎的一座大楼里几十个人的言论和行动,把这些言行用"革命"一词来称呼;然后详细讲拿破仑以及某些对他抱同情和敌对的态度的人的传记,讲其中一些人对另一些人的影响,最后说:这就是这个运动的起因,这就是它的规律。

但是人的理智不仅不相信这种解释,而且直截了当地说,这种解释方法是不对的,因为作这样的解释时把最微弱的现象当作最强有力的现象的原因。是人们的任意行为的总和造成了革命,也造就了拿破仑,正是这些任意行为的总和使革命和拿破仑一时得以存在,后来又将其消灭。

"然而每一次,只要有征服的行动,就有征服者;只要国内发生大的转变,就有大人物。"历史这样说。而人的理智回答道,不错,任何时候只要出现征服者,就会有战争,但是这并不证明征服者是发生战争的原因,并不证明可以在一个人的个人活动中找到战争的规律。每一次,当我看见自己的钟的时针走到了十点的地方时,我就听到隔壁的教堂里开始鸣钟,但是我无权根据每次时钟走到十点时就响起钟声这一点就得出结论说,时针的位置是教堂的钟声响起来的原因。

每一次,当我看见机车开动时,我就听见汽笛的声音,看见阀门打开和车轮转动起来,但是我无权由此得出结论说,汽笛的声音和车轮的转动是机车开动的原因。

农民们说,暮春刮寒风是因为橡树长新叶了;确实,每年春天橡树长新叶时都刮寒风。但是,我虽然不知道橡树长新叶时刮寒风的原因,我不能同意农民们把刮寒风的原因说成是橡树长新叶,理由只有一点,即风力不受长新叶的影响。我看到的只是在任何生活现象中常见的某些条件的巧合,并且看到,不管我如何仔细地观察钟的时针、机车的阀门和轮子以及橡树的叶芽,我仍找不出教堂钟响、机车开动和春天刮风的原因。为达到此目的,我必须完全改变自己的观察点,研究蒸汽、教堂的钟和风运动的规律。历史学也应该这样做。这样的尝试已经做了。

要研究历史的规律,我们应该完全改变观察的对象,把沙皇、大臣和将军们放在一边,而去研究指导着群众的同类的、无穷小的因素。谁也不能说,用这种方法能使人在多大程度上认识历史规律;但是显而易见的是,只有用这种方法才可能琢磨出历史的规律,而人的理智在这方面所做的努力，只有历史学家们在描述帝王将相的活动和叙述他们对这些活动的看法上所花力气的百万分之一。

二

欧洲十二个民族的军队侵入了俄国。俄国军民避免交锋，撤退到斯摩棱斯克，又从斯摩棱斯克退到波罗金诺。法国军队前进的速度不断增大，直奔它的目标莫斯科。它在快要接近目标时前进尤为迅速，如同下落的物体快要接近地面时加大了速度一样。一个饥饿的、敌对的国家的几千俄里的国土留在了背后，而在前面距离目标还剩几十俄里。拿破仑军队的每一个士兵都感觉到这一点，这支侵略军似乎单凭一股冲力在自然而然地向前推进。

在俄国军队里，在不断后退的过程中仇恨敌人的情绪愈来愈高涨，部队在后退时集中起来，实力增强了。在波罗金诺附近进行了交锋。双方的军队都没有被打垮，但是俄国军队在交锋后必然会立刻后退，正如一个球与另一个以更大的速度朝它冲来的球碰撞后必然会弹回来一样；而那个快速冲过来的侵略者之球（虽然在碰撞中已失去了全部力量）也必然会再滚一段距离。

俄国人退了一百二十俄里——退离了莫斯科，法国人进了莫斯科，在那里停下来。在这之后的五个星期的时间里，没有发生一次战斗。法国人停在那里不动。他们像一头受了致命伤、流着鲜血和舔着伤口的野兽一样，在莫斯科停留了五个星期，什么事也没有做，突然无缘无故地往回跑：奔向卡卢加大道（在打胜仗后，小雅罗斯拉韦茨附近的战场又为他们所控制），没有再打一次大仗，更快地逃回斯摩棱斯克，又从斯摩棱斯克逃到维尔纳，过了别列津纳河，再继续往回跑。

八月二十六日晚，库图佐夫和全体俄军将士都相信波罗金诺会战打赢了。库图佐夫就是这样报告皇帝的。他下令作进行新的战斗的准备，以便彻底击溃敌人，他这样做并不是要欺骗任何人，而是因为他知道敌人已被战胜了，这个战役的每一个参加者也都知道这一点。

但是在那天晚上和第二天，接二连三地传来伤亡空前惨重、损失了一半军队的消息，这样再要进行战斗实际上是不可能的了。

在情报还没有收集,伤员还没有送走,弹药未得到补充,阵亡的人数还没有统计,还没有派新的指挥官去代替战死的人,官兵还没有吃饱睡足时,是**不能**发起新的战斗的。

而与此同时,在会战后的第二天早晨,法国军队(以仿佛与距离的平方成反比的冲力)自然而然地朝俄军推进。库图佐夫曾想在第二天发起进攻,全军也希望这样做。但是要发起进攻,只有这样做的愿望是不够的;需要有这样做的可能,但是这样的可能性并不存在。不能不后退一程,接着同样不能不再退第二程,第三程,最后,到九月一日—这时军队已到了莫斯科——尽管部队士气十分高涨,但是实际情况要求这些部队退离莫斯科。于是部队又退了一程,退了最后一程,放弃了莫斯科,使它落到敌人手里。

有的人习惯于认为,战争和战役的计划是统帅们用这样的方法制订的,就像我们每一个人坐在自己的书房里看着地图考虑如何部署这次或那次战役一样;这些人会出现这样的问题,为什么库图佐夫在撤退时不这样做和那样做,为什么他没有立刻退向卡卢加大道,放弃莫斯科,等等。习惯于这样想的人忘记了或者不知道任何一个总司令的活动有其必不可少的条件。一个统帅的活动完全不像我们自由自在地坐在书房里分析某次战役时所想象的那样,我们分析时看着地图,双方的兵力是知道的,地形也是知道的,而且是从某个已知的时刻开始考虑的。一个总司令在某个事件**开始**时,从来都不处于我们考察这事件时已知的条件之中。总司令总是处在一系列变动着的事件的中间,因此他任何时候,任何时刻都不能全面地考虑到所发生的事件的全部意义。事件不知不觉地、一刻不停地呈现出本身的意义,而在事件的这个接连不断的呈现过程的每一个时刻,总司令总是处于最复杂的玩弄权术、阴谋、操心、各种依赖关系、权力、方案、建议、威胁、欺骗的中心,经常必须回答向他提出的无数通常是相互矛盾的问题。

军事学家非常严肃地对我们说,库图佐夫在到达菲利之前早就应该把军队调往卡卢加大道,甚至有人提过这样的方案。但是摆在总司令面前的,尤其是在困难时刻,常常不是一种方案,而总是同时有几十种。而这些根据战略和策略制订的方案,都是相互矛盾的。

看来总司令应做的事只在于从这些方案中选择一个方案。但是就连这一点他也做不到。事件和时间是不等待人的。假定说,有人向他建议二十八日转移到卡卢加大道,但是这时一个副官骑着马从米洛拉多维奇那里跑来问道,现在是向法国人开火还是撤退。他需要立刻就下命令。而命令撤退会使我们不再拐向卡卢加大道。在副官之后军需官紧接着前来请示粮草运往哪里;军医院院长来问伤员往哪里送;彼得堡来的信使送来了皇帝的信,说不允许放弃莫斯科,于是总司令的竞争对手,即在暗中拆他的台的人(这样的人任何时候都是有的,而且不止一个,常常有好几个)便提出与转移到卡卢加大道的计划完全相反的方案;总司令体力消耗很大,需要睡眠和吃点东西;可是一位没有得到奖赏的可敬的将军前来向他发牢骚,居民则来寻求保护;派去观察地形的军官回来向他报告,说的与在他之前派去的军官所说的完全相反;而侦察员、俘虏和进行现地侦察的将军对敌军情况的描述也各不相同。那些习惯于不理解或忘记任何一个总司令的活动必然会遇到的这些条件的人,在向我们介绍,譬如说,军队在菲利的情况时,设想总司令在九月一日能够完全自由地解决关于放弃还是保卫莫斯科的问题,可是当俄国军队到了离莫斯科五俄里时,这个问题已不可能存在了。这个问题是什么时候决定的呢?是在德里萨附近,是在斯摩棱斯克城下,最明显的是二十四日在舍瓦尔金诺,二十六日在波罗金诺附近,是在从波罗金诺撤退到菲利的每一天,每一个小时,每一分钟决定的。

三

俄国军队从波罗金诺撤退后,驻扎在菲利附近。视察阵地回来的叶尔莫洛夫策马到了库图佐夫元帅面前。

"在这阵地上作战是不可能的。"他说。库图佐夫惊奇地朝他看了一眼,要他把话再说一遍。他说完后,库图佐夫向他伸出手去。

"把手伸给我,"库图佐夫说,把他的手翻过来摸他的脉,又说道:"你有病,亲爱的。好好想一想你说的是什么。"

库图佐夫在俯首山上,在离多罗戈米洛沃门六俄里的地方下了马车,在路边的一条长凳上坐下。他周围聚集了一大群将军。从莫斯科城里来的拉斯托普钦伯爵也参加到他们之中。所有这些杰出人物分成几堆,相互之间谈论着阵地的利弊、军队的状况、设想中的计划、莫斯科的局势以及一般的军事问题,大家都感觉到,虽然并没有说明叫他们来开军事会议,但是这实际上就是这样的会议。大家谈论的都是共同关心的问题。如果有谁谈论或打听私人的事情,那么只低声地说几句,立即又转回到共同关心的问题上:在所有这些人中间没有人说笑话,听不见笑声,甚至看不见微笑。显然,所有的人都努力使自己的举止与他们的地位相称。每一堆人在交谈时,竭力靠近总司令(他坐的凳子仍然处于这几堆人的中心)尽量把话说得使他能够听见。总司令听着,有时再问一遍他周围的人说的话,但是自己没有参加谈话,也没有表示任何意见。他在听了某一堆人的话后,大多带着失望的神情——仿佛他们说的完全不是他希望知道的——转过头去。一些人谈到选定的阵地时,批评的主要不是阵地本身,而是选择阵地的人的智力;另一些人证明说,错误在这之前已经犯了,应该前天就应战;还有一些人谈到萨拉曼卡战役,他们是听刚来的穿西班牙军服的法国人克罗萨^①说的。(这个法国人和一个在俄军服役的德国亲王一起,分析了萨拉戈萨的被围^②,认为也可以这样保卫莫斯科。)拉斯托普钦伯爵在第四堆人当中说,他准备同莫斯科民兵一起战死在莫斯科城下,但是他仍然不能不为自己不了解情况表示遗憾,要是他事先知道,那就是另一回事了……第五堆人为了显示自己的战略考虑的深度,谈论军队应朝哪个方向运动。第六堆人说的纯粹是废话。库图佐夫的脸色变得愈来愈忧虑和阴郁了。他从所有这些谈话中看到一点:保卫莫斯科确确实实没有**任何实际的可能**,也就是说,这完全不可能,如果有一个发疯的总司令下令进行战斗,那么会出现混乱,仗仍然打不起来;仗打不起来是因为所有高级指挥官不仅认为这个阵地不中用,而且他们在谈话中讨论的只是这个阵地无疑会放弃以后将发生什么事。指挥官怎么能把自己的部队带到他们认为不能打仗的战场上去呢?下级指挥官,甚至士兵(他们也在

---

① 克罗萨是法国侨民,经常变换服役地点。一八一二年到了俄国。
② 萨拉戈萨是西班牙城市。一八〇八年到一八〇九年,曾两度被法国军队围困,一八〇九年二月,在经过两个月的英勇抵抗后陷落。

议论）也认为阵地不中用，因此不能在相信必败无疑的情况下去打仗。如果本尼格森坚持要守住这阵地，而其余的人尚无定见，那么这个问题本身就没有意义，只能作为挑起争论和搞阴谋的借口。库图佐夫明白这一点。

本尼格森选定了立场，使劲地显示自己的俄罗斯爱国热情（库图佐夫听他这样说时不能不皱眉头），坚持保卫莫斯科。库图佐夫对本尼格森的目的看得一清二楚：如果守不住，就把过错推给库图佐夫，说他不战而退，把部队带到了麻雀山；如果守住了，就把功劳归于自己；如果他的意见遭否决，就可为自己洗刷放弃莫斯科的罪责。但是现在老人对这个耍阴谋的问题并不感兴趣。他关心的是一个可怕的问题。他没有从任何人那里听到这个问题的答案。现在他所考虑的这个问题是："难道是我让拿破仑到了莫斯科，我是什么时候这样做的？这是在什么时候决定的？难道是在昨天我命令普拉托夫撤退的时候？或者是在前天晚上我打起瞌睡来，命令本尼格森处理各种事情的时候？或者还要早些？……然而是在什么时候，在什么时候决定这件可怕的事的呢？莫斯科应当放弃。部队应当撤退，应当发布这个命令。"他觉得发布这个可怕的命令就像放弃军队的指挥权一样。况且他喜欢权力，习惯于掌权（在土耳其时，他曾是普罗佐罗夫斯基公爵的部下，那位公爵受到的尊敬使他很羡慕），并且深信，他命中注定要拯救俄国，只因为这一点，他才在违背皇帝的意愿的情况下顺应民心被选中当了总司令。他还深信，只有他一个人能在这困难的条件下继续指挥军队，世界上只有他一个人能毫不畏惧地把不可战胜的拿破仑看作自己的敌手；于是当他一想起他应当发布的命令时就感到可怕。但是应当作个决定，应当打断他周围的人的谈话，因为这些谈话开始变得太自由放任了。

他把几位职位较高的将军叫到自己跟前。

"不管我的头脑是好是坏，再也没有什么人可帮一把的了。"他说，从长凳上站起来，前去菲利，他的马车停在那里。

四

下午两点钟，在农民安德烈·萨沃斯季亚诺夫的一座最好的宽敞的木房子里召开会议。这个农民大家庭的男人、女人和孩子挤在门廊那边的杂房里。只有安德烈的六岁的小孙女玛拉莎留在大房子的火炕上，殿下很喜欢她，在喝茶时给了她一块糖。将军们一个接一个地进屋来，在放在上座 ① 处圣像下面的宽长凳上坐下，玛拉莎从火炕上又胆怯又高兴地看着他们的脸、身上的制服和佩戴的十字勋章。而爷爷本人，玛拉莎心里这样称呼库图佐夫，离开他们单独坐在阴暗角落的炉子后面。他的身体深深陷进折叠的圈椅里，不断地发出呼哧声和抻着军服的领子，虽然领扣是解开的，但是他觉得仍然卡着他的脖子。一个接一个进来的人走到元帅面前；他和某些人握握手，朝某些人点点头。副官凯萨罗夫想要拉开库图佐夫对面窗户上的窗帘，但是库图佐夫生气地朝他挥挥手，凯萨罗夫明白了殿下的意思，他不希望人们看见他的脸。

在农家的一张云杉木桌子上放着地图、平面图、铅笔和纸张，聚集在它周围的人太多，于是勤务兵又搬来了一条长凳，把它放在桌旁。刚到的叶尔莫洛夫、凯萨罗夫和托尔就坐在这条长凳上。在圣像下面的首席上坐着巴克莱·德·托利，他脖子上挂着圣格奥尔吉勋章，脸色苍白，带有病态，高高的前额和秃顶连在一起。他寒热病发作已有两天了，这时他浑身发冷和酸痛。坐在他身旁的是乌瓦罗夫，他正在一面很快地做着手势，一面低声地（大家都这样说话）告诉巴克莱什么事。身材矮小和圆圆胖胖的多赫图罗夫扬起眉毛，两手放在肚子上，注意地听着。另一边坐着奥斯特曼—托尔斯泰伯爵，他用一只手支着他那宽大的脑袋，一双大胆的黑眼睛闪闪发亮，看起来似乎在想心事。拉耶夫斯基脸上带着急不可耐的表情，用习惯动作把两鬓上的黑发朝前卷，时而看看库图佐夫，时而看看进屋的门。科诺夫尼岑坚定、漂亮、和善的脸上挂着亲切而调皮的微笑。他遇到玛拉莎的目光，便向她挤挤眼睛，逗得那小姑娘忍不住笑了起来。

大家等着本尼格森，这时他借口要再一次视察阵地，还在吃他的那顿美味的午餐。等他从四点等到六点，在这段时间里没有开始讨论，人们低声地谈论别的事。

本尼格森一进屋，库图佐夫就从角落里出来朝桌旁挪动了一下，

---

① 上座是俄国农舍中挂圣像的地方，一般作为贵客的座位。

但只挪到放在桌上的蜡烛照不着他的脸的地方。

本尼格森在会议一开始就提出这样的问题："是不战就放弃俄国神圣的古都还是保卫它？"接着是长时间的冷场。大家脸色阴沉，在一片寂静中只听见库图佐夫生气的呼哧声和咳嗽声。所有人的眼睛都望着他。玛拉莎也看着爷爷。她离他最近，看见他的脸变得皱巴巴的，好像要哭一样。但是这个场面延续的时间并不长。

"俄国神圣的古都！" 他突然生气地重复本尼格森的话说，以此指出这句话的装腔作势，"请允许我对您说，伯爵大人，这个问题对俄国人来说没有什么意义。（他把笨重的身体朝前倾。）不能提这样的问题，这样的问题没有意义。我请诸位先生来讨论的问题，是一个军事问题。这个问题是这样的：'拯救俄国要靠军队。是应战而冒丧失军队和莫斯科的危险有利呢，还是不战而放弃莫斯科有利？'我希望知道你们对这个问题的看法。"（他把身体向后一仰，靠到圈椅背上。）

讨论开始了。本尼格森还不认为他已经输了。他同意巴克莱等人提出的无法在菲利打防御战的意见，满怀着俄罗斯爱国主义热情和对莫斯科的热爱，建议在夜间把部队从右翼调到左翼，第二天向法军右翼实施打击。看法出现了分歧，发生了争论，有人赞成这个意见，有人反对。叶尔莫洛夫、多赫图罗夫、拉耶夫斯基对本尼格森的意见表示同意。这几位将军不知是因为觉得在放弃首都前需要作些牺牲，还是出于个人的考虑，似乎并不明白现在的会议并不能改变事态发展的必然进程，不明白现在莫斯科已经放弃了。其余的将军明白这一点，把关于莫斯科的问题撇在一边，谈论着军队应朝哪个方向撤退。玛拉莎目不转睛地看着她面前发生的事，对这次会议有另一种理解。她觉得这只是"爷爷"和"穿长襟衣服的人"（她这样称呼本尼格森）之间的个人的争吵。她看到他们相互说话时都怒气冲冲，她心里是赞成爷爷的。她看见爷爷在谈话中间调皮地朝本尼格森瞥了一眼，在这之后她高兴地发现，爷爷对"穿长襟衣服的人"说了些什么，把他制止住了：只见他突然涨红了脸，生气地在屋里走了走。本尼格森这样激动，是因为库图佐夫分析了他提出的夜里把部队从右翼调到左翼去攻打法军右翼的建议的利弊，平静地低声说出了自己的意见。

"诸位，"库图佐夫说，"我不能赞同伯爵的计划。在距离敌人很近的地方调动军队通常都是很危险的，战争史可以证明这个看法是对的。例如……（库图佐夫仿佛沉思起来，一面寻找着例子，一面用明亮而天真的目光看着本尼格森。）不妨以弗里德兰战役[①]为例，我想，这次战役伯爵记得很清楚，当时……并不太顺利，只是因为我们的军队在离敌人太近的地方重新编队……"接着全场沉默了一会儿，大家都觉得沉默的时间很长。

讨论重新开始了，但是常常中断，人们觉得再也没有什么可说的了。

在有一次中断的时候，库图佐夫沉重地叹了一口气，好像打算说话似的。大家都回头朝他看了一眼。

"好吧，诸位！看来要由我来承担后果了。"他说，接着慢慢地站起身来，走到桌子旁，"诸位，你们的意见我都听见了。有些人可能会不同意我的意见。但是我（他停了一下）凭我的皇帝和祖国赋予我的权力——命令撤退。"

在这之后，将军们开始散了，他们神情庄重，小心谨慎，默默无言，好像参加葬礼后散了一样。

有几位将军用一种与会上说话时完全不同的音调低声地告诉总司令一些什么事。

家里人早就在等玛拉莎去吃晚饭了，她光着两只小脚丫踩着火炕的台阶，背朝外小心翼翼地从高板床[②]上爬下来，夹杂在将军们的腿脚之间，溜出门去。

库图佐夫放走将军们后，用胳膊肘支着桌子坐了很久，一直想着那个可怕的问题："放弃莫斯科这件事是在什么时候，究竟在什么时候最后定局的？

决定这个问题的事情是在什么时候做的，是谁的过错？"

"这一点，这一点我没有料到，"他对深夜到他这里来的副官施奈德说，"这一点我没有料到！这一点我没有料到！"

---

① 见第二卷第二部第十七章注。
② 高板床是农村木屋里搭在火炕和侧壁之间的木板床。

"您应当休息一会儿,殿下。"施奈德说。

"不!他们将会像土耳其人那样吃马肉!"库图佐夫没有回答他的话,用他圆胖的拳头捶着桌子喊道,"他们也会那样,只要……"

五

与此同时,在比军队不战而退更重要的事件上,在放弃和焚毁莫斯科的事件上,拉斯托普钦采取的行动与库图佐夫完全相反,我们似乎觉得他是这个事件的领导者。

这个事件——放弃和焚毁莫斯科——也像军队在波罗金诺会战后不战而退离莫斯科一样,是不可避免的。

每一个俄国人,不是根据推论,而是凭我们和我们的父辈心中的感情,就能预料到发生的事情。

从斯摩棱斯克开始,在俄罗斯大地上的各个城市和村庄,在没有拉斯托普钦伯爵及其传单参与的情况下就不断发生过后来在莫斯科发生的同样的事。老百姓无忧无虑地等待敌人到来,既不闹事,也不着急,没有把什么人撕成碎片,而是平静地等待着自己的命运,感觉到自己有力量在最困难的时刻做应该做的事情。而当敌人快要到时,居民中最富的人扔下财产走了;最穷的人留下来烧掉和毁掉留下来的东西。

俄国人的心里过去和现在都有这样的认识,认为事情就是这样的,而且任何时候都是这样的。这个认识,还有莫斯科将要被占领的预感,存在于一八一二年莫斯科上流社会的俄国人心中。有些人早在七月和八月初就开始离开莫斯科,这表明他们预料到了这一点。有些人离开时带着所能带走的东西,留下房子和一半财产,他们这样做是出于所谓潜在的(latent)爱国热情,这种热情不是用漂亮的言辞,不是用为了拯救祖国杀死孩子等不自然的行动表现出来,而是不引人注目地、简简单单地、发自内心地表现出来的,因此常常能产生最强烈的效果。

"逃避危险是可耻的;只有胆小鬼才会从莫斯科逃走。"有人对他们说。拉斯托普钦在他的传单里劝导他们,说离开莫斯科是一种耻辱。他们对被称为胆小鬼感到羞耻,不好意思离开,但是他们仍然还是走了,因为知道应该这样做。他们为什么要走呢?不能认为是拉斯托普钦渲染拿破仑在他征服的土地上制造暴行把他们吓跑的。他们当中第一批走的是有钱的、受过教育的人,他们知道维也纳和柏林完好无损,这两座城市在被拿破仑占领期间,居民们与很有魅力的法国人一起日子过得很快活,当时俄国的男人,尤其是女人也非常喜欢这些法国人。

他们之所以离开,是因为对俄国人来说,生活在法国人统治下的莫斯科是好还是坏的问题是不可能存在的。都知道不能处于法国人的统治下,因为这是最坏的事。他们在波罗金诺会战前已开始走了,而在会战后走得更快,不理会号召保卫首都的文告,不把莫斯科总督关于要抬着伊韦尔小教堂的圣母像去决一死战的声明放在心上,不注意那些应用来消灭法国人的气球,也不听拉斯托普钦在他的传单里写的所有废话。他们知道,仗应由军队来打,如果军队打不了,那么带着太太小姐和家奴到三山门去和拿破仑作战是不行的,^①不管多么舍不得丢下自己的财产,但是需要离开。他们走了,并不考虑这个被居民放弃的、显然会被焚毁的巨大而富饶的首都(一个被遗弃的木质建筑物的大城市必然会被焚毁)的重大意义;他们每个人都是为了自己离开的,而与此同时只是由于他们走了,便发生了那个永远成为俄国人民最大光荣的雄伟壮丽的事件。那位模糊地意识到她不能当拿破仑的奴仆,害怕根据拉斯托普钦的命令不放她走的太太,早在六月就带着黑奴和小丑从莫斯科动身去萨拉托夫乡下,她倒是简简单单地和真正地在做着那件拯救了俄国的大事。而拉斯托普钦伯爵时而羞辱那些离开的人,时而疏散政府机关,时而把毫无用处的武器发给一群酒鬼,时而抬着圣像游行,时而禁止奥古斯丁^②转移圣骨和圣像,时而征用莫斯科所有的私人车辆,时而用一百三十六辆大车运走列皮赫制造的气球,时而暗示他要焚毁莫斯科,时而又讲述他如何焚毁了自己的房子,写了一篇告法国人的传单,其中义正词严地谴责他们烧毁他的孤儿院,时而把焚毁莫斯科的光荣归于自己,时而又加以摒弃,时而命令百姓捉拿奸细并送到他那里去,时而又为此责备他们,时而把所有法国人遣送出莫斯

---

① 拉斯托普钦在他的传单里曾号召莫斯科居民手拿武器到城南三山门去迎击拿破仑。

② 奥古斯丁即维诺格拉茨基(一七六六——一八一九),主教,著名的宗教作家和传道师,一八一二年实际上主持莫斯科教区。

科,时而又把作为莫斯科所有法国侨民的中心人物的奥贝尔—夏尔玛留在城里,没有任何理由下令逮捕受人尊敬的邮政局长克柳恰廖夫[①]并将其流放,时而把人们集中到三山门去打法国人,时而为了摆脱这些人,听任他们杀死一个人,自己从后门溜走,时而说他经受不住莫斯科遭到的不幸,时而又在纪念册里用法文写了关于自己参与这件事的诗[②]——这个人并不理解正在发生的事的意义,而只是想亲手做一些事,使人感到惊讶,想完成一些爱国主义的英雄壮举,他像一个孩子一样,玩弄着放弃和焚毁莫斯科这一严肃的和不可避免的事件,竭力想用他那小手时而推进、时而阻挡把他一起卷走的人民的洪流。

六

　　埃莱娜随着宫廷从维尔纳回到彼得堡后,陷入了困境。

　　在彼得堡埃莱娜一直受到一位身居国家要职的大官的特殊庇护。而在维尔纳时,她同一位年轻的外国亲王关系密切。她回来后,那位亲王和大官都在彼得堡,两人都宣称自己有特殊的权利,于是对埃莱娜来说,出现了一个在其获取宠幸的生涯中的一个新课题:如何保持同两人的亲密关系而不罪其中任何一个人。

　　那种对另一个女人来说看来似乎是很困难的、甚至是无法应付的事,一次也没有使这位别祖霍娃伯爵夫人伤过脑筋,无怪乎她享有最聪明的女人的名声。如果她开始隐瞒自己的行为,玩弄花招来摆脱窘境,她这样做就会弄坏自己的事情,承认自己有过错;而埃莱娜采取相反的做法,她像一个想怎么做就能怎么做的大人物一样,立刻摆出有理的样子,并且真心地相信这一点,而把所有别的人放到有过错的地位上。

　　当那个年轻的外国人第一次责备她的时候,她高傲地抬起漂亮的头,朝他侧过身子,用坚决的口气说:

---

① 　克柳恰廖夫(一七五四——一八二〇),长期担任莫斯科邮政局长,是共济会员。

② 　他是这样写的:我天生是一个鞑靼人。我想做一个罗马人。法国人称我野蛮人。俄国人叫我乔治·当丹。——作者注
　　乔治·当丹是莫里哀的喜剧《乔治·当丹,或受气的丈夫》的主人公。

"这就是男人的自私和冷酷！我并不希望会有别的表现。女人为你们牺牲自己,很痛苦,而这就是报答。殿下,您有什么权利要求我向您报告我与他的友好的交往和情感呢？这个人对我来说胜过父亲。"

那人想要说什么,埃莱娜打断了他的话。

"好吧,"她说,"也许他对我的感情不完全是父亲的感情;可是我不能因为这一点就不让他到我家来。我不是那种忘恩负义的男人。殿下,您要知道,我内心的情感我只向上帝和我的良心诉说。"她说完这句话时,把一只手轻轻放在高高耸起的美丽的胸脯上,两眼望着天空。

"看在上帝分上,请您听我说。"

"您就和我结婚吧,我将成为您的奴隶。"

"但这是不可能的。"

"瞧您不肯屈辱俯就和我结婚,您……"埃莱娜说着哭了起来。

那人开始安慰她;埃莱娜含着眼泪说(仿佛神志不清一样),无论什么也不能妨碍她结婚,有这样的例子(那时例子还很少,但是她举出了拿破仑和其他的要人),她还说,她从来不是自己的丈夫的妻子,她是一个牺牲品。

"但是法律,宗教……"那人的心已经软了,说。

"法律,宗教……如果它们做不了这件事,那么还要想出这些东西来干什么！"埃莱娜说。

这个重要人物对他居然想不到这样简单的道理感到很惊讶,便向与他关系很密切的耶稣会的师兄弟们求教。

在这之后过了几天,埃莱娜在石岛的别墅里举行的一次令人神往的喜庆活动,这时有人给她介绍了很有风度的若贝尔先生,他是一个穿短袍的耶稣会会员①,已不年轻,头发雪白,一双黑眼睛闪闪发亮,他在花园里,在彩灯照耀下和在音乐声中长时间地与埃莱娜谈论对上帝、对基督、对圣母的心的爱,谈论统一的真正的天主教今生和来世给人的慰藉。埃莱娜很受感动,她和若贝尔先生几次热泪盈眶,声音发抖。一个舞伴来请埃莱娜跳舞,打断了她和未来的神师的谈话,第二天晚上若贝尔先生一个人来找埃莱娜,从那时起,他经常到她家里来。

---

① 穿短袍的耶稣会会员指还没有教职的会员;有了教职后改穿长袍。

有一天他带着埃莱娜去天主教堂,埃莱娜被领到祭坛前,在那里跪下。这个已不年轻的很有风度的法国人把双手放在她头上,这时像她后来所说的那样,她觉得仿佛有一阵清风吹来,吹进她的心里。人们对她解释道,这是圣宠。

然后一位穿长袍的神父被领到她面前,他听了她的忏悔,宽恕了她的罪过。第二天给她送来了一个装圣餐的匣子,留给她在家里用。几天后,埃莱娜高兴地得知,现在她已加入了真正的天主教会,过几天教皇本人就会知道她,并将给她发一份证明文件。

在这段时间里围绕她和她本身发生的所有的事,那么多聪明的人以那么令人愉快的和那么文雅的形式表现出来的对她的关心,她现在所显示的像鸽子一样的洁白(她近来都穿白衣服和扎白缎带)—— 这一切都使她感到高兴;但是她虽然很高兴,却一刻也没有忘记自己的目的。就像常有的那样,在耍弄阴谋诡计的事情上,愚蠢的人往往能骗过比较聪明的人,埃莱娜明白所有这些花言巧语和操劳奔走的目的主要在于使她信奉天主教,从她那里为耶稣会的机构搞点钱(已对她作过这样的暗示),因此她在给钱之前坚持要他们替她办好能使她摆脱丈夫的各种手续。在她的思想里,任何宗教的意义只在于在满足人的愿望时能遵守一定的礼节。她就抱着这个目的在与神师的一次谈话中坚决要求他回答她的婚姻关系对她有多大约束力的问题。

他们坐在客厅的窗户旁。暮色已经降临。从窗外飘进阵阵花香。埃莱娜穿着一身肩膀和胸脯透亮的白衣服。神父保养得很好,丰满的下巴刮得光的,一张嘴坚实而讨人喜欢,两只白净的手温顺地合在一起,放在膝盖上,他坐在埃莱娜近旁,嘴唇上挂着一丝微笑,不时用赞赏她的美貌的目光平静地看看她的脸,讲述着他对他们关心的问题的看法。埃莱娜不安地微笑着,望着他蜷曲的头发和刮得很光的、有些发黑的丰满的面颊,时刻等待着转换新的话题。但是那神父显然对交谈者的美貌很欣赏,为自己与她如此亲近感到很快乐,专心致志地显示着自己本行的技巧。

这位神师的推论是这样的。您在不了解您所做的事的意义的情况下向一个人发誓要忠实履行婚约,而这个人在结婚后不相信结婚的宗教意义,犯了亵渎神明罪。这婚姻就没有它应有的对双方都有约束力的意义。尽管如此,您的誓言对您具有约束力。您背离了誓言。这样您犯的是什么罪呢?这罪过是可以宽恕的还是难以容忍的?是可以宽恕的,因为您这样做并无恶意。如果您现在为了生孩子重新结婚,那么您的罪过是可以宽恕的。但是问题又分两个方面,第一……

"但是我认为,"听得厌烦了的埃莱娜带着迷人的微笑说,"我在信仰真正的宗教后,就不能受那虚假的宗教加在我身上的东西的约束了。"

神师见她如此简单地把哥伦布的鸡蛋竖在他面前①,不禁深感惊讶。他对女弟子出人意料地迅速解决问题表示赞赏,但是也不能放弃他花脑筋辛辛苦苦地建立起来的论证的体系。

"我们再商量商量吧,伯爵夫人。"他微笑着说,开始反驳他的女弟子的论断。

七

埃莱娜知道,从宗教的观点来看,问题很简单和很容易解决,但是她的神师把它弄得很复杂,这只是因为他们担心世俗的当局会怎样看待这件事。

因此埃莱娜决定在社交界为此事做些舆论准备。她挑起那个当大官的老头的醋意,也对他说了她对第一个追求者说的那些话,即对他这样提出问题:要得到她,唯一的办法是和她结婚。这个年老的要人听到这个有夫之妇提出要嫁人,开头也像那个年轻人一样很吃惊;但是埃莱娜深信这像一个姑娘出嫁那样简单和自然,她的不可动摇的信心也对他起了作用。如果埃莱娜本人露出哪怕一点点犹豫、羞耻或保守秘密的痕迹,那么她的事情无疑就会失败;但是不仅没有露出保守秘密和羞耻的痕迹,而且正好相反,天真地和满不在乎地对自己的亲密朋友(而这些朋友遍于整个彼得堡)讲外国亲王和要人都向她求婚,她爱这两个人,担心伤这两个人的心。

---

① 根据传说,哥伦布在一次争论中请人把一个鸡蛋竖起来,那人试了很久竖不起来,哥伦布把鸡蛋的一头敲碎,就把它竖起来了。

于是流言蜚语立刻在彼得堡流传开来,说的不是埃莱娜想跟自己的丈夫离婚(如果流传的是这样的消息,那么许多人就会起来反对这个不合法的意图),而说的是不幸的、招人喜欢的埃莱娜正处于困惑之中,不知嫁两个人当中的哪一个好。问题也不在于这在多大程度上是可能的,而在于找什么样的配偶更有利,宫廷对这事会怎么看。确实还有几个死抱住陈规不放的人,他们没有能达到理解这个问题的高度,只认为这个意图是对婚姻的神圣的亵渎;但是这样的人很少,他们保持沉默,大多数人都对埃莱娜交了好运、选择谁比较好的问题感兴趣。没有提起一个有夫之妇嫁人是好还是坏的问题,因为这个问题对那些比你我都聪明的人来说已经解决了(人们是这样说的),对这个问题的解决办法的正确性提出疑问,就有暴露出自己生性愚蠢和不善于在上流社会生活的危险。

只有玛丽亚·德米特里耶夫娜·阿赫罗西莫娃一个人敢于直截了当地说出与公众舆论不同的意见,她是今年夏天到彼得堡来见她的一个儿子的。玛丽亚·德米特里耶夫娜在舞会上碰到埃莱娜,在大厅中央拦住她,在全场一片沉默中粗声粗气地对她说:

"你们这里有人扔下活着的丈夫要嫁人了。你大概以为这个新花样是你想出来的吧? 不,有人早就赶在你前面了,亲爱的。早就想出来了。在所有的……① 里都这样做。"玛丽亚·德米特里耶夫娜一面说着这些话,一面做着习惯性的威严的动作,卷着宽大的袖子,用严厉的目光环顾四周,穿过大厅走了出去。

在彼得堡,人们虽然害怕她,但是都把她当小丑看待,因此在她所说的话里只注意到一个粗野的字眼,他们低声相互重复着这个字眼,认为其中包含着她所说的话的精髓。

瓦西里公爵近来特别经常地忘记他说过的话,上百次重复同一句话,在见到女儿时,每次都要叨叨几句。

"埃莱娜,我有一句话要对你说。"他把她带到一边,把她的一只手往下拉,对她说,"我听到了一些打算,是关于……这你知道。亲爱的孩子,你知道你的父亲心里很高兴,因为你……你忍受了这么多……但

---

① 这是下文所说的一个粗野的字眼,作者略去了。

是,亲爱的孩子……你就照你的心愿做吧。这是我的全部忠告。"他掩饰着任何时候都是一样的激动心情,用自己的面颊贴了贴女儿的面颊,走开了。

一直保持着最聪明的人的名声的比利宾,是埃莱娜的无私的朋友,是出色的女人常有的那种永远不会成为情人的朋友,他有一次在好友的小圈子里对自己的朋友埃莱娜谈了他对这整个事情的看法。

"听我说,比利宾(埃莱娜对像比利宾这样的朋友,通常都直呼其姓),"她用一只戴着戒指的白净的手碰了碰他的燕尾服的袖子。"您就像告诉妹妹那样告诉我,我该怎么办?两人当中选哪一个?"

比利宾把眉毛上方的皮肤皱在一起,嘴唇上挂着微笑沉思起来。

"您知道吗,您这样问不会使我感到意外。作为一个真正的朋友,我对您的问题已考虑了很久。您要知道,如果嫁给亲王(这是一个年轻人),"他弯曲一个指头说,"您就会永远失去成为另一个人的妻子的可能,再说,宫廷也会不满意。(您知道,这里还牵涉到亲族关系。)而如果嫁给老伯爵,那么您能给他晚年带来幸福,以后……亲王娶这位要人的遗孀也不会觉得有失身份。"说着比利宾舒展开了额头上的皱纹。

"这才是真正的朋友!"高兴得喜笑颜开的埃莱娜说,她再次用手碰了碰比利宾的袖子。"不过我爱这两个人,不愿意让任何人伤心。为了这两人的幸福我准备牺牲自己的生命。"她说。

比利宾耸了耸肩膀,表示对这样伤脑筋的事,就连他也帮不了忙。

"这个女人真行! 这么直截了当地提出问题。她想同时成为三个人的妻子。"比利宾想道。

"请您告诉我,您的丈夫会怎样看待这件事?"他说,由于他有聪明人的不可动摇的名声,不怕提这样幼稚的问题而贬低自己,"他会同意吗?"

"唉! 他很爱我!"埃莱娜说,她不知为什么觉得皮埃尔也爱她。"为了我,他什么事都愿意做。"

比利宾皱起眉头,表示正在准备警句。

"也愿意离婚。"他说。

埃莱娜笑了起来。

在敢于怀疑正在策划中的婚事的合法性的人当中,有埃莱娜的母亲库拉金娜公爵夫人。她常常因嫉妒自己的女儿而苦恼,而现在嫉妒的对象是公爵夫人的一位最要好的朋友,她就更无法容忍了。她请教一位俄国神父,问在丈夫还活着时能否离婚和再嫁,那神父对她说,这是不行的,使她高兴的是,神父给她指出了一段福音书里的话,其中(神父觉得)直接指出,在丈夫活着时不能结婚。

公爵夫人掌握了这些她觉得是无法反驳的论据后,大清早到女儿那里去,以便单独和她谈谈。

埃莱娜听了母亲的反对意见后,带着温顺而讥讽的表情微微一笑。

"要知道那里直截了当地说道:谁娶离婚的妻子……"老公爵夫人说。

"咳,妈妈,别说蠢话了。您什么也不懂。处在我的地位上有应尽的义务。"埃莱娜说了起来,从俄语改为法语,她总觉得她的事情用俄语总有些说不清。

"但是,孩子……"

"咳,妈妈,您怎么不明白,神父有权宽恕……"

这时住在埃莱娜家的女伴进来向她报告说,亲王殿下在客厅里,希望见她。

"不,告诉他,我不愿意见他,说我正在生他的气,因为他不履行对我的诺言。"

"伯爵夫人,任何罪过都应得到宽恕。"一个浅色头发、长脸高鼻子的年轻人走了进来,说。

老公爵夫人恭恭敬敬地站起来,行了屈膝礼。进来的年轻人没有理会她。于是公爵夫人朝女儿点点头,步履轻盈地朝门口走去。

"是的,她说得对。"老公爵夫人想道,她的所有看法都随着亲王殿下的出现而被推翻了。"她说得对;但是我们在那一去不复返的青春时代怎么不知道这些呢?而这又是那样的简单。"老公爵夫人在坐上马车时想道。

八月初,埃莱娜的事完全确定下来了,于是她给自己的丈夫(照她的想象,丈夫很爱她)写了一封信,信中告诉他,她打算嫁给 NN,她已改信唯一的真正的宗教,请求他履行离婚所必需的所有手续,详情将由送信人告之。

"在此,我要祈求上帝,我的朋友,给您以神圣而有力的庇护。您的朋友埃莱娜。"

这封信是送到皮埃尔家里的,而这时他正在波罗金诺战场上。

八

在波罗金诺会战将要结束时,皮埃尔第二次从拉耶夫斯基炮垒跑下来,和一群士兵一起沿着冲沟朝克尼亚兹科沃前进,到了包扎站,看见那里遍地血迹,听见叫喊声和呻吟声,便混在一群群士兵中间,急忙继续往前走。

现在皮埃尔心里最希望的是,赶快摆脱这一天他得到的可怕印象,回到平常的生活环境中来,躺在房间里自己的床上安安静静地入睡。只有在平常的生活环境里他才感觉到,他能够理解自己本身以及他看见的和感受到的一切。但是任何地方都没有这种平常的生活环境。

虽然在这里,在他走的路上没有炮弹和枪弹呼啸而过,但是周围的情景仍像那里的战场上一样。眼前仍然是那些痛苦的、疲惫不堪的和有时是冷漠得令人奇怪的脸;仍然可看到那样的血污,那样的士兵军大衣,可听到那样的射击声,不过已远了一些,但仍使人感到恐怖;此外,就是闷热的天气和飞扬的尘土。

皮埃尔在莫扎依斯克大道走了大约三俄里,便在路边坐下了。

暮色已降临了大地,隆隆的炮声停止了。皮埃尔靠在一只胳膊上躺了很久,望着黑暗中在他身旁移动的人影。他一直觉得炮弹带着可怕的呼啸声向他飞来;他不时震颤着,欠起身来。他不知道他在这里待了多久。到半夜时,三个士兵拖来一些树枝,在他身旁找个地方停下生起火来。

士兵们瞟了皮埃尔一眼,生着了火,在火上坐上锅,把面包干掰碎放进去,并放了腌猪油。油腻的食物的香味和烟味混合在一起。皮埃尔欠起身,叹了口气。士兵们(他们有三个人)只顾吃着,没有理会皮埃尔,相互之间说着话。

"你是什么人?"一个士兵突然问皮埃尔,显然,正如皮埃尔所想的那样,他提这个问题的意思是:如果你想吃,我们会给你的,只不过你得告诉我们,你是不是一个老实人?

"我?我?……"皮埃尔反问,他觉得必须尽可能地降低自己的身份,以便与士兵更亲近些,更可为他们所理解。"我现在是一个民兵军官,不过我的民兵部队不在这里;我来参加战斗,找不到他们了。"

"瞧你!"一个士兵说。

另一个士兵摇了摇头。

"好吧,愿意吃就吃点糊糊吧!"一个士兵说,他把一把木勺子舔干净,递给皮埃尔。

皮埃尔坐到火堆旁,开始吃那锅里的糊糊,他觉得这是他吃过的所有食物中最好吃的食物。他朝锅俯下身,一大勺一大勺地舀着,一勺接一勺贪婪地吃着,火光照亮了他的脸,这时士兵们默默地看着他。

"你要上哪里去?你说!"一个士兵又问道。

"上莫扎依斯克。"

"这么说来,你是贵族老爷吧?"

"是的。"

"叫什么?"

"彼得·基里洛维奇。"

"好吧,彼得·基里洛维奇,咱们一起走吧,我们带你去。"

士兵们和皮埃尔一起,在一片漆黑中开始朝莫扎依斯克走去。

当他们到了莫扎依斯克、开始往城里陡峭的小山上爬的时候,鸡已经叫了。皮埃尔和士兵一起走着,完全忘记了他的客栈在山下,他已经走过头了。如果不是他的驯马师在半山腰里碰到他,他一定想不起来(他处于惘然若失的状态中),驯马师满城找他,正好要回客栈去。驯马师根据黑暗中发白的帽子,认出了皮埃尔。

"伯爵大人,"他说,"我们都不抱找到您的希望了。您怎么徒步走?您这是往哪里去,真是的!"

"啊,对了。"皮埃尔说。

士兵们停住了脚步。

"怎么,找到自己人了?"一个士兵问。

"好吧,再见!彼得·基里洛维奇!"另外两个士兵说。

"再见了。"皮埃尔说着就和驯马师一起回客栈了。

"应当给他们一点什么！"皮埃尔想，抓住自己的口袋。"不，不必要。"一个声音对他说。

客栈的正房里已没有位置了：全都占了。皮埃尔到了院子里，蒙住头躺进自己的马车里。

九

皮埃尔的头刚挨到枕头，他就觉得睡着了；但是突然他几乎像身历其境似的清楚地听见隆隆的炮声，听见呻吟声、叫喊声、炮弹落地声，闻到血腥味和火药味，于是心中充满了恐惧和害怕死亡的感觉。他惊恐地睁开眼睛，从军大衣下伸出头来。院子里一片寂静，只有一个勤务兵在大门口和客栈老板说话，吧嗒吧嗒地踩着污泥。在皮埃尔的头顶，在阴暗的木板房檐下，鸽子被他欠起身来的动作所惊动，抖着身子。整个院子散发着一股浓烈的客栈的气味，干草、马粪和焦油的气味，此刻皮埃尔觉得它给人以一种宁静和愉快的感觉。在两个黑色房檐之间露出了洁净的星空。

"谢天谢地，这样的事不会再有了。"皮埃尔想道，又蒙住了头。"啊，恐惧的感觉是多么可怕，我被吓得惊慌失措是多么丢人啊！而他们……**他们**自始至终一直都很坚定，镇静……"他想。皮埃尔所说的**他们**是士兵——既包括那些在炮垒上的和给他糊糊吃的，也包括那些向圣像祈祷的。**他们**——这些古怪的、在这之前他一直不了解的人，在他的脑子里是与所有其他的人清楚而明显地分开的。

"我要当一个士兵，只当一个士兵！"皮埃尔在快要睡着时想道，"全身心地投入这共同的生活，使那种使他们成为这样的人的东西充满自己的心。但是如何去掉自己身上所有这些多余的、可怕的东西，抛掉这个外在的人的所有赘物呢？有一个时候我能成为这种人。我愿意的话，曾经可以离开父亲。在和多洛霍夫决斗后我还可能被送去当兵。"在皮埃尔的脑子里闪现出了俱乐部里的宴会和他向多洛霍夫提出决斗的情景，还有在托尔若克与恩师的相遇。皮埃尔又想起共济会分会隆重的聚餐。这次聚餐是在英国俱乐部进行的。一个熟悉的、亲近的和敬爱的人坐在桌子的那一头。这就是他！这是恩师。"他不是死了吗？"皮埃尔想，"是的,他死了；但是我不知道他活着。他死了,我是多么惋惜啊,他又活了,我是多么高兴啊！"在桌子的一边坐着阿纳托利、多洛霍夫、涅斯维茨基、杰尼索夫以及其他与他们类似的人（皮埃尔在做梦时,他心里这一类人也同他称之为**他们**的那一类人一样,是很清楚的）,这些人,阿纳托利、多洛霍夫,大声地喊叫着,唱着；但是从他们喊叫声后面可以听见恩师不停地说话的声音,他的话语的声音也同战场上的轰鸣声一样,是有重要作用的和连续不断的,但是它使人听起来觉得愉快和得到慰藉。皮埃尔并不明白恩师说的话,但是他知道（思想的类型在梦里也是清楚的）,恩师说的是善,是成为**他们**那样的人的可能性。他们这些脸上表情纯朴、善良和坚定的人团团围住恩师。但是他们虽然善良,都不看皮埃尔,不认识他。皮埃尔想要引起他们的注意和说说话。他欠起身来,但是在这瞬间他的双腿发冷,露出来了。

他开始觉得害臊,用手臂遮住腿,军大衣确实从腿上滑下来了。皮埃尔在盖军大衣时睁开了眼睛,看见了原来的那些房檐、柱子、院子,但是现在所有这一切都有些发蓝和显得很亮,上面闪耀着露水和霜花的光点。

"天亮了,"皮埃尔想,"但是这不是我要的。我应当听完和理解恩师的话。"他又盖好了军大衣,但是已经见不着聚餐和恩师了。有的只是一些用言语清楚表达出来的想法,这些想法或者是别人说的,或者是皮埃尔自己反复思考过的。

虽然这些想法是由这一天得到的印象引起的,但是皮埃尔在回想它们时,仍相信这是一个外在于他的人对他说的。他觉得他在清醒的时候从来都不能这样想和这样表达自己的思想。

"战争表明人的自由最难服从于上帝的戒条。"一个声音说,"纯朴是顺从上帝的表现；人是离不开上帝的。**他们**是纯朴的。**他们**只做不说。已说出来的话是银,没有说出来的则是金。一个人如害怕死亡,就不能掌握任何东西。谁不怕死,一切就属于谁。如果不经受一番痛苦,人就不知道自己的限度,就不了解自己。最困难的事（皮埃尔梦中继续想或继续听见别人说）是在自己心中把所有事物的意义结合成一体。把一切都结合成一体？"皮埃尔问自己,"不,不是结合。想法是无法结合成一体的,而应当把所有这些想法**套在一起**——这就是想要做的事！是的，**应当套在一起，就该套在一起**！"皮埃尔带着内心的喜悦对自己重复说，觉得正是这些话，也只是这些话表达出了他想要表达的东西，解决了整个使人感到苦恼的问题。

"是的，应当套在一起，到套在一起的时候了。"

"应当套车了，到套车的时候了，伯爵大人！伯爵大人！"有一个声音重复说道，"应当套车了，到套车的时候了……"

这是驯马师的声音，他正在叫醒皮埃尔。阳光直射到皮埃尔的脸上。他朝肮脏的客栈看了一眼，看见院子中央的井边有几个士兵在饮他们的瘦马，几辆大车正在从大门出去。皮埃尔厌恶地扭过头，闭上眼睛，急忙又倒在马车的座位上。"不，我不愿意这样，不愿意看见和理解这些，我愿意理解梦里见到的东西。只要再有一秒钟，我就会全都明白。我该怎么办呢？套在一起，但是怎么把一切套在一起呢？"于是皮埃尔惊恐地感觉到，他在梦中见到的和所想的一切的全部意义都消失了。

驯马师、车夫和客栈老板对皮埃尔说，一个军官带来消息，说法国人在向莫扎依斯克推进，我军正在撤离。

皮埃尔站了起来，吩咐套车和追赶他，自己先步行出城去了。

部队开走了，留下了大约一万名伤员。各家各户的院子里和许多房子的窗口都可见到这些伤员，他们还聚集在大街上。在街上运送伤员的大车的近旁可以听见喊声、骂声和打人的声音。皮埃尔让一位他认识的受伤的将军坐上他那追上来的马车上，和他一起到了莫斯科。路上皮埃尔得知他的内兄和安德烈公爵都牺牲了的消息。

十

三十日，皮埃尔回到了莫斯科。几乎在城门口他碰到了拉斯托普钦伯爵的副官。

"我们到处找您，"副官说，"伯爵一定要见您。他请您马上就到他那里去，有要事商谈。"

皮埃尔没有回家便雇了马车到这位总督那里去了。

拉斯托普钦伯爵这天早晨刚从城外索科尔尼基的别墅回到城里。伯爵家的外厅和接待室坐满了奉命前来的或自己来请示的官员。瓦

西里奇科夫 ① 和普拉托夫已见到伯爵,并对他作了解释,说莫斯科守不住。这个消息虽然瞒着居民,但是官员们和各个不同部门的头头们都像拉斯托普钦伯爵一样,知道莫斯科将要落到敌人手中;他们大家为了推卸责任,都来问总督他们掌管的部门该怎么办。

在皮埃尔进接待室时,军队来的信使正好从伯爵那里出来。

人们对他提出各种问题,信使绝望地摆摆手,穿过大厅走了。

皮埃尔在接待室里等候时,用疲惫的眼睛环视室内各种不同的官员,其中有年老的和年轻的,有军人和文职人员,有重要的和不重要的。所有的人看起来都心怀不满和焦虑不安。皮埃尔走到其中有一个熟人的一群官员面前。他们和皮埃尔打了个招呼,继续谈他们的话。

“先送走,然后又让他们回来,这倒没有什么;在这种情况下谁也负不了责任。”

“可是您瞧,他这样写着。”另一个人指着他手里拿着的一份印刷品说。

“这就是另一回事了。对老百姓来说需要这样。”第一个人说。

“这是什么?”皮埃尔问。

“是新的传单。”

皮埃尔拿过来读了起来:

殿下为了更快地与向他靠拢的部队会合,已过了莫扎依斯克,驻扎在敌人一时不会对其发动进攻的坚固阵地上。从这里已经给他送去四十八门大炮和炮弹,殿下说,将誓死保卫莫斯科,直到流尽最后一滴血,甚至准备进行巷战。弟兄们,你们不要看到政府机关关门就担心,秩序需要整顿,我们要通过法庭审判为非作歹的人!到必要时,我需要城乡青年的协助。我将在一两天内发出号召,而现在不需要,因此我暂时不说话。用斧头当然很好,用长矛也不错,而最好用三齿大叉:一个法国人并不比一捆黑麦更重。明天午后,我将要抬着伊韦尔小教堂的圣母像去叶卡捷琳娜医院看望伤员。我们将在那里举行仪式,使水成

---

① 瓦西里奇科夫(一七七七——一八四七),俄国将军,波罗金诺会战时,是拉耶夫斯基部下的步兵师长。

为疗伤治病的圣水：他们将更快地康复；我现在很健康，我的一只眼睛有过病，现在两眼明亮，十分警惕地看着。

"可是有的军人告诉我，"皮埃尔说，"城里无法打仗，阵地……"

"是啊，我们也是这样说。"第一个官员说道。

"传单上说，我的一只眼睛有过病，而现在两眼明亮，十分警惕地看着，这是什么意思？"皮埃尔问。

"伯爵得过睑腺炎，"副官微笑着说，"我告诉他，老百姓来问他怎么啦，他很不安。怎么，伯爵，"副官突然带着微笑问皮埃尔："我们听说，您家里发生了麻烦的事。好像伯爵夫人，您的太太……"

"我什么也没有听说，"皮埃尔漠不关心地说，"您听到什么了？"

"没有什么，您知道，人们常常胡编瞎说。我只不过听人那样说罢了。"

"您听到什么了？"

"有人说，"副官又带着同样的微笑说，"您的妻子伯爵夫人准备出国去。大概这是无稽之谈……"

"有可能。"皮埃尔说，漫不经心地看看自己周围，"那个人是谁？"他指着一个身材不高的老人问，那人穿着一件干净的蓝色厚呢长外衣，一把大胡子像雪一样白，眉毛也是白的，但脸色红润。

"这个人？这是一个商人，也就是小饭馆的老板韦列夏金。您大概听说过关于传单的事了吧？"

"啊，原来这是韦列夏金！"皮埃尔说道，他端详着老商人的神情坚定和平静的脸，寻找着背叛的表现。

"这不是他本人。这是那个写传单的人的父亲，"副官说，"那个年轻人坐了牢，看来不会有什么好结果。"

一个戴星章的小老头和另一个脖子上挂着十字勋章的德国血统的官员走到了说话的人的面前。

"您知道，"副官讲述道，"这是一件很难弄清的事。大约两个月前出现了这张传单。报告了伯爵。他下令侦查。加夫里洛·伊万内奇调查出这传单总共经过六十三人的手。问一个人：您是从谁那里得到的？——从某某人那里。他便去问这某某人：您是从谁那里得到的？

就这样追查下去,一直追到韦列夏金……这是一个没有念过几年书的小商人,您知道,是一个讨人喜欢的小老板。"副官微笑着说。"问他:是谁给你的? 主要的,我们知道他是从谁那里得到的。除了邮政局长外,他不可能从别的任何人那里得到。但是看起来他们之间秘密串通好了。他说:不是从谁那里得到的,是我自己写的。于是又是吓唬他,又是说服他,而他一口咬定:是自己写的。最后报告了伯爵。伯爵下令把他传来。'你的传单是从谁那里弄来的?'——'自己写的。'您是知道伯爵的脾气的!"副官带着自豪和快乐的微笑说。"他暴跳如雷,您想一想,居然这样放肆,一派胡言,顽固不化!……"

"啊! 伯爵需要他供出克柳恰廖夫,这我知道!"皮埃尔说。

"完全不需要,"副官惊恐地说,"克柳恰廖夫即使没有这件事,也犯了罪,他是因此而被流放的。但是问题在于伯爵火气很大。'你怎么能写得出来?'伯爵说。他从桌子上拿起那张《汉堡报》①'这就是那东西。你不是写的,而是翻译的,而且翻译得很糟糕,因为你这傻瓜根本不懂法语。'您想怎么着? 那小商人说:'不,我什么报纸也不读,是我写的。'——'既然如此,你就是叛徒,我要把你送上法庭,把你吊死。你说,是从谁那里得到的?'——'我什么报纸也不读,是自己写的。'就这样顶着。伯爵也把他的父亲叫来,老人同样坚持这个说法。于是把他送交法庭,好像判处他服苦役。②现在父亲是来为儿子求情的。这是一个坏小子! 您知道,这种商人的子弟,都是花花公子,喜欢勾引女人,不知在什么地方听了讲演,就毫无顾忌。要知道这完全是一个浪荡子! 他父亲在这里石桥附近开了一家小饭馆,您知道,在这小饭馆里挂着一幅一只手拿着权杖,另一只手握着金球的大圣像;他就把这幅圣像拿回家来挂了几天,瞧他干的是什么! 找到了一个混蛋画师……"

十一

皮埃尔听讲这新鲜事听了一半,就被叫去见总督了。

① 《汉堡报》指的是在汉堡出版的法文报纸《汉堡消息》。
② 韦列夏金被控从《汉堡消息》翻译和散发《拿破仑致普鲁士国王的信》和《拿破仑在德累斯顿对莱茵同盟王公的讲话》而被判处终身服苦役。

他进了拉斯托普钦伯爵的办公室。在皮埃尔进去时,拉斯托普钦皱起眉头,用一只手擦了擦前额和眼睛。一个身材不高的人正在说着什么,皮埃尔一进门,他就停住不说,出去了。

"啊!您好,伟大的战士,"拉斯托普钦等那人一出去便这样说道,"听说了您的英勇行为。但是要谈的不是这事。亲爱的,只在我们之间说说,您是共济会员吗?"拉斯托普钦伯爵用严厉的口气问,仿佛这不是好事,不过他有意原谅他。皮埃尔没有说话。"亲爱的,我已经得悉一切,但是我知道有不同的共济会员,希望您不属于那种以拯救人类为名想要毁了俄国的人。"

"是的,我是共济会员。"皮埃尔回答说。

"是这么一回事,我的亲爱的。我想您不会不知道斯佩兰斯基和马格尼茨基已流放到应该去的地方①;对克柳恰廖夫先生也这样做了,对其余那些以建造所罗门的宫殿②为名却竭力要毁坏自己祖国的宫殿的人也将照此办理。您可以明白,这样做是有原因的,如果这里的邮政局长不是一个坏人,我是不会把他流放的。现在我已知道,您派自己的马车送他上路,并且为他保管文件。我喜欢您,对您没有恶意,您的年龄只有我的一半,我像父亲一样劝您不要再和这样的人进行任何交往,自己尽快离开此地。"

"然而,伯爵,克柳恰廖夫犯了什么罪?"皮埃尔问。

"这是我的事,您用不着问。"拉斯托普钦喊道。

"他被控散发拿破仑的传单,可是这并没有得到证明。"皮埃尔说(眼睛不看拉斯托普钦),"还有,韦列夏金……"

"就是这么回事!"拉斯托普钦突然皱起眉头,打断皮埃尔的话,喊道。"韦列夏金是叛徒和卖国贼,他将受到应得的惩罚。"拉斯托普钦用平常人们回想起自己受到侮辱时常用的气恼的语气说。"但是我并不是请您来讨论我的事情的,请您来是为了给您劝告,或者给您命令,如果您愿意这样做的话。请您中断同克柳恰廖夫之类的人的交往,并且离开此地。而我就是要打掉各种愚蠢的想法,不管它存在于谁的

---

① 见第二卷第三部第五章和第五部第二十一章注。

② 所罗门是以色列王,据《圣经》记载,他曾大兴土木,建造自己的宫和耶和华的殿。

头脑里。"说到这里他大概想起他似乎是在斥责还没有任何过错的别祖霍夫，便友好地抓起皮埃尔的一只手，又说，"我们正处于全民灾难的前夜。我没有工夫跟每个和我打交道的人讲客气。有时简直头昏脑涨！好吧，亲爱的，您个人打算怎么办？"

"没有什么打算。"皮埃尔回答道，一直没有抬起眼睛，也没有改变脸上沉思的表情。

伯爵紧皱起眉头。

"我有一个友好的劝告，亲爱的。赶快离开，这就是我对您要说的话。能听进去话的人有他的好处！再见了，亲爱的。对啦，"他从门里对皮埃尔喊道，"听说伯爵夫人落入了耶稣会神父们的魔掌，是真的吗？"

皮埃尔什么也没有回答，他双眉紧锁，满脸怒容地从拉斯托普钦那里出来，这种样子人们从来没有见过。

当他回到家里时，天已经开始黑了。这天晚上有七八个不同的人来见他。有委员会的秘书、他的营里的上校、总管、管家和各种来求他的人。大家都有事找皮埃尔，要求他解决。皮埃尔什么也没有听明白，对这些事不感兴趣，对所有问题都只敷衍说几句，目的是为了摆脱这些人。最后只剩下他自己一个人时，才打开妻子的信，读了读。

"**他们**——炮垒上的士兵们，安德烈公爵被打死了……老人……纯朴是顺从上帝的表现。应当受苦……万物的意义……应当套在一起……妻子要嫁人……应当忘掉和理解……"他走到床边，没有脱衣服就倒在床上，立刻入睡了。

第二天早晨他醒来时，管家来报告说，拉斯托普钦伯爵专门派一个警官来打听别祖霍夫伯爵是否已经走了，或者正准备要走。

十来个人有事来找皮埃尔，正在客厅里等候他。他匆匆忙忙穿好衣服，但是没有到等候他的人那里去，却到了后门的台阶，从那里出了大门。

从那时起直到莫斯科完全被毁，别祖霍夫家里的人尽管到处寻找，但是再也没有见过皮埃尔，也不知道他的下落。

十二

罗斯托夫一家人在九月一日前，即在敌人进入莫斯科前夕之前，还留在城里。

在彼佳参加奥博连斯基哥萨克团和前往该团组建的地点白采尔科维后，伯爵夫人一直担惊受怕。她想，她的两个儿子都上了战场，他俩都脱离了她的庇护，说不定过不了多少日子他们之中的一个或两人一起会被打死，就像她的一个熟人的三个儿子都被打死了一样，这个想法是在今年夏天第一次极其清楚地出现在她的头脑里的。她曾试图把尼古拉叫回来，想亲自去找彼佳，把他安排到彼得堡的什么地方，但是这两件事都是无法办到的。彼佳只能和他的团队一起回来或者通过调到另一个服现役的团的办法调回来。尼古拉在某地的军队里，他在最后的一封信里详细地描述了他同玛丽亚公爵小姐的相遇，在这之后就没有音信了。伯爵夫人夜里睡不着觉，而她一入睡就梦见儿子被打死了。伯爵在经过多次的商量和合计后，最后找到了安慰伯爵夫人的办法。他把彼佳从奥博连斯基团调到了在莫斯科附近组建的别祖霍夫团。虽然彼佳仍在服军役，但是进行了这次调动后，伯爵夫人可以看到有一个儿子在她身边从而得到安慰，她希望把彼佳作这样的安排，不再放他远走高飞，让他在怎么也参加不了战斗的地方服役。这样暂时只有尼古拉一人处于危险之中，伯爵夫人觉得（她甚至对这一点表示忏悔），她爱大儿子胜过爱其余的子女；小儿子彼佳是个淘气鬼，学习很差，常常弄坏家里的东西，惹得人人讨厌，而当这个长着一个翘鼻子和一双快活的黑眼睛、脸色红润、面颊上刚刚长出胡子的孩子到了那里，到了那些身材高大、可怕而残忍的男人中间时，到了那些**不知因为什么**而战斗着并从中找到乐趣的人中间时，—— 做母亲的就觉得她爱他要大大超过爱别的孩子。彼佳预定回莫斯科的日子愈临近，伯爵夫人心里也就更加不安。她已想到她已等不到这幸福的时刻了。她不仅在看见索尼娅时，而且在看见心爱的娜塔莎，甚至丈夫在她身边时，都会发脾气。"他们跟我有什么相干，除彼佳外，我谁也不需要！"她想道。

在八月的最后几天，罗斯托夫一家人收到了尼古拉的第二封信。

这封信是从沃罗涅日省写来的,他是被派到那里去采购军马的。这封信没有使伯爵夫人感到安心。她知道一个儿子现在没有危险后,更加为彼佳担忧。

尽管从八月二十日起罗斯托夫家的几乎所有熟人都已离开莫斯科,尽管全家人劝伯爵夫人快点走,但是伯爵夫人在她最喜欢的宝贝儿子彼佳回来前,关于离开的事连听都不愿意听。八月二十八日彼佳到了。母亲迎接他时表现出来的过分的慈爱,这个十六岁的军官并不喜欢。虽然母亲没有向他明说现在要把他留在自己身边不放他走的意图,彼佳马上就明白了,本能地担心与母亲过分地亲热,担心变得婆婆妈妈(他心里就是这样想的),便对她很冷淡,回避她,在逗留莫斯科的时间里只与娜塔莎待在一起,他对娜塔莎一直有一种特殊的、几乎像恋人般的手足之情。

平常无忧无虑的伯爵,到八月二十八日还没有做任何动身的准备,说好要从梁赞和莫斯科郊区的村子来运家里所有财物的大车,直到三十日才到。

从二十八日到三十一日,全莫斯科都处于忙乱和熙来攘往之中。每天有波罗金诺会战中负伤的几千名伤员从多罗戈米洛沃门进来,分散到莫斯科各处去,同时有几千辆载着居民和财产的大车从各个城门出去。尽管有拉斯托普钦的传单,或者由于这些传单不起作用,或者正是由于有这些传单,城里传播着各种完全相互矛盾的和奇怪的消息。有人说不准任何人出城;有人则相反,说教堂里的所有圣像都抬走了,要强迫所有的人离开;有人说,波罗金诺会战后又打了一仗,法国人被打败了;有人又正好相反,说俄国军队已全军覆没;有人说莫斯科民兵将以神职人员为先导开往三山门;有人悄悄地说,奥古斯丁被禁止出城,抓到了几个叛徒,农民们造反了,抢劫那些出城的人的财物,如此等等,不一而足。但是这只是说说而已,而实际上,那些离开的人和那些留下来的人(尽管这时还没有在菲利开会决定放弃莫斯科)虽然没有表现出来,但心里都已经感觉到,莫斯科一定会放弃,自己应当尽快离开和抢救自己的财产。大家都有一种觉得一切将要突然爆发和改变的感觉,但是在九月一日之前,还什么变化也没有。如同一个被押去执行死刑的罪犯知道他马上就要完了,但仍然打量着自己的周围、扶正戴歪了的帽子一样，莫斯科也不由自主地过着平常的生活，虽然知道毁灭的时间已经临近，整个习惯了的生活环境将遭到破坏。

在莫斯科陷落前的三天里，罗斯托夫全家都忙于各种日常生活的事。一家之长伊里亚·安德烈依奇伯爵不停地在城里跑，收集各处流传的消息，回家后匆匆忙忙地作一般的和不着边际的指示，要求做动身的准备。

伯爵夫人看着仆人收拾东西，对一切都不满意，跟在不断躲开她的彼佳后面，嫉妒娜塔莎，因为彼佳总是跟娜塔莎在一起。只有索尼娅一个人干着实际的事：收拾各种东西。但是索尼娅最近特别忧伤和沉默寡言。尼古拉在信里提到了玛丽亚公爵小姐，伯爵夫人当着她的面高兴地说，她认为玛丽亚公爵小姐和尼古拉的相遇是天意。

"鲍尔康斯基成了娜塔莎的未婚夫时，我从来没有高兴过，"伯爵夫人说，"我总是希望，而且我有一种预感，觉得尼科连卡会娶公爵小姐。这该是多么好啊！"

索尼娅感觉到，这话说得对，改善罗斯托夫家的经济状况的唯一办法，是娶一位有钱的小姐，而公爵小姐是一个很好的对象。但是这使她感到很痛苦。尽管她心里很难受，或者也许正是由于心里难受，她主动担负起了收拾东西的困难工作，这几天整天都忙于这件事。伯爵和伯爵夫人有事要吩咐时，就对她说。彼佳和娜塔莎则相反，不仅不给父母帮忙，反而碍手碍脚，惹得家里所有的人都讨厌。在家里整天几乎都可以听见他俩跑来跑去，大声叫喊和无缘无故地哈哈大笑。他们高兴和发笑完全不是由于有什么事可笑；但是他们心里很高兴和很快活，因此不管发生什么事，都可成为他们高兴和发笑的原因。彼佳之所以快活，是因为离家时还是一个孩子，回来时却成为一个男子汉（大家都对他这样说）；他快活还因为他回到了家里，因为他离开了近期没有参加战斗希望的白采尔科维来到了日内即将打起仗来的莫斯科；而主要的是，他快活是因为娜塔莎很快活，平常他的情绪总是受娜塔莎的情绪的影响。娜塔莎之所以很快活，是因为忧郁的时间太长了，现在没有任何事情使她想起忧郁的原因，而且她身体也完全恢复了。她之所以快活，还因为有一个人赞赏她（别人的赞赏是车轮的润滑油，要使机器自由运转，它是必不可少的），因为彼佳赞赏她。主要的是，他们快活是因为战火已烧到莫斯科城下,是因为将在城门口发生战斗,正在分发武器,所有的人都在奔跑,要到什么地方去,总而言之,是因为正在发生一件不平常的事,这样的事对一个人来说,尤其是对一个年轻人来说,总是很愉快的。

十三

八月三十一日,星期六,在罗斯托夫家里,一切似乎都翻了个底朝天。所有的门敞开着,所有的家具搬了出来或者挪了地方,镜子和画都摘了下来。各个房间里放着木箱,到处乱扔乱放着干草、包装纸和绳子。农民和家奴们抬着东西迈着沉重的脚步在镶木地板上走着。院子里挤满了农民的大车,有几辆已经装满了,有几辆还是空的。

在院子里和屋里响起了大批家奴和赶大车来的农民们的说话声、脚步声以及彼此的呼应声。伯爵早晨就出去了。伯爵夫人经受不了忙乱和喧哗,头痛得很厉害,她头上裹着浸醋的布,躺在新的休息室里。彼佳不在家(他去找一个同伴去了,想和他一起从民兵部队转到作战部队去)。索尼娅在大厅里照看着玻璃器皿和瓷器的包装。娜塔莎留在她的乱糟糟的房间里,坐在地上乱扔着的衣服、缎带和围巾中间,她眼睛一动不动地看着地板,手里拿着那件她第一次穿着去参加彼得堡舞会的(已经过时的)旧舞衣。

娜塔莎对自己在家里什么也不干感到不好意思,而大家又是那么忙,于是她几次早上起来想试着干点什么;但是她的心思不在这些事情上;而她只能和只会一心一意地和全力以赴地干事,因而干不下去。她站了一会儿,看索尼娅如何收拾瓷器,想要帮忙,但是马上打消了这个念头,跑回房间去收拾自己的东西去了。开头,她一面收拾一面把自己的衣服和缎带送给女仆们,感到很有意思,但是后来,剩下的东西仍需要装箱,便觉得枯燥乏味了。

"杜尼亚莎,你来装,好吗?行不行?行不行?"

当杜尼亚莎痛快地答应她把这一切办好时,娜塔莎便在地板上坐下,拿起旧舞衣,陷入了沉思,但是想的完全不是她现在应当关心的事。隔壁女仆室里女仆们的说话声以及她们从女仆室到后门台阶的匆促的脚步声,引起了娜塔莎的注意,使她脱离了沉思状态。她站起身来,朝窗外看了一眼。外面停着一长列运送伤员的大车。

男女仆人们、女管家、保姆、厨师、车夫、前导马驭手、厨师的小徒弟站在大门口,看着伤员。

娜塔莎把一块白手绢披到头上,双手拉住手绢的两头,到了外面。

当过女管家的老太婆玛夫拉·库兹米什娜离开站在大门口的人群,走到一辆支着粗席篷的大车旁,和一个躺在这辆大车上的年轻军官说起话来。娜塔莎向前挪了几步,胆怯地站住了,两手仍拉着手绢,听女管家说话。

"这么说来,您在莫斯科什么熟人也没有?"玛夫拉·库兹米什娜说。"您找一户人家住下来会安稳些……哪怕住到我们这里来。主人们都要走了。"

"不知道是否允许这样做,"军官声音微弱地说道,"瞧,那就是长官……您去问他。"他指了指一个顺着一列大车走回来的胖胖的少校。

娜塔莎惊恐地朝受伤的军官的脸看了一眼,立刻迎着少校走过去。

"可不可以让伤员住在我们家里?"她问道。

少校带着微笑把一只手举到帽檐边。

"您愿意让谁住到您家去,小姐?"他眯起眼睛微笑着说。

娜塔莎镇静地把她的问题重复了一遍,虽然她继续拉住手绢的两头,但是她的脸和整个姿态非常严肃,这时少校不再微笑,先沉吟了一下,仿佛在问自己在多大程度上可以这样做,然后作了肯定的回答。

"噢,可以,为什么不行,可以。"他说。

娜塔莎微微点了点头,快步回到玛夫拉·库兹米什娜那里,这时老太婆正站在军官身旁,带着怜悯和同情与他说话。

"可以,他说可以!"娜塔莎低声说。

于是载着军官的篷车拐进了罗斯托夫家的院子,接着几十辆运送伤员的大车也都应城里居民的邀请拐向各个院子,到了波瓦尔街各家的大门口。娜塔莎看来很喜欢不受通常的生活环境限制与这些新来的人打交道。她和玛夫拉·库兹米什娜一起尽可能让更多的伤员进到自家的院子里来。

"不过总得向老爷子报告一下。"玛夫拉·库兹米尼什娜说。

"没有什么,没有什么,反正都一样! 我们搬到客厅里住一天。可以把我们这一边的房子全给他们住。"

"咳,小姐,您可真想得出! 就是让他们住厢房,住空房子和保姆的房子,也需要问一声。"

"好吧,我去问。"

娜塔莎跑回家去,踮着脚进了半开着门的休息室,从那里传出了醋味和霍夫曼滴剂 ① 的气味。

"您在睡觉,妈妈?"

"唉,睡什么觉!"刚打了个盹的伯爵夫人醒来说。

"妈妈,亲爱的,"娜塔莎跪在母亲面前,把自己的脸紧贴住她的脸,说,"对不起,请原谅,我再也不这样做了,我把您吵醒了。是玛夫拉·库兹米尼什娜叫我来的,运来了不少伤员,有受伤的军官,您允许他们进来吗? 他们无处可去;我知道,您是一定会允许的……"她说得很快,连气也不喘一下。

"什么样的军官? 运来了什么样的人? 我一点也不明白。"伯爵夫人说。

娜塔莎笑了起来,伯爵夫人也微笑着。

"我就知道您会允许的……我就这样告诉他们。"娜塔莎吻了吻母亲,站起身来,朝门口走去。

她在大厅里碰见了刚带着坏消息回家的父亲。

"我们耽搁得太久了!"伯爵不由得懊恼地说,"俱乐部关门了,警察也要走了。"

"爸爸,我把伤员请到家里来,没有关系吧?"娜塔莎对他说。

"当然没有关系,"伯爵心不在焉地说,"问题不在这里,现在请你们别去管这种小事,而去帮助收拾东西,赶快走,明天就走……"伯爵向管家和仆人下了同样的命令。吃午饭时彼佳回来了,讲了他听到的新闻。

---

① 霍夫曼滴剂是德国医生霍夫曼(一六六○——一七六二)发明的,由两份乙醚和三份酒精混合而成。

他说，今天民众到克里姆林宫领武器，拉斯托普钦的传单里虽然说将在两三天内发出号召，但是已经下了确实的命令，要全体民众明天带着武器到三山门去，那里将发生一场大战。

在他说这些话时，伯爵夫人不时胆怯和惊恐地看看儿子快活而又激动的面孔。她知道，如果她请求彼佳不要去参加这次战斗（她知道他为即将发生这次战斗而高兴），那么他就会说一些关于男子汉大丈夫、关于荣誉和祖国等等一般男人常说的毫无意义的、固执的、无法反驳的话，这样会把事情弄糟，而她希望在仗打起来之前就离开，把彼佳作为自己的保卫者和庇护者随身带走，因此这时什么也没有对彼佳说，午饭后把伯爵叫来，含着眼泪恳求他赶快把她送走，如果可能的话，今天夜里就走。在这之前伯爵夫人一直显示出自己是无所畏惧的，这时却以女人常有的由于爱而不由自主地产生的狡狯说，她吓得要死了。其实现在她不用假装，的确什么都害怕。

十四

绍斯太太看望女儿回来后讲了她在肉商街的一家酒店里看到的情况，使伯爵夫人更加惊恐起来。她在街上往回走时，遇见一帮喝得醉醺醺的人在酒店附近闹事，无法通过。于是她雇了一辆马车绕道经小胡同回家；马车夫对她说，那帮人砸了酒店的酒桶，他们是奉命这样做的。

午饭后，罗斯托夫家里的人都高高兴兴地忙着收拾东西，准备出发。老伯爵突然管起事来，午饭后不断地从院子到屋里来回走着，朝忙着干活的人胡乱地吆喝着，使得他们更加忙乱起来。彼佳在院子里指挥装车。索尼娅听了伯爵自相矛盾的命令不知该怎么办，完全张皇失措了。仆人们喊着、争论着和喧哗着，在各个房间里和院子里跑来跑去。生性干什么事都很热情的娜塔莎，突然也干起活来。开头人们对她参与收拾行装的事并不相信。大家总以为她是开玩笑，不愿听从她；但是她坚决地和热切地要求人们听从她，见人们不听她就生气，差一点哭了起来，最后终于得到了人们的信任。她的第一个功劳与包装地毯有关，她为此做出了巨大的努力，同时这使她树立了权威。伯爵家里有珍贵的戈贝兰挂毯①和波斯挂毯。娜塔莎开始干活时，大厅里放着两只打开的箱子：一只几乎装满了瓷器，另一只装着挂毯。桌子上还放着许多没有装箱的瓷器，而且还在不断从储藏室里搬来。应当再装第三只箱子，仆人们已去取空箱子了。

"索尼娅，等一等，我们全都能装得下。"娜塔莎说。

"不行，小姐，已经试过了。"餐厅管事说。

"不，请等一下。"说着娜塔莎开始把用纸包着的盘子和碟子从箱子里取出来。

"盘子应当和挂毯装在一起。"她说。

"所有挂毯三只箱子能装下就谢天谢地了。"餐厅管事说。

"你等一下。"娜塔莎开始很快地、手脚麻利地挑选起来。"这个不要了，"她说的是基辅产的碟子，"这个要，放到挂毯里去。"她拿起萨克森产的盘子说。

"你别管了，娜塔莎；行了，我们会装的。"索尼娅用责备的语气说。

"哎，小姐，您歇口气吧！"管家说。但是娜塔莎没有听从，她把所有东西都取了出来，然后迅速地重新装进去，决定完全不带质量差的家用挂毯和多余的器皿。当所有的东西都取出后，便开始重新装箱。确实去掉几乎所有不值钱的东西后，值得带走的和值钱的东西两只箱子就装下了。只是装挂毯的箱子盖不上。本来可以取出一些东西来，但是娜塔莎坚决不干。她装了又装，压了又压，要餐厅管事和被她拉来装箱的彼佳压箱子盖，自己也使出浑身的力气。

"得了，娜塔莎，"索尼舰对她说，"我知道你是对的，你就去掉上面的那一块吧。"

"不成，"娜塔莎喊道，她一只手拢住散落到汗津津的脸上的头发，另一只手压那挂毯。"压呀，彼季卡，使劲压！瓦西里依奇，压！"她喊道。挂毯压下去了，箱子盖上了。娜塔莎拍着巴掌，高兴得尖叫起来，泪水从她眼睛里涌了出来。但是这只延续了一秒钟。她立刻着手做另一件事，这时人们已完全相信她的能力。有人告诉伯爵，说娜塔莉

---

① 戈贝兰挂毯是法国巴黎戈贝兰厂生产的一种带有神话故事和文学故事图案的花毯。

娅·伊里尼什娜没有照他的命令做,伯爵没有生气,家奴们都来问娜塔莎:要不要把装在大车上的东西捆好,那上面的东西装得够不够?在娜塔莎的指挥下事情干得很顺利:不需要的东西留下了,最贵重的东西都装了箱,而且装得瓷瓷实实的。

但是不管所有人如何忙忙碌碌,到深夜时还是没有能把所有东西都装好。伯爵夫人睡着了,伯爵把出发时间推迟到第二天早晨,也去睡觉了。

索尼娅和娜塔莎没有脱衣服,睡在休息室里。

这一夜还有一个伤员经过波瓦尔大街,这时正站在大门口的玛夫拉·库兹米尼什娜把他让进了罗斯托夫家。玛夫拉·库兹米尼什娜觉得这个伤员是一个很重要的人物。运他的马车完全用挡布挡着,车篷放了下来。在驭座上,在车夫身旁坐着一个样子可敬的老仆人。一个医生和两名士兵坐在跟在后面的一辆马车上。

“请到我们这里来,请进。主人们就要走了,整座房子都是空的。”老太婆对那老仆人说。

“就这样吧,”老仆人叹着气说,“我们已不指望能把他送到家了!我们在莫斯科有自己的房子,可是很远,而且也没有人住。”

“欢迎到我们这里来,我们主人家里一应俱全,请进。”玛夫拉·库兹米尼什娜说。“怎么,伤势很重吗?”她又问了一句。

老仆人摆了摆手。

“我们已不指望能把他送到家了!应当问问大夫。”老仆人说着从驭座上下来,到了后面的马车旁边。

“好吧。”医生说。

老仆人又到了主人的马车旁,朝里面看了一眼,摇了摇头,吩咐车夫拐到院子里去,自己在玛夫拉·库兹米尼什娜身旁站住了。

“主耶稣基督!”她说。

玛夫拉·库兹米尼什娜请他们把伤员抬到屋里去。

“主人们不会说什么的……”她说。但是需要避免上楼梯,因此把伤员抬进了厢房,安置在以前绍斯太太住的大房间里。这个伤员是安德烈·鲍尔康斯基公爵。

十五

只有社会状况的两个指示器能表明莫斯科所处的状态，一是平民百姓，即穷人阶层，二是物价。这天早晨，大群工人、家奴和农民，其中夹杂着官吏、学生和贵族，前往三山门。他们在那里待了一会儿，没有等到拉斯托普钦，相信莫斯科就要被放弃，便都散了，奔向莫斯科各地，拥进各个酒店和饭馆。从这天的物价也可看出局势如何。武器、黄金、马车和马匹的价格一直上涨，而纸币和城市生活用品的价格则不断下跌，因此到了中午出现这样的情况，像呢绒这样的贵重商品，车夫搬运时可对半分，农民的一匹马要价五百卢布；而家具、镜子、青铜器具都白白送人。

莫斯科的末日来临了。这是一个令人愉快的秋高气爽的日子。这天是星期日。和平常的星期日一样，所有教堂里钟声齐鸣，召唤人们去做礼拜。看来任何人都还不知道莫斯科会发生什么事。

在罗斯托夫家古色古香的老房子里，往常的生活秩序的崩溃表现得并不明显。就仆人来说，大批家奴当中夜里只走了三人；没有任何东西失窃；而就物品的价值而言，从乡下来的三十辆大车是一笔巨大的财富，许多人见了眼红，有人愿出高价向罗斯托夫家买这些车。不仅有人愿出高价买车，而且从头天傍晚直到九月一日清晨，受伤的军官们不断派勤务兵和仆人到罗斯托夫家的院子里来，住在罗斯托夫家和他们家附近的房子里的伤员也都一瘸一拐地亲自前来，恳求罗斯托夫家的仆人设法给他们弄几辆马车，好让他们离开莫斯科。管家听了这些请求，虽然心里可怜这些伤员，但是断然拒绝了，说这样的事他根本不敢对伯爵说。不管留下来的伤员如何可怜，但是很显然，如果给了一辆车，那就没有理由不给第二辆，所有的车都得给他们——就连自己坐的车也得交出去。三十辆大车救不了所有伤员，而在这场共同的灾难中不能不考虑自己和自己的家庭。管家就是这样替自己的主人着想的。

伊里亚·安德烈依奇伯爵九月一日早晨醒来后，悄悄地出了卧室，以免惊醒到早晨才入睡的伯爵夫人，他穿着浅紫色的绸长袍到了台阶上。四边捆扎好的大车停在院子里。马车则停在台阶旁。管家正站在大门口跟一个年老的勤务兵和一个脸色苍白、吊着一只手臂的年轻军官说话。管家见了伯爵，朝军官和勤务兵威严地做了一个意味深长的手势，要他们走开。

"怎么，都准备好了吧，瓦西里依奇？[1]"伯爵问，他摸摸自己的秃顶，和善地看着军官和勤务兵，朝他们点点头。（伯爵喜欢见到没有见过的人。）

"马上就可以套车，大人。"

"好极了，等伯爵夫人醒来，就出发！您有什么事，先生。"他问，"住在我家里？"那军官走近一些。他的苍白的脸上突然泛起了红晕。

"伯爵，劳您驾，帮帮忙，允许我……看在上帝分上……搭您的车。我随身没有带什么东西……我可以坐在大车上……什么地方都行……"军官还没有来得及说完，勤务兵也为自己的主人求起伯爵来。

"啊！行，行，行。"伯爵急忙说。"我非常、非常高兴。瓦西里依奇，你吩咐下去，腾出一辆或两辆车来，就这样……什么……需要什么……"伯爵含糊其辞地下着指示说。但是在这一瞬间军官热烈的感激之情已使得他的承诺确定下来了。伯爵朝自己周围看了看，在院子里、大门口和厢房的窗口都可看到伤员和勤务兵。他们都望着伯爵，朝台阶走过来。

"大人，请您到画廊去，有人问那里的画怎么处理？"管家说。于是伯爵和他一起进了屋，一再嘱咐不要拒绝请求搭车的伤员。

"有什么办法呢，可以卸下一些东西。"他神秘兮兮地低声加了一句，仿佛担心有人听见他的话似的。

九点钟伯爵夫人醒了，她未出阁时当过她的侍女、现在担任她的类似宪兵司令职务的玛特廖娜·季莫菲耶夫娜前来向过去的小姐报告说，玛丽亚·卡尔波夫娜[2]非常生气，还有小姐们的夏季服装不能留在这里。伯爵夫人问绍斯太太为什么生气，原来是因为她的木箱从大车上卸了下来，所有的大车都解开了，正在卸东西，腾出来装伤员，是伯爵一时头脑发热下令要把他们带走的。伯爵夫人叫人把丈夫找来。

---

①　瓦西里依奇是管家的父名，与上文餐厅管事的父名相同。
②　玛丽亚·卡尔波夫娜是绍斯太太的名字和父名。这和上文不一致。第二卷第四部第十章她的名字和父名为路易莎·伊万诺夫娜。

"这是怎么啦,我的朋友?我听说又在卸东西了。"

"你知道,亲爱的,我正想要跟你说……亲爱的伯爵夫人……一个军官来找我,请求给几辆大车运送伤员。要知道这是可以做到的事;不然,你想一想,他们会怎么样!……说实话,我们院子里住着军官,是我们自己把他们请进来的……你知道,我想,真的,亲爱的,你瞧,亲爱的……就把他们带走吧……我们忙什么呀?……"伯爵怯生生地说,就像每次谈到要花钱的事的时候那样。过去他在谈到那些弄得子女生活失去保障的事情之前,例如在谈到修建画廊和暖房、成立家庭剧院或乐队等等之前,都用这种声调说话,伯爵夫人已经听惯了,她一直认为反对他用这种怯生生的声调说出的事是自己的责任。

她装出顺从和可怜的样子,对丈夫说:

"听我说,伯爵,你已弄到了房子白白给人家住的地步,现在又想把我们**孩子们的**财物全毁了。你自己不是说过,家里的东西值十万卢布。好吧,我的朋友,我不答应,就是不答应。随你的便!伤员有政府管。他们都知道。你瞧,对门的洛普欣家,前天就把所有东西都运走了。瞧人家是怎样做的。我们全是傻瓜。你不可怜我,也得可怜可怜孩子们。"

伯爵摆了摆手,什么也没有说,出了房间。

"爸爸!您怎么啦?"跟着他进了母亲房间的娜塔莎说。

"没有什么!跟你不相干!"伯爵生气地说。

"不,我听见了。"娜塔莎说。"妈妈为什么不愿意?"

"与你有什么相干?"伯爵大声嚷道。娜塔莎退到窗口,沉思起来。

"爸爸,贝格到我们这里来了。"她望着窗外说。'

十六

罗斯托夫家的女婿贝格已是一位上校,获得了弗拉基米尔勋章和安娜勋章,仍担任第二军副参谋长、司令部第一处副处长这一安稳而舒服的职务。

他于九月一日从部队来到了莫斯科。

他在莫斯科没有什么事要办;但是他发现大家都请求从部队到莫斯科去,并且在那里办了一些事。于是他也认为需要请假到那里去处理家里的事。

贝格坐着他的那辆精工制作的轻便马车,由两匹像公爵家里喂养的马那样膘肥体壮的黑鬃黄褐色马拉着,来到岳父家的门前。他注意地朝院子里的大车看了一眼,在上台阶时掏出一块干净的手绢,打了个结。

他迈着轻快的步子,急不可耐地从前厅跑到客厅,拥抱了伯爵,吻了娜塔莎和索尼娅的手,急忙问岳母的健康情况。

"现在还谈得上什么健康?"伯爵说你说说,部队怎么样?是在撤退,还是再要打一仗?"

"只有永恒的上帝才能决定祖国的命运,爸爸,"贝格说,"军队充满着英勇精神,现在头头们,如果可以这样说的话,正聚在一起商量。以后会怎么样,还不知道。但是我可以告诉您,爸爸,俄国军队在二十六日的会战中所表现或显示的那种英勇精神,它们的—— 不,它的(他改正自己的话说)那种真正古代英雄式的勇敢,是任何语言都无法形容的……我告诉您,爸爸(他像一个在他面前讲这话的将军那样捶着自己的胸脯,不过捶得晚了一些,因为在讲到'俄国军队,这几个字时捶胸脯才合适),我坦率地告诉您,我们当官的不仅不需要督促士兵或者做诸如此类的事,而且我们要费很大的力气才能阻止这些……是的,这些古代英雄式的壮举。"他说得又急又快。"我告诉您,巴克莱·德·托利不怕牺牲自己的生命,一直处在部队的前面。我们军奉命据守在一个斜坡上。您可以想象得出!"这时贝格讲了他所记住的在这段时间里听来的各种故事。娜塔莎目不转睛地看着他,仿佛在他脸上寻找某个问题的答案似的,这使他觉得不好意思起来。

"总之,俄国军人显示的这种英勇精神是无法想象的,是值得称赞的!"贝格说,他回头看着娜塔莎,好像想得到她的赞同似的,用微笑来回答她逼视的目光……"'俄罗斯不是在莫斯科,而是在她的儿子们的心中!'说得对吗,爸爸?"贝格问。

这时,伯爵夫人带着疲惫和不满的神情从休息室里出来。贝格急忙一跃而起,吻了伯爵夫人的手,询问了她的健康情况,摇摇头表示自己的同情,在伯爵夫人身旁站住。

"是的,妈妈,我对您说句实话,对任何一个俄国人来说,现在是困难和悲伤的时候。但是干吗这样惶惶不安？你们还来得及离开……"

"我不明白他们都在干些什么，"伯爵夫人对丈夫说，"刚才我听说还什么都没有准备好。要知道需要有人来安排。这就使人想起了米坚卡。事情真是没有个完！"

伯爵想要说什么，但是看来忍住了。他从椅子上站起来，朝门口走去。

这时贝格仿佛想要擤鼻涕似的，掏出手绢，看着那个结子，寻思起来，悲伤地和意味深长地摇着头。

"爸爸，我对您有一个很大的请求。"他说。

"嗯？……"伯爵停住脚步说。

"我刚才坐车经过尤苏波夫家，"贝格笑着说，"我认识他们的管家，他跑出来问我要不要买点东西。您知道，我出于好奇进去了，看见那里有一个小柜橱和一个梳妆台。您知道，薇鲁什卡①很想要这些东西，我们为此争吵过。（贝格谈起小柜橱和梳妆台，便不知不觉地改用通常谈论自己家里完善的设备时所用的兴冲冲的语气。）真是漂亮极了！拉开一看，还装有英国式的暗锁，您知道吗？而薇罗奇卡早就想要了。因此我想给她一个意外的惊喜。我看见您院子里有那么多的农民。请给我一个，我会给他很高的报酬的，还有……"

伯爵皱起了眉头，清了清嗓子。

"您去求伯爵夫人吧，这事不归我管。"

"如果为难的话，那就不必了，"贝格说，"我只是为了薇鲁什卡才这样想的。"

"唉，你们大家都给我滚，滚，滚，滚！……"老伯爵叫喊起来。"脑袋都晕了。"说着他出了房间。

伯爵夫人哭了起来。

"是的，是的，妈妈，这是非常困难的时候！"贝格说。

娜塔莎和父亲一起出了房间，仿佛是在费劲地考虑什么事一样，先跟着父亲走，后来往楼下跑。

彼佳站在台阶上，正在给那些要离开莫斯科的仆人发武器。装着

---

① 薇鲁什卡和下文的薇罗奇卡都是薇拉的爱称。

东西的大车还停在院子里。有两辆装好东西的车已解开了，一个军官在勤务兵的搀扶下正在往其中的一辆上爬。

"你知道因为什么吗？"彼佳问娜塔莎（娜塔莎知道彼佳问的是什么，他问父母因为什么吵架）。娜塔莎没有回答。

"是因为爸爸想把所有大车都腾出来运送伤员，"彼佳说，"是瓦西里依奇告诉我的。照我看来……"

"照我看来，"娜塔莎把怒气冲冲的脸转向彼佳，突然几乎喊叫起来，"照我看来，这太糟糕，太令人厌恶，太……我不知道怎么说才好！难道我们是德国人吗？……"她抽抽搭搭地哭着，嗓子直发颤，她担心变得软弱起来，白白地发泄自己的怒气，便转过身，沿着楼梯迅速往下跑。贝格坐在伯爵夫人身旁，亲切而又恭敬地安慰着她。伯爵手里拿着烟斗在房间里走来走去，这时娜塔莎脸气得变了样，像一阵暴风似的冲了进来，快步走到母亲跟前。

"这真糟糕！这真令人厌恶！"她喊叫起来，"这不可能是您下的命令。"

贝格和伯爵夫人困惑不解地和吃惊地看着她。伯爵在窗口站住，仔细听着。

"妈妈，不能这样；您瞧瞧院子里吧！"她喊道，"他们要被扔下了！……"

"你怎么啦？你说的他们是什么人？你要什么？"

"伤员，就是他们！不能这样，妈妈；这太不像话了……不，妈妈，亲爱的，这不成，请原谅，亲爱的……妈妈，我们何必运走这些东西，您就瞧一瞧院子里吧……妈妈！……这样可不行！……"

伯爵站在窗口，没有转过头来，听着娜塔莎的话。突然他鼻子里发出呼哧声，把脸凑近了窗户。

伯爵夫人朝女儿看了一眼，看见了她替母亲害臊的脸和激动的神情，明白了现在丈夫为什么不回头看她，便不知所措地朝周围看了一眼。

"唉，好吧，你们爱怎么办就怎么办吧！难道我阻止谁了吗！"她说，还没有一下子认输。

"妈妈，亲爱的，原谅我！"

但是伯爵夫人推开了女儿，走到了伯爵跟前。

"亲爱的，你该怎么办就怎么办吧……其实我不了解情况。"她说，面有愧色地垂下眼睛。

"小鸡……小鸡教训母鸡了……"伯爵含着幸福的眼泪说，并且拥抱了妻子，而伯爵夫人乐于把羞愧的脸埋进丈夫的怀里。

"爸爸，妈妈！可以由我来安排吗？可以吗？……"娜塔莎问。"我们还是要带走最需要的东西……"娜塔莎说。

伯爵朝她点了点头表示肯定，于是娜塔莎像过去玩逮人的游戏那样快步从大厅跑到前厅，顺着楼梯跑到院子里去。

仆人们聚集在娜塔莎身边，对她所传达的把所有大车腾出来运伤员、而把木箱抬到仓库里去的奇怪命令觉得难以置信，等到伯爵本人以妻子的名义加以确认后，才相信了。他们明白了命令后，便高高兴兴地和忙忙碌碌地干了起来。仆人们现在不仅不觉得这样做很奇怪，相反，觉得非这样做不可；正如一刻钟前谁也不觉得留下伤员而运走东西是奇怪的，谁都觉得非那样做不可一样。

家里所有的人仿佛想要弥补他们以前没有做这件事的过错一样，都忙碌起来，着手把伤员安置到大车上去。伤员们从自己住的房间里缓慢无力地出来，苍白的脸上带着兴奋的表情，围住了大车，别的家里的伤员也开始到罗斯托夫家的院子里来。许多伤员请求不要卸东西，他们只要坐在东西上面就行了。但是卸车已经开始，就停不下来了。全部留下或者留下一半，反正都一样。院子里乱放着昨天夜里费了很大力气装了器皿、青铜器具、画、镜子的木箱，人们还一直寻找着卸下这些或那些东西的可能，好再腾出一辆又一辆大车来。

"还可以再上四个人，"管家说，"我把自己的车子让出来，要不叫他们坐在哪里呢？"

"把我的装衣橱的车也给他们吧，"伯爵夫人说，"杜尼亚莎可以和我一起坐在马车里。"

于是又把装衣橱的车腾了出来，赶到隔两座房子的地方去运伤员。全家人和仆人心情都很愉快。娜塔莎兴高采烈，喜气洋洋，她很久没有这样的心情了。

"把它捆在哪里呢？"仆人说，他们正在把一只木箱往马车狭窄的后脚镫上放,"哪怕留下一辆大车也好。"

"木箱里装的是什么?"娜塔莎问。

"伯爵的书。"

"留下吧。让瓦西里依奇把它拿走。这不必带。"

马车里已坐满了人;大家不知道该让彼得·伊里奇坐在哪里。

"他就坐在驭座上。你不是要坐在驭座上吗,彼佳?"娜塔莎喊道。

索尼娅也在不停地忙碌着;但是她忙碌的目的与娜塔莎的目的相反。她在收拾留下的东西;根据伯爵的要求进行登记,竭力想尽可能多带一些东西。

十七

一点多钟,罗斯托夫家的四辆套上马和装好东西的马车停在大门旁。运送伤员的大车一辆接一辆地驶出了院子。

运送安德烈公爵的马车在经过台阶时引起了索尼姬的注意,这时她正在和一个女仆一起在停在大门口的一辆高大的四轮轿式马车里为伯爵夫人收拾座位。

"这是谁的马车?"索尼娅从车窗里探出头来问道。

"您怎么不知道,小姐?"女仆回答说,"是一位受伤的公爵,他在我们家宿了一夜,也要跟我们一起走。"

"这是谁呢,姓什么?"

"就是我们家原来的姑爷鲍尔康斯基公爵!"女仆叹着气回答道。"听说快要死了。"

索尼姬跳下马车,跑去找伯爵夫人。伯爵夫人已穿好旅行装,披着披巾和戴着帽子,神色疲惫,在客厅里来回走着,等着家里的人,以便和他们一起关起门来坐一会儿,进行出发前的祈祷。娜塔莎不在屋里。

"妈妈,"索尼碰说,"安德烈公爵在这里,受了伤,快要死了。他和我们一起走。"

伯爵夫人吃惊地睁开眼睛,抓住索尼娅的手,朝四周看了一眼。

"娜塔莎呢?"她问。

这个消息对索尼娅和伯爵夫人来说,最初只有一个意义。她们了解娜塔莎的个性,想到她得知这个消息后会出什么事心里就害怕,这种恐惧压倒了她们对她俩都很喜欢的这个人的任何同情。

"娜塔莎还不知道;但是公爵要跟我们一起走。"索尼娅说。

"你说他快要死了吗?"

索尼碰点了点头。

伯爵夫人搂住索尼娅,哭了起来。

"天意不可测!"她想道,感觉到现在发生的所有事情里已开始显露出以前人们看不到的那只万能的手。

"妈妈,全都准备好了。你们说什么?……"娜塔莎跑进屋里,兴奋地问道。

"没有说什么。"伯爵夫人说。"既然准备好了,那就出发吧。"说着伯爵夫人朝自己的手提包弯下身去,不让娜塔莎看见她神色不安的脸。索尼娅搂住娜塔莎,吻了吻她。

娜塔莎用疑问的目光看了她一眼。

"你怎么啦?发生什么事了?"

"没有什么……没有……"

"对我来说是很坏的事吧?……什么事?"敏感的娜塔莎问道。

索尼娅叹了一口气,什么也没有回答。伯爵、彼佳、绍斯太太、玛夫拉·库兹米尼什娜、瓦西里依奇进了客厅,关上门,大家坐了下来,谁也不看谁地默默坐了几秒钟。

伯爵第一个站起来,大声地叹了一口气,开始朝圣像画十字。大家都这样做了。然后伯爵开始拥抱留在莫斯科的玛夫拉·库兹米尼什娜和瓦西里依奇,在他们抓住他的手,吻他的肩膀时,他轻轻地拍拍他们的背,嘴里说着含糊不清的、亲切的安慰话。伯爵夫人到供圣像的礼拜室去了,索尼娅看见她跪在墙上留下的残缺不全的圣像面前。(家里世代相传的最珍贵的圣像已取下来将随身带走。)

那些将要跟着离开的仆人们身佩彼佳发给他们的匕首和马刀,把裤腿塞进靴筒里,腰间紧束着皮带和宽腰带,正在台阶上和院子里留下的仆人告别。

就像通常出门时那样,许多东西忘了带,没有放在应放的地方,两个跟班在马车敞开的车门和踏板两边站了很久,准备扶伯爵夫人上车,而这时女仆拿着靠垫和包袱从屋里跑到马车里，然后又跑回去。

"他们一辈子什么都记不住！"伯爵夫人说，"你知道，我不能这样坐。"于是杜尼亚莎咬着牙，没有答话，脸上带着责备的表情跑到马车里重新收拾座位。

"唉，这些人！"伯爵摇摇头说。

伯爵夫人只信得过老车夫叶菲姆一个人，现在他高高地坐在驭座上，甚至没有回头看背后发生的事情。他凭他三十年的经验知道，还不会很快对他说"上帝保佑，走吧！"即使说了，也会两次叫他停住，派人去取忘记的东西，在这之后还会再一次叫他停住，伯爵夫人会自己从车窗里朝他探出头来，请他看在基督分上在下坡时小心些。他知道这一点，因此比他的马（尤其是比左边的那匹名叫雄鹰、正在踢着腿和反复嚼着马嚼子的枣红马）还有耐心地等待着下一步。最后大家都坐好了；踏板收了起来，翻进车里，车门啪的一声关上了，小盒已派人去取了，伯爵夫人探出身来说了应说的话。于是叶菲姆慢吞吞地摘下头上的帽子，开始画十字。前导马驭手和所有仆人都跟着这样做。

"上帝保佑！"叶菲姆戴上帽子说，"驾！"前导马驭手催动马匹。右边的辕马拉紧套具，高高的弹簧咯吱作响，车身晃了一下。一个仆人在马车开动后跳上了驭座。在出了院子上了坑洼不平的马路时，马车颠了一下，其余的车辆也同样晃了晃，整个车队沿着街道向前驶去。坐在这些马车里的人都朝对面的教堂画了十字。留在莫斯科的仆人在马车的两边走着，为他们送行。

娜塔莎很少有她现在那样的快乐心情，她坐在马车里伯爵夫人的身旁，看着身旁慢慢移动的被放弃的、惊慌不安的莫斯科的城墙在她身旁缓缓移动，向后退去。她不时从车窗里探出身去，朝后和朝前看看，看见他们前面的一长列运送伤员的大车。几乎在所有大车的前面，可以看见安德烈公爵的那辆放下车篷的马车。她不知道谁在马车里，每次想起整个车队有多长时，总是用眼睛寻找这辆马车。她知道它在所有车辆的前面。

在库德林诺，几支来自尼基塔街、普列斯尼亚、波德诺文斯科耶的像罗斯托夫家那样的车队会合了，到花园街时马车和大车已排成了两行。

在绕过苏哈列夫塔楼 ① 时,正在好奇地忙着观看坐车和步行的娜塔莎突然高兴地和惊讶地喊道:

"我的天!妈妈,索尼娅,你们瞧,这是他!"

"是谁?是谁?"

"你们瞧,真的,是别祖霍夫!"娜塔莎说,她探出车窗,看着一个高大肥胖的人,那人身穿一件车夫的长衫,从步态和姿势来看显然是一个乔装打扮的贵族老爷,他和一个脸色枯黄、没有胡子、身穿粗呢大衣的小老头到了苏哈列夫塔楼的拱门下。

"真的,是别祖霍夫,穿着长衫,和一个老小孩在一起!真的,"娜塔莎说,"你们瞧,你们瞧!"

"不,这不是他。这可能吗,尽说蠢话。"

"妈妈,"娜塔莎喊道,"要是不是他,您砍我的脑袋!我向您保证。停车,停车!"她朝车夫喊道;但是车夫无法停车,因为从小市民街又出来了大车和马车,人们朝罗斯托夫一家大喊大叫,要他们快走,不要挡住别人。

虽然这时已经离得比刚才远多了,但是罗斯托夫一家人确实看见了皮埃尔或者与皮埃尔异常相像的人,看见他穿着车夫的长衫,低着头神情严肃,在一个样子像仆人的没有胡子的小老头身旁走着。这个小老头看见了从车窗里朝他探出的头,便恭恭敬敬地碰了碰皮埃尔的胳膊肘,指着马车对他说了些什么。皮埃尔好长时间没能听明白他说的话;看来他正在沉思冥想。最后当他听明白后,便朝指的方向看了看,认出了娜塔莎,顿时怔住了,便不由自主地快步朝马车走过来。但是走了十来步,看来想起了什么,停住了。探出车窗的娜塔莎脸上露出了讥讽而又亲切的表情。

"彼得·基里雷奇,过来呀!我们都认出来了!这太妙了!"她大声说道,向他伸出手去。"您怎么这样?您为什么这样?"

皮埃尔抓住伸过来的手,一面跟着车走(因为马车还在继续往前走),一面笨拙地吻了吻。

"您怎么啦,伯爵?"伯爵夫人用惊奇和同情的声调问。

---

① 苏哈列夫塔楼建于一六九二年,高约三十俄丈。

"怎么啦？怎么啦？为什么？你们别问我。"皮埃尔说,朝娜塔莎看了一眼,觉得娜塔莎炯炯有神、喜气洋洋的目光(他不看她也感觉得到)非常可爱。

"您怎么,是不是要留在莫斯科?"娜塔莎问。皮埃尔沉默了一会儿。

"留在莫斯科?"他反问道,"是的,留在莫斯科。再见了。"

"唉,我很想成为一个男人,我就一定留下来和您在一起。啊,这有多么好啊!"娜塔莎说。"妈妈,您就让我留下来吧。"皮埃尔心不在焉地看了娜塔莎一眼,想要说点什么,但是伯爵夫人打断了他:

"我们听说您上过战场,是吗?"

"是的,上过。"皮埃尔回答说。"明天又要打仗了……"他刚要往下说,但是娜塔莎打断了他的话:

"您这是怎么啦,伯爵?您变得不像您自己了……"

"唉,别问我,别问我,我自己什么也不知道。明天……不,不说了!再见,再见了,"他说这年月真可怕!"他落在了马车后面,上了人行道。

娜塔莎还长时间地把头探出窗外,对他露出亲切而带点讥讽的快乐的微笑。

十八

皮埃尔自从离家出走后,住在已故的巴兹杰耶夫的空房子里已是第二天了。事情的经过是这样的。

他在回到莫斯科和见了拉斯托普钦伯爵后,第二天醒来时很长时间弄不清他身在何处,人们要他做什么。当他得知在接待室里等待的人当中有一个法国人带着叶连娜·瓦西里耶夫娜伯爵夫人的信要见他时,突然产生了一种他时常容易产生的混乱和绝望的感觉。他突然想到现在一切都完了,一切都混杂在一起了,一切都毁了,没有什么对和错之分,前途一片渺茫,没有脱离这种状态的任何出路。他不自然地微笑着,嘴里念叨着什么,时而束手无策地在沙发上坐下,时而站起身来,走到门口,朝接待室的门缝里瞧,时而挥挥手,走回来,拿起了书本。管家再次来向皮埃尔禀报,说带着伯爵夫人的信来的法国人非常希望见到他,哪怕只见一分钟也行,说约·阿·巴兹杰耶夫的遗孀派人请他去接收她丈夫的书,因为这位太太本人已到乡下去了。

"噢,对了,马上就来,等一下……要不就算了……不,去告诉他,我马上就来。"皮埃尔对管家说。

但是管家一走,皮埃尔就拿起桌上的帽子,出了书房的后门。走廊里一个人也没有。皮埃尔穿过整条走廊到了楼梯口,皱着眉头,两手擦擦前额,下到了第一个楼梯台上。只见看门人站在正门口。从皮埃尔现在所在的楼梯台有另一道楼梯通往后门。皮埃尔顺着这道楼梯到了院子里。谁也没有看见他。但是他一出大门到了街上,站在马车旁的车夫和管院子的人看见了他,恭敬地摘下了帽子。皮埃尔觉得有人在注视着他,便学着把头藏在灌木丛里的鸵鸟的样子,以免被人看见;他低下头,加快了脚步,沿着大街走去。

在这天早晨皮埃尔要办的事情当中,他觉得整理约瑟夫·阿列克谢耶维奇·巴兹杰耶夫的书籍和文件是最重要的。

他随便雇了一辆马车,吩咐马车夫把他拉到巴兹杰耶夫的遗孀住的大牧首塘去。

皮埃尔不断地顾盼着从四面八方过来的离开莫斯科的车队,挪动着肥胖的身体,以免从咯吱作响的破旧马车上滑下来,他像一个逃学的孩子一样有一种喜悦的感觉,便和马车夫攀谈起来。

马车夫对他说,今天在克里姆林宫里发武器,明天要把老百姓轰到三山门去,那里将打一场大仗。

到了大牧首塘,皮埃尔找到了巴兹杰耶夫家,他很久没有来这里了。他走到便门旁。格拉西姆,也就是那个脸色枯黄、没有胡子的小老头,听见敲门声出来了,皮埃尔五年前曾在托尔若克见过他和约瑟夫·阿列克谢耶维奇在一起。

"在家吗?"皮埃尔问。

"目前局势紧张,大人,索菲娅·丹尼洛夫娜①带着孩子到托尔若克乡下去了。"

"我还是要进屋去,我需要把书籍整理一下。"皮埃尔说。

---

① 索菲娅·丹尼洛夫娜是巴兹杰耶夫的遗孀的名字和父名。

"请吧,已故主人——愿他早升天国——的兄弟马卡尔·阿列克谢耶维奇留下了,您知道,他有个毛病。"老仆人说。

皮埃尔知道,马卡尔·阿列克谢耶维奇是约瑟夫·阿列克谢耶维奇的一个半疯的、嗜酒如命的兄弟。

"是的,是的,我知道。咱们进去吧,进去吧……"皮埃尔说着进了屋。一个身材高大、秃顶和红鼻子的老人身穿睡袍,光脚穿着套鞋站在前厅里;他一见皮埃尔,生气地嘟囔了一句什么,便到走廊里去了。

"本来是一个很聪明的人,现在,您瞧,变得迟钝了。"格拉西姆说。"到书房去好吗?"皮埃尔点点头。"书房一直封着门。索菲娅·丹尼洛夫娜吩咐过,如果您派人来,就把那些书给您。"

皮埃尔进了那个阴暗的书房,当初恩师在世时,他曾怀着惶恐的心情进来过。这个书房积满了尘土,自从约瑟夫·阿列克谢耶维奇去世后里面的东西没有人动过,现在显得更加阴暗了。

格拉西姆打开了一扇百叶窗,蹑手蹑脚地出去了。皮埃尔在书房里走了一圈,走到存放手稿的书柜前面,取出一份曾被认为是共济会最重要的珍品的文稿。这是苏格兰共济会文件的真本,上面有恩师的诠注和解释。皮埃尔在落满尘土的书桌旁坐下来,把手稿放在自己面前,打开后又合上,最后推到一边,两手托着头,陷入了沉思。

格拉西姆几次小心翼翼地朝书房里张望,看见皮埃尔以同一姿势坐着。两个多小时过去了。格拉西姆故意在门口大声说话,以便引起皮埃尔的注意。皮埃尔没有听见。

"要把马车夫打发走吗?"

"噢,是的,"皮埃尔仿佛醒过来说,急忙站起身来,"你听我说,"他抓住格拉西姆上衣的一粒纽扣,一双湿润发亮的、充满激情的眼睛看着这个小老头说。"你听我说,你知道明天要打仗吗?……"

"有人说过。"格拉西姆回答道。

"请你不要对任何人说我是谁。照我说的去做……"

"是,"格拉西姆说,"要吃点东西吗?"

"不,我需要别的东西。我需要一套农民的服装和一支手枪。"皮埃尔说,突然涨红了脸。

"遵命。"格拉西姆想了想说。

这一天剩下的时间皮埃尔是在恩师的书房里单独度过的,格拉西姆听见他不安地从一个角落走到另一个角落,自言自语地说着什么,后来在这里为他准备的床铺上过夜。

格拉西姆是一个老仆人,一辈子见过许多奇怪的事情,对皮埃尔前来寄宿并不感到惊讶,看来他对有人可以让他侍候感到很满意。他在当天晚上,甚至不问一问自己这样做有什么必要,就给皮埃尔弄到了一件长衫和一顶帽子,并答应第二天搞到他所需的手枪。这天晚上马卡尔·阿列克谢耶维奇穿着套鞋两次吧嗒吧嗒地走到门口站住,用巴结的目光看着皮埃尔。但是只要皮埃尔一朝他转过身来,他就羞惭地和生气地掩上睡衣的衣襟,急忙走开。第二天皮埃尔穿着格拉西姆为他弄来的和蒸洗过的车夫的长衫,两人一起到苏哈列夫塔楼附近去买手枪,他就是在这时碰到罗斯托夫一家人的。

十九

九月一日夜,库图佐夫发布了俄国军队穿过莫斯科向梁赞大道撤退的命令。

第一批部队是在夜里出发的。夜里出发的部队并不急于赶路,慢慢地和从容不迫地向前移动;但是黎明时分部队快到多罗戈米洛沃桥时,看见自己前面,在另一边,桥上拥挤着急于过桥的部队,在这一边,大街小巷都挤满了人;而在后面则有大批部队没完没了地拥上来。一种莫名其妙的忙乱和不安的情绪支配了整个队伍。大家都朝桥边、朝桥上、朝浅滩和船只上拥过去。于是库图佐夫下令绕道经过后面的街道到莫斯科的另一边去。

快到九月二日上午十点钟时,在多罗戈米洛沃门外只剩下后卫部队了。军队已到了莫斯科的另一边和莫斯科城外。

与此同时,在九月二日上午十点,拿破仑站在俯首山上自己的部队中间,望着展示在他面前的景象。从八月二十六日到九月二日,从波罗金诺会战打响到敌人进入莫斯科,在这个不安的和值得纪念的一周的所有日子里,天气秋高气爽,异乎寻常,令人惊讶,低垂的太阳比春天还热,空气稀薄和纯净,一切都闪闪发亮,使人觉得刺眼,胸中吸进秋天芬芳的空气,顿觉神清气爽,精神倍增,夜里甚至还很暖和,在这温暖的黑夜,天空不时洒落金色的流星,既令人害怕,又令人高兴。

九月二日上午十时也是这样的好天气。晨光奇妙迷人。从俯首山上眺望,广阔的莫斯科连同流经它的河流以及花园和教堂全都展现在眼前,这个城市仿佛过着自己的生活,在阳光照耀下,它的教堂的圆顶像星星一样,发出若隐若现的闪光。

拿破仑看见这奇妙的城市及其从未见过的奇特的建筑,心中出现了一种有点嫉妒和不安的好奇,通常一般人在看见没有他们参与的异国生活方式时常有这样的心情。显然,这个城市有其本身的旺盛的生命力。根据某些迹象远远地就能正确无误地分辨出死的和活的东西,拿破仑在俯首山上就是根据这些迹象看出城里生活脉搏在跳动,他仿佛感觉到这个巨大美丽的躯体在呼吸。

"这个有无数教堂的亚洲城市,就是他们神圣的莫斯科! 终于看到这个名城了! 是时候了!"拿破仑下了马,吩咐在他面前摊开这个莫斯科的地图,并把翻译勒洛涅·迪德维尔叫到跟前。"被敌人占领城市就像失去贞操的姑娘。"他想(他在斯摩棱斯克就对图奇科夫①这样说过)。他用这种观点来看这个躺在他面前的、他尚未见过的东方美女。他早就有的、曾觉得不可能实现的愿望终于实现了,对此他自己也觉得奇怪。在明亮的晨光中他时而看看城市,时而看看地图,核对着这个城市的各个细部,占领这个城市的信心既使他激动,又使他害怕。

"但是难道会不是这样吗?"他想,"瞧,这座京城躺在我脚下,等待着自己的命运。现在亚历山大在哪里,他在想什么? 这是一座奇特的、美丽的、庄严的城市! 这也是一个奇特的和庄严的时刻! 我将以什么样的姿态在他们面前出现!"他想到了自己的军队。"这是对所有这些信心不足的人的奖赏。"他想,扫视着近臣们以及正在靠近和整队的部队。"只要我说一句话,做一个手势,沙皇的这个古老的京城就要毁灭。但是我对战败者总是仁慈的。我应该宽宏大量,做一个真正伟大的人。但是不,说我已在莫斯科,这不是真的。"他突然想道。"然而它

---

① 图奇科夫(一七七五——一八五八),俄国将军,是参加波罗金诺会战的第三军军长图奇科夫的弟弟,在斯摩棱斯克受重伤后被俘。

就躺在我脚下，金色的圆顶和十字架在阳光下闪着光和颤动着。我要怜惜它。在野蛮和专制的古碑上我要写上正义和仁慈的伟大字句……亚历山大感到最难受的正是这一点，我了解他。（拿破仑仿佛觉得正在发生的事的主要意义在于他同亚历山大的个人争斗。）我要从克里姆林宫——是的，这是克里姆林宫，是的——赐予他们公正的法律，我要让他们知道真正文明的意义，我要让一代又一代大贵族怀着热爱想起征服者的名字。我要对代表团说，我过去和现在都不愿意战争；我只是与他们宫廷的错误政策进行战争，我喜欢和尊重亚历山大，打算在莫斯科接受对我和对我的人民来说公平合理的和平条件。我不想利用战争的机会来贬低他们的皇帝。大贵族们——我要对他们说：我不愿意战争，我愿意和平，希望我的所有臣民幸福。不过我知道，他们的到来将会使我精神振奋，我将用我通常说话的方式和他们说话：清楚、庄重和博大。然而难道我真的到了莫斯科了吗？是的，它就在我面前！"

"请把大贵族带来见我。"他对侍从说。一个将军带着服饰华美的随从立刻去找大贵族了。

两个小时过去了。拿破仑吃了午饭，又站在俯首山的那个地方等代表团来。他要对大贵族讲的话已经完全想好了。这讲话充满着自尊和拿破仑所理解的伟大。

拿破仑打算在莫斯科的行动中表现出宽宏大量的姿态，这个想法吸引了他本人。他在脑子里想好了沙皇宫中开会的日子，会上俄国的达官贵人应与法国皇帝手下的达官贵人见面。他心里任命了一个能够把居民吸引过来的总督。他听说莫斯科有许多慈善机构后，心里便决定对这些机构广施恩泽。他想，如同在非洲应该穿着带风帽的斗篷坐在清真寺里一样，在莫斯科应当像沙皇那样乐善好施。为了完全打动俄罗斯人的心，他像每一个觉得不说我的亲爱的、我的温柔的、我的可怜的母亲就无法表示感情深的法国人一样，决定在所有这些机构的门口用大字刻上：献给我亲爱的母亲的机构。不，或者简单地刻上：我的母亲之家，他暗自这样决定。"然而我到了莫斯科了吗？是的，它就在我面前。但是城里的代表团为什么这么久还没有来？"他想。

与此同时，在皇帝的侍从后面，他的将军们和元帅们在激动地低声商谈着。去找代表团的人带回消息说，莫斯科已空荡荡的了，所有的拿破仑吃了午饭，又站在俯瞰山的那个地方等代表回来。

人都坐车和步行离开了。这些进行商谈的人脸色苍白,激动不安。不是居民离开了莫斯科这件事使他们觉得可怕(不管这件事多么重要),他们害怕的是如何向皇帝报告,如何向他说明他等大贵族这么久是白等了,城里除了一群群醉鬼外再也没有什么人,如何做到既作了禀报,又不至于使陛下处于法国人所说的滑稽可笑的可怕境地。一些人说,无论如何要设法搞一个代表团来,另一些人提出异议,主张小心地和巧妙地对皇帝做工作让他思想上有个准备,然后再对他说明真相。

"然而应当对他说……"侍从们说,"不过,诸位……"而这时皇帝一面考虑着他的宽宏大量的计划,一面在地图前面耐心地来回走着,不时手搭凉棚观看着通往莫斯科的道路,快活而自豪地微笑着,这就使事情变得更加难办起来。

"但是这是不可能的……"侍从们耸耸肩说,不敢说出"滑稽可笑的"这个可怕的字眼。

与此同时,皇帝白白地等待等得累了,同时以他演员般的敏感发现,这庄严的时刻延续得太长了,开始失去它的庄严性,于是做了一个手势。紧接着响起了一声号炮,团团围住莫斯科的军队便向莫斯科,向特维尔门、卡卢加门、多罗戈米洛沃门推进。部队你追我赶,人马快步奔跑,前进得愈来愈快,消失在他们扬起的一团团灰尘中,连成一片的呐喊声响彻云霄。

拿破仑为部队的行动所吸引,随着部队到了多罗戈米洛沃门,但是在那里又停住了,下了马,长时间地在度支部土城旁来回走了很久,等待着代表团。

二十

这时莫斯科已成了一座空城。城里还有一些人,以前的居民还留下五十分之一①,但是它已显得空荡荡的了。它空荡荡的,就像一个除去蜂王后将要遗弃的蜂箱一样。

---

① 在拿破仑入侵俄国前,莫斯科有居民十九万八千九百一十四人。拉斯托普钦在报告中说,在拿破仑刚进入莫斯科时,有居民将近一万人,而到他快要撤离时,只剩下三千余人。

在除去蜂王的蜂箱里已没有生命,但是从表面看来它还像别的蜂箱一样是有生命的。

蜜蜂在正午灼热的阳光照射下还像围着其他有生命的蜂箱一样围着除去蜂王的蜂箱快乐地飞舞;还远远地可以闻到这蜂箱散发的蜂蜜的香味,蜜蜂还是那样飞进飞出。但是只要仔细地一看就可看出,在这蜂箱里已没有生命。蜜蜂不像在有生命的蜂箱里那样飞,养蜂人闻到的气味和听到的声音也都不一样。养蜂人叩一叩这有问题的蜂箱的外壁,看到的不是以前的那种立刻协同一致做出的反应,听到的不是几万只蜜蜂威严地收紧肚子、快速地扇动翅膀在空中发出的充满生命力的嗡嗡声——回答他的是在空荡荡的蜂箱的各个地方发出的分散的嗡嗡声。蜂箱的出入口不像过去那样散发出蜂蜜和蜂毒的醉人的芳香,不再从那里传出蜜蜂群集而产生的热气,那里蜂蜜的气味与空虚和腐烂的气味混合在一起。在出入口再也没有翘起肚子、发出警报准备誓死保卫蜂箱的卫士。再也没有那种均匀的和轻微的声音,那种像沸水翻滚那样的劳作声,听到的只是不协调的、分散的、杂乱的喧闹声。一些长长的身体上沾满蜂蜜的盗蜜的黑蜂从蜂箱里胆怯地和诡诈地飞进飞出;它们不蜇人,一有危险就悄悄溜掉。以前蜜蜂都带着蜜飞进来,空身飞出去,现在都带着蜜飞出去。养蜂人打开蜂箱的下层,朝里面仔细观察。看到的不是以前的一群群相互抓住腿,精力充沛地埋头干活,一面不断发出劳动的低语声,一面分泌着蜂蜡的蜜蜂,他只看到一些死气沉沉的、干瘦的蜜蜂在蜂箱的底部和侧壁上乱爬。原来底板上抹着一层胶,被蜜蜂的翅膀打扫得干干净净,现在那里落满了小块的蜂蜡、蜜蜂的粪便以及腿脚还能勉强动弹的和尚未清除的完全死了的蜜蜂。

养蜂人打开蜂箱的上层,观察它的顶部。那里已没有占满蜂巢的所有空隙、温暖着幼蜂的一排排密密麻麻的蜜蜂,他看到的精巧复杂的蜂巢已不是原来的那种样子了。一切都荒废了,弄脏了。盗蜜的黑蜂迅速地、贼头贼脑地在各个蜂巢里窜来窜去;自家的蜜蜂变得干瘦短小和无精打采了,像老了一样,慢慢地爬着,对谁也不妨碍,没有任何愿望,失去了生命的意识。雄蜂、胡蜂、熊蜂、蝴蝶一边飞着,一边糊里糊涂地撞击着蜂箱的外壁。在留有死幼蜂和蜂蜜的蜂蜡之间,不时可以听到各处传来的愤怒的嗡嗡声;两只蜜蜂根据老习惯和记性正在一个地方清理蜂巢,它们干得很卖劲,力不胜任地拖着死蜜蜂或死熊蜂,自己也不知道为什么要这样做。在另一个角落里,另外两只老蜜蜂好像在有气无力地打架,或许是在清理自己身上,或许是在相互喂食,它们自己也不知道它们的行动是敌对的还是友好的。还有一个地方的一群蜜蜂相互挤压着,朝一个受害者进攻,拍打它和掐它。于是这只筋疲力尽的或者已被打死的蜜蜂慢慢地、像羽毛一样轻轻地掉下来,落到死蜜蜂堆里去。养蜂人翻转两块中间的巢础,想看一看蜂巢。他没有像以前那样看到几千只蜜蜂背靠背停在那里,密密麻麻地围成一个黑圈又一个黑圈,保守着繁殖后代的最高秘密,他看到的是几百只沮丧的、不死不活的、已昏昏入睡的像残骸般的蜜蜂。它们几乎全都死了,而自己还不知道这一点,都待在它们保护过的、已不复存在的圣地上。它们散发出腐烂和死亡的气味。它们当中只有几只还能动弹,还能起飞,有气无力地飞着,落到仇敌的手上,连豁出性命螫一下的力气都没有,——而其余的都死了,像鱼鳞一样轻轻地往下散落。养蜂人关上蜂箱,用粉笔在板壁上做了个记号,将抽个时间把它拆毁、烧掉。

当疲惫、不安和神情忧郁的拿破仑在度支部土堤旁来回走动,等待对方哪怕表面上遵守他认为必要的礼节,派个代表团来时,莫斯科就是这样空荡荡的。

在莫斯科的各个角落,人们按照老习惯还在毫无目的地活动着,并不明白他们在做什么。

当有人小心翼翼地向拿破仑禀报说莫斯科是一座空城时,他生气地看了禀报的人一眼,转过身,继续默默地走着。

"把马车拉过来。"他说。他和值班副官一起坐上马车,前往郊区。

"莫斯科空了。多么难以置信的事!"他自言自语说。

他没有到城里去,而停在多罗戈米洛沃近郊的一家旅店里。

这场戏没有演成。

二十一

俄国军队从夜里两点到次日下午两点通过莫斯科,带走了最后离开的居民和伤员。

部队行进中最拥挤的现象发生在石桥、莫斯科河桥和亚乌扎桥上。部队在克里姆林宫周围分成两路,聚集到莫斯科河桥和石桥上,大批士兵利用停顿和拥挤的机会,从桥上往回走,悄悄地和不声不响地经过圣瓦西里教堂和博罗维克门折回小丘,到了红场,他们根据某种嗅觉感觉到这里可以随便拿别人的东西。这样的人群,像在购买廉价商品时一样,挤满了外国

商场①的所有通道和过道。但是这里听不见商人招揽顾客的亲切甜蜜的说话声,没有叫卖的小贩和穿着花花绿绿衣服的女顾客——只能看到穿着制服和军大衣的不带枪的士兵,他们空手进去,默默地拿着东西出来。商人和店员(这些人很少)好像慌了神一样,在士兵当中走来走去,打开自己的店铺又把它们关上,亲自和伙计一起把货物搬到别的地方去。广场上,在外国商场旁边,鼓手们在敲集合鼓。但是抢东西的士兵听见鼓声不像以前那样跑去集合,而是相反,跑到离敲鼓更远的地方去。在店铺里和过道里,在士兵中间可以看见身穿灰色长衫和剃光脑袋的人②。两个军官,一个制服外围着围巾,骑着一匹深灰色的瘦马,另一个身穿军大衣,没有骑马,站在伊利英卡街的拐角上,正在说着什么。第三个军官骑马到了他们跟前。

"将军下令无论如何要立刻把所有的人赶出来。这真是太不像话了! 人跑散了一半。"

"你上哪里去? ……你们上哪里去? ……"他朝三个步兵吆喝着,这三人没有带枪,撩起军大衣的下摆,正要从他身边溜进商场去。"站住,鬼东西!"

"怎么,您要把他们集合起来!"另一个军官说,"他们是集合不起来的;应当快点走,不要等最后一批人都走了,就这样!"

"怎么个走法? 那里停住了,在桥上堵住了,走不动。要不要布置一道散兵线,不让最后的人都跑散了?"

"朝那边走! 把他们赶出来!"级别高的军官喊道。

围围巾的军官下了马,叫来一个鼓手,和他一起进了拱门。一群

---

① 外国商场于十三至十七世纪是专供外国商人贸易的商场,故名。十八世纪后成为当地商人进行贸易的中心商场。

② 这指的是从监狱里放出来的囚犯。

士兵见了拔腿就跑。一个面颊上靠近鼻子的地方长着红色粉刺的商人，肥胖的脸上带着沉着镇静、胸中有数的表情，摆动着双手，急忙神气地走到军官面前。

"大人，"他说，"请您保护我们吧。各种小东西对我们来说算不上什么，我们是乐意给的！现在马上把呢子拿来，给有教养的人，哪怕给两块也舍得，我们是很乐意的！可是我们觉得，这是怎么回事，完全是抢劫！请吧！

是不是可以设个岗来管一管，要不哪怕能允许我们关上店门也好……"

几个商人聚集在军官身边。

"唉！全是白费口舌！"其中的一个神情严肃的瘦子说。"脑袋都要掉了，还可惜什么头发！谁爱拿什么就拿什么吧！"他有力地挥了一下手，侧过身去对着军官。

"伊万·西多雷奇，您说得倒好。"第一个商人生气地说，"您请吧，大人。"

"有什么好说的！"瘦子大声说道，"我这里的三个店铺里有十万卢布的货物。部队走了，难道能保得住吗？唉，平民百姓们，上帝的意志不是空手能够改变的！"

"请吧，大人。"第一个商人鞠躬说。军官困惑不解地站着，他脸上露出犹豫不决的表情。

"这与我有什么相干！"他突然喊道，快步沿着商场往前走。在一个开着门的店铺里传出了打骂声，当军官走到那里时，一个身穿灰上衣、剃光脑袋的人被从门里推了出来。

这个人弯下腰，从商人和军官身旁过去了。军官责骂起店铺里的士兵来。但是这时莫斯科河桥上的一大群人当中响起了可怕的叫喊声，于是军官便朝广场跑去。

"怎么回事？怎么回事？"他问，但是他的同伴已骑着马经过圣瓦西里教堂朝发出喊声的地方跑去了。军官上了马，也跟着他跑去。当他到达桥头时，看见两门从前车卸下的大炮、过桥的步兵、几辆翻倒的大车、几个吓坏了的人和笑哈哈的士兵。在两门大炮旁停着一辆套着两匹马的大车。在大车的车轮后面紧跟着四条戴着颈圈的猎犬。大车上各种东西装得高高的,在顶上,在一把四脚朝天的童椅旁坐着一个女人,她正在拼命地尖叫。同伴们告诉军官说,人群喧哗和女人尖叫是这样引起的:叶尔莫洛夫将军来到人群中,得知士兵们都跑到店铺去了,大群居民把桥堵死了,于是下令卸下大炮,做出要向桥上开炮的样子。人群撞翻了大车,你踩我,我踩你,拼命地喊叫,拥挤着,在桥上让开一条道,于是部队向前推进了。

二十二

城里这时人已经走空了。街上几乎见不到人影。店铺的大门都锁上了;在小酒馆附近的一些地方可以听到一两声喊叫和醉汉的歌声。谁也不坐车在街上走,很少能听见行人步行的脚步声。在波瓦尔街上一片寂静,什么人也没有。罗斯托夫家的大院子里满地是马吃剩的干草和马粪,看不见一个人。在罗斯托夫家的那座全部财产都原封不动的宅院里,大客厅里只有两个人。这就是管院子的伊格纳特和瓦西里依奇的孙子——侍童米什卡,这孩子和爷爷一起留在了莫斯科。米什卡打开了古钢琴,用一个手指弹了起来。管院子的人两手叉腰,高兴地微笑着,站在一面大镜子前面。

"我弹得多好! 是吗? 伊格纳特叔叔!"孩子说,突然两手拍打起琴键来。

"瞧你的!"伊格纳特回答说,看见镜子里自己笑得愈来愈高兴,不禁感到惊奇。

"不要脸,你们真不要脸!"悄悄进屋来的玛夫拉·库兹米什娜在他们背后说,"瞧你这个大胖脸,龇牙咧嘴的。是为了这个把你们留下来的吗! 那里什么都还没有收拾,瓦西里依奇忙得要趴下了。等着吧!"

伊格纳特整了整腰带,不再笑了,顺从地垂下眼睛,出去了。

"大娘,我只轻轻地弹了一下。"孩子说。

"我叫你轻轻地弹! 小淘气鬼!"玛夫拉·库兹米什娜吆喝了一声,朝他挥挥手。"去给爷爷烧茶炊去!"

玛夫拉·库兹米什娜掸掉尘土,关上古钢琴,沉重地叹了一口气,出了客厅,锁上了门。

她来到院子里,考虑现在到哪里去:是到厢房里瓦西里依奇那里去喝茶,还是到储藏室里去收拾还没有收拾好的东西?

从寂静的街上传来了急速的脚步声。脚步声在便门旁停住了;门闩鼻在竭力想要打开门的人手里弄得啪啪响。

玛夫拉·库兹米尼什娜走到了便门旁。

"找谁?"

"找伯爵,找伊里亚·安德烈依奇·罗斯托夫伯爵。"

"您是谁?"

"我是一个军官,我需要见他。"一个俄国贵族的悦耳的声音说。

玛夫拉·库兹米尼什娜打开了便门。一个十八九岁的圆脸军官进了院子,他的脸型很像罗斯托夫一家人。

"他们走了,少爷。是昨天傍晚走的。"玛夫拉·库兹米尼什娜亲热地说。

年轻军官站在便门口,仿佛是在犹豫,决定不了进不进门,哑了一下嘴。

"唉,真遗憾!……"他说,"我昨天来就好了……唉,真可惜!……"

玛夫拉·库兹米尼什娜这时同情地仔细端详着这年轻人脸上她所熟悉的罗斯托夫家的特点,察看着他穿的破军大衣和旧靴子。

"您有什么事要见伯爵?"她问。

"那么……就只好这样了!"军官懊恼地说,抓住便门,打算要走。但又犹豫不决地站住了。

"您知道吗?"他突然说,"我是伯爵的亲戚,他一向对我很好。这么说,您知道吗(他带着和善和快活的微笑朝自己的斗篷和靴子看了一眼),都穿破了,可是一个钱也没有;因此我来求伯爵……"

玛夫拉·库兹米尼什娜没有让他说完。

"您稍等,少爷。稍等一下。"她说。军官刚把手从便门上放下来,玛夫拉·库兹米尼什娜就已转过身,迈开老年人的快步朝后面院子里自己住的厢房走去。

在玛夫拉·库兹米尼什娜往自己屋里跑时,军官低下头,望着自己脚上破烂的靴子,面带微笑,在院子里走着。"真遗憾,没有能碰到叔叔。这老人家真好！她跑到哪里去了呢？我怎么能打听到走哪条街比较近，能赶上团队呢？现在它想必快要到罗戈扎门了。"这时年轻的军官想道。不久，玛夫拉·库兹米尼什娜面带惊恐不安的、同时又是坚决的表情，手里拿着用一块方格手绢包着的东西，从拐角出来。在走到离军官还有几步时，她打开手绢，从中取出一张白色的二十五卢布的钞票，急忙交给了军官。

"伯爵他们要是在家，作为亲戚是一定会帮一把的，而这也许……可是眼前……"玛夫拉·库兹米尼什娜说着胆怯起来，发慌了。但是军官没有拒绝，不慌不忙地接过钞票，向玛夫拉·库兹米尼什娜道了谢。"要是伯爵在家。"玛夫拉·库兹米尼什娜仍然一直抱歉地说。"基督与您同在，少爷！上帝保佑您。"玛夫拉·库兹米尼什娜说，鞠着躬送他。军官仿佛嘲笑自己一样，微笑着，摇着头，几乎一溜烟地沿着空荡荡的街道朝亚乌扎桥跑，去追自己的团队。

而玛夫拉·库兹米尼什娜还眼泪汪汪地在关上的便门前站了很久，若有所思地摇着头，觉得自己对这个不认识的年轻军官突然产生了母爱和怜悯的感情。

二十三

在瓦尔瓦尔卡的一座未完工的房子里，底层是一家酒店，从那里传出了喝醉酒的人的叫喊声和歌声。在一个肮脏的小房间里，十来个工人坐在桌子旁的条凳上。他们都喝醉了酒，汗流满面，眼睛浑浊，张大嘴，使劲地唱着一首歌。他们各唱各的调，唱得很费劲和吃力，显然不是因为他们想唱，而是为了证明他们在饮酒作乐，而且喝醉了。他们当中的一个身材很高、长着一头浅色头发的小伙子，身穿一件蓝色的厚呢长外衣，站在他们中间，显得高出一头。他的鼻子很秀气而且很直，要不是他的两片收紧的薄嘴唇不停地翕动和一双浑浊阴沉的眼睛神情呆板的话，那么他的脸倒是很漂亮的。他在那些唱歌的人中间站着，看来正在思索着什么，威严地和笨拙地在他们头上挥动着一只袖子卷到肘弯的白手臂，不自然地用力张开肮脏的手指。他的外衣的袖子不断地往下滑，于是这个小伙子使劲地用左手把它重新卷起来，仿佛让这只挥动着的青筋突起的白手臂裸露在外是一件特别重要的事。歌唱到一半,从门廊里和台阶上传来了吵架的叫喊声和打人的声音。高个子小伙子挥了一下手。

"停!"他用命令的口气喊了一声,"打架了,伙计们!"他继续卷着袖子,到台阶上去了。

工人们跟在他后面。在高个子小伙子的带领下,在酒馆喝酒的工人们这一天早晨给酒店掌柜拿来了工厂里的几张皮子,为此掌柜给他们酒喝。邻近铁匠铺的铁匠听见酒馆里有人饮酒作乐,以为酒馆被人砸了,要强行闯进来。于是在台阶上打起架来了。

酒店掌柜在门口和一个铁匠扭打在一起,当工人们出来时,这个铁匠挣脱掌柜,脸朝下倒在马路上。

另一个铁匠要想冲进门,胸脯朝掌柜的压过来。

卷起袖子的小伙子一边走一边朝那个要冲进门来的铁匠脸上打了一拳,发狂似的叫喊起来:

"伙计们!我们的人挨打了!"

这时第一个铁匠从地上爬起来,使劲抓他被打破的脸,弄得满脸是血,哭喊道:

"救命啊!打死人了!……打死人了!弟兄们!……"

"哎哟,我的天,打死人了,打死人了!"一个从隔壁大门里出来的女人尖叫着。在血流满面的铁匠身旁聚集了一群人。

"你抢人、刮人家的钱财还嫌不够,"一个人对酒店掌柜说,"你怎么又打死人?强盗!"

高个子小伙子站在台阶上,用浑浊的眼睛时而看看酒店掌柜,时而看看铁匠,仿佛在考虑现在应该跟谁打架。

"凶手!"他突然朝酒店掌柜喊了一声,"伙计们,把他捆起来!"

"怎么,要捆我这样的人!"酒店掌柜推开朝他扑过来的人,摘下自己头上的帽子,往地上一扔。这个动作仿佛有神秘的威慑力似的,朝酒店掌柜围上来的工人犹豫不决地站住了。

"老弟,规章制度我知道得很清楚。我要告到区警察分局去。你以为我不会去告?现在谁也不许抢劫!"酒店掌柜捡起帽子喊道。

"咱们走,怕什么!咱们走……怕什么!"酒店掌柜和高个子小伙子你说一句,我说一句,两人一起沿着大街朝前走去。满面流血的铁匠在他们身旁走着。工人和看热闹的人说着喊着跟在他们后面。

在马罗谢依卡的拐角附近,在一座锁着栅栏门、挂着鞋匠招牌的大房子对面,站着二十来个脸色忧郁的鞋匠,这些人面容消瘦,疲惫不堪,穿着工作服和破烂的长衫。

"他应当如数付清工钱!"一个留着稀稀拉拉的胡子的瘦瘦的工人皱起眉头说。"怎么,他吸我们的血,就算完了。他哄呀,骗呀,整整哄骗了一个星期。而到了最后,自己走了。"

说话的工人看见一群人和一个血流满面的人过来,便不作声了,而所有鞋匠急忙好奇地参加到走过来的人群中来。

"这些人上哪里去?"

"明摆着的事,去找长官。"

"怎么,我们真的没有打赢吗?"

"你以为怎么样!听听大家怎么说吧。"

只听得有人提问题,有人回答。酒店掌柜趁人群不断扩大不注意他的时候,落在后面,回自己的酒店去了。

高个子小伙子没有发现自己的仇敌酒店掌柜不见了,仍挥动裸露的手臂不停地说着,以吸引大家的注意力。朝他挤过来的大多是那些想要从他那里听到他们所关心的所有问题的答案的人。

"他应当维持秩序,他应当维护法律,叫他当长官就是要他干这个的!我说得对吗,同胞们?"高个子小伙子说,露出勉强可以看得出来的微笑。

"他以为没有长官了?难道可以没有长官吗?要不随便什么样的人都抢。"

"说什么空话!"人群中有人接茬说。"怎么,就这样把莫斯科放弃了!人们对你说笑话,你都相信了。我们的军队有的是。可是就这样把敌人放进来了!长官就是干这个的。你听听老百姓在说什么。"人们指着高个子小伙子说。

在中国城①的墙边,有另一小群人围住一个身穿面绒粗毛呢军大

①　中国城是旧莫斯科的一个区,包括红场和克里姆林宫以东的一些街区。

衣、手里拿着文件的人。

"命令,在读命令!在读命令!"人群中发出这样的喊声,人们朝读的人拥过去。

那个穿面绒粗毛呢军大衣的人在读八月三十一日的传单。当人群围上他时,他似乎有些发窘,但是根据挤到他跟前的高个子小伙子的要求,用稍微发颤的声音开始从头读起传单来。

"明天一早我就到公爵殿下那里去,"他读道(高个子小伙子嘴上挂着微笑,皱起眉头庄重地重复了"殿下"一词),"以便和他进行商谈,采取行动,协助军队消灭恶棍;我们要把他们……"他接着读,读到这里停住了("看见了?"小伙子得意地喊道,"他会对你把整个事情讲清楚……")……"彻底根除,让这些不速之客见鬼去;我将回来吃午饭,然后就动手,把事情做完,做到底,痛打那些恶棍。"

在读最后几句话时,听众哑然无声。高个子小伙子忧郁地低下脑袋。显然谁也没有听明白这最后的几句话,尤其是:"我将明天回来吃午饭"这一句,看来这句话甚至使读传单的人和听众感到不快。老百姓很希望知道一些高深的道理,而这几句话过于简单和太明白易懂了;这是他们当中的每个人都能说的话,因此当局下达的命令就不能这样说。

大家都垂头丧气地默默站着。高个子小伙子翕动着嘴唇,摇晃着身体。

"最好问问他!……这是他本人吗?……当然问过了!……怎么样……他将指出……"在人群的后面突然传来了七嘴八舌的说话声,大家的注意力都转向来到广场的警察局长的马车上,他由两名骑马的龙骑兵陪同着。

警察局长这天早晨奉拉斯托普钦伯爵之命去烧毁驳船,趁这个机会捞了一大笔钱,这时钱还放在他的口袋里,他看见朝他过来的人群,命令车夫停车。

"你们是什么人?"他朝三三两两畏畏葸葸向他的马车靠近的人喝道。"你们是什么人?没有听见我在问你们吗?"警察局长没有听见有人回答,又问了一句。

"他们,大人,"一个身穿面绒粗毛呢大衣的小官吏说,"他们,大人，遵照伯爵大人的告示，前来效命，并不像伯爵大人所说的那样，想要造反……"

"伯爵没有走，他在这里，将会命令你们干什么。"警察局长说。"走吧！"他对车夫说。人群停住了，聚集在那些听见长官说了什么的人身旁，望着离开的马车。

这时警察局长惊恐地回头看了一眼，对车夫说了句什么，于是他的马跑得更快了。

"骗人，伙计们！带我们去见伯爵本人！"高个子小伙子喊了一声，"不要放他走了，伙计们！叫他做出解释！抓住他！"人们喊叫起来，跑去追马车。

追警察局长的人群吵吵嚷嚷地说着话，朝卢比扬卡跑去。

"这么说，老爷们和商人们都走了，我们就该在这里等死？怎么，难道我们是狗不成！"人群里愈来愈多的人这样说。

二十四

九月一日晚上，拉斯托普钦伯爵在与库图佐夫见面后，怀着伤心、委屈和惊讶的心情回到了莫斯科，因为他没有被邀请参加军事会议，库图佐夫对他提出的参加保卫首都的要求毫不在意，而且他惊奇地发现军营里人们有一种新的看法，认为关于维持故都的安宁和鼓励居民的爱国热情的问题不仅是次要的，而且是完全不必要的和不值一提的。吃完晚饭后，他和衣在长沙发上躺下，十二点多被给他送库图佐夫的信来的信使叫醒。信中说，军队要离开莫斯科撤退到梁赞大道上去，队伍经过城里时伯爵能否派一些警官带路。这个消息对拉斯托普钦来说已不是新闻。不仅从昨天在俯首山上会见库图佐夫之时起，而且从波罗金诺会战之时起，拉斯托普钦伯爵就知道莫斯科将要被放弃，因为来到莫斯科的所有将军都异口同声地说仗无法再打了，同时经伯爵允许每天夜里都在运走公家的财物，一半居民已经离开了；但是尽管如此，他在半夜三更睡第一觉时，这张写有库图佐夫的命令的便条给他带来的消息仍使他感到惊奇和生气。

后来拉斯托普钦伯爵在自己的回忆录里解释自己这个时期的活

动时几次写道,他当时有两个重要目的:保持莫斯科的安宁和撤出城里的居民。如果承认要达到这双重的目的是对的,那么拉斯托普钦的任何行动都是无可指摘的。为什么莫斯科的圣物、武器、弹药、火药、粮食没有运走?为什么成千上万的居民轻信莫斯科不会被放弃,使自己的财产遭到了损失?——照拉斯托普钦伯爵的解释,这都是为了维护故都的安宁。为什么要把政府机关成捆成捆的无用的文件、列皮赫的气球以及其他东西运走?——照拉斯托普钦伯爵的解释,这是为了使莫斯科成为一座空城。只要认为什么事情对老百姓的安宁造成威胁,那么所采取的任何行动都是对的了。

对恐怖活动的恐惧,只是由于关心老百姓的安宁而产生的。

那么拉斯托普钦伯爵对一八一二年莫斯科老百姓的安宁的担忧又是从何产生的呢?是什么原因使得城里有发生暴动的趋势?居民纷纷离开,撤退的军队挤满了莫斯科。为什么老百姓因此要起来暴动?

不仅在莫斯科,而且在整个俄国,在敌人入侵时,没有发生任何类似暴动的事。九月一日和二日,还有一万多人留在莫斯科,除了聚集在总督的院子里由他本人召集起来的人群外,没有发生任何聚众闹事的事。毫无疑问,如果在波罗金诺会战后莫斯科显然将要放弃或至少可能放弃时,拉斯托普钦倘若不发武器和散布传单去鼓动老百姓,而是采取措施把所有圣物、火药、药包和金钱运走,并且直截了当地向老百姓宣布城市将要放弃,那么老百姓就更不可能发生骚乱了。

拉斯托普钦是一个性子急躁、容易激动的人,一向周旋于官场的上层,虽有爱国心,但是根本不了解他想要管理的人民。自从敌人进入斯摩棱斯克之日起,拉斯托普钦就设想自己应扮演人民的感情的引导者——俄罗斯之心的指导者的角色。他不仅觉得(每个行政长官都会这样觉得),他不只是指挥着莫斯科居民的外部行动,而且也觉得他通过他发表的号召书和散布的传单引导着他们的情绪,而这些号召书和传单是用鄙俗的俚语写的,老百姓当中瞧不起这种语言,而当他们听到上面有人这样说时,就不明白这些话的意思了。拉斯托普钦非常喜欢扮演人民的感情的引导者的漂亮角色,完全深入到了这个角色里面,等到需要走出这个角色和在没有显示任何英勇行为的情况下就要放弃莫斯科时,便措手不及,突然觉得失去了立足的根基,完全不知道他该怎么办。他虽然知道莫斯科将要被放弃，但直到最后一刻还不相信这一点，没有为此做任何事。居民们是违背他的愿望离开的。政府机关虽然撤离了，那也只是由于官吏们的要求，伯爵也是不大同意的。他本人只忙于扮演他给自己选定的角色。如同想象力非常丰富的人常有的那样，他早就知道莫斯科将要放弃，但只是理智上知道，而整个心灵却不相信这一点，没有转而去考虑新的形势。

他精力充沛，工作努力(他的工作有多大益处，对老百姓有多大影响——那是另一个问题)，他的全部活动都只是为了在居民中激发起他本人所体验的感情——爱国和仇恨法国人，相信自己。

但是当事件开始具有真正的历史规模时，当只用言语表达对法国人的仇恨已显得远远不够时，当甚至无法用战斗来表达这种仇恨时，当自信心对处理莫斯科的问题已显得毫无用处时，当所有居民一个个抛弃财产拥出莫斯科，用这种消极行为来表达强烈的民族感情时，拉斯托普钦所选定的角色一下子变得毫无意义了。他突然觉得自己孤独、软弱和可笑，失去立足点了。

拉斯托普钦被叫醒后收到了库图佐夫的冷淡而带有命令口气的短笺，愈觉得自己有过错，心里就愈恼火。委托他管理的所有东西，他应当运走的所有公家的东西，都留在了莫斯科。要全部运走已不可能。

"把事情弄成这样是谁的过错呢？"他想，"当然不是我的过错。我做好了一切准备，我把莫斯科牢牢地掌握在手里！而他们把事情弄成这种样子！混蛋，叛徒！"他想，但是并没有确定这些混蛋和叛徒是谁，不过觉得必须恨这些叛徒，是他们使他处于目前的这种尴尬和可笑的状态的。

拉斯托普钦伯爵这一整夜都在发布各种命令，人们从莫斯科各地到他这里来接受指示。他的亲信们从来没有见过伯爵这样忧郁和恼怒。

"伯爵大人，世袭领地管理局局长派人来请示……宗教事务所、参政院、大学、儿童收容所、助理教务主教都派人来问……消防队的事如何处理？来了监狱的狱吏……精神病医院的管理员……"值班人员整夜不断地向伯爵报告说。

伯爵对所有这些问题都生气地作简短的回答，表明现在不需要他下命令，因为他花费很多精力所做的准备被某人破坏了，这个某人将要为现在即将发生的一切承担全部责任。

"好吧,你告诉那个笨蛋,"他在回答世袭领地管理局的询问时说,"要他留下来看管自己的文件。关于消防队有什么好问的?他们有马,就撤到弗拉基米尔去。不要留给法国人。"

"伯爵大人,疯人院的监督来了,您有什么吩咐?"

"什么吩咐?让他们全都走,就这样……而把城里的疯子都放出来。现在我们的军队都是由疯子指挥了,这也是上帝的安排。"

当问到如何处理狱中戴足枷的囚犯时,伯爵怒气冲冲地朝狱吏喊道:

"怎么,要给你两营人去押送?把他们放走,就行了!"

"伯爵大人,有政治犯:梅什科夫①,韦列夏金。"

"韦列夏金!他还没有绞死吗?"伯爵大声嚷嚷道,"把他带到我这里来。"

二十五

快到早晨九点时,军队已通过了莫斯科,这时再没有人来向伯爵请示了。能走的人都自己走了;留下的人也自行决定他们该做些什么。

伯爵吩咐套车,要到索科尔尼基去,他脸色发黄,愁眉不展,一言不发,抱着双臂,坐在自己的办公室里。

每一个行政长官在太平无事而不是动荡不安的时候都觉得他治下的平民百姓只是由于他的努力才动起来的,每个行政长官意识到自己的不可缺少,觉得这是对他的努力和劳动的主要奖赏。在历史的海洋风平浪静时,进行统治的行政长官坐在自己的不结实的小船上,用篙撑住人民的大船而随着行进,必定会觉得他撑着的大船是由于他的努力而行驶的,这是可以理解的。但是只要海上起了风暴,波浪滚滚,大船自身行驶起来,那时就不可能有这样的错觉了。大船不依靠外力迅速行进,篙已够不着前进的大船,于是统治者突然一下子从主宰者和力

---

① 梅什科夫原为律师,被牵涉进韦列夏金的案件,后被判处剥夺官衔和贵族称号,被送去当兵。

量源泉的地位上跌下来,变成一个微不足道的、毫无用处的和软弱无能的人。

拉斯托普钦感觉到了这一点,而正是这一点使他非常恼火。

曾被人群拦住过的警察局长和来报告马车已套好了的副官一起进来见伯爵。两人脸色都很苍白,警察局长报告了执行任务的情况后说,伯爵的院子里有一大群希望见他的人。

拉斯托普钦一句话也没有回答,站起身来,快步朝他陈设豪华而明亮的客厅走去,走到阳台的门旁,抓住门把手又放下了,又走到窗口,从那里可以更清楚地看见整个人群。高个子小伙子站在前排,表情严肃,一面挥动着手臂,一面说着什么。满脸是血的铁匠脸色忧郁,站在他身旁。从关着的窗户外面传来了说话的喧闹声。

“马车套好了吗?”拉斯托普钦离开窗口,问道。

“套好了,伯爵大人。”副官说。

拉斯托普钦又走到了阳台门旁。

“他们想干什么?”他问警察局长。

“伯爵大人,他们说,他们打算根据您的命令去打法国人,还在叫嚷什么有人背叛。是一群暴徒,伯爵大人。我好容易走脱了。伯爵大人,卑职大胆地建议……”

“走吧,您不说我也知道该怎么办。”拉斯托普钦生气地大声说。他站在阳台的门口,望着人群。“瞧他们把俄国弄成什么样了!瞧他们把我弄成什么样子了!拉斯托普钦想道,觉得自己心中升起了一股针对那些可以认为是造成这一切灾祸的人的无法抑制的怒火。如同性情急躁的人常有的那样,他怒火中烧,寻找着发泄的对象。“瞧这些群氓,这些居民中的渣滓,”他望着人群想道,“这些被他们由于愚蠢而煽动起来的贱民。这些人需要有一个牺牲品。”他望着挥动着手臂的高个子小伙子产生了这样的想法。他出现这个想法也是由于他自己需要这个牺牲品,需要这个发泄愤怒的对象。

“马车套好了吗?”他又一次问道。

“套好了,伯爵大人。请问韦列夏金怎么处理?他在台阶旁等着。”副官回答说。

“啊!”拉斯托普钦喊了一声,仿佛突然想起了一件事而吃了一惊似的。

于是他很快打开门，果断地迈步到了阳台上。说话声顿时停止了，人们脱下了棉帽和便帽，抬起眼睛瞧着出来的伯爵。

"你们好，小伙子们！"伯爵很快地大声说。"谢谢你们到这里来。我马上就出来见你们，但是首先我们需要处理一个坏蛋。我们应当惩罚那些毁了莫斯科的恶棍。请等我一会儿！"伯爵砰的一声关上门，和刚才那样快步地回到屋里。

人群中发出一片高兴地表示赞同的低语声。"这是说他要惩治所有的坏蛋！而你却说法国人……他会对你把整个事情讲清楚！"人们七嘴八舌地说，仿佛在相互责备疑心太重。

几分钟后，一个军官匆匆忙忙地从正门出来，下了一个命令，于是龙骑兵排成一列。人群从阳台下面迅速朝台阶拥去。拉斯托普钦面带怒容快步上了台阶，急忙朝自己周围看了一眼，仿佛在寻找什么人。

"他在哪里？"伯爵问，而他在问的同时看见一个长着细长脖子、剃了一半的脑袋上又长出头发的年轻人由两个龙骑兵架着从房子的拐角过来。这个年轻人身上穿着一件曾经是很漂亮的蓝呢面旧狐皮袄和肮脏的粗麻布囚裤，裤脚塞进未擦过的瘦小的旧靴子的靴筒里。瘦弱的脚上戴着沉重的脚镣，使得这个行动迟缓的年轻人难于迈步。

"啊！"拉斯托普钦说，他急忙把目光从穿狐皮袄的年轻人身上移开，指着台阶最下面的一级。"让他站到这里来！"年轻人拖着叮当响的脚镣，迈着沉重的步子到了台阶上指定的地方，用手指揪住皮袄的领子，两次转动长脖子，叹了一口气，顺从地把两只没有干过活的瘦手放在肚子上。

在年轻人在台阶上站好位置的几秒钟内，，仍没有人说话。只从后排的那些朝一个地方挤压的人当中发出呼哧声、呻吟声、推搡声和脚步移动声。

拉斯托普钦等他在指定位置站好，皱起眉头，用手擦了擦脸。

"小伙子们！"拉斯托普钦用清脆响亮的声音说，"这个人名叫韦列夏金，他就是那个把莫斯科毁了的坏蛋。"

穿狐皮袄的年轻人顺从地站着，把两手一起放在肚子上，稍稍地弯下腰。他的带着绝望表情的、因脑袋被剃了一半而显得很丑陋的年轻的瘦脸朝着下面。他听了伯爵的头几句话，慢慢抬起头来，从下往上朝伯爵看了一眼，仿佛想要对他说点什么，或者哪怕能遇见他的目光。但是拉斯托普钦没有朝他看。在年轻人的细脖子上，耳朵背后的一根像绳子一样的血管鼓了起来，变成了蓝色，突然他的脸红了。

所有人的眼睛都注视着他。他朝人群看了一眼，看见人们脸上的表情后仿佛觉得有了希望，悲伤而胆怯地笑了笑，又低下了头，在台阶上倒换了一下脚想站得更稳些。

"他背叛了自己的皇帝和祖国，他卖身投靠了波拿巴，所有俄国人当中只有他一个人给俄国人丢了脸，他使得莫斯科正在遭到毁灭。"拉斯托普钦用平静而严厉的语气这样说；但是突然眼睛向下朝继续顺从地站着的韦列夏金很快地看了一眼。仿佛这一瞥使他气炸了，他举起一只手，几乎对人群叫喊起来："你们自己来处理他吧！我把他交给你们！"

人们没有说话，只是相互之间挤得愈来愈紧。人们彼此紧挨着，在污浊的空气中无法呼吸，不能动弹一下，等待着某种不知道的和不明白的可怕事情发生，这一切正在变得无法忍受。站在前排的人看见了和听见了他们面前发生的一切，都惊恐地睁大眼睛和张开嘴，使出浑身力气用自己的脊背顶住从后面压过来的人。

"揍他！……打死这个叛徒，不要让他再丢俄国人的脸！"拉斯托普钦喊道，"把他砍了！我命令你们！"人群听见了拉斯托普钦说话的声音，没有听清他说的话，哼哼起来，拥了上来，但是又停住了。

"伯爵！……"在再次出现的片刻的寂静中又响起了韦列夏金的胆怯的、同时又是做作的说话声。"伯爵，上帝在我们头上……"韦列夏金抬起头说，他细脖子上的粗血管又充了血，脸上很快出现了血色，但是马上又消失了。他没有把他想要说的话说完。

"把他砍了！我命令你们！……"拉斯托普钦喊道，突然脸变得像韦列夏金一样煞白。

"拔出马刀！"军官朝龙骑兵吆喝道，自己也拔出刀来。

另一个更加汹涌的浪潮从人群中涌来，到了前排后，把前排的人朝前推，它一起一伏，把他们推向台阶的梯级前。高个子小伙子脸上带着呆板的表情，抬起的手在空中停住，与韦列夏金并排站着。

"砍！"军官几乎低声地对龙骑兵说，于是一个士兵突然气歪了脸，用刀背朝韦列夏金头部砍了一下。

"啊！"韦列夏金短促地和惊讶地喊了一声，恐惧地看着四周，仿佛不明白为什么要这样对待他似的。人群里也发出同样的恐惧的惊叫声。

"啊，我的天！"传来了不知是谁的悲伤的叹息声。

但是韦列夏金在发出一声惊呼后，接着痛得惨叫了一声，这一声喊叫毁了他。那道已绷得不能再紧的、还阻挡着人群感情爆发的屏障霎时间冲破了。犯罪行为已经开始，就得进行到底。带有责备意味的惨叫被人群可怕的和愤怒的吼声所淹没。好像冲毁大船的最大的七级浪一样，这股从后排掀起的无法阻挡的大浪潮涌到了前排，将其冲倒，吞没了一切。用刀背砍的龙骑兵想再砍一刀。韦列夏金惊恐地喊叫着，用手抱住头，朝人群冲去。他碰到高个子小伙子身上，小伙子用手掐住韦列夏金的细脖子，发出一声狂叫，和他一起倒在吼叫着压过来的人群的脚下。

一些人撕扯殴打着韦列夏金，另一些人撕扯殴打着高个子小伙子。被践踏的人以及竭力想要把高个子小伙子救出来的人的喊叫声，只能更加激怒人群。龙骑兵很久未能把这个浑身是血、被打得半死的人解救出来。虽然那些力图把开了头的事情做到底的人十分狂热和急切，他们对韦列夏金又打又掐又撕，但是很久未能把他打死；人群从四面八方朝他们压过来，把他们裹在中间，形成一团，来回摆动着，使他们既无法把他打死，又无法把他扔下。

"用斧头砍，怎么样？……压坏了……叛徒，出卖了基督！……活着……还老是死不了……做贼的罪有应得。用门闩打！……还活着吗？"

到受害者已不再挣扎，他的喊声为均匀细长的嘶哑的呼哧声所代替时，人群才开始在躺着的血肉模糊的尸体附近急忙移动起来。每个人都走过来看一看所做的事，然后带着恐惧、责备和惊讶的表情往后挤。

"啊，我的天，人都变成了野兽，哪里还有活人待的地方！"人群中有人说。"小伙子很年轻……想必是商人，这些人也真的！……有人说，这不是那个人……怎么不是那个人……啊，我的天……听说打了另一个人，差点要把他打死了……唉，这些人哪……就不怕罪过……"刚才的那些人这时又七嘴八舌地说，他们带着痛苦和怜悯的表情看着发青的脸上沾满血污、细长的脖子被砍破的尸体。

一个恪尽职守的警察认为一具尸体躺在伯爵大人的院子里有伤大雅，便命令龙骑兵把它拖到外面。两个龙骑兵抓住伤痕累累的腿把尸体往外拖。死人长脖子上沾满血污的剃了半边的脑袋在地上拖着，滚动着。人们挤着，纷纷离开尸体。

在韦列夏金倒在地上，人群狂喊着在他身边挤过来挤过去时，拉斯托普钦突然脸变得煞白，他没有到马车等着他的后面台阶上去，自己也不知道要上哪里去和为什么，低下头，沿着通向楼下房间的走廊快步走去。伯爵脸色苍白，下巴颏像发热病时那样颤抖个不停。

"伯爵大人，往这里走……您要上哪里去？……请往这里走。"在他背后一个人用颤抖的和惊恐的声音说。拉斯托普钦伯爵没有力气回答，他顺从地转过身，朝指给他的方向走去。后门台阶旁停着一辆马车。这里也可听到远处人群吼叫的声音。拉斯托普钦伯爵急忙坐上马车，吩咐拉到郊区索科尔尼基的住宅去。到了肉商街，再也听不见人群的叫喊了，这时伯爵开始后悔起来。现在他很不满意地想起他在下属面前显露出来的那种激动不安和恐惧的样子。"群氓是可怕的，令人厌恶的。"他用法语想道，"他们像狼一样，除了给他们肉吃外，无法使他们平静下来。""伯爵！上帝在我们头上！"他突然想起了韦列夏金的话，于是一种不愉快的寒冷感觉传遍了全身。但是这种感觉转瞬即逝，拉斯托普钦伯爵轻蔑地笑了笑自己。"我负有另一些责任，"他想道，"应当满足民众的要求。许多别的牺牲品为了公共利益死了和正在死去。"他想起了他对自己的家庭通常应负的责任，想起了（委托给他管理的）故都，想起了自己——不是想起那个费多尔·瓦西里耶维奇·拉斯托普钦（他认为费多尔·瓦西里耶维奇·拉斯托普钦正在为公共利益牺牲自己），他想的是作为总督、政权的代表和受沙皇委托的人的自己。"如果我只是费多尔·瓦西里耶维奇，我走的道路会完全不同，但是我应当保护作为总督的生命和尊严。"

拉斯托普钦在柔软的弹簧马车上轻轻地摇晃着身体，再也听不见人群的可怕的喊叫声，他肉体上平静下来了，如同常有的那样，在肉体上平静下来的同时,头脑里也为他想出了精神上平静的理由。使拉斯托普钦平静下来的想法并不是新的。自从开天辟地和人们相互残杀以来,从来没有一个人在对别人犯罪时不用这个想法安慰自己。这个想法就是为了公共利益,为了别人的福利。

一个不受利欲支配的人,从来不知道这种福利;但是一个犯罪的人任何时候都一定知道这种福利是什么。拉斯托普钦现在也知道这一点。

他不仅在自己的思考中不责备自己的行为,而且找到了沾沾自喜的理由,认为自己非常成功地利用了这个适当的时机,既惩罚了罪犯,同时又安抚了民众。

"韦列夏金受审后被判处死刑。"拉斯托普钦想道(虽然参政院只判处韦列夏金服苦役),"他是卖国贼和叛徒;我不能让他不受惩罚,再说我一箭双雕;我为了安抚民众把坏蛋交给他们,处死了他。"

伯爵到了郊外的住宅后开始安排家里的事,完全平静下来了。

半个钟头后,伯爵乘一辆快马拉的马车经过索科尔尼基田野,这时已不去回忆发生的事了,想的和考虑的只是将会发生什么。他现在去亚乌扎桥,人们告诉他库图佐夫在那里。拉斯托普钦伯爵脑子里准备着要对库图佐夫说的愤怒的和挖苦的话,责备他骗人。他要让这个接近宫廷的老狐狸感觉到,由于放弃故都和毁灭俄国(拉斯托普钦这样想)而造成的一切灾难的责任,将落在这老糊涂一个人头上。拉斯托普钦考虑着他要对他说的话,在马车里愤怒地转动着身子,不时生气地看看两旁。

索科尔尼基田野空荡荡的。只在它的尽头,在养老院和精神病医院附近,可以看到一小群穿白衣服的人以及几个单独在田野上行走的同样的人,他们嘴里喊着什么,挥动着手臂。

他们当中的一个人朝拉斯托普钦伯爵的马车跑过来,想要拦住它。拉斯托普钦伯爵本人,他的车夫和龙骑兵都带着惊恐和好奇的模糊感觉看着这些放出来的疯子,尤其是看着那个朝他们跑过来的人。

这个疯子迈开两条瘦长的腿,身体一摇一晃,身上的长袍飘动着,他跑得很快,两眼盯住拉斯托普钦,哑着嗓子朝他叫喊着什么,做着手势,要他停车。疯子的脸又黄又瘦,长着长短不齐的胡子,带着忧郁的和庄重的神情。他的又黑又亮的瞳仁靠近下眼皮，在红里透黄的眼白里不安地转动着。

"站住！停住！听见了吗？"他尖声喊了一声，然后又喘着气，做着手势，用威严的语气喊叫着。

他追上了马车，和它并排跑着。

"我被杀死了三次，又三次复活了。他们用石块砸我，把我钉上十字架……我会复活的……会复活的……一定会复活的。他们砸烂了我的身体。天堂就要毁了……我要破坏它三次，又三次把它重建起来。"他喊着，不断提高嗓门。拉斯托普钦伯爵突然脸变得煞白，就像人群扑向韦列夏金时变得煞白一样。他扭过头去。

"快……快走！"他用颤抖的声音朝车夫喊道。

马拉着车奋蹄飞速地奔跑起来；但是拉斯托普钦伯爵还长时间地听见自己背后逐渐远去的疯狂的拼命喊叫声，而在眼前看到的只是穿着皮袄的叛徒的又惊又怕、血迹斑斑的脸。

不管这事如何记忆犹新，拉斯托普钦现在觉得它已与他血肉相连，深深地铭刻在他的心里了。他这时清楚地感到，这件往事留下的血淋淋的伤口永远也愈合不了，相反，这件可怕的事将一直留在他的心中，直到他生命结束，而且时间愈久，将折磨得他愈厉害，愈痛苦。他现在觉得，他似乎听见自己的话："把他砍了，您要拿脑袋向我担保！"——"我为什么要说这些话！似乎是无意中说的……我可以不说它（他想），那就**什么事也不会**发生了。"他看见用刀背砍的龙骑兵的惊恐的、后来突然变得凶狠的脸，看见那个穿狐皮袄的孩子朝他投来的默默的、胆怯的责备的目光……"但是我不是为了自己这样做的。我应当采取这样的行动。贱民，叛徒……公共利益。"他想。

亚乌扎桥边仍然挤满了军队。天气很热。库图佐夫皱着眉头，神情沮丧地坐在桥旁的一条长凳上，用鞭子在沙地上画着，这时一辆马车隆隆地朝他驶过来。一个身穿将军制服、头戴带羽饰的帽子、一双不知是愤怒还是惊恐的眼睛不停地乱转的人走到库图佐夫面前，开始用法语对他说什么。这是拉斯托普钦伯爵。他对库图佐夫说，他之所以来到这里，是因为莫斯科和故都再也不存在了，只剩下军队了。

"如果殿下不告诉我您不会不战而放弃莫斯科，就不会发生所有这些事!"他说。

库图佐夫望着拉斯托普钦,仿佛不明白对他说的话,竭力想要从那个和他说话的人脸上的表情中猜出某种特殊的意思。拉斯托普钦不好意思起来,住口了。库图佐夫微微摇摇头,仍用审视的目光紧盯着拉斯托普钦的脸,低声说道:

"是的,我不会不战而放弃莫斯科。"

库图佐夫在说这句话时不知是想着别的事情,还是因为知道这话毫无意义而有意这样说,但是拉斯托普钦什么也没有回答,急忙从库图佐夫身旁走开。说起来真怪!堂堂的莫斯科总督,高傲的拉斯托普钦伯爵居然拿起马鞭,走到桥边,开始大声吆喝着赶走那些挤在一起的大车。

二十六

夜里三点多,缪拉的部队进入莫斯科。走在前面的是一队符腾堡的骠骑兵,而这位那不勒斯王本人则骑着马带着一大批侍从走在后面。

缪拉到了阿尔巴特街中心附近,在靠近显灵的尼哥拉礼拜堂的地方停住了,等待着先头部队来报告城堡"克里姆林"的情况。

在缪拉周围聚集了一小群留在莫斯科的人。大家胆怯而又困惑地看着这个用羽毛和金饰打扮起来的、留着长发的古怪的长官。

"怎么,这是他们的皇帝本人?还行!"只听得有人低声说。

翻译骑马到了这一小群人跟前。

"脱下帽子……帽子。"人群里有人相互说。翻译问一个年老的管院子的人,离克里姆林是否还很远?管院子的人困惑地听着他不熟悉的带有波兰口音的话,认为翻译说的不是俄国话,不明白他说的是什么,躲到了别人背后。

缪拉到了翻译那里,叫他问俄国军队在哪里。一个俄国人听明白了问的是什么,几个人突然回答起翻译的话来。一个法国先头部队的军官骑马到了缪拉跟前报告说,城堡的大门被堵住了,大概里面有伏兵。

"好,"缪拉说,他朝一个侍从转过身来,命令调四门轻型大炮到前面来,炮轰大门。

于是炮兵从缪拉后面的骑兵队伍里出来,朝阿尔巴特前进。下到弗兹德维任卡街的一头停住了,在广场上排好队。几个法国军官指挥着把大炮架好,用望远镜观察克里姆林宫。

克里姆林宫里正在响着晚祷的钟声,这钟声使法国人惊慌不安起来。他们以为这是在号召人们拿起武器。几个步兵朝库塔菲亚门跑去。大门里堆放着圆木和挡板。当一个军官带着一队士兵朝大门跑过来时,有人从门里放了两枪。一个站在大炮旁的将军朝军官大声下着命令,于是军官带着士兵跑了回来。

从大门里还传出了三声枪响。

一发子弹打中了一个法国士兵的腿,从挡板后面发出了少数几个人的奇怪的喊叫声。在法国将军、军官和士兵的脸上,原来的那种快活和平静的表情在同一时间内一齐迅速地为准备战斗和痛苦的表情所代替。对他们大家——从元帅到最后一个士兵——来说,这个地方不是弗兹德维任卡、莫霍瓦亚、库塔菲亚和三位一体门,而是一个新战场的一个新地点,说不定这里要进行一场血战。于是大家都做好了战斗准备。大门里的喊声停止了。大炮被推到了前面。炮兵们吹掉火绳杆上的灰。军官发出"开火!"的口令,于是接连发出像洋铁片那样的碰撞声,两发炮弹呼啸而出。霰弹打在大门的石板上,圆木上和挡板上;两团硝烟在广场上空飘动起来。

在炮击克里姆林宫石墙的轰隆声停止后的很短时间内,法国人头上响起了一种奇怪的声音。宫墙上空出现一大群寒鸦,它们嘎嘎叫着,拍打着几千只翅膀,在空中盘旋。与这些声音同时,大门里发出一个人的单独的喊声,接着从硝烟中出现一个身穿长衫和不戴帽子的人。他手里端着火枪,朝法国人瞄准。"开火!"炮兵军官又喊了一声,同时传出了一声枪响和两声炮响。硝烟又遮住了大门。

在挡板后面再也没有什么动静了,于是法国步兵和军官一起朝大门走过去。大门里躺着三个受伤的和四个被打死的人。两个穿长衫的人正沿着宫墙往下朝兹纳缅卡跑去。

"把这些搬走,"军官指着圆木和尸体说;于是法国人打死了受伤的人,把尸体往下扔到围墙外。谁也不知道这是些什么人。"把这些搬走，"针对他们只说了这么一句，他们被扔了出去，后来怕他们发臭，把他们收拾走了。只有梯也尔一个人为纪念他们专门写了几句生动有力的话："这些不幸的人占满了神圣的堡垒，拿了军火库的武器，向法国人射击。其中几个人被马刀砍死，把他们从克里姆林宫里清除了。"①

缪拉接到了道路已扫清的报告。法国人进入了大门，开始在参政院广场上扎营。士兵们把椅子从参政院大楼的窗户里扔到广场上，生起火来。

其他的部队过了克里姆林宫，安置在马罗谢依卡、卢比扬卡、波克罗夫卡等地。还有一些部队则驻扎在弗兹德维任卡、兹纳缅卡、尼哥拉街和特维尔街。法国人没有见到房子的主人，他们住在城里各处不像住在民宅里那样，而像住在城里的军营里一样。

法国士兵虽然衣衫褴褛，又饿又累，人数减少到了原来的三分之一，但是还是队伍整齐地进入莫斯科。这支军队人困马乏、筋疲力尽，但还是一支有战斗力的和令人生畏的军队。不过只是在这支军队的士兵分散到各家各户之前它还算是一支军队。等到各个团的人一进入没有人住的富丽的住宅，军队便永远瓦解了，变得既不是居民也不是士兵，成为一种被称为抢劫者的非兵非民的东西。五个星期后这些人出莫斯科时，已不成其为军队了。这是一群抢劫者，其中每个人用车拉着或身上扛着一大堆他们认为有价值和需要的东西。在离开莫斯科时，这些人当中的每一个人的目的已不像以前那样是为了获取，而只是为了保住得到的东西。如同一只猴子把手伸进口很小的瓦罐，抓住一把胡桃，为了不丢掉抓到的东西不肯松手，从而害了自己一样，法国人在离开莫斯科时，由于他们带着大量抢来的东西，也像猴子不肯松开手中的一把胡桃一样，不肯扔掉抢来的东西，显然也必将灭亡。每一个法国团队在进入莫斯科的某个街区后过了十分钟，已没有一个像士兵和军官的人了。在各家各户的窗口可以看见穿着军大衣和半高勒皮靴的人，他们笑着在各个房间走来走去；在地窖里和地下室里，也有同样的人在任意取用食物；在院子里这样的人打开或砸开木棚和马厩的门；在厨房里生起火来，卷起袖子揉面和烘烤食物，吓唬、逗弄和爱抚妇女和

① 这几句话引自梯也尔的《执政府和帝国时代的历史》。

儿童。在各个地方,在店铺里和各个住宅里,到处都有很多这样的人;但是军队已经不存在了。

就在这一天,法国指挥官们一个接一个地发布命令,禁止军队在城里散开,严格禁止对居民施加暴力和抢劫,要求当天晚上全体官兵集合点名;但是不管采取什么样的措施,那些以前组成军队的人分散到了这座富庶的、设备完善和食品储备丰富的空城的各个地方。正如一群饥饿的牲口在光秃秃的田野上走,一碰到水草丰盛的牧场立刻无法阻拦地跑散一样,现在军队也无法阻挡地分散到这座富庶的城市里了。

莫斯科的居民都走了,于是士兵像水流入沙地一样,被吸进地里,从他们首先进入的克里姆林宫像四射的星光一样不可遏止地向四面八方扩散。骑兵们在进入一座全部财物都留了下来的商人住宅时,发现那里不仅有可供自己的马使用的单马栏,而且还有多余的,可是他们仍然前去占领附近的另一座他们觉得更好的房子。许多人占了几座房子,用粉笔号上是谁占的,为了房子与别的队伍发生争吵,甚至动武。许多士兵还没有安顿好,就跑到外面去观看城市,他们听说居民把所有财物都扔下了,便急忙赶到可以白拿贵重物品的地方去。长官们前来阻止士兵,可是自己也不知不觉地参加到同样的行动中去。在车市,几家店铺里还有马车,于是将军们聚集在那里给自己挑选一般的四轮马车和轿式马车。留下的居民邀请长官到自己的家里去,想以此寻求庇护而免遭抢劫。财物多得很,简直数不清;在法国人所占的地方的周围,到处还有许多还不知道的和未被占的地方,法国人觉得那里有着更多的财物。于是他们被吸引到了莫斯科的愈来愈多的地方。正如水流进干燥的土地里水和干燥的土地都消失了一样,饥饿的军队进入富庶的空城后,军队和富庶的城市也都消失了;变成了污泥,发生了大火和抢劫。

法国人把莫斯科的大火归咎于拉斯托普钦的凶恶的爱国主义;俄国人则认为是法国人的暴行造成的。实际上,如果把莫斯科发生大火的责任加到一个人或几个人身上,那么从这个意义上说,就不存在这样的原因,而且也不可能存在。莫斯科之所以被烧毁,是由于它处于一个木质建筑构成的城市必定会烧毁的条件下,而不管城里有没有一百三十条简陋的消防水管。莫斯科必定会被烧毁是由于居民都离开了；同时这也是必然的，就像一堆一连几天往上面落火星的木屑必然会烧光一样。在这个木质建筑构成的城市里，当房屋的主人和警察都在的时候，夏天几乎每天都发生火灾，而现在居民走了，驻扎着军队，他们抽烟斗和在参政院广场上一天两次用椅子生火煮饭吃，那么这个城市就不能不烧毁了。在和平时期，只要军队驻扎在某个地区的农户里，这个地区发生火灾的次数就立刻增加了。那么在一个驻扎着外国军队的木质建筑构成的空城里发生火灾的可能性又会增加多少呢？在这里完全不能归咎于拉斯托普钦的凶恶的爱国主义和法国人的暴行。莫斯科是因为不是房子主人的敌军士兵抽烟斗、做饭、生篝火和粗心大意而焚烧起来的。即使有人放火（这很值得怀疑，因为谁也没有任何理由要放火，至少这样做是一件麻烦和危险的事），也不能把放火当作原因，因为不放火也会发生同样的事。

不管法国人如何得意地指责拉斯托普钦凶恶，不管俄国人如何理直气壮地指责波拿巴残暴，或者后来如何高兴地把英雄的火把塞到本国人民手里，但是不能不看到大火的这种直接原因是不可能存在的，因为莫斯科必定会烧毁，正如每个村庄、每个工厂、每座房子在主人走了、外人进来为所欲为、生火做饭时必定会烧毁一样。莫斯科是居民们烧毁的，这是真的；但是不是那些留下来的居民，而是那些离开的居民。被敌人占领的莫斯科没有像柏林、维也纳和其他城市那样完好无损，这只是由于它的居民没有向法国人献面包和盐欢迎他们，没有献上城门的钥匙，而是都撤离了。

二十七

像星光一样朝莫斯科四面八方扩散的法国人，到九月二日这一天的晚上才到达了皮埃尔现在住的街区。

皮埃尔在单独度过很不寻常的两天后，处于接近于发疯的状态。他整个身心都被一个纠缠不休的想法所困扰。他自己也不知道这种情况是什么时候和如何发生的，但是现在他心里只有这一个想法，不记得过去的任何事情，也不明白现在的任何事情；他看到和听到的一切，仿佛是在梦中在他面前发生的。

皮埃尔离家出走只是为了摆脱生活提出的凌乱繁杂的要求，在当时的情况下他无力解开这团乱麻。他借口整理已故的约瑟夫·阿列克谢耶维奇的书籍和文件前去他家，只是因为他想要避开生活的烦恼，寻求安宁，——他感觉到自己已陷入了烦恼和混乱之中，而在他心里，那种与这种状态完全相反的永恒的、平静的和庄严的境界，是同对约瑟夫·阿列克谢耶维奇的回忆联系在一起的。他寻找着平静的避难所，而且确实在约瑟夫·阿列克谢耶维奇的书房里找到了。他在书房里死一般的寂静中坐下来，两臂支在死者的落满尘土的书桌上，这时在他的头脑里开始平静地、一件接一件地重现最近几天、尤其是波罗金诺会战时发生的许多事情，回想起对他来说还比较模糊的感觉，当时他似乎觉得自己与那些铭记在他心中的，被称为**他们**的实在、纯朴和刚强有力的人相比，显得微不足道和虚伪。当格拉西姆打断他的沉思时，皮埃尔想到他应当参加拟议中的民众保卫莫斯科的战斗（他知道此事）。为了这个目的，他立即叫格拉西姆给弄来长衫和手枪，并对他说明了自己隐姓埋名留在约瑟夫·阿列克谢耶维奇家里的意图。后来，在无所事事地单独度过的第一天里（皮埃尔几次想要把注意力集中在共济会的手稿上，然而未能做到），他的脑子里几次模糊地出现了以前也有过的想法，想起了他自己的名字与波拿巴的名字之间有着神秘的联系；但是这个关于他 L'Russe Besuhof 注定要规定**兽**掌权的极限的想法，只是作为一个无缘无故地和不留痕迹地在他头脑里闪过的一个幻想而出现的。

买来了长衫（其目的是为了参加民众保卫莫斯科的战斗）后，皮埃尔碰见了罗斯托夫一家人，娜塔莎对他说："您留下来吗？啊，这有多么好啊！"这时他脑子里闪过一个念头，觉得即使莫斯科被占领了，那确实也很好，他可以留下来做他注定要由他来做的事。

第二天，他抱着不惜牺牲自己和在任何方面都不落在**他们**后面的想法，与民众一起前去三山门。但是他回到家里后，深信莫斯科已不会保卫了，突然觉得，他以前认为只是可能做的事，现在变成必须做和非做不可的事了。他应当隐姓埋名留在莫斯科，去找拿破仑，杀死他，这样做也许自己会遭到灭亡，也许能结束整个欧洲的灾难，照皮埃尔看来，这灾难是由拿破仑一个人造成的。

皮埃尔了解一个德国大学生于一八〇九年在维也纳谋刺波拿巴的详细经过，知道这个大学生后来被枪毙了。他想到在实现自己的意图时要冒生命危险，便更加兴奋起来。

两种同样强烈的感情不可抗拒地吸引他去实现自己的意图。第一种感情是他意识到全民正在遭难，觉得自己需要做出牺牲和受苦，就在这样的感情的支配下，他于二十五日前去莫扎依斯克，到了战斗最激烈的地方，现在他离家出走，抛弃已习惯的奢侈生活和舒适的生活条件，不脱衣服地睡在一张硬沙发上，和格拉西姆吃一样的饭食；另一种是一种模糊的、只有俄国人才有的感情，即藐视一切虚饰的、不自然的、人为的东西，藐视被大多数人视为世上最大幸福的东西。皮埃尔第一次体验到这种奇怪的和诱人的感情是在斯洛博达宫，当时他突然觉得，无论是财富、权力还是生命，所有这些通常人们努力争取和保护的东西，如果有什么价值的话，那么也只在于抛弃它时可给人带来乐趣。

这是一个志愿兵喝光最后一个戈比时的感情，是一个喝醉的人明知要赔掉他身上所有的钱却没有任何明显的原因打碎镜子和玻璃时的感情；这是一个人仿佛要试一试自己个人的权力和力量，声称对生活应有某种最高的、不受人的条件限制的看法而去做（在庸俗的意义上）失去理智的事时的感情。

从皮埃尔在斯洛博达宫第一次体验到这种感情的那一天起，他一直处于这种感情的影响之下，但是到现在才使它充分表达出来。此外，皮埃尔在这方面已经做的事此时此刻支持他去实现他的意图，并使他不可能半途而废。他逃出了家，穿上了长衫，买了手枪，告诉罗斯托夫一家人，说他留在莫斯科，——如果他在做了所有这些事后还像别人一样离开莫斯科，那么这不仅将会失去任何意义，而且会变得卑鄙可笑（皮埃尔对此是十分敏感的）。

皮埃尔的身体状况，像通常一样，是与精神状况相一致的。这几天吃的是不习惯的粗食，喝的是伏特加酒，没有葡萄酒和雪茄，身上穿着没有换洗的肮脏内衣，在没有被褥的短沙发上度过两个半睡半醒的夜晚——这一切使得皮埃尔一直处于近乎发疯的极度兴奋状态。

已是午后一点多钟了。法国人已进入了莫斯科。皮埃尔知道这一点,但是他没有马上行动,只是想着自己要做的事,考虑着每一个最小的细节。皮埃尔在思考时既没有生动想象行刺的过程,也没有想到拿破仑之死,但是异常清楚地和又伤感又高兴地想到他自己将会牺牲,想到他的英雄气概。

"是的,一人为大家,我应当完成这件事或者牺牲自己!"他想。"是的,我要走到跟前……然后一下子……用手枪还是用匕首?"皮埃尔想,"不过反正都一样。处死你的不是我,而是上帝之手,我要这样说(皮埃尔考虑着他在杀死拿破仑时要说的话)。好吧,把我抓去吧,处决我吧。"皮埃尔继续自言自语地说,脸上带着感伤的、但很坚决的表情,低着头。

正当皮埃尔站在房间中央心里这样想着的时候,书房的门打开了,门口出现了过去一向畏畏葸葸、如今完全变了样的马卡尔·阿列克谢耶维奇。他的睡衣是敞开着的。他的脸很红很难看。显然他喝醉了酒。他一看见皮埃尔,开头有些惊慌不安,但是注意到皮埃尔脸上也有惊慌不安的表情,立刻精神振奋起来,迈开两条细腿一摇一摆地走到房间中央。

"他们害怕了。"他哑着嗓子用信任的语气说。"我说:我决不投降,我说……难道不是这样吗,先生?"他沉思起来,看见桌子上的手枪,突然一下子抓住它,跑到走廊里。

跟在马卡尔·阿列克谢依奇后面的格拉西姆和管院子的人在门廊里拦住他,开始夺手枪。皮埃尔到了走廊里,带着怜悯和厌恶的表情看着这个半疯的老头。

"拿起武器! 发起进攻! 胡说,你夺不走!"他喊道。

"行了,老爷,行了。求求您,请您放下吧。好了,老爷……"格拉西姆说,小心地抓住马卡尔·阿列克谢依奇的胳膊肘,竭力把他朝门口拉。

"你是什么人? 波拿巴! ……"马卡尔·阿列克谢依奇喊道。

"这不好,老爷。请您到房间里去,请您歇一会儿。请把手枪给我。"

"去,下贱的奴才! 别碰我! 看见了吗?"马卡尔·阿列克谢依奇挥动着手枪喊道。"发起进攻!"

"抓住他。"格拉西姆低声对管院子的人说。

于是马卡尔·阿列克谢依奇被抓住双臂,拉到门口。

门廊里充满了嘈杂刺耳的叫嚷声和醉汉哑着嗓子上气不接下气地说话的声音。

突然从台阶上传来了一个女人刺耳的叫喊声,接着厨娘跑进了门廊。

"他们来了！老天爷！真的,是他们。四个人,骑着马！……"她喊道。

格拉西姆和管院子的人放开了马卡尔·阿列克谢依奇,在安静下来的走廊里,可以清楚地听见几个人敲大门的声音。

二十八

皮埃尔暗自决定在实现自己的意图之前不暴露自己的身份,也不让人知道他会说法语,他站在走廊的半开半闭的门口,打算等法国人一进来,就立刻藏起来。但是法国人进来了,皮埃尔仍没有离开门口,因为难以抑制的好奇心促使他留了下来。

他们来了两个人。一个是军官,身材高大,威武英俊;另一个显然是士兵或勤务兵,矮小敦实,又黑又瘦,双颊下陷,眼神呆滞。军官拄着拐杖,一瘸一拐地走在前面。他走了几步,仿佛心中认定这房子很好,停住了脚步,朝站在门口的士兵回过头来,抬高嗓门用长官的口气朝他们喊了一声,要他们把马牵进来。军官吩咐完毕后,用潇洒的姿势高高抬起胳膊肘,抹了抹小胡子,一只手碰了碰帽檐。

"诸位好！"他快活地说,微笑着,环顾着四周。

谁也没有回答他。

"您是主人吗？"军官问格拉西姆。

格拉西姆用疑问的目光惊恐地看着军官。

"房子,房子,借住一下。"军官说,他面带宽厚和善的微笑从上到下打量着这个小老头。"法国人是好小伙子。真见鬼,我们不会难以相处的,老头子。"他加了一句,拍拍惊恐的和默不作声的格拉西姆的肩膀。

"有这样的事！难道这里没有人会说法语吗？"他又说,看看四周,目光与皮埃尔相遇。皮埃尔离开了门。

军官又朝格拉西姆转过身来。他要求格拉西姆带他去看看房间。

"主人的不在——我的不明白……我的您的……"格拉西姆怪腔怪调地说,竭力想使他的话让对方听起来明白些。

法国军官微笑着,在格拉西姆鼻子前面摊开双手,表示他没有听明白他的话,接着一瘸一拐地朝皮埃尔站的门口走去。皮埃尔想要走,以便躲开那军官,但是就在这时他看见马卡尔·阿列克谢依奇手里拿着手枪从打开的厨房门里探出身来。马卡尔·阿列克谢依奇带着疯子的狡猾神情,打量了一下法国人,举起手枪瞄准。

"发起进攻!!!"醉汉喊叫起来,想要扣扳机。法国军官听见喊声转过身来,在这刹那间皮埃尔扑向醉汉。就在皮埃尔抓住手枪往上抬的同时,马卡尔·阿列克谢依奇的手指终于扣了一下扳机,发出了一声震耳欲聋的枪响,一股硝烟味向所有的人袭来。法国人脸变得煞白,回头朝门口跑去。

皮埃尔忘记了不让人知道他会说法语的意图,夺过手枪,把它扔了,然后跑到军官面前,用法语和他说起话来。

"您没有受伤吧?"他问。

"好像没有。"军官摸着自己身上回答说。"不过这次差点打中了。"他指着墙上被打掉的灰泥加了一句,"这是什么人?"军官用严厉的目光看了皮埃尔一眼,问道。

"啊,刚才发生的事实在感到非常遗憾。"皮埃尔完全忘记了自己要扮的角色,很快地说。"这是一个可怜的疯子,他不知道他做了什么事。"

军官走到马卡尔·阿列克谢依奇面前,抓住了他的领口。

马卡尔·阿列克谢依奇张开嘴,仿佛快要睡着那样,靠着墙摇晃着身体。

"强盗,我会跟你算这笔账的。"法国人说,放开了手。

"我们胜利者是宽大的,但是我们不会饶恕不讲信义的人。"他面带阴沉庄严的神情,做着优美有力的手势补充说。

皮埃尔继续用法语劝说军官不要跟这个喝醉酒的疯子计较。法国人默默地听着,没有改变阴沉的表情,突然他带着微笑朝皮埃尔转过头来。他默默地看了皮埃尔几秒钟。他英俊的脸上露出悲伤而又亲切的表情，接着伸出手来。

"您救了我的命！您是一个法国人。"他说。在法国人看来，这个结论是毫无疑义的。只有法国人才能做伟大的事，而救第十三轻骑兵团上尉朗巴尔先生的命，毫无疑问是一件最伟大的事。

但是不管这个结论和法国军官的那种建立在这个结论上的坚定看法如何毫无疑义，皮埃尔还是认为需要让他感到失望。

"我是俄国人。"皮埃尔很快地说。

"算了，算了，算了，这话您跟别人说去吧。"法国人面带微笑，在自己鼻子前面摆动着一根手指说。"您待一会儿把一切说给我听。"他说，"遇见同胞真使人高兴。好吧！我们怎么处置这个人？"他又说了一句，这时对待皮埃尔已像对待自己的兄弟一样了。这个法国军官脸上的表情和说话的语气似乎说明，他认为皮埃尔即使不是法国人，可是在获得世界上最崇高的称号后，是不会拒绝接受的。皮埃尔针对他提的最后一个问题，又一次解释马卡尔·阿列克谢依奇是什么样的人，说在他们到来之前，这个喝醉酒的疯子拿走了上了子弹的手枪，当时没有来得及从他手中夺过来，最后皮埃尔请求不要惩罚他。

法国人挺起胸，做了个像帝王似的威严的手势。

"您救了我的命。您是法国人。您想要我宽恕他吗？好，我宽恕他。把这个人带走。"法国军官迅速而有力地说，挽起由于救了他的命而被他提升为法国人的皮埃尔的胳膊，和他一起朝屋里走去。

院子里的士兵听见枪声，进了门廊，来问发生了什么事，表示要惩罚肇事者；但是军官严厉地阻止了他们。

"需要时会叫你们的，"他说。士兵们出去了。已去过厨房的勤务兵走到了军官跟前。

"上尉，他们厨房里有菜汤和烤羊肉。"他说，"要给您拿来吗？"

"好的，葡萄酒也拿来。"上尉说。

二十九

法国军官和皮埃尔一起进了屋。皮埃尔认为自己有责任再次向上尉说明他不是法国人，并且想要走开，但是法国军官连听都不愿意听。

他非常谦恭、亲热、和善,真心诚意地感谢皮埃尔救了他的命,弄得皮埃尔不好意思拒绝,只好和他一起在大厅里,在他们进去的第一个房间里坐下来。上尉听见皮埃尔再次说他不是法国人,显然不明白怎么能不接受如此光荣的称号,耸了耸肩说,既然他一定认为自己是俄国人,那么就这样吧,但是尽管如此,他将一辈子感谢他的救命之恩,他的心将永远和他在一起。

如果这个人哪怕有一点理解别人的感情的能力和猜到皮埃尔此时的感觉,皮埃尔大概会离开他;但是这个人是那样兴致勃勃,对除了他自己之外的一切是那样地不敏感,这就使得皮埃尔放下心来。

"不管是法国人还是隐姓埋名的俄国公爵,"法国人察看着皮埃尔身上虽很肮脏但很考究的内衣和他手上的戒指说,"您救了我的命,我愿和您交个朋友。法国人从来既不会忘记侮辱,也不会忘记帮助。我愿和您交个朋友。别的我就什么也不说了。"

这个军官说话的声音,他的面部表情和姿态显得非常和善和高尚(按法国人的理解),皮埃尔情不自禁地笑了笑作为对法国人的微笑的回答,握住了他伸出来的手。

"我是第十三轻骑兵团上尉朗巴尔,因九月七日作战① 有功获得勋章。"他自我介绍说,脸上露出抑制不住的得意的微笑,这一笑使得小胡子底下的嘴唇皱了起来。"现在您是否能费心告诉我,我是同哪位先生如此愉快地谈话,而不是身上留着那个疯子的枪弹躺在包扎站里?"

皮埃尔说,他不能说出自己的名字,说着涨红了脸,想捏造一个名字,刚要开始解释不能说出名字的原因,可是法国人急忙打断了他的话头。

"不必了。"他说,"我理解您,您是一个军官……也许是高级军官。您曾和我们作战。这不关我的事。您救了我的命。对我来说,这就满足了,我愿为您效劳。您是贵族吗?"他用询问的语气又加了一句。皮埃尔低下了头,"请问您的教名?别的我就什么也不问了。您说是皮埃尔先生?……好极了,我要知道的就这些。"

---

① 指参加波罗金诺会战。

这时端上了烤羊肉、煎鸡蛋,摆上了茶炊,拿来了伏特加和法国人带来的俄国窖存葡萄酒,朗巴尔请皮埃尔一起吃饭,说完自己像一个健康和饥饿的人一样,立即很快地和贪婪地吃起来,用他结实的牙齿迅速地咀嚼着,不停地吧嗒着嘴,说着好极了!味道美极了!他的脸变得通红,汗流满面。皮埃尔也饿了,很高兴地和他一起吃。勤务兵莫雷尔端来了一锅温水,把一瓶葡萄酒放进水里。此外,他还拿来了一瓶克瓦斯,这是他从厨房里拿来尝尝的。这饮料法国人都知道了,并有了新的名称。他们把它叫作猪柠檬水,莫雷尔很夸奖他在厨房里找到的这瓶猪柠檬水。但是由于上尉已有了在莫斯科弄到的葡萄酒,他就把克瓦斯给莫雷尔喝,自己喝那瓶波尔多酒。他用餐巾裹住酒瓶留出瓶口,给自己和皮埃尔倒了酒。上尉吃了点东西和喝了酒后,更加活跃起来,在吃饭的时候不停地说着话。

"是的,亲爱的皮埃尔先生,为了感谢您从疯子手里救了我,我应当点上一支大蜡烛为您祝福……您知道,我身上的子弹已经够多的了。一颗(他指了指腰旁)是在瓦格拉姆得的,另一颗是在斯摩棱斯克得的。"他一面说,一面指了指腮帮子上的伤疤,"而这条腿,您瞧,不听使唤。这是九月七日在莫斯科附近的一场大战中负的伤。噢!真是好看极了。应当看一看,到处是一片火海。你们让我们干了一件困难的工作,你们可以像小孩子那样自我夸耀。说真的,虽然得了这勋章,我真想一切从头做起。我为那些没有看到这场面的人感到惋惜。"

"当时我就在那里。"

"啊,这是真的!那就更好了。"法国人说,"应当承认,你们是勇敢的敌人。守大多面堡的人打得很顽强。你们叫我们付出了沉重的代价。您瞧,我到过那里三次。我们三次到了炮位上,三次都一个挨着一个地倒了下来。啊,真不错,皮埃尔先生。你们的掷弹兵真是好样的。我看见他们六次集合队伍,像去参加检阅那样出发。是一些优秀的人!我们的那不勒斯王在这方面是个行家,他对他们喊道:好极了!啊,啊!您原来也是当兵的!"他在停了一会儿后微笑着说。"那就更好了,更好了,皮埃尔先生。我们在战场上是可怕的……对漂亮的女人……"他带着微笑眨了眨眼睛,"又是非常殷勤的,法国人就是这样,皮埃尔先生,不是这样吗?"

这个上尉是那样天真和善和快活，性格是那样的单纯，又是那样的洋洋自得，这使得皮埃尔快活地望着他，自己也差点儿眨了一下眼睛。大概"殷勤"这个词使上尉想起了莫斯科的情况。

"对啦，请您告诉我，所有女人都离开莫斯科了，这是真的吗？真怪！她们有什么好害怕的？''

"如果俄国人进了巴黎，难道法国的太太们不会离开吗？"皮埃尔说。

"哈，哈，哈！……"法国人拍拍皮埃尔的肩膀，愉快而又激动地哈哈大笑起来。"哈！说得太过分了。"他说，"您说巴黎？……但是巴黎……巴黎……"

"巴黎是全世界的首都……"皮埃尔替他把话说完。

上尉朝皮埃尔看了一眼。他有一种在谈话的中途停下来、用含笑的和亲切的目光凝视对方的习惯。

"要是您没有对我说您是一个俄国人，那么我就敢打赌，说您是巴黎人。您有一种，这样一种……"说了这句恭维话后，他又默默地看了对方一眼。

"我去过巴黎，在那里待了好几年……"皮埃尔说。

"啊，这可以看得出来。巴黎！……不知道巴黎的人是野蛮人。巴黎人两英里以外就能认出来。巴黎——这是塔尔玛①、迪舍努瓦②、波蒂埃③、索邦④、林荫道。"他发现这个结论比前面说的话要软弱无力，便急忙补充说："全世界只有一个巴黎。您在巴黎待过，但仍然是一个俄国人。好吧，为此我同样尊敬您。"

皮埃尔喝了葡萄酒，加上刚过了几天孤独沉闷的生活，现在和这个快活和善的人交谈，心里情不自禁地感到很高兴。

"现在回过头来说一说你们的太太们：听说她们非常漂亮。法国军队到了莫斯科，她们却躲到草原上去，这真愚蠢可笑！她们错过了很好的机会。你们的农民，我是知道的，但是你们是有教养的人，应当比

---

① 塔尔玛(一七六三—一八二六)，法国悲剧演员。
② 迪舍努瓦(一七七七—一八三五)，法国女悲剧演员。
③ 波蒂埃(一七七五—一八三八)，法国喜剧演员。
④ 索邦即巴黎大学。

那些人更了解我们。我们占领了维也纳、柏林、马德里、那不勒斯、罗马、华沙,占领了世界各国的首都……人们害怕我们,但是又喜欢我们。更好地了解我们没有害处。还有皇帝!"朗巴尔开口说道,但是皮埃尔打断了他的话。

"皇帝。"皮埃尔重复说,他脸上突然露出忧郁和局促不安的表情,"皇帝怎么啦?……"

"皇帝?宽厚、仁慈、公正、办事有条理,是个天才——这就是皇帝!这是我朗巴尔在对您这样说。尽管您看我现在是这个样子,在八年前我还是他的敌人。我的父亲是一个伯爵和流亡者。但是这个人征服了我。他感动了我。我看见他把法国变成一个伟大和光荣的国家,我折服了。当我明白他想要做什么时,当我看到他正在为我们准备桂冠时,我对自己说:这就是明主,于是我就为他献身了。就这样!是的,亲爱的,这是从过去到未来的各个时代的最伟大的人物。"

"怎么,他在莫斯科?"皮埃尔犹豫了一下,面带负罪的表情问道。

法国人朝皮埃尔负罪的脸看了一眼,冷笑了一声。

"不,他将在明天进城。"他说,继续讲他的故事。

他们的谈话被门口几个人的叫喊声和莫雷尔的到来所打断,莫雷尔前来向上尉报告说,来了几个符腾堡的骠骑兵,他们想要把马拴在拴着上尉的马的院子里。麻烦主要在于这些骠骑兵听不懂对他们说的话。

上尉吩咐把那个上士叫来,厉声问他属于哪个团,团长是谁,根据什么竟敢强占已有人住的房子。这个德国人不大会说法语,回答了头两个问题,说出了自己的团的番号和团长的名字;但是最后一个问题没有听懂,于是德语里夹杂着法国词回答说,他是团部的设营员,奉团长之命占用所有的房子。皮埃尔懂德语,他给上尉翻译了德国人说的话,并用德语把上尉的回答告诉这个符腾堡骠骑兵。德国人听明白对他说的话软了下来,把自己的人带走了。上尉到了台阶上,大声地作了一些指示。

当他回到房间里时,皮埃尔坐在原来的地方,两手抱住头。他的脸露出痛苦的表情。这时他确实很痛苦。在上尉出去后只剩下皮埃尔一个人时,他突然清醒过来,意识到了他现在的处境。现在使皮埃尔感到痛苦的不是莫斯科被占领,不是这些幸运的胜利者在城里发号施令和庇护他——尽管皮埃尔也觉得很难受。使他感到痛苦的是他意识到自己软弱无能。喝了几杯葡萄酒以及与这个和善的人交谈，消除了皮埃尔最近这几天的那种全神贯注而又阴郁的心情，而要实施他的意图，这种心情是必要的。手枪、匕首和农民的服装已准备好了，拿破仑将在明天进城。皮埃尔也完全认为杀死这个恶棍是有益的和应该的；但是他觉得现在他已干不了这件事了。为什么？——他不知道，但是仿佛预感到他实现不了自己的意图。他与自己的软弱进行斗争，但是模糊地觉得，他克服不了，觉得以前的那些关于报仇、杀人和自我牺牲的阴郁的想法在接触到第一个人时就已灰飞烟灭了。

上尉微微瘸着腿，吹着口哨，进了房间。

法国人的絮叨皮埃尔原先觉得很有意思，现在却觉得讨厌了。他吹的曲子，他的步态，他捻胡子的姿势——现在皮埃尔都感到是对自己的侮辱。

"我马上就走，我再也不跟他说一句话。"皮埃尔想。他心里这样想着，可是却仍然坐在座位上。有一种奇怪的感觉使得他坐在那里不动：他想要走，可是站不起来。

上尉则相反，看来很快活。他在房间里走了两趟。他的眼睛闪闪发亮，胡子微微地抖动着，仿佛因产生了一个有趣的想法而暗自觉得好笑似的。

"好极了，"他突然说道，"那个指挥这些符腾堡人的团长！他是一个德国人；尽管如此，是个好样的。然而是德国人。"

他在皮埃尔的对面坐下。

"这么说，您懂德语？"

皮埃尔默默地看着他。

"避难所德语怎么说？"

"避难所？"皮埃尔反问道，"避难所德语是 Unterkunft。"

"您怎么说来的？"上尉不相信地急忙问。

"Unterkunft。"皮埃尔重复了一遍。

"啊，是 Onterkoff，"上尉说，用含笑的眼睛朝皮埃尔看了几秒钟。"这些德国人是十足的蠢货。不是这样吗，皮埃尔先生？"他下结论说。

"好吧，再来一瓶莫斯科波尔多酒，行吗？莫雷尔又给我们温了一瓶。莫雷尔！"上尉快活地喊道。

莫雷尔拿来了蜡烛和一瓶葡萄酒。上尉借着烛光又看了皮埃尔一眼，看见对方脸色沮丧，想必吃了一惊。朗巴尔脸上带着真诚的伤心和同情走到皮埃尔面前，朝他俯下身来。

"怎么，有什么事发愁了。"他碰了碰皮埃尔的手说，"是不是我使您伤心了？说实话，您是不是对我有意见了？"他反复地问，"也许这与局势有关？"

皮埃尔什么也没有回答，但是亲切地看着法国人的眼睛。这种同情的表示使他感到很愉快。

"说实话，且不说我非常感激您，我觉得我对您有一种友情。我能不能为您做点事情？您吩咐吧。我们是生死之交。我是真心诚意地对您说这些话的。"他手拍着胸脯说。

"谢谢。"皮埃尔说。上尉聚精会神地朝皮埃尔看了一眼，那目光就像在得知避难所德语怎么说时看他的目光一样，突然上尉容光焕发起来。

"啊！那么我们就为友谊干一杯！"他倒了两杯酒，快活地喊道。皮埃尔拿起杯子，一饮而尽。朗巴尔也喝了，又握了握皮埃尔的手，然后用胳膊肘支撑着桌子摆出一副沉思和忧郁的样子。

"是的，我的朋友，这都是命运的安排。"他开口说道。"谁能对我说，我将成为一个龙骑兵的士兵和上尉，为波拿巴——我们常常这样称呼他——效劳。然而您瞧，我和他一起到了莫斯科。不瞒您说，亲爱的，"他像一个想要讲一个很长的故事的人那样，用伤感和平稳的语调接着说，"我们家的姓氏是法国最古老的姓氏之一。"

于是上尉带着法国人的那种轻浮和天真的坦率，对皮埃尔讲了自己祖先的历史，讲了自己的童年、少年和成年，讲了所有的亲戚关系、财产关系和家庭关系。"我可怜的母亲"自然在这故事里扮演了重要的角色。

"然而这一切只不过是走上人生舞台的开始，其顶点是爱情！爱情！说得对吗，皮埃尔先生？"他说，激动起来，"再来一杯。"

皮埃尔又喝了一杯，给自己倒上了第三杯。

"唉！女人哪，女人！"上尉的眼睛由于兴奋变得闪亮起来，他望着皮埃尔，开始讲起他的爱情和恋爱故事来。这样的故事很多，只要看一看他那得意扬扬的英俊的脸以及他在讲到女人时的兴奋和激动的样子，就能很容易相信这一点。虽然朗巴尔的恋爱故事都有那种法国人认为特别有魅力和富有诗意的淫秽性质，但是他在讲这些故事时真诚地相信，只有他一个人尝到了和体验到了爱情的魅力，并且引人人胜地描绘着女人，使得皮埃尔好奇地听他讲。

显而易见，这个法国人非常迷恋的爱情，不是皮埃尔过去对自己的妻子的那种低级的和平常的爱情，也不是被他自己夸大了的对娜塔莎的浪漫的爱情（朗巴尔对这两种爱情同样都是蔑视的，他把前一种称为车夫的爱情，把后一种称为傻瓜的爱情）；这个法国人所崇尚的爱情主要表现为对女人的一种不正常关系，一种能给感情增添主要魅力的畸形现象的组合。

上尉就这样讲了他和一个三十五岁的迷人的侯爵夫人以及同时和这位迷人的侯爵夫人的十七岁的天真可爱的女儿的动人的爱情故事。母女相互谦让的结果，母亲牺牲自己，让女儿和自己的情人结婚，这件事虽然早已成为过去，但是现在还使上尉激动不已。接着他讲了一个插曲，其中丈夫扮演了情人的角色，而他（情人）则扮演丈夫的角色，同时讲了几个关于德国的趣闻，那里避难所被称为 Unterkunft，那里丈夫喝白菜汤，那里年轻姑娘的金黄色的头发颜色太深。

最后讲了在波兰发生的一件事，上尉对这件事还记忆犹新，他在讲的时候迅速地做着手势，满脸通红，他讲的是他救了一个波兰人的命（一般说来，在上尉的讲述中，可以不断地听到救命的故事），而这个波兰人把迷人的妻子（她有一颗巴黎女人的心）托付给他，同时自己参加了法国军队。上尉很幸运，那个迷人的波兰女人想跟他跑；但是由于为人宽厚，上尉把妻子还给了丈夫，同时对他说："我救了您的命，也保全了您的名誉！"上尉在重复了这些话后，擦了擦眼睛，浑身抖动了一下，仿佛想要抖掉在想起这件动人的往事时出现的过分的多愁善感似的。

皮埃尔在听上尉讲述时，如同平常在夜晚喝了几杯酒后常有的那样，注意听他讲的每句话，理解他讲的意思，同时也注意自己心中不知为什么出现的各种回忆。当他听这些爱情故事时，他突然想起了自己对娜塔莎的爱情，心里逐个地回忆着爱慕她的各种情景，与朗巴尔所讲的故事进行着比较。皮埃尔在注意听关于责任与爱情的斗争时,在他眼前浮现出了他与自己所爱的人在苏哈列夫塔楼附近最后一次相遇的全部细节。当时这次相遇并没有对他产生影响;他后来甚至一次也没有想起过它。但是他现在觉得,这次相遇意义十分重大,带有某种诗意。

"彼得·基里雷奇,过来呀,我都认出来了。"他现在仿佛还听见她说的话,看见她的眼睛、微笑、旅行包发帽和露出来的一绺头发……他觉得在这一切之中有某种动人的、感人肺腑的东西。

上尉讲完了迷人的波兰女人的故事后问皮埃尔,他有没有体验过这种为了爱情而作自我牺牲和嫉妒合法丈夫的感情。

皮埃尔经他这样一问,抬起头来,感到必须把他心里的想法讲出来;他开始解释,他所理解的对女人的爱略有不同。他说,他过去和现在一辈子只爱一个女人,而这个女人永远不会属于他。

"瞧您说的!"上尉说。

于是皮埃尔解释道,他从小时候起就爱这个女人;但是不敢想到她,因为她太年轻,而他又是一个私生子。后来当他获得了名分和财产后,他还不敢想到她,因为太爱她,因为把她看得高于世界上所有的人,因此更把她看得高于自己。皮埃尔在讲到这里时问上尉:他是否理解这一点?

上尉打了个手势,意思是说,即使他不理解,也要请皮埃尔讲下去。

"柏拉图式的爱情,虚无缥缈……"他嘟囔了一句。不知是因为喝了酒,还是因为需要倾吐积愫,或者是因为想到这个人不认识和不会去打听他的故事里的任何人,也许是所有这些因素加在一起使得皮埃尔打开了话匣子。于是他的那双闪亮的眼睛望着远处某个地方,口齿不清地讲起自己经历的事:讲了他自己的结婚,讲了娜塔莎爱上他的最好的朋友的经过和她的变心,讲了自己同她的并不复杂的关系。在朗巴尔的追问下,他还讲了开头隐瞒的事——自己在社交界的地位,甚至对他说出了自己的姓名。

在皮埃尔讲述的事情中最使朗巴尔感到惊奇的是他很富有,在莫斯科有两座府第,他扔下了一切,没有离开莫斯科,而是隐姓埋名留在城里。

夜已深了，他俩一起到了外面。这是一个温暖而明亮的夜晚。在房子的左边，升起了发生在彼得罗夫卡的莫斯科第一场大火的火光。在右边的天空高悬着一弯新月，而在月亮的对面则是那颗在皮埃尔心中与他的爱情联系在一起的明亮的彗星。格拉西姆、厨娘和两个法国人站在大门口。可以听见他们的笑声和用彼此都不懂的语言说话的声音。他们望着城里出现的火光。

在这座大城市里远处发生的不大的火灾中并没有什么可怕的东西。

皮埃尔望着高高的星空，望着月亮、彗星和火光，心里又高兴又感动。"瞧，多么好啊。还需要什么呢？"他想道。突然他想起了自己的意图，顿时觉得头脑发昏，神志迷糊，于是他靠在围墙上以防跌倒。

皮埃尔没有和他的新朋友告别，便踉踉跄跄地离开大门，回到自己的房间，在沙发上躺下，立刻就睡着了。

三十

步行和坐车离城的居民以及撤退的部队，从各条道路上怀着不同心情望着九月二日第一场大火升起的火光。

罗斯托夫家的车队这天夜里停在离莫斯科二十俄里的梅季希村。九月一日他们动身得很晚，道路被各种车辆和部队堵塞，许多东西忘在家里需要派人去取，因此这天夜里决定在离莫斯科五俄里的地方过夜。第二天早晨出发得也很晚，又老是走走停停，因此只到了大梅季希村。十点钟罗斯托夫一家人以及和他们一起走的伤员都安置在这个大村庄各家各户的院子里和房子里。罗斯托夫家的仆人和车夫以及伤员的勤务兵在服侍过主人后，吃了晚饭，给马添了饲料，都来到台阶上。

在隔壁的房子里，躺着拉耶夫斯基的受伤的副官，他的一个手腕子被打断，觉得痛极了，不断悲戚地呻吟着，这呻吟声在黑暗的秋夜里听起来格外凄惨。第一夜这个副官被安置在罗斯托夫一家落脚的院子里。伯爵夫人说，她听见这呻吟声一夜未能合眼，因此到梅季希村后便住到另一座较差的农舍去，只是为了离这个伤员远一些。

一个仆人发现在黑色的夜空里，在停在门口的马车的高高的车厢背后有另一处不大的火光。原来的一处火光早就看见了,大家知道这是小梅季希村在着火,这火是马莫诺夫的哥萨克放的。

"弟兄们,这可是另一个地方在着火。"一个勤务兵说。

大家都把注意力集中到火光上。

"听说小梅季希村是马莫诺夫的哥萨克烧的。"

"是他们!可是这不是梅季希村,这还要远些。"

"你看,好像在莫斯科。"

两个仆人下了台阶,到了马车后面,在踏板上蹲了下来。

"这要靠左边一些!你瞧,梅季希村在那里,而这完全在另一边。"

几个仆人加入到他们这里来。

"瞧,烧得很旺,"一个人说,"诸位,这大火在莫斯科,或是在苏谢夫街,或者在罗戈扎街。"

谁也没有答话。所有这些仆人都默默地看着远处另一场大火的火光,看了相当长时间。

丹尼洛·捷连季依奇老头(大家都这样叫伯爵的跟班)走到人群那里,大声呼唤米什卡。

"你有什么好看的,傻瓜……要是伯爵问起来,谁也不在可不好;去收拾衣服去。"

"我刚要去打水。"米什卡说。

"您怎么认为,丹尼洛·捷连季依奇,这火光不会是在莫斯科吧?"一个仆人说。

丹尼洛·捷连季依奇什么也没有回答,大家又沉默了很久。火光蔓延开来,向愈来愈远的地方徐徐移动。

"上帝保佑!……又有风,又干燥……"又有一个人说。

"瞧,火势更猛了。啊,上帝!连寒鸦也看得清了。上帝,宽恕我们这些罪人吧!"

"大概会扑灭的。"

"谁去扑灭?"一直没有说话的丹尼洛·捷连季依奇开口了。他说话的声音平静而又缓慢,"烧的就是莫斯科,弟兄们,"他说,"它是洁白的母亲……"他的声音中断了,突然这位老人抽泣了一声。仿佛大家就等待着这个,以便弄明白所见到的火光对他们来说意味着什么。响起了一片叹息声、祈祷声和伯爵的老跟班的抽泣声。

三十一

跟班回去后向伯爵报告说,莫斯科在燃烧。伯爵穿上睡袍,到门外去观看。跟着他一起出去的有尚未脱衣服的索尼娅以及绍斯太太。娜塔莎和伯爵夫人留在屋里。(彼佳再也没有跟家里的人在一起,他跟着开往特罗依察①的团队先走了。)

伯爵夫人听了莫斯科发生大火的消息后哭了起来。娜塔莎脸色苍白,两眼发直,坐在圣像下面的长凳上(她到了屋里后就一直坐在那里),一点也不注意父亲说的话。她倾听着副官发出的不停的呻吟声,这声音隔着三座房子还能听到。

"啊,真可怕!"冻僵了和吓坏了的索尼娅从外面回来说。"我想,整个莫斯科都要烧光,火光可怕极了!娜塔莎,你来看一看,从这里的窗户里能看得见。"她对表妹说,看来想要分散她的注意力。但是娜塔莎看了她一眼,仿佛不明白对她说什么似的,两眼又盯住炉子的一角。今天早晨索尼娅不知为了什么,认为需要告诉娜塔莎,对她说安德烈公爵受了伤,现在正在他们的车队里,这使得伯爵夫人又惊讶,又气恼,从那时起,娜塔莎一直处于这种呆滞状态。伯爵夫人对索尼娅大发脾气,她还很少这样生过气。索尼娅哭了,请求原谅,此刻仿佛是想弥补过错,跑前跑后地照看着表妹。

"你瞧,娜塔莎,烧得真厉害。"索尼娅说。

"什么在烧?"娜塔莎问,"啊,是的,是莫斯科。"

好像是为了不使索尼娅生气,并且也是为了摆脱她,娜塔莎把头凑近窗口,随便看了一眼,显然什么也看不见,然后又照原来的姿势坐下了。

"你没有看见吗?"

"不,说实话,我看见了。"她用恳求让她安静一会儿的语气说。

伯爵夫人和索尼娅都知道,莫斯科、莫斯科的大火以及不管什么

---

① 特罗依察指特罗依采—谢尔基修道院,位于莫斯科东北六十六俄里。

事,现在对娜塔莎来说当然都不重要。

伯爵又到了隔板的那一边,躺下了。伯爵夫人走到娜塔莎跟前,像平常女儿生病时那样,用手背碰了碰她的脑袋,然后又用嘴唇贴了贴她的前额,似乎想要知道她有没有发烧,并且吻了吻她。

"你受凉了。浑身在发抖。你最好躺下。"伯爵夫人说。

"躺下?好的,我躺下。我马上就躺下。"娜塔莎说。

自从娜塔莎今天早晨听说安德烈公爵受了重伤,现在与他们同行后,她只在最初一刻曾多次问他要去哪里,伤势怎么样,有没有危险,她是否可以见他等等。人们对她说,她不能见他,他的伤势很重,不过没有生命危险,她显然不相信对她说的这些话,并且深信不管她再问多少遍,得到的将是同样的回答,于是不再问和不再说话了。一路上娜塔莎瞪着一双大眼睛(伯爵夫人非常熟悉和害怕这种眼神),一动不动地坐在马车的角落里,现在她也就这样坐在长凳上。她正在考虑着什么,决定着什么,也许现在心里已经决定了——伯爵夫人知道这个,但是并不知道她考虑和决定的究竟是什么,而她感到害怕和苦恼的正是这一点。

"娜塔莎,把衣服脱了,亲爱的,躺到我床上来。(只给公爵夫人一个人铺了床;绍斯太太和两位小姐被安排在铺在地板上的干草上。)

"不,妈妈,我就躺在这里的地板上。"娜塔莎生气地说,走到窗口,打开了窗户。打开窗户后,副官的呻吟声听得更加清楚了。她把脑袋伸到夜里潮湿的空气中,伯爵夫人看见她那瘦小的肩膀哭得抽动起来,碰击着窗户框。娜塔莎知道,呻吟的不是安德烈公爵。她知道,安德烈公爵躺在与他们住的房子共一个房顶和隔一个门廊的房子里;但是她听见这不停的可怕的呻吟声放声大哭起来。伯爵夫人和索尼娅相互看了一眼。

"躺下吧,亲爱的,躺下吧,我的好孩子。"伯爵夫人说,用手轻轻地拍了拍娜塔莎的肩膀,"快点躺下吧。"

"好的……我马上,马上躺下。"娜塔莎说,急忙脱衣服和解裙带。她脱下连衣裙,换上短衫,盘起腿在地板上铺好的床铺上坐下,把她那不太长的细辫子甩到胸前,开始重新编辫子。细长而灵巧的手指用习惯动作迅速解开辫子,重新编好,扎上。娜塔莎的头习惯性地时而转向这边,时而转向那边,但是那双狂热的眼睛睁得大大的,一动不动地望着前面。换好睡觉的衣服后,娜塔莎轻轻地在靠近门口铺着床单的干草上躺下了。

"娜塔莎,你躺到中间来。"索尼娅说。

"不,我就在这里。"娜塔莎回答道。"你们都躺下吧。"她不高兴地加了一句。说完她把脸埋进枕头里。

伯爵夫人、绍斯太太和索尼娅急忙脱了衣服,也躺下了。房间里只有圣像前的长明灯还亮着。但是外面被两俄里外的小梅季希的大火映得通红,对面街上在马莫诺夫的哥萨克砸开的小酒馆里人们醉醺醺地叫喊着,同时仍然可以听到副官的一刻不停的呻吟声。

娜塔莎长时间地倾听着屋里的和从外面传到她耳朵里的声音,一动不动地躺着。她先是听见母亲的祈祷和叹息声,她的床发出的咯吱声,早已听熟了的绍斯太太带啸声的打鼾声,索尼娅的轻轻的呼吸声。接着听见伯爵夫人喊了她一声。她没有回答。

"好像睡着了,妈妈!"索尼娅低声说。伯爵夫人沉默了一会儿,又喊了一声,但是已经没有人答应她了。

在这之后不久,娜塔莎听见了母亲均匀的呼吸声。虽然她的一只光脚丫伸到被子外面,在光地板上觉得很凉,她仍然没有动一下。

一只蛐蛐发现所有的人不作声了,仿佛庆祝自己的胜利一样,在墙缝里叫唤起来。远处的公鸡啼叫了一声,别的公鸡都起来响应。小酒馆里叫喊声停止了,只听得见副官的呻吟。娜塔莎坐了起来。

"索尼娅,你睡着了? 妈妈!"她低声喊道。谁也没有回答。娜塔莎慢慢地和小心地站起来,画了一个十字,窄小的、富有弹性的光脚板小心地踩上了又脏又凉的地板。一块木板咯吱响了一声。她迅速挪动光脚,像猫一样跑了几步,抓住了冰凉的门把手。

她仿佛觉得有什么沉重的东西在有节奏地敲打着房子的四壁;这是她那吓得紧缩起来、由于恐惧和爱情快要破裂的心在跳动。

她打开了门,跨过门槛,踏上了门廊里又潮又凉的土地。一股寒气使她精神为之一振。她的光脚碰到了一个睡觉的人,便跨过了他,打开了安德烈公爵躺着的房子的门。这房子很暗。在后面的角落里放着一张床,床上躺着一个人,床边的长凳上点着一支结着一个大烛花的脂油蜡烛。

娜塔莎在早晨得知安德烈公爵受了伤并和他们在一起后,就决定要见他。她不知道为什么应当这样做,但是她知道见面将是痛苦的,而这更使她相信必须一见。

这一整天她什么也不想,只抱着一个希望,企盼夜里见到他。但是现在,当这个时刻终于到来时,她想起她会看到什么样的情景,又害怕起来。他伤成什么样了?还有点像过去那样吗?他是否和那个不停地呻吟的副官一样?是的,他就是这样的。他在她的想象中是这种可怕的呻吟的具体体现。她看见了角落里的一堆模糊不清的东西,把他在被子底下向上蜷起的膝盖当成了肩膀,这时她想象这个身体非常可怕,吓得停住了脚步。但是一种不可抗拒的力量吸引她向前走。她小心地迈了一步,两步,到了这座堆满杂物的小房子中间。屋里在圣像下的长凳上躺着另一个人(这是季莫欣),地板上还躺着两个人(这是医生和仆人)。

仆人欠起身,低声说了句什么。季莫欣因腿受伤痛得睡不着觉,睁大眼睛望着面前出现的这个身穿白衬衫和短上衣、戴着睡帽的奇怪的姑娘。半睡不醒的仆人惊恐地问了一句"您有什么事,干什么来了?"——这促使娜塔莎加快步子朝角落里躺着的人走去。不管是多么可怕,也不管这身体多么不像人的身体,她应当看见他。她从仆人身旁经过,这时蜡烛上的烛花掉了下来,她清楚地看见了两只胳膊放在被子上躺着的安德烈公爵,看见他还是她过去经常看见的那种样子。

他还像平常一样;但是他那发烧的脸色,兴奋地注视着她的闪闪发亮的眼睛,尤其是从衬衫翻领里露出来的像孩子似的皮肤细嫩的脖子,使得他有一种天真无邪的孩子气,这是她从来没有在安德烈公爵身上见到过的。她走到他跟前,迅速用年轻人灵活的动作跪了下来。

他笑了笑,向她伸出了一只手。

三十二

自从安德烈公爵在波罗金诺战场的包扎站上醒过来之时起,已过了七天。在整个这段时间里,他几乎经常处于昏迷状态。发高烧和被

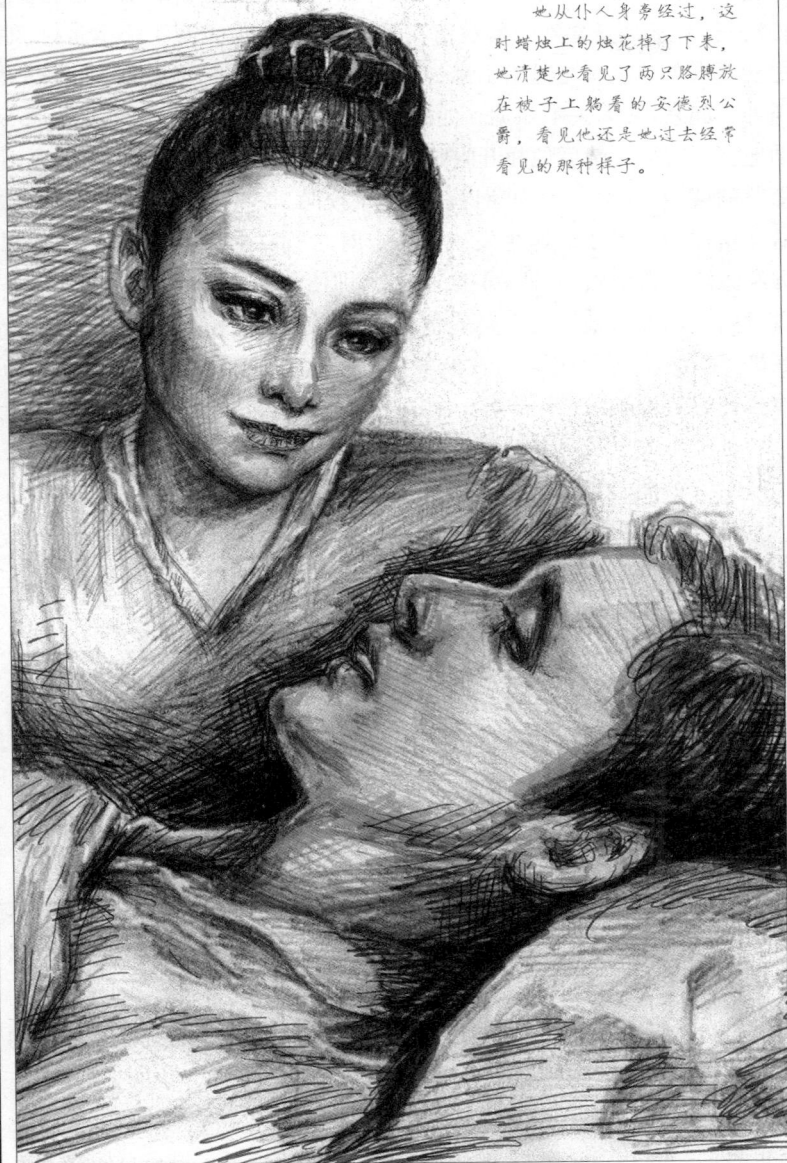

她从仆人身旁经过，这时蜡烛上的烛花掉了下来，她清楚地看见了两只胳膊放在被子上躺着的安德烈公爵，看见他还是她过去经常看见的那种样子。

打穿的肠子发炎,根据随行的医生的看法,定会夺去他的生命。但是到了第七天,他高兴地吃了一块面包,喝了茶,这时医生发现,他的烧退了一些。安德烈公爵早晨恢复了知觉。在离开莫斯科后的第一夜,天气相当暖和,于是安德烈公爵被留在马车里过夜;但是到了梅季希村,他主动要求把他从马车里抬出来,并且给他茶喝。在抬进屋时,他痛得大声呻吟起来,又失去了知觉。他被安置到行军床上后,闭上眼睛一动不动地躺了很久。然后他睁开眼睛,低声地问:"茶呢?"这种记得住生活细节的能力,使医生大为惊讶。他摸了摸脉,惊奇而又不满地发现,脉搏变得比较正常了。医生发现这一点时之所以感到不满,是因为他根据经验断定安德烈公爵不可能活下去,即使他现在不死,那么他将过一段时间更加痛苦地死去。与安德烈公爵一起走的,有他的团里的少校红鼻子季莫欣,这个军官也在波罗金诺会战中腿部负伤,是在莫斯科与他会合的。与他们同行的有一个医生、安德烈公爵的仆人和

他的车夫以及两个勤务兵。

给安德烈公爵端来了茶。他贪婪地喝着,一双发烧的眼睛看着自己前面的门,仿佛想要弄明白和想起什么似的。

"不要了。季莫欣在这里吗?"他问。季莫欣沿着长凳爬到他跟前。

"我在这里,公爵大人。"

"伤口怎么样?"

"我的?没有什么。您怎么样?"安德烈公爵又沉思起来,仿佛在回想什么似的。

"能不能找到一本书?"他说。

"什么书?"

"《福音书》!我没有。"

医生答应找一本来,接着开始询问公爵感觉如何。安德烈公爵不大乐意地、但清楚地回答了医生的所有问题,然后说他需要垫一个靠垫,不然很不舒服和很痛。医生和仆人掀起盖在他身上的军大衣,一闻到他伤口散发的腐肉的臭味便皱起了眉头,两人开始察看那个可怕的地方。医生对伤口的情况仍不满意,重新做了另一种方式的处理,把伤员翻过身来,使得他又呻吟起来,在翻身时痛得又失去了知觉,并且说起胡话来。他一直说着,要求快点把那本书找来,把它垫在身体底下。

"这费你们什么事呢!"他说。"我没有这本书—— 请给我找一本吧,在我身体底下垫一会儿。"他可怜巴巴地说。

医生到门廊里去洗手。

"唉,你们这些人真没有良心,"医生对给他倒水淋手的仆人说,"我仅仅只有一分钟没有照看好,你们就让他直接压住伤口躺着。要知道这是很痛的,我对他能忍得住,简直感到惊讶。"

"耶稣基督在上,我们好像垫了什么东西。"仆人说。

安德烈公爵第一次明白了他在什么地方和他发生了什么事,想起了他受了伤,想起了马车在梅季希村停下时曾请求把他抬进屋里来。后来他又痛得头脑不清了,在喝茶时才又一次清醒过来,这时再次想起了他经历过的所有的事,记得最清楚的是在包扎站的那个时刻,当时他看到那个他不喜欢的人在受苦,产生了这些预示他将得到幸福的新想法。虽然这些想法还比较模糊和不明确,但是现在又充满了他的心。他想到现在他有了新的幸福,这幸福与《福音书》有着某种共同的东西。他要《福音书》正是由于这个原因。接着压住伤口的不合适的姿势和再次给他翻身的动作又使他的思想紊乱起来,他第三次醒过来时已是寂静的深夜了。他周围的人都睡了。蛐蛐的叫声通过门廊传过来,外面有人在叫喊和唱歌,蟑螂在桌子上和圣像上乱爬,簌簌作响,一只秋天的大苍蝇在他的床头和他身旁已结了烛花的脂油蜡烛附近飞来撞去。

他的心灵处于不正常状态。健康的人通常同一时间思考、感觉和回忆无数的事物,但是有能力选择一个系列的思想和现象,并把全部注意力放在这个系列的现象上面。健康的人在进行深入的思考时可以暂时打断,以便给进门来的人说句客气话,然后再回到原先的思想上来。就这一点来说,安德烈公爵的心灵不处于正常状态。他的心灵的全部力量比任何时候都要活跃和清楚,但是它们不受他的意志的支配。各种各样的思想和观念同一时间充满着他的心。有时他的一个想法突然活跃起来,而且非常有力、清楚和深刻,而在健康状态下从来不可能这样;但是到了中途突然中断了,为另一个突如其来的念头所取代,而无力回到原先的想法上去。

"是的,我面前展现出了一种与人不可分割的新的幸福。"他躺在半明半暗的静悄悄的农舍里想道,他的那双激动地睁得大大的眼睛一动不动地看着前方。"这是一种不受物质力量控制、没有外部物质力量对人的影响的幸福,是一种只是心灵的幸福,爱情的幸福!任何一个人都能了解它,但是只有上帝才能认清和规定它。然而上帝是如何规定这法则的呢?为什么儿子?……"突然这个思路断了,于是安德烈公爵听见(不知道这是一种幻觉,还是真的听见了)一个低语声在不停地有节奏地反复说:"咕叽—— 咕叽—— 咕叽",接着是"叽—— 叽",然后又是"咕叽—— 咕叽—— 咕叽",在这之后又是"叽—— 叽"。与此同时,在这悦耳的低语声中,安德烈公爵觉得在他的脸的上方,在正中间,正在用细针或薄木片建造一座奇怪的空中楼阁。他感觉到他需要努力保持平衡(虽然他这样做很困难),使得正在建造的楼阁不坍下来;但是它还是坍了下来,然后又在均匀而悦耳的低语声中重新建造起来。"上升着!上升着!伸展开来,不断在升高。"安德烈公爵自言自语地说。在倾听低语声和感觉到这细针建造的楼阁不断升高的同时,安德烈公爵间或看见蜡烛的一圈红光,听见蟑螂的簌簌声以及一只撞击着枕头和他的脸的苍蝇的嗡嗡声。每当苍蝇接触他的脸时,他都有一种灼热的感觉;但是与此同时,苍蝇正好撞击在他脸的上方建造的楼阁上而没有破坏它,又使他感到惊奇。除此之外,还有一个重要的东西。这是门旁的一件白色的东西,很像斯芬克斯狮身人面像,它也使他觉得压抑。

"也许这是我的一件放在桌子上的衬衣,"安德烈公爵想道,"而这是我的两条腿,那是门;但是为什么总是向上升,发出咕叽—咕叽—咕叽和叽—叽—叽的声音……"——"够了,请停止吧,别烦人了。"安德烈公爵心里吃力地央求着什么人。突然那个想法和感觉又非常清楚和有力地浮现出来。

"是的,这是爱情(他又十分清楚地想道),但是这不是那种为了某种东西、为了某种目的或由于某种原因而爱的爱情,而是那种我在快要死时看见自己的敌人、可是仍然爱上了他的情况下第一次体验到的爱情。我体验到的这种爱情,是心灵的本质,它不需要对象。我现在仍体验到这种幸福的感觉。爱他人,爱自己的敌人。爱一切—— 爱上帝的所有体现。爱一个亲爱的人可以用人间的爱情;但是爱敌人却只可用上帝之爱。当我觉得我爱那个人时，我因此而体验到了极大的喜悦。他怎么样了？他是否还活着……用人间的爱情去爱，可以由爱情变为仇恨；但是上帝之爱是不会改变的。无论什么东西，不管是死亡也好，都不能破坏它。它是心灵的本质。而我这一生中仇恨过那么多的人。而在所有的人当中，我爱她和恨她甚于任何人。"于是他生动地回想起了娜塔莎，但是不像以前那样只想到使他欢愉的可爱之处；第一次想到了她的心灵。于是他理解了她的感情，她的痛苦、羞惭和悔悟。他现在第一次明白了他不理睬她是多么不近人情，看到了他与她决裂是多么的残忍。"我要是能再见她一次就好了。只要一次，看着她的眼睛说……"

咕叽——咕叽——咕叽，叽叽，咕叽——咕叽——砰的一声，苍蝇撞了一下……他的注意力突然转移到了发生了某种特殊的事的另一个现实的和幻觉的世界。在这个世界里楼阁还在那里建造着而没有毁掉，有一种什么东西还那样伸展着，点着的蜡烛还那样带着一圈红光，那件像斯芬克斯的衬衣还放在门旁；但是除了这一切之外，还有什么东西咯吱响了一声，吹进来一阵冷爽的风，一个立着的新的斯芬克斯出现在门前。这斯芬克斯像他刚才想到的娜塔莎那样，脸是苍白的，一双眼睛闪闪发亮。

"啊，这连续不断的幻觉真是难受！"安德烈公爵想，力图把这张脸从自己的脑子里驱除掉。但是这张脸却非常真实地摆在他面前，而且不断地靠近。安德烈公爵想要回到刚才的纯粹进行思考的世界去，但是做不到，幻觉把他吸引了过去。低语声还在有节奏地继续着，有什么东西挤压过来，伸展着，只见这张奇怪的脸到了他的面前。安德烈公爵集中全部力量要想清醒过来；他动了动，突然他耳朵里嗡嗡响了起来，两眼发黑，于是他像沉入水中的人一样失去了知觉。等到他苏醒过来时，娜塔莎，那个实际存在的娜塔莎，那个在世界上所有的人当中他最希望用他刚领悟到的新的、纯洁的上帝之爱来爱的娜塔莎跪在他面前。他明白这是那个实际存在的、真正的娜塔莎，并不感到惊讶，他很高兴而又显得平静。娜塔莎跪在地上，惊恐地盯住他（她不能挪动一下），竭力忍住不哭出来。她的脸很苍白，神情麻木。只有脸的下部在颤动。

安德烈公爵仿佛轻松地喘了口气，笑了笑，伸出了一只手。

"是您？"他说，"多么幸福啊！"

娜塔莎双膝着地用小心的动作很快挪到了他跟前，小心地抓住他的手，朝它低下头，嘴唇轻轻地碰着它，吻了起来。

"请原谅！"她抬起头，注视着他，低声说。"原谅我！"

"我爱您。"安德烈公爵说。

"请原谅……"

"原谅什么？"安德烈公爵问。

"原谅我做的事。"娜塔莎用勉强能听得见的声音断断续续地说，继续轻轻地吻他的手，吻的次数更多了。

"我比以前更加爱你，更知道怎么爱你了。"安德烈公爵说，用手托起她的头，以便能看着她的眼睛。

这双饱含着幸福的泪水的眼睛怯生生地、同情地、高兴而又深情地望着他。娜塔莎嘴唇浮肿，她的瘦削而又苍白的脸十分难看，显得很可怕。但是安德烈公爵没有看见这张脸，他只看见喜气洋洋的眼睛，这双眼睛显得非常美。这时从他们背后传来了说话声。

完全睡醒了的仆人彼得叫醒了医生。因腿部疼痛一直没有睡着的季莫欣早就看见了发生的一切，竭力用被单盖住没有穿衣服的身体，在长凳上缩成一团。

"这是怎么回事？"医生从他睡的地方欠起身来说，"请您走吧，小姐。"

这时忽然想起女儿的伯爵夫人派一个女仆来敲门。

娜塔莎像一个在睡梦中被人吵醒的梦游症患者一样出了房间，回到了自己屋里，失声痛哭着倒在自己的铺上。

从这一天起，在罗斯托夫家此后的整个旅途中，在每一次停下来休息和留宿时，娜塔莎都没有离开受伤的鲍尔康斯基，医生只好承认，他未曾料到这姑娘如此坚强，如此善于照看伤员。

不管伯爵夫人一想起安德烈公爵可能在路上死在她的女儿的怀里（根据医生所言，这是很可能的）觉得如何可怕，她还是无法反对娜塔莎这样做。由于现在受伤的安德烈公爵和娜塔莎已变得非常亲近，自然会有人想到如果安德烈公爵康复，这对未婚夫妻的关系会得到恢复,虽然如此,谁也没有提起这一点,娜塔莎和安德烈公爵更是如此,因为不仅对鲍尔康斯基个人来说,而且对整个俄国来说,生死存亡问题都还没有解决,这个问题压倒了所有其他的推测。

三十三

九月三日皮埃尔醒得很晚。他头痛,因为睡觉时穿着衣服,身上感到很不舒服,而心里模糊地意识到他头天做的事有些丢人;这丢人的事就是昨天同朗巴尔上尉的谈话。

时针指着十一点,但是外面仿佛特别阴暗。皮埃尔起了床,擦了擦眼睛,看见了格拉西姆重新放回桌上的枪柄雕花的手枪,想起了他在什么地方,今天应当干什么。

"我是不是要迟到了?"皮埃尔想,"不,大概他进莫斯科不早于十二点。"皮埃尔没有让自己多考虑要做的事,而是急于赶快行动起来。

皮埃尔整了整身上的衣服,拿起手枪,就准备要走。但是这时他第一次想起,他在街上走时总不能把这武器拿在手里,该想个带的办法。甚至在宽大的长衫里也很难藏住这支大手枪。插在腰里和夹在腋下都不能使人看不出来。此外,装上的子弹已经发射了,而皮埃尔还没有来得及重新装上。"用匕首也一样,"皮埃尔对自己说,虽然他在考虑如何实现自己的意图时,曾不止一次地暗自认为,一八〇九年那个大学生的主要错误正在于他想用匕首刺死拿破仑。但是似乎皮埃尔的主要目的不在于真正实现自己决定要做的事,而在于向自己表明没有放弃自己的意图,而要尽一切努力实现它,于是他匆匆忙忙地拿起那把在苏哈列夫塔楼附近同手枪一起购买的套着绿色刀鞘的有缺口的钝匕首,藏到背心里面。

皮埃尔在长衫外束上腰带,把帽子拉得低低的,竭力不弄出响声和避免碰到上尉,经过走廊到了外面。

昨晚的那场他曾表示漠不关心的大火,经过一夜火势大大地增强了。莫斯科已经四面八方都在燃烧。同时起火的有车市、莫斯科河南岸区、外国商场、波瓦尔街、莫斯科河上的驳船以及多罗戈米洛沃桥附近的木柴商场。

　　皮埃尔经过几条小巷到了波瓦尔街,从那里去阿尔巴特街,朝显灵的尼哥拉礼拜堂走去,他脑子里早就确定要在靠近这里的一个地方做他要做的事。他看到大部分房子的大门紧锁着,百叶窗关着。大街小巷都空荡荡的。空气中散发着焦味和烟味。不时可以碰见神情不安和胆怯的俄国人,也可碰见在街中心走的法国人,他们的模样不像城市居民而像过野营生活的人。俄国人和法国人都以惊奇的目光看着皮埃尔。俄国人之所以注视着皮埃尔,除了因为他身材高大和肥胖以及脸上和全身有一种阴沉的神情专注和痛苦的表情外,还因为不明白这个人属于哪个阶层。而法国人之所以惊奇地目送着他,特别是因为皮埃尔与所有惊恐或好奇地看着法国人的其他俄国人相反,对他们丝毫也不注意。在一座房子的大门口,三个法国人正在对

　　不懂他们的话的俄国人讲解着什么,他们拦住皮埃尔,问他懂不懂法语。

　　皮埃尔摇摇头表示否定,继续朝前走。在一个小巷里,站在一个绿色弹药箱旁边的哨兵朝他喊了一声,皮埃尔在听见哨兵又一声威严的叫喊和端起枪的声音时,才明白他应当从街道的另一边绕过去。他对周围的一切既听不见,也看不见。他心里像怀着一种可怕的和生疏的东西一样怀着自己的意图,匆匆忙忙和慌慌张张地走着,担心—— 由于有了昨天的经验—— 随随便便地放弃它。但是皮埃尔注定不能把这种情绪整个地保持下来,直到他要去的地方。此外,即使他在路上没有被任何事情耽搁,他的意图也无法实现,因为拿破仑在四个多小时前已从多罗戈米洛沃门外经过阿尔巴特街到了克里姆林宫,现在他心情很坏,正坐在克里姆林宫里沙皇的办公室里,发布着各种详尽的命令,要求立即采取措施扑灭大火、防止抢劫和安抚居民。但是皮埃尔并不知道这些;他一心想着眼前要做的事,像固执地要做无法做到的事的人那样感到非常苦恼—— 这事无法做到,不是因为有困难,而是因为做这样的事不合他的天性;他非常担心在决定性的时刻变得软弱起来,从而失去自尊。

　　他虽然看不见和听不见周围的一切,但是凭本能猜着了该走的路,没有走错通往波瓦尔街的小巷。

　　皮埃尔在逐步走近波瓦尔街时,看见烟雾愈来愈浓,甚至觉得大

火使得空气都变热了。有时从有些房子的房顶上冒出了火舌。街上碰到的人变得多了起来，这些人都惶惶不安。皮埃尔感觉到他周围正在发生不寻常的事，但并不明白他正在朝大火走去。他在经过一边挨着波瓦尔街，另一边挨着格鲁津斯基公爵府第的花园的一大片没有盖房子的地方的一条小道时，突然听见自己身旁一个女人绝望的哭声。他停住了脚步，仿佛从梦中醒来一样，抬起了头。

在小路的一边，在落满尘土的枯草上乱放着一堆家用什物：羽毛褥子、茶炊、圣像和箱子。在箱子旁边的地上坐着一个瘦瘦的已不年轻的女人，她长长的上牙向外暴出，身穿一件黑色宽大斗篷式女外衣，头戴黑色包发帽。这个女人摇晃着身体，嘴里念叨着什么，拼命地哭着。两个十岁到十二岁的女孩身穿肮脏的短连衣裙和短外衣，脸色苍白，带着惊恐和困惑的表情看着母亲。一个穿着厚呢长外衣和戴着别人的大帽子的七八岁的小男孩在老保姆的怀里哭着。一个光脚的脏乎乎的女仆坐在箱子上散开淡白色的辫子，一面扯着烧焦的头发，一面闻着。女人的丈夫身材不高，背有点驼，身穿文官制服，留着轮形的络腮胡子，从戴得端端正正的便帽下露出平整的鬓角，他正脸上毫无表情地搬动一只摞一只的箱子，从里面拿出一些衣服来。

那女人一看见皮埃尔，几乎扑倒在他脚下。

"我的老天爷，正教徒们，救救我们吧，帮帮忙吧，亲爱的！……来帮帮我们吧！"她一面哭喊着，一面说道，"一个女孩子！……女儿！……我的小女儿留在里面了！……烧死了！噢—— 噢—— 噢！我养你疼你，到头来……噢—— 噢—— 噢！"

"别这样，玛丽亚·尼古拉耶夫娜。"丈夫低声地劝妻子，显然只是为了在旁人面前替自己辩护，"想必是妹妹把她带走了，要不还会到哪里去呢？"他又说了一句。

"木头人，恶棍！"女人突然停止哭泣，愤怒地喊叫起来。"你没有心肝，不爱惜自己的孩子。要是换一个人，会从火里把她救出来的。而这是一个木头人，不是人，不配当父亲。啊，您是一个好人。"女人抽泣着又急又快地对皮埃尔说，"隔壁的房子着了火—— 火焰立即扑向我们。女仆喊叫起来：着火了！我们就跑去收拾东西。就穿着这身衣服逃了出来……这就是抢出来的东西……抢出了十字架和圣像，还有陪嫁的床,别的全都完了。救孩子时,发现卡捷奇卡不见了。啊,上帝啊!噢——噢——噢!"她又哭了起来,"我的可爱的孩子,烧死了!烧死了!"

"她究竟,究竟留在哪里了?"皮埃尔问。女人从他脸上激动的表情看出,这个人能帮她的忙。

"好人!再生父母!"她抱住他的腿喊叫起来。"恩人,我这就放心了……阿尼斯卡,讨厌的东西,领这位恩人去。"她朝女仆吆喝了一声,生气地张大嘴,这使得她的长牙更加暴露出来了。

"领我去,领我去,我……我……我一定办到。"皮埃尔急忙喘着气说。

脏乎乎的女仆从箱子后面出来,理了理辫子,叹了口气,迈开两只宽大的光脚沿着小路朝前走去。皮埃尔仿佛在完全昏过去后突然醒过来一样。他把头抬得更高,他的眼睛开始闪耀着生命之光,他快步跟着女仆走,赶到她前面,到了波瓦尔街。整条街弥漫着一片黑烟。在某些地方,从黑烟中不断冒出火舌来。一大群人聚集在火场的前面。街中心站着一个法国将军,他正在对他周围的人说着什么。皮埃尔和女仆一起本来要走到将军站的地方去;但是法国士兵拦住了他。

"这里不准通行。"一个士兵对他喊道。

"走这里,大叔!"女仆说,"我们走小巷,从尼库林街走。"

皮埃尔转身往回走,不时地蹦跳几步,以便跟上女仆。女仆跑过一条街,向左拐进一条小巷,过了三座房子,向右拐进了一扇大门。

"这就到了,"女仆说,她跑过院子,打开木板围墙上的便门,停住脚步,把一座正在熊熊燃烧的不大的木头厢房指给皮埃尔看。厢房的一边坍了,另一边还在燃烧,炽烈的火焰不断从窗洞里和房顶下蹿出来。

皮埃尔进了便门,一股热气朝他扑来,他不由得停住了。

"你们的房子是哪一座?哪一座?"他问。

"啊——呦!"女仆指着厢房哭喊起来。"就是这一座,这就是我们的住处。烧死了,我的小宝贝卡捷奇卡,我的心爱的小姐,啊一呦!"阿尼斯卡看见熊熊大火,觉得也需要表示一下自己的感情,放声大哭起来。

皮埃尔朝厢房过去,但是火势很猛,因此他不由自主地只绕着厢房转了半圈,来到了一座大房子旁边,这座房子还只有一边的房顶着火,在它附近挤满了法国人。皮埃尔开头不明白这些拖着东西的法国人去干什么;但是当他看见面前的一个法国人用一把很钝的短剑砍一个农民,夺他的狐皮大衣后,才模糊地感到这里在进行抢劫,不过他没有时间想这些。

坍塌的墙壁和天花板发出噼啪声和轰隆声,火焰呼呼地吼叫着,人们激动地叫喊着,滚动不定的烟时而变得又浓又黑,时而发亮,夹着火星像白云一样升起,而火焰有的地方连成一片,像一束红色的干草,有的地方像金黄色的鱼鳞在墙上移动,热气和烟雾扑面,人们急速地走动着——这一切对皮埃尔起了通常火灾所起的刺激作用。这种作用在皮埃尔身上之所以表现得非常强烈,是因为皮埃尔突然见到这火灾后,觉得自己一下子摆脱了那些使他苦恼的想法。他感到自己年轻、快活、动作灵活和坚决。他从大房子的一边绕着厢房跑,想跑到它的那个还没有倒塌的部分去,这时在他的头顶响起了几个人的喊声,接着听见咔嚓声和落到他的身旁的重物的叮当声。

皮埃尔回头一看,看见几个法国人从房子的窗户里往外扔一个装着一些金属物品的五斗橱抽屉。站在下面的另一些法国士兵走到了抽屉旁边。

"怎么,你这家伙要干什么。"一个法国人朝皮埃尔喊道。

"一个小孩在这房子里。你们看见一个小孩了吗?"皮埃尔说。

"这家伙还在啰唆什么?滚你的吧。"只听得几个人这样说,一个士兵看来担心皮埃尔会拿走他们放在抽屉里的银器和铜器,便摆出一副吓唬人的样子朝他走过来。

"一个小孩?"一个法国人从楼上喊道,"我听见花园里有尖着嗓子啼哭的声音。这也许是他的孩子。总得讲点人道。我们都是人嘛……"

"孩子在哪儿?孩子在哪儿?"皮埃尔问。

"在这儿,在这儿!"窗户里的法国人指着房子后面的花园,朝他喊道,"等一等,我这就下来。"

确实,过了一分钟,那个法国人从底层的窗台上跳了下来,这是一个黑眼睛、腮帮子上长着一个斑点的小伙子,只穿着一件衬衣,他拍了拍皮埃尔的肩膀,和他一起朝花园跑去。

"喂,你们快点,"他对自己的同伴喊道,"火就要烤着人了。"

法国人跑到房后铺着沙子的小路,拉了一下皮埃尔的手,给他指了指一个圆形场地。在长凳下面躺着一个穿粉红色衣服的三岁女孩。

"这就是您找的孩子。是一个女孩,那就更好了。"法国人说,"再见,胖子。总得讲点人道。大家都是人嘛。"说完,这个腮帮子上有斑点的法国人就跑回自己的同伴那里去了。

皮埃尔高兴得喘不过气来,他跑到女孩身边,想把她抱起来。但是这个患有瘰疬病、很像她母亲、样子不讨人喜欢的女孩一看见陌生人就喊叫起来,拔腿就跑。然而皮埃尔抓住了她,把她抱了起来;她凶狠地拼命尖叫,想用她的小手扳开皮埃尔的手臂,并用流着鼻涕口水的小嘴乱咬。皮埃尔顿时觉得可怕和厌恶,这感觉就像接触到一个小动物时的感觉一样。但是他努力控制自己,不让自己扔下这孩子,抱着她跑回大房子来。但是已无法从原路回去;女仆阿尼斯卡已不在了,于是皮埃尔怀着怜悯和厌恶的感情,尽可能亲热地搂住这个痛苦地抽泣着的、满脸眼泪鼻涕的女孩,经过花园跑去寻找另一个出口。

三十四

当皮埃尔抱着女孩绕过几个院子和几条小巷回到波瓦尔街拐角上的格鲁津斯基家的花园时,他没有一下子认出刚才离开的地方:这里挤满了人,堆满了从各家各户搬出来的家用什物。除了从大火里逃出来的好几户俄国人和他们的财产外,这里还有穿着各种服装的法国士兵。皮埃尔没有注意他们。他忙于找那个文官的一家人,好把女儿交给母亲,再去救人。皮埃尔觉得,他还可以做很多事,而且需要赶快去做。他被热气熏得和跑得满脸通红,这时更强烈地感觉到了刚才跑去救孩子时充满他全身的那种青春活力和决心。女孩现在不闹了,她用小手抓住皮埃尔的长衫,坐在他的手臂上,像一只小野兽似的朝自己的周围张望。皮埃尔有时看一看她,微微地一笑。他觉得他在这张惊恐的和病态的小脸上看见了某种天使般动人的和天真无邪的东西。

那个文官和他的妻子已不在原来的地方了。皮埃尔快步在人群中走着,注视着他面前出现的不同的面孔。他不由自主地注意到了一个格鲁吉亚的或是亚美尼亚的家庭,这一家有一个具有东方人脸型、穿着一件吊面的新皮袄和一双新靴子的相貌堂堂的老头,一个同样脸型的老妇,还有一个年轻的女人。皮埃尔觉得这个非常年轻的女人是一个绝色的东方美人,她的弯弯的黑眉毛线条分明,她的那张异常柔嫩红润、没有任何表情的长脸很漂亮。她穿着华丽的缎子外衣、裹着鲜艳的紫色头巾置身于到处乱放的家用什物和广场上的人群中间,就如一棵被抛到雪地上的娇嫩的温室植物。她坐在老妇后面的包袱上,一双又黑又大、睫毛很长的椭圆形的眼睛一动不动地望着地面。看样子她知道自己很美,并为此而担心。她的这张脸使皮埃尔感到非常惊讶,他虽忙着去干事,但在经过围墙时几次回头看她。到了围墙边后,他仍没有找到他要找的人,便停住了脚步,环视着四周。

抱着孩子的皮埃尔的样子比刚才更引人注目,在他身旁聚集了几个俄国男人和女人。

"是不是丢了什么人,亲爱的? 您是贵族吧? 这是谁的孩子?"人们问他。

皮埃尔回答说,这女孩是一个刚才带着孩子坐在这里的穿黑色宽大斗篷式外衣的女人的,他问是否有人认识她,她上哪里去了。

"这想必是安费罗夫家的。"一个老助祭对一个麻脸的女人说。"上帝保佑,上帝保佑。"他用习惯的低音加了一句。

"怎么会是安费罗夫家的!"那女人说。"安费罗夫家早上就走了。这要么是玛丽亚·尼古拉耶夫娜家的,要么是伊万诺夫家的。"

"他说的是一个普通女人,而玛丽亚·尼古拉耶夫娜是一位太太。"一个家奴说。

"你们想必认识她,牙齿很长,人很瘦。"皮埃尔说。

"就是玛丽亚·尼古拉耶夫娜。这些豺狼跑过来时,他们到花园里去了。"那女人指着法国士兵说。

"啊,上帝保佑。"助祭又说了一句。

"您就朝那边走,他们在那里。就是她。一直很伤心,哭个不停。"那女人又说,"就是她。朝这边走。"

但是皮埃尔没有听那女人说话。他已有几秒钟目不转睛地看着离他几步远的地方发生的事。他看着那一家亚美尼亚人和走到他们跟前的两个法国士兵。其中的一个士兵是一个喜欢调皮捣蛋的小个子,穿着一件蓝色军大衣,腰间系着一根绳子。他头上戴着一顶高筒帽,光着脚。另一个使皮埃尔特别惊讶,他身体瘦长,背有点驼,长着一头浅色头发,动作迟缓,从他脸上的表情来看像个白痴。这个人身上穿着面绒粗毛呢外衣和蓝裤子,脚上穿着一双又大又破的高筒皮靴。那个穿着蓝色军大衣、光着脚的士兵走到亚美尼亚人跟前,说了句什么话,立即抓住老头的腿,于是老头马上开始脱靴子。而那个穿面绒粗毛呢外衣的士兵在漂亮的亚美尼亚女人对面站住,两手插在衣兜里,默默地、一动不动地望着她。

"把孩子接过去,接过去。"皮埃尔一面把女孩递给麻脸的女人,一面用命令的口气急忙对她说。"请你交给他们,交给他们!"他几乎对这女人喊叫起来,把哭喊起来的女孩放到地上,又朝两个法国人和亚美尼亚人看了一眼。老头已光着脚坐在那里。矮小的法国人从他脚上脱下另一只靴子后,

正在拿两只靴子相互拍打着。老头抽泣着说了句什么,但皮埃尔只是匆匆看了一眼;他的全部注意力集中在那个穿面绒粗毛呢外衣的法国人身上,看见这个法国人这时慢慢地摇晃着身体朝年轻的女人走过去,从衣兜里掏出手,抓住她的脖子。

那个漂亮的亚美尼亚女人垂下长长的睫毛,继续像刚才那样一动不动地坐着,仿佛没有看见和没有感觉到法国兵怎样对待她似的。

当皮埃尔朝几步外的法国人跑去时,那个瘦长的穿面绒粗毛呢外衣的抢劫者正在扯亚美尼亚女人脖子上的项链,而那个女人两手护着脖子,尖声叫起来。

"放开这个女人!"狂怒的皮埃尔声音嘶哑地喊道,抓住那个瘦长的、背有点驼的士兵的肩膀,把他摔了出去。那士兵倒下了,很快爬起来,跑开了。但是他的同伴扔下皮靴,拔出一把短剑,摆出威吓的样子朝皮埃尔逼过来。

"喂!别胡闹!"他喊道。

皮埃尔处于狂怒之中,他忘记了一切,力气增大了十倍。他在光脚的法国人拔出短剑前就朝他扑过去,把他摔倒,用拳头捶他。周围人群

中响起了一片赞许声，与此同时，从拐角出来了一支枪骑兵的巡逻队。枪骑兵快步跑到皮埃尔和法国人面前，把他们围了起来。以后发生的事皮埃尔什么也不记得了。他只记得他揍一个人，也挨了揍，最后他觉得他的手被捆住了，一群法国士兵站在他周围，正在搜他的身。

"中尉，他有一把匕首。"这是皮埃尔听明白的第一句话。

"啊，带着武器！"军官说，朝那个与皮埃尔一起被抓的光脚士兵转过身来。

"好，好，你到军事法庭上去说清楚。"军官说。在这之后他又转身问皮埃尔："您会说法语吗？"

皮埃尔用充血的眼睛朝自己四周看看，没有回答。大概他的脸色很可怕，因为军官低声说了些什么，于是又有四个枪骑兵离开队伍，站到皮埃尔两旁。

"您会说法语吗？"军官远远离开他，又把问题对他重复了一遍。"把翻译叫来。"从队伍里出来了一个穿俄国便服的矮小的人。皮埃尔根据他的衣服和他说的话，马上就认出这是莫斯科一家商店的法国人。

"他不像普通老百姓。"翻译打量了一下皮埃尔说。

"噢，噢！他很像一个纵火犯。"军官说。"您问他是什么人？"他加了一句。

"你是干什么的？"翻译问。"你应当回答长官的问题。"他又说。

"我不告诉你们我是什么人。我被俘了。把我带走吧。"皮埃尔突然用法语说。

"啊，啊！"军官皱起眉头说，"开步走！"

在枪骑兵附近聚集了一群人。抱着女孩的麻脸女人离皮埃尔最近；当巡逻队要走时，她朝前挪了几步。

"他们要把你带到哪里去，我的亲爱的？"她说。"这女孩如果不是他们的，我把她往哪里送呀！"她又说。

"这个女人要干什么？"军官问。

皮埃尔好像喝醉了酒一样。当他看见他救的那个女孩时，更加兴奋了。

"她说什么吗？"他说。"她抱着我从火里救出来的我的女儿。"他又说。"再见了！"他自己也不知道怎么会冒出这句假话来，说完后迈着坚定而庄重的步伐在法国人中间朝前走。

这些法国枪骑兵是奉迪罗内尔[①]之命派到莫斯科各条街道的巡逻队之一，他们的任务是制止抢劫，尤其是捉拿纵火犯，因为根据这一天法国高级将领发表的共同看法，火就是这些人放的。这个巡逻队巡逻了几条街，又抓了五六个俄国嫌疑犯、一个小店主、两个神学校学生、一个农民、一个家奴和几个抢劫犯。但是在所有嫌疑犯当中皮埃尔被认为嫌疑最大。当所有这些人被带到祖博夫土城旁的一座设了拘留所的大房子过夜时，皮埃尔被安置在单人牢房里并有人严密看守。

---

① 迪罗内尔（一七七一——一八四九），法军占领莫斯科期间的城防司令。

第四卷

Война и мир

第一部

一

这时在彼得堡的上层,鲁缅采夫派、法国派、玛丽亚·费多罗夫娜皇太后派、皇储派和其他派别之间的复杂斗争进行得比任何时候都要激烈,不过像通常一样,他们的争吵声为一帮宫廷的寄生虫的叫喊声所淹没。彼得堡的生活还是老样子,平静,奢侈,人们只为生活中虚幻的、徒有其表的东西而操心;由于过的是这样的生活,需要作很大的努力才能认识到面临的危险和俄国人民的困难处境。皇帝还是照样上朝,舞会照样举行,法国剧院照样演出,宫廷关心的还是那些事,追求功名利禄和要弄阴谋诡计依然如故。只有最上层曾做过一些努力来提醒人们注意当前的困难局势。人们窃窃私语,议论在这样困难的情况下皇太后和皇后的相反的做法。玛丽亚·费多罗夫娜皇太后关心她管辖下的慈善机构和教育机关,下令把所有这些机构撤到喀山去,这些机构的各种用品均已包装待运。而当人们问伊丽莎白·阿列克谢耶夫娜[①]有什么指示时,她以她固有的俄罗斯爱国精神回答说,她不能向国家机关下指示,因为这是皇帝的事;而在问到能由她个人决定的事时,她说她将最后一个离开彼得堡。

八月二十六日,即在波罗金诺会战的那一天,安娜·帕夫洛夫娜

---

① 伊丽莎白·阿列克谢耶夫娜(一七七九——一八二六),亚历山大一世的妻子。

家举行了晚会,晚会上最精彩的节目是宣读主教^①在向皇帝献圣谢尔基^②圣像时写的一封信。这封信被认为是宗教界慷慨激昂抒发爱国热情的典范。这封信必须由以朗诵技巧著称的瓦西里公爵亲自来读。(他常给皇太后朗诵。)他的朗诵技巧在于声音洪亮悦耳,时而拼命地喊叫,时而又亲切地絮叨,而完全不管词句的意义如何,因此在读到某句话时发出叫喊,在读到另一些话时改用絮语,完全是偶然的事。这次朗诵,如同安娜・帕夫洛夫娜的所有晚会一样,具有政治意义。邀请了几位重要人物,想趁机为他们还到法国剧院看戏的事羞辱他们一番,激发他们的爱国热情。眼看人已经到得相当多了,但是安娜・帕夫洛夫娜还没有在客厅里见到所有她需要的人,因此没有开始朗诵,暂且只进行一般的谈话。

这一天成为彼得堡的新闻的是别祖霍娃伯爵夫人的病情。几天前她突然病倒了,错过了几次她应为其增添光彩的聚会,听说她不接待任何人,不找常给她看病的彼得堡的名医,而找了一位意大利医生,让他用一种特殊的新方法给她治病。

大家都清楚地知道,可爱的伯爵夫人的病是由于不便同时嫁两个丈夫引起的,意大利医生的治疗在于消除这种不便之处;但是在安娜・帕夫洛夫娜面前谁都不敢这样想,而且装出仿佛谁也不知道这件事似的。

"听说可怜的伯爵夫人病得很重。大夫说,这是心绞痛。"

"心绞痛?唉,这是一种可怕的病!"

"有人说,她得了心绞痛后,两个情敌和解了……"

人们都高兴地重复着"心绞痛"这个词。

"听说,那个老伯爵看起来很可怜。大夫告诉他病情有危险后,他像孩子一样哭了起来。"

"唉,这可是重大的损失。这样一个可爱的女人。"

"你们在说可怜的伯爵夫人吧。"安娜・帕夫洛夫娜走过来说,"我

---

① 主教指莫斯科主教普拉东(彼得・格奥尔吉耶维奇・列夫申,一七三七——一八一二)。

② 圣谢尔基指谢尔基？拉多捏日斯基(一三一四——一三九二),特罗依采—谢尔基修道院的创建人。

曾派人去了解她的健康情况。那人回来说,安娜·帕夫洛经好一些了。啊,毫无疑问,这是世界上最可爱的女人。"安娜·帕夫洛夫娜带着讥讽自己喜悦之情的微笑说。"我们属于不同阵营,但是这并不妨碍我对她怀有应有的尊敬。"安娜·帕夫洛夫娜补充说。

一个冒失的青年人认为安娜·帕夫洛夫娜的这些话已稍稍揭开了伯爵夫人害病的内幕,于是对不请名医看病,而找了一个会用一些危险的方法治病的江湖郎中的做法表示惊讶。

"您的消息可能比我的确切。"安娜·帕夫洛夫娜突然恶狠狠地责怪起这个没有经验的年轻人来,"但是我从可靠方面获悉,这位大夫是一个很有学问和很有经验的人。他是西班牙王后的御医。"安娜·帕夫洛夫娜把这个年轻人说得哑口无言后,朝比利宾转过身来,这时比利宾正在另一个组里谈论奥地利人,他皱起了脸上的皮肤,看来正打算松开,以便说出一个警句来。

"我认为这妙极了!"他说的是一份外交文件,这份文件要与维特根施泰因(在彼得堡人们称他为彼得堡的英雄)缴获的奥地利军旗①——起送到维也纳去。

"怎么,这是怎么回事。"安娜·帕夫洛夫娜说,让大家静下来听她已经知道的警句。

于是比利宾再次重复了他起草的外交文件中的下列原话:

"皇帝谨将奥地利军旗送还,"比利宾说,"这是友军的和误入歧途者的旗帜,皇帝是在正道之外找到的。"比利宾说完,松开了皮肤。

"妙极了,妙极了。"瓦西里公爵说。

"也许是在华沙大道上吧!"伊波利特公爵突然大声说。大家回头朝他看了一眼,不明白他想要说什么。伊波利特公爵也快乐而惊奇地看着自己的周围。他像别人一样,也不明白他说的话是什么意思。他在自己的外交生涯中不止一次地发现,这样突然说出来的话常常显得很俏皮,于是他便随时把首先到了嘴边的话说出来。"也许效果会很好,"他想,"如果不好,他们也不会叫我下不来台的。"正好在全场一片

---

① 这里指的是维特根施泰因率部于一八一二年七月在克利亚斯季齐附近击败法军,当时与法军一起与俄军作战的有俄国不久前的盟友奥地利的军队。

难堪的沉默中,安娜·帕夫洛夫娜等待的那位不那么爱国的人物进来了,于是她微笑着,伸出手指朝伊波利特做了个威吓的手势,请瓦西里公爵到桌旁来,给他拿来两支蜡烛和手稿,请他开始朗诵。大家都不说话了。

"至仁至圣的皇帝陛下!"瓦西里公爵严肃地朗诵道,他朝听众扫视了一眼,仿佛在问有没有人要说反对的话。但是谁也没有说什么。"最早成为国都的莫斯科,新耶路撒冷将接待**自己的基督**,"突然他把重音放在**自己的**一词上,"如同母亲拥抱忠实的儿子一样,透过出现的迷雾,预见到你的强大国家的光彩夺目的荣光,热情地歌唱着:'和散那①,来者幸福!'"瓦西里公爵用哭声朗诵了最后这句话。

比利宾仔细地察看着自己的手指甲,许多人看来都有些胆怯,仿佛在问他们有什么过错?安娜·帕夫洛夫娜像老太婆念领圣餐的祷词似的,预先低声地说着下面的一句话:"让那胆大妄为、厚颜无耻的歌利亚……"

瓦西里公爵继续往下读:

让那胆大妄为、厚颜无耻的歌利亚从法国边境向俄国各地散布死亡的恐怖吧;温顺的信仰是俄罗斯大卫的机弦,它将突然甩石击中那个傲慢嗜血的人的头颅②。谨将古代祖国利益的热心捍卫者圣谢尔基的圣像献给皇帝陛下。我体弱多病,无力享受瞻仰天颜之福,深以为憾。我将怀着满腔热忱祷告上苍,愿全能的上帝赐福正义之民族,使陛下美好的愿望得以实现。

"多么有力!文笔多么优美!"响起了对朗诵者和作者的一片赞扬声。安娜·帕夫洛夫娜的客人们听了这封信很受鼓舞,还长时间地谈论着国家的形势,对近日内想必会发生的战斗的结局作各种不同的推测。

"你们将会看到,"安娜·帕夫洛夫娜说,"明天是皇帝的生日,我

---

① 和散那原有求救的意思,后常用作颂词。
② 根据《圣经》,歌利亚被大卫用机弦甩石打中头颅而死。见《圣经·旧约》中的《撒母耳记(上)》第十七章。

们将会得到消息。我有很好的预感。"

二

安娜·帕夫洛夫娜的预感确实应验了。第二天,在皇宫里为皇帝生日进行祈祷时,沃尔康斯基公爵被叫出教堂,有人给他送来了库图佐夫公爵的一封文书。这是库图佐夫在会战的那一天从塔塔里诺瓦送来的报告。库图佐夫写道,俄军未后退一步,法军的损失要比我们大得多,这是他在战场上匆匆忙忙写的报告,还没有来得及收集最后的情报。这么说来,仗是打胜了。于是人们未出教堂就在那里进行感恩祈祷,感谢造物主的帮助和赐予的胜利。

安娜·帕夫洛夫娜的预感应验了,全城整个上午都洋溢着一片欢乐的节日般的气氛。大家都认为已取得了胜利,有的人已在谈论拿破仑本人已被俘、他已被推翻和选出了法国新元首的事。

在远离战斗的地方,处在宫廷生活的环境里,要把事件全面和充分地反映出来是很困难的。主要的事件常常不知不觉地聚集到了一件个别的事的周围。例如现在近臣们那么高兴,既是因为我们胜利了,也是因为正好在皇帝生日的这一天接到胜利的消息[①]。这似乎是一件很好的意想不到的礼物。库图佐夫的报告中也讲了俄军的伤亡,伤亡者当中包括图奇科夫、巴格拉季翁、库塔依索夫[②]。在这里,在彼得堡的人们当中,事件的令人悲痛的一面也不知不觉地集中在一件事情上——集中在库塔依索夫之死上。大家都认识他,皇帝喜欢他,他又年轻,又招人喜欢。这一天大家一见面就说:

"事情也真是奇怪。正好在做祈祷的时候。库塔依索夫死了是多大的损失啊!唉,真可惜!"

"记得我在谈到库图佐夫时对你们说过什么吗?"现在瓦西里公爵摆出预言家的样子高傲地说,"我一直说,他一个人就能战胜拿破仑。"

但是第二天没有得到军队的消息,于是大家说话的口气就变得有

---

① 亚历山大一世生于十二月十二日。作者这样写出于艺术上的考虑。
② 库塔依索夫(一七八四——一八一二),俄国将军,第一军炮兵司令。

些不安了。皇帝因不明情况而苦恼,而近臣们则为他的苦恼而苦恼。

"皇帝的处境可真难!"近臣们说,他们已不像前天那样吹捧库图佐夫了,转而责备他,说皇帝焦急不安完全是他造成的。这一天瓦西里公爵也不再拿他宠爱的库图佐夫来夸耀了,在谈到这位总司令时保持沉默。此外,到这一天晚上,仿佛要使彼得堡的居民惊慌不安似的,又发生了一件事,传来了一个可怕的消息。叶连娜·别祖霍娃伯爵夫人由于那种人们津津乐道的可怕疾病发作而猝死。在正式场合,在大庭广众之中,大家都说别祖霍娃伯爵夫人死于心绞痛的可怕发作,但是在亲朋好友的圈子里却在谈论着她去世的详情,说是那位西班牙王后的御医给埃莱娜开了一种小剂量服用能产生效果的药;但是埃莱娜既因老伯爵怀疑她,又因丈夫(那个不幸的浪荡子皮埃尔)没有给她回信,突然大剂量地服了给她开的药,没有来得及抢救就痛苦地死了。人们说,瓦西里公爵和老伯爵曾想抓住那个意大利人不放;但是那意大利人拿出了不幸的死者写的信,他们立即把他放开了。

一般的谈话集中在三件令人悲伤的事情上:皇帝的不明情况、库塔依索夫的牺牲和埃莱娜之死。

在库图佐夫送来报告后的第三天,有一个地主从莫斯科来到彼得堡,于是全城就传遍了法国人占领莫斯科的消息。这太可怕了!皇帝的处境会是怎么样!库图佐夫简直是卖国贼,于是瓦西里公爵在对前来吊唁他的女儿的人谈到他以前赞扬过库图佐夫时改口说(他在悲痛之中忘记以前说过的话是可以原谅的),不能期望一个瞎眼的和道德败坏的老头会做出别的事情来。

"我真感到惊奇,怎么能把俄国的命运托付给这样一个人。"

暂时这个消息还是非正式的,还可以对它表示怀疑,但是第二天收到拉斯托普钦伯爵的以下报告:

库图佐夫公爵的副官给我送来了一封信,信中要求我派警官带领军队撤向梁赞大道。他说,他对放弃莫斯科深感遗憾。皇帝!库图佐夫的行为决定着故都和您的帝国的命运。全国人民得知这个集中体现俄罗斯的伟大和埋葬着您的祖先遗骨的城市将被放弃,定会感到震惊。我将跟随军队走。我已把一切运走,现在只好为我的祖国的命运而痛哭了。

皇帝在收到这份报告后,派沃尔康斯基公爵给库图佐夫送去以下诏书:

> 米哈依尔·伊拉里昂诺维奇公爵!八月二十九日以来我没有收到您的任何报告。可是九月一日我从雅罗斯拉夫尔方面接到莫斯科总督送来的可悲的消息,得知您决定率军放弃莫斯科。您自己可以想象得到,这个消息对我产生了什么样的影响,而您的沉默更使我感到惊奇。今特派遣侍从将军沃尔康斯基公爵送去此诏书,向您了解军队的情况以及促使您采取如此可悲的决定的原因。

三

莫斯科失守后过了九天,库图佐夫才派专使到彼得堡来,送来了关于放弃莫斯科的正式消息。这位专使是法国人米绍,他不懂俄语,不过像他本人所说的那样,虽然是个外国人,但是内心深处是个俄国人。

皇帝立即在石岛行宫的办公室里接见了这位专使。米绍虽然在这次战役前没有到过莫斯科,也不懂俄语,但是当他带着莫斯科发生大火、火光照亮了他的道路的消息来到我们极其和蔼可亲的君主(他是这样写的)面前时,仍然非常感动。

尽管米绍先生的悲伤产生的根源与俄国人的痛苦产生的根源想必是不一样的,可是他被领进皇帝的办公室时脸上带着非常悲伤的表情,使得皇帝一见他立即就问:

"您给我带来了很不好的消息吧,上校?"

"很不好,陛下,"米绍回答道,叹着气垂下了眼睛,"莫斯科放弃了。"

"难道不战就把我的故都丢弃了?"皇帝突然发起火来,很快地说。米绍恭恭敬敬地转达了库图佐夫叫他转达的话,这就是:在莫斯科城下无法进行战斗,由于只能作一种选择——要么既丧失军队又丧失莫斯科,要么只丧失莫斯科,因此元帅只好选择后者。

皇帝默默地听完，眼睛没有看米绍。

"敌人进城了吗？"他问。

"是的，陛下，现在城里已变成一片火海。我离开时全城正在燃烧。"米绍坚决地说；但是他朝皇帝看了一眼后，不禁对他所说的话害怕起来。皇帝的呼吸变得吃力和急促起来，下嘴唇颤抖着，一双好看的蓝眼睛霎时间湿润了。

但是这只延续了一分钟。皇帝突然皱起眉头，仿佛是在责备自己的软弱。他稍稍抬起头，开始用坚决的语气和米绍说话。

"我根据发生的一切看出，上校，"他说，"上帝要求我们做出重大牺牲……我准备服从他的意志；但是请告诉我，米绍，您来的时候，那不战而放弃我的故都的军队情况如何？您发现士气低落吗？……"

米绍看见极其和蔼可亲的君主平静下来了，他也就放心了，但是对皇帝直截了当地提出的这个需要作直截了当的回答的重要问题，他还没有来得及准备好回答。

"陛下，您允许我像一个真正的军人那样坦率地说吗？"他为了赢得考虑的时间说道。

"上校，我从来都要求这样做。"皇帝说，"什么也不要隐瞒，我一定要知道全部真相。"

"陛下！"米绍已准备好了一个轻松而又恭敬的文字游戏式的回答，唇边挂着一丝勉强看得出来的微笑说，"陛下！我离开时，全军从长官到最后一个士兵，毫无例外地处于极大的恐惧之中……"

"怎么会这样？"皇帝严肃地皱起眉头，打断他的话说，"我的俄国士兵会遇到挫折而灰心丧气吗？……永远不会！"

这正是米绍所期待的，他好趁机插进他的文字游戏。

"陛下，"他带着恭敬而又调皮的表情说，"他们感到恐惧的只是陛下心肠一软就决定议和。他们急不可耐地渴望重新投入战斗，不惜牺牲自己的生命来向陛下表示他们的忠诚……"

"啊！"皇帝拍着米绍的肩膀，两眼露出亲切的亮光，安心地说，"您这是在安慰我，上校！"

皇帝垂下头，沉默了一会儿。

"好吧，您就回部队去吧，"他伸直全身，做了一个亲切和庄重的手势,对米绍说,"请告诉我的勇士们,告诉您路过的地方我的所有臣民们,等打到不剩一兵一卒时,我就要亲自率领亲爱的贵族和善良的农民们,一直战斗到我的国家无力再战为止。而我们的力量比敌人所想象的要大。"皇帝愈说愈激动起来。"但是如果天意注定,"说到这里他抬起他的俊美温顺和闪现出感情的眼睛望着天空,"我不能再留在我的祖先的王位上,那么我将在使尽我的所有力量后,把胡子留到这里(皇帝用手在胸前比画了一下),去和我的最后一个农民一起啃土豆,而不去签订给我的祖国和我亲爱的人民带来耻辱的和约,我是知道珍惜人民做出的牺牲的!"皇帝激动地说了这些话后,突然转过身去,仿佛不愿让米绍看见他夺眶而出的泪水,走到办公室的深处去了。他在那里站了一会儿,又大步回到米绍身边,紧紧地握住他的下臂。皇帝俊美和温顺的脸涨红了,眼睛放射出下定决心和愤怒的光芒。

"米绍上校,不要忘记我在这里对您说的话;也许什么时候我们会高兴地回想起这一切……拿破仑和我,有他无我,"皇帝用手按着胸脯说,"我与他势不两立。我现在认清他了,他再也骗不了我了……"皇帝皱起眉头,停住不说了。米绍——虽然是个外国人,但是内心深处是个俄国人——听见这些话,看见皇帝眼睛里流露出的下定决心的坚决表情,觉得自己在这庄严的时刻很受所听到的话的鼓舞(他后来是这样说的),于是他用以下的话来表达自己的以及他自认为全权代表着的俄国人民的感情。

"陛下!"他说,"您在这个时刻是在对民族的荣誉和欧洲的得救下保证!"

皇帝点了点头,放米绍走了。

四

当俄国的国土一半被占领,莫斯科居民逃往远处的省份,民兵一批接一批地奋起保卫祖国时,我们这些没有生活在那个时候的人会不由自主地觉得,当时所有的俄国人,老老少少只做着一件事,即牺牲自己,保卫祖国,或为祖国的灭亡而哭泣。关于当时情况的故事和记载都毫无例外地只讲俄国人的自我牺牲,讲他们对祖国的爱,他们的绝望、痛苦和英雄气概。实际上并不是这样。我们之所以这样觉得，只是因为我们从往事中只看到当时一般的历史要求，而没有看到当时人们的所有个人要求。而事实上那时的个人要求要比一般的要求大得多，因此从来感觉不到（甚至完全没有察觉）一般的要求。当时的大部分人丝毫也不注意事态发展的总的进程，只顾现时的个人利益。而这些人是当时最有用的活动家。

而那些力图了解事态发展总的进程以及抱着自我牺牲和英雄无畏的精神参与这一进程的人，是社会的最无用的成员；他们把一切都看颠倒了，他们所做的所有好事，结果都成为无益的胡闹，例如皮埃尔和马莫诺夫分别捐资组建的、后来在俄国农村进行抢劫的民兵团，太太小姐们所撕扯的裹伤用的、从来没有到过伤员那里的绒布团等等，就是如此。就连那些喜欢卖弄聪明和显示自己的感情的人在谈论俄国面临的形势时，他们的话里也不知不觉地或者带有装腔作势和说谎的痕迹，或者带有为谁也不能负责的事而徒劳无益地指责和愤恨别人的印记。在历史事件中可以最清楚地看出禁吃分别善恶树上的果子的戒条①。只有无意识的活动会带来结果，而在历史事件中扮演角色的人永远不会理解它的意义。如果他试图理解它，他就会徒劳无功。

对当时俄国发生的事件的意义，愈是直接参与这一事件的人愈不易看清。在彼得堡和远离莫斯科的各个省会，太太们和穿着民兵制服的男士们都为俄国和故都遭到的不幸而痛哭，谈论着如何作自我牺牲等等；但是在撤出莫斯科的军队里几乎不谈和不想莫斯科，人们望着城里的大火，谁也不发誓要向法国人报仇，想的只是未发的三分之一的军饷，下一个宿营地，随军女商贩玛特廖什卡以及诸如此类的事。

尼古拉·罗斯托夫不是抱着自我牺牲的目的，而是因为服役时正赶上战争而偶然长时间地直接参加保卫祖国的战斗的，因此没有抱着绝望的和

忧郁的想法看待当时在俄国发生的事情。如果有人问他对俄国的现状有什么想法，他就会说，他用不着去想，那是库图佐夫等人该考虑的事，他听说各团队正在补充人员，就想到仗还要打很长时间，照这样

---

① 见第三卷第二部第二十五章注。

下去,过一两年他不难当上团长。

由于他对事情有这样的看法,他在得知要派他到沃罗涅日去为全师采购用于补充的马匹的消息时,不仅不为失去参加最近一次战斗的机会而难过,而且非常高兴,他没有掩饰这种心情,同事们也都很理解他。

在波罗金诺会战前的几天里,尼古拉拿到了一笔款子和文件,便派几个骠骑兵先行,自己坐驿车前往沃罗涅日。

只有曾经有这样的体验的人,即在战时的战斗的生活环境里连续不断地待过几个月的人,才能理解他在离开部队及其饲料车、军需车和野战医院麇集的地区时所感受到的快乐;他已看不见士兵、大车、营房留下的肮脏痕迹,看到的是村子里的农夫和农妇、地主的宅院、放牧着牲口的田地以及驿站的站房和睡着了的驿站长。他感到非常高兴,好像第一次看见这一切一样。尤其使他长时间感到惊奇和高兴的是年轻健壮的妇女,她们身边没有围着十来个献殷勤的军官,现在见到一个路过的军官和她们调笑都感到高兴和荣幸。

夜里尼古拉心情非常愉快地到达沃罗涅日,住进一家旅馆,要了他在军队里很长时间没有享受过的东西,第二天,把脸刮得干干净净的,穿上很久没有穿的礼服,去见当地的长官。

民兵司令是一个年老的文职将军,看来他为自己获得了军衔和军职而洋洋得意。他疾言厉色地(认为这是军人的本性)接待了尼古拉,煞有介事地询问他,仿佛感到自己有这样做的权利,仿佛在考虑整个局势,表示赞成又不赞成。尼古拉心情很好,他只觉得这很好笑。

他从民兵司令那里出来去见省长。省长是一个活泼好动的矮个子,非常亲切和平易近人。他告诉尼古拉几个他可以买到马的养马场,向他介绍了城里的一个马贩子和离城二十俄里的一个地主,说他们有好马,并答应尽力协助。

"您是伊里亚·安德烈耶维奇伯爵的儿子吧?我的妻子与您的母亲很要好。每逢星期四人们在我这里聚会;今天正好是星期四,请您随便来吧。"省长在放他走时说道。

尼古拉告别省长后,直接坐上驿车,带上司务长,到二十俄里外的地主的养马场去。在他刚到沃罗捏日的头几天,尼古拉觉得这一切都很轻松愉快,并且如同常有的那样,当一个人自己心情很好时,一切做起来得心应手,都很顺利。

尼古拉去找的那个地主,是一个当过骑兵的老鳏夫,是养马的行家,猎人,拥有一个挂着壁毯的接待室,藏有百年佳酿和陈年匈牙利葡萄酒,养有上等好马。

尼古拉三言两语就选了(如同他说的那样)十七匹公马作为补充马匹的样品,用六千卢布买下了。他吃了午饭,多喝了一点匈牙利葡萄酒,便同那地主以你我相称,与他热烈吻别后,高高兴兴地沿着坑洼不平的道路往回跑,不停地催促着车夫,以便赶上省长家里的晚会。

尼古拉换好衣服、喷上香水并用冷水淋一淋脑袋后急忙赶去,虽然迟到了一些,但是嘴里说着事先准备好的迟到总比不到好这句话,进了省长家的门。

这不是舞会,也没有说将要跳舞;但是大家知道卡捷琳娜·彼得罗夫娜将在古钢琴上弹华尔兹舞曲和苏格兰民间舞曲,自然将要跳舞,由于预料到会这样,都打扮得像来参加舞会一样。

一八一二年外省的生活完全和往常一样,区别只在于省城里由于从莫斯科来了许多有钱人家显得比过去热闹些,再就是,像在当时俄国的所有地方一样,可以看出某种特殊的放荡不羁的现象——对什么都满不在乎,都觉得无所谓;区别还在于过去人们之间的必不可少的庸俗的应酬话变了,过去只谈天气和共同的熟人,现在谈的是莫斯科、军队和拿破仑。

聚集在省长家里的人,全是沃罗涅日的上层人士。

女宾客很多,其中有几个是尼古拉认识的莫斯科人;可是能与格奥尔吉勋章获得者、采购军马的骠骑兵军官、同时又是和善而有教养的伯爵罗斯托夫相匹敌的男人,却一个也没有。男人中有一个被俘的意大利人——他曾是法国军队的军官,尼古拉见到此人后觉得,这个俘虏的在场,更加提高了他这位俄国英雄的身价。这好像是一件战利品一样。尼古拉感到这一点,并且发现大家也这样看待这个意大利人,于是便以亲切的态度对待他,保持了自尊而又显得很有分寸。

尼古拉穿着骠骑兵制服进来,身上散发着香水味和酒气,嘴里说了句迟到总比不到好,也听见别人说了几遍,进门后就被围住了;大家的目光都转向了他，他立刻觉得受到了普遍的喜爱，认为自己在外省应该受到这样的对待，他一向为受人喜爱而感到愉快，由于很长时间失去这种待遇，现在高兴得陶醉了。在驿站上，在旅店里和在那个地主的接待室里，女仆们都以博得他的好感为荣；而在这里，在省长的晚会上，有着无数（尼古拉这样觉得）年轻的太太和漂亮的小姐，她们都急不可耐地等待着尼古拉能注意到她们。太太和小姐们向他卖弄风情，而老太太们从第一天起就张罗着要给这个当骠骑兵的浪荡公子说亲，希望他变得稳重起来。省长夫人就是这些老太太当中的一个，她把罗斯托夫当作近亲来接待，用法语亲切地叫他"尼古拉"，并以你我相称。

卡捷琳娜·彼得罗夫娜真的演奏起华尔兹舞曲和苏格兰民间舞曲来，于是跳舞开始了，尼古拉以其灵巧的舞姿使得省城的人为之倾倒。他的那种特别放肆的动作，甚至使大家感到吃惊。尼古拉对他本人这天晚上的舞姿也有些惊奇。他在莫斯科从来没有这样跳过舞，甚至也会认为这种过于放肆的舞姿是不体面的，是没有风度的表现；但是在这里，他觉得需要拿点不平常的东西使大家吃一惊，他们想必会认为这是京城里平平常常的东西，只不过在外省尚未见过罢了。

整个晚上尼古拉最注意的是一个蓝眼睛、体态丰满和样子可爱的金发女人，她是省里的一个官员的妻子。他像那些玩得特别快活的年轻人那样天真地深信，别人的妻子都是为他们而生的，于是他寸步不离这位太太，而且友好地、有点不动声色地对待她的丈夫，仿佛两人虽然并未说过这一点，但是心里都知道，他们——也就是尼古拉与这位丈夫的妻子——是会很合得来的。然而这位丈夫好像并不抱这样的想法，竭力摆出一副阴沉的面孔来对待尼古拉。但是尼古拉的和善和天真是无边的，使得这位丈夫有时不由自主地受到他的快活情绪的影响。可是到晚会快要结束时，随着妻子脸色变得愈来愈红和情绪变得愈来愈兴奋，她的丈夫的脸色却变得愈来愈阴郁和苍白，仿佛夫妻两人共有一份兴奋，妻子身上增多了，丈夫身上就减少了。

五

尼古拉脸上一直挂着微笑，微微弯着身子坐在圈椅里，朝那金发女人俯下身,紧挨着她,挖空心思地对她讲着恭维话。

尼古拉动作利落地变换着两条被马裤紧紧裹住的双腿的位置,散发着香水味,欣赏着那位太太和自己以及紧裹在马裤里的两条腿的漂亮线条,对金发女人说,他要在这里,在沃罗涅日拐走一位女士。

"拐走什么样的女士?"

"一位迷人的、天仙般的女士。她的眼睛(尼古拉朝对方看了一眼)是蓝色的,嘴像红珊瑚一样,皮肤雪白……"他在说这话时望着她的双肩,"体态像狄安娜……"

丈夫走到他们面前,脸色阴沉地问她在说什么。

"啊!尼基塔·伊万内奇。"尼古拉有礼貌地站起来说。他仿佛希望尼基塔·伊万内奇参加进来和他一起说笑,也对他讲了自己想拐走一个金发女人的打算。

丈夫露出忧郁的微笑,而妻子却笑得很开心。善良的省长夫人带着不赞同的神气走到了他们跟前。

"安娜·伊格纳季耶夫娜想要见你,尼古拉。"她说,她说起安娜·伊格纳季耶夫娜时的那种语气,使得罗斯托夫立刻就明白这位太太是一个非常重要的人物。"咱们走吧,尼古拉。你不是允许我这样叫你吗?"

"是的,伯母。这是谁要见我?"

"安娜·伊格纳季耶夫娜·马利温采娃。她听她的甥女说起过你,说你救了她……能猜到是谁吗?……"

"我救过的人可不少!"尼古拉说。

"你救过她的甥女鲍尔康斯卡娅公爵小姐。这位小姐正在这里,在沃罗涅日,和她的姨母在一起。哎呀!脸都红了!怎么,莫非……"

"没有想过,别说了,伯母。"

"好吧,好吧。啊!瞧你这个样子!"

省长夫人把他领到一个头戴无檐圆帽的又高又胖的老太太身边,这时她刚和城里最重要的人物打完了一局牌。这就是马利温采娃,玛丽亚公爵小姐的姨母,是一位有钱的没有子女的寡妇,一直住在沃罗涅日。当罗斯托夫走到她跟前时,她正站在那里算打牌的输赢。她严厉和高傲地眯起眼睛,朝他看了一眼,继续骂那个赢了她的钱的将军。

"我很高兴见到你,亲爱的。"她说,朝他伸出了一只手,"请你到我尼古拉脸上一直挂着微笑，微微弯着身子坐在圈椅里，朝那金发女人俯下身，紧挨着她，挖空心思地对她讲着恭维话。

家来做客。"

这位高傲的老太太和他谈了谈玛丽亚公爵小姐和她的已故的父亲(看来这位老太太并不喜欢老公爵),向他打听了关于安德烈公爵的情况(看来她对小公爵也没有好感),再重复了一遍邀请他去做客的话,便放他走了。

尼古拉答应一定去,在和马利温采娃告别时又脸红了。他在听到有人提起玛丽亚公爵小姐时,有一种他自己也不明白的羞怯的、甚至恐惧的感觉。

罗斯托夫离开马利温采娃后,想回去跳舞,但是矮小的省长夫人把她的一只肥胖的小手放在他的袖子上,说她有事需要和他谈一谈,便把他带到休息室,那里的人见他们进来,立刻就出去了,以免妨碍省长夫人。

"你知道,亲爱的,"省长夫人善良的小脸上带着严肃的表情说,"这正和你是天生的一对;要不要我给你做媒?"

"你说的是谁,伯母?"尼古拉问。

"说的是公爵小姐。卡捷琳娜·彼得罗夫娜说莉莉合适,而我不同意,认为还是公爵小姐好。愿意吗?我相信你的母亲是会表示感谢的。真的,这姑娘好极了!她并不那么丑。"

"一点也不丑,"尼古拉好像生气似的说,"伯母,我像一个士兵应该做的那样,既不提出要求,也不拒绝什么。"他没有很好考虑一下说的是什么,就说了出来。

"那么你就记住:这不是开玩笑。"

"当然不是开玩笑!"

"好的,好的。"省长夫人仿佛自言自语地说。"不过,亲爱的,你对那个金发女人献殷勤也献得太过分了。弄得她的丈夫怪可怜的,真的……"

"咳,没有的事,我和他是朋友。"尼古拉心地单纯地说:他头脑里根本没有想到他这样快活地消磨时间会使别人感到不快活。

"我对省长夫人说的话是多么蠢啊!"在吃晚饭时尼古拉突然想道。"她一定会真的给我做媒,那么索尼娅怎么办呢?……"告别时省长夫人微笑着再一次对他说,"那么你就记住。"这时他把她带到一边说：

"说实话，是这么回事，伯母……"

"什么，什么，亲爱的；咱们在这里坐下来谈。"

尼古拉突然觉得自己有一种对这个几乎是陌生的女人说出自己内心的所有想法的愿望和必要（这些想法他是不会对母亲、妹妹和朋友说的）。尼古拉后来回想起这种要把一切坦率地说出来的无缘无故的、无法解释的、给他带来重大后果的冲动时觉得（人们也常有这样的感觉），这是发了傻劲；而这一次冲动连同其他的小事一起对他和对全家都产生了重大的后果。

"是这么回事，伯母。妈妈早就想要我娶一个有钱的小姐，但是我对这种想法，对这种为了钱娶亲的想法很反感。"

"是的，我理解。"省长夫人说。

"但是鲍尔康斯卡娅公爵小姐则是另一回事；第一，我对您说实话，我很喜欢她，她很合我的心意，再说，我在那种情况下遇见她后觉得很奇怪，我常常想这是命中注定的。尤其是请您想一想：妈妈早就有那种想法，但是我以前没有机会见到她，事情不知怎么的会是这样，一直没有见过面。娜塔莎成了她的哥哥的未婚妻后也是这样，而当时我根本不能有娶她的想法。想不到正在娜塔莎的婚事告吹后我碰见了她，于是一切……事情就是这样。我对谁也没有说过这些，以后也不会说。只对您说。"

省长夫人感激地握了握他的胳膊肘。

"您知道我的表妹索菲吗？我爱她，答应娶她，并且一定要娶她……因此您瞧，这件事根本不可能。"尼古拉红着脸没有条理地说。

"亲爱的，亲爱的，你怎么这样说？要知道索菲一无所有，而你自己说过，你的爸爸的经济情况很不好。而你的妈妈呢？这会要了她的命，这是一。再说，如果索菲是一个有心肝的姑娘，这对她来说会是一种什么样的生活呢？母亲处于绝望之中，家境衰落……不，亲爱的，你和索菲应当懂得这一点。"

尼古拉没有说话。他听到这些话，心里觉得很愉快。

"可是，伯母，这是不可能的。"他在沉默了一会儿后叹着气说，"公爵小姐还会嫁给我吗？再说，她现在正在服丧。难道可以考虑这种事情吗？"

"难道你以为我马上叫你结婚？做什么事都得有个规矩。"省长夫人说。

"瞧您这个媒人，伯母……"尼古拉吻着她胖胖的小手说。

六

玛丽亚公爵小姐与罗斯托夫相遇后来到了莫斯科，在那里找到了侄儿和家庭教师，收到了安德烈公爵的信，信中叫他们到沃罗涅日去找姨母马利温采娃。搬家的忙碌，对哥哥的挂虑，安排新居的杂事，新认识的人，侄儿的教育——这一切把玛丽亚公爵小姐心里的那种类似受诱惑的感情压了下去，这种感情在她父亲患病期间和去世之后，尤其是在遇见罗斯托夫之后一直折磨着她。她很悲伤。丧父之痛在她心里是与俄国的国土沦丧结合在一起的，如今在平静的生活条件下度过了一个月之后，她觉得这种感受变得愈来愈强烈。她内心很不安：一想起她的哥哥——她剩下的唯一的亲人——所遭受到的危险，她就坐卧不宁。她为侄儿的教育操心，她总觉得自己在这方面缺乏能力；但是在内心深处还是和谐的，这是因为她意识到了她已抑制住了罗斯托夫出现在她心里引起的个人的幻想和希望。

省长夫人在自己家里举行晚会后的第二天，来到了马利温采娃家，她同姨妈谈了自己的计划（不过她预先声明，在目前的情况下不可能考虑正式的订婚，但是仍可以让这两个年轻人见见面，让他们相互有个了解），得到姨妈的赞同后，当着玛丽亚公爵小姐的面谈起了罗斯托夫，称赞他，并说他在听到提起公爵小姐时脸就红了，——这时玛丽亚公爵小姐感受到的不是快乐，而是痛苦，因为她内心的和谐不再存在了，又产生了各种愿望、怀疑、责备和希望。

在得到这个消息后到罗斯托夫来访前的两天里，玛丽亚公爵小姐一直不断地考虑着她对罗斯托夫应采取什么样的态度。时而她决定在他来姨妈家里时不到客厅去，因为她身穿重孝不宜见客；时而她想，他为她做过好事，这样未免太粗鲁无礼；时而她想到她的姨妈和省长夫人对她和罗斯托夫抱有某种企望（她们的目光和话语有时似乎证实了这种推测);时而她对自己说,只因为她自己心术不正才会对她们有这样的想法,因为她们不会不知道,在她服丧未满的情况下提亲,不仅是对她的侮辱,也是对她悼念亡父的嘲弄。玛丽亚公爵小姐设想着,如果她出去见他,他会对她说些什么,而她又应该对他说些什么;时而她觉得她设想的话太冷淡,时而又觉得这些话意义太深。她最担心的是在和他见面时她会发慌,她已感觉到她一见到他,定会张皇失措,暴露自己的感情。

但是星期天午祷后仆人到客厅来报告罗斯托夫伯爵求见时,公爵小姐没有表现出慌张;只是她的双颊泛起了淡淡的红晕,两眼闪耀着新的光辉。

"您见到他了吗,姨妈?"玛丽亚公爵小姐平静地问,她自己也不知道她怎么能在外表上显得这么平静和自然。

罗斯托夫进门时,公爵小姐把头低了一下,仿佛是为了先给客人提供向姨妈问好的时间,然后在尼古拉朝她转过身来的刹那间抬起了头,用闪闪发亮的眼睛迎接他的目光。她面带喜悦的微笑,充满自尊地和动作优雅地欠起身来,朝他伸出纤细柔嫩的手,第一次用新的、女人的胸音说起话来。待在客厅里的布里安娜小姐用困惑惊奇的目光看着玛丽亚公爵小姐。她是一个最会卖弄风情的女人,可是她在见到一个要想取得其欢心的人时,也不能比玛丽亚公爵小姐应付得更好。

"也许她穿黑衣服很合适,也许是她真的变得漂亮了,而我没有注意到罢了。主要是她举止适当,风度优雅!"布里安娜小姐想道。

假如玛丽亚公爵小姐这时能够想一想的话,那么她对自己发生的变化会比布里安娜小姐更感到惊讶。自从她见到这张可亲可爱的脸之时起,某种新的生命力控制了她,迫使她违背自己的意志说话和行动。她的脸在罗斯托夫进门后突然变了样。如同一盏雕花彩绘的灯笼点亮后,灯笼四边原来看起来觉得粗糙、阴暗和毫无意义的精巧的艺术作品突然变得惊人地美丽一样,玛丽亚公爵小姐的脸也发生了这样的变化。在这之前一直藏在她内心的整个纯洁的精神活动,第一次显露了出来。她内心对自己的不满,她的痛苦,她对善的追求,顺从,爱情,自我牺牲—— 这一切都在她的闪闪发光的眼睛里,在她微妙的笑容里,在她柔嫩的脸上的每一根线条里表现出来。

罗斯托夫十分清楚地看到了这一切,仿佛他了解她整个一生一样。他觉得在他面前的这个人完全是另一种人,比他迄今为止遇见过的人都要好,主要的是比他本人要好。

谈话是最平常的和无关紧要的。他们谈论战争,像大家一样,不由自主地夸大了对这件事的忧虑,谈论着上次的相遇,不过尼古拉竭力想把话题引到别的事情上去,谈到了善良的省长夫人以及尼古拉和玛丽亚公爵小姐的亲属。

玛丽亚公爵小姐没有谈她的哥哥,而当姨妈说起安德烈时,她就用别的话岔开。显然,她可以装出关心的样子谈论俄国遭到的不幸,但是她的哥哥是她最亲近的人,她不愿意而且也不能够轻易谈到他。尼古拉注意到了这一点,一般说来他并不具备敏锐的洞察力,但是玛丽亚公爵小姐的性格特点都注意到了,这些特点更证实了他的看法,即认为她完全是一个特殊的和不同寻常的人。尼古拉完全像玛丽亚公爵小姐一样,当人们对他谈起公爵小姐,甚至当他想起她时,就脸红,就发慌,可是在她面前觉得自己轻松自如,讲的不是他事先准备好的话,而是脑子里霎时出现的和恰好想到的话。

在尼古拉短暂的访问中,如同在有孩子在场时常有的那样,在冷场时尼古拉便求助于安德烈公爵的年幼的儿子,与他亲热亲热,问他想不想当骠骑兵?他把孩子抱起来,高兴地抱着他旋转,同时回头看看玛丽亚公爵小姐。公爵小姐用深受感动的、幸福的和怯生生的目光注视着心爱的人怀里的她心爱的孩子。尼古拉连这目光也注意到了,仿佛明白了它的意思,高兴得满脸通红,开始满心欢喜地吻起孩子来。

玛丽亚公爵小姐因为服丧不出门,而尼古拉认为常到她这里来不合适;但是省长夫人仍继续拉线,把玛丽亚公爵小姐称赞尼古拉的好话告诉他,又把尼古拉说的好话告诉玛丽亚公爵小姐,并且坚持要尼古拉向玛丽亚公爵小姐表明态度。为此她安排两个年轻人在午祷前在主教那里见面。

虽然罗斯托夫对省长夫人说,他不想对玛丽亚公爵小姐作任何爱情的表白,但是他还是答应去。

过去在蒂尔西特,罗斯托夫曾不允许自己怀疑公认的好事是否真的很好,现在也是这样,他在是按照自己的理智安排生活还是顺从地受环境的支配的问题上内心进行了短暂的、然而是真心实意的斗争后,选择了后者,听任一种(他感觉到)正在把他不可抗拒地吸引到某个地方去的力量的摆布。他知道,他在对索尼娅作了许诺后又向玛丽亚公爵小姐表明自己的感情,是他曾经说过的卑鄙行为。他也知道,他是绝不会干出卑鄙的事来的。但是他又知道(不是知道,而是内心深处感觉到),现在听从环境和指导他的人的支配,他不仅不会做任何坏事,而且会做某种非常重要的事,做他这一辈子还从来没有做过的重要的事。

他在与玛丽亚公爵小姐见面后,虽然表面上生活方式并没有变化,但是所有从前的寻欢作乐对他来说已失去了魅力,他常常想到玛丽亚公爵小姐;但是他从来不像他想那些在上流社会碰到的小姐那样想她,不像他在很长时间里欣喜若狂地想索尼娅那样想她。在想到所有的小姐时,他几乎像任何一个正直的年轻人一样,把她们想象为未来的妻子,心里总是在衡量着她们是否合乎夫妻生活的条件:雪白的家常便服、站在茶炊旁的样子、妻子乘坐的马车、孩子、妈妈和爸爸、他们与她的关系等等,这些未来的想法给他以很大的乐趣;但是当他在想人家替他说合的玛丽亚公爵小姐时,他完全想象不出未来的夫妻生活会是怎么样。即使他试图要朝这方面想,那么想出的结果也是没有条理的和虚假的。他只觉得可怕。

七

在沃罗涅日,关于波罗金诺会战和我军遭到伤亡的可怕消息,还有关于莫斯科失守的更加可怕的消息,人们是在九月中旬得到的。玛丽亚公爵小姐只从报纸上得知哥哥受了伤,没有得到任何确实的消息,因此打算去寻找安德烈公爵,这是尼古拉听别人这样说的(他自己没有见到她)。

罗斯托夫在得到关于波罗金诺会战和莫斯科失守的消息后,并没有出现绝望、愤怒或复仇以及诸如此类的感情,但是他突然觉得待在沃罗涅日非常无聊和懊丧,也感到有点羞愧和难为情。他觉得他听到的所有谈话都是装腔作势;他不知道该如何看待这一切,感到只有回到团里,一切才会重新变得清清楚楚。他急于赶快结束购买马匹的事,常常对自己的仆人和司务长毫无道理地发火。

在罗斯托夫回部队的前几天,教堂里要举行庆祝俄军胜利的祈祷,尼古拉去参加了。他站在省长后面不远的地方,摆出做祈祷的庄重的样子,脑子里却想着各种各样的事情,就这样直到祈祷结束。祈祷完毕后,省长夫人把他叫到身边。

"你看见公爵小姐了吗?"她问道,一面仰起头指了指一个身穿黑衣服站在唱诗班后面的女士。

尼古拉立刻认出了玛丽亚公爵小姐,他主要不是根据帽子下露出的面部的侧面轮廓认出来的,而是凭那种顿时充满他的心的谨慎、恐惧和怜悯的感觉确定的。玛丽亚公爵小姐显然正在想自己的心事,在走出教堂前画着最后的几个十字。

尼古拉惊奇地看着她的脸。这是他以前看见过的那张脸,脸上还是那种显示内心细微的精神活动的一般表情;但是现在它闪耀出的完全是另一种光彩。脸上流露出悲伤、祈求和希望的神情。尼古拉像过去在她面前时常有的那样,不等省长夫人发话,也不问问自己在这里、在教堂里和她说话好不好,合适不合适,就走到她面前,说他听说她遭到了不幸,向她表示深切的同情。她一听到他的声音,脸上突然放射出了明亮的光,同时既照出了她的悲伤,也照出了她的喜悦。

"我想对您说明一点,公爵小姐,"罗斯托夫说,"如果安德烈·尼古拉耶维奇公爵牺牲了,因为他是团长,报纸上立刻就会宣布的。"

玛丽亚公爵小姐看着他,没有听明白他的话,但是见他脸上带着同情的痛苦的表情,心里很高兴。

"我知道许多例子,中弹片的伤(报纸上说是榴弹)常常要么是致命的,要么正好相反,很轻,"尼古拉说,"应当往好处想,而且我相信……"

玛丽亚公爵小姐打断了他的话。

"噢,这真可怕……"她说,但是由于激动没有把话说完,就动作优雅地(在他面前她做什么都是这样的)低下了头,感激地朝他看了一眼,跟着姨妈走了。

这一天晚上,尼古拉哪里也没有去,留在家里,以便与卖马的人结清几笔账目。当他办完事情时,要出门去已嫌太晚了,而睡觉还太早,于是一个人长时间地在房间里来回走着,考虑着自己的生活,这种情况在他身上是很少见的。

在斯摩棱斯克附近的庄园里,玛丽亚公爵小姐给他留下了愉快的印象。他在当时那样特殊的环境里遇见她,而且母亲有一段时间给他指出的有钱对象正好是她,这两点使得他特别注意她。在沃罗涅日,他上门拜访时,这印象不仅是愉快的,而且是强烈的。这次尼古拉在她身上发现了一种特殊的、精神的美,感到十分惊讶。现在他就要走了,他脑子里并没有产生离开沃罗涅日后失去了见到公爵小姐的机会而惋惜的想法。可是今天在教堂里与玛丽亚公爵小姐见面的情景深深地印入他的心里(他感觉到这一点),而且比他所预料的还要深,深于他为了保持内心平静所希望的程度。这张苍白的、清秀的、悲伤的脸,这种闪闪发亮的目光,这些文静的、优雅的动作,而主要的,这种在她整个面容上表现出来的深沉的和充满柔情的悲伤,使他感到不安,要求他给予同情。罗斯托夫在男人身上最看不惯那种显得有丰富的精神生活的样子(因此他不喜欢安德烈公爵),他用轻蔑的口气称之为夸夸其谈和胡思乱想;但是在玛丽亚公爵小姐身上,正是在这种显示出他不熟悉的精神世界的整个深度的悲伤里,他感觉到有一种不可抗拒的吸引力。

"一定是一个极好的姑娘! 就像天使一样!"他自言自语地说,"我为什么要失去自由,为什么要匆匆忙忙地向索尼娅做出承诺呢?"他不由自主地把两人进行比较:一个人的精神天赋是贫乏的,另一个人则是丰富的,这些天赋是尼古拉所不具备的,因此他高度珍视它。他想象着如果他是自由的,他会怎么样。想象着他怎么向她求婚和她怎么成为他的妻子? 不,他想象不出这样的事。他觉得可怕,他眼前没有呈现出任何清晰的形象。他早就想好了将来和索尼娅一起生活的图景,这一切之所以简单明了,是因为这已经想好了,而且他了解索尼娅的一切;但是将来和玛丽亚公爵小姐一起生活的情形却想象不出,因为他并不理解她,而只是爱她。

关于索尼娅的想法包含着某种快活的、闹着玩的成分。但是想玛丽亚公爵小姐时总觉得很吃力,而且有点可怕。

"她是怎样祈祷的啊!"他想起了教堂里的情景。"可以看得出她的整个心灵都放在祈祷上。是的,这样的祈祷可以移山倒海,我相信,

她的祈祷一定会实现。我干吗不祈求我需要的东西呢？"他想道。"我
需要什么？是得到自由，是解除与索尼娅的关系。她说的是实话，"他
想起了省长夫人的话，"我要是娶了她，除了带来不幸之外，不会有任何
结果。乱糟糟的一团，妈妈痛苦……家境……乱糟糟的一团，简直乱极
了！而且我并不爱她。是的，并不真心实意地爱她。我的上帝！帮助
我摆脱这可怕的进退维谷的困境吧！"他突然祈祷起来。"是的，祈祷
能够移山倒海，但是应当信它，不应像小时候和娜塔莎一起那样祈祷着
玩，祈求雪变成白糖，并且跑到外面去看雪是否真的变成了白糖。不，
我现在不为小事祈祷。"他说，把烟斗放到墙角，双手交叉放在胸前，在
圣像前站住。由于想起玛丽亚公爵小姐而心肠变软了的他，开始祈祷，
他很久没有这样祈祷了。他眼睛里含着泪水，喉咙哽咽了，这时拉夫鲁
什卡手里拿着几份文件走进门来。

"傻瓜！没有叫你怎么进来了！"尼古拉一面说，一面迅速改变着
姿势。

"从省长那里来，"拉夫鲁什卡睡意矇眬地说，"来了一个信使，给
您送信。"

"好吧，谢谢，去吧！"

尼古拉拿起两封信。一封是母亲写的，另一封是索尼娅写的。他
根据笔迹认出来了，先打开了索尼娅的信。他还没有读几行，他的脸便
变得煞白，他的眼睛又惊又喜地睁得大大的。

"不，这不可能！"他大声地说。他在原地坐不住，手里拿着信，一
面读，一面在房间里走来走去。他先把信浏览了一下，然后读了一遍，
又读了一遍，耸起双肩，摊开两臂，目瞪口呆地在房间中央站住。刚才
他抱着上帝一定会实现他的愿望的信心祈求的事，现在实现了；但是
尼古拉对此感到惊讶，仿佛这是一件异乎寻常的事，仿佛他从来没有期
待过，仿佛这件事如此迅速地实现证明这不是他祈求过的上帝的意志，
而是一种平常的偶然性。

那个看起来无法解开的、紧紧束缚着罗斯托夫的结子，由于收到
索尼娅的这封出乎意料的（尼古拉这样觉得）的信而解开了。她写道，
最近发生了不幸的事，罗斯托夫家在莫斯科的财产几乎全部丧失，伯爵
夫人不止一次地表示希望尼古拉娶鲍尔康斯卡娅公爵小姐为妻，他最

近不给她写信，态度很冷淡——这一切加在一起，促使她下决心不再要求他履行诺言，给予他充分的自由。

"我想到我可能成为有恩于我的家庭遭到不幸和出现不和的原因，心里非常难受，"她写道，"而我的爱只有一个目的，那就是使我所爱的人都得到幸福；因此我恳求您，尼古拉，请您把自己看作是自由的，而且要知道，不管怎么样，没有人能像您的索尼娅那样深深地爱您。"

两封信是从特罗依察寄来的。其中的另一封信是伯爵夫人写的。这封信描述了全家在莫斯科最后几天的情况，讲了他们的离开、大火和全部财产的被毁。在这封信里伯爵夫人顺便提到安德烈公爵和别的伤员与他们同行。信里还说他的伤势很重，有生命危险，不过现在大夫说，痊愈的希望增加了；索尼娅和娜塔莎像助理护士一样照看着他。

第二天尼古拉拿着这封信去见玛丽亚公爵小姐。无论是尼古拉还是玛丽亚公爵小姐都一句话也没有谈到"娜塔莎照看着他"这句话可能有什么含义；但是由于有了这封信，尼古拉和公爵小姐突然变得几乎像亲戚一样了。

第二天罗斯托夫送玛丽亚公爵小姐到雅罗斯拉夫尔去，几天后，自己也回团里去了。

八

索尼娅给尼古拉的那封应验了他的祈祷的信，是从特罗依察写来的。写这封信的起因是这样的。老伯爵夫人对要让尼古拉娶一个有钱的小姐的想法愈来愈感兴趣。她知道索尼娅是这件事情上的主要障碍。最近，尤其是在尼古拉来信说到他在鲍古恰罗沃遇见玛丽亚公爵小姐后，索尼娅在伯爵夫人家里日子就愈来愈难过了。伯爵夫人不放过任何一个含沙射影地侮辱和奚落索尼娅的机会。

但是在离开莫斯科的前几天，伯爵夫人眼见当时发生的事心里激动不安，她把索尼娅叫到跟前，这一次没有责备她和强迫她，而是眼泪汪汪地恳求她，希望她牺牲自己，断绝同尼古拉的关系，来报答这个家庭为她所做的一切。

"你要是不答应我，我就会一直得不到安宁。"

索尼娅歇斯底里地放声大哭,一边哭一边回答说,她干什么都行,已经豁出去了,但是没有做出直接的许诺,心里还下不了决心去做要她做的事。需要为了这个养育她的家庭的幸福而牺牲自己。为别人的幸福而牺牲自己,已成为索尼娅的习惯。她在家里的处境使她只有做出牺牲才能显示自己的尊严,因此她习惯于和喜欢牺牲自己。但是以前在采取自我牺牲的行动时她高兴地意识到,她这样做能在自己和别人的心目中提高自己的身价,变得更加配得上她这一辈子最爱的尼古拉;但是现在要她做出的牺牲,是要她放弃过去作为牺牲的奖赏和构成她的整个生活目的的东西。她平生第一次感觉到了一种苦涩味,发现那些施恩于她的人原来是为了更痛苦地折磨她;她也羡慕娜塔莎,看到她从来没有经受过这样的事,从来不需要作出什么牺牲,而是常常迫使别人为她作牺牲,并且仍然得到大家的喜爱。索尼娅第一次感觉到,她对尼古拉的平静而纯洁的爱情开始变成一种热烈的感情,变得高于礼法、品德和教规;在这种感情的影响下,在寄人篱下的生活中变得心眼比较多的索尼娅不由自主地用一般的含含糊糊的话回答伯爵夫人,回避她,不和她说话,决心等待和尼古拉见面,以便在见面时表明不同他分手,而是相反,把自己永远和他联结在一起的态度。

罗斯托夫一家在莫斯科的最后几天的忙碌和恐惧,把索尼娅心里的那些苦恼的想法压下去了。她为忙于具体的事而暂时忘了这些想法而高兴。但是当她得知安德烈公爵就在他们家里时,尽管她对他和娜塔莎有一种发自内心的同情,却产生了一种高兴的和迷信的感觉,觉得上帝不愿意让她和尼古拉分开。她知道,娜塔莎从来只爱安德烈公爵一个人,而且一直爱着他。她知道,现在两人在这样可怕的情况下重逢,他们一定会重新相爱,到那时尼古拉由于他们之间有了亲戚关系,不可能再娶玛丽亚公爵小姐。虽然在莫斯科的最后几天和路上的最初几天发生的事非常可怕,然而这种感觉,这种认为上帝在过问她个人的事的想法使索尼娅很高兴。

在旅途中,罗斯托夫一家第一次在特罗依察修道院休息了一天。

在修道院的客舍里,给了罗斯托夫家三个大房间,安德烈公爵占了其中一间。这一天他好多了。娜塔莎陪着他。在隔壁房间里,伯爵和伯爵夫人正在恭恭敬敬地和前来看望老熟人和施主的修道院长谈话。索尼娅也坐在这里,她很想知道安德烈公爵和娜塔莎在说些什么。她倾听着从隔壁门里传出的两人说话的声音。这时安德烈公爵的房间的门打开了。娜塔莎脸上带着激动的表情从里面出来,没有注意到欠身招呼她和拢着右手宽袖筒的修道院长,径直走到索尼娅面前,抓住她的一只手。

"娜塔莎,你怎么啦? 上这儿来。"伯爵夫人说。

娜塔莎走过去接受祝福,修道院长要她去向上帝和圣徒求助。

修道院长走后,娜塔莎立即拉着索尼娅的手,和她一起到一个空房间去。

"是吗,索尼娅? 他能活下来吗?"娜塔莎问,"索尼娅,我是多么幸福,又是多么不幸啊! 索尼娅,亲爱的—— 一切像从前一样。只要他能活下来就好了。他不能……因为,因……为……"娜塔莎说着哭了起来。

"会这样的! 我知道这一点! 谢天谢地。"索尼娅说,"他一定能活下来!"

索尼娅和娜塔莎一样地激动—— 这既是由于娜塔莎的恐惧和痛苦,也是由于她有她自己的那些没有对任何人诉说过的心事。她一面哭着,一面吻着和安慰着娜塔莎。"只要他能活下来就好了!"她想。两个姑娘哭着说了一会儿话后,擦掉眼泪,走到了安德烈公爵的房间的门旁。娜塔莎小心翼翼地打开门,朝房间里看了一眼。索尼娅和她一起站在半开的门旁。

安德烈公爵高高地躺在三个靠垫上。他的苍白的脸是平静的,眼睛闭着,可以看出他的呼吸很平稳。

"啊,娜塔莎!"突然索尼娅喊出声来,她抓住表妹的手,从门口往后退。

"什么? 什么?"娜塔莎问。

"这是那个,那个,瞧……"索尼娅脸色苍白、双唇颤抖着说。

娜塔莎轻轻地关上门,和索尼娅一起退到窗口,还不明白索尼娅对她说的话。

"你记得吗,"索尼娅脸上带着惊恐和得意的表情说,"还记得我替你朝镜子里看的事吧……在奥特拉德诺耶,在过圣诞节的时候……记得我看见什么了吗？……"①

"记得,记得!"娜塔莎睁大眼睛说,模糊地回想起索尼娅说过她看见安德烈公爵躺在那里的话。

"记得吗?"索尼娅接着说,"我当时看见了,并且对大家,对你和杜尼亚莎说过。我看见他躺在床上,"她在说到每个细节时举起一个手指做着手势,"闭着眼睛,盖的正是粉红色的被子,两手交叉着。"索尼娅说,她描述着现在看到的细节,更加相信那时确实**看见**了这些细节。其实当时她什么也没有看见,讲的是她脑子里想到的东西;但是她觉得当时她想出来的东西如同任何其他的往事回忆一样非常真实。她当时说,安德烈公爵回头看了她一眼,笑了笑,身上盖的是红色的东西,这些她都记得,可是又深信她当时看见的和说的是他盖着粉红色的,一点不错,正是粉红色的被子,他的眼睛闭着。

"是的,是的,正是粉红色的。"娜塔莎说,她现在好像也记得当时说的是粉红色的,并认为这是预言的主要的不寻常和神秘之处。

"但是这说明什么呢?"娜塔莎沉思着说。

"唉,我不知道,这一切是多么不寻常啊!"索尼娅抱住头说。

几分钟后,安德烈公爵按铃叫人,娜塔莎进门到他那里去了;索尼娅很少这样激动和受感动,留在窗口,反复想着这件不寻常的事。

这一天正好有机会可以往部队发信,于是伯爵夫人便给儿子写信。

"索尼娅,"正在写信的伯爵夫人看见表侄女从她身旁经过,抬起头来说。"索尼娅,你不给尼科连卡写信吗?"伯爵夫人低声说,声音颤抖了一下,索尼娅从那疲惫的、透过眼镜望着她的眼睛里看出了她说这句话的整个意思。从这目光里既流露出了恳求和害怕遭到拒绝的恐惧,也流露出了不得不提出请求的羞愧和在遭到拒绝的情况下准备恨一辈子的决心。

索尼娅走到伯爵夫人跟前,跪了下来,吻了吻她的手。

"我写,妈妈。"她说。

这一天发生的事,尤其是她现在看到预言得到应验的神秘现象使

---

① 见第二卷第四部第十二章。

索尼娅变得心软起来,心情非常激动和很受感动。现在她知道,如果娜塔莎和安

德烈公爵之间的关系得到恢复,那么尼古拉就不可能娶玛丽亚公爵小姐,想到这里高兴地感觉到那种她所喜欢的和已经习惯的自我牺牲的情绪又恢复了。于是怀着意识到自己在做一件舍己为人的好事的喜悦,含着眼泪写了那封使尼古拉感到惊讶的感人的信,在写信的时候,由于泪水模糊了她那天鹅绒般的黑眼睛,曾经中断过好几次。

九

在关押皮埃尔的拘留所里,逮捕他的军官和士兵对他抱有敌意,但是与此同时,却又尊敬他。在他们对他的态度中还可感觉出他们弄不清他是什么人(不知道是不是一个非常重要的人物),而敌意则是由他们和他之间记忆犹新的搏斗引起的。

但是第二天早晨来了换班的人后,皮埃尔觉得新的看守们——军官和士兵——对他的看法已和逮捕他的人不同了。确实,第二天的看守们已不把这个穿着农民长衫的大胖子看作那个拼命与抢劫者和押送的士兵搏斗并且得意扬扬地说救了一个孩子的活生生的人,而只把他看作是他们奉上司之命逮捕和关押的第十七个俄国人。如果说皮埃尔有什么特殊之处的话,那只是他的那副毫不畏怯和专注沉思的模样以及一口流利的法语,他能很好地用法语表达思想,使法国人感到惊奇。尽管如此,他们把皮埃尔与其他被捕的嫌疑犯关到了一起,因为一个军官需要用他原来占用的单间。

与皮埃尔关押在一起的所有俄国人都是最下层的人。他们认出皮埃尔是一位贵族老爷后,都回避他,他们这样做,尤其是因为他会讲法语。皮埃尔听见他们嘲笑他,感到很伤心。

第二天晚上皮埃尔得知,所有这些被关押的人(大概他也是其中之一)都要以纵火罪而受审。第三天皮埃尔和别的人一起被押到一座房子里,那里坐着一个白胡子的法国将军、两个上校和另外几个肩上斜挂着三色缓带的法国人。他们对皮埃尔和对别的人一样,提了你是什么人,到过什么地方,目的是什么等等问题,用的是审问被告时常用的、

似乎克服了人的弱点的准确和毫不含糊的语气。

　　这些问题如同在法庭上提出的所有问题一样,撇开了实际的事情的实质,排除了揭示这个实质的可能,目的只在于安排一条沟渠,法官们希望被告的回答顺着这条沟渠流动,把他带到他们所希望的目的地,即最后可以定他的罪。只要被告一说不符合定罪的要求的话,他们就改变这条沟渠,水就可以任意地流。此外,皮埃尔也和所有法庭上的被告一样感到困惑,不知道对他提这些问题是为了什么。他觉得只是由于故作宽容或者仿佛出于礼貌才采取这种安排沟渠的办法的。他知道他处于这些人的权力的支配之下,只有这种权力才能把他带到这里来,也只有这种权力使他们有权要求对问题做出回答;他知道他们聚在一起的唯一目的是要定他的罪。因此,由于有这种权力,又有定罪的愿望,那么也就不必采取这种提问题和审判的办法了。显而易见,不管怎么回答,都一定会被定为有罪。皮埃尔在回答他被捕时在干什么的问题时,带着几分悲惨的神情回答说,他正要把一个从火里救出来的孩子送还给他的父母。问他为什么同抢劫者打了起来? 皮埃尔回答说,他在保护一个女人,而保护受欺侮的女人是每个人的责任……他们打断他的话说,这与案情无关。又问他:有人看见他在一座着火的房子的院子里,他为什么待在那儿? 他回答说,他是来看一看莫斯科发生的事。他们又打断了他的话,说没有问他上哪里去,而问他为什么待在着火的地方旁边。接着又重复了他不愿意回答的第一个问题:你是什么人? 他又回答说,他不能说出他是谁。

　　"记下来,这个不好。很不好。"白胡子和红脸膛的将军严厉地说。

　　第四天,祖博夫土城一带也起火了。

　　皮埃尔和另外十三个人被带到克里木浅滩附近一个商人宅院的车棚里。在经过街道时,皮埃尔被烟呛得喘不过气来,好像全城都弥漫着烟雾。可以看见四面八方都在燃烧。皮埃尔当时还不明白莫斯科被焚的意义,惊恐地望着这场大火。

　　皮埃尔在克里木浅滩附近这家宅院的车棚里又度过了四天,这些天从法国士兵的谈话里了解到,所有关押在这里的人每天都在等待元帅的决定。至于是哪一个元帅,皮埃尔未能从士兵那里打听到。对士兵们来说,显然元帅是权力的链条上最上面的一个有点神秘的环节。

十

九月八日，一个军官来到被抓的人这里，从看守们对他毕恭毕敬的态度来看，这是一个重要人物。这个军官大概是司令部的，手里拿着一张名单，给所有俄国人点名，点到皮埃尔时，称他为没有说出自己名字的人。他冷漠地和懒洋洋地看了所有被抓的人一眼，命令看守的军官在带他们去见元帅之前，叫他们收拾收拾，穿得像样些。一个小时后，来了一个连的士兵，于是皮埃尔和其他十三个人被带往圣母广场①。这一天天气晴朗，雨后阳光灿烂，空气格外清新。烟雾不像皮埃尔从祖博夫土城拘留所被带出来的那天一样在地面上弥漫，而是像一根根圆柱在明净的空中升起。哪里也看不见火焰，但是四面八方都升起烟柱，整个莫斯科，皮埃尔所能见到的一切，全是一片大火后的瓦砾。炉子和烟囱倒塌的废墟随处可见，有时可以看到砖房的烧焦了的墙壁。皮埃尔仔细看着这一个个瓦砾场，认不出他所熟悉的各个街区来了。有的地方可以看见未被烧的完整的教堂。克里姆林宫没有遭到破坏，远处的塔楼和伊万大帝钟楼②闪着白光。近处新圣母修道院的圆顶快活地闪闪发亮，从那里传来的钟声显得格外响亮。这钟声使皮埃尔想起今天是星期天，是圣母诞生的节日。看起来似乎没有人欢庆这个节日，因为到处都是大火焚烧后的废墟，碰到的俄国人只是那些一见法国人就躲起来的衣衫褴褛和神色惊慌的人。

显而易见，俄国人的家园遭到了毁坏；但是皮埃尔在这种俄国生活秩序遭到破坏后不自觉地感到，在这被毁坏的家园之上已建立了一种完全不同的、但是很牢固的法国秩序。他是从那些押送他和其他犯人的士兵的神情上感觉到这一点的，一路上他们排着整齐的队伍，一个个精神抖擞，心情都很愉快；他也从一个坐在一辆由士兵赶着的双驾马车里迎面而来的法国大官的神情上感觉到这一点。他还在听到广场左面传来的快活的军乐声时感觉到这一点，尤其是在今天早晨来的那

---

① 圣母广场位于新圣母修道院附近。
② 伊万大帝钟楼的高度不算顶上的十字架为三十八俄丈半，建于一六○○年鲍里斯·戈都诺夫在位时。

个法国军官照着名单给被抓的人点名时更有这样的感觉和体会。皮埃尔是被一批士兵抓住的,他和几十个其他的人一起被带到一个地方,然后又带到另一个地方;看来他们可能忘记了他,把他和别的人混在一起了。但是并没有这样,他在受审时的回答返回到他身上,使他有了没有说出自己名字的人这个名字。于是现在皮埃尔顶着这个他觉得可怕的名字被带到一个地方去,从法国人的脸上可以看出,他们无疑都相信所有其余被抓的人和他正是他们所需要的人,现在正在把这些人带到应去的地方。皮埃尔觉得自己如同一块落到他所不了解的、但运转正常的机器的轮子中的微不足道的小木片。

皮埃尔和其他犯人被带到圣母广场右边、离修道院不远的一座有着一个大花园的白色大房子前。这是谢尔巴托夫公爵①的宅院,以前皮埃尔常到这里来,他从士兵的谈话中得知,现在埃克米尔公爵达武元帅住在这里。

他们被押送到台阶旁,一个一个地被带进屋去。皮埃尔经过他熟悉的玻璃穿廊、门厅、外间,被带进一个低矮狭长的书房,书房门口站着一个副官。

达武戴着眼镜,坐在书房尽头的一张桌子旁。皮埃尔走到他的紧跟前。达武没有抬起眼睛,大约是在处理放在他面前的一个文件。他仍然眼也不抬地低声问道:

“您是什么人?”

皮埃尔没有作声,因为他说不出话来。他知道达武不单纯是一个法国将军;他了解这是一个以残忍出名的人。达武像一个严厉的教师,暂时似乎还有耐心等待回答,皮埃尔看着他那冷冰冰的脸感觉到,哪怕只要迟延一秒钟,就有可能丢掉性命;但是他不知道说什么才好。重复第一次审讯时说过的话,他又不敢;说出自己的身份和地位,既危险,又可耻。皮埃尔沉默着。但是还没有等皮埃尔拿定主意,达武就抬起头来,把眼镜推到脑门上,眯起眼,十分注意地朝皮埃尔看了一眼。

“我认识这个人。”他有板有眼地冷冷地说,显然是想吓唬皮埃尔。

① 谢尔巴托夫(一七六〇—一八三九),莫斯科省谢尔普霍夫县的首席贵族。

皮埃尔先是感到背上发冷,然后这股冷气像钳子一样夹住了他的脑袋。

"您不可能认识我,将军,我从来没有见过您……"

"这是一个俄国奸细。"达武打断他的话,对房间里另一个刚才皮埃尔没有注意到的将军说。说完达武转过身去。皮埃尔突然用断断续续的声音很快地大声说了起来。

"不,殿下,"他突然想起达武是公爵,便这样称呼他说,"不,殿下,您不可能认识我。我是一个警官,我没有离开过莫斯科。"

"您叫什么名字?"达武又问。

"别祖霍夫。"

"谁能对我证明您没有撒谎?"

"殿下!"皮埃尔喊了一声,用的不是气恼的声调,而是恳求的语气。

达武抬起眼睛,又十分注意地朝皮埃尔看了一眼。他们相互对视了几秒钟,这对视的目光救了皮埃尔。从这目光来看,战争和审判的所有因素退居了一旁,在这两个人之间建立了合乎人性的关系。他们两人此刻对事物都有无数模糊的感觉,明白了他俩都是人类之子,是兄弟。

在达武看的那张名单上,各人的案件和生命都用号码来表示,在他从名单上抬起头来第一次看皮埃尔的目光里,皮埃尔只不过是细枝末节;他可以枪杀他而不必为这恶劣行为承担责任;但是现在他已把他看作一个人了。他沉吟了一会儿。

"您怎么证明您说的是实话呢?"达武冷冷地说。

皮埃尔想起了朗巴尔,说了他所在的团和他的姓名以及他住的街道。

"您不是您说的那样。"达武又说。

皮埃尔用颤抖的声音断断续续地列举证据来证明自己说的是实话。

这时副官进来了,向达武报告了什么。

达武听到副官报告的消息后容光焕发,开始扣衣服的纽扣。看来他完全忘记了皮埃尔。

副官提醒了他,他便皱起眉头,朝皮埃尔点了一下头,吩咐把他带走。但是应把他带到哪里去,是带回车棚,还是带到在经过圣母广场时同伴指给他看的刑场,皮埃尔并不知道。

他转过头,看见副官在再一次问什么。

"是的,当然啰!"达武说,但是这"是的"是什么意思,皮埃尔也不知道。皮埃尔不记得是怎样走的,走了多久,上哪里去。他处于失去理智和头脑不清的状态中,对自己周围的一切视而不见,只和别人一起移动着双脚,等到大家都停住了,他也停住。在这整个时间里皮埃尔头脑里只有一个想法。这就是:是谁,究竟是谁最后判处他死刑的?这不是那些在委员会里审问他的人,因为他们之中没有一个人愿意这样做,并且显然也不能这样做。这也不是那个充满人情味地看着他的达武。只要再有一分钟,达武就会明白他们那样做很不好,但是不巧这时副官进来了,使得这个时刻没有到来。而且这个副官显然也不愿做任何坏事,但是他也可以不进来。那么究竟是谁处决他,杀死他,残害皮埃尔的生命,夺走了他的各种回忆、愿望、希望和想法的呢?皮埃尔觉得没有这样的人。

这是习惯办法,是各种情况的会合造成的。

是某种习惯办法要杀死他皮埃尔,夺走他的生命和一切,毁灭他。

十一

这一批被抓的人被押出谢尔巴托夫公爵的宅院,沿着圣母广场一直往下走,经过新圣母修道院的左面,来到竖着一根柱子的菜园里。柱子后面挖了一个大坑和堆着新挖出的泥土,而在大坑和柱子附近,一大群人站成一个半圆形。这群人少数是俄国人,多数是拿破仑军队里不值勤的军人,其中包括穿着各式各样的制服的德国人、意大利人和法国人。在柱子的左右两边则列队站着头戴高筒帽、身穿蓝制服、佩戴红肩章和脚穿半高勒皮鞋的法国军人。

犯人按照名单上的顺序排好队(皮埃尔排在第六名),被带到柱子前。两边突然敲响了几面大鼓,皮埃尔感觉到,他的心仿佛随着这鼓声而裂开了。他失去了思想和考虑的能力。他只能看和听。他只有一个愿望——这就是让那必然要发生的事快一点发生。皮埃尔环顾他的难友们,仔细地看着他们。

靠边的两个人是剃光头的犯人。一个又高又瘦;另一个黑黑的,头发蓬乱,肌肉发达,鼻子扁平。第三个是一个家奴,年龄在四十五岁上下,头发灰白,肥胖的身体保养得很好。第四个是一个农民,相貌堂堂,留着一把浓密的淡褐色大胡子,长着一双黑眼睛。第五个是一个工人,面黄肌瘦,大约十八岁左右,穿着工作衫。

皮埃尔听见法国人在商量,是一个一个地枪毙,还是一次枪毙两个?"一次两个。"一个级别高的军官冷冷地和平静地说。士兵的队伍调动了一下,可以看出,大家都忙着做这件事——然而不像平常忙于做一件大家都理解的事那样,而是忙于结束一件非做不可的、但是不愉快的和不可理解的事。

一个肩上斜挂着三色绶带的法国官员走到犯人的右边,用俄语和法语宣读了判决书。

然后两对法国兵走到犯人面前,根据军官的指示,带走站在边上的两个囚犯。这两个囚犯走到柱子前站住了,在行刑者拿来口袋前默默地看着自己周围,好像受伤的野兽看着逐渐走近的猎人一样。其中的一个一直画着十字,另一个搔着背,嘴唇做出类似微笑的动作。士兵们手忙脚乱地蒙上他们的眼睛,套上口袋,把他们捆在柱子上。

十二名持枪的士兵迈着整齐坚定的步伐从队列里出来,在离木柱八步的地方站住。皮埃尔转过头去,不去看即将发生的事情。突然响起了一阵噼啪声和轰隆声,皮埃尔觉得这比最可怕的雷声还要响,便回头看了一眼。只见硝烟弥漫,脸色苍白的法国人双手颤抖着,在大坑边做着什么。又带走了两个人。这两人也用这样的目光看着大家,只用眼睛默默地请求庇护,但不起任何作用,看来他们并不理解和相信将要发生的事。他们之所以不能相信,是因为只有他们自己才知道他们的生命对他们来说意味着什么,因此不理解和不相信可以把这生命夺走。

皮埃尔不愿去看,又转过头去;但是仿佛又有一声可怕的爆炸震得他耳朵嗡嗡响,随着这爆炸声他看见了硝烟、不知是谁的血和法国人苍白惊恐的脸,这些法国人又在柱子旁做着什么,用颤抖的手相互推搡。皮埃尔喘着粗气,环视自己周围,仿佛在问:这是怎么回事?从与皮埃尔的目光相遇的所有目光里,也流露出这同一个问题。

皮埃尔在所有俄国人的脸上,在法国士兵和军官的脸上,都毫无例外地看出与他内心感受一样的惊惶、恐惧和斗争。"这究竟是谁干的? 他们大家也和我一样感到痛苦。究竟是谁? 究竟是谁?"皮埃尔心里刹那间闪过了这样的想法。

"第八十六步兵团,向前走!"有人喊了一声。站在皮埃尔身旁的第五个人被带出去了——只带走一个人。皮埃尔不明白他自己得救了,不知道他和所有其余的人是带到这里来陪绑的。他既不感到高兴,也不感到宽慰,而是愈来愈惊恐地看着发生的事。第五个是穿工作衫的工人。法国人刚碰到他,他就惊恐地跳开,抓住皮埃尔(皮埃尔浑身颤抖了一下,从他手里挣脱出来)。这个工人走不动了。于是他被架着走,嘴里喊叫着什么。当他被架到柱子前时,他突然停住不喊了。他仿佛突然明白了什么。他也许是明白了叫喊没有用,也许是明白了人们不会打死他,便在柱子旁站住,等待着和别人一样被蒙上眼睛,像一只中弹受伤的野兽一样,用闪闪发亮的眼睛环顾着自己周围。

皮埃尔再也不能让自己转过头去和闭上眼睛了。他和整个人群的好奇和激动在枪毙第五个人时达到了顶点。这第五个人像别的人一样,看起来很平静:他不时掩着工作衫的衣襟,用一只光脚蹭着另一只。

在蒙他的眼睛时,他自己整了整后脑勺上勒得太紧的结子后来要他往溅满鲜血的柱子上靠的时候,他朝后一仰,然而他觉得这样的姿势很别扭,便调整了一下,平稳地放好双脚,舒舒服服地靠在柱子上。皮埃尔目不转睛地看着他,不放过任何一个细微的动作。

当时想必发出了口令,口令发出后想必响起了八支火枪的射击声。但是后来皮埃尔不管如何使劲地回想,也想不起他听到过一声微弱的枪响。他只看见那工人不知为什么突然带着捆他的绳子倒下来,从他身上的两个地方冒出了鲜血,绳子被下坠的身体撑得松开了,他不自然地垂下脑袋和屈起一条腿蹲了下来。皮埃尔跑到柱子跟前。没有人拦阻他。几个惊慌的和脸色苍白的人在那工人周围忙活着什么。一个留小胡子的年老法国人在解绳子时下巴颏颤抖着。尸体放下来了。士兵们笨手笨脚地急忙把它拖到柱子后面去,推进大坑里。

显然,所有这些人无疑都知道他们是罪犯,需要尽快地掩盖他们犯罪的痕迹。

皮埃尔朝大坑里看了一眼,看见那工人双膝朝上贴近头部躺在那里,一个肩膀高于另一个肩膀。那个高的肩膀还在有节奏地一起一落地抽搐着。但是一铁锹一铁锹的土已撒满了整个身体。一个士兵生气、凶狠和恼怒地朝皮埃尔吆喝了一声,要他回去。但是皮埃尔没有听明白他的意思,仍站在柱子旁,谁也没有轰他走。

当大坑已经填平后,传来了口令声。皮埃尔被带回他的位置,列队站立在柱子两边的法国部队来了一个半转弯,开始步伐整齐地在柱子前通过。站在圈子中央的二十四个手持空枪的步兵在连队经过他们面前时,跑步回到自己的位置上。

皮埃尔现在用茫然的目光看着一对对跑出圈子的步兵。除了一个人外,他们都回到了连队里。这个脸色像死人一样苍白、头上的高筒帽歪到脑后的年轻士兵放下枪,仍然站在大坑对面他开枪射击的地方。他像喝醉酒一样摇摇晃晃,时而朝前跨几步,时而又往后退几步,以免跌倒。一个年老的士官从队列里跑出来,抓住年轻士兵的肩膀,把他拖进连队的队伍里。俄国人和法国人的人群开始散了。所有的人低下头,默默地走着。

"这叫他们知道还敢不敢放火。"一个法国人说。皮埃尔回头朝说话的人看了一眼,看见这是一个士兵,此人想要从刚才做的事情里找点可以自我安慰的东西,但是未能找到。他没有把话说完,挥了挥手,走开了。

十二

在这次行刑后,皮埃尔便与其他的被告分开,一个人单独关押在一座遭到破坏的和弄得肮脏不堪的小教堂里。

傍晚,一个看守的士官带着两个士兵来到教堂,对皮埃尔宣布说,他受到了赦免,现在要送他到战俘营去。皮埃尔没有听明白对他说的话,就站起身来,和士兵一起走了。他被带到广场上边用烧焦的木板、圆木和薄板搭成的临时木板房那里,让他进了其中的一座。在黑暗中,二十来个各种各样的人围住了皮埃尔。皮埃尔看着他们,不明白这是一些什么人,为什么这样和要他干什么。他听见了人们对他说的话,但是没有从中得出任何结论和要领，因为不明白这些话的意思。他自己也回答人们问他的问题，但是并不考虑谁在听他的话，人们将如何理解他的回答。他看着人们的脸和身影，觉得所有这些人同样地毫无意义。

自从皮埃尔看见那些不愿意杀人的人进行可怕的屠杀后，他心里仿佛突然抽掉了那根支撑着一切、使一切变得有生气的弹簧，现在一切变成了一堆无用的垃圾。虽然他并没有意识到，但是他对世界的完美，对人心和自己的心灵，对上帝的信仰全都破灭了。这种思想状态皮埃尔以前也曾有过，但是从来没有像现在这样严重。以前，当皮埃尔出现这样的怀疑时，这些怀疑的根源是自己的过错。但是当时他在心灵深处感到，可以靠自己的努力摆脱那种绝望和那些怀疑。但是现在他觉得，世界在他眼前崩溃，只剩下一堆无用的废墟，不是他的过错造成的。他感到要重新相信生活已经无能为力了。

人们在黑暗中围着他站着，大概他身上有某种使他们感兴趣的东西。他们对他讲了一些事，向他提了一些问题，接着把他带到一个地方去，最后他到了木板房的角落里，到了一些交谈着和要笑着的人那里。

"我说，伙计们……就是那个亲王，**此人**（他特别加重'此人'二字）……"木板房对面角落里的一个人说。

皮埃尔默默地和一动不动地坐在墙边的麦秸上，时而睁开眼睛，时而闭上眼睛。但是他一闭上眼睛，面前就出现那个工人的可怕的、由于纯朴而使人觉得格外可怕的脸，出现那些被迫杀人的凶手由于内心的不安而显得更加可怕的脸。于是他又睁开眼睛，在黑暗中茫然看着自己的周围。

在皮埃尔身旁弯着腰坐着一个矮小的人，开头他是因为闻到这个人随着每个动作散发出的一股浓烈的汗酸味才发现他的。这个人在黑暗中折腾着他的脚，皮埃尔虽然看不见他的脸，但是感觉到这个人在不停地打量着他。皮埃尔在黑暗中仔细一瞧，看清这个人在脱鞋。他对这个人脱鞋的方法发生了兴趣。

这个人先解开系着一只脚的绳子，把它整整齐齐地缠好，立即解另一只脚上的绳子，一面朝皮埃尔看看。一只手在挂绳子时，另一只手已在解另一只脚的绳子。就这样，这个人用一个接一个的从容不迫的和麻利的动作，有条有理地脱下鞋，把它挂在他的脑袋上方的橛子上，掏出一把折刀,削了什么,然后合上它,放到床头下面,然后让身子坐得更舒服些,用两手抱住耸起的双膝,直瞪瞪地盯着皮埃尔。皮埃尔觉得在这些麻利的动作中,在他井井有条地放在角落里的物件里,甚至在这个圆滚滚的人的气味里有一种愉快的、令人宽慰的东西,于是目不转睛地看着他。

"您遭过很多罪吧,老爷?"矮小的人突然问道。他的悦耳的声音是那么亲切和纯朴,使得皮埃尔听了就想回答,但是他的下巴颤抖起来,他觉得眼睛湿润了。这时矮小的人不让皮埃尔有发窘的时间,仍用他那愉快的声音说了起来。

"喂,亲爱的,别忧愁。"他用俄国老妇常用的亲切悦耳的声音说。"别忧愁,朋友:忍一忍,活百岁! 就是这样,亲爱的。而在这里可以活得下去,谢天谢地,不受气。同样是既有坏人,也有好人。"他说,还在说着话时,身体就灵活地朝膝盖一弯,站起身来,咳嗽着到一个地方去了。

"瞧,机灵鬼,你来了!"皮埃尔听木板房尽头同一个亲切的声音说,"机灵鬼来了,它记得! 好啦,好啦,行了。"于是这个士兵推开朝他跳过来的小狗,回到自己位置上坐下了。他手里拿着一包用破布包着的东西。

"您吃吧,老爷。"他说,又恢复刚才尊敬的语气,打开布包,递给皮埃尔几个烤土豆,"午餐给稀粥喝。这土豆可真棒!"

皮埃尔一整天没有吃东西了,他觉得土豆的香味特别好闻。他谢过那士兵,开始吃了起来。

"怎么,还行吧?"士兵微笑着说,拿起一个土豆,"你得这样吃。"他又掏出折刀,在手掌上把土豆切成同样大的两块,从破布里拿点盐撒在上面,递给皮埃尔。

"土豆可真棒。"他又说了一遍,"你就这样吃。"

皮埃尔觉得他从来没有吃过这样好吃的东西。

"不,我什么都无所谓,"皮埃尔说,"可是他们为了什么枪杀这些不幸的人! ……最后的一个只有二十来岁。"

"啧,啧……"矮小的人说。"罪过,罪过……"他很快加了一句,仿佛他的话总是挂在嘴边一下子脱口而出似的,他接着说道:"这是怎么回事,老爷,您怎么就在莫斯科留下来了?"

"我没有想到他们来得这么快。我是无意中留下来的。"皮埃尔说。

"那么亲爱的,他们是怎么从你的家里把你抓走的?"

"不,我去看大火,这时他们抓住了我,把我当作纵火犯审判我。"

"无论什么样的审判都是不公正的。"矮小的人插了一句。

"你早就在这里了?"皮埃尔嚼着最后一个土豆问。

"我?是上个星期天把我从莫斯科的一个军医院里抓来的。"

"你是什么人,是当兵的?"

"我们是阿普歇伦团的士兵。我得了热病,差点要死了。什么消息也没有告诉我们。我们有二十来个人住院。没有想到,也没有猜到。"

"怎么,你在这里很烦吧?"皮埃尔问。

"怎么能不烦呢,亲爱的。我名叫普拉东,姓卡拉塔耶夫。"他补充了一句,看来是为了使皮埃尔好称呼他。"部队里都叫我'小鹰'。怎么不烦呢,亲爱的!莫斯科是众城之母。眼看着这样的景象,怎么能叫人不烦呢。虫子吃白菜,先把自己害——老人们都这样说。"他很快加了一句。

"什么,你说什么?"皮埃尔问。

"我?"卡拉塔耶夫反问道,"我说,我们搞不清,全由上帝来决定。他说,以为自己是在重复说过的话。于是立即接着说:'您怎么样,老爷,有世袭领地吗?有宅院吗?这么说来,是非常富有的!有主妇吗?老人还活着吗?'他问,在黑暗中皮埃尔没有看见,但是感觉到这个士兵在问他这些事时抿起嘴唇露出克制的微笑。看来,他因为皮埃尔没有父母,尤其是没有母亲而难过。"

"老婆是商量事的,丈母娘是款待你的,而亲生母亲最亲!"他说。"那么,您有孩子吗?"他接着问。皮埃尔的否定的回答看来又使他很难过,他急忙补充说:"没有什么,人还年轻,上帝保佑,还会有的。不过要夫妻和睦……"

"现在这都无所谓了。"皮埃尔不由自主地说。

"唉,你这个好人哪。"普拉东表示不同意,"永远不要嫌弃讨饭和坐牢。"他坐得更舒服些,清了清嗓子,看来准备讲很长一段话,"事情是这样的,亲爱的朋友,当我还在家里的时候他开始说起来我们老爷的领地很富有,土地很多,农民们生活得很好,谢天谢地,我们家也一样。我们一家七口,老爷子也和大家一起去割草。大家生活过得很好。都过得像是真正的农民。可是出了一件事……"接着普拉东·卡拉塔耶夫讲了一个很长的故事,讲他如何到别人的树林里去砍树,如何被看林人抓住了,挨了打,受了审判,被送去当兵。"有什么办法呢,亲爱的,"他说,声音因微笑而变了样,"原来以为是灾难,实际上却是一件令人高兴的事!要不是我出了事,弟弟就应该去。而他有五个孩子,而我,你瞧,只撇下一个老婆。有过一个小丫头,但是早在我当兵前上帝把她叫走了。后来我回去休假,你就听我说吧。到家一看,生活过得比过去还好。满院子的牲口,娘儿们在家里干活。两个兄弟出外挣钱。最小的弟弟米哈依洛在家。老爷子说:'对我来说所有孩子都一样:不管咬哪个指头,都是疼的。要是那时普拉东不去当兵,就得让米哈依洛去。'他把我们都叫去,不知你相信不相信,让我们站在圣像面前。他说,米哈依洛,到这里来,朝他叩头,还有你,儿媳妇,也跪下,孙儿孙女们都来叩头。他说,你们明白这是为什么吗?就这样,亲爱的朋友,厄运专门寻找有头脸的人。而我们总是议论:这个不好,那个不行。朋友,我们的幸福好比拉网中的水,你拉的时候,里面鼓鼓的,可是一拉起来,什么也没有了。就这样。"说完普拉东在麦秸上换了个地方坐下。

他沉默了一些时候,站起身来。

"怎么,看样子你想睡觉了?"他说,开始很快地画十字,嘴里念叨着:

"主啊,耶稣基督,圣徒尼古拉、弗罗拉和拉夫拉①,主耶稣基督,圣徒尼古拉!弗罗拉和拉夫拉,主耶稣基督——保佑我们和拯救我们吧!"他最后说,叩了头,站起身来,叹了一口气,在麦秸上坐下了。"就这样。主啊,把我像石头那样放下,像面包那样拿起。"说完他就把军大衣拉到身上躺下了。

"你念的是什么祷词?"皮埃尔问。

"什么?"普拉东说(他快要睡着了),"念什么?我向上帝祷告。难道你不祷告吗?"

---

① 圣徒弗罗拉和拉夫拉被认为是马的庇护神。

"不,我也祷告。"皮埃尔说,"你说弗罗拉和拉夫拉是怎么回事?"

"这又怎么啦,"普拉东很快地回答说,"不久前是马神节①。牲畜也得爱惜才是。"

卡拉塔耶夫说:"你瞧,机灵鬼,缩成一团。暖和过来了。"他说,伸手摸摸脚边的狗,又翻过身来,立即睡着了。

从外面远处的某个地方传来了哭声和叫喊声,从木板房的缝里可以看见火光;但是木板房里静悄悄的,一片黑暗。皮埃尔好久没有睡着,他在黑暗中睁开眼睛躺在自己的铺位上,倾听着躺在他身旁的普拉东的均匀的鼾声,觉得以前遭到破坏的世界现在又在他心里,在新的和不可动摇的基础上重新建造起来了,并显示出新的光彩。

十三

皮埃尔被送进木板房后,在那里待了四个星期,在这座房子里总共有二十三个被俘的士兵、三个军官和两个官吏。

后来所有的人在皮埃尔的记忆里已模糊不清了,但是普拉东·卡拉塔耶夫却作为最清晰和最珍贵的回忆,作为一切俄国的、善良的和圆圆的东西的体现而永远留在他的心中。第二天清晨皮埃尔看见夜里躺在他身旁的人时,最初留下的圆圆的印象完全得到了证实:普拉东身穿法国军大衣,用绳子束着腰,头戴制帽和脚穿树皮鞋,他的身形是圆圆的,脑袋完全是圆的,背、胸脯、双肩,甚至仿佛随时想要拥抱什么的双臂也是圆圆的;愉快的微笑和一双灰色亲切的大眼睛都是圆的。

普拉东·卡拉塔耶夫讲过他作为一个老兵参加多次行军作战的情况,从这些经历来看,他已五十开外了。他自己不知道并且怎么也说不清他究竟有多少岁;他笑的时候露出两排半圆形的洁白而结实的牙齿(他常这样做),可以看到他的牙齿还是完整的;他的胡子和头发还没有一根是白的,他的整个身体看起来很灵活,特别结实和富有耐力。

他的脸虽有一圈圈细小的皱纹,但常露出少年天真的表情;他说话的声音是愉快的和悦耳的。但是他说话的主要特点在于直率和干脆

---

① 马的庇护神圣弗罗拉和拉夫拉节在八月十八日。

利索。看来他从来也不考虑他说了什么和将要说什么;因此在他快速和准确的语调中有一种特殊的无法辩驳的说服力。

在被俘初期,他的体力很强,手脚很灵便,似乎不知道什么是累和病痛。每天早晨起来和晚上躺下时他总是说:"主啊,把我像石头那样放下,像面包那样拿起";早晨起床时总是用同样的姿势耸耸肩,说:"躺下,缩成一团,起来,精神抖擞。"确实,他一躺下就立刻像石头那样沉睡,而只要一起来,就精神抖擞,一秒钟也不迟延地立刻干起某件事情来,就像孩子起床后立刻拿起玩具一样。他什么都会,不过做得并不太好,可是也不坏。他能烤面包、煮饭、缝补衣服、刨木头、缝制靴子。他总是一天忙到晚,只在夜里才说说话(他喜欢谈天)和唱唱歌。他唱歌与那些知道有听众的歌手不一样,而像鸟儿那么唱,显然这是因为他觉得必须发出这些声音,如同通常需要伸伸懒腰和走动走动一样;这些声音常常是尖细的、柔和的,几乎像女人的声音一样,而且是悲凉的,这时他脸上的表情常常十分严肃。

被俘后,他满脸胡子拉碴,看来抛掉了所有加到他身上的外来的、士兵的习气,不知不觉地恢复了以前的农民的、老百姓的生活习惯。

"士兵一休假,衬衣露在裤子外①。"他常常这样说。他不大乐意讲他当兵的情况,虽然也并不抱怨,曾反复地说,在他整个服役期间没有挨过一次打。他要是讲什么,那么主要讲的是他对"基督徒的"(他总是把农民说成基督徒②)即农民的生活的回忆,看来他对这些遥远的往事的回忆非常珍视。他的话里充满着俗语,但这不是士兵常说的大多是猥亵的和放肆的俗语,而是民间的格言,这些格言单独拿来似乎没有多大意义,但是如果用得适当,就会突然显出深刻的智慧。

他说话常常前后相反,但是前后说的话都是有道理的。他喜欢说话,而且说得很好,常用一些亲昵的字眼和谚语来点缀自己的话,皮埃尔觉得这些字眼和谚语是他自己想出来的;但是他的话的主要魅力在于,他讲的事是最简单的,有时是皮埃尔见到而没有注意的事,这些事经他一讲便具有壮美的性质。他喜欢听一个士兵每天晚上讲的童话(讲

---

① 士兵着装时,把衬衣放在裤子里面,而农民则露在外面。
② 俄语中"基督徒的"("hristianskiy")和"农民的"("krestʙanskiy")发音相近。

的都是同一些童话),但是最喜欢听的是关于现实生活的故事。他在听这样的故事时,高兴地微笑着,有时插话和提问题,目的在于弄清他听到的故事的优美之处。卡拉塔耶夫完全没有皮埃尔所理解的那种眷恋之情、友谊、爱心;但是他喜欢和怀着爱心对待生活中遇到的一切,尤其是对待人——不是对待某一个特定的人,而是对待他眼前所有的人。他喜欢自己的小狗,喜欢难友们,喜欢法国人,喜欢他身旁的皮埃尔;但是皮埃尔感觉到,卡拉塔耶夫尽管对他很亲热(他不由自主地看重皮埃尔的精神生活),然而不会因和他分手而感到片刻的难受。皮埃尔也开始对卡拉塔耶夫怀有同样的感情。

在所有其余的俘虏眼里,普拉东·卡拉塔耶夫是一个最普通的士兵;他们叫他小鹰或普拉托沙,善意地取笑他,叫他去取这取那。皮埃尔第一夜就觉得普拉东是纯朴和真实的精神的一种圆圆的、不可理解的和永恒的化身,在他心目中,这个人永远是这个样子。

普拉东·卡拉塔耶夫除了会背他的祷词外,没有什么熟记在心的东西。当他说话时,开了头似乎不知道如何结束。

皮埃尔有时对他的话感到惊讶,请他把说过的话重复一遍,这时普拉东常常想不起他一分钟前说过的话,同样,他怎么也无法把他心爱的歌曲的歌词说给皮埃尔听。歌里唱的是:"亲爱的,小白桦树,我心里烦闷,"但是口述就不会有任何意义。他不理解而且也不可能理解从话里抽出来的单个的词的意思。他的每句话和每个动作是他所不了解的活动的表现,而这活动就是他的生活。但是照他自己的看法,他的生活如果单独拿出来就没有意义。它只有作为他经常感觉到的整体的一部分才有意义。他的言语和行动均匀地、必然地和直接地从他身上产生,如同香气从花那里散发出来一样。他既不能理解每个单独的行动或每句单独的话的价值,也不能理解它的意义。

十四

玛丽亚公爵小姐从尼古拉那里得知她哥哥与罗斯托夫一家人一起住在雅罗斯拉夫尔的消息后,不顾姨妈劝阻,立刻准备动身前去,而且不是她一个人走,还要带着侄儿同行。这样做有没有困难,是否可能,她根本不问,而且不愿意知道:她觉得自己有义务不仅自己待在也许生命垂危的哥哥身旁,而且也应尽一切可能把儿子给他带去,于是她便出发了。对安德烈公爵没有亲自给她写信这一点,玛丽亚公爵小姐作这样的解释:也许是因为他身体太虚弱,写不了信;也许是因为他认为对她和对他的儿子来说这样长途跋涉太困难和太危险。

玛丽亚公爵小姐在几天内做好了上路的准备。她的车队由公爵家的一辆大马车、一辆轻便马车和一辆板车组成,她先坐大马车到沃罗涅日。与她同行的有布里安娜小姐、尼科卢什卡和家庭教师、老保姆以及三个女仆。姨妈还让年轻的跟班吉洪跟她去。

沿着平时的道路朝莫斯科的方向走根本不可能,因此玛丽亚公爵小姐不得不绕道经过利佩茨克、梁赞、弗拉基米尔、舒亚,路很长,由于各地都没有驿马,走起来很难,听说梁赞附近出现了法国人,甚至有危险。

在这次艰难的旅行中,布里安娜小姐、德萨尔和玛丽亚公爵小姐的女仆对她的坚决果断和积极能干感到惊讶。她睡得比谁都晚,起得比谁都早,任何困难都阻挡不住她。她的积极能干和充沛的精力给她的旅伴以很大激励,因此到第二个星期的末了,他们快要到雅罗斯拉夫尔了。

玛丽亚公爵小姐在她逗留沃罗涅日的最后几天,体验到了她一生中最大的幸福。她对罗斯托夫的爱已不折磨她,使她不安了。这爱情充满了她整个心灵,成为她的心灵的不可分割的一部分,她已不再进行反抗了。最近玛丽亚公爵小姐已深信不疑(虽然她从来没有用言语对自己明确说明这一点),有一个人爱她,她也爱那个人。她是在同尼古拉最后一次见面时确信这一点的,她哥哥与罗斯托夫一家在一起的消息就是在这次见面时尼古拉告诉她的。尼古拉只字未提现在(如果安德烈公爵康复)他与娜塔莎的关系可能恢复的事,但是玛丽亚公爵小姐从他脸上的表情看出他知道并且在考虑这一点。尽管如此,他对她的态度——小心翼翼的、亲切的和爱慕的——不仅没有改变,而且他似乎感到高兴,因为现在他与玛丽亚公爵小姐之间有了亲戚关系,可以更加自由地向她表示自己的友爱了,玛丽亚公爵小姐有时这样想。她知道这是她一生中的第一次和最后一次恋爱,感觉到有人爱她,心里是幸福的，在这方面心情是平静的。

但是这种一个方面的内心的幸福不仅没有妨碍她强烈地感觉到哥哥受伤给她带来的悲伤，相反，这种一个方面的内心平静使她更能完全沉浸在为哥哥担心的感情中。从沃罗涅日出发时这种感情就非常强烈，为她送行的人看着她那憔悴的、绝望的脸色，都相信她一定会在路上病倒；但正是由于玛丽亚公爵小姐积极主动地克服旅途的困难和承担起各种操心事，她才暂时忘记了痛苦，这也给她增添了力量。

正如在旅行中常有的那样，玛丽亚公爵小姐心里只想着旅行，忘记了旅行的目的。但是在快要到雅罗斯拉夫尔时，眼前又展现出了可能出现的情景，而且想到她不是要过许多天，而是当天晚上就会看到，这时她的激动不安达到了顶点。

随行的跟班先被派到雅罗斯拉夫尔城里去打听罗斯托夫家住在哪里，安德烈公爵的情况如何，他打听回来后在城门口迎接大马车时，看见从车窗里探出头的公爵小姐脸色惨白，不禁大吃一惊。

"什么都打听到了，公爵小姐：罗斯托夫一家住在广场上商人布龙尼科夫家。离这里不远，就在伏尔加河岸上。"跟班说。

玛丽亚公爵小姐用疑问的目光惊恐地看着他的脸，不明白他对她说的话，不明白他为什么不回答主要的问题：哥哥怎么样？布里安娜小姐替玛丽亚公爵小姐提了这个问题。

"公爵怎么样？"她问。

"公爵大人和他们一起住在那座房子里。"

"这就是说，他还活着。"公爵小姐心里想，她低声问道：他怎么样？

"人们说，还是那样。"

公爵小姐没有追问"还是那样"是什么意思，只悄悄地朝坐在她面前正在高高兴兴地东张西望的七岁的尼科卢什卡瞥了一眼，低下了头，直到沉重的马车发出隆隆的声音，颠簸着和晃动着在一个地方停下后，才抬起来。踏板哐当一声放了下来。

车门打开了。左边是河水——这条河很宽，右边是台阶；台阶上站着几个男仆、一个女仆和一个面色红润、梳着一条又粗又黑的辫子的姑娘，玛丽亚公爵小姐觉得这姑娘脸上露出不愉快的假装的微笑（这是索尼娅)。公爵小姐跑上楼梯,假笑的姑娘说:"这边走,这边走!"于是公爵小姐到了前厅里,只见一个东方脸型的老年妇女面带感动的表情快步朝她迎面走过来。这是伯爵夫人。她拥抱了玛丽亚公爵小姐,开始吻她。

"我的孩子!"她说,"我早就喜欢您和知道您了。"

玛丽亚公爵小姐心里虽然十分激动不安,但是知道这是伯爵夫人,应当对她说点什么。她自己也不知道是怎么回事,用法语讲了几句客套话,用的是人家和她说话的腔调,然后问道:他怎么样?

"大夫说没有危险。"伯爵夫人说,但是在说这话的同时,叹着气眼睛向上抬,这个姿势所表示的意思是与她的话相矛盾的。

"他在哪里?可以看他吗?可以吗?"公爵小姐问。

"这就去,公爵小姐,这就去,亲爱的。这是他的儿子吗?"伯爵夫人问,朝这时和德萨尔一起进来的尼科卢什卡转过身来。"我们大家都住得下,房子很大。啊,多么可爱的孩子!"

伯爵夫人把公爵小姐领到客厅里。索尼娅正在和布里安娜小姐说话。伯爵夫人亲了亲孩子。老伯爵进了屋,向公爵小姐表示欢迎。老伯爵在公爵小姐最后一次看见他以来,变化特别大。那时他是一个活泼好动、快乐自信的小老头,如今使人觉得是一个可怜巴巴的和孤苦伶仃的人。他在和公爵小姐说话时,不断地向四面张望,仿佛在问大家,他这样做对不对。在莫斯科和他的庄园被毁后,他被抛出了习惯的轨道,看来已不再意识到自己的价值,觉得生活中已没有他的地位。

公爵小姐处于激动不安的状态,她一心想快点看见哥哥,此刻她唯一的愿望是看见哥哥,可是人们却陪她说话、虚情假意地夸奖她的侄儿而惹得她心烦,尽管如此,她还是注意到了她周围发生的一切,觉得有必要暂时服从她所处的新的环境的要求。她知道这一切都是必须的,她感到很难适应,但是她没有埋怨他们。

"这是我的表侄女,"老伯爵介绍索尼娅说,"您不认识她吗,公爵小姐?"

公爵小姐朝索尼娅转过身来,竭力压制住她心里产生的对这个姑娘的敌意,吻了吻她。但是使她感到难受的是,周围所有人的心情和她的心情相差太远了。

"他在哪里？"她再一次问大家。

"他在楼下，娜塔莎和他在一起。"索尼娅红着脸回答道，"已派人去问了。我想，您累了吧，公爵小姐？"

公爵小姐眼睛里涌出了懊恼的泪水。她转过身去，想再次问伯爵夫人到哥哥那里怎么走，这时门口响起了轻盈的、急速的、仿佛快乐的脚步声。公爵小姐回头一看，看见了几乎跑着进来的娜塔莎，就是那个很久以前在莫斯科见面时她很不喜欢的娜塔莎。

但是公爵小姐还没有来得及朝这个娜塔莎的脸看一眼，她就明白了这是与她同遭不幸的真心实意的伙伴，因此是她的朋友。她快步迎向前去，拥抱了她，伏在她肩上哭了起来。

坐在安德烈公爵床头的娜塔莎一听说玛丽亚公爵小姐来了，便悄悄地出了他的房间，迈开玛丽亚公爵小姐觉得好像是快活的步伐，迅速跑到她这里来。

娜塔莎跑进客厅时，她激动的脸上只有一种表情——爱的表情，无限地爱他、爱她、爱与心爱的人亲近的一切的表情，还有怜悯的表情，为别人感到痛苦和热烈希望为帮助他们而献身的表情。可以看出，此刻娜塔莎心里完全没有想到自己和自己与他的关系。

敏感的玛丽亚公爵小姐一眼就从娜塔莎的脸上看出了这一切，悲喜交集地伏在她肩上哭着。

"咱们走吧，到他那里去吧，玛丽。"娜塔莎说，把她带往另一个房间。

玛丽亚公爵小姐抬起头，擦了擦眼睛，面对着娜塔莎。她觉得从她那里可以弄清一切和知道一切。

"怎么……"她想要问，但是突然停住了。她感到不可能用语言来提问和回答。娜塔莎的脸色和眼神应能把一切说得更清楚，更深刻。

娜塔莎望着她，似乎感到恐惧和犹豫——不知道该不该说出她知道的一切；她仿佛觉得在这双闪闪发光、能洞察她内心深处的眼睛面前，不能不说出她见到的全部真情。娜塔莎的嘴唇突然颤动了一下，她的嘴周围出现了难看的皱纹，她放声大哭起来，用双手捂住了脸。

玛丽亚公爵小姐全都明白了。

但是她仍然抱着希望，用她自己也不相信的话问道：

"他的伤口怎么样？他总的情况如何？"

"您,您……就会看到的。"娜塔莎只说了这么一句。

她俩在楼下他的房间旁边坐了一会儿,等自己停止哭泣,好脸色平静地进去见他。

"整个病情怎么样？是否早就恶化了？**这种情况**是什么时候发生的？"玛丽亚公爵小姐问。

娜塔莎说,开头因发烧和伤口疼痛曾有过危险,但是到特罗依察时危险过去了,医生只担心一点——坏疽。但是这个危险也过去了。到雅罗斯拉夫尔后,伤口开始化脓(娜塔莎知道有关化脓等等的一切),医生说,化脓可能是正常的。开始发冷发热。医生说,这发冷发热并不那么危险。

"但是两天前,"娜塔莎又说,"突然出现了**这种情况**……"她忍住哭泣,"我不知道是因为什么,您就会看到他变成什么样了。"

"身体很虚弱？很瘦？"公爵小姐问。

"不,不是那样,要更坏些。您就会看到的。唉,玛丽,玛丽,他太好了,可是他无法,无法活下来……因为……"

十五

娜塔莎用习惯动作打开了他的房门,让玛丽亚公爵小姐先进去,这时公爵小姐已感觉到喉咙哽塞,泣不成声。不管她做了什么样的思想准备,不管她如何竭力保持平静,她知道无法做到在看见他时不流泪。

玛丽亚公爵小姐明白娜塔莎说的"**他两天前发生了这种情况**"这句话的意思。她知道这句话的意思是他突然变得温和了,而这种温和与多愁善感是即将死亡的征兆。她走到门口时,在她的想象里已出现了她从小就熟悉的安德留沙的脸,这是一张亲切、温和、多愁善感的脸,这种表情在他脸上很少见,因此每次都使她很受感动。她知道,他会低声地对她说一些亲切的话,就像父亲临终前对她说的话一样,她会忍不住在他床头放声大哭起来。但是或早或晚这事终将发生,于是她勉强振作精神进了房间。她的嗓子眼愈来愈堵得慌,眼看就要哭出声来,她的近视眼愈来愈清楚地辨认出他的身体和面容,这时她看见了他的脸,与他的目光相遇了。

他躺在沙发上,四周垫着靠垫,身穿一件灰鼠皮睡袍。他很瘦,脸色苍白。他的一只瘦骨嶙峋和白得透明的手拿着一块手绢,另一只手的手指轻轻地触摸着长长了的细细的小胡子。他的眼睛看着进来的人。

玛丽亚公爵小姐看见他的脸并与他目光相遇后,突然放慢了脚步,觉得眼泪一下子干了,哽咽停止了。她看清他脸上的表情和抓住他的目光后,突然胆怯起来,觉得自己是有过错的。

"可是我的过错在哪里呢?"她问自己。"在于你活着,想的是活人的事,而我!……"他的冷冷的、严厉的目光好像在这样回答。

在他慢慢地打量妹妹和娜塔莎时,他那不是朝外看,而是朝自己内心看的深沉的目光所包含的几乎是敌意。

他按照他俩的习惯,手拉手地与妹妹接吻。

"你好,玛丽,你是怎么到了这里的?"他用像目光那样平稳和冷淡的声音说。假如他绝望地尖叫起来,那么这叫声会比这样说话的声音不那么使玛丽亚公爵小姐觉得可怕。

"你把尼科卢什卡也带来了?"他还是那么平稳而缓慢地说,同时显然是在努力回忆着什么。

"你现在身体怎么样?"玛丽亚公爵小姐说,她自己也为说出这样的话感到惊奇。

"亲爱的,这应当去问医生,"他说,看来又作了一次努力,以便显出亲热的样子,他又只动动嘴说(可以看出,他完全没有想他说的话):"谢谢你来看我,亲爱的朋友。"

玛丽亚公爵小姐握了握他的手。她握手时,他微微皱了一下眉头。他没有说话,而她不知道该说什么。她明白了两天来他发生的事。在他的话语里,在他的声调里,尤其是在他的这种冷淡的、几乎是含有敌意的目光里,可以感觉出与人世间的一切都很疏远的神情,这对一个活人来说是可怕的。看来现在他很难理解活人的事;但是与此同时可以感觉到,他之所以不理解活人的事,不是因为他丧失了理解力,而是因为他理解另一种事情,这事情是活人不理解的和不能理解的,然而它却占据了他的整个心灵。

"你看，命运又多么奇怪地把我们联结在一起！"他打破沉默指着娜塔莎说，"她一直照看着我。"

玛丽亚公爵小姐听着，不明白他说的是什么。他，温柔体贴的安德烈公爵，怎么能在他爱的和爱他的人面前说这种话！假如他还想活下去，他就不会用这种冷淡的、使人听了很不舒服的语气说这样的话。假如他不知道他要死了，那么他怎么会不可怜她，怎么能在她面前这样说！这只能有一个解释，即他什么都无所谓了，他之所以无所谓，是因为有另一种极其重要的东西展现在他面前。

谈话是冷冰冰的，不连贯的，而且不停地中断。

"玛丽来的时候经过梁赞。"娜塔莎说。安德烈公爵没有注意到她称他的妹妹为玛丽。而娜塔莎在他面前这样称呼她，自己也是第一次发现这一点。

"那又怎么样？"他说。

"人们对她说，整个莫斯科被烧毁了，完全被烧了，好像……"

娜塔莎停住不说了，因为不能说。显然他使劲地想听，仍然还是做不到。

"是的，听说烧毁了，"他说，"这很可惜。"说着他开始朝前看，心不在焉地用手指摩挲着小胡子。

"你遇见尼古拉伯爵了吗，玛丽？"安德烈公爵突然问道，看来想说点使她们高兴的事。"他写信到这里，说他很喜欢你。"他接着用平静的语气随便地往下说，看来他已无力理解他的话对活着的人所具有的复杂意义了。"如果你也爱他，那就太好了……要是你们结婚的话。"他稍微加快语速补充了一句，仿佛为找了很长时间最后终于找到了的话而高兴似的。玛丽亚公爵小姐听到了他的话，但是对她来说，这些话除了证明现在他已离开所有活人的事非常遥远外，没有任何别的意义。

"说我的事干什么！"她平静地说，朝娜塔莎看了一眼。娜塔莎感觉到她投过来的目光，没有看她。大家又不说话了。

"安德烈，你是否愿……"玛丽亚公爵小姐突然声音颤抖了一下说，"你是否愿意见一见尼科卢什卡？他一直都想着你。"

安德烈公爵第一次微微地笑了笑，但是玛丽亚公爵小姐非常了解他脸上表情的意思，惊恐地看出这微笑并不表示欢乐和对儿子的温情，而是在轻微地和温和地嘲笑玛丽亚公爵小姐,嘲笑她使用了她认为能激发他的感情的最后手段。

"是的,尼科卢什卡来了我很高兴。他身体好吗?"

尼科卢什卡被领到安德烈公爵面前时,惊恐地看着父亲,但是没有哭,因为谁也没有哭,安德烈公爵吻了他,显然不知道跟他说什么。

尼科卢什卡被领走时,玛丽亚公爵小姐再次走到哥哥面前,吻了他,这时再也忍不住了,哭了起来。

他非常注意地看了她一眼。

"你是为了尼科卢什卡吧?"他问。

玛丽亚公爵小姐哭着,肯定地点点头。

"玛丽,你知道,福音……"但是他突然停住了。

"你说什么?"

"没有什么。不要在这里哭。"他仍用同样的冷淡目光看着她说。

当玛丽亚公爵小姐哭起来的时候,他明白她是为尼科卢什卡将要失去父亲而哭。他费了很大的劲儿竭力想回到生活中来,重新用他们的观点看待一切。

"是的,他们想必感到这很惋惜!"他想,"而这又是多么平常!"

"那天上的飞鸟也不种,也不收……你们的天父尚且养活它[①]。"他自言自语地说,想把这话说给玛丽亚公爵小姐听,"不,他们对这一点会有自己的理解,他们理解不了! 这一点他们不能理解,他们不知道所有这些他们所珍视的感情,所有这些我们觉得非常重要的思想,全都是不必要的。我们不能相互理解。"于是他不说了。

安德烈公爵年幼的儿子才七岁。他刚学会识字,他什么也不懂。在这天以后,他经历了很多事,增长着知识、观察力和经验;但是即使他已掌握了后来养成的所有这些能力,他对他在父亲、玛丽亚公爵小姐和娜塔莎之间见到的那个场面的意义也不会理解得比这时更好,更深

① 这句话出自《圣经·新约》中的《马太福音》第六章第二十六节。

刻。他什么都明白了，哭着出了房间，默默地走到跟着他出来的娜塔莎身边，用他那好看的带着沉思神情的眼睛羞怯地看了她一眼；稍稍翘起的红润的上嘴唇颤动了一下，便把头靠在娜塔莎身上哭了起来。

从这一天起，他回避德萨尔，回避爱抚他的伯爵夫人，要么一个人坐着，要么胆怯地走到玛丽亚公爵小姐和娜塔莎身边，不声不响地和羞怯地向她们表示亲热，看起来他似乎爱娜塔莎胜过爱他的姑姑。

玛丽亚公爵小姐从安德烈公爵那里出来后，完全明白了娜塔莎脸上的表情向她表示的一切。她再也没有和娜塔莎谈挽救他的生命还有没有希望的问题。她和娜塔莎在他的沙发旁轮流值班，不再哭了，但是不停地向永恒的、无法理解的上帝祈祷，现在可以非常清楚地感觉到上帝就在这个垂死的人头顶上。

十六

安德烈公爵不仅知道他要死了，而且感觉到他正在死去，已经死了一半。他对人世间的一切很冷漠，觉得生活很愉快和出奇的轻松。他从容不迫地、毫不惊慌地等待着他面临的事的到来。他在整个一生中经常感觉到有一种可怕的、永恒的、神秘的和遥远的东西的存在，现在这种东西离他很近，并且由于他觉得生活出奇的轻松，这种东西几乎可以理解和感觉得到了。

以前他害怕生命结束。他曾两次体验到对死和生命结束的恐惧感，觉得这很可怕和痛苦，现在已经没有这种感觉了。

他第一次体验到这种感觉，是在一枚榴弹在他面前像陀螺似的打转时，当时他望着收割过的庄稼地和灌木丛，望着天空，知道死神就在他面前。当他受伤后醒过来时，他觉得仿佛一下子摆脱了生活的重压，永恒的、自由的、不受这种生活制约的爱的花朵开放了，他已不害怕死和不去想死了。

在他受伤后在痛苦孤独和半昏迷状态中度过的那些时刻，他愈是深思在他面前展现的永恒的爱的新的意义，便愈是不自觉地想放弃尘世的生活。爱一切和所有人，随时准备为爱而牺牲自己，那就意味着谁也不爱，意味着不过这种尘世的生活。他愈是深刻体验到爱的这种意义,就愈是想放弃生活,愈是彻底地消除着那道在没有爱的情况下存在于生与死之间的障碍。起初,当他想起他必定会死时,他对自己说:死就死吧,那样更好。

但是在梅季希的那个夜晚,当时在处于半昏迷状态的他面前出现了他想望的女人,当时他用嘴唇贴住她的手,低声地和高兴地哭了,从那时后对这个女人的爱又不知不觉地潜入到他心里,再次使他对生活产生了留恋。他脑子里开始出现高兴的和不安的想法。现在他回想在包扎站看见库拉金的那个时刻时,已没有当时的那种感情:他为他是否还活着的问题而感到苦恼。而他又不敢问。

他的病情一直按照自然规律发展着,而娜塔莎称之为**他发生的这种情况**,是在玛丽亚公爵小姐到达前两天出现的。这是生与死之间在精神上进行的最后一次搏斗,结果死取得了胜利。他出乎意外地意识到他还珍惜通过对娜塔莎的爱在他面前呈现出来的生命,这是他最后一次折服于神秘力量的恐惧的发作。

这是在晚上。他像平常午饭后一样,处于轻微的发冷发热状态,他的思想异常的清晰。索尼娅坐在桌旁。他打起瞌睡来。突然他充满了幸福的感觉。

"啊,这是她进来了!"他想。

确实,在索尼娅的座位上坐着刚刚蹑手蹑脚进来的娜塔莎。

自从她开始照看他之日起,他总是感觉到与她肉体上的接近。她坐在圈椅里,侧着身对着他,给他挡住烛光,织着袜子(有一次安德烈公爵对她说,谁也不会像老保姆那样照看病人,她们坐在那里织着袜子,在这织袜子的动作里有一种令人宽慰的东西,从那以后,她学会了织袜子)。她的纤细的手指很快地摆弄着编织的针,针不时地碰到一起,他能清楚地看见她低头沉思的侧影。她身体动了动,线团从她膝盖上滚到地上。她哆嗦了一下,回头朝他看了一眼,用手挡住烛光,小心地、动作灵活和准确地弯下腰,捡起线团,照原来的姿势坐好。

他一动不动地看着她,看见她做完这个动作后需要深深地喘息一下,但是她不敢这样做,只小心地吸了一口气。

在特罗依察修道院他们谈到了过去的事,他对她说,如果他能活下来，他将永远感谢上帝使他受了伤，他才得以与她重逢；但是从那时起，他们从来没有谈过未来的事。

"这事是否可能实现？"他现在看着她和听着编织的钢针轻轻相碰的声音想道。"难道命运如此奇怪地使我们相逢只是为了让我死吗？……难道在我面前展现出了生活的真谛只是为了让我生活在谎言中吗？我爱她胜过爱世上的一切。但是如果我爱她，我该怎么办呢？"他说，突然他照他在痛苦时养成的习惯不由自主地呻吟起来。

娜塔莎听到这声音，放下袜子，朝他探过身去，好离得近些，突然发现他两眼闪闪发亮，便轻轻地走到他身边，弯下腰去。

"您没有睡着？"

"不，我看着您已看了好久了；我感觉到您进来了。谁也不能像您那样给我这种柔和的宁静……这样的光明。我简直高兴得想哭。"

娜塔莎向他靠得更近些。她的脸兴奋得容光焕发。

"娜塔莎，我太爱您了。胜过世上的一切。"

"那么我呢？"她的脸转过去了一会儿，"为什么说太爱？"她说。

"为什么说太爱吗？……那么告诉我，您怎么认为，您心里、整个心里是什么样的感觉，我能活下去吗？您觉得怎么样？"

"我相信，我相信您能活下去！"娜塔莎几乎喊了起来，热情地抓住他的双手。

他沉默了一会儿。

"那就好了！"他抓住她的一只手，吻了吻。

娜塔莎又幸福又激动；她立刻想起他不能这样兴奋，他需要平静。

"可是您没有睡，"她压制住内心的喜悦说，"您就好好睡吧……快睡。"

他握了握她的手，放开了，她回到蜡烛旁，又照原来的姿势坐下。她回头看了他两次，看见他闪闪发亮的眼睛迎上前来。她给自己织袜子定了一个任务，对自己说，在完成之前决不回头看。

果然，在这之后不久他闭上了眼睛，睡着了。他睡觉的时间不长，突然出了一身冷汗，惊恐不安地醒来了。

他在入睡时，他想的仍然是整个这段时间他想的问题——生与死的问题。更多的是想死的问题。他感到自己离它更近了。

"爱？爱是什么？"他想，"爱是不让人死。爱就是生。我之所以理解我所理解的一切，只是因为我爱。一切之所以存在，只是因为我爱。一切都是通过它联系在一起的。爱是上帝，死意味着我这个爱的微粒将回到共同的和永恒的源头去。"他觉得这些想法能使人得到安慰。但这只是想法。其中缺一点什么东西，有的东西是偏重于个人的和理性的东西——没有明确性。仍然是不安的和模糊的。他睡着了。

他梦见他躺在实际上他躺的那个房间里，但是他没有受伤，身体很健康。在安德烈公爵面前出现了各种不同的微不足道的和漠不关心的人。他和他们说着话，争论着一些不必要的事。他们打算到某个地方去。安德烈公爵模糊地想起，这一切都毫无意义，他有另一些非常重要的操心事，然而他继续说着一些使大家感到惊奇的空洞的俏皮话。所有这些人逐渐不知不觉地消失了，一切都为与关门有关的问题所取代。他站起身来，朝着门走去，想要插上门闩，把门锁上。**一切**都取决于他是否来得及锁上门。他走着，急忙前去，但是两条腿不动，于是他知道他来不及锁上门了，但是仍然拼命使出浑身的力气。他心里充满了难以忍受的恐惧。这恐惧就是死的恐惧：它就在门外。但是在他无力地和笨拙地爬向门边时，这种可怕的东西从外面使劲地压过来，就要破门而入。要闯进来的是一种非人的东西——死，应当挡住它。他抓住门把手，使出最后的力气，哪怕能把门顶住也好，因为门已经锁不上了；但是他的力量很微弱，动作不灵活，门受到可怕的压力，被推开了，接着又关上了。

它再次从外面往里推。最后的、超自然的努力都不起作用，两扇门无声地打开了，**它**进来了，它就是**死亡**。于是安德烈公爵死了。

在他死去的一瞬间，安德烈公爵想起他在睡觉，在他死去的同一瞬间，他使劲挣扎了一下，醒过来了。

"是的，这是死亡。我死了——我也就醒了。是的，死亡就是觉醒！"突然他心里亮堂起来，至今一直掩盖着神秘的东西的帷幕在他内心的目光前揭开了。他仿佛感觉到以前他身上被束缚的力量得到了解放，仿佛有一种奇怪的轻松感，这种感觉从那时起就没有离开他。

他出了一身冷汗醒来后，在沙发上动了动，娜塔莎走到他跟前，问他怎么了。他没有听懂她的话，没有回答她，只用奇怪的目光看了她一眼。

这就是玛丽亚公爵小姐到达前两天他发生的事。根据医生说,从那天起,特别消耗体力的发冷发热加重了,病情恶化了,但是娜塔莎对医生说的话没有重视,因为她看见了这些可怕的、她更加确信不疑的精神上的征兆。

从那天起,安德烈公爵在从梦中觉醒的同时也从生活中觉醒了。根据生活延续的时间与梦境延续的时间的比例,他并不觉得从生活中觉醒要比从梦中觉醒更缓慢些。

在这相对缓慢的觉醒中,没有任何可怕的和剧烈的东西。

他的最后的日子和时刻过得平常而简单。一直守在他身边的玛丽亚公爵小姐和娜塔莎都有这个感觉。她们没有哭,也没有发抖,在这最后的时刻感觉到她们已不是在照看着他(他已不在了,他已离她们而去了),而是在照看他留下的最亲近的东西——他的躯体。她俩的感情非常强烈,死亡的那个表面上看起来很可怕的一面对她们不起作用,她们并不认为需要去触动自己的伤心处。她们没有当着他的面和在他背后哭,而且相互之间也从不谈论他。她们感觉到,她们无法用语言来表达她们理解的东西。

她俩看到他如何缓慢而平静地离开她们,愈来愈深地下沉到那里的某个地方去,两人都知道事情想必就是这样,而且这也并没有什么不好。

给他举行了忏悔和领圣餐的仪式;大家都来和他告别。当人们把儿子领到他跟前时,他把嘴唇贴住儿子的脸,转过头去,这不是因为他感到难受或舍不得(玛丽亚公爵小姐和娜塔莎明白这一点),而只是因为他认为要求他做的就这些;但是当人们要他给儿子祝福时,他按照要求做了,回头看了一下,仿佛在问:还需要做什么。

当灵魂快要脱离肉体发生最后的抽搐时,玛丽亚公爵小姐和娜塔莎都在他身边。

"完全过去了吗?!"玛丽亚公爵小姐问,这时他的身体已有几分钟一动不动地躺在那里,正在逐渐变凉。娜塔莎走到跟前,朝他那双已无表情的眼睛看了看,急忙给他合上。她给他合上后,没有吻眼睛,而是紧贴在作为对他的最亲近的回忆的东西上。

"他到哪里去了？现在他在哪里？……"

他的遗体洗净后穿好衣服，被安放在桌上的棺材里，这时大家都来告别，全都哭了。

尼科卢什卡哭着，一种痛苦的困惑撕裂着他的心。伯爵夫人和索尼娅哭，是因为可怜娜塔莎，还因为再也没有他这个人了。老伯爵哭是因为他觉得他很快也将迈出这可怕的一步。

现在娜塔莎和玛丽亚公爵小姐也哭了，但是她们不是因为个人的不幸而哭；她们哭，是因为她们认识到她们面前出现的简单而又庄严的死亡的奥秘而内心充满了虔敬的感情。

第二部

一

　　人的智力理解不了各种现象发生的全部原因。但是人的心里又有寻找各种原因的需求。于是人的智力在没有深入了解产生这些现象的条件数量极多而且很复杂（其中每个条件单独拿来都可看作是原因）的情况下，抓住第一个最好理解的近似的条件就说：这就是原因。在历史事件中（那里作为考察的对象的是人的行动），被看作是最初的近似条件的是上帝的意志，然后是站在最显著的历史地位上的人、即历史上的英雄人物的意志。但是只要深入了解一下每个历史事件的实质，也就是参加事件的全体人的行动，那么就可以相信，历史上的英雄人物的意志不仅不指导群众的行动，而且本身常常接受指导。不管怎么样理解历史事件的意义，看起来似乎都是一样的。有人说，西方各国人民向东方进军是因为拿破仑要这样做，又有人说，这事之所以发生是因为必定会发生，这两种人之间的差别与以下两种人之间的差别一样：一种人断定地球牢牢地固定在一个地方，各个行星围绕着它转，另一种人则说，他们不知道地球是用什么支撑着的，但是知道有支配着地球和其他行星的运动的规律。除了所有原因这一唯一的原因外，历史事件的原因是没有的，而且不可能有。但是有支配事件的规律，其中有的是不知道的，有的为我们所感觉到。只有在我们完全放弃从一个人的意志中寻找原因的做法时，才有可能揭示这些规律，正如只有在人们放弃关于地球固定不动的观念时才有可能揭示行星运动的规律一样。

历史学家们认为，一八一二年在波罗金诺会战、敌人占领莫斯科和莫斯科被焚毁后，俄国军队从梁赞大道向卡卢加大道和塔鲁季诺营地运动，即所谓的朝红帕赫拉的方向侧进，是一八一二年战争的最重要的事件。他们各执一词，把想出这个高招的荣誉归到不同的人名下，并为这功劳究竟应该属于谁而争论不休[1]。甚至外国历史学家，其中包括法国历史学家在谈到这次侧进时，认为俄国统帅非常高明。但是为什么军事著作家以及跟着他们的所有人都认为这次侧进是某一个人深思熟虑的发明，它拯救了俄国和打败了拿破仑——这一点很难理解。首先，很难理解这次侧进的深思熟虑和高明之处表现在哪里；因为不必花多大脑筋就能懂得，一支军队（在它不受攻击时）最好的位置在粮草较多的地方。每一个人，甚至是一个十三岁的笨孩子，也都能毫不费力地猜测到，在一八一二年部队从莫斯科撤退后最有利的位置在卡卢加大道上。总而言之，第一，无法理解这些历史学家是通过什么样的推理认为这次行动是经过深思熟虑的。第二，更难理解的是，历史学家们是怎么看出这次行动救了俄国人，而对法国人是致命的；因为这次侧进如果在它之前、与它同时和在它之后是另一种情况，那么它对俄国军队来说是致命的，反而会救了法国军队。即使在这次侧进后俄国军队的处境有所改善，那也决不能由此得出结论说，这次行动是改善的原因。

如果同时没有出现其他的条件，那么这次侧进不仅不能带来任何好处，而且可能毁了俄国军队。如果莫斯科没有被焚，会怎么样呢？假如缪拉不是不知道俄国人的去向[2]，假如拿破仑不是按兵不动，假如俄国军队根据本尼格森和巴克莱的建议在红帕赫拉附近打上一仗的话，会怎么样呢？假如法国人在俄军过了帕赫拉河后发起进攻，会怎么样呢？假如后来拿破仑到了塔鲁季诺后，哪怕以攻打斯摩棱斯克的十分之一的兵力攻打俄国人，会怎么样呢？假如法国人进军彼得堡，会怎么

---

[1] 叶尔莫洛夫认为侧进的想法是本尼格森提出的；苏联历史学家们则认为侧进的计划是库图佐夫亲自制定的。

[2] 库图佐夫起初从莫斯科沿梁赞大道撤退，后转向图拉大道，只让两个哥萨克团继续沿梁赞大道撤退，这个给人以假象的机动未能为缪拉识破。

样呢？……所有这些假设如果成立的话，侧进就会从救人的事变为害人的事。

第三，最令人不可理解的是，那些研究历史的人们有意不愿意看见，侧进的成功不能归功于任何一个人，从来没有任何人预见到它，这个行动完全像在菲利决定撤退一样，实际上从来没有任何人对它有完整的概念，而是一步一步地，一个事件接一个事件地，一个瞬间一个瞬间地由无数多种多样的条件形成的，只有当它最后完成而成为过去时，才非常完整地呈现出来。

在菲利的军事会议上，俄国将领大多认为当然应该直接向后退，即沿着下城大道退却。会上大多数人赞成这样做可以证明这一点，而主要问题在于，会后总司令与主管军需食品的兰斯科依①谈了一次话。兰斯科依向总司令报告说，军粮主要是在奥卡河流域，在图拉省和卡卢加省征集的，如果朝下城撤退，征集的军需食品与部队之间就将隔一条宽阔的奥卡河，到了初冬要运过河通常是不可能的。这是第一个迹象，表明必须放弃原先认为理所当然地应直接退向下城的意见。于是部队就朝下城以南的方向前进，沿梁赞大道走，这样离储备军粮的地点就比较近了。后来由于不知俄军去向的法国人按兵不动，由于考虑要保卫图拉兵工厂，而主要的，认为靠近军粮储备地有利，军队就更朝偏南的方向走，上了图拉大道。在不顾一切地过了帕赫拉河上了图拉大道后，俄军将领们曾想在波多利斯克停下来②，并没有想到要在塔鲁季诺构筑阵地；但是无数的情况以及不知俄军去向的法国军队的重新出现，作战计划的制定，而主要的是卡卢加的军粮充足，使得我军进一步朝南走，到了运粮路线的中间，从图拉大道上了卡卢加大道，前往塔鲁季诺。正如无法回答何时放弃莫斯科的问题一样，也无法回答何时和何人决定转移到塔鲁季诺的问题。直到部队由于无数不同的能量起作用的结果来到塔鲁季诺后，人们才力图使自己相信，他们本来就想这样做，而且早已预见到了这一点。

---

① 兰斯科依(一七五四——一八三一)，参政员，一八一二年主管俄国军队的军需部门。
② 库图佐夫的军队曾于九月八日至九日在波多利斯克周围构筑防御阵地。

二

著名的侧进实际上只是这么一回事：俄军在敌军进攻下径直朝后退，而当法国人停止进攻后，就偏离起初径直后退的方向，见到无人追击，自然就朝吸引它的粮食充足的地方前进。

假如指挥俄国军队的不是天才的统帅，它只不过是一支没有指挥官的队伍，那么这支军队除了沿着弧形移动从粮食充足和物产丰富的地方打回到莫斯科来，不会有另一种做法。

这种从下城到梁赞大道、图拉大道和卡卢加大道的移动是非常自然的事，就连俄军的那些进行抢劫的散兵游勇也朝这个方向逃跑，彼得堡也要求库图佐夫率领军队朝这个方向转移。到塔鲁季诺后，库图佐夫收到了皇帝的一封几乎是申斥的信，皇帝责备他把军队带到了梁赞大道，指示他转移到卡卢加对面的阵地，而他在收到皇帝的信时已到了这个地方。

俄国军队好比一个球，它受到整个战争和波罗金诺会战的推动沿着推力的方向滚动，当这推力消失而又没有受到新的推动时，便滚回到原来的位置上来。

库图佐夫的功绩不在于他采取了人们所说的天才的战略机动，而在于只有他一个人理解发生的事件的意义。只有他一个人当时就已知道法军无所作为是什么意思，只有他一个人仍继续断定波罗金诺会战取得了胜利；他处在总司令的地位上似乎应该自告奋勇地发起进攻，可是他一个人把全部精力都用在阻止俄国军队进行徒劳无益的战斗上。

在波罗金诺受伤的野兽躺在跑开的猎人把它留下的地方；但是这野兽是否还活着，是否还有力量，或者只不过是躲了起来，猎人并不知道。突然传来这野兽的呻吟声。

法国军队这只受伤的野兽的呻吟表明它就要死亡，这呻吟指的是洛里斯东奉命到库图佐夫大营来求和。

拿破仑深信真正好的事并不好，只有他忽然想到的事才是好的，他给库图佐夫写了一封信，写的是他最先想到的和毫无意义的话。他写道：

　　库图佐夫公爵先生，现派我帐下的一位将军前去和您商谈许多重
要的事情。请殿下相信他对您所说的一切，尤其是请您在他向您表示
我早就对您怀有的尊崇和敬仰之情时给以信任……此信别无他意，我
祈求上帝，库图佐夫公爵先生，给您以神圣的庇护。

莫斯科，一八一二年十月三日

拿破仑

　　"如果把我看做任何和谈的主要发起人，我将受到诅咒。我国人
民的意志就是如此。"库图佐夫回答道，他继续竭尽全力阻止军队发动
进攻。

　　在法国军队在莫斯科进行抢劫，而俄国军队平静地驻扎在塔鲁季
诺营地的一个月里，双方力量（士气和人数）的对比发生了变化，结果
优势转移到了俄国人方面。虽然俄国人并不了解法国军队的状况及其
人数，但是力量对比一发生变化，发动进攻的必要性也就通过无数迹象
表现出来。这些迹象是：洛里斯东奉命前来求和，塔鲁季诺军粮充裕，
从四面八方传来的关于法国人消极无为和内部混乱的消息，我们的团
队补充了新兵，天气很好，俄国士兵得到了长时间的休整，部队里出现
了休整后通常出现的迫切的求战要求，对好久不见的法国军队的情况
产生了好奇心，俄国前哨部队大胆地在驻扎于塔鲁季诺的法国军队附
近游动，不断传来农民和游击队轻易战胜法国人的消息并因此而普遍
产生羡慕的心情，只要法国人还占领着莫斯科，每个人都怀有复仇的情
绪，而且（主要的是）每个人心里产生了一种还比较模糊的感觉，觉得
现在力量对比发生了变化，优势已在我们一边。既然实际的力量对比
已发生了变化，那么发起进攻就成为必要的了。正如自鸣钟的分针走
完了一圈就马上准确地报时一样，俄军上层的活动也立即随着力量的
实际变化而加强了，像自鸣钟一样发出吱吱声和敲打起来。

三

　　俄国军队受库图佐夫及其司令部和彼得堡的皇帝的双重指挥。在
彼得堡那边，早在接到放弃莫斯科的消息前就制订了整个战争的详细

计划,并送给库图佐夫以指导其行动。尽管此计划是在假定莫斯科还在我们手里的情况下制定的,但是它得到司令部的赞同并付诸实施。库图佐夫在信中只是说,到远处去牵制敌人,这样的事做起来常常是比较困难的[①]。于是为了解决遇到的困难,上面又送来了新的指示和派人来,这些人的职责是监督他的行动和随时向上报告。

除此之外,现在俄国军队的整个司令部进行了改组。要填补阵亡的巴格拉季翁和愤而辞职的巴克莱[②]遗下的空缺。正在非常认真地考虑怎样安排更好些:是把甲调到乙的位置上,把乙调到丙的位置上,还是相反,把丙调到甲的位置上,等等,仿佛除了使甲和乙满意外,还有什么事与此有很大关系似的。

在全军司令部里,由于库图佐夫与参谋长本尼格森不和以及有皇帝的亲信的参与,在进行这些调动时派系斗争比平时更加复杂:甲暗算乙,丙暗算丁,等等,在所有可能的调动和改组中都这样做。在这些相互暗算中,争夺的主要对象是军事行动的指挥权,因为所有这些人都想指导它;但是这军事行动并不受他们的支配,它该怎样进行就怎样进行,也就是说,它从来不与人们的臆想相符合,所依据的是群众的根本态度。所有这些错综复杂、相互交织的臆想只不过是上层必定会发生的事的忠实反映罢了。

"米哈依尔·伊拉里翁诺维奇公爵!"皇帝在十月二日的信中写道,这封信是在进行了塔鲁季诺战役之后接到的。"从九月二日起,莫斯科就陷于敌手。您上次报告是在二十日发出的;在整个这段时间里,您不仅没有为抗击敌人和解放故都采取任何行动,而且根据您在报告中所说,甚至还向后撤退。谢尔普霍夫已为敌军所占领,图拉及其著名的、为军队所必需的兵工厂处于危险之中。根据温岑格罗德将军的报告,一支上万人的敌军正沿彼得堡大道推进,另一支几千人的敌军也在朝德米特罗夫移动。第三支已沿弗拉基米尔大道前进了一大步。第四支人数相当多的敌军驻扎在鲁扎与莫扎依斯克之间。拿破仑本人到

---

① 库图佐夫对彼得堡制定的计划抱怀疑态度,尤其不同意其中关于俄军应到境外活动以牵制敌人这一条。

② 一八一二年九月十六日,库图佐夫下令第一、第二两军合并,巴克莱的权限被缩减,他便借口有病提出辞呈。

二十五日为止仍在莫斯科。根据所有这些情报,敌人已兵分几路而把自己的兵力分散,拿破仑及其近卫军尚在莫斯科,在这种情况下,能够认为您面临的敌人兵力很大而使您无法发动反攻吗?可能恰恰相反,应当认为,敌人用于追击您的将只是几支小部队,或者至多是一个军,兵力要比您统率的军队弱得多。看来您似乎可以利用这些有利情况攻打兵力比您弱的敌军并将其歼灭,或者至少可以迫使其撤退,收复现被敌人占领的各省的很大一部分国土,同时解除图拉以及我国其他内地城市的危险。如果敌人能派出一支大部队直逼彼得堡并对不可能有很多部队守卫的京城造成威胁,您也应对此负责,因为委托您指挥的军队如能积极采取坚决果断的行动,您完全能防止这一新的灾难的发生。请您记住,您还应为丧失莫斯科而对蒙受耻辱的祖国负责。我随时准备奖赏您,对此您是有切身体验的。我仍一如既往准备这样做,但是我和整个国家有权希望您更加尽心竭力、坚决果断和取得战绩,您的智慧和军事才能以及您所统率的军队的勇敢都向我们预示您不会辜负我们的希望。"

但是这封表明实际力量的对比已在彼得堡人士的头脑中反映出来的信还在路上时,库图佐夫已无法阻止他所统率的军队发动进攻,于是战斗开始了。

十月二日,哥萨克沙波瓦洛夫在侦察时,用火枪打死了一只兔子,打伤了另一只。在追赶受伤的兔子时,深入到一片树林里,碰上了没有采取任何警戒措施的缪拉部队的左翼。这个哥萨克后来笑着对同伴们说,他差一点落到了法国人手里。一个少尉听说了这件事,报告了长官。

这个哥萨克被叫去询问;哥萨克部队的指挥官们想利用这个机会去夺取马匹,但是其中一人认识军队的高级指挥官,便把这件事报告了司令部的一个将军。最近全军司令部里的情况极其紧张。叶尔莫洛夫几天前去找本尼格森,恳求他利用他对总司令的影响,劝总司令发起反攻。

"如果我不了解您,我就会认为您不希望实现您所请求的事。只要我提出一个建议,殿下一定会做出相反的决定。"本尼格森回答说。

哥萨克报告的消息得到了派去的侦察队的证实,这说明反攻的时机已经完全成熟了。绷紧的弦松了开来,自鸣钟发出吱吱声,敲响了。

库图佐夫虽有徒有其名的权力,有他的聪明才智、经验和知人之明,但是他注意到了有事可直接向皇帝报告的本尼格森的意见书①、所有的将军一致表示的愿望、他所揣测的皇帝的愿望以及哥萨克的报告,觉得已不可能阻止不可避免的行动了,于是便下令做他认为无益和有害的事情——认可了既成的事实。

四

本尼格森递交的关于必须发起反攻的意见书以及哥萨克关于法国人左翼没有设防的报告,只不过是必须下发起反攻的命令的最后迹象而已,反攻的时间定于十月五日。

十月四日早晨,库图佐夫签署了作战部署。托尔把这个部署读给叶尔莫洛夫听,建议他作进一步的安排。

"好的,好的,我现在没有时间。"叶尔莫洛夫说,走出了木屋。托尔起草的作战部署是很好的。写得像奥斯特利茨的作战部署一样,不过用的不是德语。那时写的是:

"第一纵队前往② 某地和某地,第二纵队前往某地和某地"等等。所有这些纸上的纵队都应在规定时间到达指定地点,消灭敌人。就像在所有作战部署中一样,一切都想得很好,同时也像在所有作战部署的实施过程中一样,没有一个纵队按时到达指定地点。

这个作战部署复制了必要的份数,然后叫来了一个军官,派他把这文件送交叶尔莫洛夫去执行。库图佐夫的传令官是一个年轻的骑兵军官,他对被赋予这个重任十分满意,便到叶尔莫洛夫的营地去了。

"将军大人出去了。"叶尔莫洛夫的勤务兵说。那个骑兵军官便转身到一个叶尔莫洛夫常去找的将军那里去。

"不,将军不在。"

骑兵军官骑上马,又去找另一个。

"不,将军走了。"

---

① 本尼格森于十月三日向库图佐夫呈交了意见书,提出可以向缪拉指挥的前卫部队发起进攻。

② 原文为德文。

"我如何才能不对延误时间负责呢！真恼火！"军官想。他跑遍了整个营地。一个人说，有人看见叶尔莫洛夫和别的将军骑马到某某地方去了；另一个人说他一定又回家了。那个军官没有吃午饭，一直找人找到晚上六点。哪里也找不到叶尔莫洛夫，谁也不知道他在哪里。那个军官在一个同事那里匆匆吃了点东西，又到前卫部队去找米洛拉多维奇。米洛拉多维奇也没有在家，但是人们告诉他米洛拉多维奇参加基金① 将军的舞会去了，想必叶尔莫洛夫也在那里。

"这是在什么地方？"

"您瞧，就在叶奇基诺。"一个哥萨克军官指着远处的一座地主宅院说。

"怎么会在那里，会在防线的那一边？"

"把我们的两个团派到了防线上。今天在那里正在饮酒作乐，热闹极了！请了两个乐队和三个合唱队。"

那个军官便到防线外的叶奇基诺去。快到地主宅院时，老远就听见士兵歌舞曲的和谐欢快的声音。

"在——草地——上……在——草地——上！……"只听得歌声与口哨声和托尔班琴② 声响成一片，有时为人们的叫喊声所淹没。那个军官听见了这声音，心里高兴起来，但是与此同时又怕这么长时间未能把如此重要的命令送到而获咎。时间已是八点多了。他下了马，上了台阶，进了一座位于俄国人和法国人之间的完好无损的地主大宅院的前厅。在配餐室和前厅里，仆人们正忙着端酒送菜。窗户下面站着一群歌手。这个军官被带进了门，他突然发现全军的所有重要将领都在一起，其中包括身材高大引人注目的叶尔莫洛夫。所有将军都敞开常礼服，满脸通红，兴致勃勃，站成半圆形，大声笑着。在大厅中央，一个相貌堂堂、身材不高、脸色红润的将军正在动作迅速灵活地跳着特列帕克舞。

"哈——哈——哈！尼古拉·伊万诺维奇真是好样的！哈——哈——哈！……"

---

① 基金（一七七二—一八三四），一八一二年任值班将军。
② 托尔班琴是旧时波兰和乌克兰的一种拨弦乐器。

那个军官觉得如在这时带着重要命令闯进去,他就会错上加错,于是想等一下;但是一个将军看见了他,了解他的来意后,告诉了叶尔莫洛夫。叶尔莫洛夫满脸不高兴地出来见那军官,听完他的话后,接过文件,什么话也没有对他说。

"你以为他是无意中走开的吗?"那天晚上司令部的一个同事在谈到叶尔莫洛夫时对骑兵军官说,"这是在耍花招,这全是有意的。要戏弄一下科诺夫尼岑①。你瞧着吧,明天将会乱成一团!"

五

第二天清早,老态龙钟的库图佐夫起床后,做了祷告,穿好衣服,想起他必须去指挥他并不赞同的战斗,心里就感到不舒服,接着坐上马车从塔鲁季诺后面五俄里处的列塔舍夫卡出发,前往各个参战的纵队集结的地点。一路上库图佐夫睡睡醒醒,倾听着右面有没有枪炮声,战斗是否开始了?但是暂时还是一片寂静。东方刚开始发白,这是秋天的一个潮湿阴暗的日子。在快到塔鲁季诺时,库图佐夫发现骑兵横过他的马车行走的大路去饮马。库图佐夫仔细瞧了瞧他们,停住马车,问他们是哪个团的?得知这些骑兵属于那个早就应该在前面很远的地方埋伏的纵队。"也许是弄错了。"年老的总司令想道。但是再朝前走,库图佐夫看见了几个步兵团,那里的枪都架着,士兵穿着衬裤,有的去打饭,有的抱着柴火。叫来了一个军官。这个军官报告说,没有接到任何关于出发的命令。

"哪能……"库图佐夫话刚出口,立刻就停住了,下令叫高级军官来见他。他下了马车,低下头,喘着粗气,默默地等待着,来回踱着步。当他要见的总司令部军官艾兴奉命来到时,库图佐夫气得满脸通红,这不是因为错误是这个军官造成的,而是因为他是发泄怒火的合适对象。这位老人浑身颤抖,喘不过气来,处于狂怒状态,当他愤怒得要在地上打滚时才这样,他朝艾兴扑过去,两手做出威吓的姿势,喊叫着,破口大骂。另一个人,偶然进来的毫无过错的布罗津上尉,也遭到了同样的

---

① 科诺夫尼岑当时是值班将军,是他派骑兵军官送作战部署给叶尔莫洛夫的。

命运。

"你这个骗子是怎么回事？把那些坏蛋统统枪毙！"库图佐夫挥舞着双手，摇晃着身体，哑着嗓子喊道。他感到一种肉体上的痛苦。他这位堂堂的总司令和公爵，人们都曾竭力要使他相信，在俄国从来没有人拥有像他那么大的权力，如今却落到这个地步——成了全军的笑柄。"我白白地为今天的事祈祷了，白白地一夜没有睡，一直思考着问题！"他这样想自己，"当我刚当上军官还是一个毛孩子时，谁也不敢这样取笑我……而现在！"他好像受到体罚一样感觉到肉体上的痛苦，不能不通过愤怒的和痛苦的喊叫把这种感觉表现出来；但是很快身体支持不住了，便朝四面看看，觉得自己说了很多难听的话，坐上马车，默默地往回走了。

库图佐夫在发泄了怒火后没有再动气，他软弱无力地眨着眼睛，听着各种辩解和袒护的话（这一天叶尔莫洛夫本人没有来见他）以及本尼格森、科诺夫尼岑和托尔的意见，他们要求把这次不成功的行动挪到第二天。库图佐夫又只好表示同意。

六

第二天，部队从傍晚起就在指定地点集合，夜里就出发了。秋天的夜空黑紫色的阴云密布，但是没有下雨。土地是潮湿的，但不泥泞，部队悄然无声地行进着，只有时可以隐约听见炮车的碰撞声。禁止高声说话、抽烟和打火；也设法不让马嘶鸣。这次行动的神秘性增加了它的魅力。人们高高兴兴地走着。有几个纵队停住了，士兵们架起枪，在冰凉的土地上躺下，都认为到了目的地；另几个纵队（这是大多数）走了一整夜，显然去的不是应去的地方。

只有奥尔洛夫—杰尼索夫伯爵和他率领的哥萨克（这是所有其他部队中最小的一支部队）按时到达指定地点。这支队伍停在树林边缘的一个林间空地旁，在斯特罗米洛瓦村通向德米特罗夫斯科耶村的小路上。

黎明前刚打起盹来的奥尔洛夫伯爵被叫醒了。带来了一个从法军营地逃出来的投诚者。这是波兰波尼亚托夫斯基军的一个士官。这个士官用波兰语说,他之所以来投诚是因为他得不到重用,他早就应该提升为军官了,他还说,他比所有的人都勇敢,因此他离开了他们,并且想要报复他们一下。他接着说,缪拉在离他们一俄里的地方留宿,如果给他一百人马,他就能生擒缪拉。奥尔洛夫•杰尼索夫伯爵与同事们进行了商量。这个建议太诱人了,使人难以拒绝。大家争着要去,都说可以试一试。经过多次争论和认真考虑后,格列科夫少将决定带着两个哥萨克团和那士官一起去。

"你要记住,"奥尔洛夫—杰尼索夫伯爵在放那士官走时对他说,"如果你撒谎,我就下令把你像一条狗那样吊死,如果说的是实话,赏你一百枚金币。"

那士官样子很坚决,没有回答这些话,骑上马,与很快做好准备的格列科夫一起走了。他们消失在树林里。奥尔洛夫伯爵在天刚破晓时的凉爽空气中缩起了身子,为自己冒着风险所做的事而感到不安,送走了格列科夫后出了树林,开始观察如今在熹微的晨光和将要熄灭的篝火中隐约可见的敌军的营地。我们的几个纵队应当出现在奥尔洛夫—杰尼索夫伯爵的右面,在开阔的斜坡上。奥尔洛夫伯爵朝那里看去,虽然这些纵队从远处也是应该能够看得出来的,但是看不见它们。他还觉得,尤其是他的那个眼睛很尖的副官也那样说,在法军的营地里好像已经开始动起来了。

"唉,说实在的,太晚了。"奥尔洛夫伯爵看了看营地说。如同我们所相信的人已不再在眼前时常有的那样,他突然完全明白了,那个士官是一个骗子,撒了谎,拉走了两个团,把它们带到天知道什么地方去,从而破坏整个进攻的计划。试问,难道能从这大批军队中抓住总司令吗?

"他确实在撒谎,这个坏蛋。"伯爵说。

"可以把他们追回来。"一个随从说,他也像奥尔洛夫—杰尼索夫伯爵一样,在看了敌人营地后对这次行动抱怀疑态度。

"啊? 是吗? ……您认为怎么样,就让他们去? 还是叫他们回来?"

"要不要下令把他们追回来?"

"追回来,追回来!"奥尔洛夫伯爵看着表,突然坚决地说,"太晚了,天完全亮了。"

于是副官骑马沿着树林去追格列科夫。格列科夫回来后,奥尔洛夫—杰尼索夫伯爵由于这次行动被取消,白等了半天,步兵纵队还没有出现,敌人又近在眼前,心情很激动(在他的部队里所有的人心情也都是这样),便决定发起进攻。

他低声发出口令上马!"士兵们各就各位,画了十字……

"上帝保佑!"

"乌拉——拉——拉!"树林里响起了一片喊声,一个连接一个连的哥萨克举着长矛,像从口袋里倒出来一样,兴高采烈地纵马越过小溪朝敌人营地冲去。

第一个看见哥萨克的法国人发出一声绝望的和恐惧的叫喊,营地里所有的人没有穿衣服,睡得朦胧地扔下大炮、火枪和马匹,到处乱跑。

如果哥萨克去追赶法国人而不注意他们后面和周围的东西,他们就会抓住缪拉和这里所有的人。长官们就希望能够这样。但是当哥萨克见到战利品和俘虏时,就无法推动他们了。谁也不听命令。这里抓了一千五百名俘虏,缴获了三十八门大炮和一些军旗,而对哥萨克来说最重要的是,还缴获了许多马匹、马鞍、被服和各种物品。所有这些东西需要加以处理,俘虏和大炮需要有人管,战利品需要分配,相互之间发生争吵,甚至打架斗殴——哥萨克都忙着干起所有这些事来。

法国人没有受到追击,开始逐渐清醒过来,集合成一个个小分队,开始还击。奥尔洛夫—杰尼索夫等待所有纵队到来,没有继续发动进攻。

与此同时根据作战部署上所写的"第一纵队前往"① 等等,由本尼格森统率和托尔指导的各个迟到的纵队的步兵都按照规定时间出发,如同常有的那样,却到达了某个不是规定的地点。也如同常有的那样,人们高高兴兴地出发,可是过不多久不断地停下来;于是到处可听见表示不满的抱怨声,意识到路没有记清,便转回来朝某个地方走。骑马驰过的副官们和将军们喊叫着,发着火,争吵着,说方向完全不对,已经迟到了,骂着人,如此等等,最后大家漠不关心地挥挥手,继续朝前走,

---

① 原文为德文。

不管去的是什么地方。"随便往哪里走,都能走到!"确实,他们走到了,但不是要去的地方,有的纵队即使到了要去的地方,也大大迟到了,到那里时已起不了任何作用,只能当人家射击的靶子。在这次战役中,托尔扮演了魏罗特在奥斯特利茨战役中的角色,他骑着马不停地从一个地方跑到另一个地方,到处都发现情况与他所设想的相反。例如他在树林里碰上了巴戈武特①指挥的军,这时天已经完全亮了,这个军早就应该与奥尔洛夫—杰尼索夫伯爵的部队在一起。托尔为这个失误而感到焦急和痛心,认为这是有人造成的,便跑到军长面前,开始严厉地责备他,说为了这个应该枪毙他。巴戈武特是一个英勇善战而又文静的老将军,也为一路上走走停停、应付各种杂乱无章和前后矛盾的事而弄得精疲力竭,他出乎大家意料地一反常态,暴跳如雷,冲着托尔说了许多难听的话。

"我不想接受任何人的教导,我和我的士兵能够为国捐躯,在这一点上绝不比别人差。"说完他便带着一个师向前推进了。

勇敢的巴戈武特这时心情非常激动,冒着法军的炮火向田野上跑去,没有考虑他现在投入战斗有无益处便率领一个师直冲上去,把自己的部队带到敌人的炮火下面。他处于盛怒之中,危险、炮弹、枪弹正是他需要的东西。在敌人射击的第一排子弹中,有一颗打死了他,接踵而来的几排子弹打死了许多士兵。他的这个师徒劳无益地在炮火下坚持了一些时候。

七

与此同时,另一个纵队应当从正面向法国人发起进攻,但是库图佐夫在这个纵队里。他清楚地知道,这场违背他的意愿打响的战斗除了混乱外,不会有任何结果,于是他利用他的权力竭力阻止军队进攻。他没有采取行动。

库图佐夫骑着他的那匹灰马默默地走着,有人提议发动进攻,他慢条斯理地作了回答。

---

① 巴戈武特(一七六一——一八一二),俄国将军。

"您总是嘴上说要进攻，难道没有看见我们不会进行复杂的机动吗？"他对请战的米洛拉多维奇说。

"我们没有能在早晨活捉缪拉和按时到达指定地点：现在毫无办法了！"他这样回答另一个人。

有人向库图佐夫报告说，在法国人的后方，根据哥萨克的情报，那里原来什么人也没有，现在有两个营的波兰人，这时他扭过头朝后面的叶尔莫洛夫白了一眼（从昨天起他还没有同叶尔莫洛夫说过话）。

"瞧，大家都要求发动进攻，提出各种不同的方案，可是一动手干起来，什么也没有准备好，而有所察觉的敌人却采取了措施。"

叶尔莫洛夫听到这些话眯起眼睛，微微一笑。他知道，对他来说暴风雨已经过去了，库图佐夫只这样点他一下就完了。

"这是他在拿我开心呢。"叶尔莫洛夫用膝盖顶了一下站在他身旁的拉耶夫斯基，低声地对他说。

在这之后不久，叶尔莫洛夫走向前去，恭恭敬敬地向库图佐夫报告说：

"时机还没有丧失，殿下，敌人还没有跑掉。您是否下令进攻？不然近卫军连硝烟也看不见。"

库图佐夫什么也没有说，但是当他接到关于缪拉的部队正在撤退的报告后，便下令进攻；但是每前进一百步就停三刻钟。

整个战役仅仅限于奥尔洛夫—杰尼索夫的哥萨克做的那些事；其余的部队只白白地损失了几百人。

由于这次战役，库图佐夫获得了钻石勋章[1]，本尼格森获得了钻石勋章另加十万卢布，其他的人根据官衔，都得了许多奖赏，在这次战役后，司令部又作了新的调整。

"瞧，**我们永远**都是这样，全都是颠倒的！"塔鲁季诺战役后俄国军官和将军们说，现在人们也这样说，让人觉得有那么一些蠢货把事情弄颠倒了，而我们可不会这样做。但是这样说的人要么是不了解他们说的事情，要么是有意欺骗自己。任何战役——塔鲁季诺战役、波罗金诺战役、奥斯特利茨战役——都不是按照它们的指挥者的设想进行的。

---

[1]　库图佐夫被赐予金剑、钻石勋章和桂冠。

这是一个非常重要的特点。

无数不受约束的力量(因为人在战场上,在决定生和死的地方要比在任何别的地方都不受约束)影响着战役的发展方向,这种方向任何时候都不能事先知道,并且从来都不与某一种力量的方向相一致。

如果许多方向不同的力量同时作用于某一物体,那么该物体运动的方向不能与任何一种力量的方向相一致;常常会朝着中间的、最短的方向运动,这在力学中用力的平行四边形的对角线来表示。

在历史学家们的著作中,尤其是法国历史学家们的著作中,我们看到他们把历次战争和战役都描述成按照事先确定的计划进行的,因此我们由此所能得出的唯一结论是:这些描述是不对的。

塔鲁季诺战役显然并没有达到托尔打算要达到的各部队根据作战部署依次进入战斗的目的;也没有达到奥尔洛夫伯爵想要俘虏缪拉的目的;再说,也没有达到本尼格森和别的人想要一举歼灭敌人一个军的目的;还有,想要参加战斗和立功的军官以及想要得到比以往更多的战利品的哥萨克等人的目的也都没有达到。但是如果要达到的目的是实际完成的事,是当时作为所有俄罗斯人的共同愿望的事(把法国人驱逐出俄国,消灭他们的军队),那么显而易见,塔鲁季诺战役正是由于有许多不得当之处,恰好是战争的那个阶段所需要的。很难而且也不可能想象出有比这次战役的结局更适当的结局。费力最小,造成的混乱最大,损失微不足道,可是却取得了整个战争中最大的战果,从此由退却转为进攻,法国人的弱点暴露了出来,给了即将开始逃跑的拿破仑军队以推动。

八

拿破仑在莫斯科大会战中取得辉煌胜利后进入了莫斯科;这胜利是无可怀疑的,因为会战后战场留在法国人一边。俄国人退却了,放弃了故都。粮食、武器和弹药都很充足并有无数财富的莫斯科落到了拿破仑手里。力量要比法国军队弱一半的俄国军队,在一个月的时间里,没有作一次反攻的尝试。拿破仑所处的地位是最优越不过了。要做到用双倍兵力猛攻俄军残余并加以歼灭,要通过谈判签订有利的和约或在遭到拒绝时进军彼得堡进行威胁,甚至在失利的情况下要么回到斯摩棱斯克或维尔纳,要么留在莫斯科——总之,要保持法国军队那时所处的优越地位,看来并不需要特殊的天才。为此只需要做一件最简单和最容易的事:不允许军队进行抢劫,准备过冬的衣服,在莫斯科可以弄到够全军穿的衣服,再就是用正当方法征集当时(根据法国历史学家的记载)莫斯科拥有的够全军食用半年多的粮食。可是被历史学家们称为所有天才中最伟大的天才并掌握着指挥军队的权力的拿破仑却根本没有这样做。

他不仅根本没有这样做,而且相反,运用他的权力从可供他选择的做法中选择了一种最愚蠢的和最有害的做法。拿破仑可以在莫斯科过冬,可以向彼得堡进军,可以进攻下诺夫哥罗德,可以朝北或朝南、沿着后来库图佐夫走的路线往回走,而他却不这样做,无法想象还有比他的做法更愚蠢和更有害的事,他居然在莫斯科留到十月,放任部队抢劫这个城市,然后犹豫不决,不知该不该在莫斯科留下城防部队,接着撤离了莫斯科,朝库图佐夫的部队靠近,没有交战就向右拐,到了小雅罗斯拉韦茨,又不作突破的尝试,没有沿着库图佐夫走的道路前进,而是沿着遭到破坏的斯摩棱斯克大道往回朝莫扎伊斯克走,再也想象不出比这种做法更愚蠢、对军队更有害的做法了,造成的后果证明了这一点。就是最有经验的战略家在知道拿破仑的目的是要毁灭他自己的军队的情况下,也想不出有别于拿破仑的做法的另一些根本不考虑俄国军队采取的措施、毫无疑问会完全毁了整个法国军队的行动。

天才的拿破仑这样做了。但是如果说拿破仑毁了自己的军队是因为他愿意这样做,或者是因为他非常愚蠢,那就如同说拿破仑把他的军队带到莫斯科是因为他愿意这样做,是因为他非常聪明和富有天才,这些说法都是不正确的。

在这两种情况下,他个人的活动并不比每个士兵个人的活动起更大的作用,只不过符合现象发生的规律罢了。

历史学家们完全错误地告诉我们(只是因为结果没有证明拿破仑的活动是正确的),在莫斯科时拿破仑的能力减退了。其实他仍像以前和以后、即在一八一三年那样,利用自己的本领和能力为他自己和他的军队谋求最好的结果。这个时期拿破仑的活动与他在埃及、意大利、奥地利和普鲁士的活动一样,同样令人惊叹。我们并不确切知道拿破仑在埃及,在那个四千年的历史看着他的伟大 ① 的国度里表现出的英明远见在多大程度上是确实的,因为这些伟大的功绩都只是法国人给我们描述的。我们不能正确地判断他在奥地利和普鲁士的天才表现,因为关于他在那里的活动情况只能从法国和德国的文献资料中得知;而整个军团不经战斗就莫名其妙地投降,许多要塞不攻自破,这想必会使得德国人认为他的天才是对德战争中取胜的唯一解释。但是我们,谢天谢地,没有那种通过承认他的天才来给自己遮羞的理由。我们为获得简单地和直截了当地看问题的权利而付出了代价,我们决不放弃这个权利。

拿破仑在莫斯科的活动也像他在所有地方的活动一样,是令人惊叹的和富有天才的。从他进入莫斯科之时起直到离开莫斯科,接二连三地发表命令,制定计划。居民走光和没有代表团迎接以及莫斯科发生大火,都没有使他惊慌。他既没有忽视自己的军队的利益,也没有忽视敌人的行动,既没有忽视俄国各族人民的利益,也没有忽视巴黎的政务,在外交上一直考虑着议和的条件。

九

在军事方面,拿破仑在进入莫斯科后立即严令塞巴斯蒂亚尼 ② 将军密切注意俄国军队的行动,派遣部队到各条道路上去,命令缪拉务必找到库图佐夫的行踪。再就是努力加强克里姆林宫的防御;然后制定了在全俄作战的天才计划。在外交方面,拿破仑把遭到抢劫、衣衫褴褛、不知如何逃出莫斯科的雅科夫列夫上尉 ③ 叫来,对他详细说明自己的政策和自己的宽容,写了一封给亚历山大皇帝的信,叫雅科夫列夫送到彼得堡去,信中他认为自己有责任告诉自己的朋友和兄弟,拉斯托普钦

---

① 拿破仑于一七九八年七月二十日在交战前夕在国巴贝村和金字塔之间对部队发表讲话说:"士兵们!四千年历史今天从这些金字塔上面看着你们!"
② 塞巴斯蒂亚尼(一七七五—一八五一),法国元帅。
③ 雅科夫列夫(一七六七—一八四六),是著名作家赫尔岑的父亲,赫尔岑在《往事与随想》里对拿破仑召见他的父亲的情况作了叙述,见该书第一卷第一章。

在莫斯科许多事情处理得很糟糕。拿破仑还对图托尔明①详细说明了自己的设想，再次表示将宽大为怀，他也派这个小老头到彼得堡去进行谈判。

在司法方面，在发生大火后立即下令捉拿纵火犯和处死他们。对恶棍拉斯托普钦的惩罚是下令烧掉他的房子。

在行政方面，恩赐莫斯科一部法规，成立了市政府，公布了以下告示：

莫斯科的居民们！

你们的灾难极其深重，但是皇帝陛下和国王想要制止它的蔓延。可怕的例子已使你们明白，他将如何惩罚违抗命令和犯罪的行为。已采取严厉措施，以便制止混乱和恢复整个社会的治安。从你们当中选出的慈父般的行政人员将组成你们的市政府或市政管理局。这个机构将关心你们，关心你们的需要，关心你们的利益。它的成员将佩戴红色绶带，市长除此之外将系一条白腰带。但是在公余时间他们只在左臂佩戴红袖章。

市警察局已照原有规章成立，通过它的活动，秩序已有好转。政府任命了两名总监(或叫警察局长)和二十名警官(或叫警察所长)，后者将分管市区各个部分。他们左臂将佩戴白色袖章，你们可以从这标志认出他们。几个不同宗教的教堂已经开放，可以自由地到那里做礼拜。每天都有你们的同胞回到自己的住所，已经发布了命令，让这些遭到不幸的人们回家后能得到帮助和庇护。这就是政府为了恢复秩序和改善你们的处境所使用的方法；但是为达到此目的，你们需要与政府共同努力，如果可以的话，需要忘记你们遭到的不幸，寄希望于不那么残酷的命运，相信等待着那些胆敢侵犯你们的人身安全和掠夺你们剩下的财产的人的，将是无法逃脱的和可耻的死亡，最后，你们不要怀疑，你们的生命财产将得到保障，因为这是所有君主中最伟大和最公正的君主的意愿。不论属于哪个民族的士兵们和居民们！请重新建立起公众的信任，这是国家幸福的源泉，请你们像兄弟一样生活，相互帮助和相互

① 图托尔明(一七五一——一八一五)，退役陆军少将，儿童收容所所长。

保护，团结一致挫败坏人的阴谋，服从军政当局，这样很快你们将不再流泪了。

　　在解决军粮问题方面，拿破仑命令各部队轮流到莫斯科去抢劫，为自己准备粮食，用这样的方法保证军队在未来一段时间里有粮食吃。

　　在宗教方面，拿破仑下令召回神父，教堂里恢复做礼拜。

　　在商业方面，同时为了征集军粮，到处张贴了如下布告：

布　　告

　　过着安定生活的莫斯科居民们，因战乱而离开城市的工匠和工人们，因不必要的恐惧仍流落在田野的农民们，你们听着！京城已恢复平静，秩序正在重建。你们的同胞看到他们受到尊重，都大胆地从隐蔽的地点走出来。针对他们和他们的财产的任何暴力行为，立刻受到了惩罚。皇帝陛下和国王保护他们，除了违抗他的命令者外，不认为你们当中的任何人是敌人。他希望结束你们的不幸，让你们回到自己的家里与家人团聚。请遵照他的善良的意图，平安无事地到我们这里来。居民们！放心地回到你们的住处来吧：你们很快就会找到满足你们需要的办法！手艺人和勤劳的工匠们！回来干你们的活吧：房屋、店铺、守卫人员等待着你们，你们的工作将会得到应有的报酬！最后，还有你们，农民们，从你们被吓得躲进去的树林里出来吧，放心地回到你们的家园，你们完全可以相信，你们会得到保护。城里设立了粮栈，农民可以把自己的余粮和地里的其他产品运到那里去出售。政府为了保证自由买卖，采取了如下措施：（一）自即日起，农民、庄稼人和居住在莫斯科近郊的人均可把自己的各种产品运到城里两个指定的粮栈（一在莫霍瓦亚街，一在猎人市场）来卖，不会有任何危险；（二）上述粮食将按买卖双方议定的价格交易；但是如果卖方得不到他所要求的合理的价钱，可以把产品运回自己的村子，任何人不得以任何借口加以阻拦；（三）每个星期日和星期三定为集日；因此每逢星期二和星期六将派足够数量的部队到城外各条大道上去保护运粮车队；（四）将采取同样措施，以保证回程的农民及其车辆和马匹通行无阻；（五）将立即设法恢复平常的贸易。城乡的居民们，还有你们，不论是哪个民族的工人和工匠们！现号召你们实现皇帝陛下和国王的仁慈的意愿，和他一起促进共同的安乐。请你们向他表示尊敬和信任，赶快和我们团结在一起！

在提高部队士气和激励民众方面，不断举行检阅，颁发各种奖赏。皇帝骑马巡视街道，安抚老百姓；虽然忙于各种国家大事，仍亲自到根据他的命令建立的剧院看戏。

在作为帝王高尚品德的表现的慈善事业方面，拿破仑也做了他力所能及的一切。他吩咐在慈善机构的门口写上我的母亲之家，通过这件事把孝敬父母之心与君主伟大的恩德结合起来。他参观了儿童收容所，让那些被

他拯救出来的孤儿们吻他白净的手，和善地与图托尔明谈话。然后，根据梯也尔的能言善辩的叙述，他下令用他伪造的俄国假币给自己的部队发饷。他用与他和法国军队相称的做法扩大这些钱币的使用范围，下令给房产被烧者发补贴。但是由于食品太贵，不能发给大多怀有敌意的异国人，拿破仑认为最好的办法是发钱给他们，让他们到别的地方去弄食物；于是他下令给他们发纸卢布。[1]

在加强军队纪律方面，不断发布命令，严惩玩忽职守的行为和制止抢劫。

<h1 style="text-align:center">十</h1>

但是奇怪的是，所有这些命令、考虑和计划虽然完全不比在类似情况下发布的另一些要差，但是没有触及事情的实质，就像表盘上脱离了机件的时针没有咬住齿轮，任意地和无目的地转动一样。

在军事方面，制定了一个天才的作战计划，梯也尔在谈到这个计划时说，他的天才从来没有发明过更加深刻、更加精明、更加惊人的东西，这位历史学家还就这个计划与费恩[2]先生展开了论战，证明制定这

① 见梯也尔的《帝国的历史》一书第三卷。
② 费恩(一七七八——一八三七)，拿破仑的秘书，著有《关于一八一二年的手稿》一书。

个天才的计划的时间是十月十五日而不是十月四日,可是这个计划从来没有实行过,也不可能实行,因为它没有任何接近实际的东西。为了加强克里姆林宫的防御,需要拆除清真寺(拿破仑这样称呼圣瓦西里教堂),这是完全不必要的。在克里姆林宫埋地雷只有助于拿破仑在撤离莫斯科时炸毁克里姆林宫的愿望的实现,就像小孩在地板上摔痛了就敲打地板一样。拿破仑非常关心的追击俄军一事,成了闻所未闻的怪现象。法国的军事将领们居然找不到六万俄军的行踪,而用梯也尔的话来说,只是由于缪拉的高明,似乎也是由于他的天才,才像找一根针似的找到了这支六万人的俄国军队。

在外交方面,拿破仑在图托尔明和雅科夫列夫(他主要关心的是能否得到一件大衣和一辆马车)面前说明他宽宏和公正时提出的所有论据都毫无用处,因为亚历山大没有接见这两位使者,也没有对他们的使命做出反应。

在司法方面,处决了一批臆想的纵火犯后,莫斯科的另一半也烧毁了。

在行政方面,市政府的建立未能制止抢劫,只给某些加入市政府的人带来了好处,他们借口维持秩序,不是进行抢劫,就是保护自己不受抢劫。

在宗教方面,当年他在埃及时到清真寺去了一次,就轻易地把事情安排好了 [①],而在这里却毫无结果。在莫斯科找到的两三个神父试着执行拿破仑的意旨,其中一个在做礼拜时被法国兵打了耳光,关于另一个的情况,法国官员在报告中这样写道:"我找来主持弥撒的那个神父把教堂打扫干净后锁上了门。当天夜里有人来砸门撬锁,撕毁书籍和干其他坏事。"

在商业方面,给勤劳的工匠和农民看的布告贴出后,没有任何反响。城里没有勤劳的工匠,而农民抓住到太远的地方去张贴这布告的警官,并把他们打死。

在建立剧院以供军民娱乐方面,事情同样没有办成。在克里姆林

---

① 拿破仑在埃及时,为了拉拢埃及人,宣布尊重伊斯兰教信仰和清真寺不可侵犯。

宫和波兹尼亚科夫家 ① 建立的剧院立即关闭了,因为男女演员都遭到了抢劫。

慈善事业也没有取得所希望的结果。真假钞票充斥整个莫斯科,弄得真假难分,钞票都不值钱了。搜刮钱财的法国人只要黄金。不仅拿破仑恩赐给难民的假币一钱不值,而且白银与黄金相比也跌价了。

然而当时最高当局的政令不起作用的最惊人表现,是拿破仑在制止抢劫和恢复纪律方面所做的努力毫无结果。

军队的长官是这样报告的。

"虽然已明令禁止,但是城里抢劫仍在继续进行。秩序还没有恢复,没有一个商人是以合法的方式做买卖的。只有随军商贩敢出售货物,不过他们卖的都是抢来的东西。"

"我的管区的一部分继续遭到第三军士兵的抢劫,他们并不满足于夺走躲藏在地下室里的不幸的居民的那一点点财物,而且残忍地用马刀砍伤他们,我本人曾多次见到过这种情况。"

"没有新的情况,不过士兵们还在抢劫和偷盗。十月九日。"

"偷盗和抢劫在继续。我区有一个盗窃团伙,需要采取有力措施加以制止。十月十一日。"

"虽然多次下令严禁抢劫,但是仍可看见近卫军的抢劫者成群结队回到克里姆林宫来,皇帝对此极为不满。昨天、昨天夜里和今天在老近卫军里又出现破坏纪律和进行抢劫的现象,而且比任何时候都要严重。这些精选出来保卫皇帝的士兵,本当成为遵守纪律的榜样,可是却不服从命令,哄抢存放军用物资的地下室和仓库,皇帝见了非常痛心。另一些人居然放肆到不听哨兵和卫队军官的劝阻、打骂他们的地步。"

"宫廷总典礼官非常生气地抱怨说,"总督写道,"虽然一再禁止,士兵仍继续到所有院子里,甚至到皇帝窗下大小便。"

这支军队如同一群无人看管的牲口,脚下踩踏着可以使它们免于饿死的饲料,毫无必要地待在莫斯科,一天天走向崩溃和灭亡。

但是它待在那里不动。

直到斯摩棱斯克大道上的车队被截、塔鲁季诺战役失利使得它突

---

① 波兹尼亚科夫家族是俄国十六世纪以来的著名商人家族。

然陷入一片惊慌时，这支军队才开始逃跑。关于塔鲁季诺战役的消息拿破仑是在进行检阅时出乎意外地接到的，这个消息，如同梯也尔所说的那样，使他产生了惩罚俄国人的愿望，于是他满足全军的要求，下令出发。

这支军队在逃出莫斯科时，人人都带上所有抢来的东西。拿破仑也带上他本人的财宝。他看见队伍里挤满了各种车辆，不禁大吃一惊（梯也尔这样说）。但是有作战经验的他没有像在快到莫斯科时对待一个元帅的大车那样，下令把所有多余的车辆烧掉，而是朝士兵们乘坐的各种马车看了一眼，说这样很好，这些马车可用来运送粮食和伤病员。

整个军队很像一只受伤的野兽，它觉得自己快要死亡，而又不知道自己在干什么。研究拿破仑及其军队从进入莫斯科起到遭到灭亡为止这段时间里巧妙的作战行动及其目的，无异于研究受了致命伤的野兽临死前的跳跃和抽搐的意义。受伤的野兽常常听见一点响声就朝开枪的猎人扑过去，来回奔跑，自己加速自己的死亡。拿破仑在他的整个军队的压力下也这样做。塔鲁季诺战役的响声惊动了这只野兽，于是它朝射击的地方奔去，跑到猎人那里后又转回来，然后又朝前奔，又转回来，最后如同任何野兽一样，往回跑，走的是最不利和最危险、然而是熟悉的老路。

我们总觉得拿破仑是这整个行动的领导者（正如野蛮人觉得雕在船头的人像是指导船只航行的力量一样），其实他在他的整个活动期间如同一个孩子，抓住拴在马车里面的带子，自以为是在赶车。

十一

十月六日清晨，皮埃尔出了木板房又走回去，在门口停住，逗弄一只身长、腿短且弯、常在他身旁转来转去的雪青色小狗。这只小狗就住在他们的木板房里，与卡拉塔耶夫一起过夜，但是有时到城里某个地方去，然后又回来。它大概从来不属于任何人，现在它也没有主人，没有任何名字。法国人叫它阿佐尔，爱讲故事的士兵叫它费姆加尔卡，卡拉塔耶夫和别的人叫它灰毛，有时叫它奄耳朵。虽然它不属于任何人，没有名字，甚至不知属于什么品种，毛色也说不清，但是看起来这只雪青色的小狗日子并不难过。它那蓬松的圆滚滚的尾巴像帽盔羽饰似的笔直地向上翘起,罗圈腿很听使唤,使得它常常不用四条腿,而是姿势优美地抬起一条后腿,灵活地用三条腿很快地跑路。它对一切都感到高兴。时而快乐地尖叫着,仰面躺下,时而带着深沉和若有所思的神情晒太阳,时而蹦蹦跳跳地玩弄一个木片和一根干草。

皮埃尔现在上身穿的是一件又脏又破的衬衫,这是他原有的衣服所剩下的唯一的一件,下身穿的是一条士兵的裤子,根据卡拉塔耶夫的劝告用绳子扎上裤脚以保暖,外面穿着一件长衫,头戴一顶农民的帽子。在这段时间里皮埃尔的身体发生了很大变化。虽然还保持着根据遗传得来魁梧强壮的体魄,但是已不显得那么胖了。脸的下部长满了胡子;长得很长、满是虱子的蓬乱蜷曲的头发,像一顶帽子那样盖在头上。眼睛的表情是坚定、平静、充满生气和警觉的,这种表情以前皮埃尔从来未曾有过。以前从他的目光里表现出来的懒散的样子不见了,现在他精神振作,仿佛随时准备行动和反抗似的。他脚上没有穿鞋。

皮埃尔时而看看下面的田野,那里今天早上有许多车辆和骑马的人在络绎不绝地行走,时而望着远方河的对岸,时而看看近旁假装真的要咬他一口的小狗,时而看看自己的那双光脚,高高兴兴地活动着粗大肮脏的脚指头,不断改换着姿势。当他看自己的光脚时,每次他的脸上都掠过兴奋的和得意的微笑。这双光脚的样子使他想起了这段时间他经受过的和明白了的一切,回想起这些,他感到很愉快。

已经一连几天无风,天气晴朗,早晨有轻微的霜冻—— 这是所谓的小阳春。

在户外,在阳光下还很暖和,这种温暖加上还可在空气中感觉到的早晨霜冻的那种令人神清气爽的凉意,使人觉得格外舒服。

在万物表面,无论是远的和近的,都有一层只有在这秋天时节才有的神奇的晶莹的亮光。远处可以看见麻雀山以及上面的村庄、教堂和白色的大房子。光秃秃的树木、沙地、石块、房顶、教堂的绿色的尖顶、远处大房子的墙角—— 所有这一切的细微的线条都在明净的空中异常清晰地显现出来。近处可以看见一个被法国人占据的和一半被烧毁的贵族宅院的断垣残壁,院墙边还长着一丛丛墨绿色的丁香。就连这座在阴天看了令人讨厌的残破丑陋和肮脏不堪的房子,在明亮的阳光直射下,也使人觉得欣慰和好看。

一个法国军士像日常居家时那样敞着怀,头戴便帽,嘴里叼着烟斗从木板房的角落里出来,友好地眨眨眼,走到皮埃尔面前。

"多么好的太阳,是吗,基里尔先生?（所有法国人都这样叫皮埃尔）。完全像春天一样。"这个军士靠在门上,请皮埃尔抽烟,虽然他这样做时每次都被皮埃尔谢绝了。

"要是在这样的天气去行军作战……"他刚要说下去。

皮埃尔问他关于出发的事听到了什么,军士说,几乎所有部队都出发了,今天想必会接到关于俘虏的命令。在皮埃尔住的木板房里,有一个叫索科洛夫的士兵病得快要死了,皮埃尔对军士说,应当照管一下这个士兵。军士说,皮埃尔尽可放心,流动医院和常设医院会管的,对病人将会做出安排,总之,凡是可能发生的事,长官都预见到了。

"再说,基里尔先生,您只要对上尉说一声,您知道……他这个人……什么也不会忘记。他来巡查时您就对他说;他什么事都愿为您尽力……"

军士所说的那个上尉经常与皮埃尔进行长谈,在各种事情上对他都很宽容。

"您知道,我可以当着圣多马①发誓说的是实话,有一次他对我说,基里尔是一个有学问的人,会说法语;这是一个遭难的俄国贵族,不过是个人物。他明白事理……如果他需要什么,不要拒绝他。一个人学了点什么,就会喜欢知识和有教养的人。我是在说您,基里尔先生。前几天要不是您,事情可就糟了。"

军士还聊了一会儿就走了。（军士提到的几天前发生的事,指的是俘虏和法国人打架,皮埃尔劝住难友,把事情平息了。）几个俘虏听着皮埃尔和军士谈话,马上就问他说了什么。皮埃尔回答难友们说,军士讲到了部队出动的事,这时一个面黄肌瘦、穿着破衣服的法国士兵走到了木板房门口。他迅速而胆怯地把手指举到额头前表示敬礼的意思,问皮埃尔替他做衣服的士兵普拉托什是否住在这座木板房里。

一个星期前法国人得到了一批皮料和麻布,便交给俘虏们缝靴子

---

① 圣多马是耶稣的十二门徒之一。

和衬衫。

"做好了，做好了，小鹰！"卡拉塔耶夫拿着叠得整整齐齐的衬衫走出来说。

卡拉塔耶夫在天气暖和时，为了便于干活，只穿一条裤子和一件黑得像烂泥的破衬衫。他按照工匠的习惯，用韧皮纤维扎住头发，这样他的圆脸就显得更圆和更可爱了。

"说到做到。说星期五做好，就星期五做好。"普拉东说，微笑着打开他做好的衬衫。

法国人不安地回头看了一眼，仿佛是在克服疑虑，很快脱下制服，穿上衬衫。这个法国人在制服里面没有穿衬衫，他的又黄又瘦的光身子上穿着一件长长的、油脂麻花的、带花的绸背心。看来他担心看着他的俘虏会发笑，于是急忙把脑袋伸进衬衫里。俘虏当中谁也没有说一句话。

"瞧，正合身。"普拉东一面抻着衬衫，一面说。法国人伸出了脑袋和胳膊，没有抬起眼睛，察看着自己身上的衬衫和接缝。

"怎么样，小鹰，要知道这不是裁缝铺，没有像样的工具；常言道：没有工具，连虱子也捉不住。"普拉东说，圆脸上挂着微笑，看来为他自己的活计而高兴。

"很好，很好，谢谢，麻布在哪儿，有剩的吗？"法国士兵说。

"你要是贴身穿的话，就会更合身。"卡拉塔耶夫说，继续为他的手艺而高兴。"那就会又好又舒服。"

"谢谢，谢谢，亲爱的，剩下的麻布呢？……"法国人微笑着又说了一遍，拿出钞票，给了卡拉塔耶夫，"把剩布给我……"

皮埃尔看见普拉东不想听懂法国人说的话，他没有干预，只看着他们。卡拉塔耶夫接过钱，道了谢，仍继续欣赏自己的活计。法国人坚持要普拉东归还剩布，请皮埃尔翻译他说的话。

"他要剩布有什么用？"卡拉塔耶夫说，"倒可以用来给我们做出色的包脚布。好吧，就这样吧。"卡拉塔耶夫脸色变得忧郁起来，从怀里掏出一卷边角料，眼睛没有看法国人，顺手递给他。"唉！"卡拉塔耶夫说了一声往回走。法国人朝剩布看了看，沉思起来，用疑问的目光瞥了皮埃尔一眼，仿佛皮埃尔的目光能告诉他什么似的。

"普拉托沙,好吧,普拉托沙。"法国人突然涨红脸,尖声喊道。"你拿去吧。"说着把边角料递给普拉东,转身走了。

"瞧这人,"卡拉塔耶夫摇摇头说,"听说他们不是基督徒,可是也还是有良心的。怪不得老人们说:穷人慷慨,富人吝啬。他自己一无所有,却把东西给人。"卡拉塔耶夫若有所思地微笑着和看着边角料,沉默了一些时候。"这倒可以做一副出色的包脚布。"他说,回到木板房里面去了。

十二

皮埃尔到俘虏营已有四个星期了。虽然法国人要把他从士兵的木板房转到军官的住处去,但是他仍留在第一天进的那座木板房里。

在遭到破坏和被烧毁的莫斯科,皮埃尔经受了一个人所能忍受的极端的艰难困苦;但是由于他具有他自己至今没有意识到的健壮的体魄,尤其是由于这些艰难困苦是不知不觉地到来的,很难说从什么时候开始,因此他在这样的处境中不仅感到轻松,而且感到愉快。正是在这个时候,他获得了以前追求过而没有追求到的平静和满足。他曾长期在自己的生活中从各个方面寻求这种安宁和内心的和谐,寻求在参加波罗金诺会战的士兵身上的那种使他感到惊讶的东西——他曾在慈善事业中,在共济会中,在上流社会的消遣中,在酒杯中,在自我牺牲的英雄业绩中,在对娜塔莎的浪漫爱情中寻求过;在这过程中他还进行了苦苦的思索,可是所有这些寻求和尝试都使他失望。然而他在自己没有去想这事的情况下,却通过体验死的恐惧,通过忍受艰难困苦,通过他从卡拉塔耶夫身上得到的启示终于得到了这种安宁和内心的和谐。他经历了行刑时的可怕时刻后,那些以前他觉得很重要的、使他心神不宁的思想和感情仿佛永远从他的想象和回忆中消失了。他既没有想到俄罗斯,也没有想到战争,既没有想到政治,也没有想到拿破仑。他显然觉得,这一切与他无关,他没有这个能力,因此不能对这一切作出判断。"俄罗斯与夏天——两不相关。"他重复着卡拉塔耶夫的话,这些话奇怪地使他得到安慰。他现在觉得他刺杀拿破仑的意图以及计算神秘的数字与启示录的兽是否相符的做法是不可理解的,甚至是可笑的。他对妻子的愤恨以及怕玷污自己的姓氏的担心，现在他觉得不仅是毫无意义的，而且是滑稽的。那个女人在那里过着她喜欢过的生活，这与他有什么相干呢？人们知不知道有一个俘虏名叫别祖霍夫伯爵，这究竟与谁，尤其是与他有什么关系呢？现在他经常想起他和安德烈公爵的一次谈话，完全同意他的意见，只不过对安德烈公爵的想法的理解稍有不同。安德烈公爵认为幸福常常只是反面的，并且这样说，但是他说话的语气带有苦涩和讽刺的意味。仿佛他在这样说时，说的是另一种想法——说的是老天爷让我们怀有追求正面的幸福的愿望，仿佛只是为了不给以满足而折磨我们。但是皮埃尔没有任何别的用意就承认这一点的正确性。现在他觉得，没有痛苦，需要得到满足，因而获得选择从事何种活动即选择过什么样的生活的自由，是一个人的毫无疑问的和最高的幸福。只有在这里，只有在现在，皮埃尔才第一次珍视想吃时能吃，想喝时能喝，想睡觉时能睡觉，感到冷时得到温暖，有话想说和想听一听别人的声音时能够谈话的快乐。各种需要——好的食物、清洁的环境、自由等——得到满足，在他失去这一切时，他才觉得这是无上的幸福，而活动的选择即生活方式的选择，在这种选择受到限制时，他才觉得是一件非常容易的事，以至于忘记了生活过分的舒适会使人完全失去各种需要得到满足的幸福，而选择活动的更大自由，即所受教育、财富、在上流社会中的地位给予他的那种自由，会使活动的选择变得无法解决地困难，最后使得从事活动的需要和可能性也都消失了。

现在皮埃尔一心想着他获得自由后将会怎么样。然而后来以及在他的整个一生中，他都怀着喜悦的心情想起和谈到这一个月的俘虏生活，想起和谈到那些一去不复返的强烈的和快乐的感觉，而主要的，想起和谈到他只有在这个时期才有的完全平静的心情和内心的充分自由。

他在第一天的大清早起来，天刚亮就出了木板房，首先看见了新圣母修道院的阴暗的圆顶和十字架，看见了落满尘土的野草上的霜花，看见了麻雀山的山丘以及蜿蜒曲折、隐没在淡紫色的远方的树木丛生的河岸，觉得一股新鲜空气拂面而来，听见了从莫斯科城里飞来经过田野的寒鸦的鸣叫，接着从东方突然喷射出金光，太阳庄严地从乌云后面露出它的边缘,于是圆顶、十字架、霜花、远方、河流等都在快乐的阳光下闪闪发亮——这时皮埃尔体验到了一种他从未体验过的生活充满欢乐和可以信赖的感觉。

这种感觉在他住在俘房营的整个时间内不仅没有离开过他,相反,随着他的处境的困难的增加而不断增强。

皮埃尔在进了木板房之后不久,便在他的难友中间享有很高的威信,这使得他的这种做好一切准备和精神振作的感觉进一步保持下来。皮埃尔懂得几种语言,受到法国人的尊敬,为人朴实,有求必应(他按军官待遇每星期得到三个卢布),力气大,士兵们看到他如何把钉子摁进木板房的墙壁,对待同伴态度温和,有一种他们不理解的一动不动地坐在那里什么也不干只顾想事情的本事——这一切使得士兵们觉得他是一个有点神秘的高不可攀的人物。力气大、轻视舒适的生活、漫不经心、朴实——他的这些特点在他以前生活的那个社会中对他来说即使不是有害的,那也使他感到不自由,如今在这里,在这些人中间,使他得到了几乎是英雄的地位。皮埃尔感觉到,这种看法实际上是对他提出了一定的要求。

十三

在十月六日到七日的夜里,法国人开始行动:拆除了厨房和木板房,装好车,于是部队和车辆出发了。

早晨七点,法国的押送队身穿行军服,头戴高筒帽,带着枪,背着背囊和大口袋站在木板房前,整个队列里响起了一片热闹的法语说话声,其中夹杂着许多骂人的话。

木板房里大家都准备好了,穿好了衣服,束上了腰带,穿好了鞋,只等着出发的命令。生病的士兵索科洛夫脸色苍白,身体消瘦,眼圈发青,他一个人没有穿衣和穿鞋,坐在自己的位置上,两只瘦得鼓出的眼睛带着疑问的神情看着没有注意他的难友们,发出声音不大、但很均匀的呻吟声。看来他呻吟主要不是因为病痛——他得的是痢疾,而是因为害怕一个人留下来,心里感到难受。

皮埃尔穿上了卡拉塔耶夫用一个法国人拿来补他的鞋底的包茶

箱的生皮做的鞋，用绳子束腰，走到了病人那里，在他面前蹲了下来。

"没有什么，索科洛夫，其实他们并不全都走！他们的医院还在这里。也许你会比我们更好些。"皮埃尔说。

"啊，老天爷！啊，我要死了！啊，老天爷！"索科洛夫更加大声地呻吟起来。

"我这就再去问他们。"皮埃尔说，站起身来，朝木板房门口走去。在皮埃尔快要走到门口时，门外昨天请皮埃尔抽烟的那个军士带着两个士兵走过来。军士和士兵都穿着行军服装，背着背囊，头上戴着高筒帽，带铜搭扣的帽带紧扣着，这使得他们平时的面貌变了样。

军士是奉命来关门的。在把俘虏放出来前需要清点人数。

"军士，这病人怎么办？……"皮埃尔开口说道；但是他在说这话时犹豫起来，弄不清这是那个他熟悉的军士还是另一个人，一个陌生人，因为这时这军士不像他原来的样子。除此之外，在皮埃尔说这话时，从两边突然传来了鼓声。军士听了皮埃尔的话，皱起眉头，说了一句毫无意义的骂人话，砰的一声关上了门。木板房里变得昏暗起来；两边的鼓使劲地敲着，鼓声淹没了呻吟声。

"瞧，这就是它！……又是它！"皮埃尔自言自语地说，不禁觉得背上发冷。在军士的那张改变了的脸上，在他说话的声音里，在那刺激神经和淹没其他声音的鼓声里，皮埃尔发现了一种神秘的、毫无同情心的力量，这力量促使人违背自己的意愿去残杀同类，他在上次行刑时曾看见过这种力量所起的作用。害怕这种力量，竭力躲避它，向那些作为这种力量的工具的人提出请求或对他们进行规劝，是毫无意义的。现在皮埃尔知道这一点。应当等待和忍耐。皮埃尔再也没有到病人那里去，没有再回头看他一眼。他皱起眉头，默默地站在木板房的门旁。

木板房的门打开后，俘虏们像一群绵羊一样，互相踩着压着，朝门口挤去，皮埃尔挤到他们前面，走到了军士说的那个什么事都愿为皮埃尔尽力的上尉面前。上尉也穿着行军服装，他那冷冰冰的脸上也露出了皮埃尔从军士的话和鼓声中发现的那个"它"。

"走，走。"上尉说，严肃地皱起眉头，看着从他身旁挤过去的俘虏。皮埃尔明知他的尝试是白费力气，还是走到了上尉面前。

"怎么，还有什么事？"那军官冷冷地回头看了一眼，仿佛没有认出来似的,问道。皮埃尔说了病人的事。

"他也得走,让他见鬼去吧!"上尉说。"走,走。"他眼睛不看皮埃尔,继续说道。

"不行,他快要死了……"皮埃尔又开口要说。

"您要怎么样?!"上尉凶狠地皱起眉头喊道。

咚——咚——咚,咚——咚——咚,鼓在敲着。皮埃尔知道那神秘的力量已经完全控制了这些人,现在再说什么也毫无用处了。

俘虏的军官与士兵分了开来,叫他们在前面走。军官有三十来人,皮埃尔也包括在他们之中,士兵大约有三百人。

从别的木板房里放出来的被俘军官皮埃尔都不认识,他们穿得要比皮埃尔好得多,用不信任的和疏远的目光看着皮埃尔和他的鞋。离皮埃尔不远的地方走的是一个胖胖的少校,看来他受到难友们的普遍尊敬,他身上穿着喀山长袍,腰束一条毛巾,又黄又肿的脸上带着怒气。他把一只拿着烟荷包的手放在怀里,另一只手拄着长烟管。这个少校喘着粗气,发出呼哧呼哧的声音,嘴里嘟囔着,生大家的气,因为他觉得有人推了他,觉得大家在没有什么急事时急急忙忙赶路,没有什么可奇怪时大惊小怪。另一个瘦小的军官和大家搭话,推测着现在要把他们带到哪里去,今天他们能走多远。一个穿毡靴和军需官制服的官员跑来跑去观看被焚毁的莫斯科,大声地说着他观察到的情况,告诉大家什么被烧了,眼前出现的是莫斯科的哪个部分。另一个军官根据口音判断是波兰人,跟军需官进行争论,向他证明他认错了莫斯科的街区。

"你们争论什么?"少校生气地问。"尼哥拉街还是弗拉斯街,全都一样;你们看,都烧光了,全完了……挤什么呀,难道还嫌路太窄?"他生气地对一个在他后面走、根本没有挤着他的人说。

"哎——呀——呀,这是怎么搞的呀!"时而从这边,时而从那边传来了观看火场的俘虏说话的声音,"莫斯科河南岸区、祖博沃都烧了,看,克里姆林宫烧掉了一半……我对你们说过,整个莫斯科河南岸区全完了,瞧,就是这样。"

"您知道烧了,那还说什么!"少校说。

在经过哈莫夫尼基(这是莫斯科少数没有烧毁的街区之一)的教堂时,这一群俘虏突然挤到一边,发出了惊恐和厌恶的喊叫声。

"瞧这些坏蛋！真是些没心肝的人！是个死人，真的是个死人……脸上还抹了什么。"

皮埃尔听见喊声，断定这是教堂旁边的什么东西引起的，便朝那里走去，模模糊糊地看见有个东西靠在教堂的围墙上。从看得比他清楚的难友们口中得知，这是一具直立着靠在围墙上的尸体，脸上还抹着煤烟……

"走，该死的……走……你们这些鬼东西……"响起了押送兵的叫骂声，这些法国士兵又变得凶狠起来，拔出短剑驱散围观死人的俘虏们。

十四

在通过哈莫夫尼基街区的各条小巷时，俘虏们只与押送队一起走，后面跟着属于押送队员的各种车辆；但是到了粮食仓库时，他们落到了一支一辆接一辆紧挨着前进的炮兵车队的中间，这支车队中还夹杂着一些私人的车辆。

到了桥头，所有的人都停了下来，等待着前面的人过去。俘虏们从桥上可以看见前面和后面正在行进的一支望不见尽头的车队。在右边，在卡卢加大道经过涅斯库奇诺耶拐弯的地方，无数部队和车辆一直伸展到远方，消失在那里。这是最早出发的博加尔内①军的部队；在后面，沿着滨河街行进和通过石桥的，则是内伊的部队和车辆。

俘虏们所在的达武的部队通过了克里木浅滩，一部分已到了卡卢加街。但是车队拉得很长，以至于博加尔内的最后的车队还没有出莫斯科到卡卢加街，而内伊的先头部队已出了大奥尔登卡。

在经过克里木浅滩时，俘虏们走几步就停下，然后再往前走，四面八方的车辆和人愈来愈拥挤。桥与卡卢加街之间只有几百步，俘虏们花了一个多钟头才走完，然后到了莫斯科河南岸区的街道与卡卢加街会合的广场，在那里挤成一堆停住了，在这十字路口站了几个钟头。从四面八方传来像大海的波涛声那样一刻不停的车轮滚动声，还有脚步

① 见第三卷第二部第二十七章注。

声以及连续不断的怒斥声和咒骂声。皮埃尔紧靠着一座烧毁的房子的墙壁站着,听着这种在他的想象中与鼓声连成一片的声音。

几个被俘的军官为了看得更清楚些,爬到了皮埃尔身旁的那座被烧房子的墙上。

"人真多! 哎唷,多极了! 大炮上都堆满了东西! 瞧:毛皮衣服……"他们说,"瞧这些畜生,抢了多少东西……这个人后面,在大车上……要知道这是从圣像上扯下来的,真的! ……这想必是德国人。还有一个我们的农民,真的! ……唉,下流坯! ……瞧,那人背着多少东西,走路都快要走不动了! 居然这样,连轻便马车也都抢来了! ……瞧那家伙坐在箱子上。老天爷! ……那里有人打起来了! ……"

"就这样揍他的嘴巴,揍他的嘴巴! 这样等下去到晚上也走不了。看,你们看……这大概是拿破仑本人。瞧那马多棒! 衣服上绣着花字,戴着皇冠。这是一座活动房子。一只口袋掉了,没有发现。又打起来了……一个女人带着一个小孩,长得很不错。当然啰,这就能让你过去……瞧,没完没了。还有几个俄国姑娘,真的,是姑娘! 那么舒舒服服地坐在马车里!"

如同在哈莫夫尼基的教堂旁一样,一股普遍好奇的浪潮又把所有俘虏推向大路,身材高大的皮埃尔越过别人的头顶看见了引起俘虏们好奇的东西。在夹在弹药车中间的三辆马车上坐着几个女人,她们打扮得花枝招展,服装鲜艳,涂脂抹粉,相互紧紧地挤着,嘴里尖声地叫喊着什么。

皮埃尔自从意识到出现了那种神秘的力量之时起,无论什么东西:为了闹着玩用煤烟抹黑了脸的尸体也好,这些急急忙忙到某个地方去的女人也好,莫斯科大火后的瓦砾场也好,他都不觉得奇怪和可怕。现在他看见的所有东西几乎都没有给他留下任何印象,仿佛他的心正准备进行困难的斗争,凡是可能削弱它的力量的印象一律不接受。

女人们乘坐的马车过去了。她们后面又跟上了大车、士兵、货车、士兵、弹药车、马车、士兵、炮弹车、士兵,有时还有妇女。

皮埃尔看见的不是单个的人,而是他们长长的人流。

所有这些人和马仿佛被某种看不见的力量驱使着似的。在皮埃尔观察他们的一个钟头的时间里,他们从各条街道拥出来,一心只想快点通过；所有的人跟别的人相互碰撞，都同样发起火和打起架来；他们龇着白牙，皱起眉头，彼此骂着同样的话，所有人的脸都带着同样的坚决逞能和冷酷无情的表情，也就是早晨皮埃尔在军士脸上吃惊地看到的那种表情。

快到傍晚时，押送队长把自己的队伍集合起来，然后叫喊着和争吵着挤进了车队中间，于是被四面团团围住的俘虏们上了卡卢加大道。

他们走得很快，也不休息，直到太阳开始下山时才停下来。车队一个挨着一个停住，人们开始准备过夜。看起来大家火气都很大，牢骚满腹。在很长时间里，从各个方面不断传来骂声、凶狠的叫喊声和打架的声音。一辆走在押送队后面的马车撞在押送队的大车上，辕杆把它撞了一个洞。几个士兵从不同方面跑向大车；一些人揍那套在马车上的马的脑袋，让它们转弯，另一些人相互打起架来，皮埃尔看见一个德国人被短剑刺中了脑袋，受了重伤。

所有这些人在这秋天寒冷的黄昏停在田野中间，看来都有一种同样的不愉快的感觉，他们仿佛正醒悟过来，意识到不必匆匆地出发和急急忙忙地赶路。大家在停下后，似乎想到了他们还不知道要到哪里去，在这路上还要遇到多少艰难困苦。

在这次休息时，押送队对待俘虏的态度比在出发时更坏。就在这次休息时，第一次用马肉作为肉食发给俘虏们。

从军官到每一个士兵的身上都可以看出，他们好像对每个俘虏都抱有私人的仇恨似的，以前的那种友好的态度突然不见了。

在点名时发现，在离开莫斯科时的一片忙乱中，一个俄国士兵假装肚子痛乘机逃跑了，这使得这种愤恨更加增强了。皮埃尔看到一个法国人痛打一个俄国士兵，因为这个士兵离开道路远了一点，他还听到他的那个上尉朋友因为逃走了一个俄国士兵而训斥士官，威胁要把他送交军事法庭。士官解释说俄国士兵有病，走不动，上尉则回答说，上面有命令，谁要是掉队，一律就地枪决。皮埃尔感觉到，那种在行刑时使他心灰意冷、而在俘虏营里变得不易察觉的不祥的力量，现在又把他的性命掌握在手里。他觉得很可怕；但是他感到，那种不祥的力量愈是竭力地要置他于死地，他心里的不受它支配的生命力也就愈是在增长和加强。

皮埃尔晚餐吃了黑麦糊和马肉,和难友们聊了一会儿天。

无论是皮埃尔还是难友中的任何人,既没有谈到他们在莫斯科看到的情况,也没有谈到法国人的粗暴态度以及对他们宣布的掉队的人就地枪决的命令,大家仿佛与不断恶化的处境进行对抗似的,显得特别兴奋和快活。他们谈了个人的往事,行军路上看到的可笑的场面,岔开了关于当前处境的话题。

太阳早就下山了。明亮的星星开始在天空某些地方闪烁起来;正在升起的满月在天边散发出一片宛如火光的红光,一个巨大的红球在灰蒙蒙的雾霭中令人惊异地晃荡着。天空变得亮起来了。风已经停了,但是夜色还没有降临。皮埃尔站起身来,离开新的难友,穿过一堆堆篝火朝大路的另一边走,有人告诉他,被俘的士兵在那里。他想要跟他们聊一聊。路上一个法国哨兵拦住了他,叫他回去。

皮埃尔回来了,但是没有回到难友们的篝火旁,而是到了一辆卸了套的马车旁,那里一个人也没有。他低下头,盘起腿,在马车车轮子旁冰凉的地上坐下,一动不动地坐了很久,想着心事。一个多钟头过去了。没有人来打扰他。突然他哈哈大笑起来,笑声是那么低沉和善和响亮,使得周围的人听见这古怪的、显然是一个人的笑声,都惊奇地回过头来。

"哈——哈——哈!"皮埃尔笑道。他大声地自言自语说:"那个士兵不放开我。抓住了我,把我关起来。把我当作俘虏。我是什么人?把我关起来?把我的不朽的灵魂关起来!哈——哈——哈!……哈——哈——哈!……"他笑得眼泪都流出来了。

一个人站起身来,走过来想看一看这个古怪的大个子一个人在笑什么。皮埃尔停住不笑了,站了起来,躲开那个好奇的人,朝自己周围看了看。

原先篝火噼啪作响、人声嘈杂、大得望不到边的野营地静下来了;红色的篝火变得暗淡起来,熄灭了。一轮满月高挂在明亮的天空。营地外原来看不见的树林和田野此时在远处显现出来,而在这些树林和田野的那一边,可以望见明亮的、起伏不定的、无边无际的、正在召唤着人的远方。皮埃尔朝天空,朝正在远去的闪闪发亮的星星看了一眼。"这一切都是我的,这一切都在我心里,这一切就是我!"皮埃尔想,"可是他们捉住了这一切,关进了木板房!"他冷笑了一声,便走回难友那里,准备躺下睡觉。

十五

十月初,又有一名军使^①带着拿破仑的信和讲和的建议来见库图佐夫,谎称是从莫斯科来的,其实这时拿破仑已在库图佐夫前面很远的地方,到了旧卡卢加大道上。库图佐夫像回答洛里斯东送来的第一封信那样作了回答,他说,和谈根本不可能。

在这之后不久,在塔鲁季诺左面活动的多罗霍夫^②游击队送来情报说,在福明斯科耶出现了法军,这支部队是布鲁西埃^③师,这个师远离其他的部队,很容易歼灭。士兵们和军官们又一次要求采取行动。司令部的将军们想起塔鲁季诺附近轻易取得的胜利,坚决要求库图佐夫采纳多罗霍夫的建议。库图佐夫认为没有必要发动进攻。结果采取折中的办法,做了应当做的事;派了一支不大的部队到福明斯科耶去袭击布鲁西埃。

事情出奇地凑巧,这项任务——后来发现这是一项最困难和最重要的任务——落到了多赫图罗夫身上;就是那个谦虚和矮小的多赫图罗夫,谁也没有描写过他如何制定战斗计划,如何骑马巡视各个团队,如何把十字勋章扔到炮垒上让士兵去争^④等等,人们都认为他是一个优柔寡断和没有洞察力的人,但是正是这个多赫图罗夫,在俄国人和法国人的历次战争中,从奥斯特利茨战役到一八一三年,哪里形势紧张,我们就可以看到他在哪里指挥。在奥斯特利茨战役中,他在奥格斯特堤坝旁坚持到最后,当时官兵们逃的逃,死的死,后卫部队里没有一个将军,而他把人集合起来,尽一切可能拯救部队。他生着热病,率领两

---

① 这个军使名叫贝泰勒米。
② 多罗霍夫(一七六二——一八一五),俄国将军,俄军从莫斯科撤出后,多罗霍夫奉库图佐夫的命,组织了一支大约两千人的游击队。
③ 布鲁西埃(一七六六——一八一四),法国将军,一八一二年指挥博加尔内军的一个师。
④ 叶尔莫洛夫在波罗金诺会战中曾把自己口袋里的十字勋章扔到土岗上让士兵去争,以激励士兵。见第三卷第二部第三十二章。

万部队到斯摩棱斯克去保卫这个城市,抗击拿破仑的整个军队。到斯摩棱斯克后,他在莫洛赫城门口,因热病发作刚要打个盹,轰击斯摩棱斯克的炮声惊醒了他,他在斯摩棱斯克坚持了一整天。在波罗金诺会战的那一天,当巴格拉季翁阵亡,我们左翼的部队伤亡了十分之九,全部法国炮兵集中力量朝那里轰击时,派往那里的不是别人,正是优柔寡断和没有洞察力的多赫图罗夫,本来库图佐夫要派另一个人到那里去,但他急忙纠正了自己的错误。于是矮小的、文静的多赫图罗夫便去那里,结果波罗金诺会战给俄国军队赢得了最大的荣誉。在诗歌和小说里给我们描写了许多英雄,但是对多赫图罗夫几乎一字不提。

多赫图罗夫又被派到福明斯科耶去,再从那里去小雅罗斯拉韦茨,即到那个与法国人打最后一仗的地方去,从那个地方起,法国人显然开始走向灭亡,而在给我们描写战争的这个时期的许多天才和英雄时,又只字不提多赫图罗夫,或者讲得很少,或者闪烁其词。这种对多赫图罗夫避而不谈的做法反而更加清楚地证明了他的优点。

当然,一个不懂机器的人看见它在转动时,会觉得这台机器的最重要部分是偶然落到它里面、跳动着妨碍它运转的刨屑。一个人不懂机器的构造就不能理解,不是这个起破坏作用的碍事的刨屑,而是那无声地转动着的小小的齿轮才是机器的最重要的部分之一。

十月十日,多赫图罗夫在去福明斯科耶的途中在阿里斯托沃村停下,为准确地执行命令作准备,就在这一天整个法国军队猛然到了缪拉的阵地,看样子似乎是为了打一仗,但是突然无缘无故地来一个向左转,上了新卡卢加大道,开始进入福明斯科耶,那里原来只有布鲁西埃的部队。这时受多赫图罗夫指挥的,除了多罗霍夫的游击队外,还有菲格纳和谢斯拉文的两支小部队。

十月十一日晚,谢斯拉文带着一个被俘的法国近卫军人到阿里斯托沃来见司令。俘虏说,今天进入福明斯科耶的是整个大军的前卫部队,拿破仑就在这里,全军离开莫斯科已是第五天了。在那天晚上,一个家奴从博罗夫斯克来,说他看见有一支大部队进城。多罗霍夫的哥萨克报告说,他们看见了朝博罗夫斯克行进的法国近卫军。从所有这些消息可以清楚地看出,原来认为只有一个师的地方,现在驻扎着整个法国军队,他们从莫斯科撤出后是沿着一条出乎意料的路线——沿着旧卡卢加大道到那里的。多赫图罗夫不想采取任何行动，因为这时他还不清楚他的任务是什么。他是奉命来袭击福明斯科耶的。但是在福明斯科耶原先只有布鲁西埃的一个师，现在整个法国军队都在那里。叶尔莫洛夫想擅自行动，但是多赫图罗夫坚持他需要等待殿下的命令。最后决定送一份报告到司令部去。

于是选派精明能干的军官博尔霍维季诺夫去完成这项任务，他除了送书面报告外，还应口头汇报整个情况。夜里十一点多，博尔霍维季诺夫带上了书面报告，接受了口头命令，在一个哥萨克的陪同下，带着备用的马匹朝总司令部疾驰而去。

十六

这是一个黑暗、温暖的秋夜。下小雨已是第四天了。博尔霍维季诺夫换了两次马，在泥泞的道路上一个半小时奔跑了三十俄里，夜里一点多到了列塔舍夫卡。他在一座篱笆上挂着"总司令部"牌子的农舍旁下了马，把缰绳一扔就进了阴暗的门廊。

"快叫醒值班将军！有非常重要的事！"他对昏暗的门廊里的一个正要站起来、鼻子里发出呼哧声的人说。

"大人从昨晚起身体就不舒服，两三个晚上没有睡觉了。"勤务兵用卫护的口气低声说，"您就先叫醒上尉吧。"

"非常重要的事，是多赫图罗夫将军派我来的。"博尔霍维季诺夫说，摸索到打开的门，走了进去。勤务兵走在他前面，开始叫醒一个人。

"大人，大人，来了一个信使。"

"什么，什么？谁派来的？"一个人睡意蒙眬地问。

"多赫图罗夫和阿列克谢·彼得罗维奇①派来的。拿破仑到了福明斯科耶。"博尔霍维季诺夫说，在黑暗中没有看见问他的人，但是根据说话的声音推测，这不是科诺夫尼岑。

被叫醒的人打了个呵欠，伸了伸懒腰。

"我不想叫醒他，"他摸索着什么说，"他病了！也许是谣言吧。"

---

① 阿列克谢·彼得罗维奇是叶尔莫洛夫的名字和父名。

"这是报告，"博尔霍维季诺夫说，"我奉命立刻交给值班将军。"

"您等一下，让我点上灯。你这该死的，把它塞到哪里去了？"伸懒腰的人对勤务兵说。这是谢尔比宁，科诺夫尼岑的副官。"找到了，找到了。"他又说。

勤务兵在一旁打火，谢尔比宁摸索着烛台。

"唉，真可恶。"他厌恶地说。

博尔霍维季诺夫借助打出的火星，看见了拿着蜡烛的谢尔比宁的年轻的脸，还看见前面角落里睡着一个人。这是科诺夫尼岑。

火绒点燃的硫黄木片先是冒出蓝色火焰，后又冒出红色火焰，谢尔比宁点着脂油蜡烛，只见啃蜡烛的蟑螂立刻从烛台上四散逃跑，他打量了一下信使。博尔霍维季诺夫浑身都是泥，他用袖子擦脸，抹了一脸的泥。

"是谁探听到的？"谢尔比宁接过报告，问道。

"消息是可靠的，"博尔霍维季诺夫说，"俘虏、哥萨克和侦察兵都异口同声地说，说的都一样。"

"有什么办法呢，只好叫醒他了。"谢尔比宁说，他站起身来，走到一个戴着睡帽、盖着军大衣的人跟前。"彼得·彼得罗维奇！"他喊道。科诺夫尼岑没有动弹。"到总司令部去！"他笑了笑说，知道这样说一定会吵醒他。确实，戴睡帽的头立刻抬了起来。科诺夫尼岑因发烧两颊绯红，他那英俊而坚定的脸上一时间还保持着远离现实的梦想的神色，接着突然颤抖了一下，他的脸又恢复了平常的和坚定的表情。

"什么事？谁派来的？"他立刻就问，但是显得不慌不忙，在烛光下眨着眼睛。科诺夫尼岑一面听着军官的报告，一面打开信封，读了一遍。他刚读完，就把穿着毛袜子的脚伸到地上，开始穿鞋。然后脱下睡帽，梳了梳鬓角，戴上了军帽。

"你是一口气赶到这里的吧？我们去见殿下。"

科诺夫尼岑立刻明白，送来的情报非常重要，不能延搁。这是好还是坏，他没有考虑，也没有问自己。他对此并不关心。他不是用头脑，不是通过论断看待整个战争，而是用别的什么东西。他有一个深信不疑的、但没有说出来的看法，认为一切都会好的；但是又认为不必轻信它，更不必说出来，而只要做好自己的工作就行了。他就全力以赴地做自己的这份工作。

彼得·彼得罗维奇·科诺夫尼岑像多赫图罗夫一样，人们仿佛是出于礼貌，才把他列入一八一二年的英雄们——巴克莱们、拉耶夫斯基们、叶尔莫洛夫们、普拉托夫们、米洛拉多维奇们——的名单之中；他也像多赫图罗夫一样，被看作是一个能力和知识有限的人；科诺夫尼岑还像多赫图罗夫一样，从来没有制定过什么作战方案，但是常常总是到最困难的地方去；他自从被任命为值班将军后，总是敞开着门睡觉，让每个奉命前来的人叫醒他；在进行战斗时，他总是冒着炮火待在火线上，因而库图佐夫为此责备他，不敢再派他去；他像多赫图罗夫一样，是那些不声不响地组成机器的最重要部分的不起眼的齿轮之一。

科诺夫尼岑出了农舍，到了潮湿阴暗的夜幕下，皱起了眉头，部分地是由于头痛加剧了，部分地是由于产生了不愉快的想法，想到他之所以这样，一群司令部人员和有权有势的人们，尤其是那个在塔鲁季诺战役后处处与库图佐夫作对的本尼格森，在听到这个消息后一定会激动起来；想到他们将提出各种建议，进行争论，下命令，又取消命令。虽然他知道这种情况不可避免，但是这个预感使他感到很不愉快。

果然，当他顺路把这个消息告诉托尔后，托尔马上对那个和他住在一起的将军讲起自己的设想来，科诺夫尼岑面带倦容默默地听着，提醒他应当去见殿下。

十七

库图佐夫像所有老人一样，夜里很少睡得着觉。他在白天常常突然打起盹来；但是夜里他和衣躺在床上，大部分时间不是在睡觉，而是在想事情。

现在他也这样躺在自己床上，一只胖乎乎的手支撑着他那受过伤的沉重的大脑袋，睁开独眼注视着暗处，思索着。

自从那个与皇帝通过信、在司令部里拥有比谁都大的权力的本尼格森总是回避他以来，库图佐夫觉得安心了一些，因为不会有人再迫使他和他的军队去发动毫无益处的进攻了。他想，塔鲁季诺战役及其前夕的使他难以忘怀的痛苦教训，也应该起一些作用。

"他们应当懂得，我们如果发动进攻，只能遭到失败。忍耐和时间——这是我的克敌制胜的勇士!"库图佐夫想。他知道,苹果还青时就不应该去摘。等到它成熟了,会自己掉下来,在它还青时去摘,会毁了苹果和苹果树,吃了也会倒牙。他像一个有经验的猎人一样知道,野兽受了伤,只有全俄国的力量才能使它受这样的伤,但是受的是不是致命伤,这还是一个有待弄清楚的问题。现在,根据洛里斯东和贝泰勒米的奉命前来求和以及游击队员的报告,库图佐夫几乎断定它受了致命伤。但是还需要有证据来证明,因此需要等待。

"他们想跑去看一看他们是怎么把它打死的。等一等吧,你们会看见的。老是要求采取行动,老是要求发起进攻!"他想。"为了什么?老是想出风头。好像打仗有什么快乐似的。他们完全像孩子一样,根本弄不清情况如何,因而都想证明他们会打仗。现在问题并不在这里。"

"所有这些人给我出了多少巧妙的主意啊!他们觉得,他们只要想出两三种偶然情况(他想起了彼得堡送来的总计划)就什么也想到了。可是偶然的情况多得不可胜数!"

敌人在波罗金诺受的伤是致命的还是不致命的——在整整一个月的时间里,这一直是库图佐夫急于解决的问题。一方面,法国人占领了莫斯科。另一方面,库图佐夫整个身心都毫无疑问地感觉到,他和所有俄罗斯人竭尽全力给予敌人的可怕打击,应该是致命的。但是无论如何需要有证据,他等这些证据已等了一个月,时间愈往后,他开始变得愈没有耐心。他在不眠之夜躺在床上,做的是与年轻的将军们相同的事,而他曾为此而责备过他们。他设想着各种可能的、能表现出拿破仑必然死亡和已经死亡的偶然情况。他也像年轻人那样设想这些偶然情况,区别只在于他不把任何事情建筑在这些设想上,他看到的偶然情况不是两个三个,而是成千上万。他愈往下想,这样的偶然情况就愈多。他设想拿破仑的军队全军或一部分会采取各种行动——进军彼得堡,向他发起正面进攻或进行迂回,设想(他最担心这一点)拿破仑会用他对付他的手段回敬他,留在莫斯科,等待时机。库图佐夫甚至还设想拿破仑的军队会朝梅登和尤赫诺夫的方向后撤;但是有一件发生的事他未能预见到,这就是拿破仑的军队在撤出莫斯科后的最初十一天里疯狂地焦急不安地乱窜——这种现象使得当时库图佐夫仍然还不敢想的事,即完全歼灭法国人,成为可能。多罗霍夫关于布鲁西埃师的情况的报告,游击队员们送来的关于法国军队挨饿的消息,还有关于法军将要撤出莫斯科的传闻——这一切都证实了这样的推测,即法国军队已经被击败,准备逃跑;但是这还只是推测,年轻人觉得很重要,对库图佐夫来说并不如此。他积六十年的经验知道,应该如何估计这些传闻的分量;他知道,抱有某种愿望的人总是设法把各种消息组合在一起,使它们能证明所盼望的事;他还知道,在这种情况下,他们总是忽略所有的矛盾现象。于是库图佐夫愈是希望能出现这种情况,便愈是不让自己相信它。他的全部精神力量都用在考虑这个问题上。对他来说,其余的一切只不过是履行生活常规而已。例如他与司令部人员谈话,从塔鲁季诺给斯塔尔夫人①写信,读小说,颁发奖章,与彼得堡通信等等,都属于履行生活常规的事。而只有他一个人预见到的法国人的灭亡,才是他内心唯一的愿望。

十月十一日夜里他就是这样一只手支撑着脑袋,躺在那里想这件事。

隔壁房间里响动了起来,传来了托尔、科诺夫尼岑和博尔霍维季诺夫的脚步声。

"喂,谁在那儿?都进来,进来!有什么新的消息?"元帅喊他们。

仆人点蜡烛时,托尔讲了消息的内容。

"谁送来的?"库图佐夫问,蜡烛点着后,托尔看见他脸上冷淡严厉的表情,吃了一惊。

"这是无可怀疑的,殿下。"

"把他叫来,把他叫到这里来!"库图佐夫坐着,一条腿从床上垂下来,大肚子压在另一条蜷曲的腿上。他眯起他的那只看得见东西的眼睛,想把信使看得更清楚些,仿佛想从此人的面容上看出他关心的东西。

"说吧,说吧,亲爱的。"他用老年人的嗓音小声地说,一面掩上胸前敞开的衬衫。"过来,走近一点。你给我带来了什么消息?啊?拿破仑离开莫斯科了?是真的?啊?"

---

① 斯塔尔夫人(一七六六——一八一七),法国女作家,与拿破仑不和,一八○二年流亡国外,一八一二年住在俄国,曾与库图佐夫通信。

博尔霍维季诺夫首先详细地报告了要他报告的所有情况。

"说得快一点,快一点,别叫人着急。"库图佐夫打断他的话说。

博尔霍维季诺夫全都讲完后不再说话,等候指示。托尔刚开口要说,但是被库图佐夫打断了。库图佐夫想说点什么,然而他突然眯起了眼睛,皱起了眉头;他朝托尔挥了挥手,朝对面,朝农舍里挂着神像的黑乎乎的上座转过身去。

"主啊,我的造物主啊!你听到了我们的祷告……"他抱着双臂用颤抖的声音说。"俄国得救了。主啊,感谢你!"他哭了起来。

十八

从接到这个消息之时起,直到战争结束,库图佐夫的全部活动只在于利用权力、使用巧计和通过劝告来阻止自己的军队发动无益的进攻和进行机动作战,避免与正在走向灭亡的敌人发生冲突。多赫图罗夫正率部朝小雅罗斯拉韦茨前进,但是库图佐夫和全军按兵不动,下令退出卡卢加,他觉得撤离那里是可行的。

库图佐夫到处都在退却,但是敌人不等他退却就朝相反的方向往回跑。

拿破仑的历史学家们向我们描述了他朝塔鲁季诺和小雅罗斯拉韦茨的巧妙的迂回,并推测着如果他能深入到富庶的南方各省将会是一种什么情况。

但是,且不说并没有什么东西妨碍拿破仑到这些南方的省份去(因为俄国军队给他让开路),这些历史学家们忘记了一点,即拿破仑的军队无法挽救,因为当时他本身已经具备了必然灭亡的条件。这支军队在莫斯科找到了充足的粮食而不能保住它,把它踩在脚下;这支军队到了斯摩棱斯克后不是采购粮食,而是进行抢劫,为什么这支军队能在卡卢加省恢复元气呢?要知道那里像莫斯科一样,居住的是同样的俄国人,那里的火同样能烧毁烧着的东西。

这支军队在任何地方都不能恢复元气。它从进行波罗金诺会战和抢劫莫斯科之时起,自身就已经包含着腐败的化学因素。

这支溃不成军的部队的士兵和头头们一起逃跑着,自己也不知道上哪里去，一心只想（拿破仑和每个士兵全都这样）个人尽快摆脱绝境，他们虽然还并不十分清楚，但都意识到已陷入绝境之中。

只是由于这一点，在小雅罗斯拉韦茨的会议上，当将军们装出商讨问题的样子发表各种意见时，老实巴交的老兵穆通①说出大家心里的话，说现在要做的事只是尽快撤离，他的意见堵住了所有人的嘴，任何人，甚至拿破仑也说不出一句话来反对大家都意识到的真理。

虽然大家都知道应当撤离，但是还羞于承认应当逃跑。需要借助外部的推动来克服这种羞耻的感觉。于是这推动在需要的时候出现了。这就是法国人所说的皇帝的乌拉②。

会后第二天，拿破仑假装要视察军队以及过去的和未来的战场，大清早带着元帅们和卫队，骑着马在部队驻地的中间走。这时到处寻找战利品的哥萨克碰上了这位皇帝本人，差一点抓住了他。要是说，这一次哥萨克没有抓住他，那么救了他的也是那毁了法国军队的东西，即那些战利品，哥萨克在塔鲁季诺也好，在这里也好，一见战利品就扑过去，扔下了人。他们没有注意拿破仑，扑向战利品，因此拿破仑才得以脱身。

这些顿河的儿子们居然在拿破仑的军队中间差一点抓住这位皇帝本人，这清楚说明，除了沿着最近的熟路尽快逃跑外，再也没有别的办法了。拿破仑已是四十多岁的人，明显地发胖了，已觉得自己的动作不像以前那样灵活和大胆，他明白了这是对他的警告。在受了哥萨克的惊吓后，他便立刻同意穆通的意见，如同历史学家们所说的那样，下令向斯摩棱斯克大道撤退。

拿破仑同意穆通的意见和部队后撤这一点，并不证明他下了这样的命令，但是那种作用于全军、促使它沿莫扎伊斯克大道撤退的力量，同时也对拿破仑起了作用。

十九

当一个人在行走时，他总是给自己想出这样行走的目的。为了走

---

① 作者这样称呼巴泰勒米（一七七九—一八一六），此人是拿破仑的老战友之一。
② 俄国士兵冲锋时常喊"皇帝，乌拉！"

一千俄里,一个人必须想到一千俄里外有某种好的东西。为了获取行走的力量,需要设想前面就是期望中的乐土。

法国人在进攻时的乐土是莫斯科,而在撤退时的乐土则是老家。但是老家太远,一个行走千里的人需要忘记最终的目的地,一定要对自己说:"今天我将走四十俄里,走到休息和过夜的地方。"于是在第一天的行程中,这个休息的地点遮住了最终的目的地,把所有愿望和希望都集中到自己身上。在单个的人身上表现出来的企望,常常在一群人当中得到增强。

对沿着旧斯摩棱斯克大道撤退的法国人来说,回老家这个最终目的地过于遥远,而最近的目的地是斯摩棱斯克,去那里的愿望和希望在人群中成倍成倍地增强了。这不是因为人们知道斯摩棱斯克有许多粮草和生力军,不是因为告诉了他们这一点(恰好相反,军队的高级将领和拿破仑本人都知道,那里粮草很少),而是因为只有这样才能给他们以长途行走和忍受目前的艰难困苦的力量。无论是那些知道的还是那些不知道的人,都同样地欺骗自己,把斯摩棱斯克看作乐土,一心奔向那里。

上了大道后,法国人以惊人的毅力和前所未有的速度朝自己臆想的目的地跑去。除了具有共同的渴望这一个把一群群法国人联系在一起并给他们以一定的力量的原因外,还有另一个把他们联系在一起的原因。这个原因就是他们人数众多。他们这个巨大的群体按照物理学的引力定律把作为单个原子的人都吸引了过来。他们这个十万人的群体像整整一个国家那样向前移动着。

他们当中的每一个人只有一个愿望—— 当俘虏,摆脱所有的恐怖和不幸。但是一方面,奔向斯摩棱斯克这个目的地的共同愿望的力量吸引每个人朝同一个方向走;另一方面,一个军无法向一个连投降,尽管法国人利用每一个方便的机会相互摆脱开,一有什么合适的借口就投降,但是这样的借口并不是常有的。他们人数多,队伍拥挤,行走的速度快,这就使得他们失去了这种可能性,同时使得俄国人不仅很难,而且无法阻止他们逃跑,因为大量法国人把全部力量都用在这上面。物体的机械断裂并不能超过一定限度地加速正在发生的腐烂过程。

一团雪不能霎时间融化。存在着一定的时间限度,早于这个时限,任何热量都不能把雪化掉。相反，热量愈大，残雪却变得愈坚实。

在俄国的将领中，除了库图佐夫外，没有一个人理解这一点。法国军队沿斯摩棱斯克大道逃跑的方向确定后，科诺夫尼岑在十月十一日夜预见到的事开始实现了。全军所有高级将领都想露一手，想去切断、拦截、俘获和歼灭法军，都要求发起进攻。

只有库图佐夫一个人把自己的全部力量（每个总司令这样的力量很小）用来阻止进攻。

他不能对他们说我们现在说的话：何必还要再打，何必再去堵路，何必再损失自己的人和追杀遭到不幸的人呢？这支军队从莫斯科到维亚济马不经战斗就损失了三分之一，何必还要这样做呢？他凭着他老年人的智慧，说了一些他们能理解的话，他对他们说关于金桥① 的道理，于是他们嘲笑他，诽谤他，大发脾气，在已被打死的野兽面前逞威风。

在维亚济马附近，与法国人离得很近的叶尔莫洛夫、米洛拉多维奇、普拉托夫等人，无法遏制切断和歼灭法国两个军的愿望。他们给库图佐夫送来一封说明自己意图的信，可是信封里装的却是一张白纸。

不管库图佐夫如何竭力加以阻止，我们的军队还是发动了进攻，力图堵住敌人的退路。据说各个步兵团冲锋时奏着乐敲着鼓，打死了几千敌人，同时自己也损失了几千人。

至于说到切断，实际上任何人都并没有被切断和被消灭。法国军队遇到危险，便更加紧密地聚集在一起，人数逐渐减少，继续走着那条通向斯摩棱斯克的灭亡之路。

---

① 金桥（pont d'or）是法国俗语，原意为赠某人以重金使其做某事，这里有给敌军一条退路的意思。

第三部

一

　　波罗金诺会战以及随后莫斯科的被占领和法国人的不战而逃，是历史上最可资借鉴的现象之一。

　　所有历史学家都同意，各个国家和民族相互之间发生冲突时，其对外活动是通过战争来表现的；军事上取得的或大或小的胜利，直接增强或减弱着这些国家和民族的政治力量。

　　史书常有这样的记载，某某国王或皇帝同另一个国王或皇帝发生了争吵，他集合军队，和敌军打了起来，取得了胜利，杀死了三千、五千、一万人，从而征服了这个国家和整个有几百万人的民族——不管这样的记载是多么的奇怪，也不管为什么只占一个民族力量的百分之一的军队的失败会使得整个民族屈服这一点是多么不可理解，但是所有历史事实（就我们所知道的）都证明，一个民族的军队在对另一个民族作战中所取得的或大或小的胜利，是这些民族的力量增强或减弱的原因，至少也是重要的标志。军队取得了胜利，胜利的民族的权利立刻增加，而战败者的权利则受到损害。军队遭到了失败，这个民族根据失败的程度而失去权利，军队完全失败时，这个民族就完全被征服。

　　从远古直到现代都是这样（根据史书记载）。拿破仑发动的历次战争可作为这个准则的证明。奥地利根据它的军队失败的程度而丧失自己的一些权利，而法国的权利和力量则得到增强。法国人在耶拿和奥尔施泰特的胜利,使得普鲁士不再独立存在。

但是到一八一二年突然发生了变化,法国人在莫斯科附近取得了胜利,占领了莫斯科,在这之后,没有再交战,可是停止存在的不是俄国,而是法国的六十万大军,后来连拿破仑的法国也不再存在了。硬给历史准则拼凑事实,说波罗金诺的战场留在俄国人手里,在莫斯科之后还打了几仗,消灭了拿破仑的军队等等,是不行的。

在法国人取得波罗金诺战役的胜利后,不仅没有再进行一次会战,而且连一次多少比较重要的仗也没有打,可是法国军队却不再存在了。这说明什么呢? 如果这是中国历史上的一个例子,我们就会说,这个现象史书上没有记载(历史学家们在某些事不符合他们的尺度时,常常这样说以摆脱困境);如果涉及的是只有少量军队参加的短时间的冲突,那么我们就会把这现象看作是例外;但是这个事件是在我们的父辈们眼前发生的,对他们来说当时要解决的是祖国的生死存亡的大问题,而且这场战争是历史上有过的所有战争之中最伟大的战争……

一八一二年战争中从波罗金诺会战到法国人被赶走的这个时期证明,赢得战役的胜利不仅不是征服他人的原因,而且甚至不是固定的标志;证明决定人民命运的力量不在征服者身上,甚至不在军队身上,不在于各次战役,而在别的什么东西上面。

法国历史学家们在描述法国军队撤出莫斯科前的状况时断定说,这支伟大的军队除了骑兵、炮兵和辎重队外,一切正常,因为没有草料喂马和喂其他牲口。这个困难是无法解决的,因为农民们烧掉自己的干草,不给法国人。

赢得战役的胜利并没有带来通常的结果,因为农民卡尔普和弗拉斯在法国人出发后赶着大车到莫斯科来抢劫,根本没有显示出个人的英雄气概,无数这样的农民没有把干草运到莫斯科来卖好价钱,而是把它烧掉。

让我们设想一下有这样两个人,他们按照剑术的全部规则进行决斗;击剑持续了相当长时间;突然其中一人感觉到自己受了伤——而且伤得很重,有生命危险,于是他便扔掉剑,顺手抄起身边的大棒,挥动起来。我们再设想一下,这个人为了达到目的,非常理智地使用最好的和最简单的手段,同时又受骑士传统的影响,想要掩盖事情的实质,坚持认为他是按照剑术的全部规则取得击剑的胜利的。可以想象得出,如果这样描述决斗的经过会出现多么大的混乱和含糊不清。

要求按照剑术的规则决斗的击剑者是法国人;他们的扔掉剑、抄起大棒的对手是俄国人;而竭力想按照剑术规则来解释这一切的人则是那些记录这个事件的历史学家。

从斯摩棱斯克发生大火之日起,一场不符合过去战争的任何传统的战争开始了。烧毁城市和乡村,交战后退却,在波罗金诺给以一击,然后又退却,放弃和烧毁莫斯科,抓捕抢劫者,堵截各种运输工具,开展游击战——这一切都是不符合规则的。

拿破仑感觉到了这一点,他摆出正确的击剑姿势在莫斯科停住,没有看到对手的剑而看到了举到他头上的大棒,从这时起他就不停地抱怨库图佐夫和亚历山大皇帝,说战争违反了所有的规则(仿佛存在什么杀人的规则似的)。尽管法国人抱怨不遵守规则,尽管俄国上层人士不知为什么觉得用大棒打人有些不好意思,想按照所有规则摆好第四种架势或第三种架势,用第一种架势巧妙地跨出一个箭步等等——但是人民战争的大棒仍以一种可怕的和威严的力量举起来,根本不问一问谁的趣味和规则如何,带着几分傻气和纯朴,但是目标明确地、不看一看是什么就举起来,落下去,狠狠地揍法国人,直到把侵略者完全赶出去为止。

这个民族没有像一八一三年的法国人那样,按照全部规则行了礼,掉转剑柄,姿势优美和彬彬有礼地把剑交给宽宏大量的胜利者,因而他们有好的命运;这个民族在受考验的时刻不管别人在类似情况下如何照规则行事,却不多加考虑地随手抄起身边的大棒狠狠地揍,直到心中的屈辱和复仇的感情为蔑视和怜悯所取代为止,他们有好的命运。

二

分散的人攻打挤成一团的人,是对所谓的作战规则的最明显的和最有利的背离之一。此类行动常常在具有人民的性质的战争中表现出来。这些行动不是一群人对付一群人,人们都分散开,单独出击,遭到大部队攻击时立即就跑,然后在有机会时再次出击。西班牙的游击队

员这样做过 ①; 高加索的山民这样做过, 一八一二年俄国人也这样做。

人们把这样的战争称为游击战争, 并且认为这样称呼已说明了它的意义。与此同时此类战争不仅不符合任何规则, 而且与著名的和公认为绝对正确的战术原则直接对立。根据这个原则, 进攻者应当集中自己的军队, 使得自己在交战时兵力强于对方。

游击战争(历史证明, 它常常能够取胜)是与这个原则直接对立的。

这个矛盾之所以出现, 是因为军事科学把部队的力量与其数量等同起来。军事科学认为, 部队愈多, 力量就愈大。谁军队多谁就有理。

军事科学这样认为, 就与那种只考察力与其质量的关系的力学相类似, 它就会说, 不同的力相等或不相等, 是因为它们的质量相等或不相等。

力(运动量)是质量乘以速度所得之积 ②。

在军事上, 军队的力量也是质量乘以某种东西, 乘以某种未知的 X 所得之积。

军事科学看到历史上有无数军队的质量与其力量不相符的例子, 看到小部队战胜大部队的事实, 便含糊地承认这种未知的乘数的存在, 竭力想找出它, 时而在似几何图形的队形中, 时而在武器装备中, 时而—— 最通常的做法—在统帅们的天才中进行寻找。但是乘以乘数的所有这些值, 并没有得出与历史事实相符的结果。

其实, 只要放弃那种为了讨好英雄而确定下来的错误看法, 不承认战争期间最高当局发布的命令的效力, 就可找到这个未知的 X。

这个 X 就是军队的士气, 即组成军队的所有人进行战斗和甘冒危险的或大或小的愿望, 而完全不依赖于是否在天才或非天才指挥下作战, 是分成三路还是两路, 是用大棒还是用一分钟能射击三十次的火枪。具有进行战斗的最大愿望的人, 往往会使自己具有最有利于战斗的条件。

军队的士气是那个与质量相乘得出力量的积的乘数。确定和表达出军队的士气这个未知的乘数, 是科学的任务。

---

① 西班牙游击队员曾于一八〇八年至一八一四年采用游击战方法反对法国军队。

② 这里说的是牛顿的第二定律。

只要我们不再任意地用力量得以表现的条件,例如用统帅的命令、武器装备等来代替整个未知的 X 的值,不再承认它们是乘数的值,而承认这整个的未知数,即承认进行战斗和甘冒危险的或大或小的愿望,这个任务就有可能得到解决。只有在这时,如用方程式表示历史事实,有望通过这个未知数的相对值的比较,确定这个未知数本身。

十个人、十个营或师在与十五个人、十五个营或师作战时,战胜了十五个的那一方,即把对方全部打死和俘虏,而自己损失了四个;也就是说,一方损失了四个,另一方损失了十五个。因此四等于十五,亦即 $4x=15y$ 由此得出 $x : y=15 : 4$。这个方程式并不表明未知数的值,但是它表示了两个未知数之间的比例。如把用不同方式取来的历史单位(战役、战争、战争的各个阶段)代入这样的方程式,会得出一系列数字,其中想必存在着和可能发现一些规律。

关于进攻时要集中大量部队和撤退时要分散兵力的战术原则无意中只证明了这样一个真理,即军队的力量取决于它的士气。带领人们冒着炮火前进,比击退进攻的敌人需要有更多的纪律,而这纪律只有通过大批人马的运动才能实现。但是这个原则忽视了军队的士气,不断地显示出它本身是不对的,尤其是在军队士气急剧高涨或低落时,在所有的人民战争中,常常与现实相矛盾。

法国人在一八一二年退却时,虽然根据战术需要单独自卫,可是却挤成一团,因为士气已经低落到只有大家在一起才能把军队保持住。俄国人则相反,按照战术应当集中大量部队进攻,实际上却分得很散,因为士气非常高涨,单个的人不等待命令就去打法国人,不需要有人强迫他们去忍受艰难困苦和冒各种危险。

三

所谓的游击战争是在敌人进入斯摩棱斯克时开始的。

在游击战争得到我们的政府的正式认可①前,敌军已有数千

---

① 指亚历山大一世在一八一二年七月六日发表的宣言中宣布全民武装,允许农民拿起武器。

人——掉队的抢劫者、饲料采购员一被哥萨克和农民消灭,他们消灭这些人是不自觉的,正如一群家犬不自觉地咬死一只闯进来的疯狗一样。杰尼斯·达维多夫 ① 以其俄国人的敏锐感觉,第一个明白了那根不管军事艺术的规则消灭着法国人的可怕大棒的意义,在使这种战争方法合法化的道路上迈出第一步的荣誉是属于他的。

八月二十四日组建了达维多夫的第一支游击队,在这之后开始组建另一些游击队。随着战局的进一步发展,这些游击队的数目愈来愈多。

游击队员们一部分一部分地消灭着那支伟大的军队。他们打扫着干枯的树——法国军队——自动掉下来的叶子,有时摇晃着这棵树。到十月,在法国人朝斯摩棱斯克逃跑时,这种大小不等、性质各异的游击队有几百个。有这样的队伍,它们仿效正规军的所有做法,拥有步兵、炮兵、司令部以及各种生活设施;也有光是哥萨克的骑兵部队;有小股的、混合的、既有步兵又有骑兵的队伍,还有谁也不知道的农民的和地主的队伍。有一支由一个教会执事率领的队伍,它在一个月里抓了几百个俘虏。还有一个村长的老婆瓦西里萨 ②,她打死了几百个法国人。

十月底游击战达到了高潮。在它的初期,游击队员们自己也对他们的大胆感到惊奇,他们随时都有被法国人俘虏和包围的可能,总是马不卸鞍,几乎人不下马,躲藏在树林里,时刻提防有人追击,如今这个时期过去了。现在这种战争已经定型了,大家都已清楚,对法国人可以采取什么样的行动和不可以采取什么样的行动。现在只有那些有自己的司令部和在远离法国人的地方活动的游击队长们还认为许多事情不可能做到。而那些早已开始活动并在近处观察法国人的小股游击队则认为大游击队的队长们连想都不敢想的事也是可以办到的。深入到法国人之间的哥萨克和农民索性认为现在已经什么事都可以做到了。

十月二十二日,当了游击队员的杰尼索夫和他的队伍正是打游击的劲头最高的时候。从早晨起,他和队员们一直在活动着。他整天在

---

① 达维多夫(一七八四—一八三九),骠骑兵中校,在波罗金诺会战开始前几天,向巴格拉季翁提出了游击战计划。小说中的杰尼索夫这个人物是以他为原型塑造的。

② 瓦西里萨实有其人,她姓科任娜,斯摩棱斯克省瑟乔夫卡县人。

靠近大道的树林里走,监视着法国人的一支运送骑兵的物品和俄国俘虏的大运输队,这支运输队远离其他部队,有强大火力的掩护,据侦察兵和俘虏说,正在开往斯摩棱斯克。知道这支运输队的不仅有杰尼索夫和在他附近活动的多洛霍夫(他也当了游击队员,带领着一支不大的队伍),而且有设有司令部的大游击队的队长们:大家都知道这支运输队,并且如同杰尼索夫所说的那样,都对它垂涎三尺。两支大游击队的司令——一个是波兰人,另一个是德国人 ①——几乎同时送信来邀请杰尼索夫参加他们的部队,以便袭击运输队。

"不,老兄,我自己并不比别人差。"杰尼索夫在读了他们的信后说,他写信告诉德国人,说他虽然心里非常愿意在这位勇敢的和赫赫有名的将军麾下服务,但是他不得不放弃这样的幸福,因为他已经接受那个当了将军的波兰人指挥了。他又给波兰人写了一封同样的信,说他已受德国人指挥。

杰尼索夫作了这样的安排后,他打算不向上司报告,和多洛霍夫一起用他们不大的兵力去袭击和截获这支运输队。十月二十二日这一天,运输队正在米库林诺村到沙姆舍沃村的路上。道路的左边是一座座大树林,有的地方一直延伸到路旁,有的地方离开道路约一俄里或多一些。杰尼索夫带着他的队伍整天在这些树林里走,有时深入到树林中间,有时到树林边缘,注视着路上的法国人。早晨,在离米库林诺不远处,在树林挨近道路的地方,杰尼索夫手下的哥萨克截获了两辆陷进泥地里的装着骑兵的马鞍的大车,把它们拉进树林里。从那时起,直到晚上,游击队没有发起进攻,监视着法国人的行动。需要不惊动他们,让他们放心地走到沙姆舍沃,然后与今天晚上要到林中守林人的小屋(在离沙姆舍沃一俄里处)来商量事情的多洛霍夫的部队会合,第二天黎明时从两边发起突如其来的进攻,打它个措手不及,一下子把他们全部消灭和俘虏。

在后面,在离米库林诺两俄里处,在树林紧靠大路的地方,埋伏了六名哥萨克,他们的任务是一见法军新的纵队出现就立即报告。

---

① 根据达维多夫的日记的记载,这里所说的波兰人是骑兵将军奥扎罗夫斯基(一七七六——一八五五),当时是独立游击大队司令。日记里没有提到当游击队司令的德国人。

在沙姆舍沃前面,多洛霍夫也应当这样监视大路,以便知道在多远的地方还有其他的法国军队。预计这支运输队约有一千五百人。杰尼索夫手下有二百多人,多洛霍夫手下也可能有这么多。但是敌人数量上的优势并没有使杰尼索夫住手。他还需要了解的只有一件事,这就是究竟这是一些什么部队;为此目的,他需要抓一个**舌头**(即从敌人纵队里抓一个人来)。在早晨袭击车队时事情干得太着急了,把押车的法国人全打死了,只活捉了一个掉队的小鼓手,这孩子根本无法明确地说出这纵队是什么部队。

杰尼索夫认为再一次进行袭击是危险的,这会惊动这个纵队,因此他派自己队里的农民吉洪·谢尔巴特到前面的沙姆舍沃去——如果可能的话,就去抓法国军队打前站的设营员,哪怕抓住一个也好。

四

这是一个温暖的秋雨绵绵的日子。天空和天地交接的地方的颜色都像浑水一样。时而仿佛是下雾,时而又突然下起倾斜的大雨来。

杰尼索夫骑着一匹瘦瘦的、两肋紧缩的良种马,身披斗篷,头戴羊皮高帽,雨水从斗篷和帽子上直往下流。他和他骑的歪着头和挨着耳朵的马一样,在斜雨下皱着眉头,忧虑地注视着前方。他那变瘦了的和长满浓密短粗的黑胡子的脸,看起来好像带着生气的表情。

和杰尼索夫并排走的,是一个哥萨克大尉,这是他的助手,此人也披着斗篷和戴着羊皮高帽,骑着一匹高大肥壮的顿河马。

第三个人是哥萨克大尉洛瓦依斯基,同样披着斗篷和戴着羊皮高帽,他身材颀长,身体扁平得像一块木板,白净的脸,淡黄色的头发,一双狭长的小眼睛很亮,脸上的表情和骑马的姿势都显得平静而洋洋自得。虽然说不出马和骑手有什么特点,但是在第一眼看见这个哥萨克大尉和杰尼索夫时可以发现,杰尼索夫湿淋淋的,姿势很不舒服,觉得他是骑到马上去的;而瞧着这个哥萨克大尉时可以看出,他像平常那样既舒服又安稳,觉得他不是骑到马上去的,而是与马成为一体,构成了一个力量增大一倍的生物。

在他前面不远的地方,走着一个穿着灰色长衫、戴着白色圆帽、浑身湿透的带路的农民。

在后面不远处有一个年轻的军官，他身穿一件蓝色的法国军大衣，骑着一匹身子单薄、尾巴和鬃毛很大、嘴唇磨得出血的吉尔吉斯马。

和他并排走的是一个骠骑兵，他背后的马屁股上驮着一个身穿法国破军服和头戴蓝色尖顶帽的孩子。这孩子用冻得通红的双手抓住骠骑兵，晃动着光脚，想使它暖和些，扬起眉毛，惊奇地看着自己的周围。这是早晨抓获的法国鼓手。

在后面，骠骑兵三人或四人一起沿着泥泞的踩得稀烂的林间小道拉成一线跟进，接着是哥萨克，他们有的人披着斗篷，有的人穿着法国军大衣，有的人头上顶着马被。马匹，无论是棕红色马还是枣红色马，由于雨水从身上往下流，看起来都像是黑马。马的鬃毛被淋湿后，脖子显得出奇地细。马身上散发着热气。衣服也好，马鞍也好，缰绳也好，全都又湿又滑腻，被水泡透了，土地和路上的落叶也是如此。人们蜷缩着骑在马上，尽量一动不动，想焐暖已流进衣服里接触到身体的水，不让冰凉的雨水再流进脖子里，流到座位和膝盖下面。在哥萨克队列的中央，两辆套着法国马和哥萨克的带着马鞍的马的大车从树根和树枝上驶过，发出辘辘的声音，而在经过积满水的车辙时，又发出扑哧扑哧的声音。

杰尼索夫的马绕过路上的水洼时，朝旁边一闪，使得他的膝盖在一棵树上碰了一下。

"唉，该死的！"杰尼索夫恶狠狠地喊了一声，龇着牙，抽了马两三鞭子，溅得自己和同伴们一身泥。杰尼索夫情绪不好：这既是因为天下雨，又是因为饿着肚子（从早晨起谁也没有吃东西），而主要的是因为至今没有多洛霍夫的消息，派去抓舌头的人又没有回来。

"未必还会再有像今天这样的袭击运输队的机会。独自去袭击过于冒险，而推迟到明天——大游击队的人就会从我们鼻子底下把战利品夺走。"杰尼索夫想道，他不断地望着前面，一心想看到多洛霍夫派来的人。

杰尼索夫到了林间通道上，勒住马，从那里可以看到右面很远的地方。

"有人骑马过来了。"他说。

哥萨克大尉朝杰尼索夫指的方向看了一眼。

"来的是两个人——一个军官和一个哥萨克。不过还不能**推定**就是中校本人。"哥萨克大尉说,他喜欢用哥萨克们不知道的字眼。

骑马过来的人下了山,在眼前消失了,过了几分钟又出现了。走在前面的军官挥动鞭子,赶着疲惫的马快跑,他衣服破烂,浑身湿透,裤腿卷到膝盖以上。而哥萨克站在马镫上,策马紧跟在他后面。这个军官是一个年轻的孩子,长着一张宽阔红润的脸和一双灵活愉快的眼睛,他跑到杰尼索夫跟前,递给他一只被雨淋湿的信封。

"是将军的信,"那军官说,"请原谅,信打湿了一点……"

杰尼索夫皱着眉头,接过信,开始拆信。

"大家总是说危险,危险,"在杰尼索夫读信时那军官对哥萨克大尉说,"不过我和科马罗夫,"他指了指哥萨克,"做好了准备。我们每人带了两支手枪……这是怎么回事?"他看见法国鼓手问,"是俘虏?你们已经打过仗了?可以和他说话吗?"

"罗斯托夫!彼佳!"这时杰尼索夫把递给他的信浏览了一下,喊了起来。"你怎么不说你是谁呢?"说着杰尼索夫微笑着转过身来,朝那军官伸出手。

这个军官是彼佳·罗斯托夫。

彼佳一路上都在考虑着该如何像一个大人和真正的军官那样对待杰尼索夫,不提以前认识他的事。但是他一看见杰尼索夫对他笑了笑,立刻容光焕发,高兴得脸都红了,于是忘掉了准备好的官样文章,开始讲述他如何从法国人的旁边经过,他接到这个任务是多么的高兴,他还说他已在维亚济马附近参加过战斗,那里有一个骠骑兵立了功。

"我很高兴见到你。"杰尼索夫打断他的话说,脸上又露出忧虑的表情。

"米哈依尔·费奥克利特奇,"他对哥萨克大尉说,"您知道这又是那个德国人送来的。送信的人是他的部下。"接着杰尼索夫对哥萨克大尉讲了送来的信的内容,信中那个当将军的德国人再次要求参加他的队伍,一起去袭击运输队。"如果我们明天不拿下这个运输队,他们就会从我们鼻子底下抢走。"他最后说。

在杰尼索夫和哥萨克大尉说话时,彼佳听见杰尼索夫说话语气冷淡而感到有点局促不安,推测杰尼索夫这样冷淡是因为他裤子穿得不像样子,为了不被任何人发现,他把手伸到军大衣底下悄悄地把卷起的裤腿放下,竭力做出尽可能威武的样子。

"大人有什么指示?"他把手举到帽檐边对杰尼索夫说,又玩起他做了准备的副官与将军的游戏来,"我是否应当留在大人身边?"

"指示?……"杰尼索夫若有所思地说,"你能不能在这里留到明天?"

"哦,听您的……我可以留在您身边吗?"彼佳大声问道。

"将军究竟是怎样吩咐你的? 是否叫你立刻回去?"杰尼索夫问。彼佳脸红了。

"他什么也没有吩咐。我想是可以的吧?"他用疑问的语气说。

"好吧。"杰尼索夫说。他给部下布置了任务,命令部队前往林中守林人的小屋附近指定的休息地点,派骑吉尔吉斯马的军官(这个军官履行副官的职责)去寻找多洛霍夫,打听他在哪里,晚上来不来。杰尼索夫本人打算带着哥萨克大尉和彼佳到朝向沙姆舍沃的树林边缘去,以便察看一下明天要袭击的法军驻地。

"喂,大胡子,"他对带路的农民说,"把我们朝沙姆舍沃的方向带。"

杰尼索夫、彼佳和哥萨克大尉在几个哥萨克和一个押俘虏的骠骑兵陪同下,骑着马向左拐,过了一道冲沟,朝树林边缘走去。

五

小雨停了,不过雾蒙蒙的,水滴不停地从树枝上往下掉。杰尼索夫、哥萨克大尉和彼佳默默地跟在戴圆帽的农民的后面,而那农民迈开他的那双穿着树皮鞋的外八字脚,轻轻地和无声地踩着树根和潮湿的落叶,带着他们走向树林的边缘。

农民走到有慢坡的高地时停了一会儿,朝四周看了看,然后向树木变得稀疏起来的地方走去。他在一棵尚未落叶的大橡树旁站住,神秘兮兮地招了招手。

杰尼索夫和彼佳到了他跟前。从农民站住的地方看得见法国人。现在树林外往下延伸着一块半高坡的春播作物地。在右边,过一道很陡的冲沟,就是一个小村庄和房顶坍塌的地主小宅院。在这个小村庄里和地主宅院里,在整个高坡上,在花园里,在水井和水池旁,在整条从桥头到村庄的不超过二百俄丈的上坡路上,在飘浮不定的雾中都可看见一群群人。可以听见显然不是俄国人的吆喝使劲拉车上坡的马匹的声音和他们彼此的呼应声。

"把俘虏带过来。"杰尼索夫低声说,仍目不转睛地看着法国人。

哥萨克下了马,把小鼓手抱下来,和他一起到了杰尼索夫面前。杰尼索夫指着法国人,问这是什么部队。那孩子把冻僵的手伸进口袋,扬起眉毛,惊恐地望着杰尼索夫,尽管他显然很想说出他知道的一切,但是回答得颠三倒四,杰尼索夫问什么,他就肯定什么。杰尼索夫皱起眉头,转过身去,对大尉讲了自己的设想。

彼佳迅速地转动着脑袋,时而看看小鼓手,时而看看杰尼索夫,时而看看哥萨克大尉,时而又看看村子里和路上的法国人,竭力不放过重要的事情。

"多洛霍夫来也好,不来也好,应当拿下来! ……怎么样?"杰尼索夫说,快活地眨眨眼。

"地点很合适。"哥萨克大尉说。

"派步兵往下走,从沼泽地过去,"杰尼索夫接着说,"叫他们偷偷靠近花园;您带着哥萨克从那里出击,"杰尼索夫指了指村庄后面的一片树林说,"而我带着骠骑兵从这里冲过去。以枪声为号……"

"不能从谷地过去——那里是烂泥塘,"哥萨克大尉说,"马会陷进去的,应当从左边绕……"

正当他们在这样低声谈话时,在下面,在水塘旁的谷地里响起了枪声,冒出一股白烟,又响了一声,高坡上的几百个法国人齐声地、仿佛很快活地喊叫起来。起初杰尼索夫和哥萨克大尉都往后退。他们和法国人离得很近,因此觉得这枪声和喊叫声是他们引起的。但是枪声和喊叫声与他们无关。在下面,在沼泽地里有一个穿红衣服的人在跑。显然法国人是在朝他开枪和喊叫。

"这不就是我们的吉洪吗?"哥萨克大尉说。

"是他! 就是他!"

"这个机灵鬼。"杰尼索夫说。

"准能跑得掉！"哥萨克大尉眯着眼睛说。

那个被他们称为吉洪的人跑到小河边,扑通一声跳进河里,溅起了水花,在水里待了一会儿,浑身被水浸泡得黑黑的,手脚并用爬了出来,又继续往前跑。追他的人站住了。

"动作真灵活。"哥萨克大尉说。

"这个鬼东西！"杰尼索夫仍带着懊恼的表情说,"不知他直到现在都在干什么？"

"这是谁？"彼佳问。

"这是我们的侦察兵。我派他去抓舌头。"

"原来是这样。"彼佳听了杰尼索夫的第一句话就点着头说,仿佛他什么都明白了,其实他连一句话也没有听懂。

吉洪·谢尔巴特是游击队里最有用的人。他是格扎季附近的波克罗夫斯科耶村的农民。杰尼索夫在开始活动时来到波克罗夫斯科耶,按照通常的做法叫来了村长,问他们知道法国人的什么情况,这个村长像所有村长那样,仿佛为了保护自己似的回答说,他们什么也不知道。杰尼索夫对他们解释说,他的目的是为了打法国人,问他们有没有法国人到他们这里来过,这时村长便说,确实有**鬼子兵**来过,他们村里只有吉什卡①·谢尔巴特一个人管这种事。杰尼索夫吩咐把吉洪叫来,称赞了他的行动,当着村长的面说了几句关于祖国的儿子应当效忠沙皇和祖国、仇恨法国人的话。

"我们并没有对法国人做什么坏事,"吉洪说,看来听了杰尼索夫的这些话变得有些胆怯起来,"我们只是和伙伴们一起闹着玩罢了。确实打死了二十来个**鬼子兵**,可是我们没有做过坏事……"杰尼索夫完全忘记了这个农民,第二天他离开波克罗夫斯科耶时,有人报告说,吉洪死乞白赖地要跟着游击队走,请求收留他。杰尼索夫吩咐把他留下。

吉洪开头做一些粗活,例如生篝火、挑水、剥马皮等,后来对游击战表现出很大的爱好和才能。他每到夜里出去寻找猎取对象,每一次都带回法国人的衣服和武器来,而在叫他去捉俘虏时,也会带着人回来。杰尼索夫不再叫吉洪干粗活,开始在出去侦察时把他带在身边,把

---

① 吉什卡是吉洪的小名。

他编入了哥萨克的队伍里。

吉洪不喜欢骑马,总是步行,可是从来不落在骑兵后面。他的武器是一支短火枪、一支长矛和一把斧头,他带着火枪更多的是因为好玩,而用起斧头来就像狼用牙齿一样,用它同样地既能寻找毛里的跳蚤,也能咬断大骨头。吉洪能同样准确地抡起斧头劈木头,也能握住斧背削细木桩,雕木勺。他在杰尼索夫的队伍里占有一个特殊的、独一无二的地位。每当要做什么特别困难的事和干什么脏活时——例如要用肩膀把大车从烂泥地里扛出来,拉着马尾巴把马从沼泽地拉出来,剥马皮,潜入到法国人中间去,每天行走五十俄里等等——大家都笑着指指吉洪。

"他这鬼东西不会有什么事的,健壮得像一匹大骟马。"人们常常这样说他。

有一次,吉洪在抓一个法国人时,法国人用手枪朝他开了一枪,子弹打进了他后背的肉里。吉洪只用伏特加内服外擦治这伤,这件事成了全队最有趣的笑料,而吉洪也乐意让人取笑。

"怎么,老兄,不再干了?背都被打得直不起来了?"哥萨克笑着对他说,于是吉洪有意弯下身子,做着鬼脸,装出生气的样子,用最可笑的字眼大骂法国人。这件事对吉洪只产生了这样的影响:在这次受伤后他很少带着俘虏回来。

吉洪是队里最有用和最勇敢的人。谁都没有像他那样发现那么多的袭击的机会,谁也没有像他那样抓获和打死那么多的法国人;因此他成为所有哥萨克、骠骑兵的逗笑者,他自己也乐意担当这个角色。这一次杰尼索夫还在夜里就派他到沙姆舍沃去抓舌头。但是或许是他不满足于只抓一个法国人,或许是夜里睡过了头,白天钻进灌木丛,到了法国人的正中间,结果像杰尼索夫从山上看到的那样,被法国人发现了。

六

杰尼索夫现在看着就在近处的法国人,似乎下了最后的决心,他同哥萨克大尉谈了一会儿明天进行袭击的事,便拨转马头往回走了。

"喂,老弟,现在咱们去烤一烤衣服。"他对彼佳说。

在快到守林人小屋时,杰尼索夫勒住马,定睛朝树林里细看。只见树林里,在树木之间,一个身穿短袄,脚穿树皮鞋,头戴喀山帽子,肩上斜挎着火枪,腰间别着斧头的人甩动长长的胳膊,两条长腿迈开轻松的大步走过来。这个人见了杰尼索夫,急忙把什么东西扔进灌木丛,摘下帽檐耷拉下来的湿帽子,走到他的面前。这是吉洪。他的布满皱纹的麻脸和一双狭长的小眼睛露出得意和快活的神情。他高高地抬起头,仿佛忍住笑似的,两眼盯住杰尼索夫。

"你上哪里去了?"杰尼索夫问。

"上哪里去了?去抓法国人来着。"吉洪用嘶哑但又悦耳的声音急忙大胆地回答。

"你干吗大白天去?畜生!怎么,抓到了吗?……"

"抓倒是抓到了。"吉洪说。

"人在哪里?"

"起初,还在天刚亮时我就抓到了一个,"吉洪接着往下说,大大地叉开两只穿树皮鞋的扁平的外八字脚,"把他带进了树林。一看,不中用。我想,再去一趟,再抓一个比较像样的来。"

"你瞧,这个滑头,就知道会这样。"杰尼索夫对哥萨克大尉说,"你干吗不把那个人带来?"

"把他带来干什么,"吉洪急忙生气地打断他的话,"那家伙不中用。难道我不知道您需要什么样的人吗?"

"这个鬼东西!……后来呢?……"

"我再去抓一个,"吉洪继续说,"我就这样爬进树林里,在那里躺下。"说着吉洪突然动作灵活地趴下,表演他是怎么做的。"碰上了一个。"他往下说,"我就这样把他抱住。"吉洪马上轻快地跳起来。"我说,咱们去见团长。那家伙大声喊叫起来。而他们有四个人。举起短剑朝我扑过来。我就这样拿着斧头迎上去,嘴里说,你们怎么啦,见你们的上帝去吧。"吉洪突然大叫一声,挥了挥手,威严地皱起眉头,挺起胸膛。

"怪不得我们从山上看见你急急忙忙地经过水洼逃跑。"哥萨克大尉说,稍稍眯起了闪闪发亮的眼睛。

彼佳很想笑,但是他看到所有的人都忍着。他快速地把目光从吉洪的脸上移到哥萨克大尉和杰尼索夫的脸上,不明白这一切是什么意思。

"你不要装糊涂,"杰尼索夫生气地咳嗽着说,"为什么不把第一个人带来?"

吉洪开始用一只手搔背,另一只手搔脑袋,突然他的整个脸拉长了,露出得意的傻笑,使人看见他缺了一颗牙(因此他被称为谢尔巴特,意为缺牙的)。杰尼索夫微微一笑,彼佳开心地笑出声来,吉洪自己也笑了起来。

"这又怎么啦,那人很不像样子,"吉洪说,"身上的衣服破破烂烂的,哪能带他来呢。再说,大人,他又很粗野。怎么啦,他说,我是将军的儿子,我不去。"

"这个畜生!"杰尼索夫说,"应当由我来问……"

"我也问过他了。"吉洪说,"他说:他不大**了解**。他说,我们的人很多,但都不行;他还说,只不过是徒有其名。只要大喝一声,你们就可以把他们全都抓住。"吉洪最后说,快活地和断然地朝杰尼索夫看了一眼。

"瞧我狠狠地抽你一百皮鞭,再叫你装糊涂。"杰尼索夫严厉地说。

"干吗生这么大的气,"吉洪说,"怎么,我没有见过你们要的那些法国人?等到天一黑,我就给你去抓,哪怕抓三个也行。"

"好吧,咱们走吧。"杰尼索夫说,一直到守林人的小屋,他都生气地皱起眉头,一言不发。

吉洪走到后面的队伍里,彼佳听见哥萨克和他一起笑着,笑他把一双什么靴子扔进灌木丛里。

彼佳听见吉洪的话和看见他的微笑忍不住笑了一阵之后,突然明白了这个吉洪杀了人,他心里便有些不舒服。他回头朝被俘的小鼓手看了一眼,仿佛觉得什么东西刺了一下他的心。但是这种不舒服的感觉只延续一瞬间。他觉得有必要把头抬得高一些,振作起精神来,装出一本正经的样子向哥萨克大尉打听明天的安排,以便使自己与周围的人相称。

被派去找多洛霍夫的军官在路上碰见杰尼索夫,带来消息说,多洛霍夫本人马上就到,他那里一切都很顺利。

杰尼索夫突然变得快活起来,他把彼佳叫到自己身边。

"好吧,现在你给我讲一讲你的情况。"他说。

七

彼佳离开莫斯科并和家里的人分手后,便回到自己的团里,在这之后不久,就给一个指挥一支大游击队的将军当传令官。从他被提升军官之时起,尤其是从他到作战部队并参加维亚济马战役之时起,彼佳一直处于幸福和兴奋的状态,为自己成为一个大人而高兴,经常激动和急切地希望能表现出真正的英勇精神,不放过任何一个这样的机会。他为自己在部队里看到的和经受的事而感到欣喜,但是与此同时他又觉得他不在的地方现在正创造着真正的英雄业绩。于是他急于到他没有去过的地方。

十月二十一日,将军表示要派一个人到杰尼索夫的游击队去,彼佳苦苦地请求派他去,使得将军不好拒绝他。将军在派他去时,想起了彼佳在维亚济马战役中的不理智的行为,当时彼佳不按指定路线到派他去的地方,而是骑马冒着法国人的炮火奔驰到散兵线上,在那里拔出手枪开了两枪——因此现在将军在交给他任务时禁止他参加杰尼索夫的任何战斗行动。就因为这个缘故,当杰尼索夫问他是否可以留下时,彼佳脸红了,不知如何回答是好。在去树林边缘前彼佳认为他应当严格执行命令,立即回去。但是当他看见法国人,看见吉洪,得知夜里一定会去袭击法国人时,他就像一般年轻人那样观点变得很快,心里就想,他的那位他至今非常尊重的将军是废物,德国人,而杰尼索夫是英雄,哥萨克大尉是英雄,吉洪也是英雄,在这困难的时刻离开他们是可耻的。

杰尼索夫带着彼佳和哥萨克大尉到守林人小屋时,天已经开始黑了。在半明半暗中可以看见套好鞍辔的马以及哥萨克和骠骑兵,他们正在空地上搭棚子,在林中的冲沟里(为了不让法国人看见烟)生起通红的火。在小屋的门廊里,一个哥萨克卷起袖子正在切羊肉。在小屋里有杰尼索夫队里的三个军官,他们正在用一扇门板搭了一张桌子。彼佳脱下自己的湿衣服交给人去烘干,立刻动手帮军官们搭餐桌。

十分钟后,桌子搭好了,铺上了桌布。桌子上摆着伏特加,军用水壶里装着罗姆酒,还有白面包以及烤羊肉和盐。

彼佳和军官们坐在一起,用手撕着流着油的喷香的肥羊肉,处于一种孩子般的兴奋状态之中,他爱所有的人,因而相信别人也同样地爱他。

"您怎么认为,瓦西里·费多罗维奇,"他问杰尼索夫,"我在您这里留一天没有事吧?"他没有等候回答,自己就回答道:"我是奉命来打听情况的,我这就在打听……只是你得让我去最……去主要的部队。我不需要奖赏……我想要……"彼佳咬紧牙关,朝周围看了一眼,抖动着高高抬起的头,挥动着胳膊。

"去最主要的……"杰尼索夫微笑着重复了一遍彼佳的话。

"只是求您把一个小队完全交给我指挥,"彼佳接着说,"这对您来说能费什么事?啊,您要小刀子?"他对一个想要切羊肉的军官说。说着把自己的折叠刀递过去。

军官称赞了这把小刀。

"那就请您留下吧。我有很多这样的刀子……"彼佳涨红了脸说。"老天爷!我怎么完全忘了,"突然他喊叫起来,"我有很好吃的葡萄干,你们知道,是无核的。我们那里来了一个新的随军商贩——卖的都是这样的好东西。我买了十斤。我爱吃甜东西。你们要尝一尝吗?……"于是彼佳跑到门廊里他带来的哥萨克那里,拿来几只口袋,里面装有大约五斤葡萄干。"吃吧,诸位,吃吧。"

"您需要不需要咖啡壶?"他问哥萨克大尉,"我在我们的随军商贩那里买了一把,好极了!他卖的都是好东西。他为人也很老实。这是主要的。我一定买一把给您送来。也许你们的火石用完了吧,这是常有的事。我带来了一些,在这里……"他指了指口袋,"有一百粒火石。我买得很便宜。需要多少你们就拿多少,要不全都留下……"突然,彼佳担心自己是不是在吹牛,便停住不说了,脸又涨得通红。

他开始回想,他是否还干了什么傻事。他在逐一回想今天的事时,想起了那个法国小鼓手。"我们倒是过得很好,不知他怎么样?把他弄到哪里去了?给他吃东西没有?有没有虐待他?"他想。但是发现自己已吹了一通关于火石的事,现在便不大敢说了。

"问一下总是可以的,"他想,"可是人们会说:自己是个孩子,才可怜那小家伙。我明天要让他们知道我是个什么样的孩子！要是我问，这是不是丢人的事？"彼佳又想。"就这样吧，反正无所谓！"于是他红着脸，惊恐地朝军官们看了一眼，看他们脸上有没有嘲笑的表情，连忙说道：

"可以把那个被俘的孩子叫来吗？给他一点东西吃……也许……"

"是啊，是个可怜的孩子。"杰尼索夫说，看来他没有发现彼佳的提醒有什么丢人的地方，"把他叫到这里来。他名叫樊尚·博斯。把他叫来。"

"我去叫吧。"彼佳说。

"去吧，去吧。可怜的孩子。"杰尼索夫又说了一遍。

杰尼索夫说这句话时，彼佳正站在门旁。他从军官们之间挤过去，走到了杰尼索夫的紧跟前。

"让我吻您一下，亲爱的。"他说，"嗨，这太好了！真好！"他吻了吻杰尼索夫，朝外面跑去。

"博斯·樊尚！"彼佳在门口停住，大声喊道。

"您叫谁，大人？"黑暗中一个人问。彼佳回答说他叫那个今天俘虏的法国孩子。

"啊！您叫韦先尼？"哥萨克说。

那孩子的名字樊尚已经被叫得变了样：哥萨克叫他韦先尼，农民和士兵们则叫他维谢尼亚。这两种叫法都使人想起春天[1]，而且与孩子的青春年少的样子相符合。

"他在篝火旁烤火。喂，维谢尼亚！维谢尼亚！韦先尼！"黑暗中响起

了几个人一个接一个的呼唤声和笑声。

"这孩子很机灵，"一个站在彼佳身旁的骠骑兵说，"我们刚才给他东西吃了。他饿极了！"

黑暗中传来了脚步声，小鼓手赤着脚从泥地里吧嗒吧塔地走过来，走到了门口。

---

[1] 韦先尼（Besenniy）意为"春天的"，维谢尼亚（Bisenя）则与俄语"春天"一词发音相近。

"啊,原来是你!"彼佳说,"想吃点东西吗?不要怕,不会把你怎么样的。"他又加了一句,胆怯而又亲切地摸着小鼓手的手。"进来,进来吧。"

"谢谢,先生。"小鼓手用颤抖的、几乎是孩子的声音说,开始在门槛上擦沾满烂泥的脚。彼佳有很多话想对小鼓手说,但是他不敢。他犹豫不决地站在门廊里小鼓手的身旁。然后在黑暗中抓住他的一只手,握了握。

"进来,进来。"他只是又亲切地低声说了一遍。

"唉,我能给他做点什么呢!"彼佳自言自语地说,接着打开门,让孩子先进去。

小鼓手进了小屋后,彼佳在离他远一些的地方坐下,认为再注意他有失自己的脸面。他只是摸着口袋里的钱,拿不定主意,不知道给小鼓手一些钱是不是不光彩的事。

八

杰尼索夫吩咐给小鼓手伏特加和羊肉,并且叫他穿上俄国长衫,为的是把他留在队里而不把他和别的俘虏一起送走,这时多洛霍夫来了,彼佳的注意力便被从小鼓手身上吸引过来了。彼佳在军队里听见过许多关于多洛霍夫异常勇敢和对法国人特别残忍的传说,因此从多洛霍夫进了小屋之时起,他就目不转睛地看着多洛霍夫,精神愈来愈振奋,抖动着高高抬起的头,以便使自己能做到甚至与多洛霍夫这样的人相配称。

多洛霍夫的外表非常简朴,这使彼佳感到很惊奇。

杰尼索夫身穿高加索上衣,留着胡子,胸前挂着显灵的尼哥拉的圣像,他说话的方式和动作都显示出他的地位的特殊。多洛霍夫正好相反,以前在莫斯科时他穿一身波斯服装,而现在的样子完全像一个最古板的近卫军军官。他的脸刮得很干净,身上穿着近卫军的棉制服,襻儿上别着格奥尔吉勋章,头上端端正正地戴着一顶普通的军帽。他在角落里脱下淋湿的斗篷,走到杰尼索夫跟前,没有跟任何人打招呼,就问起情况来。杰尼索夫对他讲了几支大游击队袭击运输队的意图,讲了彼佳送来的信,还讲了他是怎样回答两位将军的。然后杰尼索夫讲了他所了解的法国部队的全部情况。

"这倒是可以,不过还应当知道是什么部队,有多少人,"多洛霍夫说,"需要再跑一趟。不弄清楚他们有多少人,就不能动手。我办事喜欢认认真真。诸位,你们当中有谁愿意和我一起到他们的营地去一趟。我带着他们的军服。"

"我,我……我和您一起去!"彼佳喊了起来。

"你也完全用不着去,"杰尼索夫对多洛霍夫说,"而他,我是说什么也不会放的。"

"这太好了!"彼佳喊道,"为什么我不能去?……"

"因为没有必要。"

"这不行,因为……因为……我一定要去,就这样。您带我去吗?"他问多洛霍夫。

"那有什么……"多洛霍夫漫不经心地回答道,他注意地看着法国小鼓手的脸。

"这小家伙早就在你这里了?"他问杰尼索夫。

"今天抓住的,可是什么也不知道。我把他留在身边。"

"那么你把别的俘虏弄到哪里去了?"多洛霍夫说。

"怎么弄到哪里去了?都送走了,要了收条!"杰尼索夫突然脸涨得通红,大声喊道,"我敢大胆地说,我没有乱杀过一个人。难道你觉得把三十个人或三百个人押送到城里去,要比一恕我直言—— 玷污军人的名誉更难吗?"

"这位十六岁的年轻伯爵说这些好心话倒也还可以,"多洛霍夫面带冷笑说,"而你已经到了不这样说的时候了。"

"什么,我什么也没有说,我只是说我一定要跟您去。"彼佳胆怯地说。

"老兄,你我应该扔掉这种好心了。"多洛霍夫继续说,仿佛他觉得说这件惹得杰尼索夫生气的事是一种乐趣似的,"你为了什么把他留在身边?"他摇着头说:"是为了你可怜他?可是我们知道你的那些收条是怎么回事。你送去一百人,到那里的只有三十……一大半会饿死或被打死的。这么说来抓不抓不都是一样吗?"

哥萨克大尉眯起明亮的眼睛，点点头表示赞同。

"这全都一样，没有什么可说的。我不想做什么会感到内疚的事。你说他们会死掉的。就算这样吧。只要不是我害死的就行。"

多洛霍夫笑了起来。

"谁不命令他们十次二十次地抓我呢？要是我和你被抓到了，不管你有没有骑士风度，反正都会在杨树上吊死。"他沉默了一会儿。"还是谈正经事吧。把我的那个带马褡子的哥萨克叫来！我有两套法国军服。怎么，和我一起去？"他问彼佳。

"我？去，去，一定去。"彼佳脸红得几乎要掉眼泪，看着杰尼索夫大声地说。

在多洛霍夫和杰尼索夫开始争论应当如何对待俘虏时，彼佳又感觉到不自在和着急起来；但是再一次没有来得及听明白他们说的话。"如果大人、有名的人都这样认为，那么就应该这样，那么这就是好的，"他想，"而主要的，应当使杰尼索夫再也不敢认为我会听从他，认为他可以指挥我。我一定要和多洛霍夫一起到法国人的营地去。他能去，我也能去。"

杰尼索夫一个劲儿地劝他不要去，彼佳回答说，他也已经习惯于办事认认真真，不会盲目去干，他从来不考虑自己个人的安危。

"因为—— 您自己也会同意—— 必须确切知道那里有多少人，也许这一点决定着几百人的生命，而我们只有两个人，再说，我很想这样做，我一定、一定要去，您不要再阻拦我了，"他说，"这样只会更糟……"

九

彼佳和多洛霍夫穿上法国军大衣，戴上高筒帽，骑马奔向刚才杰尼索夫观察法国人营地的林间通道，在一团漆黑中出了树林，到了下面的谷地。到了下面后，多洛霍夫叫跟随他的哥萨克在这里等候，自己沿着大路快步向桥头驰去。彼佳和他并辔前进，激动得屏住了气。

"要是落到敌人手里，我一定不让他们抓活的，我有一把手枪。"彼佳低声说。

"不要说俄语。"多洛霍夫急促地低声说，这时黑暗中传来了"什么人？"的吆喝声和扳动扳机的声音。

血顿时涌上彼佳的脸，他一下子抓住了手枪。

"六团的枪骑兵。"多洛霍夫说，既没有让马缩小也没有让它加大步子。可以看到桥上哨兵的黑乎乎的身影。

"口令？"哨兵问。多洛霍夫收住缰绳，让马慢步前进。

"喂，热拉尔上校在这里吗？"他说。

"口令！"哨兵没有回答，又问，挡住了路。

"军官巡视散兵线时，哨兵是不问口令的……"多洛霍夫大声喊道，突然发起火来，骑着马朝哨兵撞过去，"我问你，上校在不在这里？"

多洛霍夫没有等闪到一旁的哨兵回答，骑马慢步上山。

多洛霍夫看见一个穿过道路的人的黑影，便叫住这个人，问他司令和军官们在哪里。这是一个士兵，肩上背着一个口袋，他站住了，走到了多洛霍夫的马的紧跟前，用手摸着它，老实巴交地和友好地说，司令和军官们在山上，要再往上走，在右边的一个农场（他这样称呼地主庄园）里。

多洛霍夫沿着大路往上走，听到从大路两.边的篝火旁传来的说法国话的声音，然后他拐向地主庄园的院子。进了大门后，他下了马，走到一堆很大的烧得很旺的篝火旁，几个人正围着篝火坐着，大声地交谈着。边上的一口锅里煮着什么东西，一个头戴尖顶帽、身穿蓝色军大衣的士兵被火光照得通亮，他正跪在那里用通条搅着锅里的东西。

"唉，这鬼东西很难对付。"坐在篝火对面阴影里的一个军官说。

"他会逼他们就范的……"另一个笑着说。两个人都不说了，听见多洛霍夫和彼佳牵着马朝篝火走来的脚步声，便向黑暗中张望。

"你们好，先生们！"多洛霍夫大声而又清楚地说。

军官们在篝火的阴影里动了起来，一个身材高大、脖子很长的军官绕过火堆走到多洛霍夫面前。

"是您，克莱芒？"他问，"从哪里来，鬼东西……"但是他发现自己认错了人，没有把话说完，微微皱起眉头，像和陌生人一样，和多洛霍夫打了招呼，问他有什么事需要帮忙。多洛霍夫说，他和他的同事在追赶自己的团队，问大家是否知道六团的一些情况。他们都不知道；彼佳觉得军官们开始用敌对的和怀疑的目光看他和多洛霍夫。大家沉默了几秒钟。

"如果你们是打算来吃晚饭的话,那么你们就迟到了。"篝火那边一个人忍不住笑着说。

多洛霍夫回答说,他俩都不饿,他们要在夜里继续赶路。

他把马交给那个搅锅里食物的士兵,在篝火旁那个长脖子的军官身边蹲下来。这个军官目不转睛地看着多洛霍夫,又问了他一次:他是哪个团的?多洛霍夫装出没有听见他的问题的样子,没有回答,从口袋里掏出一个法国的短烟斗抽起烟来,问军官们,他们前面的道路危险不危险,会不会碰上哥萨克。

"到处都是这帮强盗。"篝火那边的一个军官回答道。

多洛霍夫说,只有对像他和他的同事那样掉队的人来说,哥萨克才是可怕的,接着用不大有把握的语气补充说,他们大概是不敢袭击大部队的。谁也没有搭理。

"好了,现在该走了。"彼佳站在篝火前听着多洛霍夫说话,心里时刻这样想。

但是多洛霍夫又开始中断了的谈话,直截了当地问法国人他们营里有多少人,总共有几个营,有多少俘虏。多洛霍夫在问到他们部队带的俄国俘虏时说:

"随身拖带着这些死尸是一件令人讨厌的事。还不如把这些坏蛋全毙了。"说着大声笑了起来,那笑声很怪,彼佳觉得法国人马上就会识破骗局,他不由得从篝火旁往后退了一步。可是谁也没有搭理多洛霍夫的话和笑声,一个看不见人的法国军官(他盖着军大衣躺着)欠起身来,低声对同伴说了句什么。这时多洛霍夫站了起来,叫那个牵着马的士兵过来。

"他们会不会把马牵过来?"彼佳想,不由自主地朝多洛霍夫靠近。

马牵过来了。

"你们好,先生们①。"多洛霍夫说。

彼佳想要说声晚安,但没有能说完这句话。军官们相互之间小声说着什么。多洛霍夫上马上了很长时间,因为他的马老是不肯站住;

---

① 此处应为"再见,先生们"。

上了马后他慢步出了大门。彼佳骑马走在他的身旁,想要回头看一眼,看看法国人有没有追他们,但是又不敢。

上了大路,多洛霍夫没有往回朝田野走,而是沿着村边过去。在一个地方他勒住马,倾听起来。

"听见了吗?"他问。

彼佳听出了俄国人说话的声音,看见篝火旁俄国俘虏的黑乎乎的身影。往下到了桥上后,彼佳和多洛霍夫从哨兵身旁经过,那哨兵一句话也没有说,阴郁地在桥上来回走着,他俩回到了哥萨克等着的谷地里。

"好,现在再见了。告诉杰尼索夫,明天一早以第一声枪响为号。"多洛霍夫说完就想要走,但是彼佳伸手抓住了他。

"不!"他喊道,"您真是一个英雄。啊,真好!好极了!我真爱您。"

"好了,好了。"多洛霍夫说,但是彼佳不放开他,多洛霍夫在黑暗中看见彼佳朝他弯过身来。显然想要亲吻。多洛霍夫吻了吻他,笑了起来,拨转马头,消失在黑暗中。

十

彼佳回到守林人的小屋时,在门廊里碰见了杰尼索夫。杰尼索夫正在激动不安地等着彼佳,埋怨自己不该放彼佳去。

"谢天谢地!"他喊道,"好了,谢天谢地!"他听着彼佳兴高采烈的讲述,又重复了一句。"你这个鬼东西,害得我没有睡着觉!"杰尼索夫说,"好了,谢天谢地,现在躺下睡吧。天亮前还可以打个盹儿。"

"好……不。"彼佳说,"我还不想睡。我了解我自己,要是睡着了,一切都完了,再说,我已习惯于在战斗前不睡觉。"

彼佳在屋里坐了一会儿,高兴地回忆这次侦察的详细经过,生动地想象着明天的情景。然后,他发现杰尼索夫睡着了,便站起身来,到了外面。

外面还完全是黑的。小雨停了,但是水滴还从树上往下掉。在小屋的近旁可以看到哥萨克的棚子和拴在一起的马匹的黑影。屋后是两辆黑乎乎的大车,大车旁拴着马,而在冲沟里闪现出即将燃尽的篝火的红光。哥萨克和骠骑兵们并没有全睡：有些地方与水滴声和近旁马的咀嚼声一起，还可听到小声的、仿佛是耳语的说话声。

彼佳出了门廊，在黑暗中朝四周看了看，走到了大车旁边。大车底下有人在打鼾，大车周围几匹套好鞍辔的马在咀嚼燕麦。黑暗中彼佳认出了自己的马，走到了它跟前，虽然这是一匹小俄罗斯马，他却叫它卡拉巴赫马①。

"喂，卡拉巴赫，明天我们就要大干一场了。"他说，闻着它的鼻孔，吻着它。

"怎么，大人，您没有睡？"坐在大车下面的哥萨克说。

"没有；阿……你好像叫利哈乔夫吧？我现在刚回来。我们到法国人那里去了一趟。"于是彼佳不仅对哥萨克详细讲了他的这次侦察的经过，而且讲了为什么他要去和为什么他认为宁可自己去冒生命危险，而不能盲目地干。

"不过您还是睡一会儿吧。"哥萨克说。

"不，我习惯了。"彼佳回答说，"你们手枪里的火石有没有用坏？我带来了一些。需要不需要？你拿去吧。"

哥萨克从大车下探出身来，想离彼佳近些，好看得更清楚。

"这是因为我习惯于什么事都认认真真地做，"彼佳说，"有的人马马虎虎，不好好准备，以后会后悔的。我不喜欢这样。"

"说得很对。"哥萨克说。

"还有一件事，亲爱的，请你给我磨一下马刀；它用钝了……（但是彼佳不敢撒谎，连忙改口）它还从来没有磨过呢。能行吗？"

"为什么不行，当然可以。"

利哈乔夫站起身来，在马褡子里摸索了一阵，过不多久彼佳就听见了钢铁摩擦着磨刀石发出的霍霍声。他爬到大车上，在大车的边缘上坐下。哥萨克在大车底下磨着马刀。

"怎么，弟兄们都在睡觉？"彼佳问。

"有的人在睡，有的人像我们一样。"

"那个孩子怎么样了？"

---

① 卡拉巴赫马是产于阿塞拜疆卡拉巴赫地区的马。

"您问的是韦先尼？他躺在那里,躺在门廊里。受了惊吓反而睡得着。他很高兴。"

在这之后,彼佳沉默了很长时间,倾听着各种声音。黑暗中响起了脚步声,出现了一个黑色的人影。

"磨什么？"那人朝大车走过来时问。

"在给大人磨马刀。"

"好事。"那人说,彼佳觉得他是一个骠骑兵,"我的一个杯子是不是忘在你们这里了？"

"瞧,在车轮旁边。"

骠骑兵拿起了杯子。

"大概天快要亮了。"他说,打着呵欠,到别的地方去了。

彼佳本来应该知道他在树林里,在杰尼索夫的游击队里,在离开大路一俄里的地方,他坐在从法国人那里缴获来的大车上,大车旁拴着马,大车底下哥萨克利哈乔夫正在给他磨马刀,右边的那个大黑点是守林人的小屋,左边下面的那个红色的亮点是快要燃尽的篝火,来取杯子的人是一个想喝水的骠骑兵;但是他什么都不知道,也不想知道。他仿佛置身于一个神奇的王国,其中的一切都是与现实不相像的。那个大黑点也许确实是守林人的小屋,也许是一个通向大地深处的洞穴。那个红点也许是火,也许是一个大怪物的眼睛。这时他可能真的坐在大车上,但是也很有可能他不是坐在大车上,而是坐在一座高极了的塔上,如果从塔上掉下来,那么落到地上要花整整一天、整整一个月的时间—— 甚至一直往下落,永远也落不到地上。坐在大车底下的可能就是哥萨克利哈乔夫,但是很有可能此人是一个谁也不知道的,世界上最善良、最勇敢、最神奇、最卓越的人。也许路过的确实是一个要找水喝、后来到谷地里去了的骠骑兵,也许他刚刚消失,就完全不见了,再也不存在了。

不管彼佳现在看见什么,都不会使他感到奇怪。他正在一个神奇的王国里,在那里一切都是可能的。

他看了看天空。天空也像大地一样神奇。天逐渐放晴了,一团团云在树顶上快速地奔跑,似乎想要让星星露出来。有时使人觉得天转晴后出现了一个黑黑的明净的天空。有时觉得这些黑斑是乌云。有时又觉得头顶的天空变得很高,很高;有时仿佛觉得天空完全落了下来,伸手就可以摸到它。

彼佳开始闭上眼睛,身体摇晃起来。

水滴不停地往下掉。可以听见低声说话声。马嘶叫起来,相互踢踢撞撞。有人在打鼾。

"唰啦……"传来磨马刀的声音。突然彼佳听见了和谐的乐曲声,演奏的是一曲陌生的、庄严而又悦耳的颂歌。彼佳像娜塔莎一样有音乐天赋,比尼古拉更强,但是他从来没有学过音乐,也没有想到过音乐,因此他觉得出乎意外地出现在他脑子里的旋律特别新鲜和特别动人。乐队演奏的声音听起来愈来愈清楚。曲调不断扩展,从一种乐器转到另一种乐器。出现了一种被称为赋格①的现象,虽然彼佳对什么是赋格一无所知。每一种乐器,有时像小提琴,有时像小号—— 但是比小提琴和小号更好,声音更纯——都各奏各的,但还没有奏完这曲调,便与另一种开始演奏几乎同一内容的乐器会合,再同第三种、第四种乐器会合,所有这些乐器会合在一起,然后又分开,又会合,时而奏出庄严的教会音乐,时而奏出瑰玮的凯歌。

"啊,我这是在做梦。"彼佳身体向前晃了一下,自言自语地说。"这是我耳朵里的声音。也许这是我的音乐。好吧,再来一次。演奏吧,我的音乐! 来吧! ……"

他闭上了眼睛。只听得四面八方,仿佛在远处,响起了各种颤抖的声音,它们开始会合,分开,又会合,于是一切又融合成为同一曲悦耳的和庄严的颂歌。"啊,这真是太美妙了! 我想要多好就有多好。"彼佳对自己说。他试着指挥由各种乐器组成的庞大的乐队。

"注意,小声点,小声点,现在停住!"于是声音仿佛听从了他的指挥,"好,现在饱满些,快活些。更加,更加欢乐些。"于是从无人知道的深处响起了不断增强的庄严的声音。"现在声乐加入进来!"彼佳命令道。于是从远处先响起了男声,接着响起了女声。这声音不断加强,显得从容不迫而又庄严凝重。彼佳听着这不同寻常的美妙的歌声,心里又惊又喜。

---

① 赋格是拉丁文 fuga 的音译,意为"追逐""遁走",是西洋音乐的一种复调曲式。

这歌声与庄严的凯歌进行曲汇合起来,与此同时水滴答滴答地掉着,马刀唰啦唰啦地磨着,马又相互踢撞和嘶叫起来,这一切没有破坏音乐,而是融合到了它的里面。

彼佳不知道这延续了多久,他欣赏着,为自己得到这样的享受而感到惊奇,并为找不到人说说自己的感受而觉得惋惜。利哈乔夫亲切的声音唤醒了他。

"磨好了,大人,您能用它把法国人劈成两半。"

彼佳醒了。

"天亮了,真的,天都亮了!"他大声说道。

原来看不见的马连尾巴都能看清了,透过光秃秃的树枝可以看见一片淡白色。彼佳全身抖动了一下,跳了起来,从口袋里掏出一个卢布,给了利哈乔夫,挥了一下马刀,试了试刀刃,把它插进刀鞘。哥萨克们解开马,紧了紧马肚带。

"瞧,队长来了。"利哈乔夫说。

杰尼索夫出了守林人的小屋,叫住彼佳,下令集合。

十一

游击队员们在昏暗中很快找到自己的马,收紧了马肚带,分成了各个小队。杰尼索夫站在守林人的小屋旁,下着最后的命令。队里的步兵迈开几百只脚,踏着烂泥沿着大路朝前走,很快消失在黎明前雾气弥漫的树木之间。哥萨克大尉对哥萨克们吩咐着什么。彼佳手握自己的马的缰绳,急不可耐地等待着上马的命令。他的用冷水洗过的脸,尤其是他的眼睛火辣辣的,可是却觉得背上冷得打战,全身迅速地和均匀地抖动着。

"喂,你们都准备好了吧?"杰尼索夫说,"把马牵过来。"

马牵过来了。杰尼索夫对一个哥萨克发了火,因为马肚带很松,骂了他一顿后,上了马。彼佳踏上了马镫。马习惯性地想要咬咬他的腿,但是彼佳好像感觉不到自己的重量似的很快翻身上马,坐到马鞍上,回头看了看后面黑暗中出发的骠骑兵,骑马到了杰尼索夫面前。

"瓦西里·费多罗维奇,您要给我什么任务吗?求求您……看在上帝分上……"他说。杰尼索夫似乎忘记了彼佳的存在。他回头朝彼佳看了一眼。

"我只要求你做一件事,"他严厉地说,"听我的命令,不要乱闯。"

一路上杰尼索夫没有再对彼佳说一句话,一直默默地走着。当他们来到树林边缘时,田野里已明显地变得明亮起来。杰尼索夫和哥萨克大尉低声地说了几句话,于是哥萨克们便开始经过彼佳和杰尼索夫身旁向前走。等到他们全都过去后,杰尼索夫便策马朝山下奔去。马匹蹲下后腿,向前滑行,驮着骑手们下到谷地里。彼佳和杰尼索夫并辔而行。他全身颤抖得愈来愈厉害。天色愈来愈亮,只是浓雾还遮住远方的景物。杰尼索夫到了下面,回头看了一眼,朝一个站在他身旁的哥萨克点点头。

"发信号!"他说。

哥萨克抬起手,开了一枪。在这一瞬间响起了跑在前面的马的马蹄声,从四面八方传来了呐喊声,还有射击声。

就在刚响起马蹄声和呐喊声的同一瞬间,彼佳朝自己的马抽了一鞭,放开缰绳,不理朝他喊叫的杰尼索夫,向前驰去。他仿佛觉得,枪声一响,周围就像大白天似的变得通亮了。他跑到了桥头。前面大路上哥萨克在奔驰。在桥上他同一个落在后面的哥萨克碰了一下,继续朝前跑。前面有一些人—— 想必这是法国人—— 正在从道路的右边跑到左边去。一个人倒在彼佳的马蹄下的烂泥中。

一座农舍旁聚集着一群哥萨克,不知他们正在做什么。从这群人的中间传出了可怕的叫喊声。彼佳跑到这群人那里,他首先看见的是一个法国人的苍白的、下巴颏颤抖着的脸,这个法国人两手抓住朝他刺过去的长矛。

"乌拉!……弟兄们……我们的人……"彼佳喊道,松开性子发作的马的缰绳,沿着大路向前驰去。

前面可以听到枪声。哥萨克、骠骑兵和从路的两边跑过来的衣服破烂的俄国俘虏全都大声地乱喊着什么。一个不戴帽子、穿着蓝色军大衣、样子剽悍的法国人红着脸皱着眉头用刺刀抵挡着骠骑兵。当彼佳跑到跟前时,那法国人已经倒下了。彼佳脑子里闪了一下:又没有赶上;于是他朝枪声密集的地方奔去。枪声是从他昨天夜里和多洛霍夫一起去过的地主庄园的院子里发出的。法国人埋伏在长满了密密的灌木丛的花园的篱笆后面,朝聚集在大门口的哥萨克射击。彼佳在快要到大门口时,在硝烟中看见脸色苍白发青的多洛霍夫,听见他正在朝人们喊叫着什么。"包抄过去! 等一等步兵!"他喊道,这时彼佳已到了他身边。

"还要等一等? ……乌拉——拉——拉! ……"彼佳喊叫起来,他一刻也不停留地朝传出枪声和硝烟较浓的地方冲过去。响起了排枪的射击声,子弹呼啸而过,啪啪地落在什么声西上面。多洛霍夫和哥萨克们跟在彼佳后面跑进了大门。那里浓烟滚滚,法国人有的扔掉武器,出了灌木丛朝哥萨克跑过来,有的朝山下的水池跑去。彼佳骑着马沿着地主的院子跑,他的双手没有握住缰绳,令人奇怪地很快挥动着,身子从马鞍上愈来愈向一边倾倒。马碰到在晨光中将要熄灭的篝火上,停了下来,于是彼佳沉重地掉到潮湿的土地上。哥萨克们看到他的手和脚迅速地抽搐着,而他的头却没有动。原来他的头被子弹打穿了。

一个职位最高的法国军官用剑挑着一块白手绢从房子后面出来到了多洛霍夫面前,宣布他们投降,多洛霍夫和他谈了几句,下了马,走到张开双臂一动不动地躺着的彼佳身边。

"完了。"他皱起眉头说了一句,便朝着大门口迎着骑马向他跑过来的杰尼索夫走去。

"被打死了?!"杰尼索夫喊道,他老远就看见彼佳躺在那里,那姿势是他常见的那种无疑是死人的姿势。

"完了。"多洛霍夫又说了一遍,仿佛觉得说这句话有什么乐趣似的,快步朝那些被下了马的哥萨克围住的俘虏走去。"不要这些俘虏!"他朝杰尼索夫喊了一声。

杰尼索夫没有回答;他到了彼佳身边,下了马,用发抖的双手把彼佳的沾满了血污、已经发白的脸扳过来。

"我爱吃甜东西。很好的葡萄干,全拿去吧。"他回想起了彼佳的话。哥萨克听见很像犬吠的声音,惊奇地回过头来,这声音是杰尼索夫发出的,他很快转过身去,走到篱笆跟前,紧紧地抓住它。

在杰尼索夫和多洛霍夫解救出的俄国俘虏中有皮埃尔·别祖霍夫。

十二

皮埃尔所在的那一批俘虏离开莫斯科后,在路上的整个时间内,法国长官没有下达关于他们的任何新的命令。到十月二十二日,这批俘虏已不和随同撤出莫斯科时的部队和车队在一起了。头几天跟在他们后面走的运干粮的车队,一半遭到哥萨克的拦截,一半走到前面去了;原来走在前面徒步的骑兵已一个也不剩了;他们全都消失了。头几天还可在前面看到的炮兵,现在已为由威斯特法利亚人护送的朱诺元帅①的庞大的车队所代替。在俘虏后面则是运载骑兵用具的车队。

法国军队原来分三个纵队走,而从维亚济马起,就挤成一团了。皮埃尔在离开莫斯科后第一次休息时看到了混乱的迹象,现在混乱状态已达到了极点。

他们经过的大路的两旁到处都是死马;没有跟上各个部队的人,衣衫褴褛,不断变换着队伍,时而加入行进中的纵队,时而重新掉下队来。

在行军过程中有过几次虚惊,受惊的押送队士兵端起枪胡乱射击,拼命乱跑,相互挤压,但是后来又集合起来,为不必要的惊慌而相互咒骂。

这三大群在一起走的人—骑兵车队、俘虏押送队和朱诺的车队——仍然还各自单独存在,并且保持着完整性,虽然这三者的人数都在迅速地减少。

骑兵车队原有一百二十辆大车,现在剩下的不超过六十辆;其余的不是被夺走了,就是被扔掉了。朱诺的车队也扔下了和被夺走了几辆大车。三辆大车遭到了达武军团的掉队士兵的抢劫。皮埃尔听见一个德国人说,押送这个车队的人比押送俘虏的人还要多,他的一个同伴,一个德国士兵,元帅亲自下令把他枪毙了,罪名是在他身上发现了一把属于元帅的银匙。

①　朱诺(一七七一—一八一三),法国元帅,一八一二年指挥威斯特法利亚军。

在这三大群人当中，俘虏押送队的人数减少得很多。从莫斯科出发时有三百三十人，现在剩下的不到一百人。押送队的士兵觉得，与骑兵车队运送的马鞍和朱诺的车队运送的行李相比，俘虏是更大的负担。他们懂得，马鞍和朱诺的银匙还可能有一点用，但是对他们这些又饿又冷的押送兵来说，站岗放哨，看守同样又饿又冷的俄国俘虏——这些俘虏在路上不断死去和掉队，而上面有命令，掉队的可就地枪毙——不仅是不可理解的，而且是令人厌恶的事。这些押送兵担心因自己处境悲惨而对俘虏表现出内心的同情，从而使自己的处境更糟，于是对俘虏总是沉着脸，态度特别严厉。

在多罗戈布日，押送队的士兵把俘虏们锁进马厩，去抢自己部队的仓库，这时几个被俘的士兵在墙脚下挖了一个洞逃了出去，但是他们被法国人抓住枪毙了。

以前在离开莫斯科时定下的被俘军官和士兵分开走的规矩早已被打破；所有能走的人都在一起走，因此皮埃尔从第三天起又同卡拉塔耶夫和那只认卡拉塔耶夫为主人的雪青色罗圈腿的小狗在一起了。

在离开莫斯科后的第三天，卡拉塔耶夫在莫斯科医院里治过的热病又发作了，而随着卡拉塔耶夫的身体愈来愈虚弱，皮埃尔逐渐疏远了他。皮埃尔不知道因为什么，但是自从卡拉塔耶夫身体开始变得虚弱以来，他需要强迫自己，才能走到卡拉塔耶夫身边去。每次他走过去时，听到卡拉塔耶夫发出的低声的呻吟（他在休息地点躺下时常发出这样的呻吟），闻到现在他身上散发出的变得更加难闻的气味，便离开他远一些，也不去想他了。

在当俘虏时，在木板房里，皮埃尔不是凭理智，而是凭自己的整个身心，凭自己的生命懂得了人是为了幸福而生的，幸福在人本身之中，幸福在于满足人的自然需要，一切不幸并不来自缺少，而来自过剩；但是现在，在最近三个星期的行军中他又知道了一个新的、令人宽慰的真理——世界上没有任何可怕的东西。他知道了，既没有使一个人感到幸福和完全自由的处境，也没有使他感到不幸和不自由的处境。他知道了，痛苦有一个界限，自由也有一个界限，而且这个界限很接近；一个人为他的粉红色的被褥里裹进了一条虫子而感到难受，同样也可像他现在那样，直接睡在潮湿的地上，身子一边凉和一边热而感到痛苦；

以前他曾为穿了挤脚的鞋去跳舞而难受,现在他同样为完全光着脚(他的鞋早就穿破了),两脚布满伤口而痛苦。他知道了,以前他似乎按照自己的意愿和妻子结婚时,并不比现在被锁在马厩里过夜更自由。在所有这些他后来称之为痛苦、而在当时几乎没有感觉到的事情中,最主要的问题是他的那双被磨破了和结了痂的光脚。(马肉好吃而富有营养,用来代替食盐的含有硝石的火药的气味很好闻,天气不太冷,白天走路时还很热,夜里又有篝火;虱子咬得他浑身暖洋洋的。)这时唯一使他感到难受的是那双脚。

第二天,皮埃尔在篝火旁察看了自己脚上的伤口,认为无法行走了;但是当大家动身时,他也一瘸一拐地走了,后来暖和过来时,走路居然不觉得痛了,但到傍晚时,这双脚看起来就更可怕了。但是他不去看它,心里想着别的事。

皮埃尔现在才明白了人的全部生命力以及人所具有的通过转移注意力而产生的救生力量,这种力量很像蒸汽锅炉的安全阀门,当蒸汽的密度超过定额时,这阀门就把多余的蒸汽放出来。

皮埃尔没有听见和看见枪毙掉队的俘虏,虽然一百多个俘虏都是这样死的。他没有去想身体一天天衰弱下去的卡拉塔耶夫,显然卡拉塔耶夫很快就要遭到同样的厄运。他更少想到他自己。他的处境愈困难,他的前途愈可怕,他就愈不以自己的处境为转移地产生各种愉快的和宽慰的想法,各种回忆和想象。

十三

二十二日中午,皮埃尔沿着泥滑的道路下山,看着自己的脚和坑洼不平的路面。他不时看看自己周围熟悉的人群,又看看自己的脚。两者同样都是与自己有关的,是他所熟悉的。雪青色罗圈腿的灰毛狗快活地在路边跑着,有时为了证明自己的灵活和得意,抬起一条后腿,用三条腿跳跃着,然后又撒开四条腿,吠叫着朝落到尸体上的乌鸦奔过去。灰毛比在莫斯科时更加快活和更加肥壮了。四面八方遍地都是各种动物的肉——从人肉到马肉都有,腐烂的程度不一;因为有人行走,狼不敢过来,因此灰毛可以饱饱地吃,爱吃多少就吃多少。

从早晨起一直下着小雨，它使人觉得眼看就要停了，天空就要亮开了，可是在停了不长的时间后，反而愈下愈大。吸足了雨水的道路已不再吸水了，于是水沿着车辙流动，使它变得像小水沟一样。

皮埃尔一面走，一面朝两边张望，数着脚步，走三步就弯起一个手指。他心里对雨说：下吧，下吧，下得更大些！

他觉得他什么也没有想；但是他在内心的又远又深的地方却想着一种重要的和令人宽慰的东西。这就是他从昨天和卡拉塔耶夫的谈话中得到的最微妙的精神上的启示。

昨天在夜间宿营地，皮埃尔坐在熄灭的篝火旁觉得很冷，便站起来走到最近的燃烧得较旺的篝火旁去。这时普拉东身上像披着法衣似的，连头裹着一件军大衣，坐在皮埃尔走过去的篝火旁，正在用他那干脆利落而又悦耳的、但虚弱有病的声音对士兵们讲一个皮埃尔听过的故事。时间已是后半夜。在这时候，卡拉塔耶夫热病发作过后通常精神很好，显得特别活跃。皮埃尔走到篝火旁，听到普拉东的虚弱有病的声音和看见他那被火光照亮的难看的脸，心里有一种被刺了一下的不愉快感觉。他为自己对这个人的怜悯而感到吃惊，想要走开，但是没有别的篝火可以烤火，于是竭力不去看普拉东，在篝火旁坐下了。

"怎么，你的身体怎么样？"他问。

"身体怎么样？有病就诉苦——上帝就不会让你死。"卡拉塔耶夫说完立即回头继续讲他的故事。

"……听我说，我的老兄。"普拉东接着说，他那苍白的瘦脸上带着微笑，眼睛里闪现出两道特殊的、快乐的亮光，"听我说，我的老兄……"

皮埃尔早就知道这个故事，卡拉塔耶夫对他一个人讲过五六次，每次讲时都怀着一种特殊的、快乐的感情。但是不管皮埃尔如何熟悉这个故事，他现在还是像听什么新鲜事那样注意地听着，而卡拉塔耶夫在讲故事时所体验的那种安详的欣喜也感染了皮埃尔。这个故事讲的是一个老商人，他和一家人过着规规矩矩的和严守教规的生活，有一次和他的同伴、一个富有的商人一起到马卡里耶去。

两个商人在一家客栈里住下，夜里睡着了，第二天发现老商人的同伴被人杀死，财物被抢。在老商人的枕头底下找到了一把沾满血迹的刀子。于是这老头儿便受到审判，被处以笞刑，撕破鼻孔——如同卡拉塔耶夫所说的那样,完全按照法律程序行事,最后被送去服苦役。

"听我说,我的老兄(皮埃尔过来时卡拉塔耶夫正好讲到这个地方),在那件事后过了十年或者更长些。老头儿一直在服苦役。他老老实实地认命,不做坏事。只请求上帝赐他一死。就这样。有一天夜里,服苦役的人聚集在一起,就像你我现在这样,老头儿也和他们在一道。大家说起谁因什么事受这份罪,在什么事情上冒犯了上帝。有人说他害了一条命,有人说他害了两条,有人说他放了火,有人说他是逃亡的农奴,什么罪也没有。人们问老头儿:老子,你是因为什么事来受苦的?老头儿说,亲爱的小兄弟们,我受苦是因为自己的罪孽,也是因为别人的罪孽。我没有害过别人的性命,没有抢过别人的东西,不仅如此,我还帮助过穷乡亲们。他说,亲爱的小兄弟们,我是一个商人;有很多财产。他就这样那样地往下说。按照顺序把整个事情对他们说了一遍。他说,我并不为自己伤心。这是上帝要惩罚我。我只可怜我的老伴和儿女们。说到这里老头儿哭了起来。在他们当中有一个人,正好是他杀死了那个商人。他问:老大爷,这事发生在什么地方?发生在什么时候,哪一个月?全都问到了。于是这个人心里像刀割似的。他就这样走到老头儿面前——扑通一声跪倒在老人脚下。他说,老人家,你代我受过了。他又说,这全是实情;这位老人家是无缘无故地受折磨。他还说,那件事是我干的,趁你睡觉时把刀子塞在你的枕头底下。宽恕我吧,老大爷,看在基督分上宽恕我吧。"

卡拉塔耶夫停住了,他高兴地微笑着,望着篝火,拨了拨劈柴。

"老头儿说,上帝会宽恕你的,我们大家在上帝面前都是有罪的,我是因为自己的罪孽而受苦。说着他自己伤心痛哭起来。你以为怎么着,老弟,"卡拉塔耶夫愈说愈兴奋,脸上的笑容变得愈来愈愉快,仿佛他现在说的话包含着这故事的主要魅力和全部意义似的,"你以为怎么着,老弟,这个凶手自己跑到官府去自首。他说,我害死了六个人(他是一个作恶多端的凶手),但是我最可怜这个老头儿。不要让他再怨恨我了。他自首后,录了口供,按照程序发了公文。这地方很远,当时案子进行了审理,公文抄送各个官府。最后案子送到沙皇那里。沙皇颁布谕旨:释放商人,给他一定的补偿。公文下来了,开始寻找老头儿。这个无辜受罪的老头儿究竟在哪里?沙皇的谕旨下来,人们到处找他。"

说到这里卡拉塔耶夫的下巴颤抖了一下，"而上帝已经宽恕了他——他死了。事情就是这样，老弟。"卡拉塔耶夫讲完故事，默默地微笑着，久久地望着自己的前方。

这时皮埃尔的整个心灵模糊地和欣喜地感受到的不是这故事本身，而是它的神秘的含义，是卡拉塔耶夫在讲这故事时脸上流露出的兴奋和喜悦，是这种喜悦的神秘意义。

十四

"各就各位！"突然一个人喊道。

在俘虏和押送兵之间出现了一阵快乐的慌乱，他们等待着一件幸福的和庄严的事情的发生。四面八方响起了口令声，在左边出现了一队服装整齐、骑着好马的骑兵，他们正催马快步绕过俘虏。所有人脸上的表情都很紧张，通常人们在最高当局的人士莅临时往往有这样的表情。俘虏们挤成一堆，他们被推到路边；押送兵排好了队。

"皇帝！皇帝！元帅！公爵！"保养得很好的护送队骑兵刚一过去，就响起了一辆纵列驾着几匹灰马的马车的辚辚声。皮埃尔匆匆一瞥，看见了一个戴着三角帽的人的平静漂亮、又白又胖的脸。这是一个元帅。元帅的目光转向了皮埃尔的引人注目的硕大身躯，皮埃尔觉得在这个元帅皱起眉头和转过脸去的表情中包含着同情以及想要掩饰这种同情的愿望。

一个带队的将军的红脸上露出惊恐的神色，他赶着他的那匹瘦马，跟在马车后面。几个军官走到了一起，士兵们围住了他们。所有人的脸色都很激动和紧张。

"他说了什么？他说了什么？……"皮埃尔听见有人问。

在元帅经过时，俘虏们挤成一堆，皮埃尔看见了他今天早晨还没有见过的卡拉塔耶夫。卡拉塔耶夫穿着他的那件瘦小的军大衣，靠在一棵白桦树上坐着。在他脸上除了昨天在讲那个无辜受罪的商人时的那种欣喜和受感动的表情外，还露出一种平静和庄重的神情。

卡拉塔耶夫用他那双和善的、现在含着泪水的圆眼睛看着皮埃尔，看样子是在叫他过去，想要对他说点什么。但是皮埃尔过于为自己担心。他装出没有看见他的目光的样子,急忙走开了。

俘虏重新出发时,皮埃尔回头看了一眼。卡拉塔耶夫仍坐在路边的白桦树旁;两个法国人站在他身边说着什么。皮埃尔再也没有回头看。他一瘸一拐地朝山下走去。

从后面卡拉塔耶夫坐的地方传来了一声枪响。皮埃尔显然听见了这枪声,但是在他听到的一瞬间,他想起他还没有计算完到斯摩棱斯克还有几站,他在元帅经过时已开始计算了。两个法国士兵从皮埃尔身边跑过,其中一人手中还拿着冒烟的枪。他们两人的脸色都很苍白——其中一人胆怯地看了皮埃尔一眼,他们脸上的表情与上次行刑时他在一个年轻士兵脸上看到的表情有些相像。皮埃尔朝这个士兵看了一眼,想起了他前天在篝火上烘衬衫时如何把它烤煳了,人们如何笑他。

小狗在后面,在卡拉塔耶夫坐过的地方吠叫起来。"这个傻瓜,它叫什么呢?"皮埃尔想道。

和皮埃尔并排走的俘虏兵们也像他一样,没有回头去看那个先传来枪声、后传来狗叫声的地方;但是所有人脸上的表情都很严肃。

十五

骑兵车队、俘虏和元帅的车队在沙姆舍沃村停住了。大家都挤在一堆堆的篝火旁。皮埃尔走到篝火边,吃了一些烤马肉,面朝火仰着躺下,立刻睡着了。他睡得又像波罗金诺会战后在莫扎伊斯克那样。

现实的事件又同梦境搅和在一起了,又有一个人,不知是他自己还是另一个人,对他说各种想法,甚至是在莫扎伊斯克说过的同样的想法。

"生命就是一切。生命就是上帝。一切都在变动和运动,这运动就是上帝。只要有生命,就有自我意识到神性的喜悦。要爱生命,爱上帝。在痛苦中,在无辜受罪时爱这生命是最困难的,也是最幸福的。"

"卡拉塔耶夫!"皮埃尔想起了他。

突然皮埃尔眼前生动地浮现出他早就忘了的、在瑞士教他地理的温和的小老头教师。"等一下。"小老头说。他让皮埃尔看地球仪。这个地球仪是一个活动的、晃动着的球,没有比例的大小。球的整个表面是密密麻麻的点子。这些点一直转动着,改变着位置,时而几个点合成一个,时而一个点又分成好几个。每个点都竭力扩大想占据尽可能大的空间,但是另一些点也这样做,挤压着它,有时把它消灭掉,有时则与它融为一体。

"这就是生命。"小老头教师说。

"这是多么简单明了,"皮埃尔想道,"我以前怎么会不知道这一点。"

"上帝在中间,每个点竭力扩大,以便最大限度地反映上帝。它增大起来,与别的点融合,收缩着,从表面上消失,沉入到深处,又浮上来。瞧那卡拉塔耶夫,他扩大起来,又消失了。你懂吗,我的孩子。"教师说。

"你懂吗,该死的。"一个声音喊道,皮埃尔醒了。

他欠起身来。刚才推开俄国士兵的法国人蹲在篝火旁,用通条穿着一块肉烤着。他卷起袖子,一双青筋暴露、皮肤发红、长满寒毛、手指很短的手灵活地转动着通条。在炭火的火光中可以清楚看到他的双眉紧皱、神气阴郁的褐色的脸。

"他反正都一样,"他说,朝站在他背后的士兵迅速转过身来,"……是个强盗。真的!"

这个法国士兵转动着通条,用阴沉的目光朝皮埃尔看了一眼。皮埃尔转过身去,望着阴暗的地方。被法国人推开的那个被俘俄国士兵坐在篝火旁,一只手抚摸着什么。皮埃尔靠近一看,认出抚摸的是雪青色小狗,它摇着尾巴,坐在士兵身边。

"啊,你来了?"皮埃尔说,"啊,普拉……"他刚开口,但没有说下去。在他头脑里突然同时浮现出一件件往事,他想起了普拉东坐在树下看着他的目光,想起了从那个地方传来的枪声,想起了小狗的吠叫,想起了两个从他身旁跑过的法国人犯罪后愧疚的脸色以及其中一人拿在手里的冒烟的枪,想起了在这宿营地已没有了卡拉塔耶夫,这时他已准备相信卡拉塔耶夫已被打死了,但是在同一瞬间,在他心里天知道从哪里出现了一个想法,他回忆起了自己夏天在基辅的住宅的阳台上同一个漂亮的波兰女人一起度过的夜晚。不过他仍然没有把今天回想起的事联系起来,也没有从中得出什么结论,就闭上了眼睛,于是夏天的自然景色便与关于游泳、关于晃动着的不结实的球的回忆混合在一起了,他沉到了水里,一直沉到他没了顶。

日出之前他被密集的枪声和大声的喊叫惊醒了。法国人从他身旁跑过。

"哥萨克!"其中一人喊道,过了一会儿一群俄国人围住了皮埃尔。

皮埃尔很长时间都未能弄明白他发生了什么事。他听到四周都是难友们欢乐的喊叫声。

"弟兄们!我的亲人们!"一些老兵们哭喊着,拥抱着哥萨克和骠骑兵。骠骑兵和哥萨克们围住俄国俘虏,急急忙忙送东西给他们,有的送衣服,有的送靴子,有的送面包。皮埃尔坐在他们中间号啕大哭,说不出一句话来;他搂住第一个朝他走过来的士兵,一面哭,一面吻他。

多洛霍夫站在一座倒塌的房子的大门口,看着一群缴械的法国人过去。法国人对发生的事感到很激动,相互之间大声说着话;但是当他们经过多洛霍夫面前,看见他正用马鞭轻轻地抽打着自己的靴子,用冷冰冰的、呆板无神的、不是什么好兆头的目光瞧着他们时,谈话停止了。另一边站着多洛霍夫手下的一个哥萨克,他正在点俘虏的人数,数到一百就用粉笔在大门上画一条线。

"多少人?"多洛霍夫问点俘虏人数的哥萨克。

"一百多。"哥萨克回答道。

"快走,快走。"多洛霍夫说,这句话他是从法国人那里学来的,当他的目光与经过的俘虏的目光相遇时,他的眼睛就闪出凶残的光芒。

杰尼索夫脸色阴沉,他摘下羊皮高帽,跟在抬着彼佳·罗斯托夫的尸体的哥萨克后面,朝花园里挖好的墓穴走去。

十六

自从十月二十八日开始出现严寒天气 ① 以来,溃逃的法国人的情

---

① 据记载,十月二十八日气温为零下十二度,到十一月一日进一步降到零下十七度。

况变得更加悲惨,许多人冻死和在篝火旁烤死,皇帝、王和公爵们裹着裘皮大衣坐在马车里,带着抢来的财物继续往回走;但是就实质而言,法军逃跑和瓦解的过程自从撤离莫斯科以来没有丝毫变化。

法国军队不算近卫军原有七万三千人(近卫军在整个战争中除了抢劫外,别的什么事也不干),从莫斯科到维亚济马,这七万三千人只剩下三万六千(在各次战斗中减员的不超过五千人)。这是级数的第一项,根据它可以准确地推算出以后的各项。

法国军队从莫斯科到维亚济马,从维亚济马到斯摩棱斯克,从斯摩棱斯克到别列津纳,从别列津纳到维尔纳,都按这个比例不断减员和逐渐走向灭亡,而不管天气寒冷、受追击和道路被阻的程度以及其他条件如何。过了维亚济马后,法国军队已不分为三个纵队,而是挤成一团,一直到最后都是这样。贝蒂埃曾经给他的皇帝呈递了一份报告(大家知道,将领们所描述的军队的状况离实际情况往往都很远)。他写道:

我认为有责任向陛下报告三天来我在行军中视察的三个军团的状况。只有四分之一的士兵跟着军旗前进,其余的人则自行朝不同方向走,设法寻找食物和逃避勤务。大家都想着斯摩棱斯克,希望在那里休息一下。最近几天许多士兵扔掉了枪支弹药。不管陛下今后的意图如何,但是从陛下的利益出发,必须将各军团集中于斯摩棱斯克,把无马的骑兵、无武器的士兵、多余的车队和部分炮兵从中分离出去,因为这炮兵现已与部队的人数不相称。需要解决粮食问题和休整几天;士兵们由于饥饿和劳累已经疲惫不堪;最近几天许多人死在路上和宿营地。这种困苦的处境正在不断地变得更加严重,使得人们有理由担心,如不迅速采取措施防止情况恶化,那么一旦发生战斗,我们就将无可用之兵。十一月九日 [①] 于离斯摩棱斯克三十俄里处。

法国人拥进他们心目中的乐土的斯摩棱斯克后,为了争夺粮食相互残杀,抢劫自己的仓库,当一切都抢光后,就继续逃跑。

所有的人朝前走着,自己也不知道上哪里去和为什么要走。天才

---

① 此处用的是新历,旧历为十月二十八日。

的拿破仑比别人知道得更少,因为谁也没有命令他往这里那里走。但是他和他周围的人仍然保持着他们早已养成的习惯:草拟命令、书信、报告、议事日程;彼此称呼"陛下、我的表兄弟、埃克米尔公爵、那不勒斯王"等等。但是命令和报告只是写在纸上的东西,根本没有执行,因为无法执行,同时虽然彼此称呼陛下、殿下、表兄弟,但是他们都感觉到他们是干了许多坏事的可怜而又可恶的人,现在他们要为此受到惩罚了。尽管他们假装出关心军队的样子,其实每个人关心的只是自己,只是如何快一点离开和保住自己的性命。

十七

在法国人从莫斯科到涅曼河退却的路上,俄法两国的军队的行动犹如捉迷藏,两个玩这游戏的人都蒙住了眼睛,其中一个人不时摇着铃,告诉捉的人他在什么地方。开头这个人不怕对方,大模大样摇着铃,但是当他觉得情况不妙时,便竭力在走路时不发出声音,躲开对方,心里想要逃跑,实际上常常往对方的怀里撞。

开头拿破仑的军队还让人知道他们在哪里,这是在他们沿卡卢加大道撤退的初期,但是后来上了斯摩棱斯克大道后,他们便用手摁住铃舌逃跑起来,心里认为他们能走掉,实际上常常直接撞到俄国人身上。

法国人和跟在他们后面的俄国人都跑得很快,因此马匹全都疲惫不堪,这样一来,作为用来大致了解敌军位置的主要手段的骑兵侦察队已不存在。此外,由于两军的位置经常迅速改变,因此即使弄到了情报,也不能及时送到。假定说,二号得到敌军一号在某地的情报,本来三号可以采取某些措施,可是敌军已走了两程路,已完全到了另一个地方。

一支军队逃跑着,另一支军队追赶着。到斯摩棱斯克后,法国人有许多条不同的道路可走;他们在这里停留了四天,看来能够弄清敌人在哪里,想出某种有利的办法,采取一些新的措施。但是停留四天后,这群乌合之众又开始逃跑,既不向右,也不向左,不进行任何机动,不作任何考虑,继续走最坏的老路,沿着熟道向克拉斯诺耶和奥尔沙退却。

法国人以为敌人在后面而不在前面,他们在逃跑中队伍拉得长长的,前后相距二十四个小时的路程。跑在最前头的是皇帝,然后是王,再就是公爵。俄国军队以为拿破仑将向右拐渡过第聂伯河,这是唯一合理的路线,于是也向右,上了通往克拉斯诺耶的大道。于是在这里,像捉迷藏时一样,法国人碰上了我们的前卫队。法国人没有料到会在这里看见敌人,乱成一团,一时吓呆了,停了一会儿,然后扔下了跟在他们后面的同伴,又继续逃跑。法国的各个部队,先是总督的,接着是达武的,然后是内伊的,好像通过俄军的队列一样,一个接一个在这里通过,一共走了三天。所有这些部队都只顾自己,扔掉所有的重装备、大炮和一半人员,在夜间从右面兜半个圈绕过俄国人,仓皇逃窜。

内伊走在最后(虽然法国人的处境很不妙,或者说正是由于他们处境不妙,他们才想要像上面说过的那个孩子一样敲打摔痛了他们的地板,就这样内伊炸毁了不妨碍任何人的斯摩棱斯克的城墙,然后才走),他走的时候他的那个军有一万人,而跑到奥尔沙见拿破仑时,只剩下一千人,他是扔下所有的人和所有大炮在夜间偷偷地穿过树林渡过第聂伯河的。

法国人从奥尔沙沿着通往维尔纳的大路继续逃跑时,也完全像在与追击的军队玩捉迷藏一样。到了别列津纳河边又乱成一团,许多人淹死了,许多人投降了,但是那些过了河的人则继续逃跑。他们的主帅穿上皮大衣,坐上雪橇,扔下自己的同事们,一个人跑了,其余的人凡是能跑的,也都跑了,不能跑的,或者投降,或者死了。

十八

法国人在这次逃跑中,做了一切可能做到的事来毁灭自己;这群乌合之众的任何一个行动,从转向卡卢加大道到主帅逃跑,都毫无意义——在讲战争的这个阶段时,那些把群众的行动归结为一个人的意志的历史学家们似乎无法按照他们的意思来描述这次撤退了。但是情况并非如此。历史学家所写的有关这次战争的书堆积如山,而且到处都描述了拿破仑的各项命令和深谋远虑的计划,他的指导部队的策略,以及他的元帅们的指挥作战的杰出才能。

在从小雅罗斯拉韦茨撤退时,他可以走通往富庶地区的道路,并且他面前还摆着一条平行的道路,后来库图佐夫就是沿这条道路进行追击的,因而没有必要走那条遭到破坏的道路,可是这却被历史学家们说成是按照深谋远虑的意图进行的。同样,他从斯摩棱斯克撤退到奥尔沙,也被描述成是有深思熟虑的意图的。然后又描述他在克拉斯诺耶附近的英勇行为,似乎他准备在那里迎战俄军并亲自指挥,手里拿着一根桦木棍走来走去,嘴里说道:

"我当皇帝已经当够了,现在是当将军的时候了。"尽管他这样说,在这之后他还是立刻继续逃跑,扔下他后面的分散的军队,让他们听任命运的摆布。

接着历史学家们给我们描述元帅们,尤其是内伊的精神的伟大,而内伊的伟大在于他夜间绕过树林渡过第聂伯河,丢掉了军旗和大炮以及十分之九的部队跑到了奥尔沙。

最后,历史学家们把伟大的皇帝最后离开英勇的军队 [1] 这一行为也说成是伟大和天才的表现。这种望风而逃的行为,人的语言称之为无耻之尤,每一个孩子都能从中知道什么叫羞耻,可是在历史学家的语言里,就连这样的行为也被认为是合理的。

在历史论断的富有弹性的线拉得不能再长时,在行为明显违反全人类称之为善、甚至称之为公正的东西时,历史学家们就提出了"伟大"这一概念作为救命稻草。"伟大"似乎可以排除好与坏的尺度。伟大人物似乎没有不良行为。谁要是伟大,他就不会有可以用来责怪他的恐惧。

"这很伟大!"历史学家们说,于是好和坏全没有了,有的只是"伟大"和"不伟大"。伟大就是好,不伟大就是坏。根据他们的理解,伟大是被他们称为英雄的特殊动物的本性。于是拿破仑不仅扔下那些就要遭到灭亡的同事,而且扔下(在他看来)由他带到此地的人,自己穿上暖和的皮大衣逃回家去,他感到这很伟大,而且心里是坦然的。

"崇高(他在自己身上看到某些崇高的东西)离可笑只有一步之遥。" [2] 他说。于是全世界五十年来一直重复着:"崇高!伟大!伟大的拿破仑!崇高离可笑只有一步之遥。"

---

[1] 拿破仑于一八一二年十二月五日扔下军队逃回巴黎。

[2] 这句话是拿破仑于一八一二年十二月在华沙与法国驻萨克森王国公使谈话时说的。

谁也不会想到,承认无法以好和坏的尺度来衡量的伟大,只是承认自己的微不足道和无比的渺小而已。

基督给了我们衡量好坏的尺度,对我们来说,没有不可衡量的东西。哪里没有纯朴、善良和真实,哪里就没有伟大。

十九

俄国人在读到关于一八一二年战争的最后阶段的描述时,有谁能不产生那种恼火、不满和模糊不清的沉重感觉呢?有谁不给自己提出这样的问题:既然三支军队以优势兵力包围了他们,既然溃不成军的法国人又冻又饿,成批投降,既然(史书这样告诉我们)俄国人的目的正在于拦住、切断和俘虏所有法国人,那么怎么不全部俘虏和消灭他们呢?

既然以前人数比法国人少的俄国军队都进行了波罗金诺会战,那么现在这支军队从三面包围了法国人并且目的又是要将他们俘获,怎么没有达到自己的目的呢?难道法国人有那么大的本领,使得我们以优势兵力包围他们却不能把他们打败?怎么能发生这样的事呢?

史书(被称为历史的书)回答这些问题时说,之所以发生这样的事,是因为库图佐夫、托尔马索夫、奇恰戈夫[①]以及某某人,都没有采取这样那样的灵活机动的行动。

那么为什么他们没有采取所有这些行动呢?既然预定目标未能实现的责任在于他们,那么为什么不审判和处死他们呢?但是,甚至即使假定俄国人失利是库图佐夫和奇恰戈夫等人的过错,也仍然无法理解,俄国军队在克拉斯诺耶和别列津纳附近拥有那样的条件(在两地俄国人均占优势),为什么没有俘虏法国军队及其元帅、国王和皇帝们?要知道他们的目的就在于此。

有人用库图佐夫阻止发动进攻这一点来解释这个奇怪现象(俄国的军事史家就这样做),这是没有充分理由的,因为我们知道,在维亚济

---

① 奇恰戈夫(一七六七—一八四九),俄国海军上将,一八一二年先为多瑙河军司令,后为西线第三军司令。

马和塔鲁季诺,库图佐夫的意志均未能阻止部队发动进攻。

为什么力量非常薄弱的俄国军队在波罗金诺战胜了锐不可当的敌人,而在克拉斯诺耶和别列津纳拥有优势兵力,却为溃不成军的法国人所击败?

如果说,俄国人的目的在于切断法军、活捉拿破仑和元帅们,这个目的不仅没有达到,而且为达到这一目的所做的所有努力每次都遭到最可耻的失败,那么法国人认为他们在战争的最后阶段取得了一系列胜利就是完全正确的了,而俄国历史学家认为这个阶段是以我们的胜利结束的,也就完全不对了。

俄国军事史家们根据逻辑的要求,不由自主地得出这个结论,他们虽对俄国人的勇敢和忠诚等等作了热情的赞颂,但也不由自主地承认,法国人从莫斯科撤退是拿破仑的一系列胜利和库图佐夫的一连串失败。

但是如果完全撇开民族自尊心,就会感觉到,这个结论本身包含着矛盾,因为法国人的一系列胜利最后导致他们的彻底灭亡,而俄国人的一连串失败却使他们完全消灭了敌人,收复了失地。

这个矛盾的根源在于,历史学家们是根据皇帝和将军们的书信、战报、计划等等来研究当时的事件的,他们推测,一八一二年战争后期的目的仿佛是要切断法军退路,抓住拿破仑和他的元帅们,俘虏全军,其实这目的是虚构的,根本不存在的。

从来没有过这样的目的,而且也不可能有,因为它没有意义,要达到它是完全不可能的。

这个目的之所以没有任何意义,第一,是因为拿破仑的败军以最快的速度从俄国逃跑,也就是说,做着每个俄国人最希望他们做的事。当法国人以他们所能达到的最快速度逃跑时,为什么还要用各种方法进行阻击呢?

第二,站在路上去堵截全力逃跑的人是毫无意义的。

第三,为了消灭法国军队而损失自己的兵力是毫无意义的,因为法国军队在没有外力作用下就在不断加快地自行消灭着,即使不挡住他们的路,他们也不能带出比十二月逃离国境时更多的人,即不能带出多于全军百分之一的人。

第四，想要活捉皇帝、国王、公爵们的想法是毫无意义的，俘虏这些人，如同当时最有经验的外交家（约·梅斯特尔[①] 等人）所认为的那样，将会给俄国人的行动带来极大的困难。而想要俘虏法国各个军的想法更是毫无意义的，因为自己的军队在到克拉斯诺耶时人数减了一半，而俘虏的部队需要有几个师来押送，再说当时自己的士兵也不是时时都能得到充足的粮食，已抓的俘虏正在饿死。

切断法军和生擒拿破仑的所谓深谋远虑的计划，与一个种菜园子的人的计划相似，此人在把践踏菜畦的牲口轰出菜园时，自己跑到门口，痛击牲口的脑袋。可以为这菜园主辩护的只有一点，即他非常生气。但是就连这一点也未必适用于计划的制定者，因为他们并不因菜园遭到践踏而蒙受损失。

再说，切断拿破仑及其军队不仅是毫无意义的，而且也是无法做到的。

这事之所以无法做到，第一，是因为经验说明，在一次战斗中，几个纵队在五俄里的距离内运动，从来不会符合计划的要求，奇恰戈夫、库图佐夫和维特根施泰因率部按时在指定地点会合的可能性很小，几乎等于零，库图佐夫正是这样想的，他在接到计划时说过，远距离牵制敌人的行动不会带来所希望的结果。

第二，这事之所以无法做到，是因为要消除拿破仑军队后退的惯性力量，应当拥有几支比俄国军队大得无可比拟的军队。

第三，这事之所以无法做到，是因为军事术语"切断"没有任何意义。可以切断面包，但是不能切断军队。切断军队——挡住它的去路——无论如何是无法做到的，因为周围可以绕着走的地方总是很多的，而且可以利用什么也看不见的黑夜，军事学家们即使只根据克拉斯诺耶和别列津纳的战例，就可以深信这一点。在抓俘虏时，如果被抓的一方不肯俯首就擒，就无法抓住，好像无法捉住一只燕子一样，虽说它落到手上，似乎可以顺手捉住它。可以俘虏的是那些像德国人那样按照战略和战术的规则投降的人。但是法国军队不认为这样做是合适的，他们这样认为是完全正确的，因为无论是逃跑还是被俘，等待着他们的

---

①　见第一卷第一部第一章注。

同样都是饿死和冻死。

第四,这是主要的,这事之所以无法做到,是因为自从开天辟地以来,从来没有过像在一八一二年如此可怕的条件下进行的战争,俄国军队在追击法国人时已竭尽了全力,再作更大努力就有可能自取灭亡。

俄国军队在从塔鲁季诺到克拉斯诺耶途中,生病和掉队的有五万人,即相当于一个大的省会的人口。一半人是不经战斗而离队的。

在战争的这一阶段,部队官兵没有靴子和皮大衣,粮食不足,没有伏特加,一连几个月露宿在零下十五度的雪地上;那时白天只有七八个小时,其余时间是黑夜,夜里纪律就不可能再起作用;那时人们不像参加战斗时那样处于已无纪律的死亡地带只几个小时,而是一连几个月都是如此,每时每刻都在与冻死和饿死做斗争;那时在一个月里损失了一半军队——而历史学家们讲到这个阶段时却对我们说,米洛拉多维奇应当朝某个方向侧进,托尔马索夫也应当朝某个方向进军,奇恰戈夫则应向某地转移(在没膝的雪中转移),某人应当击溃和切断等等,等等。

死掉一半的俄国人为达到符合人民要求的目的,做了他们可以做到和应该做到的一切,至于另一些俄国人坐在暖暖和和的房间里主张做一些做不到的事,那不是他们的过错。

事实与史书的描述之间的这整个奇怪的和令人不解的矛盾之所以发生,只是因为写这个事件的历史学家们写的是各个将军的美好的感情和漂亮的言辞,而不是事件的历史。

他们觉得很有趣的是米洛拉多维奇的话,这个和那个将军得到的奖赏以及他们的设想;而关于五万人留在医院和进了坟墓的问题,他们甚至不感兴趣,因为不属于他们研究的范围。

然而只要不去研究各种报告和将军的计划,而深入到几十万事件的直接参加者的活动中去,那么以前觉得不可解决的所有问题就会突然迎刃而解,得到确定无疑的答案。

切断拿破仑及其军队的退路的目的从来不曾有过,它只存在于十来个人的想象里。它之所以不可能存在,是因为它毫无意义,而且不可能达到。

人民的目的只有一个:清除自己国土上的入侵者。这个目的首先是自然而然达到的,因为法国人逃跑了,因而应该做的事只是不去阻碍他们。其次,这个目的是靠消灭法国人的人民战争达到的,再就是因为有一支庞大的俄国军队跟在法国人后面,只要法国人一停住,就对他们使用武力。

俄国军队应当像赶牲口跑的鞭子那样行动。一个有经验的赶牲口的人懂得,最好的方法是举着鞭子吓唬奔跑的牲口,而不是劈头盖脸地抽它们。

势和眼神，拿起一本书或针线活，显然是在急不可耐地等待那个打扰她的人出去。

她一直觉得她眼看就会懂得和弄清她心灵的目光带着可怕的、她无力解决的疑问所注视的东西。

十二月底的一天，娜塔莎身穿黑色毛料衣服，发辫随便地盘成一个结，身体瘦弱，脸色苍白，蜷着腿坐在沙发角上，动作不自然地把腰带的末端揉成一团又把它放开，两眼看着门角。

她看着他去的地方，看着人生的彼岸。她以前从来没有想到过这个彼岸，以前她觉得它是那么遥远，那么不可思议，如今她却觉得它比人生的此岸更近更亲，更不可理解，因为此岸的一切不是空虚和破灭，就是痛苦和屈辱。

她朝那个地方看，知道他在那里；但是她只能看见他在这里时的样子。她又看见了他在梅季希、特罗依察、雅罗斯拉夫尔时的那种模样。

她看见他的脸，听见他的声音，重复着他的话和自己对他说的话，有时替他和替自己想出一些那时可能说的新的话。

她看见他穿着丝绒袍子躺在圈椅里，用一只又瘦又白的手支撑着脑袋。他的胸脯瘪瘪的，双肩耸起。嘴唇紧闭着，两眼闪闪发亮，苍白的前额上时而出现一条皱纹，时而又不见了。可以隐约地看出，他的一条腿在很快地颤抖着。娜塔莎知道，他在忍受着剧烈的疼痛。"这疼痛是怎么回事？为什么会疼痛？他有什么感觉？他是多么痛啊！"娜塔莎想。他察觉到她在注意他，便抬起眼睛，脸上不带笑容，说起话来。

"有一点很可怕，"他说，"这就是把自己永远与经受痛苦的人联系在一起。这是没完没了的折磨。"说着他用试探的目光——娜塔莎现在看见这种目光——朝她看了一眼。娜塔莎像平常一样，没有来得及想一想该说什么就回答了；她说："不会总是这样下去的，一定不会这样的，您将完全康复。"

现在她再次看见了他，重新体验了当时她感觉到的一切。她想起了他在说这些话时久久地注视着她的悲伤而又严厉的目光，明白了这目光包含着责备和绝望。

"我同意，"娜塔莎现在自言自语地说，"如果他总是经受着痛苦，那将是可怕的。我当时这样说，只是因为这对他来说是可怕的，而他却娜塔莎身穿黑色毛料衣服，发辫随便地盘成一个结，身体瘦弱，脸色苍白，两眼看着门角。

作了另一种理解。他认为这**对我**来说是可怕的。他当时还想活——害怕死。而我对他说了这样粗鲁而又愚蠢的话。我没有想到这一点。我想的完全是另一回事。假如要我说出现在我心里想的话，我就会说：就让他慢慢地死吧，一直在我眼前慢慢地死吧，同我现在的情况相比，我会感到幸福。而现在……什么也没有了，什么人也没有了。他知道这一点吗？不。他不知道，而且永远不会知道。而现在这一点已永远、永远无法补救了。"他又对她说同样的话，但是现在娜塔莎在自己心里回答得不一样了。她拦住他说道："对您来说很可怕，但是对我来说并不这样。您要知道，我在生活中缺了您就什么也没有了，和您一起受苦对我来说是最大的幸福。"于是他抓住她的一只手，像去世前四天的那个可怕的晚上那样，紧紧地握了握。她在自己心里还对他说了另一些温柔的、亲热的话，这些话她当时本来是可以说的，到现在才说出来。"我爱你……爱你……我爱……"她说，猛然使劲地紧握双手，拼命地咬紧牙关。

她心里充满了甜蜜的悲伤，泪水已要夺眶而出了，但是突然她问自己：她是对谁说这些话？现在他在哪里，他是**什么人**？于是一切又重新被一种冷漠生硬的困惑遮盖住了，她又紧锁双眉，注视着他待过的地方。她觉得她眼看就要识破那个秘密了……但是正当她觉得面前展现出不可理解的事物时，耳边响起了使劲转动门把手的刺耳的声音，吃了一惊。女仆杜尼亚莎神色惊恐、毫无顾忌地快步闯了进来。

"请您快到爸爸那里去，"杜尼亚莎带着特殊的、激动的表情说。"发生了不幸，彼得·伊里奇出了事……收到了一封信。"她呜咽着说。

二

在这段时间里，娜塔莎除了对所有人都有一种疏远的感觉外，尤其对自己家里的人更为疏远。所有自己人，父亲，母亲，索尼娅，对她来说是那么亲近，那么习以为常，那么枯燥乏味，她觉得他们的所有话语和感情是对最近她生活的那个世界的一种侮辱，因此她不仅对他们很冷漠，而且敌视他们。

她听见杜尼亚莎说到彼得·伊里奇和不幸，不明白她说的是什么意思。

"他们那里会有什么不幸,可能发生什么不幸呢?他们一切都是老样子,还是惯常的那一套,平平静静。"娜塔莎心里对自己说。

她进大厅时,正好父亲快步从伯爵夫人的屋里出来。他满脸皱纹,老泪横流。看来他从那个房间跑出来,是为了痛痛快快地哭一场。他见了娜塔莎,绝望地挥动双手,突然抽抽搭搭地痛哭起来,使得他那松软的圆脸变了样。

"彼……彼佳……去,去,她……她……叫你……"他像孩子一样地哭着说,软弱无力的腿迅速地迈着碎步走到椅子前,两手捂住脸,几乎倒在椅子上。

突然一股电流传遍了娜塔莎全身。不知什么东西朝她心口猛击了一下。她感到一阵十分剧烈的疼痛;她觉得身上什么东西被撕裂了,自己快要死了。但是在这一阵疼痛之后,她霎时间感到摆脱了她身上的生活的禁令。她看见了父亲,听见了从门里传来的母亲可怕的、刺耳的喊叫声,她立即忘记了自己和自己的痛苦。她跑到父亲身边,但是父亲软弱无力地摆摆手,指着母亲房间的门。玛丽亚公爵小姐脸色苍白,下巴颤抖着从门里出来,拉住娜塔莎的一只手,对她说了些什么。娜塔莎居然没有看见她,也没有听见她的话。她快步进了门,停了一下,好像是在跟自己做斗争,接着跑到了母亲身边。

伯爵夫人躺在圈椅上,很不自然地伸直身子,脑袋撞着墙。索尼娅和女仆们摁住她的双臂。

"叫娜塔莎来,叫娜塔莎来!……"伯爵夫人喊道。"不是真的,不是真的……他撒谎……叫娜塔莎来!"她推开周围的人,接着喊道,"你们都走开,不是真的!打死了!……哈一哈一哈一哈!……不是真的!"

娜塔莎屈起一个膝盖跪在圈椅上,朝母亲俯下身去,搂住她,猛然一使劲把她抱了起来,转过她的脸,紧紧偎依着她。

"好妈妈!……亲爱的!……我在这里,亲爱的。好妈妈。"她一刻也不停地低声对她说着。

她没有放开母亲,轻轻地摁住她,叫人拿来枕头和水,边解边扯母亲身上的衣服。

"亲爱的……好妈妈,亲爱的妈妈。"她不停地低声说着,吻着她的头、手、脸,觉得两行眼泪像泉水一样无法抑制地涌出来,刺激得鼻子和双颊直发痒。

伯爵夫人紧握着女儿的手,闭上眼睛,安静了一会儿。突然她异常迅速地坐起来,茫然地环顾四周,看见了娜塔莎后,便使出浑身力气搂住她的头。然后把她那痛得皱起眉头的脸转向自己,久久地注视着它。

"娜塔莎,你是爱我的。"她用信任的语气低声说,"娜塔莎,你不会骗我吧?你能把全部真相告诉我吗?"

娜塔莎用含泪的眼睛看着母亲,在她的脸上只有祈求宽恕和怜爱的表情。

"亲爱的,好妈妈。"她反复地说,想竭尽全部爱的力量来分担压在母亲身上的痛苦。

母亲同现实作着软弱无力的斗争,她不能相信她在她心爱的充满青春活力的孩子被打死后还能活下去,于是又从现实中躲进了精神错乱的世界以求得解脱。

娜塔莎不记得这一天、这一天晚上、第二天、第二天晚上是怎么过去的。她没有睡觉,也没有离开母亲。娜塔莎的那种坚忍不拔的和富有耐心的爱,不是劝说,也不是安慰,而是生的召唤,这种爱每时每刻似乎从各个方面包围着伯爵夫人。第三天夜里伯爵夫人安静了几分钟,于是娜塔莎把脑袋靠在圈椅扶手上,闭上了眼睛。床咯吱响了一声。娜塔莎睁开了眼睛。只见伯爵夫人坐在床上在低声说话。

"你来了我是多么高兴啊。你累了,要喝茶吗?"伯爵夫人说,娜塔莎走到她跟前。"你比以前好看多了,成了大人了。"她拉住女儿的手继续说道。

"好妈妈,您在说什么呀!……"

"娜塔莎,他不在了,再也看不见他了!"伯爵夫人搂住女儿,第一次哭了出来。

三

玛丽亚公爵小姐推迟了自己的行期。索尼娅、伯爵都想替换一下娜塔莎,但是不行。他们看到,只有娜塔莎一个人才能使母亲不陷入丧失理智的绝望。三个星期来娜塔莎寸步不离地待在母亲身边,睡在她房间里的圈椅上,侍候她喝水吃饭,不停地和她说话,娜塔莎这样做,是因为只有她那温柔亲切的声音能使伯爵夫人安静下来。

母亲心灵的创伤是无法治愈的。彼佳之死夺走了她的一半生命。一个月前,在接到彼佳的死讯时,她还是一个精力充沛和精神饱满的五十岁女人,如今走出自己的房间时已成为一个不死不活的、对生活失去兴趣的老太婆了。但是这个夺走了伯爵夫人一半生命的新的创伤,却使娜塔莎恢复了生机。

不管这看起来是多么的奇怪,由于精神实体断裂而产生的精神创伤,完全像肉体的创伤一样,在很深的伤口愈合和表面似乎长好后,要痊愈只能靠内部的生命力。

娜塔莎的创伤就是这样愈合的。她曾以为她的生命完结了。对母亲的爱突然使她看到,她的生命的本质——爱——仍然活在她的心里。爱苏醒了,生命也就苏醒了。

在安德烈公爵临终的那些日子里,娜塔莎与玛丽亚公爵小姐建立了亲密的关系。新的不幸使她俩更加亲近起来。玛丽亚公爵小姐推迟了行期,最近三个星期来像照看有病的孩子那样照看着娜塔莎。娜塔莎在她母亲房间里待了几个星期后,由于过度劳累,已感到体力不支。

有一次,玛丽亚公爵小姐在中午发现娜塔莎冷得浑身发抖,于是便把她带到自己房里,让她睡在自己床上。娜塔莎躺下了,但是当玛丽亚公爵小姐放下窗帘,转身要走时,娜塔莎把她叫到自己身边。

"我不想睡。玛丽,陪我坐一会儿。"

"你累了——想办法睡一觉吧。"

"不,不。你干吗把我带到这里来?她会问起我的。"

"她觉得好多了。她今天说话都很正常。"玛丽亚公爵小姐说。

娜塔莎躺在床上,在昏暗的房间里仔细端详着玛丽亚公爵小姐的脸。

"她像他吗?"娜塔莎想,"是的,又像又不像。她是一个特别的、陌生的、完全新的、不认识的人。她爱我。她心里装的是什么呢?全是一片好意。是怎么样的呢?她是怎么想的?她对我有什么看法?是的,她太好了。"

"玛莎,"她说,怯生生地把她的一只手拉过来,"玛莎,你别以为我这人很傻。不这样想吧?玛莎,亲爱的。我是多么爱你。让我们成为真正的、真正的朋友。"

于是娜塔莎搂住玛丽亚公爵小姐,开始亲她的手和脸。玛丽亚公爵小姐对娜塔莎这样表达自己的感情既有些不好意思,又感到高兴。

从这一天起,在玛丽亚公爵小姐和娜塔莎之间建立起了只有女人之间才有的热烈而又充满柔情的友谊。她们不停地亲吻着,相互说一些温柔的话,大部分时间都待在一起。如果一个人出去了,那么另一个人便会感到不安,急忙跑去找她。她们两人在一起时觉得要比每个人独处时关系更融洽。她们之间建立了一种比友谊更强烈的感情:这是一种觉得只有两人在一起才能活下去的独特感情。

有时她们整整几个小时都不作声;有时她们已躺在床上了,又开始说话,一直说到天亮。她们说的大多是遥远的过去的事。玛丽亚公爵小姐讲她的童年,她的母亲,她的父亲,她的幻想;娜塔莎以前由于不懂,心安理得地不理会这种生活,这种虔诚和顺从,不理会基督徒自我牺牲的思想境界,如今她感到自己与玛丽亚公爵小姐情投意合,也就爱上了她的过去,懂得了自己过去不懂的另一方面的生活。她并不想把顺从和自我牺牲的精神运用到自己的生活中,因为她习惯于寻求另一些欢乐,但是她懂得了和爱上了玛丽亚公爵小姐身上的这种她以前不理解的美德。玛丽亚公爵小姐在听娜塔莎讲她的童年和少年时代时,在她面前也展现出了以前不理解的另一方面的生活以及那种对生活、对生活乐趣的信赖。

她们仍然还是不提到他,她们觉得这样做可以避免用言语损害她们心中崇高的感情,这种闭口不谈他的做法,使得她们逐渐地把他忘了,而她们并不相信会这样。

娜塔莎瘦了,脸色苍白,身体变得非常虚弱,使得大家常常谈起她的健康状况,这使她感到高兴。但是有时她突然不仅感到死的恐惧,而且怕生病,怕身体虚弱和变得丑陋,因此间或不由自主地仔细察看自己裸露的手臂,为它的瘦弱而吃惊,或者早晨照照镜子,瞧一瞧她那变得瘦长的、自己觉得很难看的脸。她觉得应该是这个样子,与此同时又感到可怕和悲伤。

有一次她快步上楼，累得气喘吁吁。她马上又不由自主地给自己想出了一件楼下要办的事，下楼后又跑上楼去，这样试着自己的体力，观察着自己。

另一次她叫杜尼亚莎，她的声音颤抖着。虽然她已听见杜尼亚莎的脚步声，她又喊了一声——这次用的是她以前唱歌的胸音，并且注意地听着。

她不知道，也不会相信，但是在覆盖着她的心灵的那一层她觉得无法穿透的淤泥下面，尖细娇嫩的草已在往上钻，这些嫩草必将深深扎下根，继续生长，用它生机勃勃的嫩叶盖住压在她心头的悲痛，很快就会看不见这悲痛和不易发觉它。伤口就会从内部愈合。

一月底，玛丽亚公爵小姐动身去莫斯科，伯爵坚持要娜塔莎和她一起去，到那里去找医生看病。

四

在维亚济马附近，库图佐夫未能使自己的军队打消击败、切断等等的愿望，在那里打了一仗，在这之后，法国人继续逃跑，俄国人在后面追赶，到克拉斯诺耶前没有发生战事。法国人跑得很快，追赶他们的俄国人总是跟不上，骑兵和炮兵的马都走不动了，关于法国人行动的情报常常是不确实的。

俄国军队这样连续不断地一天走四十俄里，人人累得筋疲力尽，再也无法加快速度了。

要想知道俄国军队疲惫的程度，只需清楚地了解以下事实就行了：俄国军队在塔鲁季诺作战的整个期间伤亡人数不超过五千，被俘的不到一百人，离开塔鲁季诺继续前进时共有十万人，但是到达克拉斯诺耶时只剩下五万。

俄国人快速追赶法国人的行动，如同法国人仓皇逃跑一样，对各自的军队都起着破坏性的作用。区别只在于俄国军队的行动是自由的，没有法国军队所遭受的死亡威胁，区别还在于法国人掉队的病号落到敌人手里，而掉队的俄国人则留在自己的家乡。拿破仑军队人数的减少的主要原因是跑得太快，俄国军队人数相应的减少可作为证明这一点的确凿证据。

库图佐夫的全部活动只是为了——尽量利用他的权力——不去阻止法国人的这一自取灭亡的行动(彼得堡和军队里的俄国将军都想去阻止它),而去促进它,以利于自己军队的前进,他在塔鲁季诺和维亚济马都是这样做的。

但是,除此之外,自从部队由于行动过于迅速显示出疲惫和大量减员后,库图佐夫还想到了另一个减慢部队行动速度和等待时机的理由。俄国军队的目的是跟踪法国人。对法国人的退路并不了解,因此我们的军队紧跟在法国人后面离他们愈近,走的路就愈多。只有跟踪时保持一定距离,才能走最短的路线赶上走曲折道路的法国人。将军们提出的巧妙的迂回,都表现在调动部队和增加行程上,而唯一合理的目标在于减少这种行程。从莫斯科到维尔纳的整个战局中,库图佐夫的全部活动就是为了达到这个目标——他这样做不是偶然的,不是权宜之计,而是一贯的,他一次也没有改变过这个目标。

库图佐夫不是凭智力或学识,而是作为一个俄国人知道和感觉到每个俄国士兵感觉到的东西,他知道和感觉到法国人被打败了,敌人正在逃跑,应当把他们赶出去;但是与此同时他和士兵们一起感觉到,以前所未有的速度在这样的季节行军是十分艰苦的。

但是将军们,尤其是那些不是俄国人的将军们,希望建功立业,一鸣惊人,为了某种目的俘虏某个公爵或王,一因此这些将军在这任何战斗都是令人厌恶的和毫无意义的时候,却觉得现在正是进行战斗和战胜敌人的时机。当他们一个接一个地提出作战方案,要那些穿着破鞋、没有皮衣、处于半饥饿状态的士兵去打仗时,库图佐夫只是耸耸肩膀,他知道,在一个月里部队未经战斗人数就减少了一半,在敌人继续逃跑的最好条件下,要追到国境还需走比已走过的路更长的路程。

这种想要立功和进行战斗、打垮和切断敌人的愿望,在俄国军队碰上法国军队时表现得尤其迫切。

在克拉斯诺耶就发生了这样的事,那里本想找到法国人三个纵队中的一个,却碰上拿破仑本人和他的一万六千人马。尽管库图佐夫用尽一切方法来避免这次危害性极大的冲突和保存自己军队的实力,然而疲惫不堪的俄国军队还是在克拉斯诺耶附近战斗了三天,打那溃不成军的法国人。

托尔起草了作战部署：第一纵队前往某地① 等等。像通常一样，一切都不按照作战部署进行。符腾堡亲王欧根从山上朝从一旁成群逃跑的法国人猛烈开火，并要求增援，但增援部队没有到来。法国人夜里绕过俄国人，分散开来，躲进树林里，各自设法继续逃跑。

米洛拉多维奇常说，他根本不想知道部队的给养情况，每当需要他时却从来找不到他，他自称为"无所畏惧和无可指责的骑士"，喜欢和法国人谈话，他派军使去要求法国人投降，白白浪费了时间，做的不是命令他做的事。

"弟兄们，我把这个纵队交给你们了。"他骑马来到部队前面，指着法国人对骑兵说。于是骑兵们骑着勉强挪动着步子的瘦马，用马刺和马刀驱赶它们，作了极大努力，快步到了交给他们的纵队、即一群冻僵的和饿坏了的法国人面前；这个交给他们的纵队一见他们就放下武器投降了，其实这些法国人早就想这样做了。

在克拉斯诺耶附近俘虏了两万六千人，缴获了几百门大炮以及一根被称为元帅杖的棍子②，人们争论着谁的功劳大，感到很满意，但是为未能抓住拿破仑或某个英雄和元帅之类的人物而感到惋惜，为此相互指责，尤其是指责库图佐夫。

这些受自己的欲望支配的人其实只是最可悲的必然性规则的盲目实行者；但是他们却认为自己是英雄，认为他们所做的是最可敬的和最高尚的事。他们指责库图佐夫，说他从战争一开始就妨碍他们战胜拿破仑，说他考虑的只是如何满足自己的欲望，不想离开亚麻布厂③，因为他觉得那里很舒服；说他在克拉斯诺耶附近停止前进只是因为得知拿破仑在那里后完全惊慌失措了；还说他可能与拿破仑勾结，被他收买④ 等等，等等。

不仅当时那些受欲望支配的同时代人这样说，后代和历史都承认

---

① 原文为德文。
② 这是达武的元帅杖，是在战斗第一天在截获的车辆里找到的。
③ 亚麻布厂是卡卢加省的一个村庄，库图佐夫和俄军主力曾驻扎在这里。
④ 见威尔逊的笔记。——作者注。（威尔逊，一七七七——一八四九，英国将军，当时是英军驻俄军司令部的代表。）

拿破仑伟大,至于库图佐夫,外国人说他是一个狡猾、好色、软弱无能的老臣;俄国人则说他是一个面目不清的人物,是个傀儡,只是因为他有俄国名字才显得有点用处……

五

一八一二年和一八一三年,有人直截了当地指责库图佐夫犯了错误。皇帝对他也不满意。在不久前奉旨编撰的史书中说,库图佐夫是个狡猾的爱撒谎的大臣,惧怕拿破仑,在克拉斯诺耶和别列津纳附近犯了错误,使得俄国军队丧失了完全战胜法国人的光荣。[①]

这样的命运不是那些不为俄国有头脑的人们所承认的伟大人物、即所谓的伟人的命运,而是那些领会了上帝的旨意并使自己个人的意志服从于它的少见而孤独的人的命运。无知的普通人用仇恨和蔑视来惩罚这些领悟了最高法则的人。

对俄国历史学家们来说——说起来令人觉得奇怪和可怕——拿破仑是赞赏和欣羡的对象,他们说他伟大,其实他只不过是历史的微不足道的工具,无论何时何地,甚至在被流放时,也没有显示出高尚的人格。而库图佐夫在一八一二年的活动中,从头到尾,从波罗金诺到维尔纳,没有任何一个言论和行动违背自己的初衷,成为历史上罕见的勇于自我牺牲和洞察当时发生的事件的深远意义的典范,可是这些历史学家却把他看作是面目不清的可怜虫,在谈到他和一八一二年时,他们总是感到有些羞于开口。

然而很难想象有这样的历史人物,他能如此始终如一地为了实现同一个目标而进行他的活动。也很难想象出有比这更加适当和更加符合全体人民意志的目标。而要在历史上找到另一个例子,说明一个历史人物给自己提出目标后能像库图佐夫在一八一二年全力以赴去实现那样完全把它实现,那就更难了。

---

① 见波格丹诺维奇所著一八一二年的历史中对库图佐夫的评述和关于克拉斯诺耶战役的结果不能令人满意的论断。——作者注。
波格丹诺维奇为俄国陆军少将,曾奉旨编撰《根据可靠史料撰写的一八一二年卫国战争史》一书,于一八五九至一八六○年出版。

　　库图佐夫从来没有说过四千年历史从这些金字塔上面看着你们这样的话①，没有说过他为祖国做出的牺牲，没有说过他想要做或已经做了的事，他根本不谈自己的事，不装模作样，任何时候都使人觉得是一个最普通的和最平常的人，说的是一些最普通和最平常的事。他给自己的女儿和斯塔尔夫人写信，读小说，喜欢同漂亮女人交往，与将军、军官和士兵们说笑话，从来不反驳想要向他证明什么的人。当拉斯托普钦伯爵在亚乌扎桥上骑马来到库图佐夫面前，质问谁应对莫斯科的毁灭负责时说："您不是答应不会不战而放弃莫斯科吗？"库图佐夫回答道："我并没有不战而放弃莫斯科"，尽管当时莫斯科已经放弃。奉皇帝之命前来的阿拉克切耶夫对他说，应当任命叶尔莫洛夫为炮兵司令，库图佐夫回答道："是的，我自己刚才也是这样说来的"，虽然他在一分钟前说的完全是别的话。当时只有他一个人理解事件的全部重大意义，周围全是一些头脑不清的人，在这种情况下拉斯托普钦伯爵把故都遭难归咎于自己或归咎于他又有什么关系呢？至于任命谁当炮兵司令，他就更不关心了。

　　不仅在这些情况下这样说，这位老人凭他的生活经验深信思想和用来表达思想的言语不是推动人们行动的动力，他常常说一些没有意义的话，想到什么就说什么。

　　但是正是这个说话随便的人，在他的全部活动中，从来没有说过一句不符合他在整个战争期间力图达到的唯一目标的话。显然，他在各个不同的场合曾带着深信别人不会理解他的沉重心情，不止一次地说过自己的想法。从波罗金诺会战之时起，他就开始同周围的人意见不合，那时他一个人说过，**波罗金诺会战是一大胜利**，直到去世，他多次口头这样说，并在报告和呈文中多次重复这一说法。他一个人说过，**丧失莫斯科并不等于丧失俄国**。他在回答洛里斯东的和谈建议时说，不能讲和，因为这是人民的意志；他一个人在法国人撤退时说过，**我们不需要去包抄拦截敌人，一切任其自然，结果会比我们所希望的更好些，应当给敌人搭一座金桥**②，无论塔鲁季诺战役和维亚济马战役还是克

---

①　见第四卷第二部第八章注。
②　见第四卷第二部第十九章注。

拉斯诺耶战役,都没有必要,追到边境时应该还有点实力,他决不拿一个俄国人去换十个法国人。

这个宫廷老臣,照人们对我们的描述,为了取悦皇帝而对阿拉克切耶夫撒谎,可是就他一个人在维尔纳说,**到境外继续作战是有害无益的**,从而引起了皇帝的反感。

但是只是言论还不能证明他当时理解了事件的意义。他的行动始终都是为了达到同一目标,从未有过任何偏离,这目标通过以下三点表现出来:第一,竭尽全力与法国人作战,第二,战胜他们,第三,把他们赶出俄国,同时尽可能减轻人民和军队的痛苦。

库图佐夫这个以"忍耐和时间"作为座右铭的行动迟缓的人,一向反对急于行动,他在进行波罗金诺会战时,以前所未有的郑重态度做各种准备。也就是这个库图佐夫,在奥斯特利茨战役开始前就说它必定要失败,可是他一个人与所有人相反,一直到去世都说波罗金诺会战是一大胜利,而不管军队打赢后还要撤退的现象是历史上从未有过的。他一个人在整个撤退期间坚持不进行徒劳无益的战斗,不发动新的战争,不越过俄国的边界。

只要不把十来个人头脑里的目标说成是群众行动的目标,那么现在要理解事件的意义就比较容易了,因为整个事件及其后果摆在我们面前。

但是这位老人在当时如何能与所有人的意见相反,那么准确地猜测出事件的人民性的意义,并且在他的整个活动中一次也没有改变自己的看法?

他的那种洞彻所发生的各种现象的非凡力量,来源于他所怀有的十分纯洁的和十分强烈的人民感情。

人民只是由于承认他有这种感情,才违背沙皇的意志,通过如此奇特的方法把这个失宠的老头选为人民战争的代表。也只是这种感情使他达到了人性的高度,他作为总司令不把自己的全部精力用来杀人和消灭人,而是用来拯救和怜悯他们。

对这个朴实、谦逊,因而真正伟大的人物来说,史学所构想的那种统治人的欧洲式英雄的虚假模式是容纳不下他的。

在奴才心目中是不可能有伟大人物的,因为奴才对伟大有他自己的理解。

六

十一月五日是所谓的克拉斯诺耶战役的第一天①。傍晚前，进行了多次争论，得知将军们走错了路到了不该去的地方；在派副官送去相反的命令后，情况已经非常清楚，敌人到处都在逃跑，不可能、也不会再有战斗，这时库图佐夫离开克拉斯诺耶前往多布罗耶，因为今天总部已迁到了那里。

天气晴朗，寒气袭人。库图佐夫带着一大批对他不满、在他背后窃窃私语的将军，骑着肥壮的小白马去多布罗耶。只见沿途今天抓获的法国俘虏（这一天共俘虏了七千人）聚集在篝火旁烤火。在离多布罗耶不远的地方，有一大群衣衫褴褛、胡乱用什么东西裹着身体的俘虏站在路上一长列被卸下的大炮旁吵吵嚷嚷地说着话。当总司令走近时，说话停止了，所有人的眼睛都盯住头戴红箍白帽、拱起的肩上披着棉大衣的库图佐夫，看着他慢慢地过来。一个将军向库图佐夫报告这些大炮和俘虏是在什么地方缴获和抓获的。

库图佐夫仿佛心里想着什么事，没有听见这个将军的话。他不满地眯起眼睛，注意地和目不转睛地看着样子特别可怜的俘虏。大部分法国士兵的鼻子和面颊都冻坏了，模样很难看，几乎所有人的眼睛是红肿的，化了脓。

一堆法国人靠近路边站着，两个士兵——其中一人的脸上生满疮——正用手撕着一块生肉。在他们投向经过的人身上的目光中，在那个脸上生疮的士兵朝库图佐夫瞥了一眼、转过头去继续干他的事的凶狠表情中，有一种可怕的和兽性的东西。

库图佐夫久久地注意看着这两个士兵；他更紧地皱起眉头，眯起眼睛，若有所思地摇摇头。在另一个地方他看到一个俄国士兵正在笑着和拍着一个法国人的肩膀，亲切地对他说着什么。库图佐夫又带着

---

① 实际上此次战役开始于两天前。到十一月五日俄军已占领克拉斯诺耶，迫使法军朝奥尔沙撤退。

同样的表情摇摇头。

"你说什么？什么？"他问那个正在继续报告的将军，那将军要总司令注意立在普列奥布拉任斯基团队伍前的被缴获的法国军旗。

"啊，军旗！"库图佐夫说，看来他的思想好容易才从他感兴趣的事情上转移过来。他茫然地朝周围看了一眼。四周几千双眼睛望着他，人们都在等待他说话。

他在普列奥布拉任斯基团前面勒住马，深深地叹了一口气，闭上了眼睛。随从中有人挥了一下手，叫举着军旗的士兵过来，把军旗立在总司令周围。库图佐夫沉默了几秒钟，眼见处在他的地位必须讲话，便不大乐意地顺从了，抬起头，开始讲起来。一群群军官围住他。他注意地扫视了一下周围的军官，认出了其中的一些人。

"谢谢大家！"他对士兵们说，又朝军官们转过头来。在他周围的一片寂静中，可以清楚地听见他缓慢的说话声，"谢谢大家在困难的条件下忠实地为祖国效劳。胜利已完全在握，俄罗斯不会忘记你们。光荣永远属于你们！"他停了一会儿，环顾四周。

"把它的头放低些，放低些。"他对那个无意中把手中举着的法国鹰旗放到普列奥布拉任斯基团的军旗面前的士兵说。"再低些，再低些，就这样。乌拉！弟兄们。"他把下巴颏迅速朝士兵们一摆，说道。

"乌拉——拉——拉！"几千个声音吼叫起来。

在士兵们欢呼时，库图佐夫朝马鞍俯下身，低下头，他的那只独眼闪烁着温和的、仿佛带着讥讽的亮光。

"听我说，弟兄们。"他在欢呼声停下来后说。

他的声音和脸上的表情突然变了：作为总司令的他不再说了，开始说话的是一个普通的老人，显然他现在有几句最需要说的话要对伙伴们说。

在军官堆里和在士兵行列里人们都向前动了一下，以便把他现在要说的话听得更加清楚些。

"听我说，弟兄们。我知道你们都很辛苦，但这有什么办法呢！忍耐一下吧；时间不会太长了。等我们把这些不速之客送走，就可以休息休息了。皇帝不会忘记你们的功劳。你们虽然辛苦，但是你们总算是在自己家里；而他们——你们看，落到了这个地步。"他指着俘虏说。"比最穷的乞丐还不如。他们强大的时候,我们不遗余力地打他们,现在可以可怜他们了。他们也是人。说得对吗,弟兄们?"

他望着自己的周围,从人们目不转睛地注视他的包含着敬意和困惑的目光中看出了他们同意他的话,于是他的嘴角和眼角皱了起来,露出温和的微笑,脸上的表情变得愈来愈开朗。他停了一会儿,仿佛困惑地低下头。

"可是话又要说回来,谁叫他们到我们这里来的? 他们活该,这些⋯⋯老⋯⋯爷⋯⋯"他突然抬起头说。接着把鞭子一挥,在整个战争期间第一次策马奔驰,离开了乱了队列、高兴得哈哈大笑和喊着"乌拉"的士兵们。

库图佐夫说的话未必能为部队所理解。谁也复述不出元帅的这番开头庄重、最后变得像老年人拉家常一样的讲话的内容;但是这发自内心的讲话的意思不仅为人们所理解,而且正是这种通过老年人和善的骂声表现出来的、与对敌人的怜悯和对自己正义的自信结合在一起的自豪欣喜的感情,深藏在每个士兵的心里,并用经久不息的欢呼声表达出来。在这之后一个将军问总司令是否要备车,库图佐夫在回答时出人意外地抽泣了一声,看来他的心情非常激动。

七

十一月八日是克拉斯诺耶战役的最后一天;部队来到宿营地时,天已经开始黑了。这一整天都平静无风,天气寒冷,飘着稀稀拉拉的雪花;快到傍晚时开始放晴。透过雪花可以看见深紫色的星空,气温变得更低了。

火枪兵团在离开塔鲁季诺时有三千人,它是第一批到达指定的宿营地—— 大路旁的一个村庄—— 的团队之一,到达时只剩下九百人。设营员在迎接团队时说,所有房子都被死伤的法国人、骑兵和各个司令部占了。只给团长留下了一座房子。

团长骑马到了留给他的房子前。团队则通过村庄,在村边路上的几座房子旁架起了枪。

团队像一只巨大的多足兽一样开始安排自己的洞穴和食物。一部分士兵踩着没膝深的雪到村子右边的桦树林去,树林里立刻响起斧子砍树的声音以及砍断的树枝的断裂声和愉快的说话声;另一部分士兵在团队的集中在一起的车辆马匹中间忙碌着,取出铁锅和干粮,给马匹喂料;还有一部分士兵分散到村里去,给司令部的人安排住处,把停放在各家的法国人的尸体抬走,搬来木板、干柴和屋顶上的干草用来生篝火和搭挡风的篱笆。

在村边的农舍后面,大约有十五个士兵正在高兴地吆喝着摇晃一个木棚的高高的篱色墙,木棚的顶盖已经拆掉了。

"来吧,一——二,推!"人们喊着,在黑夜中那堵落了一层薄雪的巨大的篱笆墙咯吱咯吱地响着晃动起来。下面的木桩的咯吱声愈来愈响,最后整个篱包墙连同推它的士兵们倒了下来。发出了一阵嗓门很粗的快乐的大喊大叫声和哈哈大笑声。

"两个人两个人地来!把撬棍拿到这里来!就这样。你往哪里去?"

"来吧,一,二……停一下,弟兄们!……喊个号子吧!"

大家不说话了,只听得一个柔和悦耳的声音轻轻地唱了起来。在第三段的结尾,最后一个音刚结束,二十个人就一齐喊道:"哼——唁,哼——唁!行!一——二!使劲,弟兄们!……"但是虽然大家一齐用力,篱笆墙仍很少动一动,在随之而来的沉默中,可以听见呼哧呼哧地喘粗气的声音。

"喂,六连的!鬼东西!帮一把……也会有用得着我们的时候。"

六连的二十来个人正在朝村子里走,听见后都来帮助拖篱色;于是这道大约五俄丈长、一俄丈宽的篱笆弯曲起来,压着和刺着喘着粗气的士兵的双肩,沿着村子的街道向前移动。

"走呀,怎么啦……倒了,唉……怎么停住了?真是的……"

快乐而粗野的骂声一刻不停。

"你们这是干什么?"突然传来了一个士兵的盛气凌人的声音,他正朝拖篱笆的人跑过来。

"军官老爷们都在这里;将军大人也在屋里,而你们这些鬼东西却骂骂咧咧的。我叫你们见鬼去!"司务长喊了一声,挥手朝第一个碰到的士兵的背上就是一拳,"难道不能小声点吗?"

士兵们不作声了。那个被打的士兵呼哧呼哧地喘着气,擦着脸上的血,他的脸是他撞在篱笆上划破的。

"瞧,鬼东西,打得真狠!打得满脸是血。"等司务长走后他胆怯地低声说。

"难道你不乐意吗?"一个人笑着说;接着士兵们压低声音,继续朝前走。到了村外,他们又大声嚷嚷起来,话里照样夹杂进一些同样的无意义的骂人字眼。

在他们经过的那座农舍里,聚集了部队的高级长官,他们喝着茶,热烈谈论着刚过去的一天的事和明天作战的设想。打算实行左翼侧进,切断总督①的退路,把他活捉。

士兵把篱笆拖到时,各处行军灶的火已燃起来了。木柴噼啪作响,雪融化着,士兵们的黑影在整块踩实了的雪地上来回晃动。

四面八方人们都在挥动刀斧干活。一切都是在没有任何命令的情况下进行的。人们搬来过夜用的木柴,为长官搭窝棚,用大锅煮饭,收拾枪支和装备。

八连拖来的篱色在北面围成半圈,用枪架支住,在篱包前生了篝火。不久打起了点名鼓,清点了人数,吃了晚饭,然后分散到篝火旁过夜——有的人修鞋,有的人抽烟,有的人把身上的衣服全脱下来,在火上烤虱子。

八

当时俄国士兵处于几乎是无法想象的困难的生存条件下——没有暖和的靴子,没有皮袄,没有房子住,露宿在零下十八度的雪地上,甚至没有足够的粮食,因为给养不是总能跟得上部队——在这样的条件下,看来似乎士兵的情绪一定会显得极为悲伤和沮丧。

可是恰恰相反,过去在最好的物质条件下部队的气氛从来没有这样快乐和活跃过。这是因为部队每天都在淘汰自己内部开始变得消沉和软弱的人。所有体力上和精神上软弱的人早就抛在后面了,留下的

① 博加尔内的部队曾一度被包围,后来他率残部突围而出。

来打的仗……只不过是折磨人罢了。"

"可不是,大叔。前天我们冲过去,他们不等我们靠近,就赶紧扔掉枪,跪了下来。嘴里喊着'饶命'。这只是一个例子。听说,普拉托夫两次抓住了拿破仑。他不懂法国话。抓是抓住了,可是想不到在他手里变成了一只鸟,飞呀飞,就飞走了。打也打不死他。"

"照我看来,你真会瞎说,基谢廖夫。"

"什么瞎说,全是真的。"

"照我的脾气,我抓住他后就把他埋进土里。上面再插一根杨木橛子,叫他不再兴妖作怪。他害了多少人。"

"不管怎么样我们要把这事了结,他不会再来了。"老兵打着哈欠说。谈话停止了,士兵们开始躺下休息了。

"瞧,天上的星星多亮! 你看,娘儿们在织布了。"一个士兵望着银河说。

"这说明,弟兄们,明年会是好年成。"

"还得添点柴火。"

"背烤暖了,肚子又凉了。真怪。"

"噢,我的上帝!"

"你挤什么? 火是你一个人的,还是怎么的? 瞧他把手脚伸得那么开。"

谈话停止后可以听到几个已经睡着的人的打鼾声;其余的人转动着身子,烤着火,有时交谈几句。从远处一百来步外的篝火旁传来一阵快活的齐声大笑。

"听,五连那里在大声说笑,"一个士兵说,"那里人多极了!"

一个士兵站起身来,朝五连走去。

"他们笑得真开心,"他回来说,"两个法国人到了他们那里。一个完全冻坏了,另一个装腔作势,真要命! 一个还在唱歌呢。"

"是吗? 去瞧一瞧……"几个士兵到五连去了。

九

五连的宿营地紧挨着树林。一大堆篝火在雪地中央烧得很旺,照亮了被冰霜压弯的树枝。

半夜时分,五连的士兵们听见林中雪地上的脚步声和树枝的断裂声。

"弟兄们,有狗熊。"一个士兵说。大家都抬起头倾听,只见从树林里出来两个相互搀扶着的、身上的衣服很古怪的人,进入到了篝火的明亮的火光里。

这是两个躲在树林里的法国人。他们哑声哑气地用士兵听不懂的语言说着什么,走到了篝火前。一个身材高些,戴着军官的帽子,看来身体非常虚弱。他到了篝火旁后想要坐下,但是一下子倒在地上。另一个是一个士兵,矮小结实,腮帮子裹着手巾,身体比较强壮些。他扶起自己的同伴,指着自己的嘴,说着什么。士兵们围住这两个法国人,给那个有病的铺了一件军大衣,又给他俩拿来了粥和伏特加。

身体虚弱的法国军官是朗巴尔;裹着手巾的是他的勤务兵莫雷尔。

莫雷尔喝了伏特加和吃完一盒粥后,突然近乎病态地快活起来,开始不停地对听不懂他的话的士兵说着什么。朗巴尔谢绝了酒食,脑袋枕在胳膊肘上默默地躺在篝火旁,一双发红的眼睛茫然地望着俄国士兵。他有时发出长长的呻吟,然后又不作声了。莫雷尔指指肩膀,向士兵们暗示那是一个军官,应当给他找个地方暖和暖和。一个走到篝火旁的俄国军官派人去问上校,他让不让一个法国军官到他那里去取暖;派去的人回来说,上校吩咐把法国军官带去,于是告诉了朗巴尔。朗巴尔站起来想走,但是身体摇晃了一下,要不是站在旁边的士兵把他扶住,他就倒下了。

"怎么? 不敢再来了吧?"一个士兵讥讽地对朗巴尔眨眨眼说。

"唉,傻瓜! 干吗说这些难听的话! 真是个乡巴佬,真的,是个乡巴佬。"周围响起了一片责备那个进行讥讽的士兵的喊声。人们围住了朗巴尔,两个人把他抱住,然后手搭手地把他抬进屋里去。朗巴尔搂住士兵的脖子,当他被抬起来时,哀怨凄切地说:

"哎呀,我的勇士们,哎呀,我的好人们,我的朋友们! 这才是真正的人! 哎呀,我的勇士们,我的好朋友们!"他像孩子一样,脑袋靠在一个士兵的肩上。

与此同时,莫雷尔坐在士兵们当中最好的位置上。

莫雷尔这个矮小结实的法国人,两眼红肿,流着眼泪,军帽上像女人一样扎着一条手巾,身上穿着一件女人的短皮袄。看样子他喝醉了,一只手搂住坐在他身旁的士兵,用哑嗓子断断续续地唱着一首法国歌。士兵们两眼望着他,捧腹大笑。

"来吧,来吧,教我唱,怎么样?我很快就能学会。怎么样?……"莫雷尔搂着的那个爱开玩笑和唱歌的士兵说。

> 亨利四世万岁,
>
> 万岁,英勇的国王!
>
> 万岁,英勇的国王!

莫雷尔眨着眼睛唱道。

> 这个混世魔王……

那个士兵哼哼唧唧地跟着他唱,挥了挥手,果然掌握了曲调。

"瞧,真行!呵——呵,呵——呵!……"四处响起了粗声粗气的快乐的笑声。莫雷尔皱起眉头,也笑了。

"来吧,再唱,再唱!"

> 他有三件本事:
> 喝酒,打仗,
> 还会对女人献殷勤……

"唱得不错。你来,你来,扎列塔耶夫!……"

"丘……"扎列塔耶夫使劲地唱道。"丘——丘……"他竭力撮起嘴唇,拉长声音,"莱特里普塔拉,德布德巴,伊德特拉瓦加拉 [①] 。"他

[①] 这是模仿法语歌词的发音。

唱道。

"哟,唱得很好!像法国人一样!哦……呵——呵,呵——呵!怎么,还想吃点吗?"

"给他粥喝;饿了这么久不是一下子能吃饱的。"

于是又给他拿来了粥;莫雷尔笑着,开始喝第三盒。所有看着莫雷尔的年轻士兵脸上都露出快乐的微笑。那些认为干这种小事有失体面的老兵们,躺在篝火的另一边,不过有时用胳膊肘撑起身子,含着微笑看看莫雷尔。

"也是人嘛。"一个老兵用军大衣裹住身子,说道,"就是艾蒿也是在根上长的。"

"啊!我的上帝,我的上帝!天上的星星多极了!天气要变得更冷了……"大家都不说话了。

星星仿佛知道现在谁也不会看见它们,在黑色的天空中玩得更来劲了。它们忽明忽暗,时而颤动着,仿佛相互之间正在低声地忙于交谈某种快乐而又神秘的事情似的。

十

法国军队的人数按照数学的等差级数逐渐减少着。曾被大肆渲染的渡过别列津纳河时的战斗,只不过是法国军队被消灭过程中的一个中间阶段,根本不是整个战争的决定性一仗。如果说关于别列津纳河之役过去和现在都写得很多,那么法国人那么做只是因为法国军队以前在各地均匀地遭受到的灾难如今在同一时刻集中发生在别列津纳河的断桥上,形成了留在所有人记忆里的悲惨景象。而俄国人对别列津纳之战之所以说得和写得很多,是由于在远离战场的地方,在彼得堡制定了(又是普弗尔制定的)让拿破仑在别列津纳河上落入战略陷阱的计划。大家相信一切都将按照计划进行,因此都坚持认为正是渡过别列津纳河时的战斗毁了法国人。实际上,渡过别列津纳河时的战斗的结果对法国人的危害性要小得多,数字表明,损失的大炮和被俘的人员都比克拉斯诺耶战役要少。

渡过别列津纳河时的战斗的唯一的意义在于,这一战明显地和毫无疑问地证明了所有切断敌军的计划是错误的,而库图佐夫和所有部队(广大群众)所要求的唯一可行的行动方式——只跟踪敌人——是正确的。大群逃跑的法国人不断加快速度,为达到目的使出了全部力量。他们像受伤的野兽一样奔跑,不能去挡住它的去路。证明这一点的,主要不是渡河的安排,而是过桥的人的行动。当几座桥断裂时,没有武器的士兵、从莫斯科逃出的人们、法国人的车队里的妇女儿童都在习惯力量的作用下不投降,全部朝前跑进小船里,跳进冰冷的水里。

这种朝前跑的做法是合乎情理的。无论是逃跑的人还是追赶的人,处境都同样的糟糕。留下来和自己人在一起,每个人在遭难时还可以希望得到同伴的帮助,可以希望保持在自己人中间所占的位置。如果投降俄国人,他将陷于同样的困难处境,不过在分配生活用品时将排在最后。法国人并不需要确切的情报,他们知道一半俘虏都冻死和饿死了,俄国人虽然愿意救他们,但是不知道拿他们怎么办;他们感觉到,事情只能这样。最富有同情心的俄国长官和对法国人有好感的人,就连在俄军服役的法国人,对俘虏也只能这样。毁了法国人的是俄国军队本身遭受的灾难。不能夺走饥饿的、还用得着的士兵的面包和衣服,给予那些不是有害的、不是可恨的、没有过错的、只不过是无用的法国人。有的人这样做了;但是这仅仅只是少数的例外。

后面是死路一条,前面还有希望。退路已经没有了;除了一起逃跑外,已经没有别的办法了,于是法国人的全部力量都用在一起逃跑上。

法国人愈向前跑,他们的残部处境愈是悲惨,俄国将领就愈是意气用事,尤其是在别列津纳战役(由于彼得堡有一个计划,曾对它寄予特别的希望)后,他们相互指责,特别是指责库图佐夫。他们认为彼得堡制定的别列津纳战役计划未能实现是他造成的,对他的不满、蔑视和嘲弄就愈来愈强烈地表现出来。自然这种嘲弄和蔑视用的是表面上恭恭敬敬的表现方式,这使得库图佐夫无法反问他错在哪里,为什么指责他。他们不跟他严肃认真地说话;在向他报告和请示时,就好像在办一件不光彩的例行公事,在他背后挤眉弄眼,处处都设法欺骗他。

所有这些人正是由于不能理解他,都认为同这老头无话可说;认为他永远不会明白他们的计划的深谋远虑之处;认为他只会说一些关于金桥、关于不能带着一群流浪汉打到国外去之类的空话(他们觉得这只是空话)作为回答。认为这一切他们都听他说过了。他说的一切,例如应当等军粮运到、人们没有靴子穿等,都非常简单,而他们提出的建议都很复杂和聪明,显然在他们心目中他是个老糊涂,而他们是不掌权的天才统帅。

尤其是在与杰出的海军上将和彼得堡的英雄维特根施泰因的军队会师后,这种情绪和司令部里的流言蜚语达到了顶点。库图佐夫看到了这一点,只是叹着气,耸耸肩膀。只有一次,在别列津纳战役后,他生气了,给那个单独向皇帝打报告的本尼格森写了如下一封信:

"鉴于阁下罹疾,请接此信后即去卡卢加,听候皇帝陛下的旨意和任命。"

但是把本尼格森打发走后,康斯坦丁·帕夫洛维奇亲王来到了部队,他在战争初期曾在部队待过,后来库图佐夫把他撵走了。这位亲王到了部队后告诉库图佐夫说,皇帝对我军战绩不佳和行动迟缓很不满意。他还说,皇帝日内打算亲自到部队来。

库图佐夫对宫廷里的事像对军事一样都很有经验,他是在这一年的八月违背皇帝的意志被选任总司令的,他把皇储和亲王撵出部队,运用自己的权力决定放弃莫斯科,做了拂逆皇帝意志的事,这位老人现在立刻就明白了,他的时代结束了,他的角色演完了,他已不再拥有那种虚假的权力了。他不仅只是根据宫廷的态度明白这一点的。一方面,他看到他发挥过作用的军事行动结束了,感到他的使命已经完成了;另一方面,他同时开始感到他衰老的身体已非常疲劳,需要休息。

十一月二十九日,库图佐夫进入了维尔诺——像他所说的那样,到了亲爱的维尔纳。他曾两次担任过维尔纳总督①。在富饶的、未遭战火破坏的维尔纳,库图佐夫除了重新享受早已失去的舒适生活外,还找

---

① 库图佐夫曾于一七九九——一八〇一年和一八〇九——一八一一年两度担任立陶宛总督,驻节维尔纳。

到了不少老朋友,回想起了许多往事。他突然摆脱了所有军事上的和政务上的操心事,尽量不受他周围激烈的争吵的打扰,沉浸到平稳的和习惯的生活中去,仿佛历史领域内现在发生和将要发生的一切与他毫不相干。

奇恰戈夫第一个在库图佐夫将要进驻的维尔纳城堡前迎接他,这个奇恰戈夫是最热烈地主张切断和拦击敌军的人之一,开头要到希腊去牵制敌人,后又提出到华沙去进行牵制,怎么也不愿意到派他去的地方,此人以敢于大胆向皇帝陈言著称,认为库图佐夫还欠着他的情,因为他于一八一一年奉命在没有库图佐夫参与的情况下去与土耳其媾和,在得知和约已经签订后便对皇帝说,签订和约是库图佐夫的功劳。奇恰戈夫在迎接时身穿海军文官制服,佩着短剑,军帽夹在腋下,把一份军事报告和城门钥匙呈交给库图佐夫。奇恰戈夫已知道库图佐夫受到了责难,他的那种年轻人对一个老糊涂的表面恭敬而心里蔑视的态度,在他的整个言谈举止中极其明显地表现出来。

库图佐夫在和奇恰戈夫谈话时顺便对他说,在鲍里索夫从他那里夺走的几车餐具完好无损,将要还给他。

"您大概是想对我说我没有吃饭的用具……相反,如果您想要举行宴会,我可以向您提供全套的餐具。"奇恰戈夫突然满脸通红地说,他说每句话都想证明自己的正确,因此推测库图佐夫也是这样。库图佐夫含蓄地、仿佛洞察一切似的笑了笑,耸了耸肩,回答道:"我想说的只是我说的意思。"

到维尔纳后,库图佐夫违背皇帝的意志,让大部分军队停了下来。据他周围的人说,他在维尔纳逗留期间精神变得异常萎靡不振,身体更加衰弱了。他不大乐意管军队的事,把一切交给手下的将军们去办,过着闲散的生活,等着皇帝到来。

皇帝于十二月七日带着托尔斯泰伯爵、沃尔康斯基公爵、阿拉克切耶夫等人从彼得堡出发,十二月十一日到达维尔纳,坐着旅行雪橇直奔城堡。虽然天气非常寒冷,但是仍有百余名身穿礼服的将军和司令部军官以及谢苗诺夫团的仪仗队在城堡附近迎候。

一名信使在皇帝之前乘坐一辆由三匹浑身冒汗的马拉的马车来到城堡前,大声喊道:"皇帝驾到!"科诺夫尼岑跑到门廊里去向正在门旁的小屋里等候的库图佐夫报告。

一分钟后，库图佐夫这个身躯高大肥胖的老人身穿礼服，胸前挂满各种勋章，腰间束着一条武装带，摇摇晃晃地来到台阶上。他戴上帽檐朝两边的帽子，手里拿着手套，侧着身子吃力地走下台阶，把准备呈交皇帝的报告拿在手里。

人们跑来跑去，低声说话，一辆三驾马车飞快地驰过后，所有人的目光集中到渐渐驶近的雪橇上，已可看清坐在上面的皇帝和沃尔康斯基的身影。

根据五十年来养成的习惯，这位老将看到这一切感到有些不安；他急忙小心地摸摸自己身上，正一正帽子，在皇帝下雪橇的一瞬间朝他抬起了眼睛，打起精神，挺直身子，把报告递上去，用奉承巴结的语气有板有眼地说起话来。

皇帝迅速地把库图佐夫从头到脚打量了一下，皱了皱眉头，但是立即克制住自己，走了过来，张开双臂拥抱了老将军。由于这拥抱给他以习以为常的老印象，符合他的心意，于是它又像通常那样，对库图佐夫起了作用，感动得他抽泣了一声。

皇帝向军官们和谢苗诺夫团的仪仗队问好，再一次握了握老人的手，和他一起朝城堡里走。

皇帝等到同元帅两人单独在一起时，对他追击敌人行动缓慢、在克拉斯诺耶和别列津纳河上犯了错误表示了不满，并讲了未来出国远征的设想。库图佐夫既不提出异议，也不发表意见。七年前在奥斯特利茨战场上听皇帝的命令时的那种顺从的和茫然的表情，现在又出现在他脸上。

当库图佐夫出了书房，低下头，迈着沉重的、蹒跚的步子在大厅里走的时候，有人叫住了他。

"殿下。"这个人说。

库图佐夫抬起头，久久地看着托尔斯泰伯爵的眼睛，这时后者正托着一个装着什么小东西的银盘子站在他面前。库图佐夫看来不明白要他做什么。

突然他仿佛想起来了，于是在他胖胖的脸上闪过一丝勉强能看出来的微笑，他恭恭敬敬地俯下身来，拿起银盘上的东西。原来这是一枚一级格奥尔吉勒章。

<h1 style="text-align:center">十一</h1>

第二天,元帅举行宴会和舞会,皇帝亲自光临。库图佐夫被授予一级格奥尔吉勋章;皇帝赐予了他最高的荣誉;但是每一个人都知道皇帝对元帅的不满。礼节都还遵守着,皇帝在这方面首先做出了榜样;但是大家都知道老头子有过错,已毫不中用。在舞会上,按照叶卡捷琳娜时代的老习惯,在皇帝进门时,库图佐夫吩咐把缴获的军旗扔到他脚下,皇帝不高兴地蹙起眉头,说了几句话,有人听见他话里使用了"老丑角"这个字眼。

在维尔纳,皇帝对库图佐夫之所以更加不满,主要是因为库图佐夫显然不愿或不能理解今后的战争的意义。

第二天早晨皇帝把军官们召集起来,对他们说你们拯救的不只是俄国;你们拯救了欧洲。"——这时大家都明白了,战争没有结束。

只有库图佐夫不愿意理解这一点,他公开发表了自己的意见,说新的战争不会改善俄国的状况和增加俄国的荣誉,而只能使她的状况恶化,降低他认为现在俄国已取得的最高荣誉。他竭力向皇帝证明无法招募新的军人;讲了居民的困难处境和可能遭到的失败等等。

元帅有这样的情绪,自然只能成为今后战争的障碍和绊脚石。

为了避免与老人发生冲突,自然而然地找到了一个办法,就像在奥斯特利茨战役和战争初期巴克莱当总司令时那样,不惊动他,也不向他宣布,掏空他掌权的基础,把权力收归皇帝本人。

为达到此目的,逐步改组了司令部,于是库图佐夫司令部的实权被剥夺了,转到了皇帝手中。托尔、科诺夫尼岑、叶尔莫洛夫被调任其他职务。大家大声谈论元帅身体非常衰弱,健康受到了严重损害。

他身体衰弱,才能把自己的位置让给接替他的人。而他的健康状况也确实不好。

当需要库图佐夫这个人时,他就自然地、简单地和逐步地从土耳其来到彼得堡的财税局主持民兵登记,后来到了军队;现在当库图佐夫演完他的角色后,同样有一个新的、所需要的人出现在他的位置上。

一八一二年的战争除了俄罗斯人所珍视的人民的意义外，还有另一种意义——欧洲的意义。

在西方各民族东征后，接着一定会有东方各民族的西征，进行这场新的战争需要有新的、品性和观点与库图佐夫不同的、受另一些动机支配的活动家。

对东方民族进行西征和恢复原有的国界来说，亚历山大一世是必不可少的人物，正如库图佐夫对拯救俄国和恢复荣誉来说是必不可少的一样。

库图佐夫不明白欧洲、均势和拿破仑的意义。他不可能理解这些。在敌人被消灭、俄国得到解放并达到荣誉的顶点后，这个俄国人民的代表，这个地道的俄罗斯人再也无事可做了。这个人民战争的代表只剩下一条路，这就是死。于是他死了[①]。

十二

皮埃尔像大多数人的情况一样，只是在紧张而又艰苦的俘虏生活结束后，才感觉到他在那时所切身体验的这种痛苦和不安达到了难以忍受的程度。他被解救出来后来到了奥廖尔，到达后的第三天，正当准备动身去基辅时，突然他病倒了，在奥廖尔躺了三个月；据大夫说，他得了急性胆囊炎。医生给他治疗，放血，吃药，最后他毕竟还是康复了。

皮埃尔从被救到生病前经历的事，几乎没有给他留下什么印象。他只记得灰色阴沉的天空和时而下雨时而下雪的天气，内心的苦闷以及脚上和腰上的疼痛；记得人们的不幸和痛苦给他留下的总的印象；记得盘问他的军官和将军们的那种使他感到不安的好奇，记得他为找到马匹和车辆而奔走，而主要的是，记得当时他失去了思考和感觉的能力。他在被救的那一天看见了彼佳·罗斯托夫的尸体。这一天他还得知安德烈公爵在波罗金诺会战后活了一个多月，不久前才在雅罗斯拉夫尔罗斯托夫家里死去。在这一天，杰尼索夫在告诉皮埃尔这个消息时，顺便提起埃莱娜的死，他以为这事皮埃尔早已知道了。当时皮埃

---

① 库图佐夫于一八一三年四月十六日在德国小镇邦茨劳逝世。

尔只觉得所有这一切都很奇怪。他感到自己无法理解所有这些消息的意义。他当时只急于赶快、赶快离开这个人们相互残杀的地方,到一个平静的避难所去,在那里让自己冷静下来,休息休息,好好考虑一下在这段时间他看到的所有奇怪的和新鲜的事。但是他一到奥廖尔就病倒了。他从病中清醒过来后,看见自己周围有两个从莫斯科来的家里人——捷连季和瓦西卡,还有大公爵小姐,她住在叶利茨的皮埃尔的庄园里,得知皮埃尔获救和生病后,便来照料他。

皮埃尔在他养病期间,只是逐步地在摆脱最近几个月对他来说已变得习以为常的感觉,开始知道明天谁也不会把他赶到什么地方去,谁也不会夺走他的暖和的被窝儿,知道他一定会有饭吃和茶喝。但是他仍然在很长时间里梦见自己还在过俘房的生活。皮埃尔也这样逐步地明白了他在获救后得知的关于安德烈公爵之死、妻子之死以及法国人被消灭等消息的意思。

一种体验到自由的欢乐感觉——皮埃尔是在离开莫斯科后的第一个休息站第一次领略到这种完全的、不可分离的和人所固有的自由的——充满了正在康复中的皮埃尔的心。他感到奇怪的是,这种不受外部环境制约的内心的自由,现在似乎也添加上了过多的外部自由。他一个人待在陌生的城市里,没有熟人。谁也不要求他做什么;也不叫他到什么地方去。他想要的东西他都有;过去一想起妻子就感到苦恼,现在不这样了,因为她已经不在人世了。

"啊,多么好啊!真是太好了!"当人们把一张盖着干净的桌布、上面放着香气扑鼻的肉汤的桌子挪到他面前时,或者当他夜里在柔软清洁的床上躺下时,或者当他想起妻子和法国人都已不再存在时,他便自言自语地说:"啊,多么好啊!真是好极了!"这时他又按照老习惯给自己提这样的问题:那么以后怎么样呢?我将怎么办?他立即回答自己说:没有什么。就这么活下去。啊,真是太好了!

他以前感到苦恼的事,他经常寻求着的东西,即生活目的,现在对他来说已不存在。这个所寻求的生活目的并不只是在现时偶然地不存在了,而且他觉得没有而且不可能有这样的目的。正是因为觉得不存在这样的目的,他才充分地领略到了自由,心里很快乐,这就是他此时体验到的幸福。

他不能有目的,因为他现在有了信念——不是相信某些规则,或某些言论,或某些思想,而是相信永生的、随时可感觉到的上帝。以前他在给自己提出的目的中寻找上帝。这样寻找目的,其实只是寻找上帝;突然在当俘虏期间,他不是凭语言,不是凭推理,而是靠直接的感觉明白了保姆早就对他说过的话:上帝就在眼前,就在这里,他无所不在。他在俘虏营里明白了卡拉塔耶夫心中的上帝要比共济会所承认的造物主更伟大、更无限和更高深莫测。他现在的感觉,如同一个在自己脚下找到了所寻找的东西的人的感觉,可是他却一直集中注意力望着自己面前很远的地方。他整个一生都越过周围人的头顶瞭望前面某个地方,而应当做的事不是使劲朝远处看,只要看自己面前就行了。

他以前无论何处都看不见伟大的、高深莫测和无限的东西。他只是感觉到它必定在某个地方,并设法寻找它。他在近处的可以理解的一切当中,只看见有限的、渺小的、平常的、无意义的东西。他用思想的望远镜望着远方,那里这种渺小的和平常的东西隐没在远方的雾中,只是由于看不清楚,他才觉得这东西是伟大的和无限的。在他看来,欧洲的生活、政治、共济会、哲学、慈善事业就是如此。但是就是在他认为自己软弱无力的时刻,他的智力也能深入到这个远方去,看见同样的渺小的、平常的和无意义的东西。而现在他已学会在一切之中看见伟大的、永恒的和无限的东西,因此为了看见它,为了欣赏它,自然就扔掉了在这之前一直用来越过人们的头顶瞭望远方的望远镜,高兴地观察着自己周围永远变化着的,永远伟大的、高深莫测的和无限的生活。他愈是近看,心里就愈是感到平静和幸福。以前一直毁坏着他所有的精神建筑的"为什么"的问题,如今对他来说已不存在了。现在对这个"为什么"的问题,他心里随时都有一个简单的回答:因为有上帝,没有上帝的旨意,我们头上的任何一根头发都不会掉下来 [①]。

十三

皮埃尔的外表几乎没有什么变化。他的样子还完全像过去一样。

[①]　见第一卷第三部第三章注。

他还像以前那样心不在焉，看起来他操心的不是眼前的事，而是他自己的某种特殊的事。他过去和现在的状态的区别在于，过去当他忘记放在面前的东西和人们对他说的话时，他总是痛苦地皱起眉头，仿佛试图看清离他很远的东西而又看不清一样。现在他同样常常忘记人们对他说的话和放在面前的东西；但是现在他带着勉强可以察觉的和仿佛带有讽刺意味的微笑注视着他面前的东西，倾听人们对他说的话，虽然他看见和听到的显然完全是另一回事。以前他使人觉得他虽是一个善良的人，但很不幸；因此人们不由自主地离开他。现在他的嘴角经常挂着生活欢乐的微笑，他的眼睛里流露出对人们的同情，好像在问：他们是否像他一样感到满意？于是人们常因有他在场而感到愉快。

以前他说话很多，说话时常常很急躁，不好好听别人说；现在他很少夸夸其谈，善于听人说话，使得人们都乐意把自己内心的秘密告诉他。

大公爵小姐一向不喜欢皮埃尔，自从老伯爵去世后她觉得自己被迫接受皮埃尔周济，更是对他怀有敌意，她到奥廖尔来，本来是为了向皮埃尔证明，尽管他无情无义，她仍认为自己有责任照看他，可是使她感到懊恼和奇怪的是，她在奥廖尔待了几天后，很快觉得自己喜欢他了。皮埃尔并不奉承公爵小姐，讨她的欢心。他只是好奇地观察着她。以前公爵小姐觉得在他看她的目光中包含着冷漠和讽刺，而她在他面前也像在别人面前一样怀有戒心，只显示出自己为人处世中好斗的一面；现在则相反，她觉得他似乎是在探究她生活的最隐秘的方面；她开头对他抱不信任态度，后来怀着感激的心情向他展示出深藏在自己性格中的善良的方面。

一个最狡猾的人也不能更巧妙地博得公爵小姐的信任，使她回忆起美好的青春年华并给以同情。而皮埃尔的狡猾之处只在于唤起这位凶狠的、冷漠的和自命清高的公爵小姐的人类的感情，从中寻找乐趣罢了。

"是的，如果他不受坏人的影响，而受像我这样的人的影响，他是一个非常、非常善良的人。"公爵小姐心里这样说道。

皮埃尔发生的变化，他的仆人捷连季和瓦西卡也注意到了，并有各自的看法。他们认为他变得平易近人多了。捷连季帮主人脱了衣服后,常常手里拿着靴子和衣服,道过晚安后迟迟不离开,等待着,看主人是否有话要和他说。在大多数情况下皮埃尔看见他想要说话,便把他留下。

"那么你就告诉我……你们是怎样给自己弄到食物的?"他问。于是捷连季便讲起莫斯科遭到破坏的情况,讲起已故的伯爵,就这样拿着衣服站在那里讲了很长时间,有时则听皮埃尔讲,看到主人与他很亲近和对他很友好,心里很高兴,然后才到前厅去。

给皮埃尔治病的医生每天都来看他,虽然作为医生他应当显示出他的每一分钟对患病的人都很宝贵的样子,但是他在皮埃尔这里一坐就是几个钟头,讲着他喜爱的故事和他对一般病人,尤其是对女病人的性情观察的结果。

"是的,和这样的人说说话是很愉快的,他跟我们外省的人不一样。"他说。

奥廖尔有几个被俘的法国军官,大夫带来了其中的一个,这是一个年轻的意大利人。

这个军官开始常来看皮埃尔,公爵小姐看见这个意大利人对皮埃尔表现出一片温情,便取笑他。

看来这个意大利人只有在他能够到皮埃尔这里来,和他说话,对他讲述自己的过去、自己的家庭生活和自己的爱情,发泄对法国人,尤其是对拿破仑的愤懑时,才感到幸福。

"如果所有俄国人哪怕多少有点像您这样的话,"他对皮埃尔说,"那么同像您这样的人民打仗简直是亵渎行为。法国人让你们受了这么大的罪,你们甚至不怀恨他们。"

皮埃尔现在受到这个意大利人的热爱,只是因为他唤起了他心里的最美好的感情并加以欣赏。

皮埃尔在奥廖尔逗留的最后几天,他的老熟人、共济会员维拉尔斯基伯爵前来看他,这就是那个在一八〇七年介绍他加入共济会的人。维拉尔斯基娶了一个在奥廖尔省拥有几处大庄园的富有的俄国女人,并在城里的粮食部门担任一个临时的职务。

维拉尔斯基得知皮埃尔在奥廖尔后,虽然他和皮埃尔从来没有很深的交情,但是还是到他这里来表示友好和亲热,就像通常人们在沙漠里相遇时所做的那样。维拉尔斯基在奥廖尔感到寂寞,因此碰到一个属于同一个圈子以及他认为有相同兴趣爱好的人,心里非常高兴。

但是,使维拉尔斯基感到惊奇的是,他很快发现皮埃尔已大大落后于真正的生活,并且心里断定皮埃尔已陷入了冷漠和利己主义。

“您落后了,亲爱的。”他对他说。现在维拉尔斯基觉得和皮埃尔在一起要比以前愉快了,因此他每天都到他这里来。而皮埃尔现在看着维拉尔斯基和听他说话,心里想道,他自己不久前也是这个样子,不免感到奇怪和不可思议。

维拉尔斯基已结了婚,是一个成了家的人,忙于管理妻子的庄园以及处理公务和家事。他认为所有这些事是生活中的障碍,都是鄙俗的,因为都是为了他个人和家庭的幸福。他的注意力常常为关于军事、行政、政治、共济会的想法所吸引。皮埃尔并不努力去改变他的观点,也不责备他,只是带着现在常常是平静的和快乐的讥笑观察着这个对他来说非常熟悉的奇怪现象。

在皮埃尔与维拉尔斯基、公爵小姐、医生以及他现在遇到的所有人的关系中有一个新的、使他博得了所有人的好感的特点:承认每个人都能按自己的方式思考、感觉和看待各种事物;承认不可能用语言说服一个人改变看法。每个人的这种合乎情理的特点以前曾使皮埃尔激动和恼怒,如今成了他同情和关心人的基础。人们的观点和生活之间、人们相互之间的差别以及有时其间的完全对立,使皮埃尔感到高兴,于是他常露出带有讥讽的温和的微笑。

在实际事务中,皮埃尔现在突然感觉到他有了一个过去没有的重心。以前每一个金钱问题,尤其是他作为一个有钱人经常碰到的有人向他要钱的问题,使他陷于进退维谷和困惑不安之中。“给还是不给?”他问自己,“我有钱,而他又需要。但是另一个人更需要。究竟谁更需要呢?也许这两人都是骗子?”从前他总是这样推测来推测去而得不出结论,只要手头有钱,全都给。以前每逢谈到他的财产问题,有人提出应当这么办,另一个人则认为应那么办时,他也处于这样的困惑之中。

现在他发现他在所有这些问题上再也不存在疑虑和困惑,这使他自己也感到惊奇。他心中有了一个法官,能根据他自己也不知道的法律决定什么需要做和什么不需要做。

他还像过去那样对金钱问题漠不关心；但是他现在毫无疑问地知道，什么应该做和什么不应该做。他让这个新法官处理的第一个问题是一个被俘的法国上校的请求，这个上校来找他，对他大谈自己的功绩，最后几乎像提要求似的向皮埃尔提出，要皮埃尔给他四千法郎，好让他寄给老婆孩子。皮埃尔毫不费力和坦然自若地拒绝了他，后来自己也感到惊奇，以前觉得那么难以解决的事居然这样简单和容易。然而在拒绝上校的同时，他认为在离开奥廖尔时必须施一巧计，让那个意大利军官收下给他的钱，因为看样子他确实需要钱用。皮埃尔对妻子的债务问题以及修复不修复莫斯科的住宅和别墅问题的处理，再一次证明他对实际事务已有了自己的看法。

他的总管到奥廖尔来找他，皮埃尔和总管一起对已发生变化的收入算了一笔总账。根据总管的计算，莫斯科的大火使皮埃尔损失了大约二百万。

总管为了安慰遭受这样重大损失的皮埃尔，给他算了另一笔账，说他尽管有这些损失，但是如果他拒绝偿还他没有义务偿还的伯爵夫人留下的债务，如果他不打算修复莫斯科和莫斯科郊区的那些每年要花八万卢布、但毫无收益的住宅，那么收入不仅不会减少，反而会增加。

"是的，是的，说得对，"皮埃尔高兴地微笑着说，"是的，是的，这些我都不需要。看来战争的破坏反而使我变得富有多了。"

但是一月间萨维利奇从莫斯科来，讲了莫斯科的情况，讲了建筑师对修复莫斯科住宅和郊区别墅所需费用的预算，他在讲这事时好像讲已决定了的事一样。与此同时，皮埃尔接到瓦西里公爵和其他熟人从彼得堡写来的信。这些信谈到了妻子的债务。于是皮埃尔认为他非常欣赏的总管的计划是不对的，他应当到彼得堡去了结妻子的事情和到莫斯科去盖房子。为什么应当这样做，他不知道；但是他毫无疑问地知道应当如此。由于作了这样的决定，他的收入减少了四分之三。但是应当这样做；他感觉到这一点。

维拉尔斯基也要去莫斯科，于是他们约定一起走。

皮埃尔在奥廖尔养病的整个期间一直感到快乐、自由和充满活力；而当他在旅途中置身于自由天地、看到几百张新的面孔时，这种感觉更加增强了。他在整个旅行期间都像小学生度假那样快乐。所有的人,车夫、驿站长、路上或村子里的农民,他都觉得新奇。维拉尔斯基的同行和他一路上对俄国贫穷、落后于欧洲、愚昧等的抱怨,反而使他感到更加高兴。在维拉尔斯基看见一潭死水的地方,皮埃尔却看见了强大的生命力,这种隐藏在茫茫雪原里的强大力量支撑着这个完整的、独特的和统一的民族的生命。他没有反驳维拉尔斯基,而且仿佛像同意他的话一样(因为假装的同意是避免毫无结果的争论的最简便的方法)听他说,脸上带着愉快的微笑。

十四

蚂蚁窝被捣毁后,一些蚂蚁拖着食物、蚁卵和死蚂蚁从那里出来,另一些蚂蚁则往回走,很难理解它们为什么那么急急忙忙地走,要到哪里去,为什么它们相互碰撞,相互追赶,打起架来——同样,很难解释是什么原因使得俄罗斯人在法国人撤离后聚集到以前称为莫斯科的地方来。当我们看着散布在被捣毁的蚂蚁窝周围的蚂蚁时,虽然蚂蚁窝彻底被毁了,仍然可以从无数忙忙碌碌的蚂蚁的那股顽强的劲头中看出,在一切被毁的同时,构成这一窝蚂蚁的力量的那种坚不可摧的非物质的东西依然存在——莫斯科也是这样,在十月,虽然那里没有官府,没有教堂,没有圣物,没有房子,但是莫斯科仍然还是八月的那个莫斯科。一切都被毁掉了,但是那种非物质的、然而是强大的和坚不可摧的东西却保存了下来。

敌人被肃清后,人们从四面八方奔向莫斯科,他们的动机是各不相同的,都抱着个人的目的,开头大多数人都抱着野蛮的和出自本能的动机。只有一个动机是人们所共有的——这就是到以前称为莫斯科的地方去开展自己的活动。

一个星期后,莫斯科已有一万五千居民,两个星期后达到两万五千。居民人数不断增加,到一八一三年秋总数已超过一八一二年的居民人数①。

---

① 到一八一三年底,莫斯科约有居民十六万人。

第一批进入莫斯科的俄国人,是温岑格罗德部队的哥萨克①、邻近村子的农民和逃出莫斯科后躲藏在周围地区的居民。进入被破坏的莫斯科的俄国人看见城市遭到了抢劫,也动手抢劫起来。他们继续干法国人干过的事。农民赶着大车到莫斯科来,是为了把丢弃在莫斯科残破的房子里和大街上的东西运到乡下去。哥萨克把能运走的东西都运回自己的营地;房屋的主人们则把他们在别的房屋里找到的东西拿回自己家里,借口是这是他们的财产。

在第一批抢劫者之后又来了第二批、第三批,于是随着抢劫者人数的增加,抢劫一天天地变得愈来愈困难,并且开始具有比较固定的方式。

法国人进入莫斯科时虽然它已成为一座空城,但是它还具有一个正常的实际生活过的城市的所有形式,有经营商业、手工业和奢侈品以及进行国家管理和宗教活动的各种机能。这些形式虽已失去了生命力,但还存在着。这里有市场、小铺、商店、货栈、集市——其中大多数还有商品出售;有工厂和作坊;有充满各种奢侈品的宫殿和豪华的住宅;有医院、监狱、政府机关、各种教堂;法国人待的时间愈长,城市生活的这些形式就消失得愈多,最后一切汇合成一整个萧条的抢劫场所。

法国人的抢劫延续得愈久,对莫斯科的财富的破坏就愈大,抢劫者的力量也就消耗得愈多。俄国人恢复故都是从抢劫开始的,可是他们抢劫的时间延续得愈长,参加抢劫的人愈多,莫斯科的财富和正常城市生活也就恢复得愈快。

除了抢劫者外,来的还有各种各样的人,有的是由于好奇,有的是为了执行公务,有的有个人的打算,他们之中有房产主、僧侣、大小官吏、商人、手工业者、农民,所有这些人像血液流入心脏一样,从四面八方流到莫斯科来。

一个星期后,一些赶着空车来运抢来的东西的农民已被官府扣留,他们被迫把尸体运到城外去。另一些农民听说他们的同伴遇到挫折,便带着粮食、燕麦、干草到城里来卖,相互压价,把价钱压得比以前还低。木匠们抱着赚大钱的希望,每天都有人到莫斯科来,于是四面八

---

① 当时进入莫斯科的是伊洛瓦依斯基部下的哥萨克。

方都有人在盖新房和修理被烧的房子。商人们开始在木板房里营业。在烟熏火燎过的房子里开起了饭馆和客栈。僧侣们在许多没有烧毁的教堂里恢复做礼拜。有人送来了被抢的各种教会的物品。官员们在小房间里摆起了铺着呢子的桌子和装文件的柜子。高级官员和警察负责分发法国人走后留下的财物。有些房子里留下了许多从别的房子里搬来的东西,这些房子的主人们抱怨把所有东西运到多棱宫①去的做法不公平;另一些人则坚持认为,法国人把不同房子里的东西集中到一个地方,因此把在这个地方找到东西留给房子的主人是欠妥的。有人咒骂警察,贿赂警察;有人对烧掉的公物作十倍的估价;有人要求给予救济。拉斯托普钦伯爵则继续写他的传单。

十五

一月底,皮埃尔来到莫斯科,住在没有烧毁的厢房里。他看望了拉斯托普钦伯爵和几个回到了莫斯科的熟人,打算第三天去彼得堡。大家都在庆祝胜利;在这劫后复苏的故都一切都充满着生机。大家对皮埃尔的到来都很高兴;人人都愿意见到他,都向他详细询问他的见闻。皮埃尔本来觉得他对遇见的所有人有一种特殊的好感;但是现在他不由自主地对所有人存有戒心,担心自己受到束缚。他对人们向他提出的所有问题——无论是重要的还是最无关紧要的——都作同样的模棱两可的回答;有人问他:他将住在哪里?他想不想盖房子?他什么时候去彼得堡,能不能带一只小箱子去?他总是回答说:是的,也许,我想,等等。

他听说罗斯托夫一家在科斯特罗马,不过很少想起娜塔莎。即使有时想起,那也只是作为对很久以前的往事的愉快回忆而已。他觉得自己不仅摆脱了过去的日常生活环境,而且摆脱了那种他认为是故意装出来的感情。

在到达莫斯科后的第三天,他从德鲁别茨科依一家人那里得知玛丽亚公爵小姐在莫斯科。他常想起安德烈公爵之死,他的痛苦和最后

---

① 多棱宫是克里姆林宫里的宫殿之一。

的日子,如今这一切又生动地出现在他的脑海里。他是在吃午饭时听说玛丽亚公爵小姐在莫斯科的,并且知道她住在弗兹德维任卡她家的未被烧毁的房子里,于是当天晚上便去看望她。

皮埃尔在去玛丽亚公爵小姐家的路上不断地想着安德烈公爵,想着他们之间的友谊以及和他的历次见面,尤其是想着在波罗金诺的最后一次见面。

"难道他是带着他当时的那种愤恨情绪死去的吗?难道他在临死前还没有弄明白人生的意义?"皮埃尔想。他想起了卡拉塔耶夫和他的死,不禁比较起这两个截然不同而又非常相似的人来,他们相似之处在于这两个人都为他所爱慕,还在于他俩都在世上生活过并且又都死了。

皮埃尔心情非常沉重地到了老公爵的住宅门前。这住宅保存下来了。其中可以看到破坏的痕迹,但是房子的面貌依然如故。迎接皮埃尔的是一个年老的侍仆,此人神情严肃,仿佛想要客人知道,公爵虽然不在了,家里的规矩并没有变,他说,公爵小姐回自己房里去了,她每逢星期日接待客人。

"你去通报一下;也许会接待的。"皮埃尔说。

"是,"侍仆说,"请到肖像室 ① 里坐。"

几分钟后,侍仆带着德萨尔来见皮埃尔。德萨尔向皮埃尔传达了公爵小姐的话,说公爵小姐很高兴见到他,如果他原谅她的失礼的话,请他到楼上她的房间去。

玛丽亚公爵小姐坐在一个点着一支蜡烛的不高的小房间里,还有一个穿黑衣服的人和她坐在一起。皮埃尔想起了公爵小姐身边常有女伴。这些女伴是谁,是些什么样的人,皮埃尔并不知道,也不记得。"这大概是一个女伴。"他想,朝那个穿黑衣服的女士看了一眼。

公爵小姐很快站起身来迎接他,向他伸出了一只手。

"是啊。"她说,让他吻了她的手,然后端详着他那发生了变化的脸。"瞧,我们又见面了。他在临终前常提起您。"她说,同时把目光从皮埃尔身上转移到女伴身上,那女伴羞怯的神情使皮埃尔吃了一惊。

---

① 肖像室是贵族住宅里专挂祖先肖像的房间。

"我在得知您获救后非常高兴。这是我们很久以来得到的唯一的好消息。"公爵小姐又更加不安地看了女伴一眼,想要说些什么;但是皮埃尔打断了她的话。

"您瞧,他的情况我一点也不知道。"他说,"我以为他阵亡了。我所知道的,都是从别人,从第三者那里听来的。我只知道他和罗斯托夫一家人在一起……全是命运的安排!"

皮埃尔说得很快,很兴奋。他朝女伴的脸看了看,发现她正用亲切和好奇的目光注意地看着他,于是如同谈话时常有的那样,他不知为什么觉得这个穿黑衣服的女伴是一个可爱的、善良的、招人喜欢的人,并不妨碍他与玛丽亚公爵小姐倾心的交谈。

但是当他最后说到罗斯托夫一家人时,玛丽亚公爵小姐脸上慌乱的表情变得更加明显了。她又迅速地把目光从皮埃尔脸上移到穿黑衣服的女士脸上,说道:

"您难道没有认出来?"

皮埃尔又朝女伴的那张清瘦苍白、眼睛乌黑和嘴巴变了样的脸看了一眼。只见她的那双专注地瞧着他的眼睛里流露出某种亲切的、早已忘记的和非常可爱的神情。

"不,这不可能,"皮埃尔想,"这张严肃的、清瘦苍白的、显得老了的脸难道是她的?这不可能是她。这只是有些相似罢了。"但是这时玛丽亚公爵小姐喊了一声"娜塔莎",于是那张目光专注的脸像一扇生了锈的铁门打开一样,困难地和费劲地露出了笑容,于是从这扇打开的门里突然向皮埃尔散发出了一股他早已忘记的,尤其是现在没有想到的幸福的气息。这股气息散发开来,充满了他全身,占据了他整个心灵。看见她在微笑,已不可能有任何怀疑:这就是娜塔莎,他爱她。

在最初的瞬间,皮埃尔不由自主地对她、对玛丽亚公爵小姐、主要的是对他自己泄漏了他自己也不清楚的秘密。他高兴而又痛苦地涨红了脸。他想要掩饰自己的激动。但是愈想掩饰,却更加清楚地—— 比用最明确的语言还要清楚地对自己、对她、对玛丽亚公爵小姐说明了他爱她。

"不,这是由于没有料想到的缘故。"皮埃尔想。但是他刚想和玛丽亚公爵小姐继续已开了头的谈话,又朝娜塔莎看了一眼,这时他的脸涨得更红了,一种更加强烈的又高兴又恐惧的感觉充满了他的心。他变得语无伦次起来,说了一半停住了。

皮埃尔没有注意娜塔莎,因为他怎么也没有想到会在这里看见她,而他之所以没有认出她,是因为从上次见到她以来她身上发生了很大的变化。她瘦了,脸色变得苍白了。但并不是这点使她难以辨认,他刚进门时未能认出她,因为她以前眼睛里总是隐隐地闪烁着充满生命欢乐的微笑,而在他进门后第一次看她时,她连一丝笑意也没有;他看到的只是一双神情专注、和善以及带有忧伤和疑惑的眼睛。

皮埃尔的窘态没有影响娜塔莎,她只感到高兴,这使她的整个脸显得稍稍开朗起来。

十六

"她是暂住在我这里的,"玛丽亚公爵小姐说,"伯爵和伯爵夫人过几天就要来了,伯爵夫人的情况很不好。但娜塔莎本人也需要看医生。是强迫她跟我一起来的。"

"是啊,如今还有哪家能不遭到不幸?"皮埃尔对娜塔莎说。"您知道,这事发生在我们得到解救的那一天。我看见了他。这是一个多么好的孩子。"

娜塔莎看着他,听了他的话后只把眼睛睁得更大更亮作为回答。

"还有什么安慰的话可说或什么安慰的办法可想呢?"皮埃尔说,"没有。这样充满活力的好孩子为什么要死呢?"

"是啊,现在没有信仰是很难生活的……"玛丽亚公爵小姐说。

"是的,是的。这是千真万确的真理。"皮埃尔急忙打断她的话说。

"为什么?"娜塔莎问,注意地看着皮埃尔的眼睛。

"怎么为什么?"玛丽亚公爵小姐说,"只要一想到那里等待着我们……"

娜塔莎没有听完玛丽亚公爵小姐的话,又用疑问的目光看了皮埃尔一眼。

"这是由于,"皮埃尔接着说,"只有相信上帝在主宰着我们的人,才能经受住像她……和您所遭受的损失。”

娜塔莎已张开了嘴，想要说什么，但是突然停住了。皮埃尔急忙扭过头去不看她，又向玛丽亚公爵小姐问起他的朋友生前最后几天的情况来。他的窘态现在几乎消失了；但是与此同时他觉得，他在这之前拥有的全部自由也消失了。他觉得，现在他的每句话和每个行动都有了一个法官，都在受到裁判，而这种裁判对他来说比世界上所有人的裁判都可贵。他现在一面说着话，一面考虑着自己的话会给娜塔莎留下什么印象。他并不有意说一些她可能会喜欢的话；但是不管他说什么，他都用她的观点来评判自己。

玛丽亚公爵小姐像通常那样，不大乐意地讲起她见到安德烈公爵时的情况。但是在皮埃尔的一再提问下，见到他的兴奋不安的目光和激动得发抖的面颊，便逐渐讲得详细些，而这些详细情况是她自己也害怕回忆的。

“是的，是的，是这样，是这样……”皮埃尔整个身子俯向玛丽亚公爵小姐，聚精会神地听她讲述。“是的，是的；这么说，他平静下来了？变得温和了？他一辈子都一心一意地力求做到这一点：成为一个完美无缺的人，他不会害怕死。如果说他有缺点的话，那么这缺点不是他自己造成的。这么说，他变得温和了？”皮埃尔说。“他能和您见面是多大的幸福啊！”他突然对娜塔莎说，朝她转过身去，两眼饱含泪水地看着她。

娜塔莎的脸颤动了一下。她皱起眉头，霎时间垂下了眼睛。她犹豫了一会儿：拿不定主意是说话还是不说话。

“是的，这是幸福，”她用胸音低声地说，“对我来说这确实是幸福。”她沉默了一会儿。“他……他……他也说，他在我进去看他时，正盼望着这个……”娜塔莎的声音中断了。她涨红了脸，两手紧握，撑在膝盖上，看来在竭力控制自己，突然抬起头，很快地说了起来。

“我们离开莫斯科时什么也不知道。我不敢问他的情况。突然索尼娅告诉我，他就在我们这里。我什么也没有想，也想象不出他的情况怎么样；我只需要见到他，和他在一起。”她一面说，一面颤抖着，激动得喘不上气来。她不让别人打断她的话，讲了她从来没有对任何人讲过的事，讲了三个星期来在旅途中和住在雅罗斯拉夫尔时所经受的一切。

皮埃尔张大嘴听她讲,用饱含泪水的眼睛注视着她。他在听她讲时,既不想安德烈公爵和他的死,也没有想她讲的事。他听她讲,只有一种怜惜她的感情,因为见她讲述时心里很痛苦。

公爵小姐想要忍住眼泪,便皱起了眉头,坐在娜塔莎身旁,第一次听她讲哥哥与她相爱的最后几天的情况。

看来娜塔莎很需要这样痛苦而又快乐地讲一讲她的感受。

她不停地说着,把不值一提的细节与深藏在内心的秘密搅和在一起,好像永远讲不完似的。她几次重复了同样的事情。

从门外传来了德萨尔的说话声,他问尼科卢什卡可不可以进来道声晚安。

"就这些,就这些……"娜塔莎说。在尼科卢什卡进来时她很快站起身来,几乎朝门口跑去,脑袋碰在挂着帘子的门上,不知是由于碰痛了还是由于伤心,呻吟着跑出了房间。

皮埃尔看着她出去的那扇门,不明白为什么突然觉得他一个人留在了这整个世界上。

玛丽亚公爵小姐叫他看看这时进了房间的侄儿,他才脱离了茫然若失的状态。

尼科卢什卡的脸很像他的父亲,这时心肠变软的皮埃尔见了他心里很难受,便吻了吻他,急忙站起来,掏出手绢,走到窗口。他想要向玛丽亚公爵小姐告辞,但是她留住了他。

"不,我和娜塔莎有时到夜里两点多还不睡;请您再待一会儿。我吩咐他们准备晚饭。请到楼下去;我们马上就来。"

在皮埃尔走出房间前公爵小姐对他说:

"这是她第一次这样说起他。"

十七

皮埃尔被请到灯火通明的大餐厅里;几分钟后传来了脚步声,公爵小姐和娜塔莎进来了。娜塔莎很平静,虽然她脸上又露出了没有笑容的严肃表情。玛丽亚公爵小姐、娜塔莎和皮埃尔同样都有一种在进行了严肃的和推心置腹的交谈后常有的难为情的感觉。要继续刚才的谈话是不可能了;讲一些琐事又不好意思,而默不作声心里又难受,因为都想说话,这沉默仿佛是假装出来的。他们默默地走到餐桌旁。侍仆们拉开椅子,等他们就位后又推回去。皮埃尔打开冰凉的餐巾,决定打破沉默,朝娜塔莎和玛丽亚公爵小姐看了一眼。她们显然这时也决定说说话,因为两人的眼睛里闪现出对生活感到满意的神情,认为除了痛苦外,也有欢乐。

"您喝伏特加吗,伯爵?"玛丽亚公爵小姐问,这句话一下子驱散了过去的阴影。

"请您说一说您的事,"玛丽亚公爵小姐说,"人们都在讲您的那些难以置信的奇遇呢。"

"是的,"皮埃尔带着现在常有的包含着温和的嘲讽的微笑说。"甚至有人对我本人讲那些我做梦也没有见过的奇事。玛丽亚·阿勃拉莫夫娜把我请去,对我大讲我遇到的或应当遇到的事。斯捷潘·斯捷潘内奇也教我应该如何讲述。总之,我发现做一个招人喜欢的人是很舒服的(我现在就是一个这样的人);人们请我去,对我讲我的故事。"

娜塔莎笑了笑,想说些什么。

"有人对我们说,"玛丽亚公爵小姐抢过去说,"您在莫斯科损失了二百万。这是真的吗?"

"我比过去富了两倍。"皮埃尔说。尽管由于要还妻子的债务和盖房子他的经济状况发生了变化,他仍然说他富了两倍。

"不过我无疑得到了一样东西,"他说,"这就是自由……"他说得很认真;但是发现这样说太自私,便改变主意,没有说下去。

"您在盖房子吗?"

"是的,萨维利奇要我这样做。"

"请问,您在莫斯科留下来时是否还不知道伯爵夫人去世?"玛丽亚公爵小姐问,话一出口她立刻脸红了,因为她发现,她在皮埃尔说了他得到了自由后提出这个问题,会给他的话添上它也许原来没有的意思。

"不。"皮埃尔回答道,显然并不认为玛丽亚公爵小姐对他所说的得到了自由的话的解释有什么不适当之处,"我是在奥廖尔知道的,您想象不到,这消息使我多么吃惊。我们不是模范夫妻。"他朝娜塔莎看了一眼,发现她脸上流露出好奇的神情,很想知道他对妻子有什么看法,便很快地说了一句。"但是她的死使我非常吃惊。凡是两个人吵架,总是双方都有错。而当对方已不在人世时,就会突然觉得自己的过错非常严重。再说又是那样死去的……没有朋友,听不到安慰。我非常、非常可怜她。"他说完后,高兴地发现娜塔莎脸上欣然表示赞同的表情。

"是啊,您又成了单身汉和择婿的对象了。"玛丽亚公爵小姐说。

皮埃尔突然满脸通红,很久不敢看娜塔莎。而当他下决心朝她看一眼时,他觉得她脸上的表情是冷淡、严肃,甚至是轻蔑的。

"有人对我们说,您见过拿破仑,和他说过话,有这回事吗?"玛丽亚公爵小姐问。

皮埃尔笑了起来。

"没有,从来没有见过。大家总是觉得当俘虏是到拿破仑那里做客。我不仅没有见过他,而且也没有听人说过他。和我在一起的人地位要低得多。"

晚餐结束了,皮埃尔开头不愿讲他当俘虏的事,但是逐渐讲了起来。

"听说您留下来是为了刺杀拿破仑,这是真的吗?"娜塔莎面带微笑问,"我们在苏哈列夫塔楼附近碰到您时,我就猜到了;您记得吗?"

皮埃尔承认这是事实,他从娜塔莎提这个问题开始,逐步在玛丽亚公爵小姐,尤其是娜塔莎所提问题的引导下,详细地讲起他的各种奇遇来。

开头他讲的时候眼睛里流露出他现在常有的温和地讽刺别人,尤其是讽刺自己的神情;但是后来当他讲到他见到的可怕的和痛苦的情景时,不知不觉地来了劲儿,克制着一个人在回想起给自己留下强烈印象的事情时常有的激动,接着往下讲。

玛丽亚公爵小姐脸上带着温和的微笑,时而看看皮埃尔,时而看看娜塔莎。她在这整个讲述中看到的只是皮埃尔的为人和他的善良。娜塔莎用一只手支撑着脑袋,脸上的表情随着讲述的内容而不断变化,目不转睛地注视着皮埃尔,看来她在和他一起感受着他讲的事情。不仅是她的眼神,还有她的惊呼和提出的简短的问题,都向皮埃尔表明,她从他所讲的事情中所理解的正是他要表达的东西。可以看出,她不仅理解了他讲出来的事,而且理解了他想要讲而无法用言语表达的东西。关于他为保护孩子和妇女而被捕的细节,皮埃尔是这样讲的:

"那情景可怕极了,孩子们被抛弃,有的在火里……我亲眼看见一个孩子从火里救出来……妇女们身上的东西被抢走,耳环被扯下……"

说到这里皮埃尔脸红了,踌躇起来。

"这时来了巡逻队,把所有没有进行抢劫的人,所有男人抓走了。也抓了我。"

"您一定没有全说出来;您想必做了什么事……"娜塔莎说,停了一下,"做了好事。"

皮埃尔继续往下说。他在讲到行刑时,想要绕过可怕的细节;但是娜塔莎要求他一点不落地讲出来。

皮埃尔想要讲卡拉塔耶夫(这时他已从桌旁站起来,来回走动,娜塔莎两眼注视着他),但又停住了。

"不,你们不能理解我从这个没有文化的人,从这个粗人身上学到的东西。"

"不,不,您说吧。"娜塔莎说,"他在哪里?"

"我几乎是眼看着他被打死的。"于是皮埃尔讲起他们撤退的最后几天的情况,讲起卡拉塔耶夫的病(他的嗓音不停地颤抖着)和他的死。

皮埃尔还从来没有对任何人这样讲过他的奇遇,自己还从来没有这样回想过这些事。他现在仿佛看到他所经历的一切具有新的意义。现在当他把这一切讲给娜塔莎听时,他感受到了女人们在听男人说话时所能给予的少有的愉悦——这里说的不是那些**聪明的**女人,她们在听的时候竭力想记住人家说的话用来充实自己的头脑,一有机会就搬出来说给别人听,或者把它安到自己的想法上,赶紧把她们聪明的小脑袋瓜里制造的聪明的言论发表出来;他感受到的是真正的女人给予的愉悦,这样的女人具有选择和吸收男人身上的一切美好的东西的能力。娜塔莎自己也不知道她是那样的全神贯注:她不放过皮埃尔的每一句话、声音的每一个颤动,不放过每一道目光,面部肌肉的每一次抖动,每一个手势。她不等话说出口就领会了它的意思,直接吸收进自己敞开的心中,猜测着皮埃尔内心活动的秘密。

　　玛丽亚公爵小姐理解他讲的事,同情他,但是她现在看到的是另一件吸引了她的全部注意力的事;她看到娜塔莎和皮埃尔有可能相爱并得到幸福。她第一次出现这样的想法,心里很高兴。

　　时间已是夜里三点钟。侍仆们脸色忧郁和表情严肃地来换蜡烛,但是谁也没有注意他们。

　　皮埃尔讲述完了。娜塔莎还用她那双兴奋的、闪闪发亮的眼睛继续目不转睛地看着他,仿佛还想知道他也许没有说出来的其余的事情。皮埃尔有些发窘,时而不好意思地和幸福地看看她,考虑着现在说点什么把话题转移到别的事情上去。玛丽亚公爵小姐沉默着。谁也没有想到已是夜里三点钟,该睡觉了。

　　"人们说:这是不幸,是痛苦,"皮埃尔说,"但是如果现在,此时此刻有人问我:你愿意像当俘虏前那样呢,还是愿意把所有这一切从头经受一遍?看在上帝分上,让我再当一次俘虏和吃马肉吧。我们总认为只要被抛出习惯的道路,就一切都完了;其实这时新的、好的东西才刚刚开始。只要还活着,就有幸福。来日方长,大有可为。我这是对您说的。"他转身对娜塔莎说。

　　"是的,是的,"她说,回答的完全是别的问题,"我没有别的愿望,只想把一切重新经受一遍。"

　　皮埃尔注意地朝她看了一眼。

　　"是的,我再也不想要什么了。"娜塔莎又说一遍。

　　"不对,不对,"皮埃尔喊了起来,"我活着,并且想活下去,这并不是我的过错;您也一样。"

　　娜塔莎突然低下头,两手捧着脸,哭了起来。

　　"你怎么啦,娜塔莎?"玛丽亚公爵小姐问。

　　"没有什么,没有什么。"她含着眼泪朝皮埃尔笑了笑,"再见,该睡觉了。"

　　皮埃尔站起身来告辞了。

　　玛丽亚公爵小姐和娜塔莎像平常一样,一起来到卧室里。她们谈了一会儿皮埃尔讲的事。玛丽亚公爵小姐没有说她对皮埃尔的看法。娜塔莎也没有说。

"好了,再见,玛丽,"娜塔莎说,"你知道,我常常担心,我们仿佛害怕损伤我们的感情,而不谈**他**(安德烈公爵),这样我们会把他忘了的。"

玛丽亚公爵小姐深深地叹了一口气,说明她认为娜塔莎说得对;但是口头上她并不表示同意。

"难道能忘记吗?"她说。

"我今天把一切都说出来心里很痛快;既难受和痛苦,又痛快。很痛快,"娜塔莎说,"我相信他一定很爱他。因此我对他说了……我对他说了,没有关系吧?"她突然涨红了脸问道。

"对皮埃尔说了?没有关系!他是一个很好的人。"玛丽亚公爵小姐说。

"你知道,玛丽,"娜塔莎突然面带调皮的微笑说,玛丽亚公爵小姐很久没有在她脸上看见这种微笑了,"他变得干净、整齐、有生气了;好像从浴室里出来一样,你明白我的意思吗?—— 好像精神上洗过澡一样。是吗?"

"是的,"玛丽亚公爵小姐说,"他获益匪浅。"

"短短的礼服,剪得短短的头发;就像从浴室里出来一样……爸爸有时……"

"我明白为什么**他**(安德烈公爵)最喜欢他。"玛丽亚公爵小姐说。

"是的,可是他与他是不同的。听说完全不同的男人容易成为朋友。想必这是真的。他真的一点也不像他吗?"

"是的,他是一个非常好的人。"

"好了,再见。"娜塔莎说。那调皮的微笑仿佛被遗忘了似的,久久地留在她的脸上。

十八

这一天皮埃尔很长时间未能入睡;他在房间里来回走着,时而皱起眉头,思考着什么困难的事,突然耸耸肩膀和浑身颤抖起来,时而又露出幸福的微笑。

他想着安德烈公爵,想着娜塔莎,想着他们之间的爱情,时而为她过去爱过人而吃醋,时而为此而责备自己,时而又原谅自己。已是早晨六点钟了,他仍然还在房间里走来走去。

"怎么办呢! 如果非这样不行的话! 怎么办呢! 就是说,应该这样。"他自言自语地说,匆匆忙忙脱了衣服,躺进被窝,感到幸福而又激动,但是没有疑虑和犹豫。

"不管多么奇怪,不管这种幸福多么不可能,应该尽一切努力,和她结为夫妻。"他对自己说。

皮埃尔早在几天前就确定星期五动身去彼得堡。当他在星期四醒来时,萨维利奇前来请示准备行装的事。

"怎么去彼得堡? 什么样的彼得堡? 谁去彼得堡?"他不禁这样问道,虽然像是在自言自语。"是的,很久很久以前,在这事发生前有过这样的打算,我准备到彼得堡去办事。"他回想了起来。"为了什么事情呢? 我也许真的要去。他真善良,细心,什么都记得!"他看着萨维利奇衰老的脸想道。"他笑得多么开心!"他又想。

"怎么,你还不想获得自由,萨维利奇?"皮埃尔问。

"伯爵大人,我要自由干什么? 我们在已故的老伯爵在世时——愿他升入天国——生活过得不坏,现在侍候您,也不受委屈。"

"那么孩子们呢?"

"孩子们也过得去,伯爵大人,跟着这样的主人生活,还是可以的。"

"要是将来我的子女来管你们呢?"皮埃尔说。"如果我突然结了婚……要知道这是完全可能的。"他带着情不自禁的微笑加了一句。

"我斗胆禀告伯爵大人:这是好事。"

"他想得多么容易。"皮埃尔想,"他不知道这有多么可怕,多么危险。不知是太早了还是太晚了……真可怕!"

"您有什么吩咐? 是不是明天就动身?"萨维利奇问。

"不,我要稍稍推迟一下。到那时再告诉你。麻烦你了,真对不起。"皮埃尔说,他看着萨维利奇的微笑着的脸,心里想道:"真怪,他居然不知道现在顾不上什么彼得堡,首先要决定那件事。也许他知道,只是在装傻。要和他谈谈吗? 他是怎么想的?"皮埃尔又想,"不,以后再说吧。"

在吃早饭时皮埃尔告诉大公爵小姐,说他昨天曾去看望玛丽亚公爵小姐,想不到在那里遇见了娜塔利·罗斯托娃。

大公爵小姐故意装出她看不出这消息与皮埃尔遇见安娜·谢苗诺夫娜的消息有什么不同的样子。

"您认识她吗?"皮埃尔问。

"我见过公爵小姐。"她回答道,"我听说过有人替她和小罗斯托夫做媒。这对罗斯托夫一家来说是件大好事;据说他们破产了。"

"我问的不是这个,我问您认识罗斯托夫家的小姐吗?"

"过去只听说过她的那件事。很可惜。"

"不,她要么是不明白,要么是在假装,"皮埃尔想,"最好也不对她说。"大公爵小姐也在替皮埃尔准备路上吃的食物。

"他们全都是好心人,"皮埃尔想,"他们现在干这些事一定不会再有什么兴趣,但还是干着。一切都是为了我;这真令人惊讶。"

这一天,警察局长来见皮埃尔,叫他派人到多棱宫去领取归还给原主的东西。

"这个人也一样,"皮埃尔看着警察局长的脸想道,"这是一个多么可爱和多么英俊的警官,而且很善良!**现在**还在干这种小事。而有人还说他不清廉,捞取好处。真是胡扯!不过他为什么不捞呢?他受的就是这样的教育。大家都那样做。他的脸多么和蔼可亲,看着我时脸上挂着微笑。"

皮埃尔到玛丽亚公爵小姐家去吃饭。

他坐车经过两旁都是被烧毁的房子的街道,为这些废墟的美而惊叹。房屋的烟囱和断垣残壁相互遮掩,伸展在各个大火后的街区,使人生动地想起莱茵河两岸的景色① 和古罗马圆形剧场。一路上见到的车夫和乘客、建造房屋构架的木匠、商人和小贩都一个个容光焕发,带着快乐的微笑看看皮埃尔,仿佛在说:"瞧,他来了! 让我们看看会有什么结果。"

在进玛丽亚公爵小姐家的大门时皮埃尔突然怀疑起昨天他是否真的来过这里、见到过娜塔莎以及同她说过话。"也许这是我凭空想出来的。也许我现在进去谁也见不着。"但是他还没有来得及进屋,就立

---

① 莱茵河两岸还保留着许多中世纪城堡的遗迹。

刻不由自主地整个身心都感觉到她在这里。她还像昨天那样穿着那身带着软软的褶子的黑衣服,仍梳着那种发式,但是她完全像换了一个人似的。如果昨天他在进屋时她是这个样子,他就能一下子认出她来了。

她还是他在她小时候和后来成了安德烈公爵的未婚妻时见过的那样。她的眼睛里闪烁着快乐的和询问的亮光;脸上露出亲切的和奇怪而又调皮的表情。

皮埃尔吃了饭,说不定整个晚上都会坐在那里;但是玛丽亚公爵小姐要去做彻夜祈祷,于是皮埃尔跟着她们一起去了。

第二天皮埃尔来得很早,吃了饭,在那里待了一个晚上。尽管玛丽亚公爵小姐和娜塔莎显然对客人是欢迎的,尽管皮埃尔现在的生活兴趣完全集中在这座房子里,但是到了晚上他们什么都谈到了,于是谈话从一个微不足道的小事转到另一件小事上,而且常常中断。这天晚上时间已经很晚了,皮埃尔还坐在那里,使得玛丽亚公爵小姐和娜塔莎相互交换着眼色,显然是在等待他快点走。皮埃尔看出了这一点,可是他无法让自己走。他开始觉得难受和不舒服,然而他还是坐着,因为要站起来和离开她们,他**做不到**。

玛丽亚公爵小姐看出这样坐下去没有个完,便第一个站起身来,借口偏头痛,开始告辞。

"那么说您明天要去彼得堡?"她问。

"不,不去。"皮埃尔急忙惊奇地、仿佛有点生气地回答。"您说去彼得堡吗?明天走;不过我现在还不告别。我还要来问有什么事要叫我办。"皮埃尔站在玛丽亚公爵小姐面前说,满脸通红,还不肯走。

娜塔莎向他伸出手告别,然后出去了。玛丽亚公爵小姐则相反,她没有走,反而在圈椅里坐下,用她闪闪发光的深沉的目光严肃地和注意地看了皮埃尔一眼。她在这之前显示出来的倦意,这时完全消失了。她深深地叹了一口气,仿佛在做长谈的准备。

皮埃尔的困窘和羞涩在娜塔莎走后全部一下子消失了,变得异常激动和兴奋。他迅速把圈椅挪到离玛丽亚公爵小姐很近的地方。

"是的,我就想对您说,"他说,仿佛回答她的话那样回答她的目光,"公爵小姐,请您帮助我。我该怎么办呢?我能抱一线希望吗?公爵小姐,我的朋友,请您听我说。我全都知道。我知道我配不上她;我

知道现在不能谈这事。但是我愿意做她的兄长。不,我不愿意……我
不能……"

他停住了,用手擦了擦自己的脸和眼睛。

"您听我说,"他接着说,看来是在控制自己,以便把话说得连贯
些,"我不知道是从什么时候爱上她的。但是我只爱她一个人,一辈
子只爱她一个人,没有她,我无法想象自己将如何生活。我现在不敢
向她求婚;但是一想起她也许能成为我的妻子,而我却放过了这个机
会……机会……就觉得可怕。您说,我能抱这样的希望吗?您说,我该
怎么办呢?亲爱的公爵小姐。"他停了一会儿,碰碰她的手说,因为她
没有回答。

"我正在考虑您对我说的话。"玛丽亚公爵小姐回答道,"请听我对
您说。您说得对,现在对她表白爱情……"公爵小姐停住了。她想要
说现在对娜塔莎表白爱情是不行的;但是她停住了,因为两三天来看
到娜塔莎突然变了样,如果皮埃尔对她表白爱情,她不仅不会生气,而
且也许正希望这样做呢。

"现在对她说……是不行的。"玛丽亚公爵小姐仍然这样说。

"那么我该怎么办呢?"

"把这件事交给我,"玛丽亚公爵小姐说,"我知道……"

皮埃尔看着玛丽亚公爵小姐的眼睛。

"说呀,说呀……"他催道。

"我知道她爱您……不,她会爱上您的。"玛丽亚公爵小姐纠正自
己的话说。

她还没有说完这句话,皮埃尔就跳了起来,面带惊恐的神色抓住
玛丽亚公爵小姐的一只手。

"您为什么这样认为?您认为我能抱希望吗?您就这样认为?!"

"是的,我这样认为。"玛丽亚公爵小姐微笑着说,"您给她的父母
写封信。就把这事交给我。我在适当的时候对她说。我愿意成全这事。
我心里觉得这事能成。"

"不,这不可能!我是多么幸福啊!但是这不可能……我是多么幸
福啊!不,这不可能!"皮埃尔吻着玛丽亚公爵小姐的手说。

"您去彼得堡吧;这样更好些。我会给您写信的。"她说。

"去彼得堡？到那里去？好吧，我就去。明天我能上您这里来吗？"

第二天皮埃尔前来告别。娜塔莎与前几天相比不那么活跃；但是这一天皮埃尔间或看她一眼时，感觉到他自己这个人正在消失，无论是他还是她都不再存在了，有的只是幸福的感觉。"难道真是这样？不，不可能。"他自言自语地说，她的每道目光、每个手势、每句话都使他的心里充满喜悦。

他在和她告别时，拉住她的一只纤细瘦小的手，情不自禁地把它多握了一会。

"难道这只手，这张脸，这双眼睛，所有这些不属于我的女性魅力的珍宝将永远成为我的、习以为常的东西，就像我自己对自己那样？不，这不可能！……"

"再见了，伯爵，"她大声地说道，"我盼望您快点回来。"她低声加了一句。

这几句简单的话以及说话时的目光和面部表情，在此后两个月的时间里成为皮埃尔进行无尽的回忆、解释和幸福的幻想的内容。"我盼望您快点回来……对啦，对啦，她怎么说来着？是的，说的是我盼望您快点回来。啊，我是多么幸福啊！这是怎么回事，我是多么幸福啊！"皮埃尔自言自语地说。

十九

现在皮埃尔的心情，与他在类似情况下向埃莱娜求婚时的心情没有一点相似的地方。

他没有像当时那样非常羞愧地重复他说的话，没有对自己说："唉，我为什么不说这话，为什么要在当时说'我爱你'呢？"现在恰好相反，他在心里重复着她和自己的每句话，仔细地回忆着面部的表情和微笑，既不减少，也不增加，只想重复这些话。他现在对自己这样做是好还是坏，没有一丝一毫的怀疑。他只有时在头脑里出现一个可怕的疑问。这一切是否是在做梦？玛丽亚公爵小姐有没有看错？我是否过于高傲和自信？我信以为真；突然也许会发生这样的事，玛丽亚公爵小姐对她说了，而她却笑了笑回答道："真怪！他也许弄错了。难道他不知道他不过是一个普普通通的人,而我呢？……我完全不同,非常高贵。"

皮埃尔脑子里经常出现的只是这个疑问。他现在也不作任何的计划。他觉得眼前的幸福是那么不可思议,只要这事一实现,以后什么事也不可能有了。一切都完成了。

皮埃尔认为自己是不会高兴得发疯的,可是现在他突然处于这种状态。他觉得不仅对他一个人来说,而且对全世界来说,人生的全部意义只在于他爱她和她可能爱他之中。有时他觉得所有的人只忙着做一件事——为他未来的幸福而奔忙。他有时还觉得所有的人都像自己一样高兴,不过他们竭力掩盖高兴的心情,假装忙于其他的事情。他在人们的一言一行中都看到对他的幸福的暗示。他的目光和笑容常常使遇见他的人感到惊奇,因为显得幸福而又意味深长,流露出与他们心意相通、心照不宣的神情。但是当他明白别人可能不知道他的幸福时,他从心底里为他们而感到惋惜,很愿意对他们进行解释,说他们忙活的事完全是不值得注意的微不足道的小事。

当人们建议他出任公职时,或者当人们讨论国家大事和战争等大问题、谈到某一事件的这样或那样的结局关系到所有人的幸福时,他总是面带温和同情的微笑听着,他发表的怪论往往使那些和他说话的人吃惊。但是无论是那些皮埃尔觉得理解人生的真正意义、即理解他的感情的人也好,还是那些不懂得这一点的可怜的人也好——他都认为所有这些人在这段时间里都被他内心的感情所发射出的明亮的光所照亮,他在遇见任何一个人时,可以毫不费力地看到他身上的好的和值得爱的东西。

他在处理亡妻的事务和阅读各种文件时,除了为她不知道他现在体验到的幸福而感到惋惜外,没有任何别的感情。瓦西里公爵现在因获得了新的职位和星章,显得特别高傲,而在他看来不过是一个令人感动的、和善的和可怜的老头而已。

皮埃尔后来经常回想起这个幸福的发狂的时候。这个时期他对人们和环境的见解,他认为永远是正确的。他后来不仅没有放弃这些对人对事的看法,相反,在内心出现怀疑和矛盾时求助于他在发狂的时期的观点,并且发现这观点永远是正确的。

"也许,"他想,"我当时确实使人觉得古怪和可笑;但是我当时并不像看起来那样失去理智。相反,我当时比任何时候都要聪明和敏锐,明白生活中值得弄明白的一切,因为……我很幸福。"

皮埃尔的发狂在于,他没有像以前那样在看到人们身上被他称为优点的这些理由后才爱他们,现在爱充满了他的心,于是他在毫无理由地爱人们的同时,总能找到值得爱他们的无可怀疑的理由。

二十

娜塔莎在第一次见面的那个晚上,在皮埃尔走后曾带着快乐的和讽刺的微笑对玛丽亚公爵小姐说,他很像从澡堂里出来一样,短短的礼服,剪得短短的头发,从那个时刻起,隐藏在她内心的一种她自己也不清楚的、但是无法克服的感情苏醒了。

她身上所有的一切,包括面孔、步态、目光和说话的声音,突然全都变了。她自己也没有料想到的生命力和对幸福的希望浮现了出来,要求满足它们的需要。娜塔莎从那第一次见面的晚上起,仿佛忘记了她发生过的一切。从那时起,她一次也没有抱怨过自己的处境,只字不提过去的事,已经不怕快快活活地为未来作打算了。她很少说到皮埃尔,而当玛丽亚公爵小姐提起他时,她眼睛里早已熄灭的火花重新点燃起来,嘴角露出奇怪的微笑。

娜塔莎发生的变化开头使玛丽亚公爵小姐感到惊讶;而当她明白了这变化意味着什么时,又感到伤心。"难道她对哥哥这样无情无义,这么快就能把他忘了。"玛丽亚公爵小姐独自思考这样的变化时想道。但是当她和娜塔莎在一起时,并不生她的气,也不责备她。充满娜塔莎全身的那股苏醒了的生命力显然无法遏止,同时也出乎她本人的意料,这使得玛丽亚公爵小姐在娜塔莎面前觉得自己甚至在心里也无权责备她。

娜塔莎一心一意地完全沉浸在这种新的感情里,也不想加以掩饰,她现在并不伤心,而是感到高兴和快活。

当玛丽亚公爵小姐夜里同皮埃尔谈话后回到自己房间时,娜塔莎在门口迎接她。

"他说了？是吗？他说了？"她反复地问。一种快乐的、同时又为这种快乐请求原谅的可怜的表情停留在娜塔莎脸上。

"我曾想到门口来听；但是我知道您会告诉我的。"

不管对玛丽亚公爵小姐来说娜塔莎看着她的目光如何可以理解和如何使她感动，不管她看到娜塔莎很激动时心里如何同情她，但是娜塔莎的话最初还是使她感到像受到侮辱一样。这是因为她想起了哥哥和他的爱情。

"但是有什么办法呢！她不能不这样。"玛丽亚公爵小姐想道；于是她脸上带着伤心而又有点严肃的表情把皮埃尔对她说的话一五一十全都告诉了娜塔莎。娜塔莎听说皮埃尔要去彼得堡，感到很惊讶。

"去彼得堡？"她像没有听明白一样，又问了一遍。她仔细看了看玛丽亚公爵小姐脸上伤心的表情，猜到了她伤心的原因，突然哭了起来。"玛丽，"她说，"教教我，我该怎么办。我担心干出傻事来。你怎么说，我就怎么做；教教我吧。"

"你爱他吗？"

"是的。"娜塔莎低声说。

"你哭什么呢？我为你感到高兴。"玛丽亚公爵小姐说，娜塔莎这一哭，她已完全原谅她的快乐了。

"这事不会很快，不过总会有这一天。你想想，等到我成为他的妻子，而你嫁给尼古拉时，那该是多么幸福啊。"

"娜塔莎，我曾求过你不要谈这个。我们只谈你的事。"

她们沉默了一会儿。

"可是他究竟为什么要去彼得堡！"娜塔莎突然说道，接着自己急忙回答自己说，"不，不，他应当去……是吗，玛丽？应当去……"

第五卷

Война и мир

第一部

一

一八一二年后,七年过去了。欧洲的波涛汹涌的历史海洋平静下来了。它看起来已风平浪静;但是推动着人类的神秘力量(这力量之所以神秘,是因为我们不知道决定它的运动的规律)在继续活动着。

虽然历史海洋的表面看起来是静止不动的,但是人类也像时间的运行一样,不停地前进着。人们结成的各种不同集团分分合合;促使各个国家形成和解体,各个民族迁徙的原因在不断酝酿着。

历史的海洋不像以前那样,滚滚浪涛从此岸涌向彼岸;现在它在深处翻腾着。历史人物也不像以前那样,被波浪从此岸冲向彼岸;现在他们似乎在一个地方打转。历史人物以前指挥军队,通过发布关于战争和行军作战的命令反映群众的运动,现在则用各种政治的和外交的意图、法律、条约等来反映翻腾的运动……

历史学家们把历史人物的这种活动称为**反动**。

历史学家们认为这些历史人物是造成他们称为**反动**的现象的原因,他们在描述这些人的活动时,对他们进行严厉的谴责。当时所有的著名人物,从亚历山大和拿破仑到斯塔尔夫人、福季①、谢

---

① 福季,出家前姓斯帕斯基(一七九二——一八三八),俄国宗教活动家。曾任尤里耶夫修道院院长,与阿拉克切耶夫关系密切,对亚历山大一世的政策产生过影响。

林 ①、费希特 ②、夏多布里昂 ③ 等人,都受到他们严厉的审判,根据他们对**进步**或**反动**所起的作用或宣告无罪,或被定罪。

根据他们的描述,俄国这一时期也发生了反动,这反动的主要发端者是亚历山大一世,然而同样根据他们的描述,亚历山大一世又是他在位时期的自由主义措施的倡导者和拯救了俄国的人。

在现在的俄国出版物中,从中学生到有学问的历史学家,人人都在谴责亚历山大一世,说他在他在位的这个时期许多事情做得不对。

"他应当这样做和那样做。在这种情况下他做得好,在另一种情况下做得不好。他在当政的初期和在一八一二年表现得很好;但是他给了波兰一部宪法 ④,建立了神圣同盟 ⑤,给了阿拉克切耶夫很大权力 ⑥,鼓励戈利岑 ⑦ 和神秘主义,后来又鼓励希什科夫 ⑧ 和福季,这就做得不好了。他过问前线的部队,做得很糟;他解散了谢苗诺夫团 ⑨,也做得不对,等等。"

要把历史学家们根据他们所掌握的关于人类幸福的知识对亚历山大一世所做的所有责备全部列举出来,可以写满十张纸。

这些责备意味着什么呢?

亚历山大一世的那些受到历史学家们赞同的作为,例如在位时期的自由主义举措、与拿破仑的斗争、一八一二年表现出来的坚定性、

---

① 谢林(一七七五—一八五四),德国哲学家。

② 费希特(一七六二—一八一四),德国哲学家。

③ 夏多布里昂(一七六八—一八四八),法国作家,曾积极参加当时的政治活动,除文学作品外,发表了《论古今革命》《论波旁和波旁王室》等政治性著作。

④ 一八一四年至一八一五年维也纳会议后,波兰又遭瓜分,大部分领土组成波兰王国,附属俄国。亚历山大一世于一八一五年十一月签署了波兰王国宪法。

⑤ 神圣同盟是拿破仑失败后在沙皇亚历山大一世倡议下,俄、奥、普三国君主于一八一五年九月二十六日在巴黎发表宣言建立的联盟,后来欧洲大多数国家都参加了这个同盟。

⑥ 当时阿拉克切耶夫掌握了整个国务会议以及大臣委员会和沙皇办公厅的领导权,从一八一五年起操纵了俄国的内政。

⑦ 戈利岑,见第一卷第一部第四章注。他从一八一七年起任宗教事务和国民教育大臣。

⑧ 希什科夫,见第三卷第一部第三章注。此处提到他时,他任俄国科学院院长,在学术、政治和文化方面鼓励保守倾向。

⑨ 谢苗诺夫团的士兵因受到虐待,于一八二〇年十月发生哗变。主谋受到严厉惩罚,随即该团被解散。

一八一三年的远征等,以及那些受到他们谴责的行为,例如建立神圣同盟、重建波兰、二十年代的反动等,难道不都是从同一根源,即从形成亚历山大现有个性的血统、所受教育、生活等条件产生的吗?

这些责备的实质在于什么呢?

实质在于,像亚历山大一世这样的站在人类权力可能达到的顶峰上的历史人物仿佛处于集中在他身上的令人目眩的历史之光的焦点;这个人物受到与权力不可分的阴谋、欺骗、阿谀奉承、自我陶醉等的世上最强有力的影响;这个人物在其一生的任何时刻都感觉到自己对欧洲发生的一切负有责任,这个人物不是虚构的,而是有血有肉的人,像每个人一样,有自己的习惯,爱好,对真善美的追求——这个人五十年前与其说是缺乏美德(历史学家们对这一点并不提出责备),不如说是不具有现在的教授所具有的关于人类幸福的观点,因为教授从年轻时起就研究学问,阅读各种书籍和讲义,并把其中某些内容抄在本子里。

但是如果假定亚历山大一世五十年前关于什么是人民的幸福的看法错了,那么也应当假定那个指摘亚历山大的历史学家对什么是人民的幸福的看法在过了若干时间后同样也将是错的。由于我们在考察历史的发展时看到关于什么是人民的幸福的看法正在随着时间一年年过去和新的著作家的出现而变化,因此作上述假定就更显得自然和必要了;原来觉得是福的东西,十年后会觉得是祸;反之亦然。此外,我们同时可在历史上看到关于什么是祸和什么是福的完全对立的观点:一些人认为给波兰一部宪法和建立神圣同盟是亚历山大的功绩,另一些人为此而谴责他。

在谈到亚历山大和拿破仑的活动时,不能说它是有益的或有害的,因为我们说不出它对什么有益和对什么有害。如果有人不喜欢这种活动,那么他不喜欢只是由于这活动不符合他对什么是幸福的狭隘的理解。无论是一八一二年我父亲在莫斯科的房子保全了下来还是俄国军队获得了光荣,无论是彼得堡大学和其他大学欣欣向荣还是波兰获得了自由,无论是俄国变得强大起来还是欧洲出现了均势和取得了文明进步——不管我是否认为这些事实是福,我都得承认,任何历史人物的活动除了这些目的外,还有其他的、更具有普遍意义的和我所不了解的目的。

但是姑且让我们假定所谓的科学有可能调和所有矛盾以及具有衡量历史人物和事件好坏的尺度。

假定亚历山大能够换一种方式来做这一切。假定他能够按照那些责难他的人和那些声称知道人类运动最终目的的人的指示行动,能够根据指摘他的人给他的人民性、自由、平等和进步的纲领(别的纲领似乎是没有的)办事。假定可能有这样的纲领并已制定出来,而且亚历山大按照这纲领行动。那么所有那些反对当时政府方针的人所进行的、历史学家们认为好的和有益的活动还剩下什么呢? 这样的活动就不会有;生活就不会有;什么也不会有。

如果假定人类生活能受理智的支配,那么生活存在的可能性就会消失。

二

如果像历史学家设想的那样,认为是伟大人物引导人类去达到一定的目的——这些目的或在于增强俄国或法国的国威,或在于实现欧洲的均势,或在于传播革命思想,或在于求得普遍进步,或在于任何其他方面——那么不用**偶然性**和**天才**这两个概念,就无法理解各种历史现象。

如果说十九世纪初欧洲的历次战争的目的在于增强俄国的国威,那么这目的在没有此前的历次战争和不进行侵略的情况下就可达到。如果目的在于增强法国的国威,那么这目的不进行革命和不建立帝国也可达到。如果目的在于传播革命思想,那么通过出版书籍能比通过派遣士兵把这件事做得好得多。如果目的在于文明进步,那么很容易设想,除了用消灭人和他们的财富的方法外,还有可用来传播文明的更加适当的途径。

为什么这事这样发生了,而不是那样发生呢?

因为就这样发生了。历史告诉我们:"**偶然性**创造时势;**天才**利用时势。"

但是**偶然性**是什么? **天才**是什么?

偶然性和天才这两个词并不表示实际存在的东西,因此无法加以确定。这两个词只表示理解各种现象的一定程度。我不知道为什么发生这样的现象;我认为我无法知道;因此我不想知道,就说这是偶然性。我看见一种产生着与全人类本性不相称的行为的力量;不知道为什么这样,于是就说:这是天才。

如果一只羊每天晚上被羊倌赶到一个特殊的羊圈去喂养,变得比其他的羊肥一倍,那么这群羊一定会觉得它是天才。恰恰是这只羊每天晚上不去公共的羊圈,而到特殊的畜栏去吃燕麦,同时,恰恰是这只羊长得很肥,被作为肉羊屠宰,应当认为这是天才与一系列不寻常的偶然性的惊人的结合。

但是只要这些羊不再认为对它们所做的一切只是为了达到它们羊的目的;只要想到它们发生的所有事情可能具有它们不理解的目的,它们立刻就会看到那只喂肥的羊所发生的事的统一性和一贯性。即使它们并不知道为了什么目的喂肥它,它们至少也会知道这只羊所发生的一切并不是偶然的,对它们来说,无论是偶然性还是天才的概念都已经不需要了。

只要丢开眼前的、可理解的目的,承认我们不可能知道最终目的,我们就会看到历史人物的一生的连贯性和合理性;我们就会明白他们的那种不符合全人类本性的行为的原因,我们也就不需要偶然性和天才这些字眼了。

只要承认我们不了解欧洲各族人民骚动的目的,只知道先在法国,后来在意大利、非洲、普鲁士、奥地利、西班牙和俄国发生了屠杀的事实,承认各个民族从西向东和从东向西的运动构成这些事件的本质和目的,那么我们不仅不必去看拿破仑和亚历山大的性格的独特性和天才,而且不能把他们想象为与所有其余的人有所不同的人;不仅不需要用偶然性来解释那些使他们成为这样的人的各种小事,而且会看到所有这些小事是必然的。

我们如果放开最终目的,那么就会清楚地知道,正如一种植物有它的花和种子,无法想出更适合于它的花和种子一样,也无法想出另外两个其过去的经历如此符合、连最小的细节都合乎他们所担负的使命的人。

三

十九世纪初欧洲发生的各种事件的主要的、本质的内容,是欧洲各国武装起来的民众先从西向东运动,后又从东向西运动。这种运动是从西向东开始的。西方各个民族要像他们所做的那样全副武装到达莫斯科,必须做到以下几点:第一,他们必须成为一个能与东方的军事集团相抗衡的大军事集团;第二,他们应当放弃一切已有的传统和习惯;第三,在东征时要有一个首领,此人应能替自己和替他们承担东征时将要发生的欺骗、抢劫和杀人等行为的责任。

从法国革命开始,旧的、不甚大的集团崩溃了;旧的习惯和传统消失了;逐步形成具有新的规模的集团以及新的习惯和传统,同时造就着应能领导未来的运动并对可能发生的事承担全部责任的人。

一个没有信念、没有习惯、没有传统、没有名望,甚至不是法国人的人①,利用看来是很奇怪的机遇,在那些在法国掀起层层波浪的党派之间穿行,不依附其中的任何一个党派,爬到了显著的地位上。同僚们的愚昧无知,对手们的软弱无能,这个人的善于撒谎以及才智有限却又表现得高人一头和自信,使他成为军队的首领。意大利军队的出色的士兵②、敌人的缺乏斗志、孩子气的大胆和自信,又使他获得了军事上的声誉。无数的所谓偶然性处处都伴随着他。他失宠于法国执政者③,反而对他有利。他试图改变命中注定要走的道路,但没有成功;他曾想来俄国服役,然而未被接受;他也未被派到土耳其去任职④。在意大利的历次战争中,他几次处于死亡的边缘,但是每次都出乎意外地获救。俄国军队,即那支能毁掉他的声誉的军队,出于各种外交上的考虑,在他离开那里之前没有进入欧洲⑤。

他从意大利回来后,发现巴黎的政府处于崩溃的过程中,参加这

---

① 指拿破仑,他出生于科西嘉岛阿亚克肖市的一个小贵族的家庭。
② 拿破仑在其活动的初期曾指挥过意大利军队,取得了相当大的战绩。
③ 一七九四年热月事变后,拿破仑曾一度被捕,被监禁了两个星期。
④ 拿破仑于一七九四年八月底曾请求派他到土耳其去当军事顾问,未获准。
⑤ 一七九九年苏沃洛夫统率俄军远征意大利时,拿破仑已于一年多前离开那里。

个政府的人必然会遭到清洗和消灭。他自然而然地找到了摆脱这危险处境的出路,这就是毫无意义地和无缘无故地去远征非洲①。所谓的偶然性又伴随着他。难以攻克的马耳他不放一枪就投降了;最轻率的作战行动都获得了成功。事后不放过一只小船的敌舰队,居然让他全军通过②。在非洲,对几乎是手无寸铁的居民施加了一系列暴行。而施加这些暴行的人,尤其是他们的领导者,力图使自己相信这好得很,这是光荣,这种行为像恺撒和马其顿国王亚历山大,因此这很好。

在非洲,自由自在地形成了一种应当用来指导这个人以及同他在一起的人的理想—— 这种**光荣和伟大**的理想在于,不仅不认为任何事对自己来说是坏的,而且为自己的每一个罪行而自豪,并赋予它以某种不可理解的超自然的意义。不管他做什么,都成功了。鼠疫没有传染他③。虐杀俘虏的残暴行为没有归咎于他②。他像孩子一样轻率地、无缘无故地和不光明正大地离开非洲,扔下患难中的伙伴③,却被认为是他的功绩,敌人的舰队又两次放过了他。当他完全陶醉于他侥幸地犯下的罪行,已为扮演他的角色做好了准备,毫无目的地来到巴黎时,那个一年前可能毁了他的共和政府这时已完全分崩离析,他作为置身于党派之外的新人出现,只能提高他的声望。

他没有任何计划;他什么都害怕;但是各个党派抓住他,要求他参加。

只有他一个人,只有像他这样在意大利和埃及形成了光荣和伟大的理想、自我崇拜达到疯狂的程度、有犯罪的胆量和撒谎的本领的人,才能担当起将要发生的事。

那个等待着他的位置需要他,因此虽然他犹豫不决,没有计划,犯有各种错误,但是他几乎是不以他的意志为转移地参加到了以掌握政

---

① 拿破仑于一七九八年五月出发远征非洲。
② 在地中海游弋的英国舰队在暴风雨中放过了拿破仑的船队,后追过了它而没有发现它。
③② 见第一卷第一部第四章注。
③ 拿破仑于一七九九年八月未经督政府许可擅自离开了处境十分困难的军队。
④ 这指的是一七九九年的雾月政变。
⑤ 这里说的是拿破仑于十一月十日到巴黎郊区圣克鲁去参加元老院和五百人院会议的情况。

权为目的的阴谋中去,而这阴谋成功了④。

他被拉去参加执政者的会议⑤。他惊慌失措,想要逃走,认为自己完了;他假装晕过去了;嘴里说着一些想必会使他丢了性命的毫无意义的话。但是法国的那些以前机灵和高傲的执政者们现在觉得他们的戏演完了,显得比他还要慌张,说的不是他们为了保持政权和消灭他而应该说的话。

偶然性,千百万种**偶然性**给了他权力,所有的人仿佛商量好似的,帮助确立这权力。**偶然性**造成了法国当时的执政者的性格,使他们服从他;**偶然性**造成了保罗一世的性格,使他承认他的权力;**偶然性**使得针对他的阴谋不仅没有对他造成损害,反而巩固了他的权力①。**偶然性**把当甘公爵送到他手上,并无意地迫使他杀了他②,从而比任何其他手段都更有力地使人们相信他有权,因为他有势力。**偶然性**使他竭尽全力远征英国(这样做显然会毁了他)的意图永远得不到实现,而无意之中去进攻不战而降的马克和奥地利人。**偶然性**和**天才**使他在奥斯特利茨取得了胜利,所有的人,不仅是法国人,而且包括除不参加将要发生的事件的英国以外的整个欧洲,尽管以前对他的罪行感到恐惧和厌恶,现在都承认他的权力,都承认他给予自己的称号和他的伟大和光荣的理想,大家都觉得这理想是某种美好的和合理的东西。

西方的势力好像在试一下自己的实力和为即将开始的远征作准备似的,于一八〇五年、一八〇六年、一八〇七年和一八〇九年几次东进,在这过程中不断增强和壮大。一八一一年,在法国形成的一个人群与中欧各国人民汇成一个巨大的集团。随着这个集团人数的增加,用以证明那个领导这行动的人做得正确的力量得到进一步的发展。在采取大规模行动前的十年准备时间内,此人与欧洲所有头戴王冠的人联合在一起。世界上被揭露的统治者无力对抗拿破仑的那个没有意义、没有任何合理内容的**光荣**和**伟大**的理想。他们一个个地向他显示自己的渺小。普鲁士国王派自己的妻子去奉承这个伟人,

---

① 这里说的是一八〇三年卡杜达尔等人策划的一次反拿破仑的阴谋。拿破仑将其粉碎后,进一步巩固了自己的地位,并于翌年称帝。

② 见第一卷第一部第一章注。

以博取他的欢心；奥地利皇帝则认为此人与他金枝玉叶的女儿结亲是莫大的荣幸①；教皇这位各国人民的圣物的保护者利用宗教来抬高这个伟人的身价。与其说是拿破仑本人让自己做好扮演他的角色的准备，不如说是周围的人促使他承担起正在发生的和将要发生的事的责任。他干的每一件事，犯下的每个罪行或每一个小小的骗局，在他周围的人的嘴里立刻被变成伟业。德国人为他想出的最好的庆典，是庆祝耶拿和奥尔施泰特的胜利②。不仅他伟大，他的祖先、他的兄弟、他的养子、他的妹夫也都伟大。一切事情的发生都是为了剥夺他最后的一点理性，让他作好扮演可怕的角色的准备。当他准备好后，力量也准备好了。

侵略军直奔东方，到达了最终的目的地莫斯科。这个故都被占领了；俄国军队的损失比敌军以前从奥斯特利茨到瓦格拉姆的历次战争中所受的损失要大。但是突然那些使他在走向既定目标的道路上至今一直不断取得胜利的**偶然性**和**天才**消失了，出现了无数相反的**偶然性**——从波罗金诺战场上的伤风感冒到严寒的降临和焚毁了莫斯科的火星；而**天才**也为无与伦比的愚蠢和卑劣所代替。

侵略军逃跑了，忙着往回走，一再地逃跑，现在所有偶然性已不向着他们了，而是跟他们作对。

于是出现了从东向西的相反的运动，它与原先的从西向东的运动有引人注目的相似之处。在这大规模的运动之前，一八〇五——一八〇七年——一八〇九年作过同样的从东向西运动的尝试；也结合成了一个非常巨大的集团；中欧各国人民也参加到运动中来；在中途有过同样的动摇，随着目标的日益接近，速度也同样地加快。

终于到了最后目的地巴黎。拿破仑的军队和政府垮台了。拿破仑本人再也没有意义了；他的所有行动显然是可鄙而又可恶的；但是又出现了无法解释的偶然性：盟国痛恨拿破仑，认为他是造成他们遭受灾难的原因；他失去了力量和权力，他的暴行和阴谋诡计被揭露，照理他们应当像十年前和一年后那样，把他看作是一个不受法律保护的强

---

① 见第二卷第五部第一章注。

② 一八〇六年十月，拿破仑在耶拿和奥尔施泰特大败普鲁士军队。

盗。但是由于某种奇怪的偶然性,谁也不这样认为。他的戏还没有演完。他们把这个十年前和一年后被认为是不受法律保护的强盗的人送到一个离法国两天航程的岛上①,把这个岛交给他管辖,让他带上卫队,不知为了什么还给了他几百万金钱。

四

各族人民的运动开始平息下来了。大规模运动的波浪退落了,在平静的海面上形成了一圈圈的浪纹,外交家们随着它们打转,自以为运动是他们平息下去的。

但是平静的海面又突然掀起了波涛。外交家们觉得他们和他们未取得一致意见是出现这次新的风浪的原因;他们预料他们的君主之间会发生战争;在他们看来,这样的状况无法改变。但是他们感觉到的波浪并不来自他们预料的方向。掀起的波浪同样来自运动的出发点巴黎。从西向东的运动产生了最后的余波;这余波应当解决人们觉得无法解决的外交难题和结束这个时期军事行动。

那个毁了法国的人,没有搞什么阴谋,没有率领士兵,单独一个人来到了法国②。每个卫兵都能抓住他;但是由于奇怪的偶然性,不仅谁也没有抓他,而且大家都兴高采烈地欢迎他,尽管一天前他们还在咒骂他,一个月后又将咒骂他。

这个人对共同演好最后一场戏来说还是必要的。

这场戏演了。最后一个角色演完了。演员奉命卸装,洗去粉墨和油彩:再也不需要他了。

几年过去了,在这期间这个人孤独地待在他的岛上,自己给自己演着可怜的喜剧,耍小聪明,说假话,在已经不需要辩护时还为自己的行为辩护,让全世界都看到,他在受一只无形的手牵着走时被人们看作是力量的是什么东西。

---

① 盟军进入巴黎后,拿破仑被迫于一八一四年四月宣布退位,盟国把他送到离科西嘉岛五十公里的厄尔巴岛,并把这个小岛交给他管辖。
② 这里说的是一八一五年三月一日拿破仑从厄尔巴岛回到法国后第二次登基的情况。

演出的主持者在戏收场和演员卸装后,把演员叫出来给我们看。

"你们瞧,你们相信的是什么! 这就是他! 现在你们看见了吧,不是他,而是**我**在调动你们的感情!"

但是被运动的力量弄得头晕目眩的人们很久不明白这一点。

亚历山大一世这个领导从东向西反方向运动的人物的一生,显得有更大的一贯性和必然性。

对这个把别人排挤掉,自己站在从东向西的运动前头的人来说,需要有什么呢?

需要有正义感,有对欧洲事务的关心,但不是直接干预,不受微小利益的诱惑;需要比他的伙伴们—— 当时各国的君主—— 精神上高出一头;需要有温和的和富有魅力的个性;需要有对拿破仑的个人恩怨。这一切亚历山大一世全都有;这一切是由他过去一生中无数的所谓**偶然性**造成的,其中既包括所受的教育、采取的自由主义的举措和周围的顾问,也包括奥斯特利茨战役、蒂尔西特和爱尔福特的会晤。

在人民战争期间,这个人物无所作为,因为不需要他。但是当全欧战争的必然性一出现,这个人物马上就在自己位置上露面了,他把欧洲各国人民联合起来,引导他们奔向一个目的。

目的达到了。在一八一五年的最后一次战争后,亚历山大处于一个人可能达到的权力的顶点。那么他是怎样使用权力的呢?

亚历山大一世这个使欧洲实现安定的人,年轻时就力图为本国人民谋福利,第一个在自己的国家倡导自由主义的新措施,现在他似乎掌握着最大的权力,从而有可能为本国人民造福,而拿破仑还在流放地拟订各种幼稚可笑的和骗人的计划,声称他如果拥有权力就能使人类得到幸福,就在这时亚历山大一世觉得自己完成了使命并感觉到上帝在引导自己,突然认为这虚假的权力微不足道,厌弃它,把它交到了他所蔑视的卑鄙小人手中,只说:

"'荣耀不要归与我们,不要归与我们,要归在你的名下!'[①]我是和你们一样的人;让我像普通人那样生活,考虑自己的灵魂和上帝吧。"

---

① 语出《圣经·旧约》中的《诗篇》第一一五篇。根据亚历山大一世的意思,在一八一二年卫国战争纪念章上刻了这句话。

太阳和以太①的每个原子都是自身完整的球体,同时只是那个大约使人无法理解的整体的一个微粒,同样,每个人都抱有自己的目的,同时这些目的是为人无法理解的总的目的服务的。

一只落在花上的蜜蜂蜇了一个孩子。孩子害怕蜜蜂,说蜜蜂的目的在于蜇人。诗人观察着钻入花萼的蜜蜂,说蜜蜂的目的在于吸花的香气。一个养蜂人发现蜜蜂采集花粉并带回蜂房,说蜜蜂的目的在于采蜜。另一个养蜂人更加仔细地研究了蜂群的生活,说蜜蜂采集花粉是为了喂幼蜂和供养蜂王,其目的是为了繁育后代。一个植物学家看见蜜蜂携带花粉从雌雄异株植物的花飞到雌蕊上,使它受粉,便认为这就是蜜蜂的目的。另一个植物学家在观察植物的杂交生成时看到蜜蜂有助于这种杂交生成,他可以说,这就是蜜蜂的目的。但是蜜蜂的最终目的并不限于人的智力可以揭示的这个、那个或第三个目的。人的智力在揭示这些目的时达到的程度愈高,也就更加明显地觉得最终目的无法理解。

人只能观察蜜蜂的生活与其他生活现象的相应性。对历史人物和各族人民的目的也应这样看。

五

娜塔莎于一八一三年嫁给了别祖霍夫,她的婚礼是老罗斯托夫家里最后的一件喜事。这一年伊里亚·安德烈耶维奇伯爵去世了,并且如同常见的那样,他一死,这个旧家庭也就解体了。

前一年发生的事,如莫斯科的大火,从莫斯科的出逃,安德烈公爵之死和娜塔莎的绝望,彼佳的牺牲和伯爵夫人的悲痛等等——所有这一切像一个接一个的打击一样,落在老伯爵的头上。他似乎不明白和感到自己无法弄明白所有这些事件的意义,精神上低下了他老年人的头,仿佛等待着和祈求着新的打击来结束他的生命。他时而惊慌失措和茫然若失,时而又显得反常地活跃和精明能干。

娜塔莎的婚礼的那些表面上的事使他忙了一阵子。他订午宴和晚

---

① 十九世纪物理学中的一种认为普遍存在的物质。

宴的酒席,想要装得快活些;但是他的快活没有像以前那样感染别人,相反,引起了那些了解他和爱他的人的怜悯。

在皮埃尔带着妻子走后,他变得沉默寡言,开始抱怨起寂寞来。几天后他病倒在床了。从他得病的头几天起,虽然大夫一再安慰,他知道他已起不来了。伯爵夫人在两个星期的时间里,衣不解带地坐在他床头旁的圈椅里守着他。每次当她拿药给他吃时,他就抽泣着,默默地吻着她的手。最后一天,他哭着请求妻子和不在身边的儿子原谅他没有管好家业——他觉得这是他的主要过错。他在领了圣餐和行过终傅礼后,平静地死去了,第二天来参加死者葬礼的熟人们挤满了罗斯托夫家租来的房子。所有这些熟人曾多少次在他家吃过饭和跳过舞,多少次嘲笑过他,现在大家怀着自责的心情感动地说:"是的,不管怎么样,他是个很好的人。这样的人如今看不到了……再说,谁能没有弱点呢? ……"

伯爵是在家里的事情乱成一团,使人无法想象再过一年这一切将如何收场时突然死的。

尼古拉在接到父亲的死讯时,他正随俄国军队待在巴黎。他立刻请求退役,没有得到批准就请假回莫斯科了。在伯爵去世一个月后,家里的经济情况完全弄清楚了,谁也没有想到各种零星债务数额如此之大,大家都感到很吃惊。债务要比家产大一倍。

亲戚朋友们劝尼古拉不要接受遗产。但是尼古拉认为不接受遗产是对他十分敬重的父亲的责备,便不听劝告,继承了遗产和承担起了还债的义务。

伯爵在世时,由于他这个老好人有一种无形的巨大影响,债主们一直不好意思开口,到这时突然都上门来要债。如同常有的那样,他们仿佛展开了一场比赛,看谁能最先要到,而那些像米坚卡之类的持有礼金票据的人,现在成为最凶的讨债人。他们既不给尼古拉放宽期限,也不给喘息的机会,而那些看来似乎曾怜悯过给他们造成损失(就算真的造成损失)的老伯爵的人,现在毫不留情地向这个显然不欠他们的钱却自愿承担债务的年轻人追债。

尼古拉所设想的周转办法一个也没有成功;庄园以半价拍卖,而一半债务仍没有偿清。尼古拉接受了妹夫别祖霍夫借给他的三万卢布,把它用来偿还他认为借的是现金的那部分真正的债务。为了不至于因为余下的债未还而坐牢（债主们这样吓唬他），他便重新去担任公职。

到部队去马上就可以补上团长的空缺，但他去不了，因为母亲现在把儿子看作生活中最后的安慰，抓住他不放；因此尽管他不愿意留在莫斯科与那些以前认识他的人在一起，尽管他厌恶文职，他还是在莫斯科谋得了一个文官职位，脱下了心爱的军装，同母亲和索尼娅一起住西夫采夫·弗拉热克的一套不大的房子里。

那时娜塔莎和皮埃尔住在彼得堡，对尼古拉的情况不甚了解。尼古拉在借了妹夫的钱后，竭力向他隐瞒自己的拮据状况。尼古拉的境况之所以特别窘迫，是因为他的一千二百卢布的薪金不仅要养活自己、索尼娅和母亲，而且要把母亲供养得使她觉察不出他们的穷困。伯爵夫人无法想象没有她从小就习惯了的奢侈的条件怎么还能生活，她不知儿子有多么困难，时而要求派马车（他们家已没有自己的马车）去接熟人，时而要求给她买很贵的食品和给儿子买酒，时而要钱买贵重礼物送给娜塔莎、索尼娅和尼古拉本人。

索尼娅料理家务，侍候表婶，读书给她听，在她要性子和表现出内心的厌恶时忍受着，帮助尼古拉向她隐瞒他们所处的窘境。尼古拉看到索尼娅为他母亲所做的一切，心里对她有一种觉得无法报答的感激之情，赞赏她的耐性和忠诚，但是竭力疏远她。

他在心里似乎因为她过于完美，因为她无可指责而责备她。她身上有人们所珍视的所有品质；但是能使他爱她的东西却很少。他感到他愈是看重她，就愈不爱她。他抓住了她在信中答应给他自由的话，现在对她采取这样的态度，表明他们之间的一切似乎早就被忘记了，在任何情况下也不会再出现了。

尼古拉的经济状况愈来愈糟。他曾想从薪金中积攒点钱，后来发现这只是空想。他不仅没有积攒下钱，而且为了满足母亲的要求，又借了几笔小债。他觉得没有任何摆脱困境的办法。他的亲戚们劝他娶一个有钱的妻子，他对这个主意很反感。母亲之死有可能使他摆脱困境，可是这一点他从来没有想过。他什么也不想，对什么也不抱希望；他在自己心灵深处为自己毫无怨言地忍受这一切而感到一种带有忧郁愁苦的乐趣。他竭力回避以前的那些熟人，不要他们的同情，不接受使他感到屈辱的帮助,不参加任何消遣和娱乐,甚至在家里也不做什么,只陪着母亲摆牌阵,默默地在屋里踱步,一袋接一袋地抽烟。他仿佛竭力在自己心里保持那种忧郁的情绪,似乎只有这样才能忍受自己的困难处境。

六

玛丽亚公爵小姐在刚入冬时来到了莫斯科。她从城里的各种传闻中知道了罗斯托夫一家的景况,并且听说"儿子为母亲牺牲自己"——城里人们都这样说。

"我就知道他一定会这样做。"玛丽亚公爵小姐自言自语地说,高兴地感到自己是爱他的。她想起了自己与他们全家的友好的、几乎是亲戚般的关系,认为自己应该去看望他们。但是她又想起了自己在沃罗涅日与尼古拉的关系,又怕这样做。她竭力克制自己,然而在城里待了几个星期后,终于到罗斯托夫家去了。

第一个迎接她的是尼古拉,因为要见伯爵夫人必须经过他的房间。尼古拉第一眼见到她时,他脸上露出的不是玛丽亚公爵小姐所期待的高兴的表情,而是一种她以前没有见过的冷淡的、干巴巴的、高傲的表情。他向玛丽亚公爵小姐问好后便带她去见母亲,在母亲房间里坐了四五分钟就出来了。

当玛丽亚公爵小姐从伯爵夫人那里出来时,尼古拉又迎着她,特别庄重和冷淡地把她送到前厅。她问伯爵夫人的身体情况,他一句话也没有回答。

"这关您什么事?别打扰我。"他的目光似乎在这样说。

"串什么门?她想干什么?简直受不了这些小姐和所有这些客气话!"他在公爵小姐的马车驶离他家后,在索尼娅面前大声地说,看来恼火得抑制不住自己了。

"唉,怎么可以这样说,尼古拉!"索尼娅数落他,可是几乎掩盖不住心里的高兴。"她是那样的善良,妈妈很喜欢她。"

尼古拉什么也没有回答,根本不想再谈公爵小姐。但是从她来访后,伯爵夫人一天几次谈起她。

伯爵夫人称赞她,要求儿子到她那里去回访,自己表示愿意经常看见她,但是与此同时,在说起公爵小姐时,心里便觉得不痛快。

在母亲谈到公爵小姐时,尼古拉竭力不说话,他的沉默使伯爵夫人很生气。

"她是一个值得尊敬的好姑娘,"伯爵夫人说,"你应当去看看她。你总得见见人;不然老是跟我们在一起,我想你会闷得慌的。"

"我一点也不愿意,妈妈。"

"你原来想要见来着,现在又说不愿意。孩子,我真不明白你是怎么回事。一会儿你说闷得慌,一会儿又谁也不想见。"

"我没有说过我闷得慌。"

"怎么啦,你说你连见也不愿意见她。她是一个可敬的姑娘,你一直喜欢她;现在突然找到了什么理由。全都瞒着我。"

"一点也没有瞒您,妈妈。"

"要是我求你做什么不愉快的事,那还说得过去,而我这是叫你去回访她。好像出于礼貌也应该这样做……我已求过你了,既然你有什么事不肯对母亲说,我也就不再过问了。"

"好吧,如果您愿意的话,我就去。"

"我无所谓;我是为你着想。"

尼古拉叹着气,咬着胡子,在摆牌时竭力想把母亲的注意力引到别的事情上去。

第二天、第三天和第四天都重复了同样的话题。

玛丽亚公爵小姐在看望了罗斯托夫一家人和受到尼古拉出乎意外的冷遇后,便暗自承认她不愿先去罗斯托夫家的想法是对的。

"我也并不期望会有任何别的结果,"她自尊地自言自语说,"我与他毫无关系,我只是想看一看老太太,她一直对我很好,我欠了她不少的情。"

但是这些想法并不能使她平静下来,因为她在想起这次拜访时出现了类似后悔的感觉,心里很苦恼。虽然她拿定主意不再到罗斯托夫家去和忘掉一切,但是她仍然不断觉得自己处于一种不知如何是好的状态中。当她问自己使她感到苦恼的是什么时,她只好承认这是她与罗斯托夫的关系。他的冷淡而礼貌的语气不是出于他对她的感情(她知道这一点），这种语气想必掩盖着什么东西。她需要弄清这个什么东西；在这之前她觉得心情无法平静下来。

在仲冬的一天，她坐在学习室里看侄儿做功课，仆人通报说罗斯托夫来访。她决定不泄漏自己的秘密和保持镇静，请来布里安娜小姐，和她一起来到客厅。

她第一眼就从尼古拉的脸上看出，他只是前来作礼节性的回访的，因此决定也采取他对她的那种态度。

他们谈起了伯爵夫人的健康状况，谈起了一些共同的熟人以及有关战争的新的消息，在交谈了礼节所要求的十分钟、客人可以告退时，尼古拉便站起身来告辞。

公爵小姐在布里安娜小姐的帮助下谈话一直进行的很正常；但是在尼古拉站起身来的最后时刻，她觉得说那些与自己无关的事说累了，想起她一个人生活中如此缺少欢乐，便突然精神恍惚起来，一双闪闪发光的眼睛注视着自己的前方，一动不动坐在那里，没有发现尼古拉已站了起来。

尼古拉朝她看了一眼，想装出没有注意到她的神不守舍的样子，和布里安娜小姐说了几句话，又朝公爵小姐看了一眼。她还是一动不动地坐着，在她温柔的脸上露出了痛苦的表情。他突然可怜起她来，模糊地感觉到她脸上的那种悲伤的表情可能是他造成的。他想要帮助她，对她说几句愉快的话；但是不知对她说什么才好。

"再见了，公爵小姐。"他说。她清醒了过来，脸涨得通红，深深地叹了一口气。

"啊，对不起。"她说，仿佛如梦初醒一样，"您要走了；好吧，再见！给伯爵夫人的枕头呢？"

"您等一等，我这就去拿来。"布里安娜小姐说着出了客厅。

两个人都没有说话，不时地相互看看。

"是的，公爵小姐，"尼古拉终于带着苦笑开口了，"自从咱们在鲍古恰罗沃初次见面以来，发生了多少变化，可是却觉得好像是不久前的事一样。我们看来都很不幸，但是如果能使这段时光倒转，我愿付出任何代价……可是它转不回来了。"

在他说这话时，公爵小姐用她闪闪发光的眼睛注视着他。她仿佛力图弄清他这些话的内在含意似的,觉得它能向她说明他对她的感情。

"是的,是的,"她说,"但是我们对过去没有什么好惋惜的,伯爵。就我对您现在的生活的了解,我认为您将永远愉快地回想起它,因为您现在的那种自我牺牲精神……"

"我不能接受您的赞扬,"他急忙打断她的话,"相反,我不断地责备自己;但是这完全是一个没有意思的和不愉快的话题。"

他的目光又露出原先的那种干巴巴的和冷淡的表情。但是公爵小姐已经从他身上又看到了她了解的和爱的那个人,现在只跟这个人说话。

"我还以为您会允许我对您说这话呢,"她说,"我和您……和您的全家已是那么的亲近,我原以为您不会认为我的同情是不合时宜的;但是我错了。"她说。她的声音突然颤抖了一下。"我不知道是因为什么,"她恢复常态后接着说,"您以前不是这样的……"

"这个**为什么**有几千个原因(他特别加重语气说'**为什么**'这个词)。谢谢,公爵小姐,"他低声说,"有时觉得很难受。"

"原来是因为这样!是因为这样!"玛丽亚公爵小姐心里想。"不,在他身上我喜欢的不只是这快乐的、和善的和坦诚的目光,不只是漂亮的外表;我看出了他的高尚的、坚定的、富于自我牺牲精神的心。"她对自己说,"是的,他现在很穷,而我有钱……是的,只是由于这样……是的,要是不这样就好了……"她回想起他以前的柔情,现在看着他那和善的和忧郁的脸,突然明白了他冷淡的原因。

"为什么呢,伯爵,究竟为什么呢?"她突然情不自禁地几乎喊叫起来,朝他走过去。"告诉我,究竟为什么?您一定得告诉我。"他沉默着。"伯爵,我不知道您的那个**为什么**。"她接着说。"但是我心里很难受,我……我向您承认这一点。您不知为什么想要使我失去以前的友谊。这使我感到痛心。"说着她热泪盈眶,泣不成声,"我的生活本来就很少欢乐,因此失去任何东西我都感到难过……请您原谅我,再见。"她突然哭了起来,从客厅里出去了。

"公爵小姐!等一等,看在上帝分上。"他喊道,竭力想拦住她,"公爵小姐!"

她回头看了一眼。他们相互对视了几秒钟,于是遥远的、不可能的事突然变得接近、可能和不可避免的了……

七

一八一四年秋天，尼古拉和玛丽亚公爵小姐结了婚，他同妻子、母亲和索尼娅一起搬到童山去住。

在三年内，他没有出卖妻子的产业就还清了余下的债务，在继承了去世的表姐的一笔不大的遗产后，也还了借皮埃尔的钱。

又过了三年，在快到一八二〇年时，尼古拉重建了家业，买了童山附近的一个小庄园，并为赎回父亲的庄园奥特拉德诺耶进行了谈判，这是他一直藏在心里的梦想。

他开头是出于需要才管理家业的，很快产生了浓厚的兴趣，于是经营管理便成了他心爱的、几乎是唯一的事情。尼古拉是一个普通的地主，不喜欢新的办法，尤其不喜欢当时流行的英国的那一套，嘲笑关于经营管理的理论著作，不喜欢办工厂、生产贵重物品和种植贵重作物，一般不单独经营一个部门的产业。他看到的一直只是一个统一的**庄园**，而不是它的某个单独的部门。在庄园里，主要的东西不是土壤和空气中的氮和氧，不是特殊的犁和粪肥，而是使氮、氧、粪肥和犁发生作用的主要工具，也就是干活的农民。当尼古拉着手管理家产并深入了解它的各个部门时，特别引起他的注意的是农民；在他看来农民不仅是工具，而且是目的和裁判者。他起初仔细观察农民，力图弄清他们需要什么，了解他们认为什么是好的和坏的，装出发号施令的样子，实际上只是在学习他们的作风、语言和对好坏的判断。直到他了解了农民的爱好和愿望，学会了用他们的语言说话，懂得了他们的话的隐秘的含意，感觉到自己已与农民亲密起来时，他才大胆地管理他们，也就是说，才对农民履行要求他履行的职责。于是尼古拉的经营管理带来了最出色的成果。

尼古拉在开始管理庄园时，凭他天生的洞察力正确无误地指定了庄园管理人、村长和农民代表，要是农民能自己选举的话，他们也会选这些人，这些带头人被指定后，从来没有更换过。在研究粪肥的化学成分之前，在陷入**借方**和**贷方**中去（他喜欢带着讽刺这样说）之前，他先去了解农民牲口的头数,千方百计地增加牲口的数量。他赞成农民家庭保持最大的规模,不允许分家。懒汉、浪荡子和软弱无能的人他一律加以惩治,设法将他们从团体中驱逐出去。

在播种以及收割干草和庄稼时,他对自己的田地和农民的田地同样看待。很少有像尼古拉那样的地主,能这样早和这样好地播种和收割庄稼,能有这么多的收益。

他不喜欢管家奴们的事,称他们为**好吃懒做的人**,他这样做,像大家说的那样,是纵容他们,把他们惯坏了;每当需要对一个家奴作某种决定,尤其是需要进行惩罚时,他常常犹豫不决,与家里所有的人商量;只有在可以让家奴代替农民去当兵时,他才毫不动摇地送他们去。他对自己所作的与农民有关的所有安排从未有过怀疑。他知道他的任何安排都会得到大家的赞同,反对的只有一个人或几个人。

他不会随心所欲地为难或惩治一个人,同样,也不会单凭自己个人的意愿帮助或奖赏一个人。他说不出衡量该做和不该做的标准是什么;但是在他心里这个标准是明确的和不可动摇的。

他在谈到挫折或混乱时常常这样恼火地说:"**真拿我们俄国老百姓没办法。**"——觉得自己对农民无法容忍。

但是他全心全意地热爱**俄国老百姓**和他们的生活习惯,正因为如此,他才懂得和掌握给他带来很好收益的经营管理的方式方法。

玛丽亚伯爵夫人见丈夫如此爱他的事业,心中不免有些嫉妒,为自己不能分享而感到惋惜,但是不能理解那个陌生的、与她无关的领域给予他的快乐和苦恼。她不能理解,他天亮起了床就到地里或打谷场上去,整个早晨在那里干播种、割草和收庄稼的活计,回来和她一起喝茶时为什么总是那么兴奋和喜气洋洋。她不理解,他在兴致勃勃地讲述善于经营的富裕农民马特维·叶尔米申一家的事时赞赏的是什么,据他说,这一家人运新割的庄稼运了一个通宵,而这时还没有一家开始收割,而他家的禾捆已垛好了。她不理解,当他看到温暖的细雨落到将要干枯的燕麦的麦苗上,便从窗口走到阳台上,咧开留着短髭的嘴唇微笑,眨着眼睛,这时他为什么这样高兴。她不理解,在割草或收割庄稼时,当风吹散了有可能带来暴雨的乌云,他又红又黑的脸上流着汗水,头发散发出艾蒿和毛连菜的气味,从打谷场跑来,为什么高高兴兴地搓着双手说:"再有一天,我的和农民们的粮食都可以入仓了。"

她更不能理解的是,他心地善良,总是能事先猜到她的愿望并加以满足,而当她向他替一些农妇或农夫求情,请求免除他们的劳役时,为什么他几乎露出绝望的神情,为什么善良的尼古拉坚决拒绝她的请求,生气地要她别多管闲事。她感觉到,他有一个他热爱的特殊世界,那里的规矩她是不明白的。

她竭力想理解他,有时对他说,他的功劳在于给属于他的农民做好事,他生气地回答说:"完全没有;我从来没有想过;我也不会为他们谋什么福利。为了他人的幸福这一套,全是胡思乱想和娘儿们的瞎扯。我要的只是不让我们的儿女们去要饭;要在我活着的时候整顿好我们的家业,就这些。为此需要有秩序,需要严格……就是这样!"他激动地紧握拳头说,"当然还需要公正他补充说因为如果农民缺衣少食,只有一匹瘦马,那么他既不能为自己,也不能为我干出什么来。"

想必正是因为尼古拉不让自己抱有为别人干事和行善的想法,他做的一切都很有成效,结果他的财产迅速增加;邻近的农民前来求他把他们买下,在他死后很久,老百姓还非常真诚地怀念他的治理有方。"是个好东家……把农民的事放在前头,然后才是自己的事。不过也不纵容姑息。一句话,是个好东家!"

八

在管理方面,有一点使尼古拉很苦恼,这就是他容易发火,还有骠骑兵喜欢动手打人的老习惯。开头他认为这没有什么可指责之处,但是到结婚后的第二年,对这种惩罚方式的看法突然发生了变化。

夏天,有一次把接替去世的德龙的村长从鲍古恰罗沃叫来,因为有人揭发他有欺诈行为和玩忽职守。尼古拉到门口去见他,村长刚回答了几句,门廊里就传出了喊叫声和拳打脚踢声。尼古拉回来吃午饭时走到正在低头绣花的妻子面前,开始像平常一样对她讲这天早晨做的事,顺便提到了鲍古恰罗沃的村长。玛丽亚伯爵夫人脸一阵红,一阵白,抿着嘴唇,仍然低着头坐着,没有回答丈夫的话。

"这个厚颜无耻的坏蛋。"他说,一想起那村长就心里有火。"他应该对我说他喝醉了酒,没有看见……你怎么啦,玛丽?"他突然问道。

玛丽亚伯爵夫人抬起头,想要说什么,但是又急忙低下头,抿紧了嘴唇。

"你怎么啦?你怎么啦,亲爱的?……"

长得并不漂亮的玛丽亚伯爵夫人在哭的时候总是显得凄切动人。她从来没有因为痛苦或气恼而哭过,却总是因为悲伤和怜悯而落泪。她哭的时候,那双闪闪发光的眼睛开始具有令人倾倒的魅力。

尼古拉刚拉起她的手,她就忍不住哭了起来。

"尼古拉,我看见了……他有错,但是你,你为什么那样!尼古拉!……"她用手捂住脸。

尼古拉没有说话,脸涨得通红,离开她身边,开始默默地在房间里踱步。他明白了她为什么哭;但是他突然心里觉得还不能同意她的看法,把自己从小就习惯了的并认为是最平常的事看作坏事。

"这是客客气气、婆婆妈妈的废话,还是她是对的呢?"他问自己。他自己未能解决这个问题,便又朝她那痛苦的和充满爱的脸看了一眼,突然明白了她是对的,而他早就错了。

"玛丽,"他走到她跟前低声说,"以后我永远不会再这样了;我向你保证。永远不会了。"他像一个请求宽恕的孩子那样用颤抖的声音又说了一遍。

伯爵夫人更加涕泪涟涟。她拉起丈夫的手,吻了吻它。

"尼古拉,这浮雕宝石你是什么时候打碎的?"为了改变话题,她细看着他手上的那枚镶有拉奥孔 [①] 头像的戒指说。

"今天打碎的;还是因为那件事。唉,玛丽,不要对我再提了。"他又脸红了。"我对你下保证,今后决不那样做了。就让这戒指时刻提醒我吧。"他指着头像被打碎的戒指说。

从那时起,每当他在与村长和管家发生争执,血往脸上涌,双手握起拳头时,便转动手指上头像被打碎的戒指,在惹得他生气的人面前垂下眼睛。然而一年有两次他按捺不住,事后他到妻子那里认错,再次下

---

① 拉奥孔是希腊传说中的先知和祭司,因违背保持独身的誓言生儿育女而触怒了阿波罗,在一次祭祀时和两个儿子一起被阿波罗派来的两条大蛇缠死。他受惩罚的另一个原因是他曾警告特洛伊人不要接受希腊人留下来的木马。

保证今后决不再犯。

"玛丽,你大概瞧不起我了吧?"他对她说,"我活该如此。"

"如果你觉得忍不住的话,你就走开,赶紧走开。"玛丽亚伯爵夫人竭力安慰丈夫,忧郁地说。

尼古拉受到省里贵族们的尊重,但是不受他们喜欢。他对贵族们的利益不感兴趣。因此一些人认为他高傲,另一些人则认为他愚蠢。整个夏天,从春播到收割,他都忙于农事。秋天,他像从事农业生产那样严肃认真地带着猎队去打猎,一去就是一两个月。冬天他到别的村子去走走,或者读书。他读的主要是他每年花一定数目的钱订购来的历史书。他像他说的那样收藏了相当多的书,并规定他买的书一定要读。他摆出深沉的样子坐在书房里读书,开头把它当作一种任务,后来习惯了,开始体验到了一种特殊的快乐,并且觉得他在做一件正经事。除了出去办事外,冬天的大部分时间他都是在家里度过的,与全家在一起享受天伦之乐,参与母亲与孩子之间的小事。他同妻子愈来愈亲近,每天都在她身上发现新的宝贵品质。

索尼娅从尼古拉结婚后就住在他家。在婚前,尼古拉就把过去他和索尼娅之间的事告诉了未婚妻,一面责备自己,一面夸奖索尼娅。他请玛丽亚公爵小姐善待他的表妹,给予关心照顾。玛丽亚伯爵夫人完全感到丈夫有过错;同时也觉得自己对不起索尼娅;她认为自己的财产对尼古拉的选择起了作用,丝毫不能责怪索尼娅,希望自己能喜欢她;但是她不仅没有喜欢索尼娅,反而常常发现自己心里对她有一种恶感,而且无法克服。

有一次她同好朋友娜塔莎谈起了索尼娅和自己对她的不公正。

"你知道吗,"娜塔莎说,"你常读福音书;那里有一段话正好说的是索尼娅。"

"什么?"玛丽亚伯爵夫人惊奇地问。

"'凡有的,还要加给他,没有的,连他所有的,也要夺过来'[①],记得吗?她是那个'没有的',因为什么?我不知道;她也许没有私心——我不知道,但是凡是她有的都将被夺走,于是一切都被夺走了。有时我非

[①] 见《圣经·新约》中的《路加福音》第十九章第二十六节。

常可怜她；以前我非常希望尼古拉娶她；但是我总有一种预感，觉得这事不会实现。她是一朵**无实花**，你知道吗，就像草莓上的一样。有时我可怜她，而有时我又想，她并不像我们那样感觉到这一点。"

虽然玛丽亚伯爵夫人对娜塔莎讲解说，《福音书》的这些话应作另一种理解，但是当她看着索尼娅时，她同意娜塔莎所做的解释。确实，索尼娅似乎不为她的处境感到苦恼，并且完全安于做一朵**无实花**。看来，她珍视的与其说是具体的人，不如说是全家。她像一只猫一样，舍不得离开的不是人，而是这个家。她侍候老伯爵夫人，照看和溺爱孩子们，随时准备为人们做一些她能够做的小事；但是人们不由自主地流露出，他们对她所做的一切并不那么感激……

童山的庄园重修好了，但是讲究的程度已不能与老公爵在世时相比。

在经济困难时开始盖的房子，都比较简陋。建在原来的石基上的大房子是木质结构的，只在里面进行了粉刷。这房子虽很宽敞，但地板没有油漆，家具只有最简单的硬沙发和圈椅以及自己的木匠用自己的桦木做的桌子和椅子。这大房子里有下房和客房。罗斯托夫家和鲍尔康斯基家的亲戚

有时全家坐着各家的十六匹马拉的车，带着几十个仆人到童山来做客，一住就是几个月。此外，一年四次，每逢主人们过命名日和生日，有上百位客人来住一两天。一年的其余时间过着很有规律的生活，各人干各种日常的事情，按时喝茶，吃早餐、午餐和晚餐，食物都是自己家里生产的。

九

这是在一八二〇年十二月五日，冬季圣尼古拉节 ① 的前一天。这一年人秋后，娜塔莎就和孩子、丈夫一起住在哥哥家里。其间，皮埃尔像他说的那样，到彼得堡去办特殊的事，说要在那里待三个星期，但是

---

① 圣尼古拉节有冬季夏季之分，冬季圣尼古拉节如上所述为十二月六日，夏季圣尼古拉节为五月九日。

已在那里待了六个多星期了。现在随时都在等待他回来。

十二月五日,在罗斯托夫家做客的,除了别祖霍夫一家外,还有尼古拉的老朋友、退役将军瓦西里·费多罗维奇·杰尼索夫。

六日这一天,是尼古拉过命名日的日子,有许多客人要来,他知道他得脱下紧身外衣,穿上礼服和尖头皮靴,到他新盖的教堂去,然后接受大家的祝贺,请他们吃点心,谈论贵族选举和收成;但是命名日的前一天他认为可以像平常一样地过。在午餐前,尼古拉审查了内侄名下的梁赞的庄园的管理人的账目,写了两封事务性的信,到打谷场、牲口棚和马厩转了一圈。他采取了一些措施以防止明天过建堂节大家喝醉酒,然后回来吃午饭,还没有来得及和妻子单独说几句,便在放了二十套餐具的长桌旁坐下,这时一家人都已坐好了。坐在这里的有母亲以及和她住在一起的别洛娃老太太,有妻子和三个孩子、男女家庭教师、内侄和他的家庭教师、索尼娅、杰尼索夫、娜塔莎、她的三个孩子和他们的女家庭教师,还有在童山养老的老公爵的建筑师米哈依尔·伊万内奇老人。

玛丽亚伯爵夫人坐在餐桌的另一端。尼古拉坐下后不久,她就根据丈夫取下餐巾以及很快推开面前的玻璃杯和酒杯的动作认定他心情不好,他有时就是这样,尤其是干活后直接回来吃饭,在喝汤之前表现得特别明显。玛丽亚伯爵夫人很了解他的这种情绪,当她自己心情好时,她便耐心地等他把汤喝完,然后才和他说话,叫他承认他无缘无故地发火是不对的;但是今天她完全忘记了观察;看到他莫名其妙地生她的气,心里很难受,觉得自己很不幸。她问他到哪里去了。他回答了。她又问事情是否一切都很顺利。他听她说话声调不自然,不高兴地皱起眉头,急忙作了回答。

"我就没有想错,"玛丽亚伯爵夫人想道,"可是他为什么生我的气?"她从他回答的语气中听出他对她不满,发现他不愿意再说下去。她也觉得自己说话不自然;但是忍不住,又提了几个问题。

吃饭时由于杰尼索夫在场,大家说得很热闹,玛丽亚伯爵夫人没有跟丈夫说话。大家离开餐桌来向老伯爵夫人道谢,玛丽亚伯爵夫人伸出手,吻了吻丈夫,问他为什么生她的气。

"你总是胡思乱想;我根本没有想要生气。"他说。

但是**总是**二字使玛丽亚伯爵夫人觉得他的回答的意思是：是的，我在生气，但不想说。

尼古拉和妻子很和睦，就连出于嫉妒很希望他们不和的索尼娅和老伯爵夫人也找不出责备的借口；但是他们夫妻之间也有反目的时候；这种情况常在玛丽亚伯爵夫人怀孕时出现。现在她正处于这样的时期。

"喂，先生们和女士们，"尼古拉似乎很快活地大声说（玛丽亚伯爵夫人觉得他这是故意气她），"我从六点钟起就一直忙乎着。明天又要受罪，今天得休息一会儿。"于是没有再和玛丽亚伯爵夫人说什么，就到小休息室里在沙发上躺下了。

"瞧他**总是**这样，"玛丽亚伯爵夫人想，"和大家都说话，就是不跟我说。我看见了，看见了他讨厌我。尤其是在我怀孕时。"她朝她那鼓得高高的肚子看了一眼，对着镜子照了照又黄又瘦的苍白的脸，她的那双眼睛显得比任何时候都要大。

无论是杰尼索夫的喊声和笑声还是娜塔莎的谈话声，尤其是索尼娅向她匆匆投过来的目光，都使她感到不舒服。

玛丽亚伯爵夫人每当发火时，总是第一个找索尼娅的碴儿。

她和客人们一起坐了一会儿，对他们说的话一点也没有听进去，悄悄地到儿童室去了。

孩子们玩着骑着椅子到莫斯科去的游戏，请她参加。她和他们玩了一会儿，但是一直想着丈夫和他无缘无故的发火，心里很苦恼。她站起身来，吃力地踮起脚尖走到小休息室去。

"也许他没有睡着；我要和他好好谈一谈。"她心里说。大孩子安德留沙学她的样，踮着脚尖跟她出来。玛丽亚伯爵夫人没有发现他。

"亲爱的玛丽，我觉得他好像睡着了；他累了。"索尼娅在大休息室说（玛丽亚伯爵夫人似乎觉得到处都能碰见她），"最好不要让安德留沙吵醒他。"

玛丽亚伯爵夫人回头一看，看见了背后的安德留沙，觉得索尼娅说得对，但是正因为这样，她涨红了脸，看来费了很大力气才忍住，没有说出难听的话来。她什么也没有说，为了不照索尼娅的话去做，她做了个手势，叫安德留沙别出声，但仍跟着她，两人走到了门口。索尼娅进了另一扇门。从尼古拉睡的房间里传出了他那均匀的呼吸声,这声音的细微变化玛丽亚伯爵夫人都是很熟悉的。她听着这呼吸声,看着眼前他的平整漂亮的前额、两撇小胡子和整个脸,她常在夜深人静他睡着了的时候久久地注视这张脸。尼古拉突然动了动,咳了一声。在这瞬间安德留沙在门外喊道:

"爸爸,妈妈在这里站着呢。"

玛丽亚伯爵夫人吓得脸色发白,便对儿子做了个手势。孩子不说话了,玛丽亚伯爵夫人觉得可怕的沉默延续了大约一分钟。她知道,尼古拉不喜欢有人吵醒他。突然从门里又传出了干咳和动作的声音,听见尼古拉不高兴地说道:

"不让人安静一会儿。玛丽,是你? 你为什么把他带到这里来?"

"我只是来看看,我没有发现……对不起……"

尼古拉咳嗽了一声,不说话了。玛丽亚伯爵夫人离开门口,带孩子到儿童室去。五分钟后,受父亲特别宠爱的三岁的黑眼睛的小娜塔莎听哥哥说爸爸在休息室睡觉,便背着母亲跑到父亲这里来。这个黑眼睛的小姑娘大胆地咯吱一声打开门,胖胖圆圆的小脚迈着有力的步子走到沙发旁边,仔细看了看父亲背朝她躺着的姿势,踮起脚,吻了吻父亲的那只枕在脑袋底下的手。尼古拉面带怜爱的微笑转过身来。

"娜塔莎,娜塔莎!"从门外传来玛丽亚伯爵夫人惊恐的低语声,"爸爸要睡觉。"

"不,妈妈,他不想睡了,"小娜塔莎蛮有理地回答,"他在笑呢。"

尼古拉垂下双腿,从沙发上起来,抱起女儿。

"玛莎,进来。"他对妻子说。玛丽亚伯爵夫人进了房间,在丈夫身旁坐下。

"我没有发现安德留沙跟着我跑来了,"她怯生生地说,"我不过是……"

尼古拉一只手抱住女儿,朝妻子看了一眼,发现她脸上负疚的神色,便用另一只手搂住她,吻了吻她的头发。

"可以亲亲妈妈吗?"他问娜塔莎。

娜塔莎不好意思地笑了笑。

"再亲一下。"她用命令的手势指着尼古拉吻过的地方说。

"我不知道你为什么认为我心情不好。"尼古拉看出妻子心里有这样的问题，便回答道。

"当你这个样子时，你想象不出我心里感到多么的难过和孤独。我一直觉得……"

"玛丽，够了，别说蠢话了。你这样说怎么不觉得害臊。"他高兴地说。

"我觉得，我长得这样难看，你不可能爱我……总是……而现在……又这个样子……"

"唉，你真可笑！一个人不是因为漂亮才可爱，而是因为可爱才漂亮。只有玛尔维娜之类的女人才因为她们漂亮而受人喜爱；要是有人问我爱不爱我的妻子？我可以说我不爱，而是这样，我不知道怎么对你说。可是你不在时，或者当我们之间发生不和时，我就坐立不安，什么也干不下去。又譬如说你问，我爱我的手指头吗？我可以说我不爱，可是你割一下试试……"

"不，我不会这样，不过我明白。这么说，你不生我的气？"

"非常生气。"他面带微笑说，站起身来，理了理头发，开始在房间踱步。

"你知道，玛丽，我想什么来着？"现在两人已经和解了，他立刻在妻子面前说出了自己的想法。他没有问她是否想听；他觉得听不听无所谓。他认为他要是出现一个想法，她想必也那么想。他对她说，他想留皮埃尔在他们这里住到开春再走。

玛丽亚伯爵夫人听完他的话，发表了意见，也开始说出自己的想法。她想的是孩子们的事。

"现在已可看出她像个女人了。"她指着娜塔莎用法语说。"你们常常责备我们女人缺乏逻辑性。她就表现了我们的逻辑。我说爸爸想睡觉，她却说，不，爸爸在笑。她说得对。"玛丽亚伯爵夫人面带幸福的微笑说。

"对，对！"尼古拉用他有力的手高高托起女儿，把她放在自己肩膀上，抓住她的小腿，扛着她在房间里来回走动起来。父女俩的脸上都傻乎乎地露出了同样的幸福的神情。

"你知道，你也许有偏心眼儿。你太宠她了。"玛丽亚伯爵夫人用法语低声说。

"是的,但是有什么办法呢? ……我竭力不表现出来……"

这时从门廊和前厅里传来了滑轮声和脚步声,听起来好像是什么人到了的声音。

"有人来了。"

"我相信这是皮埃尔。我去看一下。"玛丽亚伯爵夫人说着出了房间。

她出去后,尼古拉扛着女儿在房间里快步兜圈子。他喘着气,很快把开心地笑着的女儿放下来,把她搂在怀里。他蹦蹦跳跳地走,使他觉得好像在跳舞,于是他看着孩子幸福的小圆脸心里想,当他老了时,像去世的父亲当年带着女儿跳丹尼尔·库珀舞一样带着她去跳马祖尔卡舞,她会是个什么样子。

"是他,是他,尼古拉。"几分钟后玛丽亚伯爵夫人回到房间里说。"现在我们的娜塔莎可活跃起来了。你该看一看她的那个高兴劲儿,听一听皮埃尔逾期不归挨的数落。咱们快点去,这就去!你们也该分开一会儿了。"她看着紧偎着父亲的孩子微笑着说。尼古拉牵着女儿的手出去了。

玛丽亚伯爵夫人留在休息室里。

"我永远、永远也不会相信,"她自言自语地低声说,"我会这样的幸福。"她容光焕发,眉开眼笑;但是与此同时她又叹了一口气,她的深沉的目光里露出了淡淡的忧愁。仿佛这时除了她感受到的幸福外,她不禁又想到另一种在这生活中无法得到的幸福。

十

娜塔莎是在一八一三年早春结婚的,到一八二〇年她已有三个女儿和一个儿子,这个儿子是她热切盼望得来的,现在由她亲自喂奶。她胖了,身体变宽了,现已很难看出这个健壮的母亲就是以前那个苗条活泼的娜塔莎。她的脸已经定型了,神情平静柔和而又泰然自若。她脸上已看不出以前的那种赋予她以迷人的魅力的、不停地燃烧着的青春活力的火焰了。现在常常只能看到她的脸和身体,而心灵完全看不见了。人们看到的只是一个强壮的、漂亮的和会生儿育女的女人。她现在很少燃起以前的那种火焰。这样的事只发生在像现在那样丈夫回来的时候，以及在孩子病愈或者和玛丽亚伯爵夫人一起回忆安德烈公爵（她从来不和丈夫谈起安德烈公爵，认为他会因她不忘旧情而吃醋）的时候，还有在偶尔唱起歌来的时候，而在她出嫁后已完全不唱了。在以前的火焰在她那丰满漂亮的身体里重新燃起的少有的时刻，她常常变得比往日更加妩媚动人。

娜塔莎自从结婚后，就和丈夫一起住在莫斯科和彼得堡，住在莫斯科郊外的村子里和在母亲家里也就是在尼古拉家里。人们很少在社交场所见到年轻的别祖霍娃伯爵夫人，那些见到她的人对她很不满意。她既不热情，又不可爱。娜塔莎倒不是喜欢一人独处（她不知道她是喜欢还是不喜欢；她甚至觉得不喜欢），但是她不断怀孕、生孩子、给孩子喂奶，每时每刻关心丈夫的生活，因而要做好这些事，只能放弃社交活动。娜塔莎婚前的熟人都对她发生的变化感到惊讶，觉得这是一种异常的现象。只有老伯爵夫人凭她母性的直觉明白娜塔莎的全部心思，就像她在奥特拉德诺耶认真地、而非开玩笑地说过那样，都出于她需要有一个家，需要丈夫，这位做母亲的对不理解娜塔莎的人的惊讶感到不可理解，反复地说，她一直认为娜塔莎会成为一个贤妻良母。

"她只是爱丈夫和孩子爱到极点了吧，"老伯爵夫人说，"因而这看起来甚至有点傻。"

娜塔莎没有遵循聪明人，尤其是法国人所宣扬的金科玉律，根据它，一个姑娘出嫁后，不应变得不讲究外表，不应埋没自己的才华，应该比婚前更注意打扮，应该像以前以自己的姿色迷住不是丈夫的人那样迷住丈夫。而她正好相反，立刻抛弃了自己身上所有迷人的东西，其中吸引力最强的是唱歌。她之所以抛弃它，就因为它是最有魅力的东西。她像人们所说的那样，外表变得邋遢了。娜塔莎既不注意自己的言谈举止，也不想要让丈夫看到她最好的姿态，不关心梳妆打扮，也不怕提出各种苛求去麻烦丈夫。她都与这些规矩反着来。她觉得，她的本能以前教她加以利用的那些有魅力的东西，如今在她丈夫的眼里只会显得可笑，她从最初的一刻起，就把自己全部献给了他——也就是说献出了整个身心，而没有留下一个不为他所知的角落。她感到，她与丈夫的关系不是用那些吸引他的充满诗意的感情维持的，靠的是另一种难以捉摸而又牢固的东西，就像那种维系她的心灵与肉体的东西一样。

她觉得，通过梳蓬松的发式、穿上筒式连衣裙和唱抒情歌曲来吸引丈夫的注意，就像把自己打扮得让自己满意一样奇怪。把自己打扮得让别人喜欢——也许这会使她感到愉快，是否如此，她不知道——但是她根本没有这样做的时间。她不唱歌、不梳妆打扮、不考虑说话的措辞的主要原因，在于她完全没有工夫做这些事。

大家知道，一个人能够专心致志地去做一件事，不管这事是多么微不足道。同时大家也知道，任何微不足道的事只要集中注意力去做，就会无限地扩大。

娜塔莎全神贯注的是家庭，也就是丈夫和孩子们，需要让丈夫完全属于她，属于这个家；需要生育、喂养和教育孩子。

她不是从理智上，而是全身心地投入到她所关心的事情中去，她愈是投入，这件事在她的注意下就愈来愈扩大，她觉得自己的力量变得愈来愈弱，愈来愈微不足道，因此她把所有力量集中到同一件事上，但是仍未能做完她觉得应该做的事。

关于妇女权利、夫妻关系以及他们的自由和权利的种种意见和议论，虽还没有像现在那样称为**问题**，但那时与现在说得完全一样；可是娜塔莎对这些问题不仅不感兴趣，而且根本不理解。

这些问题在那时也和现在一样，只对那些认为婚姻只是夫妻彼此都获得乐趣的人来说是存在的，其实他们看到的只是婚姻的一个因素，而不是包含在家庭里的全部意义。

这些议论和现在提出的问题，如同如何从吃饭中获得尽可能大的乐趣的问题一样，无论那时和现在对那些认为吃饭是为了获得营养和结婚是为了建立家庭的人来说，是不存在的。

如果吃饭是为了使身体获得营养，那么那个一下子吃两份饭的人也许能得到较大的乐趣，但是达不到上述目的，因为两份饭胃消化不了。

如果结婚的目的在于建立家庭，那么那个想要有许多妻子和丈夫的人也许能得到很多乐趣，但是无论如何建立不了家庭。

如果吃饭的目的在于获得营养，而结婚的目的是建立家庭，那么要解决整个问题,吃饭时就不要吃得超过胃的消化能力,妻子和丈夫的人数就不要多于建立家庭的需要,也就是说,只能是一夫一妻。娜塔莎需要一个丈夫。于是她有了一个丈夫。丈夫和她建立了家庭。她不仅不需要有另一个更好的丈夫,而且因为她已把全部精神力量用于为这个丈夫和家庭服务,她甚至无法设想要是换一种样子会怎么样,同时也没有任何兴趣去这样设想。

娜塔莎一般不喜欢交际,但是她因此而重视与亲人们——玛丽亚伯爵夫人、哥哥、母亲和索尼娅——的来往。她喜欢和这些人在一起,因为可以披头散发,穿着睡袍,高高兴兴地大步从儿童室里出来见他们,把那不再沾着绿斑而沾着黄斑的尿布给他们看,听他们安慰她说孩子已经好多了。

娜塔莎不讲究穿着打扮到这样的程度,她的衣服,她的发型,她的答非所问的话,她对索尼娅,对女家庭教师,对任何漂亮的和不漂亮的女人的嫉妒,成为她的所有亲人通常取笑她的话题。大家共同的看法是,皮埃尔对妻子唯命是从,实际上也真是这样。在他们结婚后的头几天,娜塔莎就提出了要求。她提出,他的每一分钟都是属于她和家庭的,妻子的这个看法对他来说完全是新的,他不禁感到非常惊讶;虽然皮埃尔对妻子的要求感到惊讶,但是心里很得意,也就听从了。

皮埃尔的顺从表现在很多方面,他不仅不敢对另一个女人献殷勤,而且也不敢面带微笑同她说话,不敢**只是**为消磨时间到俱乐部去和参加宴会,不敢任意地花钱,不敢外出很长时间,除非是为了办正事,娜塔莎把他学习科学包括在正事里面,虽然她对此一窍不通,但是认为非常重要。可是另一方面,皮埃尔在自己家里拥有不仅支配自己,而且支配全家的充分权利。娜塔莎在家里让自己处于丈夫的奴隶的地位;当皮埃尔工作时,当他在书房里看书或写东西时,全家都踮起脚走路。只要皮埃尔显示出某种爱好,喜欢什么东西,他的要求常常能得到满足。只要他表示出某种愿望,娜塔莎就跑着跳着去帮他实现。

全家都秉承皮埃尔的旨意行事,而所谓旨意,实际上是娜塔莎竭力加以揣测的愿望。生活方式、居住地点、结识的人和各种人情关系,娜塔莎做的事,孩子的教育等——这一切不仅是照皮埃尔所表示的意愿做的,而且娜塔莎竭力从他谈话时所说的想法中猜测他的意图。她常常能正确地猜到皮埃尔的真实的愿望,一旦猜着后,她就坚决照办。当皮埃尔想要改变主意时,她就用他原来的想法去反驳他。

譬如说,皮埃尔和娜塔莎曾经有过一个永远不会忘记的时期,这是在娜塔莎生下第一个虚弱的孩子之后,当时先后换了三个奶妈,娜塔莎着急得病倒了,有一次皮埃尔把他完全同意的卢梭的思想讲给娜塔莎听,卢梭认为请奶妈喂孩子违反自然规律,而且有害。在娜塔莎生第二个孩子时,母亲、医生和丈夫都反对她喂奶,把这看作是闻所未闻的和有害的事情,她不顾他们的反对,坚持那样做,从那时起,所有的孩子都由她自己喂奶。

在生气时常有这种情况,夫妻争论了很久,争论后皮埃尔惊喜地发现,不仅在妻子的言语中,而且在她的行动上表现出了她反对过的想法。他不仅发现了这样的想法,而且看到这想法已去掉了皮埃尔在表达它时由于激动和争论加上去的多余的东西。

皮埃尔在过了七年的夫妻生活后,高兴地和清楚地意识到自己不是一个坏人,他之所以有这样的感觉,是因为他看见自己反映在妻子的身上。他感觉到自己身上一切好的和坏的东西是混合在一起的,两者相互遮盖。但是在他妻子身上反映出的只是真正好的东西:一切不完全是好的东西被抛掉了。这种反映不是按照逻辑思维的方法,而是按照另一种方法——通过神秘的、直接的反映来实现的。

十一

两个月前,皮埃尔已到罗斯托夫家做客时,他接到了费多尔公爵的一封信,信中叫他到彼得堡去讨论那里的一个团体的成员们关心的重要问题,皮埃尔是这个团体的主要创立者之一。

娜塔莎对丈夫的所有信件都要过目,她读了这封信后,虽然丈夫不在家对她来说是一件难受的事,她还是劝他到彼得堡去。她对丈夫的那种抽象的脑力工作并不明白,但她认为这一切都很重要,经常担心自己会妨碍丈夫从事这样的活动。皮埃尔看完信后用询问的目光胆怯地看了她一眼,她的反应是叫他去,不过要求他确定回来的准确时间。

娜塔莎给他规定了四个星期的期限。

两个星期前,皮埃尔的期限已满,从那时起,娜塔莎处于连续不断的恐惧、忧郁和怨恨的状态中。

杰尼索夫这位对现状不满的退役将军正好在最近两个星期来做客,他带着惊奇和忧郁的神情看着娜塔莎,好像在看他过去爱过的人的一幅画得不像的肖像一样。沮丧的和苦闷的目光,文不对题的回答,关于孩子的谈话—— 这就是他从以前他所说的魔法师那里看到的和听到的一切。

娜塔莎在这段时间里心情忧郁而爱生气,尤其是在母亲、哥哥或玛丽亚伯爵夫人安慰她,竭力为皮埃尔辩解,为他迟迟不归寻找各种理由的时候,更是如此。

"都是废话,都是扯淡,"娜塔莎说,"他的胡思乱想不会有什么结果,还有所有这些愚蠢的团体。"她说的是那些她曾对其重要性坚信不疑的事情。说着她到儿童室去给她唯一的男孩彼佳喂奶去了。

谁也不能像这个才三个月的小小的生命给她这么多的安慰和劝解,那小东西躺在她的怀里,她感觉得到他的小嘴的吮吸和小鼻子的呼吸。他仿佛在说:"你生气了,你嫉妒了,你想要报复他,你担心,可是我就是他。我就是他……"她没有什么好回答的。因为这完全是真话。

娜塔莎在这两个惶惶不安的星期里常常跑到孩子这里来寻求安慰,忙于照料他,结果奶喂得过多,弄得他病了。孩子得病后,她惊恐万分,与此同时她又需要这样。她一心照看着孩子,比较容易忍受因牵挂丈夫而产生的不安。

大门口响起皮埃尔的雪橇声时,她正在喂奶,知道怎样讨好女主人的保姆面带喜色悄悄地快步进了门。

"他回来了?"娜塔莎很快地低声问,不敢动一下,担心吵醒睡着了的孩子。

"老爷回来了,太太。"保姆低声说。

血涌上了娜塔莎的脸,两腿不由自主地动了起来;但是不能跳起来跑去迎接。孩子又睁开了小眼睛,看了一眼。"你在这里。"他仿佛这样说了一句,又慢吞吞地吧嗒起嘴来。

娜塔莎轻轻地抽出奶头,摇了摇孩子,把他交给保姆,快步朝门口走去。但是到了门口停住了,仿佛因一时高兴这么快就放下孩子而受良心责备似的,回头看了一眼。保姆正抬起胳膊肘,把孩子放到小床上去。

"您去吧,去吧,太太,您放心吧,去吧。"保姆微笑着,用主仆之间不拘礼貌的亲密语气低声说。

于是娜塔莎迈开轻快的步子朝前厅跑去。

杰尼索夫衔着烟斗从书房来到大厅,在这时第一次认出了娜塔莎原来的样子。只见她的脸变了样,焕发出一道道明亮的快乐的光芒。

"他回来了!"她一面跑一面对杰尼索夫说,这时杰尼索夫也觉得自己为皮埃尔的回来而高兴,虽然并不那么喜欢他。娜塔莎跑进前厅,看见一个穿着皮大衣的大高个儿正在解下围巾。

"是他!是他!真的!这就是他!"她自言自语地说,朝那人飞奔过去,搂住他,脑袋紧贴在他胸前,然后又放开他,朝皮埃尔的挂着霜花的满面红光、喜气洋洋的脸看了一眼。"是的,这是他;又快乐,又得意……"

突然她想起了最近两个星期因等待他而经受的煎熬,脸上快乐的表情消失了;她皱起眉头,一连串的责备与气话朝皮埃尔喷发出来。

"是的,你倒是很舒服!你高高兴兴的,很开心……可我呢?你哪怕可怜可怜孩子。我在喂奶,我的奶坏了。彼佳差一点死了。而你却很快活。是的,你很快活。"

皮埃尔知道他没有错,因为他无法早点回来;知道她这样发作是不合适的,知道过两分钟这就会过去;而主要的是,他知道他自己心里很快乐,很高兴。他想要笑一笑,但是这样做连想也不敢想。他做出可怜和惊恐的样子,弯下身子。

"我回不来,真的!彼佳怎么啦?"

"现在没有什么了,咱们走吧。你怎么不害臊!你要是看到你不在时我的那种样子,看到我多么难受就好了……"

"你身体好吗?"

"走吧,走吧。"她说,不放开他的手。于是他们到自己的房间去了。

尼古拉和妻子来找皮埃尔时,他正在儿童室里用右手大巴掌托着刚醒的儿子悠着。孩子咧开无牙的嘴,宽阔的脸上露出快乐的微笑。暴风雨早已过去了;娜塔莎的脸闪耀着明亮的快乐的阳光,她温情脉脉地看着丈夫和儿子。

"同费多尔公爵全都好好地谈了吗?"娜塔莎问。

"是的,谈得很好。"

"瞧,他抬得高高的(娜塔莎说的是他抬着头)。他可把我吓坏了!"

"看见公爵夫人了吗?她真的爱上了这个人?……"

"是的,你可以想象……"

说到这里时尼古拉和玛丽亚伯爵夫人进来了。皮埃尔没有放下孩子,弯下腰和他们亲吻,回答他们的询问。虽然有许多有趣的事情要讲,但是那头戴睡帽、摇晃着脑袋的孩子吸引了皮埃尔的全部注意力。

"多么可爱!"玛丽亚伯爵夫人说,她看着孩子,逗着他玩。"有一点我就不懂了,尼古拉,"她对丈夫说,"你怎么能不明白这些小家伙有多么可爱。"

"不明白,也明白不了,"尼古拉说,冷冷地看着婴儿,"一团肉而已。我们走吧,皮埃尔。"

"可是他是一个慈爱的父亲,这是主要的,"玛丽亚伯爵夫人为丈夫辩护说,"不过等孩子满一岁就……"

"不,皮埃尔很会哄孩子,"娜塔莎说,"他说,他的胳膊正好是给孩子的小屁股坐的。你们看。"

"可是唯独不是派这个用场的。"皮埃尔突然笑着说,举起孩子,交给了保姆。

十二

在童山的大院里,如同在每个真正的家庭里一样,同时有几个完全不同的人群,每个人群保持着自身的特点,相互做出让步,融合成一个和谐的整体。在这大院里发生的每个事件——无论是喜是悲——对所有这些人群来说都同样的重要;但是每个人群对每个事件采取或喜或悲的态度都有自身的、不受其他人群影响的原因。

譬如说,皮埃尔的到来是一件令人高兴的重要的事,所有的人都有这样的感觉。

仆人们往往能对主人做出最准确的判断,因为他们依据的不是谈话和表达出来的感情,而是行动和生活方式,他们对皮埃尔的到来感到高兴,因为他们知道,只要他在家,尼古拉就不会每天到各处去察看,就会变得高兴和温和些,还因为大家都将得到许多节日礼物。

孩子们和女家庭教师们对皮埃尔回来感到高兴,是因为谁也不能像皮埃尔那样把大家吸引来参加全家的活动。只有他一个人能用古钢琴弹奏苏格兰舞曲(他只会弹这一支乐曲),像他所说的那样,在这支乐曲伴奏下可以跳各种各样的舞,而且他大概给所有的人带来了礼物。

尼科连卡今年已经十五岁了,是个瘦弱多病的聪明孩子,长着一头淡褐色的鬈发和漂亮的眼睛,他之所以高兴,是因为皮埃尔叔叔(他这样称呼皮埃尔)是他赞赏和热爱的人。谁也没有教尼科连卡去特别爱皮埃尔,而且他只偶尔见到他。教养他的玛丽亚伯爵夫人竭尽全力要她的侄儿像她那样爱她的丈夫,实际上尼科连卡也喜欢姑夫;但是这种喜欢带有明显的蔑视。而他崇拜皮埃尔。他并不想当像尼古拉姑夫那样的骠骑兵和格奥尔吉勋章获得者,而想成为像皮埃尔叔叔那样的聪明、善良和有学问的人。在皮埃尔面前,他总是容光焕发,喜气洋洋,当皮埃尔和他说话时,他便脸红,呼吸急促起来。他不放过皮埃尔说的每一句话,然后和德萨尔一起或自己一个人回想和琢磨皮埃尔每句话的意思。皮埃尔过去的一生,一八一二年前遭到的不幸(尼科连卡根据听到的话构想出了一种富有诗意的情景),他在莫斯科的惊险经历、俘虏生活、普拉东·卡拉塔耶夫(这是听皮埃尔讲的)、他对娜塔莎的爱(尼科连卡也特别爱她),而主要的,还有他与尼科连卡已不记得的父亲的友谊——所有这一切使皮埃尔在他心目中成为英雄和圣哲。

刚开始懂得爱情的尼科连卡从皮埃尔忽然冒出来的关于他的父亲和娜塔莎的话里,从皮埃尔讲到死者时的激动心情中,从娜塔莎讲到他时的那种小心翼翼而又虔敬温柔的语气中得出这样的看法:他的父亲爱娜塔莎,在临死时把她托付给了自己的朋友。这个孩子虽不记得他的父亲,但把父亲视若无法想象的神明,想起他就心里发慌,眼睛里含着又悲又喜的眼泪。他为皮埃尔的到来而感到非常兴奋。

客人们都欢迎皮埃尔,因为任何地方只要有他在场,气氛便会变得活跃和融洽起来。

家里的大人,更不用说他的妻子了,都欢迎他,因为和他在一起生活就显得轻松和平静些。

老太太们之所以高兴,是因为他给她们带来了礼物,而主要的是因为娜塔莎又好像复活了一样。

皮埃尔感觉到不同的人对他的不同看法,忙于满足每个人的愿望。

皮埃尔这个最心不在焉和最易忘事的人,现在根据妻子给他开的单子,买了所有的东西,既没有忘记岳母和内兄的委托,也没有忘记送给别洛娃的衣料和给侄儿们的玩具。在刚结婚时,他对妻子要求他不要忘了叫他买的东西而感到奇怪,第一次外出时把这一切全忘了,使得妻子很伤心,他又不明白这是因为什么。但是后来他习惯了。他知道娜塔莎一般不叫他给她自己买什么东西,而给别人的东西只有当他自己提出来才叫他买,他现在给全家人买礼物时,出乎意料地感到一种孩子般的快乐,而且从来什么也不忘记。如果说他该受娜塔莎的责备的话,那只是因为买了多余的东西和买得太贵。根据大多数人的看法,娜塔莎有邋里邋遢、衣冠不整的缺点,而根据皮埃尔的意见,这似乎是优点,如今又加上了吝啬这一条。

皮埃尔自从成家后,家里人口多,开销大,可是他惊奇地发现,家里生活上的开支比过去省一半,这使得最近一个时期主要是因为还前妻所欠债务而变得很困难的经济状况开始好转了。

钱花得少了,是因为生活上有了约束:皮埃尔已不再过挥金如土、随时可以使他倾家荡产的奢侈生活,而且也不愿意再过了。他觉得现在他的生活方式已永远确定下来了,至死他也改变不了,因而生活过得比较节俭。

皮埃尔面带快乐的微笑一件件地拿出他买的东西。

"怎么样!"他像小铺伙计那样打开一块印花布。娜塔莎坐在他对面,膝盖上抱着大女儿,迅速地把炯炯有神的目光从丈夫身上转向他手中拿的东西上。

"这是给别洛娃的吗? 很好。"她摸摸印花布的质地如何。

"这大概要一卢布一尺吧?"

皮埃尔说了价钱。

"很贵,"娜塔莎说,"孩子们和妈妈会很高兴的。只是你给我买这个就多余了。"她加了一句,忍不住微笑着,欣赏着嵌有珍珠的金梳子,这样的梳子当时刚刚开始流行。

"是阿杰利撺掇我买的,她一个劲儿说买吧,买吧。"皮埃尔说。

"我什么时候戴啊?"娜塔莎把梳子插在辫子上,"这给玛申卡参加舞会时戴吧;也许那时又兴戴这东西。好吧,咱们走吧。"

他们拿上礼物,先去儿童室,然后到老伯爵夫人那里去。

当皮埃尔和娜塔莎腋下夹着一包包东西走进客厅时,老伯爵夫人像通常一样正坐在那里和别洛娃摆牌阵。

老伯爵夫人已六十开外。她的头发全白了,戴着睡帽,帽边裹住了她的整个脸。她的脸满是皱纹,上嘴唇已瘪了下去,两眼暗淡无神。

她在儿子和丈夫迅速地一个接一个去世后,觉得自己是一个被无意中遗忘在这个世界上的人,活着没有任何目的和意义。她吃、喝、睡,身体不错,但是她过的不是生活。生活没有给她留下任何印象。除了平静以外,她对生活别无他求,而她只有死了才能得到平静。但是在死期还没有到时,她需要活着,也就是说,需要消磨自己的时间和耗费生命力。在她身上可以最明显看到最小的孩子和最老的老人身上才有的特点。在她的生活中表面上看不出任何目的,显而易见的只是她需要做各种爱好的事和练习自己的能力。她之所以需要吃、睡、思考、说话、哭、做事、生气等等,只是因为她有胃、脑子、肌肉、神经和肝脏。所有这一切她是在没有什么外力影响下做的,不像充满生命力的人那样在追求一个目标时不去注意另一个使用力量的目标。她说话只是因为她生理上需要活动一下肺部和舌头。她像孩子一样地哭,因为她需要擤一下鼻涕,等等。精力充沛的人觉得是目的的东西,对她来说显然只是借口。

譬如说,在早晨,特别是当她前一天吃了什么油腻的东西时,她就需要发发脾气,这时她就把别洛娃耳朵聋作为生气的最方便的借口。

她在房间的另一头低声地对聋老太婆说起什么来。

"今天看起来天气要暖和些,亲爱的。"她小声说。别洛娃却回答道:"是啊,他们来了。"她听了就生气地唠叨说:"我的上帝,她真又聋又蠢!"

另一个借口是鼻烟,她时而觉得太干,时而觉得太潮,时而又觉得研得不好。在发过火后,她的脸就发黄,后来她的女仆一看她的样子准知道,她又要抱怨别洛娃耳聋、鼻烟太潮,她的脸色又要发黄了。如同她需要发发脾气一样,她有时也需要用一用剩下的思维能力,这样做的借口是摆牌阵。在需要哭几声时,借口是已故的伯爵。在需要担心时,尼古拉和他的身体成了担心的对象;需要说几句刻薄话时,就挑玛丽亚伯爵夫人的毛病。需要练习一下发音器官时——这大多在六点多钟,饭后在阴暗的房间里休息时——就对同一些听众讲同一些故事。

老太太的这种状态家里的人全都很理解,不过从来没有任何人提到这一点,大家都尽一切力量满足她的需要。只有在尼古拉、皮埃尔、娜塔莎和玛丽亚偶尔彼此看一眼和微微一笑时,他们相互之间才表现出对她的情况是心照不宣的。

除此之外,这些目光还有另一层意思:这就是她已在生活中起过她的作用,她不是整个人都像如今在生活中看到的那样;我们大家也将成为这样的人,因而高兴地听从她,为这个过去曾是亲爱的、和我们一样充满活力的、现在变成如此可怜的人而克制自己。这些目光似乎在说:记住,人总是要死的 ①。

家里只有粗野的和愚蠢的人以及小孩子们才不懂这一点,因而疏远她。

十三

当皮埃尔和妻子来到客厅时,老伯爵夫人正像平常一样需要摆摆牌阵活动活动脑子,因此虽然她根据习惯说了皮埃尔或儿子回来时常说的话("该回来了,该回来了,我的亲爱的;大家等了好久了。好了,谢天谢地。"),在送给她礼物时说了另一些常说的话("礼轻仁义重,亲爱的——谢谢你还给我这个老太婆买礼物……"),但是可以看出,皮

---

① 原文为拉丁文。

埃尔这时进来她并不高兴,因为会使她暂时放下了还没有摆完的牌阵。直到摆完后她才看那些礼物。送给她的礼物有一个精致的牌盒,一只鲜蓝色的带盖的塞夫尔瓷杯,上面绘着几个牧羊女,还有一个绘有伯爵遗像的金鼻烟壶,这遗像是皮埃尔在彼得堡请一位微型画家绘制的。(老伯爵夫人早就想要这样的鼻烟壶了。)她现在不想哭,因此她冷淡地朝遗像看了一眼,更多地注意那个牌盒。

"谢谢,亲爱的,你给了我安慰。"她像平常那样说。"但是最好的事莫过于你自己回来了。不然这太不像话了;你该把你的媳妇骂一顿才是。这像什么样?你不在家她就像发了疯一样。什么也看不见,什么也不记得。"她说着常说的话。"你瞧,安娜·季莫菲耶夫娜①,"她接着说,"他给我们带来了一个多好的牌盒。"

别洛娃称赞着礼物,很喜欢送给她的印花布。

皮埃尔、娜塔莎、尼古拉、玛丽亚伯爵夫人和杰尼索夫还有许多在老伯爵夫人面前没有说的话要说,他们没有说倒不是为了要瞒着她,而是因为她太落后了,如在她面前谈起什么事,就得回答她不合时宜地插进来的问题,再次重复已对她说过几次的话,对她讲某人死了,某人结了婚,但她又记不住;尽管如此,他们像惯常那样坐在客厅里的茶炊旁喝茶,皮埃尔回答着老伯爵夫人提出的、她自己也不需要的和谁也不感兴趣的问题,说瓦西里公爵见老了,玛丽亚·阿列克谢耶夫娜向大家问候,她还记得大家等等……

在喝茶的整个时间里一直进行着这种谁也不感兴趣、但很必要的谈话。家里的所有成年人都围着圆桌喝茶,桌上放着茶炊,索尼娅坐在茶炊旁。孩子们和男女家庭教师们已喝完茶,从隔壁的休息室里传来他们说话的声音。喝茶时,各人都坐在平常坐的地方;尼古拉坐在炉子边的小圆桌旁,茶给他端到圆桌上。第一代米尔卡所生的老猎犬米尔卡脸上的毛全白了,这使得那双乌黑的大眼睛显得更鼓,它躺在尼古拉身旁的圆椅里。头发、小胡子和络腮胡子已一半花白的杰尼索夫,身上的将军制服敞开着,坐在玛丽亚伯爵夫人身旁,皮埃尔则坐在妻子和老伯爵夫人之间。他正在讲他知道会使老太太感兴趣和她听得懂的

---

① 安娜·季莫菲耶夫娜是别洛娃的名字和父名。

事。他讲社会上的一些表面的事,讲老伯爵夫人的一些同龄人的情况,这些人当年活跃过一阵子,曾经是一个单独的圈子,如今大都分散在各地,正在度过晚年,捡拾着以前在生活中播下的庄稼留下的残穗。但是老伯爵夫人觉得这些同龄人才构成一个唯一值得重视的、真正的世界。娜塔莎从皮埃尔兴奋的样子看出,他的这次彼得堡之行很有意思,他有很多事要说,但是不敢在老伯爵夫人面前多嘴。杰尼索夫不是家庭成员,因此不明白皮埃尔为什么这样谨小慎微,而他对现实不满,很想听听彼得堡的情况,便不停地要皮埃尔讲刚刚在谢苗诺夫团里发生的事,讲阿拉克切耶夫和圣经会①。皮埃尔有时来了劲儿,便讲起这些事来,但是尼古拉和娜塔莎每次都把话题拉回到伊万公爵和玛丽亚·安东诺夫娜伯爵夫人的健康情况上来。

“这么说来,戈斯纳②和塔塔里诺娃③全都发疯了,”杰尼索夫说,“难道还在继续干?”

“继续干?”皮埃尔喊叫起来,“比任何时候都起劲。圣经会现在就是整个政府。”

“这说的是什么,亲爱的?”老伯爵夫人问,她已喝完了茶,看来想在吃了点东西后找个发脾气的借口。“你这说的是什么政府;这我不懂。”

“您知道,妈妈,”尼古拉插进来说,他知道怎样把话翻译成母亲的语言,“说的是亚历山大·尼古拉耶维奇·戈利岑公爵成立了一个团体,据说,他很有势力。”

“阿拉克切耶夫和戈利岑,”皮埃尔脱口而出,“现在这就是整个政府。而且握有大权!他们把一切都看作阴谋,什么都害怕。”

“怎么,亚历山大·尼古拉耶维奇公爵有什么错?他是一个可敬的人。我曾在玛丽亚·安东诺夫娜家里见过他。”老伯爵夫人生气地说,见到没有人搭她的碴就更加生气了,便接着说,“现在对什么人都评头

---

① 圣经会成立于一八一二年,原为传播《圣经》的团体。后来阿拉克切耶夫、戈利岑、科丘别依、马格尼茨基、米洛拉多维奇等军政要人成为这个团体的成员。

② 戈斯纳(一七七三—一八五八),巴伐利亚牧师,神秘主义者,一八二〇年当选为圣经会会长。

③ 塔塔里诺娃(一七八三—一八五六),未出嫁时姓布克斯格夫登,德国血统的教派信徒,一八一七年在彼得堡创立精神协会。

品足。福音书协会有什么不好？"她站起身来（大家也站了起来），板起面孔朝休息室的桌子旁走去。

出现了一阵使人感到压抑的沉默，这时从隔壁房间传来了孩子们的说笑声。显然孩子们那里准有什么使他们高兴的事。

"好了，好了！"从所有人的笑声中可以听出小娜塔莎快乐的喊叫声。皮埃尔与玛丽亚伯爵夫人和尼古拉对看了一眼（娜塔莎一直都在他的视野内），快活地笑了笑。

"多么美妙的音乐！"他说。

"准是安娜·马卡罗夫娜织好了一只袜子。"玛丽亚伯爵夫人说。

"我去看看。"皮埃尔跳起来说。"你知道，"他在门口停住，又说，"为什么我特别喜欢这样的音乐？因为他们首先让我知道一切都很好。今天回家时，我离家愈近，就愈是担心。我一走进前厅，就听见安德留沙不知为什么笑着——这就是说，平安无事……"

"我懂得，我懂得这感情，"尼古拉赞同说，"可我不能去，因为我知道袜子要作为一件意想不到的礼物送给我。"

皮埃尔进了孩子们的房间，那里的笑声和喊声更大了。"安娜·马卡罗夫娜，"只听得皮埃尔这样说，"你过来，到中间来，听口令——一，二，等我说到三，你就站到这里。就把你抱起来。好，一，二……"皮埃尔说；大家都不作声了。"三！"房间里响起了孩子们兴高采烈的喊声。

"两只，两只！"孩子们喊道。

这是两只袜子，是安娜·马卡罗夫娜根据只有她一个人知道的窍门用一副针一下子织出来的，每当袜子织好后，总是得意扬扬地当着孩子们的面把一只袜子从另一只袜子里抽出来。

十四

在这之后不久，孩子们都来道晚安。孩子们一一和大人亲吻，男女家庭教师行过礼，都出去了。只有德萨尔和他的学生留了下来。他低声叫尼科连卡下楼去。

"不，德萨尔先生，我要请求姑妈允许我留在这里。"尼科连卡·鲍尔康斯基也低声地回答道。

"姑姑,让我留下吧。"尼科连卡走到姑妈跟前说。他的脸上露出恳求、激动和兴奋的神情。玛丽亚伯爵夫人朝他看了一眼,接着转过身去与皮埃尔说话。

"您在这里,他就不愿离开……"她对他说。

"过一会儿我就把他送到您那里去,德萨尔先生,晚安。"皮埃尔朝这个瑞士人伸出手去说,然后微笑着转向尼科连卡。"我和你还没有见过面呢。玛丽,他长得愈来愈像了。"他又对玛丽亚伯爵夫人说了一句。

"像父亲?"孩子脸涨得通红,一双闪闪发亮的眼睛充满喜悦地仰望着皮埃尔。皮埃尔朝他点点头,继续顺着被孩子们打断的话头往下讲。玛丽亚伯爵夫人在十字布上绣花;娜塔莎目不转睛地看着丈夫;尼古拉和杰尼索夫不时站起来要烟斗抽烟,接过无精打采、一动不动地坐在茶炊旁的索尼娅递过来的茶,详细地询问着皮埃尔什么。长着一头鬈发的病弱的孩子两眼闪闪发亮,坐在角落里,谁也没有注意他,他只把露在翻领外的细脖子上的长着鬈发的脑袋转向皮埃尔,时而颤抖一下,嘴里自言自语地低声叨咕着什么,看来他体验到了某种新的和强烈的感情。

谈话一直在当时从最高当局传出的流言上打转,大多数人通常认为它对内政来说具有极为重要的意义。杰尼索夫由于在军界不得志而对政府不满,听到现在彼得堡发生的事,认为都是蠢事,心里很高兴,对皮埃尔的话发表了自己的看法,用词甚为激烈和尖锐。

"过去需要当一个德国人①,现如今则需要和塔塔里诺娃和克吕德讷夫人②跳舞,读什么……埃卡茨豪森③之流的书。唉!真该把波拿巴这好汉又放出来!他会让大家头脑清醒些!这像什么话——把谢苗诺夫团交给像施瓦尔茨这样的丘八④?"他喊道。

---

① 指一八一二年俄国将领有很多是德国人。
② 克吕德讷(一七六四——一八二五),未出嫁前姓菲丁戈夫,女作家,宣扬神秘主义。
③ 见第一卷第一部第二十二章注。
④ 一八二〇年三月施瓦尔茨上校被任命为谢苗诺夫团团长,此人以丘八作风而著称。

尼古拉虽然不像杰尼索夫那样只挑毛病，但是也认为议论政府是一件非常值得做的重要事情，在他看来，任命甲当某部大臣，派乙到某地去当总督，皇帝说了什么，某某大臣又说了什么，都很重要。因此他认为需要关心这些事，也向皮埃尔问这问那。这两人提出的各种问题也只是与政府高级部门通常的一些传闻相关。

但是了解丈夫的所有说话方式和想法的娜塔莎看到，皮埃尔早就想把谈话引到另一条道上去，说一些自己内心的想法，他正是因为有这种想法才到彼得堡去和自己的新朋友费多尔公爵商议的，但是现在他改换不了话题；于是娜塔莎出来帮助丈夫，提了一个问题，问他与费多尔公爵的事 ① 进行得怎么样？

"这指的是什么？"尼古拉问。

"还是那些事，"皮埃尔环视自己的周围说，"大家都看到情况很糟糕，不能不闻不问，所有正直的人都有义务尽自己的力量阻止局势这样发展下去。"

"正直的人能做些什么呢？"尼古拉微微皱起眉头说，"可以做些什么呢？"

"听我说……"

"我们到书房去。"尼古拉说。

娜塔莎早就知道会来叫她去喂奶，听见保姆喊她，便到儿童室去了。玛丽亚伯爵夫人跟着她出去。男人们朝书房走，尼科连卡·鲍尔康斯基趁姑夫不注意，也跟着到了那里，在窗口暗处的书桌旁坐下。

"你说，你能做什么呢？"杰尼索夫说。

"老是想入非非。"尼古拉说。

"听我说，"皮埃尔说了起来，他没有坐下，时而在房间里来回走动，时而停住脚步，口齿不清地说着话，在说话时很快地打着手势，"听我说。彼得堡的情况是这样的：皇帝什么也不管。他整个地沉浸在神秘主义里（现在皮埃尔对任何人的神秘主义都不能原谅）。他只寻求安宁，而能给他安宁的只是像马格尼茨基、阿拉克切耶夫之类 ② 轻率鲁

---

① 这指的是当时十二月党人的秘密活动。
② 原文为意大利文。

莽、乱来一气的无法无天的小人……如果你自己不管家里的事,只要求安宁,那么你的庄园管理人愈残酷,你就能愈快地达到目的,你同意这样的说法吗?"他问尼古拉。

"你讲这个干什么?"尼古拉说。

"要知道,一切就要完了。法庭里贿赂盛行,军队只靠棍棒来维持:大搞步法操练和屯垦^①,老百姓受苦,教育被扼杀。凡是新生的、好的东西都遭到摧残! 大家都看到不能这样下去了。弦绷得太紧了,必定是要断裂的。"皮埃尔说(自从有了政府以来,人们在观察了任何一个政府的行为后常常这样说)。"我在彼得堡对他们说了一点。"

"对谁说了?"杰尼索夫问。

"您知道是对谁说的。"皮埃尔皱着眉头、意味深长地看着他说,"是对费多尔公爵和他们大家说的。热心教育和慈善事业^②,这当然都很好。这个宗旨好得很,如此而已;在目前的情况下应当做别的事情。"

这时尼古拉发现内侄在房间里。他沉下了脸,走到孩子面前。

"你在这里干什么?"

"为什么说他? 让他待在这里吧。"皮埃尔拉住尼古拉的手接着往下说,"这样做不够,我对他们说:现在需要做别的事情。你们大家都站在那里等着这根绷紧的弦断裂,都在等待不可避免的变革,—— 可是应当有更多的人更紧密地团结起来,手挽手地去阻止总的灾难的发生。所有年轻的、精力旺盛的人正在被拉到那边去而被腐蚀掉。有的受女色的引诱,有的经不住名誉地位和金钱的诱惑—— 他们就会投靠那个阵营。像你们和我这样的独立自主和自由的人根本没有了。我说,要扩大我们的团体;我们的口号不应只是高尚品德,而应是独立性和行动。"

尼古拉离开内侄,生气地挪过一把圈椅坐下了,听着皮埃尔说,不满地咳嗽着,脸色变得愈来愈阴沉。

"行动的目的是什么呢?"他喊了一声,"你们对政府将采取什么

---

① 阿拉克切耶夫于一八一七年根据亚历山大一世的旨意,在诺夫哥罗德、哈尔科夫、赫尔松等省建立屯垦,并残酷对待屯垦的军人。

② 这是当时与十二月党人的秘密团体幸福同盟有联系的俄国文学爱好者自由协会的主要格言。

态度？"

"就采取这样的态度！帮助的态度。如果政府允许，协会可以不是秘密组织。它不仅不与政府作对，而且是一个真正保守派的团体。是一个名副其实的绅士组织。我们只是为了明天普加乔夫^①不来杀你我的孩子，只是为了阿拉克切耶夫不把我送到军屯——我们只是为了这个才手挽手，抱着实现共同的幸福和安全的目的进行斗争的。"

"说得不错；但是既然是秘密团体，因而它就是敌对的和有害的，只能带来祸害。"尼古拉抬高嗓门说。

"为什么？难道拯救了欧洲的道德同盟^②（当时还不敢说俄国拯救了欧洲）产生了什么害处吗？道德同盟重视道德，宣扬爱和相互帮助；也就是基督在十字架上所宣扬的东西。"

娜塔莎在谈话的中途进了房间，高兴地看着丈夫。可是她听了他说的话并不高兴。她甚至不感兴趣，因为她觉得这一切特别简单，她早就知道了（她这样觉得是因为她了解产生这一切的皮埃尔的整个心灵）。但是她看着他兴高采烈的样子，又感到高兴。

而更加高兴地看着皮埃尔的，是那个被人们遗忘的、翻领里露出细脖子的孩子。皮埃尔的每句话都激动他的心，他的手指痉挛性地动着，自己也没有注意到怎么把姑夫桌上的火漆和鹅毛笔弄断了。

"完全不是你想的那样，德国道德同盟和我说的那个团体就是这样的。"

"唉，老弟，这道德同盟只有对那些卖香肠的家伙^③是好的。我不了解这个，说不出什么来。"只听得杰尼索夫大声地、坚决地说，"一切都很糟糕和令人厌恶，这我同意，不过这道德同盟我不了解，也不喜欢——**暴动暴动**的^④，就是这样！要我成为你的人！"

皮埃尔微微一笑，娜塔莎也笑了起来，但是尼古拉眉头皱得更紧

---

① 普加乔夫（一七二六——一七七五），十八世纪俄国农民起义领袖。

② 道德同盟（Tugemlbund）是一八〇八年在哥尼斯堡成立的秘密政治团体，其宗旨为反对法国侵略和恢复德国民族精神。俄国十二月党人的第一个秘密团体救国同盟在制定政治纲领和策略时曾参考道德同盟的章程。

③ 见第一卷第三部第十四章注。

④ 俄语"暴动"（"б unt"）与德语"同盟"（"Buud"）发音相似。

了，并开始向皮埃尔证明不会有什么变革，他说的全部危险只是他的想象。皮埃尔进行反驳，由于他的智力更强，思维更敏捷，尼古拉觉得自己陷入了窘境。这使他更加气恼，因为他心里不是根据推理，而是根据比推理更有力的东西认定自己的意见无疑是正确的。

"我要对你说，"他说着站起身来，手指颤抖着想把烟斗挪到嘴角，最后干脆扔下了，"我无法向你证明。你说我们一切都很糟，将要发生变革；这一点我看不出来；你说宣誓效忠是形式，那么我要对你说：你是我的好朋友，这你是知道的，但是如果你成立秘密团体反对政府，不管这政府怎么样，我知道我的天职是服从这个政府。如果现在阿拉克切耶夫要我率领一个骑兵连弹压你们——我一秒钟也不会犹豫，立即去执行命令。到那时你要怎么说就怎么说好了。"

他讲了这些话后，出现一阵难堪的沉默。娜塔莎第一个开口说话，她为丈夫辩护，攻击哥哥。虽然她的辩护是软弱无力和笨拙的，但是她的目的达到了。谈话重新开始后，用的已不是尼古拉说最后几句话时的那种敌对的语气了。

当大家站起来去吃饭时，尼科连卡·鲍尔康斯基走到皮埃尔跟前，他脸色苍白，眼睛闪闪发亮。

"皮埃尔叔叔……您……不……要是爸爸在世他会问意您的看法吗？"他问。

皮埃尔突然意识到，在他说话时这个孩子思想感情上一定有过一番特殊的、独立的、复杂的和激烈的活动，他回想了自己说的所有的话，想到孩子都已听见了，不免感到懊恼。然而还得回答他。

"我想他会同意的。"皮埃尔不乐意地说，出了书房。

孩子低下头，这时仿佛第一次发现自己在桌子上弄坏的东西。他涨红了脸，走到尼古拉跟前。

"姑夫，请原谅，我不是有意弄坏的。"他指着弄断的火漆和鹅毛笔说。

尼古拉气得全身哆嗦了一下。

"好了，好了。"他说，把弄断的火漆和鹅毛笔扔到桌子底下。看样子他好容易忍住了胸中的怒火，转过身去。

"你根本不该待在这里。"他说。

十五

吃晚饭时,不再谈论政治和各个团体,谈话转到了尼古拉最喜欢的话题上——回忆一八一二年,这话题是杰尼索夫引起的,谈话过程中皮埃尔显得特别可爱和可笑。最后他们散的时候气氛是非常友好的。

尼古拉晚饭后在书房里脱了衣服,对等候已久的管家吩咐了几句,穿着睡衣来到卧室,发现妻子还坐在书桌旁,见她正在写什么东西。

"你在写什么,玛丽?"尼古拉问。玛丽亚伯爵夫人脸红了。她担心她写的东西得不到丈夫的理解和赞同。

她很想不让他知道她写的东西,但是与此同时又为他发现和需要告诉他而感到高兴。

"这是日记,尼古拉。"她说,顺手递给他一个上面写满粗大有力的字的蓝色笔记本。

"日记?……"尼古拉带着几分嘲笑的语气说,接过了笔记本。那上面用法文写道:

十二月四日。今天大儿子安德留沙醒来后不愿穿衣服,路易丝小姐派人来叫我。孩子任性而又固执。我设法吓唬他,他更加生气了。于是我假装不管他,开始和保姆一起叫醒别的孩子,对他说,我不喜欢他。他好像觉得奇怪一样,好久没有说话;然后身上只穿一件衬衫扑到我身上,号啕大哭起来,我花了很长时间也没有能把他哄好。可以看出,他主要是因为惹我生气而难过;后来,晚上当我给他条子时,他又伤心地哭了起来,吻着我。只要对他温存体贴,什么都可以做到。

"什么条子?"尼古拉问。

"我开始在每天晚上给大孩子们发一张纸条,上面写着对他们一天表现的评语。"

尼古拉朝妻子的那双盯着他的闪闪发光的眼睛看了一眼,继续翻阅着。日记里记的是做母亲的认为孩子生活中值得注意的事情,认为这些事情表现了孩子的性格,能促使人们去考虑教育方法问题。这大多是最琐碎的小事；但是无论是母亲还是现在第一次读这本记载孩子的事的日记的父亲，都不觉得这些事无关紧要。

十二月五日的日记写道：

米佳在吃饭时淘气。爸爸叫人不给他馅饼吃。于是馅饼没有给他；在别人吃的时候，他可怜巴巴地看着，简直馋极了！我想，用不让吃好吃的东西的办法进行处罚，会使人变得更贪嘴。应当告诉尼古拉。

尼古拉放下笔记本，朝妻子看了一眼。只见妻子的那双闪闪发光的眼睛用询问的目光（仿佛在问他是否赞同日记里写的话）看着他。毫无疑问，尼古拉不仅赞同妻子的看法，而且很欣赏。

"也许不需要这样过分认真；也许根本用不着这样做。"尼古拉想；但是这种始终重视培养孩子们好的道德品质并为此做出孜孜不倦的努力的精神，使他感到钦佩。如果尼古拉能够理解自己的感情，那么他就会认识到，他那样坚定地、充满柔情和自豪地爱他的妻子，主要是因为他对她的内心的热诚，对她的那种崇高的、他自己几乎无法达到的精神境界感到惊讶。

他为她这样聪明和善良而感到自豪，知道自己的精神世界与她无法相比，因此更为她和她的心灵不仅属于他，而且构成他本身的一部分而感到高兴。

"非常非常赞成，亲爱的。"他神情深沉地说。停了一会儿后接着说："可我今天表现很不好。你当时不在书房里。我和皮埃尔争了起来，发了火。我忍不住。他真像一个孩子。我不知道，如果娜塔莎不管住他，他会怎么样。你可知道他到彼得堡是干什么去的……他们在那里搞了……"

"是的，我知道，"玛丽亚伯爵夫人说，"娜塔莎告诉我了。"

"这么说来你知道……"尼古拉接着说，一想起争论火气就来了。"他要想使我相信，每一个正直的人都应当去反对政府，至于效忠的誓言和职责……我为你当时不在场而感到惋惜。杰尼索夫和娜塔莎都攻击我……娜塔莎非常可笑。平时娜塔莎把他管得服服帖帖，而一遇到争论,她就没有了主见——只会重复他的话。"尼古拉又说,他受一种不可遏止的愿望的支配,忍不住要议论最亲近的人。尼古拉忘记了,他说娜塔莎的那些话可以一句不差地用到他和他的妻子身上。

"是的,这一点我注意到了。"玛丽亚伯爵夫人说。

"当我对他说职责和誓言高于一切时,天知道他说的是什么。可惜你不在;要是在,你会怎么说呢?"

"我认为你完全是对的。我就这样对娜塔莎说。皮埃尔说,大家都在受苦受难,腐化堕落,我们有帮助他人的责任。自然他这样说并不错,"玛丽亚伯爵夫人说,"但是他忘记了,我们还有另一些义务,这是上帝给我们的,我们可以不顾自己的危险,但不能拿孩子们去冒险。"

"说得对,说得对,我就是这样对他说的,"尼古拉接过去说,他真的觉得自己说了这样的话,"而他还口口声声说什么对他人的爱和基督教,而这一切都是当着尼科连卡的面说的,这小家伙溜进了书房,把东西都弄坏了。"

"唉,你知道,尼古拉,尼科连卡常常使我很苦恼。"玛丽亚伯爵夫人说,"这是一个很不寻常的孩子。我担心我忙于照管自己的孩子而把他忘了。我们大家都有孩子,都有亲人;而他却一个亲人也没有。他老是一个人想他的心事。"

"可是你不必为了他而责备自己。一个最慈爱的母亲能为儿子做的一切,你过去为他做了,现在也正在做。我当然为此而高兴。他是一个好孩子,一个很好的孩子。今天发了呆似的听皮埃尔说话。你想想,我们出来吃晚饭时,我一看:他把我书桌上的东西全都弄坏了,不过马上就认错了。我从来没有见过他说假话。一个很好很好的孩子!"尼古拉又说了一遍,他心里虽不喜欢尼科连卡,但是总是愿意承认他是一个好孩子。

"我毕竟不是母亲,"玛丽亚伯爵夫人说,"我感到这一点,并为此而苦恼。非常好的孩子;但是我为他非常担心。要是有小伙伴,这会对他有好处。"

"没关系,这不会很久了;今年夏天我就带他去彼得堡。"尼古拉说。"是的,皮埃尔从来就是一个幻想家。"他又回到书房里的话题上,看来这话题使他很激动,"那里的一切与我有什么相干—— 当我结了婚,债务很多,不还就要坐牢,母亲见不得这些同时也不明白时,阿拉克切耶夫这人不好等等,与我又有什么相干?后来有了你,有了孩子,有了事业。我从早到晚待在账房里,处理各种事情,难道是为了取乐吗?不,我知道我应当工作,为的是安慰母亲,报答你,不让孩子像我过去那样过穷日子。"

玛丽亚伯爵夫人想要对他说,人不是单靠面包活着的,他过分看重这些家业了;但是她知道这话不必说,说也没有用。她只拉住他的一只手,吻了吻。而他把妻子的这个动作看作是对他的想法的赞同和确认,便默默地想了一会儿,继续往下说。

"你知道,玛丽,"他说今天伊里亚·米特罗方内奇(这是管家)从坦波夫乡下来,他说已有人愿出八万卢布买我们的树林。"于是尼古拉兴奋地说起在不久的将来就有可能赎回奥特拉德诺耶。"再过十年,我就可留给孩子们万贯家财。"

玛丽亚伯爵夫人听着丈夫说,明白他所说的一切。她知道,他这样自言自语地说他的想法时有时会问她说的是什么,当他发现她想的是别的事情时,便会生气。而她总是强迫自己听他说,因为她对他说的事一点也不感兴趣。她看着他,与其说是想别的事情,不如说是有一种别的感觉。她觉得自己对这个人怀有一种温顺的和充满柔情的爱,似乎因为他永远也不会明白她所明白的所有道理而更加热烈地爱他。除了这种占据了她的整个身心、妨碍她深入了解丈夫的计划的感情外,她的头脑里还闪过一些与他说的话毫无共同之处的想法。她想着侄儿(她听丈夫说他在听皮埃尔说话时非常激动,感到非常惊奇),想起了这孩子的温存的和重感情的性格的各种特点;她在想侄儿时,也想自己的孩子。她没有把侄儿和自己的孩子进行比较,但是比较了自己对他们的感情,发现对尼科连卡的感情缺少点什么,心里很难受。

有时她想到这种差别来自年龄;但是她感到自己对不起他,暗自下决心要加以改正,努力做到难以做到的事—— 即今生今世要像基督爱人类那样既爱丈夫和孩子,也爱尼科连卡和所有其他的人。玛丽亚伯爵夫人的心一直在追求无限的、永恒的和完美的东西,因此永远不可能是平静的。她脸上的表情很严肃,这说明她有一种深藏在内心的、受肉体之累的高尚痛苦。尼古拉朝她看了一眼。

"我的上帝! 看见她的这种脸色,我觉得她就要死了,要是她真的死了,我们怎么办呢。"他想道,接着站在圣像面前做起晚祷来。

十六

晚饭后,娜塔莎和丈夫单独在一起时,也进行了夫妻之间特有的谈话,也就是说,交谈时能异常清楚和迅速地明白彼此的想法,说话不按照所有的逻辑规则,不借助于判断、推论和结论,用的纯粹是一种特殊的方式。娜塔莎已完全习惯于用这种方式同丈夫说话,在她看来,皮埃尔话说得合乎逻辑,反倒确实地表明他们两人之间有什么不和。当他开始进行证明,有条有理地和心平气和地说话,而她也跟着他这样做时,她就知道,最后一定会争吵起来。

当房间里只剩下他们两人时,娜塔莎睁大幸福的眼睛悄悄地走到皮埃尔面前,突然一下子抱住他的头,把它紧紧贴在自己胸前,说:"现在你整个人都属于我了! 你跑不掉了!"从这时起,就开始了违背所有逻辑规则的谈话,它之所以违背逻辑规则,是因为在同一时间里谈着完全不同的事情。这种在同一时间里谈论许多事情的做法,不仅不妨碍清楚地理解,相反,却确实地表明他们是完全相互理解的。

在做梦时,除了支配梦境的感情外,一切都是不真实的、无意义的和充满矛盾的,同样,在这违背一切常情的交谈中,前后一贯的和清楚的不是言语,而只是支配他们的感情。

娜塔莎对皮埃尔说她哥哥的生活,说丈夫不在时她是多么痛苦,过地简直不是生活,说她更加爱玛丽,说玛丽在各个方面都比她好。在说这些话时,娜塔莎真心实意地承认玛丽比她强,但是与此同时她又要求皮埃尔喜欢她而不要喜欢玛丽和所有其他的女人,现在,尤其是他在彼得堡见了许多女人后,更要他再次向她表明这一点。

皮埃尔在回答娜塔莎的话时对她说,在彼得堡出席各种有女士们参加的晚会和宴会,简直受不了。

"我完全忘了怎么和女士们说话了，"他说，"真是无聊。尤其是因为我又那么忙。"

娜塔莎凝视着他，接着说：

"玛丽真是太好了！"她说，"她善于理解孩子们的心思。她仿佛只看见他们的心。譬如说，昨天米坚卡淘气……"

"啊，他多么像他的父亲。"皮埃尔插嘴说。

娜塔莎知道他为什么说米坚卡像尼古拉，这是因为他想起和内兄的争论就感到不快，想知道娜塔莎对这事的看法。

"尼古拉有这样的弱点，凡是没有被所有人认可的事，他怎么也不会同意。而我知道，你所看重的是开辟道路。"她说，重复着皮埃尔以前说过的话。

"不，尼古拉的主要问题是，"皮埃尔说，"他认为思考和议论是一种消遣，几乎是消磨时间。譬如说他收藏图书，立下一条规矩，不读完已买的书就不买新书——不买西斯蒙第①、卢梭和孟德斯鸠的书。"皮埃尔微笑着加了一句。"你知道，我怎样把他……"他想要把话说得缓和些；但是娜塔莎打断了他，要他觉得不必要这样做。

"你说，他认为思考是一种消遣……"

"而我认为其余的一切才是消遣。我在彼得堡时，看见所有的人好像在梦里看见他们一样。当我在想着事情时，其余的一切都是消遣。"

"唉，真可惜，我没有看见你怎么和孩子们打招呼。"娜塔莎说，"哪个孩子最高兴？大概是丽莎吧？"

"对。"皮埃尔说，继续说他感兴趣的事，"尼古拉说，我们不应该思考。可是我做不到。不用说在彼得堡我感觉到了这一点（我可以对你说），要是没有我，这一切全会瓦解，每个人都坚持自己的意见。但是我把大家联合了起来，再说我的想法非常简单明了。我并没有说我们应该反对这个或那个。我们可能会出错。我只说：让所有热爱善的人手挽手联合起来，我们只有一面旗帜——积极行善。谢尔基公爵是一个很好的人，而且很聪明。"

娜塔莎并不怀疑皮埃尔的思想是伟大的思想，但是有一点使她不

① 西斯蒙第（一七七三——一八四二），瑞士经济学家和历史学家。

安。这就是他是她的丈夫。"难道这样一个对社会来说非常重要和非常有用的人同时又是我的丈夫？为什么会是这样？"她想要把这个疑问告诉他。"究竟谁能够断定他确实比所有的人都聪明？"她问自己，并在脑子里把皮埃尔尊敬的人逐个过了一遍。根据他的叙说,在所有的人当中他最尊敬普拉东·卡拉塔耶夫。

"你知道我在想什么吗？"她问,"在想普拉东·卡拉塔耶夫。他怎么样？现在会赞成你吗？"

皮埃尔对这个问题一点也不觉得奇怪。他了解妻子的思路。

"普拉东·卡拉塔耶夫？"他问道,接着沉思起来,看来真的是在想卡拉塔耶夫对这件事会有什么看法,"他可能不会理解,不过我想他会赞成。"

"我太爱你了！"娜塔莎突然说,"非常非常爱你！"

"不,也许不会赞同,"皮埃尔想了一想说,"他会赞同我们的家庭生活。他是那么希望在一切之中看到美好、幸福和安宁,我会自豪地让他看看我们。刚才你说到离别。你大概不会相信,咱们分手后我对你怀有一种特殊的感情……"

"是的,还有……"娜塔莎想要接过去说。

"不,不是那个意思。我一直爱着你。爱得不能再爱了；而这是一种特殊的……是的……"他没有把话说完,因为他们相遇的目光已表达出了其余的话的意思。

"什么蜜月啦,刚结婚时最幸福啦,"娜塔莎突然说,"全是废话。相反,现在才是最好的时光。只要你不离开。你记得我们争吵吗？每次都是我不对。总是我有错。我们争吵什么,我都忘记了。"

"都是为了一件事,"皮埃尔微笑着说,"吃醋……"

"别说了,我不爱听。"娜塔莎喊道。她的眼睛里闪现出冷冰冰的和恼怒的亮光。"你见到她了吗？"她停了停又问了一句。

"没有,即使见到了,也认不出来了。"

他们沉默了一会儿。

"啊,你知道吗？当你在书房里说话时,我看着你,"娜塔莎开口说道,看来她竭力想驱散突然出现的乌云,"你跟男孩(她这样叫她的儿子)简直长得一模一样。唉,我该到他那里去了……奶涨了……真舍不得走。"

他们沉默了几秒钟。然后两人突然在同一时间面对面地转过身，开始说起话来。皮埃尔洋洋自得，兴致勃勃；娜塔莎面带平静幸福的微笑。他俩的话碰到一起时，便都停住，给对方让开道。

"不，你怎么啦？你说，你说。"

"不，你说吧，我只是随便说说。"娜塔莎说。

皮埃尔说了他已开了头的事。他继续洋洋得意地谈论他在彼得堡取得的成功。这时他觉得，他负有向整个俄国社会和全世界指明新的方向的使命。

"我只是想说，所有能产生巨大影响的思想总是非常简单的。我的整个思想在于，既然坏人都相互结合起来成为一股势力，那么正直的人也同样应该这样做。这个道理非常简单。"

"是的。"

"你想要说什么来着？"

"我只是随便说说。"

"不，究竟要说什么？"

"没有什么，不值得一提，"娜塔莎说，她笑得更加快活了，"我只想说说彼佳：今天保姆过来把他从我这里抱走时，他笑了起来，眯起眼睛，紧偎着我——大概以为他躲起来了。可爱极了。听，他在哭了。好，再见！"她出了房间。

这时，在楼下，在尼科连卡·鲍尔康斯基的住处，在他的卧室里，像平常一样点着一盏小油灯（孩子害怕黑暗，这个毛病一直未能改掉）。德萨尔高高地躺在四个靠枕上睡着了，他的罗马式的鼻子[①]发出均匀的打鼾声。尼科连卡刚刚醒来，出了一身冷汗，眼睛睁得大大的，坐在床上，望着自己的前面。他是被可怕的梦吓醒的。他梦见自己和皮埃尔戴着普卢塔克书中插图上画的那种头盔[②]。他和皮埃尔叔叔走在一支大部队的前面。这支部队是由白色的斜线组成的，这些斜线类似秋

---

① 罗马式的鼻子，鼻梁高而端正，有凸骨。
② 普卢塔克，见第二卷第二部第六章注。这里大概说的是他的用法文出版的插图本名人传，其中有古代统帅和将领的戴头盔的像。

天空中飘荡的蛛丝,德萨尔将其称为游丝。前面是荣誉,它同这些线一样,只不过要密实些。他们——他和皮埃尔——轻松愉快地跑着,愈来愈接近目标。突然牵动着他们的线开始松了,纠缠在一起;脚步变得沉重起来。尼古拉·伊里奇姑夫站在他们面前,样子可怕而严厉。

"这是你们干的?"他指着弄断的火漆和鹅毛笔问,"我爱你们,但是阿拉克切耶夫下了命令,谁要是向前走,我就打死谁。"尼科连卡回头朝皮埃尔看了一眼;但是皮埃尔已不在了。皮埃尔变成父亲安德烈公爵,父亲的样子看不清楚,但是他在这里,尼科连卡见了他,感到自己特别爱他,但觉得自己虚弱无力,像没有骨头一样,软绵绵的。父亲亲他,可怜他。但是尼古拉·伊里奇朝他们逼过来,离得愈来愈近。尼科连卡害怕极了,于是他醒了。

"这是父亲,"他想,"父亲(虽然家里有两幅相似的画像,但是尼科连卡从来不把安德烈公爵想象成平常人的模样)刚才同我在一起,亲过我。他赞成我,赞成皮埃尔叔叔。不管他说什么——我一定去做。穆西乌斯·斯凯沃勒① 烧了自己的手。但是在我的生活中为什么没有这样的事?我知道,他们希望我好好学习。我是要学习的。但是总有一天我将不再学习;到那时我再这样做。我只求上帝一件事:希望我能碰上普卢塔克书里的名人们碰上的事,我一定也像他们那样去做。我要做得更好。大家都会知道我,都会喜欢我,都会赞扬我。"突然尼科连卡觉得胸口发闷,呼吸急促,接着号啕大哭起来。

"您不舒服吗?"他听见德萨尔在问。

"不。"尼科连卡回答道,又躺到靠枕上。"他很和气,是个好人,我喜欢他。"他这样想德萨尔,"还有皮埃尔叔叔!他是一个多么好的人啊!那么父亲呢?父亲!父亲!是的,我一定要做出一件就连他也满意的事……"

---

① 穆西乌斯·斯凯沃勒为古罗马传说中的英雄。伊特拉斯坎国王围攻罗马时,他前去行刺,被捕后受审时把右手伸入祭坛烈火中而不动声色,国王见其勇敢,释放了他,并撤走了军队。

第二部

一

历史研究的对象，是各族人民和人类的生活。要直接捉摸到和用语言把握住、即描述出即使是一个民族的生活，看来是不可能的，更不用说人类的生活了。

所有古代的历史学家都使用同一个方法来描述和捉摸一个民族的似乎不可捉摸的生活。他们所描述的是统治一个民族的个别人的活动；他们认为这活动代表了整个民族的活动。

那么个别人是如何使得整个民族按照他们的意志行动起来的，这些人的意志又是受什么支配的呢？古代历史学家对这些问题作了回答，在回答第一个问题时承认神的意志使得整个民族服从一个天才的意志；在回答第二个问题时同样承认是神指引这个天才去实现既定的目标。

在古代历史学家看来，只要相信神直接参与人类的事情，这些问题就解决了。

现代史学从理论上否定了这两个论点。

现代史学在否定了古代人相信人服从于神和各民族被引向一个既定的目标的观念后，应该研究的不是权力的表现，而是形成权力的原因。但是现代史学没有这样做。它在理论上否定古代人的观点，而在实践上仍遵循这些观点。

现代史学否定了具有神赐权力并直接受神的意志引导的人,提出天生有非凡的和超人的才能的人,或领导着群众的具有各种不同特性的人(从君主到新闻记者)来代替他们。现代史学否定各个民族(犹太人、希腊人、罗马人)以前的那些符合神意的目标(古代人曾认为这是人类运动的目的),提出了为法国人、德国人、英国人谋福利的目的,并最抽象地提出全人类文明幸福的目的,而所谓全人类通常指的是那些占有大陆西北的一个小角落的民族。

现代史学否定古代人的信仰,却没有提出新的观点来代替它,而实际情况的逻辑使得那些表面上否定君主的神赐权力和古代人所相信的天命的历史学家殊途同归,承认(一)各个民族是由个别人指引的;(二)存在着一个各个民族和全人类都朝着它前进的目标。

在从吉本①到巴克尔②的现代历史学家的所有著作中虽然有一些表面上的分歧,观点似乎显得比较新颖,但是这两个旧的无法避免的论点仍是这些著作的基础。

第一,历史学家描述的是那些在他看来指引着人类的个别人(有的人认为只有君主、统帅和大臣才是这样的人,有的人则认为除了君主和演说家外,还有学者、改革家、哲学家和诗人)的活动。第二,历史学家知道人类前进的目标(有的人认为这目标是罗马、西班牙、法国等国的强盛,有的人则认为是世界上被称为欧洲的这个小角落的自由、平等和某种文明)。

一七八九年巴黎酝酿着骚动;它不断发展,蔓延,表现为一些民族从西向东的运动。这运动几次向东发展,与从东向西的相反的运动发生碰撞;一八一二年它达到了极点莫斯科,然后出现了一个非常对称的从东向西的相反的运动,它完全像前一个运动一样,把中欧各个民族都卷了进来。这相反的运动到达了西方的终点巴黎后便平息下来了。

在这二十年的时间里,大量的土地没有耕种;房屋被焚毁;商业改变了方向;千百万人变穷的变穷,发财的发财,移居到别的地方;千百万信奉爱他人的法则的基督徒相互残杀。

---

① 吉本(一七三七—一七九四),英国历史学家,著有《罗马帝国衰亡史》等。
② 巴克尔(一八二一—一八六二),英国历史学家,著有《英国文明史》等。

这一切意味着什么呢？为什么发生这样的事？是什么促使这些人烧房子和杀害同类？这些事件的原因是什么？是什么力量使得人们这样行事呢？所有的人在接触到过去那个时期的运动的遗迹和传说时，都会不由自主地向自己提出这些天真的和理所当然的问题。

人类健全的理智向历史科学寻求回答这些问题的答案，因为历史科学的目的是达到各个民族和人类的自我认识。

假如史学保持古代人的观点，那么它就会说：神为了奖赏或惩罚自己的子民给了拿破仑权力，并按照自己的意志引导他去实现神的目的。这样的回答是理由充分而又清楚的。对拿破仑执行的是神的意志这一点，可以相信或不相信；但是对相信的人来说，这个时候的整个历史中一切都是可以理解的，不可能有什么矛盾。

但是现代史学不能这样回答。科学不承认古代人所持的神直接参与人类的事情的观点，因此它应当做出另一种回答。

现代史学在回答这些问题时说：您想要知道这运动意味着什么，它为什么发生和什么力量产生这些事件吗？那么您就听着：

"路易十四①是一个非常高傲和过于自信的人；他有情妇某某某某，手下有大臣某某某某，把法国治理得很糟糕。路易十四的后继者们也都是软弱无能之辈，同样把法国治理得很不好。他们有哪些哪些宠臣和情妇。十八世纪末，巴黎聚集了二十来个人，他们开始谈论所有的人是平等的和自由的。从此全法国的人开始互相残杀。这些人杀了国王和其他许多人。与此同时，法国出现了一个天才人物拿破仑。他所到之处战无不胜，也就是说，杀了很多人，因为他富有天才。他为了某种目的去杀非洲人，在那里大砍大杀了一阵，这个又狡猾又聪明的人回到法国后，命令大家服从他。于是大家都服从了。当上皇帝后，他又到意大利、奥地利和普鲁士去杀人。在那里杀了许多人。俄国有一个亚历山大皇帝，他决定恢复欧洲的秩序，因此与拿破仑打了起来。但是一八○七年他突然和拿破仑成了朋友，一八一一年又吵翻了，于是他们又开始杀很多人。拿破仑带着六十万人进攻俄国，占领了莫斯科；后来他突然从莫斯科逃走了，这

---

① 路易十四（一六三八——一七一五），法国国王，一六四三年至一七一五年在位。

时亚历山大皇帝听了施泰因①等人的建议,联合整个欧洲来反对这个破坏欧洲安定的人。拿破仑的所有盟友一下子成为他的敌人;组成的联军前去进攻重新集结了力量的拿破仑。盟国战胜了拿破仑,进入了巴黎,迫使拿破仑退位,把他流放到厄尔巴岛,虽然五年前②和一年后大家都认为他是一个不受法律保护的强盗,但当时没有剥夺他的皇帝的称号,并对他非常尊重。于是路易十八③即位,法国人和盟国至今都对他采取嘲笑态度。而拿破仑挥泪告别老近卫军,宣布退位,前往流放地。然后,富有经验的国务活动家和外交家们(尤其是塔列兰,他抢在别人前面占据了一个席位,从而扩大了法国的疆界④)在维也纳举行会议,结果各国人民有的走运,有的倒霉。外交家和君主们差一点争吵起来;他们已准备又命令自己的军队相互残杀了;但是这时拿破仑带着一营人回到法国,而仇恨他的法国人立即向他屈服了。盟国的君主们为此非常生气,又和法国人打了起来。于是天才的拿破仑被打败了,人们突然认为他是强盗,把他送到了圣赫勒拿岛。这个被流放者远离亲人和心爱的法国,在那里的悬崖上慢慢地死去,把他那伟大的业绩留给了后代。欧洲出现了反动,所有的君主又重新欺凌本国的人民。"

你们别以为这是对史书上的描述的讽刺和丑化。相反,这是对**全部**史书(从回忆录和国别史到世界史和当时新的**文化**史)所做的自相矛盾的和答非所问的回答的最温和的表述。

这些回答的奇怪和可笑,是由于现代史学像一个聋子一样回答着谁也没有提的问题而产生的。

如果史学的目的在于描述人类和各个民族的运动,那么首要的、不回答它其余的一切就无法理解的问题是:是什么力量推动着各个民族? 在回答这个问题时,现代史学忙于叙述拿破仑如何富有天才或路易十四如何高傲,再就是说某某某某作者写了哪些哪些书。

---

① 见第三卷第一部第六章注。
② 尾声第一部第三章为"十年前"。
③ 路易十八(一七五五——八二四),路易十八的兄弟,法国国王,一八一四年至一八二四年在位。
④ 塔列兰见第三卷第一部第一章注。在维也纳会议上,当时任战败国法国外长的塔列兰利用盟国矛盾,提出恢复法国一七九二年的疆界。

这一切很可能是事实，人们都可表示同意；但是他们问的不是这个。这一切也许很有意思，如果我们承认基于自身的和永远都是一样的神赐权力，认为它通过各种像拿破仑、路易国王和著作家之类的人物统治人民的话；但是我们并不承认这种权力，因此在谈论拿破仑、路易国王和著作家之流之前，应当指出存在于这些人物和各个民族的运动之间的联系。

如果不是神赐权力而是另一种力量在起作用的话，那么就应当说清这种新的力量是什么，因为史学的主旨正在于说明这种力量。

史学似乎认为这力量是不言而喻的和众所周知的。虽然谁都愿意认为这新的力量是已知的，但是读了许多史学著作的人仍会不由自主地怀疑，这种连历史学家们本身都理解得很不相同的新的力量是否真的完全为所有人所知晓。

二

什么样的力量推动着各个民族呢？

研究个别人的传记作者和研究个别民族历史的学者把这力量理解为英雄和统治者固有的权力。根据他们的描述，各个事件仅仅只是按照拿破仑们、亚历山大们以及传记作者一般所描述的人物的意志发生的。历史学家们对推动事件发展的力量问题所做的回答仅仅只在每个事件只有一个历史学家研究时还说得过去。但是只要不同民族和不同观点的历史学家开始描述同一个事件，他们所做的回答立即丧失全部意义，因为他们之中的每个人对这力量的理解不仅各不相同，而且常常是完全相反的。一个历史学家说，事件是由拿破仑的权力产生的；另一个则说是亚历山大的权力造成的；还有人说它是由第三个人的权力造成的。此外，这一类历史学家甚至在解释同一个人物的权力所依靠的力量时也是相互矛盾的。波拿巴派的梯也尔说，拿破仑的权力依靠的是他的高尚品德和天才。共和派的朗弗雷[①]则说它建立在拿破仑

---

① 朗弗雷（一八二八——一八七七），法国政论家和历史学家，《拿破仑一世史》的作者。

的狡诈和对人民的欺骗上。因此,这一类历史学家否定彼此的论点,从而取消了关于造成各种事件的力量的概念,没有对历史的这一重大问题做出任何回答。

进行一般研究的历史学家似乎认为进行个别研究的历史学家对造成事件的力量的看法是不对的。他们认为这种力量不是英雄和统治者所固有的权力,而是许多各不相同的力量产生的结果。在描述战争和一个民族的被征服时,进行一般研究的历史学家不是在一个人的权力中,而是在与事件有关的许多人的相互作用中寻找造成事件的原因。

根据这个观点,历史人物的那种由许多力量产生的权力,似乎不能看作是自行造成各种事件的力量。可是进行一般研究的历史学家在大多数情况下在使用权力的概念时,又把它当作那种自身造成事件和作为事件发生的原因的力量。他们时而把历史人物说成自己时代的产物,他的权力也说成只是各种不同力量的产物;时而把他的权力说成造成事件的力量。例如,格维努斯①、施洛塞尔②等人时而证明说,拿破仑是革命和一七八九年的思想的产物等等,时而又直截了当地说,一八一二年的远征以及他们不喜欢的别的事件只是拿破仑的错误意志的产物,一七八九年的思想本身由于拿破仑的专横而停止发展了。是革命思想和公众的情绪产生了拿破仑的权力。而拿破仑的权力又压制了革命思想和公众的情绪等等。

这种奇怪的矛盾并不是偶然的。它不仅到处可见,而且进行一般研究的历史学家的所有描述都是由这一系列的矛盾组成的。这个矛盾之所以产生,是由于这些历史学家刚进入分析,就在半道上停住了。

要找到与合力或合成力相等的各个分力,必须使各个分力的总和等于合力。进行一般研究的历史学家们从来不遵守这个条件,他们为了解释合成力,只好假定除了数量不足的分力外,还有一种影响合力的尚未弄清的力量存在。

---

① 格维努斯(一八〇五—一八七一),德国历史学家。著有《维也纳会议以来的十九世纪史》。

② 施洛塞尔(一七七六—一八六一),德国历史学家,史学界的海德堡派的奠基人。著有《十八世纪史》《世界史》等。

　　进行个别研究的历史学家无论是在描述一八一三年的远征还是描述波旁王朝的复辟时,都直截了当地说,这些事件是亚历山大的意志造成的。但是进行一般研究的历史学家格维努斯反对进行个别研究的历史学家的这一观点,力图证明,除了亚历山大的意志外,施泰因、梅特涅、斯塔尔夫人、塔列兰、费希特、夏多布里昂等人的活动也是原因。这位历史学家显然把亚历山大的权力分解为各个组成部分:塔列兰、夏多布里昂等等;这些组成部分的总和,即夏多布里昂、塔列兰、斯塔尔夫人等人的相互作用,显然与整个合成力不相等,也就是说,与千百万法国人服从波旁王朝的现象不相符。夏多布里昂、斯塔尔夫人等人相互说了哪些话,只使得他们彼此之间形成某种关系,而不是千百万人服从的根源。因此,为了说清他们之间的关系如何使得千百万人服从,即说清从一个只等于 A 的一个分力如何产生等于一千个 A 的合力,这位历史学家就只好又假定他否定的那种权力的存在,认为它是各种力量的结果,也就是说,他应当假定一种影响合力的尚未弄清的力量的存在。进行一般研究的历史学家们正是这样做的。结果他们不仅与进行个别研究的历史学家发生了矛盾,而且自相矛盾。

　　农村居民对下雨的原因不大明白,他们根据想要下雨还是想要晴天,说"风吹散了乌云"和"风吹来了乌云"。同样,进行一般研究的历史学家有时当他们想要这样说时,或者这样说符合他们的理论时,便说权力是各种事件的结果;而有时需要证明别的什么时,又说权力造成事件。

　　还有一些被称为**文化**史家的历史学家,走着那些进行一般研究的历史学家(他们有时认为著作家和女士是造成事件的力量)开辟的道路,对这力量有完全不同的理解。这些人认为所谓的文化和智力活动就是这样的力量。

　　文化史家完全追随他们的那些进行一般研究的前辈,这是因为他们认为既然历史事件可以用某些人的这样那样的关系来说明,那么为什么不能用某某某某人写了哪些哪些书来解﹒释呢?这些历史学家从任何实际存在的现象的大量特征中抽出智力活动这个特征说,它就是原因。尽管他们竭力想证明事件的原因在于智力活动,但是只有做出重大让步才能同意智力活动和各民族的运动之间有某种共同之处,然而无论如何不能假设智力活动指导着人们的活动，因为法国革命中由宣扬人的平等而产生的残酷屠杀以及由宣扬博爱而产生的凶恶的战争和死刑都没有证明这种假设。

但是即使假定充满着这些史书的所有离奇古怪的议论是对的，假定各个民族受某种被称为**思想**的无法确定的力量的支配，历史的重要问题仍然没有得到解答，或者只是除了以前所说的君主的权力和进行一般研究的历史学家们增添的顾问和其他人的影响外，加上了一种新的力量——**思想**的力量，这种力量与群众的联系仍需做出说明。说拿破仑拥有权力，因此事件发生了，这可以理解；再退一步还可以理解，拿破仑与其他势力一起是事件的原因；但是论社会契约这本书如何使得法国人相互残杀这一点，如不讲清这新的力量与事件的因果关系，就无法理解了。

毫无疑问，同时存在的一切事物之间是有联系的，因此有可能找到人们的智力活动与其历史运动之间的某种联系，正如可以在人类的运动与商业、手工业、园艺以及任何其他事情之间找到这种联系一样。但是为什么文化史家认为人的智力活动是整个历史运动的原因或表现呢？这一点使人难于理解。这样的结论只有在以下情况下才能得出：（一）历史是学者们写的，因此他们自然乐于认为他们这个阶层的活动是整个人类的运动的基础，正如商人、农夫和士兵也自然乐于这样认为一样（这一点他们没有发表出来，只是由于商人和士兵不写历史）；（二）精神活动、教育、文明、文化、思想——所有这一切都是含糊的、不明确的概念，可以非常方便地打着它们的旗号使用意思更不明确、因而能容易地表示任何理论的词句。

但是，且不说这一类历史的内在价值如何（也许它们对某些人或对某些事来说还是有用的），在所有一般的历史被愈来愈归结为文化史的情况下，这些历史有一点值得注意，即它们在把各种不同的宗教学说、哲学学说和政治学说作为事件的原因进行详细而认真的分析时，每当它们需要描述像一八一二年的远征这样的实际存在的历史事件时，就不由自主地把它描述成权力的产物，并且直截了当地说，这次远征是拿破仑的意志的产物。文化史家这样说，就会不由自主地陷入自相矛盾之中，或者表明他们臆想出来的新的力量并不能说明历史事件，表明他们似乎并不承认的权力是可用来理解历史的唯一手段。

三

　　一辆机车在行驶。有人问，它为什么向前走？一个农民说，是鬼推着它。另一个农民说，机车向前走是因为它的轮子在转动。第三个农民则说，前进的原因在于风把烟朝后吹。

　　农民的看法是很难驳倒的。为了驳倒第一个农民，需要有人来向他证明没有鬼，或者需要由另一个农民来向他解释推动机车的不是鬼，而是德国人。只有到发生了矛盾，他们才会从中看出，他们两人都说得不对。而那个说原因在于轮子的转动的人会自己推翻自己的说法，因为只要他开始进行分析，他就得进一步往下想：他应当解释轮子转动的原因。在他未弄清机车行驶的最终原因，未找到锅炉里压缩的蒸汽之前，无权停止寻找原因。而那个用风把烟朝后吹来解释机车行驶的人这样说，是因为他看到轮子的转动说明不了原因，便抓住首先看到的现象，把它当作原因。

　　唯一可以用来说明机车运动的概念，是与所见到的运动相等的力的概念。

　　唯一可以用来解释各个民族运动的概念，是与各个民族的整个运动相等的力的概念。

　　然而不同的历史学家把这个概念理解为完全不同的、都与所见的运动不相等的力量。一些人认为这是英雄们本身所固有的力量——就像第一个农民认为这是机车里的鬼的力量；另一些人认为这是一种由其他几种力量产生的力量——就像第二个农民认为这是轮子转动产生的力量；还有一些人则认为是智力的作用——就像第三个农民认为是被风朝后吹的烟的力量。

　　只要写的是个别人——不管是恺撒和亚历山大还是路德[1]和伏尔泰——的历史，而不是参加事件的**所有人**、毫无例外地**所有人**的历

---

① 路德（一四八三——一五四六），德国著名的宗教活动家，欧洲宗教改革的发起者，新教的创始人。

史，那么不用关于迫使人们向着一个目标活动的力量的概念，就完全不可能描述人类的运动。而唯一为历史学家所知的这种概念，就是权力。

这个概念是进行现在这样的叙述时可用来掌握历史材料的唯一的把手，谁要是像巴克尔那样弄断这把手而又不了解对待历史材料的其他方法，谁就会使自己失去研究这材料的最后可能。进行一般研究的历史学家和文化史家本身的做法，最好不过地证明了用权力的概念解释历史现象的不可避免性，他们表面上似乎摒弃权力的概念，而实际上时时刻刻都在使用它。

历史科学对人类的各种问题来说，至今仍然类似流通的货币—纸币和硬币。传记和国别史有点像纸币。它们在没有出现用什么作保证的问题时，可以流通和使用，行使它的职能，对谁也没有坏处，甚至还有益处。只要忘记英雄人物的意志如何造成事件的问题，梯也尔之流的历史著作就会觉得是有意思的，有教益的，此外，还有一点诗意。人们或者由于知道纸币印制容易和可能大量发行，或者由于想用它兑换成黄金，从而对它的实际价值产生怀疑；同样，对这类著作的实际意义也会产生怀疑，出现这种情况，或者是由于这样的书太多，或者是由于有人天真地问道：拿破仑是靠什么力量做到这个的？也就是说，是由于想把流通的纸币兑换成有实际用途的纯金。

进行一般研究的历史学家和文化史家与这样的人相似，他们认为纸币有缺点，便决定用没有黄金密度的金属铸硬币来代替它。铸出来的硬币确实**叮当作响**，但只是**叮当作响**而已。纸币还可以蒙骗无知的人；而没有价值的叮当作响的硬币骗不了任何人。正如黄金只有在它可以用来不只是进行交换，而且还有实际用途时才是黄金一样，进行一般研究的历史学家也只有当他们能够回答权力是什么这一历史的重大问题时才是黄金。进行一般研究的历史学家对这个问题的回答是自相矛盾的，而文化史家则彻底丢开了它，回答的完全是另一个问题。如同像黄金的金属筹码只能在承认它可代替黄金的人和不知道黄金的属性的人之间使用一样，进行一般研究的历史学家和文化史家在没有回答人类的重大问题的情况下，只能为了自己的某种目的充当大学和他们所说的爱读正经书的读者的流通的硬币。

四

古代人认为,神使一个民族的意志服从一个天才,同时这个人的意志又服从于神,史学在摒弃这个观点后,如果不从以下两者之中择其一,那么每走一步都会出现矛盾,这两者是:或者像从前那样相信神直接参与人类的事情,或者说清楚那种造成历史事件的和被称为权力的力量是什么。

回到第一种观点上去已不可能,因为信仰已经被破除,因此只好解释清楚权力的意义。

拿破仑下令集合军队,前去作战。这个观念我们已完全习以为常,这个观点我们已非常熟悉,在这种情况下我们就觉得为什么拿破仑一声令下六十万人就去打仗的问题是毫无意义的。他拥有权力,因此他的命令就得到了执行。

如果我们相信权力是上帝给他的,那么这个回答是完全可以的。但是只要我们不承认这一点,那么就必须确定这种一个人统治其他的人的权力究竟是什么。

这权力不可能是强壮的人对体弱的人使用体力或威胁要使用体力所产生的直接的权力,例如赫拉克勒斯①的权力;它也不可能建立在精神力量的优势上,某些历史学家就有这样天真的想法,他们说,历史活动家是英雄,即天生具有特殊的精神力量和智力以及所谓天才的人。这权力之所以不可能建立在精神力量的优势上,是因为历史告诉我们,无论是路易十一②还是梅特涅这样的统治千百万人的人,他们的精神力量都没有特殊之处,相反,大多在精神上比他们所统治的千百万人当中的每一个人都要弱,更不用说像拿破仑这样的英雄,对他们的精神品质的看法很不一致。

如果权力的源泉不在于掌握权力的人的体力和智力的特点,那么显而易见,这种权力的源泉应当不在这个人身上,而在掌握权力的人所

---

① 赫拉克勒斯是希腊神话中的大力士。
② 路易十一(一四二三—一四八三),法国国王,一四六一年至一四八三年在位。

处的与群众的关系之中。

法学就是这样理解权力的,它是历史的兑换处,在那里可以把历史对权力的理解兑换成纯金。

权力是群众意志的总和,它在群众明确表示或默许下转移到他们选出来的统治者身上。

法学所讨论的是如何安排好国家和权力的问题(如果这一切可以安排的话),在它的领域这一切都是很清楚的,但是在运用到史学上时,这个权力的定义需要加以说明。

法学看待国家和权力如同古代人看待火一样,把它看作某种绝对存在的东西。

而对史学来说,国家和权力只是一种现象,正如对现代物理学来说火不是元素,而是现象一样。

由于历史学和法学的观点有这一主要差别,就发生这样的情况:法学可以详细叙述它认为应当如何安排权力,讲那静止不变的权力是什么;但是法学对历史提出的随着时间的推移而不断变化的权力有何意义的问题,却什么也回答不出来。

如果权力是转移到统治者身上的群众意志的总和的话,那么普加乔夫是不是群众意志的代表? 如果不是,那么为什么拿破仑一世是代表? 为什么拿破仑三世在布洛涅被捕时是罪犯,而后来被他抓住的人却成为罪犯呢[①]?

在宫廷政变时,有时参加的只有两三个人,群众的意志是否也转移到了新上来的人身上? 在国际关系中,一个民族的群众的意志是否转移到征服者身上? 一八〇八年莱茵联盟[②]的意志是否转移给了拿破仑? 一八〇九年我们的军队与法国人一起去打奥地利时,俄国人民群众的意志是否也转移到了拿破仑身上?

这些问题可以有三种答案:

① 拿破仑三世(一八〇八—一八七三),法国皇帝,一八五二年至一八七〇年在位。一八四〇年曾作过夺取政权的尝试,与他的党徒在布洛涅登陆失败被捕。一八四六年越狱成功,逃往英国。一八四八年革命爆发后回到法国从事政治活动,不久当选为总统,后发动政变而称帝。

② 莱茵联盟是在拿破仑的主持下除奥地利和普鲁士外德意志各邦的联合。存在于一八〇六年至一八一三年。

（一）认为群众的意志总是无条件地转移到他们选出来的一个或几个统治者身上，因此任何新的权力的产生，任何反对既已转移的权力的斗争都应当只看做是对真正权力的破坏。

（二）认为群众的意志是在明确的和群众知道的条件下转移到统治者身上的，指出对权力的限制、冲击，甚至摧毁都是由于统治者不遵守移交给他们权力时提出的条件造成的。

（三）认为群众的意志转移到统治者身上虽是有条件的，但这些条件并不明确，群众并不知道，许多权力的产生、它们的斗争和垮台只是由统治者履行这些群众不知道的条件（群众的意志是根据这些条件从一些人身上转移到另一些人身上的）的多少而造成的。

历史学家们对群众与统治者的关系也有这样三种解释。

一些历史学家，即上面说过的进行个别研究的历史学家和传记作家，他们过分地天真，不理解权力的意义问题，认为群众意志的总和是无条件转移到历史人物身上的，因此他们在描述某种权力时把它看作是绝对的和真正的权力，认为任何别的反对这个真正的权力的力量都不是权力，而是对权力的破坏，是暴力。

他们的理论只适用于历史上原始的和平的时期，而运用到各个民族生活中不同权力同时出现并相互斗争的复杂的和动荡不安的时期就有不便之处，因为保皇派历史学家将会证明国民公会①、督政府②和波拿巴都是对权力的破坏，而共和派和波拿巴派历史学家将会分别证明国民公会和帝国是真正的权力，而其余的一切都是对权力的破坏。显而易见，这些历史学家各执一词，相互批驳，他们对权力的解释只能哄年纪最小的孩子。

另一些历史学家认为这种历史观是错误的，他们说，权力建立在群众意志的总和有条件地转移给统治者之上，历史人物只有在实行人民的意志无声地给他们规定的纲领的条件下才具有权力。但是这些条件是什么，这些历史学家并没有说，即使说的话，也常常是相互矛盾的。

---

① 国民公会是法国大革命时期一七九二年至一七九五年的议会。
② 督政府是法国大革命期间一七九五年至一七九九年的革命政权。

每一个历史学家根据他如何看一个民族的运动的目的，认为这些条件就是法国或别的国家的伟大、富强、自由、公民的教育。且不说历史学家们在谈到这些条件时的矛盾，甚至即使假定有一个符合这些条件的共同的纲领，我们仍可发现，历史事实几乎总是与这理论相抵触的。如果说权力转移的条件是财富、自由、民众的教育，那么为什么路易十四和伊万四世①能在王位上安享天年，而路易十六和查理一世②却被民众处死呢？这些历史学家们回答这个问题时说，路易十四的违背纲领的活动的后果在路易十六身上表现出来。但是它为什么不在路易十四和路易十五身上表现出来，一定要在路易十六身上表现出来呢？表现的期限有多长？对这些问题没有答案，也不可能有答案。持这种观点的人也很少解释如下事实：几个世纪民众意志的总和一直没有从当时的统治者和他们的继承人身上转移开，后来在五十年的时间里突然转移到国民公会、督政府、拿破仑、亚历山大、路易十八身上，后又转移到拿破仑、查理十世③、路易—菲力普④、共和派政府、拿破仑三世身上。在解释民众的意志迅速从一个人向另一个人的转移时，尤其是在谈到国际关系、连年征战和各种联盟时，这些历史学家不得不承认，这些现象的一部分已不是正常的意志转移，而是由于某个外交家，或君主，或党派领导人玩弄手腕和犯错误，或者是由于狡诈和软弱而造成的偶然性。因此在这些历史学家看来，大部分历史现象——内讧、革命、连年征战——已不是自由意志转移的产物，而是一个或几个人的意志弄错了方向的结果，也就是说，又是对权力的破坏。因此这一类历史学家把历史事件看作对理论的背离。

这些历史学家类似这样一个植物学家，此人看到某些植物从有两枚子叶的种子里萌发出来就坚持认为所有植物生长时都要分为两片叶子；而棕榈、蘑菇，甚至橡树分枝分权完全长成后再也没有类似两片叶

---

① 伊万四世（一五三〇—一五八四），即伊万雷帝，俄国沙皇，一五四七年至一五八四年在位。
② 查理一世（一六〇〇—一六四九），英国国王，在十七世纪英国资产阶级革命中被推翻和处死。
③ 查理十世（一七五七—一八三六），法国国王，一八二四年至一八三〇年在位。
④ 路易—菲力普（一七七三—一八五〇），法国国王，一八三〇年至一八四八年在位。一八四八年二月革命时被推翻。

子的东西，他就认为它们背离了理论。

还有一些历史学家认为群众的意志转移到历史人物身上是有条件的，不过这些条件我们并不知道。他们说，历史人物之所以拥有权力，是因为他们实现着转移到他们身上的群众的意志。

但是如果推动各个民族的力量不在于历史人物，而在于各个民族自身，那么这些历史人物的作用何在呢？

这些历史学家说，历史人物表达了群众的意志；历史人物的活动代表着群众的活动。

在这种情况下就会出现一个问题：历史人物的活动是整个地、还是它的某一方面表现了群众的意志？如果像某些人认为的那样，历史人物的整个活动表现了群众的意志，那么拿破仑们、叶卡捷琳娜们的生平事迹以及宫廷的所有流言蜚语就成为民族生活的表现，这显然是荒谬的；而如果像那些所谓的哲学家兼历史学家所认为的那样，历史人物的活动只有一个方面是民族生活的表现，那么为了确定历史人物活动的哪个方面表现了民族的生活，首先应该知道民族生活的内容是什么。

这一类历史学家在遇到这个难题时，便想出了一个可以把大量事件归入其中的最模糊的、最不可捉摸的和最一般的抽象概念，他们说，人类运动的目的就在于此。最平常的、几乎为所有历史学家所接受的一般抽象概念是：自由、平等、教育、进步、文明、文化。历史学家们把某个抽象概念当作人类运动的目的，然后来研究身后留下遗迹最多的人——帝王将相、著作家、改革家、教皇、新闻记者等，根据所有这些人在他们看来是促进还是阻碍这个抽象概念的实现来决定取舍。但是由于人类的目的是自由、平等、教育或文明这一点没有得到任何证明，同时由于群众与统治者和人类的启蒙者的联系只建立在假定群众意志的总和总是转移到引起我们注意的人物上这一任意的假设上，因此千百万移居他乡、焚烧房子、抛弃耕作、互相残杀的人的活动，从来不在对十几个不烧房子、不从事耕作、不亲手杀死同类的人的活动的描述中反映出来。

历史随时都在证明这一点。上世纪末西方各个民族的骚动和他们的奔向东方，能用路易十四、路易十五、路易十六以及他们的情妇和大臣,能用拿破仑、卢梭、狄德罗 ^①、博马舍 ^② 等人的生活说明吗?

俄国人民向喀山和西伯利亚的东进,难道在伊万四世的病态的性格及其与库尔布斯基 ^③ 的通信中能反映出来吗?

历次十字军东征时期各个民族的运动能通过对戈弗雷 ^④ 之流、路易国王及其情妇们的研究来说明吗? 对我们来说,各个民族从西向东,没有任何目的,没有首领,只是一群流民,有隐修士彼得 ^⑤ 参加的远征至今无法理解。更无法理解的是,这个运动在历史活动家们提出了解放耶路撒冷这一合理的、神圣的目标时中断了。教皇、国王和骑士们鼓动民众去解放圣地;但是人们不去,因为从前推动他们远征的未知原因不再存在了。戈弗雷和骑士抒情诗歌手 ^⑥ 的历史显然容纳不了各族人民的生活。戈弗雷和骑士抒情诗歌手的历史只是戈弗雷和骑士抒情诗歌手的历史而已,而各个民族的生活及其动机的历史仍是不可知的。

著作家和改革家们的历史对各个民族的生活的说明就更少了。

文化史向我们说明著作家或改革家的动机、生活条件和思想。我们了解到路德脾气暴躁,说过这样那样的话;卢梭多疑,写过这样那样的书;但是我们了解不到为什么宗教改革后各个民族相互残杀,为什么法国大革命时要相互处以死刑。

如果像现代历史学家所做的那样把这两种历史结合在一起,那么这将是君主和著作家的历史,而不是各个民族生活的历史。

五

各个民族的生活是几个人的生活容纳不了的,因为这几个人和各个民族之间的联系还没有发现。认为这种联系建立在群众意志的总和

---

① 狄德罗(一七一三——一七八四),法国哲学家和文学家。
② 博马舍(一七三二——一七九九),法国著名剧作家。
③ 库尔布斯基(一五二八——一五八三),俄国政治家和政论作家。原为伊万四世宠臣,一五六四年逃往立陶宛,给伊万四世写信谴责他的残酷和滥杀无辜。
④ 戈弗雷(约一〇六〇——一一〇〇),第一次十字军东征(一〇九六——一〇九九)的将领之一。
⑤ 隐修士彼得(约一〇五〇——一一一五),生于法国,一〇九五年罗马教皇宣布组织十字军时,他参加布道活动,于一〇九六年率信徒到达君士坦丁堡。
⑥ 骑士抒情诗歌手是德国中世纪歌唱骑士习俗和爱情的歌手。

向历史人物的转移之上的理论，是一种尚未为历史经验证明的假设。

关于群众意志的总和转移到历史人物身上的理论，也许能在法学领域说明许多问题，也许对达到自身的目的来说是必需的；但是运用到历史上，只要一出现革命、征战和内讧，只要历史真正开始，这种理论就什么也不能说明了。

这种理论之所以使人觉得是无法驳倒的，正是因为人民意志转移这件事是无法检验的，而无法检验的原因在于这事从来没有存在过。

不管发生什么样的事件，不管这事件是谁领导的，理论任何时候都可以说某某人领导了事件，因为群众意志的总和转移到了他身上。

假定有这样一个人，他看着一群走动的牲口而不注意各个不同地点牧场的好坏，也不注意赶牲口的牧人，只根据哪一头牲口走在畜群前面来判断这群牲口朝这个或那个方向走的原因，上述理论对历史的问题所做的回答就像这个人所做的回答一样。

"畜群之所以朝这个方向走，是因为领头的牲口带着它，所有其余牲口的意志的总和转移到了这个畜群的首领身上。"认为权力是无条件转移的第一类历史学家这样回答道。

"如果走在畜群前面的牲口更换了，那么这是由于所有牲口的意志的总和从一头领头的牲口转到了另一头牲口身上，而这又根据这头牲口是否带着其余牲口沿着整个畜群选定的方向走而定。"那些承认群众意志的总和是在他们认为已知的条件下转移到统治者身上的历史学家们这样回答。（在使用这种观察方法时经常有这样的情况，观察者根据他选定的方向，认为首领是那些由于群众的方向发现变化已不是领头的，而是走在旁边的、有时走在后面的人。）

"如果领头的牲口不断更换和整个畜群的方向不断变化，那么这是由于牲口为了朝我们知道的方向走，把自己的意志转移给了我们所注意的牲口，而要研究畜群的运动，应当观察走在畜群的各个方面的所有为我们所注意的牲口。"认为从君主到新闻记者的所有历史人物是自己时代的表现的第三类历史学家这样说。

群众的意志转移到历史人物身上的理论只是一种拐弯抹角的说法——只是对问题换一个说法而已。

历史事件的原因是什么？——是权力。权力又是什么？——权力是转移到一个人身上的群众意志的总和。群众的意志是在什么样的条件下转移到一个人身上的？——在这个人表达所有人的意志的条件下。也就是说，权力就是权力。也就是说，权力是我们不了解其意义的一个词。

如果人的知识的领域仅限于抽象的思维，那么在批判了科学对权力所做的解释后，人类就会得出权力只是一个空洞的词、实际上并不存在的结论。但是人为了认识各种现象，除了抽象思维外，还有用来检验思维结果的经验的工具。经验告诉我们，权力不是空洞的词，是实际存在的现象。

不消说，要描述人们共同的活动缺不了权力的概念，而且权力的存在也为历史和对当代各种事件的观察所证实。

每当发生事件时，总会出现一个人或一些人，令人觉得这事件是按照他们的意志发生的。拿破仑三世下了命令，于是法国人便去墨西哥①。普鲁士王和俾斯麦②发布命令，军队就开进了波希米亚③。拿破仑一世下了命令，军队就去进攻俄国。亚历山大一世发布命令，法国人就服从波旁王朝。经验告诉我们，不管发生什么事件，它总是与一个或几个发号施令的人有关的。

历史学家们根据承认神参与人类的事的老习惯，想要把拥有权力的人的意志的表现看作事件发生的原因；但是这个结论既没有通过推理来证明，也没有得到经验的确认。

一方面，推理表明，人的意志的表现——他的话语——只是表现在像战争或革命这样的事件中的总的活动的一部分；因此如不承认不可理解的、超自然的力量——奇迹，就很难设想话语能成为千百万人的运动的直接原因；另一方面，即使认为话语能成为事件的原因，但是历史表明，历史人物意志的表现在大多数情况下并不产生任何行动，也就是说，他们的命令不仅经常得不到执行，而且有时甚至发生与命令完

---

① 拿破仑三世对外发动侵略战争。一八六二年至一八六七年法国人参加了对墨西哥的武装干涉，后以失败告终。
② 俾斯麦(一八一五——一八九八)，普鲁士的"铁血宰相"。
③ 这里说的是一八六六年的普奥战争。这场战争是由俾斯麦发动的，结果普鲁士取得胜利。

全相反的事。

如果不承认神参与人类的事,我们就不能把权力看作事件的原因。

从经验的角度来看,权力只是存在于一个人的意志的表现和其他人对这意志的执行之间的依从关系。

为了弄清这种依从关系的条件,我们应当首先恢复意志的表现的概念,把它看作是属于人的而不是属于神的。

如果像古代人的史书告诉我们那样神发布命令和表现自己的意志,那么这意志的表现不受时间限制,也不是由任何事情引起的,因为神与事件毫无联系。但是,命令是在一定时间内行动并相互联系着的人的意志的表现,在谈到命令时,我们为了弄清这些命令与事件的联系,应当重新确定:(一)整个发生的事的条件:事件和下命令的人在时间内运动的连续性;(二)下命令的人对所有执行命令的人的必然联系的条件。

六

只有不以时间为转移的神的意志的表现,才能与几年或几个世纪后的一系列事件发生联系,也只有不受任何因素推动的神,能单凭自己的意志确定人类运动的方向;而人在时间内活动,本身参与事件。

在恢复第一个被忽略的条件即时间的条件时我们将会看到,任何一个命令如无前一个使其执行成为可能的命令,就无法执行。

任何一个命令从来都不是自发地出现并产生一系列事件的;每一个命令都来自另一个命令,从来不与一系列事件发生关系,而总是只与一个事件的某一时刻发生关系。

譬如当我们说拿破仑命令部队去作战时,我们把一系列连续的、相互关联的命令合成一个同时发出的命令。拿破仑不可能下令远征俄国,从来没有下过这样的命令。他今天下令起草这样那样的文件送到维也纳、柏林和彼得堡去;明天又给陆军、海军、军需部门下这样那样的指示和命令,等等——这千百万道命令构成了一系列与促使法国军队进入俄国的一系列事件相应的命令。

拿破仑在其整个在位期间曾下过远征英国的命令①,他在他的任何一件别的事情上未曾花过这么多的精力和时间,尽管如此,他在整个在位期间甚至没有作过一次实现自己意图的尝试,而是去远征他不止一次地说过他认为与之结盟更为有利的俄国,这种情况的发生,是由于前一些命令不适合、而后一些命令适合一系列事件的缘故。

为了使命令得到切实执行,应当发出能够执行的命令。要知道什么能够执行和什么无法执行,不仅在像拿破仑远征俄国这样的有千百万人参加的行动中是不可能的,而且对最不复杂的事件来说也很难办到,因为执行这样那样的命令常常会碰到无数的障碍。在一道命令得到执行时,总有大量命令没有得到执行。所有不可能执行的命令都与事件没有联系,因而常常得不到执行。那些可能执行的命令只有联结成连贯的、与事件相应的命令系列时,才能得到执行。

我们有一种错误的看法,认为事件发生前发出的命令是这事件发生的原因,这种看法的产生,是由于在事件已经发生、成千道命令中与事件相联系的一些命令得到了执行时,我们忘记了那些因为无法执行而没有得到执行的命令。此外,我们在这方面的错误的主要根源在于,在历史的叙述中我们把无数各不相同的细小事件,例如导致法国军队进攻俄国的一切,都根据这一系列事件产生的结果而归纳成为一个事件,一系列命令也相应地综合为意志的一种表现。

我们说:拿破仑想要进攻俄国,并且进攻了俄国。实际上我们在拿破仑的整个活动中永远也不会找到任何类似这种意志的表现的东西,而会看到许许多多各种各样的和目的不明确的命令或他的意志的表现。拿破仑有无数命令没有得到执行,但是关于一八一二年远征的一系列命令执行了,这不是因为这些命令与其他命令有什么不同之处,而是因为这些命令与那些导致法国军队进攻俄国的事件相符合;同样,用镂花模板绘出这样或那样的图形,并不是因为朝哪个方面和用什么方法抹颜色,而是因为雕镂在模板上的图形的各个方面都抹了颜色。

因此,在考察命令与事件在时间上的关系时我们能够发现,命令

---

① 这里指的是一八○五年初拿破仑曾有过进攻英国的计划。

在任何情况下也不能成为事件的原因，两者之间存在着一定的依存性。

为了弄明白这种依存性，必须恢复任何不是神的，而是人的命令的另一个被忽略了的条件，这个条件就是发命令的人本身参与了事件。

发布命令的人和接受命令的人之间的这种关系，正是被称为权力的东西。这种关系的内容如下：

人们为了进行共同的活动，总要结成一定的团体，其中为采取共同行动而提出的目的虽有差别，但参加行动的人们之间的关系任何时候都是一样的。

人们结成这些团体后，彼此之间常常形成这样的关系，其中最直接地参加他们联合起来进行的共同行动的人最多，而最不直接参加的人最少。

在人们为了进行共同行动而结合成的所有团体中，最突出的和最确定的团体之一是军队。

任何军队都由不同等级的人组成，人数最多的往往是军衔最低的列兵；其次是军衔较高的人，如军士、士官，他们的人数要比列兵少；再其次是军衔更高的，他们的人数就更少，就这样，一直到权力集中在一个人身上的最高军事当局。

军事组织可能完全像一个圆锥体，其中直径最大的底部由列兵组成；较高的和较小的底边由军队里较高级的人员组成，就这样直到圆锥体顶端，在顶端的则是统帅。

人数最多的士兵构成圆锥体的基础和它的底部。士兵直接进行烧杀抢掠，他们都是接到上级的命令时才这样做的；他们本身从来不下什么命令。士官（他们的人数就比较少了）采取这样的行动要比士兵少；但是已经发号施令了。军官采取这样的行动就更少了，而命令却发得更多了。将军只是指出目标命令部队前进，几乎从来不使用武器。统帅则从来不会直接参加行动，只对部队群众的运动作总的部署。在人们从事共同活动的任何团体中，在农业、商业和任何管理部门中，人们之间的关系都是这样。

总之，如果不把组成圆锥体的各个部分，把军队的各种人员，把任何一个管理机构和公共事业部门从低级到高级、具有不同称号和地位的人人为地分开，那么就可看出人们为了采取共同行动相互之间结成某种关系时所依据的法则，也可以看出，人们参加行动愈是直接，他们就愈不能发命令，他们的人数也就愈多；还可以看出，人们直接参加行动愈少，他们发的命令就愈多，他们的人数也就愈少；就这样，从最底层直到最上层的那一个人，此人直接参与事件最少，而在活动中发号施令比所有的人都要多。

发命令的人和接受命令的人之间的这种关系，构成了被称为权力的概念的实质。

在恢复了所有事件发生的时间的条件时我们发现，命令只有在它与相应的那个系列的事件有关时，才得到执行。在恢复命令者和执行者之间的联系的必要条件时我们也发现，命令者由于自己本身的特点，对事件参加得最少，他们的活动只在于发号施令。

七

在发生某个事件时，人们纷纷表示他们关于这个事件的意见和愿望，由于事件是由许多人的共同行动造成的，因此在所表示的意见和愿望之中一定会有一项会得到实现，哪怕是在大体上实现。当所表示的意见之一得到实现时，这个意见就作为事先发出的命令而与这个事件发生联系。

譬如说，人们拖一根木头。每个人都发表意见，提出怎么拖和往哪里拖。人们把木头拖了出来，发现这是按照他们当中的一个人所说的那样做的。也就是说，是他下的命令。这是原始形态的命令和权力。

用手干活干得多的人，可能对他所做的事想得较少，也较少地考虑这共同的活动会产生什么结果，较少地发命令。而发命令较多的人，由于他多动嘴，显然可以少动手。为了同一目标而行动的群体比较大时，就更明显地分离出一类人，这些人愈是多从事发号施令，就愈是不直接参加共同的活动。

一个人在单独行动时，自己心里总有一系列的想法，他觉得这些想法指导过他过去的活动，为他现在的活动进行辩护，并指导他去设想未来的行为。

人的群体也这样做，让不直接参加行动的人去想办法、进行辩护和设想他们共同的活动。

法国人由于我们知道的和不知道的原因而相互残杀。与这事件相适应，又伴随着对它的辩护，说它表达了人们的意志，人们认为这样做对法国的幸福，对自由和平等来说是必要的。人们停止相互残杀，于是伴随着这事件又辩护说，需要保持权力的统一，给欧洲别的国家以回击等等。人们从西向东前进，残杀同类，伴随着这事件有人颂扬法国，说英国卑鄙等等。历史向我们表明，这些对事件的辩护完全不合常理，自相矛盾，如同说杀人是由于承认他的权利，在俄国屠杀千百万人是为了让英国丢脸一样。但是这些辩护对当时来说是必要的。

这些辩护为那些制造这些事件的人开脱道义上的责任。这些暂时的目的如同在火车前面清扫轨道的刷子一样：它们为开脱人们的道义责任扫清道路。不进行这样的辩护就无法说清在考察每个事件时出现的一个最简单的问题：千百万人是怎样犯下共同的罪行、干发动战争和杀人等等坏事的？

在目前欧洲的国家生活和社会生活具有更为复杂的形式情况下，能够想得出一个不是按照国王们、大臣们、议会、报刊的策划、指示和命令发生的事件吗？能有某种不在国家的统一、民族性、欧洲的均势、文明之中找到为本身辩护的理由的共同行动吗？因此任何发生的事件必然与某种表达出来的愿望相符，在找到为自身辩护的理由时，往往被看作是一个人或几个人的意志的产物。

不管轮船朝哪里走，在它前面任何时候都可以看见被它劈开的波浪的水流。对轮船上的人来说，这水流的运动是唯一可见的运动。

只有在近处一刻不停地注视着这水流，并把这运动与轮船的运动相比较，我们才会相信，每个瞬间水流的运动都是由轮船的运动决定的，我们之所以出现错觉，是因为我们本身在不知不觉地运动着。

如果我们在一刻不停地观察历史人物的运动（也就是说，如果恢复所有发生的事的必要条件—运动在时间上的连续性的条件），不放过历史人物与群众的必然联系，也可以看到同样的情况。

当轮船朝一个方向航行时，在它前面有同样的水流；当它经常改变方向时，那么在它前面的水流也经常发生变化。但是不管轮船拐向哪里，在它前面到处都有水流。

不管发生什么事,都会有这样的感觉,觉得这是已经料到的和下过命令的。不管轮船朝哪里行驶,水流都在它前面翻腾,然而并不引导它,也不加快它的速度,但是远看起来,我们不仅会觉得这水流在任意地运动,而且在引导着轮船的运动。

历史学家们只考察历史人物的那些以命令的形式与事件发生关系的意志的表现,就认为事件依从于命令。而我们在考察事件本身以及历史人物与群众的关系时发现,历史人物及其命令是依从于事件的。这一结论可由下列事实加以确证:不管发出多少命令,如果没有别的原因,事件不会发生;但是只要事件一发生—— 不管是什么样的事件, —— 就会在各种不同的人不断表现出来的所有意志中发现就内容和时间来说以命令的形式与事件发生联系的意志。

我们得出这个结论,就可直接地对以下两个历史的重大问题做出肯定的回答:

(一)权力是什么?

(二)什么力量产生各个民族的运动?

对第一个问题的回答是:权力是一个人与别的人的这样一种关系,这个人对所发生的共同行动发表的意见和推测以及进行的辩解愈多,对这行动就参加得愈少。

对第二个问题的回答是:各个民族的运动并不是由权力和智力活动产生的,甚至不像历史学家们所认为的那样是两者的结合造成的,它由**全体**参与事件的人的活动引起的,这些人是这样结合在一起的,其中最直接参加事件的人承担的责任最小;反之亦然。

在精神方面,权力似乎是事件的原因;在体力方面,原因似乎又是服从权力的人。但是由于精神活动离不开体力活动,因此事件的原因既不在前者,也不在后者,而在于两者的结合。

换句话说,原因的概念不适用于我们所考察的现象。

分析到最后,我们就会达到无限的循环,达到人的智力如不玩弄分析的对象在任何思维领域都能达到的极限。电生热,热又生电。原子相吸而又相斥。

在谈到热和电的相互作用以及说到原子时,我们说不出为什么发生这种情况,便说事情就是这样,因为不可能是另一种的样子,因为应该这样，这是规律。历史现象也是如此。为什么发生战争或革命？我们不知道；我们只知道，人们为了进行某种行动，结合成一定的团体，大家都参加；我们说，事情就是这样，因为不可能是另一种样子，这是规律。

八

假如史学只研究外部现象，那么只要提出这个简单明了的规律就行了，我们的议论也可到此结束了。但是历史的规律与人有关。物质的微粒不可能告诉我们，说它根本感觉不到相吸和相斥的需要，说这不是真实的；而作为史学研究对象的人却直截了当地说：我是自由的，因此不服从规律。

在史学中，随时都可感觉到关于人的自由意志的问题的存在，虽然并没有说出来。

所有进行严肃思考的历史学家都不由自主地产生这个问题。史学中的所有矛盾和含混，史学所走的错误道路，都是由于这个问题没有得到解决而造成的。

如果每个人的意志是自由的，也就是说，如果每个人能够愿意怎么干就怎么干，那么全部历史就是一系列毫无联系的偶然事件。

如果在一千年的时间里在千百万人当中即使只有一个人能自由行动，即他能愿意怎么干就怎么干，那么显而易见，这个人的一个违背规律的自由行为就会使得任何规律对整个人类来说不可能再存在。

假如哪怕只有一个规律支配着人的行动，那么就不可能有自由意志，因为人的意志应当服从这个规律。

关于意志的自由的问题就在于这个矛盾，这个问题从远古以来一直受到人类最优秀的思想家的关注，并且从那时起就认为它具有巨大的意义。

问题在于，当我们把一个人看作不管用什么观点——神学的、历史的、伦理学的、哲学的——进行观察的对象时，我们发现他像世上的一切一样服从于普遍的必然性规律。而当我们从自身出发把他看作我们意识到的东西，那么我们就觉得自己是自由的。

这种意识是自我认识的一种完全独立的和不依赖于理智的源泉。人通过理智观察自己；但是他只有通过意识才能认识自己。

没有自我意识，任何观察和理智的运用都是不可能的。

为了理解、观察和进行论断，一个人首先应当意识到自己是个活着的人。要意识到自己是一个活着的人，必须知道自己愿意做什么事，也就是说，必须意识到自己的意志。一个人意识到自己的那种构成他的生活的实质的意志，而且只能把它看作是自由的。

如果人在观察自己时看到他的意志任何时候都受同一个规律的指导（不管他是观察进食的必要性还是大脑的活动，或者是观察任何别的事情），他只能把这种同样指导自己的意志的现象理解为对它的限制。一个东西如不自由，也谈不上受到限制。一个人觉得他的意志受到限制，正是因为他把它看作是自由的。

您说：我不自由。而我举起手又放下手。任何人都明白，这个不合逻辑的回答是自由的铁证。

这个回答是不受理智支配的意识的表现。

如果自由的意识不是自我认识的独立的和不依赖于理智的源泉，那么它就是可以论证和实验的；但是实际上从来不是这样，而且也不可能。

一系列实验和论证向每个人表明，他作为一个观察对象通常服从一定的规律，人服从这些规律，从来不反对他既已认识的引力或不可入性的规律。但是同一系列的实验和论证又向他表明，他在自己身上意识到的完全的自由是不可能的，他的任何行动都受他的体质、他的性格以及作用于他的各种动机的支配；但是人从来不服从这些实验和论证所做的结论。

人从实验和论证中知道，石块往下落，他毫无疑问地相信这一点，在任何情况下都预料他认识到的规律会实现。

但是他同样毫无疑问地得知他的意志服从于规律后，他却不相信而且不可能相信这一点。

尽管实验和论证多次向人表明，他在同样的条件下，在具有同样性格的情况下能做出与以前一样的事情来，但是他在同样条件下和以同样的性格第一千次开始做结局一样的事情时，毫无疑问地会觉得他完全相信他能像实验之前那样想怎么做就怎么做。任何一个人，无论是野蛮人还是思想家,尽管论证和实验无可辩驳地向他证明在同样的条件下不可能有两种行为,他仍然觉得如没有这种荒谬的观念(它构成自由的实质)他就无法想象生活。他感觉到,不管这如何不可能,但这是存在的;因为没有这种自由的观念,他不仅不理解生活,而且连一刻也活不下去。

他之所以活不下去,是因为人们的所有向往,所有的生活愿望都是对增加自由的向往。富和穷,声名显赫和默默无闻,有权和受人支配,有力和软弱,健康和有病,有教养和无知,辛苦和闲散,饱和饿,美德和恶习等等,只是程度大小不同的自由罢了。

一个没有自由的人,只能想象为失去生命的人。

如果对理智来说,自由的概念像同一时刻发生两种行为的可能性或没有原因的行动一样,是一种毫无意义的矛盾的东西的话,那么这只证明意识不服从于理智。

这种自由的意识是不可动摇的,无可辩驳的和不能进行实验和论证的,它为所有的思想家所承认并毫无例外地为所有人所感觉到,没有它就无法想象人是什么,正是这种意识构成了问题的另一个方面。

人是全知全能的、至善的上帝创造的。罪恶的概念是由人的自由的意识产生的,那么罪恶是什么呢?这是神学的问题。

人的行动服从于统计学表示的普遍的和不变的规律。关于人的社会责任的概念是自由的意识产生的,那么人的社会责任是什么呢?这是法学的问题。

人的行为产生于他天生的性格和作用于他的动机。那么由自由的意识产生的良心以及行为的善与恶的意识是什么呢?这是伦理学的问题。

人由于与人类的整个生活相联系,因而被认为是服从于决定这生活的规律的。但是人又不受这种联系的制约,被认为是自由的。应该如何看待各个民族和人类以往的生活,认为它是人们的自由的活动的产物呢,还是不自由的活动的产物?这是史学的问题。

只有在我们这个由于传播愚昧的最有力的工具——印刷术的发展而知识得到普及的自以为是的时代,关于意志的自由的问题被转移到它本身不可能存在的范围内。现在大多数所谓的先进人物,即一群无知之徒,认为研究这问题的一个方面的自然科学家们的著作解决了整个问题。

灵魂和自由是没有的,因为人的生命通过肌肉的运动表现出来,而肌肉的运动是由神经活动决定的;灵魂和自由是没有的,因为我们是在某个未知的时期从猴子变来的——他们这样说,这样写和在书刊上发表这样的看法,完全没有考虑到几千年前所有的宗教、所有的思想家不仅承认,而且从来没有否定过他们现在竭力用生理学和比较动物学来证明的那个必然性规律。① 他们没有看到,自然科学在这个问题上的作用只在于充当阐明它的一个方面的工具。因为根据研究的结果,理智和意志只是大脑的一种分泌物(Sécrétion),人根据一般规律可以在某一未知的时期从低等动物发展而来,这两点只从一个新的方面说明几千年前安娜·帕夫洛为所有宗教和哲学理论所承认的一个真理,即从理智的观点来看人服从于必然性的规律,但是丝毫也没有推动这个具有另一个相反的、建立在自由的意识之上的方面的问题的解决。

如果人是在某个未知的时期从猴子变来的,那么这也像说人是在某个时期用一把泥土造成的一样可以理解(在第一种情况下 X 是时间,在第二种情况下则是过程),然而关于人的自由的意识是如何与他服从的必然性规律结合的问题,不可能用比较生理学和动物学来解决,因为在青蛙、家兔和猴子身上我们只能观察到肌肉的活动,而在人身上既可看到神经和肌肉的活动,也可看到意识。

想要解决这个问题的自然科学家和他们的崇拜者们就像那些粉刷工,他们本来被安排去粉刷教堂的一面墙,可是他们热情一来便趁总指挥不在场的机会粉刷了窗户、神像、脚手架和尚未加上墙裙的墙壁,并为从他们粉刷工的观点看来一切都刷得很平整和光滑而感到高兴。

九

在解决自由和必然性的问题上,史学与其他要解决这个问题的知

---

① 作者在《尾声》这一部分的异文中,对他当时的自然科学成就的批评比较缓和,肯定了达尔文、谢切诺夫、冯特等人的成果的积极意义。

识领域相比有一定的优势,因为对史学来说,这个问题不与人的意志的实质本身发生关系,而是与对这意志在过去一定条件下的表现的认识相关。

史学在解决这个问题上,开始与其他学科处于一种实验科学对思辨科学的关系。

史学的研究对象不是人的意志本身,而是我们关于意志的认识。

因此史学与神学、伦理学和哲学不同,对它来说,自由和必然性这两个对立物如何结合的无法揭开的奥秘并不存在。史学考察人的生活的认识,在人身上这两种对立物已结合在一起了。

在实际生活中,对每一种历史事件和人的每一个行动的了解都是非常清楚和明确的,没有任何矛盾的感觉,虽然觉得每个事件部分地是自由的和部分地是必然的。

为解决自由和必然性如何结合和这两个概念的实质是什么的问题,历史哲学可能而且应当走与其他学科相反的道路。史学不应先给自由和必然性的概念下定义,然后把各种生活现象归入所下的定义,而应从大量属于它的范围的、常常觉得是依从于自由和必然性的现象当中得出自由和必然性概念本身的定义。

不管我们考察的是对许多人或一个人的活动的何种认识,我们只能把这活动理解为部分地是人的自由的产物,部分地是必然性规律的产物。

无论是谈论各个民族的迁徙和野蛮人的入侵,还是谈论拿破仑三世的命令和一个人在一个小时前从几个散步的方向中选定一个方向的行为——我们都看不出有丝毫的矛盾。对我们来说,自由和指导这些人的行动的必然性的程度是很清楚的。

关于自由的大小的认识由于我们考察现象的观点不同常常有很大差别;但是——任何时候都一样——人的每一个行动在我们看来都无非是自由和必然性的某种结合。我们在每个所考察的行动中看到一定成分的自由和一定成分的必然性。并且常常都是这样,我们在任何行动中看到的自由愈多,看到的必然性就愈少;反之,必然性愈多,自由就愈少。

自由和必然性的比例根据考察行为时所持的观点不同而缩小和

增大；但是这种关系通常成反比。

一个落水的人抓住另一个人，使那个人也淹死了，或者一个喂奶喂得疲惫不堪而自己却饿着肚子的母亲偷食物吃，或者一个养成守纪律习惯的人按照命令在作战时杀死一个无自卫能力的人—— 在知道这些人所处条件的人看来，他们的过错较小，也就是说，他们较少自由而更多地服从于必然性规律；而在那些不知道那个人自己快要淹死了、母亲饿着肚子、士兵是在作战等等的人看来，他们都是自由的。同样，一个人在二十年前杀过人、在这之后安分守己地生活着，没有再给社会造成危害，就会被认为过错较小；二十年后来看他的行为的人会觉得他的行为更多地是由必然性规律造成的；而在事后只过一天来看这个行为的人则会认为这行为是比较自由地发生的。还有，一个疯子、酒鬼或非常激动的人的每一个行为，在知道他们做这事的精神状态的人看来，似乎自由较少，必然性较多；而在不知道这情况的人看来，似乎又正好相反。在所有这些情况下，自由的概念随着考察行为时所持的观点不同而扩大或缩小，必然性的概念则相应地缩小或扩大。因此，必然性显得愈大，自由也就显得愈小。反之亦然。

宗教、人类的健全理性、法学和史学本身都同样地理解必然性和自由的这种关系。

我们对自由和必然性扩大和缩小的认识的所有事例，都毫无例外地只有以下三个根据：

（一）完成行为的人与外部世界的关系；

（二）与时间的关系；

（三）与产生行为的原因的关系。

第一个根据是我们或多或少可以看见的那种人与外部世界的关系，是关于每个人在与他同时存在的一切的关系中所占的一定地位的或多或少明确的概念。由于有这个根据，就可明显地看出，落水的人与站在陆地上的人相比自由较少而更多地服从于必然性，由于有这个根据，一个生活在人口稠密地区并与别的人发生紧密联系的人的行动，一个受家庭、公务和各种事情束缚的人的行动与一个孤独的和离群索居的人的行动相比，看起来无疑较少自由和较多地受必然性的支配。

　　如果我们考察一个人而不看他与周围的一切的关系，那么我们会觉得他的每一个行动是自由的。但是，如果我们看到他与他周围的事物有某种关系，如果我们看到他与任何人和物——与同他说话的人，与他读的书，与他从事的劳动，甚至与他周围的空气以及与射到他周围的物品上的光线等——有联系，那么我们就可以看到，这些条件中的每个条件都对他产生影响，都指导着他的活动，哪怕是一个方面的活动。我们看到的这些影响愈多，我们就会觉得他的自由减少了，而支配他的必然性增加了。

　　第二个根据是或多或少可以看见的那种人与世界在时间上的关系；是关于人的行动在时间中所占地位的或多或少明确的概念。由于有这个根据，作为人类始祖的第一个人的堕落，与现代人的结婚相比，显然是比较不自由的。由于有这个根据，我会认为，生活在几个世纪前的人的那种在时间上与我相联系的生活和活动，不可能像那种我还不知其后果的现代生活那样自由。

　　对较大的或较小的自由和必然性的认识的逐步变化，在这方面决定于从行为的发生到对它进行评判之间所经历的时间的长短。

　　如果我考察我在一分钟前在与我现在所处的条件近似的条件发生的行为，我会觉得我的行为无疑是自由的。但是如果我讨论的是一个月前发生的行为，那么我处于另一些条件下会不由自主地承认，假如这个行为不发生，这个行为所产生的许多有益的、令人愉快的，甚至是必需的东西就不存在了。如果我回想更加遥远的事，回想十年前和年代更远的行为，我会觉得这个行为的后果更加明显；我会感到难以想象，如果当时不那样做会是怎么样。我的回忆愈向过去延伸，或者同样地去评判发生得愈早的事，我在谈论行为的自由时就将对它表示怀疑。

　　我们在历史上也发现关于自由意志参与人们共同的事的可信性变化的同样的级数。我们觉得现在发生的事件无疑是某些人的产物；但是在时间较远的事件中我们看到的已是它的必然后果，除此之外，我们想象不出任何别的东西。我们在考察事件时愈向后看，我们愈不觉得这些事件是任意的。

　　我们觉得奥普战争无疑是狡猾的俾斯麦的行动等等产生的后果。

　　拿破仑发动的历次战争，我们虽有怀疑，但仍觉得是英雄意志的产物；但是我们已认为历次十字军东征是占有一定地位的事件，没有它欧洲近代史就不可思议，虽然十字军东征的编年史家也认为这个事件只是几个人意志的产物。至于说到各个民族的迁徙，现在谁也不会想到欧洲的改观是阿提拉①的恣意妄为造成的。我们在历史上考察的对象愈是遥远，造成事件的人们的自由就愈是值得怀疑，必然性的规律就愈是明显。

第三个根据是我们对各种原因的无限联系的或多或少的了解，这种联系构成理智的必然要求，在这联系中，每一个所理解的现象（因而也是人的每个行动）应当在一定程度上作为前面的现象的结果和作为后面的现象的原因而存在。

由于有这个根据，一方面我们愈是知道从观察中得出的、人应当服从的生理学的、心理学的和历史的规律，我们愈是正确地看出产生行动的生理学的、心理学的或历史的原因；另一方面，我们所观察的行为本身愈简单，产生我们所观察的行动的人的性格和智力愈不复杂，那么我们觉得我们自己的和他人的行动就愈是自由，愈不服从于必然性。

在我们完全不明白某种行为——不管是暴行、善行还是无所谓善恶的行为——的原因时，我们认为这行为自由的成分最大。如果是暴行，我们更多地要求惩罚这种行为；如果是善行，我们给以最高的评价。如果是无所谓善恶的行为，我们就承认它有最大的个性、独特性和自由。但是如果我们哪怕只知道无数原因中的一种，我们就会承认必然性的一定成分，不坚决要求惩罚罪行，不那么看重善行，就会认为原来觉得独特的行为不那么自由了。罪犯是在坏人当中长大的这一点，已可减轻他的罪过。父母的那种有可能得到酬报的自我牺牲，要比无缘无故的自我牺牲更好理解，因此使人觉得不那么值得同情，不那么自由。当我们知道教派和党派的创立者以及发明家的活动是用什么方法和通过什么东西搞起来的，我们就会不那么感到惊讶。如果我们做一系列的实验，如果我们经常通过观察而在人们的行动中寻找因果之间的相互关系，那么我们愈是正确地把因果联系起来，我们就愈觉得这些

---

① 阿提拉(？—四五三)，匈奴王，四三四年至四五三年在位，曾征服当时罗马帝国的大片领土。

人的行动是必然的和不自由的。如果所考察的行动很简单,而且我们有大量这样的行动可供研究,那么我们关于这些行动的必然性的看法将更为全面。一个不诚实的父亲的儿子的不诚实行为,一个落到某种环境中的女人的恶劣行为,一个酒鬼又开始酗酒等等——我们愈是理解这些行为的原因,我们会愈不觉得这些行为是自由的。如果我们所考察的是智力低下的人,例如小孩、疯子和傻瓜,那么我们由于知道行为的原因以及他们简单的性格和智力,我们就会看到必然性成分很大而自由的成分很小,而且一旦知道产生行为的原因,我们就能对行为做出预言。

所有法律中对犯罪的无责任能力和减罪的规定,就建立在这三个根据之上。认为责任能力是大是小,常常要看对受审的人所处环境了解的多少,要看从行为发生到受到审查之间的时间间隔的大小以及对造成这行为的原因的理解程度。

十

总之,我们关于自由和必然性的观念根据与外界的联系的紧密程度,根据时间的远近以及对我们所考察的这个人的生活现象的原因的依赖的大小而逐步缩小和扩大。

因此,如果我们考察一个人的这样一种情况,他与外部世界的联系非常清楚,从行为发生到评判它的时间间隔非常大,造成行为的原因最容易理解,那么我们就会认为必然性最大和自由最小。如果我们考察的人对外部条件的依赖性最小,如果他的行动是在离现在最近的瞬间完成的,行动的原因我们无法理解,那么我们就觉得必然性最小和自由最大。

但是,无论在前一种情况还是在后一种情况下,不管我们怎样改变自己的观点,不管我们怎样想弄清人与外界的联系,或者不管我们觉得这种联系如何不可理解,不管我们如何延长或缩短时间间隔,不管我们觉得原因如何可以理解或无法理解——我们任何时候既不能想象有完全的自由,也不能想象有完全的必然性。

第一,不管我们如何把人想象为不受外界的影响,我们永远不能得到在空间里的自由的概念。人的任何行动必然受他周围的东西和他自身的制约。我举起手和放下手。我觉得我的行动是自由的；但是，我问自己：我能朝所有的方向举起手来吗？我看到，我的手是朝那个对举手的动作障碍最小的方向举的，这些障碍既存在于我周围的物体中，也存在我的身体的结构里。我从一切可能的方向中选择了一个方向，我之所以选择它，是因为这个方向障碍最小。要使我的行动成为自由的，必须使它不遇到任何障碍。要把一个人想象成自由的，我们应当想象他在空间之外，这显然是不可能的。

第二，不管我们如何使评判行为的时间接近于行为发生的时间，我们永远也得不到关于在时间上的自由的概念。因为即使我考察的是一秒钟前发生的行为，我仍然应当承认行为的不自由，其原因是行为已受它发生的那个时刻的束缚。我能举起手来吗？我举起了它；但是我问自己：我能在那个已过去的瞬间不举手吗？为了确信这一点，我在下一个瞬间没有举手。但是我没有举手不是在我问自己是否自由时的第一个瞬间。时间过去了，我无法留住它，而我当时举起的那只手已不是我现在没有做动作的那只手，当时我做这个动作时的空气不是现在我周围的空气。发生第一个动作的那个瞬间一去不复返，在那个瞬间我只能做一个动作，同时不管我做什么样的动作，这动作只能是一个。我在下一分钟没有举起手，并不证明我不能举起它。由于在一个瞬间我只能做一个动作，因而它不可能是另一个动作。要把它想象成自由的，应当把它想象成是此时在过去与未来的边缘上发生的，也就是在时间之外发生的，这是不可能的。

第三，不管理解原因的困难如何不断增大，我们永远不能得出完全自由的观念，即不会得出没有原因的结论。不管我们觉得在自己或别人的任何一个行为中意志表现的原因如何不可理解，智力的第一个要求仍是假设和寻找原因，没有它，任何现象都是不可思议的。我举起手，想要做一个不依赖任何原因的动作，但是我想做一个没有原因的动作这一点就是我的动作的原因。

即使我们想象有一个完全不受任何影响的人，只考察他现在一瞬间的不由任何原因引起的动作，并假定必然性的无穷小的残余等于零，我们也得不出关于人的完全自由的概念；因为那种不接受外界的影响、处于时间之外并不受原因制约的生物已不成其为人了。

同样,我们也绝不能认为人的行动没有自由参与,只服从于必然性规律。

第一,不管我们对人所在的空间条件的知识如何在增加,这种知识永远不可能是完全的,因为这些条件的数量像空间一样无限地大。因此既然确定的不是对人的影响的**所有**条件,那就不会有完全的必然性,有的是一定份额的自由。

第二,不管我们如何延长从我们所考察的现象发生的时间到评判它的时间的间隔,这个间隔是有限的,而时间是无限的,因此在这方面也永远不可能有完全的必然性。

第三,不管任何一个行为的一系列原因如何理解,我们永远也不会知道所有原因,因为这个系列是无限的,我们又永远不会有完全的必然性。

但是,除此之外,即使假定最小的自由的残余等于零,承认在某种情况下,例如在临死的人、胚胎和白痴身上,完全没有自由,这样做我们也会取消关于我们所考察的人的概念本身;因为只要没有自由,也就没有人了。因此,关于人的行动只服从必然性规律而无一点自由的看法,如同关于人有完全自由的看法一样,都是不可能成立的。

总之,要把人的行动想象成只服从必然性规律,没有什么自由,我们就应假定我们知道**无限**多的空间条件、**无限**大的时间间隔和**无限**多的原因。

而要把人想象成完全自由的和不服从于必然性规律的,我们就应想象他一个人**处于空间和时间之外,不受原因的制约**。

在第一种情况下,如果可能有没有那种自由的必然性,我们就会用同一个必然性来确定必然性规律,即得出无内容的形式。

在第二种情况下,如果可能有没有那种必然性的自由,我们就会得出超越空间、时间和原因的无条件的自由,这种自由根据它是无条件的和不受任何东西限制的这一点,就什么也不是,或者说只是没有形式的内容。

一般地说,我们就会得出形成人的整个世界观的两个根据,即生活的不可理解的实质和决定这种实质的规律。

理智说:(一)空间以及使其具有可见性的所有形式——物质——是无限的,不可能设想成另一种样子;(二)时间是一刻不停的无限的运动,它也不可能设想成另一种样子;(三)因果之间的联系没有开端而且不可能有结束。

意识说:(一)就我一个人,我就是一切;因此我包括空间;(二)我用现在静止不动的瞬间来计奔驰的时间的量,我只在这瞬间意识到我活着;因此,我是超时间的;(三)我是超原因的,因为我觉得自己是我的生命的各种表现的原因。

理智表现必然性规律。意识则表现自由的实质。

不受任何限制的自由在人的意识中是生命的实质。没有内容的必然性是人的有着三种形式的理智。

自由是受考察的东西。必然性则是考察者。自由是内容。必然性则是形式。

一旦把认识的两个像形式和内容那样相互联系的源泉分开,就会得出关于自由和必然性的单独的、相互排斥的和无法理解的概念。

只有把两者结合起来,才能得出关于人的生活的明确观念。

撇开这两个像形式与内容那样结合在一起并相互确定的概念,就不可能对生活有任何认识。

我们所知道的有关人们的生活的一切,只是自由与必然性的一定关系,也就是意识与理智的规律的一定关系。

我们所知道的有关外部自然界的一切只是自然力与必然性,或者说生活的实质与理智的规律的一定关系。

自然界的生命力存在于我们之外,不为我们所认识,我们把这些力量称为引力、惯性、电力、畜力等等;但是人的生命力为我们所认识,我们把它称为自由。

但是,我们知道,引力本身无法理解然而被每个人感觉到,我们对支配它的必然性规律(从知道物体都有重量的最基本的知识到牛顿定律[①])了解多少就对它了解多少;同样,自由的力量本身也无法理解却为

---

① 牛顿(一六四二—一七二七),英国物理学和数学家,提出了作为近代物理学基础的力学三大定律和万有引力定律。

每个人意识到，我们对支配它的必然性规律（从人人都要死的常识到最复杂的经济规律或历史规律的知识）了解多少就对它了解多少。

任何知识都只是把生命的实质归结为理智的规律而已。

人的自由与任何其他力量的区别在于这种力量为人所意识到；但是对理智来说，它与其他力量没有任何区别。引力、电力或化学亲和力相互之间的区别只在于理智对它们作了不同的界定。同样，对理智来说，人的自由的力量与自然界其他力量的区别只在理智给它下的定义有所不同。自由如脱离必然性、即脱离决定它的理智的规律，就与引力，或与热力和植物的生命力毫无区别—— 它对理智来说只是对生命的一种瞬间的、无法确定的感觉。

正如推动各种天体运行的力量的无法确定的实质以及热力、电力或化学亲和力和生命力的无法确定的实质构成天文学、物理学、化学、植物学、动物学等等的内容一样，自由的力量的实质构成史学的内容。正如任何学科的对象是生命的这种未知实质的表现，而这实质本身只能是形而上学的对象一样，人们的自由的力量在空间、时间和对原因的依从关系中的表现是史学的对象；而自由本身则是形而上学的对象。

我们把各种实验科学中安娜·帕夫洛知的东西称为必然性规律；我们把未知的东西称为生命力。生命力只不过是我们所知道的生命的实质剩下的未知部分的表现。

在史学中也是这样：我们把我们知道的东西称为必然性规律，把未知的东西称为自由。对史学来说，自由只是我们所知道的关于人的生活的规律剩下的未知部分的表现。

十一

史学考察人的自由在与外界在时间上的联系中和在对原因的依从关系中的表现，也就是说，它用理智的规律来确定这种自由，因此它只在用这些规律确定自由的一定程度上才是科学。

如果史学承认人的自由是一种能影响历史事件的力量、即不服从规律的力量，那么这就像天文学承认天体运行靠的是自由的力量一样。

承认这一点，就否定了规律存在的可能性，即否定了任何知识存在的可能性。即使只存在着一个自由运行的天体，开普勒①和牛顿的定律就不复存在，也不存在关于天体运动的任何观念。假如存在着人的一个自由行为，那么就不存在任何一个历史规律和关于历史事件的任何观念。

对史学来说，存在着人的意志运动的各条路线，其一端隐没在未知之中，而在其另一端，人们现时的自由的意识在空间和时间中以及在对原因的依从关系中运动。

我们眼前这个运动的领域愈扩展，这个运动的规律就愈清晰可见。史学的任务就是捕捉和确定这些规律。

科学从它目前看待其对象的观点出发，走它现在所走的从人的自由意志中寻找现象发生的原因的道路，要说明规律是不可能的，因为不管我们怎样限制人的自由，只要我们一承认它是一种不服从于规律的力量，规律就不可能存在。

只有对这种自由进行无限的限制，即把它看作是无限小的东西，我们才会相信原因是完全无法了解的，那时史学才不会去寻找原因，而把寻找规律作为自己的任务。

寻找这些规律的工作早已开始了，而在形成史学应当掌握的新的思维方式的同时，旧史学把造成现象的原因分了又分，正在走向自我毁灭。

人类所有的学科走的都是这条路。数学这门最精密的科学在得出无穷小后，不再进行分割，而开始对未知的无穷小的数值进行综合。数学放弃了原因的概念，开始寻找规律，即寻找所有无穷小的成分的共同特性。

其他的学科虽然形式有所不同，但采用的是同样的思维方法。牛顿说出万有引力定律时，他没有说太阳或地球具有吸引的性质；他说，任何物体，从最大的到最小的，具有似乎相互吸引的特性，也就是说，他撇开关于物体运动的原因问题，说出了从无限大的到无限小的所有物

---

① 开普勒（一五七一——一六三〇），德国天文学家和占星家，行星运动三大定律的发现者，近代光学的奠基人。

体的共同特性。各种自然科学也这样做：它们撇开了关于原因的问题，寻找着规律。史学也走在这条道路上。如果说历史研究的对象是各个民族和人类的运动，而不是描述人们生活中的具体事情，那么它应当抛开原因的概念，寻找自由的所有相等的、相互之间不可分割地联系着的无限小的成分的共同规律。

十二

自从哥白尼①创立他的学说并得到证实后，光是承认转动的不是太阳而是地球这一点，就破除了古代人的整个宇宙学说。可以推翻这个学说，保持对天体运行的旧观点，但是不推翻它，似乎无法继续研究托勒密宇宙体系。②但是在哥白尼学说创立后，托勒密体系还被研究了很长时间。

自从第一个人提出和证明出生或犯罪的数量服从于数学定律，一定的、地理条件和政治经济条件决定这种或那种管理方式，居民与土地的一定关系造成民族的运动等等以来，史学所依据的基础实际上已被毁掉了。

可以推翻新的定律，保持对历史的旧观念，但是不推翻这些定律，似乎无法继续把历史事件作为人的自由意志的产物来研究。因为如果由于这样那样的地理条件、民族条件或经济条件建立了某种管理方式或发生了民族的迁移，那么那些我们认为是管理方式的建立者和民族迁移的鼓动者的人的意志已不能被看作是原因。

然而以前的史学仍同那些与它的原理直接对立的统计学、地理学、政治经济学、比较哲学和地质学的定律一起继续被研究着。

在自然哲学中新旧观点之间曾进行过长时间的和持续不断的斗争。神学曾维护过旧观点，责难新观点破坏神的启示。但是在真理取得胜利后，神学仍然稳稳地立足在新的基础上。

---

① 哥白尼（一四七三—一五四三），波兰天文学家，日心说的创立者。
② 托勒密，古希腊著名天文学家，生平不详，活动时期在公元二世纪。他提出的托勒密体系是描述太阳、月球和行星位置及视运动的一种宇宙理论模型，它把地球看成宇宙的中心。

现在新旧历史观点之间也进行着长时间的斗争,神学同样维护着旧观点,责难新观点破坏神的启示。

在这两种情况下,斗争使得双方意气用事,真理受到压制。一方担心几个世纪来建立起来的大厦遭到破坏并感到惋惜,另一方则充满破坏的热情。

那些反对新出现的自然哲学的真理的人觉得,只要他们承认这个真理,相信神、相信创造世界、相信约书亚的奇迹 ① 的信仰似乎就要遭到破坏。捍卫哥白尼学说和牛顿定律的人,例如伏尔泰,觉得天文学的定律破坏着宗教,他运用万有引力定律作为反对宗教的工具。

现在人们也同样觉得:只要一承认必然性规律,关于灵魂、善和恶的概念以及建立在这概念之上的国家机关和教会机关就会遭到破坏。

现在那些主动出来捍卫必然性规律的人也像当年的伏尔泰一样,运用必然性规律作为反对宗教的工具;可是—— 如同天文学中的哥白尼学说一样—— 史学讲的必然性规律不仅不破坏国家机关和教会机关的基础,甚至可以说加强着它们的基础。

当年在天文学问题上和今天在史学问题上观点的全部区别都在于承认不承认作为衡量可见的现象的标准的绝对单位。在天文学中这是地球的不转动,而在史学上,这是个人的独立性,即自由。

在天文学中难以承认地球转动的原因在于不易否定对地球的不动性以及行星运行的直接感觉,同样,在史学中难以承认个人服从空间、时间和原因的规律的原因在于不好否定对自己个人的独立性的直接感觉。天文学的新观点说不错,我们没有感觉到地球的转动,可是如果假定它是不转动的,那么我们就会陷入荒谬的境地;而假定它是转动的,虽然我们没有感觉到,我们却找到了规律。"同样,史学的新观点说:"不错,我们没有感觉到我们的依赖性,可是如果假定我们有自由,那么我们就会陷入荒谬的境地;而如果假定自己依赖于外界、时间和原因,我们就找到了规律。"

---

① 约书亚是《圣经》中的人物,摩西的帮手。《圣经 . 旧约》中的《约书亚记》叙述了他的三大奇迹,一是他率领以色列人过约旦河时使河水断流;二是他使他们周围的耶利哥城的城墙突然塌陷;三是他把太阳和月亮止住,叫敌人无法在夜色中躲藏起来。

在第一种情况下应当放弃认为地球在空间中静止不动(这种现象并不存在)的观念,承认我们没有感觉到的运动;而在这里所说的情况下,同样应当否定并不存在的自由而承认我们没有感觉到的依赖性。

关于《战争与和平》一书的几句话 [1]

我在发表这部在优越的生活环境里花了五年连续不断的非常艰苦的劳动写出的作品时,想在它的序言里讲一讲我对它的看法,作一些说明以防止在读者当中可能产生的误解。我希望读者不要在我的书里去看和寻找我不愿意或不善于表达的东西,而去注意我想要表达、但是(由于作品的条件所限)我认为不便于说的东西。无论是时间还是我的本领都不允许我完全做完我有意要做的事,现利用一家专门杂志 [2] 热情提供篇幅的机会,对那些可能对此感兴趣的读者们简略地讲一讲作者对自己作品的看法。

一、《战争与和平》是一部什么样的作品?这不是长篇小说,更不是长诗,也更不是历史纪事。《战争与和平》是作者想要而且能够用表达它的形式所表达的东西。作者这样宣布自己轻视散文艺术作品的通行的形式,如果是蓄意这样做的而且没有先例的话,会使人觉得过于自信。其实从普希金时代以来的俄国文学史不仅提供了许多这样背离欧

洲形式的实例，而且甚至没有一个相反的例子。从果戈理的《死魂灵》到陀思妥耶夫斯基的《死屋手记》，在俄国文学的新时期没有一部稍不平庸的散文艺术作品可以完全纳入长篇小说、长诗或中篇小说的形式中去。

二、在小说第一部分发表后，某些读者对我说，我的作品里时代的特征表现得不够明确。对这个指责我将提出以下不同意见。我知道人们在我的小说中没有找到的特征是什么——这就是农奴制的悲惨景象、把妻子关在家里和鞭打成年儿子的现象、萨尔蒂科娃的残酷[①]等等；那个时代的这一尚留在我们的头脑里的特征，我认为是不正确的，也不想加以表现。我在阅读各种书信、日记和研究各种传说时，没有发现当时那种蛮横残暴的景象比我现在或别的任何时候看到的更加严重。在那时人们也是那样恋爱、嫉妒、寻求真理、行善、有各种情欲；智力活动和精神生活也同样地复杂，在上层有时甚至要比现在更为高雅。如果我们思想上认为那个时代的特征是专横和粗暴的话，那么这仅仅是因为我们通过传说、笔记和各种小说知道的只是暴力和专横的突出事例。得出当时的主要特征是专横的结论，就像一个人隔着山只看见树梢便得出这个地方除了树以外什么也没有的结论一样，都是不对的。那时有这样一个特征（如同每个时代都有特征一样），这特征是由于上层与其他阶层更加疏远，由于占统治地位的哲学，由于教育的特点，由于说法语的习惯等等而产生的。我尽我所能努力地加以表现的就是这个特征。

三、关于俄国作品里使用法语的问题。在我的作品里，为什么不仅俄国人说话，而且法国人说话一部分用俄语，一部分用法语？责备俄国书里的人物用法语说话和写东西，就像一个人看着一幅画，发现上面有现实中没有的黑色斑点（阴影）就提出指责一样。某些人觉得画家在画上画的阴影是现实中并不存在的黑色斑点，这并不是画家的过错；画家只有在这些阴影画得不准确和太粗糙时，才有过错。我在表现十九世纪初的那个时代，在描写一定阶层的俄国人，描写拿破仑以及那些直接参与那时的生活的法国人时，不由自主地过分迷恋于表达那

[①] 萨尔蒂科娃（一七三〇—一八〇一），女地主，以残酷对待农奴著称。

种法国思维方式的形式。因此，我在不否认我画的阴影可能不准确和太粗糙的同时，只希望那些觉得拿破仑时而说俄语时而说法语很可笑的人知道，他们之所以这样觉得，只是因为他们作为看画像的人，看到的不是带有明暗的脸，而是鼻子底下的黑色斑点。

　　四、书中人物的姓氏——鲍尔康斯基、德鲁别茨科依、比利宾、库拉金等——与著名的俄国人的姓氏相似。我在把非历史人物和历史人物放到一起时，觉得让拉斯托普钦伯爵同普龙斯基公爵、同斯特列利斯基或其他虚构的复姓或单姓的公爵或伯爵说话听起来总有点别扭。鲍尔康斯基或德鲁别茨科依，虽然不是沃尔康斯基和特鲁别茨科依，在俄国贵族的圈子里听起来比较熟悉和自然。我没有那种给所有人物想出像别祖霍夫和罗斯托夫那样的听起来比较顺耳的姓氏的本领，为解决这个难题，只好使用俄国人最熟悉的名字，只改动其中的一两个字母。如果虚构的名字与真人的名字的相似之处使某些人产生这样的想法，认为我要描写某一个真实的人，那么我将感到非常遗憾；这尤其是因为那种描写现在或过去的真人真事的文学活动与我从事的文学活动毫无共同之处。

　　玛·德·阿夫罗西莫娃和杰尼索夫是仅有的两个人物，我不由自主地和轻率地给他们取了接近于当时上流社会的两个特别有代表性的和可爱的真实人物的名字。这是我的错误，这错误是这两个人物的特殊的代表性造成的，但是在这方面我的错误只限于安排了这两个人物；读者大概会同意，这两个人物与现实毫无相似之处。所有其余的人物都是虚构的，我在写他们时甚至没有传说中的或现实中的原型。

　　五、关于我在描述历史事件时与历史学家们的说法的分歧问题。这分歧不是偶然的，而是必然会产生的。历史学家和艺术家在描述某个历史时代时有完全不同的对象。历史学家如果在写历史人物时试图写出他的完整性以及他与生活的各个方面的关系的全部复杂性，那是不对的；同样，艺术家如果总是表现人物的历史作用的话，那么他就完成不了自己的任务。库图佐夫并不总是骑着白马，手里拿着望远镜，指着敌人。拉斯托普钦并不总是举着火把去烧沃罗诺沃村的房子（他甚至从来没有这样做过）①；玛丽亚·费多罗夫娜皇太后并不总是身披银鼠皮斗篷站着，一只手按在法典上，可是在民众的想象里他们都是这样的。

历史学家认为，从抱有某种目的的人所产生的作用来看，存在着英雄；而艺术家则认为，从这个人与生活的各个方面相适应的情况来看，不可能而且也不应该有英雄，应该有一般的人。

历史学家有时歪曲真相，把历史人物的所有行动归到他加到这个人物身上的思想名下。艺术家则相反，认为这种思想的单一性本身与自己的任务相矛盾，他竭尽全力想要理解和表现的不是著名活动家，而是一般的人。

在事件本身的描述中，区别显得更为突出和重要。

历史学家与事件的结果打交道，而艺术家则与事件的事实本身打交道。历史学家在描述战役时说：某某部队的左翼向某某村庄推进，击退了敌人，但是被迫撤退；于是骑兵发起了冲锋，取得了胜利，如此等等。历史学家只能这样说。可是在艺术家看来，这样的话毫无意义，甚至不触及事件本身。艺术家或是凭自己的体验，或是根据人们的书信、笔记和讲述，得出关于所发生的事件的看法，而历史学家所做的关于某某某某部队的活动（例如某个战役）的结论，常常是与艺术家的结论相反的。所得的结果的差异是由于两者汲取资料的来源有所不同。对历史学家来说（又以战役为例），主要来源是个别指挥官和总司令的报告。艺术家不可能从这些材料中汲取任何东西，这些材料既不能告诉他什么，也不说明什么。不仅如此，艺术家发现其中少不了谎言，便弃置不顾。更不用说，敌我双方对每个战役的描述几乎任何时候都是完全相反的；在对战役的每一种描述中都少不了谎言，这谎言的产生，是由于需要用几句话描述成千上万人的行动，而这些人又分散在几俄里的地方，并且由于恐惧和羞耻以及在死亡的威胁下精神上处于极其激动的状态。

在描述战役时常常这样写道，某某部队被派去攻打某某据点，然

---

① 一八一二年战争期间，拉斯托普钦曾在他的传单里说，如果法国人到来，他将烧毁他在沃罗诺沃村（位于卡卢加大道上）的房子。

后奉命撤退等等,仿佛认为那种在练兵场上使几千人服从于一个人的意志的纪律,能在进行你死我活的战斗的地方起同样的作用。任何上过战场的人都知道这是不对的;① 而作战报告是根据这种看法写成的,战斗的描述又以这些报告为依据。如果您在战役结束时立刻去走访所有部队,哪怕在第二天,第三天去,在报告尚未写好之前去,问一问所有的士兵,问一问高级的和低级的指挥官,叫他们说战斗的情况如何;他们就会对您讲所有这些人的体验和见闻,您就会产生一种雄伟的、复杂的、无限多样的和沉重的、模糊的印象;您不会从任何人那里,尤其不会从总司令那里了解到整个战斗是如何进行的。但是过了两三天后报告开始送上来了,能说会道的人开始讲述他们没有看见的事;最后写了一个总的报告,根据这个报告形成了军队的总的意见。每个人都轻易地抛掉了自己的怀疑和问题,接受了这种不符合事实的、然而是清楚的和常常令人感到满意的看法。过一两个月您去问参加战役的人——您从他的叙述中已感觉不到像以前那样的原始的生活素材,他只照作战报告对您说。许多还活着的参加过波罗金诺会战的聪明的人就是这样对我讲这次战役的。大家说得都一样,大家都是照米哈依洛夫斯基—丹尼列夫斯基②、照格林卡③ 等人的不正确的描述讲的;虽然讲述的人相互之间相隔好几俄里,但是就连他们讲的细节也都是一样的。

在塞瓦斯托波尔失守后,炮兵司令克雷扎诺夫斯基给我送来了所有炮台的炮兵军官写的报告,请我根据这二十多份报告起草一份总报告。可惜我没有把这些报告抄下来。这是那种用来起草报告的天真的、不可或缺的军事谎言的最好样式。我认为,我的许多当年写这些报告

---

① 在我的小说第一部分和描写申格拉本战役的章节发表后,有人向我转告了尼古拉·尼古拉耶维奇·穆拉维约夫—卡尔斯基对我这样描写战役的意见,他的话证明我的看法是对的。尼·尼·穆拉维约夫总司令说,他从来没有读到过对战役的如此准确的描写,他根据自己的经验深信,在作战时总司令的命令是无法执行的。——作者注
拉维约夫—卡尔斯基(一七九四—一八六六),俄国将军,参加过一八一二年战争,一八五四年至一八五五年任高加索总督。
② 米哈依洛夫斯基—丹尼列夫斯基(一七九〇—一八四八),俄国将军,军事史家,一八一二年担任过库图佐夫的副官。
③ 见第三卷第一部第二十二章注。

的同事们读到我的这些话,回想起那时如何奉长官的命令写那些他们不可能知道的事,一定会发笑的。所有经历过战争的人都知道,俄国人如何善于在战场上做应做的事,如何不善于用必不可少的夸口和撒谎的语气描述这些事。大家都知道,在我们的军队里,做这种写作战报告和汇报之类的事情的大多是非俄罗斯人。

我说所有这些话,是为了说明在为军事史学家提供材料的作战报告不可避免地会有谎言,从而说明艺术家和历史学家在理解历史事件上常常会有分歧。但是,除了在叙述历史事件上不可避免的谎言外,我在那些研究我感兴趣的那个时代的历史学家那里看到一种辞藻浮夸的特殊语言风格(这大概是因为习惯于把事件分门别类、进行简短的叙述和考虑到各种事件的悲剧色彩的缘故),在这样的语言里谎言和歪曲不仅出现在事件的叙述上,而且出现在对事件的意义的理解上。在研究梯也尔和米哈依洛夫斯基—丹尼列夫斯基所写的关于这个时代的那两部主要的历史著作 [①] 时,我常常感到困惑,不知道怎么会出版这两本书,怎么会有人阅读它们。且不说它们在叙述同一些事件时用的是最严肃、最深沉的语气,引用的是截然相反的材料,我在这两位历史学家的书里看到这样一些奇怪的描述,想起这两本书是记述那个时代的仅有的文献,拥有千百万读者,这时不知道是应该笑还是应该哭。这里只举著名历史学家梯也尔的书中的一个例子。他在讲述拿破仑如何随身带了俄国假币时说:"他用与他和法国军队相称的做好事的办法扩大这些钱币的使用范围,下令给房屋被烧者发补贴。但是由于食品太贵,不能发给大多怀有敌意的异国人,拿破仑认为最好的办法是发钱给他们,让他们到别的地方去弄食物;于是他下令给他们发纸卢布。" [②]

这段话即使不能说是不道德的,那也简直是毫无意义的,单独听起来会使人目瞪口呆;但是它在整本书里并不使人感到奇怪,因为完全符合总的辞藻浮夸的、得意扬扬的、但没有任何直接意义的风格。

总之,艺术家和历史学家的任务是完全不同的,我的书在描写各

---

① 这大概指的是梯也尔的《帝国的历史》和米哈依洛夫斯基—丹尼列夫斯基的《卫国战争的描述》。

② 这段话原文为法文,引自梯也尔的《帝国的历史》一书第三卷,作者在《战争与和平》的正文里引用过它,见第四卷第二部第九章。

种事件和人物上与历史学家的分歧，不应使读者感到惊奇。

但是艺术家不应忘记，民间形成的关于历史人物和事件的观念并不建筑在想象上，而是以历史文献为基础的，而这些文献是历史学家分门别类地整理过的；因此，艺术家虽对这些人物和事件有不同理解并进行不同的描写，也应该像历史学家一样以历史材料为依据。**在我的小说里，在历史人物说话和行动的地方，我都没有进行虚构，而利用了各种材料，我在写作时积累了一大批书籍，我认为没有必要在这里列举这些书的书名，但是我随时可以援引这些书里的话。**

六、最后讲一下第六点想法，这是我的最重要的想法，我认为所谓的伟大人物在历史事件中只起微小的作用。

我在研究这个具有悲剧性的、充满重大事件的、与我们离得这么近和各种各样的传说还活在人们心里的时代时清楚地看到，我们的智力无法理解这些历史事件的原因。说一八一二年的事件的原因在于拿破仑的侵略野心和亚历山大·帕夫洛维奇皇帝的坚定的爱国主义信念（大家都觉得这样说是很简单的），就像说罗马帝国的崩溃的原因在于某某野蛮人率领自己民族的人向西进攻，某某罗马皇帝把国家治理得很糟一样，或者像说一座大山倒下来是因为一个工人挖了最后的一锹土一样，这全都是毫无意义的。

千百万人相互残杀并且杀死了五十万人的事件，不可能是由一个人的意志造成的；如同一个人不能单独地挖掉一座山一样，一个人也不能迫使五十万人死亡。那么是什么样的原因造成的呢？一些历史学家说，原因在于法国人的侵略野心和俄国的爱国主义。另一些历史学家说是因为拿破仑的军队传播了民主思想，是因为俄国必须同欧洲发生联系，等等。可是千百万人怎么会开始互相残杀，是谁叫他们这样做的呢？似乎每个人都明白，这样做谁也得不到好处，对大家都有害处；那么他们为什么还要这样做呢？关于这个毫无意义的事件的原因可以做无数的回顾和推论，而且正在做着；但是大量这样的说明和所有这些说明符合一个目的的情况只证明这样的原因是大量的，其中的任何一个原因都不能称为原因。

自从开天辟地以来都知道相互残杀从肉体和精神来说都是坏事，那么为什么千百万人还要这样做呢？

这是因为不可避免地需要这样做，因为人们这样做，是在实行天然的动物学的规律，就像蜜蜂到了秋天实行这条规律互相残杀，雄性动物按照这条规律也这样做一样。这个可怕的问题不可能有另一个答案。

这个真理是显而易见的，而且是每个人天生就知道的，如果没有另一种感觉和意识使他相信他在任何时刻采取任何行动时都是自由的，那么就不必要再加以证明了。

从一般的观点考察历史，我们无疑会相信各种事件所遵循的永恒的规律。而从个人的观点来考察，我们就会有相反的看法。

一个杀人的人，下令渡过涅曼河的拿破仑，您和我，在提出服役的申请和在举起手又放下手时我们大家无疑都深信，我们的每一个行为都是以合理的原因和我们的个人意愿为依据的，这样做或那样做都是由我们决定的，这种看法为我们所固有，而且我们很珍视它，尽管历史的论据和罪行的统计使我们相信别人的行动是不由自主的，我们仍推而广之，把我们的所有的行动看作是按照我们自由的意识进行的。

矛盾看来是无法解决的，因为我在采取一个行动时深信我是按照自己个人的意愿行事的；而从参与人类共同生活的角度来看（从其历史意义来看），我相信这个行为是预先注定的和不可避免的。那么，错误在哪里呢？人在回顾往事时似乎有一种能立刻用一系列所谓的自由的推断去配合 _ 发生的事实的能力，心理学对这种能力进行观察的结果（这一点我打算在另一个地方比较详细地讲一讲），证明在完成某一系列的行为时认为人的自由意识在起作用的看法是错误的。但是同样的心理学观察结果又证明有另一类行为，其中自由的意识不是基于回忆的，而是霎时间的，无疑存在的。

不管唯物主义者说什么，我无疑可以完成某个行动，或者当这行动只涉及我一个人时可以不完成它。我现在无疑是按照自己的意志举起手和放下手的。我现在可以停止写字。您现在可以停止读书。毫无疑问，我现在只按照我的意志，越过任何障碍心往神驰地想起美洲或者想起任何数学问题。我可以在空中举起手和有力地放下手来体验自己的自由。我这样做了。但是我身旁站着一个孩子，我把手举到他头上，想用同样的力量朝孩子放下手去。我**不能**这样做。一只狗扑向孩子，我**不能**不举起手去把狗轰走。我在队列里，不能不跟着团队的步子走。

在作战时我不能不和自己的团队一起去冲锋,当我周围的人都在逃跑时又不能不逃跑。我作为被告的辩护人站在法庭上,不能不说话或者不知道我将要说什么。当什么东西朝我的眼睛砸来时,我不能不眨眼。

总之,有两类行为。一类以我的意志为转移,另一类不以我的意志为转移。这种产生矛盾的错误的出现,只是由于我把自由的意识用来说明我的那些与别人共同完成的、依从于别人和我的共同意愿的行为,这是不对的,因为自由意识只是合理地伴随着与我有关以及与我的最抽象的存在有关的各种行为。要确定自由与依从性的界线是很困难的,确定这个界线是心理学的重要的和唯一的任务;但是在观察我们最大的自由和最大的依从性的表现的条件时不能不看到,我们的活动与别人的活动的联系愈是抽象、因而愈不紧密时,它就愈自由,相反,我们的活动与别人的联系愈紧密,它就愈不自由。

与别人的最大的、最紧密的、最沉重和最经常的联系就是支配别人的所谓权力,这权力的真正意义只是对别人的最大依从性。

不知道这是否是错的,而我在写作过程中完全相信这一点,自然我在描写一八〇七年的历史事件,尤其是在描写特别突出地表现出先定论规律的一八一二年的历史事件时①,不能把那些觉得自己支配着事件的人的活动写得那么有意义,其实他们作为一个人的自由活动要比事件的其他参加者都少。我对这些人的活动感兴趣,只是因为它可以用来形象地说明那个我认为支配着历史的先定论规律,还可用来说明一个心理学的规律,这规律常常促使完成最不自由的行为的人在回顾往事时在自己的想象中虚构出一系列旨在向他证明他的自由的结论。

列夫·托尔斯泰

---

① 值得指出的是,几乎所有写一八一二年的著作家都在这个事件中看到某种特殊的和命中注定的东西。——作者注

译 后 记

　　大约四五年前,译林出版社约我翻译托尔斯泰的《战争与和平》。我对这位伟大俄罗斯作家是十分崇敬的,对他的创作也比较了解,喜欢读他的这部名著,因此就答应了下来。经过几个寒暑的伏案工作,终于把它翻译完了。现在回头一看,发现我这个"垂垂老矣"的人居然完成了这么大的一个工程,自己也不免感到有些惊讶。

　　《战争与和平》这部巨著很早就传入我国,到目前为止安娜·帕夫洛有多种译本,其中凝结着几代翻译家的心血。我在接受翻译的任务时有这样的想法:我是在前人所取得的成果的基础上翻译这部作品的,应该有所前进,否则我的工作将失去意义。我是一个俄罗斯文学研究工作者,应该发挥自己的专业特长,充分利用所掌握的关于俄罗斯历史和文学的知识,在全面深入研究作品的基础上进行翻译,使自己的译本有新的特点。

　　首先我研究了《战争与和平》的出版过程,目的是为了给自己未来的译本找一个具有权威性的原文版本。起初我曾想根据目前最全的《托尔斯泰全集(百岁纪念版)》(一九二八——一九五八)的版本翻译,后来经过比较,发现它并不理想(这一点我已在《译序》里做了说明),便转而采用二十世纪七十和八十年代之交出版的《托尔斯泰文集(二十二卷集)》的版本。这是到目前为止比较完备的版本。我的新译本就是根据二十二卷集中的第四—七卷(一九七九——一九八一)译出的。同时,为了方便读者查阅各卷内容,征得出版社同意,决定将《托尔斯泰全集(百岁纪念版)》中《战争与和平》(第九—十二卷)正文后面的各章内容概述译出附于书后。

其次,我在翻译过程中认真研读原文,碰到在理解上拿不准的地方时,参阅了美国纽约一九三一年出版的康·加尼特的英译本(可惜的是,未能找到毛德的译本),力求做到正确理解和忠实表达原文的意思,尽可能避免误译,使自己的译本在译文的准确性方面比以往有所提高。与此同时,阅读了俄罗斯学者的有关著作,查阅了大量材料,写了《译序》,对这部小说作了全面的介绍和说明,并且根据需要给小说的正文加了六百多个注释。这就使这个新译本具有较强的学术性。

我们知道,《战争与和平》是一部史诗性的历史小说。其中写了许多历史事件和大批历史人物。所加注释之中相当大的一部分就是说明这些事件和介绍这些人物的。在新译本中对比较重要的历史事件和二百多个历史人物都一一加了注。对某些历史地名也做了说明,这是因为将近两百年来中欧和东欧各国的疆界和地名发生了不少变化。例如,一八〇五年的所谓"三皇大战"的地点奥斯特利茨以及一八〇七年俄法两国皇帝会晤和签订和约的蒂尔西特究竟在何处,现在安娜·帕夫洛很少有人知道。经过查对,译本中注明奥斯特利茨即今捷克的斯拉夫科夫,蒂尔西特就是现在俄罗斯加里宁格勒州的苏维埃茨克。有的地名不同民族有不同的叫法,例如现在的维尔纽斯当时德国人称为维尔纳,波兰人称为维尔诺。小说中有时用这个地名,有时用那个地名。译本中对此做了说明,以免读者误认为是两个地方。

《战争与和平》里曾多处提到《圣经》里的人物和故事,引用了其中的话,此外还有不少典故(例如引用了莫里哀的《可笑的女才子》《斯卡潘的诡计》和《乔治·当丹,或受气的丈夫》中的名言以及伏尔泰等人的警句),新译本注明了这些引文的出处,以便读者查对。此外,对我国读者可能不大熟悉的各种宗教节日、宗教仪式和民间习俗也作了简要的说明。

小说中有少数细微之处人们在阅读时常常容易忽略,安娜·帕夫洛有的各种译本也未能将其指出。这次在翻译过程中注意到了这些问题,经过研究和查找有关材料把它们解决了。例如,小说一开头安娜·舍列尔在用法语说话时把"Bonaparte"("波拿巴")说成"Buonaparte"。书中不少上流社会人士也都这样称呼。经过研究了解到"Buonaparte"是意大利语的发音,上流社会人士这样称呼,是为了强调拿破仑是科西嘉人,包含轻蔑的意思,于是便在小说中的人物比利宾提出要去掉拿破仑姓氏中的"u"音时加了一个注来说明这一点。又如,小说中有两处用了"莫斯科"一词,一处在第一卷第三部第十四章,另一处在第三卷第二部第二十章,照字面译,怎么也觉得别扭。经过查对,原来"莫斯科"一词在当年俄国军人嘴里有特殊的含义。托尔斯泰曾在《一八五五年八月的塞瓦斯托波尔》中说,在许多部队里军官们常常把士兵叫作"莫斯科",有时这个词还有"全国人民""全俄国"的意思。新译本也在注释中对此做了说明。

在翻译过程中发现,小说在少数细节上有前后不相符的地方。例如第一卷第一部末尾写到安德烈公爵在上战场前玛丽娅公爵小姐送给他一个脸已发黑、穿着银袍的古色古香的小圣像,后来当他在奥斯特利茨战役中受伤被俘被抬走时身上挂的变成了金质小圣像。又如,安德烈公爵未加入过共济会,而后来他对皮埃尔谈到他有共济会发给新会员、让他们赠给心爱女人的手套。这显然是前后矛盾的。此外,小说中巴兹杰耶夫、别格、布里安娜小姐、绍斯太太等人物的名字或父名也有前后不一致的地方。新译本中都一一指出并加以说明。

译名的问题是这样处理的:著名的历史人物和重要的地名采用通用的译法,其他历史人物和小地名按照所属国家语言的读音译出。某些属于上流社会的虚构人物相互称呼时常常既用俄文名字,也用相对应的法文名字,译本中一律照译,在法文名字首次出现时,用脚注注明其相对应的俄文名字。法文名字均照法文读音译出,例如瓦西里公爵的女儿的法文名字为"Hélène"(有时用俄文字母拼音,写成"Элен"),以往的译本译为"海伦",现照法文读音译为"埃莱娜"。

按照著名学者维诺格拉多夫的说法,《战争与和平》具有"双语言"或"多语言"的特点,这指的是小说里夹杂着外文,尤其是有较多的法文。过去多数译本在正文里保留法文或别的文字的原文,用脚注注明它的意思。新译本把外文直接译出,只用不同字体来表明它是外文,这